Der Traumpalast

Der Ufa-Palast, Berlin am Zoo

Im größten Filmtheater Deutschlands der zwanziger Jahre feierte die Universum Film AG glanzvolle Premieren von »Metropolis« (Regie Fritz Lang) bis »Faust« (Regie Fritz Murnau).

(Foto um 1925/ akg-images, Berlin)

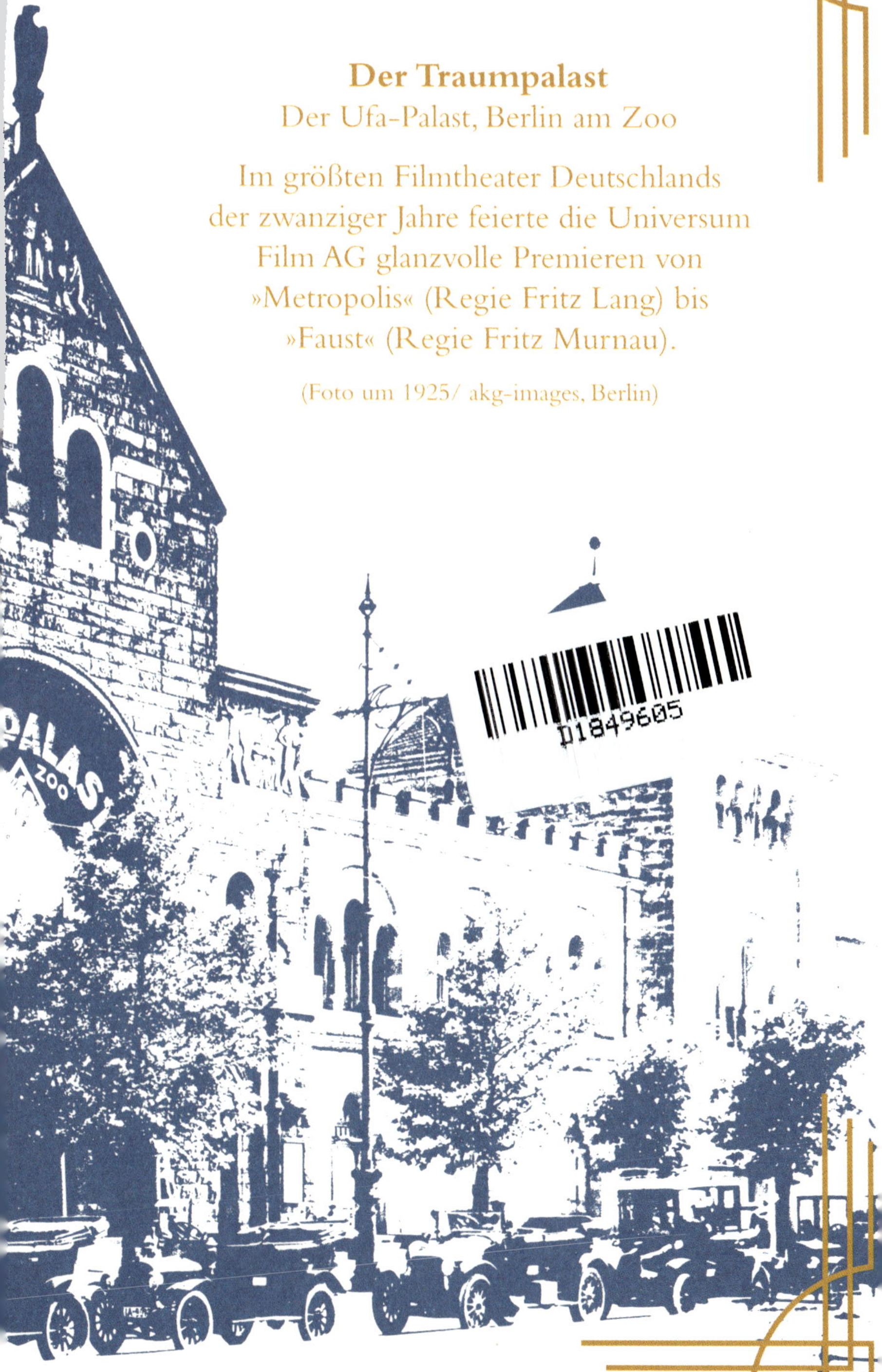

SCHERZ

PETER
PRANGE

DER
TRAUMPALAST

Roman in zwei Büchern

SCHERZ

Aus Verantwortung für die Umwelt hat sich der S. Fischer Verlag zu einer nachhaltigen Buchproduktion verpflichtet. Der bewusste Umgang mit unseren Ressourcen, der Schutz unseres Klimas und der Natur gehören zu unseren obersten Unternehmenszielen.

Gemeinsam mit unseren Partnern und Lieferanten setzen wir uns für eine klimaneutrale Buchproduktion ein, die den Erwerb von Klimazertifikaten zur Kompensation des CO_2-Ausstoßes einschließt.

Weitere Informationen finden Sie unter: www.klimaneutralerverlag.de

MIX
Papier | Fördert gute Waldnutzung
FSC® C083411
FSC www.fsc.org

Erschienen bei FISCHER Scherz

Satz: Dörlemann Satz, Lemförde
Druck und Bindung: CPI books GmbH, Leck
Printed in Germany
ISBN 978-3-651-00107-7

FÜR DICH

sowie namentlich

NICO HOFMANN

Make the best of it!

»Du sollst dir kein Bildnis noch irgendein Gleichnis machen, weder von dem, was oben im Himmel, noch von dem, was unten auf Erden, noch von dem, was im Wasser unter der Erde ist.«

EXODUS 20,4

»Der Film lebt so lange, wie es im Kino dunkel ist.«

SAMUEL GOLDWYN

VORBEMERKUNG

Die nachfolgende Geschichte ist, obwohl angelehnt an historische Ereignisse, frei erfunden. Rückschlüsse auf die tatsächliche Lebenswirklichkeit der geschilderten Personen sollen in keiner Weise nahegelegt oder ermöglicht werden. Die einzelnen Handlungsstränge sind ebenso wie die Lebenswege der Protagonisten Erfindungen des Autors. Dies gilt insbesondere für deren Verstrickungen in die Geschichte des Nationalsozialismus und die Schilderung ihrer Privatsphäre.
Alle intimen Szenen sowie die Dialoge und die Darstellung der Gefühlswelt des gesamten Romanpersonals sind reine Fiktion.

ZWEITES BUCH

Bilder von Liebe und Macht

1925 – 1933 / 38

»Sie machten ein Kalb am Horeb und beteten das Bild an und verwandelten die Herrlichkeit ihres Gottes in einen Ochsen, der Gras frisst …«

PSALM 106,19 – 20

TEIL SECHS

Dem Himmel so nah

1925

1

Schmutzig graue Wolken hingen über Berlin, aus denen der Regen in großen, schweren Tropfen auf die Stadt herabfiel – fast war es, als wolle der Himmel das Geschehnis beweinen, dem an diesem Mittwoch, dem 4. März des Jahres 1925, alles Leben erlag. Von dem sonst üblichen Lärmen und Drängen war an diesem außergewöhnlichen Werktag nichts zu spüren; vielmehr lag eine solche Stille über den Straßen und Plätzen, dass trotz der vieltausendköpfigen Menschenmenge, die sich vor dem Reichstag versammelt hatte, das Surren der Kameras zu hören war, mit denen die Lichtbildner der Deulig-Wochenschau einen schier endlosen Trauerzug aufnahmen, der, vom Präsidentenpalais kommend, sich in schleppend langsamem Schritt dem Parlamentsgebäude näherte. Wie in allen deutschen Städten hingen die Flaggen auf Halbmast, und während von den Türmen der umliegenden Kirchen die Glocken mit dunklem Klang anschlugen, hörten Kinder auf zu spielen, Männer nahmen ihre Hüte von den Köpfen, und Frauen wischten sich Tränen aus den Augen. Sie alle verabschiedeten sich von einem Mann, dessen sterbliche Überreste mit militärischem Geleit auf einem fahnengeschmückten Katafalk zum Potsdamer Bahnhof überführt wurden: Friedrich Ebert, dem im Alter von nur vierundfünfzig Jahren verstorbenen Reichspräsidenten – das erste demokratisch gewählte Staatsoberhaupt Deutschlands nach der Abdankung Kaiser Wilhelms.

Ein Radioreporter kommentierte mit gedämpfter Stimme das Geschehen für die Hörer im ganzen Land: »Von der Bevölkerung als ›roter Kaiser‹ verehrt, hat dieser einfache, gradlinige Mann, Sattlermeister von Beruf und Sozialdemokrat aus Überzeugung, die junge Republik seit ihrer Geburt durch alle Irrungen und Wirrungen geführt, stets mit dem Ziel, die Gegensätze zwischen den politischen Parteien zu überwinden und die Widersacher zu versöhnen. Umso tragischer ist nun sein jähes Ende. Schon vor Wochen hatte sein Leibarzt eine Blinddarmentzündung festgestellt, doch nachdem ein Journalist ihn des Landesverrats sowie der Mitschuld an der deutschen Niederlage im Kriege bezichtigt hatte, sah Präsident Ebert sich zur Verteidigung seiner Ehre gezwungen, einen Verleumdungsprozess zu führen, worüber er die Behandlung verschleppte, mit dem tragischen Ende, dass er am 28. Februar an den Folgen eines Blinddarmdurchbruchs verstarb.«

Während eine Ehrenkompanie der Reichswehr aufmarschierte, um vor dem Leichenwagen zu salutieren, riss, als dieser das Reichstagsgebäude passierte, für einen Moment die Wolkendecke auf; Sonnenstrahlen, kalt und weiß, tauchten den Sarg mit der Präsidentenfahne in gleißendes Licht, und an der Spitze des Geleitzugs flatterte eine Taube auf. Doch dieser Moment währte nur einen Wimpernschlag, dann schlug das schmutzige Grau des Himmels wieder über dem Volk zusammen.

»In Erfüllung seines letzten Wunsches«, fuhr der Reporter fort, »wird der Präsident nicht in der Reichshauptstadt, sondern in seinem Heimatort Heidelberg beigesetzt. Während Hunderttausende Berliner die Straßen säumen, um Friedrich Ebert vor Antritt seiner letzten Reise noch einmal die Ehre zu erweisen, erfüllt eine von beklemmenden Ahnungen geschwängerte Trauer die Menschen, ein Gefühl der Verlorenheit wie nach dem Verlust des Vaters, gepaart mit der unsicher drängenden Frage, welches Schicksal unser Volk und Vaterland ohne diesen Mann nehmen wird. Wird es gelingen, sein Werk der Versöhnung fortzusetzen, um den so mühsam errungenen inneren Frieden zu wahren? Oder wird das Deutsche Reich im Chaos versinken und wir alle mit ihm untergehen?«

2

Rahel klopfte das Herz bis zum Hals, als sie zusammen mit Tino und Alex am Tempelhofer Feld das Hochzeitsgeschenk ihres Mannes auf dem Flugplatz stehen sah: eine viersitzige Junkers, silbern in der Frühlingssonne erstrahlend, das Heck am Boden, die Schnauze mit dem Propeller unternehmungslustig in die Höhe gereckt, stand sie zu Rahels Jungfernflug bereit. Während ein Mechaniker im ölverschmierten Overall sich noch mit einem Schraubenschlüssel am Motor zu schaffen machte, wartete ihr Fluglehrer Harry Bartels schon in der gläsernen Kanzel auf sie. Angetan mit einer Lederhaube und Fliegerbrille, winkte er ihr lachend zu.

Rahel blickte in die Höhe. Keine einzige Wolke stand am Himmel, über ihr war nur dieses unendlich weite Blau, das sich in immer fernere Fernen verlor.

»Angst vor der eigenen Courage?«, fragte Tino, während an seiner Hand Alex schon ungeduldig zappelnd zu der Maschine drängte.

»I wo!«

Mit festerem Schritt, als ihr in Wahrheit zumute war, marschierte Rahel voraus. Eine Minute später saß sie an der Seite ihres Fluglehrers in der Kanzel. Während Tino und Alex sich auf die Rückbank quetschten, ging Harry mit ihr noch einmal alles durch, was sie gelernt hatte. Theoretisch war sie schon viele Male geflogen, auch hatte ihr Lehrer ihr bei einem Dutzend Instruktionsflüge vorgemacht, was in der Praxis zu tun war. Doch heute war der Tag, an dem sie zum ersten Mal den Steuerknüppel selbst in die Hand nehmen würde.

»Wann geht es endlich los?«, fragte Alex.

Obwohl Tino Höhenangst hatte, hatte er darauf bestanden, sie zusammen mit Alex zu begleiten. Hier, auf dem Tempelhofer Feld, hatten sie sich nach ihrer ersten Begegnung am Gendarmenmarkt wiedergefunden, sechs Jahre war das her. Tino war mit der Spanischen Grippe in das Lazarett eingeliefert worden, in dem sie damals als Krankenschwester gearbeitet hatte.

Obwohl er selber ganz blass um die Nase war, nickte er ihr aufmunternd zu. »Keine Sorge, du schaffst das.«

Harry gab dem Mechaniker ein Zeichen. Der warf den Propeller herum, und mit ohrenbetäubendem Lärm sprang der Motor an.

»Bereit zum Start?«, brüllte Harry.

Rahel setzte ihre Kappe auf und nickte.

»Dann Hals- und Beinbruch!«

Ohne zu wissen, an wen, schickte sie ein Stoßgebet zum Himmel und repetierte im Geist noch einmal alle Schritte. Als Erstes drückte sie den Gashebel bis zum Anschlag durch. Im selben Augenblick setzte sich die Maschine in Bewegung. Während das Flugzeug holpernd Fahrt aufnahm, betätigte sie mit den Füßen die Lenkpedale, um es in der Spur zu halten – durch den Linksdrall des Propellers zog es sonst zur Seite. In rasender Geschwindigkeit kam das von einer Baumreihe bestandene Ende der Piste näher und näher.

»Jetzt!«, rief Harry.

Vorsichtig zog sie den Steuerknüppel zu sich heran – aber nicht vorsichtig genug. Kaum hatte das Flugzeug ein paar Meter abgehoben, setzte es schon wieder auf, mit solcher Wucht, dass Rahel sich den Kopf anstieß. Sie versuchte es ein zweites, ein drittes Mal – doch die Maschine dachte gar nicht daran, abzuheben. Jetzt nicht die Nerven verlieren! Mit beiden Händen umfasste sie den Steuerknüppel. Wenn sie zu schnell zog, riss die Luftströmung an den Tragflächen ab, die Maschine bekam keinen Auftrieb und schmierte ab. Zog sie aber zu langsam, dann …

Immer schneller und schneller rasten sie auf die Baumreihe zu. Wie in aller Welt sollte sie es hinüberschaffen?

»Allez hop!«

Ohne nachzudenken, folgte sie Harrys Befehl. Plötzlich wurde die Maschine ganz weich, das Poltern und Rumpeln hörte auf, dann hob sie ab, und so leicht und mühelos, als könnte es gar nicht anders sein, flog sie über die Baumreihe hinweg, ohne auch nur die Wipfel zu streifen – hinein ins Offene, ins Blaue.

»Geschafft!«

Erst jetzt merkte sie, dass der Lärm, den die Maschine beim Start gemacht hatte, fast vollständig verstummt war. Leise und gleichförmig schnurrte der Motor. Während sie durch die Lüfte schwebten, schrumpfte die Welt unter ihnen zu einer winzigen Spielzeuglandschaft zusammen. Und vor ihr und über ihr und um sie herum gab es nichts als die weite, blaue, offene Unendlichkeit.

Mit der Hand am Steuerknüppel schwenkte sie in eine Kurve ein. Wie an einer Schnur gezogen gehorchte die Maschine ihrem Befehl. Rahel jauchzte vor Glück. Noch nie hatte sie ein Gefühl so grenzenloser Freiheit erlebt wie in diesem wunderbaren, schwerelosen Augenblick.

Konnte es sein, dass ihr Leben jetzt erst wirklich anfing?

Als sie sich umdrehte, sah sie in die Gesichter ihres Sohnes und ihres Mannes.

»Du hast die beste Mama der Welt«, sagte Tino. Bleich vor Angst, aber glücklich, drückte er Alex an sich und schickte ihr einen Luftkuss.

Rahel schickte ihm einen Luftkuss zurück. »Und ich den besten Mann …«

3

Vom Turm des Altstädter Rathauses schlug es elf Uhr. Seit ihrer Gründung befand sich der Stammsitz der Handels- und Kreditbank Reichenbach am Dresdner Altmarkt, so dass Gustav sich vom Schreibtisch seines holzgetäfelten Büros aus jeden Tag am Anblick der Barockfassade des Rathauses mit ihren Rundbogenfenstern und dem Trophäenschmuck erfreuen konnte. Doch noch größere Freude bereitete ihm heute die Vierteljahresbilanz seines Geldinstituts. Angesichts der Zahlen lachte ihm das Herz im Leibe. Nach all den Streiks und Straßenkämpfen, den Putschversuchen und Attentaten, von denen die Republik nach ihrer Gründung immer wieder heimgesucht worden war, sowie einer alle Vorstellungskraft übersteigenden Hyperinflation war endlich Ruhe eingekehrt, so dass es mit Deutschland aufwärtsging. Seit der Währungsreform, mit der die Notenbank im Winter der Geldentwertung ein Ende bereitet hatte, fasste die Wirtschaft Tritt. Die Menschen hatten Vertrauen in die neue Währung und kauften, was das Zeug hielt, so dass die Warenproduzenten und Ladeninhaber kaum noch hinterherkamen, die Nachfrage zu befriedigen. Und die Gewinne der Reichenbach Bank sprudelten, dass es nur so eine Freude war.

Ja, wenn es nach Gustav ginge, könnte es immer so weitergehen wie in diesen Frühlingsmonaten des noch jungen Jahres 1925, bis in alle Ewigkeit, und wer weiß, vielleicht kamen die politischen Hasardeure, die das Land so lange Zeit in Aufruhr gehalten hatten, endlich zur Vernunft oder verschwanden ganz von allein. Schließlich war der Zufriedenheit der Menschen nichts förderlicher, als wenn sie in Arbeit und Brot waren. Dann taten sie, was sie tun sollten: sparen und Waren konsumieren, für ihr kleines privates Glück.

Es klopfte an der Tür.

»Herein!«

Der Bürogehilfe brachte die zweite Post des Tages. Mit der Zigarre zwischen den Lippen sichtete Gustav die Kuverts. Die meisten Namen der Absender waren ihm vertraut. Doch plötzlich zuckte er zusammen: *Kanzlei Dr. Hubertus Holtkämper. Rechtsanwalt und Notar* … Obwohl er den Namen nicht kannte, hatte er eine böse Ahnung. War der Moment gekommen, vor dem er sich schon so lange fürchtete?

Auf das Schlimmste gefasst, schnitt Gustav den Umschlag auf. Nein, seine Ahnung hatte ihn nicht getäuscht. Constanze hatte die Scheidung eingereicht.

Obwohl die Nachricht ihn nicht überraschte, traf sie ihn doch wie ein Schock. Alles in ihm drängte danach, nach Hause zu eilen. Kurzentschlossen ließ er den Maybach rufen, um sich nach Loschwitz chauffieren zu lassen.

Bedrohlich wie eine Trutzburg ragte die Familienvilla mit ihren Erkern und Türmen in den noch winterlichen Sonnenhimmel und warf ihre schwarzen Schatten in den Hof, als die Limousine vor der Freitreppe hielt und Gustav den Wagen verließ.

»Ist die gnädige Frau zu Hause?«

Robert, der langjährige Diener, empfing ihn in der Eingangshalle, um ihm aus dem Mantel zu helfen. »Sehr wohl. Die gnädige Frau ist in ihrem Boudoir.«

Mit einem Seufzer wandte Gustav sich zur Treppe. Im Geiste suchte er nach den passenden Worten, auch wenn es die in seiner Lage unmöglich geben konnte. Man konnte nur noch die Formen wahren, mehr nicht. Für den Fall, dass ihrer beider Zeit wirklich abgelaufen war, wollte er Constanze bitten, sich gütlich voneinander zu trennen – wenn nicht um seinetwillen, dann im Interesse der Bank. Er war dafür auch bereit, sie über die Scheidung hinaus in denkbar großzügiger Weise zu alimentieren.

Doch würde sie ihn überhaupt zu sich lassen?

Selbst in den besten Zeiten ihrer Ehe hatte sie nur ihrem allzu früh verstorbenen Sohn Arnim Zutritt zu ihrem Heiligtum gestattet. Für ihn aber war ihr Boudoir ebenso tabu wie für jedermann sonst.

Gustav blieb nichts anderes übrig, als es zu probieren.

»Constanze?«

Vorsichtig klopfte er an ihre Tür. Gleich darauf hörte er Schritte, und zu seiner großen Überraschung und noch größeren Erleichterung machte sie tatsächlich auf.

»Danke, meine Liebe.«

Bei ihrem Anblick zog sich ihm das Herz zusammen. Mein Gott, wie schön sie war … Sein Mund war so trocken, dass er kaum sprechen konnte.

»Hast du vielleicht fünf Minuten Zeit? Ich denke, wir sollten miteinander reden.«

Ohne jede Regung in ihrem makellosen, elfenbeinfarbenen Gesicht ließ sie ihre dunklen Augen auf ihm ruhen, und während er sich unter ihrem Blick fühlte wie ein Insekt unter einem Mikroskop, rückte sie an ihrer babylonischen Hochfrisur. Dann hob sie einmal voller Verachtung die Augenbraue und sagte:

»Wenn du etwas zu sagen hast, wende dich an meinen Anwalt.«

Ohne ein weiteres Wort ließ sie ihn stehen. Erst jetzt bemerkte er, dass sie im Mantel war und einen Handkoffer bei sich trug.

»Aber wo willst du denn hin, meine Liebe?«

Sie drehte sich nicht einmal um. »Das geht dich nichts mehr an«, sagte sie nur und verschwand die Treppe hinunter.

4

Wie ein verliebtes Ehepaar standen die beiden Automobile Seite an Seite am Straßenrand, als Tino den Flugplatz verließ: seine neue, viertürige Horch-Limousine, eine Familienkutsche mit extra großem Kofferraum, die er gleich nach der Hochzeit angeschafft hatte, weil sie ja jetzt eine richtige Familie waren – und daneben Rahels Cabriolet, derselbe kleine Sportflitzer, in dem Tino einst als Junggeselle durch Berlin gebraust war und in dem er seiner unlängst angetrauten Frau das Fahren beigebracht hatte.

Während Rahel mit Alex im Flieger-Casino zurückgeblieben war, um mit ihrem Lehrer weitere Übungsflüge zu vereinbaren, startete Tino den Motor. Ein Blick auf die Uhr sagte ihm, dass er mal wieder spät dran war, doch wenn er ordentlich Gas gab, würde er es noch rechtzeitig bis zum Potsdamer Platz schaffen. Vorsichtshalber strich er einmal über die Nelke im Knopfloch seines braun-beige gestreiften Jacketts – sein floraler Glücksbringer, den er sich täglich ans Revers steckte.

Denn Glück würde er heute brauchen. Der Vorstandsvorsitzende der Universum Film AG, Emil Georg von Stauß, hatte den Vorstand einberufen, um über die wichtigsten Vorhaben der Filmfabrik bis Ende des Jahres zu beraten. Und als Finanzdirektor des Unternehmens, in welcher Eigenschaft Tino der Ufa seit ihrer Gründung angehörte, war es nicht nur seine Aufgabe, die dafür nötigen Gelder bereitzustellen; von noch größerer Wichtigkeit war, seinem Freund Erich Pommer beizustehen, dem Produktionsdirektor, der vom Filmen mehr verstand als irgendjemand sonst in Deutschland, jedoch einfach nicht mit Geld umgehen konnte. Bei dem Gedanken, welche Unsummen sein Freund das Unternehmen, vor allem aber, wie viele Nerven er ihn in den vergangenen Jahren gekostet hatte, bereute Tino, dass er sich für die Sitzung mit nur einer Nelke gewappnet hatte. Zwei wären besser gewesen, vielleicht hatte Rahels Jungfernflug ja das Glück des einen Exemplars, das in seinem Knopfloch steckte, bereits verbraucht.

Für zwölf Uhr war die Sitzung anberaumt, drei Minuten vor der Zeit erreichte Tino das Piccadilly-Haus am Potsdamer Platz, in dem die Ufa ihren Firmensitz hatte. Allerdings hatte das langgestreckte, sechs Stockwerke hohe Gebäude mit dem Kuppelvorbau seit kurzem einen neuen Namen – »Haus Vaterland« hieß es jetzt, wie ein Omen prangten die meterhohen Lettern über dem Eingang, vor dem Pommer bereits wartete, mit seiner unvermeidlichen Zigarettenspitze in der Hand.

»Hast du es überlebt?«, fragte er mit einem spöttischen Grinsen, als Tino aus dem Wagen stieg.

»Spar dir deine Witze. Stauß wartet. Und du weißt ja, wie sehr er Unpünktlichkeit hasst. Bist du bereit?«

»Natürlich.« Wie immer, wenn Pommer Zustimmung signalisierte, zeigte seine Zigarettenspitze in die Höhe.

»Das will ich hoffen. Vor allem für dich.« Tino senkte die Stimme. »Wenn du deine Sache gut machst, wartet eine Überraschung auf dich. Tipptopp.«

»Eine Überraschung?«, wiederholte Pommer.

Jetzt war es Tino, der grinste. Sein Freund war der intelligenteste Mensch, den er kannte. Umso mehr genoss er deshalb nun den dämlichen Ausdruck in dessen fein geschnittenem Gesicht.

»Geduld, mein Lieber«, sagte er. »Du wirst es schon früh genug erfahren. Bis dahin wird nichts verraten. Sonst wäre es ja keine Überraschung, nicht wahr?«

5

»Sag, Mama, wenn ich groß bin – darf ich dann auch fliegen?«

»Ja, Alex. Aber erst, wenn du wirklich groß bist.«

»Juchhu! Ich will nämlich Pilot werden!«

»Das ist ja das Allerneuste! Ich dachte, du willst Schutzmann werden!«

»Jetzt nicht mehr! Jetzt will ich Pilot werden! Und immer nur fliegen! Rund um die ganze Welt! Und dich nehme ich überallhin mit!«

»Das sind ja schöne Aussichten. Aber bis dahin ist wohl noch ein bisschen Zeit. Jetzt erst mal ab nach oben!«

Wie ein geölter Blitz schoss Alex die Treppe hinauf. Seit ihrem Flug hatte sein Plappermaul keine Minute stillgestanden, und auf dem Weg vom Auto zum Haus war er wie ein Hündchen um Rahel herumgehüpft. Auch sie war noch ganz aufgewühlt, ihr Jungfernflug war noch viel aufregender, viel großartiger gewesen, als sie sich vorgestellt hatte – und gleichzeitig ganz und gar anders. Die unglaubliche Kraft, die der Motor beim Start entfaltet hatte ... das herrliche Kribbeln im Bauch, als es steil in die Höhe gegangen war ... die Leichtigkeit, mit der sie über die Baumwipfel hinweggesetzt hatten ... und dann dieses plötzliche, allumfassende Schweigen hoch droben in den Lüften, wie wenn man einen Berg erklommen hat und vor lauter Andacht und Staunen und wortloser Glückseligkeit ins Tal hinabschaut ... Alles um sie herum schien mit einem Mal stillgestanden zu haben, in einem Schwebezustand vollkommener Harmonie.

Konnte es etwas Schöneres geben?

»Wann kommst du endlich, Mama? Ich muss aufs Klo!«

Mit zusammengekniffenen Beinen wartete Alex auf dem Treppenabsatz. Dabei schien sein Gesichtchen nur noch aus den vielen tausend Sommersprossen zu bestehen, die er von ihr geerbt hatte.

»Keine Sorge, ich bin ja schon da.«

Rahel schloss die Etagentür auf. Noch immer befremdete sie der Anblick der kahlen Wände im Flur. Als wären die Menschen, die hier gewohnt hatten, ausgezogen, zeugten nur leere, unterschiedlich große Rechtecke auf den Tapeten von den Bildern, die früher hier gehangen hatten. Tino hatte seine gesamte Kunstsammlung verkauft, um ihr zur Hochzeit das Flugzeug zu schenken.

Mit einem Seufzer zog sie den Mantel aus. Sosehr sein Liebesbeweis sie beglückte, machte er ihr gleichzeitig Angst. Die Bilder waren Werke bekannter Expressionisten gewesen, von Dix und Grosz und

Beckmann und Kokoschka und Kandinsky, dazu außerdem Werke von Künstlern, die Tino selbst entdeckt hatte.

War es überhaupt möglich, sich eines solchen Liebesbeweises würdig zu erweisen?

6

Wie nicht anders zu erwarten, saß Stauß mit bereits gezückter Taschenuhr am Kopfende des Konferenztisches, als Tino und Pommer den Raum betraten. Mit seinem blassen Dutzendgesicht und der hohen Stirnglatze sowie seinem allzu knapp sitzenden Anzug, dem verrutschten Binder und dem nur unzulänglich gesteiften Stehkragen sah er aus wie ein Volksschullehrer aus der Mark Brandenburg. Doch seine harmlose Erscheinung entsprach in keiner Weise seiner Stellung in der Welt. Tatsächlich war Emil Georg von Stauß nicht nur Vorstandsvorsitzender der Universum Film AG, sondern zugleich auch Generaldirektor der Deutschen Bank sowie Mitglied in den Vorständen und Aufsichtsräten Dutzender Großunternehmen und damit einer der einflussreichsten Industriellen des ganzen Reichs – ein Mann, der es mit dem Schicksal selbst aufnehmen konnte.

»Auch schon da, Reichenbach?«, fragte er spöttisch, als Tino sich setzte. »Und sogar fast pünktlich? Muss man sich Sorgen machen?«

Stauß klappte den Deckel seiner Taschenuhr zu. Trotz der Verspätung war er sichtlich guter Laune, nicht anders als die übrigen Vorstandsherren am Tisch, die pflichtschuldig über das Witzchen ihres Vorsitzenden lachten. Kein Wunder – der Universum Film AG ging es prächtig: Das Unternehmen hatte inzwischen viertausend Angestellte, es produzierte zwanzig Prozent aller in Deutschland hergestellten Filme und betrieb in Babelsberg auf achttausend Quadratmetern das größte Filmstudio ganz Europas. Und obwohl die im letzten Herbst angelaufenen »Nibelungen« den ganzen Winter über in den Lichtspielhäusern gezeigt worden waren, spülten sie weiter Tag für Tag frisches Geld in die Kassen.

»Zur Tagesordnung!« Mit gebotenem Ernst wandte Stauß sich an Pommer. »Ihre Produktionsstrategie, wenn ich bitten darf.«

»Mit Vergnügen, Herr Generaldirektor. Erstens: volle Konzentration auf den deutschen Qualitätsfilm. Zweitens: schnellstmöglicher Stapellauf unseres Flaggschiffs ›Metropolis‹. Drittens: Sturmangriff auf Hollywood.«

Stauß wiegte den Kopf. »Sie wollen also den Amerikanern tatsächlich den Kampf ansagen? Obwohl die Profitabilität unseres Unternehmens noch keineswegs im gewünschten Maß seiner Größe entspricht? Und ›Metropolis‹ bis jetzt nichts als Kosten produziert?«

Tino schielte nach der Zigarettenspitze seines Freundes. Die zeigte unbeirrt in die Höhe. »Ich bin mir der Probleme bewusst«, sagte Pommer. »Doch hege ich nicht den geringsten Zweifel, dass wir die gesteckten Ziele erreichen. Bei allen Großfilmen der Vergangenheit, von ›Anna Boleyn‹ über ›Dr. Mabuse‹ bis zu den ›Nibelungen‹, hat es während der Produktion Budgetüberschreitungen gegeben, was uns aber nicht daran hinderte, an den Erfolg zu glauben. Zum Glück, wie wir heute wissen. Denn all diese Filme haben die Kosten mehr als wettgemacht. Und wenn Regisseur Fritz Lang mit ›Metropolis‹ gelingt, was die Dreharbeiten versprechen, nämlich das bedeutendste Filmkunstwerk aller Zeiten – dann wird sich in diesem Fall unsere Erfolgsstrategie nicht nur wiederholen, vielmehr wird dieser Film alle Rekorde brechen.«

»Sehr richtig«, sprang Tino ihm bei. »Nicht kleckern, sondern klotzen heißt die Devise. Abgesehen von den erfreulich sprudelnden Einnahmen, die wir unseren fertigen Produktionen verdanken, geht in diesem Jahr ja die Ufa-Wochenschau an den Start. Da diese Ihre eigene Erfindung ist«, fügte er mit einer Verbeugung in Stauß' Richtung hinzu, »brauche ich die Erfolgsaussichten nicht zu betonen. Die Wochenschau wird sich als eine Gelddruckmaschine erweisen, mit deren Hilfe wir das Wachstum unseres Unternehmens praktisch aus der Hosentasche finanzieren können …«

Er hielt kurz inne, um Stauß' Reaktion abzuwarten. Der hatte wie bei jeder Konferenz ein Glas Natronlösung vor sich stehen für den Fall, dass sein Sodbrennen ihn plagte. Doch statt von dem Mittel Gebrauch zu machen, nickte er zustimmend mit dem Kopf.

Erfreut wollte Tino fortfahren, aber ein anderer kam ihm zuvor: Alexander Grau, Stauß' Stellvertreter und Leiter der Ufa-Theaterabteilung.

»Wenn ich mir eine Bemerkung erlauben darf?«

Tino konnte den Major a. D., der sich trotz seines Zivilanzugs immer noch gerierte, als würde er Galauniform und Orden tragen, nicht ausstehen. Als General Ludendorffs einstiger Pressechef hatte Grau zwar mitgeholfen, die Ufa aus der Taufe zu heben, um der damaligen Kriegsmüdigkeit der Bevölkerung mit Hilfe bewegter Bilder entgegenzuwirken, doch als sich mit der Niederlage des Kaiserreichs der ursprüngliche Zweck des Unternehmens erübrigt und Stauß in der Erwartung, dass sich mit Kunst und Unterhaltung mehr Geld verdienen ließe als mit Propaganda, beschlossen hatte, Spielfilme zu produzieren, war der Major a. D. ins Abseits geraten. Er war jetzt nur noch eine Art besserer Frühstücksdirektor, der bei jeder Gelegenheit versuchte, seine Bedeutungslosigkeit durch Wichtigtuerei zu kompensieren.

»Nur heraus mit der Sprache«, erteilte Stauß ihm das Wort.

Grau richtete sich auf seinem Stuhl auf. »Ich nenne nur einen Namen, meine Herren – Alfred Hugenberg.« Mit bedeutungsvoller Miene warf er einen Blick in die Runde. »Die Universum Film AG hat mit dem Inhaber der Scherl-Verlagsgruppe einen Nichtangriffspakt geschlossen. Darin haben beide Seiten vertraglich vereinbart, auf das Wildern in den Revieren des Konkurrenten zu verzichten.« Er legte eine Kunstpause ein und wartete, bis alle Augen auf ihn gerichtet waren. »Wenn wir dagegen verstoßen – werden wir dann nicht einen Krieg vom Zaun brechen?«

7

Zur selben Zeit stand Alfred Hugenberg am Fenster seines nur wenige hundert Meter vom Potsdamer Platz entfernten Kontors im Zollernhof, der Kommandozentrale seines Firmenimperiums, und während er mit der Hand über das in sechzig Jahren ergraute Stehhaar strich, blickte er hinunter auf die Lindenbäume, denen Berlins prachtvollster Boulevard seinen Namen verdankte. An den noch winterkahlen Bäumen trieben kaum sichtbar die ersten Blätter des neuen Jahres. Wie oft hatte er die Linden hier schon erblühen sehen? Vor zwanzig Jahren hatte er das Ruhrgebiet verlassen, wo er im Bergbau und in der Stahlindustrie tätig gewesen war, unter anderem als Direktor der Friedrich Krupp AG, um in der Mitte seines Lebens noch mal einen Neuanfang zu wagen. Der Erfolg hatte seinen Mut reich belohnt. In den zwei Jahrzehnten, die er nun im Zollernhof residierte, war es ihm gelungen, mit der Scherl-Verlagsgruppe nicht nur Deutschlands größten Pressekonzern aufzubauen, sondern auch ein Unternehmen, dessen Profitabilität sogar die der Friedrich Krupp AG in den Schatten stellte, und jedes Mal, wenn im Frühjahr die Linden unter seinem Fenster aufs Neue grünten, war es weiter aufwärtsgegangen.

Doch galt das auch für dieses Jahr?

»Die Ufa wirft uns den Fehdehandschuh hin. Darf ich fragen, was Sie zu tun gedenken?«

Hugenberg drehte sich um. Vor ihm stand sein langjähriger Adlatus Ludwig Klitzsch, der ihm aus Essen nach Berlin gefolgt war, ein semmelblonder Endvierziger mit roten Wangen wie ein Kompaniefeldwebel und strammem Mittelscheitel. Wie stets hatte er Notizblock und Stift gezückt, um etwaige Anweisungen schriftlich zu fixieren.

Hugenberg nahm seine Nickelbrille ab, und während er mit Daumen und Zeigefinger die Druckstellen auf seinem Nasenrücken rieb, sagte er: »Nichts.«

»Nichts?«, wiederholte Klitzsch. »Aber … aber die ›Deulig Woche‹ ist unser ertragreichstes Produkt, und wenn die Ufa jetzt mit einer eigenen Wochenschau …« In seiner Verblüffung verlor er den Faden. »Außerdem, auf der Rundfunkausstellung haben Sie unlängst gesagt, wenn die Ufa Krieg will, soll sie Krieg haben – Ihre eigenen Worte.«

Hugenberg schüttelte den Kopf. »Alles zu seiner Zeit, und die Zeit, um zuzuschlagen, ist noch nicht gekommen. Wenn wir jetzt den Fehdehandschuh aufnehmen, riskieren wir einen sinnlosen Stellungskrieg, bei dem beide Seiten nur Geld verlieren. – Nein«, entschied er,

»halten wir uns vorerst bedeckt und verfolgen weiter unsere bisherige Strategie. Irgendwann wird uns die Ufa in den Schoß fallen wie eine reife Frucht.«

»Sie meinen, Gustav Reichenbach soll weiter Aktien an der Börse kaufen?«

»Ja, und zwar noch heute. Die Ufa-Papiere sind um drei viertel Prozent gefallen. Das sollten wir nutzen.«

Klitzsch steckte sein Schreibzeug ein und ging ans Telefon, um sich mit der Reichenbach Bank in Dresden verbinden zu lassen. Hugenberg hörte, wie sich am anderen Ende eine weibliche Stimme meldete.

»Ich wünsche den Herrn Direktor zu sprechen«, sagte Klitzsch in die Muschel hinein.

Wieder antwortete die weibliche Stimme. Klitzsch lauschte eine Weile, dann legte er unverrichteter Dinge den Hörer wieder auf.

»Reichenbach hat sich bis auf weiteres in der Bank abgemeldet«, erklärte er.

»Hm«, machte Hugenberg. »Hat man gesagt, wo man ihn sonst erreichen kann?«

Klitzsch schüttelte den Kopf. »Das scheint niemand in der Bank zu wissen. Laut seiner Sekretärin hat er keine Adresse hinterlassen. Und zu Hause weiß angeblich auch niemand etwas über seinen Verbleib.«

8

»Um Hugenberg müssen wir uns keine Sorgen machen«, erklärte Tino. »Er hat bis jetzt stillgehalten, also wird er das auch weiterhin tun.«

»Für einen Oberleutnant a. D. ist das eine erstaunlich leichtsinnige Einschätzung der Lage«, erwiderte Grau.

»Außerdem«, fuhr Tino unbeirrt fort, »ist es aus politischer Sicht nur zu begrüßen, wenn die Ufa-Wochenschau den völkischen Hetzern Paroli bietet, die sich der Unterstützung des Herrn Hugenberg und seiner ›Deulig Woche‹ in so reichlichem Maß erfreuen.«

Grau verschlug es für einen Moment die Sprache. Erich sah es mit Vergnügen. Es war ein offenes Geheimnis, dass der Major sich an dem Putsch beteiligt hatte, mit dem Ludendorff und Hitler im November 23 versucht hatten, die Macht an sich zu reißen. Zwar war der Aufstand in kürzester Zeit niedergeschlagen worden, doch inzwischen waren sämtliche Putschisten wieder auf freiem Fuß, und das Verbot der NSDAP war gleichfalls aufgehoben worden – Grau trug sein Parteiabzeichen sogar schon wieder offen am Revers. Doch im Unterschied zu Tino hielt Erich den Mund. Da er nicht getauft, sondern beschnitten war, würde alles, was er sagte, ihm ja doch nur zum Nachteil ausschlagen.

Grau hatte sich inzwischen wieder gefangen. »Wenn Sie mit völkischen Hetzern diejenigen in unseren Reihen meinen, die der Verjudung des deutschen Volkes entgegentreten ...«

»Wollen Sie etwa einen der hier anwesenden Herren beleidigen?«, parierte Tino.

»Wie kommen Sie denn darauf?«, fragte Grau mit Unschuldsmiene. »Aber wenn Sie an jemand Bestimmtes denken ...«

»Schluss mit der Politik!«, entschied Stauß. »Die Ufa ist keine Quasselbude, sondern ein Wirtschaftsunternehmen!« Er fasste sowohl Tino als auch Grau einmal ins Auge, dann wandte er sich mit einem aufmunternden Kopfnicken an Erich: »Wenn Sie bitte fortfahren würden, Herr Pommer? Stichwort deutscher Qualitätsfilm.«

»Danke.« Erich räusperte sich. »Außer ›Metropolis‹ steht in diesem Jahr noch die Verfilmung von Goethes ›Faust‹ an. Damit können wir der Welt in einzigartiger Weise zeigen, was wir mit deutschem Qualitätsfilm meinen.«

»Und das Brot-und-Butter-Geschäft?«

»Wir haben jeweils ein halbes Dutzend Komödien und Detektivfilme in Vorbereitung, mit deren Titeln ich Sie allerdings nicht langweilen möchte. Viel wichtiger ist mit Blick auf die Umsetzung unserer Strategie die Verfilmung zeitgenössischer Literatur. Hier stehen vor allem die ›Buddenbrooks‹ von Thomas Mann auf dem Programm.«

Stauß nickte. »Ein herausragender Roman.«

»In der Tat«, bestätigte Tino. »Meine Frau ist überzeugt, dass er irgendwann den Nobelpreis bekommen wird. Wir sollten uns also die Lizenz so schnell wie möglich sichern, sonst zahlen wir uns am Ende noch dumm und dämlich …«

»Da Sie Ihre Frau erwähnen«, sagte Stauß. »Gibt es inzwischen einen Karriereplan für den künftigen Ufa-Star Christel Reichenbach?«

»Vielleicht sollte besser ich diese Frage beantworten«, entgegnete Erich. »Herr Reichenbach ist doch zu sehr Partei.« Er wartete, bis Stauß nickte, dann fuhr er fort: »Bevor wir Christel Reichenbach mit einer Hauptrolle besetzen, werden wir sie in zwei Nebenrollen an ihre künftigen Aufgaben heranführen – einmal in ›Walzertraum‹, einer romantischen Komödie, und einmal in ›Metropolis‹. Auf diese Weise können wir die ganze Bandbreite ihres fraglos außergewöhnlichen Talents …«

»Sehr gut.« Stauß warf einen Blick auf die Uhr. »Ich verlasse mich da ganz auf Sie, Pommer. Aber bevor ich die Sitzung schließe, erteile ich noch einmal Finanzdirektor Reichenbach das Wort.«

»Welches ich mit Freuden ergreife«, nahm Tino den Faden auf. Er schaute Erich an, und mit ungewohnt feierlicher Stimme sagte er: »Aufgrund des überragenden Erfolgs unserer Spielfilmproduktionen hat der Aufsichtsrat der Universum Film AG beschlossen, Herrn Produktionsdirektor Erich Pommer eine Sondergratifikation in Höhe von dreihunderttausend Mark zukommen zu lassen.«

»Was sagst du da?«, platzte Erich so laut heraus, dass alle Köpfe zu ihm herumflogen.

»Die Überraschung, von der ich sprach«, erwiderte Tino mit einem Grinsen.

»Die eigentlich gar keine ist«, ergänzte Stauß. »Die Gratifikation ist schließlich eine Ihnen vertragsmäßig zustehende Erfolgsbeteiligung. Oder ist es etwa möglich, dass Sie Ihren Vertrag gar nicht gelesen haben?«

»Um … um ehrlich zu sein …«, stammelte Erich.

»Lieber nicht!«, lachte Stauß. »Es ist uns allgemein bekannt, dass

Sie kein Buchhalter sind.« Immer noch lachend schüttelte er den Kopf. »Haben Sie wenigstens eine Idee zur Verwendung des Geldes?«

»Und ob!«, antwortete Erich, diesmal wie aus der Pistole geschossen. »Die habe ich!«

9

Obwohl Constanze Reichenbach die fünfzig schon seit geraumer Zeit überschritten hatte, war sie nach wie vor eine Frau in ihrer Blüte. Hatte sie diese Bevorzugung des Schicksals dem besonderen Blut in ihren Adern zu verdanken? Ihr Vater, bis zu seinem Bankrott Inhaber einer angesehenen Tuchfabrik, war ein Mann von unvergleichlich eleganter Lebensart gewesen, der sie aufs glanzvollste in die Dresdner Gesellschaft eingeführt hatte, bevor er beim Reinigen eines Jagdgewehrs ums Leben gekommen war. Oder verdankte sie ihre erstaunliche Jugendfrische der Liebe, die im Herbst ihrer Jahre auf so wunderbare Weise noch einmal in ihr entflammt war?

Ja, Constanze Reichenbach liebte – liebte Alexander Grau, der wie ein Gott in ihr altes, verbrauchtes Leben gefahren war, das sie so viele Jahre an der Seite eines ihr ebenso wesensfremden wie ungeliebten Mannes geführt hatte, um ihr ein neues, unverbrauchtes Leben zu schenken. Wie immer, wenn sie sich mit ihm zur Feier ihrer Liebe traf, hatte sie sich in der Fürstensuite des »Dresdner Hofs« einquartiert. Doch anders als die Male zuvor, würde ihre Zusammenkunft heute nicht nur süßer Vorgeschmack auf ihr künftiges Leben sein, sondern Beginn dieses Lebens selbst.

Bekleidet nur mit einem Negligé, das ihre Reize mehr entblößte als verhüllte, trat sie im Bad vor den Spiegel, um letzte Hand an ihr Äußeres zu legen. Sorgfältig zog sie die Lippen nach, frischte zur Belebung des Teints ihr Wangenrouge auf und flocht eine Strähne, die sich aus der Frisur gelöst hatte, wieder in das kunstvolle Arrangement auf ihrem Kopf. Alexander durfte niemals erfahren, dass zur Restaurierung verloren gegangenen Volumens fremde Flechten in ihr Haupthaar eingearbeitet waren, in derselben Lockung und demselben Farbton wie ihr eigenes. Sosehr Alexander sie auch lieben mochte – er war ein Mann, und seine Selbstachtung als solcher würde es nicht dulden, sich mit einer verblühten Frau zu vermählen, zumal er um etliche Jahre jünger war als sie.

Zufrieden mit dem Bild, das der Spiegel von ihr gab, verließ Constanze das Bad und ließ noch einmal einen prüfenden Blick durch den Salon schweifen. Auf der Anrichte stand die Schale mit den Austern, daneben der eisgekühlte Kübel mit der schon geöffneten Champagnerflasche sowie ein Kistchen mit Alexanders Lieblingszigarren. Und auf dem doppelten Bett, das durch die offene Verbindungstür im angrenzenden Schlafgemach zu sehen war, war die Decke einladend zurückgeschlagen. Beim Anblick ihres Liebeslagers, in dem sie Momente nie geahnter Glückseligkeit erlebt hatte, durchströmte das Verlangen sie mit solcher Macht, dass sie beinahe das Klopfen an der Tür überhört hätte.

»Herein!«

Noch während sie ihr Dekolleté richtete, trat Alexander ein, gertenschlank, das Haar in der Mitte symmetrisch gescheitelt – jeder Zoll ein Offizier. Doch statt vor ihr niederzusinken, wie er es oft bei ihren intimen Begegnungen tat, oder sie in die Arme zu schließen, verharrte er, kaum dass er die Tür geschlossen hatte, im Raum, als hätte er einen Stock verschluckt – nicht mal zu einem Handkuss bequemte er sich. Das hübsche Gesicht zu einer Grimasse verzogen, der herrliche Fritzenblick trübsinnig ermattet, stand er da, als sei er sich selbst eine Last.

»Was ist mit dir, mein Liebster?«, fragte sie. »Ist dir nicht gut? – Warte«, sie eilte zur Anrichte, »ich gebe dir ein Glas Champagner. Das wird dich beleben.«

Er aber schüttelte den Kopf. »Nein, keinen Champagner, ich brauche einen Schnaps!«

»Natürlich, mein Liebster, ich werde danach läuten! Aber sag, was passiert ist. So kenne ich dich ja gar nicht.«

Er ließ ein unwilliges Schnauben vernehmen. »Wenn du wüsstest, wie man mich gedemütigt hat …«

»Dich – gedemütigt?« Sie küsste seine Hand. »Wie soll das möglich sein?«

»Das musst du deinen Herrn Sohn fragen.«

»Tino?«

»Ja, Konstantin Reichenbach, Finanzdirektor der Universum Film AG. Mit Einverständnis des Vorstandsvorsitzenden Stauß sowie des Aufsichtsrats hat er sich entblödet, seinem Intimus Pommer eine Gratifikation von dreihunderttausend Mark zuzuschanzen – für angeblich besondere Verdienste. Dass ich nicht lache! Obwohl dieser Jude mit jedem Film, den er produziert, die Firma an den Rand des Ruins treibt, wird ihm das Geld in den Rachen geworfen. Während ich, der ich von morgens bis abends für das Wohl des Unternehmens …«

»Was bedeutet schon Geld?«, unterbrach ihn Constanze, erleichtert, dass nichts Schwerwiegenderes der Grund seiner Verstimmung war. »Es gibt doch so viel schönere, so viel wichtigere, so viel bedeutendere Dinge im Leben.« Sie hielt einen Moment inne, um ihren Worten gebührenden Nachdruck zu verleihen. »Ich habe heute die Scheidung eingereicht, ganz offiziell. Per eingeschriebenem Brief, durch meinen Anwalt, um allen formalen Anforderungen Genüge zu tun.«

Voller Erwartung schaute sie ihn an. Doch Alexander sagte nichts, noch regte sich seine Miene. Verständnislos erwiderte er ihren Blick.

»Ja, verstehst du nicht?«, fragte sie. »Jetzt musst du nur denselben Schritt tun wie ich und gleichfalls deine Ehe beenden – und ich bin für immer dein, ganz und gar!«

Sie zog ihn zu sich, damit er sie küsste, doch er entzog ihr seine Hand.

»Aber freust du … freust du dich denn gar nicht?«

Fast böse erwiderte er ihren Blick. »Wenn du wüsstest, was heute noch beschlossen wurde, würde dir auch der Spaß vergehen. Rahel Rosenberg, verehelichte Reichenbach, die Frau Gemahlin deines Herrn Sohnes – sie soll als der neue Stern am Ufa-Himmel aufgehen.«

»WAS sagst du da?« Constanze ballte unwillkürlich die Fäuste.

»Ja, du hast richtig gehört. Stauß und dein Sohn und allen voran natürlich der Jude Pommer wollen deine israelitische Schwiegertochter ganz groß rausbringen. Und damit die Rechnung aufgeht und niemand den Braten riecht, hat man ihr einen Namen verpasst, wie er christlicher nicht sein könnte: *Christel* Reichenberg.«

Constanze rückte an ihrer Frisur. »Ich glaube, jetzt brauche ich auch etwas Starkes.«

10

Das Automobil stand mit laufendem Motor zum Einsteigen bereit.

»Ein Taxi?«, staunte Gertrud, als Erich sie und ihren Sohn am Nachmittag in ihrem Schöneberger Haus abholte, wo sie zur Miete wohnten. »An einem gewöhnlichen Alltag?«

Statt zu antworten, drängte er sie und das Hänschen in den Wagen. Er liebte es, Gertrud zu überraschen, denn niemand war so dankbar für Überraschungen wie sie. Nie würde er vergessen, wie glücklich sie gewesen war, als er die Miele Elektro-Waschmaschine angeschafft hatte, damit sie sich in der Waschküche nicht länger mit dem Waschbrett abmühen musste – ihr Gesicht hatte gestrahlt wie einst im Mai. Ja, Gertrud war der Hauptgewinn seines Lebens, das große Los, das er vor über zehn Jahren gezogen hatte, als er mit ihr unter der Chuppa vor den Rabbiner getreten war, um ihr das Jawort zu geben, und obwohl das Leben an seiner Seite nicht wenige Spuren an ihr hinterlassen hatte, ihre einstmals goldblonden Locken inzwischen stumpf und matt geworden waren und die Falten um Mund und Augen überdeutlich von ihren vielen Sorgen zeugten, hatte es nie eine andere Frau in seinem Leben gegeben. An Gelegenheiten hatte es ihm nicht gemangelt, es gab zahllose hübsche Schauspielerinnen, die zu allem bereit waren, wenn sie nur eine Rolle bekamen, aber er war nie in Gefahr gewesen, einer der Verführungen zu erliegen. Mit ihrer Mitgift hatte Gertrud es ihm ermöglicht, noch während des Krieges, als er im Felde gestanden hatte, eine eigene Produktionsgesellschaft zu gründen. Vor allem aber hatte sie ihm einen Sohn geschenkt, das Hänschen, und die kleine Familie, in deren Dienst sie ihr ganzes Dasein stellte, war ihm der Hafen, in dem er die zur Erholung von seinem aufreibenden Beruf so notwendige Ruhe fand.

Aber noch nie hatte Erich für seine beiden Lieben eine so großartige Überraschung parat gehabt wie heute.

»Wo fahren wir hin?«, wollte das Hänschen wissen.

»Das ist ein Geheimnis.«

Auch Gertrud wollte wissen, wohin ihre Reise führte. Aber Erich schwieg sich eisern aus. Während es von Schöneberg über Wilmersdorf und Halensee in Richtung Grunewald ging und von dort aus über die Avus weiter nach Süden, genoss er mit diebischer Freude ihre Ahnungslosigkeit. Erst als die Potsdamer Chaussee in die Königstraße mündete und zwischen den Bäumen die im Frühlingssonnenschein glitzernden Wellen des Wannsees hervorschimmerten, fiel bei Gertrud der Groschen.

Ungläubig schaute sie Erich an. »Das ist nicht dein Ernst ...«

»Und ob das mein Ernst ist, mein Trudchen.«

Der Chauffeur bog in die Bergstraße ein und hielt vor dem Haus mit der Nummer sieben, einer von hohen Fichten umstandenen Landhausvilla mit Türmchen und Terrassen und einem gläsernen Wintergarten.

»Dann wollen wir mal sehen, wer hier wohnt«, sagte Erich. Während das Hänschen aufgeregt vorauslief, half er seiner Frau aus dem Wagen.

An der Gartenpforte hing ein handgeschriebener Zettel.

Familie Erich Pommer

Als Gertrud den Namen sah, stieß sie einen Freudenschrei aus.

»Ist die Überraschung geglückt?«, fragte er. Und ohne ihre Antwort abzuwarten, platzte aus ihm heraus, was er während der Fahrt nur mit Mühe unterdrückt hatte: »Ich habe dir immer versprochen: Eines Tages werden wir unsere Villa am Wannsee haben. Jetzt ist es so weit.«

»Aber das«, stammelte Gertrud, »das können wir uns doch unmöglich leisten!«

Erich nahm sie in den Arm. »Du hast ja keine Ahnung, wie wohlhabend dein Mann ist. Die Villa hatte ich schon lange im Auge, und als ich heute erfuhr, dass ich eine Gratifikation von dreihunderttausend Mark bekomme, habe ich sofort den Makler angerufen.«

Gertruds Augen waren tränennass, doch gleichzeitig leuchteten sie vor Glück. »Du wunder-, wunderbarer Mann …«

»Ach Trudchen.« Erich drückte sie an sich und gab ihr einen Kuss. »Ich will doch nur, dass ihr zwei glücklich seid, du und das Hänschen.«

11

Missgelaunt blickte Alexander Grau auf den Abendbrottisch.

»Wieder nur Teewurst und Käse?«

»Oh, der Herr Major wünscht wohl Lachs und Kaviar zu speisen?«, erwiderte Erna, seine Frau. »Dagegen hätten wir auch nichts einzuwenden, bei Gott nicht! Aber wenn Euer Gnaden so wenig verdienen, dass wir ohne die Unterstützung meines Vaters nicht über den Monat kommen …«

»Nicht vor den Kindern!« Grau schlug mit der Hand auf den Tisch, dass das Geschirr darauf klirrte. »Wie oft soll ich das noch sagen?«

Erna schnaubte nur einmal verächtlich durch die Nüstern ihrer Stummelnase, die ihr zusammen mit dem fleischigen, rosafarbigen Gesicht das Aussehen eines frisch gewaschenen Ferkels gab, dann setzte sie schmatzend ihre Mahlzeit fort, während die Kinder, der vierzehnjährige Hubert, der neuerdings mit den Tücken des Stimmbruchs zu kämpfen hatte, sowie die zwei Jahre jüngere Tochter Friederike, die der Mutter auf geradezu lächerliche Weise nachgeraten war, auf Tauchstation gingen und sich stumm kauend über ihr Abendbrot beugten.

Grau rührte keinen Bissen an, ihm war der Appetit vergangen. Eigentlich hatte er über Nacht in Dresden bleiben wollen, um mit Constanze Austern und Schampus zu schlürfen, doch mit der Nachricht, dass sie tatsächlich die Scheidung eingereicht hatte, hatte sie ihm einen solchen Schrecken eingejagt, dass er unter Verzicht auf jede weitere Verrichtung nach Berlin zurückgekehrt war. Hätte er geahnt, dass sie so schnell Nägel mit Köpfen machen würde, hätte er sich bei seiner Entlassung in Landsberg, wo er zusammen mit Hitler und einem Dutzend Kameraden eingesessen hatte, gehütet, ihr als Antwort auf die Ankündigung, sich von ihrem Ehemann zu trennen, seine unverbrüchliche Liebe zu beteuern. Jetzt konnte er froh sein, dass sie auf sein Ablenkungsmanöver mit der verhassten Schwiegertochter hereingefallen war, so dass er sich aus dem Staub hatte machen können, ohne dass Constanze Argwohn geschöpft hatte. Natürlich wollte er sie als Geliebte behalten, sie war eine Frau von mustergültiger Gesinnung, auch war ihm noch kein Weib untergekommen, das im Bett ein solches Temperament bewies wie sie, und als ehemaliger Gardeoffizier kannte er sich damit wahrhaftig aus. Aber alles zu seiner Zeit. Er würde einen Teufel tun, schon jetzt ihrem Wunsch nachzugeben und sich aus dem Ehestand zu lösen. Obwohl es ihm zuwider war, sich von einem Schnapsfabrikanten alimentieren zu lassen, konnte er es sich schlechterdings nicht leisten, auf die Zuwendungen seines Schwiegervaters zu verzichten. Nein, erst musste er sicher sein, dass Constanze auch in Zukunft in Verhältnissen lebte, in denen Geld keine Rolle spielte – vorher würde er keinen Finger rühren! Gustav Reichenbach stand zwar im Ruf, ein Gemütsmensch von geradezu eselhafter Geduld zu sein, doch wer weiß, wozu er sich hinreißen ließ. Man hatte schon Pferde kotzen sehen, und ein um seine Liebe betrogener Ehemann war zu allem fähig.

»Die Abendpost, Herr Major.«

Das Dienstmädchen Trixi, ein hübsches rothaariges Ding, das er schon vor Constanzes Zeiten zu dem Zweck eingestellt hatte, sich hin und wieder für sein tristes Eheleben schadlos zu halten, trat mit einem entzückenden Lächeln auf ihn zu. Kurzerhand beschloss er, sie später am Abend in ihrer Kammer aufzusuchen – schließlich war er mit geladener Pistole nach Dresden gefahren und hatte sein Pulver noch nicht verschossen. Doch als er den Absender auf dem Briefkuvert sah, das sie ihm auf einem Tablett reichte, hob er überrascht die Brauen.

General Ludendorff? Nanu, was wollte der denn?

Mit dem Brotmesser öffnete er den Umschlag und überflog die eingeschlossenen Zeilen. Dabei wurden seine Augen größer und größer. Ludendorff brauchte seine Unterstützung, in einer Angelegenheit, die keinerlei Aufschub duldete – das Wort »keinerlei« war dick unterstrichen und mit drei Ausrufezeichen versehen.

12

Die Reste des Abendbrots standen noch auf dem Tisch, doch statt diesen abzuräumen, öffnete Tino eine Flasche Wein, als Rahel zurück in die Küche kam.

»Ist Alex schon eingeschlafen?«, fragte Tino überrascht. »Wie hast du das denn geschafft?«

»Ich habe mich auch gewundert, so aufgekratzt wie er nach dem Flug war. Aber ich hatte kaum mit der Knochengeschichte angefangen, da fielen ihm auch schon die Augen zu.«

Die »Knochengeschichte« war Alex' Einschlafritual. Darin ließ Rahel jeden Abend, wenn der Tag vorüber und »der Knochen abgenagt« war, noch einmal alle Dinge Revue passieren, die er seit dem Aufstehen erlebt hatte – in Geschichten »von dem großen Jungen«, der er natürlich selber war. Doch die Abenteuer dieses Tages hatten ihn offenbar erschöpft. Wahrscheinlich träumte er jetzt davon, als Pilot durch die Lüfte zu fliegen.

Rahel setzte sich zu Tino an den Tisch. »Bereust du, dass du so großzügig warst?«, fragte sie und nahm ihr Glas.

»Ich weiß nicht, wovon du redest.«

»Die Bilder. Gib zu, du hast doch sehr an ihnen gehangen.«

»Ja«, sagte er, »das habe ich. Aber du bist mir tausendmal mehr wert.« Er hob sein Glas und prostete ihr zu. »Außerdem, was wäre das für ein Hochzeitsgeschenk, wenn es nichts gekostet hätte? Früher haben die Männer ihr Leben riskiert oder Kriege angezettelt, um eine Frau zu erobern. Denk nur an Troja …«

Rahel schaute ihn an. Herrgott, wie sehr liebte sie diesen Hallodri mit seinen himmelblauen Augen und der verwegenen Tolle, mit der er das Feuermal am Ansatz seines blonden Haars kaschierte. Unwillkürlich musste sie an ihre erste Begegnung denken, vor dem Blumengeschäft am Gendarmenmarkt. Er hatte ihr seine Nelke verehren wollen, aber sie hatte ihn abblitzen lassen. Fast war sie der Spanischen Grippe dankbar, die ihn kurz danach erwischt hatte. Wäre er nicht ihr Patient geworden, wären sie einander nie wieder begegnet.

»Keine Angst, mein wackerer Menelaos«, sagte sie zärtlich. »Ich lasse mich von niemandem entführen, und von einem Schönling wie diesem Paris schon gar nicht.« Statt mit ihm anzustoßen, gab sie ihm einen Kuss. »Die Bilder kann ich natürlich nicht ersetzen«, flüsterte sie, »aber ich kenne einen preisgünstigen jungen Künstler, mit dem könnte ich vielleicht mal reden …«

»Ich wusste gar nicht, dass du junge Künstler kennst«, erwiderte er und streifte mit der Zungenspitze ihre Lippen. »Dann hoffe ich nur, dass der Kerl nicht versucht, die Situation auszunutzen.«

Während sie sich noch einmal küssten, ging die Tür auf, und Alex kam herein, im Pyjama und mit seinen beiden Teddybären Plisch und Plum in den Armen.

»Ich kann nicht schlafen …«

Als hätte er sie bei etwas Verbotenem erwischt, fuhren sie auseinander.

»Dann komm mal her zu deinem Papa.«

Tino stellte sein Glas ab und breitete die Arme aus. Sofort kletterte Alex auf seinen Schoß.

»Wie hieß noch mal der nette Amtmann auf dem Standesamt?«, fragte Tino.

»Meinst du Herrn Koschwitz?«, erwiderte Rahel. »Weshalb willst du das wissen?«

Tino streichelte Alex, der auf seinem Arm schon wieder eingeschlafen war, über den Rücken und gab ihm einen Kuss auf sein rotblondes Haar. »Kannst du dir das nicht denken?«

Rahel begriff. »Soll das heißen, du möchtest ihn adop…«

»Pssst …«, machte Tino. »Und ob ich das möchte! Morgen früh habe ich mir freigenommen. Da gehe ich mit Alex aufs Amt.«

»Ich komme mit.«

»Nein, das ist Männersache! Außerdem hast du selbst ein Rendezvous.«

»So? Habe ich das?« Rahel hatte so laut gesprochen, dass Alex im Schlaf einmal zuckte. »Darf ich wenigstens wissen, mit wem?«

»Natürlich«, grinste Tino. »Mit deinem Freund und Gönner Erich Pommer. Er hat Großes mit dir vor.«

13

Ein schwarz gelocktes, auffallend hübsches Dienstmädchen, das jedem Offizierscasino zur Ehre gereicht hätte, öffnete die Tür, als Grau am nächsten Morgen Schlag neun in General Ludendorffs Privatquartier vorstellig wurde. Mit einem Unschuldslächeln, das nur ein Engel oder ein ganz und gar verdorbenes Luder zuwege brachte, ließ sie ihn eintreten, und während sie durch die holzgetäfelte Halle vorausging, wackelte sie so aufreizend mit ihrem niedlichen kleinen Hinterteil, dass Grau an sich halten musste, um ihr nicht einen Klaps zu versetzen. Leise pfiff er durch die Zähne. Trau, schau, wem … Ludendorff war noch nie ein Kostverächter gewesen – aber mit sechzig Jahren? In den Respekt, den Grau seinem ehemaligen Chef innerlich zollte, mischte sich ein Anflug von Neid. Er selbst hatte anderthalb Jahrzehnte weniger auf dem Buckel, doch sein Besuch bei Trixi in der vergangenen Nacht hing ihm immer noch schwer in den Gliedern.

»Wenn der Herr Major bitte einen Moment warten würde?«

Während das Dienstmädchen hinter einer Tür verschwand, inspizierte Grau den Stammbaum des Hausherrn an der Stirnwand der Halle. Warum hatte Ludendorff ihn einbestellt? Wollte Seine Exzellenz ihn vielleicht zur Rede stellen, weil er sich auf die Seite der NSDAP geschlagen hatte? Die Frage war nicht ohne. Zwar hatten Ludendorff und Hitler gemeinsam den Putsch in München angeführt, auch hatte Ludendorff, der nach der Niederschlagung des Aufstands vor Gericht aufgrund seiner militärischen Verdienste freigesprochen worden war, während des Verbots der NSDAP deren Interessen im

Reichstag vertreten, doch bei dem allzu kurzen Marsch vom Münchner Bürgerbräukeller auf Berlin, der bereits am Odeonsplatz aufgehalten worden war, war deutlich zutage getreten, welchem der beiden Anführer die Gefolgschaft der dreitausend Männer gegolten hatte, die mit ihnen marschiert waren. Ludendorff war ein General, er konnte die Massen zwar kommandieren, aber nicht bewegen; Hitler hingegen erreichte sie in ihren Herzen, so dass sie ihm nicht aufgrund äußerer Befehlsgewalt, sondern aus innerer Begeisterung folgten. Trotz aller Loyalität, die Grau für seinen ehemaligen Vorgesetzten empfand, war er überzeugt, dass nicht dem Ersten Generalquartiermeister a. D., sondern dem Führer der NSDAP die Zukunft gehörte. Darin war er sich im Übrigen auch mit Constanze einig.

»Seine Exzellenz lässt bitten.«

Grau trat durch die Tür, die das Dienstmädchen geöffnet hielt. Ein Geruch von abgestandenem Zigarrenrauch und nassem Tierfell schlug ihm entgegen. Ludendorff empfing ihn in seinem Jagdzimmer, einer Höhle voller Trophäen, die von seinen weidmännischen Großtaten zeugten. Wie es militärischer Gepflogenheit entsprach, hielt er sich nicht mit Vorreden auf.

»Ich habe beschlossen, für das Amt des Reichspräsidenten zu kandidieren«, erklärte er, ohne zum Sitzen aufzufordern.

»Gegen Karl Jarres von den Liberalen?«, erwiderte Grau überrascht.

»Allerdings«, bestätigte Ludendorff. Die Neubesetzung des Präsidentenamts eröffnet uns die Chance auf eine politische Wende. Voraussetzung dafür ist jedoch der Zusammenschluss aller völkischen Kräfte, um den Kandidaten der Systempolitik, Wilhelm Marx, zum Teufel zu jagen. Jarres ist dazu weder fähig noch willens. Allerdings hat die Sache einen Haken ...«

»Welchen?«, fragte Grau, als Ludendorff innehielt.

»Jarres erfreut sich in der DNVP großer Beliebtheit. Um Ebert zu beerben, brauche ich Hitlers Unterstützung. Und da Sie in Landsberg zusammen mit ihm in Haft waren ...«

»Verstehe«, sagte Grau, als Ludendorff abermals den Satz in der Schwebe hielt.

»Ausgezeichnet!« Ludendorff klemmte sich sein Monokel ins Auge. »Dann kann ich also auf Sie zählen, Major?«

Obwohl Grau Zivil trug, schlug er die Hacken zusammen. »Jawohl, Exzellenz. Werde mein Möglichstes tun.«

14

Im Schritttempo steuerte Rahel ihr Cabriolet die Filmakademiestraße entlang, auf der mehr Verkehr herrschte als auf dem Ku'damm bei Ladenschluss, um schließlich vor dem Haupteingang des Studiogeländes zu halten. Über dem Tor prangte in riesigen Lettern der Name der Traumfabrik.

UNIVERSUM FILM AG

Erich wartete schon auf sie. Als er sie kommen sah, warf er seine Zigarette fort, um ihr aus dem Wagen zu helfen.

»Willkommen in deiner neuen Heimat.«

Mit vor Aufregung klopfendem Herzen stieg Rahel aus. Natürlich sah sie das Studiogelände nicht zum ersten Mal. Doch jetzt, da sie im Begriff stand, Teil dieser Welt zu werden, blickte sie diese mit ganz anderen Augen an, und es wurde ihr fast schwindlig. Vom S-Bahnhof, der eigens für die Ufa-Stadt errichtet worden war, strömten ganze Völkerscharen seltsam gekleideter Menschen herbei, Statisten und Komparsen, die sich bereits zu Hause für ihre Rollen kostümiert hatten, weil ihnen keine Autos zur Verfügung gestellt wurden wie den Hauptdarstellern, die in schweren Limousinen durch das Tor zu den Studios chauffiert wurden: Lil Dagover und Emil Jannings, Pola Negri und Werner Krauß – die berühmten Ufa-Stars, deren Fotos die Filmplakate schmückten und deren Namen jedes Kind im Land kannte. Sie alle waren Teil dieser verwirrenden Welt, einer unüberschaubaren Anhäufung von Gebäuden und Baracken, die auf Rahel wie eine gigantische Fabrikanlage wirkte, in der unzählige Zahnräder und Zahnrädchen ineinandergriffen, ohne dass man ihre Wirkungsweise durchschaute. Während Erich sie immer weiter hinein in dieses

Babylon führte, erklärte er ihr Sinn und Zweck der unterschiedlichen Bauten und Einrichtungen: Aufnahmehallen reihten sich an Kopieranstalten, Musikateliers an Arbeitsbaracken, Werkstätten an Verwaltungsgebäude – sogar eine eigene Schauspielschule gab es. Und das ganze riesige, von zahllosen Menschen wimmelnde und wuselnde Labyrinth diente nur einem einzigen Zweck: die Welt immer wieder aufs Neue zu erschaffen. Hunderte von Filmen wurden hier Jahr für Jahr gedreht, Stars und Sternchen wurden hier geboren, Träume geträumt und des Lebens ganze Fülle in tausendundeine Geschichte verwandelt, um in den Lichtspieltheatern des Landes Millionen von Menschen zum Staunen und Lachen und Weinen zu bringen und sie die Welt für zwei Stunden vergessen zu lassen.

Und das sollte Rahels neue Heimat sein?

»Hast du Angst?« Erich, der offenbar ahnte, was in ihr vorging, grinste über sein ganzes intelligentes Gesicht. »Das kann ich nicht glauben! Eine Frau, die eigenhändig ein Flugzeug durch die Lüfte steuert? Tino hat mir erzählt, mit welcher Bravour du deinen Jungfernflug gemeistert hast.«

»Von wegen Bravour«, erwiderte Rahel. »Wir sind mit knapper Not an einer Bruchlandung vorbeigeschrammt.«

»Hast du geglaubt, Fliegen geht von allein?« Erich schüttelte den Kopf. »Wer hoch hinauswill, kann auch abstürzen. Genauso wie in der Kunst. Auch da geht es um Leben und Tod.«

»Das ist ja sehr beruhigend«, lachte Rahel, obwohl ihr überhaupt nicht nach Lachen zumute war.

Aufmunternd nickte er ihr zu. »Keine Sorge, du wirst das schaffen. Schon als ich dich zum allerersten Mal sah, habe ich gewusst, dass du zum Film gehörst.«

Rahel erinnerte sich. Es war im »Café Größenwahn« gewesen, auf der Silvesterparty 1918, der Krieg war noch keine zwei Monate vorbei gewesen. Schon damals hatte Erich behauptet, dass die Kamera sie lieben würde. Doch sie hatte ihn ausgelacht und gesagt, die Schauspielerei interessiere sie nicht – damals hatte sie ja noch davon geträumt, Journalistin zu werden.

Und jetzt?

»Nur Mut«, sagte er. »Ich werde alles dafür tun, dass du nicht abstürzt. Betrachte mich als eine Art Fluglehrer.«

Rahel wusste selbst nicht, warum, aber Erich strahlte eine so ruhige Gewissheit aus, dass auch sie ganz ruhig wurde und Zutrauen fasste.

»Weißt du schon, in welchen Filmen ich mitspielen werde?«, fragte sie.

»Natürlich. – Komm mit, ich möchte dir was zeigen.«

Er nahm ihre Hand und bugsierte sie durch eine Horde Cowboys und Indianer, die in einer Drehpause Butterbrote aßen. Als er die Tür zu einer Studiohalle öffnete, glaubte sie für einen Moment, in den Thronsaal eines Palasts zu blicken. Dann aber erkannte sie, dass all das Gold und der Marmor und der Stuck nur fauler Zauber waren, ein verblüffendes Blendwerk aus Pappmaché.

»Hier drehen wir deinen ersten Film«, sagte Erich. »›Walzertraum‹.«

»Wovon handelt die Geschichte?«

»Von einem Mann zwischen zwei Frauen, eine klassische Dreieckskomödie. – Aber keine Sorge«, sagte er, als er ihr Gesicht sah. »Es ist alles frei erfunden und hat nichts mit der Wirklichkeit zu tun.«

»Na, Gott sei Dank.« Rahel atmete auf. »Und der zweite Film?«

Erich verließ mit ihr das Studio und zeigte ans andere Ende des Geländes. »Siehst du die große Halle dort drüben?«

»Wie sollte ich nicht?«, lachte sie. »In die passt ja die Garnisonskirche rein.«

»Dreimal sogar, um genau zu sein«, verbesserte er. »Aber schau sie dir erst mal von innen an. Ich bin sicher, du wirst Augen machen.«

15

Tino wusste, eigentlich war das Standesamt Wedding gar nicht zuständig – zuständig war das Rote Rathaus in Berlin-Mitte, wie für alle Anwohner des Gendarmenmarkts. Doch erstens hatte Rahel, weil sie bei Alex' Geburt ja bei Tante Ottilie in der Samoastraße gewohnt hatte, diese auf dem Weddinger Rathaus angezeigt, und zweitens wollte Tino unbedingt den freundlichen Amtmann Koschwitz kennenlernen, der die Eintragung trotz zweijähriger Verzögerung rückwirkend vorgenommen hatte, ohne die Unterlagen mit der eigentlich üblichen Gründlichkeit zu prüfen, um so dem Kind eine standesamtlich registrierte Existenz zu sichern, die für ein bürgerliches Leben nun mal Voraussetzung war.

»Sie wünschen?«, fragte jetzt der Amtmann, der genauso aussah, wie Rahel ihn beschrieben hatte: ein wohlgenährter, freundlich dreinblickender Mann von Anfang, Mitte dreißig mit hellwachen Augen und spiegelblanker Glatze.

Tino nahm Alex an die Hand. »Ich würde gern diesen jungen Herrn hier adoptieren. Er ist zwar schon immer mein Sohn gewesen, aber noch nicht mit Stempel und Siegel.«

Er spürte, wie Alex seine Hand drückte. Es hatte eine Weile gedauert, bis der Junge begriffen hatte, dass sein Vater erst dann als sein Vater galt, wenn dies durch einen Standesbeamten beglaubigt worden war. Und noch schwerer hatte Alex sich mit der Auskunft getan, warum das nicht schon bei seiner Geburt geschehen war. Doch wie sollte man einem Kind, das noch nichts von den Irrungen und Wirrungen der Liebe wusste, begreiflich machen, dass sein Vater seine Vaterschaft angezweifelt und seine Eltern sich darüber so zerstritten hatten, dass sie fast zwei Jahre lang getrennt gewesen waren?

»Ein Adoptionsantrag?« Amtmann Koschwitz nickte sichtlich erfreut. »Nur – wo ist die Mutter?«

Tino reichte ihm ein von Rahel unterschriebenes Papier. »Hier ist die schriftliche Einwilligung.«

Als der Beamte das Schreiben las, ging ein Leuchten durch sein Gesicht. »Ach, dass ich das noch erleben darf.« Mit feucht schimmernden Augen blickte er Tino an. »Haben Sie sich also doch noch eines Besseren besonnen? Ich kann Ihnen gar nicht sagen, wie sehr mich das freut. Fräulein Rosenberg, ich meine natürlich Ihre verehrte Frau Gemahlin, hatte die Hoffnung damals ja schon aufgegeben. Wie lang ist das her? Zwei, drei Jahre? Und jetzt – man mag es kaum glauben, ein so berührendes Ende, wie in einem Ufa-Film … ach ja«, seufzte er. »›Und wenn du denkst, es geht nicht mehr, kommt von irgendwo ein Lichtlein her …‹ Nein, nein, was immer die Leute auch sagen – das Leben schreibt doch die allerschönsten Geschichten.«

Seine Stimme erstickte. Ohne sich seiner Rührung zu schämen, kramte er ein Taschentuch aus der Hosentasche und schnäuzte sich. Tino hingegen schämte sich doppelt und dreifach. Wie hatte er damals nur so dämlich sein können?

Zum Glück hatte Amtmann Koschwitz sich schon wieder gefasst. »Dann wollen wir mal sehen, ob wir die zugehörige Akte finden.«

Er trat an ein Regal und zog einen Ordner hervor. Damit kehrte er an seinen Schreibtisch zurück, und nachdem er eine Weile die dortigen Einträge mit Rahels Einwilligungserklärung verglichen hatte, klappte er den Ordner wieder zu und reichte Tino ein Formular.

»Der Adoptionsantrag. Wenn Sie den gleich jetzt unterschreiben wollen? Das würde die Sache beschleunigen.«

Während Tino der Aufforderung nachkam, wandte Amtmann Koschwitz sich an Alex. »Na, junger Mann – freust du dich, dass du jetzt einen richtigen Papa hast?«

Stumm schlang Alex seine Arme um Tino. Der gab den unterschriebenen Antrag zurück.

Amtmann Koschwitz prüfte, ob alles seine Richtigkeit hatte, dann nickte er: »Sie werden in wenigen Tagen Post von mir bekommen.« Mit seiner Unterschrift bestätigte er den Antrag und stempelte ihn ab. »Das sind die schönsten Momente in meinem Beruf. Dann weiß man wenigstens, wozu man morgens zur Arbeit geht.«

16

Als Rahel die Halle am Ende des Studiogeländes betrat, stockte ihr der Atem, und ihr Herz setzte für einen Schlag aus. Angesichts der unfassbaren Weite, die sie hier umfing, kam sie sich vor wie eine Ameise, die sich ins Weltall verirrt hat.

»Hier werden wir deinen zweiten Film drehen«, sagte Erich. »›Metropolis‹.«

Es war nicht die schiere Größe allein, die Rahel schaudern ließ, noch mehr war es die irritierende, vollkommen außer Rand und Band geratene, buchstäblich verrückte Ordnung der hier geschaffenen Welt, die sie auf unwiderstehliche und gleichzeitig beängstigende Weise in ihren Bann schlug. Wie unter Hypnose folgte sie Erich in das unermessliche Rund, und während sie den Blick schweifen ließ, erfasste sie ein Schwindel. Wolkenkratzer, hundert Stockwerke hoch, wuchsen rund um sie her in den Himmel empor, seltsame Fluggeräte, eisernen Vögeln gleich, umkreisten die Häusertürme, und durch die Straßenschluchten rasten futuristische Automobile, ohne dass jemand am Steuer saß – eine gigantische seelenlose, mechanische Stadt, bevölkert von Maschinenmenschen, in der alles organische Leben erloschen schien. Während Rahel die Augen überliefen, verwirrten sich ihre Sinne so sehr, dass sie das Gleichgewicht verlor und ins Taumeln geriet.

»Du bist nicht die Erste, der das passiert«, lachte Erich. »Die Illusion ist so perfekt, dass das Gehirn sie nicht mehr von der Wirklichkeit unterscheiden kann.«

»Aber warum diese seltsamen Häuser und Straßen?«, fragte Rahel. »Kein Mensch will in so einer Stadt leben.«

»Genau darum geht es«, erwiderte er. »›Metropolis‹ ist eine Zukunftsvision, wie unsere Welt bald schon aussehen könnte, und diese Welt wird alles andere als idyllisch sein. Darum auch die unterschiedliche Gestaltung der Gebäude. In der Oberstadt der Reichen herrschen Luxus und Licht, während es in der Unterstadt, wo die Arbeiter wie die Sklaven für die Reichen schuften müssen, nur Schatten und Düsternis gibt.«

Rahel zögerte. Wollte sie wirklich Teil dieser Welt sein? »Und was für … was für eine Rolle soll ich darin spielen?«

»Eine Arbeiterin«, erklärte Erich.

Unwillkürlich wanderte ihr Blick in die lichtlose Unterstadt, in deren Straßen sich die Arbeitssklaven drängten, in Reih und Glied wie Soldaten marschierten sie auf lodernde Schlünde und Abgründe zu. Die Illusion der Bilder war so vollkommen, dass Rahel körperlich zu spüren glaubte, wie sie zusammen mit den todgeweihten Massen unterging.

Nur wie von Ferne hörte sie Erichs Stimme. »Gerade im Kleinen kannst du beweisen, dass Christel Reichenbach das Zeug zu etwas wirklich Großem hat.«

»Psssst«, machte sie. »Vielleicht hören die Götter ja mit, und dann …« Sie drehte sich zu ihm herum. »Aber muss das wirklich sein – *Christel*?«

»Allerdings!« Erichs Zigarettenspitze zeigte nach unten. »Als Rahel hättest du keine Chance, jemals ein Star zu werden.«

»Aber ist das nicht Verrat?«, erwiderte sie. »Auch wenn ich an Jehova so wenig glaube wie an den dreifaltigen Gott, kommt es mir vor, als würde ich … als würde ich mich …«

»Versündigen?«, ergänzte er.

Sie nickte. »Du bist doch selber Jude, Erich, du musst doch verstehen, was ich meine. Mein Vater würde sich im Grab umdrehen.«

Er schüttelte den Kopf. »Umso dringender rate ich dir, dich mit deinem neuen Namen anzufreunden! Oder glaubst du, ich wäre der, der ich bin, wenn meine Eltern mich Nathan oder Israel genannt hätten? – Nein, Christel Reichenbach«, antwortete er für sie. »Ich bin heilfroh, dass sie so vorausschauend waren und ich schlicht und einfach Erich heiße – wie ein richtiger Deutscher.«

17

Constanze hatte gehofft, dass Alexander das Wiedersehen mit Ludendorff aufmuntern würde. Aber das Gegenteil war der Fall. Als er nach Dresden zurückkehrte, um von der Begegnung mit seinem ehemaligen Chef zu berichten, war er noch düsterer Stimmung als zuvor. Nur gut, dass sie ihn im geschlossenen Habit empfangen hatte statt im Negligé.

»Wie zum Teufel soll ich das schaffen?«, fragte er. »Ich meine, an Hitler herankommen? So einfach, wie Ludendorff sich das vorstellt, geht das nicht.«

»Was für eine seltsame Frage«, entgegnete Constanze. »Du warst doch in Landsberg sein Intimus, sonst hätte er dir doch nicht sein Manuskript diktiert. – Apropos, wann soll das Buch eigentlich erscheinen?«

»›Mein Kampf‹?« Alexander schlürfte lustlos eine Auster. »Woher soll ich das wissen? – Und was das Manuskript angeht«, fügte er mit einem schiefen Grinsen hinzu, »da habe ich vielleicht ein kleines bisschen übertrieben. Tatsächlich waren es wohl eher nur ein paar Kapitel, die Hitler mir diktiert hat. Beziehungsweise ein paar Seiten, um ganz genau zu sein.«

Constanze kam nicht umhin, sich zu wundern. »Aber ich dachte …«

»Jaja, du denkst bekanntlich viel, wenn der Tag lang ist«, fiel er ihr unwirsch ins Wort. »Hitler ist ein Mann der Tat, und als solcher erledigt er am liebsten alles selbst. Dem Kameraden Hess hat er noch weniger diktiert als mir. Alles andere hat er selbst in die Maschine getippt. Winifred Wagner hat ihn ja mit allem versorgt.«

»Die Schwiegertochter von Richard Wagner? Was hat die damit zu tun?«

»Sie hat Hitler eine Schreibmaschine in die Haftanstalt gebracht, ach was, regelrecht aufgezwungen hat sie die ihm! Die ist ja vollkommen vernarrt in den Führer, alle zwei Tage kam sie in die Festung, unter den albernsten Vorwänden, um ihn zu besuchen.«

Constanze wunderte sich immer mehr. »Soll das heißen – Winifred Wagner ist in den Führer *verliebt*?«

»Wie ein Blumenmädchen in einen Husaren.« Er warf die leere Austernschale auf den Teller und wischte sich die Hände ab. »Was soll ich jetzt machen? Ich stehe bei Ludendorff im Wort. Ich muss die Verbindung herstellen, sonst bin ich bis auf die Knochen blamiert.«

Constanze dachte nach. Aber sosehr sie sich das Gehirn zermarterte, auch ihr fiel nichts ein. Offenbar hatte Alexander mehr als nur ein bisschen übertrieben, was sein Verhältnis zum Führer betraf.

»Zu schade, dass er nicht selbst für das Amt des Reichspräsidenten kandidiert.«

»Hitler?« Er schüttelte den Kopf. »Du weißt doch, dass das nicht geht.«

»Du meinst, weil er Österreicher ist?«

Alexander nickte mit grimmiger Genugtuung. »Begreifst du endlich, in welcher Lage ich mich befinde? Da Jarres kein ernsthafter Kandidat ist, ist Ludendorff unsere einzige Hoffnung. Aber er ist auf Hitlers Unterstützung angewiesen. Und wenn es nicht gelingt, den Führer davon zu überzeugen, dass er und Ludendorff nur gemeinsam, wie soll ich sagen – an einem Strang …«

Plötzlich hatte Constanze eine Idee. »Gab es in München nicht einen Parteigenossen, der Hitler nach dem Putsch Unterschlupf in seiner Villa geboten hat? Mir ist, als hättest du dergleichen erwähnt …«

»Meinst du Ernst Hanfstaengl, den Verleger? Wie kommst du jetzt auf den?«

»Muss ich das wirklich erklären?«, fragte Constanze. »Ich denke, das ist der Mann, an den du dich wenden solltest.«

Alexander brauchte eine Weile, doch dann ging ihm ein Licht auf. »Tatsächlich, das könnte eine Möglichkeit sein! Dieser Hanfstaengl steht dem Führer angeblich näher als jedermann sonst.« Er hob sein Glas in die Höhe, und während er ihr zuprostete, blitzte endlich wieder der alte Fritzenblick aus seinen Augen. »Was bist du nur für ein kluges Weib!«

»Nicht wahr, mein Liebster?« Sie stießen an, dann nahm Constanze ihm das Glas aus der Hand. »Doch jetzt genug der Politik«, sagte sie. »Was meinst du, wäre es nicht langsam an der Zeit, uns anderen Dingen zuzuwenden?«

»Mit dem größten Vergnügen. – Nur …« Er zögerte.

»Nur was?«

»Was ist mit deinem Mann?« Alexander zückte seine Taschenuhr und warf einen Blick auf das Zifferblatt. »Abendbrotzeit. Ich nehme an, du wirst erwartet.«

»Keine Sorge.« Sie klappte den Deckel seiner Uhr zu, und während sie seine Weste aufknöpfte, küsste sie ihn. »Gustav hat sich seit gestern nicht mehr blicken lassen, weder zu Hause noch in der Bank. Er ist wie vom Erdboden verschwunden.«

18

Die Abenddämmerung senkte sich über Berlin, um die Stadt in dunkle Nacht zu tauchen, doch der Breitscheidplatz erstrahlte im kirmesbunten Lichterglanz zahlloser Lampions. Wie jedes Frühjahr hatten rund um die Kaiser-Wilhelm-Gedächtniskirche Schausteller ihre Buden aufgeschlagen, rotgesichtige Männer in großkarierten Jacken und mit abenteuerlichen Zylindern auf den Köpfen, die sich die Kehlen heiser schrien, um ihre Sensationen dem zahlenden Publikum anzupreisen.

»Hereinspaziert, hereinspaziert! Hinter dieser Tür erwartet Sie die Dame ohne Unterleib! Für einen Groschen lüftet sie ihr Geheimnis!«

»Besuchen Sie unsere Siamesischen Zwillinge! Ihr Vater war ein chinesischer Matrose, ihre Mutter eine indische Tempeltänzerin! Sie sprechen fließend Deutsch und erzählen Ihnen ihre herzergreifende Geschichte!«

»Hören Sie das Kettenrasseln? Das ist Zumba Lumba in seinem Käfig, der gefährlichste Wilde ganz Afrikas! Deutsche Soldaten aus Südwest haben ihn in der Steppe gefangen. Er ernährt sich von Kokosnüssen und rohem Menschenfleisch!«

Tino hörte die Rufe nur von Ferne. Statt die Wunder der menschlichen Natur zu bestaunen, schaute er Alex beim Karussellfahren zu. Der saß glücklich strahlend in einem feuerroten Cabriolet, das genauso aussah wie das seiner Mutter, und drehte darin eine Runde nach der anderen. Es war Rahels Idee gewesen, dass sie nach dem Besuch bei Amtmann Koschwitz noch die Kirmes besuchten, um ihre Vater-und-Sohnschaft zu feiern. Außerdem, so hatte sie gesagt, würde es bestimmt Abend werden, bis sie aus Babelsberg zurück sei.

»Wie viel Uhr ist es?«, fragte Alex, als die Fahrt zu Ende war.

Tino blickte auf seine Rolex. »Kurz vor halb.«

»Dann müssen wir nach Hause!« So eilig, als würde es plötzlich brennen, kletterte Alex aus seinem Karussellauto.

»Aber du hast doch noch eine Fahrt frei!«

»Nein, die Mama hat eine Überraschung! Um Punkt acht Uhr, hat sie gesagt!«

Tino hatte keine Ahnung, was Alex meinte. Doch es musste wohl eine ganz besondere Überraschung sein, denn plötzlich drängte es den Jungen mit solcher Macht fort, als hätte er einen Propellerantrieb in seinem kleinen Hinterteil, und im Auto trieb er Tino immer wieder an, schneller zu fahren. Kaum waren sie am Ziel, sprang er aus dem Wagen, um zum Haus vorauszulaufen.

»Da seid ihr ja endlich!«, sagte Rahel, als sie die Tür aufmachte.

»Endlich?«, erwiderte Tino. »Du hast doch gesagt, wir sollten nicht vor acht …«

Mitten im Satz verstummte er, und Tränen schossen ihm in die Augen. Überall an den Wänden, im Vorraum, im Flur, wo noch am Morgen nur leere Rechtecke auf der Tapete zu sehen gewesen waren, hingen wieder Bilder – Bilder, die allesamt und ausnahmslos nur ein Motiv hatten: Schlösser und Burgen, von Kinderhand gemalt.

Jetzt wusste er, welchen jungen, preiswerten Künstler Rahel gemeint hatte!

»Na, was sagst du?«, fragte sie. »Es sind zwar keine Expressionisten, aber …«

»Zum Teufel mit den Expressionisten«, rief Tino. »Noch nie habe ich eine so wunderbare Sammlung gesehen!«

»Die Bilder sind alle von mir!« Alex wusste sich vor Aufregung gar nicht mehr zu lassen und hüpfte wie ein Gummiball um ihn herum.

»Tatsächlich?« Tino hob ihn vom Boden und gab ihm einen Kuss. »Danke, mein Junge. Ich bin ja so stolz auf dich.«

»Und was ist mit der Galeristin?«, fragte Rahel. »Kriegt die keine Belohnung?«

»Und ob!« Mit Alex auf dem Arm beugte Tino sich zu ihr, um auch sie zu küssen. »Ich kann dir gar nicht sagen, was für eine Freude ihr mir gemacht habt …«

19

Die blakende Öllampe warf mehr Schatten als Licht an die Wände der niedrigen Kammer, die noch die feuchte Kälte des Winters atmete. Wie lange saß Gustav hier schon in der Dunkelheit?

Er hatte jedes Gefühl für die Zeit verloren. Während seine Augen willenlos den Schatten folgten, die vor ihm ihre grotesken Tänze aufführten, nahm er einen Schluck aus der angebrochenen Flasche Korn, die er in der Küche gefunden hatte. Der Schnaps brannte wie Feuer in seiner Kehle.

Seit seiner Kindheit hatte Gustav die Jagdhütte seines Vaters nicht mehr betreten. Heute war er hierhergekommen, um seinem Dasein ein Ende zu setzen.

An der Wand neben dem Kamin war ein Stapel Brennholz aufgeschichtet. Aber Gustav machte davon keinen Gebrauch, es hatte keinen Sinn, noch ein Feuer zu machen. Der Schnaps wärmte für den Moment genug, und später würde er nicht mehr frieren ... Der Gedanke hatte etwas Tröstliches. Gustav ahnte schon lange, dass Major Grau der Mann war, an den er seine Frau verloren hatte, und hätte es dafür noch eines Beweises bedurft, hätte er diesen in der Hütte seines Vaters gefunden. Drei Personen hatten hier gehaust, drei Gedecke schmutzigen Geschirrs standen auf dem Küchentisch. Offenbar hatten sie sich die Zeit mit Pfennigskat vertrieben. Ihre Namen hatten sie auf einem Zettel mit der Abrechnung der Spielpunkte notiert. Außer Grau waren zwei weitere Männer in der Hütte gewesen, Carl Tillessen und Franz Blechstein mit Namen. Auch sie waren Gustav ein Begriff, er hatte sie in der Zeitung gelesen – sie gehörten zu den Attentätern, die im Auftrag der Organisation Consul Außenminister Rathenau erschossen hatten. Wahrscheinlich hatten sie sich nach dem Anschlag in der Hütte vor der Polizei versteckt. Sie hatten sich nicht mal die Mühe gemacht, ihre Spuren zu verwischen. Wozu auch? Constanze wusste ja, dass die Hütte nie benutzt wurde.

Gustav trank noch einen Schluck. Sein Vater war ein passionierter Jäger gewesen, und immer, wenn die Jagd offen war, hatte er ihn mit in den Wald genommen. Obwohl er alles darangesetzt hatte, die eigene Leidenschaft auf den Sohn zu übertragen, hatte Gustav diese nie teilen können. Es hatte seiner Natur widerstrebt, zu töten, nur einmal hatte er mit einer Waffe auf ein Tier gezielt, sein Vater hatte ihn dazu gezwungen. Er war zwölf Jahre alt gewesen. Mit einer riesigen Schrotflinte, deren Rückstoß ihn fast umgeworfen hätte, hatte er unweit der Gohliser Mühle auf eine Ente geschossen, die von einem Teich aufgeflogen war. Der Vater hatte ihm überschwänglich gratuliert – »Weidmannsheil!«, hatte er gerufen und ihm auf die Schulter geklopft. Doch er hatte nicht richtig getroffen, flügellahm war die Ente vom Himmel gefallen, hinunter ins Schilf, wo nicht mal Edda, die Wachtelhündin, sie hatte aufstöbern können – die größte Schande, die ein Jäger erleiden konnte. Seitdem hatte der Vater ihn nie wieder genötigt, mit ihm auf die Jagd zu gehen, und Gustav hatte nie wieder eine Waffe in die Hand nehmen müssen.

Bis heute …

Er trank den letzten Schluck aus der Flasche, dann nahm er die Öllampe und ging die Stiege hinauf unters Dach, wo sich die Schlafkammern befanden. In der größten, wo früher sein Vater genächtigt hatte, sah das Bett aus, als hätte es gerade erst jemand verlassen. Hatte Grau hier geschlafen? Wahrscheinlich, die Kammer war ja die größte in der Hütte und das Bett breit genug, um … Zum Glück tat der Alkohol seine Wirkung. Nicht mehr ganz sicher auf den Beinen, tastete Gustav nach der Tapetentür, hinter der sein Vater den Waffenschrank zum Schutz vor Einbrechern in der Wand versteckt hatte. Es dauerte eine Weile, bis er sie gefunden hatte, doch dann spürte er den flachen Metallring, mit dem die Tür sich öffnen ließ.

Als er die Lampe in die Höhe hielt, sah er die Gewehre des Vaters, der Größe nach geordnet übereinandergehängt: die Bockflinte und die Repetierbüchse, den Drilling und den Einzellader und den Bergstutzen – Gustav hatte die Namen der Waffen auswendig lernen müssen und kannte sie darum heute noch.

Welche sollte er wählen?

Obwohl es ihm sonst schwerfiel, sich zu entscheiden – jetzt, nachdem die letzte Entscheidung seines Lebens getroffen war, jene Entscheidung, die alle anderen Entscheidungen erübrigte, tat er sich ungewohnt leicht. Ohne zu zögern, löste er den Einzellader aus der Arretierung, und dank der Beschriftungen der kleinen, sich unter den

Gewehren befindlichen Schubladen, in denen der Vater die Munition je nach Waffenart gesondert verwahrt hatte, brauchte er keine Minute, um die eine nötige Patrone zu finden.

Mit traumwandlerischer Sicherheit, als wären die seit der Kindheit vergangenen Jahre ausgelöscht, legte er die Patrone in das Lager. Dann entsicherte er das Schloss und setzte sich auf das zerwühlte Bett. Welche Wohltat, nicht länger denken zu müssen. Den Lauf in die Höhe gerichtet, klemmte er das Gewehr zwischen die Beine und steckte sich die Mündung in den Mund.

Ganz von allein fand sein Finger den Abzug. Kalt und glatt spürte er das Eisen auf der Zunge, das irgendwie salzig schmeckte. Während er nach dem Druckpunkt tastete, entrang sich ein Seufzer seiner Brust, als würde endlich, endlich eine viel zu große, viel zu schwere Last von ihm fallen.

Als er den Druckpunkt spürte, schloss er die Augen. Im selben Moment sah er Constanze vor sich, wie eine Erscheinung trat sie aus der Dunkelheit hervor, jung und schön wie am Tag ihrer ersten Begegnung.

20

Ein Schuss krachte – so laut, dass Schwärme aufgeregt tschilpender Spatzen aus den umliegenden Bäumen aufflatterten.

»Um Gottes willen, was war das?« Gertrud war vor Schreck ganz blass.

»Wahrscheinlich ein Jäger«, sagte Erich. »Die Straße grenzt ja an den Wald.«

»Dann müssen wir dem Hänschen aber sagen, dass er auf gar keinen Fall allein dort spielen darf.«

»Ach Trudchen, meinst du nicht, dass der Junge groß genug ist, um selbst auf sich aufzupassen? Er geht doch schon aufs Gymnasium. Und wer lateinische Konjugationen lernen kann, der kann auch …«

»Wo bleibt ihr denn? Jetzt kommt endlich! Ich muss euch was zeigen!«

Während Möbelpacker den Lastwagen vor ihrer Villa entluden,

zappelte das Hänschen ungeduldig im Eingang herum und ruderte mit den Armen.

»Na, dann wollen wir mal«, sagte Erich und führte Gertrud durch den Garten.

»Ich kann immer noch nicht glauben, dass wir hier wohnen werden«, sagte sie, als sie die Halle der Villa betraten. »Elf Zimmer! Ganz für uns allein!«

»Und vergiss die drei Klos nicht«, lachte Erich. »Dann können wir in Zukunft alle drei gleichzeitig …«

»Bist du wohl still!«, zischte sie und deutete auf die Möbelpacker, die gerade die Treppe herunterkamen. »Aber wo ist denn das Hänschen geblieben?«

»Hier bin ich!«, rief es aus der Küche.

Durch die offene Tür sahen sie, wie ihr Sohn auf dem Boden hockte – zusammen mit einer Igelfamilie, die sich um eine mit Milch gefüllte Schale versammelt hatte.

»Wo kommen die denn her?«, fragte Gertrud.

»Ich glaube, die sind gerade erst aus dem Winterschlaf aufgewacht«, sagte das Hänschen voller Andacht. Mit behutsam gewölbter Hand strich er über die Stacheln, ohne sie zu berühren. »Darf ich sie behalten? Sagt bitte ja!«

Erich schaute Gertrud an. Die lächelte und nickte.

»Ich glaube, das ist ein gutes Zeichen.«

»Das glaube ich auch«, sagte Erich. »Nur – was für ein Zeichen ist *das*?« Er zeigte auf den offen stehenden Kühlschrank, ein Gerät aus Amerika, das er für Gertrud angeschafft hatte. Darin hatte er eine dunkelgrüne Flasche mit orangefarbenem Etikett entdeckt.

»Champagner«, sagte Gertrud.

»Was ist denn in dich gefahren?«, wunderte Erich sich.

Ihr Gesicht lief rot an, fast sah sie aus, als würde sie sich schämen. »Ich dachte, weil heute ein so besonderer Tag ist …«

»Da hast du vollkommen richtig gedacht, mein Trudchen!« Er nahm sie in den Arm und gab ihr einen Kuss. »Eigentlich müsste ich ja schon im Studio sein, Rahel dreht heute ihre erste Szene, aber …«

Statt den Satz zu Ende zu sprechen, ging er zum Kühlschrank und holte die Flasche heraus.

»Solltest du dich dann nicht lieber beeilen? Wir können doch auch noch später …«

»Ach was! Ein solches Ereignis muss gefeiert werden!« Erich löste den Drahtverschluss, und mit lautem Knall entwich der Korken. »Jetzt stoßen wir an! So viel Zeit muss sein!«

21

Der große Tag war da – der Tag, an dem Rahel zum ersten Mal in einem Studio der Universum Film AG vor die Kamera treten sollte. Doch glücklich war sie nicht. Bereits vor einer Viertelstunde hatte sie die Garderobe verlassen, fertig geschminkt und gewandet in einen Traum aus Tüll und Spitze für ihre Rolle als Hofdame des Herzogs von Flausenthurn, stand sie in dem prachtvollen Pappmaché-Thronsaal und zitterte wie Espenlaub.

Denn Erich Pommer war nicht da.

»Wo bleibt er nur?«, flüsterte sie. »Ich sterbe vor Angst.«

»Jetzt mach dich nicht verrückt«, erwiderte Tino ebenso leise und drückte ihre Hand. »Schließlich bin ich auch noch da.«

Der Regisseur Ludwig Berger, ein ernst dreinblickender Enddreißiger mit akkurat gezogenem Mittelscheitel, schaute zum wiederholten Mal auf seine Uhr. »Wir können nicht länger warten«, schnarrte er. »Wenn ich Sie also bitten darf?«

»Noch fünf Minuten«, sagte Tino. »Herr Pommer muss jeden Moment …«

»Wie kommen Sie dazu, sich hier einzumischen? Wer sind Sie überhaupt?«

»Reichenbach ist mein Name. Ich bin der Finanzdirektor der Ufa, also der Firma, die Sie bezahlt. Und außerdem …«

»Und wenn Sie der Reichspräsident persönlich wären«, unterbrach der Regisseur Tino. »Hier im Studio hat nur einer Befehlsgewalt, und das bin ich!« Er blickte Rahel an und klatschte in die Hände. »Auf Position, aber ein bisschen dalli!«

Er hatte so scharf gesprochen, dass ihr nichts anderes übrigblieb, als seiner Anweisung zu folgen. Während er in seinem Regiestuhl Platz nahm, raffte sie ihre Röcke und machte sich auf den Weg zu der mit Kreide markierten Stelle, wo sie in einem Hofknicks vor dem Hauptdarsteller Willy Fritsch niedersinken sollte, der als Prinzgemahl Graf Preyn, schon ungeduldig einen Handschuh in die Hand schlagend, in Galauniform und mit ondulierter Stirnrolle darauf wartete, dass es losging.

Rahel spürte, wie ihr der Mund austrocknete, und der Schweiß strömte ihr an den Achseln nur so herunter. Wie in aller Welt sollte sie in diesem Zustand spielen?

»Kamera ab!«

»Kamera läuft!«

»Und – bitte!«

Eigentlich war die Szene ein Kinderspiel – während sie den Hofknicks machte, musste sie nur einmal kurz die Lippen bewegen, um »Eure Hoheit« zu hauchen. Beides hatte sie zu Hause schon so oft mit Tino probiert, dass sie fast schon glaubte, ihr Mann sei ein gräflicher Prinzgemahl und sie selbst eine Hofdame. Aber jetzt, als es darauf ankam, erschien ihr die Aufgabe so schwer wie eine Bergbesteigung. Und tatsächlich, kaum warf Willy Fritsch den Kopf in den Nacken, um sich in Bewegung zu setzen, trat sie vor lauter Eifer, nur ja nicht den richtigen Zeitpunkt für ihren Knicks zu verpassen, auf den Saum eines ihrer Röcke. Im selben Moment geriet sie ins Straucheln, und statt huldvoll niederzusinken, knickte sie ein und sank ungelenk zu Boden.

Wie von der Tarantel gestochen, sprang Berger von seinem Regiestuhl auf. »Welcher Idiot hat Sie engagiert?«

»Ich!«, rief wie aus dem Nichts eine Stimme.

Den Mantel lose um die Schultern gehängt, die Zigarettenspitze in der Hand, kam Erich in das Studio geeilt. Endlich! Am liebsten hätte Rahel ihn mit einem Kuss empfangen. Während sie ihre Röcke sortierte, trat er mit energischen Schritten auf den Regisseur zu.

»Was fällt Ihnen ein, ohne mich anzufangen? Obwohl ich ausdrücklich darum gebeten hatte, auf mich zu warten!«

Die zwei Sätze genügten, und Berger war wie verwandelt. Statt weiter den starken Max zu markieren, buckelte er wie ein Ladenschwengel. »Ich bitte vielmals um Entschuldigung – ich … ich hoffte, in Ihrem Sinn zu handeln. Zeit ist Geld, und jede ungenutzte Minute …«

»Das lassen Sie gefälligst meine Sorge sein!«

Erich ließ ihn wie einen dummen Jungen stehen, dann wandte er sich an Tino.

»Und was hast du hier verloren? Schwiegermütter und Ehemänner sind bei Dreharbeiten unerwünscht! Also ab mit dir!«

22

Als Gustav an diesem Vormittag nach Hause kam, glaubte er noch den Salzgeschmack auf der Zunge zu schmecken, zusammen mit dem schalen Nachgeschmack des Alkohols. Trotzdem fühlte er sich wie neugeboren. Er hatte seine Bestimmung wiedergefunden, seine Bestimmung und sein Leben. Constanze, seine Frau, die er mehr liebte als sich selbst, hatte ihn zurück auf den Weg gebracht, in dem Moment, als er den Abzug hatte betätigen wollen. Alle Streitigkeiten, alle Demütigungen, die sie ihm zugefügt hatte, waren vergessen und vergeben, und er hatte nur noch seine Liebe gespürt, die Liebe zu der Frau, die sie einmal gewesen war, jenes überirdisch schöne und gleichzeitig verlorene Wesen, das an dem Tag, an dem ihre Wege sich zum ersten Mal gekreuzt hatten, so schutzlos seinem Schicksal ausgesetzt gewesen war, weil der Mann, der sie doch hätte behüten sollen, sich entleibt hatte … Wie eine Erleuchtung war es über Gustav gekommen, als er denselben fatalen Schritt hatte tun wollen. Nein, er wollte kein Schurke sein wie ihr Vater, der sich aus seinem selbst verpfuschten Leben feige fortgestohlen hatte. Er hatte Constanze gelobt, für sie da zu sein und für sie zu sorgen, in guten und in schlechten Tagen, und diesen Schwur einzulösen, war nicht nur seine heilige Pflicht, sondern Sinn und Zweck seines Lebens.

Als er in der Halle seinen Paletot ablegte, hörte er oben im Haus Geschirr klappern. Halb elf. Wahrscheinlich räumte Robert gerade Constanzes Frühstück ab.

Tatsächlich, als er die Treppe hinaufkam, trat der Diener mit seinem Tablett auf den Flur. Bei Gustavs Anblick schrak er zusammen.

»Um Gottes willen, gnädiger Herr! Ist etwas passiert?«

»Keine Sorge. Ich hatte nur keine Gelegenheit, Toilette zu machen.«

»Soll ich Ihnen ein Bad einlaufen lassen?«

»Gern.«

»Sehr wohl.« Robert wandte sich zum Gehen, doch dann drehte er sich noch einmal um. »Kommerzienrat Hugenberg verlangt nach Ihnen. Es scheint dringend zu sein. Er hat mehrmals anrufen lassen, sowohl hier als auch in der Bank.«

»Danke. Ich werde mich später darum kümmern. Ist die gnädige Frau im Haus?«

»In ihrem Boudoir.«

Gustav lief die Treppe hinauf. Vor Constanzes Tür verharrte er einen Moment. Dann fasste er sich ein Herz, und ohne anzuklopfen, trat er ein.

»Bist du von Sinnen?« Die Augen funkelnd vor Zorn, schnellte Constanze von ihrer Chaiselongue auf.

»Ich bin niemals mehr bei Sinnen gewesen«, erwiderte er, ruhig und gefasst.

»Wie kannst du es wagen? Noch dazu in diesem Aufzug?«

Gustav zögerte einen Moment, dann sagte er: »Ich bin gekommen, um dir etwas mitzuteilen. Ich werde nicht in die Scheidung einwilligen! Niemals!«

Constanze entglitten die Züge, für eine Sekunde wurde ihr Gesicht zur Fratze. Doch nur für eine Sekunde, dann hatte sie sich wieder gefasst, und während sie an ihrer Frisur rückte, fixierte sie ihn mit ihrem Blick. »Soll das heißen – du willst Krieg?«

»Nein«, erklärte er. »Ich will *dich*. Und dafür werde ich alles tun. Koste es, was es wolle!«

23

Tino wäre am liebsten im Studio geblieben, um seiner Frau an ihrem ersten Drehtag zur Seite zu sein, und die Vorstellung, dass Pommer ihn vertrat, passte ihm aus Gründen, die er selber absurd fand, ganz und gar nicht. Aber da er versprochen hatte, Alex im Wedding abzuholen, wo sein Sohn den Vormittag in Tante Ottilies Obhut verbracht hatte, hatte er sich gefügt.

Dritter Hinterhof, zweiter Stock.

Kaum hatte Tino die Klingelratsche herumgedreht, ging auch schon die Tür auf, und Alex flog ihm um den Hals.

»Vorsicht! Nicht stolpern!«, rief Tante Ottilie aus der Küche.

Die Warnung kam keine Sekunde zu früh. Überall im Flur standen Kisten und Kästen herum, so dass man kaum einen Fuß vor den anderen setzen konnte.

»Was ist denn hier los?«

Während er Alex absetzte, streckte Lilly ihren blonden Bubikopf aus der Tür ihres Zimmers. »Ich ziehe aus!«

»Donnerwetter! Ist bei dir der Wohlstand ausgebrochen?«

»Was nicht ist, kann noch werden. Ich habe jetzt eine eigene Wohnung – mit allen Schikanen, einschließlich Telefon!« Mit großen, ausladenden Schritten stieg sie über mehrere Kisten und reichte ihm eine Karte. »Hier ist meine Rufnummer. Rahel soll sich mal melden und mich besuchen kommen.«

Beeindruckt nahm Tino die Karte.

Lilly Seidenschön, Filmschauspielerin

»Respekt!«, sagte er. »Meine Gratulation.« Er steckte die Karte ein und schaute sie an. »Immer noch bei Gottlieb Meineke?«

»Ja«, strahlte Lilly, »dieser Mann ist der Glücksfall meines Lebens. Wäre er nicht mein Produzent – ick könnte mir jlatt vajessen!«

Lachend trat Tino ein. Sobald Lilly ins Schwärmen geriet, vergaß sie nicht nur sich selbst, sondern auch ihr Hochdeutsch.

»War ›Lob der Schönheit‹ denn ein so großer Erfolg?«, wollte er wissen.

»Dit kannst du laut sarjen! Gottlieb hat mir für drei Jahre Vatrach jemacht!«

»Und darf man schon fragen, wie dein nächster Film heißt?«

Lilly runzelte die Stirn. »Bist du so neugierig, oder tust du nur so?«, erwiderte sie, nun wieder in reinstem Hochdeutsch.

»Na, hör mal! Der Titel ist die halbe Miete. Er entscheidet, ob die Leute ins Kino gehen oder nicht. Also raus mit der Sprache!«

Täuschte er sich, oder lief Lilly rot an? Statt seinen Blick zu erwidern, schaute sie sich verstohlen nach Alex und Tante Ottilie um, bevor sie schließlich die Antwort gab. »›Garten der Lüste‹«, flüsterte sie so leise, dass niemand sonst sie hören konnte.

Tino hielt kurz die Luft an. »Heißt so dein neuer Film?«

Wieder strahlten ihre Augen. »Is dit nich wunder-, wunderscheen?«

24

Rahel wusste nicht mehr, wo ihr der Kopf stand. Über ein Dutzend Mal hatte Regisseur Berger sie inzwischen die Szene wiederholen lassen, doch kein einziges Mal war ihr der alberne Hofknicks zu seiner Zufriedenheit gelungen. Entweder hatte sie sich zu schnell oder zu langsam bewegt, zu steif oder zu geziert – und als er einmal nichts an ihrem Spiel auszusetzen gehabt hatte, hatte sie vergessen, die Lippen zu bewegen. Alles, was sie machte, war falsch – falsch, falsch, falsch! Willy Fritsch alias Graf Preyn, vor dem sie so viele Male niedergesunken war, hatte inzwischen die Hoffnung aufgegeben und ließ sich seit ihrem siebten vergeblichen Versuch von seiner Zweitbesetzung vertreten. Jetzt war sie so konfus, dass sie kaum noch wusste, wie sie einen Fuß vor den anderen setzen sollte, ohne über ihre eigenen Beine zu stolpern.

»Vielleicht tauge ich einfach nicht zur Schauspielerin«, sagte sie, den Tränen nahe.

»Ich bringe es nicht über mich, diesen Verdacht gänzlich von mir zu weisen«, erwiderte Berger und fuhr sich mit der siegelberingten Hand über den pomadisierten Mittelscheitel. »Alles, was Sie mir anbieten, ist unbrauchbar – viel zu gekünstelt. Man spürt die Lüge, sie ist ja förmlich mit Händen zu greifen.«

»Aber im Film ist doch alles Lüge!«, rief sie.

Der Regisseur verdrehte die Augen. »Was für eine originelle Ausrede!«

»Gar keine Ausrede! Schauen Sie sich doch um! Ein Thronsaal aus Pappmaché!«

Mitleidig schüttelte er den Kopf. »Mein Gott, Sie haben aber auch gar nichts begriffen …«

Während Rahel nach einer passenden Antwort suchte, ergriff Erich für sie das Wort. »Wenn Sie uns vielleicht einen Moment entschuldigen, Herr Berger?«

Ohne die Zustimmung des Regisseurs abzuwarten, nahm er Rahels Hand und führte sie hinter die Kulissen, wo sie ungestört reden konnten.

»Wo kommst du darauf, dass im Film alles Lüge ist?«, fragte er.

»Ist es das etwa nicht?« Enttäuscht von sich selbst und wütend auf den Regisseur, wirbelten ihre Gedanken in ihrem Kopf durcheinander wie Kristalle in einem Kaleidoskop. Sie wusste, dass sie recht hatte, doch in ihrem Zustand wusste sie nicht, wie sie sich Erich begreiflich machen sollte. »Kennst du den Krönungszug im ›Anna Boleyn‹-Film?«, fragte sie schließlich.

»Natürlich.«

»Dann musst du doch wissen, was ich meine. Als ich die Szene zum ersten Mal sah, war ich zutiefst ergriffen. Die Begeisterung der Menschen, ihr Jubel für das Brautpaar – alles schien so echt, so wirklich und wahrhaftig wie das Leben selbst … Aber dann hat Tino mir erzählt, dass die ganze Szene nur fauler Zauber war.«

»Du meinst den Aufruhr beim Erscheinen des Präsidenten?«

Rahel nickte. Viertausend Komparsen, hatte Tino ihr damals gesagt, hätten an der Aufnahme des Krönungszugs mitgewirkt, und wie es im Drehbuch stand, hatten sie das Brautpaar vor der Westminster Abtei hochleben lassen. Doch dann war die Stimmung plötzlich umgeschlagen, weil Ebert auf dem Filmgelände erschienen war, und es hatte einen regelrechten Aufstand gegeben – des Volkes ganze Wut auf die Regierung hatte sich über dem Präsidenten entladen. Aber der Regisseur und seine Kameraleute hatten die Szene so ins Bild gesetzt, dass der Aufruhr sich auf der Leinwand wie durch ein Wunder in einen Sturm der Begeisterung verwandelt hatte, mit dem die Menschen Heinrich VIII. und Anna Boleyn auf ihrem Weg zur Kathedrale feierten.

»Wenn das keine Lüge war – was dann?«

Erich steckte eine Zigarette in seine Spitze, und während er sie mit seinem Feuerzeug entzündete, sagte er: »Ja, du hast recht, alles, was wir tun, ist nur gespielt, also gelogen, wenn du willst. Aber das geschieht nicht, um das Publikum zu betrügen, im Gegenteil, wenn wir den Menschen Dinge vorgaukeln, die es gar nicht gibt, tun wir dies in der ehrlichsten und aufrichtigsten Absicht, die man sich nur denken kann. Weil wir damit ja immer nur eins versuchen, nämlich die wahrsten und reinsten Gefühle in ihnen hervorzurufen.«

Rahel brauchte einen Moment, um seine Worte zu begreifen. »Du meinst«, sagte sie dann, »so wie ich damals im Kino von dem Krönungszug ergriffen war – von der falschen Begeisterung der Massen?«

Erichs Zigarettenspitze zeigte in die Höhe. »Kunst ist die Erzeugung wahrer Gefühle mit Hilfe von Lügen. Diese sind Mittel zu einem wahren Zweck. Oder, um es paradox auszudrücken: Kunst ist eine Lüge, die uns die Wahrheit erkennen lässt. Insofern ist sie das einzig Ernsthafte auf der Welt.«

Rahel schwirrte der Kopf. »Aber … aber wie soll ich das als Schauspielerin bewerkstelligen? Das geht doch nur, wenn ich auf meine eigenen Lügen hereinfalle und selber an sie glaube!«

Erich grinste. »Ich fürchte, genau das ist das Geheimnis. Du darfst eine Rolle niemals so spielen, wie du denkst, dass du sie spielen *solltest.* Vielmehr musst du sie dir zu *eigen* machen, im buchstäblichen Sinn des Wortes. Auch wenn es nur darum geht, vor einem imaginären Grafen niederzusinken, der in Wahrheit Willy Fritsch heißt und in Berlin-Köpenick wohnt.« Dann wurde er wieder ernst. »Das Kunststück ist: Bleibe immer ganz und gar du selbst, wenn du spielst. Was fühlt die Figur, die du verkörperst, gerade? Leih ihr deine Sinne, deinen Leib und deine Seele. Was denkst du? Was riechst du? Was schmeckst du?«

Rahel wollte etwas erwidern, doch er legte ihr seinen Finger auf die Lippen. »Pssst. Nicht sagen – *tun*!«

Sie schloss die Augen. Es dauerte eine Weile, bis sie Graf Preyn vor sich sah – nicht Willy Fritsch aus Berlin-Köpenick, sondern den wirklichen Grafen! Was fühlte, was dachte sie? Was roch, was schmeckte sie? Plötzlich kitzelte ein Parfüm in ihrer Nase, ein feiner Duft von Moschus, der den Grafen umwehte, vermischt mit dem Geruch von Pferden, offenbar war er eben noch im Reitstall gewesen, und während sie zu ihm aufschaute, griffen ihre Hände ganz von allein nach ihren Röcken.

»Hast du's?«, hörte sie Erichs Stimme.

Sie nickte.

»Dann los – flieg!«

25

Das Gebäude, vor dem Graus Taxi hielt, war eine imposante Stadtvilla in Bogenhausen, einem der vornehmsten Quartiere in München. Ohne ein Trinkgeld zu geben, beglich er die Fahrt und stieg aus. Voller Neid blickte er an der stuckverzierten Fassade empor. Warum besaß der Verleger Hanfstaengl einen solchen Palast, während er, Offizier des Kaisers und Vorstandsmitglied der Universum Film AG, mit seiner Familie in einer Fünfzimmerwohnung hauste?

»Seien Sie mir willkommen, Herr Major.«

Der Hausherr persönlich öffnete die Tür. Auf den ersten Blick schien Hanfstaengl genau das zu sein, was man in Bayern ein »Mannsbild« nannte: stattliche Figur, breite Schultern, energisches Kinn, keilförmige Nase, fester Blick, dazu eine schwarze Lockenpracht auf dem quadratischen Kopf. Mit einem kraftvollen Händedruck begrüßte er seinen Gast, bevor er ihn in einen mit großformatigen Ölgemälden behangenen Salon führte, in dessen Mitte ein schwarz gelackter Flügel glänzte.

»Die Leidenschaft meiner Frau«, erklärte er, als er Graus fragenden Blick sah. »Eine Leidenschaft, die ich im Übrigen teile, wir musizieren gern und häufig miteinander. Aber nehmen Sie doch Platz.«

Tatsächlich entpuppte Hanfstaengl sich als ein Mann von erstaunlicher Eleganz und Weltläufigkeit. Obwohl er die vierzig noch nicht erreicht hatte, hatte er etliche Jahre in Amerika verbracht, erst zu Studienzwecken an der Harvard Universität, wo der jetzige Senator Franklin D. Roosevelt sein Freund und Kommilitone gewesen war, dann zur Führung der New Yorker Niederlassung des familieneigenen Kunstverlags, der als sogenannter »Feindbesitz« bei Kriegsende allerdings von den amerikanischen Behörden enteignet worden war. Geprägt von dieser Erfahrung, widmete Hanfstaengl sich seit seiner Rückkehr in die Heimat, wie er unaufgefordert bekannte, nicht nur den Geschäften seines Unternehmens, sondern nutzte die weitverzweigten Kontakte, die er und seine Ehefrau als Mitglieder der Münchner Gesellschaft besaßen, auch zu dem Zweck, den Führer der noch jungen NSDAP, Adolf Hitler, mit Rat und Tat zu unterstützen, vor allem aber mit der Beschaffung der für dessen Bewegung nötigen Geldmittel.

»Wenn ich mich meinerseits vielleicht auch ein wenig näher vorstellen darf«, erwiderte Grau, als sein Gastgeber schloss. »Während des Krieges hatte ich die Ehre, im Stabe des Ersten Generalquartiermeisters ...«

»Nicht nötig«, unterbrach Hanfstaengl mit einem Lächeln. »Ich weiß, wer Sie sind. Ich war im November 23 dabei. Sie sind beim Marsch auf Berlin nicht nur in vorderster Reihe mitmarschiert – Sie haben auch in hervorragender Weise Eigeninitiative bewiesen. Wären Sie unserem Kameraden Göring nicht beigesprungen, wer weiß, ob er nicht seinen Verletzungen erlegen wäre.«

»Zu schmeichelhaft.« Grau deutete eine Verbeugung an, und in alter Gewohnheit wollte er seinen Bart zwirbeln, aber seine Hand fuhr ins Leere. »Ihre freundlichen Worte ermutigen mich, Ihnen ganz unverwandt mein Anliegen vorzutragen. Als Offizier rede ich nicht gern um den heißen Brei herum. Darum in soldatischer Kürze: Seine Exzellenz General Ludendorff hat beschlossen, für das Amt des Reichspräsidenten zu kandidieren, und erbittet dafür die Unterstützung Adolf Hitlers.«

Er hatte den Satz noch nicht beendet, da erlosch das Lächeln auf

Hanfstaengls Lippen. »Offen gestanden hege ich Zweifel, dass Ludendorff der richtige Mann ist. Hitler wäre weit besser geeignet.«

»Darf ich daran erinnern, dass Hitler als österreichischer Staatsbürger nicht zur Kandidatur berechtigt ist?«

»Dessen bin ich mir durchaus bewusst.« Hanfstaengl nickte. »Aber man muss an die Zukunft denken. Angenommen, Ludendorff gewinnt die Wahl, dann wäre Hitler der Weg für viele Jahre verbaut …«

»Aber *jetzt* ist der Zeitpunkt, da es zu handeln gilt«, fiel Grau ihm ins Wort. »Deshalb müssen wir alle an einem Strang ziehen, persönliche Interessen haben hintanzustehen. So wie Ludendorff es vor Gericht vorgemacht hat, als er aus Solidarität mit Hitler den Freispruch zurückwies.«

Hanfstaengl zögerte, und ein unwilliger Ausdruck überschattete sein Gesicht. Grau hätte seine Worte am liebsten wieder zurückgenommen. Der Appell an die Kameradschaft kam einer moralischen Erpressung gleich. Darum war es auch seine Absicht gewesen, diesen Trumpf für den Fall aufzuheben, dass Hanfstaengl keinem anderen Argument mehr zugänglich war. Jetzt hatte er sein Pulver zu früh verschossen.

Er suchte nach einer Ausflucht, da kehrte jedoch das freundliche Lächeln in Hanfstaengls Miene zurück.

»Nun gut«, sagte er. »Da Ludendorff und der Führer alte Kameraden sind, bin ich bereit, Hitler die Sache vorzutragen. Doch eines kann ich Ihnen vorab versichern. Eine Unterstützung Seiner Exzellenz ist nur unter einer Bedingung vorstellbar …«

Grau atmete auf. »Nämlich?«

26

Rahel flog – und wie sie flog! Als wären ihr Flügel gewachsen, schwang sie sich in die Lüfte empor.

»Keine Angst«, rief sie gegen den Motorenlärm an, »wir stürzen nicht ab!«

Ihrem Fluglehrer perlte schon der Schweiß auf der Stirn, doch sie zog den Steuerknüppel noch weiter zu sich heran. Dies war ihre fünfte Flugstunde, und sie musste noch viele Stunden absolvieren, bis sie zur Prüfung zugelassen wurde. Aber schon jetzt hatte sie das Gefühl, dass sie immer mehr mit der Maschine verwuchs, ihr Wille sich auf diese übertrug, als wären sie ein und dasselbe Wesen. Das Flugzeug gehorchte ihr fast von allein, ohne dass sie denken musste, ähnlich wie ihr Körper, wenn sie vor der Kamera spielte.

Ja, Erich hatte recht: Schauspielern war wie Fliegen! Und sie war geflogen, vor den Augen des Regisseurs und der ganzen Crew. Wie befreit war sie nach der Unterbrechung vor die Kamera zurückgekehrt, um in dem falschen Thronsaal alles richtig zu machen, nicht nur den Hofknicks. Sie hatte gesungen und getanzt und gelacht und geliebt und gelebt – die Aufnahmen waren ein einziger »Walzertraum« gewesen. Mehrere Male hatten die Bühnenarbeiter spontan applaudiert, Graf Preyn alias Willy Fritsch hatte ihr eine Kusshand zugeworfen, und sogar Regisseur Berger, der anfangs so unzufrieden gewesen war, hatte ihr gratuliert und seine Hoffnung ausgedrückt, bei einem seiner nächsten Filme wieder mit ihr drehen zu dürfen – ja, »dürfen«, das hatte er tatsächlich gesagt!

»Wir müssen langsam runter!«, rief Harry und tippte mit dem Finger auf die Benzinanzeige.

Für die Landung übernahm er wieder selbst das Steuer – die Landung war stets der schwierigste und gefährlichste Teil eines Flugs, und bis Rahel so weit war, würde es noch eine Weile dauern. Vor allem, wenn der Wind so kräftig blies wie heute.

»Du wirst schon erwartet!«, rief Harry, als sie aufsetzten.

Tatsächlich, am Ende des Rollfelds standen Tino und Alex und winkten. Rahel wartete, bis Harry den Motor abgestellt hatte, dann kletterte sie aus der Kanzel und eilte zu ihrem Mann und ihrem Sohn.

Tino reichte ihr zur Begrüßung seine Nelke. »Für die Königin der Lüfte!«

»Mein süßer Quatschkopf.« Lachend steckte sie die Blume an ihren Overall und gab ihm einen Kuss. Der geriet allerdings ausführlicher als geplant.

»Ein solcher Kuss für eine halb verblühte Nelke?«, fragte Tino.

»Nein. Der war fürs Fliegen!«

»Dann bin ich beruhigt. – Aber bevor ich's vergesse, es gibt neue Nachrichten. Lilly ist bei Tante Ottilie ausgezogen, sie hat jetzt eine eigene Wohnung, sogar mit Telefon.« Tino zückte eine Visitenkarte. »Hier, ihre Nummer. Ich bin sicher, sie hockt schon vor ihrem Apparat und wartet auf einen Anruf.«

Als Rahel die Karte mit Lillys Namen sah, bekam sie ein schlechtes Gewissen.

»Ist was?«, fragte Tino.

»Allerdings«, sagte sie. »Deine Frau ist eine treulose Tomate. Lilly zieht bei Tante Ottilie aus, und ich habe keinen Schimmer. Und bei Edgar habe ich mich auch schon ewig nicht mehr gemeldet. Wer weiß, vielleicht haben sie ihn ja rausgeschmissen, nachdem ich nicht mehr seine Frau bin. – Nein«, schnitt sie Tino das Wort ab, bevor er den Mund aufmachen konnte, »seit wir verheiratet sind, habe ich mich um keinen mehr gekümmert. Das muss sich schleunigst ändern – das ist doch meine Familie!«

27

Rahels Sorgen waren nur zu berechtigt. Ihr ehemaliger Chef, Joachim Raschke, Reklameleiter im Kaufhaus Wertheim und wegen seines blendenden Aussehens nur »der schöne Joachim« genannt, hatte bereits zu der Zeit, als Rahel noch in seiner Abteilung tätig gewesen war, den Verdacht gehegt, dass die Ehe, die sie und Edgar eingegangen waren, nur zum Schein bestanden hatte. Nicht ohne Grund. Schon während des Krieges hatte Edgar erfahren, mit welcher Wut die Menschen auf Männer wie ihn reagierten. Und weil Rahel nach Alex' Geburt und der Trennung von Tino ihr Kind allein hatte aufziehen müssen, war es für sie beide von Vorteil gewesen, den Bund der Ehe zu schließen. Auf diese Weise war Edgar vor Verleumdungen im Kaufhaus sicher, und Rahel hatte einen Vater für ihr Kind gehabt.

War es also ein Fehler gewesen, dass er sich hatte scheiden lassen, damit Rahel nach der Versöhnung mit Tino den wirklichen Vater ihres Kindes hatte heiraten können?

Als Edgar an diesem Abend zurück in seine Wohnung am Hofvogteiplatz kam, wo er nun wieder allein mit Detlef lebte, ertappte er sich bei ebendieser Frage. Zum Glück war sein Freund zu Hause, so dass er ihm das Herz ausschütten konnte.

»Der schöne Joachim hat herausgefunden, dass Rahel und ich nicht mehr verheiratet sind.«

Detlef bleckte vor Schreck seine weißen Zähne. »Hast du dich etwa verplappert?«

»Nein, der schöne Joachim hat gestern einen Hering gekauft. Der Fisch war in eine alte Zeitung eingewickelt, und darin gab es ein Bild von Rahels Hochzeit. Samt einem Foto von dem Flugzeug, das Tino mit ihrem Namen am Himmel hat aufsteigen lassen. Erinnerst du dich?«

»Natürlich. ›Christel Reichenbach, der neue Ufa-Star‹ … Das Banner war ja nicht zu übersehen.«

»Der schöne Joachim hat natürlich eins und eins zusammengerechnet«, fuhr Edgar fort, »und macht jetzt wieder seine alten Witzchen. ›Kein Wunder‹«, äffte er den Reklamechef nach, »›dass es mit der Ehe nicht geklappt hat, *Fräulein* Weißpfennig. Warum versuchen Sie es nicht mit Ihresgleichen?‹«

Detlef nahm seine Hand. »Glaubst du, dass jetzt die Probleme wieder losgehen?«

Edgar zuckte die Achseln. »Der schöne Joachim wird hinter mir her schnüffeln, bis er irgendwas gefunden hat, was er mir am Zeug flicken kann.«

Detlefs Miene verfinsterte sich. »Dafür kannst du dich bei Rahel bedanken. Ich habe ja immer gesagt, dass sie dich ausnutzt.«

»Unsinn! Die Scheidung war schließlich meine Idee!«

»Hör auf, sie zu verteidigen. Rahel ist keine Heilige, sie hat gewusst, was sie tat. Im Zweifelsfall denkt sie eben an sich, statt an andere.«

»Aber tun wir das nicht alle?«, fragte Edgar.

Detlef ließ seine Hand los. »Mach dir nichts vor, Edgar! Seit Rahel wieder mit Tino zusammen ist, bist du ihr völlig egal. Der Mohr hat seine Schuldigkeit getan, der Mohr kann gehen. Sie hat kein einziges

Mal mehr angerufen. Wahrscheinlich ist ihr die ganze Ufa-Sache zu Kopf gestiegen. Da ist Lilly ganz anders.«

»Lilly? Wie kommst du jetzt auf Lilly?«

Detlef nahm eine mit Gold und Silber verzierte Glanzkarte von der Garderobe. »Sie hat uns zur Premiere ihres neuen Films eingeladen – wie es sich gehört, wenn man eine Familie ist. Nein, wenn es noch Gerechtigkeit gibt auf der Welt, wird nicht Rahel ein Star, sondern Lilly. Sie hat den Erfolg viel mehr verdient.«

28

Constanze nahm einen Schluck von ihrem Tee, und während sie mit der einen Hand die Tasse absetzte, rückte sie mit der anderen an ihrer Frisur. Warum hatte Alexander das Foyer des »Dresdner Hofs« gewählt, um ihr von seiner Münchner Mission zu berichten? Früher hatte er sie nirgendwo anders treffen wollen als in ihrer Suite, um Austern und Champagner mit ihr zu schlürfen, bevor sie ins Schlafgemach hinübergewechselt waren. Welch glückliche Stunden hatten sie auf diese Weise verlebt! Und jetzt? Jetzt saß Alexander steif und unnahbar auf seinem Stuhl und wollte nichts anderes als reden und nochmals reden. Obwohl sie nur die Hand hätte ausstrecken müssen, um ihn zu berühren, schien er ihr unendlich weit entfernt. Wurde er ihrer allmählich überdrüssig? Als sie am Morgen aufgewacht war, hatte sie auf ihrem Kissen eines der künstlichen Haarteile vorgefunden, mit denen sie die verloren gegangene Fülle ihres Kopfbewuchses restaurierte, es hatte sich über Nacht aus ihrer Frisur gelöst. Nicht vorzustellen, er hätte bei ihr gelegen und wäre mit dieser Entdeckung aufgewacht …

»Hörst du mir überhaupt zu?«, fragte er.

»Aber natürlich, mein Liebster. Ich … ich dachte gerade nur nach.« Wovon hatten sie zuletzt gesprochen? Ach ja, dieser Hanfstaengl, Hitlers Vertrauter, er hatte wohl irgendeine Bedingung daran geknüpft, dass Hitler Ludendorff bei der Präsidentenwahl unterstützte. »Wie lautete noch mal die genaue Forderung?«

»Hitler braucht Geld«, erklärte Alexander. »Es ist nur eine Frage der Zeit, dass sein Redeverbot aufgehoben wird, und dann will er in die Offensive gehen, im ganz großen Stil. Allerdings wird er nicht länger versuchen, durch einen Umsturz die Macht an sich zu reißen, vielmehr will er das parlamentarische System ablösen, indem er dessen Möglichkeiten bis zum Äußersten ausschöpft.«

»Du meinst – er will durch Wahlen an die Macht gelangen?«

Alexander nickte. »Ich habe schon immer deine Gedankenschärfe bewundert.« Er deutete eine Verbeugung an. »Eine Revolution auf legalem Weg – ja, das ist das Ziel. Allerdings lässt es sich nur mit Mitteln der Propaganda erreichen. Und Propaganda ist teuer.« Bedeutungsvoll schaute er sie an. »Siehst du jetzt ein, wie töricht es wäre, die Auflösung deiner Ehe zu überstürzen?«

Die unvermittelte Frage traf sie mitten ins Herz. Wusste er denn nicht, was solche Worte in ihr anrichteten? Sie spürte, wie ihr die Tränen kamen, und damit er sie nicht sah, wandte sie sich ab. Durch das Rankenwerk der Grünpflanzen, die ihren Tisch von der Hotelhalle abschirmten, schaute sie hinüber zur Rezeption, wo gerade eine mehrköpfige Familie eintraf.

»Bist du dir bewusst, was du von mir verlangst?«, fragte sie leise. »Nach allem, was geschehen ist, kann ich doch unmöglich bei Gustav zu Kreuze kriechen.«

Alexander nahm ihre Hand und führte sie an die Lippen. »Kopf hoch und an den Führer denken! Ich bin sicher, du wirst geeignete Mittel und Wege finden.«

29

Jedes Mal, wenn Gustav Reichenbach Alfred Hugenberg im Zollernhof besuchte, wunderte er sich, wie spartanisch das Privatkontor des allmächtigen Pressezaren eingerichtet war. Statt wertvoller Ölgemälde schmückten nur ein paar gerahmte Zahlenkolonnen die Wände, und die Schritte des Besuchers versanken nicht wie in den Büros anderer Konzernchefs in flauschigen Perserteppichen – nur ein paar Kokosläufer waren am Boden ausgebreitet. »Mehr Sein als Schein«: Das war die Devise des Hausherrn, der, selbst klein von

Wuchs, mit seinem aufgewichsten Stehhaar und der runden Nickelbrille ganz und gar nicht den Anschein erweckte, einer der einflussreichsten Männer im Deutschen Reich zu sein, sondern eher wie ein namenloser Kontorist seines eigenen Unternehmens wirkte.

»Wo haben Sie so lange gesteckt, Reichenbach?«, fragte er in sichtlich munterer Laune zur Begrüßung. »Sie waren ja wie vom Erdboden verschwunden. Ich hoffe nur, es gibt keine gesundheitlichen Probleme? Wenn ja, bitte ich um Auskunft, damit ich entsprechend disponieren kann!«

Trotz des kordialen Tons schrillten bei Gustav die Alarmglocken. Hugenberg war dafür bekannt, auch langjährige Geschäftsbeziehungen Knall auf Fall aufzukündigen, wenn er Schwierigkeiten für sein Unternehmen kommen sah. Während er auf dem ihm angebotenen Stuhl Platz nahm, suchte er nach einer geeigneten Antwort, um etwaige Befürchtungen seines wichtigsten Kunden im Keim zu ersticken.

»Keine Sorge«, sagte er. »Ich bin gesund und munter wie ein frisch gemusterter Rekrut. Meine kurzzeitige Absenz hatte allein familiäre Gründe.«

Hugenberg quittierte die Auskunft mit einem Schmunzeln. War ihm etwa zu Ohren gekommen, dass Constanze die Scheidung eingereicht hatte? Ausschließen konnte man das nicht, Hugenberg war der bestinformierte Mann in ganz Berlin. Zum Glück beendete er jedoch von sich aus das Thema, um auf den eigentlichen Grund der Zusammenkunft zu sprechen zu kommen: die Fortsetzung der Aktienkäufe, die für eine Übernahme der Universum Film AG durch die Scherl-Verlagsgruppe nötig waren.

»Eine vollständige Übernahme«, erklärte Gustav, »wird auf diesem Weg nicht möglich sein. Wir haben bereits so viele Anteilsscheine akkumuliert, dass Sie den Status des Kleinaktionärs in Kürze verlieren. Dann müssen Sie sich zu Ihren Plänen bekennen, allein aus börsenrechtlichen Gründen. Außerdem brauchen Sie ohnehin die Mehrheit der stimmberechtigten Namensaktien, mit stimmrechtslosen Vorzugsaktien allein wären Sie ja später nicht Herr im eigenen Haus.«

»Dessen bin ich mir bewusst«, erwiderte Hugenberg. »Kaufen Sie trotzdem weiter, so viel Sie können – bis an die Grenze der Offenbarungspflicht. Bevor wir endgültig zuschlagen, will ich meine Ausgangsposition stärken.«

»Verstehe.« Gustav machte sich ein paar Notizen, dann steckte er Block und Stift ein. »Wenn ich mich dann empfehlen darf?«

»Einen Moment.« Hugenberg klemmte sich eine Zigarre zwischen die Lippen. »Ihre Meinung zur Präsidentenwahl?«, fragte er und riss ein Streichholz an. »Nur frisch von der Leber weg!«

Gustav holte einmal tief Luft. Bei politischen Themen konnte man sich schnell in die Nesseln setzen. »Eine schwierige Frage«, sagte er darum ausweichend. »Ich denke, dass Wilhelm Marx für unsereins kaum wählbar ist. Als Kandidat der Zentrumspartei ist er ja ein Verfechter des Systems. Außerdem ist er Katholik.«

»Aber das sind Sie doch selbst«, lachte Hugenberg. »Oder irre ich mich?«

»Keineswegs«, erwiderte Gustav. »Ich wurde tatsächlich römisch-katholisch getauft. Aber Glaube und Politik sind zwei Paar Stiefel.«

»Dann also Jarres oder Ludendorff?« Mit erkennbarem Missmut blickte Hugenberg auf die Glut seiner Zigarre. »Hm, ich weiß nicht. Um offen zu sein, habe ich da so meine Zweifel. Ganz erhebliche Zweifel sogar.«

Gustav wartete, dass er sich näher erklärte, doch das tat er nicht. Stattdessen nahm er nur einen weiteren Zug von seiner Zigarre, und während er mit gerundeten Lippen bläuliche Rauchringe ausstieß, schaute er Gustav vielsagend an.

»Soll das heißen, dass Sie tatsächlich erwägen …?« Gustav sprach den Satz nicht zu Ende.

»… Marx zu unterstützen? Obwohl meine Partei sich für Jarres ausgesprochen hat?« Hugenberg zuckte die Achseln. »Manchmal muss man mit den Wölfen heulen. Wie Sie wissen, ist meine Partei Teil der Regierung. Aber nicht, weil wir den Glauben an die völkische Sache aufgegeben hätten, ganz im Gegenteil. Politik ist ein Beruf wie jeder andere – wenn wir irgendwann allein regieren wollen, müssen wir mit allen Wassern gewaschen sein.«

Gustav hörte die Botschaft wohl, doch sollte er sie glauben? Nachdem die DNVP Karl Jarres ihre Unterstützung zugesagt hatte, war es eigentlich ausgeschlossen, dass Hugenberg für Wilhelm Marx Partei ergriff, auch nicht hinter den Kulissen. Wenn doch, steckte mehr dahinter, und Gustav ahnte auch, was. Der Chef des Scherl-Verlags hatte nie verwunden, dass er bei der Gründung der Universum Film AG ausgebootet worden war. Und der Mann, der seine Beteiligung an der Filmfabrik damals verhindert hatte, war niemand anderes gewesen als Erich Ludendorff, Marx' Gegenkandidat bei den Präsidentschaftswahlen.

»Ich glaube, Ihren Standpunkt zu verstehen«, sagte Gustav ins Ungefähre hinein. »Regierungserfahrung ist zweifellos nötig, wenn man das Land führen will. Aber das Amt des Präsidenten ist doch von so eminenter Wichtigkeit, dass man, wie soll ich sagen, es nicht ohne Not dem Gegner überlassen darf ... Außerdem, die nationale Sache betreiben und zugleich einen Kandidaten der Systemparteien unterstützen – wäre das nicht ein Spiel mit gezinkten Karten?«

Hugenberg lachte laut auf, und seine Äuglein blitzten vor Vergnügen hinter den runden Brillengläsern. »Na, hören Sie mal, Reichenbach, im Spiel mit gezinkten Karten ist Ludendorff ein solcher Meister, dass wir uns alle von ihm eine Scheibe abschneiden können. – Dann mal unter uns Pfarrerstöchtern«, fügte er ernst hinzu, als er Gustavs verständnisloses Gesicht sah, und legte ihm vertraulich seine Rechte auf den Arm: »Jetzt verrate ich Ihnen mal ein Geheimnis, mein Lieber. Damit Sie nicht ahnungslos sterben ...«

30

Nackt, wie der liebe Gott sie erschaffen hatte, beugte Lilly sich über die dampfende Wanne und streute eine große Handvoll Badesalz ins Wasser. Badesalz, so hatte ihr der Apotheker erklärt, verhindere eine vorzeitige Faltenbildung der Haut – obwohl sie erst Anfang zwanzig war, konnte sie als Schauspielerin gar nicht früh genug damit anfangen, auf solche Dinge zu achten. Während sie mit der Hand im Wasser rührte, breitete sich der wunderbare Duft von

Mouson Lavendel aus. Vorsichtig prüfte sie mit dem Zeh noch einmal die Temperatur, dann stieg sie in die Wanne und tauchte ein in das wohlig warme, dampfende Nass.

Mit einem Seufzer schloss sie die Augen. Was für ein Glück, dass sie Gottlieb Meineke begegnet war. Dank der Zahlungen ihres Produzenten, die so pünktlich erfolgten wie ihre Monatsregel, konnte sie sich ein todschickes Zwei-Zimmer-Apartment in der gerade erst fertiggestellten Neubausiedlung am Schillerpark leisten. Kaum vorzustellen, dass sie noch vor wenigen Wochen in der Zinkwanne gebadet hatte, die Tante Ottilie jeden Samstag in der Küche für das einmal wöchentlich stattfindende Bad aufstellte. Die neue Wohnung war im Bauhausstil errichtet, dem letzten Schrei der Architektur, und hatte allen modernen Komfort, neben fließend kaltem und warmem Wasser einen Elektroherd sowie Telefon.

Auf dem Wannenrand stand eine Flasche von Oma Leydickes Obstwein bereit – Erdbeer, Lillys Lieblingsgeschmack. Heute hatten sie die letzte Szene ihres neuesten Films abgedreht, das wollte sie feiern. Sie schenkte sich ein Glas ein, dann prostete sie sich selbst zu und nahm einen Schluck. Wenn sie erst einen richtigen Freund hatte, einen, der es ernst mit ihr meinte und nicht nur das eine wollte, würde sie Champagner mit ihm in der Wanne trinken. Mit wohligem Kribbeln breitete sich der Alkohol in ihrem Körper aus. Ja, das Leben, von dem sie einst nur geträumt hatte, war wirklich und wahrhaftig Wirklichkeit geworden.

Im Flur klingelte das Telefon – der allererste Anruf, den sie in ihrer Wohnung bekam! Aus Angst, ihn zu verpassen, stieg sie so eilig aus der Wanne, dass sie auf dem gefliesten Boden fast ausgerutscht wäre. Womöglich war es ja jemand von der Presse …

Oder vielleicht ein Verehrer?

Am ganzen Körper tropfend, nahm sie den Hörer ab. Als sie die Stimme am anderen Ende der Leitung erkannte, stieß sie einen Freudenschrei aus.

»Rahel – bist du das?«

»Ja«, antwortete ihre Freundin. »Tino hat mir deine Nummer gegeben. Höchste Zeit, dass wir uns wiedersehen! Wann kann ich dich besuchen?«

31

Die Stutzuhr auf der Anrichte schlug mit hellem Ton an, als Gustav sich an den Abendbrottisch setzte. Wieder war ein Tag vorbei, ein Tag voller Mühe und Arbeit. Er nahm eine Scheibe Brot aus dem Korb, und wie es seine Gewohnheit war, bestrich er die eine Hälfte mit Griebenschmalz, die andere mit Leberwurst, dann klappte er beide Hälften übereinander und zerteilte sie mit dem Messer in akkurat drei mal drei gleich große Stücke. Solange er zurückdenken konnte, mochte er so sein Abendbrot am liebsten. Doch er verspürte nicht den geringsten Appetit, und auch das Bier, das Robert für ihn eingeschenkt hatte, wollte ihm nicht schmecken. Er hatte gehofft, dass Constanze sich nach seiner Erklärung zugänglicher zeigen würde. Aber es hatte sich nichts verändert. Wie jeden Abend seit dem Tag, da sie die Scheidung eingereicht hatte, musste er sein Brot einsam und allein zu sich nehmen.

»Auf ein Wort …«

Vor Schreck zuckte er zusammen, als sie plötzlich den Raum betrat. War es möglich, dass sie ihm Gesellschaft leisten wollte? Während sie sich zu ihm an den Tisch setzte, klingelte er nach Robert, um ein zweites Gedeck auflegen zu lassen.

Doch Constanze schickte den Diener fort. Sie wollte nicht essen, sie wollte reden. »Du hast gesagt, du würdest um mich kämpfen. Jetzt hast du dazu Gelegenheit.«

Voller Hoffnung schaute er sie an. »Was kann ich für dich tun?«

»Ich möchte, dass du Ludendorffs Wahlkampf unterstützt.«

»Wie meinst du das – finanziell?«

Entgeistert stellte er sein Glas auf den Tisch. Für einen Moment hatte er wirklich geglaubt, ihr Kommen sei eine Geste der Annäherung, ein Zeichen, dass sie ihrer Ehe noch eine Chance gab. Aber sie dachte gar nicht daran. Sie wollte nicht ihn – sie wollte sein Geld! Wie schon so viele Male zuvor.

»Tut mir leid, meine Liebe«, brachte er mit mühsamer Beherrschung hervor. »Aber diesen Wunsch werde ich dir nicht erfüllen.«

»Das akzeptiere ich nicht«, erwiderte sie. »Auch wenn wir in politischen Dingen nicht immer eines Sinnes sind, bin ich bis jetzt immer davon ausgegangen, dass uns die Liebe zum Vaterland verbindet. Die Präsidentenwahl eröffnet uns nun die Möglichkeit, der Systempolitik den Garaus zu machen. Diese Chance müssen wir ergreifen. Und der einzige Mann, der den Ausverkauf Deutschlands beenden kann, ist Ludendorff, mit Adolf Hitler an seiner Seite.«

So energisch sie gesprochen hatte – ebenso energisch schüttelte Gustav den Kopf. »Ludendorff und Hitler haben Deutschland schon mal an den Rand des Ruins gebracht. Eher unterstütze ich Wilhelm Marx als diese politischen Hasardeure.«

»Das ist unerhört!«, brauste sie auf. »Warum nicht gleich einen Kommunisten? Nein, das kann nicht dein Ernst sein! Ludendorff ist unsere ganze Hoffnung.«

Gustav biss in sein Brot. »Ludendorff ist ein gottverdammter Lügner.«

»Wie … wie kannst du es wagen?« Constanzes Stimme bebte.

»Das will ich dir sagen. Ludendorff hat, zusammen mit Hindenburg, das Volk nach dem Krieg mit einer Lüge betrogen, die einzigartig in der Geschichte Deutschlands ist.«

»Ich … ich weiß nicht, wovon du redest. Was für eine Lüge?«

»Die Lüge, dass die Politik der Truppe den Dolchstoß versetzt hat. Die Lüge, dass nicht das Militär, sondern die Heimatfront für die Niederlage verantwortlich ist.«

»Aber genau so war es doch! Unsere Soldaten waren im Felde unbesiegt!«

»Noch so eine Lüge, die Ludendorff und Hindenburg erfunden haben, um sich reinzuwaschen. Nein, sie selbst haben den Krieg verloren und niemand sonst. Und weil sie wussten, dass die Lage aussichtslos war, haben sie die Regierung regelrecht zu Friedensverhandlungen gedrängt, bevor der Feind auf deutschen Boden gelangen konnte. Aber statt wie Männer zu ihrem Versagen zu stehen und den Waffenstillstand mit eigener Hand zu unterzeichnen, haben sie Erzberger nach Compiègne geschickt, damit der an ihrer Stelle die Drecksarbeit erledigte. Und später hatten sie auch noch die Stirn, diesen Mann als Verräter zu denunzieren, mit dem Ergebnis, dass ihre Anhänger ihn umgebracht haben.«

Constanze war bleich im Gesicht. »Woher willst du das wissen?«

»Von deinem Freund Alfred Hugenberg, dem bestinformierten Mann im ganzen Reich.« Gustav nahm sein Glas und trank es in einem Zug leer. »Und da erwartest du, dass ich dieses Gesindel unterstütze?«

Als er sein Glas absetzte, zitterte er am ganzen Leib. Noch nie hatte er so mit seiner Frau gesprochen, und es zerriss ihm das Herz. Aber anders ging es nicht mehr – genug war genug!

Als würde Constanze spüren, was in ihm vorging, nahm sie seine Hand, und mit einem Lächeln schlug sie die Augen zu ihm auf. »Hast du vergessen, was du mir versprochen hast?«, fragte sie mit zärtlich-sanfter Stimme. »Du wolltest nicht Krieg, sondern mich. Koste es, was es wolle ...«

Gustav wollte sie von sich stoßen, doch er schaffte es nicht. Unfähig, sich zu rühren, erwiderte er ihren Blick, seine Hand in der ihren, und während er versuchte, seine Entschlusskraft wiederzufinden, um das Richtige zu tun, durchrieselte ihn ein Gefühl seliger Ohnmacht.

Endlich war sie wieder da, die Frau, die er sein Leben lang geliebt hatte – und die er bis ans Ende seiner Tage lieben würde.

32

Rahel konnte sich nur mit Mühe ein Grinsen verkneifen. Obwohl Lillys Wohnung keine fünfzig Quadratmeter maß, dauerte die Besichtigung der zwei Zimmer samt Küche und Bad schon über eine halbe Stunde. Mit kindlicher Begeisterung drehte Lilly immer wieder im Bad das heiße und kalte Wasser auf und ließ dazu die Toilettenspülung rauschen, im Schlafzimmer öffnete sie nacheinander Schrank und Kommode und Bettkasten, um voller Stolz jede Schublade und jedes Fach darin zu präsentieren, und in der Küche stellte sie einen Wasserkessel auf den Herd, nur um zu beweisen, wie schnell die elektrischen Platten sich erhitzten.

»Da biste platt, wa?«, sagte sie voller Stolz, als sie im Wohn- und Esszimmer Platz nahmen, um mit Oma Leydickes Erdbeerwein auf Lillys neue Herrlichkeit anzustoßen. »Fräulein Seidenschön macht Karriere.«

»Platt ist gar kein Ausdruck«, sagte Rahel. »Aber apropos Karriere. Ich habe mir was überlegt. Wie wär's, wenn ich Erich Pommer vorschlage, dich zu Probeaufnahmen einzuladen? Ich bin sicher, er würde das auf der Stelle tun, wenn ich ihn darum bitte. Was meinst du – soll ich?«

Lilly stieß einen Freudenschrei aus. »Du willst mich bei der Ufa unterbringen?«

»Versprechen kann ich natürlich nichts, aber …«

Rahel sprach den Satz nicht zu Ende. Denn Lilly schüttelte plötzlich den Kopf.

»Nein, das geht nicht«, erklärte sie. »Weil – du bist ja selbst noch eine Anfängerin, und wenn du da mit solchen Vorschlägen kommst, schadest du dir damit womöglich selbst. Das könnte ich nicht verantworten.«

Zum Beweis ihrer Entschiedenheit verschränkte sie die Arme vor der Brust. Aber Rahel kannte sie zu gut, um darauf hereinzufallen. Wahrscheinlich glaubte Lilly nur, sie müsse sich erst ein bisschen zieren, bevor sie das Angebot annehmen durfte. Weil sich das für einen Filmstar so gehörte.

»Gottlieb Meineke in Ehren«, fuhr Rahel darum fort, »aber ich meine, du hast was Besseres verdient. Erich Pommer ist Deutschlands erfolgreichster Produzent. Wenn er dich unter die Fittiche nimmt, hast du die Chance, wirklich ein Star zu werden. Außerdem müsstest du keine Nacktfilme mehr drehen.«

»Das sind keine Nacktfilme, sondern Schönheitsfilme!«, entgegnete Lilly. »Und ein Star bin ich jetzt schon. Könnte ich mir sonst den ganzen Luxus hier leisten?«

Sie hatte so heftig gesprochen, dass Rahel beschwichtigend die Hände hob. »Jetzt reg dich nicht auf, ich will dir ja nur helfen.«

Aber Lilly war bereits in Rage. »Du – mir helfen? Zu gütig!« Sie nahm ihr Glas und trank einen großen Schluck von ihrem Fruchtwein. »Dann verrat mir mal, wie viel der berühmte Herr Pommer pro Film für dich springen lässt.«

»Dreihundert Mark«, sagte Rahel.

»Da bekomme ich ja das Dreifache!« Lilly lachte laut auf. »Nein, davon kann ich nicht leben. Dreihundert Märker reichen ja gerade für die Miete.«

»Aber dreihundert ist doch nur das Honorar für eine Nebenrolle. Für eine Hauptrolle gibt es ganz andere Summen …«

»Ick und Hauptrolle? Dit is ja zum Piepen!« Doch statt zu lachen, war Lilly plötzlich todernst. »Nein, Rahel«, sagte sie leise. »Ich bin keine Hauptdarstellerin, und erst recht nicht für einen Ufa-Film. Ich weiß, wer ich bin, und auch wenn ich vielleicht ein bisschen aussehe wie Asta Nielsen in blond – viel mehr als ein nettes Gesicht ziehen und dazu mit dem Hintern wackeln bringe ich vor der Kamera nicht zustande. Aber ich beklage mich nicht, schließlich reicht das ja, um so zu leben, wie ich es mir immer erträumt habe. Und das möchte ich nicht aufs Spiel setzen, indem ich fremdgehe und mir dadurch meinen Gottlieb vergraule.«

Rahel schaute sich um. Das Wohnzimmer war eine Kirmesbude voller Nippes, noch schlimmer als früher der Salon ihrer Eltern, nur dass Lillys Nippes modern war. Statt Porzellanrehkitzen rosa Flamingos und Pfauenfedern.

»Ist das wirklich den Preis wert?«, fragte sie. »Komm, gib dir einen Ruck. Nur eine einzige Probeaufnahme. Und es muss ja auch niemand was davon erfahren.«

Lilly zuckte die Schultern. »Lass gut sein, Rahel, es hat keinen Zweck. Außerdem – Erich Pommer und seine Ufa-Fritzen sind auch keine besseren Menschen als mein Gottlieb. Wenn die mir eine Chance geben, dann doch nur aus einem Grund. Ich kenne die Männer und weiß, wie sie sind …«

Sie sagte das mit solcher Resignation in der Stimme, dass Rahel schluckte.

»Aber … aber das ist doch nicht wahr! Mir ist bei den Dreharbeiten noch nie einer komisch gekommen, das schwöre ich, weder der Regisseur noch sonst wer …«

Ungläubig erwiderte Lilly ihren Blick. »Bist du so naiv, oder tust du nur so? Natürlich kommt dir keiner komisch, du bist ja die Frau Gemahlin des Herrn Finanzdirektors. Aber ich? Lilly Seidenschön? Die Tochter von einer, die in der Oranienburger angeschafft hat? – Nein, nein, lieber der Spatz in der Hand als die Taube auf dem Dach.« Noch während sie sprach, stand sie auf und ging zu dem Hochglanz-Sideboard, um aus einer Schublade eine Glanzkarte hervorzuholen.

»Was ist das?«, fragte Rahel.

»Eine Einladung«, erwiderte Lilly. »Zur Premiere meines neuen Films.«

Rahel nahm die Karte und schaute sie an.

GARTEN DER LÜSTE
Der neue Schönheitsfilm mit Lilly Seidenschön
Eine Produktion der Gottlieb Meineke Film GmbH

»Danke«, sagte sie und gab die Karte zurück. »Aber nein, lieber nicht.«

»Was soll das heißen?«, fragte Lilly. »Schlägst du etwa meine Einladung aus?«

»Es tut mir wirklich leid.« Rahel machte eine Pause, um nach den richtigen Worten zu suchen. »Aber ich … ich will nicht noch einmal mitansehen, wie du … wie du dich … dich splitternackt auf der Leinwand präsentierst und irgendwelche Lustmolche in einem schummrigen Kino …« Sie nahm Lillys Hand und schaute sie an. »Ich habe mich bei der Premiere deines ersten Films so für dich geschämt …«

»Du hast – *was*?« Mit einem Ruck entzog Lilly ihr die Hand. »Dich für mich geschämt? Glaubst du, das könnte ich nicht allein?« In ihren Augen standen Tränen.

»Um Gottes willen«, sagte Rahel »So war das nicht gemeint! Ich wollte dich nicht beleidigen. Ich wollte nur …«

»Raus!«, zischte Lilly. »Raus aus meiner Wohnung!«

33

Der März war noch nicht vorbei, zwei Tage fehlten bis zum April, doch der Frühling drängte bereits mit solcher Macht in das noch junge Jahr, dass er den Winter vollkommen vertrieben hatte und an diesem lauen Abend, an dem ganz Berlin auf das Ergebnis der Reichspräsidentenwahl wartete, sogar schon eine allererste Ahnung des noch im Schlummer weilenden Sommers aufkommen ließ. Die Erde begann wieder nach Erde zu riechen, die Vögel zwitscherten im sprießenden Geäst der Bäume, und auf den Straßen trugen die Frauen und Fräuleins ihre bunten Kleider spazieren, um sie an der frischen Luft vom Muff der Mottenkugeln zu befreien.

Würde heute in Deutschland eine neue Zeit anbrechen?

Constanze hatte das Ihre dafür getan. Dreißigtausend Reichsmark hatte sie noch einmal aus Gustav herausgepresst und das Geld nach München überwiesen. Jetzt, da sie und Alexander in dessen Mercedes zum Anhalter Bahnhof fuhren, wo die Abendausgaben der Berliner Zeitungen stets als Erstes herauskamen, wollte sie nicht mehr an das Opfer denken, das sie dafür gebracht hatte. Jetzt richtete sich ihr ganzes Trachten darauf, dass ihr Opfer die erhofften Früchte trug.

Würden die Stimmen, die Ludendorff auf sich hatte versammeln können, reichen, damit er es in die Stichwahl schaffte?

Die Dämmerung setzte gerade ein, als sie am Bahnhof aus dem Wagen stiegen. Doch sie hatten die Halle kaum betreten, da riefen Zeitungsjungen ihnen bereits die Antwort entgegen.

Der Ausgang des ersten Wahlgangs war eine Katastrophe. Nur 1,1 Prozent der Wähler hatten für General Ludendorff gestimmt.

»Und jetzt?«, fragte Constanze.

Alexander hob die Arme.

Sie dachte kurz nach, dann fasste sie einen Entschluss. »Sag deiner Frau, sie soll deinen Koffer packen. Wir fahren nach München.«

34

Der Tag der Premiere von Lillys neuem Film war da. Edgar hatte sich für den Abend ausgehfein gemacht wie für eine Nacht im »Eldorado«. Doch als das Licht im Saal erlosch und die ersten Schrifttafeln über die Leinwand flackerten, empfand er nicht die leiseste Spur von Premierenfieber. In seinem weißen Smoking mit der roten Schleife und den schwarzen Lackschuhen fühlte er sich wie eine Schwarzwälder Kirschtorte zwischen fetttriefenden Bratwürsten und Buletten in einem Bahnhofsbuffet. Denn das Kino, in dem »Garten der Lüste« uraufgeführt wurde, war alles andere als ein »Filmpalast«, wie auf der Einladungskarte angekündigt – vielmehr glich es einem jener schummrigen Lokale in der Friedrichstraße, in denen all die einsamen und traurigen Seelen strandeten, für die es nirgendwo sonst im Berliner Nachtleben ein bisschen Liebe gab. Aber aus Rücksicht auf Lilly, die in zur Schau gestellter Aufgeräumtheit fortwährend lachte und plapperte, ließ er sich nichts anmerken.

Der Film lief noch keine zwei Minuten, da war Lilly auch schon zum ersten Mal in voller Blöße zu bewundern. Ein Raunen ging durch den Saal, und als der muskelbepackte Nubier, den Edgar schon aus ihrem ersten Film kannte, nur mit einem Lendenschurz bekleidet auf sie zutrat, ließen sich erste Stöhnlaute vernehmen. Zu Tante Ottilies sichtlichem Missfallen weidete sich auch ihr Fritz an Lillys unverhüllten Reizen – er hatte sich ja schon bei der Premiere ihres ersten Films als so großer Bewunderer ihrer Entkleidungskünste erwiesen, dass ihm beinahe die Augen aus dem Kopf gefallen wären. Edgar stellte sich gerade vor, was Fritz zu Hause wohl zu hören bekommen würde, wenn er und Tante Ottilie erst wieder allein waren, doch da wurde er gewahr, dass Detlef mit denselben Stielaugen zur Leinwand gierte. Allerdings galt sein Interesse nicht Lillys weiblichen Rundungen, sondern den Muskelpaketen des Nubiers, der in diesem Moment seinen Lendenschurz fallen ließ, um zusammen mit Lilly auf ein Lager zu sinken.

»Wo ist eigentlich Rahel?«, fragte Tante Ottilie leise.

»Ich habe sie nicht eingeladen«, erwiderte Lilly. Dabei zuckte sie so demonstrativ die Achseln, dass Edgar Zweifel kamen.

»Und warum nicht?«

Detlef nahm Lilly die Antwort ab. »Rahel wäre ja doch nicht gekommen. Der sind wir nicht mehr fein genug.«

»Quatsch! Wir sind doch alle eine Familie, oder?«

Aufmunternd nickte Tante Ottilie Lilly zu. Doch die wich ihrem Blick aus und schaute hinauf zur Leinwand, wo sie sich gerade mit dem Nubier vereinte.

35

Zwei Kameras surrten um die Wette, um die letzte Szene des »Walzertraums« aus verschiedenen Perspektiven gleichzeitig aufzunehmen. Der ganze Thronsaal tanzte, ein einziger Rausch im Dreivierteltakt – und Rahel mittendrin. Als wäre die Schwerkraft aufgehoben, wirbelte sie im Kreise, während alles um sie herum verschwamm und sich in lauter Glückseligkeit aufzulösen schien.

»Und – *cut*!«, rief der Regisseur. »Die Szene ist gekauft!«

Rahel trudelte in einer letzten Pirouette aus, dann ließ sie sich freudetrunken in Tinos Arme fallen, der extra nach Babelsberg gekommen war, um bei ihrer Schlussszene dabei zu sein.

»Bist du glücklich?«, fragte er.

Kaum hatte er das Wort ausgesprochen, war das Gefühl wie weggeblasen.

Verwundert schaute Tino sie an. »Habe ich etwas Falsches gesagt?«

»Nein, nein, es ist nur ...« Rahel machte sich aus seinen Armen frei. »Ich musste gerade an Lilly denken. Heute Abend ist doch die Premiere ihres neuen Films.«

»Bereust du, dass du die Einladung ausgeschlagen hast?«

Rahel nickte. »Lilly war immer für mich da, und ich lasse sie im Stich – ausgerechnet heute.« Sie machte eine kurze Pause. »Ich hätte niemals sagen dürfen, dass ich mich für sie schäme ...«

Während sie sprach, kam Erich herbeigeeilt.

Im selben Moment war Lilly vergessen.

»Hast du die Schlussszene gesehen?«, wollte Rahel von ihm wissen. »Ich glaube, das war meine beste Szene von allen.«

»Leider keine Zeit«, entgegnete Erich. »Aber ich bin sicher, du warst brillant.« Damit kehrte er ihr den Rücken zu und wandte sich an Tino. »Stauß hat uns für morgen früh um sechs in sein Büro bestellt, Budget-Besprechung für ›Metropolis‹. Wir sollen so schnell wie möglich anfangen zu drehen.«

Obwohl Rahel es sich nicht eingestehen wollte, war sie beleidigt. Kaum war ihr erster Ufa-Film im Kasten, waren Erich und Tino schon bei ihrer nächsten Großtat.

Ob wohl alle Männer so waren?

Um sich nichts anmerken zu lassen, fragte sie: »Was kann ich tun, um die Zeit bis zum Drehbeginn zu nutzen?«

»Was wohl?« Erich drehte sich zu ihr herum, und während er ihre beiden Hände nahm, sagte er mit einem sybillinischen Lächeln: »Fliegen üben, natürlich!«

36

Edgar streifte seine Lackschuhe ab, er hatte sie heute zum ersten Mal getragen, und sie hatten entsetzlich gedrückt. Nachdem er sie mit eingeklemmten Spannern in den Schrank gestellt hatte, löste er die Halsschleife, und während er Jackett und Hose auszog, ließ er den Abend noch einmal Revue passieren.

Warum war Rahel nicht zur Premiere gekommen? Hatten sie und Lilly gestritten? Oder war es so, wie Detlef meinte, dass Rahel sich zu fein geworden war für ihre Familie? Rahel wäre nicht die Erste, der allzu rascher Erfolg zu Kopf gestiegen wäre. Aber vielleicht hatte sie sich auch nur ersparen wollen, Lilly im »Garten der Lüste« zu sehen. Dafür hätte er durchaus Verständnis.

Er nahm einen Bügel und hängte den Smoking in den Schrank. Um ihn vor Motten zu schützen, hüllte er ihn in eine Leinenhusse, trotz des Angestelltenrabatts im Wertheim hatte er ihn einen vollen Wochenlohn gekostet. Außerdem war er vom Fach und wusste, dass man seine Sachen pfleglich behandeln musste, wenn man sich lange an ihnen erfreuen wollte.

Ob Detlef ihm wohl eine Fußmassage machen würde?

»Wann kommst du endlich?«

Als er sich umdrehte, lag Detlef bereits im Bett. Doch ihm schien der Sinn alles andere als nach einer Fußmassage zu stehen. Er hatte die Decke zurückgeschlagen, und ohne ein Stück Stoff am Leib rekelte er sich auf der Matratze, dabei mit einem ebenso schamlosen wie verführerischen Lächeln an sich selber spielend.

»Kann es zufällig sein, dass du gerade an Lillys Nubier denkst?«, fragte Edgar.

Er hatte die Frage im Scherz gestellt, doch Detlefs Grinsen ließ keinen Zweifel daran, dass er ins Schwarze getroffen hatte.

»Wie gut du mich doch kennst …«

Edgar runzelte die Brauen. »Hast du vielleicht geheime Wünsche, von denen ich nichts weiß?«

Detlefs Grinsen wurde noch breiter, so dass seine wundervollen weißen Zähne zwischen den Lippen hervorblitzten. »Kann schon sein …«

Dabei fuhr er fort, an sich herumzuspielen. Der Anblick ließ Edgar nicht unberührt. Obwohl er es nicht wollte, konnte er die Augen nicht davon abwenden.

»Dann heraus mit der Sprache«, sagte er mit rauer Stimme und begann, sein Hemd aufzuknöpfen.

»Ich weiß nicht, ob ich mich trauen soll.« Als würde er sich plötzlich schämen, steckte Detlef einen Finger in den Mundwinkel. Gleichzeitig grinste er jedoch vollkommen ungeniert weiter.

»Jetzt spann mich nicht auf die Folter.«

»Na gut, wenn du darauf bestehst …« Er nahm seinen Finger wieder aus dem Mund. »Also, in der Friedrichstraße hat eine neue Bar aufgemacht, ›Sündenbabel‹ heißt die, ›Zutritt nur für Herren‹. Dort soll es einen Raum ohne Fenster geben, in dem es angeblich so dunkel ist, dass man sich näherkommen kann, ohne dass man einander sieht. Ist das nicht aufregend?«

»Nein!«, erwiderte Edgar heftiger, als es seine Absicht war.

»Aber warum nicht?«

»Weil … weil …« Er wusste es selbst nicht so genau. »Ich glaube, so was kann alles zerstören.«

»Blödsinn! Es wäre doch nur ein Spiel.«

»Aber ein ziemlich gefährliches!«

»Jetzt sei kein Frosch! Nimm dir ein Beispiel an Lilly. Die ist nicht so prüde wie du.«

»Prüde? Wenn wir womöglich alles riskieren, was wir haben?«

»Was du immer gleich denkst.« Detlef rollte mit den Augen. »Ich würde dir auch versprechen, keinen Unsinn zu machen. Heiliges Ehrenwort! Ich will keinen anderen als dich, nicht mal Rudolf Valentino hätte bei mir eine Chance. Es ... es ist nur wegen der Atmosphäre. Ein Raum so dunkel wie die Nacht, ganz der Lust geweiht.«

Edgar spürte, wie Detlefs Erregung sich auf ihn übertrug. Ein Schauer lief ihm über den Rücken, und er zog sein Hemd aus.

»Wenn ich mir vorstelle«, fuhr Detlef mit leiser, sanfter Stimme fort, »dort mit dir zu schlafen, während um uns herum andere Paare in der Dunkelheit ...« Statt den Satz zu Ende zu sprechen, leckte er sich über die Lippen. »Ich bin sicher, das würde dir genauso gefallen wie mir. Was meinst du, meine kleine, keusche Jungfrau?«

Edgar ließ sein Hemd zu Boden fallen. Und ohne länger zu zögern, legte er sich zu Detlef ins Bett, um sich mit ihm der Vorstellung hinzugeben.

37

Constanze war beeindruckt, als das Taxi, das sie und Alexander vom Münchner Hauptbahnhof nach Bogenhausen gebracht hatte, vor einem parkähnlichen Anwesen hielt. Die Villa, die sich drei Stockwerke hoch zwischen uraltem Baumbestand auf dem Grundstück erhob, war Stein gewordenes Sinnbild von Einfluss und Macht. Doch so beeindruckt Constanze war – eingeschüchtert war sie nicht. Sie war gekommen, um von Hitlers Vertrauensmann Hanfstaengl die dreißigtausend Mark zurückzufordern, die sie in die bayerische Hauptstadt geschickt hatte. Hitler hatte Ludendorffs Kandidatur zwar in Parteikreisen begrüßt, doch in der Öffentlichkeit hatte er zu der Wahl geschwiegen. Nein, so hatte man nicht gewettet, und Constanze war nicht bereit, solchen Wortbruch hinzunehmen.

Der Hausherr überraschte sie bei ihrem Empfang mit der Ankündigung eines »ganz besonderen« Gastes. Constanze blickte Alexander an. Der schien denselben Gedanken zu haben wie sie.

Sollte es etwa möglich sein?

Tatsächlich, als Hanfstaengl sie in den Salon führte, wartete dort der Führer in eigener Person auf sie. Kaum traten sie ein, erhob er sich von seinem Platz, um Constanze mit einem formvollendeten Handkuss zu begrüßen.

Die Berührung seiner Lippen war wie ein Stromschlag.

»Seien Sie auf das Herzlichste für Ihre Unterstützung bedankt, verehrte gnädige Frau. Eine so großzügige Summe. Ich spüre jetzt noch die Beglückung, die ich empfand, als mein Freund Hanfstaengl mir die Botschaft brachte.«

»Eben wegen des Geldes sind wir gekommen«, versetzte Alexander. »Offen gestanden haben wir uns doch sehr gewundert …«

»Ich verstehe Ihre Enttäuschung«, schnitt Hitler ihm das Wort ab. »Und ich kann nur mein größtes Bedauern zum Ausdruck bringen, dass ich nicht mehr für den Kameraden Ludendorff tun konnte. Aber mir waren die Hände gebunden. Wie Sie wissen, unterstehe ich noch dem gerichtlich verhängten Redeverbot. Hätte ich mich im Wahlkampf zu Wort gemeldet, hätte ich damit die ganze Bewegung gefährdet – die NSDAP ist ja gerade erst wieder zugelassen worden.«

»Das kann ich so nicht akzeptieren«, erwiderte Alexander. »Wie stehe ich vor Seiner Exzellenz da? Abgemacht ist abgemacht. So gilt es zwischen Soldaten!«

Hitlers Augen blitzten kurz auf. »Wollen Sie mich belehren, was Soldat sein heißt? Ich bin im Kriege dem Tod mehrmals nur mit knapper Not entronnen, mich braucht niemand über das Wort eines Soldaten aufzuklären.«

»Aber Ludendorffs Meriten …«

»… sind Vergangenheit. Und was, frage ich Sie, zählt diese angesichts der Zukunft? Die Bewegung bedeutet alles, der Einzelne rein gar nichts – gleichgültig, welche Meriten er je erworben hat.«

Hitler hatte so scharf gesprochen, dass Alexander verstummte.

Während er mit beleidigter Miene an seinem Bärtchen zupfte, spürte Constanze irritiert, wie sich etwas in ihr veränderte. Sie war gekommen, um ihr Geld zurückzufordern, doch ein paar wenige Worte aus Hitlers Mund hatten genügt, um sie vollständig umzustimmen. Ja, hätte dieser Mann sie aufgefordert, ihm weitere dreißigtausend Mark zur Verfügung zu stellen, sie hätte Himmel und Hölle in Bewegung gesetzt, um sie zu beschaffen. Wie um alles in der Welt konnte das sein? Sie hatte keine Erklärung. Sie wusste nur, es ging etwas von Hitlers Gegenwart aus, das sie nicht anders als magisch nennen konnte.

Umso peinigender empfand sie die ungute Atmosphäre, die von dem ganzen Raum Besitz ergriffen hatte. Noch eine falsche Bemerkung von Alexander – und ein Streit würde entbrennen, dessen Folgen sie sich gar nicht vorstellen mochte.

Während sie nach einem versöhnlichen Wort suchte, ging plötzlich die Tür auf, und ein Fräulein kam herein, das sie schon einmal gesehen hatte, in der Festung Landsberg, wo Alexander zusammen mit Hitler inhaftiert gewesen war: Geli Raubal, das Mündel des Führers. Das brünette Haar zu zwei Ohrenschnecken geflochten, trat sie wie der helle Sonnenschein auf Constanze zu, und als würden sie sich schon seit Lebzeiten kennen, begrüßte sie sie mit einer angedeuteten Umarmung.

»Was für eine Freude, Sie wiederzusehen, liebe Frau Constanze«, sagte sie mit glockenheller Stimme. »Oder war das jetzt allzu vorlaut von mir?« Sie hielt sich die Hand vor den Mund, aber nur, um schon im nächsten Moment wieder in einem bezaubernden Lachen zu erstrahlen. »Ach, bitte, erlauben Sie mir einfach, dass ich Sie so nenne. Darf ich, liebe Frau Constanze?«

38

Tino gehörte nicht zu den Menschen, die unter mangelndem Selbstbewusstsein litten, und selbst im Schlaf hätte er ein Dutzend Stärken nennen können, die für ihn sprachen. Doch Pünktlichkeit gehörte nicht dazu, erst recht nicht frühmorgens um sechs.

Er war darum schon eine Viertelstunde über der Zeit, als er im

Haus Vaterland eintraf. Fräulein Jaschek, die wie ein Zerberus vor der Tür des Ufa-Chefs wachte, zeigte mit strenger Miene auf die Uhr und erklärte, dass Pommer schon vor zwanzig Minuten gekommen sei und man seitdem auf ihn warte. Tino machte sich schon auf eine Standpauke gefasst. Umso größer war seine Erleichterung, dass Stauß, der bereits munter mit Pommer plauderte, als er dessen Büro betrat, ihn mit ausgesuchter Freundlichkeit empfing.

Der Grund dafür war Rahel.

»Ich habe die Muster des ›Walzertraums‹ gesehen. Chapeau – richten Sie bitte der Frau Gemahlin meine Komplimente aus. Allerdings«, fügte er mit einem Schmunzeln hinzu, »weiß ich nicht, wem von den Herren ich mehr gratulieren soll. Ihnen, Reichenbach, zu Ihrer Frau – oder Ihnen, Pommer, zu Ihrer Entdeckung.«

Lachend nahmen sie Platz. Doch Tino saß noch nicht richtig, da wurde Stauß auch schon wieder ernst. »›Metropolis‹«, benannte er in der ihm eigenen Knappheit den einzigen Tagesordnungspunkt. »Wie ist der Stand der Dinge?«

»Die Produktionsvorbereitungen sind abgeschlossen«, erklärte Pommer. »Von mir aus können wir noch heute anfangen zu drehen.«

»Sehr gut. Und steht die Finanzierung auf soliden Beinen?«

»Wie der Koloss von Rhodos!«, antwortete Tino und zückte seinen Finanzplan. Der war natürlich ein reines Phantasieprodukt – wenn Pommer einen Film produzierte, wurde jede Kalkulation in kürzester Zeit Makulatur. Aber Stauß war nun mal ein Mann, der sich an Zahlen berauschte wie andere Menschen an Champagner, und da Phantasie im Gegensatz zu Pünktlichkeit zu Tinos Stärken gehörte, hatte er den Film von A bis Z in so wunderschöne Zahlenkolonnen aufgeschlüsselt, dass man diese in jeder Staatsgalerie oder Pinakothek hätte ausstellen können.

Stauß setzte sich eine Brille auf, um das Kunstwerk zu studieren. Nachdem er es gewürdigt hatte, reichte er es an Pommer weiter.

»Das soll von nun an Ihre Bibel sein, Herr Produktionsdirektor. Am besten, Sie legen sie sich unter Ihr Kopfkissen.«

»Keine Sorge, Herr Generaldirektor. Sie können sich auf mich verlassen. Ich werde mich an das Budget halten – oder ich will in der Hölle schmoren.«

»Na, dann Gott befohlen!«

Damit war die Sitzung beendet. Wie auf ein Zeichen standen Tino und Pommer auf. Doch bevor Stauß sie entließ, hatte er noch eine Frage an Pommer.

»Wissen Sie schon, welche erste Hauptrolle Sie Christel Reichenbach anvertrauen werden?«

Tino war auf die Antwort nicht weniger gespannt als sein Chef. Doch Pommer hatte noch nichts entschieden.

»So was lässt sich nicht planen«, erklärte er. »Eine Rolle muss zum Star finden, nicht umgekehrt.«

Verwundert hob Tino die Brauen. Was für eine seltsame Auskunft …

39

Nur wenig später an diesem Morgen traf Rahel sich mit ihrem Fluglehrer Harry Bartels im Flieger-Casino am Rande des Tempelhofer Felds, um mit ihm den noch ausstehenden Weg zur Erlangung ihres Pilotenscheins zu besprechen. »Um eigenständig ein Luftfahrzeug zu führen«, wie es in dem Antrag hieß, musste sie nicht nur beweisen, dass sie ihre Maschine sicher zu starten und zu landen imstande war, auch hatte sie zum Nachweis ihrer Flugtauglichkeit eine solche Vielzahl theoretischer Prüfungen zu bestehen, insbesondere in Nautik und Mechanik, dass sie auch gleich Physik hätte studieren können.

»Ja, fliegen ist nicht nur Kunst«, sagte Harry, als er ihr langes Gesicht sah. »Handwerk gehört auch dazu.«

»Dann bleibt mir wohl nichts anderes übrig, als noch mal die Schulbank zu drücken. Glaubst du, dass ich die Prüfung trotzdem noch in diesem Jahr schaffe?«

»Kommt ganz darauf an, wie fleißig du bist. Aber weshalb ist das so wichtig?«

Rahel zupfte an ihrem Ohrläppchen. »Es wäre ein Omen. Wenn ich den Pilotenschein habe, kann ich fliegen.«

»Das ist allerdings der Sinn der Sache«, lachte Harry.

Doch statt in sein Lachen einzufallen, blieb sie ernst. »Ich weiß, es hört sich komisch an. Aber wenn ich *fliegen* sage, meine ich nicht nur mit dem Flugzeug!«

40

Als Generalstabsoffizier hatte Alexander Grau seinen Clausewitz gelesen und wusste, dass manchmal ein Strategiewechsel unausweichlich war, um den Sieg zu erringen. Doch im Vergleich zu Constanze war Clausewitz ein Waisenknabe. Erst hatte er gehörigen Druck auf sie ausüben müssen, damit sie die nötigen Gelder beschaffte, um Hitler zur Unterstützung Ludendorffs zu bewegen. Doch als sie sich durch Hitlers Schweigen in der Öffentlichkeit um ihren Einsatz betrogen gesehen hatte, war sie in der Absicht nach München gefahren, die von ihr bereitgestellte Summe zurückzuverlangen – um nun abermals die Pferde zu wechseln und alles daran zu setzen, Ludendorff den Garaus zu machen.

War dies nun weiblicher Wankelmut oder strategische Klugheit? Grau wusste es nicht. Als er Ludendorff an diesem Tag in dessen Haus aufsuchte, wusste er nur, dass es jetzt seine gottverdammte Aufgabe war, den ehemaligen Ersten Generalquartiermeister der Obersten Heeresleitung dazu zu bringen, von sich aus die Waffen zu strecken.

Also beschloss er, nicht lange zu fackeln. »Wie Sie wissen, hat Feldmarschall Hindenburg seine Kandidatur für den zweiten Wahlgang erklärt. Hitler hat daraufhin seinen Anhängern empfohlen, im zweiten Wahlgang dem Helden von Tannenberg ihre Stimme zu geben.«

Ludendorff blickte ihn an, als habe er den Verstand verloren. »WAS sagen Sie da?« Er schnappte nach Luft, und für ein paar Sekunden blieb er gefährlich stumm, wie eine gerade gezündete Granate, um dann zu explodieren. »Was für eine Sauerei! Als es galt, mich zu unterstützen, hüllte Hitler sich in Schweigen – und jetzt … jetzt kriegt das Kameradenschwein plötzlich die Zähne auseinander, trotz seines Redeverbots? Und erklärt sich in aller Öffentlichkeit für meinen schärfsten Konkurrenten? Wie … wie kann dieser Gefreite es *wagen*!«

»Bitte denken Sie an das große Ganze«, versuchte Grau ihn zu beruhigen. »Bei der Stichwahl haben nur zwei Kandidaten Aussichten auf den Sieg: Wilhelm Marx als Vertreter der Systempolitik und eben Hindenburg, der sich nach wie vor allergrößter Beliebtheit im Volke erfreut.«

Doch Ludendorff dachte nicht daran, sich zu beruhigen. »Das lasse ich mir nicht bieten! Hitlers Verhalten ist Insubordination! Als der Herr im Zuchthaus saß, habe ich das Banner der Völkischen im Reichstag aufrecht gehalten – und jetzt hat er die Stirn, für den alten Tattergreis die Trommel zu rühren, statt seine Truppen für mich zu mobilisieren? So einer gehört vors Kriegsgericht! Standrechtlich erschossen!«

Während Ludendorff sich in immer wüstere Beschimpfungen steigerte, schaltete Grau auf Durchzug. Er hatte während des Krieges zwei Trommelfeuer erlebt, eines in der Schlacht um Verdun und eines in der Schlacht an der Somme. Damals hatten sich nicht wenige Kameraden vor Angst in die Hose gemacht oder waren dem Irrsinn verfallen. Grau aber hatte sich vor beidem zu schützen gewusst, indem er sich in sich selbst verschanzte, durch vollständige Konzentration auf seine Atmung. Einatmen, ausatmen … einatmen, ausatmen … Auf diese Technik griff er jetzt zurück, da er sich Ludendorffs Trommelfeuer ausgesetzt sah, in der Hoffnung, dass dieser irgendwann sein Pulver verschossen hatte und ganz von allein die weiße Flagge hisste.

»Fassen Sie es als Kompliment auf, Exzellenz«, sagte Grau in eine Feuerpause hinein. »Wenn Hitler so handelt, dann aus einem einzigen Grund: Weil er Sie fürchtet.«

»Hitler – mich fürchten?« Ludendorff war so überrascht, dass ihm das Monokel aus dem Auge fiel.

»Aber natürlich. Würden Sie zum Präsidenten gewählt, wäre ihm der Weg auf Jahre verbaut. Sie stehen voll im Saft und strotzen nur so vor Vitalität, während Hindenburg … Nun ja, Sie haben es ja selbst gerade angedeutet.«

»Meinen Sie?« Ludendorff hielt für einen Moment inne. »Hm, ach so. Ja, verstehe, daran könnte etwas sein, durchaus.«

Grau atmete auf. Ludendorff hatte sich wieder gefasst. Eine Weile stand er wie versteinert da, dann marschierte er, die Hände auf dem Rücken, wortlos durch die Eingangshalle seines Hauses, hin und her und her und hin, wobei die Zuckungen in seinem Gesicht reges Zeugnis davon gaben, wie sehr es in seinem Innern arbeitete.

Es waren mehrere Minuten vergangen, als er plötzlich verharrte. Die Hände immer noch auf dem Rücken verschränkt, drehte er sich zu Grau herum.

»Sie haben versucht, meiner Eitelkeit zu schmeicheln. – Nein, leugnen Sie nicht!«, fuhr er mit erhobener Stimme fort. »Doch davon lasse ich mich nicht blenden. Die Sache ist, wie sie ist. Hitler hat mich verraten und damit dem Lager der Völkischen den Todesstoß versetzt. Deshalb verkünde ich hiermit meinen unabänderlichen Beschluss: Ich werde zum zweiten Wahlgang nicht mehr antreten und verabschiede mich mit sofortiger Wirkung von jeder Parteipolitik.« Er klemmte sein Monokel wieder ins Auge, um Grau zu fixieren. »Das deutsche Volk hat mich nicht verdient!« Auf dem Absatz machte er kehrt und wandte sich zur Treppe. »Ich denke, Sie finden allein hinaus.«

41

Der April war fast vorbei, und der Frühling ließ sein blaues Band wieder flattern durch die Lüfte, während auf den Straßen und Plätzen Berlins Zeitungsjungen das Endergebnis der Reichspräsidentenwahl ausriefen.

»Hindenburg mit knapper Mehrheit gewählt!«

»Drei Prozent mehr Stimmen als Volksblock-Kandidat Marx!«

»Kommunist Thälmann weit abgeschlagen!«

Tino registrierte die Nachrichten nur mit halbem Ohr, als er die Auslagen der Buchhandlung Calvary am Fehrbelliner Platz studierte. Er glaubte nicht, dass Politik sein Lebensglück bestimmte, seiner Meinung nach war jeder Mensch seines eigenen Glückes Schmied – Politik war ihm so gleichgültig, dass er sogar vergessen hätte, zur Wahl zu gehen, hätte Rahel ihn nicht an seine staatsbürgerliche Pflicht erinnert. Also hatte er seine Stimme auf gut Glück dem Zentrums-Mann

Marx gegeben, allein des kuriosen Namens wegen, und so war es für ihn auch kein Weltuntergang, dass sein Kandidat die Wahl verloren hatte. Ihn beschäftigten ganz andere Dinge.

»Eine Rolle muss zum Star finden, nicht umgekehrt …«

Seit Pommer seinen Rätselspruch getan hatte, ging dieser Tino nicht mehr aus dem Sinn. Doch anders als sein Freund wollte er nicht abwarten, bis das Schicksal Rahel küsste. Schließlich war er ihr Ehemann – und wenn ihr Produzent sich nicht um ihre Karriere kümmerte, musste eben er dafür sorgen, dass die Rolle, die sie zum Star machen würde, so schnell wie möglich zu ihr fand.

Allein zu diesem Zweck war er nach Wilmersdorf gefahren. Rahel hatte einmal erwähnt, dass sie früher ganze Nachmittage in der Buchhandlung am Fehrbelliner Platz verbracht hatte – diese befand sich ja in unmittelbarer Nachbarschaft der elterlichen Wohnung. Wenn also irgendwo ein Stoff auf sie wartete, dann hier! Und Tino hatte auch schon eine Idee, wie er ihn aufspüren würde. Die Verfilmung von Rahels Lieblingsroman, »Die Buddenbrooks«, war leider schon in Arbeit und die Rolle der Tony an Hildegard Imhoff vergeben. Doch zum Glück hatte dieser Thomas Mann ja nicht nur *einen* Roman geschrieben. Da würde sich schon was Passendes finden.

Tino rückte seinen Strohhut zurecht, dann strich er über die Nelke im Knopfloch seines Anzugs und betrat die Buchhandlung.

42

Alexander schlürfte seine Auster mit solchem Genuss, dass ihm der Mund davon troff, dann nahm er sein Glas, um mit Champagner nachzuspülen. Constanze sah es mit Freuden, wie er ihr Liebesmahl genoss, zum ersten Mal seit langer, langer Zeit. Endlich war er wieder der Mann, in den sie sich so unsterblich verliebt hatte, der verwegene Draufgänger und Himmelsstürmer. Was aber war der Grund für diese beglückende Wandlung? War es der gelungene Coup mit Ludendorff? Oder, sie wagte es kaum zu hoffen, war es das heimlich-süße Walten der Natur, die in Gestalt des Frühlings die Liebe in ihm zu neuem Leben erweckt hatte?

»Und dann«, sagte er, »hatte ich Ludendorff so in der Enge, dass ihm nur noch die bedingungslose Kapitulation blieb. Du hättest ihn mal sehen sollen, diesen großen, mächtigen Mann – wie ein Gespenst stand er da. Fast tat er mir leid.« Mit seiner Serviette wischte er sich den Mund ab. »Aber was hätte er auch tun sollen? Nach dem Desaster im ersten Wahlgang war die Demission die einzige Möglichkeit eines ehrenvollen Abgangs.«

»Ich bin ja so stolz auf dich.« Constanze nahm die Champagnerflasche aus dem Kübel und schenkte ihm nach. »Du hast deinem Namen Ehre gemacht, du hast den Gordischen Knoten mit einem einzigen Hieb durchtrennt. Jetzt ist Hitler unser alleiniger Führer. Dafür wird man dir dereinst Ehrensäulen errichten!«

»Ach was!« In Alexanders Augen flammte der alte Fritzenblick auf. »Ich habe nur getan, was zu tun war. Es gibt Situationen, da muss ein Mann sich entscheiden.«

»Das sagt sich so leicht, aber wie schwer ist die Tat. Du hast sie vollbracht.«

Constanze streckte den Arm nach ihm aus. In einer Aufwallung nahm er ihre Hand und presste seine Lippen auf sie. Bei der Berührung durchfuhr es sie wie ein Blitz. Es war, als hätte ER sie berührt. Unwillkürlich schloss sie die Augen. Sie hatte Hitler in München nicht zum ersten Mal gesehen, sie hatte ja dem Prozess beigewohnt, der ihm und Alexander nach dem Putsch gemacht worden war. Doch im Gerichtssaal hatte sie ihn nur von Ferne erlebt, zudem hatte er dem Publikum den Rücken zugewandt, so dass sie erst bei der Begegnung im Hause Hanfstaengl die unwiderstehliche Magie seiner Gegenwart erfahren hatte. Der tiefe, heilige Ernst, der aus jedem seiner Worte sprach, der vom Glauben an die eigene Mission durchglühte Blick und dazwischen, wie das Glitzern heiterer Sonnenstrahlen auf der Oberfläche eines schwarzen, unergründlichen Ozeans, das plötzliche Aufblitzen seines jungenhaften, fast spitzbübischen Lächelns … Wie hatte sie so töricht sein können, auch nur eine Sekunde an diesem Mann zu zweifeln?

Als sie die Augen aufschlug, schaute sie in Alexanders dunkle Augen. »Ohne deine Hilfe wäre mir der Coup nie gelungen«, sagte er. »Du und Fräulein Raubal, ihr habt das Eis gebrochen. Ich mag mir gar nicht vorstellen, wie das Treffen mit Hitler sonst ausgegangen wäre.« Er hob sein Glas, um mit ihr anzustoßen.

»Ja, wenn ihr Männer uns Frauen nicht hättet«, erwiderte sie lächelnd.

Alexander trank sein Glas in einem Zug leer, dann zwinkerte er ihr zu. »Ich glaube, Hitler war zutiefst beeindruckt von dir.«

»Glaubst du wirklich?«

»Und ob! Er hat dich ja förmlich aufgefressen mit seinen Blicken.«

Constanze lief ein Schauer über den Rücken. Aus Sorge, sie könnte erröten, wandte sie den Kopf zur Seite.

Durch die offene Flügeltür sah sie in das angrenzende Schlafgemach.

»Was meinst du?«, fragte sie, »wäre es nicht allmählich an der Zeit, die Räumlichkeit zu wechseln?«

43

Nachdem der »Walzertraum« abgedreht war, hatte Rahel beschlossen, die Zeit bis zu ihrem nächsten Film zu nutzen, um erstens die Regeln und Formeln zu pauken, die sie für ihre Pilotenscheinprüfung parat haben musste, und um sich zweitens so gründlich wie möglich auf ihre Rolle in »Metropolis« vorzubereiten. Sie sollte in dem Film Arbeiterin 2038 spielen, eine Frau, die gegen die Unterdrückung durch die Herrscher der Oberstadt aufbegehrte. Wie Pommer es ihr beigebracht hatte, hatte sie sich systematisch in die Figur hineinversetzt. Um dabei eine möglichst realistische Vorstellung zu bekommen, hatte sie sich nicht nur gefragt, was die Figur dachte und empfand, sie hatte sich auch schon den Overall besorgt, in dem sie vor die Kamera treten würde, und wenn sie vor dem Spiegel probte, schmierte sie sich sogar Öl ins Gesicht wie eine richtige Arbeiterin. Nach einem Monat Vorbereitung war sie sich ihrer Sache so sicher, dass sie den Drehbeginn kaum erwarten konnte.

Doch was nutzte alle Theorie in der Praxis?

Als sie an diesem Morgen mit Erich die Halle betrat, in der »Metropolis« gedreht wurde, war alle Sicherheit wie weggeblasen. Sie fühlte sich wie ein Vogelkundler, der zwar alles über das Fliegen weiß, aber deshalb noch lange nicht fliegen kann. Der Grund für ihre plötzliche Verunsicherung war der unglaubliche Aufwand, der für diesen Film ins Werk gesetzt wurde. In der Halle herrschte Lärm wie in einer Fabrik, überall wurde gehämmert und geklopft und gesägt, und zwischen all den gigantischen Kulissen mit den himmelwärts strebenden Wolkenkratzern wuselten Hunderte Menschen umher, die in hektischer Eile die letzten Vorbereitungen für die nächste Szene trafen – die Szene, in der Rahel ihren ersten Auftritt haben würde. Dabei hörte jeder auf das Kommando von Regisseur Fritz Lang, einem Mann Mitte dreißig mit dunklem, glatt zurückgekämmtem Haar, der mit seinem eingeklemmten Monokel so furchteinflößend aussah wie ein General und seine Befehle durch ein Megaphon bellte, als gelte es nicht, Schauspieler zu kommandieren, sondern Soldaten.

»Frau Reichenbach bitte auf Position!«

Als Rahel ihren Namen hörte, zuckte sie zusammen. »Ich glaube, jetzt weiß ich, was Lampenfieber heißt«, raunte sie Erich zu.

»Unsinn. Beim ›Walzertraum‹ hattest du auch Lampenfieber, und dann bist du geflogen wie ein Vogel!«

Mit einem sanften Schubs schickte er sie auf den Weg. Wie in Trance durchquerte sie die Halle. Während sie zu der für sie gekennzeichneten Stelle lief, war es, als würde der Lärm rings um sie verebben, und alles Gewusel schien stillzustehen.

Als sie ihre Position erreichte, schloss sie kurz die Augen, dann drehte sie sich zur Kamera herum. Es war wie ein Schock. Sämtliche Scheinwerfer waren auf sie gerichtet, vor lauter Helligkeit konnte sie kaum noch etwas erkennen. Wie aus weiter Ferne drangen die Rufe des Regisseurs und seiner Crew an ihr Ohr.

»Szene 17, die erste!«

»Kamera läuft?«

»Kamera läuft!«

»Und – bitte!«

Rahel gab sich einen Ruck, und geblendet von den Scheinwerfern, trat sie in das weiße, gleißende Licht.

44

Die Pendeluhr in der Halle, ein Werk altsächsischer Uhrmacherkunst, schlug neunmal an, schwer und dunkel tönten die Schläge durch das Haus und drangen empor in die zweite Etage. Wie jeden Abend hatte Gustav sich nach dem Nachtmahl in sein Herrenzimmer zurückgezogen, um den Tag mit Pilsner Bier und einer Zigarre ausklingen zu lassen und dazu die neusten Nachrichten zu lesen. Es hatte Zeiten gegeben, da dies ihm die schönste Stunde des Tages gewesen war, verdienter Lohn für die Aufregungen und Anstrengungen, die das Leben ihm täglich abverlangte. Doch diese Zeiten waren vorbei. Ungelesen lag die Zeitung auf dem Beistelltisch, die Zigarre ruhte erkaltet im Aschenbecher, und das Bier, von dem er kaum einen Schluck genommen hatte, verschalte im Glas. Ja, er hatte noch nicht mal seine ledernen Halbstiefel gegen die weichen Pantoffeln getauscht, die Robert vor dem Sessel zu seiner Bequemlichkeit bereitgestellt hatte.

Was war nur aus seiner Ehe geworden?

Obwohl er noch einmal Constanzes Drängen nachgegeben hatte, hatte sich in ihrer Beziehung nichts geändert. Morgen für Morgen begann er seine Tage beim Frühstück so einsam, wie er sie Abend für Abend mit dem Nachtmahl beendete. Als er sich zur Zahlung der von ihr verlangten Summe entschlossen hatte, hatte er wider alle Vernunft und Erfahrung auf die Bereitschaft seiner Frau gehofft, ihre Ehe noch einmal zu beleben. Doch auch nach dem mehr als großzügigen Kredit, den er ihr ein letztes Mal gewährt hatte, blieben ihm ihre Gemächer verschlossen, die Mahlzeiten nahm Constanze weiterhin getrennt von ihm ein, und wenn sie einander zufällig im Haus begegneten, blickte sie mit stumm erhobenem Haupt an ihm vorbei und verweigerte ihm jedes Wort. Und eine Nachfrage bei seinem Anwalt hatte ergeben, dass sie ihre Klage nach wie vor aufrecht hielt.

Im Treppenhaus näherten sich Schritte. Gustav stemmte sich aus seinem Sessel und trat hinaus auf den Flur.

Tatsächlich, mit einer Tasse Tee in der Hand kam Constanze die Treppe hinauf. Überrascht von seinem Erscheinen, verharrte sie.

»Ich verlange, dass du die Scheidung zurückziehst«, sagte er. »Ich habe deine Forderungen erfüllt, so widerwärtig mir dies auch war. Jetzt ist es an dir, zu handeln.«

Eine lange Weile erwiderte sie stumm seinen Blick, ohne dass eine Regung in ihrem schönen, ebenmäßigen Gesicht verriet, was in ihr vorging. Dann aber hob sie eine Braue.

»Für was für eine hältst du mich, dass du glaubst, mich mit deinem Geld kaufen zu können?« Ihre Augen füllten sich mit Verachtung. »Scher dich ins Hurenhaus, du Jude, wenn du Bedürfnisse hast!«

45

Es war eine wunderbar laue Frühsommernacht. Doch Rahel nahm weder die seidenweiche Luft noch den Duft der blühenden Lindenbäume wahr, als sie am Gendarmenmarkt aus dem Wagen stieg. Ohne nach links und rechts zu schauen, überquerte sie die Straße, aufgewühlt von den Erlebnissen ihres ersten Drehtags unter der Regie von Fritz Lang. Sie hatte alles gegeben, alles in die Waagschale geworfen, was sie bisher gelernt hatte, aber es war zu wenig gewesen. Obwohl Lang sie ein und dieselbe Szene mehrere Dutzend Male hatte wiederholen lassen, war er kein einziges Mal zufrieden gewesen und hatte die Arbeit schließlich ohne Ergebnis abgebrochen – die Szene, so hatte er entschieden, würde ein andermal fertig gedreht, im Anschluss an die große Doppelszene, in die sie später hineingeschnitten werden sollte. Erich hatte versucht, sie zu trösten: So etwas sei ganz normal, große Kunst verlange nun mal größten Aufwand … Aber konnte ihr das ein Trost sein? Heute hatte sie schmerzlich begriffen, dass der »Walzertraum« nur eine Etüde gewesen war, ein kleines, harmloses Vorspiel. »Metropolis« hingegen war große, ernsthafte Kunst. Sie musste an ein Gespräch denken, das sie einmal mit Tino geführt hatte, nach der Premiere des »Dr. Caligari«. Darin hatte sie Erichs Film mit den Meisterwerken der Weltliteratur verglichen. Die Erinnerung war nicht dazu angetan, ihre Stimmung zu heben.

Was zum Teufel hatte sie in einer Produktion wie »Metropolis« verloren? Nein, sie war nicht Christel Reichenbach, der kommende Ufa-Star, sie war Rahel Rosenberg, die Tochter eines jüdischen Schneidermeisters aus Berlin-Wilmersdorf, eine müde und erschöpfte Frau, die sich nur noch nach ihrem Bett sehnte.

Als sie die Wohnungstür aufschloss, glaubte sie ein Wimmern zu hören. Sofort schlugen ihre Mutterinstinkte Alarm. Mit einem Mal wieder hellwach, eilte sie ins Kinderzimmer. Doch offenbar hatte sie sich verhört, Alex schlief tief und fest in seinem Bettchen, allerdings hockte auf der Fensterbank draußen eine Katze. Erleichtert atmete sie auf. Der Anblick ihres friedlich schlummernden Kindes versöhnte sie ein wenig mit den Enttäuschungen des Tages. So friedlich hatte Alex früher nur geschlafen, wenn sie selbst ihn ins Bett gebracht hatte. Aber jetzt hatte er nicht mehr nur sie, seine Mutter, sondern auch Tino, seinen Vater, und dessen Knochengeschichten lauschte er mit derselben Begeisterung wie ihren.

Ob Tino wohl noch wach war?

Sie küsste Alex auf die Stirn, dann knipste sie die Lampe über seinem Bett aus und verließ das Zimmer. Im Flur drang aus dem Schlafzimmer noch Licht. Gott sei Dank, heute konnte sie den Trost ihres Mannes wahrlich gebrauchen.

Als sie das Schlafzimmer betrat, saß Tino aufgerichtet im Bett und las ein Buch.

»Was ist denn in dich gefahren?«, fragte sie verwundert.

Mit beiden Händen hob er das Buch in die Höhe. »Ein Roman von deinem Lieblingsschriftsteller Thomas Mann«, erklärte er.

Als Rahel den Titel auf dem Umschlag sah, musste sie zum ersten Mal an diesem Tag laut lachen: »›Professor Unrat‹? Ach, mein süßer Analphabet, der ist doch nicht von Thomas Mann – der ist von Heinrich, seinem Bruder!«

46

Edgar beugte sich auf dem Rücksitz des Taxis vor und schaute durch das von Regentropfen beschlagene Fenster. Im

Schritttempo rollte der Wagen durch die von flackernden Reklamelichtern erleuchtete Friedrichstraße, in der zu dieser nächtlichen Stunde noch mehr Betrieb herrschte als zur besten Geschäftszeit. Als er zwischen zwei Regenschirmen das rosafarbene Neonherz sah, zog er einmal scharf die Luft ein. Er wusste, jetzt gab es kein Zurück mehr.

Detlef wies den Taxifahrer an, zu halten.

»Wie viel macht das?«

»Zwei zwanzig, Meester.«

»Stimmt so.«

Edgar drückte dem Chauffeur das Geld in die Hand. Der tippte anzüglich grinsend mit dem Finger an seinen Mützenschirm.

»Dann wünsche ick den Herren ma viel Vajnüjen.«

Während Detlef draußen seinen Schirm aufspannte, zog Edgar seinen Hut ins Gesicht, bevor auch er das Taxi verließ. Das rosa Neonherz war von einem Amorpfeil durchbrochen, dessen Spitze in eine dunkle Gasse wies. Eine phosphoreszierende Leuchtspur führte in deren Verlängerung an einer Brandschutzmauer entlang in einen Hinterhof. Detlef eilte schnellen Schritts voraus. Mit klopfendem Herzen folgte Edgar ihm nach. »SÜNDENBABEL«, stand über dem von zwei bengalischen Fackeln erleuchteten Eingang. »Eintritt nur für Herren«.

»Wo bleibst du?«, rief Detlef, der bereits den Eintritt zahlte.

»Bin ja schon da.«

Ein Portier in Strapsen und goldbetresstem Frack hob seinen Zylinder und öffnete vor ihnen eine Flügeltür, die die Außen- von der Innenwelt trennte. Ein dunkler Gang, auf dessen Boden sich der phosphoreszierende Leuchtstreifen fortsetzte, dann ein schwerer Samtvorhang, der sich wie von Geisterhand teilte – und als würden sie die Alltagswirklichkeit hinter sich lassen, traten sie in ein Gewölbe, das zur Gänze in rotes Licht getaucht war. Edgars Augen brauchten eine Weile, um sich daran zu gewöhnen, dann erkannte er eine Bar, vor der sich lauter Männer drängten, zum Teil in Phantasieuniformen gekleidet, dazwischen Matrosen, Inder und Orientalen. Vollkommen frei und ungeniert gaben sie sich ihren Neigungen hin, scherzten und lachten, liebkosten und küssten sich, ohne dass jemand Anstoß daran nahm.

»Na, bereust du es, hier zu sein?«, fragte Detlef.

Statt einer Antwort nahm Edgar sein Gesicht zwischen die Hände, um ihn zu küssen. Detlef erwiderte den Kuss mit einer Leidenschaft wie schon lange nicht mehr.

»Ich liebe dich.«

»Und ich dich, mein Schöner.«

Als ihre Lippen sich lösten, deutete Detlef auf eine Aussparung in der Wand. Sie führte in eine nachtschwarze Höhle, aus der erregende Laute drangen.

»Was meinst du, traust du dich?«

Alles um sie her atmete Sinnlichkeit, die Luft knisterte vor erotischer Spannung. Edgar spürte, wie die Lust sich seiner mehr und mehr bemächtigte. Detlef schien zu spüren, was in ihm vorging; ohne zu fragen, nahm er seine Hand und führte ihn in die Richtung der Höhle.

Doch sie hatten noch keine zwei Schritte getan, da zuckte Edgar zusammen.

»Was ist?«, fragte Detlef.

Edgar trat hinter eine Säule zurück und wies mit den Augen auf einen jungen Matrosen, der wenige Meter vor ihnen mit einem älteren Kavalier im Sportdress flirtete.

»Was für ein hübscher Junge«, grinste Detlef. »Kennst du den etwa?«

»Allerdings«, flüsterte Edgar so leise, dass niemand sonst ihn hören konnte. »Das ist ein Stift aus meiner Abteilung.«

Detlefs Grinsen wurde noch breiter. »Na und? Du weißt doch, wenn ein Pfarrer und sein Bischof sich im Bordell begegnen …«

»Begreifst du denn nicht?« Edgar fasste seinen Arm und zog ihn fort. »Wir müssen verschwinden, auf der Stelle!«

47

Ruhig und gleichmäßig ging Rahels Atem. Vorsichtig, um sie nicht zu wecken, zog Tino ihr die verrutschte Bettdecke über die Schulter. Sie war so erschöpft aus Babelsberg zurückgekommen, dass sie eingeschlafen war, noch bevor sie sich geliebt hatten ... Aber kam es darauf an? Sie beide verband inzwischen so viel mehr als das – auch wenn Tino das früher für unmöglich gehalten hätte. Da war jeder Tag, an dem sie nicht miteinander geschlafen hatten, für ihn ein verlorener Tag gewesen.

Zärtlich küsste er ihre Wange. Dann nahm er wieder sein Buch zur Hand, um weiter in dem Roman von Thomas Manns Bruder zu lesen.

Ja, Rahel hatte sich nicht von ungefähr über ihn lustig gemacht, es kam nur selten vor, dass er ein Buch mit ins Bett nahm, und wenn doch, schlief er meist nach wenigen Seiten ein. Aber diesen Roman verschlang er regelrecht. Zwar hatte sich schon bald herausgestellt, dass die Geschichte für Rahel kaum in Frage kam, die weibliche Hauptfigur war eine Tingeltangel-Sängerin namens Rosa Fröhlich mit äußerst zweifelhaftem Charakter, doch umso mehr faszinierte ihn die Titelfigur, Professor Raat, von seinen Schülern nur »Unrat« genannt, der dieser Rosa hoffnungslos verfallen war. War der nicht ein Spiegelbild seines Vaters? Mit jeder Seite mehrten sich die Ähnlichkeiten. Tinos Vater war ja auch ein Opfer aussichtsloser Liebe, nicht anders als der tragische Professor. Ein Mann, der seine Frau abgöttisch liebte und deshalb nicht merkte, dass seine Liebe in keiner Weise erwidert wurde, ja, der von seiner Frau nur umso größere Verachtung empfing, je mehr er sich ihr aussetzte und preisgab, so dass sie ihn nach Belieben manipulieren konnte.

Tino ließ das Buch sinken. Wie in einer Kaskade stürzten Bilder seiner Kindheit und Jugend auf ihn ein, Szenen, in denen die Mutter den Vater immer wieder vor den Augen der Söhne verletzt und gedemütigt und gequält hatte. Bei den Mahlzeiten, auf Spaziergängen, bei Zusammenkünften mit der Verwandtschaft, auch im Theater und in Museen, wo sie ihn in aller Öffentlichkeit als Kunstbanausen bezeichnet hatte – mit Vorliebe beim jährlichen Opernball, wo stets die ganze Dresdner Gesellschaft zugegen war … Wie hatte der Vater gelitten und war doch unfähig gewesen, sich zur Wehr zu setzen, um stattdessen in hündischer Ergebenheit die Schikanen seiner Frau zu ertragen. Tino hatte oft solches Mitleid mit ihm gehabt, dass er am liebsten selbst die Schmähungen auf sich genommen hätte, um sie ihm zu ersparen. Und noch immer würde er ihm zur Seite eilen, wenn es irgendwie möglich wäre … Doch gegen seine Mutter waren sie beide nicht angekommen, Tino so wenig wie der Vater. Für immer entzweit, lebten sie jeweils ihr eigenes Leben, kaum dass sie voneinander noch Kenntnis hatten …

Tino schlug das Buch wieder auf. Mit der Zunge befeuchtete er seine Fingerspitze, dann blätterte er weiter, um das nächste Kapitel zu lesen.

48

Von alters her waren in der Zwickauer Straße, welche die Plauener Flur mit der Dresdner Innenstadt verband, vor allem solche Unternehmungen angesiedelt, deren Daseinszweck darin bestand, den in der Residenzstadt lebenden Menschen das Leben zu versüßen: Fabrikationsstätten zur Herstellung feiner Schokoladen und Pralinés, Bonbonmanufakturen oder auch Zigarrendrehereien, von denen manche sich eines Rufs weit über die Stadtgrenzen hinaus erfreuten. Unter all diesen Einrichtungen tat sich jedoch ein Etablissement in ganz besonderer Weise hervor: die »Villa Amalie« – so benannt nach der hier waltenden Hausherrin, einer vollbusigen, ehemals zweifellos schön zu nennenden Dame ungewissen Alters mit feuerrotem Haar und ebenso roten Lippen, die mit bürgerlichem Namen freilich Bertha Ablass hieß und die mit den Ihren nur Herren der besten Gesellschaft empfing, um diese in der Abgeschiedenheit ihres Hauses mit jenen Freuden zu verwöhnen, derer sie im Eheleben entrieten. Als im Umgang mit dem männlichen Geschlecht erfahrene Rotkreuzschwester einer aus dem Kriege 70/71 hervorgegangenen Veteranenanstalt, hatte sie vor Zeiten, nachdem das Schicksal ihr gleich zwei Verlobte hintereinander entrissen hatte, aus Gründen eigener Daseinsfürsorge beschlossen, ihre pflegerischen Talente nicht länger auf die Betreuung von Krüppeln zu verschwenden, sondern gewinnbringend auf liebespädagogischem Felde einzusetzen.

Als Gustav in dieser Nacht in der »Villa Amalie« vorstellig wurde, erinnerte er sich noch lebendig daran, wie sein Vater ihn anlässlich seines achtzehnten Geburtstags der Hausherrin präsentiert hatte, auf dass er unter ihrem Dach zum Manne werde. Eine mütterliche Blondine von wunderbar weicher Beschaffenheit hatte sich damals seiner angenommen. Er hatte infolge dieses Erlebnisses die »Villa Amalie« mit einiger Regelmäßigkeit frequentiert – er war in seiner Jugend kein Kostverächter gewesen. Doch seit der ersten Begegnung mit Constanze hatte er das Etablissement nie wieder aufgesucht. Seitdem gab es für ihn nur noch eine Frau, *seine* Frau – und er hatte keine andere jemals mehr begehrt.

Was also hatte er hier verloren?

Ach, es war die schiere Desolation, die ihn getrieben hatte, verbunden mit Constanzes bitterbösem Rat. »Du Jude«, hatte sie ihn gescholten, die schlimmste Schmähung, die von ihr zu gewärtigen war. Doch »Bedürfnisse«, wie sie ihm unterstellte, hatten ihn keineswegs bewegt, in der »Villa Amalie« Zuflucht zu suchen. Sein Besuch hier war allein dem verzweifelten Versuch geschuldet, den Teufel mit dem Beelzebub auszutreiben, um durch Agitation seiner Sinne einer Abhängigkeit seines Herzens zu entkommen, die ihm in all den Jahren seiner Ehe stets tiefste Erniedrigung und höchste Lust zugleich gewesen war.

Madame Amalie, für ihr vorzügliches Personengedächtnis ebenso bekannt wie für ihre Diskretion, gab ihm mit einem verstohlenen Augenzwinkern zu erkennen, dass er ihr keineswegs ein Fremder war. Diese Vermutung bestätigte sich auch in der Auswahl der Damen, die sie ihm zu Diensten unter den Schönheiten ihres Hauses traf und im Empfangssalon wie zu einer Truppenbesichtigung aufmarschieren ließ.

Gustav brauchte nicht lange, um sich zu entscheiden. Seine Wahl fiel auf ein Geschöpf, das der ersten Liebeslehrerin, die sich hier seiner einst erbarmt hatte, auf verblüffende Weise glich, ein gleichfalls blondes und mollig-rundliches Wesen, Pauline mit Namen, das mit seinen braunen Augen und dem pausbäckigen Gesicht einen ebenso sanftmütigen wie duldsamen Eindruck machte – ganz und gar das Gegenteil der Frau, die er zur Ehe genommen hatte.

»Nu, dann komm mal mit, mein Gudsder.«

Pauline nahm ihn an die Hand, und dankbar für ihre Führung, ging er mit ihr hinauf in die obere Etage, wo sich die zum Liebesdienst vorgesehenen Gemächer befanden. Auf dem Treppenabsatz aber stutzte er, er hatte eine Reihe von Türen gewahrt, in die auf Augenhöhe Gucklöcher eingelassen waren. Davor tummelten sich mehrere Gäste des Hauses, zum Teil mit heruntergelassenen Hosen, sich ganz offenbar am Anblick jener Vorgänge ergötzend, die sich hinter den Türen gerade vollzogen. Gustav konnte sich keinen Reim darauf machen – früher hatte es dergleichen in der »Villa Amalie« nicht gegeben.

»Das sind unsere Optiker«, erklärte Pauline.

»Optiker?«, wiederholte Gustav irritiert.

»Ja, die wollen nur gucken. Manche bringen sogar ihre Frauen von zu Hause mit – um zuzuschauen, wie es ihnen ein anderer besorgt«, fügte sie leise hinzu, da er nicht gleich verstand. »Zum Beispiel der Dicke da.« Sie deutete auf das Ende des Ganges. »Der kommt zweimal in der Woche, zusammen mit der werten Gemahlin und ihrem Rittmeister … Nu, ich sag immer, jedem das Seine.«

Gustav hörte kaum hin. Die Vorstellung erregte ihn in einer Weise, die ihm durch und durch ging. Und die ihm zugleich durch und durch zuwider war.

»Ei gugge da!« Mit einem verständnisinnigen Lächeln schaute Pauline ihn an. »Das könnte dir wohl auch gefallen, mein Gudsder. Stimmt's oder habe ich recht?«

49

Erich wusste, allein die Bauten der Szene, die heute in Halle eins gedreht wurde, hatten dreihunderttausend Mark verschlungen. Nichts, aber rein gar nichts durfte darum schiefgehen.

»Und – bitte!«, rief Regisseur Fritz Lang durch sein Megaphon.

Mit feuchten Händen sah Erich zu, wie Joh Fredersen, der Herrscher von Metropolis, die unter den Tiefbahnen seiner Stadt gelegenen Katakomben entlangschritt, um am Ende eines Ganges durch ein Mauerloch in den Maschinensaal auf der anderen Seite zu schauen. Während zwei Kameras diesseits der Mauer den Hauptdarsteller filmten, waren ein halbes Dutzend Kameras auf der anderen Seite im Maschinensaal postiert, wo Maria, die Anführerin der Arbeiter, vom Scheitern des Turmbaus zu Babel predigte und nach einem Mittler zwischen der Ober- und Unterwelt verlangte. Seit Stunden ließ Lang die Doppelszene filmen, um sie immer wieder mittendrin abzubrechen. Doch endlich, endlich durften sämtliche Kameras bis zum Ende weiterlaufen. Gott sei Dank! Erich zog sein Taschentuch hervor und wischte sich den Schweiß von der Stirn. Jetzt fehlte nur noch die Szene mit Arbeiterin 2038 – die Szene, an der Rahel wieder und wieder gescheitert war.

»Frau Reichenbach auf Position!«

Mit ölverschmiertem Gesicht kam Rahel aus den Kulissen und trat an die für sie bezeichnete Stelle. Genau drei Dinge musste sie jetzt tun: sich die Hände an ihrem Overall abwischen, dann einmal voller Angst die Augen aufreißen, um schließlich mit erhobenen Armen der Rednerin zuzujubeln.

»Kamera läuft?«

»Kamera läuft!«

Vor Anspannung hielt Erich den Atem an. Drei geschlagene Abende hatte er darauf verwandt, mit Rahel den Auftritt zu üben. Würde sie es heute schaffen?

»Und – bitte!«

Als die Klappe fiel, tat Rahel exakt, was das Drehbuch verlangte. Sie wischte sich die Hände an ihrem Overall ab, riss einmal voller Angst die Augen auf, um dann mit erhobenen Armen zu jubeln. Doch war das genug? Nein, sie agierte so seelenlos, als wäre sie gar kein lebendiger Mensch, sondern eine Maschine. Mit einem resignierten Seufzer wartete Erich darauf, dass Lang die Szene wiederholen ließ.

Doch das tat Lang zu seiner Überraschung nicht.

»Und – *cut*!«, rief er. »Eine Viertelstunde Pause!«

Erich konnte es kaum glauben, Rahel hatte es tatsächlich geschafft! Während die Kameraleute und Bühnenarbeiter den Aufnahmeort verließen, eilte er auf Rahel zu, um ihr zu gratulieren. Aber bevor er auch nur den Mund aufmachen konnte, schnitt Fritz Lang ihm das Wort ab.

»Der einzige Mensch, der hier ein Lob aussprechen darf, bin ich! – Außerdem war das gerade nur ein Glückstreffer«, wandte er sich an Rahel. »Sie haben sich wie ein Roboter bewegt. Aber zufälligerweise war das genau das, was ich für diese Szene brauchte. Und jetzt ab mit Ihnen«, fügte er hinzu, als sie etwas sagen wollte. »Ich habe mit Herrn Pommer zu reden – unter vier Augen!«

Erich schaffte es gerade noch, einen Blick mit ihr zu tauschen, bevor sie in die Garderobe verschwand.

»Was gibt's?«, wollte er wissen, als er und der Regisseur allein waren. »Ich hoffe, Sie brauchen nicht schon wieder Geld.«

»Geld? Wie kommen Sie darauf?« Lang schüttelte den Kopf. »Nein, aber mir ist letzte Nacht eine wunderbare Idee eingefallen, für unsere morgige Szene. Dafür brauche ich zusätzlich sechs Chinesen und zwölf Maybachs.«

Erich verdrehte die Augen. Tag für Tag torpedierte Lang ihn mit solchen Extrawünschen. Doch da er wusste, dass Widerspruch zwecklos war, vermied er die Konfrontation – er hätte nur riskiert, dass Lang die Brocken hinwarf.

»Vorschlag zur Güte: vier Chinesen und drei Maybachs.«

Lang zog ein Gesicht, als hätte man ihn beleidigt. »Sie elende Krämerseele. Haben Sie überhaupt eine Ahnung, was ich hier leiste? Geld darf bei einem Jahrhundertwerk wie ›Metropolis‹ keine Rolle spielen. Oder ich suche mir einen anderen Produzenten.«

Um seiner Entschlossenheit Nachdruck zu verleihen, klemmte er sein Monokel ins Auge. Erich wusste, ein falsches Wort – und Lang würde einen seiner gefürchteten Anfälle bekommen. Fieberhaft suchte er nach einem Ausweg, doch welche Antwort er jetzt auch gab, es würde die falsche sein. Einerseits explodierten die Kosten, dass es nicht mehr zu verantworten war. Doch andererseits … Wenn er sich Langs Wünschen verschloss, gefährdete er den ganzen Film. Außerdem sprach der Regisseur ja nur aus, was Erich insgeheim selber dachte: Die Kunst war das Einzige, was zählte, und wenn »Metropolis« glückte, würde das Geld später ganz von allein wieder reinkommen – das Publikum hatte Qualität bis jetzt noch immer belohnt. Das war bei »Dr. Mabuse« so gewesen und auch bei den »Nibelungen«. Warum sollte es diesmal anders sein?

»Also gut«, sagte er. »Acht Chinesen und fünf Maybachs. Abgemacht?«

»Abgemacht!«

Mit gnädiger Miene schlug Lang ein. Während die Crewmitglieder aus den Kulissen zurückkamen, eilte Erich aus der Halle. Es war schon spät, und wenn er bis zum Abend die Wünsche des Regisseurs erfüllen wollte, hatte er alle Hände voll zu tun.

Draußen kam ihm Tino entgegen. »Gut, dass ich dich treffe«, rief der schon von weitem.

»Nicht jetzt! Ich bin in Eile!«, erwiderte Erich. »Aber wenn du Rahel suchst, sie ist in der Garderobe.«

Er wollte weiterlaufen, doch Tino hielt ihn zurück. »Nur eine Minute. Ich habe einen wunderbaren Roman entdeckt.«

Erich musste lachen. »Seit wann liest *du* Romane?«

»Ich weiß nicht, was es da zu lachen gibt!« Tino zückte ein Buch und drückte es ihm in die Hand. »Da – der Stoff für deinen nächsten Film. Und ich fresse einen Besen, wenn du mir dafür nicht eines Tages auf den Knien danken wirst.«

50

Nur eine Handvoll Gläubige verlor sich in der Hofkirche am Altstädter Elbufer, als Gustav das Gotteshaus seiner Kindheit betrat. Der abgestandene Geruch von Weihrauch schlug ihm entgegen, und obwohl es draußen schon fast sommerlich warm war, herrschte hier drinnen noch solche Kühle, dass es ihn fröstelte.

Vor dem Hauptaltar sank er auf die alterswehen Knie.

»Vater unser, der du bist im Himmel, geheiligt werde dein Name …«

Ohne Sinn und Verstand flüsterte er die Worte, in der verzweifelten Hoffnung, dass sie Gehör fanden bei einem Gott, der ihn schon lange verlassen hatte. Die Nacht war eine einzige Qual gewesen. Wie im Fieber hatte er sich im Bett hin und her geworfen, heimgesucht von dem immer wieder gleichen Albtraum. Er war in der »Villa Amalie« gewesen, mit heruntergelassener Hose hatte er vor einer jener Türen gestanden, durch die man in die dahinterliegenden Kammern schauen konnte. Dort hatte er Bilder gesehen, fürchterliche, die Sinne und Seele gleichermaßen verwirrende Bilder, Bilder von Constanze, wie sie einem anderen, einem Uniformierten zu Willen war, in lüsterner Geilheit, sich windend und stöhnend vor Verlangen. Kaum schien ein Bild sich aufzulösen, kehrte der Spuk vor seine Seele zurück, wie unter einem bösen Zauber, und er konnte nicht anders, als hinzuschauen, um sich an der Wollust dieser Frau, die seine und doch die eines anderen war, zu ergötzen und sich zugleich dafür zu strafen … Als er am Morgen schweißgebadet aufgewacht war, war das Laken voller Flecken gewesen und sein Gemächte verklebt vom widerwärtigen Genuss.

Leise ächzend richtete er sich auf. Die müden Augen auf das Ewige Licht gerichtet, klopfte er sich in der Einsamkeit seines Herzens an die verzweifelte Brust, wieder und wieder dieselben Worte flüsternd.

»Und führe uns nicht in Versuchung, sondern erlöse uns von dem Übel …«

51

Edgars Hoffnung hatte sich nicht erfüllt. Matthias Taube, so der Name seines Lehrlings, hatte ihn im »Sündenbabel« erkannt. Zwar hatten sie beide die Begegnung mit keinem Wort erwähnt, doch seit dem kompromittierenden Zusammentreffen machte Matthias ihm Avancen, die Edgar in täglich größere Verlegenheit brachten. Der Lehrling war ein ausnehmend hübscher Junge von siebzehn Jahren, der mit seinem Stupsnasengesicht, zu dem die melancholisch blickenden braunen Augen in einem ebenso reizvollen Kontrast standen wie zu seinem weizenblonden Haar, nicht nur als Matrose verkleidet einem den Kopf verdrehen konnte. Sich seiner Wirkung nur allzu bewusst, ließ er keine Gelegenheit ungenutzt, um Edgar zu becircen. Einmal war es eine flüchtige Berührung, dann ein tiefer Blick. Dabei zog er alle Register, um seinen Charme zur Geltung zu bringen – selbst vor scheinbar zufälligen Begegnungen auf der Toilette scheute er nicht zurück.

Sosehr Matthias' Avancen Edgar schmeichelten, erfüllten sie ihn doch mit zunehmender Bangigkeit. Er hatte nicht vergessen, was ihm im Kriege angetan worden war, nachdem man seine Liebe zu einem Kameraden entdeckt hatte, auch lauerte der schöne Joachim nur darauf, ihn bei einer Ungehörigkeit zu erwischen.

Edgar hängte gerade einen Anzug auf einen Bügel, als Matthias sich ihm einmal mehr zu nähern suchte. Unter dem Vorwand, ein Jackett holen zu wollen, drängte er sich zu ihm zwischen zwei Kleiderständer. »Haben Sie heute Abend schon etwas vor?«, raunte er.

Die mit unschuldigem Augenaufschlag vorgebrachte Frage reichte, um Edgar in Bedrängnis zu bringen. Er hatte die fünfzig schon überschritten, und die Vorstellung eines Rendezvous mit einem so hübschen Jungen erregte ihn in einer Weise, dass er sich vor Detlef schämte. »Ich … ich werde zu Hause erwartet«, stammelte er.

»Ist das nicht ein bisschen altmodisch?«, erwiderte Matthias und streifte wie zufällig seine Hand. »Ich kenne nämlich eine Bar, in der zwei wie wir …«

»Pssst.« Edgar wies mit dem Kopf in Richtung Fahrstuhl. »Der schöne Joachim!«

Zum Glück zog Matthias seine Hand zurück, und während der Reklamechef mit wachen Augen um sich blickend aus dem Fahrstuhl trat, nahm er ein Jackett vom Ständer und eilte davon.

Edgar atmete auf. Das war gerade noch mal gutgegangen.

52

Als der Spielleiter ihre Szene abgesegnet hatte, war Rahel sicher gewesen, bei »Metropolis« den Durchbruch geschafft zu haben. Doch sie hatte die Rechnung ohne den Regisseur gemacht – das musste sie bei ihrer zweiten Szene schmerzlich erfahren. Laut Drehbuch hatte sie als Arbeiterin 2038 gerade entdeckt, dass Maria, die Anführerin der Unterwelt, durch eine künstliche Maschinenfrau ersetzt werden sollte, um auf diese Weise einen drohenden Aufstand zu verhindern. Rahels Aufgabe war es, die Nachricht Freder zu überbringen, dem Sohn des allmächtigen Herrschers von Metropolis und Mittler zwischen der Ober- und Unterwelt. Aber wie immer sie es versuchte, jedes Mal brach der Regisseur die Aufnahme ab.

»Aus! Aus! Aus!«, bellte er durch sein Megaphon. »Ist das wirklich so schwer, jemandem einen Brief zu reichen? Sie bewegen sich ja, als hätten Sie einen Stock verschluckt!«

»Aber ich bewege mich doch genauso wie beim letzten Mal«, protestierte Rahel.

»Das ist ja das Elend! In der Maschinenraum-Szene agierte Arbeiterin 2038 wie eine mechanische Puppe, und genau das sollten Sie zeigen. Offenbar ist Ihnen dabei Ihr eigenes Unvermögen zu Hilfe gekommen. Aber Arbeiterin 2038 ist aufgewacht, sie ist wieder ein *Mensch*! Ist Ihnen das entgangen?« Entnervt schüttelte er den Kopf. »Und *Sie* hat man mir als den kommenden Ufa-Star gepriesen! – Aber gut, ich habe ein weiches Herz, also wollen wir es noch mal probieren. Sind Sie bereit?«

Rahel nickte.

»Und – bitte!«

Womit hatte sie dieses Martyrium verdient? Die Szene verwandelte sich immer mehr in einen Kalvarienberg, und es war nur eine Frage der Zeit, bis sie zusammenbrach. Lang war ein Schleifer, ein Menschenschinder, der keine Rücksicht auf seine Schauspieler nahm – für ihn zählte allein das Ergebnis. Während Rahel ein ums andere Mal patzte, breitete sich allmählich Unruhe unter den Mitwirkenden aus, mit hämischen Blicken und kaum verhohlenem Gelächter verfolgte man ihre verzweifelten Versuche.

»Darf ich um eine Pause bitten?«, fragte sie nach dem zehnten oder elften Anlauf. »Ich würde mich gern noch einmal sammeln.«

»Sind Sie von allen guten Geistern verlassen?«, brüllte Lang. »Sammeln können Sie sich zu Hause – Vorbereitung ist ja wohl das Mindeste, was ich erwarten darf! Oder ist Ihnen der ›Walzertraum‹ zu Kopf gestiegen? Ja, ich habe die Kritiken gelesen, aber so ein bisschen Rumgehopse und Tralala ist noch keine Schauspielkunst. Arbeiterin 2038 ist eine Frau, die um ihre Existenz kämpft. Ich will ihre Empörung sehen, ihren Aufruhr, ihre Entschlossenheit und ihren Wagemut ... Also bitte, noch mal von vorn! – Kamera läuft?«

»Kamera läuft!«

Rahel schloss die Augen.

»Wird's bald?«

Voller Angst vor dem nächsten Desaster hob sie den Blick, und am ganzen Körper zitternd, folgte sie dem für sie mit Kreide am Boden vorgezeichneten Weg. Ihre Knie waren so weich, dass sie bei jedem Schritt einzuknicken drohte, und als sie den Arm hob, um Freder den Brief auszuhändigen, glitt dieser ihr aus der Hand.

Das Monokel des Regisseurs blitzte im Scheinwerferlicht. »Schluss! Aus! Ende! Fort aus meinen Augen! Und lassen Sie sich hier nie wieder blicken! Jemand anders wird Sie ersetzen!«

Rahel schossen Tränen in die Augen. War dies das Ende ihrer Karriere?

Plötzlich sah sie Erich zwischen den Kulissen. Sein Gesicht war eine Mischung aus Entsetzen und Mitleid. Im selben Moment fielen ihr die Worte ein, die sie nach ihrer Trauung zu ihm gesagt hatte, vor der Kirche, als das Flugzeug mit ihrem Namen am Himmel aufgetaucht war.

»Hoffentlich werde ich dich nicht enttäuschen ...«

53

Tino machte sich keinerlei Sorgen um Rahel, als er zur selben Zeit im Haus Vaterland über seinen Akten saß. Pommer stand seiner Frau ja zur Seite, was sollte da schiefgehen? Vielmehr hoffte er, dass der Herr Produktionsdirektor sich endlich den Roman von Thomas Manns Bruder zu Gemüte führte, den er ihm empfohlen hatte. Tino hatte die Geschichte vor lauter Begeisterung inzwischen schon zum zweiten Mal gelesen und war überzeugt, dass eine Verfilmung ein Riesenerfolg für die Universum Film AG würde.

Doch leider hatten die Götter vor das Geldausgeben das Geldverdienen gesetzt. Stauß hatte Tino mit der Lancierung der Ufa-Wochenschau beauftragt, ein Unternehmen, das seine ganze Kraft erforderte. Mit dem Ullstein-Verlag mussten Verträge für die Beschaffung der Nachrichten geschlossen werden, eine eigene Redaktion wurde ebenso gebraucht wie ein ganzes Heer von Kameraleuten und Reportern, dazu galt es, die Akquisition der Kino-Inserate zu organisieren, und außerdem warteten die Kinobetreiber auf die Konditionen für ein Wochenschau-Abonnement, samt einer Kalkulation ihrer Ertragsaussichten. Stauß hatte die Messlatte so hoch gelegt, dass Tino kaum wusste, wie er die Erwartungen erfüllen sollte. Aber wozu steckte er sich jeden Morgen eine Nelke ins Knopfloch?

Es klopfte an der Tür.

»Herein!«

Markus Schwarzbier, der Chefbuchhalter der Universum Film AG, trat in sein Büro, mit einem dicken Ordner unterm Arm.

Tino hob freudig die Brauen. »Die neuen Abonnentenlisten? Tipptopp!«

Schwarzbier schüttelte den Kopf. »Leider nein. Nur die letzten Abrechnungen von Herrn Pommer. Um ehrlich zu sein, befinden sich darunter einige recht sonderbare, die ich nicht ohne Ihre Zustimmung abzeichnen möchte. Wenn Sie vielleicht einen Blick darauf werfen würden?«

Er legte den Ordner auf den Schreibtisch und verschwand. Tino wartete, bis er die Tür geschlossen hatte, dann machte er sich an die

Arbeit. Solche Dinge brachte man am besten gleich hinter sich, sonst war einem der ganze Tag verdorben.

Er brauchte nicht lange, um zu begreifen, was der Buchhalter gemeint hatte. »Sonderbar« war gar kein Ausdruck! Eine Katastrophe bahnte sich an! Nicht auszudenken, wenn Stauß davon erfuhr!

Warum zum Teufel hatte Pommer ihn nicht gewarnt?

Tino strich über seine Nelke. Jetzt konnte nur sein Glück ihm noch helfen.

54

Wie Gott Jahwe war Lang über Rahel hergefallen, als wolle er sie vernichten. Erich hatte es das Herz zerrissen, und alles in ihm hatte danach gedrängt, sich zwischen sie und den Spielleiter zu werfen, aber das durfte er nicht. Entweder würde Rahel aus dieser Feuertaufe größer und stärker wiederauferstehen als zuvor – oder aber sie würde heute für immer untergehen.

Hatte er sie überschätzt?

Um ihre Möglichkeiten zu testen, hatte er mit Bedacht zwei so unterschiedliche Rollen für sie ausgewählt. Die erste Probe im »Walzertraum« hatte sie mit Bravour bestanden. Aber reichte ihr Talent auch für einen Film wie »Metropolis«? Was er ihr hatte beibringen können, hatte er ihr beigebracht, und sie hatte sich an seine Ratschläge gehalten. Vor jedem Versuch, Arbeiterin 2038 zu spielen, hatte sie die Augen geschlossen, um sich in ihre Rolle hineinzuversetzen. Aber das war zu wenig gewesen. Innere Vorbereitung war das eine, das Handwerk der Schauspielerei, das jeder lernen konnte. Aber das andere, das Wesentliche, jenes *Je-ne-sais-quoi*, das einen Star von einem Gebrauchsschauspieler unterschied, das konnte einem niemand beibringen, das musste immer aus dem Künstler selber kommen.

Jetzt war Rahel am Boden zerstört, und aus ihren Augen sprach eine so abgrundtiefe Verzweiflung, wie nur gescheiterte Hoffnung sie erzeugen kann. Als Erich diesen Blick sah, wusste er, dass sie den Kampf verloren hatte. Ohnmächtig breitete er die Arme aus.

»Ja«, rief Lang, »werfen Sie sich Ihrem Gönner an die Brust und weinen Sie sich aus! Und vergessen Sie nicht, die Grausamkeit Ihres Regisseurs zu beklagen, am besten auch bei Ihrem Mann, dem Herrn Finanzdirektor. Aber glauben Sie ja nicht, Sie könnten mich damit beeindrucken.«

Er hatte noch nicht ausgesprochen, da vollzog sich mit Rahel eine wundersame Wandlung. Statt in Erichs Arme zu fliehen, erstarrte sie, ein kurzes Zögern, dann ging ein Ruck durch ihren Körper, und während sie mehrmals mit dem ganzen Brustkorb pumpend Luft holte, schien sie immer größer und größer zu werden.

Auf dem Absatz machte sie kehrt und ging zurück auf ihre Position. Dort warf sie den Kopf in den Nacken und rief mit lauter Stimme:

»Kamera läuft?«

Dem Regisseur fiel das Monokel aus dem Auge. »Kamera läuft!«

Rahel hob den Brief vom Boden auf und trat damit zu Freder, dem Sohn des Herrschers von Metropolis und Mittler. Und plötzlich war sie da, die ganze Kraft und Wucht, die Lang von ihr gefordert hatte: Sie *spielte* nicht, sie *war* Arbeiterin 2038, eine Frau im Aufruhr, die um ihre Existenz kämpft, voller Empörung und Wagemut und Entschlossenheit. Das alles brachte sie in dieser einen winzigen Szene mit solcher Intensität zum Ausdruck, dass es Erich den Atem verschlug.

»Und – *cut*!«, rief Lang. »Die Szene ist gekauft. – Na also!«, fügte er in Rahels Richtung hinzu. »Vielleicht wird ja doch noch eine Schauspielerin aus Ihnen.«

Rahel warf ihm eine Kusshand zu, dann eilte sie davon, um Erich in die Arme zu sinken, lachend und weinend zugleich.

Der drückte sie an sich. »Das war dein Durchbruch! Du hast es geschafft!«

»Nein«, erwiderte sie und löste sich aus der Umarmung. »Erst muss ich noch meine Prüfung bestehen.«

»Welche Prüfung?«, wiederholte er verdutzt.

»Fragst du das im Ernst?« Die Augen noch tränennass, strahlte sie übers ganze Gesicht. »Für den Flugschein natürlich!«

55

Grau blickte auf seine Taschenuhr. Constanze hatte sich bereits zehn Minuten verspätet. Seltsam – liebestoll, wie sie war, war sie bei ihren Verabredungen sonst stets vor ihm zur Stelle. Irritiert steckte er die Uhr wieder in seine Westentasche und schenkte sich ein Glas Champagner ein, um sich die Zeit zu verkürzen.

Hätte er im Foyer statt in der Suite auf sie warten sollen? Vor dem Hotelpersonal konnte sie ihm nicht so auf die Pelle rücken wie hier. Allerdings hätte er dann den Schampus selbst zahlen müssen, und das war die Sache auch wieder nicht wert.

Ja, er sah dem Rendezvous mit durchaus gemischten Gefühlen entgegen. Ihre letzte Begegnung hatte sich so erfreulich angelassen, zweimal hintereinander hatte er sein Geschütz abgefeuert, doch kaum hatte Constanze den letzten Seufzer in seinen Armen getan, war sie auch schon wieder auf ihr Lieblingsthema zurückgekommen und hatte ihn bedrängt, wie sie die Scheidung einzureichen. Allmählich gingen ihm die Argumente aus, und ihr einzugestehen, dass er sich eine Scheidung schlechterdings nicht leisten konnte, bevor ihre Versorgung durch einen entsprechenden Vertrag mit ihrem Mann sichergestellt war – dazu war er zu stolz. Er nahm einen Schluck von seinem Champagner und fasste einen Entschluss. Würde sie ihm heute wieder damit kommen, würde er ihr mit dem Entzug seiner Liebe drohen. Das hatte ja schon mal geklappt, vor der Hinrichtung Walther Rathenaus.

Doch als Constanze endlich erschien, erübrigte sich seine Sorge, zumindest für heute. Aufgekratzt wie ein junges Mädchen kam sie zur Tür herein.

»Schau mal, was ich hier habe!« Glucksend vor Freude, holte sie ein Buch aus ihrer Tasche.

»Sag ja nicht, du hast einen Roman verbrochen«, lachte er.

Doch Constanze ignorierte seinen Witz. Feierlich hob sie das Buch in die Höhe. »Das ist ein Vorabexemplar von ›Mein Kampf‹!«

»Donnerwetter! Woher hast du das denn?«

Unwillkürlich griff er nach dem Buch, doch sie trat einen Schritt zurück und hielt es schützend vor ihre Brust.

»Das hat mir meine Freundin Geli Raubal geschickt«, erklärte sie. »Der Postbote brachte es, als ich gerade das Haus verließ. – Aber schau nur!« Sie schlug das Buch vor ihm auf. »Hitler hat es sogar für mich signiert und mit einer Widmung versehen: ›Für meine großherzige Freundin, Frau Constanze Reichenbach‹ ...« Voller Ehrfurcht fuhr sie mit dem Finger über die Worte. »Mein Name von seiner Hand.«

Grau konnte es nicht glauben, doch als er die Zueignung sah, erkannte er Hitlers Schrift. »Tatsächlich ...« Irritiert hob er den Blick. »Muss ich mir Sorgen machen?«

»Bist du etwa eifersüchtig?« Voller Leidenschaft gab sie ihm einen Kuss. »Das brauchst du nicht, mein Liebster. Du weißt doch, ich bin dein, immer nur dein. – Aber wenn du mir eine Freude machen willst ...« Sie löste sich aus der Umarmung und reichte ihm das Buch. »Liest du mir eine Passage vor, die der Führer dir diktiert hat?«

Die Bitte brachte ihn in solche Verlegenheit, dass er ins Stammeln geriet. »Aber sicher, meine Liebe – gern. Ich meine, wenn es dein Wunsch ist ... natürlich!«

In der Hoffnung, dass sie seine Irritation nicht sah, nahm er das Buch. Was zum Teufel sollte er ihr vorlesen? Der Führer hatte ihm damals nur ein paar Namen für das Personenverzeichnis diktiert. Während Constanze in einem Sessel Platz nahm, überflog er die Inhaltsübersicht, um sich dann spontan für das Kapitel »Volk und Rasse« zu entscheiden. Er setzte seine Brille auf und trug die erstbeste Passage vor.

Der schwarzhaarige Judenjunge lauert stundenlang, satanische Freude in seinem Gesicht, auf das ahnungslose Mädchen, das er mit seinem Blute schändet und damit seinem, des Mädchens, Volke raubt. Mit allen Mitteln versucht er die rassischen Grundlagen des zu unterjochenden Volkes zu verderben. So wie er selber planmäßig Frauen und Mädchen verdirbt, so schreckt er auch nicht davor zurück, selbst im größeren Umfange die Blutschranken für andere einzureißen.

Grau lugte über den Rand seiner Brille. Offenbar hatte er Constanzes Geschmack getroffen. Mit geschlossenen Augen saß sie in ihrem Sessel und lauschte.

»Warum liest du nicht weiter?«, fragte sie. »Mir ist, als würdet ihr mit einer Stimme sprechen. Du und der Führer …«

»Um der Wahrheit die Ehre zu geben«, erwiderte Grau, »habe ich hier und da durchaus an dem Manuskript mitgewirkt. Hitler schätzte die Prägnanz meiner Formulierungen. Zum Beispiel hier.«

Er benetzte seinen Finger und blätterte weiter.

> Juden waren und sind es, die den Neger an den Rhein bringen, immer mit dem gleichen Hintergedanken und klaren Ziele, durch die dadurch zwangsläufig eintretende Bastardierung die ihnen verhasste weiße Rasse zu zerstören, von ihrer kulturellen und politischen Höhe zu stürzen und selber zu ihren Herren aufzusteigen …

Die Augen weiter geschlossen, lächelte Constanze ein glückseliges Lächeln, und während Grau mit stetig wachsender Sicherheit in seinem Vortrag fortfuhr, ließ sie ihre schlanke Hand zwischen seine Schenkel gleiten, um ihn dort zu berühren, wo er es am allerliebsten mochte.

56

Im Hochgefühl ihres Erfolgs kehrte Rahel an diesem Abend nach Hause zurück. Sie konnte es gar nicht erwarten, ihr Glück mit ihrem Mann zu teilen. Als Tino ihr bei der Premiere des »Anna Boleyn«-Films erzählt hatte, wie der Jubel des Volkes darin zustande gekommen war, hatte sie voller Empörung den Krönungszug als Lüge bezeichnet. Jetzt wusste sie es besser. Lubitschs Inszenierung war kein Verrat an der Wirklichkeit gewesen, sondern ein wunderbares Beispiel für die Magie der Kunst. Und heute hatte sie dieses Wunder selbst vollbracht. Indem sie ihre Wut auf Fritz Lang dazu genutzt hatte, eins zu werden mit Arbeiterin 2038.

Wie hatte Erich gesagt? Kunst ist die Erzeugung wahrer Gefühle mit Hilfe von Lügen …

Sie legte gerade ihren Hut an der Garderobe ab, da kam Tino auf Zehenspitzen aus dem Kinderzimmer.

»Ist Alex etwa noch wach?«, fragte sie verwundert.

»Pssst! Er ist gerade eingeschlafen.«

Als sie sein Gesicht sah, stutzte sie. »Welche Laus ist dir denn über die Leber gelaufen?«

»Nicht jetzt. Erzähl lieber, wie es dir ergangen ist. Hast du die Szene geschafft?«

»Und ob! Aber erst du.«

»Nein, du! Heute ist dein Tag! Und den will ich dir nicht …«

Er verharrte mitten im Satz. Doch Rahel kannte ihn zu gut, um zu wissen, dass er ihr etwas verschwieg.

Im selben Moment wurde ihr ganz mulmig zumute.

»Gibt es schlechte Nachrichten?«

Schweigend biss Tino sich auf die Lippe.

»Raus mit der Sprache!«

Wieder zögerte er, um schließlich zu nicken. »Ja, es gibt schlechte Nachrichten. Sehr schlechte sogar. Es kann sein, dass wir ›Metropolis‹ abbrechen müssen.«

»Was sagst du da? Nein, das ist nicht wahr! Nicht jetzt, wo endlich der Knoten …«

»Ich weiß, wie bitter das ist.« Er nahm ihre Hand. »Aber es hilft nichts, Erich hat sich mal wieder selbst übertroffen. Gleich morgen früh gehe ich zu Stauß, um zu beichten.«

Rahel schluckte. Mit allem hatte sie gerechnet, aber nicht damit.

»Kannst du … kannst du nicht noch ein bisschen warten?«, fragte sie.

»Wozu?« Er schüttelte den Kopf. »Je weiter wir mit der Produktion voranschreiten, umso schwieriger wird es, sie zu beenden. Ich kann Stauß nicht ins offene Messer laufen lassen, sonst riskieren wir den Bankrott. Wenn Erich so verantwortungslos ist, uns alle hinters Licht zu führen, ist es meine Verantwortung, reinen Tisch zu machen. Das bin ich Stauß schuldig. Und mir selbst auch. Das verstehst du doch, oder?«

»Natürlich«, sagte sie. »Das … das verstehe ich. Aber …«

»Aber was?«

Sie wich seinem Blick aus. Er hatte ja recht, es gab kein Aber, sosehr sie es sich auch wünschte. Wenn es kein Geld gab, gab es keinen Film. So einfach war das. Es gab nur noch das Ende ihres Traums. Also lieber ein Ende mit Schrecken als …

Im Flur knarrte eine Tür.

»Warum redet ihr so laut?«

Als sie sich umdrehte, stand Alex im Pyjama vor ihr.

»Mein armer kleiner Schatz.« Sie kniete sich zu ihm und gab ihm einen Kuss. »Haben wir dich aufgeweckt?«

»Ich kann nicht mehr schlafen.«

»Dann komm mal her.« Tino hob ihn vom Boden und nahm ihn auf den Arm. »Weißt du was? Ich bringe dich jetzt ins Bett und erzähle dir noch eine Knochengeschichte. Dann schläfst du ruck, zuck wieder ein.«

»Ja, Papa – eine Knochengeschichte. Mit dem größten Abenteuer der Welt.«

»Versprochen.« Während Alex sich an ihn schmiegte, stieß Tino mit dem Fuß die Tür zum Kinderzimmer auf.

Plötzlich hatte Rahel eine Idee.

»Vielleicht ist das ja die Lösung«, sagte sie mehr zu sich selbst als zu den beiden. »Eine Knochengeschichte …«

»Eine Knochengeschichte?« Mit Alex auf dem Arm drehte Tino sich zu ihr um. »Hast du sie noch alle?«

57

Tino musste nicht lange überlegen, was das größte Abenteuer der Welt war. Alex war heute mit Tante Ottilie auf dem Spielplatz gewesen und hatte im Sandkasten eine Burg gebaut. Doch er war noch nicht damit fertig gewesen, da war plötzlich ein dickes Mädchen aufgetaucht und hatte sein Werk zerstört. Alex hatte fürchterlich geweint, und Tante Ottilie war nichts anderes übriggeblieben, als mit ihm den Spielplatz zu verlassen und nach Hause zu gehen. In der Knochengeschichte aber, die Tino ihm jetzt erzählte, hatten das dicke Mädchen und der große Junge sich vertragen, um zusammen eine Burg zu bauen, die noch schöner und größer war als die erste.

Es dauerte keine Viertelstunde, und Alex war wieder eingeschlafen.

Als Tino auf den Flur trat, hörte er Rahel in der Küche. Sie hatte eine Flasche Wein aufgemacht und zwei Gläser eingeschenkt. Er löste seine Krawatte und setzte sich zu ihr an den Tisch.

»Kannst du mir vielleicht erklären, was du eben gemeint hast?«, fragte er.

»Mit der Knochengeschichte?«, fragte sie zurück.

»Ja, dass sie die Lösung sein könnte.«

»Erst muss du mir sagen, ob du an ›Metropolis‹ glaubst.«

Tino zuckte die Schultern. »Natürlich tue ich das. ›Metropolis‹ hat das Zeug für den größten Film aller Zeiten. Das steht außer Frage. Die Frage ist nur, ob wir ihn fertig bekommen, bevor wir pleite sind.«

»Ich weiß«, sagte Rahel und nahm ihr Glas. »Aber das müssen wir riskieren. Und wenn du vom Erfolg wirklich überzeugt bist, wird es schon irgendwie gelingen. Stauß hat die Deutsche Bank im Rücken, und die geht niemals pleite. Bis dahin müssen wir nur dafür sorgen, dass es kein Zurück mehr gibt. Und dafür brauchen wir …«

»… eine Knochengeschichte«, platzte Tino heraus, dem plötzlich ein Licht aufging.

»Ist der Groschen gefallen?« Rahel prostete ihm zu. »Wir müssen Erichs Desaster in eine Geschichte verwandeln, die Stauß beruhigt.«

Tino trank einen Schluck. »Vielleicht könnte das wirklich klappen. Stauß will den Film ja auch, nur ohne die Ufa zu ruinieren. Hast du schon eine Idee?«

»Ich nicht«, grinste Rahel. »Aber der Heilige Geist. Matthäus 25.«

Tino brauchte einen Moment, um sich an die Bibelstelle zu erinnern. Dann war er begeistert. Das Gleichnis, das Rahel meinte, war wie geschaffen für ihren Zweck.

»Und ich weiß auch schon, wann ich es damit bei Stauß probiere«, sagte er. »Bei der Premiere der Wochenschau.«

Diese fand an einem gewittrigen Juli-Abend im Ufa-Theater am

Kurfürstendamm statt. Bei Blitz und Donner geleiteten livrierte Portiers mit riesigen Schirmen die Gäste durch den Regen zum Eingang. Drinnen war die Stimmung dennoch prächtig, Hunderte von Politikern und Wirtschaftsführern waren der Einladung gefolgt und füllten das Foyer. Stauß wurde regelrecht belagert von Menschen, die mit ihm anstoßen wollten – auf den Erfolg der Wochenschau und auch auf die üppige Dividende, mit denen er die Ufa-Aktionäre unlängst beglückt hatte.

Geduldig wartete Tino einen Moment ab, in dem er ihn ungestört ansprechen konnte. »Ach ja«, sagte er dann. »Da zeigt sich mal wieder die Weisheit der Bibel.«

»Die Weisheit der Bibel?«, wiederholte Stauß. »Wie kommen Sie denn darauf?«

»Das Gleichnis von den Talenten. Man kommt ja gar nicht umhin, daran zu denken.«

»Kann es sein, dass Sie ein Glas zu viel getrunken haben?«

»Keineswegs.« Tino deutete über die versammelten Gäste. »Die meisten der Herrschaften hier verprassen wie in der Bibel die ihnen anvertrauten Gelder oder horten sie aus Angst vor Verlusten. Sie hingegen sind ein Unternehmer, der mit seinen Talenten zu wuchern versteht. Weder vergeuden Sie Ihr Geld, noch lassen Sie es auf der Bank verkommen, sondern investieren es immer wieder in neue Unternehmungen, um es stetig zu mehren.«

Stauß zog ein Gesicht, als hätte er einen Irren vor sich. Dann aber lachte er laut auf. »Ich begreife! Sie reden gar nicht von mir, Sie reden von sich und Herrn Pommer!«

Tino zuckte so heftig zusammen, dass sein Glas überschwappte.

»Dann … dann wissen Sie also Bescheid?«

»Aber natürlich«, sagte Stauß. »Schwarzbier hat mir berichtet. Und es ist ja bei Gott nicht der erste Film, bei dem unser Produktionsdirektor das Budget überzieht. – Aber machen Sie sich keine Sorgen, Reichenbach. Wie heißt es in Ihrem Gleichnis? ›Wer hat, dem wird gegeben‹.« Er hob sein Glas, um mit ihm anzustoßen. »*Prosit!* Es möge nützen!«

58

Erich hatte es von vornherein gewusst, Tino hatte sich mal wieder völlig unnötig aufgeregt. Stauß war Unternehmer, und ein Unternehmer musste investieren, wenn er Geld verdienen wollte. Er hätte ja mit dem Klammerbeutel gepudert sein müssen, hätte er »Metropolis« gestoppt. Wenn der Film erst fertig war, würde er die ganze Welt erobern, und die Ufa würde säckeweise Geld verdienen.

Heute stand Rahels letzte Szene auf dem Drehplan. Doch die Zeiten, da Erich sich um sie Sorgen machte, waren vorbei. Fritz Lang war inzwischen Rahels größter Bewunderer, und hätte seine Hauptdarstellerin Brigitte Helm nicht gedroht, sich umzubringen, hätte er die Rolle der Maria umbesetzt. Immerhin hatte er nachträglich ein paar zusätzliche Szenen für Rahel ins Drehbuch geschrieben. Dazu gehörte auch ihr heutiger Auftritt. Nach dem Aufstand der Arbeiter war die Unterstadt von Metropolis geflutet worden. Rahels Aufgabe war es, als Arbeiterin 2038 die dort vergessenen Kinder vor dem Ertrinken zu retten.

Erich wartete darauf, dass endlich die erste Klappe fiel, da hatte der Regisseur plötzlich noch einen Wunsch.

»Wir brauchen einen Wasserfall.«

Erich stöhnte leise auf. »Ist das wirklich nötig?«

»Kunst fragt nicht nach dem, was nötig ist«, erklärte Lang, »sie verlangt Vollkommenheit. Ich dulde darum keinen Widerspruch! Ohne Wasserfall können wir Arbeiterin 2038 bei der Rettungsaktion nicht gebührend in Szene setzen.«

Erich schaute zu Rahel hinüber. Sie stand schon in dem Wasserbassin bereit, in dem die Szene gedreht werden sollte. Mit dem nassen Haar sah sie hinreißend aus. Ja, sie hatte wirklich das Zeug zum Star, und jeder Pfennig, den man in sie investierte, würde sich mit Zins und Zinseszins rentieren.

»Also gut, Herr Lang. Tun Sie, was Sie nicht lassen können, und sagen Sie den Bühnenbildnern Bescheid. Aber sorgen Sie um Gottes willen dafür, dass wir die Szene heute noch in den Kasten bekommen!«

59

Normalerweise war Tino kein Freund von Büroarbeit, ja, an manchen Tagen war sie ihm so sehr zuwider, dass er sich förmlich an den Schreibtisch zwingen musste. Doch nachdem Stauß entschieden hatte, trotz Pommers Misswirtschaft »Metropolis« weiterzudrehen, überraschte er sich manchmal dabei, dass er summend über den Akten saß. Wie hatte er nur daran zweifeln können, dass der Film fertiggestellt würde? Den Mutigen gehörte die Welt, und die Zeit, Wagemut zu zeigen, war so günstig wie nie – Stauß hatte das begriffen. Nachdem die Inflation überwunden war, brummte die Wirtschaft im ganzen Land. Überall ging es aufwärts, und auch die politische Lage hatte sich stabilisiert. Die Straßenkämpfe und Attentate gehörten der Vergangenheit an, und der neue Präsident Hindenburg war wie sein Vorgänger darum bemüht, für Ausgleich und Ruhe zu sorgen – die besten Voraussetzungen dafür, dass die Menschen in die Lichtspielhäuser strömten, um der Flimmeritis zu frönen.

Ja, an den Kinokassen rollte der Rubel, dass es nur so eine Freude war. Herrliche Zeiten brachen an, auch für Tino und Rahel. Lauter schöne Ereignisse warteten auf sie. In nur wenigen Wochen würde der »Walzertraum« uraufgeführt, mit »Metropolis« würde Rahels Karriere schon bald einen weiteren Schub bekommen, und danach, wer weiß, stand vielleicht auch noch die Verfilmung des Romans von Thomas Manns Bruder an, der erste Ufa-Film, den Pommer auf Tinos Empfehlung hin produzieren würde …

»Die Abonnentenliste für die Wochenschau, Herr Direktor.«

Tino hatte gar nicht bemerkt, dass Buchhalter Schwarzbier sein Büro betreten hatte. »Na, dann lassen Sie mal sehen.« Erwartungsfroh nahm er die fingerdicke Aufstellung entgegen. Inzwischen hatten sämtliche Ufa-Kinos die Wochenschau abonniert.

»Und hier die Namen der Firmen, die ein Kino-Inserat wünschen.«

»Her damit!«

Diesmal präsentierte Schwarzbier jedoch nur ein einzelnes Blatt.

»Und wo ist der Rest?«, fragte Tino.

»Tut mir leid«, erwiderte der Buchhalter. »Aber das ist alles.«

60 Hugenberg wusste selbst nicht, warum, aber die Tatsache, dass Major a. D. Alexander Grau anstelle des früheren imposanten Kaiser-Wilhelm-Barts nur noch ein kleines, viereckiges Hitler-Bärtchen trug, irritierte ihn so sehr, dass er immer wieder hinschauen musste. Dabei hatte er den Frühstücksdirektor der Universum Film AG natürlich nicht wegen seiner neuen Barttracht in den Zollernhof bestellt. Zwei Monate nachdem die Ufa-Wochenschau angelaufen war, wollte er sich vielmehr ein Bild davon machen, mit welchem Erfolg das Konkurrenzprodukt der zu seiner Verlagsgruppe gehörenden »Deulig Woche« eingeführt worden war.

»Die Sache läuft ganz und gar nicht wie geplant«, rapportierte Grau. »Zwar haben alle Ufa-eigenen Kinos die Wochenschau abonniert, aber die freien Lichtspielhäuser halten sich noch stark zurück. Mit erheblichen Folgen. Erstens bleiben bereits fest einkalkulierte Abonnements aus, weshalb die Ufa zweitens nicht die angestrebten Preise für die Film-Inserate durchsetzen kann. Bisher wurden so wenig Inserate verkauft, dass die Ausgaben für die Reklameakquisition die Erträge bei weitem übersteigen.«

Die Worte waren Musik in Hugenbergs Ohren. »Wie hat Stauß reagiert?«

»Er denkt schon darüber nach, einen Revisor ins Haus zu holen.«

Zufrieden strich Hugenberg über sein Stehhaar. Stand es schon so schlecht um seinen Konkurrenten? Graus Auskünfte waren nicht die einzigen guten Nachrichten, die ihm aus dem Haus Vaterland zu Ohren gekommen waren. Stauß, als Chef der Deutschen Bank dafür bekannt, stets mit äußerst spitzem Bleistift zu rechnen, wenn es um eine Kreditvergabe ging, schien bei der Führung der Ufa-Geschäfte wie von allen guten Geistern verlassen. Die »Metropolis«-Produktion war ein Fass ohne Boden, das pfiffen die Spatzen von den Dächern – in der Presse war bereits vom »Turmbau zu Babelsberg« die Rede. Doch nicht nur die millionenteuren Großfilme zeugten von ruinösem Größenwahn, auch im Brot-und-Butter-Geschäft produzierte die Filmfabrik auf Teufel komm raus und warf viel mehr Filme auf den

Markt, als dieser nach Hugenbergs Einschätzung aufnehmen konnte. Und statt die ohnehin spärlichen Gewinne zu nutzen, um die Löcher in der Firmenkasse zu stopfen, hatte Stauß auf der letzten Jahreshauptversammlung seine Aktionäre auch noch mit der Ausschüttung einer Dividende von satten fünf Prozent beglückt, offensichtlich in der Hoffnung, auf diese Weise den Preis der Ufa-Anteilsscheine in die Höhe zu treiben.

Grau zupfte an seinem Bärtchen. »Jaja, Hochmut kommt vor dem Fall.«

Hugenberg verkniff sich die Antwort. Stattdessen dachte er sich sein Teil. Die Ufa hatte Hollywood herausfordern wollen. Hatte man sich übernommen?

61

Als Tino an diesem Morgen aufwachte, waren seine Augen vor Müdigkeit wie zugeklebt. Er hatte bis Mitternacht im Büro gearbeitet und Werbebriefe für die Film-Inserate geschrieben – ohne Reklamekunden war die Ufa-Wochenschau nur die Hälfte wert. Noch halb schlafend drehte er sich im Bett herum, um nach Rahel zu tasten. Doch er tastete ins Leere.

Im selben Augenblick war er wach. Wenn Rahel aufgestanden war, ohne ihn mit einem Kuss zu wecken, musste etwas passiert sein.

Als Erstes schaute er im Kinderzimmer nach, doch Alex schlief noch tief und fest in seinem Bett. Zurück im Flur hörte er Wasser rauschen.

Tatsächlich stand Rahel fertig angezogen und frisiert im Bad und tupfte sich einen Tropfen Parfüm hinters Ohr.

»Wo willst du denn so früh hin?«, wunderte er sich.

»Hast du das etwa vergessen?«, fragte sie und drehte den Wasserhahn zu. »Heute ist doch meine Prüfung.«

»Ach ja, natürlich. Bitte verzeih.« Zärtlich küsste er ihren Nacken, der von einem Hauch Flieder umweht war. »Soll ich mitkommen? Ich kann heute ohne weiteres schwänzen. Gestern habe ich schließlich für zwei Tage im Voraus gearbeitet.«

»Nein«, sagte Rahel, »das muss ich allein schaffen. Außerdem bist du mit Erich verabredet. – Aber wenn du mir einen Gefallen tun willst«, fügte sie hinzu, »bring Alex pünktlich zu Tante Ottilie. Du weißt ja, wie sie ist. Wahrscheinlich wartet sie jetzt schon auf ihn.«

Sie wollte das Bad verlassen. Doch Tino versperrte ihr den Weg.

»Übrigens, der Termin für die ›Walzertraum‹-Premiere steht fest. Soll ich ihn dir verraten?«

»Nein.« Im Spiegel erwiderte Rahel ernst seinen Blick. »Erst muss ich die Prüfung bestehen. Bis dahin will ich nichts von der Zukunft wissen. Du weißt, warum.«

Lachend schüttelte Tino den Kopf. »Wie kann eine so intelligente Frau nur so abergläubisch sein?«

»Das sagt der Richtige, mein Nelkenkavalier.«

»Du hast recht«, sagte er schuldbewusst. »Tüchtigkeit allein reicht nicht aus.« Er nahm ihr Gesicht zwischen die Hände und gab ihr einen Kuss. »Viel Glück, mein Schatz. Auch wenn ich hoffe, dass du es nicht brauchst.«

62

Rahel parkte ihr Auto vor dem Flieger-Casino am Rande des Tempelhofer Felds, dann stellte sie den Motor ab. Für einen Moment schloss sie die Augen. Warum war sie nur so nervös? Es ging doch nur darum, den Pilotenschein zu machen, und wenn sie den heute nicht bestand, dann beim nächsten Mal. Doch sosehr sie versuchte, sich mit dem Gedanken zu beruhigen, es gelang ihr nicht. Auch wenn es kindischer Aberglaube war: Die Prüfung war mehr als eine Prüfung – sie war ein Orakel.

Ihr Fluglehrer wartete schon auf sie, zusammen mit einem drahtigen älteren Mann, der gleichfalls eine Pilotenkappe trug und offenbar der Prüfer war, stand er bei ihrer Maschine auf dem Rollfeld. Als Harry den Arm hob, um ihr zuzuwinken, musste sie an den Piloten denken, der ihr vor Jahren beim Start aus der Kanzel seiner Maschine zugewinkt hatte. Es war gegen Ende des Krieges gewesen, sie hatte damals als Krankenschwester in Dr. Recknagels Lazarett gearbeitet, um die verwundeten Soldaten zu pflegen. Bis heute wusste sie nicht, ob der Pilot derselbe gewesen war, der wenige Monate später in ihren Armen hatte sterben sollen. Sie erinnerte sich nur an die letzten Worte, die er ihr leise flüsternd gesagt hatte, mit einem glückseligen Lächeln auf den Lippen, bevor er sein noch so junges Leben ausgehaucht hatte.

Dem Himmel so nah … Fast konnte ich die Sterne berühren … Nichts im Leben kann schöner sein …

Wie wäre ihr Leben verlaufen, wenn sie diesem Mann nicht begegnet wäre?

Sie setzte sich die Pilotenkappe auf und schloss die Kinnschnalle. Auf dem Weg zu ihrer Maschine wurde sie mit jedem Schritt noch nervöser, als sie schon war.

»Bist du bereit?«, fragte Harry, als er sie begrüßte.

Statt zu antworten, nickte sie nur einmal stumm und kletterte in die Kanzel.

63

Obwohl Tino noch Alex zu Tante Ottilie gebracht hatte, traf er nur zehn Minuten zu spät in Babelsberg ein. Trotz Stauß' neuer Großzügigkeit musste er mit Pommer die Kalkulation der noch ausstehenden Szenen von »Metropolis« durchgehen – gebranntes Kind scheut das Feuer. Und es brannte ja munter weiter. Pommers Abrechnungen wiesen nach wie vor so viele Nullen auf, dass man glauben konnte, die Inflation sei wieder ausgebrochen.

Doch in Halle eins war von Pommer keine Spur.

Tino hasste es, wenn jemand noch unpünktlicher war als er selbst, und wollte schon nach seinem Freund fahnden lassen, da kreuzte dieser endlich auf. Aber wie sah er aus? Das unrasierte Gesicht totenblass, die Augen gerötet, schien er die ganze Nacht nicht geschlafen zu haben.

»Bist du etwa versumpft?«, fragte Tino. »Du läufst ja rum wie ich in meinen schlimmsten Zeiten.«

»Ist allein deine Schuld«, erwiderte Pommer. »Du Schuft hast mich um meinen Schlaf gebracht.« Mit einem Grinsen zog er ein Buch aus der Tasche – »Professor Unrat«, der Roman von Thomas Manns Bruder. »Ich bin erst gestern dazu gekommen. Was für eine großartige Geschichte! Ich habe gar nicht mehr aufhören können zu lesen. Dank, Dank, tausend Dank! Das wird unser nächster großer Erfolg.«

Tino kam aus dem Staunen nicht mehr heraus. So überschwänglich hatte er Pommer noch nie erlebt. »Dann glaubst du also wirklich, der Stoff taugt für eine Verfilmung?«

»Was für eine Frage! Der beste Stoff, der mir je untergekommen ist. Ich habe schon tausend Ideen, wie man ihn inszenieren muss.«

Zum Beweis blätterte Pommer den Roman auf und zeigte die Anmerkungen, die er von Hand darin gemacht hatte. Tino musste an seinen Vater denken und an seine Mutter. Bei der Vorstellung, dass deren Geschichte irgendwann über die Leinwand flimmern sollte, wenn auch nur als Gleichnis, wurde ihm ganz seltsam zumute.

Doch Pommer plapperte unbeirrt weiter. »Und weißt du auch, wer die Rosa spielen wird? Dreimal darfst du raten!«

Bevor Tino antworten konnte, ging die Hallentür auf, und Rahel kam auf sie zu, strahlend über das ganze Gesicht. »Bestanden!« Sie hob eine Urkunde in die Höhe und wedelte damit in der Luft. »Na, wer von den Herren will mir zuerst gratulieren?«

64

Wenn Constanze ein Buch zu ihrer Zerstreuung las, tat sie dies meist ruhend auf ihrer Chaiselongue, nur mit einem Déshabillé bekleidet. Doch für die Lektüre des Bandes, den Geli ihr geschickt hatte, kam solche Nachlässigkeit nicht in Frage. Jedes Mal, wenn sie sich anschickte, ein Kapitel daraus zu lesen, machte sie erst Toilette, bevor sie in ihrem Vis-à-vis Platz nahm, um sich der Schrift Adolf Hitlers zu widmen, die ihr Innerstes aufwühlte wie noch kein anderer Text je zuvor.

Obwohl sie die letzten Kapitel nur noch in kleinen Häppchen konsumiert hatte, um das Ende solange wie möglich hinauszuzögern, war sie inzwischen am Schluss des ersten Bandes angekommen, der von Hitlers erster Massenveranstaltung handelte.

> 7.15 Uhr betrat ich den Festsaal des Hofbräuhauses am Platzl in München, und das Herz wollte mir fast vor Freude zerspringen. Der gewaltige Raum, denn gewaltig kam er mir damals noch vor, war mit Menschen überfüllt, Kopf an Kopf, eine fast zweitausend Menschen zählende Masse … Und als ich endlich die fünfundzwanzig Thesen Punkt für Punkt der Masse vorlegte und sie bat, selber das Urteil über sie zu sprechen, da wurden sie nun eine nach der anderen unter immer mehr sich erhebendem Jubel angenommen, einstimmig und immer wieder einstimmig, und als die letzte These so den Weg zum Herzen der Masse gefunden hatte, stand ein Saal voll Menschen vor mir, zusammengeschlossen von einer neuen Überzeugung, einem neuen Glauben, von einem neuen Willen …

Während Constanze die Sätze las, glaubte sie seine Stimme zu hören. Ach, hätte sie damals nur dabei sein können, als alles begann – ihr Leben hätte sie dafür hingegeben … Ergriffen hielt sie inne, um sich das Bild vor ihr inneres Auge zu rufen.

Ja, Adolf Hitler würde der künftige Führer Deutschlands sein.

> Ein Feuer war entzündet, aus dessen Glut dereinst das Schwert kommen muss, das dem germanischen Siegfried die Freiheit, der deutschen Nation das Leben wiedergewinnen soll.
> Und neben der kommenden Erhebung fühlte ich die Göttin der unerbittlichen Rache schreiten für die Meineidstat des 9. November 1918.
> So leerte sich langsam der Saal.
> Die Bewegung nahm ihren Lauf.

Ein Schauer lief Constanze den Rücken hinunter. Da klopfte es an der Tür.

»Herein!«

Kaum hatte sie die Aufforderung ausgesprochen, bereute sie diese auch schon. Denn nicht Robert, wie sie erwartet hatte, sondern ihr Ehemann kam herein, um diesen Moment der Weihe zu zerstören. Aufgebracht wollte sie ihm die Tür weisen, doch als sie sein groteskes Gesicht sah, begriff sie, dass dies vergeblich sein würde.

»Sag, was du zu sagen hast. Aber schnell!«

Gustav zögerte, in einem verzweifelten Ringen mit sich selbst. Als wäre er toll, war seine Miene ein einziges Rucken und Zucken, und während er mit den Händen über sein Haupt fuhr, nahm er mehrmals Anlauf, sich zu äußeren, sein Mund klappte auf und zu, einmal, zweimal, dreimal, ohne dass ein Laut über seine Lippen drang.

»Ich … ich bin bereit«, brachte er schließlich mit Mühe hervor, »dein Verhältnis mit Grau zu akzeptieren und … und dir alle Freiheiten zuzugestehen – auch finanziell. Aller… allerdings unter zwei Bedingungen. Erstens, dass du in meinem Haus wohnen bleibst und auf die … auf die Scheidung verzichtest.«

Constanze wollte die Bedingung in einem ersten Impuls zurückweisen, natürlich wollte sie das – aber: War das auch klug? Sie musste an Alexanders Haltung in der Scheidungsfrage denken, und für sein Zögern gab es ja durchaus Gründe, nicht nur privater Natur, sondern auch und vor allem mit Rücksicht auf die finanziellen Bedürfnisse der Bewegung, der sie sich verschrieben hatte.

»Und zweitens?«, fragte sie darum nur.

Wieder spielte Gustavs Miene verrückt, und als hätte er nun auch die Herrschaft über seine Gliedmaßen verloren, rasten seine beiden Arme wie entfesselt an seinem Leib hin und her, so dass er sich selber an den Händen halten musste, um sie zu bändigen, bevor er den Blick zu ihr hob und seine zweite Bedingung nannte.

»Ich … will zuschauen, wenn du mit diesem Manne … verkehrst.«

65

Rahel fühlte sich so federleicht und beschwingt, dass sie auf ihrem Weg zum Kaufhaus Wertheim am liebsten die ganze Leipziger Straße entlanggehüpft wäre, und nur die Tatsache, dass sich an diesem wunderbaren Sommerabend so kurz vor Ladenschluss viel zu viele Menschen auf dem Trottoir drängten, hielt sie davon ab. Wie hatte der Philosoph Epikur vor über zweitausend Jahren geschrieben? »Glück ist die Freiheit von Angst und Schmerz.« Als sie den Satz zum ersten Mal gelesen hatte, hatte sie geglaubt, der Philosoph wolle sich über sie lustig machen. Unmöglich, dass Glück, das herrlichste aller Gefühle, sich darin erschöpfen sollte … Doch jetzt begriff sie, was Epikur meinte. Nachdem alle Panzer von ihr abgefallen waren, sowohl die Angst vor dem Scheitern als auch der Schmerz des Scheiterns selbst, spürte sie in sich nichts als reine, ungehemmte Lebensfreude. Von nun an war sie frei zu fliegen, wohin und wie hoch hinaus sie auch immer wollte. Und was könnte es zum Start in ihr neues Leben Schöneres geben als die Premiere eines Films, in dem sie mitgewirkt hatte?

Sie hatte beschlossen, zur Uraufführung des »Walzertraums« die ganze Familie einzuladen. Schon seit langem quälte sie der Gedanke, ihre Freunde vernachlässigt zu haben. Die Premiere ihres Films war nun der willkommene Anlass, wieder alle um sich zu versammeln. Tante Ottilie hatte sie schon Bescheid gegeben, sie und Fritz freuten sich wie Schneekönige auf das Ereignis, für das Tante Ottilie sich sogar ein neues Kleid kaufen wollte. Und auch Lilly hatte am Telefon ihr Kommen zugesagt, obwohl Rahel ihr zur Uraufführung von »Garten der Lüste« einen Korb gegeben hatte.

Jetzt fehlte nur noch Edgar. Ihn wollte sie persönlich einladen: erstens weil es so viel schöner war und zweitens damit Edgar das Kleid, das Tante Ottilie im Wertheim für das Ereignis ausgesucht hatte, mit zehn Prozent Angestelltenrabatt erstand. Fritz hatte die Idee gehabt, für den eingesparten Betrag bekam man schließlich einen Liter Schnaps, und der war nach seiner Frau nun mal sein größtes Glück.

66

Wie jeden Abend kurz vor Ladenschluss drängten sich die Kunden im Wertheim, als gäbe es am nächsten Tag nichts mehr zu kaufen. Obwohl das Schauspiel sich tagtäglich wiederholte, wunderte Edgar sich immer wieder aufs Neue. Hatten die Leute eigentlich keine Uhr?

Endlich – halb sieben! Während die Kaufhausglocke das Ende der Geschäftszeit verkündete, eilte er zur Theke, um den Kassenbericht zu schreiben. Er wollte heute Abend mit Detlef eine Revue im Admiralspalast besuchen, dort machte gerade ein russisches Matrosenballett Furore, das mehr nackt als bekleidet zu den Klängen einer chinesischen Damenkapelle tanzte. Detlef hatte sich den Besuch der Revue zum Geburtstag gewünscht, und Edgar hatte nur mit großen Schwierigkeiten zwei Karten ergattert. Doch vor der Kassentheke wurde er von einem verspäteten Kunden abgefangen, der den neuesten Reklameprospekt des Kaufhauses in der Hand hielt. Mit dem Finger tippte er auf die Abbildung eines Glencheck-Sportanzugs mit Knickerbockerhose.

»Haben Sie den auch in meiner Größe?«

Nur mit Mühe gelang es Edgar, sich ein Lachen zu verkneifen. Der Kunde war keine eins sechzig groß und so schmal wie ein Handtuch. Während Edgar überlegte, wie er ihn vertrösten könnte, kam ihm sein Lehrling Matthias zu Hilfe.

»Ich schaue mal bei den Sondergrößen nach. Ich glaube, da haben wir eine vierundachtzig. Wenn Sie mir vielleicht helfen, Herr Weißpfennig?«

Die Sondergrößen hingen oben unter der Decke, von wo aus man sie nur mit Hilfe einer Leiter sowie einer Hakenstange zur Anprobe holen konnte. Matthias übernahm es, auf die Leiter zu klettern, und während Edgar diese sicherte, stocherte der Lehrling in schwindelnder Höhe zwischen den Anzügen herum.

»Da ist er ja!«

Sich auf Zehenspitzen gegen die Decke streckend, angelte Matthias nach dem Anzug. Doch als er ihn am Haken hatte und sich damit umdrehte, verlor er das Gleichgewicht. Er geriet ins Straucheln, die Leiter kippte zur Seite, Stange und Anzug fielen zu Boden, und während der Kunde erschrocken das Weite suchte, breitete Edgar mit einer Geistesgegenwart, die er sich selbst nicht zugetraut hätte, die Arme aus, um seinen Lehrling aufzufangen.

Ineinander verschlungen landeten sie unter einem Kleiderständer.

»Was hat das zu bedeuten?«

Als Edgar in die Höhe schaute, sah der schöne Joachim auf sie herab. Wie ein Käfer auf dem Rücken liegend, erwiderte Edgar seinen Blick. Zum Glück hatte Matthias sich bereits gefasst und rappelte sich schon wieder auf.

»Ich wollte gerade einen Anzug für einen Kunden …«

»Für welchen Kunden?« Der schöne Joachim schaute sich demonstrativ in der menschenleeren Abteilung um. »Willst du mich für dumm verkaufen?«

»Aber eben war er doch noch da!«

»Eine Sondergröße«, ergänzte Edgar, der inzwischen auch wieder auf den Beinen war. »Eine vierundachtzig.«

»Halten Sie mich für einen Idioten?« Voller Empörung blies der schöne Joachim die Backen auf. »Das wird Folgen haben, meine Herren, das verspreche ich.«

Edgar spürte, wie sich vor Angst sein Magen zuzog, und auch Matthias schien zu begreifen, was gerade passierte. Leichenblass im Gesicht, zitterte er am ganzen Leib.

»Aber ich … ich kann doch gar nichts dafür!«

Wie elektrisiert fuhr der schöne Joachim herum. »Was willst du damit sagen?«

67

Im Erdgeschoss des Wertheim wurden bereits die ersten Kassen geschlossen, als Rahel das Kaufhaus betrat. Statt die Rolltreppe hinauf in die Herrenabteilung zu nehmen, eilte sie deshalb erst in die Damenabteilung, um das Kleid für Tante Ottilie zurücklegen zu lassen, damit Edgar es mit dem Angestelltenrabatt für sie kaufen konnte. Zum Glück traf sie eine Verkäuferin an, die sie noch aus ihrer eigenen Zeit im Wertheim kannte. Geduldig wartete sie, bis die letzte Kundin bedient war, bevor sie ihre Bitte vortrug.

»Aber natürlich«, versprach die Verkäuferin. »Ich halte meine Kasse offen, bis du mit Edgar zurück bist. Wäre ja eine Sünde, Herrn Wertheim die zehn Prozent zu schenken. Der weiß ja sowieso nicht, wohin mit dem vielen Geld.«

Die Rolltreppe war schon außer Betrieb, als Rahel alles geregelt hatte. Jetzt aber dalli! Zwei Stufen auf einmal nehmend, eilte sie die Treppe hinauf. Im ersten Stock sah sie, wie gerade ein Polizist in der sich schließenden Fahrstuhltür verschwand. Wahrscheinlich hatte der Hausdetektiv mal wieder einen Ladendieb erwischt.

Wo war Edgar?

Wie verwaist lag die Herrenabteilung da, nur ein Kommis im Ladenkittel, seinem Alter nach im ersten oder zweiten Lehrjahr, zählte an der Hauptkasse die Tageseinnahmen. Seltsam, seit wann machten Lehrlinge den Kassenbericht?

Da sonst niemand da war, den sie fragen konnte, trat Rahel auf ihn zu.

»Kannst du mir sagen, wo ich Herrn Weißpfennig finde?«

»Tut mir leid«, erwiderte der Kommis, ohne von dem Kassenbuch aufzuschauen. »Herr Weißpfennig arbeitet nicht mehr hier.«

»Um Gottes willen! Hat man ihm etwa gekündigt?«

»Nein, er hat selbst gekündigt. Er … er hat angeblich etwas Besseres gefunden.«

»Das ist ja das Allerneueste!« So überrascht Rahel war, war sie zugleich erleichtert. »Und wo arbeitet er jetzt? Im KaDeWe?«

»Keine Ahnung.« Der Kommis zuckte die Achseln. »Ich weiß nur, dass er … dass Herr Weißpfennig wohl erst mal Urlaub machen will, bevor er die neue Stelle antritt.«

68

Das dem Wertheim nächstgelegene Polizeirevier war nur ein paar hundert Meter von dem Kaufhaus entfernt, doch da Edgar ein Fall für die Sitte war, hatte man ihn in einer grünen Minna in die Keibelstraße gebracht, wo sich das dafür zuständige Dezernat befand.

Das Verhör wurde in einem fensterlosen Kellerraum von zwei Beamten durchgeführt. Geblendet vom Schein einer auf ihn gerichteten Tischlampe, konnte Edgar die beiden nur der Größe nach unterscheiden. Der Große hatte eine weiblich klingende Fistelstimme, mit der er sich als Kommissar Slowinski vorgestellt hatte, der Kleine hingegen besaß einen kraftvollen Bass und hieß Pauli.

»Wie lange geht das schon mit dem Lehrling und Ihnen?«, fragte Slowinski.

»Ich habe mich Herrn Taube nie in unsittlicher Weise genähert«, erwiderte Edgar. »Unsere Beziehung war jederzeit rein beruflicher Natur. Das schwöre ich!«

»Da sagt Ihr Lehrling aber was ganz anderes. Wir haben hier seine schriftliche Aussage. Daraus geht hervor, dass Sie ihn seit Monaten mit Ihren Nachstellungen belästigen. Obwohl Herr Taube, wie er eidesstattlich versichert, sich wiederholt mit aller Entschiedenheit dagegen verwehrt hat.«

»Aber davon ist kein einziges Wort wahr! Im Gegenteil, Matthias hat vielmehr mir ...« Edgar biss sich auf die Zunge. Wenn er erzählte, dass er seinen Lehrling im »Sündenbabel« getroffen und dieser ihm seitdem Avancen gemacht hatte, würde das seine Lage nur verschlimmern.

»Was hat *Matthias*?«, fragte Slowinski mit anzüglicher Betonung des Vornamens.

»Nichts«, erwiderte Edgar. »Ich ... ich kann nur wiederholen, was ich Ihnen schon ein Dutzend Mal gesagt habe. Ich habe mir nichts vorzuwerfen.«

»Und ich kann Ihnen nur raten, endlich ein Geständnis abzulegen«, sagte Pauli.

»Aber ich kann doch nichts gestehen, was ich nicht getan habe!« Edgar spürte, wie ein Ohnmachtsgefühl, das er nur allzu gut kannte, sich seiner mehr und mehr bemächtigte.

»Ich fürchte, ein Geständnis ist Ihre einzige Chance. Herr Raschke hat schließlich die Aussage des Lehrlings bestätigt. Und er ist der Reklamechef des Wertheim, sein Wort hat Gewicht.«

»Herr Raschke lügt! Er wartet schon lange darauf, mich ans Messer zu liefern.«

»Und aus welchem Grund sollte er das tun?«

»Weil er mich hasst!«

»Das ist ja interessant. Warum hasst Herr Raschke Sie denn?«

Darauf hatte Edgar keine Antwort. Jedenfalls keine, die ihn entlasten würde.

»Jetzt sehen Sie es doch ein«, sagte Slowinski. »Wir meinen es gut mit Ihnen. Geben Sie Ihre Tat zu, und ich bin sicher, der Richter wird das bei der Urteilsfindung strafmildernd berücksichtigen.«

Edgar schüttelte stumm den Kopf.

»Dann bleibt es also dabei?«, fragte Pauli. »Sie wollen kein Geständnis ablegen?«

Der Beamte wartete noch eine Weile, doch als Edgar weiter schwieg, winkte er einen an der Tür postierten Wachmann herbei.

»Abführen!«

Edgar erhob sich von seinem Stuhl. Die Kommissare hatten ihn korrekt behandelt, sie hatten ihn weder geschlagen noch ihm mit Schlägen gedroht. Doch als der Wachmann ihn am Arm packte, sah er plötzlich das Gesicht des schönen Joachim vor sich, das höhnische Grinsen, mit dem er ihn verabschiedet hatte: »Habe ich dich endlich, du elendes Stück Scheiße?« Im selben Augenblick kam die Vergangenheit in ihm hoch, die Hölle, durch die er gegangen war, als seine Kriegskameraden ihn *in flagranti* erwischt hatten, und die Angst überfiel ihn mit solcher Macht, dass er sich einnässte.

69

Premiere im Traumpalast – der »Walzertraum«, Rahels erster Ufa-Film, wurde zum allerersten Mal vor Publikum gezeigt, im größten Lichtspieltheater der Universum Film AG. Den ganzen Nachmittag hatte sie vor dem Spiegel verbracht, neidisch auf Tino, der sich nur in seinen Frack werfen musste, um für den Abend perfekt gekleidet zu sein. Ein Dutzend Mal hatte sie die Garderobe gewechselt, unschlüssig, wie viel Glamour nötig, wie viel Glamour peinlich war, um sich schließlich für ihr rückenfreies, tief tailliertes Trägerkleid aus dunkelgrünem Satin zu entscheiden, das noch ihr Vater geschneidert hatte und zu dem sie nun dasselbe Stirnband und dieselbe Federboa trug, die sie auch bei ihrer ersten Party mit Tino im »Café Größenwahn« getragen hatte – in der Silvesternacht 1918. Zwar war diese Premiere kein so glanzvolles, die ganze Hauptstadt bewegendes Ereignis, wie die Uraufführungen von »Dr. Mabuse« oder »Metropolis« es gewesen waren, doch auch an diesem Abend war vor dem hell erleuchteten Eingang des Filmtheaters ein roter Teppich ausgerollt, über den Rahel jetzt an Tinos Arm im Blitzlichtgewitter der Fotografen schritt, im Foyer spielte das vierundzwanzigköpfige Kino-Orchester, und der zweitausend Menschen fassende Vorführsaal war bis auf den letzten Sessel besetzt, als sie in der zweiten Reihe Platz nahmen, unmittelbar hinter Regisseur Berger und seinen Hauptdarstellern Willy Fritsch und Mady Christians.

Rahel hatte sich so sehr darauf gefreut, diesen Abend mit ihrer Familie zu feiern, doch zu ihrer Enttäuschung waren nur Tante Ottilie und Fritz gekommen. Edgar machte offenbar immer noch Urlaub, sie hatte unzählige Male bei ihm angerufen, aber er war nie an den Apparat gegangen.

»Wo zum Kuckuck bleibt Lilly?«, fragte Tante Ottilie, die noch einmal ihr altes Sonntagskleid aus der Mottenkiste hervorgeholt hatte. Durch Edgars Kündigung war ihr Traum von einem neuen Kleid geplatzt – »Kein Schnaps, kein neues Kleid«, hatte Fritz entschieden.

»Ich weiß es auch nicht«, erwiderte Rahel. »Sie hatte fest versprochen zu kommen. Aber vielleicht ...«

»Psssst«, machte Fritz. »Es geht los!«

Das Licht im Saal erlosch, und der Vorhang ging auf. Kaum flimmerte der Vorspann über die Leinwand, war Lilly vergessen, mit klopfendem Herzen wartete Rahel auf ihre erste Szene. Als Tino ihre Hand nahm, musste sie an die Premiere von »Carmen« denken, den ersten Film, den sie zusammen geschaut hatten. Wie sehr hatte sie damals gestaunt, dass ein Film ohne Ton überhaupt die Illusion einer Operette erzeugen konnte. Die Schauspieler hatten mit solcher

Hingabe gespielt, dass sie geglaubt hatte, sie singen zu hören … War auch sie zu einem solchen Wunder fähig? … Heute Abend würde es sich zeigen. Zwar hatte ihre Mutter früher immer behauptet, sie habe eine schöne Stimme, und auch die Lehrer in der Schule hatten sie für ihren Gesang gelobt. Doch was nützte ihr die schönste Stimme in einem Stummfilm, in dem ja nur ihr Spiel die Stimme in den Köpfen der Zuschauer zum Klingen bringen konnte?

70

Fast dreihundert Mark hatte Lilly insgesamt ausgegeben, um sich für diesen Abend einzukleiden. Im KaDeWe hatte sie ein bis zur Hüfte geschlitztes Kleid gekauft, in dem selbst Asta Nielsen keine bessere Figur gemacht hätte als sie, bei Tietz – »Hier werden kleine Preise groß geschrieben!« – hatte sie eine dreireihige Kette aus täuschend echt wirkenden Perlen gefunden und bei Schuh Leiser ein wunderbar zu dem Kleid passendes Paar Lackpumps, die allerdings so hohe Absätze hatten, dass sie darin erst hatte laufen lernen müssen. Aber ach, die horrenden Ausgaben hatten sich als ebenso vergeblich erwiesen wie ihre Bemühungen am Schminktisch. Während im Innern des Ufa-Palasts die Premiere des »Walzertraums« lief, stand sie draußen vor dem taghell erleuchteten Kinoeingang im Schatten einer Litfaßsäule, und trotz der Stola, die sie um die Schultern trug, fröstelte sie in ihrem kunstseidenen Kleid, das sie vor der Abendkühle so wenig schützte wie ihre eigene Haut.

Obwohl Rahel sie im Stich gelassen hatte, hatte Lilly versprochen, an der Premiere teilzunehmen – nicht nur, weil sie beste Freundinnen waren, sondern auch, weil der Abend die Chance bot, alle wichtigen Filmleute der Stadt auf einem Haufen zu treffen. Doch als sie aus der Tram gestiegen war, war Rahel gerade an Tinos Arm über den roten Teppich geschritten, verfolgt vom Blitzlichtgewitter der Fotografen. Danach hatte Lilly es nicht mehr geschafft, das Kino zu betreten. All die berühmten, wirklichen Stars in ihren teuren, mit echtem Schmuck behangenen Kleidern, und Rahel mittendrin … Nein, wie ein Aschenputtel hätte sie sich gefühlt.

Aus dem »Filmpalast« brandete Applaus auf – »Wie eine Meeresbrandung«, dachte Lilly, obwohl sie noch nie am Meer gewesen war. Durch die Glasfront konnte sie sehen, wie im Innern die Saaltüren aufgingen. In Scharen strömten die Zuschauer hinaus ins Foyer und auf die Straße, noch ganz beseelt von dem Film, den sie gerade gesehen hatten.

Plötzlich entdeckte Lilly Tante Ottilie und Fritz in der Menge, und getrieben von einer Neugier, die größer war als ihre Scham, trat sie auf die beiden zu.

»Wie ist Rahel gewesen?«

»Sie war die Beste von allen«, sagte Tante Ottilie voller Stolz. »Stimmt's Fritz?«

Der strahlte wie ein Honigkuchenpferd. »Ick hab mir jar nich an ihr sattsehen können. Dabei hat sie sich nich ma nackich jemacht.«

71

Die Premierenfeier fand standesgemäß in der »Statistenbörse« statt. Während die Kellner Mühe hatten, ihre Tabletts zwischen all den Frackbrüsten und Abendkleidern hindurchzubalancieren, drängten sich die Presseleute genauso wie die geladenen Gäste um die beiden Hauptdarsteller und den Regisseur. Doch Rahel stand darum nicht abseits. Tino und Erich hatten sie in ihre Mitte genommen und überhäuften sie mit so vielen Komplimenten, dass sie fast glauben konnte, der eigentliche Star des Abends sei sie. Auch hatten mehrere Fotografen Bilder von ihr geschossen, von denen manche vielleicht sogar in der Zeitung erscheinen würden. Und als irgendwann Emil Georg von Stauß, der Vorstandsvorsitzende der Universum Film AG, sich höchstselbst vor ihr verneigte, um ihr mit einem Handkuss zu gratulieren, glaubte sie einen wunderseligen Augenblick lang, es wirklich zu sein.

»Chapeau, Frau Reichenbach. Sie haben einfach großartig gespielt. Ich meinte Sie förmlich singen zu hören! Famos, wirklich famos!«

Er hielt noch ihre Hand, da kamen zwei junge Männer herbeigeeilt und baten um ein Autogramm. Warum hatte man sie auf so etwas nicht vorbereitet? Während sie überlegte, wie sie den Wunsch erfüllen konnte, zauberte Erich ein Päckchen Autogrammkarten mit ihrem Bild aus seinem Frack hervor, und Tino reichte ihr seinen Montblanc-Füllfederhalter.

Zum Glück war Rahel Schauspielerin genug, um sich nichts anmerken zu lassen. »Für wen darf ich unterschreiben?«, fragte sie mit solcher Selbstverständlichkeit, als hätte sie diese Frage schon tausendmal gestellt.

»Einmal für Peter!«

»Und einmal für Paul!«

Wie in einem Ballett machten ihre Verehrer gleichzeitig vor ihr kehrt und beugten ihre Rücken vor, um ihr diese als Schreibunterlage anzubieten. Lachend nahm Rahel zwei Karten und setzte schwungvoll ihren Namen unter ihr Foto. Was für ein Gefühl – die ersten Autogramme ihres Lebens!

»Christel Reichenbach – der neue Star der Ufa!«, sagte Stauß. »Auch Ihnen ein Kompliment, meine Herren«, fügte er, an Tino und Erich gewandt, hinzu. »Sie hatten es ja prophezeit!«

»Hatten Sie etwa Zweifel?«, fragte Tino grinsend.

»Nun ja«, erwiderte Stauß mit einem Schmunzeln, »wenn der eigene Ehemann ...«

»Apropos«, fiel Erich ihm ins Wort. »Sie hatten neulich wissen wollen, welche erste Hauptrolle ich für Frau Reichenbach vorgesehen hätte. Erinnern Sie sich? Damals konnte ich noch keine Antwort geben. Jetzt aber kann ich es. Eine wunderbare Rolle hat den Weg zu ihr gefunden, ganz von allein, wie es sich gehört.«

»Tatsächlich? Da bin ich aber gespannt! Um welche Rolle handelt es sich?«

»Frau Reichenbach wird die Rosa spielen. In ›Professor Unrat‹!«

Rahel fiel vor Überraschung fast der Stift aus der Hand. »Das ist nicht dein Ernst!«

»Und ob das mein Ernst ist!«, sagte Erich. »Ich bin mir nie sicherer gewesen.«

Stauß aber hob verwundert die Brauen.

»Christel Reichenbach als *Femme fatale*? Meine Frau hat den Roman gelesen und mir ihren Eindruck geschildert.« Er schaute einmal Erich, dann Tino und schließlich Rahel an. »Na, Sie müssen es ja wissen.«

72

Mit vor Aufregung klopfendem Herzen wischte Tino sich seine verschwitzten Hände an der Anzughose ab, dann beugte er sich auf der Rückbank der kleinen, engen Sportmaschine vor, um vorsichtig auf die winzige Spielzeugwelt unter ihnen hinabzuschauen.

An seiner Seite klatschte Alex vor Begeisterung in die Hände.

»Höher, Mama! Noch höher!«

Tino wurde so schwindlig, dass er kurz die Augen schloss. Er fühlte sich wie in einem Auto, das aus unerklärlichen Gründen durch die Lüfte flog, wo es absolut nicht hingehörte. Jedes Mal, wenn Rahel den Steuerknüppel zu sich heranzog und die Maschine noch weiter in den Himmel hinaufstieg, verspürte er ein entsetzliches Ziehen im Magen, das seinen ganzen Unterleib erfasste, und er kam fast um vor Angst. Trotzdem ließ auch er sich von Alex' Begeisterung anstecken. Erstens weil er sich nicht blamieren wollte. Und zweitens weil es trotz allem einfach herrlich war.

»Ja, Rahel – höher! Noch höher!«

Lachend drehte sie sich herum, den Steuerknüppel fest in beiden Händen. »Wirklich? Na gut! Dann bis uns der Sprit ausgeht!«

Mit ihrer Lederkappe sah sie aus wie ein Postpilot, der sein Leben lang nichts anderes getan hatte als fliegen. Dabei war dies der erste Flug, den sie nach ihrer Prüfung auf eigene Faust unternahm, ohne ihren Lehrer. Tino hatte bisher nie wirklich verstanden, weshalb das Fliegen für sie so wichtig war, doch jetzt glaubte er zu begreifen. So mussten Daedalus und Ikarus sich gefühlt haben, als sie zur Sonne aufgebrochen waren, frei von jeder Wirklichkeit und Erdenschwere.

»Festhalten!«, rief Rahel irgendwann. »Wir gehen runter zur Landung.«

Zum Glück gab es Haltegriffe. Während sie auf die Erde zuflogen, kam diese ihnen in rasender Geschwindigkeit immer größer und größer entgegen. Trotzdem hatte Tino keine Sekunde mehr das Gefühl, dass etwas schiefgehen konnte. Und tatsächlich, ein paar Minuten später setzte Rahel die Maschine so sicher auf dem Rollfeld auf, als hätten sie nicht gerade noch die Wolken berührt, sondern kehrten nur von einer harmlosen Kaffeefahrt zurück.

Vor dem Casino wartete ein Mann, den Tino noch nie gesehen hatte.

»Schätze, das ist ein Autogrammjäger.«

»Hoffentlich nicht«, sagte Rahel. »Ich habe doch gar keine Karten dabei.«

Während sie zusammen aus dem Flugzeug kletterten, trat der Mann auf sie zu. Doch zu Tinos Überraschung wandte er sich nicht an seine Frau, sondern an ihn.

»Finanzdirektor Reichenbach?«

»Der bin ich«, bestätigte er.

»Bausback ist mein Name«, erwiderte der Fremde. »Herr von Stauß hat gesagt, dass ich Sie hier finde. Ich fürchte, wir müssen reden.«

TEIL SIEBEN

Zwischen Himmel und Erde

1926

1

Ferdinand Bausback, ehemals Vorstand der Württembergischen Vereinsbank, war ein hagerer, hochgewachsener Mittfünfziger mit langgezogenem, eckigem Gesicht, aus dem schwarze, in tiefen Höhlen liegende Augen unter buschigen Brauen hervorschauten. Stauß hatte ihn als Revisor ins Haus Vaterland geholt, um aufzuräumen in der Universum Film AG, denn es war Feuer unterm Dach. Monate hatte Bausback darauf verwandt, die Bücher zu durchforsten. An diesem klaren, kalten Januarmorgen im Jahre 1926 war der Unternehmensvorstand nun zusammengekommen, um seinen Bericht zu hören.

Tino, der als Finanzdirektor Seite an Seite mit Produktionsdirektor Pommer am Tisch saß, fühlte sich wie ein Angeklagter vor seinem Prozess. Er wusste, heute würde sich nicht nur das Schicksal der Ufa, sondern auch sein eignes entscheiden. Doch er war entschlossen, sich nicht kampflos dem Schicksal auszuliefern, er war vorbereitet und hatte einen Plan. Während er sich mit einem Griff ans Revers versicherte, dass die Nelke an ihrem Platz saß, eröffnete Stauß die Sitzung. Kaum hatte Fräulein Jaschek die unvermeidliche Natronlösung neben seiner Kaffeetasse auf den Tisch gestellt, erteilte er Bausback das Wort.

Der redete nicht lange um den heißen Brei herum.

»Die Ufa steht vor dem Bankrott. Um es in nackten Zahlen auszudrücken: Fünfhunderttausend Mark Guthaben stehen sechsunddreißig Millionen Mark Schulden entgegen.«

Ungläubiges Raunen machte die Runde, entsetzt sah man einander an, dann entstand ein tiefes, ratloses Schweigen.

Major Grau war der Erste, der die Sprache wiederfand.

»Wie konnte es dazu kommen?«

Als hätte er nur auf die Frage gewartet, nahm Bausback einen Ordner zur Hand, um Seite für Seite die Gründe für das Desaster aufzuführen. Die Wurzel allen Übels sah er bereits in der auf Befehl der Militärs erfolgten Gründung der Filmfabrik, mit der überstürzten Bildung eines Konglomerats kleiner und großer Produktionsfirmen unter dem Dach der Ufa, das, so Bausback, mit einem nur phantastisch zu nennenden Grundkapital von fünfundzwanzig Millionen Mark ausgestattet worden war. Diese Überfülle an Geld habe zu krebsartigen Wucherungen geführt, ein ziel- und maßloses Machen und Anschaffen, ein Zusammenkaufen von Lichtspielhäusern und Filmateliers, von Kopieranstalten und Auslandsbeteiligungen, von Regisseuren und Stars und Sternchen, allein in der Hoffnung auf immer herrlichere Kintopp-Zeiten. Diese Misswirtschaft habe kein Halten gekannt, weder durch die Verpflichtung zur Rückzahlung von sieben Millionen Mark an den Staat noch durch die alle Gewinne um zehn Prozent vermindernde Lustbarkeitssteuer oder die Inflation, die jede Finanzplanung über den Haufen geworfen hatte. All diesen Rückschlägen sei weder rechtzeitig noch entschieden genug entgegengewirkt worden, vor allem aber hätten die Verantwortlichen in ihrem größenwahnsinnigen Bemühen, Hollywood Paroli zu bieten, vollkommen verkannt, dass die amerikanische Filmindustrie in Deutschland wie in allen Ländern Europas längst im Begriff sei, den Filmmarkt zu monopolisieren. Von allen Filmprogrammen, die in deutschen Kinos spielten, seien fünfundsechzig Prozent amerikanische Produktionen, mit so stark wachsender Tendenz, dass diese Entwicklung nicht mehr aufzuhalten sei.

Nachdem Bausback sein Urteil gesprochen hatte, waren alle Augen auf Stauß gerichtet. Der griff mit bleicher Miene nach seinem Glas Natronlösung und trank es in einem Zug leer.

»Ihr Vorschlag zur Sanierung, Herr Bausback?«

»Drei Dinge«, erwiderte der Revisor. »Erstens sparen! Zweitens sparen! Drittens sparen!«

Tino sah aus den Augenwinkeln, wie Pommer ihm verzweifelte Blicke zuwarf.

Ohne um Erlaubnis zu bitten, ergriff er das Wort.

»Ich denke, es gibt bessere Lösungen als Sparen.«

»Da bin ich aber gespannt!«, erwiderte Bausback.

Tino ignorierte die Replik und wandte sich direkt an Stauß. »Meine Idee beruht auf einem einfachen Gedanken, Herr Generaldirektor. Ja, wir befinden uns in Konkurrenz mit Amerika, das ist eine Tatsache, ob wir wollen oder nicht. Doch es ist unsere Entscheidung, wie wir mit dieser Tatsache umgehen. Kapitulieren wir, indem wir sparen, sparen, sparen? Oder gehen wir in die Offensive, indem wir ...?«

»Indem wir was?«, fiel Bausback ihm ins Wort. »Der entscheidende Unterschied zwischen uns und den Amerikanern ist doch, dass diese ihre Produktionen, und seien sie noch so teuer, vollständig über ihren Heimatmarkt refinanzieren können. Während bei unseren Filmen ab einer gewissen Größenordnung die Rechnung nur aufgeht, wenn es gelingt, Lizenzen ins Ausland zu verkaufen.«

»Richtig«, pflichtete Tino bei. »Und deshalb muss die logische Schlussfolgerung lauten: Machen wir den amerikanischen Markt zu unserem eigenen Markt!«

Bausback sah ihn an, als hätte er einen Irren vor sich.

»Und wie soll das gehen?«

»Ganz einfach«, erklärte Tino. »Indem wir dafür sorgen, dass unsere bisherigen Feinde in Zukunft unsere Verbündeten sind. Bitte gestatten Sie mir, dass ich den Gedanken kurz erörtere.«

Als Stauß nickte, öffnete Tino seine Aktentasche. Er hatte von seinem Plan in ausreichender Zahl Abschriften anfertigen lassen, und noch während er an jeden der anwesenden Herren ein Exemplar verteilte, begann er zu reden. Er hatte sich auf den Vortrag vorbereitet wie Rahel auf eine Filmrolle, nur dass er sich dafür nicht wie sie in eine fiktive Figur hineinversetzt hatte, sondern in seine Zuhörer. Was fühlten, was dachten – was hofften, was befürchteten sie? ... Der Reihe nach trug er seine Argumente vor und ging dabei auf jeden nur denkbaren Einwand ein, noch bevor dieser von jemand anderem geäußert werden konnte.

Je länger er sprach, umso mehr gewann er an Sicherheit. Alles kam jetzt auf Stauß an. Begriff er die Chance, die in dem Plan steckte?

Als Tino einen Blick auf seinen Chef riskierte, schöpfte er Hoffnung. Die Farbe war in das Gesicht des Vorstandsvorsitzenden zurückgekehrt, und statt Natronlösung trank er Kaffee.

»Ich weiß«, schloss Tino, »als Finanzdirektor dieses Unternehmens bin ich für die Situation, in der wir uns befinden, in besonderem Maße verantwortlich. Also betrachte ich es als meine persönliche Aufgabe, den Karren mit eigenen Händen aus dem Dreck zu ziehen. Dazu bin ich bereit und bitte um Ihre Erlaubnis.«

Stauß zögerte einen Moment, dann stieß er einen Seufzer aus und nickte ein zweites Mal. »Also gut, Reichenbach. Fahren Sie nach Amerika. Aber ich warne Sie: Wagen Sie ja nicht, ohne ein Ergebnis zurückzukommen.«

2

Constanze legte ihr Besteck auf den Teller und wischte sich mit ihrer Serviette den Mund ab. Sie nahm ihr Abendbrot, ebenso wie ihr Frühstück, nicht länger im Esszimmer ein, sondern in ihrem Boudoir. Seit Gustav sie mit seinem widerwärtigen Ansinnen konfrontiert hatte, war sie mehr denn je darauf bedacht, jegliche Begegnung mit ihrem Mann zu vermeiden.

»Die Zeitung bitte hierlassen«, sagte sie, als Robert den kleinen Beistelltisch abräumte, auf dem sie die Mahlzeiten einnahm.

»Sehr wohl, gnädige Frau. Noch eine Tasse Tee?«

Sie wartete, bis der Diener den Raum verlassen hatte, dann nahm sie den »Staatsanzeiger« und legte sich auf ihre Chaiselongue. Die Nachrichten spiegelten einmal mehr den traurigen Verfall des Landes wider. Während Reichskanzler Luther und Außenminister Stresemann die Aufnahme Deutschlands in den Völkerbund anstrebten, um dort dessen Ausverkauf weiter voranzutreiben, gastierte im Berliner Nelson-Theater eine amerikanische Nackttänzerin, die, mit nichts als einem Schurz aus Bananenschalen bekleidet und begleitet von einer »Negerkapelle«, das Publikum »mit ihrem lackierten, schwarz glänzenden Köpfchen eines exotischen Vogels« angeblich zu wahren Begeisterungsstürmen hinriss.

Armes Deutschland …

Constanze wollte die Zeitung beiseitelegen, da fiel ihr eine Überschrift ins Auge. »DIE GEBURT DES FILMS AUS DEM GEISTE DER MUSIK«. Neugierig geworden, las sie den Artikel. »Ein neues Filmgenre ist entstanden: die Paarung des feinen Kammerlustspiels mit dem heiteren Spiel der Operette. Alle guten Geister Wiens springen durch diesen Film, in vielen Schattierungen, wundervoll echt in ihrer Lebendigkeit und Daseinsfülle, Wiener Atmosphäre, dieser feine Duft aus Leichtigkeit und ›a biss'l Schwermut‹. Den Deutschen fehlt ein Schuss Champagner im Blut, hat Bismarck gemeint. Mit dem Film ›Ein Walzertraum‹ ist uns das Fehlende nun doch beschert worden.«

Während Constanze die Zeitung sinken ließ, wanderte ihr Blick zu ihrem Fragonard an der Wand mit der in Rosa gekleideten jungen Frau auf ihrer Schaukel. Die Schöne flog mit solchem Schwung himmelwärts, dass ihr ein Schühchen vom Fuße glitt. Constanze liebte dieses Bild wie kein anderes, es erinnerte sie an das wunderbare Leben, das sie in ihrer Jugend geführt hatte.

Sollte sie sich den Film vielleicht anschauen? Vielleicht wäre sie dann ja für ein paar Stunden wieder die junge, unbeschwerte Frau, die sie einmal gewesen war …

Sie beschloss, ihre Aversion gegen den Kintopp ausnahmsweise außer Acht zu lassen und es zu probieren. Doch als sie in der Zeitung nachschaute, in welchem Lichtspieltheater der Film gezeigt wurde, sprang ihr ein Foto entgegen und darunter ein Name: Christel Reichenbach. Sollte es wirklich möglich sein? Sie setzte ihre Brille auf. Tatsächlich, auf dem Foto war ihre Schwiegertochter abgebildet, unverkennbar, in einem Ballkleid sank sie vor Hauptdarsteller Willy Fritsch zu Boden. »Obwohl nur in einer Nebenrolle zu sehen«, hieß es in der Legende, »war Christel Reichenbach die eigentliche Sensation des Films, eine der hoffnungsvollsten Nachwuchsschauspielerinnen Deutschlands, die laut Auskunft von Produzent Erich Pommer die Ufa Schritt für Schritt zu ihrem nächsten großen Star heranbilden will.«

Constanze glaubte in ihrem Kleid zu ersticken. Um Atem ringend, öffnete sie die Knöpfe.

Da ging die Tür auf, und Gustav stand vor ihr.

3

Aus dem Billardzimmer war das leise Klackern der Billardkugeln zu hören, während Edgar in der Küche den Abwasch erledigte. Seitdem er seine Stelle im Wertheim verloren hatte, kümmerte er sich allein um den Haushalt, damit Detlef, wenn er abends müde nach Hause kam, keine andere Aufgabe mehr hatte, als sich von den Anstrengungen des Tages zu erholen, und das konnte er am besten bei einer Partie Billard. Natürlich hatte der schöne Joachim gleich am nächsten Morgen nach Edgars Verhör dem Inhaber des Warenhauses, Herrn Wertheim, den Vorfall gemeldet, und der hatte Edgar in eigener Person vor dem Personaleingang abgefangen, um ihm die fristlose Kündigung auszusprechen.

Wieder ein Klackern, dann ein dumpfer, schwerer Laut. Offenbar hatte Detlef gerade eine Kugel versenkt.

Edgar hielt für einen Moment inne. War ihre Liebe noch dieselbe wie früher?

Er wusste nicht, was es war, aber irgendwie hatte er das Gefühl, dass sich nach seiner Kündigung etwas zwischen ihnen verändert hatte. Vielleicht hatte Detlef ja Angst, dass ihr Verhältnis bei seinen Kunden ruchbar wurde – das würde Edgar verstehen, ein Versicherungsagent lebte ja vor allem von seinem guten Ruf … Oder lag es womöglich daran, dass sie jetzt beide von dem Geld leben mussten, das Detlef allein verdiente? Er hatte zwar nie dergleichen gesagt, aber Edgar wusste, Detlef wollte die Konjunktur nutzen, um seine Agentur voranzubringen, mit Reklame-Inseraten in allen Berliner Zeitungen und vielleicht sogar mit einem Subagenten – die nächste Wirtschaftskrise komme bestimmt, hatte er gesagt, und dann würden nur die Starken überleben … Aber vielleicht war es auch nichts von alledem. Vielleicht kamen einem solche Gedanken einfach nur, wenn das eigene Leben ausschließlich aus Einkaufen und Kochen und Abspülen und Putzen und Waschen bestand. Vielleicht hatten Hausfrauen ganz ähnliche Gedanken, wenn sie an ihren Ehemännern zweifelten.

Die Wohnungsklingel schrillte. Edgar warf sein Trockentuch über einen Stuhl und verließ die Küche, um aufzumachen. Doch als er in den Flur kam, schloss Detlef schon wieder die Etagentür zu.

»Wer war das?«

»Die Abendpost. Ein Einschreiben für dich.«

Edgar zuckte zusammen. »Ist es – *das*?«

Wortlos reichte Detlef ihm den Umschlag. Ein Stempel wies das Amtsgericht Berlin-Mitte als Absender aus. Gottes Mühlen mahlen langsam, aber sicher … Mit zitternden Fingern öffnete Edgar das Kuvert. Nein, er hatte sich nicht geirrt: Die Staatsanwaltschaft hatte Klage erhoben. Der Prozesstermin stand zwar noch nicht fest, aber ab sofort musste er sich einmal pro Woche auf dem nächstgelegenen Polizeirevier melden – Fluchtgefahr!

»Du brauchst einen Anwalt«, sagte Detlef.

Edgar schüttelte den Kopf. »Das können wir uns nicht leisten. Du brauchst doch gerade jeden Pfennig für die Agentur. Und ich … ich verdiene ja nichts und liege dir sowie schon auf der Tasche …«

Er hoffte, dass Detlef widersprechen würde. Aber das tat er nicht.

»Warum bittest du nicht Rahel um Hilfe?«, fragte er stattdessen. »Die würde das nicht mal was kosten, keinen einzigen Pfennig. Die Ufa hat doch eigene Anwälte.«

»Meinst du?«, erwiderte Edgar unsicher.

»Aber natürlich!« Detlef strahlte. »Wofür sind Freunde schließlich da?«

4

Das »Romanische Café«, so genannt wegen seiner fragwürdigen Inneneinrichtung mit allerlei mediterran anmutenden Mosaiksäulen und kunterbunten Deckenfresken, lag nur wenige hundert

Meter vom »Café Größenwahn« entfernt und hatte diesem inzwischen den Rang als erstes Künstlerlokal der Stadt abgelaufen. Von frühmorgens bis tief in die Nacht hinein stand die Drehtür keine Minute still und warf immer wieder neue Gäste herein, Schriftsteller und Journalisten, Musiker und Maler, Schauspieler und Regisseure, die hier zusammenkamen, um an kleinen, runden Marmortischen über Gott und die Welt zu philosophieren. Dabei herrschte eine strikt voneinander getrennte Zweiklassengesellschaft. Künstler, die noch auf dem Wege waren, wurden von den Kellnern im Hauptraum platziert, dem sogenannten »Bassin für Nichtschwimmer«, zu dem auch gewöhnliche Sterbliche Zutritt hatten, während die arrivierten Zelebritäten, bei deren Ankunft je nach Grad ihrer Berühmtheit eine Welle der Bewunderung durch das Lokal ging, sich im Nebenraum, dem »Bassin für Schwimmer«, verschanzten, um sich vor Annäherungsversuchen der Nichtschwimmer und Fremdlinge zu schützen.

Hierher hatte Tino Rahel und Pommer geladen, um sich vor seiner Abreise nach Hollywood zu verabschieden.

Rahel hob ihr Glas. »Auf Amerika!«

»Auf Amerika!«

Zu dritt stießen sie an.

»Glaubst du, du kannst es wirklich schaffen?«, fragte Pommer.

»Zerbrich dir mal nicht meinen Kopf«, erwiderte Tino. »Kümmere dich lieber um meine Frau, während ich für uns die Kastanien aus dem Feuer hole. Wenn ich wiederkomme, erwarte ich einen fix fertigen Star –tipptopp!«

Pommers Zigarettenspitze schnellte in die Höhe. »Keine Sorge – ist ja mein Beruf. Sobald du weg bist und nicht länger störst, machen wir uns an ihre erste Hauptrolle. Und um gleich damit anzufangen …« Wie aus dem Nichts zauberte er ein Exemplar von »Professor Unrat« unter dem Tisch hervor, um es Rahel zu überreichen. »Damit du dich schon mal einlesen kannst.«

»Danke«, sagte sie und küsste ihn auf die Wange.

Pommer nahm sie in den Arm und erwiderte ihren Kuss. »Bedanke dich bei Rosa Fröhlich. Am besten, indem du sie wirst.«

Tino konnte sich ein Grinsen nicht verkneifen. Durch ihn hatte die Rolle zu seiner Frau gefunden, die sie zum Star machen würde. Aber das durfte er auf keinen Fall sagen, vielleicht hörten die Götter ja mit.

5

Als Gustav den derangierten Zustand sah, in dem Constanze sich befand, bereute er, so einfach in ihr Gemach eingedrungen zu sein. Die obersten Knöpfe ihres Kleides standen offen, und ihr sonst elfenbeinfarbenes Gesicht war gerötet, als litte sie Fieber. Doch es war nicht seine Entscheidung gewesen, er hatte es nicht länger ausgehalten. Nach Wochen und Monaten der Ungewissheit, in denen die Dämonen ihn heimgesucht hatten, bis er weder mehr wusste, wer er selber, noch, wer seine Frau war, musste er sich Gewissheit verschaffen. Hier und jetzt!

»Ich verlange, dass du dich endlich zu meinem Angebot äußerst.«

Nur mit Mühe brachte er die Worte hervor. Er wusste, was auf dem Spiel stand, wusste es nur zu gut, und die Angst drang ihm aus jeder Pore. Von Constanzes Antwort hing es ab, was aus ihrer Ehe würde. Willigte sie in sein Angebot ein, hatte er sie für immer verloren. Lehnte sie es aber ab, hatten sie noch eine Chance …

»Welches Angebot meinst du?«, fragte sie. »Doch wohl nicht etwa …«

Er nahm sein Taschentuch und wischte sich den Schweiß von der Stirn. »Frag nicht. Du weißt es.«

Sie schnappte nach Luft. »Du … du wagst es tatsächlich?« Ihr Busen wogte, ihr ganzer Oberkörper pumpte – pumpte einmal, zweimal, dreimal, dann explodierte sie. »Nie und nimmer werde ich das erlauben! Mein Lebtag nicht, du – *Vieh*!«

Das letzte Wort hatte sie so laut aus sich herausgeschleudert, dass Gustav davon die Ohren schmerzten. Und doch war er glücklich. Glücklich vor Erleichterung.

»Gott sei Dank! Ich … ich kann dir gar nicht sagen, wie sehr ich diese Antwort erhoffte!«

Fassungslos sah sie ihn an. »Bist du jetzt vollkommen übergeschnappt?«

»Liebste! Mein Engel! Mein Ein und Alles!« Er nahm ihre Hand und sank vor ihr nieder. »Ich bin ja so froh.«

Er führte ihre Hand an die Lippen, doch Constanze riss sich von ihm los.

»Fass mich nicht an! Hörst du? FASS – MICH – NICHT – AN! Nie wieder!«

»Bitte, Constanze, bleib! Ich habe dir doch verziehen, ich bin dir wieder gut – nur bitte, bitte bleib! Ich flehe dich an! Du bist doch mein Leben … mein … mein … «

Verzweifelt suchte er nach Worten. Die Liebe hatte mit solcher Macht Besitz von ihm ergriffen, dass er zu allem bereit war. Wenn sie nur bei ihm blieb.

Sie aber stieß ihn beiseite. »Dies ist meine letzte Nacht in diesem Haus. Morgen fahre ich nach Berlin!«

»Aber was willst du in Berlin?« Auf den Knien blickte er ihr nach, wie sie den Raum verließ und in ihrem Schlafzimmer verschwand.

»Leben! Einfach nur leben!«

Mit lautem Knall fiel hinter ihr die Tür ins Schloss.

6

Muss i denn, muss i denn
Zum Städtele hinaus, Städtele hinaus
Und du, mein Schatz, bleibst hier!

Am Kai lag die »MS Deutschland« zur Abfahrt bereit, sieben Tage würde sie von Hamburg bis nach New York brauchen. Während die Kapelle spielte und Kinder Fähnchen schwenkten, verabschiedeten sich die letzten Passagiere von ihren Lieben an Land. Auch Alex hielt ein Fähnchen in der Hand, als Tino sich zu ihm bückte. Obwohl sie mitten in der Nacht in Berlin losgefahren waren, war er putzmunter. Der mit Girlanden geschmückte Dampfer mit den winkenden Passagieren im Schein der Wintersonne, die strahlend weißen Decks, die wie zu einer riesigen Torte übereinandergeschichtet waren, die unüberschaubare Menge der sich am Kai drängenden Menschen, die Matrosen in ihren schmucken Uniformen, die mit perfekt aufeinander abgestimmten Bewegungen die Leinen einholten, dazu die Musikkapelle und die zahllosen Luftschlangen, die Land und Schiff noch miteinander verbanden – Rahel würde sich heute Abend anstrengen müssen, wenn sie all die Eindrücke in einer Knochengeschichte wiedergeben wollte.

»Was bringst du mir aus Amerika mit?«, fragte Alex.

»Kommt drauf an, was der große Junge lieber sein will«, erwiderte Tino. »Cowboy oder Indianer?«

Während Alex überlegte, mahnte das Schiffshorn mit dunklem Tuten zur Eile.

Rahel schlang ihre Arme um Tino. »Ich liebe dich.«

»Dann küss mich.«

»Nichts lieber als das!«

Für die Dauer ihres Kusses stand die Zeit still. Dann tutete der Dampfer erneut, und die Matrosen machten sich bereits an der Gangway zu schaffen.

»Ich glaube, es wird Zeit!« Tino löste sich aus der Umarmung und nahm seinen Koffer. Dann aber fiel ihm noch etwas ein. »Was ist mit Alex' Schulreifeprüfung? Kriegt ihr das alleine hin?«

»Keine Angst«, lachte Rahel. »Das schaffen wir schon.«

»Gut. Dann nur noch eins.«

Mit dem Koffer in der Hand küsste er sie noch einmal.

»Komm mir ja heil zurück«, flüsterte sie.

»Darauf kannst du Gift nehmen. Schon damit dir kein anderer den Kopf verdreht.«

7

Normalerweise verließ Gustav jeden Morgen gleich nach dem Frühstück das Haus, um sich in die Stadt fahren zu lassen, damit er Punkt neun Uhr im Kontor an seinem Schreibtisch saß. Normalerweise. Doch an diesem Morgen hatte er weder gefrühstückt noch

Toilette gemacht, und obwohl die Pendeluhr in der Halle schon elf geschlagen hatte, war er noch im Schlafanzug. Die ganze Nacht hatte er durchwacht, ohne Schlaf zu finden, und ins Haus hineingelauscht. Er hatte jede Regung seiner Frau gehört. Wie sie im Morgengrauen aufgestanden und ins Bad gegangen war. Wie sie Toilette gemacht und gefrühstückt hatte. Wie sie zwischen Bad und Boudoir hin- und hergeeilt war, um Robert Anweisungen zu geben. Wie sie zusammen mit dem Diener die Koffer gepackt und telefonisch ein Taxi gerufen hatte. Und wie sie schließlich die Treppe hinuntergegangen war, ein letztes, allerletztes Mal, um ihr Haus und ihren Mann zu verlassen.

Gustav trat ans Fenster seines Schlafzimmers und schaute hinunter in den sonnenbeschienenen Hof. Das Taxi stand schon vor der Treppe bereit, als Constanze ins Freie trat. Der Fahrer eilte aus dem Auto und hielt ihr den Wagenschlag auf, während Robert das Gepäck im Kofferraum verstaute.

Wo würde sie in Berlin wohl wohnen? Im Stadtpalais der Familie am Reichstag? Oder zog sie in ein Hotel, um ungestört mit ihrem Buhlen …

Plötzlich packte Gustav die Wut, und während das Taxi vom Hof rollte, beschloss er, ihr Konto zu sperren. Die Vorstellung, wie man sie als Zechprellerin aus einem Hotel verjagte, war ihm ein bittersüßer Genuss. Doch der Genuss war nur von kurzer Dauer. Sollte er sie wirklich einer solchen Schmach aussetzen?

Mit einem schweren, tiefen Seufzer bekreuzigte er sich.

»Herr, sei meiner Seele gnädig …«

8

Die Schulreifeprüfung fand in der Volksschule Mohrenstraße statt, nur einen Steinwurf von dem Spielplatz entfernt, den Alex oft mit Tante Ottilie besuchte. Wie bei allen Kindern seines Jahrgangs sollte festgestellt werden, ob seine Entwicklung für die Einschulung zu Ostern ausreichend vorangeschritten war. Die Einbestellung hatte Rahel in helle Aufregung versetzt – Alex war ja zwei Jahre jünger, als in seinem Geburtsschein stand. Doch inzwischen hatte sie sich etwas einfallen lassen, um die Sache hinauszuzögern, zumindest für dieses Jahr.

Im Treppenhaus des Schulgebäudes roch es nach Bohnerwachs. Mit ihrem Sohn an der Hand ging Rahel hinauf in den ersten Stock. Vor der Tür des Raums, in dem die Untersuchung erfolgte, wimmelte es von wartenden Müttern mit ihren aufgeregten Kindern. Manche übten noch auf dem Flur. Damit ein Kind für schulreif befunden wurde, musste es in der Lage sein, mit dem rechten Arm über den Kopf hinweg das linke Ohrläppchen zu berühren, und umgekehrt. Alex hatte es bei einer Probe zu Hause mühelos geschafft. Jetzt bewunderte er eine hübsche Sechsjährige mit Affenschaukeln, die gerade auf Geheiß ihrer Mutter die Übung machte, und klatschte Beifall. Ach ja, ganz der Papa ...

Während das Mädchen und Alex miteinander tuschelten, dachte Rahel an den Roman, den sie letzte Nacht gelesen hatte. Natürlich hatte sie »Professor Unrat« auch schon vorher gekannt, aber nur dem Namen nach. Mit glühenden Wangen hatte sie sich in die Lektüre gestürzt, um so schnell wie möglich zu der Figur vorzudringen, die sie spielen sollte. Seite um Seite war sie dem Professor gefolgt, bis dieser endlich der schönen Rosa begegnete. Doch je weiter sie las, umso mehr Zweifel hatten sich in ihr geregt. Rosa Fröhlich, von der Titelfigur stets »die Künstlerin Fröhlich« genannt, war eine Tingeltangel-Sängerin, die alles daransetzte, dass der Professor ihr mit Haut und Haaren verfiel. Doch das tat sie nicht aus Liebe, nein, sie nahm ihn einfach nur aus wie eine Weihnachtsgans, ohne alle Skrupel, und manipulierte ihn, bis er sich für sie ganz und gar zugrunde gerichtet hatte, um ihn schließlich auf offener Bühne der Lächerlichkeit preiszugeben, indem sie ihn zum Vergnügen eines johlenden Publikums dazu brachte, wie ein Gockel zu krähen.

Und diese Figur sollte sie spielen?

Bei der Vorstellung war ihr gar nicht wohl, aber sie hatte jetzt keine Zeit, darüber nachzudenken. Alex wurde aufgerufen. Die Prüfung wurde von einer jungen Lehrerin mit Ohrenschnecken und Wanderschuhen durchgeführt, unter der Aufsicht eines Schulrats, der sich einmal groß und mächtig über Alex beugte, um ihn durch seinen Zwicker in Augenschein zu nehmen.

»Wohl ein bisschen klein geraten, der junge Mann. Na gut, dann wollen wir mal sehen, was du kannst.«

Er setzte sich auf seinen Stuhl und nickte der Lehrerin zu. Während die Alex vormachte, was er zu tun hatte, zwinkerte Rahel ihm noch einmal zu. Sie hatten fleißig miteinander geübt, damit er bei der Prüfung durchfiel. Doch sie hätte ihn gar nicht daran erinnern müssen, er hatte seine Lektion parat. Brav führte er seinen rechten Arm über den Kopf, und mit einem vor Anstrengung in tausend Falten zerfurchten Gesichtchen setzte er scheinbar alles daran, mit dem rechten Zeigefinger das linke Ohrläppchen zu berühren. Aber wie sehr er sich auch mühte, sein Arm war einfach zu kurz, es fehlten mehrere Zentimeter.

»Ist der Knabe vielleicht Linkshänder?«, fragte der Schulrat.

»Nicht dass ich wüsste«, erwiderte Rahel.

»Er soll es umgekehrt versuchen.«

Mit Hilfestellung der Lehrerin machte Alex sich an die Gegenprobe. Die zeitigte kein besseres Ergebnis. Fast eine Handbreit klaffte zwischen Fingerspitze und Ohrläppchen, während Alex vor gespielter Verzweiflung fast die Tränen kamen.

Der Schulrat schüttelte den Kopf.

»Zurückgestellt!«

9

Als erfahrener Produzent, der seit anderthalb Jahrzehnten das Geschäft betrieb, wusste Erich, dass die Herstellung eines Films kein Kurzstreckenlauf war, sondern ein Marathon. Viele Monate, bevor die erste Klappe fiel, mussten die Vorarbeiten bereits beginnen. Eine der ersten Fragen, die es zu klären galt, war die der Regie – Spielleitung und Drehbuch waren das A und O jeder Produktion und entschieden über das Gelingen. Für die Spielleitung von »Professor Unrat« stand auf Erichs Wunschliste ein Regisseur ganz oben, der in Deutschland noch keinen einzigen Film gedreht hatte. Josef von

Sternberg war sein Name, ein Mann Anfang dreißig mit schwarzer Lockenpracht und Schnauzbart. Obwohl in Amerika aufgewachsen, trat er wie ein geborener Aristokrat auf, in Reitstiefeln und mit einem Monokel im Auge sowie einem Kavaliersstöckchen in der Hand – dabei war sein Adelsprädikat nur Teil seines Künstlernamens, in Wirklichkeit war er der Sohn eines aus Krakau stammenden kleinen Kaufmanns, der aus schierer Not in die USA ausgewandert war. Dort aber waren ihm bereits als junger, unbekannter Regisseur einige so spektakuläre Filme gelungen, dass die MGM, eines der größten Hollywood-Studios, ihn unter Vertrag genommen hatte, angeblich für ein Vermögen.

Würde es Erich gelingen, diesen Mann zu gewinnen?

Entsprechend nervös war er gestimmt, als er Sternberg an diesem Morgen im Haus Vaterland erwartete. »Sternberg oder keiner«, hatte er vor dem Ufa-Vorstand erklärt, »koste es, was es wolle!« Bausback war vor dem Gespräch noch einmal zu ihm gekommen, um vor überzogenen Gagenabschlüssen mit dem als selbstherrlich berüchtigten Regisseur zu warnen. Doch die Gage war Erichs geringste Sorge. Erstens würde Tino mit so vielen Dollars in der Tasche aus Amerika zurückkehren, dass kleinkrämerische Überlegungen in Zukunft keine Rolle mehr spielten, und zweitens war Sternberg dafür bekannt, dass nicht die Höhe des Honorars entschied, ob er einen Film machte oder nicht, sondern die Qualität des Drehbuchs und der Besetzung.

Tatsächlich galt dieser seine erste Frage, als er mit einiger Verspätung erschien.

»Wer wird die Titelfigur geben?«, wollte er wissen, kaum dass er Platz genommen hatte.

»Emil Jannings«, erwiderte Erich. »Der Vertrag ist bereits unterschrieben.«

Die Beine übereinandergeschlagen, klopfte Sternberg mit seinem Stöckchen gegen den Schaft seines Reitstiefels. »Respekt. Eine perfekte Besetzung. Und wer spielt die Rosa?«

»Christel Reichenbach.«

»Christel *wer*?«

Statt einer Antwort zückte Erich Rahels Autogrammkarte und reichte sie dem Regisseur. Der klemmte sein Monokel ins Auge, um sie zu betrachten.

»Ja, sie hat was«, sagte er. »Zumindest ihr Äußeres.« Er gab Erich das Foto zurück. »Aber – hat sie auch Talent?«

10

Erleichtert verließ Rahel mit Alex das Schulhaus. Sie war nicht sicher gewesen, ob er das Spiel, das sie sich ausgedacht hatte, durchhalten würde – er war ja noch so klein. Doch er hatte es mit Bravour geschafft, durchzufallen, ohne dass der Schulrat den Trug bemerkt hatte. Auch wenn ihm bei der nächsten Einschulung immer noch ein Jahr fehlte, würde er bis dahin weit genug sein, um dem Unterricht zu folgen – er konnte ja nicht nur mit den Fingerspitzen seiner rechten Hand das linke Ohrläppchen berühren, wenn er sich über den Kopf fasste, er konnte auch schon bis dreißig zählen. Solange aber sollte er sich noch austoben dürfen, wie es seinem tatsächlichen Alter entsprach, bevor der Ernst des Lebens für ihn begann.

»Das hast du fein gemacht.«

Zur Belohnung kaufte sie ihm eine Stange Lakritz, die er auf dem Heimweg bis zum Gendarmenmarkt restlos verputzte. Lachend ließ sie ihn ins Haus. Mit dem Schnurrbart sah er aus wie ein kleiner Kaiser Wilhelm. Im Flur feuchtete sie mit etwas Spucke ihr Taschentuch an und wischte ihm das Mündchen ab.

»Darf man das eigentlich?«, fragte er, als sie die Treppe hinaufgingen.

»Ich weiß nicht, was du meinst.«

»So tun, als würde man etwas nicht können. Obwohl man es in Wirklichkeit kann. Ist das nicht gelogen?«

Sie verdrehte die Augen. Warum hatte er nur ihren Wahrheitsfimmel geerbt?

Zum Glück klingelte in der Wohnung das Telefon. Eilig schloss sie die Tür auf und schaffte es gerade noch rechtzeitig, den Hörer abzuheben.

Erich war am Apparat.

»Josef von Sternberg will, dass du ihm vorspielst. Wann hast du Zeit?«

»So schnell?« Rahel zögerte. »Um ehrlich zu sein, vorher würde ich gern noch mal mit dir allein sprechen, ohne den Regisseur.«

11

Tinos Schiffspassage nach Amerika erwies sich keineswegs als das Vergnügen, das er sich erhofft hatte. Kaum hatte die »MS Deutschland« die Elbe verlassen und das offene Meer erreicht, musste er erkennen, dass Wasser so wenig Balken hatte wie Luft. Aufgepeitscht von einem Wind der Stärke fünf bis sechs, türmten die Wellen sich meterhoch auf, das Schiff hob und senkte sich und neigte sich dabei gleichzeitig auf so beängstigende Weise mal zur einen, dann zur anderen Seite, als würde es sich nie wieder aufrichten wollen. Die Folge davon war, dass Tino, statt sich den Verlustierbarkeiten in den Gesellschaftsräumen hinzugeben oder am Tisch des Kapitäns das allabendlich zelebrierte Sieben-Gänge-Menü zu genießen, zwei Tage lang mit einer Rettungsweste um den Leib an Deck verbringen musste, trotz des eiskalten Dauerregens, der unentwegt über die Fluten des endlos grauen Meeres fegte, um das wenige, das er bei den Mahlzeiten zu sich zu nehmen vermochte, gleich wieder von sich zu geben.

Doch dann, am Morgen des dritten Tages, riss endlich die Wolkendecke auf, der Wind hörte auf zu blasen, das Meer beruhigte sich und mit ihm auch Tinos Magen, so dass er die zweite Hälfte der Reise wie ein zivilisierter Mensch hinter sich bringen konnte.

Die Erholung kam nicht zu früh. Entgegen seiner sonstigen Gepflogenheiten hatte er nämlich vor Antritt der Reise beschlossen, sich gründlich auf die Verhandlungen in Hollywood vorzubereiten, und obwohl es ihn sauer ankam, in der Kabine am Schreibtisch zu hocken, statt an Deck im Sonnenschein zu spazieren, nutzte er die verbleibende Zeit bis New York, um Geschäftspläne auszubrüten. Für den Fall, dass die Amerikaner sich seinen Vorschlägen verschlossen, brauchte er ein Trumpfass, das jedes Gegenargument stach. Er hatte bereits von Deutschland aus mehrmals in die USA gekabelt, mit allerlei Andeutungen, so dass die Bosse von MGM und Paramount neugierig geworden waren. Dabei hatte sich »Dr. Mabuse« als überaus hilfreich erwiesen, MGM hatte die Rechte an dem Film erworben, und dieser lief in den Vereinigten Staaten seit einigen Monaten mit großem Erfolg.

Es war am Abend des siebten Tages, als der Kapitän über den Bordlautsprecher die Einfahrt in den Hafen von New York ankündigte. Tino verließ die Kabine und eilte an Deck, wo die meisten Passagiere schon versammelt waren, um das Lichtermeer zu bestaunen, das sich vor ihnen aus der Dunkelheit erhob. New York sah genauso aus, wie er sich die Stadt vorgestellt hatte. Was für ein Genie sein Freund Pommer doch war: Metropolis war New York, und New York war Metropolis … Am liebsten wäre Tino eine ganze Woche dageblieben, um die Stadt mit all ihren Monstrositäten zu erkunden, den schwindelerregenden Wolkenkratzern und Straßenschluchten, den gigantischen Fabrikanlagen und noch gigantischeren Vergnügungspalästen. Doch dafür hatte er keine Zeit. Sobald er von Bord ging, musste er weiter nach Los Angeles, ohne jeden Verzug.

»Aaaaahhh …«

Scheinwerfer flammten auf, und in ihrem Licht erstrahlte eine übergroße Statue, so hoch wie die Siegessäule in Berlin – die Statue einer Frau, die mit ausgestrecktem Arm eine Fackel in den Nachthimmel reckte. *Miss Liberty!* Bei ihrem Anblick musste Tino an Rahel denken, und im selben Moment hatte er eine Idee für ein Mitbringsel.

Am besten, er besorgte es gleich nach der Landung. Sicher war sicher!

12

Das Flieger-Casino am Tempelhofer Feld, das den Sportpiloten als Clubhaus diente, war menschenleer, als Erich es an diesem späten Nachmittag betrat. Nachdem er sich bei einem gelangweilten Kellner erkundigt hatte, ob das Lokal überhaupt geöffnet sei, bestellte er einen Kaffee und setzte sich ans Fenster, von wo aus er den Flugplatz überblicken konnte. Rahel hatte vorgeschlagen, sich hier mit ihm zu treffen – wenn sie fliege, sei Alex ohnehin in Tante Ottilies Obhut, so dass sie ungestört reden könnten.

Der Kellner brachte den Kaffee. Während Erich sich eine Zigarette anzündete, sah er durch das Fenster, wie sich draußen am Himmel eine kleine Sportmaschine näherte und im Schwebeflug zur Landung ansetzte.

Ob das wohl Rahel war?

Tatsächlich, nachdem die Maschine aufgesetzt hatte, winkte sie ihm aus der Glaskanzel zu. Ein paar Minuten später kam sie ins Lokal. Bei ihrem Anblick verschluckte Erich sich fast am Rauch. Kannte er diese Frau überhaupt? In ihrem Overall und mit der Fliegerbrille sah sie aus wie eine futuristische Amazone.

Er warf die Zigarette in den Aschenbecher und stand auf, um sie zu begrüßen.

»Ich kann dir gar nicht sagen, wie sehr ich dich bewundere. Dass du dich das traust!«

Rahel nahm die Lederkappe vom Kopf und schüttelte ihr Haar aus. »Wenn du willst, nehme ich dich gern mal bei einem Flug mit.«

Bei der Vorstellung verspürte er eine irritierende Erregung. Das müsste wunderbar sein. Doch statt ihr Angebot anzunehmen, hörte er sich sagen: »Um Gottes willen – nein! Das … das wäre viel zu gefährlich!«

Belustigt erwiderte sie seinen Blick. »Ich wusste gar nicht, dass du so ein Hasenfuß bist. Oder hast du etwa auch Höhenangst wie Tino?«

Ohne zu wissen, warum, wurde er plötzlich verlegen. »Nein, reine Vorsicht.« Damit sie seine Irritation nicht bemerkte, rückte er einen Stuhl für sie heran. »Du kannst übrigens froh sein, wenn ich dir die Fliegerei nicht verbiete. Angesichts des Risikos wäre das als Produzent eigentlich meine Pflicht.«

Rahel lachte laut auf. »Das Fliegen lasse ich mir von niemandem verbieten, nicht mal von meinem Produzenten!«

Wieder schaute sie ihn so seltsam an. Oder bildete er sich das nur ein? Vielleicht lag es ja lediglich an ihrem ungewohnten Aufzug, dass er sie so anders empfand als sonst … Als würde sie seine Gedanken erraten, wich der ungewohnte Ausdruck aus ihrem Gesicht. Im selben Moment nahmen sie beide wie auf Kommando Platz. Erich winkte den Kellner herbei, damit Rahel ihre Bestellung aufgeben konnte.

»Warum wolltest du mich vor dem Treffen mit Sternberg unter vier Augen sprechen?«, fragte er, als der Kellner fort war.

Rahel wurde ernst. »Ich weiß nicht, ob ich die Rosa spielen kann«, erklärte sie.

Ihre Eröffnung traf ihn so unverhofft, dass er für einen Moment ins Stammeln geriet. »Wie … wie kommst du denn darauf?«

»Ganz einfach«, erwiderte sie, »diese Frau hat absolut nichts mit mir gemeinsam. Weder in dem, was sie sagt, noch in dem, was sie denkt oder tut.« Sie machte eine kurze Pause. »Und außerdem …«

»Außerdem was?«

»Ich … ich weiß nicht. Aber bei der Lektüre des Romans habe ich mich ein bisschen gefühlt wie bei der Lektüre des Drehbuchs zu ›Lob der Schönheit‹.«

Erich hob die Brauen. Er hatte den Roman förmlich verschlungen, fasziniert von der Kunst der Erzählung, und wäre im Traum nicht auf einen solchen Gedanken gekommen. Doch jetzt, da Rahel es aussprach … Ja, die Rolle der Rosa Fröhlich verlangte von einer Schauspielerin, dass sie sich in gewisser Weise entblößte. Aber ganz anders, als sie offenbar dachte …

Er nahm eine Zigarette aus der Packung und steckte sie in seine Spitze. Dann klemmte er sie sich zwischen die Zähne und riss ein Streichholz an.

»Angenommen, du solltest den Roman in einem einzigen Satz zusammenfassen – wie würde dieser Satz lauten?«

Rahel dachte kurz nach. Dann sagte sie: »Für mich ist ›Professor Unrat‹ ein Sinnbild der bürgerlichen Dekadenz. Das bringt ja schon der Titel zum Ausdruck – ein scheinbar hochangesehener Mann, hinter dessen Fassade nichts als Unrat zum Vorschein kommt.«

Erich nickte. »Ja, der Roman hält unserer Gesellschaft den Spiegel vor, zweifellos, aber – das ist nur ein Aspekt. Meiner Meinung nach besitzt er noch eine zweite, viel tiefere, elementarere Ebene, und wenn du mich fragst, verdankt er ihr seine eigentliche Faszination. Weil wir uns durch sie alle in dem Roman wiedererkennen, ob wir wollen oder nicht, und zwar so sehr, dass wir vor uns selbst erschrecken.«

Rahel runzelte die Stirn. »Könntest du vielleicht deutsch mit mir reden?«

»Ich will es probieren.« Während Erich den sich kräuselnden Rauch seiner Zigarette betrachtete, versuchte er, seine Gedanken zu ordnen. »Vielleicht so«, sagte er dann. »Noch mehr als ein Sinnbild bürgerlicher Dekadenz ist die Geschichte des gefallenen Professors in meinen Augen ein Sinnbild für die Allmacht der Liebe, im Guten wie im Bösen – als größtes Glück und größtes Unglück des Menschen zugleich. Keine andere Kraft der Welt vermag wie sie einen Menschen so zu erheben, dass er buchstäblich über sich selbst hinauswächst, oft zu ungeahnter Größe. Doch keine andere Kraft der Welt übt gleichzeitig so zerstörerische Kräfte auf ihn aus, manchmal bis hin zu seiner totalen Vernichtung.«

Er hielt inne, um Rahels Reaktion abzuwarten. Mit einer Mischung aus Unwillen und Begreifen schaute sie ihn an.

»Du meinst, weil der Professor Rosa so hoffnungslos verfällt?«

Obwohl es ihm schwerfiel, hielt er ihrem Blick stand. »Ja, weil er ihr verfällt«, wiederholte er, »hoffnungslos. Erst zu seinem Glück – dann jedoch zu seinem Unglück, indem er unrettbar an ihr zugrunde geht. Eros und Thanatos, Werden und Vergehen, die zwei Urmächte des Lebens schlechthin.« Seine Zigarettenspitze schnellte in die Höhe. »Das ist große Kunst, Rahel, und hat nichts mit den Nackedei-Albernheiten sogenannter Aufklärungsfilmchen wie ›Lob der Schönheit‹ zu tun.«

13 HOLLYWOOD

In strahlend weißen Riesenbuchstaben prangte der Name der Stadt über den von der Morgensonne beschienenen Hügeln am Horizont, während Tino in einer überdimensionierten Autodroschke, die wie eine Pferdekutsche in den Federn schwankte, den vierspurigen Sunset Boulevard entlangrollte. In dem dichten Verkehr kam das Taxi nur im Schneckentempo voran, immer wieder musste der Chauffeur bremsen, weil alle paar Meter Fußgänger die Straßenseite wechselten, indem sie sich einfach zwischen den Autos hindurchquetschten, ohne auf das wütende Hupen zu achten. Der Boulevard war die Hauptschlagader der Stadt und erstreckte sich von Los Angeles *downtown*, wo Tino Quartier bezogen hatte, über dreißig Kilometer lang bis hinaus nach Pacific Palisades am Meer, und jetzt, am frühen Morgen, wollte jedermann irgendwohin.

Tino schaute auf die Uhr. Schon halb neun. Unpünktlichkeit konnte er sich heute nicht leisten, nicht bei diesem Termin, angeblich hassten die Amerikaner es noch mehr als Stauß, wenn man sich bei einer geschäftlichen Verabredung verspätete. Doch er hatte die gewaltigen Entfernungen hier unterschätzt. Er hatte immer geglaubt zu wissen, was es hieß, in einer Großstadt zu leben, doch im Land der unbegrenzten Möglichkeiten herrschten ganz andere Maßstäbe als in Deutschland oder Europa. Es kam ihm vor, als müsse er alles, was er von zu Hause kannte, erst ein paarmal multiplizieren, um es in amerikanische Dimensionen zu übersetzen, und obwohl Los Angeles nicht mal zu den wirklich großen Städten dieses unermesslich großen Landes gehörte, erschien ihm Berlin im Vergleich dazu jetzt fast wie ein Dorf.

Immerhin hatten sie inzwischen den Sunset Strip erreicht, jenen Abschnitt des Boulevards, an dem sich die Filmstudios befanden. Doch je näher er seinem Ziel kam, umso größer wurde seine Nervosität. Angesichts der Aufgabe, die auf ihn wartete, wurde ihm fast schlecht. Alle großen Erich-Pommer-Produktionen der letzten Zeit, von den »Nibelungen« über »Varieté« und »Walzertraum« bis zu »Tartüff«, hatten jeweils zwei bis sechs Millionen Mark verschlungen, bei ursprünglich veranschlagten fünfhunderttausend bis maximal anderthalb Millionen Mark – und »Metropolis« war noch nicht mal fertig. Und nun war es an ihm, Tino Reichenbach, allein, all diese Riesenlöcher in den Kassen der Ufa mit amerikanischen Dollars zu stopfen. Wie in aller Welt sollte er das schaffen?

Plötzlich wurde ihm bewusst, dass er noch gar keine Nelke hatte.

Wo zum Teufel gab es hier Blumen?

Eilig kurbelte er das Fenster runter und streckte den Kopf hinaus. Doch wohin er blickte, nirgendwo ein Blumenladen. Stattdessen reihten sich links und rechts des Boulevards lauter Kinos aneinander, eines größer als das andere. Vor einigen bildeten sich trotz der frühen Stunde schon Zuschauerschlangen für die Matineevorstellungen.

Tino geriet in Panik. Was sollte er tun? Noch schnell irgendwo eine Nelke besorgen, auf die Gefahr hin, sich zu verspäten? Oder pünktlich in die Verhandlung kommen, aber ohne seinen Glücksbringer im Knopfloch?

Die Uhr zeigte schon zehn vor neun.

14

Der Kellner brachte Rahels Tee. Dankbar für die Unterbrechung, schenkte sie sich ein. Obwohl sie jeden Satz, den Erich sagte, begierig in sich aufsog, wurde ihr das Gespräch irgendwie unheimlich. Dabei redeten sie doch nur über Kunst.

Oder?

»In Filmen wie ›Lob der Schönheit‹«, sagte Erich, »geht es nur darum, dass die Hauptdarstellerin sich möglichst oft auszieht. Zugegeben, Rosa geizt auch nicht mit ihren Reizen, aber hier dient die Zurschaustellung des weiblichen Körpers einem künstlerischen Zweck. Rosa verkörpert das ewig Weibliche in moderner Gestalt. Sie ist die Eva des zwanzigsten Jahrhunderts, wenn du so willst, eine äußerst modern gewandelte Eva, die sich über Adam erhebt und Rache an ihm nimmt, stellvertretend für alle jahrhundertelang unterdrückten Frauen.«

Rahel musste lachen. »Und die soll ausgerechnet *ich* spielen?«

»Keine andere Frau könnte prädestinierter sein, schon wegen deines Namens – *Rahel*, die Rachegöttin.«

»Darf ich dich daran erinnern, dass ihr mich zu Christel umgetauft habt?«

Jetzt musste auch Erich lachen. »*Touché.*« Dann wurde er wieder ernst. Er griff in seine Rocktasche und holte daraus ihre Autogrammkarte hervor. »Was für eine Frau siehst du auf dem Bild? Einfach nur beschreiben.«

Rahel beugte sich vor. »Hm. Ich würde sagen, eine junge Frau Mitte zwanzig, kastanienbraune Locken, sehr viele Sommersprossen, Stupsnase, etwas zu großer Mund.«

Erich klopfte eine Zigarette aus seiner Packung. »Ja, das bist du, und so, wie du dich selbst beschreibst, sehen dich vermutlich die allermeisten anderen Menschen auch. Aber das ist nicht alles, was du bist, du bist noch viel mehr, Dinge, die man nicht auf den ersten Blick sehen kann, sondern für die man dich kennen muss. Zum Beispiel bist du die Tochter eines jüdischen Schneiders. Und du bist die Mutter eines kleinen Sohnes, der in einem Jahr zur Schule geht – von der liebenden Ehefrau zu schweigen.« Er öffnete seine Streichholzschachtel und holte ein Streichholz daraus hervor. Doch statt seine Zigarette anzuzünden, fuhr er fort: »Das alles kann man vielleicht noch mit deinem Bild verbinden. Anderes nicht. Zum Beispiel die Amazone, die auf einem eisernen Ross durch die Lüfte reitet. Die bist du ja auch – ich habe sie eben gesehen. Auf dem Foto hätte ich die jedoch nicht erkannt. Du etwa?«

Rahel schaute auf sein Streichholz. Konnte es sein, dass Erich mehr in ihr erblickte als sie selbst? Sie hob den Kopf und schaute ihn an. Als sähe sie ihn gerade zum ersten Mal, wurde sie plötzlich gewahr, was für ein feines, durchgeistigtes Gesicht er hatte. Warum war ihr das nie aufgefallen?

Stumm schüttelte sie den Kopf.

»Siehst du?« Er nickte. »Was ich sagen will: Du bist unendlich viele Frauen, von der Tochter und Mutter und Ehefrau über die Amazone bis hin zu einer äußerst begabten Schauspielerin. – Und«, fügte er nach kurzem Zögern mit einem Lächeln hinzu, »auch das Angsthäschen, das mir gerade voller Selbstzweifel gegenübersitzt.«

»Willst du mich beleidigen?«, erwiderte sie mit gespielter Empörung.

Er schüttelte den Kopf. »Nein, nur provozieren.«

Während sie versuchte, seinem Blick standzuhalten, fragte sie sich, *wozu* er sie provozieren wollte. Und ob sie bereit war, sich von ihm provozieren zu lassen.

Noch bevor sie die Antwort wusste, stellte er ihr noch eine Frage: »Weißt du, was an der Schauspielerei so gefährlich ist?«

Rahels Herz setzte für einen Schlag aus. »Nein. Aber … verrätst du es mir?«

»Nur auf eigene Gefahr.« Und ohne sie aus den Augen zu lassen, sagte er: »Schauspielerei ist die Kunst der Selbsterfahrung, und mit jeder Rolle, die man spielt, tritt einem das eigene Ich in neuer Gestalt entgegen. Und weil manche Facetten des eigenen Ichs oft in erschreckender Weise von dem Bild abweichen, das man von sich selbst hat, braucht ein Schauspieler Mut, vielleicht noch mehr Mut als jemand, der in ein Flugzeug steigt, um durch die Lüfte zu fliegen.« Sein Blick wurde noch intensiver, als wolle er bis auf den Grund ihrer Seele schauen. »Hast du diesen Mut, Rahel Christel Reichenbach? Den Mut, dich selbst kennenzulernen? Um die Frau zu werden, die du bist?«

Sie hielt seinen Blick nicht länger aus. Erich war der bedeutendste Filmproduzent in Deutschland, vielleicht sogar in ganz Europa. Und wer war sie?

Plötzlich fühlte sie sich ganz klein. Doch als sie die Augen niederschlug, sah sie die jungfräuliche Zigarette zwischen Erichs Fingern und in der anderen Hand das unbenutzte Streichholz.

Rahel konnte es kaum glauben. Erich hatte über ihrem Gespräch tatsächlich vergessen zu rauchen.

15

Tino fasste an sein Revers, doch da war nichts: Er hatte sich für die Pünktlichkeit entschieden. Jetzt saß er ohne seinen Glücksbringer mutterseelenallein an einem zwanzig Meter langen Tisch in einem Konferenzsaal, der so groß war wie ein Filmatelier, und sah sich einer ganzen Armee von Amerikanern gegenüber, Produzenten und Bankiers und Rechtsanwälten, über drei Dutzend an der Zahl, die angeführt wurden von Paramount-Chef Jesse Lasky und Samuel Goldwyn, dem Boss von MGM. Nur gut, dass er in seiner Jugend bei der Londoner Baring's Bank in die Lehre gegangen war und fließend Englisch sprach.

»*Well*, was ist Ihr Vorschlag, Mr. Reichenbach?«, fragte Goldwyn, ein schlanker Mittvierziger mit Halbglatze und engstehenden Augen, der »Reichenbach« wie »Raikenback« aussprach. »Wir hören!«

Tino straffte sich. »Um es in einem Satz zu sagen: eine Quid-pro-quo-Vertriebspartnerschaft, von der beide Seiten profitieren.«

»*Quid pro quo?*«, wiederholte Goldwyn, der mit seiner randlosen Brille eigentlich aussah, als verstünde er Latein.

»Ein Geschäft auf Gegenseitigkeit. Beide Parteien verpflichten sich, die Filme der jeweiligen Gegenpartei in den eigenen Kinos zu spielen. Auf diese Weise verschafft die Ufa den Produktionen von Paramount und MGM Zugang zum deutschen Publikum, umgekehrt stellen Sie uns Ihre Kinos für die Lancierung unserer Filmerzeugnisse im amerikanischen Markt zur Verfügung.«

»Klingt interessant«, sagte Lasky, der mit seinem weichen, leicht rundlichen Gesicht vermutlich gutmütiger wirkte, als er in Wahrheit war, und rückte an seinem Zwicker. »Aber wo ist der Haken?«

Tino wusste, Amerikaner standen in dem Ruf, manchmal sehr direkt zu sein, doch dass sie so schnell zur Sache kommen würden, hatte er nicht erwartet. Also machte er gar nicht erst den Versuch, um den heißen Brei herumzureden.

»Damit wir ins Geschäft kommen«, erklärte er, »benötigt die Ufa zusätzliche Liquidität. Als monetäre Voraussetzung für ihre Internationalisierung.«

»Verstehe«, erwiderte Goldwyn. »Sie wollen einen Kredit, um es einfach auszudrücken. Aber weshalb kommen Sie damit zu uns? Gibt es in Deutschland keine Bankiers?«

Auf diese Frage war Tino vorbereitet. »Deutsche Bankiers sind keine Unternehmer, sondern Beamte«, antwortete er. »Wo Unternehmer Chancen sehen, sehen sie nur Risiken, und wenn sie Geld investieren, dann am liebsten unter der Bedingung, dass sie es schon vor der Auszahlung wieder zurückbekommen. Einen Kredit gewähren sie eigentlich nur, wenn man gar keinen braucht. Aber so kann man keine Geschäfte machen. Zumindest kein *big business*, wie hier in Amerika.«

»Richtig, ohne Risiko kein Erfolg«, pflichtete Goldwyn ihm bei. »Das habt ihr Europäer noch nie kapiert.«

»Das heißt aber nicht«, fügte Lasky hinzu, »dass wir Amerikaner ins Blaue hinein kalkulieren. Von welcher Summe reden wir?«

Tino musste sich kurz überwinden, bevor er sie aussprach. »Vier Millionen Dollar.«

Wie auf Kommando lachten die Amerikaner laut auf, nicht nur Lasky und Goldwyn, sondern auch ihre am Tisch versammelten Söldlinge.

»Und was bekommen wir dafür?«, fragte Goldwyn, nachdem die Unruhe sich gelegt hatte.

Tino erwiderte fest seinen Blick. »Die Möglichkeit, Ihre Filme in zwölfhundert Ufa-Lichtspielhäusern abzuspielen.«

Lasky zuckte die Achseln. »Paramount und MGM haben zusammen acht*tausend* Kinos. Ein schlechtes Geschäft.«

»Im Gegenteil«, gab Tino zurück. »In jedem Ihrer achttausend Kinos, in denen ein Ufa-Film gezeigt wird, klingeln ja auch für Sie die Kassen. Ich möchte nur an den Erfolg von ›Dr. Mabuse‹ hierzulande erinnern. Wie viel hat MGM mit dem Vertrieb unseres Films noch mal verdient, Mr. Goldwyn?«

»Ich habe die Zahlen gerade nicht präsent.«

»Aber ich.« Tino warf einen Blick in seine Unterlagen. »Sechshundertdreiundfünfzigtausendvierhundertsiebenundzwanzig Dollar und siebzehn Cent. – Aber um Ihren Bedenken Rechnung zu tragen«, fügte er mit erhobener Stimme hinzu, als einer der Anwälte etwas einwenden wollte, »sind wir bereit, einen Ausgleich zu schaffen, was die Anzahl der Lichtspielhäuser betrifft. Entscheidend wird sein, zu welchem Prozentsatz beide Parteien sich verpflichten, ihre Kinos einander wechselseitig zur Verfügung zu stellen. Hier sind unsere Erwartungen ausgesprochen bescheiden. Wenn Paramount und MGM unseren Filmen nur zehn Prozent ihrer Abspielkapazitäten einräumen, sind wir zufrieden.«

»Zehn Prozent unseres Markts sind immer noch ein riesiger Kuchen«, erklärte Goldwyn. »Ob wir bereit sind, diesen Kuchen mit Ihnen zu teilen, hängt deshalb von der Gegenfrage ab: Welchen Prozentsatz bietet uns die Ufa für unsere Produktionen in *your tiny little Germany*?«

Tino zögerte. Stauß hatte ihm als Obergrenze fünfzig Prozent mit auf den Weg gegeben. Aber das würde für einen Ausgleich nicht reichen – die Zahl der amerikanischen Kinos war fast siebenmal so groß wie die der deutschen. Vor allem aber war Stauß nicht hier in Hollywood gewesen, um mit eigenen Augen zu sehen, was Tino inzwischen gesehen hatte. Es waren ja nicht nur die Kinos, die den Unterschied ausmachten. Hier war die Zukunft der Filmwirtschaft, die in Deutschland erst in Ansätzen zu ahnen war, bereits in vollem Gange – sie war eine richtige Industrie, wie im Ruhrgebiet die Produktion von Kohle und Stahl. Sowohl Paramount als auch MGM betrieben Studios, zu denen im Vergleich das Babelsberger Ufa-Studio eine Puppenstube war.

»Also gut, meine Herren«, sagte er und blickte erst Lasky, dann Goldwyn an. »Die Universum Film AG verpflichtet sich, den Produktionen von Paramount und MGM fünfundsiebzig Prozent ihrer Abspielkapazitäten zur Verfügung zu stellen, in allen Ufa-eigenen Lichtspielhäusern. – Allerdings unter einer Voraussetzung.« Er hielt kurz inne, um sich der Aufmerksamkeit aller Anwesenden zu vergewissern, denn was er nun sagte, würde über Erfolg und Misserfolg seiner Mission entscheiden. »Vor Inkrafttreten des Vertrags erhält die Universum Film AG von ihren amerikanischen Partnern Paramount und MGM einen Kredit von vier Millionen Dollar, zum Vorteilszins von einem Prozent unter den allgemeinen Marktkonditionen.«

16

Obwohl Alex längst eingeschlafen war, saß Rahel immer noch an seinem Bett. Seit Tino in Amerika war, wollte er jeden Abend eine andere Geschichte hören, wie der große Junge und sein Vater in der Prärie mit Cowboys und Indianern kämpften. Jetzt beschützten seine beiden Teddybären seine Träume. Die hießen nicht mehr Plisch und Plum, sondern Winnetou und Old Shatterhand.

Während Rahel ihr schlummerndes Kind betrachtete, kehrten ihre Gedanken zu dem Gespräch mit Erich zurück. Tinos Freund war ihr noch nie so fremd gewesen wie heute. Und noch nie so nah.

»Hast du diesen Mut, Rahel Christel Reichenbach? Den Mut, dich selbst kennenzulernen? Um die Frau zu werden, die du bist?«

Wieder und wieder klang die Frage in ihr nach. Obwohl sie die Antwort inzwischen gefunden hatte.

Sie beugte sich über Alex' Bett und gab ihrem Sohn einen Gutenachtkuss.

»Schlaf schön, mein Schatz.«

Im Wohnzimmer wartete »Professor Unrat« auf sie. Ja, sie hatte sich entschieden – entschieden, mutig zu sein. Erich hatte sie überzeugt, sie wollte die Rosa spielen. Jetzt war sie voller Neugier auf die Frau, die sie werden könnte. Oder vielleicht sogar schon war.

Was für eine seltsame Ausdrucksweise – zu werden, wer man ist … Und doch hatte Rahel das Gefühl, dass die Formel ganz genau das traf, wonach es sie in ihrem tiefsten Innern am allermeisten drängte.

Was hatte Erich nur in ihr angerührt?

Sie nahm den Roman und schlug ihn auf. Erich hatte ihr aufgetragen, eine Szene auszusuchen und diese einzuüben, Sternberg würde bei ihrem Treffen mit Sicherheit eine Probe verlangen.

Welche Szene wollte sie ihm anbieten?

17

Es war schon fast Mitternacht, und die Scheinwerfer in Studio eins waren erloschen. Nur noch von der Notbeleuchtung beschienen, ragten die Kulissen von »Metropolis« im Dämmerlicht empor. Kein Laut störte mehr die Stille, wo bis vor wenigen Minuten noch ein Heer von Menschen gelärmt hatte. Nachdem Fritz Lang die Crew für heute verabschiedet und auch er selbst den Drehort verlassen hatte, war nur noch Erich in der riesigen Halle zurückgeblieben. Erschöpft ließ er sich in seinen Produzentenstuhl sinken. Wieder war ein Drehtag vorbei, und wieder war es ein Kraftakt gewesen, der alle Beteiligten bis an ihre körperlichen und seelischen Grenzen gefordert hatte. Fritz Lang erlaubte weder sich noch den Schauspielern den geringsten Fehler und segnete eine Szene erst ab, wenn sie seiner Meinung nach perfekt war. Doch »Metropolis« war jeden Aufwand und jede Mühe wert. Dieser Film, davon war Erich mehr denn je überzeugt, würde vollkommen neue Maßstäbe setzen und die gesamte Filmkunst revolutionieren – weltweit.

Warum ging er nicht nach Hause?

Noch eine allerletzte Zigarette. Er nahm eine Salem aus der Packung und steckte sie in die Spitze. Während er den Rauch inhalierte, schaute er an den Kulissen empor. Der Anblick der utopischen Stadt war ihm inzwischen so vertraut wie der Anblick Berlins. Plötzlich blieb sein Blick hängen. Zwischen zwei Wolkenkratzern flog ein Flugzeug hindurch, als wollte es der Straßenschlucht, in der es gefangen war, entschwinden. Unwillkürlich stellte er sich vor, dass Rahel in der Maschine saß. Und er an ihrer Seite.

Hatte er die falsche Rolle für sie ausgesucht? Die Vorstellung, mit ihr durch die Lüfte zu fliegen, irritierte ihn so sehr, dass er sich fast wünschte, sie würde an der Figur der Rosa Fröhlich scheitern.

Nein, so was durfte er nicht mal denken! Außerdem war das nicht seine Sache, er hatte Rahel ja nur vorgeschlagen, die Entscheidung, ob sie die Rolle tatsächlich bekommen würde, hatte nicht er zu treffen, sondern der Regisseur. Für morgen waren sie mit Sternberg zum Vorsprechen verabredet. Dann würden sie weitersehen.

Erich drückte seine Zigarette aus und steckte seine Spitze in die Tasche. Höchste Zeit zu schlafen! Am Ausgang der Halle betätigte er den Hauptschalter, um die Notbeleuchtung zu löschen. Mit lautem Klacken gingen die Lichter aus. Gertrud hatte ihm zum Nachtmahl

Kohlrouladen versprochen, sein Lieblingsessen. Hoffentlich hatte sie es in die Röhre gestellt, so dass es noch warm war, wenn er nach Hause kam.

18

Bei ihrer Abreise nach Berlin hatte Constanze die Absicht gehabt, im familieneigenen Stadtpalais unweit des Reichstags Quartier zu nehmen. Doch da sie dort täglich der Gefahr ausgesetzt gewesen wäre, von ihrem Mann aufgespürt zu werden, hatte sie während der Fahrt beschlossen, sich stattdessen im »Adlon« einzumieten. Erstens war sie so vor Gustavs Nachstellungen sicher. Und zweitens würde er auf diese Weise auch in Mark und Pfennig die Quittung für seine Zumutungen bekommen. Eine Suite im »Adlon« kostete doppelt so viel wie die Fürstensuite im »Dresdner Hof«. Die Vorstellung, wie Gustav ihre Rechnungen begleichen musste, erfüllte sie durchaus mit einer gewissen Genugtuung.

Noch erfreulicher aber war, wie Alexander ihr den Umzug dankte. Es war, als hätte ihr Wechsel nach Berlin seine Liebe aufs Neue entfacht. War es die ungewohnte Nähe, die es ihnen erlaubte, einander zu sehen, wann immer sie wollten? Frei vom Druck übergroßer Erwartung, der ihn bei ihren allzu kurzen Begegnungen in Dresden vielleicht belastet hatte? Ganz gleich, Constanze wollte es nicht ergründen, sie war ja selbst nicht mehr frei von Zweifeln gewesen. Umso mehr beglückte es sie nun, wie gefestigt in seinen Gefühlen er sich ihr wieder zeigte. Drei Mal schon hatte er sie in dieser Liebesnacht bezwungen, beim letzten Mal mit solcher Heftigkeit, dass sich ein Haarteil aus ihrer Frisur gelöst hatte. Nur mit knapper Not war es ihr gelungen, die Flechte unter ihrem Kissen verschwinden zu lassen, bevor er ihrer ansichtig geworden war.

Alexander stürzte ein Glas Champagner in sich hinein, noch schweißnass am ganzen herrlichen Leib von der genossenen Lust.

»Zigarre?«, fragte Constanze.

»Aber mit dem größten Vergnügen.«

»Sofort, mein Liebster!«

Während er sich den Mund abwischte, entnahm sie dem bereits geöffneten Kistchen auf dem Nachttisch eine Havanna und zündete sie für ihn an.

»Danke, du göttliches Weib.«

Mit sichtlichem Genuss nahm er den ersten Zug. Ach, wie liebte sie seine primitiven Gelüste nach der Liebe! Doch während sie zusah, wie er mit gerundeten Lippen Ringe in die Luft paffte, stieg in ihr eine Frage auf, von der sie wusste, dass sie sie besser nicht stellen sollte, aber die zu unterdrücken ihr unmöglich war.

»Was hat es denn nun mit dem Ufa-Star Christel Reichenbach auf sich? Ich hoffe doch sehr, dass die Sache ein Scherz war und sich inzwischen erledigt hat?«

»Leider nein«, erwiderte er. »Deine Schwiegertochter soll im nächsten Großfilm die weibliche Hauptrolle spielen.«

Der eine Satz reichte, und Constanzes Hochgefühl war dahin. »Das ... das ist nicht wahr!«

Alexander paffte unbeirrt weiter. »Aber wenn es nun einmal so ist? Sogar Stauß hat seinen Segen dazu gegeben.«

»Niemals! Du musst das unterbinden! Hörst du? Du *musst*! Und nenne dieses Judenflittchen nicht noch einmal meine Schwiegertochter.«

»Unterbinden?« Alexander ließ seine Zigarre sinken. »Wie stellst du dir das vor? Deine Schwiegertochter ist nicht nur die Frau des Finanzdirektors, sondern auch der Liebling des Produktionsdirektors Erich Pommer. Dagegen ist schwer anzustinken.«

»Dann lass dir was einfallen! Du musst einen Weg finden. Das ... das bist du mir einfach schuldig ...«

»Tut mir leid, meine Liebe. Aber es gibt Grenzen, auch für mich.«

»Das kann ich nicht akzeptieren!«

»Ich fürchte, es wird dir nichts anderes übrigbleiben. Also finde dich damit ab! Und damit Schluss der Diskussion!«

»Schluss der Diskussion? Das ... das wagst du mir ...«

Die Worte zerfielen ihr auf den Lippen. Tränen schossen ihr in die Augen, und bevor sie es verhindern konnte, übermannten die Gefühle sie mit solcher Macht, dass sie die Herrschaft über sich verlor.

Sie schlug die Hände vors Gesicht und gab sich ihren Tränen hin.

»Du … du liebst mich nicht mehr …«, schluchzte sie.

»Aber wie kommst du denn darauf?«

»Ich habe dir alles gegeben, mein … mein Äußerstes … und alles getan … was immer ich konnte … Ich … ich habe … ich habe … dir mein Leben geweiht. Aber von dir … von dir immer nur Zögern und Zaudern … Zögern und Zaudern …«

»Jetzt beruhige dich doch. Wenn du darauf bestehst, will ich es versuchen.«

Sie spürte seine Hand auf ihrem Kopf. Hatte er sich besonnen? Immer noch schluchzend, nahm sie die Finger vom Gesicht und blickte zu ihm auf.

»Ver… versprichst du mir das?«

»Aber ja doch«, paffte er. »Nur lass mir ein wenig Zeit, ich muss warten, bis sich eine Gelegenheit findet, um Stimmung gegen sie zu machen. Sonst stehe ich auf verlorenem Posten.«

19

Josef von Sternberg klemmte sein Monokel ins Auge, um Rahel ausführlich zu mustern. Während er sie durch sein Augenglas anstarrte, kam sie sich vor wie ein Stück Vieh auf dem Viehmarkt. Warum zum Teufel benutzten eigentlich alle Regisseure ein Monokel? Gehörte das zu ihrer Berufsausrüstung?

Hilfe suchend warf sie Erich einen Blick zu. Doch der wich ihr aus.

»Umdrehen!«, schnarrte Sternberg und schlug mit seinem Stöckchen gegen den Schaft seines Reitstiefels.

Rahel drehte sich um.

»Bitte ein Blick über die Schulter!«

Sie blickte über die Schulter.

»Laufen Sie mal ein paar Schritte!«

Sie lief ein paar Schritte.

»Genug! Kommen Sie zurück!«

Sie kam zurück.

»Danke!« Sternberg nahm sein Monokel ab. »Mein Kompliment, Herr Pommer hat nicht übertrieben, Sie können sich sehen lassen. Aber setzen wir uns doch.«

Im Stechschritt durchquerte er den Probenraum, um in einem Sessel der am anderen Ende befindlichen Sitzecke Platz zu nehmen. Unsicher folgte Rahel ihm mit Erich nach, und zusammen setzten sie sich um den kleinen Couchtisch.

»Haben Sie den Roman gelesen?«, fragte Sternberg.

»Natürlich.«

»Von wegen natürlich!« Er lachte kurz auf. »Wenn Sie wüssten, wie viele Schauspieler einfach drauflosspielen, ohne sich vorher mit der Materie befasst zu haben.« Er lehnte sich in seinem Sessel zurück. »Wenn Sie behaupten, den Roman gelesen zu haben – worum geht's? Bitte möglichst kurz.«

»Möglichst kurz?« Rahel dachte einen Moment nach, dann sagte sie: »In einem Satz ausgedrückt: Es geht um die Abgründe der Liebe – die Liebe als das größte Glück und zugleich das größte Unglück im Leben eines Menschen. Adam wird von Eva verführt, nicht im Paradies, sondern im zwanzigsten Jahrhundert. Aber das Resultat ist dasselbe.«

Während sie sprach, glaubte sie Erichs Augen auf sich zu spüren. Unwillkürlich schaute sie ihn an. Als ihre Blicke sich trafen, schaute er eilig zu Boden.

Sternberg nickte. »Und ewig lockt das Weib, jaja ...« Er richtete sich auf und stützte seine freie Hand mit nach außen verdrehtem Arm auf seinem Oberschenkel auf. »Offenbar sind Sie nicht nur hübsch anzusehen, sondern benutzen Ihren Kopf für mehr als nur zum Haareschneiden. Erfreulich.« Mit seinem Stöckchen bedeutete er ihr, aufzustehen. »Dann zeigen Sie mal, was Sie können. Sicher haben Sie etwas vorbereitet.«

Rahel erhob sich von ihrem Platz. Der Moment der Wahrheit war gekommen. Natürlich hatte sie etwas vorbereitet, sie hatte den Roman sogar mehrmals gelesen, um eine Szene für das Vorspielen auszusuchen. Am Ende aber hatte sie sich für Rosas ersten Auftritt entschlossen, damit fing schließlich alles an. Professor Unrat hatte sich erstmals in den Tingeltangel verirrt, wo Rosa gerade vor einem johlenden Publikum ein Lied sang. Im Roman bestand der Text des Liedes nur aus einer Zeile – »Weil iesch noch so klain und so uhnschuhldiesch bien« –, aber Erich hatte in dem Exemplar, das er ihr gegeben hatte, bereits mit einer Randnotiz ein Couplet von Friedrich Hollaender hinzugefügt. Rahel kannte die Melodie und hatte das Lied so oft geübt, dass es ihr seit Tagen nicht mehr aus dem Kopf gegangen war. Zum Glück brachten die Verse genau zum Ausdruck, worüber Sternberg und sie gerade gesprochen hatten, also wollte sie es mit der Gesangsnummer versuchen. Außerdem hatte man ihr früher oft gesagt, sie habe eine hübsche Stimme, und auch wenn man die später im Film gar nicht hören würde, würde ihr das jetzt Sicherheit geben.

Sie trat vor und fing an.

Ich bin von Kopf bis Fuß
Auf Liebe eingestellt …

»Halt! Halt! Halt!« Sie war noch keine zwei Zeilen weit gekommen, da klatschte Sternberg schon in die Hände, um sie zu unterbrechen. »Sie stehen ja da, als hätten Sie einen Stock verschluckt. Warten Sie!« Er schaute sich in dem Probenraum um, dann entdeckte er einen Barhocker und holte ihn für sie herbei. »Nehmen Sie bitte darauf Platz, am besten seitlich zum imaginären Bühnenrand!« Er nahm ihre Hand, um ihr auf den Hocker zu helfen. »So, und jetzt schlagen Sie die Beine übereinander, beugen ein wenig den Oberkörper vor und blicken mit einem Augenaufschlag über die Schulter Ihre nicht vorhandenen Zuschauer an.«

Rahel versuchte, alles genau so zu machen, wie er es sagte. Und siehe da – kaum hatte sie die gewünschte Position eingenommen, fühlte sie sich wie verwandelt. Unglaublich, was die einfache Anweisung bewirkte – fast glaubte sie, wirklich auf einer Bühne zu sein.

»Und jetzt noch mal von vorn!«, befahl Sternberg.

Ohne lange zu überlegen, was Rosa Fröhlich jetzt wohl tun würde, warf Rahel den Kopf in den Nacken und probierte es zum zweiten Mal.

Ich bin von Kopf bis Fuß
Auf Liebe eingestellt,
Denn das ist meine Welt.
Und sonst gar nichts …

Aber schon wieder klatschte Sternberg sie ab. »Woran haben Sie gerade gedacht?«, wollte er wissen.

»Beim Singen?« Sie zuckte die Achseln. »Nun, an den Text.«

»Das hatte ich befürchtet.« Unwillig schüttelte er den Kopf. »Das ist nämlich das Falscheste, was Sie tun können. Statt an den Text zu *denken*, sollen Sie in ihm *aufgehen*. – Keine Angst«, fügte er hinzu, als er ihren Blick sah. »Das ist kein Hexenwerk. Sie sind doch verheiratet und kennen sich aus mit der Liebe. Also denken Sie einfach an Ihren Mann! – Sind Sie bereit?«

Rahel nickte.

»Schön. Und – bitte!«

Sie schloss für einen Moment die Augen, um Tinos Bild vor sich zu rufen, dann holte sie Luft und probierte es ein weiteres Mal.

Ich bin von Kopf bis Fuß
Auf Liebe eingestellt,
Denn das ist meine Welt.
Und sonst gar nichts.
Das ist, was soll ich machen,
Meine Natur,
Ich kann halt lieben nur
Und sonst gar nichts.

Am Ende der Strophe hielt sie inne, bangend, dass Sternberg sie wieder unterbrechen würde. Doch das tat er nicht, er nickte ihr sogar zu.

Ermutigt fuhr sie fort.

Männer umschwirr'n mich,
Wie Motten um das Licht.
Und wenn sie verbrennen,
Ja dafür kann ich nicht.
Ich bin von Kopf bis Fuß
Auf Liebe eingestellt,
Ich kann halt lieben nur
Und sonst gar nichts.

Hatte sie es geschafft? Aber, ach, ein Blick auf den Regisseur sagte ihr, dass dies ganz und gar nicht der Fall war. Sternberg zog vielmehr ein Gesicht, als hätte er in eine Zitrone gebissen.

Warum zum Himmel machte er dann dem Elend kein Ende? Wollte er sie quälen?

Verzweifelt suchte sie Erichs Blick, doch der wich ihr abermals aus. Als würde er sie gar nicht sehen, schaute er zur Decke und rauchte seine Zigarette.

Ihr blieb nichts anderes übrig, als weiterzumachen.

Ich bin von Kopf bis Fuß
Auf Liebe eingestellt,
Denn das ist meine Welt.
Und sonst gar nichts.
Das ist, was soll ich machen,
Meine Natur,
Ich kann halt lieben nur
Und sonst …

Mitten in der Zeile brach sie ab.

»Es tut mir leid. Ich ... ich schaffe es einfach nicht. Bitte entschuldigen Sie mein Unvermögen.«

»Unsinn!« Sternberg erhob sich und trat auf sie zu. »Von Unvermögen kann keine Rede sein. Sie sind mit Talent reichlich gesegnet, das ist gar keine Frage. Aber ...« Sein Monokel blitzte.

»Aber was?«

Einen Moment fixierte er sie, dann hob er sein Stöckchen in die Höhe und tippte mit der Spitze gegen ihr Brustbein. »Die Wahrhaftigkeit fehlt, Werteste. Das hat nichts mit Talent zu tun, sondern nur mit Ihnen selbst. Offenbar sind Sie nicht mit sich im Reinen und spielen sich und uns etwas vor, was Sie gar nicht sind. Aber so kann man keine Rolle verkörpern – man spürt die Absicht und ist verstimmt. – Nein«, schloss er kategorisch. »Worauf es ankommt, das kommt von innen, und was nicht von innen kommt, darauf kommt es nicht an.«

Rahel versuchte zu verstehen. »Aber ... wie kann ich das lernen, was von innen kommt?«

Sternberg klemmte sein Stöckchen unter den Arm. »Haben Sie schon mal den Namen Stanislawski gehört? – Nein? Dann wird es höchste Zeit! Meine Empfehlung!«

Ohne weitere Erklärung kehrte er ihr den Rücken zu und marschierte aus dem Probenraum.

Als die Tür hinter ihm zufiel, drehte Rahel sich zu Erich herum.

»Weißt du, was er damit meint?«

»Ich glaube schon«, sagte er und verließ seinen Sessel. »Stanislawski ist ein russischer Theatermann, der gerade im Begriff ist, mit einer neuen Methode die ganze Schauspielerei zu revolutionieren.«

»Dann bring mir bitte diese Methode bei!«

Erich zuckte zusammen. »Um Gottes willen! Ich ... ich bin doch kein Regisseur!«

»Das ist mir egal! Bitte, Erich. Du darfst mich jetzt nicht im Stich lassen. Du hast mich in das alles hier hineingeschubst, jetzt kannst du keinen Rückzieher machen!«

Er zog an seiner Zigarette und schaute sie mit zusammengekniffenen Augen an. »Du willst Sternberg überzeugen, nicht wahr? Weil du Blut geleckt hast? Und ein Star werden willst? Ist es das?« Seiner Miene nach schien er fast zu hoffen, dass es so wäre.

Doch Rahel schüttelte den Kopf. »Nein, das ist es nicht. Und offen gestanden wundere ich mich, dass du mich nicht besser kennst. Es geht weder um Sternberg noch um meine Karriere. Ich ... ich will einfach wissen, wer und was ich bin!«

Erich bohrte seinen Blick förmlich in sie hinein. »Wirklich?«

Sie nickte.

»Na schön.« Seine Zigarettenspitze ging nach oben. »Dann wollen wir es versuchen. Aber auf deine Verantwortung, Rahel Christel Reichenbach!«

20

Es gehörte zu Gustavs Beruf, sich täglich mit dem Thema Geld zu befassen, nicht nur in praktischer Absicht, also den Zahlungsverkehr betreffend, sondern auch in grundsätzlicher Weise, so dass er bei dem Thema, ganz entgegen seiner Art, bisweilen sogar ins Philosophieren geraten konnte. Geld, so seine Theorie, war die allgemeingültige Äquivalentform, in der sich die Wertschätzung eines Menschen ausdrückte, worauf auch immer diese sich bezog. Jedes Ding hatte bekanntlich seinen Preis, und das Maß der eigenen Wertschätzung für den jeweiligen Gegenstand entschied, ob man bereit war, diesen Preis zu zahlen, so wie nicht anders der Wert jeder Arbeit sich nach dem Lohn bemaß, den der Lohnherr dafür entrichtete. Doch auch die Wertschätzung, die man für einen anderen Menschen hegte, drückte sich zuerst und zuletzt im Gelde aus, das galt sogar für die intimste und innigste aller Beziehungen, die Liebe. Je wertvoller einem ein Mensch war, desto »teurer« war er einem – daraus leitete sich immerhin eines der beliebtesten Koseworte ab. Aber niemand konnte sich dieses Sachverhalts bewusster sein als Gustav Reichenbach. Seit er sein Herz an seine Frau verloren hatte, war ihm trotz aller Bedenken keine Mark, kein Groschen und kein Pfennig je zu viel gewesen, um ihr seine übergroße Liebe zu beweisen. Denn über andere Mittel verfügte er nicht.

Umso härter traf ihn darum die Post, die ihn nun regelmäßig aus Berlin erreichte. Rechnungen über Rechnungen. Offenbar führte Constanze in der Hauptstadt ein Leben in Saus und Braus. Ob es sich um Galanteriewaren oder Delikatessen oder sonstige Luxusartikel handelte – die Kuverts, die sich auf seinem Schreibtisch stapelten, wiesen ausnahmslos die feinsten Adressen als Absender aus. Jedes dieser Schreiben führte ihm aufs Neue sein Elend vor Augen, all die Demütigungen, die er im Verlauf seiner Ehe wieder und wieder erlitten hatte, als Preis für seine Liebe.

Doch genug war genug! Die Rechnung, die heute auf seinem Schreibtisch gelandet war, schlug dem Fass den Boden aus. Sie stammte von einem Herrenausstatter in der Leipziger Straße und belief sich auf sage und schreibe achthundertfünfunddreißig Mark und vierzig Pfennig – für einen maßgeschneiderten Anzug sowie drei Hemden und fünf Krawatten.

Gustav konnte es nicht fassen. Constanze hatte tatsächlich die Stirn, auf seine Kosten ihren Geliebten einzukleiden. Mit zitternder Hand griff er zum Telefon, um seinem Hauptkassierer die nötigen Anweisungen zu erteilen. Nein, er war nicht willens, sich länger demütigen zu lassen, und würde ihre Rechnungen fortan nicht mehr begleichen, mit Ausnahme derjenigen ihres Hotels. Man kannte ihn im »Adlon«, da galt es, die Form zu wahren, schon aus geschäftlichen Gründen.

»Und was ist mit dem Sonderkonto Ihrer Frau Gemahlin?«, fragte der Kassierer.

Alles in Gustav sträubte sich gegen den Entschluss, doch anders ging es nicht mehr. Also nahm er seinen ganzen Mannesmut zusammen, in der Hoffnung, dass er diesmal fest bleiben würde.

»Das Konto ist ab sofort gesperrt.«

21

Als Rahel den Probenraum betrat, in den Erich sie bestellt hatte, stutzte sie. Es war derselbe Raum wie der, in dem sie Sternberg vorgespielt hatte, doch jetzt sah er eher aus wie eine zu klein geratene Turnhalle. Sämtliche Gegenstände waren beiseitegeräumt, auf dem Fußboden lagen Gummimatten ausgebreitet, in einer Ecke stand ein Korb mit Tennisbällen, daneben einer mit Seilen und dazu ein dritter mit Bändern. Von der Sitzgarnitur war nur noch ein Sessel übrig geblieben, aus dem Erich sich bei Rahels Eintreten mit einem Grinsen erhob.

»Keine Sorge«, begrüßte er sie. »Du bist hier richtig!« Er griff in den Korb mit den Tennisbällen und nahm einen daraus hervor. »Fang auf!«

Ehe sie sich's versah, warf er ihr den Ball zu. Nur mit Mühe gelang es ihr, ihn zu erwischen.

»Bravo! Das war deine erste Lektion!«

Verwundert warf Rahel ihm den Ball zurück. »Ich wusste gar nicht, dass wir zum Sport verabredet sind. Ich dachte, du wolltest mir die Methode von diesem Stanislawski beibringen.«

»Bin schon dabei«, erwiderte Erich und warf ihr den Ball abermals zu. »Nach Stanislawski besteht die Kunst des Schauspielers darin, dass er seine Gefühle mit Hilfe von Mimik und Gestik äußerlich sichtbar macht. Dafür aber muss er erst einmal locker werden. – Fang!«

Beim zweiten Mal sah Rahel den Ball schon vorher kommen und fischte ihn mit einer einzigen Bewegung aus der Luft. »Ist das die ganze Theorie?«

»Im Wesentlichen, ja. Stanislawskis Forderung lautet: Spiele keine Rolle, sondern handle als Mensch! Die äußere Handlung folgt dem inneren Erleben. Das heißt, das entscheidende Handwerkszeug eines Schauspielers ist nicht sein Verstand, sondern sein schöpferischer Wille. Nichts anderes wollte Sternberg dir mit seiner Bemerkung über das Textaufsagen begreiflich machen. Erinnerst du dich?«

»Als er sagte, ich sollte nicht an meinen Text denken, sondern in ihm aufgehen?«

»Genau – das ist Stanislawskis Methode! Solange ich bei jedem Satz ängstlich versuche, mir den nächsten Satz ins Gedächtnis zu rufen, verkrampfe ich und bin nicht in der Lage, emotional frei zu sprechen. Erst wenn der Text plötzlich *da* ist, wie von allein, als würde er aus meinem innersten Gefühl strömen, wird er lebendig und echt. Das größte Hemmnis des Schauspielers ist deshalb sein eigenes Bewusstsein, nämlich beim Spielen beobachtet zu werden, egal ob vom Publikum oder von einer Kamera.«

»Verstehe«, sagte Rahel. »Sternbergs Monokel.«

Erich lachte. »Ich sehe, du hast das Prinzip begriffen.« Dann wurde er wieder ernst. »Das Bewusstsein ist laut Stanislawski der natürliche Feind des schöpferischen Spiels. Denkt der Schauspieler daran, dass er beobachtet wird, verlieren die Emotionen, die seinem Spiel Echtheit und Lebendigkeit verleihen, ihre Kraft und Unmittelbarkeit, seine spontanen Gemütsregungen werden von äußerlichen, an ihn herangetragenen Erwartungen unterdrückt, und statt zu spielen, deklamiert er einen Text, der nichts mit ihm zu tun hat.«

Rahel hielt den Ball fest, den Erich ihr gerade zugeworfen hatte. »Und was schlägt Herr Stanislawski vor, um das aufzubrechen?«

»Systematisches Einleben in die zu spielende Figur.«

»Du meinst so, wie du es mir beigebracht hast? Was denkt und fühlt meine Figur? Was riecht sie? Was hört sie? Was schmeckt sie?«

»Was ich dir beigebracht habe, ist nur der Anfang. Systematisches Einleben bedeutet viel mehr. Das Ziel ist die vollkommene Identifikation des Schauspielers mit der Person, die er verkörpert, gerade so, als wäre er diese Person selbst. Um eine solche Verschmelzung zu erreichen, muss er eine Reise in sein eigenes Inneres machen, um in sich selbst die Erlebnisse zu finden, die er für die Verkörperung seiner Rolle braucht, in den Tiefen seiner Erinnerung, Erlebnisse, durch die er seine Figur zu neuem, wahrem Leben erwecken kann. – Aber jetzt genug der Theorie! Zieh Mantel und Schuhe aus, wir fangen an.«

Was nun kam, hatte nach Rahels Verständnis nicht viel mit Schauspielerei zu tun, vielmehr erinnerte es sie an ihre Turnstunden früher in der Schule – und das waren nicht gerade ihre Lieblingsstunden gewesen. Immerhin wusste sie jetzt, warum Erich ihr aufgetragen hatte, möglichst bequeme Kleidung anzuziehen. Zuerst warfen sie einander weiter Tennisbälle zu. Dabei sollte sie versuchen, die Gefühle, die sie gerade empfand, in ihre Würfe zu legen. Danach folgten ähnliche Übungen mit Seilen und Bändern, bei denen es wieder ihre Aufgabe war, durch die körperliche Bewegung ihre inneren Empfindungen zum Ausdruck zu bringen. Das dauerte insgesamt eine Stunde. Schließlich forderte Erich sie auf, sich auf eine der Gummimatten am Boden zu legen und die Augen zu schließen.

»Entspann dich. Und konzentriere dich ganz auf deinen Atem.«

Mit geschlossenen Augen atmete sie gleichmäßig ein und aus. Dabei versuchte sie, alle äußere Wahrnehmung auszuschalten.

»Schlüpf jetzt in Gedanken in deinen rechten Arm. Spüre, wie er auf der Gummimatte aufliegt, spüre seine Schwere, seine Wärme, wie das Blut durch ihn hindurchströmt.« Erich machte eine kurze Pause. »Und jetzt spann alle Armmuskeln an. Halte die Spannung – eins, zwei, drei, vier, fünf, sechs, sieben … und lass wieder los.«

Rahel tat, was er sagte, ohne zu fragen, warum und wozu. Voller Verwunderung erlebte sie, wie die Übung wirkte. Es war, als würde sie ganz sanft und allmählich in eine andere Welt hinübergleiten. Mit sämtlichen Körperteilen ließ Erich sie die Übung wiederholen. Nach ihrem rechten Arm mit dem linken, dann mit den Beinen, dann mit Rumpf und Bauch und Unterleib und schließlich mit Schultern und Nacken und sogar mit den Muskeln in ihrem Gesicht. Mit jeder Übung fiel die äußere Wirklichkeit weiter von ihr ab, all ihr Empfinden, alle ihre Sinne richteten sich mehr und mehr auf ihr Inneres, während sie tiefer und tiefer in sich selbst hinein versank, bis sie irgendwann meinte, in stiller, schwarzer Schwerelosigkeit zu schweben.

»Jetzt geh an den Anfang zurück«, hörte sie wie von weiter Ferne Erichs Stimme. »Denk an das Kind, das du einmal warst. Siehst du es? Spürst du es? Erkennst du es wieder?«

Ein Reigen von Bildern zog an Rahel vorbei, altvertraute, doch längst vergessene und verlorene Bilder, die sie immer in sich getragen hatte, ohne sie wahrzunehmen. Wie sie als Kind in der Werkstatt ihres Vaters auf dem Nähtisch gehockt hatte, zusammen mit Anton, dem Altgesellen … Wie sie an der Hand ihrer Mutter zum ersten Mal zur Schule gegangen war, eine Schultüte im Arm haltend, die so groß war wie sie selbst … Der Geruch von Bohnerwachs, während sie unter der Anleitung von Fräulein Schneider Schreiben und Lesen lernte, Buchstabe für Buchstabe … Ein wunderbares Glücksgefühl durchströmte sie, sie las ihr erstes Buch, die Geschichte von den Wurzelkindern … Plötzlich fröstelte sie, sie hatte Fieber, Schüttelfrost, ruhelos warf sie sich hin und her – die Diphterie, an der sie fast gestorben wäre … Ein Gesicht tauchte über ihr auf, ein Mann mit einem großen grauen Bart, Dr. Recknagel, wie ein Erlöser beugte er sich über sie, während in seinem Rücken die Sonne aufging … Ein wunderbarer Frühlingstag im Mai … Sie war am Gendarmenmarkt, vor einem Blumenladen, ein junger Mann zog seinen Strohhut und reichte ihr eine Nelke: Tino … Zusammen feierten sie Silvester im »Café Größenwahn«, sie tanzten und lachten und stießen mit den Gläsern an, bis sie sich schließlich küssten, beobachtet von einem anderen Mann … Mit Daumen und Zeigefingern beider Hände bildete er ein Rechteck vor seinem Gesicht, durch das er sie wie durch eine Kamera betrachtete …

»Jetzt schlag die Augen wieder auf.«

Langsam, ganz langsam kehrte Rahel in die Wirklichkeit zurück.

Als sie blinzelnd den Blick hob, sah sie in Erichs Gesicht.

22

Alexander Grau frohlockte. Seit Wochen hatte er auf eine Gelegenheit gewartet, um gegen Rahel Reichenbach Stimmung zu machen. An diesem Morgen war er endlich fündig geworden, in einer Nachricht des »Berliner Tageblatts«. Kaum hatte er die frohe Botschaft entdeckt, rief er Fräulein Jaschek an mit der Bitte um einen Termin bei Stauß. Er hatte Glück, der Vorstandsvorsitzende der Universum Film AG war im Haus und ließ bitten.

Fünf Minuten später war Grau in dessen Büro und präsentierte seinen Fund.

»Die SPIO hat den ›Walzertraum‹ für nicht jugendfrei deklariert. Es heißt, der Film sei in seiner Grundtendenz ein Lobpreis liederlicher Zügellosigkeit und verhöhne die Tugend und die guten Sitten.«

Er hatte die Vorwürfe, die in der Zeitung standen, extra auswendig gelernt. Doch Stauß reagierte ganz und gar nicht, wie er erwartet hatte.

»Das ist ja ganz wunderbar! Etwas Besseres kann uns gar nicht passieren! Jetzt werden die Zuschauer den Film erst recht sehen wollen. Ich glaube, wir sollten noch ein paar zusätzliche Kopien in Auftrag geben.«

Grau brauchte einen Moment, um sich zu fangen. »Für den Film mag die Einstufung ja von Vorteil sein, kurzfristig zumindest. Aber ob das auch für die Mitwirkenden gilt? Da bin ich mir keineswegs so sicher.«

»Könnten Sie sich etwas klarer ausdrücken?«

»Gewiss. Ich denke vor allem an die werte Frau Gemahlin unseres Finanzdirektors, Rahel – pardon: Christel Reichenbach, unser kommender Star, wenn es nach dem Willen von Herrn Pommer geht. Ich fürchte, das wird nicht ohne Folgen bleiben für ihre Karriere.«

Stauß runzelte die Stirn. »Sie meinen, die Sache könnte Frau Reichenbachs öffentlichem Ansehen schaden?«

»So leid es mir tut«, erwiderte Grau. »Die SPIO ist die Spitzenorganisation der deutschen Filmwirtschaft und damit fast so etwas wie eine staatliche Behörde. Wenn sie den Film verwirft, ist der Ruf dieser Dame unweigerlich beschädigt. *Semper aliquid haeret* – etwas bleibt immer hängen.«

Die Falten auf der Stirn seines Gegenübers wurden noch tiefer. Grau witterte Morgenluft. Hatte er Stauß überzeugt? Doch während er noch überlegte, mit welchem Argument er nachsetzen könnte, klopfte es an der Tür, und Ferdinand Bausback kam herein, der neue Revisor.

»Gerade ist ein Telegramm aus New York angekommen«, verkündete er. »Herr Reichenbach ist auf dem Rückweg.«

»Na endlich!«, sagte Stauß. »Wurde auch langsam Zeit.« Über die

Nachricht sichtlich erfreut, drehte er sich zu Grau herum. »War es das, Herr Major?«

Grau fühlte sich so übertölpelt, dass ihm nichts Besseres einfiel, als zu bejahen.

»Schön«, nickte Stauß. »Wenn Sie dann Herrn Bausback und mich bitte allein lassen würden?«

23

Ich bin von Kopf bis Fuß
Auf Liebe eingestellt,
Denn das ist meine Welt.
Und sonst gar nichts …

Erich sah es und hörte es, wie Rahel das Couplet interpretierte – und konnte es trotzdem kaum glauben. Keine drei Wochen hatte er mit ihr nach Stanislawskis Methode gearbeitet, und jetzt, bei ihrem zweiten Vorspielen vor Sternbergs kritischem Auge, ging sie bereits in einer Art und Weise aus sich heraus und zugleich in ihrer Rolle auf, wie er es nicht für möglich gehalten hätte. Sie schien mit der von ihr verkörperten Sängerin ganz und gar eins geworden zu sein, verschmolzen zu ein und demselben Wesen. Obwohl sie ohne Requisite spielte und nur ein schlichtes Straßenkleid trug, glaubte man sie auf der Bühne eines Tingeltangels zu sehen.

So musste Professor Unrat sich gefühlt haben, als er der »Künstlerin Fröhlich« zum allerersten Mal ansichtig geworden war …

Bei dem Gedanken zuckte Erich zusammen. Wer war die Frau, die da in Rahel zum Vorschein kam?

Das ist, was soll ich machen,
Meine Natur,
Ich kann halt lieben nur
Und sonst gar nichts.

Als sie zu Ende gesungen hatte, war Erich wie betäubt. Sternberg aber marschierte in seinen Stiefeln spornstreichs auf sie zu, um ihr zu gratulieren.

»*Ganz* überzeugt haben Sie mich zwar noch nicht«, schnarrte er. »Aber Sie sind nah dran, sehr nah sogar. Mein Kompliment!«

Bei dem letzten Wort erwachte Erich aus seiner Betäubung. Verflucht, hier ging es nicht nur um Rahel, hier ging es auch um die Regie! Eilig rief er den Produzenten in sich zur Ordnung, um die Gelegenheit beim Schopf zu packen.

»Dann sind Sie also mit von der Partie, Herr von Sternberg?«

Obwohl der Regisseur einen halben Kopf kleiner war als er, musterte er ihn ganz von oben herab.

»Sie können den Vertrag vorbereiten. Ob ich unterschreibe, sehen wir beim nächsten Mal.« Er deutete eine Verbeugung in Rahels Richtung an, dann tippte er sich mit der Spitze seines Stöckchens gegen die Stirn. »Meine Herrschaften, ich empfehle mich.«

Erich wartete, bis er verschwunden war. Dann nahm er Rahel in den Arm.

»Weißt du, was du gerade vollbracht hast? Der beste Regisseur, den es für unseren Film überhaupt geben kann, hat angebissen! Wegen dir!«

»Nein, wegen *uns*!«, erwiderte sie. »Ohne deine Hilfe hätte ich das nie geschafft. – Außerdem …«

»Außerdem was?«

Rahel zögerte. »Ob er unterschreibt, entscheidet er ja erst beim nächsten Mal. Und bis dahin …«

»Ach was!«, fiel er ihr ins Wort. »Die Unterschrift ist doch nur noch Formsache!«

Sie hob den Kopf, um seinen Blick zu erwidern. »Meinst du wirklich?« Mit einem Blick, aus dem Hoffen und Bangen gleichzeitig sprachen, schaute sie ihn an.

Erich lief ein Schauer über den Rücken, und er spürte, wie sein Herz zu rasen anfing.

In jedem Film, so schoss es ihm durch den Kopf, würde das Paar sich jetzt küssen …

Doch statt sie zu küssen, ließ er sie los.

»Vielleicht«, sagte er mit rauer Stimme, »stehen wir am Anfang von etwas ganz Großem.«

24

Im Hafen von New York lag die »MS Deutschland« zur Abfahrt bereit. Mit zwei Koffern in den Händen und dem wunderbaren Gefühl im Bauch, eine fast unerfüllbare Aufgabe erfüllt zu haben, ging Tino an Bord.

Über einen Monat hatte seine Hollywood-Mission gedauert. Wenn es darum ging, eine Entscheidung zu treffen, fackelten die Amerikaner so wenig wie Billy the Kid. Keine Stunde hatte Tino gebraucht, und sie hatten die Vorzüge der ihnen angebotenen Quid-pro-quo-Partnerschaft erkannt und zugegriffen. Doch bei der Ausarbeitung der Verträge waren sie mit geradezu preußischer Gründlichkeit zu Werke gegangen. Die drei Dutzend Finanzfachleute und Advokaten, die Lasky und Goldwyn angeheuert hatten, standen nicht umsonst auf der Lohnliste von MGM und Paramount. Die Studiobosse hatten ihre Söldlinge jeden Paragraphen wieder und wieder umdrehen lassen, um sicherzustellen, dass ihnen durch die transatlantische Zusammenarbeit kein Schaden entstand. Doch Tino hatte sich zu wehren gewusst und das Fell der Universum Film AG mit Klauen und Zähnen verteidigt. Jetzt war er guten Mutes, dass der Vertrag nicht nur die Rettung seines Unternehmens vor dem Bankrott bedeutete, sondern diesem das Tor zu einer strahlenden Zukunft aufstieß.

Er konnte es darum gar nicht erwarten, Stauß das Ergebnis seiner Mission zu präsentieren. Noch weniger aber konnte er es erwarten, Rahel und Alex in die Arme zu schließen. Seit sie eine Familie waren, war er noch nie so lange von ihnen getrennt gewesen. Für beide hatte er wunderbare Mitbringsel im Gepäck. Bei der Vorstellung, wie er sie damit überraschte, freute er sich jetzt schon ein Loch in den Bauch.

Aber noch trennten ihn sieben endlos lange Tage von Frau und Kind. Seine Flugangst verfluchend, folgte er einem Steward an Bord zu seiner Kabine. Wie gerne hätte er die Schiffspassage sausen lassen, um mit einem Zeppelin heimzukehren. Doch die Vorstellung, die weite Reise über den Ozean hinweg keinen Boden unter den Füßen zu haben, war ihm ein solcher Albtraum gewesen, dass ihm nichts anderes übriggeblieben war, als mit der guten alten »MS Deutschland« vorliebzunehmen.

25

Mit dem herrlichen Kribbeln im Bauch, das Rahel beim Start noch immer empfand, raste sie auf die Baumreihe am Ende des Rollfelds zu. Auch nach Dutzenden von Flügen bestand die Gefahr, dass es schiefgehen konnte. Doch sie wusste, was zu tun war. Während ihr Flugzeug immer mehr Fahrt aufnahm, hielt sie es mit den Fußpedalen in der Spur, dann zog sie ganz langsam und behutsam den Steuerknüppel zu sich heran. Genau im richtigen Moment. Die Maschine reagierte, als wären sie miteinander verwachsen. Ein letztes Rumpeln und Holpern, dann hob sie vom Boden ab, und mit einer Leichtigkeit, die Rahel immer noch wie ein Wunder erschien, flog sie über die Baumwipfel hinweg – hinein in die offene, unendliche Himmelsbläue.

Dann war alles nur noch schwereloses Schweben, während die Welt unter ihr in immer fernere Ferne entschwand.

Als sie die nötige Höhe gewonnen hatte, blickte sie über die Schulter, um nach Erich zu schauen. Wahrscheinlich starb er gerade vor Angst. Als sie ihn eingeladen hatte, mit ihr zu fliegen, hatte er sich gewunden und gesträubt und nur deshalb am Ende eingewilligt, weil sie darauf bestanden hatte – schließlich war er es gewesen, der die Schauspielerei mit dem Fliegen verglichen hatte.

Doch als sie jetzt sein Gesicht sah, traute sie ihren Augen nicht. Statt vor Angst zu sterben, schien er von demselben Glück beseelt wie sie selbst.

»Und ich dachte, du wärst genauso ein Hasenfuß wie Tino«, sagte sie.

Lachend schüttelte er den Kopf. »Der bin ich nur am Boden.«

»Dann bist du also nicht mehr der Meinung, ich soll auf das Fliegen verzichten?«

»Nein, niemals! Du sollst fliegen, Rahel, immer nur fliegen!«

Ein Jauchzen erfüllte sie, das wie ein großes, allumfassendes Amen zu ihrem ganzen Leben war.

Durch seine Fliegerbrille blickte Erich sie an. »Und was ist mit dir?«, fragte er. »Hast du immer noch Zweifel, ob du die Rosa spielen kannst?«

Rahel schluckte. Die Frage traf sie in einer Region ihres Seins, von der sie bisher nicht mal geahnt hatte, dass es sie überhaupt gab.

Ohne zu wissen, was sie tat, ließ sie den Steuerknüppel los, und statt Erich zu antworten, beugte sie sich zu ihm, um ihn zu küssen.

26

War Alexanders Liebe erkaltet?

Constanze war sich ihrer selten so unsicher gewesen wie in den letzten Tagen und Wochen. Nachdem sie aus der ehelichen Villa ausgezogen war, schien Alexanders Leidenschaft zu neuem Feuer entfacht, und sie hatte in seinen Armen wieder jene Seligkeit verspürt, die sie schon halb verloren geglaubt hatte. Aber nach ihrer letzten Zusammenkunft, bei der sie ihn um einen ihr so dringenden Gefallen gebeten hatte, hatte er sich eine Ewigkeit nicht mehr blicken lassen, noch hatte er sich bei ihr gemeldet, und als er sie heute endlich in ihrer Suite aufgesucht hatte, dann nur, um ihr eine bittere Enttäuschung zuzufügen. Er war mit seiner Mission, ihre sogenannte Schwiegertochter betreffend, kläglich gescheitert. Angeblich hatte Stauß sich derlei Einmischung in künstlerische Fragen kategorisch verbeten – diese, so habe der Vorstandsvorsitzende der Ufa entschieden, seien ausschließlich und allein Sache des Produktionsdirektors Erich Pommer. Und mit dieser erbärmlichen Auskunft hatte Alexander sich tatsächlich abspeisen lassen.

Hatte er womöglich doch das lose Haarteil in ihrem Bett gesehen?

Wie um ihren Verdacht zu bestätigen, wollte er sich verabschieden, noch bevor sie die Räumlichkeiten gewechselt hatten, da klopfte es an der Tür.

Ein Hotelpage trat herein und brachte einen Brief.

Als Constanze den Absender sah, hob sie überrascht die Brauen. Welch unverhoffter Lichtblick!

»Würdest du mir vielleicht mitteilen, worüber du dich so freust?«, fragte Alexander.

»Geli Raubal hat geschrieben.«

Mit dem Fingernagel riss sie das Kuvert auf. Als sie die Anrede las, schossen ihr Freudentränen in die Augen. *Meine mütterliche Freundin …*

»Und? Was hat sie zu berichten?«

Constanze überflog die Zeilen. »Sie macht gerade Ferien in München«, murmelte sie, ohne die Augen von dem Brief zu nehmen. »Sie besucht jetzt die Unterprima und wird im nächsten Jahr am Akademischen Gymnasium in Linz als eines der ersten Mädchen die Matura ablegen. Und danach will sie ganz zu Hitler ziehen, um in München Medizin zu studieren.«

Plötzlich hält sie inne.

»Schlechte Nachrichten?«, fragte Alexander.

»Nein, ganz und gar nicht – im Gegenteil.« Constanze drehte sich zu ihm herum. »Der Führer will uns wiedersehen.«

27

Die »MS Deutschland« war aus Amerika zurückgekehrt und hatte wieder im Hamburger Hafen angelegt. Am Kai drängten sich dicht an dicht Hunderte von Menschen in ungeduldiger Erwartung der Passagiere, und während die Hafenkapelle einen Begrüßungsmarsch spielte, ließen die Matrosen das Fallreep herunter.

»Wo ist der Papa? Kannst du ihn sehen?«

Mit Alex an der Hand stand Rahel auf Zehenspitzen in der Menge und verrenkte sich den Hals, um Tino zwischen all den Menschen zu entdecken. Doch es war aussichtslos. Immer wieder schob sich ein Kopf oder ein Hut oder ein Fähnchen schwenkender Arm in ihr Blickfeld und versperrte die Sicht.

Während sie Mühe hatte, ihren zappelnden Sohn zu beruhigen,

kamen die ersten Passagiere an Land. Mit Umarmungen und Küssen wurden sie von ihren Angehörigen empfangen. Unwillkürlich musste Rahel an ihren Kuss mit Erich denken. Wie hatte das passieren können? Hoch oben in den Lüften, über den Wolken, hatte sich alles ganz richtig und gut angefühlt. Aber jetzt, zurück am Boden? Sie musste wahnsinnig gewesen sein, den Steuerknüppel loszulassen. Sie hätten abstürzen können, und es kam fast einem Wunder gleich, dass es nicht geschehen war.

Würde Tino etwas spüren?

»Da – der Papa! Da ist er!«

»Wo?«

»Da hinten! Mit dem komischen Hut!«

Während Alex versuchte, sich von ihr loszureißen, erblickte Rahel ihren Mann. Mit einem riesigen Stetson auf dem Kopf kam er die Gangway herunter.

Sie hob den Arm, um ihm zu winken. »Hier! Hier sind wir!«

Jetzt hatte auch er sie entdeckt. Während er sich mit seinem Gepäck zu ihnen durch das Gewühl kämpfte, bereitete sie sich innerlich auf das Wiedersehen vor.

Wie sollte sie ihm in die Augen schauen?

Zum Glück strahlte er übers ganze Gesicht. Offenbar war in Amerika alles gut gegangen. Wenigstens dort.

Als sie einander gegenüberstanden, begrüßte sie ihn mit einem Kuss auf die Wange.

»Sieht ganz so aus, als wärst du erfolgreich gewesen.«

»Und ob! Stauß wird mir auf den Knien danken!« Tino stellte sein Gepäck ab und schaute sie an. »Aber apropos: Was ist das für ein Empfang? Erst mal brauche ich einen Kuss, und zwar einen richtigen! Du hast ja keine Ahnung, wie sehr du mir gefehlt hast!«

Er nahm sie in den Arm und drückte sie an sich. Doch als er sie küssen wollte, rempelte jemand ihn an, und sie wurden auseinandergerissen.

»Hast du mir was mitgebracht?« Voller Ungeduld zerrte Alex an seinem Vater.

»Aber natürlich habe ich das!«

Tino holte aus einer Tasche sein Geschenk hervor: ein Indianerkostüm, mit allem Drum und Dran – Federschmuck und Tomahawk und Mokassins.

»Juchhuu!«

Vor Freude sprang Alex ihm um den Hals. Tino setzte ihm den Federschmuck auf den Kopf und drückte ihm den Tomahawk in die Hand.

»Hiermit taufe ich dich auf den Namen Kleiner Krieger Leichtfuß!« Dann drehte er sich zu Rahel herum. »Bist du nicht neugierig, was ich dir mitgebracht habe?«

»Doch … doch«, stammelte sie, wobei sie es kaum schaffte, ihn anzusehen. »Natürlich bin ich das.«

»Na, Gott sei Dank. Ich habe nämlich etwas ganz Besonderes für dich.« Wieder kramte er in seiner Tasche. »Die Nachbildung einer Statue, die man extra zu deinen Ehren im Hafen von New York errichtet hat.«

»Eine Statue zu meinen Ehren?«, wiederholte Rahel ohne die leiseste Ahnung.

»Allerdings«, lachte er. »Und ehrlich gesagt bin ich ein bisschen enttäuscht, dass du nicht von selbst darauf kommst. – Hier!« Er hielt eine glänzende Figur in der Hand. »*Miss Liberty!* In massivem Sterling Silber!«

Als er ihr die Nachbildung reichte, musste sie schlucken. Was für ein wunderbares Geschenk …

»Erkennst du dich wieder?«

Er platzte förmlich vor Stolz. Und ohne ihre Antwort abzuwarten, nahm er ihr Gesicht zwischen die Hände und küsste sie.

28

Das wichtigste Mitbringsel, das Tino aus Amerika mitgebracht hatte, war freilich der Vertrag, den er in Hollywood abgeschlossen hatte, und seine Freude darüber war so groß, dass er ausnahmsweise fünf Minuten zu früh zu der noch am Tag seiner Rückkehr anberaumten Vorstandssitzung im Haus Vaterland erschien, um ihn zu präsentieren.

»Eine Quid-pro-quo-Partnerschaft«, verkündete er. »Und sie hat sogar einen Namen: *Parufamet.*«

»Parufamet?«, wiederholte Grau irritiert. »Was soll das denn heißen?«

»Eine Abkürzung«, erklärte Tino, sich an dem dämlichen Gesicht des Majors weidend. »Für die Namen der drei Partner, die sich zusammengetan haben. Paramount, Ufa, Metro-Goldwyn-Mayer – Par-Ufa-Met«, buchstabierte er wie für ein i-Männchen vor. »In dem Vertrag verpflichten sich unsere amerikanischen Freunde, der Universum Film AG einen Kredit von vier Millionen Dollar vorzustrecken – rund siebzehn Millionen Reichsmark! Damit haben wir die Chance, zur größten Filmfabrik Europas aufzusteigen.« Er hielt inne, um seine Worte wirken zu lassen.

Stauß gab zwei Löffel Zucker in seinen Kaffee und rührte dann mit demselben Löffel seine Natronlösung um.

»Und was ist unsere Gegenleistung?«

»Die Verpflichtung, in allen Ufa-Lichtspielhäusern die Filme von Paramount und MGM zu zeigen.«

»Zu welchen Konditionen?«

»Unsere Partner erhalten von jeder in unseren Lichtspielhäusern verkauften Karte eine Tantieme von zwanzig Prozent. Dieselbe Regelung gilt selbstverständlich auch umgekehrt. Für das Abspielen ihrer Filme in den USA erhält die Ufa gleichfalls zwanzig Prozent der Kasseneinnahmen. Dabei machen wir unterm Strich ohne Zweifel das bessere Geschäft. Die amerikanischen Großproduktionen werden Millionen Zuschauer in unsere Kinos locken. Allein damit eröffnet sich uns die Chance auf bisher ungeahnte Gewinne.«

Stauß nickte. »Ausgezeichnet. Welche Auslastungskapazität stellen wir den Amerikanern zur Verfügung? Ich nehme an, fünfzig Prozent?«

»Dieses Ziel erwies sich leider als unrealistisch«, erwiderte Tino. »Der vereinbarte Schlüssel beträgt fünfundsiebzig Prozent.«

»Und umgekehrt?«

»Zehn Prozent.«

Bausback stöhnte laut auf. »Wollen Sie damit sagen, dass fortan drei Viertel aller in unseren Kinos gezeigten Filme amerikanische Produktionen sein werden? Während die Amerikaner uns nur zehn Prozent ihrer Kapazitäten zur Verfügung stellen? Das scheint mir eine deutlich zu hohe Gewichtung zugunsten unserer Vertragspartner zu sein.«

»Keineswegs.« Tino schüttelte den Kopf. »Wir haben gerade mal zwölfhundert Lichtspielhäuser, unsere amerikanischen Freunde hingegen acht*tausend* – ein Verhältnis eins zu sieben.« Er legte eine Kunstpause ein. »Achttausend Kinos«, wiederholte er dann. »Bitte lassen Sie sich die Zahl nur einmal auf der Zunge zergehen. Und ein Kino größer als das andere – gar nicht zu vergleichen mit den beengten Verhältnissen bei uns. Damit haben wir die einmalige Chance, ganz Amerika mit dem deutschen Qualitätsfilm zu erobern.«

Trotz des Nachdrucks, den er in seine Rede gelegt hatte, war Bausback nicht überzeugt. »Ich höre immer nur das Wort *Chance*, Herr Reichenbach. Offen gestanden verlasse ich mich lieber auf Fakten und Zahlen als auf vage Möglichkeiten. Was, wenn sich herausstellt, dass Ihre vielbeschworenen Chancen mit einem zu hohen Risiko behaftet sind?«

»Die Frage ist natürlich berechtigt«, gab Tino zurück. »Aber sollten wir die Entscheidung darüber nicht unserem Vorstandsvorsitzenden überlassen?«

Während er über die Nelke in seinem Knopfloch strich, richteten sich alle Blicke auf Stauß. Der schaute eine lange Weile unschlüssig zwischen seiner Tasse und seinem Glas hin und her. Dann hatte er seine Entscheidung getroffen. Statt zu der Natronlösung griff er zu seinem Kaffee, um einen Schluck davon zu trinken.

»In Anbetracht der absoluten Größenverhältnisse scheint mir der ausgehandelte Schlüssel nur fair«, erklärte er. »Ich denke, wir haben allen Grund, uns bei Herrn Reichenbach zu bedanken.«

Er stellte seine Tasse zurück, und während er aufmunternd in die Runde blickte, klopfte er mit der Rechten auf den Tisch, so lange, bis alle Anwesenden in die Beifallsbekundung einfielen, einschließlich Grau und Bausback.

29

Nur eine Stunde später erhielt Ludwig Klitzsch, Generaldirektor der Scherl-Verlagsgruppe, einen Anruf von Major Grau. Den Hörer am Ohr, protokollierte er dessen Rapport von der Vorstandssitzung im Haus Vaterland, und er hatte noch nicht aufgelegt, da verließ er auch schon seinen Schreibtisch, um seinen Chef von der neuen Lage in Kenntnis zu setzen.

»Der Vertrag könnte unsere Übernahmepläne vereiteln«, erklärte er. »Die Ufa ist wieder liquide.« Er zückte Notizblock und Bleistift. »Wie lauten Ihre Anweisungen?«

Hugenberg fuhr sich einmal mit der Hand über das Stehhaar, dann schüttelte er den Kopf. »Ich sehe keinen Anlass, unsere Strategie zu ändern.«

»Sie meinen – Gustav Reichenbach soll weiter Aktien kaufen?«

Hugenberg nickte. »Und zwar dalli, bevor die Sache sich an der Börse herumspricht. Dann schießen die Kurse schneller in die Höhe, als wir Parufamet buchstabieren können. – Ich habe im Moment ganz andere Sorgen.« Mit einem Seufzer nahm er eine Zeitung vom Schreibtisch und hob sie in die Höhe. »Haben Sie das schon gelesen?«

Klitzsch beugte sich vor. Auf der Titelseite war ein Foto Adolf Hitlers abgebildet, wie er mit ausgestrecktem Arm grüßend einen vieltausendköpfigen Vorbeimarsch seiner Anhänger abnahm. Natürlich hatte Klitzsch den zugehörigen Artikel gelesen, er war ja in allen Blättern des Scherl-Verlags abgedruckt. Die NSDAP hatte in Weimar ihren ersten Reichsparteitag seit ihrer Neugründung abgehalten. Thüringen war eines der wenigen Länder, in denen Hitler nicht mit Redeverbot belegt war, und das hatte er genutzt, um in der Landeshauptstadt Front gegen eine innerparteiliche Gruppierung um Gregor Strasser zu machen, die, mehr Sozialisten als Nationalisten, die Verstaatlichung von Industrie und Großgrundbesitz forderte und verlangte, diese Forderung ins Parteiprogramm aufzunehmen. Nach heftigen Auseinandersetzungen war es Hitler gelungen, den Programmentwurf abzuschmettern.

»Kein Wunder«, bemerkte Klitzsch, »Herr Hitler bezieht ja, wie man hört, von der Herzogin Sachsen-Anhalt ein festes Salär, angeblich tausendfünfhundert Mark pro Monat. Aber offen gestanden verstehe ich nicht, was Sie daran besorgt. Es ist doch in unserem Interesse, wenn er Kreide gefressen hat.«

Hugenberg wiegte den Kopf. »Ein Wolf bleibt ein Wolf, egal, wie viel Kreide er frisst. Hitler hat begriffen, dass er durch Umsturz nicht ans Ziel gelangt. Das heißt aber nicht, dass er von seinen Zielen abgelassen hätte. Sein neuer Kurs ist eine Kampfansage an meine Partei. Auf diese Weise will er gemäßigte Wählerschaften ansprechen. Wenn ihm das gelingt, wird die NSDAP zu einem ernsthaften Gegner der DNVP. Und das ist ganz und gar nicht in unserem Interesse.«

Klitzsch bewunderte einmal mehr den Scharfsinn seines Chefs. War dies der Augenblick, um einen Gedanken auszusprechen, der ihn schon seit einiger Zeit bewegte?

Durch seine Brille blickte Hugenberg ihn an. »Was brüten Sie aus? Heraus damit!«

Klitzsch gab sich einen Ruck. »Ich weiß, es nicht meine Aufgabe, Vorschläge zu machen – aber warum übernehmen Sie nicht selbst die Führung der DNVP? Mit der Propagandamacht Ihrer Verlagsgruppe kommt niemand gegen Sie an.«

»Sehr schmeichelhaft«, entgegnete Hugenberg. »Aber nein, ich kenne meine Grenzen. Ich verfüge weder über das Charisma noch über die Redegabe, die für ein solches Amt erforderlich sind.«

»Aber …«

»Kein Aber! Ich bleibe lieber im Hintergrund, da fühle ich mich wohler und kann mehr für unsere Sache bezwecken.«

Klitzsch verlor für einen Moment die Fassung. »Durch Mitwirkung in einer Regierungskoalition mit dem Zentrum und den Liberalen?«

»Ich weiß, was Sie denken«, sagte Hugenberg. »Aber keine Sorge, mein Bester, ich halte der völkischen Sache unverbrüchlich die Treue, wenn's sein muss, bis in den Tod.« Ein Lächeln huschte über sein

Gesicht. »Doch alles zu seiner Zeit. Jetzt haben wir stabile Verhältnisse, die Leute sind in Arbeit und Brot und wollen, dass die Dinge so bleiben, wie sie sind. Warten wir also ab, bis sich das Rad zu unseren Gunsten dreht, und betreiben solange unser Hauptgeschäft – Geld verdienen!«

30

Erich zündete sich eine Zigarette an, während Tino sich um den Champagner kümmerte. Das »Bassin für Schwimmer« war schon bis auf den letzten Platz besetzt, doch alle fünf Minuten ging ein weiteres Raunen durch den Saal, weil wieder eine Zelebrität des Berliner Geisteslebens den Nebenraum des »Romanischen Cafés« betrat, so dass die Kellner kaum noch wussten, wie sie all ihre Gäste bedienen sollten. Tino hatte darum gleich zwei Flaschen Schampus auf Vorrat geordert, um auf seine erfolgreiche Amerika-Mission anzustoßen.

»Und weißt du, was das Beste daran ist?«, fragte er. »Das Thema Geld spielt ab sofort keine Rolle mehr. Du kannst ›Metropolis‹ jetzt so zu Ende drehen, wie es sich für den besten Spielfilm aller Zeiten gehört. Darauf hoch die Tassen! – Prost!«

»Prost.« Auch Erich hob sein Glas. »Ich … ich weiß gar nicht, wie ich dir danken soll. Du hast mir buchstäblich den Allerwertesten gerettet.«

»Richtig«, pflichtete Tino ihm bei. »Das habe ich. Und dafür bist du mir was schuldig.« Er trank sein Glas in einem Zug leer, dann wurde er ernst. »Mach Rahel zum Star. Das ist alles, was ich will. Meinst du, dass du das schaffst?«

Erich wusste nicht, wohin er schauen sollte. »Ich … ich tue, was ich kann.« Vor lauter Verlegenheit trank er gleichfalls sein Glas aus.

Tino schenkte nach. »Wie kommt ihr voran?«

»Rahel macht große Fortschritte. Sogar Sternberg ist beeindruckt.«

»Sternberg?«

»Der Regisseur, den ich für ›Professor Unrat‹ gewinnen will. Ein Genie! Zum Glück zappelt er schon an der Angel.«

»Was heißt das? Hat er denn noch nicht unterschrieben?«

»Nein, noch nicht. Jetzt kommt alles auf Rahel an. Sie soll ihm noch einmal vorspielen. Wenn sie ihn überzeugt, haben wir ihn.«

Tino war Feuer und Flamme. »Da muss ich dabei sein!«

Ganz von allein ging Erichs Zigarettenspitze nach unten. »Du weißt doch, Ehepartner und Schwiegermütter bei den Dreharbeiten ...«

»Na, hör mal«, fiel Tino ihm ins Wort. »Hier geht es um die Zukunft meiner Frau. Da *muss* ich doch dabei sein! Oder hast du etwa was dagegen?«

Er schaute ihn so eindringlich an, dass Erich den Blick nicht mehr aushielt und die Augen niederschlug.

»Nein, natürlich nicht ... Sobald ich einen Termin habe, sage ich dir Bescheid.«

31

In Alex' Bett sah es aus wie in einem Wigwam. Er hatte darauf bestanden, heute statt im Pyjama in seinem Indianerkostüm zu schlafen, und keine noch so spannende Knochengeschichte hatte ihn davon abbringen können, bis Rahel schließlich nachgegeben hatte. Mit seinem Federschmuck auf dem Kopf war Kleiner Krieger Leichtfuß eingeschlummert, links und rechts bewacht von Winnetou und Old Shatterhand. Nun lächelte er im Schlaf, während seine kleine Faust den Stiel des Tomahawks umspannt hielt, um alle Bleichgesichter, die sich seinem Wigwam näherten, zurück in die dunkle Prärie zu jagen, wo die Kojoten den Nachthimmel anheulten.

Während Rahel ihm die bunt bestickten Mokassins von den Füßen streifte, hörte sie aus dem Bad, wie Tino sich für die Nacht vorbereitete.

Die erste Nacht nach seiner Rückkehr ... Musste er nicht furchtbar müde sein? Die weite Reise war doch sicher anstrengend gewesen, und auch die Zeitverschiebung saß ihm bestimmt in den Gliedern. Und dann gleich nach der Rückkehr auch noch die Sitzung im Haus Vaterland. Und am Abend die Wiedersehensfeier mit Erich im »Romanischen Café« ...

Vielleicht würde er ja noch eine Weile brauchen. Oder er schlief vielleicht sogar schon ohne sie ein.

Doch als sie Alex zudeckte, ging leise knarrend die Tür auf, und Tino streckte den Kopf durch den Spalt. Das Hemd schon zur Hälfte offen, deutete er mit dem Kinn auf das Bett.

»Schläft Kleiner Krieger Leichtfuß?«

Rahel nickte.

»Na, Gott sei Dank«, flüsterte Tino und knöpfte weiter sein Hemd auf. »Ich warte auf dich. Aber bitte beeil dich.«

32

Über einen Monat hatte Tino sich nach seiner Frau gesehnt, doch in all den Wochen war ihm die Zeit kein einziges Mal so lang geworden wie in den wenigen Minuten, die er nun im Bett auf sie wartete.

Er hatte sich bereits nackt ausgezogen und das Licht bis auf das Nachttischlämpchen gelöscht. Im matten Schein der Fünfundzwanzig-Watt-Birne schimmerte silbern Miss Liberty auf der Fensterbank.

Im Badezimmer rauschte Wasser. Tino spürte, wie seine Erregung wuchs. Seit ihrer Heirat waren sie noch nie so viele Tage und vor allem so viele Nächte getrennt gewesen – und sie machte Toilette? Fast konnte man meinen, sie wollte ihn quälen. Er hatte doch gesagt, sie solle sich beeilen.

Er wollte aufstehen, um sie zu holen, da kam sie endlich herein.

Bei ihrem Anblick musste er schlucken. Sie trug einen Bademantel und hatte ihre Locken nach hinten gebürstet, so dass ihr Gesicht wunderbar zur Geltung kam.

»Du bist die schönste Frau der Welt …«

Er schaute zu ihr auf, doch sie wich seinem Blick aus.

»Ach was«, erwiderte sie mit einem verlegenen Lächeln, fast, als würde sie sich vor ihm genieren. »Ich sehe grässlich aus.«

Konnte es sein, dass sie fremdelte? Die Vorstellung fand er ganz wunderbar romantisch, und er hatte nur noch das Bedürfnis, ihr nah zu sein. So nah wie nur irgend möglich.

»Komm endlich her!«

Er streckte den Arm nach ihr aus, doch sie huschte an ihm vorbei zu seinem Nachttisch, um die Lampe auszuknipsen.

»Bist du verrückt? Bitte lass das Licht an, ich will dich doch sehen.«

Ohne sie aus den Augen zu lassen, griff er nach ihrem Arm und zog sie zu sich, und während er ihr den Bademantel von den Schultern streifte, beugte er sich über sie, um ihr endlich wieder so nah zu sein, wie nur zwei Menschen einander nah sein können, die sich mit Leib und Seele lieben.

33

Das Mondlicht spiegelte sich in den schwarzen Fluten des Wannsees, als Erich in dieser Nacht nach Hause kam. Während auf der Straße ein einsamer Spaziergänger seinen Hund ausführte, schloss er die Haustür auf. In der Villa war alles dunkel, Gertrud und das Hänschen lagen zu dieser späten Stunde längst im Bett. Nur aus der Küche drang noch Licht. Gertrud hatte sein Abendessen in die Röhre gestellt, Gulasch mit Rotkohl. Doch er hatte keinen Appetit.

Er schaltete den Herd aus. Gab es irgendetwas Alkoholisches im Haus?

Im Kühlschrank fand er eine angebrochene Flasche Wein. Sie musste schon eine Ewigkeit dort stehen, er konnte sich nicht mal erinnern, wann er sie aufgemacht hatte.

Als er die Küche verließ, hörte er aus dem Kinderzimmer leise Töne – das Hänschen sprach manchmal im Schlaf.

Im nächsten Moment erschien Gertrud im Flur. »Ist er aufgewacht?«

Ohne auf eine Antwort zu warten, huschte sie in ihrem Nachthemd ins Kinderzimmer. Gleich darauf hörte Erich ihre leisen tröstenden Worte. Ach ja, sie war eine so liebevolle Mutter …

Auf Zehenspitzen, um keinen Lärm zu machen, schlich er ins Wohnzimmer. Der Mond schien so hell durch das Fenster herein, dass er kein künstliches Licht brauchte. Er holte ein Glas aus der Vitrine und setzte sich in einen Sessel.

Als er sich einschenkte, steckte Gertrud den Kopf durch die Tür.

»Kannst du nicht schlafen?«

Er schüttelte den Kopf.

»Das wird der Vollmond sein.«

»Wahrscheinlich ...«

Mit sorgenvoller Miene schaute sie ihn an. »Bleib nicht so lange auf. Du brauchst doch deinen Schlaf, so viel, wie du arbeitest.«

»Ich weiß, Trudchen. Gute Nacht.«

»Gute Nacht, Erich.«

Sie formte die Lippen zu einem Luftkuss, dann ließ sie ihn allein. Er schaute ihr nach, bis sie im Flur verschwunden war. Nein, sie war nicht nur eine liebevolle Mutter, sie war auch eine ebenso liebevolle Frau. Sie hatte alles für ihn geopfert, ihm ihr ganzes Leben anvertraut. Welchem Mann war so viel Liebe beschieden?

Er trank einen Schluck von seinem Wein. Doch kaum hörte er, wie Gertrud im Flur die Schlafzimmertür hinter sich schloss, griff er in die Innentasche seines Jacketts und zog eine Autogrammkarte daraus hervor.

Rahel. Im Schein des Mondes lächelte sie ihn an.

34

Obwohl das Nachttischlämpchen noch brannte, war Tino eingeschlafen, erfüllt und liebessatt. Wie beneidete Rahel ihn um seinen Schlaf, um seinen Schlaf und seine Gewissheit ...

Wo war *ihre* Gewissheit geblieben?

Seit sie sich in Tino verliebt hatte, hatte sie geglaubt, dass er für immer und alle Zeit die eine große Liebe in ihrem Leben sein würde. Er hatte sie von Anfang an so sein lassen, wie sie war, und sie zu nichts gedrängt, sondern einfach nur gewartet, bis sie sich für ihn entschieden hatte, ohne je den Versuch zu unternehmen, sie zu erobern, obwohl er doch der geborene Eroberer war – als sie sich kennengelernt hatten, war er einer der begehrtesten Junggesellen von ganz Berlin gewesen, mit einer Freundin an jedem Finger. Doch er hatte nur sie gewollt, ganz und gar sie, das hatte sie immer gespürt. Dafür hatte sie ihm ihr Herz geschenkt, und daran hatte sich nie etwas geändert. Das

Leben an seiner Seite war wie ein fortgesetzter, nicht enden wollender Frühling, das ganze Jahr hindurch. Wenn sie zusammen waren, verging keine Stunde, in der sie nicht miteinander lachten, und die Frau, die sie bisher gewesen war, konnte sich keinen anderen Mann wünschen als ihn …

Aber die andere Frau, die nun in ihr erwacht war – fühlte die genauso?

Rahel tappte im Dunkeln. Die Arbeit mit Erich hatte Saiten in ihr zum Klingen gebracht, von denen sie nicht mal geahnt hatte, dass es sie gab. Und der Klang dieser Saiten erregte sie. Und machte sie neugierig, auf mehr und immer mehr, auf all die verborgenen Überraschungen und Geheimnisse, die das Leben womöglich noch für sie bereithielt. Sie war jung, es gab nichts, was sie nicht werden konnte – das war die Erkenntnis der Frau, die sie in sich entdeckt hatte, und diese Frau sehnte sich mit jeder Faser danach, das Leben noch viel weiter zu erkunden, als die alte Rahel es sich bisher getraut hatte. Unwillkürlich dachte sie an den Kuss, den sie mit Erich getauscht hatte. Bei der Erinnerung begann ihr Herz so heftig zu klopfen, dass sie Angst hatte, Tino könnte davon aufwachen.

Auf der Fensterbank reckte Miss Liberty ihre Fackel in den Himmel.

Im Geiste hörte sie Tinos Worte. *Zum Wesen der Freiheit gehört die Möglichkeit ihres Missbrauchs …* Sie hatte damals die Warnung lachend beiseitegeschoben – *Brauch oder nicht. Es gibt sich auch …* Jetzt war sie nicht mehr so sicher, ganz und gar nicht. Was ihr damals so spielerisch leicht erschienen war, machte plötzlich alles ganz schwer. Wenn sie ihren Gefühlen nachgab, konnte sie das ja nur hinter dem Rücken ihres Mannes tun, und sie hasste doch Lügen, schon ihr Leben lang, seit sie zurückdenken konnte, hatte sie diesen Wahrheitsfimmel gehabt. Doch andererseits … War das nicht genau jene Freiheit, die Tino und sie sich bei ihrer Verlobung gegenseitig eingeräumt hatten? Hatte sie davor jetzt Angst?

Im Schein des Nachttischlämpchens sah sie sein Gesicht. Vor lauter Glück schien er im Schlaf zu lächeln.

In einer Aufwallung wollte sie ihn streicheln. Aber dann zuckte ihre Hand zurück, und mit einem Seufzer löschte sie das Licht.

War es nicht schon eine Lüge gewesen, heute mit ihm zu schlafen?

35

Alexander parkte seinen Mercedes vor der Villa Hanfstaengl und stellte den Motor ab. Constanze wartete, bis er ausstieg und ihr aus dem Wagen half. Sie waren diesmal mit dem Auto nach München gefahren. Die Reise mit dem Zug war zwar bequemer, aber auch teurer, und als eine in Scheidung lebende Frau sah sie sich leider genötigt, auf solche Dinge zu achten.

»Offen gestanden«, sagte Alexander auf dem Weg zum Haus, »ist mir nicht ganz klar, warum Hitler uns eigentlich wiedersehen will.«

»Genaueres weiß ich auch nicht«, erwiderte Constanze. »Aber ich könnte mir vorstellen, dass du Eindruck auf ihn gemacht hast. Wer weiß, vielleicht hat er ja was mit dir vor?«

Geschmeichelt erwiderte Alexander ihren Blick. Aufmunternd nickte sie ihm zu – tatsächlich schloss sie diese Möglichkeit keineswegs aus. Doch insgeheim hoffte sie, dass in Wahrheit nicht er, sondern sie diejenige war, die Hitler wiedersehen wollte.

Alexander straffte seinen Paletot und betätigte die Klingel. »Dann wollen wir mal.«

Hausherr Ernst Hanfstaengl persönlich machte ihnen auf und führte sie ohne weitere Umstände in die ihnen bereits bekannte Bibliothek mit dem Bechstein-Flügel, wo Hitler in einem Sessel auf sie wartete. Während er sich von seinem Platz erhob, blickte Constanze sich suchend um.

»Ach, ist Ihre Nichte nicht mit von der Partie? Wie schade. Ich hatte mich so sehr darauf gefreut, sie zu begrüßen.«

»Geli ist leider zurück in Linz«, erklärte Hitler. »Sie wissen ja, die Pflicht.«

Constanze nickte. »Ach ja, nächstes Jahr die Matura.«

Mit einem Lächeln trat er auf sie zu und ergriff mit beiden Händen ihre ausgestreckte Rechte. »Umso mehr möchte ich meiner Freude

Ausdruck verleihen, dass Sie und mein Mündel in so regem brieflichem Austausch stehen. Dem Kind fehlt die Mutter, eine erfahrene Frau wie Sie zur Freundin zu haben, ist Gold für sie wert. Geli kann von Ihnen nur lernen.«

Er deutete einen Handkuss an, und weiter über ihre Rechte gebeugt, schaute er zu ihr auf. Sein Blick traf sie in einer Weise, dass ihr ein Schauer über den Rücken lief. Konnte es sein, dass Hitler mit ihr schäkerte? Obwohl er so viel jünger war als sie und jede Frau haben konnte, die er wollte?

Alexander beäugte ihre Konversation mit sichtlichem Missvergnügen. »Würden Sie uns freundlicherweise erklären«, fragte er geradezu barsch, »weshalb Sie uns nach München gerufen haben?«

Hitler ließ Constanzes Hand los. Mit einem Ruck machte er kehrt, um wieder in seinem Sessel Platz zu nehmen. Schweigend kreuzte er die Beine, hob, die Ellbogen auf den Sessellehnen aufgestützt, beide Hände vor die Brust und stellte die Fingerspitzen gegeneinander.

»Ich danke Ihnen für Ihre offene Frage, Major, und ich denke, sie verdient eine ebenso offene Antwort. Diese will ich Ihnen nicht vorenthalten.« Er machte eine Pause, und während Constanze den Atem anhielt, richtete er den schwarzen, stechenden Blick fest auf Alexander. »In diesen Monaten entscheidet sich das Schicksal unserer Bewegung. Hat die Vorsehung uns auserwählt, Deutschland zu retten? Oder wird unser Vaterland untergehen? Ich betrachte es als meine Mission, das deutsche Volk vor diesem Schicksal zu bewahren und es stattdessen wieder an die Spitze der Völker Europas zu führen. Dafür aber brauche ich Geld, sehr viel Geld sogar. Können Sie mir dabei behilflich sein?«

Ernüchtert ließ Constanze sich in den nächstbesten Sessel sinken … Geld, alle wollten nur Geld – *ihr* Geld, immer wieder. Auch Hitler … Während Alexander geradezu erleichtert schien, griff sie in die Bonbonniere, die Hanfstaengl ihr reichte, und nahm ein Stück Konfekt, um sich ihre Enttäuschung nicht anmerken zu lassen.

Während das Konfekt in ihrer Hand schmolz, hörte sie Alexander sagen: »Es wird uns eine Ehre sein, an Ihrer Seite zu marschieren, mein Führer. So wie im November 23 beim Marsch auf Berlin …«

»Nein«, fiel Hitler ihm ins Wort. »Nicht wie damals. Umsturz und Revolution haben uns nicht ans Ziel gebracht. Um an die Macht zu gelangen, muss aus unserer Bewegung eine Massenbewegung werden. Dazu aber bedarf es keiner Pistolen oder Gewehre, sondern der propagandistischen Aufrüstung. Aus diesem Grund hat die NSDAP als erste Partei überhaupt eine Reichspropagandaabteilung eingerichtet. Von nun an setzen wir alles daran, durch propagandistische Beeinflussung der Massen diese für unsere Bewegung zu gewinnen. Und ich stehe nicht an, Ihnen hier und heute zu prophezeien: Getragen vom Willen des Volkes, wird mein geliebtes Deutschland am Ende ganz von allein unser sein.«

36

In seinen Reitstiefeln durchmaß Josef von Sternberg den Probenraum und zeigte mit seinem Stöckchen auf den leeren Barhocker in der Mitte.

»Bitte auf Ihre Position, Frau Reichenbach.«

Während er sich in seinen Regiestuhl setzte, tat Rahel, wie ihr geheißen. Zum Glück war das Lamékleid, mit dem man sie ausstaffiert hatte und das wie eine zweite Haut an ihrem Körper klebte, an den Beinen so hoch geschlitzt, dass sie ohne Unfall auf dem Hocker Platz nehmen konnte. In nervöser Anspannung rutschte sie hin und her, bis sie die richtige Position gefunden hatte, und während der Beleuchter die Scheinwerfer auf sie richtete, korrigierte sie den Sitz des tief ausgeschnittenen Dekolletés. Sie wusste, die heutige Probe würde alles entscheiden. Obwohl diese in demselben Raum stattfand, in dem sie Sternberg schon zweimal vorgespielt hatte, war alles anders als bei den vorherigen Malen. Erstens war heute Tino mit dabei, und zweitens hatte der Regisseur angeordnet, ihr Vorspielen aufzunehmen, um einen Eindruck davon zu gewinnen, wie sie sich vor der Kamera bewegte.

»Kamera läuft?«

»Kamera läuft!«

Sternberg klemmte sein Monokel ins Auge: »Und bitte!«

Der Beleuchter drehte den Scheinwerfer auf, dann fiel die Klappe. Plötzlich fühlte Rahel sich, als wäre sie nackt. Nicht nur der Regisseur hatte den Blick auf sie gerichtet, auch Tino und Erich schauten sie voller Erwartung an: die zwei Männer, für die sie ganz unterschiedliche Gefühle hegte, doch die sie trotz aller Unterschiedlichkeit nur mit ein und demselben Wort benennen konnte, das sie selbst aber nicht mal zu denken wagte.

Wie um Himmels willen sollte sie da spielen?

Was sie empfand, war genau jene Form von Lampenfieber, die es nach Stanislawski unbedingt zu vermeiden galt – das hemmende, jedes freie Spiel verhindernde Bewusstsein, sich dem Blick des Zuschauers preiszugeben. Warum nur hatte sie zugelassen, dass Tino und Erich zugegen waren? Während sie spürte, wie die Angst in ihr hochkroch und immer mehr von ihr Besitz ergriff, versuchte sie fieberhaft, ihrer Gefühle Herr zu werden, und wandte in panischer Eile alles an, was ihr von Stanislawski einfiel, suchte in ihrem Innern verzweifelt nach früheren Erinnerungen und Bildern und Emotionen, an die sie anknüpfen könnte ....

Doch in ihr war nur ein schwarzes, abgrundtiefes Nichts.

Sie wollte schon aufgeben – da sah sie plötzlich die Gesichter der zwei Männer, die sie liebte. Aufmunternd nickten sie ihr zu. Es war, als hätte ein Zauberstab sie berührt. Ja, sie liebte sie, liebte sie beide – Tino und Erich und Erich und Tino …

Im selben Moment fiel alles von ihr ab. Ohne auch nur eine Sekunde länger zu zögern, richtete sie sich auf ihrem Hocker auf, warf das Haar zurück und blickte über die Schulter in die Kamera.

Ich bin von Kopf bis Fuß
Auf Liebe eingestellt,
Denn das ist meine Welt.
Und sonst gar nichts.
Das ist, was soll ich machen,

Meine Natur,
Ich kann halt lieben nur
Und sonst gar nichts …

Als sie zu Ende gesungen hatte, entstand ein Schweigen, in dem nur das Surren der Kamera zu hören war. Zwischen Hoffen und Bangen drehte Rahel sich zu Sternberg herum.

Wie würde sein Urteil lauten?

Eine Weile saß er wie versteinert da, doch dann, Rahel konnte es kaum glauben, huschte ein Lächeln über sein Gesicht, und noch während er sich, das Stöckchen unter den Arm geklemmt, von seinem Regiestuhl erhob, klatschte er in die Hände, um ihr stehend zu applaudieren.

»Ich weiß nicht, was passiert ist, Frau Reichenbach, aber jetzt ist es perfekt! Diese Nuancen und Facetten, diese ungelöste Spannung, dieses *Peut-être*, das nichts verrät und zugleich alles verspricht – das ewig lockende Weib.«

Rahel war so überwältigt, dass sie nichts zu erwidern wusste. Auch Erich schien zur Salzsäule erstarrt. Tino aber stieß einen Freudenschrei aus und nahm sie in den Arm.

»Weißt du jetzt, warum ich unbedingt dabei sein wollte?«

Er wollte sie küssen, doch da ertönte abermals Sternbergs Stimme.

»Haben Sie den Vertrag dabei, Herr Pommer?«

Das Stichwort genügte, und auch Erich erwachte aus seiner Erstarrung. Während Rahel allmählich begriff, was passierte, reichte er dem Regisseur den Vertrag und einen Füllfederhalter gleich dazu.

»Selbstverständlich, Herr von Sternberg. Wenn Sie bitte hier unterschreiben möchten?«

37

Grau genoss die Geschwindigkeit. Mit über hundert Stundenkilometern donnerte sein Mercedes über die Landstraße. Schade nur, dass man bei dem Gegenwind nicht pfeifen konnte, ihm wäre gerade sehr danach gewesen. Obwohl das Lenkrad in seinen Händen schon bebte, trat er das Gaspedal noch tiefer durch, um die ganze Kraft der zweiundneunzig Pferdestärken zu spüren, die der Achtzylindermotor freisetzte. München lag seit fast drei Stunden hinter ihnen. Sie waren am Morgen bei bedecktem Himmel losgefahren, doch noch vor Ingolstadt war die Wolkendecke aufgerissen, so dass sie das Verdeck hatten öffnen können. Jetzt lag Nürnberg im hellen Sommersonnenschein vor ihnen. Vielleicht konnte man dort ja eine Kleinigkeit zu Mittag essen, Bratwürstchen mit Sauerkraut zum Beispiel. Das sollte ja eine durchaus schmackhafte Spezialität sein.

Er drehte sich zu Constanze herum. Die band sich gerade gegen den Fahrtwind ein Kopftuch um. Doch im Gegensatz zu ihm schien sie alles andere als guter Laune.

»Wie kannst du nur so ein Gesicht ziehen?«, fragte er. Und um sie aufzuheitern, fügte er hinzu: »Wo doch Hitler persönlich mit dir geschäkert hat! Übrigens ziemlich schneidig sogar – für einen Gefreiten …«

Doch ihre Miene hellte sich nicht auf, im Gegenteil. »Hitler hat nicht geschäkert, er wollte Geld. Geld, das ich nicht habe.«

»Jetzt übertreib nicht. Dein Mann ist Bankier, da gibt es immer Mittel und Wege …«

»Nein, die gibt es nicht! Nicht mehr! Mein Mann hat mein Konto gesperrt!«

Grau trat auf die Bremse. »Was sagst du da?«

»Du hast richtig gehört. Ich verfüge über keine eigenen Mittel mehr. Zum Glück habe ich vor ein paar Wochen noch eine gewisse Summe abgehoben, sonst hätten wir uns nicht mal mehr das ›Vier Jahreszeiten‹ leisten können. Aber lange wird das Geld für solche Extravaganzen nicht mehr reichen. Vermutlich werde ich mich schon bald gezwungen sehen, meinen Schmuck zu versetzen.«

»Machst du Scherze?« Graus Stimmung war bei ihrer Rede noch schneller gesunken als die Geschwindigkeit seines Wagens. Er setzte den Winker, um irgendwo zu halten. »Was du da sagst, kann ich unmöglich akzeptieren. Wir dürfen den Führer nicht enttäuschen. Fünfzigtausend Mark sind das absolute Minimum. Sonst sind wir bis auf die Knochen blamiert.« Er schaltete zurück in den ersten Gang und bog in einen Feldweg ein.

»Fünfzigtausend Mark?«, wiederholte Constanze, während sie im Schritttempo über die Schlaglöcher rumpelten. »Wenn du wüsstest, wie absurd das ist. Mein Mann hat mich wissen lassen, dass er in Zukunft nur noch für meine Rechnungen im ›Adlon‹ aufkommen wird.«

Grau steuerte auf eine kleine Anhöhe zu, wo er den Wagen parken konnte. Mit seiner guten Laune war es endgültig vorbei. »Jetzt kannst du mal sehen, was du angerichtet hast.« Er stellte den Motor ab und zog mit einem Ruck den Zündschlüssel aus dem Schloss. »Mit deiner idiotischen Scheidungsklage hast du uns in eine unmögliche Situation gebracht.«

»Idiotisch?« Constanze entglitten die Züge so sehr, dass sie für eine Sekunde so alt aussah, wie sie war. Doch im Nu hatte sie sich wieder gefasst. Mit der Hand richtete sie ihre Frisur unter dem Kopftuch, um ihn dann mit erhobenen Brauen voller Verachtung zu mustern. »Aber den Anzug hast du dir gern schenken lassen, nicht wahr? Genauso wie die Hemden und Krawatten!«

»Das … das ist ja wohl die Höhe!« Er schnappte nach Luft. »Willst du mich beleidigen? – Nein, das lasse ich mir nicht bieten!« Er hielt kurz inne, dann wusste er, was zu tun war. Mit beherrschter Wut knöpfte er sein Jackett auf und löste den Knoten seiner Krawatte. »Wenn du deine Geschenke zurückhaben willst – bitte sehr! Von mir aus gleich hier!« Er nahm die Krawatte vom Hals und reichte sie ihr.

»Um Gottes willen! So … so war das doch nicht gemeint.«

Das Entsetzen stand ihr ins Gesicht geschrieben. Grau registrierte es mit Befriedigung.

»Ich bestehe darauf!«

»Hör auf damit! Bitte.« Und dann noch einmal, ganz leise und eindringlich: *»Bitte!«*

Mit einem verstohlenen Blick überzeugte er sich, dass die erhoffte Wirkung sich eingestellt hatte, und ließ die Krawatte sinken. Eine lange Weile schwiegen sie, die Augen nach vorn gerichtet, und schauten ins Tal. Grau fing in Gedanken an zu zählen. Bis hundert, schätzte er, würde sie den Mund aufmachen. Eins, zwei, drei, vier, fünf … Hier gab es nichts als Felder und Wiesen und Wälder. An einem Teich hütete ein Schäfer seine Herde, ein Hund trieb sie zusammen, ganz schwach war das Bellen und Blöken der Tiere aus der Ferne zu hören.

Grau war bei siebenundachtzig angekommen, da drehte Constanze sich zu ihm herum.

»Aber was soll ich denn tun?«, flüsterte sie.

»Muss ich dir das wirklich erklären? Du musst zurück zu deinem Mann. Und ihn dazu bewegen, seine Entscheidung zu revidieren. Mit allen Mitteln.«

»Mit allen Mitteln?« Ungläubig schaute sie ihn an.

Er nickte. »Ja, mit allen.«

»Das … das kann ich nicht.«

Obwohl Tränen in ihren Augen standen, ließ er sich nicht erweichen. »Etwas anderes wird nicht möglich sein«, erklärte er, ihren Blick fest erwidernd, und damit sie begriff, dass er es ernst meinte, streckte er ihr ein zweites Mal die Krawatte entgegen. »Entweder du tust, was getan werden muss, oder …«

»Nein, kein Oder!« Laut schluchzend schlug sie ihm die Krawatte aus der Hand, dann schlang sie die Arme um ihn, um voller Leidenschaft sein Gesicht mit Küssen zu bedecken. »Du … du weißt doch, wie sehr ich dich liebe! … Und ja, ich will alles tun, was du verlangst … Alles! … Doch sei du wieder mein … immer nur mein.«

38

Kein Wölkchen trübte den blauen Sommerhimmel, an dem, hoch oben in den Lüften, fern von aller Erdenschwere, ein silbrig glitzerndes Sportflugzeug leise brummend kreiste. Mit einer Wehmut, die süßer war als alles Glück, folgte Rahel seiner Bahn.

»Ich liebe dich«, flüsterte sie.

»Ich liebe dich auch«, flüsterte Erich. »Obwohl ich alles versucht habe, um es mir auszureden. Weil … weil … weil …«

»Weil … es ja nicht sein darf?«

Rahel blieb stehen, und ihn an beiden Händen haltend, schaute sie ihn an. Es war ihr Wunsch gewesen, sich hier mit ihm am Tempelhofer Feld zu treffen, allein, und er hatte sofort verstanden, warum. Ohne dass einer von ihnen es ausgesprochen hatte, wussten sie beide, was während der Vorspielprobe passiert war.

»Und jetzt?«, fragte er.

Ratlos zuckte sie die Schultern. »Ich weiß es nicht. Ich … ich weiß nur, dass ich Tino nicht betrügen will und nicht betrügen kann. Mein Leben wäre sonst eine einzige Lüge.«

»Natürlich«, sagte Erich. »Gertrud kann und will ich das auch nicht antun, von unserem Hänschen zu schweigen. Das haben die beiden nicht verdient, bei Gott nicht. Und Tino ist ja mein einziger wirklicher Freund.«

Rahel schluckte. Erich sah so traurig aus, so verletzlich, so unglücklich. Und dabei sprach so viel Liebe aus seinen warmen, dunklen Augen, dass sie glaubte, sie körperlich zu spüren. Es war so unsagbar schön und gleichzeitig so unsagbar traurig, dass sie es nicht länger ertrug.

Als sie den Blick von ihm abwandte, sah sie, wie das Flugzeug am Himmel einen Looping vollführte, um dann weiter Richtung Westen zu fliegen.

»Dann … dann sollten wir es also beenden? Bevor es weh tut? … Ich meine – noch mehr weh tut als jetzt?«

Er nickte. »Ja, es geht nicht anders. – Und nicht nur wegen Tino und Gertrud oder dem Hänschen«, fügte er hinzu. »Auch um deinetwillen. Vor allem sogar um deinetwillen. Weil … wir … wir würden sonst auch noch deinen Film gefährden.«

»Meinen Film?« Sie brauchte einen Moment, um zu begreifen. »Ach so, ja, sicher, du hast recht. Wie sollte das dann noch gehen? Daran hatte ich gar nicht gedacht.«

Wieder nickte er ihr zu. »Wir würden alles zerstören. Deinen Film und deine Karriere. Und das darf nicht sein. Weil die Kunst, die … die geht doch vor, nicht wahr? Die *muss* doch vorgehen! Und deshalb würde ich es mir niemals verzeihen, wenn du wegen uns … ich meine, wenn deine Karriere … wegen unserer Liebe … ein solches Opfer … Nein … Das … das siehst du doch ein, oder?«

Obwohl seine Augen feucht glänzten, zupfte an seinem Mund ein kleines, unsicheres Lächeln. Der Anblick zerriss ihr das Herz. Er war so tapfer, viel tapferer als sie … Und wenn es noch so fürchterlich war, was er sagte – musste sie ihm dafür nicht dankbar sein? Es war ja gar nicht abzusehen, in welches Unglück sie rennen würden. Es war wie ein Gottesurteil, gegen das es keinen Widerspruch gab.

Bei dem Gedanken empfand sie fast so etwas wie Erleichterung.

»Ich habe mal gelesen, dass alle Kunst aus Entsagung entsteht.«

»Du meinst Freuds Sublimationstheorie?«

Sie nickte.

»Ich bin ja so froh, dass du das sagst.« Er drückte ihre beiden Hände. »Ja, nur durch Verzicht kann Großes entstehen. Und darauf kommt es an. Dein Film ist wichtiger als wir.«

»Nein, mein Liebster, nicht *mein* Film – *unser* Film …«

»Ja, Liebste, *unser* Film! Und ich verspreche dir, er wird der beste Film, der je gedreht worden ist. Mit dir in der Hauptrolle! Und jetzt, da ich gesehen habe, was für eine wunderbare Schauspielerin du bist …«

»Ach, Erich, alles, was ich kann, habe ich doch nur dir zu verdanken.«

Er schüttelte den Kopf. »Nein, Rahel, nicht mir. Nur deinem Talent.«

Eine Träne lief ihm über die Wange. Sie spürte, wie sich ihr Herz weitete. Sosehr sie auch litt, sie war in ihrem Schmerz nicht allein. Erich litt genauso wie sie, und dieses Wissen war ein so starker, tiefer Trost, dass auch ihr die Tränen kamen.

»Nicht weinen«, sagte er, obwohl er selber weinte. »Der Film wird uns für immer verbinden. Das ist ein viel stärkeres Band als jede gewöhnliche Liebe. Auch wenn nur wir zwei davon wissen … Oder vielleicht sogar gerade darum …«

»Ja, gerade darum …«

»Darin wird unsere Liebe ewig weiterleben …«

»In unserem Film …«
»In unserer Kunst …«
»Ohne dass wir uns versündigen …«
»Oder jemandem wehtun und ihn verletzen…«
»Rein und unbefleckt …«
»Rein und unbefleckt …«
So redeten sie weiter, immer weiter und weiter, einander an den Händen haltend wie zwei Ertrinkende. Und indem sie redeten, geschah das Wunder. Noch während die Worte aus ihnen herausströmten, wurde bereits zur Wahrheit, was sie mit ihnen beschworen. In ihren Worten wurden sie eins. Und diese Verschmelzung fühlte sich an wie ein sanfter, ruhiger Rausch, eine Erhebung der Seelen, und je weiter sich das Flugzeug am Horizont verlor, ein silbrig flirrender Punkt nur noch, der kleiner und kleiner wurde, um sich im Azur des Äthers aufzulösen, schwangen sie sich in immer höhere Höhen hinauf, beseelt vom bittersüßen Glück der Entsagung.
»Erich …«
»Rahel …«
Sie verstummten. In der Nennung ihrer Namen war alles enthalten, was sie einander waren, und vereint in einem Verstehen, das keiner Worte bedurfte, schauten sie sich an, bis auf den Grund ihrer Seelen. Und während ihre Herzen vor Liebe zersprangen, fanden sich ihre Münder, ihre Lippen, ganz von allein, um ihr Versprechen, auf ihre Liebe zu verzichten, um ihrer selbst und ihrer Liebsten willen und überhaupt, mit einem Kuss zu besiegeln, der all ihre Worte Lügen strafte, weil er doch die einzige Wahrheit war.

39

Gustav saß am Schreibtisch seines Büros, von dem aus schon sein Vater und sein Großvater die Geschäfte der Handels- und Kreditbank Reichenbach geführt hatten, vertieft in ein Memorandum. Hjalmar Schacht hatte es verfasst, der Präsident der Reichsbank. In dem Aufsatz äußerte sich der oberste Hüter der Reichsmark zur veränderten Lage im Bankgeschäft nach der Währungsreform. Immer mehr

Geldinstitute, stellte Schacht fest, gingen dazu über, auch an Privatkunden Kredite auszureichen, um diese am allgemeinen Aufschwung im Land partizipieren zu lassen. Eine durch und durch begrüßenswerte Entwicklung, schloss er, da sie geeignet sei, den Wohlstand des Landes zu heben und damit zur Wahrung des sozialen Friedens beizutragen.

Gustav hielt in der Lektüre inne. Als seine Neffen ihm vor ein paar Jahren mit der Idee gekommen waren, hatte er sie strikt abgelehnt. Und er hatte gut daran getan, wie sich nur allzu bald erwiesen hatte. Die rasende Geldentwertung, die wenig später eingesetzt hatte, hatte nicht nur die gesamte Volkswirtschaft lahmgelegt, sie hatte auch eine ganze Reihe ehemals renommierter Bankhäuser, die, verführt durch die Aussicht auf neue Einnahmequellen, allzu leichtsinnig Kredite an Privatpersonen vergeben hatten, in den Ruin getrieben. Doch jetzt, da dank der Rentenmark die Inflation hinter ihnen lag und das Geld wieder etwas wert war und die Wirtschaft Tritt gefasst hatte wie seit den goldenen Zeiten der Gründerjahre nicht mehr, als Berlin von einer Provinzstadt zu einer europäischen Metropole aufgestiegen war – sollte man sich da nicht vielleicht doch noch einmal mit dem Gedanken befassen?

Es klopfte an der Tür. Gustav blickte auf, aber noch bevor er »Herein!« sagen konnte, betrat eine Frau sein Kontor.

Constanze.

Bei ihrem Anblick fing sein altes Herz an zu klopfen. »Du bist zurück?« Freudig sprang er auf, um sie zu begrüßen.

Doch sie blickte ihn so abweisend an, dass er innehielt. »Bitte keine Umstände. Was ich dir zu sagen habe, kann ich im Stehen sagen.« Sie zögerte einen Moment. »Ich … ich habe über deine Bedingung nachgedacht …«

»Meine Bedingung? Tut mir leid, meine Liebe, aber ich weiß im Moment nicht …«

»Und ob du das weißt! Und ich teile dir hiermit mein Einverständnis mit. Du sollst deinen Willen haben.«

Wie von einem Faustschlag getroffen, sank Gustav zurück auf seinen Stuhl. Natürlich wusste er … Aber Grundgütiger – er hatte sie doch nur auf die Probe gestellt, und sie hatte sich auch klipp und klar dagegen verwahrt, zu seiner übergroßen Erleichterung. Ein »Vieh« hatte sie ihn genannt!

Woher in aller Welt nun dieser Sinneswandel?

Noch während er versuchte, sich einen Reim darauf zu machen, wandte Constanze sich zur Tür.

»Ich werde dich schriftlich wissen lassen, wann und wo es sein soll. Halte dich bereit!«

40

Rahel beugte sich über Alex' Bett, um ihm einen Gutenachtkuss zu geben.

»Aber du hast mir ja noch gar keine Knochengeschichte erzählt, Mama!«

»Ach, wie konnte ich das nur vergessen?«

Sie rückte einen Stuhl heran und setzte sich zu ihm. Während er voller Erwartung zu ihr aufsah, strich sie sich das Haar aus der Stirn. Wie sollte sie in ihrem Zustand eine Geschichte für ihn erfinden? Seit ihrer Aussprache mit Erich war sie nicht mehr sie selbst, wie eine Scheintote lief sie umher, innerlich leer und hohl und seelenlos, und was sie auch tat, tat sie wie eine ferngesteuerte Menschenmaschine aus »Metropolis«, unfähig, auch nur einen Gedanken zu fassen, der sich nicht um sie und Erich drehte. Dabei konnte sie von Glück sagen, dass Tino zu viel arbeiten musste, um zu merken, wie es um sie stand. Sie wusste, er war der wunderbarste Mann der Welt, der aus Liebe zu ihr sein altes Leben abgestreift und sich regelrecht gehäutet hatte, um nur noch für sie und ihren Sohn da zu sein. Und doch konnte sie ihm nicht mehr in die Augen schauen, und wenn er sich ihr näherte, schaffte sie es nur mit Mühe, nicht unter seiner Berührung zu erstarren.

»Dann wollen wir mal überlegen, was der große Junge heute erlebt hat. – Ach richtig, er war mit Tante Ottilie im Zoo …«

Während sie irgendeine Geschichte von Elefanten und Papageien und Affen zusammenfabulierte, hörte sie im Flur Tinos Schritte. Wahrscheinlich hatte er sich in der Küche etwas zu trinken geholt und ging damit zurück in sein Arbeitszimmer. Beim Abendessen hatte er gesagt, er müsse eine Vorstandssitzung vorbereiten, aber sie wusste nicht mal mehr, worum es ging – wahrscheinlich hatte sie es erst gar nicht gehört oder gleich vergessen. Dafür erinnerte sie sich immer wieder an die Vereinbarung, die sie vor Jahren getroffen hatten, als Voraussetzung der Freiheit, die sie einander zugestanden. »Es gibt eine Grenze. Wenn wirkliche Liebe ins Spiel kommt, muss jeder es dem anderen sagen – das ist seine Pflicht ...« War dieser Punkt nicht erreicht? Ach, es war doch nur ein Kuss in den Lüften gewesen, in der wirklichen Wirklichkeit hatte es diesen Kuss doch gar nicht gegeben. Außerdem hatten sie einander gelobt, für immer auf ihre Liebe zu verzichten. Auf ihre Liebe ... Auf ihre *Liebe – LIEBE!!!* ... Ja, sie hatten einander ihre Liebe gestanden. Und ihr Gelöbnis, darauf zu verzichten, hatten sie mit einem zweiten Kuss besiegelt, am Boden und in der wirklichen Wirklichkeit. Rahel spürte den Kuss noch immer auf ihren Lippen, und alles in ihr sehnte sich danach, ihn noch einmal zu spüren, *wirklich*, wieder und wieder und wieder ...

»Warum erzählst du nicht weiter, Mama?«

»Es ... es tut mir leid, mein Schatz. Heute geht es nicht, heute musst du mal ohne Knochengeschichte einschlafen.« Bevor Alex protestieren konnte, deckte sie ihn zu. »Mama muss noch etwas ganz, ganz Wichtiges erledigen.«

41

Erichs Produktionsbüro in Babelsberg war mehr ein Verschlag als ein Büro. Es gab einen Schreibtisch und eine »Sitzecke«, bestehend aus einem schlichten Tisch und vier noch schlichteren Stühlen, und der einzige Schmuck im Raum waren ein paar Plakate von Filmen, die Erich produziert hatte. In dieser Umgebung wirkte Josef von Sternberg wie ein regierender Fürst. Das Monokel im Auge, die gestiefelten Beine übereinandergeschlagen und beide Hände vor sich auf seinen Kavaliersstock gestützt, saß er mit durchgedrücktem

Rücken auf seinem Stuhl und dozierte. Nachdem er den Regievertrag für die Verfilmung von »Professor Unrat« unterschrieben hatte, galt es heute, die zweite wichtige Frage zu entscheiden, die am Anfang jeder Filmproduktion stand: Wer sollte das Drehbuch schreiben?

Schon seit einer Stunde diskutierten sie alle möglichen in Frage kommenden Kandidaten. Die nächstliegende Idee, Heinrich Mann als Autor des Romans mit dem Drehbuch zu beauftragen, hatten sie einmütig verworfen. Ein Drehbuch war kein Roman, für die Inszenierung einer Geschichte im Film galten völlig andere Gesetze als in einem Buch, und sie erforderten drastische Eingriffe in den Stoff. Dafür aber war ein Romanautor denkbar ungeeignet. Genauso gut könnte man einen Chirurgen damit beauftragen, sein eigenes Kind zu amputieren.

Nein, dafür bedurfte es einer ruhigen, sicheren Hand. Am Ende standen drei Namen in der engeren Wahl: Carl Zuckmayer, ein junger, nicht mal dreißig Jahre alter Schriftsteller, der gerade mit der Komödie »Der fröhliche Weinberg« im Theater am Schiffbauerdamm für Furore sorgte, Karl Gustav Vollmoeller, ein veritables Allroundgenie, der in seiner Jugend Autorennfahrer und Flugzeugkonstrukteur gewesen war, bevor er sich gleichzeitig als Archäologe, Lyriker und Dramatiker einen Namen gemacht hatte, und schließlich Robert Liebmann, ein ehemaliger Theaterkritiker, der als Arbeitstier und ebenso erfahrener wie zuverlässiger Drehbuchautor galt. Alle drei hatten sehr unterschiedliche Stärken und Schwächen. Entsprechend schwer fiel die Entscheidung.

»Und wenn wir alle drei zusammenspannen?«, fragte Sternberg.

Erich, der sich gerade eine Zigarette anzündete, hielt irritiert inne. »Ein sehr ungewöhnlicher Vorschlag.«

»Hier in Babelsberg vielleicht«, erwiderte Sternberg. »Aber in Hollywood ist das gang und gäbe. Da sperrte man oft ein halbes Dutzend Autoren in einen Raum und lässt sie erst wieder raus, wenn sie ein fertiges Drehbuch haben. Das Ganze nennt man ›Writer's Room‹. Man bündelt die Stärken und kompensiert die Schwächen.«

»Klingt nicht dumm.« Erich überlegte. »Aber einer müsste das Sagen haben. Sonst entsteht ein heilloses Durcheinander. Wer von den dreien könnte das Ihrer Meinung nach sein?«

Sternberg zögerte keine Sekunde. »Natürlich ich!«

Erich lachte. »Natürlich.«

Damit war die Sache entschieden, und er begleitete den Regisseur hinaus. Im Vorzimmer gab die Sekretärin ihm einen Brief. Der Umschlag trug keinen Absender, aber er erkannte die Handschrift sofort: Rahel … Eilig verabschiedete er Sternberg und kehrte zurück in sein Büro.

Als er Rahels Zeilen las, wich ihm das Blut aus den Adern.

Noch immer spüre ich Deinen Kuss auf meinen Lippen. Und deshalb weiß ich, dass wir es niemals schaffen werden, voneinander zu lassen, solange wir uns begegnen. Dafür ist unsere Liebe zu groß und zu stark und zu tief. Wir müssen es deshalb beenden, jetzt gleich, bevor wir uns alle ins Unglück stürzen. Du hast eine glückliche Familie, ich habe eine glückliche Familie. Wir dürfen einander nie mehr wiedersehen. Glaub mir, Erich, die Entscheidung, auf das Glück zu verzichten, das wir hätten haben können, fällt mir nicht leicht. Im Gegenteil, noch nie ist mir eine Entscheidung schwerer gefallen. Auch bin ich mir bewusst, dass ich damit nicht nur unsere Liebe opfere, sondern auch meinen Traum vom Fliegen. Aber mein Leben – das Leben, das ich mit Tino und Alex führe – ist diesen Preis wert. Es ist mehr wert als meine Karriere und jeder Film und alle Kunst dieser Welt.

Erich ließ den Brief sinken. Es war, als hätte jemand die Welt angehalten, um sie in die entgegengesetzte Richtung zu drehen. Durch Rahel hatte er zum ersten Mal im Leben erfahren, dass es all die großen, wunderbaren Gefühle, die er zuvor nur aus Filmen und Romanen und Theaterstücken kannte – dass es diese Gefühle wirklich und wahrhaftig gab! Er hatte sie am eigenen Leib gespürt, am eigenen Leib und in seiner Seele! Und jetzt sollten Rahel und er sich nie mehr wiedersehen? Wie in aller Welt sollte das gehen? Das war doch gar nicht vorstellbar, eine vollkommen absurde Idee und außerdem eine

Illusion – sie würden sich wieder und wieder und wieder begegnen. Selbst wenn sie ihre Karriere als Schauspielerin beendete, ohne dass sie sich und der Welt je hatte zeigen können, wozu sie fähig war. Tino war doch sein bester Freund und sie seine Frau!

Das Gesicht in den Händen, zermarterte er sich das Gehirn nach einer Lösung. Doch konnte es für dieses Dilemma überhaupt eine Lösung geben?

42

»Das kann ja wohl nicht wahr sein!«

Stauß stürzte sein Glas Natronlösung in einem Zug hinunter, und Tino war der Grund dafür. Bausback hatte gerade vorgerechnet, dass für die Fertigstellung von »Metropolis« noch einmal fünfhunderttausend Mark nachgeschossen werden mussten. Ein Zurück gab es nicht mehr. Die Premiere war angekündigt, die Einladungen waren verschickt.

»Das ist Ihre Verantwortung, Reichenbach!«

»Die ich selbstverständlich übernehme«, erwiderte Tino frohgemut. »Ich versichere Ihnen, es gibt nicht den geringsten Grund zur Beunruhigung. Alles ist tipptopp! ›Metropolis‹ wird nicht nur Deutschland erobern, sondern dank des Parufamet-Vertrags auch Amerika und danach die ganze Welt. Was sind da fünfhunderttausend Mark?«

Bausback hielt es nicht länger auf seinem Platz. »Sind Sie noch bei Trost, Mann? Für Sie mögen fünfhunderttausend Mark vielleicht ein Pappenstiel sein, für die Ufa sind sie das nicht.« Er wandte sich an Stauß. »Das muss Konsequenzen haben!«

»Woran denken Sie?«, fragte der.

Bevor Bausback antworten konnte, ging die Tür auf, und Pommer trat herein.

»Sie kommen wie gerufen«, rief Stauß. »Wir reden gerade über die neueste Kostenaufstellung zu Ihrem Film …«

»Meinen Sie ›Metropolis‹?«, fragte Pommer. »Dafür bin ich nicht mehr zuständig. So wenig wie für irgendeinen anderen Film dieses Unternehmens.«

»Wie bitte?«

Pommer warf einen Briefumschlag auf den Tisch. »Ich trete mit sofortiger Wirkung als Produktionsdirektor der Universum Film AG zurück.«

Tino starrte ihn an, als hätte er Chinesisch gesprochen. Erst jetzt fiel ihm auf, dass Pommer kreidebleich im Gesicht war. Auch Stauß und Bausback hatte es die Sprache verschlagen.

Stauß war der Erste, der sich wieder fing. »Soll das ein Witz sein? Wenn ja, muss ich sagen, dass ich schon bessere …«

»Nein, kein Witz«, fiel Pommer ihm ins Wort. »Ich meine es ernst. Die schriftliche Kündigung finden Sie in dem Umschlag. Meine Entscheidung ist unwiderruflich.«

Tino wollte etwas sagen. Doch Stauß bedeutete ihm zu schweigen. »Würden Sie bitte die Freundlichkeit haben, Herr Pommer, uns den Grund für diesen Irrsinn zu nennen?«

»Bedanken Sie sich bei Ihrem Finanzdirektor.«

»Hast du sie noch alle?«, platzte Tino heraus.

Stauß hob ein zweites Mal die Hand. »Bitte lassen Sie Herrn Pommer ausreden.«

Der wich Tinos Blick aus. »Der Parufamet-Vertrag«, sagte er, die Augen auf seine Schuhspitzen gerichtet, »wurde über meinen Kopf hinweg beschlossen. Das kann ich nur als Ausdruck völliger Respektlosigkeit gegenüber mir als Produktionsdirektor werten. Wenn fünfundsiebzig Prozent aller Spielzeiten in unseren Kinos künftig amerikanischen Filmen vorbehalten sind, haben unsere Eigenproduktionen keine Priorität mehr.« Er hob den Kopf und blickte Stauß an. »Unter diesen Umständen ist es mir unmöglich, weiter für die Universum Film AG zu arbeiten.«

43

Im Zollernhof trug Generaldirektor Ludwig Klitzsch die Vierteljahresbilanz der Scherl-Verlagsgruppe vor. Mit halb geschlossenen Augen hörte Hugenberg zu, wie sein Adjutant die Zahlen herunterrasselte. Der Vortrag hatte etwas beruhigend Einschläferndes. Das lag zum einen an Klitzschs angenehmer Stimme, zum anderen und vor allem aber an den Zahlen selbst. Sämtliche Presseerzeugnisse des Konzerns verzeichneten sowohl bei der Zahl der Anzeigen als auch bei der Zahl der Abonnenten deutliche Zuwächse, zum Teil im zweistelligen Bereich. Nur die »Deulig Woche«, eigentlich das ertragreichste Produkt des Unternehmens, enttäuschte im Vergleich dazu ein wenig. Gewinn und Umsatz lagen lediglich ein knappes Prozent über dem Ergebnis des Vorjahres.

»Was sind die Gründe?«, fragte Hugenberg.

»Vor allem der zunehmende Konkurrenzdruck«, erwiderte Klitzsch, wie immer bestens präpariert. »Die Ufa-Wochenschau wird von Woche zu Woche erfolgreicher. Inzwischen wird sie nicht mehr nur von den Ufa-eigenen Lichtspielbetrieben abonniert, sondern auch von freien Filmtheatern. Das ist aus unserer Sicht doppelt unerfreulich. Erstens geht das Wachstum zu Lasten der ›Deulig Woche‹. Zweitens trägt es zur Profitabilität des Ufa-Konzerns insgesamt bei und erschwert dadurch unsere Übernahmepläne.«

Auf dem Schreibtisch klingelte das Telefon. Klitzsch nahm den Hörer ab. Auf Hugenbergs fragenden Blick legte er die Hand auf die Muschel, um leise den Namen des Anrufers zu nennen.

»Grau.«

Eine Weile hörte Hugenberg die Stimme des Majors, ohne etwas zu verstehen. Doch Klitzschs Gesicht war anzusehen, dass es offenbar Nachrichten von einiger Bedeutung gab.

»Erich Pommer hat seinen Vertrag gekündigt«, erklärte Klitzsch, nachdem er aufgelegt hatte.

»Der Produktionsdirektor der Ufa?«

Klitzsch nickte.

Hugenberg strich sich über das Haar. »Das ist unsere Chance!«, entschied er.

Klitzsch brauchte einen Augenblick, dann hatte er begriffen. »Sie meinen – wir greifen an?«

»Allerdings! Los, worauf warten Sie? Besorgen Sie mir den Mann!«

44

Die Bars, Cabarets und Cafés der Berliner Bohème waren keineswegs Orte, die Ludwig Klitzsch freiwillig frequentierte. Allein, wo die Dienstpflicht begann, hörte die Freiwilligkeit auf. Nachdem man ihm weder in Babelsberg noch im Haus Vaterland auf seine telefonische Anfrage hin hatte mitteilen können, wo Erich Pommer zu finden sei, war ihm nichts anderes übriggeblieben, als alle einschlägigen Lokale auf dem Ku'damm sowie in der Leipziger und Friedrichstraße aufzusuchen, um seiner habhaft zu werden.

Doch ob in der »Statistenbörse« oder im »Eldorado«, im »Romanischen Café« oder im »Kakadu«: Zwar hatte jeder von Pommers Kündigung gehört, offenbar war die Nachricht eingeschlagen wie eine Bombe, aber niemand wusste, wo er sich aufhielt.

Doch zum Glück gab es immer noch das »Café des Westens«, nach wie vor auch »Café Größenwahn« genannt, obwohl sich kaum noch ein Größenwahnsinniger in das Lokal verirrte, und darin herrschte immer noch Oberkellner Franz, der dort schon seit einem halben Menschenleben tätig war und darum den Namen und die Adresse von jedermann kannte, der in der Filmwelt etwas galt. Für einen Zehnmarkschein, den er mit der ihm eigenen Noblesse hinter seiner Frackbrust verschwinden ließ, rückte er mit Pommers Anschrift heraus.

Es war schon Abend, und die untergehende Sonne tauchte die Landschaft in goldrotes Licht, als Klitzsch den Wannsee erreichte. Am Yachthafen verließ er die Uferstraße, und zwei Minuten später parkte er in der Bergstraße vor der Villa mit der Hausnummer sieben.

Hatte er Pommer endlich gefunden?

Tatsächlich, als er die Türglocke betätigte, machte der Gesuchte selber auf. Doch wie sah er aus? Normalerweise war Pommer für sein elegantes Äußeres bekannt, nicht nur wegen seiner Zigarettenspitze, sondern auch wegen seiner Vorliebe für maßgeschneiderte Kleidung. Doch statt eines Anzugs trug er einen Kittel und an den Händen Arbeitshandschuhe, wie Möbelpacker sie trugen, und die Eingangshalle stand voller Kisten und Kartons.

»Nanu«, entfuhr es Ludwig Klitzsch. »Wandern Sie etwa aus?«

45

Rahel machte Hausputz. Obwohl sie schon gestern Hausputz gemacht hatte. Und vorgestern auch. Aber seit sie Erich ihren Abschiedsbrief geschickt hatte, wusste sie nichts anderes mehr mit sich anzufangen, als zu putzen. Putzen war das Einzige, was half. Putzen half zu vergessen, solange sie putzte, war sie beschäftigt und musste an nichts denken. Deshalb putzte sie die Wohnung immer wieder von neuem, putzte die Fenster und die Türen und wischte den Boden und staubte die Möbel ab. Und wann immer sie mit dem letzten Zimmer fertig war, fing sie wieder von vorn an, putzte bis zur Erschöpfung und darüber hinaus. Sie brachte sogar Alex jeden Morgen zu Tante Ottilie, nur damit sie den ganzen Tag lang ununterbrochen und immerfort putzen konnte. Doch wie sehr sie auch putzte und schrubbte, wienerte und polierte, die Leere in ihr blieb, die Leere und die Trauer und die Verzweiflung.

Und eine Sehnsucht, die sich niemals erfüllen würde. Ihr Leben lang.

Sie unterbrach das Putzen nur, um nach der Post zu schauen. Das tat sie alle paar Minuten. Auch heute war sie schon mehrere Dutzend Male das Treppenhaus hinunter in den Hausflur gelaufen, wo der Briefkasten hing. Umsonst.

Dann aber, sie wollte sich gerade auf den Weg machen, um Alex bei Tante Ottilie abzuholen, war er endlich da, der Brief, auf den sie so brennend und gleichzeitig so voller Angst gewartet hatte.

Der Brief von Erich. Seine Antwort auf ihren Brief.

Ich habe beschlossen, nach Amerika überzusiedeln, zusammen mit Gertrud und dem Hänschen, um künftig in Hollywood zu arbeiten. Das ist die einzige Möglichkeit, unserer Liebe zu entkommen. Ich habe bereits mit Mr. Lasky telefoniert, dem Chef der Paramount, und alles Nötige mit ihm vereinbart. Zum Glück ist er ein großer »Fan«, wie die Amerikaner sagen, von meinem »Mabuse« und heißt mich in seinem Studio willkommen. Der Vertrag ist unterwegs, nur noch ein paar wenige Vorbereitungen sind zu treffen, dann wird der endlos weite Ozean zwischen uns liegen …

Die Buchstaben verschwammen vor Rahels Augen, und ihr Herz krampfte sich ihr in der Brust zusammen. Noch einmal las sie die Worte, die sich vor ihr wie ein Abgrund auftaten: *der endlos weite Ozean …* Die Vorstellung war so unerträglich, dass sie kaum noch atmen konnte. Wie konnte er ihr, wie konnte er ihnen das antun? Das war doch Verrat, Verrat an ihrer Liebe, den sie beide nicht überleben würden … Doch während sich alles in ihr gegen seine Entscheidung sträubte, weil der Schmerz viel zu groß war, dämmerte ihr, langsam und nur ganz allmählich, dass sie ihm bitter unrecht tat. Wenn Erich bis ans andere Ende der Welt fliehen wollte, um sich und ihn vor ihrer Liebe zu schützen, bedeutete das doch nur, dass er sie genauso liebte wie sie ihn, vielleicht sogar noch mehr als sie.

Nein, seine Entscheidung war kein Verrat, im Gegenteil, sie war ein Bekenntnis, ein einziger Liebesbeweis, vielleicht der größte Liebesbeweis, den ein Mann einer Frau überhaupt darbringen konnte.

Und obwohl sie nicht aufhören konnte zu weinen, musste sie lächeln, während sie den Brief zu Ende las.

… Jetzt bleibt mir nur noch, Dir Lebwohl zu sagen. Ja, meine innig geliebte Rahel, lebe wohl – ich wünsche Dir alles Glück dieser Welt, von Herzen. Und lass Dir zum Trost gesagt sein, was ich auch mir selbst wieder und wieder sage: Die Zeit heilt alle Wunden, sie wird auch unsere Wunden heilen. Nur eines musst Du mir versprechen: Du darfst Deinen Traum nicht aufgeben, Du gehörst vor die Kamera, sonst versündigst Du Dich an Dir selbst und Deinem Talent. Spiel die Rosa, kämpfe um die Rolle, sie wird die Rolle Deines Lebens sein. Versprichst Du mir das? Bitte, Rahel, um unser beider willen. Wenn ich eines Tages den fertigen Film sehe, den wir zusammen angefangen haben, Du und ich, und Du darin das Lied der Rosa singst, dann weiß ich, dass Du bei mir bist und ich bei Dir. Für immer und alle Zeit …

46

Wer keinen Ständer hat, hat im Puff nichts verloren! An diese Redensart aus längst vergangenen Fähnrichszeiten musste Grau denken, als er am Abend das »Adlon« betrat. Wie kregel war er früher gewesen, wenn er sich mit Constanze zu einem ihrer Liebesmahle traf. Doch jetzt? Die Liaison mit ihr gestaltete sich mehr und mehr zur Mesalliance. Obwohl sie kein eigenes Geld mehr hatte, drängte sie ihn weiter zur Scheidung. Wie stellte sie sich das vor? Sollte er sich von seiner Frau trennen und auf die Zuwendungen seines Schwiegervaters verzichten, um dann eine verwöhnte ehemalige Bankiersgattin zu versorgen? Nein, knapp bei Kasse war er auch ohne sie schon, und bei allem Vergnügen, das sie einem Mann im Bett zu bereiten vermochte – wie lange würde sie noch das Prachtweib sein, das sie war? Wenn ihn nicht alles täuschte, füllte sie ihre Frisur mit künstlichen Haarteilen auf, er glaubte, einmal gesehen zu haben, wie sie im Bett eine lose Flechte unter ihrem Kopfkissen hatte verschwinden lassen … Sollte sie ihn nun auch noch mit Hitler im Stich lassen, um ihn vor dem Führer und der Partei bis auf die Knochen zu blamieren, war es an der Zeit, sich über den Sinn dieser Verbindung ernsthafte Gedanken zu machen.

Unwillig klopfte er an ihre Tür.

»Herein!«

Bei ihrem Anblick machte er einen Schritt zurück. Constanze trug über ihrem hier und da schon welken Leib eines ihrer aufreizendsten Negligés – und dazu schwarze, bis zu den Ellbogen reichende Handschuhe sowie Netzstrümpfe und Strapse und Lackstiefel, Accessoires, die es nur in sehr speziellen Berliner Spezialgeschäften zu kaufen gab. Das konnte nur eines bedeuten: Heute wollte sie sein Bekenntnis zur Scheidung erzwingen.

»So zögerlich, mein Gebieter?«

Er wollte schon kehrtmachen, da hob sie die Hand und wedelte mit einem Stück Papier. Irritiert runzelte er die Stirn. Was war das? Etwa ein Scheck?

Er trat ein und schloss die Tür hinter sich.

»Ja, da staunst du, nicht wahr? Fünfzigtausend Mark. Wie du verlangt hast. Für unseren Führer Adolf Hitler.«

Dabei lächelte sie ihr altes, fast vergessenes Lächeln, so dass mit einem Schlag die Brunft in ihm erwachte. Eilig knöpfte er sich den Rock auf.

»Du wunderbares Weib. Wie hast du das nur wieder hingekriegt?«

»Psssst.« Weiter ihr unwiderstehliches Lächeln lächelnd, legte sie ihm einen Finger auf die Lippen. »Ist das denn nicht ganz und gar egal?«

47

Fast eine Woche hatte Tino gebraucht, bis er den Mut gefasst hatte, Pommer zur Rede zu stellen. Jetzt standen sie in der Eingangshalle von dessen Villa am Wannsee zwischen halb gepackten Kisten.

»Amerika?«, fragte er. »Ist das wirklich dein Ernst?«

Pommer sortierte ein paar Bücher in einen Karton. »Ihr habt es so gewollt«, antwortete er, ohne aufzublicken.

»Aber was ist denn in dich gefahren? Du hattest doch nicht das Geringste gegen den Vertrag, als ich aus Amerika zurückkam. Im Gegenteil. Du warst genauso erleichtert wie wir alle. Und nicht nur erleichtert. Ganz begeistert warst du, weil du plötzlich aus dem Vollen schöpfen konntest.«

Pommer zuckte die Schultern. »Ich habe noch mal nachgedacht, das ist ja schließlich nicht verboten, oder?«

Tino machte einen Schritt auf ihn zu. »Ganz ehrlich, Erich. Ist der Vertrag wirklich der Grund?«

Pommer hob den Kopf. »Welchen Grund sollte es sonst geben?«

Als ihre Blicke sich trafen, blitzte für eine Sekunde ein schlimmer Verdacht in Tino auf. Steckte vielleicht sein Freund dahinter, dass Rahel sich in letzter Zeit so seltsam verhielt?

»Natürlich ist der Vertrag der Grund«, erklärte Pommer. »Und wenn du auch nur eine Minute nachdenkst, musst du mir recht geben. Wenn die Hauptspielzeit unserer Kinos künftig den amerikanischen Großproduktionen gehört, bedeutet dies das Ende des Ufa-Qualitätsfilms. Dann bleibt für mich als Produktionsdirektor nur noch das Brot-und-Butter-Geschäft. Dafür bin ich mir zu schade.«

Tino biss sich auf die Lippe. Auch wenn er diese pessimistische Sicht nicht teilte, konnte er nicht ausschließen, dass sich die Dinge womöglich so entwickeln würden. Was also sollte er erwidern? Außerdem war der Vertrag mit Lasky schon unterschrieben, und der sicherte Pommer nicht nur das Dreifache dessen zu, was er bei der Ufa verdiente, sondern garantierte ihm freie Themenwahl bei seinen Produktionen und stellte ihm für diese geradezu unbegrenzte Budgets in Aussicht.

»Und was sagt Gertrud zu Amerika?«

Pommer nahm einen weiteren Stoß Bücher. »Du kennst sie ja. Sie will immer nur das Beste für mich.«

»Hoffentlich weißt du, was du an ihr hast.« Tino schaute sich um. »Aber wo ist sie überhaupt?«

»In Leipzig, zusammen mit dem Hänschen. Um sich von ihren Eltern zu verabschieden. Sie wissen ja nicht, wann sie sich wiedersehen werden.«

In Pommers Augen schimmerten Tränen. Tino ahnte, warum.

»Ich kann mir vorstellen, wie schwer dir der Abschied fällt. ›Professor Unrat‹ ist ein so großartiger Stoff, damit hättest du Filmgeschichte schreiben können.« Er hielt einen Moment inne. »Willst du es dir nicht doch noch mal überlegen?«

Pommer schüttelte den Kopf.

»Wenn nicht für dich, dann für Rahel«, insistierte Tino. »Du bist bei ihr im Wort. Du hast ihr versprochen, sie groß rauszubringen. Du wolltest sie zum Star machen!«

Doch abermals schüttelte Pommer den Kopf. »Für Rahel zu sorgen, ist deine Sache, du bist ihr Mann.« Mit einem Ruck kehrte er ihm den Rücken zu und beugte sich über eine Kiste, um die Bücher in seiner Hand darin zu verstauen. »Außerdem hast du als Finanzdirektor viel mehr zu sagen als ich. Also kannst du auch viel mehr für sie tun.«

Er sagte das in einem so entschiedenen, abschließenden Ton, dass Tino es aufgab. Er kannte seinen Freund lange genug, um zu wissen, dass weiteres Insistieren zwecklos war.

»Kommst du wenigstens noch zur Premiere von ›Metropolis‹?«

Pommer warf ihm über die Schulter nur einen verächtlichen Blick zu. »Auf gar keinen Fall!«

48

In der Besenkammer des »Adlon« war es so finster, dass Gustav kaum die Hand vor Augen sah, nur durch das Schlüsselloch auf der Höhe seines Bauchs drang ein bisschen Licht herein, und es roch so scharf nach Putz- und Scheuermitteln, dass er kaum Luft bekam. Schwer atmend hob und senkte sich seine Brust. Er wusste nicht, wie lange er sich schon in dem Kabuff aufhielt, das unmittelbar an Constanzes Suite angrenzte, er wusste nur, jede Minute, jede Sekunde war zu viel.

Trotzdem schaffte er es nicht, sich daraus zu befreien.

Während er in seinem Anzug schwitzte, dass ihm der Schweiß auf der Stirn perlte, drangen die Liebeslaute seiner Frau und ihres Beischläfers zu ihm in die Dunkelheit. Warum hatte er den Scheck nur ausgestellt? Ach, er wusste die Antwort ja nur zu gut: weil es die einzige Möglichkeit war, noch in Kontakt zu Constanze zu bleiben. Mit seiner Probe auf ihre Sittlichkeit hatte er die Situation herbeigeführt, jetzt war er in ihr gefangen, Opfer seiner selbst.

Undeutlich hörte er Graus Stimme. Sie klang wie ein Befehl.

Unwillkürlich bückte er sich, um durch das Schlüsselloch zu schauen. Als er sah, was nebenan geschah, keine zwei Meter entfernt und nur durch eine Tür von ihm getrennt, stöhnte er einmal laut auf. Doch Constanze hörte ihn nicht. Sie war fast nackt, nur ein hauchdünnes Negligé bedeckte ihren herrlichen Leib, und wie er selbst es verlangt hatte, als eine Bedingung für den Scheck, trug sie dazu die Handschuhe und Netzstrümpfe und Strapse und Lacklederstiefel, die er vor Jahren für sie besorgt hatte und die sie immer tragen musste, wenn sie ihn züchtigte. In dieser Montur hockte sie nun wie sonst er selbst auf allen vieren am Boden, zu Füßen ihres Liebhabers, und den Kopf im Nacken, blickte sie zu ihm auf wie in Anbetung seiner machtvoll erhobenen Männlichkeit.

Obwohl der Anblick Gustav quälte, als wühlte ein Messer in seiner Brust, konnte er sein Auge nicht davon lassen.

Jetzt nahm Constanze Graus Glied in ihre schlanke, schöne Hand. Gustav hielt den Atem an. Gleich, gleich würde es geschehen … Eilig knöpfte er seinen Hosenschlitz auf, mit vor Erregung zitternden Fingern.

Constanze öffnete einen Spalt weit ihren Mund. Abermals stöhnte er auf, doch wieder hörte sie ihn nicht. Sie hatte ihn ein Vieh genannt, und ja, er war ein Vieh, und wie jedes Vieh kam er nicht an gegen die eigene Natur. Und während er seine Frau und ihren Liebhaber beobachtete, schmeckte Gustav auf seinen Lippen die Tränen, die an seinen Wangen herunterrannen, und in ohnmächtiger, willenloser Gefolgschaft dessen, was er sah, bewegte er seine Hand, auf und ab, im selben Rhythmus wie die zwei Liebenden vor ihm, um alle Erregung aus sich herauszuschleudern, bis nur noch die Qual übrig blieb, Strafe für seine Lust.

49

Rahel verließ das Kinderzimmer und schloss leise die Tür hinter sich. Im Flur herrschte solche Stille, dass ihr die Ohren davon dröhnten. Nein, Erichs Brief hatte nicht geholfen, so wenig wie das Putzen. Obwohl es schon spät am Abend war, empfand sie noch immer dieselbe Leere und Trauer und Verzweiflung, mit der sie am Morgen aufgewacht war. Und vor allem dieselbe verzehrende Sehnsucht, die wie ein kaltes Fieber in ihr hauste.

Sollte sie noch einmal das Silber putzen?

Sie wandte sich zum Esszimmer, da rasselte ein Schlüsselbund an der Etagentür, und im nächsten Moment trat Tino ein. Bei ihrem Anblick zuckte er kurz zusammen. Hatte er einen Verdacht? Nein, sogleich entspannte sich seine Miene, mit einem zärtlichen Lächeln nahm er sie in den Arm, um sie mit einem Kuss zu begrüßen.

»Ich weiß, worum du dich sorgst«, sagte er. »Du hast Angst, dass sie dir deine Rolle wegnehmen, nicht wahr? Aber das brauchst du nicht, du wirst die Rosa spielen, das garantiere ich. Wer immer an Erichs Stelle den Film produzieren wird, braucht meinen Segen als Finanzdirektor, wenn er Verträge abändern will.«

Gerührt und beschämt zugleich von seiner Fürsorglichkeit, wusste Rahel nicht, was sie erwidern sollte. Zum Glück ersparte das Klingeln des Telefons ihr die Antwort.

»Wer kann das so spät noch sein?«, fragte Tino und zog sich sein Jackett aus.

»Keine Ahnung.« Obwohl sie Angst hatte, dass es vielleicht Erich war, wartete sie nicht, bis Tino abgelegt hatte, sondern nahm selbst den Hörer ab.

»Hier Reichenbach.«

»Rahel?«, tönte es aus der Leitung. »Gott sei Dank, dass ich dich erwische.«

Nein, nicht Erich, Lilly war am Apparat. Als Rahel die vertraute Stimme hörte, schloss sie kurz die Augen. Die Götter hatten ihr die Freundin geschickt, jetzt, da sie eine Freundin dringender brauchte denn je.

»Wie schön, dass du anrufst! Höchste Zeit, dass wir uns wiedersehen. Wann hast du Zeit, damit wir …«

Doch Lilly ließ sie nicht zu Wort kommen. »Schlechte Nachrichten!«

Sie hatte noch keine zwei Sätze gesprochen, da erstarrte Rahel.

»Was ist los?«, fragte Tino.

Mit dem Hörer in der Hand drehte sie sich zu ihm um. »Edgar muss vor Gericht. Ihm wird der Prozess gemacht.«

50

Die Verhandlung fand im Amtsgericht Mitte statt, einem ehrfurchtgebietenden Gründerzeitgebäude in der Littenstraße. Lilly saß in der ersten Reihe der Zuschauertribüne, zusammen mit dem Rest der Familie, Tante Ottilie und Fritz und vor allem natürlich

Detlef. Obwohl heute eigentlich Drehtag war, hatte sie sich freigenommen, um Edgar zur Seite zu stehen – wegen der Anklage, die gegen ihn erhoben wurde, war mit großem Publikumsandrang zu rechnen, da brauchte er jede Unterstützung. Doch außer ihr und der Familie verlor sich zu ihrer Überraschung nur ein halbes Dutzend Schaulustiger in den Bänken. Offenbar hatte ein Prozess wegen Unzucht für das skandalverwöhnte Berliner Publikum keinen Reiz mehr.

Wo zum Kuckuck blieb Rahel?

»Bitte erheben Sie sich!«, rief der Saaldiener.

Der Richter und seine Beisitzer traten durch eine Tür und nahmen ihre Plätze ein. Edgar saß bereits auf der Anklagebank, ein Polizeibeamter hatte ihn in den Saal geführt wie einen Verbrecher. Er sah so verloren aus, dass Lilly schlucken musste. Wie immer war er perfekt angezogen, nicht mal das Einstecktuch fehlte in seinem eleganten grauen Zweireiher. Doch seine Würde war nur eine mühsam aufrechterhaltene Fassade. Zwischen den quer über den Schädel gekämmten Strähnen seines dünnen, weißlichen Haupthaars schimmerte gut sichtbar die darunterliegende rosige Glatze durch.

Der Richter forderte Edgar auf, vorzutreten.

»Name, Geburtstag und Geburtsort?«

Mit leiser Stimme antwortete Edgar auf die Fragen zu seiner Person. Lilly wünschte, er hätte einen Anwalt. Aber sein Stolz hatte ihn gehindert, Rahel um Hilfe zu bitten, und Detlef war offenbar nicht bereit gewesen, für die Kosten aufzukommen. Jetzt musste er sich ohne Beistand dem Gericht stellen.

Die Feststellung der Personalien war noch im Gange, da kam endlich auch Rahel. Alle Köpfe drehten sich zu ihr herum. Lilly spürte kurz den spitzen Stachel des Neids. Mit dem fließenden Seidenkleid und dem dazu passenden Hütchen auf der perfekt sitzenden Frisur sah Rahel wie ein echter Filmstar aus, nicht wie eine billige Asta-Nielsen-Kopie. Erst als sie näher kam, um neben ihr Platz zu nehmen, sah Lilly die Ringe unter ihren Augen, aus denen jeder Glanz gewichen war, und ihr Gesicht war blass und grau.

Was war passiert?

Bevor sie fragen konnte, klopfte der Richter mit seinem Hammer auf den Tisch.

»Ich rufe den Zeugen Joachim Raschke auf.«

51

Rahel hatte den kurzen, prüfenden Blick ihrer Freundin registriert, und sie wusste selbst nur zu gut, dass sie ihn verdient hatte. Wie hatte sie sich nur in dem Glauben wiegen können, Edgar sei im Urlaub? Monatelang, ohne auch nur einmal nachzufragen? Nein, sie hatte sich einfach nicht gekümmert. Wie schon so oft in den vergangenen Jahren. Weil sie nur an sich und ihre Karriere gedacht hatte.

Erst gestern am Telefon hatte Lilly ihr berichtet, was damals im Wertheim passiert war und was der schöne Joachim nun ebenso wortreich wie genussvoll dem Richter vortrug. Dazu schilderte er ausführlich die angeblichen Nachstellungen, mit denen Edgar seinen Lehrling im Kaufhaus verfolgt haben sollte, obwohl der Lehrling sich nach Kräften dagegen verwehrt habe. Der Richter und der Staatsanwalt unterbrachen die Aussage kein einziges Mal. Offenbar bestätigte der Zeuge nur, wovon sie längst überzeugt waren.

Der schöne Joachim verbeugte sich.

»Ich hoffe, ich habe Ihnen ein einigermaßen umfassendes Bild vom Treiben des Fräulein Weißpfennig im Kaufhaus Wertheim vermitteln können.«

»Fräulein Weißpfennig?«, wiederholte der Richter verwundert.

»Unter diesem Namen war der Herr Rayonleiter allgemein bekannt«, erwiderte der schöne Joachim mit süffisantem Lächeln.

»Verstehe.« Der Richter konnte sich ein Schmunzeln nicht verkneifen. »Dann danke ich Ihnen. Sie können Platz nehmen.«

Während der schöne Joachim der Aufforderung folgte, rief der Richter einen weiteren Zeugen auf.

»Matthias Taube.«

Rahel kannte den Namen nicht, wohl aber das Gesicht. Der Aufgerufene war derselbe kleine Mistkerl von Lehrling, der sie im Wertheim angelogen und behauptet hatte, Edgar habe gekündigt und wolle erst Urlaub machen, bevor er seine neue Stelle antrete. Jetzt bestätigte er Wort für Wort die Darstellung des schönen Joachim, mit dem er während seiner Aussage immer wieder in auffallender Weise Blicke tauschte. Rahel konnte es nicht fassen. Sah der Richter denn nicht, dass die zwei sich abgesprochen hatten?

Nachdem auch die zweite Zeugenanhörung beendet war, wandte der Richter sich an Edgar.

»Möchten Sie sich zu den hier vorgetragenen Anschuldigungen äußern, Fräulein – pardon: *Herr* Weißpfennig?«

Rahel sah, wie Edgar zusammenzuckte. Kreidebleich im Gesicht, saß er da, in sich zusammengesunken wie ein Häufchen Elend, ohne dass ein Ton über seine Lippen drang.

»Ich stelle fest, das ist nicht der Fall.« Der Richter räumte seine Unterlagen zusammen. »Das Gericht zieht sich zur Beratung zurück.«

Rahel beugte sich vor und fasste an Edgars Schulter. »Willst du denn gar nichts sagen?«, fragte sie leise.

Mit leeren Augen drehte er sich zu ihr um, doch statt von seinem Recht Gebrauch zu machen, schüttelte er nur resigniert den Kopf. »Es würde doch alles nur noch schlimmer machen.« Traurig lächelnd drückte er ihre Hand. »Aber danke, dass du gekommen bist.«

Sie war so beschämt, dass ihr die Worte fehlten. Während sie Edgars Händedruck erwiderte, schaute Detlef sie böse an. Auch Tante Ottilie warf ihr kopfschüttelnd einen unwilligen Blick zu, und Fritz sah durch sie hindurch, als wäre sie gar nicht vorhanden.

»Aufgepasst«, sagte Lilly. »Es geht weiter.«

Obwohl noch keine zwei Minuten vergangen waren, kehrten der Richter und die Beisitzer schon wieder von ihrer Beratung zurück. Der ganze Saal erhob sich zur Urteilsverkündung, auch Edgar.

»Hiermit ergeht folgender Beschluss«, verkündete der Richter. »Der Angeklagte wird wegen erwiesener fortgesetzter Anstiftung eines Minderjährigen zur Unzucht zu acht Monaten Zuchthaus verurteilt. Das Urteil ist rechtskräftig und wird ohne Bewährung vollzogen. Die Sitzung ist geschlossen.«

Während der Richter mit seinen Beisitzern den Saal verließ, stand

Edgar wie versteinert da, wie ein zum Tode Verurteilter, der auf seine Hinrichtung wartet. Rahel streckte die Hand nach ihm aus, doch Detlef schlug ihr auf den Arm.

»Das ist alles deine Schuld«, zischte er. »Edgar hat sich nur scheiden lassen, damit du heiraten konntest. Dein Glück wurde ihm zum Verhängnis.«

52

Von der Littenstraße bis zum Gendarmenmarkt war es ein Fußweg von nur einer guten Viertelstunde. Lilly hatte nach dem Ende der Verhandlung vorgeschlagen, dass sie alle zusammen bei Rahel Kaffee trinken sollten, doch Detlef hatte nur einmal seine weißen Zähne gefletscht, um dann auf dem Absatz kehrtzumachen, und Tante Ottilie hatte behauptet, sie müsse heute unbedingt noch Wäsche kochen, so dass Fritz nichts anderes übriggeblieben war, als ihr nach Hause zu folgen.

Jetzt überquerte Lilly allein mit Rahel die Rathausbrücke in Richtung Mitte.

»Wenn ich mir vorstelle, dass Edgar in diesem Moment vielleicht schon in einer Gefängniszelle sitzt, zusammen mit richtigen Verbrechern ... Hoffentlich tun sie ihm nichts an.«

»Das will ich mir gar nicht vorstellen«, sagte Rahel. »Bestimmt hat er fürchterliche Angst, nach allem, was er schon erlebt hat ...«

»Du meinst – im Krieg?«

»Er hat ja erzählt, wie seine sogenannten Kameraden ihn zugerichtet haben ... – Ach, warum hat er sich nur nicht bei mir gemeldet? Tino hätte ihm doch einen Anwalt besorgt, er hat doch dauernd in der Ufa mit welchen zu tun.«

»Zum Sichmelden gehören immer zwei«, sagte Lilly. »Du hättest Edgar ja auch anrufen können. Hast du aber nicht.«

»Fällst du jetzt auch noch über mich her?« Rahel blieb stehen und schaute sie an. »Aber ja, du hast ja recht«, sagte sie, nachdem Lilly ihren Blick einen Moment wortlos erwidert hatte. »Ich hätte mich kümmern müssen. Ich bin eine schlechte Freundin.«

»Jetzt spiel nicht die beleidigte Leberwurst. Jetzt ist es so, wie es ist. Wenn du dir Vorwürfe machst, macht das die Sache auch nicht besser.«

»Aber …«

»Kein Aber. Außerdem hätte euer Anwalt auch nichts an dem Urteil geändert. Der Richter wollte ja sowieso nur hören, was der schöne Joachim und der verlogene Lehrling ausgesagt haben. Das ist so klar wie Klärchen.«

»Vielleicht hast du recht. Vielleicht …«

Schweigend liefen sie weiter zur Schlossbrücke. Erst jetzt wurde Lilly bewusst, was für ein schöner Tag war. Die Sonne schien von einem tiefblauen Himmel herab, auf der Spree tutete ein Ausflugsdampfer, und am Ufer ließen Kinder Steine über das Wasser flitschen und setzten Papierschiffchen aus.

»Das Leben geht weiter«, sagte Lilly. »Nach acht Monaten ist Edgar wieder frei. Das haben andere auch schon geschafft.«

Rahel gab keine Antwort. Den Blick auf ihre Füße gerichtet, trottete sie vor sich hin, ohne die Sonne oder den Dampfer oder die Kinder wahrzunehmen.

Lilly schaute sie von der Seite an. »Du hast selber Sorgen, stimmt's?«

»Wie kommst du darauf?«, fragte Rahel mit tonloser Stimme.

»Glaubst du, ich hab keine Augen im Kopp?« Lilly nahm ihre Hand. »Also sag schon, was ist los? Ich hab doch gleich gesehen, dass etwas nicht in Ordnung ist, schon, als du ins Gericht kamst. Ein Gesicht wie Buttermilch und Spucke.« Sie stellte sich Rahel in den Weg. »Du hast Liebeskummer. Stimmt's?«

Rahel schlug die Augen nieder.

»Dann ist Tino also wieder rückfällig geworden?«

»Nein, nicht Tino. – Im … im Gegenteil …«

»Im Gegenteil?« Lilly verstand überhaupt nichts mehr. »Was soll das denn heißen?« Plötzlich sah sie, wie Rahels Gesicht rot anlief. »Ach du grüne Neune! Dann hat es diesmal also *dich* erwischt?«

Rahel schwieg.

»Keine Antwort ist auch eine Antwort.« Lillys Mitleid verwandelte sich schlagartig in Neugier. »Jetzt spann mich nicht auf die Folter! Wie heißt er? Wer ist er? Kenne ich ihn?«

»Ja«, sagte Rahel so leise, dass sie kaum zu verstehen war. »Es … es ist Erich. Erich Pommer.«

»Das wird ja immer doller! Los, erzähl! Wie ist es passiert?«

Lilly hätte am liebsten tausend Fragen auf einmal gestellt. Doch Rahel wandte sich wortlos ab und lief weiter, mit einem Gesicht wie im Leichenschauhaus. Lilly folgte ihr nach. Aus irgendeinem Grund hatte sie das Gefühl, dass, wenn sie ihre Freundin mit ihren Fragen löcherte, sie erst recht keine Antwort bekommen würde. Also hielt sie den Mund. Nur in ihrem Kopf ratterte es weiter.

Erich Pommer. Trau, schau, wem …

Bis zur Französischen Straße blieb Rahel stumm, und Lilly gab die Hoffnung fast schon auf, da fing sie plötzlich an zu erzählen, ganz von allein. Wie Erich und sie für ihre Rolle geprobt hatten … Wie sie zuerst nicht hatten wahrhaben wollen, was mit ihnen geschah … Wie sie mit dem Flugzeug geflogen waren, um sich in der Luft zu küssen … Und wie sie mit einem zweiten Kuss beschlossen hatten, mit allem aufzuhören, bevor es überhaupt richtig begann …

Als Rahel zu Ende erzählt hatte, war Lilly zu Tränen gerührt.

»Das ist ja wie im Film … Ach«, seufzte sie, »so eine Liebesgeschichte würde unsereiner auch mal gern erleben, nicht immer nur eine schicke Nacht … Verkehrte Welt! Ich lasse mich auf irgendwelche Kerle ein, die ich genauso wenig liebe wie sie mich, und du liebst einen Mann, und er liebt dich, aber ihr verkneift euch das Allerschönste, was die Liebe überhaupt zu bieten hat.« Sie schüttelte den Kopf. »Wie wollt ihr das durchhalten? Das ist ja Tierquälerei! Schließlich werdet ihr euch doch jeden Tag bei der Arbeit sehen!«

»Nein«, sagte Rahel. »Das werden wir nicht. Erich wandert aus. Nach Amerika.«

»Wie romantisch!« Fast beneidete Lilly sie. »Aber irgendwie«, fügte sie nach kurzem Zögern hinzu, »ist es auch bekloppt …«

»Bekloppt?«, fragte Rahel mit tränennassen Augen. »Was meinst du mit bekloppt?«

»Dreimal darfst du raten!« Lilly dachte einen Moment nach, dann hatte sie eine Idee. »Ich glaube, ich weiß eine Lösung für euch!«

»Unmöglich!«

»Von wegen! Es ist sogar *die* Lösung! Damit ihr's nicht bis an euer Lebensende bereuen müsst!«

53

Vor dem Traumpalast am Zoologischen Garten drängten sich die Schaulustigen in solchen Scharen, dass selbst das größte Lichtspielhaus der Universum Film AG mit seinen zweitausend Plätzen sie nicht zu fassen vermochte. Einen solchen Auflauf hatte es noch nie für einen Film gegeben. Eine Limousine nach der anderen bahnte sich ihren Weg durch die Menschenmenge, im Minutentakt hielten die Wagen vor dem taghell erleuchteten Portal, Livrierte eilten herbei und rissen die Türen auf, Schauspieler und Schauspielerinnen in Abendrobe stiegen aus, um sich auf dem roten Teppich im Blitzlichtgewitter der Fotografen dem Volk zu präsentieren.

Ja, ganz Berlin wollte bei dem Ereignis dabei sein, das hier und heute gefeiert wurde: die Premiere der neusten Ufa-Produktion – »Metropolis«. Schon seit Wochen fieberte die Hauptstadt der Uraufführung entgegen. Mit »Metropolis«, so hieß es, würde eine neue Ära in der Geschichte der Filmkunst anbrechen. Obwohl noch kein Journalist den Film bisher gesehen hatte, priesen die Vorberichte in den Zeitungen ihn bereits als Jahrhundertwerk und überschlugen sich nur so vor Superlativen. Welch unvergleichlichen Aufwand hatte diese größte deutsche Produktion aller Zeiten erfordert! Eins Komma drei Millionen Meter Filmmaterial waren abgedreht worden. Siebenhundertfünfzig Kleindarsteller sowie fünfunddreißigtausend Komparsen führte das Verzeichnis der Mitwirkenden neben den acht Hauptdarstellern auf, darunter, wie die Ufa in einem Prospekt verkündete, »750 Kinder, 100 Neger und 25 Chinesen«. Fünfzig Autos waren eigens für »Metropolis« entworfen und angefertigt worden, nach den Vorgaben des Regisseurs Fritz Lang, und allein die Arbeitskosten der an der Herstellung des Films beteiligten Handwerker beliefen sich auf sage und schreibe eins Komma sechs Millionen Mark. Was aber das gesamte Spektakel gekostet hatte, das wusste wohl nur der Finanzdirektor der Universum Film AG.

Während im Foyer hinter vorgehaltener Hand die phantastischsten Beträge genannt wurden und man sich fragte, ob solcher Aufwand je durch einen Film wieder eingespielt werden könnte, wartete Tino in Frack und Zylinder auf seine Frau. Er war vorausgefahren, um die letzten Vorbereitungen für die Premierenfeier zu beaufsichtigen, während Rahel Alex zu Tante Ottilie gebracht hatte. Alle fünf Sekunden blickte er auf die Uhr. Zweimal hatte die Einlassglocke schon geläutet, in Scharen strömten die Premierengäste in den Vorführsaal, wo jeden Moment die Vorstellung begann. Doch Rahel war immer noch nicht da. Mit jeder Sekunde, die verstrich, wurde er nervöser. Das war doch ihr Abend! Zwar war ihre Nebenrolle von so geringer Bedeutung, dass ihr Name nicht auf dem Programmzettel aufgeführt wurde, doch hatte sie in der Überflutungsszene einen so großen Auftritt, dass jeder Zuschauer danach ihr Gesicht kennen würde.

War sie vielleicht im Verkehr stecken geblieben? Oder hatte ihr Cabriolet gestreikt?

Die Einlassglocke läutete zum dritten Mal. Während die letzten Zuschauer in den Saal eilten, gab Tino seinen Zylinder an der Garderobe ab. Er würde drinnen auf sie warten, sie wusste ja, dass sie reservierte Plätze hatten, und würde ihn finden. Er hoffte nur, dass sie es noch rechtzeitig schaffte, bevor ihre Szene kam.

54

Erich legte seinen Kittel ab und streifte sich die Arbeitshandschuhe von den Händen. Die letzte Kiste war gepackt, der letzte Karton gefüllt. Nur ein paar wenige Einrichtungsgegenstände, für die sie in ihrem zukünftigen Haus keine Verwendung mehr hatten, waren in den kahlen Räumen zurückgeblieben, alle anderen Möbel hatte am Morgen ein Spediteur abgeholt und in zwei großen Lastwagen nach Hamburg gebracht, wo sie bereits vor der Abreise auf ihr Schiff verfrachtet würden, zusammen mit den Haushaltsgeräten und Bildern und Lampen. Obwohl sie die Villa nicht verkauft hatten, sondern nur vermietet, kam er sich in dem leeren Haus schon jetzt wie ein Fremder vor, der nicht mehr hierhergehörte.

Morgen würden Gertrud und das Hänschen aus Leipzig zurückkommen. Und übermorgen würden sie alle drei an Bord der »MS Deutschland« gehen, um nach Amerika zu fahren.

Als er sich zur Küche wandte, um einen Schluck Wasser zu trinken, fiel sein Blick auf das Telefon. Stumm blickte es ihn an.

Sollte er Rahel noch einmal anrufen, um sich von ihr zu verabschieden?

Das Bedürfnis war so unwiderstehlich, dass er zum Hörer griff.

»Mit wem wünschen Sie verbunden zu werden?«

Als das Fräulein vom Amt sich meldete, zögerte er. Was würde passieren, wenn er Rahels Stimme hörte? Würde das nicht alles nur noch schlimmer machen? Und was, wenn nicht sie, sondern Tino abhob? … Ach nein, Tino war ja gar nicht zu Hause, so wenig wie Rahel. Heute war ja die Premiere von »Metropolis«, also würden sie jetzt beide im Zoo-Palast sein.

»Danke«, sagte er in die Muschel hinein. »Ich … ich habe mich geirrt, ich brauche keine Verbindung. Bitte entschuldigen Sie.«

Noch bevor das Fräulein etwas erwidern konnte, legte er den Hörer auf. Bestimmt war es besser so, ganz bestimmt sogar.

Fast erleichtert ging er in die Küche. Dort nahm er das letzte Glas vom Spülstein und drehte den Wasserhahn auf.

Als er das Wasser einlaufen ließ, klingelte es an der Haustür.

Verwundert hielt er inne. Doch nur für einen Moment. Dann füllte er sein Glas und trank es aus.

Nein, er erwartete niemanden. Noch hatte er Lust, jemanden zu sehen.

55

Rahel nahm den Finger von der Schelle und lauschte. Aus dem Innern der Villa drang kein Laut nach außen. Keine Stimmen. Keine Schritte. Nichts.

War Erich vielleicht nach Leipzig gefahren, um Gertrud und das Hänschen abzuholen?

Unsicher schaute sie sich um. Erst jetzt bemerkte sie, dass sein Auto weder auf der Straße noch in der Garageneinfahrt stand.

Vom See wehte ein kühler Nachtwind. In ihrem dünnen, schulterfreien Organza-Abendkleid, zu dem sie nur eine Federboa trug, fröstelte sie. Noch als sie Alex bei Tante Ottilie abgeliefert hatte, war sie fest entschlossen gewesen, die Premiere zu besuchen, zusammen mit Tino, wie sie es abgesprochen hatten. Doch als sie in ihr Auto gestiegen war und sich ans Steuer gesetzt hatte und den Motor starten wollte, hatte sie an Lillys Worte denken müssen. So wie sie den ganzen Tag schon an ihre Worte gedacht hatte. Jede Stunde. Jede Minute. Jede Sekunde. Wieder und wieder und wieder.

»Nur eine einzige Nacht. Dann liegt der ganze Ozean zwischen euch, und nichts kann mehr passieren. Und wegen Tino musst du kein schlechtes Gewissen haben, er wird es niemals erfahren …«

Statt zum Ku'damm war sie zum Wannsee gefahren. Und jetzt stand sie hier, vor Erichs Haus. Obwohl niemand aufmachte, hatte sie das Gefühl, dass jemand da war. Vielleicht stand sein Auto ja in der Garage, oder er hatte es verkauft, um sich in Amerika ein neues anzuschaffen.

Ja, Lilly hatte recht. Sie würde es für immer bereuen. Bis an ihr Lebensende.

Sie hob die Hand und drückte ein zweites Mal auf die Klingel.

Es dauerte ein paar Sekunden, dann wurden drinnen Schritte laut. Einen Moment später ging die Tür auf, und Erich stand vor ihr.

»Rahel?«

»Ich … ich bin gekommen, um mich von dir zu verabschieden.«

Sein Gesicht leuchtete auf, als hätte jemand darin ein Licht angezündet. Als sie dieses Leuchten sah, wusste sie, dass sie die richtige Entscheidung getroffen hatte, und während Erich, den Türgriff in der Hand, wortlos einen Schritt zur Seite trat, um ihr Platz zu machen, schritt sie über die Schwelle.

56

Schwarz und schweigend ruhte der See. Nur ein Fahrradfahrer kam Tino entgegen, als er in die Uferstraße einbog. Über eine Stunde hatte er im Kino auf Rahel gewartet, ohne jede Ahnung, wo sie steckte, und ihr Platz an seiner Seite war immer noch leer gewesen, als ihre große Szene gekommen war, in der sie bei der Flutung der Unterstadt als Arbeiterin 2038 ein Kind vor dem Ertrinken rettete. Am Ende der Szene hatte es spontanen Applaus für sie gegeben.

Wie war es möglich, dass sie sich das hatte entgehen lassen?

Während der Beifall auf ihren leeren Sitz niedergeprasselt war, war es ihm wie Schuppen von den Augen gefallen. Es hatte so viele Hinweise gegeben, kleine und große, aber er hatte sie alle ignoriert … Rahels seltsamer Empfang bei seiner Rückkehr aus Amerika … Ihre abweisende Zurückhaltung, wenn er sich ihr zu nähern versuchte … Ihr auffallend frühes Zubettgehen, wenn er abends spät nach Hause kam … Und dann Erichs Kündigung aus heiterem Himmel, für die es keinen wirklich nachvollziehbaren Grund gab, egal, was er behauptete … Und schließlich die so nachdrückliche Erklärung seines Freundes, dass er, Tino, Rahels Mann und es darum seine Aufgabe sei, sich um ihre Karriere zu kümmern …

Ohne auf die irritierten Blicke von Stauß und dem Regisseur zu achten, war er aus dem Kino gestürzt und hatte sich in seinen Wagen geworfen, um sich Gewissheit zu verschaffen.

Normalerweise dauerte die Fahrt vom Ku'damm bis zum Wannsee über eine halbe Stunde. An diesem Abend aber hatte er für die Strecke nur zwanzig Minuten gebraucht. Doch je näher er seinem Ziel kam, umso mehr verlangsamte er die Geschwindigkeit. Fast im Schritttempo verließ er beim Yachthafen die Uferstraße.

Sollte er nicht lieber kehrtmachen? Vielleicht war die Ungewissheit ja leichter zu ertragen als die Wahrheit …

Zu spät! Als er in die Bergstraße einbog, parkte vor der Villa mit der Hausnummer sieben, angestrahlt vom Licht seiner Scheinwerfer, Rahels Cabriolet.

Tino trat so heftig auf die Bremse, dass er den Motor abwürgte.

Mit den Händen sinnlos das Lenkrad umklammernd, als würde die Fahrt, die doch hier zu Ende war, noch weitergehen, starrte er den Wagen seiner Frau an, während er in seinem Kopf ihre lachende Stimme hörte.

Brauch oder nicht. Es gibt sich auch …

TEIL ACHT

Over the ocean

1927 – 1928

1 Alfred Hugenberg stand am Fenster seines Kontors und schaute hinaus auf das Schneegestöber, in dem die noch winterlich kahlen Lindenbäume entlang des Boulevards zusammen mit diesem mehr und mehr verschwanden. Dick vermummt eilten die Menschen durch die Kälte zu ihren Geschäften, und auf der vereisten Fahrbahn gerieten die Automobile ins Schlingern, so dass sich die meisten nur noch im Schritttempo voranbewegten. Doch während der Winter draußen noch einmal sein garstiges Antlitz zeigte, regte sich in Hugenbergs altem Herzen das süßeste Frühlingserwachen. Grund dafür waren die Pressekritiken zu »Metropolis«, die sein Adlatus Ludwig Klitzsch mit der ihm eigenen angenehmen Stimme an diesem Februarmorgen des Jahres 1927 vortrug.

»›Wer die Stirn hat, solchen Blödsinn sechzig Millionen Menschen, ja der ganzen Welt vorzusetzen, der kündigt damit laut und vernehmlich seinen völligen geistigen Bankrott an. Was uns hier erzählt wird, ist trivial, schwülstig, pedantisch‹.«

»Wer schreibt das?«, wollte Hugenberg wissen.

»Heinrich Braune im ›Vorwärts‹. Aber er steht mit seiner Meinung nicht allein da. Theodor Heuß äußert sich in ›Die Hilfe‹ ganz ähnlich: ›Über das Kitschige des geistigen Motivs will ich gar nichts sagen. Aber die Vermanschung der mystischen, allegorischen, symbolischen und der realistischen, konkreten Motive ist so schwer erträglich, weil in ihnen die ganze seelische Verkrampfung dieser Zeit liegt, wenn sie anfängt, das Banale zu heroisieren und das Heroische in Mystik zu verwandeln‹.«

»Und hat die ›Weltbühne‹ auch eine Meinung?«

»Allerdings.« Klitzsch suchte kurz in seinem Zeitungsstapel, dann las er vor: »›Ich habe neulich den dümmsten aller Filme gesehen. Ich glaube nicht, dass es möglich ist, einen noch dümmeren zu machen. Er heißt ›Metropolis‹ und kommt von den großen Ufa-Ateliers. Er verabreicht in ungewöhnlicher Konzentration nahezu jede überhaupt nur mögliche Blödsinnigkeit, Klischees, Plattheit und Kuddelmuddel über technischen Fortschritt und den Fortschritt überhaupt, serviert mit einer Soße von Sentimentalität, die in ihrer Art einzigartig ist. Mit den schlechtesten Traditionen des Kinos, monströs von sich selbst überzeugt, gewiss der Macht einer lauten Reklame, die das Publikum schon heranholen wird, machten die Ufa-Leute sich in ihrem riesenhaften Atelier ans Werk, um Länge auf Länge diesen ignoranten Quatsch zu produzieren und den Markt für jeden besseren Film dieser Art zu ruinieren‹.« Klitzsch hielt inne. »Soll ich fortfahren?«

Hugenberg hätte noch stundenlang weiterlauschen können, die Verrisse waren Musik in seinen Ohren, aber darauf kam es nicht an. »Genug«, sagte er darum. »Die Kritik ist das eine. Entscheidend jedoch sind die Zahlen. Hat unser Major schon rapportiert?«

»Ich habe gestern Abend mit Grau gesprochen«, erwiderte Klitzsch. »Im Fall von ›Metropolis‹ sind Presse und Zuschauer ausnahmsweise einer Meinung. Der Film ist nicht nur bei der Kritik, sondern auch beim Publikum mit Pauken und Trompeten durchgefallen. Kein Mensch will ›Metropolis‹ sehen. Der Film hätte mindestens ein halbes Jahr in sämtlichen Ufa-Kinos spielen müssen, um sich zu amortisieren, aber er wurde in fast allen Häusern abgesetzt, zum Teil schon nach wenigen Tagen. Jetzt will man den Streifen von Grund auf überarbeiten. Aber es wird nur noch verzweifelt zu retten versucht, was nicht mehr zu retten ist.«

Schweigend ließ Hugenberg die Informationen auf sich wirken, um sie in ihrer ganzen Tragweite zu erfassen, und während er sich über sein Stehhaar strich, ratterten noch einmal alle Zahlen und Fakten, die er im Laufe von zehn Jahren über seinen Konkurrenten gesammelt hatte, durch sein rastlos arbeitendes Gehirn, bis dieses zu einem Ergebnis kam.

War die Universum Film AG endlich fällig? Gescheitert an ihrem Größenwahn?

Auf den Fußballen wippend, drehte er sich zu seinem Adjutanten herum. »Machen Sie alles klar zum Gefecht, Klitzsch. Wir greifen an!«

2

Mit seinem Federschmuck auf dem Kopf genoss Alex sein Indianerfrühstück, eine dicke Scheibe Schwarzbrot mit zwei Wolken Erdbeermarmelade – so wie Kleiner Krieger Leichtfuß es am allerliebsten mochte, zusammen mit einer Tasse Kakao. Tino hatte das Frühstück für ihn zubereitet, als Rahel hinunter in den Hausflur gegangen war, um nach der Morgenpost zu schauen. Nur ein einziger Brief hatte im Kasten gelegen. Während Tino, verborgen hinter dem »Börsen-Courier«, nun seinen Kaffee schlürfte, starrte sie mit wild klopfendem Herzen auf den Umschlag auf dem Tisch, unfähig, auch nur einen Bissen zu sich zu nehmen. Der Brief war von Erich, per Luftpost gekommen und mit bunten amerikanischen Marken beklebt – aufgegeben in HOLLYWOOD, wie der Poststempel in Großbuchstaben verriet. Doch da er nicht an sie beide, sondern nur an Tino adressiert war, hatte sie ihn nicht geöffnet, und Tino schien es damit nicht eilig zu haben.

Was würde darin wohl stehen?

Erich und sie hatten beschlossen, einander keine Briefe zu schreiben, jede Nachricht würde den Schmerz ja nur noch mehr vergrößern. Für Tino galt diese Regel natürlich nicht – im Gegenteil, Erich *musste* ihm sogar schreiben, sonst würde er Verdacht erregen. Doch Rahel hatte nicht geahnt, welche Wirkung ein Brief von ihm an ihren Mann bei ihr hervorrufen würde. Während der Umschlag, beschriftet von seiner Hand, stumm und schweigend auf dem Tisch lag, war es, als stünde Erich selbst im Raum.

Mit leisem Rascheln blätterte Tino in seiner Zeitung. Musste sie ihm nicht endlich die Wahrheit sagen?

Alex ersparte ihr die Antwort, zumindest für den Moment. »Kleiner Krieger Leichtfuß hat alles aufgegessen!«, verkündete er und zeigte auf seinen leeren Teller.

»Möchte er dann vielleicht noch eine Scheibe Brot?«

»Ja, aber mit *drei* Wolken! Kleiner Krieger Leichtfuß hat einen Bärenhunger!«

»Na, dann wollen wir mal sehen, dass wir ihn satt bekommen, bevor er auf den Kriegspfad geht.«

Während sie nach dem Brotkorb griff, veranstaltete Alex ein Indianergeheul. Mit einem abwesenden Lächeln blickte Tino über den Rand des »Börsen-Courier«, dann hob er die Zeitung wieder in die Höhe, um in seiner Lektüre fortzufahren.

3

Sechs Spalten nahm die Besprechung von »Metropolis« im »Börsen-Courier« ein. »Eine unmögliche Personenhandlung, die in den Motiven überstopft wird. Immer wird mit Gefühlsphrasen gearbeitet. Schrecklich. Ein sachliches Thema grausam verkitscht. Der Schluss, die tränenreiche Versöhnung von Arbeitgeber und Arbeitnehmer – entsetzlich.«

Tino hatte die vernichtenden Sätze inzwischen schon ein Dutzend Mal gelesen, doch ohne sie wirklich zu begreifen. Der Grund dafür war Erichs Brief, der in ihm alles wieder aufgewühlt hatte, was er nach Wochen und Monaten endlich begraben zu haben glaubte. Während seine Augen abermals über die Buchstaben glitten, sah er im Geiste wieder Rahels Cabrio vor Erichs Haus im nächtlichen Mondschein stehen, und die Erinnerung zerriss ihm das Herz.

Sollte er Rahel zur Rede stellen?

Nein, so enttäuscht und verletzt und wütend er war, dazu hatte er kein Recht. *Zum Wesen der Freiheit gehört immer die Möglichkeit ihres Missbrauchs …* Das hatte er selbst gesagt, in ihrer ersten Liebesnacht. Warum zum Teufel hatten sie nur diese wahnwitzige Vereinbarung getroffen? Nicht in seinen schlimmsten Träumen wäre es ihm in den Sinn gekommen, dass Rahel sie dazu benützen würde, ihn mit Pommer zu betrügen. Ausgerechnet Pommer! Sein bester Freund, für den er immer wieder Kopf und Kragen riskiert hatte, um ihm aus der Patsche zu helfen ... Und jetzt hatte der Mistkerl auch noch die Stirn, ihm einen Brief aus seinem Scheiß-Hollywood zu schicken, als wäre nichts geschehen? Dieses gottverdammte, scheinheilige Arschloch ...

»Musst du nicht langsam los?«, fragte Rahel.

Tino blickte auf seine Uhr. »Ja, du hast recht«, sagte er und legte die Zeitung beiseite. »Stauß hat die Sitzung für zehn Uhr anberaumt. Und vorher muss ich mich noch vorbereiten. Pommers Scherbenhaufen auflesen.«

»Du meinst ›Metropolis‹?« Rahel reichte Alex sein zweites Marmeladenbrot. »Ist es so schlimm?«

Als Tino ihre verängstigte Miene sah, bereute er seine Bemerkung.

»Du musst dir keine Sorgen machen«, sagte er. »Für dich wird sich nichts ändern. Verträge sind Verträge.«

4

Rahel war froh, dass Tino sie missverstanden hatte. Das gab ihr Gelegenheit, das Thema zu wechseln.

»Ich mache mir keine Sorgen um mich, sondern um Edgar«, sagte sie. »Meinst du, du kannst trotzdem noch was für ihn tun? Du weißt ja, er wird heute entlassen.«

»Aber natürlich«, erwiderte Tino. »Versprochen ist versprochen. Wenn er will, kann er morgen schon anfangen. Als was auch immer.«

»Da fällt mir ein Stein vom Herzen. Danke.«

Während sie ihm zulächelte, streckte Alex die Hand nach Erichs Brief aus.

»Darf ich die Briefmarken haben?«

»Finger weg! Sonst gibt's was auf die Pfoten!«

Tino schnappte sich den Brief, bevor Alex ihn mit seinen Marmeladenhänden erwischte. Mit gerunzelter Stirn betrachtete er den Umschlag, doch ohne ihn zu öffnen.

»Willst du nicht wissen, was Erich schreibt?«, fragte Rahel.

Mit einem Schulterzucken riss Tino das Kuvert auf. Während er die

Zeilen überflog, versuchte sie, in seiner Miene zu lesen. Doch offenbar hatte Erich nur einen sehr kurzen Brief geschrieben. Es dauerte keine zehn Sekunden, da hob Tino schon wieder den Blick.

»Du kannst beruhigt sein, es geht ihm glänzend. Er arbeitet bereits an seinem ersten Film für Paramount. ›Hotel Imperial‹, mit Pola Negri.«

»Mit Pola Negri?« Rahel musste schlucken. Den Film hatte Erich eigentlich mit ihr drehen wollen, nach dem »Unrat« sollte sie darin ihre zweite Hauptrolle spielen. Nur mit Mühe gelang es ihr, die Enttäuschung zu verbergen. »Wie … wie schön für ihn.«

»Nicht wahr?«, erwiderte Tino. »Er lässt dir und Alex übrigens schöne Grüße ausrichten. – Da, lies selbst!«

Er reichte ihr den Brief. Aber sie schüttelte den Kopf.

»Nicht nötig, du hast ja gesagt, was drinsteht. – Was … was wirst du ihm antworten?«

Wieder zuckte Tino die Schulter. »Nichts. Außer, dass er die Ufa ruiniert hat, wüsste ich nicht, was ich ihm Neues mitteilen könnte. Du etwa?«

Den Brief in der Hand, schaute er sie an. Sie spürte, wie sie unter seinem forschenden Blick rot anlief. Wann würde er sie zur Rede stellen?

Um sich ihm zu entziehen, stand sie auf und nahm das Tablett von der Anrichte. Doch während sie den Tisch abräumte, spürte sie weiter seinen Blick auf sich.

»Du hast recht«, sagte er schließlich. »Höchste Zeit.« Er stand ebenfalls auf, doch als er sich zur Tür wandte, hielt er noch einmal inne. »Wünschst du mir Glück?«

»Aber natürlich.« Ohne ihr Tablett abzustellen, gab sie ihm einen Kuss. Doch noch bevor er ihn erwidern konnte, drehte sie sich zu Alex herum. »Los, Kleiner Krieger, jetzt mal ein bisschen voran. Onkel Fritz wartet schon.«

5

Strahlend weiß erhoben sich die riesigen Lettern des Hollywood-Schriftzugs in den Hills, damit nur ja niemand vergaß, wo man sich befand. Obwohl laut Kalender noch Winter war, schien die kalifornische Sonne schon so frühlingshaft warm vom ewig blauen Himmel auf den Boulevard herab, dass Erich mit offenem Verdeck den Sunset Strip entlangfuhr. Mr. Lasky hatte ihm ein Duesenberg Model X zur Verfügung gestellt, das teuerste Automobil, das es auf dem amerikanischen Markt gab, ein fünf Meter langes Protzomobil mit so weit ausladenden Kotflügeln, als hätte Rubens sie entworfen, und zahllosen in der Sonne blitzenden Chromverzierungen. Mit seinem 4,3-Liter-Motor schaffte der Roadster trotz seines tonnenschweren Gewichts angeblich hundertsechzig Stundenkilometer. Erich dachte allerdings nicht daran, es auszuprobieren – schließlich hatte er Frau und Kind.

Links und rechts des Boulevards reihten sich die Major Studios aneinander wie eigene, in sich abgeschlossene Stadtviertel, die durch hohe Brandschutzmauern voneinander getrennt waren, damit man von keinem Studio aus sehen konnte, was im Nachbarstudio geschah. Erich setzte den Winker, und nachdem er dem bewaffneten Wachmann am Tor seinen Ausweis gezeigt hatte, bog er auf das Paramount-Gelände ein. Vor dem Direktionsgebäude wies ein frisch gemaltes Schild mit seinem Namen einen eigens für ihn reservierten Parkplatz aus, direkt neben dem von Mr. Lasky.

Miss Dolly, seine Sekretärin, ein hübsches Blondchen von zwanzig Jahren mit angeklatschter Dauerwelle, empfing ihn mit einem freundlichen Klimpern ihrer künstlichen Wimpern.

»Ist Post für mich da?«, fragte er, froh, dass Dolly sich inzwischen an sein miserables Englisch gewöhnt hatte und nicht mehr wie am Anfang jedes Mal zu kichern anfing, sobald er den Mund aufmachte.

»Aus Berlin? Leider nein. Aber wenn Sie eine Coca-Cola möchten?«

Noch während Dolly sprach, kam Mr. Lasky aus seinem Büro. Wie immer begrüßte er Erich mit einem Stüber gegen die Brust – »Hi guy!« –, um ihn dann quer über das Studiogelände zu einem Garderobentrakt zu schleppen, wo heute die Kostümprobe für seinen ersten Hollywood-Film angesetzt war: »Hotel Imperial«, eine »very, very real Europe story«, wie er Lasky erklärt hatte, um den Paramount-Chef für die Geschichte zu gewinnen, die während des großen Krieges zwischen Österreich und Russland spielte – eine Geschichte über Liebe und Verrat, Vertrauen und Spionage.

Als sie die Garderobe betraten, stand Pola Negri bereits in ihrem Kostüm als Zimmermädchen Anna vor dem Spiegel, begutachtet von Mauritz Stiller, dem schwedischen Regisseur des Films, der die berühmte Greta Garbo entdeckt und nach Amerika gebracht hatte. Während eine Requisiteurin den Sitz von Polas Kostüm nachbesserte, schweiften Erichs Gedanken ab. Wie viel lieber hätte er den Film mit Rahel gedreht – nur wegen ihr hatte er sich überhaupt für den Stoff entschieden. Sie wäre eine so zauberhafte Anna gewesen …

Warum hatten sie sich nur verboten, einander zu schreiben?

Zum Glück ließ die Arbeit ihm keine Zeit zum Grübeln. Kaum hatten sie Polas Kostüm abgesegnet, drängte Lasky auch schon weiter, und zusammen mit dem Regisseur eilten sie zu der Studiohalle, in der »Hotel Imperial« gedreht werden sollte. Als Erich die fertigen Bauten sah, liefen ihm die Augen über. Gegen das Hotel, das die Bühnenbildner erschaffen hatten, war das Berliner »Adlon« ein Armenhaus. Wohin er schaute, überall echte Kronleuchter und echte Ölgemälde und echte Perserteppiche – nirgendwo Pappmaché! Und gleich daneben, in der anderen Hälfte der Halle, ein Schlachtfeld, das eines Napoleon würdig gewesen wäre, voller Kanonen und Geschütze inmitten zerschossener Gebäude. Für eine so verschwenderische Ausstattung hätte Stauß jedem Produzenten eigenhändig die Gurgel umgedreht.

»Niagara …«, murmelte Erich in Erinnerung an die Metapher, die er einmal selbst für die Größe des amerikanischen Films geprägt hatte.

Lachend drehte Lasky sich zu ihm herum und boxte ihm gegen die Brust. *»Are you happy?«*

6

Sechs Monate waren vergangen, seit Edgar verurteilt worden war, und seitdem hatte ihn niemand von der Familie mehr gesehen. Er hatte aus der Haft geschrieben, dass er außer von Detlef keinen Besuch wollte. Rahel ahnte, warum – Edgar war zu stolz, um sich ihnen als Sträfling zu präsentieren. Sie verstand das und hatte seinen Wunsch respektiert. Das bisschen Würde war ja das Einzige, was er noch besaß. Und außerdem … Nein, daran hatte sie gar nicht erst denken wollen.

Umso glücklicher war sie nun, dass endlich der Tag seiner Entlassung gekommen war. Aus diesem Anlasse hatte die ganze Familie sich an diesem Morgen bei Tante Ottilie verabredet, sie wollten Edgar zusammen aus dem Gefängnis abholen. Doch als Rahel mit Alex im Wedding ankam, gab es eine herbe Enttäuschung.

»Lilly hat abgesagt«, erklärte Tante Ottilie. »Sie muss drehen. Und Fritz liegt mit Fieber im Bett und kann nicht auf Alex aufpassen.«

»Das heißt, wir müssen ihn mitnehmen?«

»Nein, ich bleibe auch hier. Fritz will unbedingt, dass ich ihn betüdele. Du weißt ja, wie Männer sind. Er leidet, als würde er mit dem Tode ringen.«

Für eine Sekunde musste Rahel an die Spanische Grippe denken, an der ihre Eltern gestorben waren. Aber das war Unsinn. Dic Seuche war ja längst vorbei.

»Dann kann ich Alex also bei euch lassen?«

»Natürlich«, sagte Tante Ottilie. »Und ich pass auch auf, dass er Fritz nicht zu nahe kommt.« Sie drehte sich zu Alex herum und gab ihm einen Klaps. »Worauf wartet Kleiner Krieger Leichtfuß? Ab mit dir in mein Wigwam.«

Rahel wollte sich von ihm verabschieden, doch er war schon in der Wohnung verschwunden. Mit einem Seufzer schloss sie die Etagentür. Vielleicht war es sogar besser so, Edgar und sie hatten schließlich eine Menge zu besprechen.

Als sie im Hausflur die Briefkästen sah, musste sie wieder an Erichs Brief denken. Hätte sie ihn vielleicht doch lesen sollen? Tino hatte ihn offen auf dem Tisch liegen lassen, doch sie hatte ihn nicht angerührt.

Als sie die Straße überquerte, stutzte sie. Nur wenige Schritte von der Stelle entfernt, wo ihr Auto parkte, gab es ein kleines Musikaliengeschäft, das ihr bisher noch nie aufgefallen war. Im Schaufenster war ganz vorne in der Auslage eine Schallplatte ausgestellt, deren groß gedruckter Titel auf der Schutzhülle ihr wie eine persönliche Botschaft entgegensprang.

Obwohl sie spät dran war, eilte sie zu dem Laden. Die Platte musste sie haben!

7

»Bitte mehr Action«, rief Gottlieb Meineke. »Wozu hat der liebe Gott dir diesen herrlichen Körper gegeben?«

Lilly tat, wie ihr geheißen, und während sie, schon nackt bis auf ein offenes Negligé und ein Paar Strapse, das rechte Bein auf einen Hocker stellte und sich dann in einer schwungvollen Bewegung ihres Oberkörpers vorbeugte, um auch den zweiten Strumpf an ihrem wohlgeformten Schenkel abzurollen, warf sie einen Blick über die Schulter und wackelte dabei mit ihrem rausgestreckten Luxushintern so verführerisch in die Kamera hinein, dass Gottlieb Meineke vor Begeisterung mit der Zunge schnalzte.

»Na also! Warum nicht gleich so?«

Obwohl sämtliche Blicke in dem kleinen Studio auf sie gerichtet waren – längst waren die Zeiten vorbei, dass Gottlieb Meineke allein mit ihr drehte –, genierte Lilly sich nicht im Geringsten. Sie hatte sich schon so oft vor der Kamera ausgezogen, dass es ihr inzwischen weniger ausmachte als beim Arzt. Nach zwei Jahren Gottlieb Meineke Filmproduktion befand sie sich auf der Höhe ihres Erfolgs, die ungekrönte Königin unter Berlins Nacktdarstellerinnen – »die Asta Nielsen der Aufklärungsfilme«, hatte eine Illustrierte sie genannt. Dank ihrer Arbeit führte sie fast das Leben, das sie sich erträumt hatte, ihre Tage waren ein einziger Twostep, und eine Nacht war schicker als die andere. Zwar besaß sie noch kein eigenes Auto, so wenig wie einen eigenen Mann, aber was nicht war, das konnte bekanntlich ja noch werden. Schließlich hatte jedes Ding zwei Seiten, eine gute und eine bessere. Darum hatte sie auch nicht nein sagen wollen, als Gottlieb Meineke darauf gedrängt hatte, trotz Edgars Entlassung heute zu drehen. Der Film war in den Kinos schon angekündigt, und sie hinkten dem Produktionsplan zwei Tage hinterher.

Zentimeter für Zentimeter rollte sie ihren Strumpf vom Bein, in aufreizender Langsamkeit. War ihr Produzent vielleicht sogar der Mann für ihr Leben?

Sie wusste, dass Gottlieb Meineke sie mehr als nur mochte, er wachte über sie wie über seinen Augapfel, und das nicht nur aus beruflichen Gründen. Aber bisher hatte er sich ihr noch nicht erklärt. Vielleicht hatte er ja Hemmungen, wegen seiner dicken Brille und seiner Glatze und seines nervösen Ticks mit den Augen, wer konnte das schon wissen? Männer waren ja noch komischer als Frauen. Immerhin hatte er ihr auf indirekte Weise zu verstehen gegeben, was er für sie empfand. Nach dem Durchfall von »Metropolis« hatte er sie gefragt, ob sie nicht froh sei, ihm die Treue gehalten zu haben – sie hatte ihm damals von Rahels Angebot erzählt, sie in der Filmfabrik ihres Mannes unterzubringen. Und ob sie jetzt froh darüber war! Im Gegensatz zu den Kunstproduktionen der Ufa waren Gottlieb Meinekes Aufklärungsfilme absolut krisensicher, für alles, was mit Liebe und Erotik und Sex zu tun hatte, würden die Menschen sich interessieren und Geld ausgeben, bis die Welt unterging, und solange sie, Lilly Seidenschön, jung und schön war, konnte ihr darin niemand das Wasser reichen.

Von ihrem Strumpf war nur noch ein letzter Zipfel übrig geblieben, der gerade noch die Spitze ihres großen Zehs bedeckte. Damit klemmte sie das Ende des Strumpfs ein und spannte ihn in der Luft zu seiner vollen Länge, dann ließ sie ihn in ihr imaginäres Publikum schnellen, um sich schließlich, nackt wie sie war, zur Kamera herumzudrehen.

»Und Schnitt!«, rief Gottlieb Meineke. »Die Szene ist gekauft!«

8

Als Tino den Konferenzsaal im Haus Vaterland betrat, war der übrige Vorstand der Universum Film AG schon vollständig versammelt, um das für heute anberaumte Scherbengericht zu halten. Als Finanzdirektor hatte er natürlich eine Stellungnahme vorbereitet. Darin setzte er seine ganze Hoffnung auf die Überarbeitung von »Metropolis«, gestützt auf das Beispiel von »Dr. Caligari«. Der war bei der Premiere auch durchgefallen, und trotzdem hatte Pommer den Film nach dem Fehlstart, allein durch die Ausstattung mit einer neuen Musikbegleitung, nicht nur in Deutschland, sondern in ganz Europa zum Erfolg geführt. Mit Hilfe von Direktionssekretärin Fräulein Jaschek hatte Tino dazu Schautafeln vorbereitet, die in beeindruckender Weise die verzögerte Erfolgsgeschichte dokumentierten.

Doch als Erstes erteilte Stauß nicht ihm, sondern Ferdinand Bausback das Wort. Der runzelte seine buschigen Brauen, und der Blick seiner ohnehin dunklen Augen verfinsterte sich bedrohlich.

»Die Lage als ernst zu bezeichnen, wäre eine verantwortungslose Untertreibung. ›Metropolis‹ ist in jeder Hinsicht ein Desaster, vor allem aber finanziell. Statt der kalkulierten fünfzehn Millionen haben nur fünfzehntausend – ich wiederhole: fünfzehn*tausend* – Zuschauer eine Eintrittskarte gelöst, ins Ausland wurde bisher keine einzige Lizenz verkauft, so dass, unter Berücksichtigung der zusätzlich zu den Produktionsaufwendungen für die Lancierung angefallenen Reklamekosten, unter dem Strich ein Verlust von rund zehn Millionen Mark bleibt.«

Die Wirkung seiner Worte war tödliche Stille. Tino spürte, wie ihm der Schweiß ausbrach. Natürlich waren ihm die Zahlen bekannt, aber sie aus Bausbacks Mund vor dem versammelten Vorstand zu hören, war trotzdem auch für ihn ein Schock.

»Jetzt weiß ich wenigstens, warum Herr Pommer sich nach Amerika abgesetzt hat«, sagte Major Grau in die Stille hinein.

Stauß hob die Hand, um ihm Schweigen zu gebieten. »Ich bitte, Herrn Bausback ausreden zu lassen.«

»Um es kurz zu machen«, fuhr der Revisor fort, »die Erwartungen, die an ›Metropolis‹ geknüpft wurden, haben sich in keiner Weise erfüllt. Im Gegenteil, das Scheitern dieses Films ist so monumental, wie sein Anspruch es war. Statt den Beginn einer neuen Ära der Filmkunst zu markieren, wie uns verheißen wurde, bedeutet ›Metropolis‹ das Ende des deutschen Qualitätsfilms. Das Scheitern dieser Strategie, mit der Herr Pommer uns in eine glorreiche Zukunft zu führen versprach, hatte sich, wenn man nach nüchterner Kaufmannsart die Zahlen betrachtet, schon seit einiger Zeit abgezeichnet, sowohl in der Produktion als auch im Verleih und in den Kinobetrieben, so dass längst alle Alarmglocken hätten schrillen müssen. Nachdem jetzt aber auch noch die Presse so einmütig ihr Urteil gesprochen hat, dürfen wir uns nicht länger in Illusionen wiegen. Ich denke, uns bleibt nichts anderes übrig, als einen Schlussstrich unter derlei Experimente zu ziehen. Ein für alle Mal!«

»Aber der Parufamet-Vertrag«, brachte Tino hervor, in der vagen Hoffnung, dass Verträge Verträge waren.

»Ich danke Ihnen für das Stichwort«, konterte Bausback. »Sosehr ich es auch bedaure, leider ist der Parufamet-Vertrag keineswegs dazu angetan, unsere Lage zu verbessern, vielmehr trägt er zu deren dramatischen Verschlimmerung bei. Während unsere amerikanischen Partner von der Vereinbarung in beneidenswerter Weise profitieren, erweist diese sich für die Ufa mit zunehmender Dauer als ruinöses Minusgeschäft.« Bausback richtete seine schwarzen Augen auf Tino. »Der Parufamet-Vertrag war ein ebenso kapitaler Fehler wie die Produktion von ›Metropolis‹. Hier wie dort wurden alle kaufmännischen Grundsätze mit Füßen getreten – in einer so unverantwortlichen Art und Weise, wie sie mir in meinem ganzen Berufsleben noch nicht untergekommen ist.«

Er entließ Tino aus seinem Blick und schaute in die Runde. Doch auch so wusste jeder im Raum, wen er meinte. Plötzlich sah Tino im Geiste Pommers Gesicht vor sich, die arrogante jüdische Visage mit dem hochmütigen Lächeln, dazu die vor lauter Überheblichkeit senkrecht in die Höhe gerichtete Zigarettenspitze. Ja, Major Grau hatte recht, tausendmal recht. Der verdammte Dreckskerl hatte sie alle in die Scheiße geritten, aber statt für die Katastrophe geradezustehen, wie es für jeden anständigen Kerl selbstverständlich gewesen wäre, zog er es vor, unter der kalifornischen Sonne in amerikanischen Dollars zu baden. Bei dem Gedanken packte Tino die blanke Wut, und am liebsten hätte er sie laut hinausgeschrien. Doch das war ihm nicht vergönnt. Als Finanzdirektor trug er die Verantwortung, sowohl für das ›Metropolis‹-Desaster wie für das Parufamet-Abenteuer – da half auch die gelbe Nelke in seinem Knopfloch nichts. In einer Aufwallung riss er sie von seinem Revers und zerquetschte sie in der Hand.

»Ich stelle mein Amt zur Verfügung.«

Erschrocken über seine eigenen Worte, zuckte er zusammen. Die Kündigung war ihm ganz von allein über die Lippen gekommen. Aber jetzt hatte er sie ausgesprochen, und es gab kein Zurück.

Während er den Atem anhielt, richteten sich alle Blicke auf Stauß.

Der schüttelte den Kopf. »Ihr Angebot ehrt Sie, Reichenbach. Aber leider sehe ich mich außerstande, es anzunehmen. Alles, was geschah, geschah auf Vorstandsbeschluss, also haben wir gemeinsam die Folgen zu tragen.« Er nahm einen Schluck von seinem Kaffee. »Ich werde mit dem Reichswirtschaftsministerium verhandeln. Die Universum Film AG ist ein Unternehmen von nationaler Bedeutung, und die wirtschaftliche Lage in Deutschland ist jetzt Gott sei Dank so gut wie nie zuvor. Da müsste es doch mit dem Teufel zugehen, wenn es mir nicht gelänge …« Ohne den Satz zu Ende zu sprechen, stellte er seine Kaffeetasse zurück auf den Tisch. »Bitte erlauben Sie mir, Ihnen jetzt einen Mann vorzustellen, der uns helfen wird, das Rad herumzureißen.«

Er drückte auf einen Knopf, und im nächsten Moment betrat ein korpulenter Mittvierziger mit gescheiteltem dunkelblondem Haar und kahlrasierten Schläfen den Raum.

»Herr Hugo Correll. Er folgt mit sofortiger Wirkung Herrn Pommer im Amt des Produktionsdirektors nach und hat sich freundlicherweise bereit erklärt, uns heute schon seine Pläne vorzustellen.«

9 Das Strafgefängnis Tegel war bereits von Ferne an den zwei spitz zulaufenden Backsteintürmen der Anstaltskirche zu erkennen, die sich inmitten des von einer Umwehrungsmauer eingefriedeten Gebäudekomplexes befand. Da es vor dem Haupteingang keine Parkmöglichkeit gab, fuhr Rahel ein paar hundert Meter an der Backsteinmauer entlang und bog dann in eine Seitenstraße ein, wo sie schließlich ihren Wagen abstellen konnte.

Auf dem Rückweg kam sie an einem Park vorbei, in dem eine politische Kundgebung stattfand. Die Ordner trugen braune Uniformen wie Müllmänner und dazu Hakenkreuzbinden an den Armen. Rahel blieb verwundert stehen. Hatten die Nazis es inzwischen bis nach Berlin geschafft? Sie hatte immer geglaubt, dass die nur in München herumkrakeelten ... Gerade betrat mit hinkenden Schritten ein kleiner, schmächtiger Mann das Podium, der mit flammenden Worten die Aufhebung von Hitlers Redeverbot forderte. Rahel horchte auf – Reden konnte der Hinkemann, das musste man ihm lassen. Doch sie hatte keine Zeit, ihm zuzuhören, sie wollte auf keinen Fall zu spät kommen.

Sie schaffte es gerade noch rechtzeitig – genau in dem Moment, in dem Edgar mit einem Köfferchen unter dem Arm durch eine Panzertür ins Freie trat, erreichte sie das Gefängnistor. Als Rahel ihn sah, zuckte sie zusammen. Er sah aus, als wäre er in den sechs Monaten Haft mehrere Jahre gealtert, sein Wintermantel schien mindestens eine Nummer zu groß, und sein Hut saß ihm auf den Ohren.

»War es sehr schlimm?«, fragte sie.

Edgar schüttelte den Kopf. »Ich möchte lieber nicht darüber reden ...« Er stellte seinen Koffer ab, und während er auf sie zutrat, um sie zu umarmen, kehrte zum Glück sein altes Lächeln zurück. »Wie schön, dass du gekommen bist.«

»Das ist doch selbstverständlich. Meinst du, ich lasse dich an so einem Tag mit der Elektrischen fahren?« Sie drückte ihn an sich und küsste ihn auf beide Wangen. »Aber wo ist Detlef?«

Die Frage hätte sie besser nicht gestellt, denn im selben Augenblick erlosch das Lächeln schon wieder in Edgars Gesicht. »Er ist wohl verhindert«, sagte er, und bevor sie etwas entgegnen konnte, fügte er hinzu: »Du weißt ja, Kunden gehen vor.«

Aus dem Park wehte Applaus herüber.

»Natürlich«, bestätigte Rahel, obwohl sie ganz und gar nicht der Meinung war. Sie nahm seinen Koffer und hakte sich bei ihm unter. »Aber jetzt komm, ich habe nämlich eine Überraschung für dich.«

Zusammen gingen sie zu ihrem Auto.

»Ist das die Überraschung?«, fragte er, als er die Schallplatte auf dem Beifahrersitz liegen sah.

»Nein«, erwiderte sie, »die ist für mich. Für dich hab ich was Besseres.«

10

Tino kannte Hugo Correll, jeder in der Branche kannte diesen Mann – Correll galt als ein ebenso erfahrener wie erfolgreicher Produzent. Allerdings gehörte er einem völlig anderen Produzententyp an als Pommer, Correll war durch und durch Kaufmann, kein Künstler, in seiner ganzen Karriere hatte er persönlich nicht einen nennenswerten Film produziert. Aber die Phoebus Film AG, der er jahrelang vorgestanden hatte, hatte unter seiner Leitung Quartal für Quartal glänzende Zahlen präsentiert, an der die Anteilseigner ihre helle Freude hatten.

»Wenn Sie uns bitte die Eckpfeiler Ihrer Produktionsstrategie skizzieren würden?«, forderte Stauß ihn auf.

»Aber mit dem größten Vergnügen«, erwiderte Correll. »Meine Devise lautet: Die Nachfrage bestimmt das Geschäft! Produziert wird, was dem Publikum gefällt. Die Ufa ist ein Warenhaus, und wie in jedem Warenhaus entscheiden die Massenartikel über den wirtschaftlichen Erfolg. Mein größtes Augenmerk gilt darum dem Brot-und-Butter-Geschäft. Nicht Kunst, sondern leicht verdauliche Meterware lässt die Kassen klingeln. Abenteuer- und Detektivgeschichten, Komödien und Liebesromanzen. Wenn die Menschen ins Kino gehen, wollen sie keine schwere Kost, sie wollen sich amüsieren und unterhalten, sich von der Arbeit erholen und ihre Sorgen vergessen. Der Kinobesuch soll ein zweistündiger Kurzurlaub sein. Dafür sind sie bereit, Eintritt zu zahlen.«

»Damit sprechen Sie uns allen aus dem Herzen«, sagte Stauß. »Doch was ist mit Großfilmen? Soll die Ufa sich weiter in diesem Produktionszweig engagieren? Oder wäre es wirtschaftlich vernünftiger, in Zukunft von solchen Abenteuern abzusehen?«

»Das ist die Frage aller Fragen.« Correll legte bedeutsam seine Stirn in Falten. »Doch auf die Gefahr hin, Sie zu enttäuschen, meine Herren: Ich plädiere dafür, dieses Segment auch in Zukunft zu bedienen. Jedes Warenhaus braucht eine Luxusabteilung, das erwartet der Kunde, auch wenn er diese vielleicht nie betritt. Die Luxusabteilung sorgt für Glanz und Glamour und vor allem für die nötige Bekanntheit des Hauses, von der alle anderen Abteilungen profitieren – selbst Ramschware wird durch die unter demselben Dach verkauften Luxusartikel aufgewertet und dadurch in ihrer Begehrlichkeit gestärkt. Aber um diese Wirkung zu erzielen, genügt meiner Ansicht nach die Produktion eines Großfilms pro Jahr. Wenn ich recht sehe, stehen dafür zurzeit zwei Kandidaten zur Wahl: ›Professor Unrat‹ und Goethes ›Faust‹. Die Entscheidung darüber, welcher Produktion der Vorzug zu geben ist, obliegt jedoch nicht mir, sondern dem Vorstand.«

Tino hob die Hand. »Dann stimme ich für ›Professor Unrat‹!«

Major Grau lachte einmal kurz auf. »Alles andere hätte mich auch gewundert. Sie müssen nämlich wissen, Herr Correll, dass die Frau Gemahlin unseres Herrn Finanzdirektors …«

»Das tut nichts zur Sache«, fiel Stauß ihm ins Wort, um sich dann an Tino zu wenden. »Können Sie uns sagen, wann Heinrich Manns Roman erschienen ist?«

Tino hatte nur eine vage Ahnung. »Soweit ich weiß, kam ›Professor Unrat‹ wohl schon einige Jahre vor dem Krieg heraus. Aber warum fragen Sie?«

Stauß schüttelte unwillig den Kopf. »Und wie viele Exemplare wurden seitdem verkauft?«

Tino kam in noch größere Verlegenheit. »Was die Verkaufszahlen betrifft, kann ich leider nur schätzen. Aber ich bin sicher, dass es einige zehntausend sind …«

»Dann ist die Frage entschieden«, erklärte Stauß. »Wir produzieren den ›Faust‹. Das ist das größte deutsche Drama aller Zeiten, seit über hundert Jahren füllt das Stück die Theater und ist eine sichere Bank.«

»Das kann ich nur unterstützen«, sagte Bausback. »Allerdings hätte ich eine Frage. Wer soll Regie führen? Doch hoffentlich nicht wieder Fritz Lang?«

»Da kann ich Sie beruhigen«, erwiderte Stauß mit einem bitteren Lachen. »Nie wieder Fritz Lang! Zumindest nicht, solange ich auf diesem Stuhl sitze. Darauf haben Sie mein Wort.«

»Gott sei Dank! Das beruhigt mich in der Tat.«

Stauß drehte sich zu Grau herum. »Haben wir auch Ihre Zustimmung, Herr Major?«

»Selbstverständlich!« Grau zupfte an seinem Bärtchen. »Ihre Entscheidung gibt mir ein Stück weit den Glauben an dieses Unternehmen zurück. Den ›Faust‹ macht uns Deutschen schließlich keiner nach – nicht mal die Engländer mit ihrem ›Hamlet‹. Vorausgesetzt natürlich, dass die Besetzung stimmt. Ich meine, Faust und Mephisto und auch das Gretchen …«

»Darüber entscheidet unser neuer Produktionsdirektor«, erklärte Stauß. »Ich bin sicher, Herr Correll wird für jede Rolle die absolut perfekte Lösung finden.«

11

Edgar holte seinen Schlüsselbund aus der Tasche und schloss die Wohnungstür auf. Rahel hatte ihn in ihrem Wagen von Tegel zum Hofvogteiplatz gebracht, doch ihr Angebot, ihn in die Wohnung zu begleiten, um dort zusammen mit ihm auf Detlef zu warten, hatte er ebenso abgelehnt wie ihre Einladung zum Mittagessen. Er glaubte zwar nicht, dass Detlef zu Hause war. Aber eine klitzekleine Hoffnung hatte er doch.

Als er die Tür öffnete, traute er seinen Augen nicht. Eine Spur weißer und roter Rosenblätter führte von der Wohnungstür zum Schlafzimmer, und quer über den Flur hing eine Girlande mit einem handgemalten Gruß.

Willkommen zu Hause

Edgar stellte seinen Koffer ab. Doch er hatte den Hut noch in der Hand, da hörte er eine Stimme.

»Da bist du ja endlich!«

Die Schlafzimmertür ging auf, und Detlef trat in den Flur, nur mit einem Seidenkimono bekleidet. Mit seinem strahlendsten Lächeln kam er auf ihn zu und schloss ihn in die Arme, um ihn mit einem Kuss zu empfangen, von dem ihm nach der langen Zeit der Entbehrung Hören und Sehen verging.

»Na, freust du dich ein kleines bisschen?«, fragte er, als ihre Lippen sich voneinander lösten.

»Ich kann dir gar nicht sagen, wie sehr.« Edgar spürte, dass Detlef unter seinem Kimono genauso erregt war wie er. »Aber – warum hast du mich nicht abgeholt?«

»Was für eine Frage, mein Süßer! Ich musste doch alles vorbereiten. Und dann hatte ich heute Morgen auch noch einen sehr wichtigen Kunden.«

»Einen Kunden?«

Plötzlich entgeistert, löste Edgar sich aus der Umarmung. Er wusste, dass das eine Ausrede war – er hatte sie ja Rahel gegenüber selbst benützt. Dabei konnte er sich ja denken, was der wirkliche Grund war. Wahrscheinlich hatte Detlef Angst gehabt, dass man sie vor dem Gefängnis sehen würde. Warum gab er das nicht einfach zu? Detlef war Versicherungsvertreter, da lebte er nun mal von seinem Ruf. Aber ihn anlügen und glauben, er würde das einfach so schlucken?

Edgar wusste nicht, wie er seine Enttäuschung verbergen sollte.

»Natürlich«, sagte er darum nur. »Kunden gehen vor, das weiß ich doch. Und zum Glück war Rahel ja da, um mich abzuholen.«

»Unser großer Filmstar? Tatsächlich?«

»Ja, sie hat mir sogar eine Stelle besorgt – in der Ufa, als Requisiteur. Das war ihr Überraschungsgeschenk zu meiner Entlassung. Wenn ich will, kann ich morgen schon anfangen.«

Detlef zuckte betont gleichgültig die Schulter. »Wie schön! – Aber warum beschäftigen wir uns überhaupt mit Rahel?«, wechselte er, wieder verführerisch lächelnd, das Thema. »Warum beschäftigen wir uns nicht mit uns?« Er hauchte ihm einen Kuss auf die Lippen. »Willst du denn gar nicht wissen, wohin die Rosenblätter führen?«

Edgar spürte, wie seine Erregung aufs Neue erwachte. »Soll ich raten?«, flüsterte er. »Vielleicht … vielleicht in unser – Bett?«

Detlef knöpfte seinen Mantel auf. »Ach, was habe ich doch für einen klugen Schatz.« Er zog ihm den Mantel aus und nahm seine Hand. »Jetzt komm endlich, mein Süßer. Ich halte es nicht länger aus.«

12

In der Wohnung am Gendarmenmarkt war alles still. Alex schlief bereits tief und fest in seinem Bett, und Tino war noch im Büro oder in Babelsberg. Rahel schloss leise die Wohnzimmertür hinter sich, und in der Hand die Schallplatte, die sie am Vormittag gekauft hatte, trat sie ans Grammophon.

Als die Nadel mit einem Knistern in die Rille fand, löschte sie das Licht und setzte sich in einen Sessel.

My Bonnie is over the ocean
My Bonnie is over the sea
My Bonnie is over the ocean
Oh, bring back my Bonnie to me

Mit geschlossenen Augen hörte sie zu. Es war, als wäre das Lied nur für sie geschrieben worden. Sie konnte und konnte Erich nicht vergessen, Erich und ihre einzige Liebesnacht … Während die Musik in sie strömte, sah sie sein Gesicht vor sich, seine dunklen Augen, die erfüllt waren von einem tieftraurigen Glück, und wieder spürte sie seine Berührungen, so zart und keusch und rein und gleichzeitig voller Verlangen.

Bring back, bring back
Oh, bring back my Bonnie to me, to me!
Bring back, bring back
Oh, bring back my Bonnie to me

Bis zum Morgengrauen hatten sie einander geliebt, und die Vögel hatten schon gezwitschert, als sie fröstelnd am Seeufer einander Lebwohl gesagt hatten.

Lebwohl …

Für immer …

Last night as I lay on my pillow
Last night as I lay on my bed
Last night as I lay on my pillow
I dreamed that my Bonnie is dead

Tränen rannen aus ihren Augen, und während sie an ihren Wangen herabliefen, kam ihr eine quälende Frage.

Was wäre passiert, wenn sie in dieser Nacht …?

Plötzlich hörte sie, wie im Flur die Wohnungstür ging. Um Gottes willen! Sie sprang auf und stellte das Grammophon ab.

»Rahel? Wo bist du?«

»Hier … im Wohnzimmer …«

Eilig die Tränen fortwischend, kehrte sie zu ihrem Sessel zurück, und sie saß noch nicht ganz, da ging auch schon die Tür auf.

»Du sitzt hier im Dunkeln?«, fragte Tino verwundert. »Allein?«

»Ich … ich brauchte mal ein bisschen Ruhe.« Im Gegenlicht, das aus dem Flur drang, sah sie, wie er die Stirn runzelte. Sie gab sich einen Ruck und straffte sich. »Wie war die Vorstandssitzung?«

Tino knipste die Lampe an. »Es gibt eine gute und eine schlechte Nachricht. Welche möchtest du zuerst hören?«

»Lieber zuerst die schlechte.«

»Dann musst du jetzt tapfer sein. Stauß hat beschlossen, ›Professor Unrat‹ abzusetzen. Die Produktion ist geplatzt. Du verstehst, was das bedeutet?«

Rahel nickte. Wie sollte sie das nicht verstehen? Sie würde die Rosa nicht spielen, die Rolle, für die sie sich so lange und gründlich vorbereitet hatte, zusammen mit Erich.

Tino gab ihr einen Kuss. »Bist du sehr enttäuscht?«

Sie wusste nicht, was sie antworten sollte. Natürlich war sie enttäuscht, aber seltsam, nicht nur. Fast noch größer als ihre Enttäuschung war die Erleichterung.

»Und was … was ist die gute Nachricht?«

»Du sollst dafür das Gretchen spielen.«

»Was für ein Gretchen?«

»Aus Goethes ›Faust‹.«

»DAS Gretchen? Um Gottes willen! Wer hat das gesagt?«

Tino strahlte über das ganze Gesicht. »Der liebe Gott persönlich – Hugo Correll, unser neuer Produktionsdirektor. Er will dich so bald wie möglich kennenlernen.« Er ging vor ihr auf die Knie und nahm ihre Hände. »Na, ist das eine gute Nachricht? Glaub mir, die Rolle ist tausendmal besser als die, die Pommer für dich ausgesucht hatte.«

Während er ihre Hände an seine Brust drückte, schaute er ihr so bedeutungsvoll in die Augen, dass sie die Botschaft gar nicht missverstehen konnte. Sie spürte, wie ihr das Blut ins Gesicht schoss, und wich seinem Blick aus.

»Ja, sicher«, sagte sie, obwohl sie alles andere als sicher war. »Das Gretchen zu spielen, ist der Traum einer jeden Schauspielerin. – Aber … aber glaubst du, dass ich der Rolle überhaupt gewachsen bin?«

»Und ob du das bist!« Tino lachte. »Wer die Künstlerin Fröhlich spielen kann, der schafft das Gretchen allemal.« Dann wurde er wieder ernst. »Aber wenn du Zweifel hast – warum fliegst du nicht mal wieder eine Runde? Das hat dir früher doch auch oft geholfen.«

13

Als Chef der Deutschen Bank, des größten Kreditinstituts im ganzen Reich, das Jahrhundertunternehmungen wie den Bau der Bagdad-Bahn finanziert hatte, war Emil Georg von Stauß nicht daran gewöhnt, bei anderen Leuten um Geld zu betteln. Doch das »Metropolis«-Desaster hatte ein solches Loch in die Firmenkasse gerissen, dass die laufenden Verluste das Stammkapital inzwischen bei weitem überstiegen und folglich die Zahlungsfähigkeit des Unternehmens nicht mehr gewährleistet war. Insofern war es ein Glück, dass Wirtschaftsminister Curtius ihn in eigener Person empfing, so dass er sein Begehren an allerhöchster Stelle vortragen konnte.

»In meiner Eigenschaft als Vorstandvorsitzender der Universum Film AG möchte ich Sie um eine staatliche Bürgschaft für mein Unternehmen ersuchen.«

Curtius, ein Mann von fünfzig Jahren, dem das Selbstbewusstsein aus jeder Pore drang, hob die Brauen. »Weshalb sollte ich in ein solches Gesuch einwilligen?«

»Die Ufa ist ein Unternehmen von nationaler Bedeutung«, erwiderte Stauß. »Vielleicht darf ich daran erinnern, dass ihre Gründung aus staatlichem Interesse erfolgte, ihr Unternehmenszweck war nichts Geringeres als die moralische Mobilmachung des Volkes mittels bewegter Bilder während des Krieges …«

»*Tempi passati*«, fiel Curtius ihm ins Wort. »Seit Kriegsende hat die Ufa unter Ihrer Führung alles unternommen, um sich aus dieser Verflechtung zu lösen. – Nein«, fuhr er mit erhobener Stimme fort, »die staatliche Bindung haben Sie immer nur als Fessel empfunden und mit aller Macht die unternehmerische Freiheit für Ihr Unternehmen angestrebt. Diese haben Sie sogar gegen den erklärten Willen der Regierung durchgesetzt, indem Sie das Innenministerium als Anteilseigner durch die Aufstockung des Stammkapitals zum Rückzug gezwungen haben. Jetzt ist es nur recht und billig, dass Sie die Konsequenzen dieser Freiheit selber tragen.«

»Aber der Ufa droht ohne Hilfe des Staates der Bankrott! Das *muss* die Regierung verhindern – zum Wohle der Nation. Wenn es die Ufa nicht mehr gibt, gibt es keine deutsche Filmfabrik mehr, die es mit der Konkurrenz aus dem Ausland aufnehmen kann.«

Stauß hatte mit solchem Nachdruck gesprochen, dass jeder Firmenvorstand oder Aufsichtsrat ihm auf der Stelle zugestimmt hätte.

Doch Curtius schüttelte den Kopf. »Nein«, entschied er. »Es ist nicht die Aufgabe des Staates, für private Misswirtschaft geradezustehen. Die Spatzen pfeifen doch von den Dächern, aus welchen Gründen die Ufa in Schieflage geraten ist: ›Metropolis‹ und Ihr amerikanischer Vertrag. Beides haben Sie als Vorstandsvorsitzender persönlich zu verantworten. Also sehen Sie zu, wie Sie aus dem Schlamassel herauskommen. Ohne Hilfe des Staates. Oder melden Sie Bankrott an.«

»Aber …«

»Kein Aber! Ende der Diskussion und Gott befohlen!«

14

Rahel parkte ihren Wagen vor dem Flieger-Casino am Tempelhofer Feld. Sie hatte sich Tinos Rat zu eigen gemacht und wollte an diesem Morgen eine Runde fliegen, bevor sie Hugo Correll in Babelsberg aufsuchte – das hatte ihr ja wirklich schon so manches Mal geholfen, wenn sie Zweifel hatte oder unsicher war.

Da es in dem Casino keine Umkleidemöglichkeit gab, hatte sie den Overall schon zu Hause angezogen. Nachdem sie den Motor abgestellt hatte, nahm sie ihre Pilotenkappe und stieg aus. Die blasse Wintersonne wärmte schon ein bisschen, als sie über das Rollfeld lief, eine erste Ahnung von Frühling lag in der Luft.

Ihre Junkers stand schon für sie bereit, unternehmungslustig leuchtete sie im Morgenlicht. Beim Anblick der Maschine musste Rahel an frühere Flüge denken, die sie darin unternommen hatte. An ihren ersten Flug mit ihrem Lehrer Harry Bartels … an ihren Flug mit Tino und Alex nach der bestandenen Pilotenprüfung … und schließlich an ihren Flug mit Erich, der ihr ganzes vorheriges Leben so hoffnungslos durcheinandergebracht hatte …

Plötzlich fühlte sie sich schwer wie Blei.

Nein, ein Flug war keine gute Idee.

Statt die Maschine zu besteigen, kehrte sie zu ihrem Auto zurück, um sich direkt und ohne Umweg durch die Lüfte auf den Weg nach Babelsberg zu machen. Sie musste den neuen Produktionsdirektor nicht irgendwo oben am Himmel von sich überzeugen, sondern hier unten am Boden.

Correll empfing sie in demselben Verschlag, den früher auch Erich als Büro benutzt hatte. Der Raum war genauso spärlich eingerichtet wie zu dessen Zeit, doch die Filmplakate hatte der neue Produktionsdirektor von den Wänden abhängen und durch Schaubilder mit allerlei Zahlenkolonnen und Diagrammen ersetzen lassen.

Als Rahel eintrat, hob er verwundert den Blick.

»Oh, eine Amazone ...«

Erst jetzt wurde ihr bewusst, dass sie noch ihren Fliegerdress trug. Sie hätte sich ohrfeigen können. Was für einen Eindruck musste Correll von ihr haben, wenn sie in dieser Montur bei ihm hereinrauschte? Als wäre sie ein berühmter Star.

»Bitte entschuldigen Sie. Ich ... ich hatte leider keine Gelegenheit, mich umzuziehen.«

»Schon gut, schon gut.« Er klappte einen Aktendeckel zu und stützte seine Ellbogen auf dem Schreibtisch auf. »Sie wissen, warum ich Sie sehen will?«

»Mein Mann sagte, es gehe um meine neue Rolle.«

»Allerdings.« Die Hände vor der Brust gefaltet, schaute er sie mit seinen kleinen Augen an. »Aber gerade glücklich scheinen Sie nicht darüber zu sein. Seltsam. Jede andere Schauspielerin würde ihr Leben dafür geben, das Gretchen zu spielen.«

»Ich weiß. Aber ...«

»Aber was?«

Sie zögerte einen Moment, dann nahm sie ihren ganzen Mut zusammen. »Warum ausgerechnet ich?«, fragte sie. »Das Gretchen im ›Faust‹ ist die bedeutendste Rolle, die es für eine Schauspielerin geben kann, und ich bin eine blutige Anfängerin.«

Correll hob die Brauen. »Wünschen Sie eine höfliche oder eine ehrliche Antwort?«

»Eine ehrliche, bitte.«

»Nun, dann will ich sie Ihnen nicht verheimlichen. Sie lautet ganz einfach: Vertrag ist Vertrag. Mein Vorgänger Erich Pommer hat Sie für die weibliche Hauptrolle im nächsten Großfilm der Ufa engagiert, also bleibt mir als seinem Nachfolger nichts anderes übrig, als die von ihm eingegangene Verpflichtung zu erfüllen, um etwaigen Rechtsstreitigkeiten aus dem Wege zu gehen.«

Die unverblümte Auskunft traf Rahel wie eine kalte Dusche, und für einen Moment fehlten ihr die Worte.

»Allerdings«, fuhr Correll fort, »enthält der Vertrag, die Hauptrollen betreffend, eine Klausel, wonach der Spielleiter sich mit der Besetzung einverstanden erklären muss.«

»Darf ich dann fragen, wer die Regie führen wird?«

»Selbstverständlich. Friedrich Murnau.«

»Der Regisseur von ›Nosferatu‹?« Rahel war beeindruckt. Und gleichzeitig noch verunsicherter als zuvor. ›Nosferatu‹ war einer ihrer absoluten Lieblingsfilme.

Correll nickte. »Schön, dass Sie mit dem Werk unseres Spielleiters bereits vertraut sind.« Er nahm ein mit einem Lesezeichen versehenes Reclam-Heft vom Schreibtisch und reichte es ihr. »Herr Murnau hat mir eine Szene für Sie mitgegeben. Er hat sie im Text markiert.«

Rahel nahm das Heft und schlug es auf. Die markierte Stelle umfasste die Verse 2759 bis 2782.

Als Rahel die Szene erkannte, schloss sie die Augen und holte tief Luft.

15

Emil Georg von Stauß hatte zeit seines beruflichen Lebens stets nach einer Maxime gehandelt, die seine Frau vor Jahren in einem Roman über eine Lübecker Kaufmannsfamilie gefunden hatte und die so ganz und gar seinem Wesen entsprach, dass er sie sich zu eigen gemacht hatte: »Sey mit Lust bey den Geschäften am Tage, aber mache nur solche, dass wir bey Nacht ruhig schlafen können.«

Warum hatte er sich nur nicht daran gehalten?

Seit Wochen fand er des Nachts kaum noch Schlaf. Baldriantropfen halfen schon lange nicht mehr, nur noch mit Hilfe von Veronal gelang es ihm, für wenige Stunden in eine Art Betäubungszustand zu sinken, aus dem er des Morgens mit dumpfem Schädel erwachte. Nach der gescheiterten Verhandlung mit Wirtschaftsminister Curtius hatte sich die Lage der Universum Film AG so dramatisch verschärft, dass der Aufsichtsrat der Deutschen Bank, deren Generaldirektor er doch selber war, sich bereits mit dem Gedanken trug, das Engagement bei der Ufa aufzukündigen. Stauß konnte sich solchen Erwägungen nicht mal widersetzen. Würde er dem Aufsichtsrat angehören, hätte auch er sich als dem Vorstandsvorsitzenden der Ufa das Misstrauen ausgesprochen. Während er jetzt mit Ferdinand Bausback darüber brütete, welche Möglichkeiten ihnen noch blieben, um den Karren aus dem Dreck zu ziehen, erinnerte er sich mit Bitterkeit an ein Gespräch, das er mit Konstantin Reichenbach und Erich Pommer nach der gelungenen Fusion mit der Decla-Bioskop geführt hatte. »Jetzt kann uns keiner mehr gefährlich werden«, hatte Reichenbach damals triumphiert. »Außer wir uns selbst«, hatte er entgegnet. Doch er hätte sich damals nicht träumen lassen, dass seine Prophezeiung sich jemals so dramatisch erfüllen würde.

»Sehen wir den Tatsachen ins Auge«, sagte Bausback. »Es gibt nur eine einzige Möglichkeit, die Ufa zu retten. Wir brauchen einen potenten Partner, am besten aus dem Nachrichten- und Pressebereich. Die Wochenschau ist unser ertragreichstes Geschäft und außerdem wesentlich zuverlässiger zu kalkulieren als jeder Spielfilm. Das müssen wir ausbauen, um unser Schiff wieder auf Kurs zu bringen.«

»Ich kann mit den Gebrüdern Ullstein sprechen«, erwiderte Stauß. »Vielleicht auch mit Mosse.«

Bausback schüttelte den Kopf. »Mosse steckt selbst in Schwierigkeiten, er hat sich immer noch nicht von den Folgen der Inflation erholt, und die Gebrüder Ullstein sind inzwischen zu alt. – Nein, es kommt für uns nur ein Kandidat in Frage.«

Ohne dass er den Namen aussprach, wusste Stauß, wer gemeint

war: der Mann, der sich an seiner Niederlage weiden würde wie kein Zweiter.

Einen Moment lang schwieg er, wie um das Unvermeidliche hinauszuzögern. Mit einem Seufzer fügte er sich dann in sein Schicksal. »Nun gut, ich werde um einen Termin in Canossa ersuchen.«

16

Es waren nur dreiundzwanzig Verse, die Regisseur Murnau Rahel aufgegeben hatte, dreiundzwanzig von viertausendsechshundertzwölf, die »Faust I« insgesamt umfasste. Es war die berühmte Ballade, die Gretchen, aufgewühlt von ihrer ersten Begegnung mit Faust, allein in ihrer Kammer singt, während sie sich zur Nacht entkleidet. Rahel hatte sich nicht damit begnügt, nur diese dreiundzwanzig Verse auswendig zu lernen, die kannte sie ohnehin noch von der Schule, vielmehr hatte sie die ganze Tragödie wieder und wieder gelesen, von der ersten bis zur letzten Zeile, um vollkommen in ihrer Rolle aufzugehen, wie Erich es ihr beigebracht hatte.

Das schmale Reclam-Heft war darum schon ganz zerfleddert, als sie sich endlich bereit fühlte, die Szene zum ersten Mal zu probieren. Sie war dazu eigens nach Babelsberg gefahren; wenn sie zu Hause probierte, würde sie ja doch nur in den Spiegel schauen, und gerade das galt es zu vermeiden. Außerdem konnte es für ihre Vorbereitung nur von Vorteil sein, in der Umgebung zu üben, in der sie, wenn es darauf ankam, auch Murnau vorspielen würde.

Sie vergewisserte sich, dass die Tür des Probenraums geschlossen war. Dann legte sie die Schultüte ab, die sie unterwegs für Alex' Einschulung zu Ostern gekauft hatte, und sammelte sich einen Moment, bevor sie anfing zu singen.

Es war ein König in Thule
Gar treu bis an das Grab,
Dem sterbend seine Buhle
Einen goldnen Becher gab.

Es ging ihm nichts darüber,
Er leert' ihn jeden Schmaus;
Die Augen gingen ihm über,
So oft er trank daraus.

Und als er kam zu sterben,
Zählt' er seine Städt' im Reich,
Gönnt' alles seinen Erben,
Den Becher nicht zugleich.

Er saß beim Königsmahle,
Die Ritter um ihn her,
Auf hohem Vätersaale,
Dort auf dem Schloss am Meer.

Einen Moment hielt Rahel inne, um für die letzten zwei Strophen allen Ausdruck in ihre Stimme zu legen.

Dort stand der alte Zecher,
Trank letzte Lebensglut,
Und warf den heil'gen Becher
Hinunter in die Flut.

Er sah ihn stürzen, trinken
Und sinken tief ins Meer.
Die Augen täten ihm sinken;
Trank nie einen Tropfen mehr.

Nachdem sie den letzten Vers gesungen hatte, ertönte Applaus. Als hätte jemand sie aus dem Schlaf geweckt, fuhr sie herum. Edgar stand vor ihr – ohne dass sie es gemerkt hatte, war er in den Probenraum gekommen.

»Das war einfach großartig, meine Süße!«

»Meinst du wirklich?«

»Und ob! Faust wird nur so dahinschmelzen.« Mit einem Lächeln trat er auf sie zu. »Eine Sache solltest du allerdings ändern.«

»Nämlich?«

Er fasste an ihre Frisur. »Dein Haar! Das müssen wir blond färben! Gretchen ist die deutscheste aller Frauen – da kommt nur blond in Frage!«

17

Was für eine Schmach, was für eine beispiellose Demütigung!

Das Sodbrennen fuhr in Stauß' Speiseröhre in so quälenden Konvulsionen Paternoster, dass er am liebsten um ein Glas Natronlösung gebeten hätte. Doch das verbot ihm sein Stolz. Für zehn Uhr *sine tempore* war der Termin angesetzt, und pünktlich um fünf vor war er im Zollernhof eingetroffen, um sich bei Hugenberg melden zu lassen. Doch der ließ ihn in einem Vorzimmer, das so spartanisch eingerichtet war wie ein Bahnhofssaal dritter Klasse, warten und warten und nochmals warten, so dass seit seiner Ankunft bereits über eine Dreiviertelstunde vergangen war, als endlich die Tür zu seinem Büro aufging und eine Sekretärin erschien.

»Der Herr Geheimrat lässt bitten!«

Hugenberg empfing ihn hinter einem so großen Schreibtisch, dass er fast dahinter verschwand. »Ja, so sieht man sich wieder«, sagte er, ohne zur Begrüßung auch nur das Gesäß zu lüften. »Bitte entschuldigen Sie die Verzögerung, aber Sie wissen ja, wie das manchmal ist. Ein Telefonat nach dem anderen.«

»Natürlich, gewiss.« Mit seiner Aktentasche in der Hand, in der er den mit Bausback ausgearbeiteten Fusionsplan bereithielt, schaute Stauß sich nach einer Sitzgelegenheit um. »Aber ohne Telefon geht es heutzutage ja nun mal nicht mehr.«

»Das können Sie laut sagen. Manchmal höre ich den Apparat noch in meinen Träumen klingeln.« Mit einer Geste forderte Hugenberg ihn auf, Platz zu nehmen. »Wie ist das Befinden der werten Frau Gemahlin?«

»Danke der Nachfrage«, erwiderte Stauß und setzte sich auf den ihm angebotenen Stuhl. »Ausgezeichnet.«

»Das freut mich zu hören. Meine Frau spricht noch immer von unserem wunderbaren Abend im ›Adlon‹. Zu schade, dass wir nie Gelegenheit hatten, ihn zu wiederholen.«

Stauß verstand natürlich sofort, welchen Abend Hugenberg meinte: Silvester 1918. Bei dem gemeinsamen Essen hatten sie sich auf die Aufteilung des Filmmarkts zwischen ihren beiden Unternehmen geeinigt – Kunst und Unterhaltung für die Universum Film AG, das Nachrichtengeschäft für den Scherl-Verlag –, während die Damen darüber parlierten, ob Davos oder St. Moritz als Wintersportort der Vorzug zu geben sei. Er selbst war es gewesen, der den Pakt gebrochen hatte, indem er mit der Ufa-Wochenschau herausgekommen war, in direkter Konkurrenz zur ›Deulig Woche‹. Damals hatte Hugenberg stillgehalten, es war ihm auch nichts anderes übriggeblieben. Doch nach fast zehn Jahren, in denen er seit der Gründung der Ufa wie eine Spinne im Netz darauf gelauert hatte, dass ihm sein Opfer in die Falle gehen würde, genoss er nun umso mehr seinen Triumph. Rache war bekanntlich süß, und späte Rache noch süßer.

Stauß stellte seine Aktentasche ab. Wann kam Hugenberg endlich zur Sache?

Doch der dachte gar nicht daran und ließ ihn weiter zappeln. Statt über das Geschäft zu reden, hielt er sich mit politischem Geplänkel auf.

»Jetzt haben wir die NSDAP auch in Berlin. Ein gewisser Goebbels soll als Gauleiter die Partei hier auf Vordermann bringen. Hat einen Klumpfuß, der Mann, scheint aber ansonsten sehr tüchtig zu sein. Seine Attacken auf die Regierung haben es jedenfalls in sich, und da Hitlers Redeverbot ja tatsächlich aufgehoben wurde, wächst hier womöglich eine Konkurrenz heran, die durchaus ernst zu nehmen ist.«

»Ich kann mir nicht vorstellen, dass die Nazis der DNVP zur Gefahr werden könnten«, sagte Stauß, um seinem Gegenüber zu schmeicheln. »Die Leute sind einfach nicht satisfaktionsfähig. Ich meine, ein Schreihals wie Hitler – was soll der gegen Sie ausrichten?«

Doch statt sich geschmeichelt zu zeigen, schüttelte Hugenberg den Kopf. »Es ist immer ein Fehler, die Konkurrenz zu unterschätzen. Hitler und dieser Goebbels verstehen eine Menge von Propaganda, und darauf kommt es in diesen Zeiten an. Außerdem haben sie ein hochbrisantes Thema gefunden: die Wiedererlangung der deutschen Souveränität über die nationalen Finanzen. Dank des Versailler Diktats werden sie mit dieser Forderung gerade bei nationalen Wählern offene Ohren finden. Damit können sie auch in unseren Gewässern fischen. Geld ist immer das A und O, ob in der Politik oder in der Wirtschaft …«

»Womit wir wohl beim Thema wären«, griff Stauß das Stichwort auf.

»Dann also zur Sache!« Hugenberg warf einen Blick auf die Aktentasche. »Wie ich sehe, komme Sie nicht unvorbereitet.«

»Natürlich nicht, Zeit ist schließlich Geld.« Stauß holte einen Ordner aus seiner Tasche und reichte ihn über den Schreibtisch. »Bitte sehr. Darin finden Sie unseren Vorschlag für eine mögliche Partnerschaft.«

Hugenberg nahm den Aktendeckel, um flüchtig darin zu blättern. »Sie schlagen eine Zusammenlegung unserer Unternehmen vor?«, fragte er über den Brillenrand. »Als eine Partnerschaft unter Gleichen? Haben Sie dafür auch schon einen Namen?«

»Ich dachte an Ufa-Scherl-Konzern oder auch Scherl-Ufa – wenn wir uns ans Alphabet halten wollen.«

»Das ist überaus freundlich von Ihnen, Herr von Stauß.« Zum ersten Mal huschte ein Lächeln über Hugenbergs Gesicht. »Aber ich denke, wir sollten es bei einem Namen belassen, und da Ihrer der zweifellos wohlklingendere ist, schlage ich vor, dass im Falle eines wie auch immer gearteten Zusammenschlusses die neue Filmfabrik einfach nur unter dem Namen Ufa firmieren sollte.«

Stauß traute seinen Ohren nicht. »Dazu wären Sie bereit?«, fragte er, Morgenluft witternd.

»Aber selbstverständlich«, erwiderte Hugenberg. »Ein so hervorragend eingeführter Markenname ist schließlich Gold wert. – Aber was eine Fusion betrifft«, fügte er dann in verändertem Ton hinzu,

»die können Sie sich aus dem Kopf schlagen. Abgesehen von dem wohlklingenden Namen, ist die Ufa nämlich mausetot – toter geht es gar nicht. Wie mir zu Ohren kam, ist nicht mal der Staat mehr bereit, in die Bresche zu springen, obwohl hier nationale Interessen auf dem Spiel stehen.« Voller Verachtung warf er den Aktendeckel auf den Schreibtisch. »Nein, nein, mein Bester, wenn die Ufa wieder auferstehen soll, dann nur als ein Unternehmen innerhalb der Scherl-Verlagsgruppe.«

Stauß spürte, wie sein Herz einen Schlag aussetzte. »Das heißt, Sie wollen …«, das Wort wollte ihm nicht über die Lippen, »… Sie wollen statt einer Fusion eine – *Übernahme*?«

»Conditio sine qua non«, erklärte Hugenberg. »Oder unser Gespräch ist beendet.«

18

War es ein Fehler gewesen, nach Berlin zu ziehen? Constanze vermisste ihren Fragonard. Wann immer sie früher ihr Lieblingsbild angeschaut hatte, war ihr gewesen, als würde sich in ihrem Boudoir ein Fenster öffnen – ein Fenster, durch das sie zurück in ihre unbeschwerte Jugend entfliehen konnte. Die lebenslustige Frau auf der Schaukel war sie ja selbst einmal gewesen, und die Erinnerung daran hatte ihr über manche trostlose Stunde hinweggeholfen. Doch jetzt? An den Wänden ihrer »Adlon«-Suite hingen lauter dunkle Ölschinken, Stillleben und Seestücke, die in ihrer gravitätischen Ernsthaftigkeit nur dazu angetan waren, ihr ohnehin schon bedrücktes Gemüt nur noch mehr zu belasten.

Der Grund für ihre Missstimmung war einmal mehr ihre sogenannte Schwiegertochter. Alexander hatte berichtet, dass Rahel Rosenberg im nächsten Großfilm der Ufa das Gretchen aus Goethes »Faust« spielen sollte. Das musste man sich einmal vorstellen – das deutsche Gretchen, dargestellt von diesem jüdischen Flittchen! Und Alexander sah sich außerstande, diesen Aberwitz zu unterbinden.

War der Mann eigentlich noch zu irgendetwas zu gebrauchen? Fast wünschte sie, ihre Liebe zu ihm würde erkalten.

Um sich abzulenken, beschloss sie, Geli Raubals letzten Brief zu beantworten. Hitlers Mündel hatte ihr geschrieben, dass sie nach bestandener Matura noch in diesem Jahr nach München ziehen wolle, um Medizin zu studieren. Und es gab noch eine Neuigkeit: Geli war verliebt, in Hitlers Chauffeur, Emil Maurice – »schon der Name ist zum Verlieben«! Doch sie hatte Angst, dem Onkel ihre Liebe zu gestehen.

Constanze setzte sich an den Sekretär, auf dem das Briefpapier des Hotels für sie bereitlag. Ja, sie war Gelis mütterliche Freundin, und es war ihre Pflicht, ihr als erfahrene Frau, die das Leben kannte, den rechten Weg zu weisen, in einfühlsamen, aber zugleich auch unmissverständlichen Worten.

Gradlinigkeit und Offenheit, anders geht es nicht in dieser Situation. Also offenbaren Sie sich Ihrem Oheim – er will doch immer nur Ihr Bestes. Und ich kann mir schlechterdings nicht vorstellen, dass dieser warmherzige, gütige Mann je Härte zeigen könnte, wo Liebe blüht …

Constanze hielt inne. Beim Gedanken an Hitler verspürte sie selber die Herzenswärme, von der sie sprach – jeder fühlende Mensch musste sie beim Gedanken an diesen Mann empfinden, nicht anders als in seiner Gegenwart. Mit einem Seufzer legte sie die Füllfeder beiseite. Ach, wie gern würde sie mehr als nur gute Ratschläge nach München schicken, jetzt, da das unsägliche Redeverbot, mit dem man Hitler belegt hatte, endlich aufgehoben war. Doch nachdem Gustav ihr das Konto gesperrt hatte, waren ihr die Hände gebunden.

Ohne anzuklopfen, trat Alexander herein. Constanze wollte ihn zurechtweisen, doch er kam ihr zuvor.

»Das Elend hat ein Ende!«, verkündete er.

Verwundert drehte sie sich auf ihrem Schemel herum. »Hättest du bitte die Freundlichkeit, dich etwas klarer auszudrücken?«

»Hugenberg übernimmt die Ufa. Jetzt wird das Übel an der Wurzel gepackt, mit der Juderei in dem Saustall ist es vorbei!«

»Aber das sind ja ganz wunderbare Nachrichten!« Constanze stand auf, um ihn mit einem Kuss zu begrüßen.

»Das sind sie, in der Tat«, erwiderte Alexander. »Die Sache ist so gut wie entschieden. Zu klären sind wohl nur noch ein paar finanzielle Dinge. Die Übernahme ist selbst für den Scherl-Verlag schließlich kein Klacks.«

Constanze hob die Brauen. »Du meinst, Hugenberg hat Geldbedarf?« Sie dachte einen Moment nach. »Unter diesen Umständen sollte ich vielleicht mit meinem Mann sprechen.«

19

Für Gustav war es wie eine Erscheinung gewesen, als seine Frau vollkommen unverhofft in seinem Kontor aufgetaucht war, und für einen seligen Moment hatte er tatsächlich geglaubt, die Einsicht habe sie geleitet. Doch das war natürlich nicht der Fall gewesen, Constanze war nur bei ihm erschienen, um ihm einen geschäftlichen Vorschlag zu unterbreiten. Das kurze Wiedersehen hatte ihn dennoch mit Zuversicht erfüllt. Erstens war er nicht nur Ehemann, sondern auch Bankier, und ihr Vorschlag versprach Profite, die aller Mühe wert waren. Zweitens und vor allem aber musste ein jeder mit dem Pfunde wuchern, das ihm vom Schicksal beschieden war. Es war sein Geld gewesen, mit dem er in seiner Jugend Constanze erobert hatte – eine Frau wie sie hätte ihn sonst nie erhört, darüber machte er sich keine Illusionen. Warum sollte ihm das Geld im Alter also kein zweites Mal helfen, sie für sich zu gewinnen?

Jetzt präsentierte er im Zollernhof den Finanzplan, den er für die Übernahme der Universum Film AG durch die Scherl-Verlagsgruppe ausgearbeitet hatte. Während Hugenberg auf den Fußballen wippend lauschte und sein Adlatus Klitzsch Notizen machte, erläuterte er das Procedere.

»Wir werden das Aktienkapital von aktuell 45 Millionen Reichsmark auf 16,5 Millionen herabsetzen und dann zum Schluss der Operation wieder auf die alte Summe erhöhen. So gewinnen wir die nötige Zeit, um durch Veräußerung von Immobilien und Sachwerten die für die Wiederaufstockung erforderlichen Mittel aufzutreiben.«

»Vorausgesetzt, dass die Deutsche Bank auf die ihr zustehenden 6,25 Millionen Reichsmark an Zinsen und Provisionen verzichtet«, wandte Klitzsch ein.

»Dafür wird Stauß sorgen«, erwiderte Hugenberg. »Das hat er mir fest zugesagt, er will nicht der Totengräber der Ufa sein. Haben Sie sich bereits Gedanken über die künftige Verteilung der Aktienpakete gemacht?«

»Allerdings.« Gustav konnte sie aus dem Kopf hersagen. »Der Scherl-Verlag erhält neben der Übernahme von 10,5 Millionen Reichsmark an einfachen Aktien ein Paket von Namensaktien mit zwölffachem Stimmrecht in Höhe von weiteren drei Millionen Mark. Damit ist Ihre Majorität bei allen Abstimmungen gesichert.«

»Ausgezeichnet.« Hugenberg nickte zufrieden. »Aber nun zu Ihren Konditionen, Reichenbach. Wie Sie sich denken können, können wir besagte Namensaktien nur mit einem Kredit Ihrer Bank finanzieren. Welche Verzinsung veranschlagen Sie, bei einer Laufzeit von sagen wir zehn Jahren?«

»Keine«, entgegnete Gustav wie aus der Pistole geschossen.

»Wie bitte?«

»Ich kann Ihnen ein Angebot machen, das eine Kreditaufnahme erübrigt. Die Reichenbach Bank ist bereit, ihren bereits bestehenden Anteil an der zum Scherl-Verlag gehörenden ›Deulig Woche‹ um weitere drei Millionen Reichsmark aufzustocken.«

»Ist das ein Angebot?«, fragte Hugenberg. »Oder *Conditio sine qua non*?«

»Ich ziehe den Begriff Angebot vor«, erwiderte Gustav. »In der Gewissheit, dass es Sie überzeugen wird. Weil sonst …«

Während er den Satz in der Schwebe hielt, blitzten Hugenbergs Äuglein einmal gefährlich hinter den Gläsern seiner Rundbrille auf. Dann aber breitete sich ein Schmunzeln in seinem Gesicht aus.

»Sie alter Fuchs. Dass mir ein Kredit lieber wäre, brauche ich nicht zu betonen, aber ich hätte an Ihrer Stelle nicht anders gehandelt. Immerhin hat die Sache auch ihr Gutes. Ihr *Angebot*«, wie er mit ironischer Betonung sagte, »macht deutlich, dass meine Hausbank an den Erfolg unserer Operation glaubt.«

»Dann ist es also abgemacht?«, fragte Gustav.

»Mit einer Einschränkung«, erwiderte Hugenberg. »Um sicherzustellen, dass ich Herr im eigenen Haus bleibe, erhält Ihre Bank, wie in solchen Fällen üblich, nur stimmrechtslose Vorzugsaktien.«

»Selbstverständlich«, bestätigte Gustav. »Allerdings, wie in solchen Fällen gleichfalls üblich, bei garantierter Dividenden-Ausschüttung, also unabhängig vom erwirtschafteten Gewinn.«

»Sie sind und bleiben ein Halsabschneider«, knurrte Hugenberg. »Aber gut, *d'accord*. – Sonst noch was?«

Gustav zögerte einen Moment. »Ich … ich hätte noch einen Wunsch, der, wie soll ich sagen, eher privater Natur ist. Doch ich kann Ihnen versichern, dass die Erfüllung Ihnen weder Mühe noch Kosten bereiten wird.«

Irritiert runzelte Hugenberg die Brauen. »Nämlich?«

Gustav warf einen Blick auf Klitzsch, der mit gespitzten Ohren seinen Notizblock bereithielt. »Könnten wir für einen Moment vielleicht unter vier Augen sprechen?«

20

»Scherl-Verlag kauft Ufa!«

»Hugenberg neuer Film-Tycoon!«

»Deutschlands Pressezar auf dem Gipfel der Macht!«

Die Gerüchte, die wochenlang in Filmkantinen und Kaffeehäusern hinter vorgehaltener Hand kursiert hatten, waren nun vollendete Tatsachen, die die Zeitungsjungen auf offener Straße ausriefen. Die gesamte Berliner Presse berichtete von der Übernahme der Universum Film AG durch die Scherl-Verlagsgruppe, die Transaktion war nicht nur eine spektakuläre Wirtschaftsnachricht, sondern ein hochbrisantes Politikum. Durch den Zusammenschluss der beiden Konzerne war ein Presseimperium entstanden, wie es in Deutschland noch keines je zuvor gegeben hatte. Wie würde die neue Ufa sich unter dem

DNVP-Mann Hugenberg entwickeln? Die Kommentare in den Zeitungen waren gespalten, je nach politischer Ausrichtung hoffte die eine Seite, dass die neue geballte Propagandamacht der völkischen Idee im Reich zum Sieg verhelfen würde, während die andere Seite aus demselben Grund das Ende der noch so jungen ersten Republik auf deutschem Boden fürchtete.

»Auf die Zukunft!«

In ihrer »Adlon«-Suite stieß Constanze mit Alexander an. Ihr Plan war aufgegangen: Gustav hatte sich verpflichtet, fünf Prozent der Dividendengewinne, die der Handels- und Kreditbank Reichenbach durch die Aufstockung ihrer Anteile an dem neuen Konzern zufließen würden, auf ihr wieder zu eröffnendes Privatkonto weiterzuleiten – als Honorar für ihre Initiative.

Alexander gab ihr einen Kuss. »Jetzt können wir den Führer unterstützen, wie er es von uns erwartet!«

»Und du wirst endlich die Anerkennung bekommen, die dir gebührt«, sagte sie. »Unter Hugenbergs Führung wird deine Position in der Ufa eine ganz andere sein. Ja, Gottes Mühlen mahlen langsam, aber sicher. Ohne deine Dienste wäre die Übernahme schließlich nie und nimmer zustande gekommen.«

»Schön, dass du meine Leistung anerkennst.« Alexander zupfte an seinem Bärtchen. »Ha, die Zeiten, da ich den Frühstücksdirektor spielen musste, sind vorbei. Jetzt werden andere Saiten aufgezogen, da werden sich manche Leute noch gehörig umgucken. Nicht zuletzt dein Herr Sohn.«

»Auf mich brauchst du keine Rücksicht zu nehmen«, sagte Constanze. »Aber das weißt du ja. Nur eines musst du mir versprechen.«

»Alles, meine Liebste!«

Sie streifte mit den Lippen seinen Mund. »Versprich mir, dass Rahel Rosenberg niemals das Gretchen spielen wird.«

»Mein Wort als Offizier!« Befeuert vom Spiel ihrer Zunge, regte sich sein Gemächte, und ohne sich von ihren Lippen zu lösen, deutete er mit dem Blick auf die Tür zum Schlafgemach. »Mit Brief und Siegel, wenn du willst, du wunderbares Weib.«

21

Warum nur musste immer alles auf einmal kommen? Manchmal hatte Tino den Verdacht, dass nicht der liebe Gott oder das Schicksal sein Dasein bestimmte, sondern dass vielmehr ein bösartiger Autor das Drehbuch seines Lebens schrieb und dabei aus dramaturgischen Gründen nichts anderes im Schilde führte, als ihn möglichst oft in Terminnot zu bringen. Ausgerechnet für Alex' ersten Schultag hatte Hugenberg ins Haus Vaterland geladen, um die neue Führung der Universum Film AG sowie sein Sanierungsprogramm für das Unternehmen vorzustellen. Und als wäre das noch nicht genug, sollte Rahel an diesem Vormittag auch zum ersten Mal Regisseur Murnau als Gretchen vorsprechen. Kaum saßen sie beim Frühstück, war Edgar gekommen, um mit ihr im Bad zu verschwinden, wo er sie für die Probe zurechtmachen wollte, so dass Tino nichts anderes übriggeblieben war, als mit Alex vorauszugehen, damit ihr Sohn nicht noch seine eigene Einschulung verpasste. Rahel würde ihn ablösen, sobald Edgar mit ihr fertig war, damit er seinen Termin im Haus Vaterland noch rechtzeitig schaffte. Sie selbst würde Alex dann nach der Einschulungsfeier an Tante Ottilie übergeben, bevor sie nach Babelsberg fuhr.

Stolz wie Oskar hielt Alex jetzt seine Schultüte im Arm, die fast so groß war wie er selbst, als Tino ihn in den Wagen packte, um ihn zur Mohrenschule zu fahren. Auf dem Schulhof waren schon zwei Dutzend i-Männchen mit ihren Müttern versammelt – außer Tino keine Spur von einem Vater sonst weit und breit. Aufgeregt schnatternd warteten die Kinder darauf, dass der Pedell sie in das Gebäude ließ.

Während Alex neugierig seine künftigen Mitschüler beäugte, blickte Tino immer wieder auf die Uhr.

Wo zum Teufel blieb Rahel?

Der Pedell läutete schon mit seiner Glocke, als er endlich ihr Cabrio sah. Eilig stieg sie aus dem Wagen und überquerte die Straße. Mit großen Augen schaute Alex sie an.

»Wie siehst du denn aus, Mama?«

Auch Tino erkannte seine Frau kaum wieder. Edgar hatte ihr das Haar blond gefärbt.

»Sag ja nicht, dass es dir nicht gefällt«, zischte sie, als sie sein Gesicht sah. »Ich bin auch so schon nervös genug.«

»Keine Sorge«, sagte er. »Du bist das bezauberndste Gretchen, das ein Faust je gesehen hat. – Aber jetzt muss ich los!«

Sie küsste ihn auf die Wange. »Ich wünsche dir viel Glück!«

»Danke, das kann ich brauchen.« Tino holte tief Luft. »Ich kann dir gar nicht sagen, wie sehr ich Pommer gerade beneide.«

»Erich? Weshalb?«

»Weil er so herrlich weitab ist vom Schuss. Wäre er heute hier, würde er den Tag nicht überleben.«

22

In Hollywood schien die Sonne – in Hollywood schien *immer* die Sonne, tagaus, tagein. Bei angenehmen fünfundzwanzig Grad trug Erich nur einen leichten Leinenanzug und dazu ein offenes, bunt gemustertes Hemd, als er seinen Duesenberg auf das Gelände der Paramount steuerte. Gertrud fand, dass er fast schon aussehe wie ein Amerikaner, und manchmal fühlte er sich selbst sogar so. Vor allem, wenn das Hänschen ihn »Dad« statt »Papa« nannte, was immer öfter vorkam, seit er eine amerikanische Schule besuchte.

Die Dreharbeiten zu »Hotel Imperial« waren inzwischen im vollen Gange. Obwohl Mr. Lasky wie alle amerikanischen Produzenten überzeugt war, dass dem Tonfilm die Zukunft gehörte, hatte Erich aus künstlerischen Gründen darauf bestanden, dass das Drama als Stummfilm gedreht wurde. Dabei konnte er aus dem Vollen schöpfen wie noch nie. Geld spielte keine Rolle, jeder Wunsch wurde ihm förmlich von den Lippen abgelesen, ohne dass der Studioboss intervenierte. Im Gegenteil, Mr. Lasky hatte die Bühnenbildner und Requisiteure sogar angewiesen, jede Anweisung von Produzent Erich Pommer ohne Rücksicht auf die Kosten auszuführen.

Doch bedeutete Geld wirklich alles?

Als Erich die Studiohalle betrat, fiel gerade die erste Klappe zu der Szene, in der Pola Negri als Zimmermädchen Anna dem österreichischen Offizier, in den sie sich später verlieben würde, dabei half, sich als Kellner zu verkleiden. Der Offizier hatte vor lauter Erschöpfung den Abmarsch seiner Einheit aus der von den Russen eroberten Stadt buchstäblich verschlafen. Jetzt hatte ein Zarengeneral das Hotel zu seinem Hauptquartier gemacht, so dass es darin von Feinden nur so wimmelte.

Erich nahm in seinem Produzentenstuhl Platz, um bei den Dreharbeiten zuzuschauen. Mit aufgerissenen Augen und dramatischen Gesten brachte Pola Negri die Gefahr zum Ausdruck, in der der Österreicher schwebte. Jeder Augenaufschlag, jede Regung ihrer Miene war ein Aufschrei, so laut und schrill, dass Erich förmlich die Ohren schmerzten, obwohl Pola nur stumm ihre Lippen bewegte. Während er ihr Spiel verfolgte, stellte er sich vor, wie Rahel die Szene wohl anlegen würde. Auf jeden Fall viel zurückhaltender. Und gerade darum viel intensiver.

Es hielt ihn nicht länger auf seinem Stuhl.

»Stopp! Stopp! Stopp!«

Verwundert drehte der Regisseur sich zu ihm um. *»What's your problem, buddy?«*, fragte er. *»Pola was going great guns!«*

»*Great* vielleicht«, erwiderte Erich. »Aber *great* ist nicht gut.«

23

Endlich war er da, der Tag des Triumphs, auf den Alfred Hugenberg zehn endlos lange Jahre hatte warten müssen.

Am 18. Dezember 1917, das Datum hatte sich für immer in seine Seele gebrannt, war die Universum Film AG aus der Taufe gehoben worden, allein zu dem Zweck, das deutsche Volk mit Hilfe bewegter Bilder für den Sieg im großen Völkerringen zu mobilisieren. Niemand wäre damals prädestinierter gewesen als er, eine solche Propagandafabrik zu führen, sowohl was seine völkische Gesinnung betraf wie auch seine Eignung als Unternehmer. Doch die Militärs, allen voran Erich Ludendorff, der Erste Generalquartiermeister der Obersten Heeresleitung, hatten ihn nicht gewollt, sie hatten ihn von der Gründung der Ufa ausgeschlossen und behandelt wie einen Paria, weil er zu unbequem gewesen war. Die Zurückweisung war die schwerste

Niederlage seines Lebens gewesen, und auch nach zehn Jahren spürte er den Schmerz. So manches Mal war er versucht gewesen, den Kampf aufzugeben. Doch er hatte weitergekämpft, zehn endlos lange Jahre, auf seine Weise, hatte sich in Geduld gefasst und heimlich, still und leise Aktien akkumuliert, steter Tropfen höhlt den Stein, in der Hoffnung, nein, in der Gewissheit, dass die Ufa ihm eines Tages wie eine reife Frucht in den Schoß fallen würde, ganz von allein.

Dieser Tag war nun gekommen. Wie ein Imperator nach einem langen Krieg zog er in die geschleifte Festung des Gegners ein. Flankiert von seinem Adjutanten Ludwig Klitzsch, betrat er das Haus Vaterland. Von nun an würde er der Herr hier sein, der alleinige und unumschränkte Herrscher der Universum Film AG.

In der Eingangshalle wartete schon Major Grau auf ihn, um ihn in militärisch strammer Haltung zu empfangen, die Hand zum Gruß an die Stirn gelegt.

»Meine Gratulation, Herr Geheimrat! Ein Sieg, der Friedrich dem Großen zur Ehre gereicht hätte.«

Hugenberg würdigte ihn nur eines kurzen Blickes. Als Ludendorffs Mann war Grau an seiner Ausbootung beteiligt gewesen, das hatte er nicht vergessen.

»Wo findet die Sitzung statt?«

Im Stechschritt eilte Grau voraus. »Wenn Sie mir bitte folgen würden?«

24

Die erste Ufa-Vorstandssitzung unter Leitung des neuen Konzernchefs war eröffnet. Während Hugenberg die Anwesenden mit knappen Worten begrüßte, strich Tino reflexartig über seine Nelke, doch ohne dass dieses vertraute und oft erprobte Ritual die erhoffte Wirkung tat. Seine Hände waren vor Anspannung ganz feucht, und sein Mund war so trocken, dass er kaum schlucken konnte.

Würde er seinen Posten behalten? Oder würde man ihn heute mit Schimpf und Schande davonjagen, um ihn durch Bausback als Finanzdirektor zu ersetzen?

Er sollte es sogleich erfahren. Kaum hatte Hugenberg seine kurze Ansprache beendet, forderte er Klitzsch auf, das neue Vorstandstableau zu präsentieren.

Der nahm einen Aktendeckel zur Hand, um wie ein Feldwebel die Namen herunterzurasseln. »Vorstandsvorsitzender: Geheimrat Alfred Hugenberg. – Geschäftsführender Generaldirektor: Ludwig Klitzsch. – Vorsitzender des Aufsichtsrats: Emil Georg von Stauß. – Produktionsdirektor: Hugo Correll, heute wegen Probenarbeiten entschuldigt …«

Tino hielt den Atem an. Jetzt musste sein Posten kommen. Aber noch bevor Klitzsch fortfahren konnte, hob Major Grau die Hand.

»Nur eine Kleinigkeit«, unterbrach er mit einem Katzenlächeln. »Um der Korrektheit willen und für das Protokoll – der Posten des stellvertretenden Vorsitzenden wurde noch nicht benannt.«

»Der Posten wurde abgeschafft«, erwiderte Klitzsch ohne jede Regung.

»Aber … aber ich …«

»Keine Sorge, Sie gehören dem Vorstand weiter an. Als Leiter der Theaterabteilung.«

Das Lächeln auf Graus Gesicht erstarb, und wie ein Ballon, aus dem man die Luft ablässt, sackte er in sich zusammen. Trotz seiner Anspannung musste Tino kurz grinsen. Grau registrierte es mit einem bösen Blick.

»Noch weitere Wortmeldungen zum Vorstandstableau?«, fragte Hugenberg.

»Allerdings«, entgegnete Bausback. »Wie lautet der Name des Finanzdirektors?«

Tino zuckte zusammen.

»Konstantin Reichenbach«, antwortete Klitzsch.

»Was sagen Sie da?«, rief Bausback. »Das … das muss ein Irrtum sein! Herr Reichenbach hat uns doch die Suppe eingebrockt, die wir jetzt auslöffeln müssen, er hat deshalb ja sogar selbst seinen Rücktritt angeboten.«

Ein aufgeregtes Raunen erhob sich am Tisch. Tino war so durcheinander, dass er zitterte. Während er versuchte, seine Gedanken zu ordnen, wurden Proteste laut, plötzlich redeten alle durcheinander, eine kurze, hitzige Diskussion entstand, die Hugenberg jedoch mit einem Machtwort beendete.

»Herr Reichenbach ist und bleibt Finanzdirektor. Und damit basta!«

25

Gott sei Dank – kein Monokel …

Das war Rahels erster Gedanke, als sie Friedrich Murnau gegenübertrat. Der Regisseur war ein schmächtiger Mittdreißiger, der sie mit seiner spitzen Nase, den hohen Geheimratsecken sowie den leicht abstehenden Ohren ein bisschen an Dr. Rübsamen erinnerte, ihren früheren Deutschlehrer am Lyzeum. Zusammen mit Produktionsdirektor Correll empfing er sie in dem Probenraum, in dem sie für das Gretchen vorspielen sollte.

»Ich habe Sie im ›Walzertraum‹ und in ›Metropolis‹ gesehen«, eröffnete er das Gespräch. »Und auch im ›Liebeslabyrinth‹.«

»Im ›Liebeslabyrinth‹? Um Gottes willen, das war mein allererster Film!«

»Kein Grund, sich zu entschuldigen. Ich fand Sie durchaus überzeugend. Kein Wunder, dass Herr Pommer so große Erwartungen in Sie gesetzt hat.«

Rahel wollte sich für das Kompliment bedanken, doch Correll kam ihr mit einer Frage zuvor.

»Sie haben sich das Haar gefärbt, Frau Reichenbach?«

»Ja, für meine Rolle. Ich dachte, ein Gretchen mit kastanienbraunen Haaren …«

Murnau quittierte ihre Antwort mit einem anerkennenden Nicken. »Vorbildliche Berufsauffassung. – Aber halten wir uns nicht länger mit Präliminarien auf, sondern fangen wir gleich an. Darf ich Sie auf die Bühne bitten, Gnädigste?«

Die Bühne war ein kleines Podium, auf dem als einziges Requisit ein Stuhl stand – der Stuhl, der Gretchen als Ablage diente, wenn sie sich zur Nacht entkleidete und dabei die Ballade sang. Rahel ordnete noch einmal den Schal, den sie für die Probe umgelegt hatte, und atmete tief durch. Der Augenblick der Wahrheit war gekommen.

Doch als sie die zwei Stufen hinaufstieg, wunderte sie sich, wie ruhig sie war. Die Nervosität, die sie den ganzen Morgen verspürt hatte, war wie weggeblasen.

War es das blonde Haar, weshalb sie sich plötzlich so sicher fühlte? Oder die Erinnerung an den Applaus, mit dem Edgar ihre erste Probe bedacht hatte?

Wie mit Erich so viele Male geübt, blendete sie alles um sich herum aus, auch die Gegenwart der beiden Männer, die sie begutachten würden, um ganz in ihre Rolle einzutauchen und eins mit Gretchen zu werden … Noch weiß Gretchen nicht, dass in der Kammer bereits das kleine Schatzkästlein mit Fausts Geschenk auf sie wartet, das wird sie erst später entdecken. Noch träumt sie ganz unschuldig und rein von der einen großen, ihr ganzes Leben erfüllenden Liebe – dem goldenen Becher in der Ballade …

»Sind Sie bereit?«, fragte Murnau.

Rahel drehte sich um und nickte. Dann trat sie zu dem Stuhl, und während sie mit langsamen Bewegungen ihren Schal ablegte, begann sie ganz leise zu singen.

Es war ein König in Thule …

26

Tino konnte es kaum glauben. War es wirklich möglich, dass er noch in Amt und Würden war? Während er sein Gehirn zermarterte, was Hugenberg bewogen haben könnte, an ihm festzuhalten, schnellte Major Grau, der nach seiner Degradierung bislang in regloser Wut und wie versteinert am Tisch gesessen hatte, urplötzlich in die Höhe, um dann, eine undeutliche Entschuldigung zwischen den Zähnen hervorpressend, aus dem Saal zu marschieren.

Deutlich vernehmbar schloss sich die Tür des Konferenzraums hinter ihm. Während auf dem Flur seine Schritte verhallten, drehten die Zurückgebliebenen wieder ihre Köpfe zu Hugenberg herum. Der fuhr, als wäre nichts geschehen, in seiner Agenda fort und erklärte, dass nun die Erörterung der geplanten Sanierungsmaßnahmen folge. Dazu überließ er wieder Ludwig Klitzsch das Wort, dem nunmehr geschäftsführenden Generaldirektor der Universum Film AG.

»Politik beginnt mit dem Betrachten der Wirklichkeit. Und die traurige Wirklichkeit ist: Die Ufa hat unter ihrer alten Führung Jahr für Jahr in unglaublicher Weise über ihre Verhältnisse gelebt. Die Budgets wurden ohne Rücksicht auf Verluste den Phantastereien der Regisseure angepasst, auch wenn diese noch so sehr ins Kraut schossen und astronomische Summen erforderten. Damit ist ein für alle Mal Schluss. Ab sofort werden wir genau umgekehrt verfahren, den Phantastereien werden die Flügel gestutzt, und zwar nach Maßgabe vorgegebener Budgets. Bei jedem Film definieren wir als Erstes den Kostenrahmen, und nur innerhalb dieses streng definierten Rahmens wird der Film produziert – für keinen Pfennig mehr. Außerdem unterziehen wir das gesamte Unternehmen einer radikalen Schrumpfkur, die alle Bereiche umfassen wird, um Umsatz und Profitabilität in ein gesundes Verhältnis zu bringen. Das bedeutet neben der Vermietung ungenutzter Ateliers sowie dem Verkauf unrentabler Kinobetriebe vor allem eine rigorose Straffung des Produktionsprogramms.«

Klitzsch machte eine Pause und ließ seinen Blick zu Tino wandern. Der konnte nicht anders, als sich angesprochen zu fühlen.

»Verstehe«, stieß er hervor, um seine Zustimmung zu bekunden. »Absolute Budgetdisziplin und Kostenreduktion. In allen Bereichen. Zur Steigerung der Profitabilität. Ist notiert.« Und Klitzschs strengen Blick erwidernd, fügte er hinzu: »Nach dem Abgang von Produktionsdirektor Pommer dürfte das erheblich leichter fallen.«

Hugenberg lachte einmal kurz und trocken auf. Pflichtschuldig fielen die Vorstandsmitglieder in das Lachen ihres neuen Vorsitzenden ein. Tino registrierte es mit Erleichterung. Er gehörte wieder dazu, wenn auch auf Pommers Kosten. Aber das hatte der sich redlich verdient.

Eine Weile rauschte Klitzschs Rede an ihm vorbei, während er versuchte, seine unverhoffte Rettung zu begreifen. Er hatte buchstäblich mehr Glück als Verstand gehabt … Dann aber fiel ein Begriff, der ihn mit einem Schlag wieder aufhorchen ließ: *Parufamet*.

»Der Vertrag«, erklärte Klitzsch, »hat sich als regelrechter Würgevertrag erwiesen. Durch die darin vereinbarten Regelungen sind wir gezwungen, fünfundsiebzig Prozent der Abspielzeiten in sämtlichen Ufa-Lichtspielhäusern amerikanischen Filmen vorzubehalten. Darunter leidet die Vermarktung unserer Eigenproduktionen so sehr, dass wir die Schuldenlast von vier Millionen Dollar unmöglich begleichen können.«

»Mein Reden!«, fiel Bausback ihm ins Wort. »Schon von Anfang an! Aber Finanzdirektor Reichenbach vertrat ja die Auffassung …«

»Schuldzuweisungen interessieren mich nicht«, unterbrach Hugenberg. »Ich bitte um Lösungsvorschläge!«

»Selbst… selbstverständlich.« Nur mit Mühe gelang es Bausback, seiner Erregung Herr zu werden. »Dann schlage ich direkte Verhandlungen mit den Amerikanern vor, um den unseligen Vertrag aufzulösen.«

»Ausgezeichnete Idee«, pflichtete Hugenberg ihm bei.

»Das freut mich zu hören.« Bausbacks Miene hellte sich auf. »Wann soll ich mich auf den Weg machen?«

»Gar nicht!«, erwiderte Hugenberg. »Herr Klitzsch wird nach Amerika fahren, um die Verhandlungen zu führen.«

»Aber … aber das war *meine* Idee!«

»Ach was. Die Sache war längst beschlossen und entschieden und wird deshalb so gemacht, wie ich es sage.«

Mit seinen schwarzen Augen starrte Bausback den Konzernchef an, als sähe er einen bösen Geist vor sich, und seine buschigen Brauen zuckten. Tino konnte sich nur zu gut denken, was in ihm vorging. Erst die enttäuschte Hoffnung auf den Posten des Finanzdirektors und jetzt diese Abfuhr.

Eine endlos lange Weile drang kein Wort über Bausbacks schmale, zu einem Strich zusammengepresste Lippen. Dann aber ruckte sein langgezogener, viereckiger Schädel einmal vor und zurück, und sein Mund klappte auf.

»Ihre Entscheidung«, sagte er mit belegter Stimme, »kann ich nur als Misstrauensbekundung meiner Person auffassen. Erlauben Sie mir darum, mein Amt als Chefrevisor der Universum Film AG mit sofortiger Wirkung niederzulegen.«

»Akzeptiert!«, erwiderte Hugenberg, ohne auch nur eine Sekunde zu zögern.

Er gab Anweisung, die Kündigung ins Protokoll aufzunehmen, und noch bevor Bausback den Raum verlassen hatte, schloss er die Sitzung. Unter allgemeinem Stühlerücken löste die Versammlung sich auf. Während ein Vorstandsmitglied nach dem anderen sich vom Tisch erhob, spürte Tino, wie die Anspannung von ihm abfiel.

Es war ein Blutbad gewesen, doch er hatte überlebt …

Eilig räumte er seine Unterlagen zusammen, um sich gleichfalls zu entfernen, bevor womöglich jemand auf die Idee kam, das Wunder rückgängig zu machen. Aber er hatte seinen Platz noch nicht verlassen, da hielt Hugenberg ihn zurück.

»Auf ein Wort, Reichenbach!«

27

Zusammen mit einem Hotelpagen richtete Constanze ihre Suite für Alexanders Empfang. Heute war ein besonderer Tag, der Tag ihres Neuanfangs. Sie hatte darum beschlossen, sowohl den Salon als auch das Schlafgemach mit weißen Rosen zu schmücken, und statt Austern und Champagner hatte sie ein Fünf-Gänge-Menü bestellt.

Doch die Rosen waren noch nicht auf die Vasen verteilt, da ging auch schon die Tür auf, und Alexander kam herein.

Als Constanze sein Gesicht sah, schrak sie zusammen. »Um Gottes willen, was ist passiert?«

Er wartete, bis der Page sich mit seinem Blumenkübel entfernt hatte. »Man hat mich gedemütigt!«, sagte er mit vor Erregung bebender Stimme. »Gedemütigt und entrechtet!«

»Bitte beruhige dich.« Sie nahm seine Hand und führte ihn zu der Sitzgarnitur. »Erzähl.«

Zusammen nahmen sie Platz, und seine Hand in der ihren haltend, hörte sie zu. Nach wenigen Worten begriff sie seine Erregung … und seine Wut … und seine abgrundtiefe Enttäuschung … Wie hatten sie beide diesem Tag entgegengefiebert! Nach Stauß' Scheitern würde alles anders werden, hatten sie gehofft, Alexander würde in der Hierarchie der Ufa aufsteigen, vielleicht sogar bis ganz nach oben, als der neue starke Mann, um endlich in dem verjudeten Saustall aufzuräumen … Und jetzt diese Schmach, die sie mit einem Schlag um alle Möglichkeiten brachte.

»Und während Hugenberg mich abserviert hat«, fuhr Alexander fort, »darf dein famoser Sohn seinen Posten behalten. Trotz seiner absolut indiskutablen Leistungen!«

»Was sagst du da? Tino ist weiter Finanzdirektor?«

Constanze war fassungslos. Nach allem, was passiert war, hätte Hugenberg Tino auf die Straße setzen müssen. Warum hatte er das nicht getan? So fieberhaft sie überlegte, ihr fiel keine vernünftige Erklärung ein … Aber irgendwas musste dahinterstecken, musste, musste, musste. Nur was in aller Welt konnte das sein?

Plötzlich kam ihr ein Verdacht. Sollte Gustav ihren Rat, das Engagement der Reichenbach Bank bei Hugenberg zu erhöhen, womöglich dazu missbraucht haben, Tinos Position zu …

Sie konnte den Gedanken nicht zu Ende denken, Alexander war viel zu sehr in Fahrt. »Wie ist es nur möglich, dass Hugenberg meine Verdienste so mit Füßen tritt? Ohne mich hätte er die Ufa nie und nimmer kassiert. Ich habe ihm den ganzen Laden doch auf dem Silbertablett serviert! Und da hat dieser Mensch die Stirn, mich zu degradieren? Er hätte mich zum Generaldirektor berufen müssen!«

Mit flackernden Augen schaute er sie an. Wo war sein herrlicher Fritzenblick geblieben? Mit einem Mal stieg in Constanze ein Gefühl auf, das sie bisher in ihrem Leben nur ein einziges Mal empfunden hatte. Beim Anblick ihres toten Vaters, nachdem er sich entleibt hatte.

»Sieger lieben den Verrat«, sagte sie. »Aber nicht den Verräter.«

»Dieser ehrlose Dreckskerl!«, rief Alexander, außer sich vor Empörung. »Dieser elende Mammonknecht! Ludendorff hatte tausendmal recht, ihn bei der Gründung der Ufa auszuschließen! Hugenberg ist ein gottverdammtes Kameradenschwein!«

Constanze drückte seine Hand. War es Mitleid, das sie empfand? Freundschaft? Seelenverwandtschaft? Oder einfach eine ganz neue, ihr selbst bislang verborgene Regung der Liebe? Sie wusste es nicht. Doch was auch immer dieses Gefühl war, sie fühlte sich Alexander in diesem Moment tiefer und fester verbunden denn je. Seine Niederlage war auch ihre Niederlage, seine Demütigung auch ihre Demütigung, sein Schmerz auch ihr Schmerz.

»Wer ist schon Hugenberg?«, fragte sie. »Ein plebejischer Möchtegern, ein Kleingernegroß, der auf seinen Fußballen wippt, um sich größer zu machen, als er ist! Kümmere dich nicht um ihn. Für uns ist er nur Mittel zum Zweck, ein Lakai. Seine einzige Aufgabe ist es, uns die Gelder zu besorgen, die wir brauchen. – Nein«, entschied sie, um jeden Einwand zu unterbinden, »Hitler ist der Mann, auf den es ankommt, auf ihn müssen wir unsere Zukunft bauen – unsere Zukunft und unsere ganze Existenz.«

Alexander hielt inne. »Unsere Existenz?«

»Ja, unsere Existenz«, wiederholte sie. »Mit allem, was wir sind und haben. Du bist Hitler gefolgt, als noch kaum jemand an ihn glaubte. Du bist mit ihm in München marschiert, du hast dein Leben für ihn ins Treffen geworfen. Das wird er dir ewig danken. Und wenn er eines Tages an die Macht kommt …« Sie strich über sein Bärtchen und gab ihm einen Kuss. »Dann wirst du selbst Teil dieser Macht sein. Und dann kannst du auf Hugenberg und seine Ufa pfeifen.«

28

Hugenberg wartete, bis außer Tino und ihm niemand mehr im Konferenzraum war, dann kam er ohne Umschweife zum Thema.

»Wundern Sie sich eigentlich nicht, Reichenbach, dass Sie noch im

Amt sind? – Nach allem, was Sie sich geleistet haben, hätten Sie einen Rauswurf doppelt und dreifach verdient. Das ist Ihnen hoffentlich klar, oder?«

Tino zögerte. Kam jetzt doch noch das dicke Ende? Unwillkürlich fasste er nach seiner Nelke.

»Ich … ich danke Ihnen, dass Sie mir die Chance zur Bewährung gegeben haben. Das weiß ich sehr zu schätzen. Und was die Zukunft betrifft, verspreche ich Ihnen hoch und heilig …«

»Papperlapapp«, fiel Hugenberg ihm ins Wort. »Bedanken Sie sich nicht bei mir, sondern bei Ihrem Herrn Vater.«

»Wie bitte?«, sagte Tino verblüfft.

Hugenberg fixierte ihn mit zusammengekniffenen Augen. »Stellen Sie sich gerade dumm, oder haben Sie das tatsächlich nicht gewusst? Ja, Ihr alter Herr hat Ihnen den Kopf gerettet. Er hat die Kapitalzufuhr der Reichenbach Bank an die Bedingung geknüpft, dass Sie auf Ihrem Posten bleiben.«

»Das ist nicht Ihr Ernst!«

»Werden Sie nicht vorlaut, junger Mann!« Hugenberg rückte an seiner Brille. »Aber ich warne Sie, fassen Sie das nicht als Freibrief auf. Ich werde Sie im Auge behalten. – Und da Sie eben von Bewährung sprachen«, fügte er mit erhobener Stimme hinzu, »seien Sie gewiss, die Stunde der Bewährung wird kommen, vielleicht schneller, als Sie glauben. Und dann kann ich Ihnen nur raten, mich nicht zu enttäuschen.«

29

Gretchen war an den Schluss ihres Lieds gelangt. Während sie ihren Schal auf dem Stuhl zusammenfaltete, sang sie die letzten Zeilen.

Dort stand der alte Zecher,
Trank letzte Lebensglut,
Und warf den heil'gen Becher
Hinunter in die Flut.

Er sah ihn stürzen, trinken
Und sinken tief ins Meer.
Die Augen täten ihm sinken;
Trank nie einen Tropfen mehr.

Sie verstummte, noch ganz und gar erfüllt von den Worten, die ihr aus dem Herzen geströmt waren.

War nicht sie selbst die Buhle, die den Becher ins Meer geworfen hatte?

Aus ihrer Rolle nur langsam erwachend, wischte sie sich über das tränennasse Gesicht. Dann drehte sie sich um.

Vor ihr stand Murnau. Das Kinn in die Hand gestützt, wiegte er nachdenklich den Kopf. Dann nahm er die Hand vom Gesicht, um sein Urteil zu sprechen.

»Beeindruckend. Sehr beeindruckend sogar. Ich habe selten eine Schauspielerin gesehen, die so ganz und gar bei sich selbst ist.«

»Wirklich?« Rahel wäre ihm am liebsten um den Hals gefallen, sie selbst hatte gar nicht das Gefühl gehabt, wirklich gut gewesen zu sein. Jedenfalls nicht so gut wie früher mit Erich. Umso mehr freute sie sich jetzt über das Lob des berühmten Regisseurs. »Danke«, sagte sie überschwänglich. »Danke für das wunderbare Kompliment.«

»Kompliment?« Murnau schüttelte den Kopf. »Nun, meine Gnädigste, ich fürchte, Sie missverstehen mich – meine Worte waren keineswegs als Kompliment gemeint. Ihre Vorführung war eine Enttäuschung. Statt für das Publikum haben Sie für sich selbst gespielt. Aber das ist ein kapitaler Fehler. Ein Filmschauspieler darf nicht in sich selbst versinken, er muss aus sich herausgehen, mit großen und dramatischen Gesten, nicht anders als im Theater – die Zuschauer können die Worte im Film ja nicht hören, und sie von den Lippen ablesen können sie auch nicht. Die Zuschauer müssen die Worte deshalb *sehen*, und dafür muss ein Schauspieler sie zum Ausdruck bringen – AUSDRUCK, verstehen Sie?«

Rahel fiel aus allen Wolken. Das hatte sie schon einmal erlebt, in einem der schlimmsten Augenblicke ihres Lebens. Es war der Tiefpunkt ihrer Karriere als Volontärin der »Wertheim Welt« gewesen. Der schöne Joachim hatte einen Artikel von ihr erst über den grünen Klee gepriesen, um ihn dann in der Luft zu zerreißen. Und das Schlimmste daran war gewesen, dass er recht gehabt hatte.

»Ist Ihnen nicht gut?«

Mit todernster Miene schaute Murnau sie an.

Wie ein Arzt einen Patienten, dem nicht mehr zu helfen ist.

30

Ganz in seine Gedanken versunken, kehrte Tino an diesem Abend nach Hause zurück. Hugenbergs Eröffnung, dass sein Vater ihm den Kopf gerettet hatte, bewegte ihn zutiefst. Nie und nimmer hätte er diesen Beweis von Vaterliebe für möglich gehalten, nach allem, was zwischen ihnen geschehen war.

Sollte, nein: *musste* er darauf nicht reagieren?

Er wollte mit Rahel darüber sprechen, sie konnte ihm sicher einen Rat geben. Aber erst morgen. Schließlich hatte auch sie heute einen überaus wichtigen Tag gehabt, und er war begierig zu erfahren, wie es ihr ergangen war.

Mit seiner Aktentasche unterm Arm betrat er die Wohnung. Im Flur war alles dunkel, nur in der Küche brannte Licht. Seltsam, warum wartete sie nicht im Wohnzimmer auf ihn? Oder in der Bibliothek? Die Abendbrotzeit war doch längst vorüber.

Auf Zehenspitzen schlich er an Alex' Zimmer vorbei und öffnete die Küchentür.

»Rahel?«

Mit dem Rücken zu ihm saß sie am Tisch, vor sich eine Flasche Wein und ein Glas. Als sie sich umdrehte, schimmerten Tränen in ihren Augen.

Freudentränen?

»Nun sag schon, wie ist es dir ergangen?«

Nein, das waren keine Freudentränen. Statt jubelnd aufzuspringen, blieb sie mit regloser Miene auf ihrem Stuhl sitzen und schüttelte den Kopf.

»Ich bin durchgefallen«, sagte sie so leise, dass er sie kaum verstand. »Murnau will mich nicht, ich konnte ihn nicht überzeugen, er hat mich in der Luft zerrissen. Irgendeine Camilla Sowieso soll jetzt das Gretchen spielen.«

»Du Ärmste! Ich kann dir gar nicht sagen, wie leid mir das tut.«

Tino stellte seine Tasche ab und nahm sie in den Arm. Doch statt sich von ihm trösten zu lassen, erstarrte sie unter seiner Berührung, als könne sie diese nicht ertragen. Unwillkürlich ließ er sie wieder los.

Warum wies sie ihn zurück?

Plötzlich packte ihn die Wut. Das alles war Pommers Schuld! Der Scheißkerl hatte versprochen, einen Star aus Rahel zu machen, aber noch bevor er überhaupt damit angefangen hatte, war er nach Amerika abgehauen, hatte einfach sein Wort gebrochen und sie hier im Stich gelassen. Weil er … weil er und Rahel …

Mit ihren blonden Locken kam sie ihm ganz fremd vor.

»Vielleicht hättest du besser auf meinen Rat gehört«, sagte er.

Verwundert schaute sie zu ihm auf. »Welchen Rat?«

»Ein paar Runden vor der Probe zu fliegen. Das hat dir früher oft geholfen. Jedenfalls mehr, als dir die Haare zu färben.«

Sie wich seinem Blick aus. »Das nützt jetzt auch nichts mehr«, flüsterte sie.

Trotz seiner Wut tat es ihm im Herzen weh, sie so leiden zu sehen.

»Ich werde mit Correll reden«, sagte er. »So lasse ich meine Frau nicht behandeln!«

31

Post aus München – Post von Geli Raubal!

Für Constanze war es jedes Mal ein Fest, wenn Hitlers Mündel ihr schrieb. Mit einem Papiermesser öffnete sie den Brief und machte es sich auf ihrer Chaiselongue bequem. Heute hatte ihre junge Freundin eine ganz besonders schöne Nachricht zu vermelden. Auf Constanzes mütterlichen Rat hin hatte Geli beschlossen, sich ihrem Onkel anzuvertrauen und ihre Liebe zu Emil Maurice zu gestehen, so dass dieser beim Führer um ihre Hand anhalten konnte, wie es sich gehörte.

Constanze las den Brief gerade zum zweiten Mal, da klopfte es an der Tür.

»Herein!«

Als sie aufblickte, trat Alexander in den Salon. Verwundert hob sie die Brauen. Welche Frische und Energie, welche Spannkraft strahlte er aus! Mit federnden Schritten durchmaß er den Raum – wie neugeboren. Und auch sein herrlicher Fritzenblick, mit dem er sie so oft betört hatte, war wieder da.

Des Rätsels Lösung ließ nicht auf sich warten.

»Es gibt wunderbare Neuigkeiten! Das jüdische Flittchen wurde gewogen und für zu leicht befunden! Camilla Horn wird an ihrer Stelle das Gretchen spielen.«

Constanze sprang von ihrer Chaiselongue auf. »Ich kann dir ja gar nicht sagen, wie sehr mich das freut.«

»Aber das ist noch nicht alles.« Alexander schaute ihr tief in die Augen. »Du weißt, dass Hindenburg in diesem Herbst achtzig wird?«

»Natürlich. Weshalb fragst du?«

»Zum Ehrentag des Präsidenten wird es eine Amnestie geben. Es sollen alle politischen Gefangenen begnadigt werden. Ist dir klar, was das bedeutet?«

Constanze musste nicht lange überlegen. »Du meinst – unsere Kameraden kommen frei?«

»Allerdings. Und nicht nur die, die sich in Haft befinden. Auch alle, die ins Ausland fliehen mussten – sie können wieder heim ins Reich. Und dreimal darfst du raten, an wen ich dabei als Allererstes denke!«

32

Ludwig Klitzsch hatte nicht geahnt, mit welcher Kraft die kalifornische Sonne schon im April vom Himmel scheinen konnte, und er schwitzte nun in seinem schwarzen, viel zu warmen Dreiteiler ganz fürchterlich, als er auf dem Paramount-Gelände aus dem Taxi stieg. Der Schweiß lief ihm nur so am Stehkragen herunter, und obwohl er sich erst vor wenigen Minuten die Stirn getrocknet hatte, musste er schon wieder sein Taschentuch benutzen. Doch er war fest entschlossen, sich von der Hitze so wenig beeindrucken zu lassen wie vom Anblick der gigantischen Studiohallen. Er war hier, um einen Vertrag aufzulösen, das war sein Auftrag und darum das Einzige, was ihn zu interessieren hatte.

Würde ihm die Mission gelingen?

Das ganze Parufamet-Konstrukt beruhte auf einer einzigen eklatanten Fehleinschätzung, nämlich dass mit Hilfe der Paramount- und MGM-eigenen Kinos die Ufa-Produktionen den amerikanischen Markt erobern würden. Tatsächlich aber liefen diese dort fast unter Ausschluss der Öffentlichkeit. Kein Mensch wollte in den Vereinigten Staaten den sogenannten deutschen Qualitätsfilm sehen, während umgekehrt die deutschen Zuschauer ganz verrückt nach den spektakulären Hollywood-Produktionen waren. Die Aussichten, dass Mr. Mayer und Mr. Lasky die Ufa aus dem Vertrag entlassen würden, waren darum denkbar schlecht. Doch Klitzsch hatte einen Trumpf: Nach Pommers Abgang war er als dessen Nachfolger zum neuen Vorsitzenden der SPIO gewählt worden. Aus diesem Grund konnte er nicht nur im Namen der Universum Film AG sprechen, sondern auch im Namen der deutschen Filmindustrie. Und diesen Trumpf war er gewillt zu ziehen.

Der riesige Konferenzsaal, in dem Mr. Lasky und Mr. Mayer ihn mit ihrem Beratertross empfingen, war so stark klimatisiert, dass Klitzschs Körper die plötzliche Kälte mit einem neuerlichen Schweißausbruch quittierte. Er brauchte jetzt unbedingt Kaffee, sonst stürzte sein Kreislauf ab. Doch statt Kaffee wurde nur eiskalte Coca-Cola serviert.

Ebenso frostig wie die Temperatur im Raum war die Reaktion der Amerikaner auf das Ansinnen, das Parufamet-Abkommen zu kündigen.

»Vertrag ist Vertrag«, erwiderten Lasky und Mayer wie aus einem Munde.

Ihre Ablehnung war kein Wunder, für sie war die Vereinbarung ja nur von Vorteil. Klitzsch versuchte es trotzdem. Während er eine

Cola nach der anderen trank, rechnete er detailliert vor, welcher Schaden der Universum Film AG durch das Abkommen bereits entstanden war. Der Vergleich der zwei letzten Jahresbilanzen ergab, dass die Zusammenarbeit mit Hollywood bestenfalls ein Nullsummengeschäft war – die Gesamteinnahmen der Ufa vor und nach Vertragsabschluss wichen so gut wie nicht voneinander ab. Dabei aber hatten sich die Aufwendungen, die aufgrund der Kooperation erforderlich waren, verdoppelt, wie Klitzsch anhand einer sorgfältig aufgeschlüsselten Kostenaufstellung nachweisen konnte. Außerdem fraß die Parufamet-Vereinbarung mehr als die Hälfte der gesamten Ufa-Erlöse auf, da die Verleihgewinne ja mit MGM und Paramount geteilt werden mussten.

Wie sollte die Ufa da noch Geld verdienen?

Doch was immer Klitzsch vorbrachte, es war, als redete er gegen eine Wand. Ein ums andere Mal schüttelten Lasky und Mayer die Köpfe.

»Vertrag ist Vertrag.«

Klitzsch war am Ende mit seinem Latein. Jetzt blieb ihm nichts anderes mehr übrig, als sein Trumpf-Ass zu ziehen und alles auf diese eine Karte zu setzen.

Er nahm einen Schluck von seiner schwarzen Brause und räusperte sich.

»Sind Sie sich bewusst, meine Herren, dass ich Ihnen hier nicht nur als Generaldirektor der Ufa gegenübersitze, sondern auch als Vorsitzender der SPIO?«

»Was zur Hölle ist das – SPIO?«, wollte Mayer wissen.

»Der Spitzenverband der deutschen Filmindustrie«, erklärte Klitzsch. »Und als deren Vertreter mache ich Sie darauf aufmerksam, dass die fortschreitende Überschwemmung des deutschen Marktes mit amerikanischen Produktionen in Berlin zu einem vieldiskutierten Politikum geworden ist, das für großen Unmut sorgt. Eine Untersuchung hat ergeben, dass die Filmerzeugnisse aus den USA inzwischen neunzig Prozent aller Vorführungen in unseren deutschen Kinos ausmachen. Das ist nicht nur uns Produzenten ein Dorn im Auge, sondern auch der Regierung. Um sich zur Wehr zu setzen, erwägt man bereits staatliche Einfuhrbeschränkungen. Überflüssig zu sagen, wie kritisch die Regierung das Parufamet-Abkommen sieht, das dieses Missverhältnis ja ganz wesentlich mitverursacht hat.«

»Was meinen Sie mit Einfuhrbeschränkungen?«, wollte Lasky wissen. »Doch wohl nicht Strafzölle?«

»Leider doch«, erwiderte Klitzsch. »Die Rede ist von fünfzig Prozent.«

Im Saal herrschte plötzlich vollkommene Stille, und eine Weile rührte sich niemand. Dann steckten Lasky und Mayer ihre Köpfe zusammen, um leise miteinander zu tuscheln.

»Würden Sie uns bitte fünf Minuten allein lassen?«, fragte Mayer.

»Selbstverständlich.«

Klitzsch nahm den letzten Schluck seiner Cola und verließ den Raum. Erst jetzt merkte er, dass ihm von der schwarzen Brause die Pumpe ging, als hätte er zwei Kannen Kaffee getrunken. Um sich abzureagieren, beschloss er, ein paar Schritte im Freien zu machen. Draußen schien eine sengende Sonne auf das Studiogelände herab. Klitzsch sah sich um. Das Ausmaß des Geländes, die Größe und Anzahl der Hallen – das alles war wirklich mehr als beeindruckend. Im Vergleich dazu war Babelsdorf nur ein …

Plötzlich stutzte er. Einen Steinwurf entfernt erblickte er einen Mann, der ihm sehr bekannt vorkam; zusammen mit einem österreichischen Offizier und einem russischen General steuerte er auf ein Aufnahmestudio zu.

War das nicht Erich Pommer?

»Mr. Klitzsch?« Als er sich umdrehte, stand die Sekretärin vor ihm, die ihn so reichlich mit Coca-Cola versorgt hatte. »Die Herren sind so weit.«

Er blickte noch einmal über die Schulter, aber die drei Männer waren bereits verschwunden. Also folgte er der Sekretärin zurück in den Konferenzsaal.

Dort zeigten Mr. Lasky und Mr. Mayer sich wie verwandelt und empfingen ihn mit einem breiten amerikanischen Lächeln.

»Wir sind bereit, über die Auflösung des Vertrags zu verhandeln«, erklärte Mayer.

»Vorausgesetzt«, fügte Lasky hinzu, »wir können uns über ein paar Bedingungen einigen.«

»Gut«, sagte Klitzsch, erleichtert, dass sein Trumpf gestochen hatte, und nahm wieder Platz. »Dann lassen Sie uns über die Bedingungen reden.«

33

In der Reichenbach Bank am Dresdner Altmarkt tagte der Kreditausschuss. Während der steinalte Onkel Gisbert, der früher diesen Ausschuss selbst geleitet hatte und deshalb immer noch an den Sitzungen teilnahm, obwohl er inzwischen vor lauter Schwerhörigkeit kaum noch ein Wort verstand, leise vor sich hin schnarchte, nahm Gustav das Papier, das seine beiden Cousins Nikolaus und Benedikt vorbereitet hatten, um noch einmal die wichtigsten Paragraphen darin zu prüfen. In dem Schriftstück hatten sie die Bedingungen niedergelegt, unter denen die Reichenbach Bank künftig auch an Privatkunden Kredite ausreichen würde.

»Dann sind wir uns also einig?«, fragte Nikolaus.

Statt einer Antwort nahm Gustav die Füllfeder, die sein Cousin ihm reichte, um das Papier mit seiner Paraphe zu versehen.

»Mit Gottes Segen!«

»Eine gute Entscheidung«, sagte Benedikt und nahm das Schriftstück an sich.

»Damit ist die Sitzung geschlossen.«

Wie auf Kommando erwachte Onkel Gisbert aus seinem Dämmerschlaf. Außer der Schwerhörigkeit plagte ihn nach wie vor die Blasenschwäche, und er hatte es eilig, mit seinem Krückstock aus dem Raum zu gelangen, bevor ein Malheur passierte. Gustav begleitete ihn und seine Söhne hinaus.

Doch kaum hatte er die Tür hinter ihnen geschlossen, ging diese von neuem auf, und vor ihm stand ein Mann, den er nie und nimmer erwartet hätte.

»Tino?«

Das unverhoffte Wiedersehen ließ ihn für einen Moment alles vergessen, was zwischen ihnen vorgefallen war, und es drängte ihn, seinen Sohn in die Arme zu schließen. Doch aus Angst, zurückgewiesen zu werden, schaffte er es nicht, auf ihn zuzugehen.

»Was … was führt dich zu mir?«, fragte er nur.

Tino schloss die Tür. Auch er war offenbar verlegen, sein Adamsapfel ruckte, und sein Gesicht war so blass, dass das Feuermal auf seiner Stirn noch dunkler hervortrat als sonst.

»Ich bin gekommen, um mich zu bedanken«, sagte er mit rauer Stimme. »Hugenberg hat mir berichtet, was du für mich getan hast.«

»Ach, Tino.« Gustav schossen Tränen in die Augen. »Du bist doch nun mal mein Sohn, der einzige, den ich noch habe. Und ich kann dir gar nicht sagen, wie sehr ich dich die ganze Zeit vermisst habe. Ich … ich habe … ich habe sogar, bei deiner Hochzeit in der St.-Hedwigs-Kathedrale …« Die Stimme versagte ihm.

Mit großen Augen erwiderte Tino seinen Blick. »Dann warst du das damals also wirklich in deinem Maybach am Opernplatz?«

Gustav nickte.

»Papa!« Tino machte einen Schritt auf ihn zu. »Wollen … wollen wir uns wieder versöhnen?«

Gustavs altes Herz fing vor Freude an zu schlagen. Endlich – endlich hatte er wieder einen Sohn!

Doch als er die Arme hob, um Tino an sich zu drücken, hörte er in seinem Innern plötzlich ein lautes, scharfes *Nein!*

Mitten in der Bewegung verharrte er.

»Was ist?«, fragte Tino. »Willst du … willst du keine Versöhnung?«

»Doch«, sagte Gustav. »Natürlich – natürlich will ich die.« Er zögerte einen Moment. »Aber … ich muss sie an eine Bedingung knüpfen.«

»Welche?«

»Versprich mir, dich bei deiner Mutter zu entschuldigen.«

Tinos Miene wurde zu Stein. »Entschuldigen? Wofür?«

Gustav brachte die Antwort kaum über die Lippen. Doch es musste sein. Sonst würde er Constanze für immer verlieren.

»Entschuldige dich für deine Frau. Und bitte deine Mutter um Vergebung. Dafür, was du ihr durch deine Heirat angetan hast.«

34

Die untergehende Sonne tauchte die Hollywood Hills in ihr goldrotes Licht, als Erich an diesem Frühsommerabend seinen Duesenberg durch die Einfahrt zu dem Bungalow lenkte, den Lasky ihm am Sunset Boulevard zur Verfügung gestellt hatte. Solange er in Berlin gelebt hatte, hatte er geglaubt, eine Villa am Wannsee sei das Höchste, was ein Mensch sich auf Erden als Behausung wünschen konnte. Doch die war ein Armenasyl im Vergleich zu einem Bungalow in Hollywood. Der neue Wohnsitz der Familie hatte zwanzig Zimmer, verteilt auf achthundert Quadratmeter Wohnfläche, und war umgeben von einem zwei Hektar großen Garten mit eigenem Minigolfplatz und Swimmingpool, um den sich ein mexikanischer Gärtner kümmerte.

Das Hänschen planschte gerade mit riesengroßen, knallbunten Plastiktieren im Wasser und jubelte ihm aus der Ferne zu, als er den Wagen verließ, und Gertrud, die im Badeanzug in einer Hängeschaukel am Pool saß, blickte mit einem freudigen Lächeln von ihrer Zeitung auf – seit sie hier waren, las sie täglich die »Los Angeles Times«, um die Sprache zu lernen. Erich winkte ihnen zu. Dass er seinen Liebsten diesen Luxus bieten konnte, war sein einziger Trost im Land der unbegrenzten Möglichkeiten.

»Was ziehst du für ein Gesicht?«, fragte Gertrud, als er sie mit einem Kuss begrüßte.

»Ludwig Klitzsch war heute im Studio«, sagte er. »Der neue Ufa-Chef.«

»Ach so? Das habe ich ja gar nicht gewusst. Habt ihr miteinander gesprochen?«

»Nein, wir sind uns zufällig und auch nur von Ferne begegnet, und ich habe so getan, als hätte ich ihn nicht gesehen. Aber da kommen natürlich manche Gedanken in einem hoch.«

»Ach, Erich.« Gertrud legte ihre Zeitung beiseite. »Endlich kannst du schalten und walten, wie du es dir immer gewünscht hast. Und trotzdem bist du nicht zufrieden.«

»Was das Geld angeht, kann ich nicht klagen. Aber sonst?« Er setzte sich auf den Rand einer Badeliege und steckte sich eine Zigarette an. »Der Film gerät mir immer mehr aus den Händen. Die Negri spielt, als wäre sie kein Zimmermädchen, sondern Sarah Bernhardt, und die Drehbuchautoren erfinden den Weltkrieg noch mal so, wie es ihnen gefällt. Als Neuestes haben sie einen ganzen Schlachtenverlauf verändert, weil es ihnen gerade in den Kram passte.«

Gertrud lachte. »Das ist ja wohl ein Witz, oder?«

»Leider nein. Und Lasky unterstützt diesen Unfug auch noch. Die historischen Tatsachen, sagte er, würden hier sowieso niemanden interessieren, kein Mensch in Amerika wüsste, was vor zehn Jahren in Europa los war. Wahrscheinlich hat er sogar recht. Der ganze Krieg ist im Film nur Hintergrund für die *love story*. Die ist das Einzige, was zählt.«

Gertrud schaute ihn an. »Du vermisst die Heimat sehr, nicht wahr?«

Erich nickte. »Das hier ist einfach eine ganz andere Welt.«

Er schaute auf seine brennende Zigarette. Natürlich vermisste er die Heimat – Berlin, Babelsberg, die Ufa ... Sogar Tino vermisste er, trotz allem, Tino war immer da gewesen, wenn er einen Freund gebraucht hatte. Aber vor allem vermisste er Rahel. Sie war das riesengroße Loch in seinem Herzen, das sich nicht mehr schließen wollte. Wenn er wenigstens Post von ihr hätte und wüsste, wie es ihr ging. Aber sie hatten ja ausgemacht, einander in Ruhe zu lassen, damit die Wunde heilen konnte.

Würde sie jemals heilen?

Gertrud griff zu ihrer Zeitung. »Am Sonntag gibt es *downtown* ein Football-Spiel. Warum gehst du nicht hin, zusammen mit dem Hänschen?«

Er blies den Rauch seiner Zigarette aus. »Wozu?«

»Frag nicht so dumm! Fußball ist deine große Leidenschaft, das wird dich auf andere Gedanken bringen!« Sie reichte ihm die »Los

Angeles Times«. »Da, lies selbst – das Spiel scheint ein Riesenspektakel zu werden.«

35

Inzwischen war es auch in Berlin so warm, dass Rahel an diesem Abend mit offenem Verdeck zum Potsdamer Platz fuhr. Vor dem Haus Vaterland parkte sie ihren Wagen. Produktionsdirektor Hugo Correll hatte sie für zwanzig Uhr zum Essen in das im Erdgeschoss befindliche Lokal geladen. Tino hatte Wort gehalten und ihn zur Rede gestellt. Correll hatte daraufhin versprochen, zusammen mit Murnau einen Karriereplan für sie aufzustellen. Den wollte er ihr beim Essen erörtern.

Bevor sie ihr Auto verließ, überprüfte sie im Rückspiegel ihr Aussehen. Sie hatte versucht, sich ihr Haar zu entfärben, aber das Ergebnis war eine Katastrophe gewesen. Ihr Haar sah jetzt aus wie ein geflecktes Katzenfell, so dass sie es unter einem Kopftuch verstecken musste. Das hatte sie wie eine Orientalin drapiert, damit es nicht wie ein Notbehelf aussah, sondern wie ein modisches Accessoire.

Correll schien es zu gefallen. »Sehr elegant, mein Kompliment.«

Mit einem Handkuss begrüßte er sie und führte sie zu einem reservierten Zweiertisch. Sie hatten noch nicht Platz genommen, da fing der Keller auch schon an zu servieren. Als Vorspeise gab es eine passierte Erbsensuppe, die nach rein gar nichts schmeckte, und zum Hauptgang Eisbein mit Sauerkraut. Während Correll sich seine Serviette in den Kragen steckte, um sie wie ein Kind vor seiner mächtigen Brust auszubreiten, kam er zur Sache.

»Ich bin der Meinung, dass wir Sie nicht ins kalte Wasser werfen sollten. Deshalb schlage ich vor, dass wir den mit meinem Vorgänger geschlossenen Vertrag anders abgelten. Statt zwei Hauptrollen biete ich Ihnen sechs Nebenrollen an. Betrachten Sie das bitte nicht als Zurückstufung, sondern als Chance! So können Sie entdecken, wo Ihre wahren Talente liegen, und sich Schritt für Schritt entwickeln.«

Rahel schaute auf ihr Eisbein. »An was für Filme haben Sie gedacht?«

Während Correll mit sichtlichem Appetit zu essen anfing, schlug er einen Aktendeckel neben seinem Teller auf, um laut schmatzend die Titel verschiedener Produktionen aufzuzählen, die er gerade vorbereitete, querbeet durch alle Genres, vom Katastrophenfilm über heitere Komödien bis hin zum großen Liebesdrama: »Panik«, »Adam und Eva«, »Die Dame mit der Maske«, »Die Yacht der sieben Sünden«, »Das Geheimnis einer großen Liebe« …

Bei der Aufzählung musste Rahel an ihren Jungfernflug denken. Beim Start hatte die Maschine immer wieder holpernd und rumpelnd auf dem Tempelhofer Feld aufgesetzt, bevor sie endlich abgehoben hatte.

»War das Ihre Idee?«, fragte sie. »Oder hat sich das Herr Murnau ausgedacht?«

»Das spielt doch keine Rolle«, erwiderte Correll. »Glauben Sie mir, wir sind beide durchaus von Ihren Qualitäten überzeugt. Aber jetzt gilt es, erst mal das richtige Genre für Sie zu finden. Außerdem sind Sie einfach noch nicht so weit, um die weibliche Hauptrolle in einem so großen Film wie dem ›Faust‹ zu übernehmen, damit würden Sie sich nur selber schaden. Wenn so was schiefgeht, ist es mit der Karriere vorbei, noch bevor sie angefangen hat!«

Unwillig stocherte Rahel in ihrem Essen herum. Eisbein hatte es bei ihren Eltern nie gegeben, da hatte sogar ihr Vater, obwohl er doch stets deutscher hatte sein wollen als jeder Deutsche, sich seiner jüdischen Wurzeln entsonnen und gestreikt.

»Warum essen Sie nicht?« Correll, der schon alles verputzt hatte, schaute verwundert auf ihren Teller. »Sind Sie schon satt?«

Zum Glück ersparte der Kellner ihr die Antwort, indem er ungefragt abräumte, um das Dessert zu servieren. Vanilleeis mit Birnenkompott. Rahel atmete auf, sie hatte ja nur das bisschen Suppe im Magen und zwei Gabeln Sauerkraut. Während sie zu löffeln begann, wischte Correll sich schon wieder den Mund ab. Mit einem Schluck Bier spülte er nach, dann nahm er den Aktendeckel und reichte ihn über den Tisch.

»Hier ist der neue Vertrag, Frau Reichenbach. Schauen Sie ihn sich bitte in aller Ruhe an, bevor Sie sich entscheiden, und geben Sie mir dann Bescheid.« Noch während Rahel den Deckel nahm, drehte er sich nach dem Kellner um und schnippte mit den Fingern. »Herr Ober? Zahlen!«

Ohne auf die Rechnung zu warten, warf er ein paar Scheine auf den Tisch. Obwohl Rahel noch zwei Kugeln Eiscreme vor sich hatte, stand er auf und ging zur Garderobe. Trotz ihres knurrenden Magens blieb ihr nichts anderes übrig, als gleichfalls den Nachtisch zu beenden.

»Ach ja, noch eins«, sagte Correll, als er ihr in den Mantel half. »Ich habe gehört, Sie sind Sportfliegerin? Respekt! Aber damit muss Schluss sein, das Risiko ist viel zu groß. Sie finden den entsprechenden Passus unter Paragraph 3, ›Allgemeine Pflichten des Vertragsnehmers‹. Vollkommen unverständlich, dass Herr Pommer nicht darauf bestanden hat.«

36

Zur selben Zeit verließ Tino am Gendarmenmarkt sein Auto. In Babelsberg hatten die Dreharbeiten zur Verfilmung von Goethes »Faust« begonnen, heute war er zum ersten Mal vor Ort gewesen, um sich ein Bild zu machen. Als Finanzdirektor hatte er dafür zu sorgen, dass es in Zukunft keine Kostenüberschreitungen mehr gab, und im Gegensatz zu früher war er fest entschlossen, mit aller Strenge darüber zu wachen. Doch zum Glück schien Murnau ein sehr disziplinierter Spielleiter zu sein, der seine Crew im Griff hatte, und im Gegensatz zu Pommers unberechenbaren Regie-Genies wie Fritz Lang hielt er sich bis jetzt peinlich genau an das vorgegebene Budget. Darunter schien die Kunst keineswegs zu leiden, soweit Tino das beurteilen konnte, vielmehr hatte er den Eindruck, dass hier Großes entstand. Gösta Ekman und Camilla Horn bildeten als Faust und Gretchen ein geradezu perfektes Paar, und Emil Jannings brillierte, wie nicht anders zu erwarten, als Mephisto. Wenn nicht irgendetwas schiefging, war der Film zum Erfolg verdammt.

Arme Rahel …

Tino wollte seinem Vater einen Brief schreiben, am besten noch bevor Rahel nach Hause kam – Alex schlief heute bei Tante Ottilie, da hatte er die nötige Ruhe. Wie gern würde er sich mit seinem Vater versöhnen. Das Wiedersehen hatte ihn im Innersten aufgewühlt, als sie einander gegenübergestanden hatten, hatte er gespürt, wie sehr er seinen Vater vermisste. Doch wie hatte er ihm eine solche Bedingung stellen können? Sich für Rahel *entschuldigen*? Für die Frau, die er mehr liebte als sein Leben? … Für eine Sekunde sah er vor seinem inneren Auge Rahels Cabrio vor Pommers Villa im Mondschein, in der Premierennacht von »Metropolis«. Die Erinnerung tat immer noch so weh, als wühlte ein Messer in seinem Herzen.

Als er die Wohnung betrat, war alles dunkel, Rahel war also noch nicht da. Obwohl er den ganzen Tag kaum was gegessen hatte, ging er nicht in die Küche, sondern setzte sich an seinen Schreibtisch. Er musste es jetzt gleich angehen.

Um sich zu sammeln, schloss er kurz die Augen. Dann nahm einen Bogen von seinem Briefpapier und tauchte den Montblanc, den sein Vater ihm zum vierzehnten Geburtstag geschenkt hatte, ins Tintenfass.

Lieber Papa …

Um seine Antwort zu Papier zu bringen, brauchte er nicht mal die Hälfte des Bogens. Als er fertig war, las er die wenigen Zeilen noch einmal durch, dann setzte er seinen Namen darunter und trocknete die Tinte mit dem Löschpapierroller.

Er steckte den Brief gerade in den Umschlag, da hörte er im Flur die Wohnungstür, und einen Moment später stand Rahel vor ihm.

»Wie war's?«, fragte er.

»Correll hat mir einen neuen Vertrag angeboten, mit einem Karriereplan. Am besten, du schaust ihn dir selber an.«

Tino legte den Brief beiseite und nahm den Aktendeckel, den sie ihm reichte. Nachdem er die wichtigsten Paragraphen überflogen hatte, zog er durch die Zähne die Luft ein.

»Hast du eingewilligt?«

»Noch nicht …«

Als er zu ihr aufschaute, sah er die Enttäuschung in ihrem Gesicht. Kein Wunder, der sogenannte Karriereplan war nichts anderes als die übliche Ochsentour für jeden x-beliebigen Anfänger. Er verließ den Schreibtisch und nahm sie in den Arm. Zu seiner Freude spürte er, dass sie bereit war, sich trösten zu lassen. Statt wie so oft in letzter Zeit unter seiner Berührung zu erstarren, schmiegte sie sich an ihn, als suche sie Zuflucht in seiner Umarmung.

Fast so wie früher.

»Lass uns eine Nacht darüber schlafen«, sagte er. »Morgen ist ein neuer Tag.«

37

Als Gustav am nächsten Morgen in sein Büro kam, fand er in der Post einen Brief von Tino. Der Junge hatte sich entschieden! Mit fliegenden Händen setzte er sich seine Brille auf, und die übrigen Umschläge ignorierend, öffnete er das von seinem Sohn beschriftete Kuvert.

Lieber Papa,
ich habe lange nachgedacht, doch sosehr ich mir unsere Versöhnung wünsche, ist mir nur eine Antwort möglich: Ich kann Deine Bedingung nicht erfüllen. Mutter und Du habt mir schon einmal die Pistole auf die Brust gesetzt. Meine Haltung ist heute dieselbe wie damals. Vor die Wahl zwischen meiner Familie und meiner Frau gestellt, werde ich mich immer für meine Frau entscheiden.
Mit dem Ausdruck tiefsten Bedauerns bin und bleibe ich trotz allem
Dein Dich liebender Sohn
Konstantin

Gustav nahm die Brille ab. Konstantin? Sein Sohn unterschrieb private Post sonst immer mit Tino – warum benutzte er nun seinen vollen Namen? Ach, der Grund war ja nur allzu klar. Mit einem Seufzer rieb er sich die Augen. Die Hoffnung auf Versöhnung, die Hoffnung auf seinen Sohn, war so schnell zerstoben, wie sie aufgeflackert war. Wie sollte er mit diesem Verlust leben? Doch sosehr Tinos Antwort ihn schmerzte, er musste sie akzeptieren. Ja, er konnte seinen Sohn sogar verstehen, der Junge tat ja nur, was er selber im Zweifelsfall auch immer tat – er hielt zu seiner Frau.

Gustav faltete den Brief zusammen und steckte ihn in die Brusttasche. Zeit für die Geschäftspost! Die Dinge waren, wie sie waren – wenn er eines im Leben gelernt hatte, dann das. Also galt es jetzt, trotz allem nach vorn zu sehen und weiterzuarbeiten. Arbeit war die beste Medizin.

Er nahm seinen Brieföffner, doch kaum hatte er den ersten Umschlag aufgeschlitzt, ging die Tür auf, und Constanze trat herein.

Ungelegener konnte sie nicht kommen.

»Darf ich fragen, was dich zu mir führt? Brauchst du vielleicht Geld?«

Constanze sah ihn missbilligend an. »Warum denkst du immer nur schlecht von mir? Nein, ich komme mit einer ganz wunderbaren Nachricht, und deshalb war es mir ein Bedürfnis, sie dir persönlich zu bringen. Heute erfolgt die erste Quartalsausschüttung der Ufa.«

»Woher weißt du das?«

»Fragst du das im Ernst?«

Als er ihren Blick sah, wurde ihm bewusst, was für eine dämliche Frage er gestellt hatte. Er selbst hatte ja Grau als Maulwurf in der Ufa installiert.

»Willst du nicht wissen, auf welche Summe sich der Betrag beläuft?«

Gustav wusste die Summe auswendig. »Achtundvierzigtausendeinhundertfünfundzwanzig Mark.«

Constanze hob die Brauen. »Rechnen konntest du schon immer, das muss man dir lassen.« In ihrem Blick lag fast so etwas wie Anerkennung.

»Das war kein Hexenwerk«, erwiderte Gustav. »Unsere Bank ist mit fünf Komma fünf Millionen bei Hugenberg engagiert, und die garantierte Dividende beträgt drei Komma fünf Prozent, macht hundertzweiundneunzigtausendfünfhundert Mark *per annum*, geteilt durch vier sind das nach Adam Riese …«

»… achtundvierzigtausendeinhundertfünfundzwanzig Mark«, ergänzte Constanze. »Kein Pappenstiel, meinst du nicht auch? Da könntest du ruhig danke sagen.«

Gustav begriff. Sie war gekommen, um ihre Provision zu kassieren. »Natürlich«, sagte er und holte sein Scheckbuch hervor.

Er hatte es nicht anders gewollt.

38

Es war schon fast neun Uhr an diesem Morgen, doch Rahel und Tino saßen immer noch beim Frühstück. Alex hatte bei Tante Ottilie übernachtet, und die brachte ihn heute zur Schule, so dass sie hatten ausschlafen können. Trotzdem waren sie beide noch müde. Es war in der Nacht spät geworden – sie hatten sich seit Wochen zum ersten Mal wieder geliebt. Tino war so glücklich gewesen, dass sie ihre Hemmungen endlich hatte überwinden können. Rahel wusste, das hätte sie nie geschafft, wenn er sie gedrängt hätte, und dafür war sie ihm dankbar, für seine Geduld und seine Nachsicht, vor allem aber für seine Liebe, mit der er alles für sie tat, ohne etwas zu verlangen. Zusammen waren sie zum Höhepunkt gekommen, und danach hatten sie eine lange Weile einfach nur ineinander verschlungen dagelegen, ein einziges Wesen, und hatten sich zärtliche Worte zugeflüstert, in einem wunderbaren, unnennbaren Nirgendwo zwischen Wachen und Träumen. Während er jetzt seinen Kaffee umrührte, warf er ihr so verliebte Blicke zu wie schon lange nicht mehr.

Auf dem Tisch lag der Vertrag.

»Was soll ich Correll antworten?«, fragte sie.

Tino nahm seine Tasse und schlürfte einen Schluck von dem dampfenden Kaffee. »Ich habe noch mal nachgedacht«, sagte er dann. »Vielleicht haben wir in der ersten Enttäuschung zu schwarzgesehen. Vielleicht haben Correll und Murnau ja recht, und der Vertrag ist tatsächlich eine Chance.«

»Ist das wirklich deine Meinung? Oder sagst du das nur, um mich zu trösten?«

Er stellte seine Tasse ab und schaute sie an. »Die Rolle muss zum Star finden, nicht umgekehrt. Hast du das vergessen?«

Rahel wich seinem Blick aus. Nein, das hatte sie nicht vergessen, genauso wenig, wie sie vergessen hatte, von wem die Worte stammten. Doch nach ihrem doppelten Scheitern, erst mit der Rolle der Rosa, dann mit dem Gretchen, hatte sie inzwischen mehr als nur Zweifel. Erichs Schicksalsglaube war doch genauso albern wie ihr eigener Glaube an Gottesentscheide – als würden die Götter oder das Schicksal sich darum kümmern, was mit Rahel oder Christel Rosenberg geschah …

»Und was ist mit Paragraph drei?«, fragte sie.

»Du meinst das Flugverbot?«

Die eine Frage reichte, und das Glück der Nacht war dahin. Tino, der sie eben noch ganz verliebt angelächelt hatte, wirkte mit einem Mal so verschlossen wie eine Auster.

»Was ist an einem Flugverbot so schlimm?«, fragte er. »Du bist ja sowieso seit einer Ewigkeit nicht mehr geflogen. Genau genommen, seit …«

Er stand auf, ohne den Satz auszusprechen. Wozu auch? Sie wussten ja beide, seit wann er meinte.

39

Im Zollernhof war der engste Führungskreis der Universum Film AG zusammengekommen. Am Konferenztisch saßen der Inhaber und Konzernchef Alfred Hugenberg, der Aufsichtsratsvorsitzende Emil Georg von Stauß sowie Finanzdirektor Konstantin Reichenbach, um Generaldirektor Klitzschs Rapport von dessen Amerikareise zu hören.

»Paramount und MGM sind also bereit, den Vertrag aufzulösen?«, zog Hugenberg das Fazit. »Gute Arbeit, Klitzsch – Respekt!«

Tino fiel ein Stein vom Herzen, noch nie hatte er diesen rotgesichtigen Feldwebel mit seinem semmelblonden Haar so sympathisch gefunden wie an diesem Morgen. Tipptopp! Niemand profitierte von Klitzschs Erfolg schließlich mehr als er. Mit der Auflösung des Vertrages konnte die Ufa endlich wieder anfangen, Geld zu verdienen. Und allein daran wurde ein Finanzdirektor gemessen.

»Damit wäre das Gröbste geschafft«, sagte Hugenberg. »Gibt es bereits eine Fristvereinbarung?«

»Leider nein«, antwortete Klitzsch. »Zumindest keine konkrete. ›Vor Ablauf des Jahrzehnts‹, lautet die vorläufige Formulierung im Protokoll – zu einer genaueren Festlegung waren die Herren Lasky und Mayer nicht bereit. Bevor sie über einen Termin verhandeln, wollen sie eine andere Bedingung erfüllt wissen, ohne die es keine weiteren Gespräche geben wird.«

»Wie lautet die Bedingung?«

»Sofortige Rückzahlung der vier Millionen Dollar Kredit.«

Hugenberg zog einmal scharf die Luft ein. *»Conditio sine qua non?«*

Klitzsch nickte.

»Dann haben wir ein Problem. Mit der Übernahme der Ufa bin ich bereits an die Grenzen meiner Möglichkeiten gegangen. Um einen solchen Betrag aufzubringen, muss erst wieder Geld in die Kasse fließen. Aber das wird nur der Fall sein, wenn wir aus dem Vertrag raus sind. Ein Teufelskreis.« Hugenberg hielt inne, und während er sich über das Stehhaar strich, dachte er einen Moment nach. »Um da herauszukommen, sehe ich nur eine Möglichkeit.« Auf den Fußballen wippend, drehte er sich zu Stauß herum.

Der erwiderte mit blassem Gesicht seinen Blick. Dann nickte er und straffte mit beiden Händen seinen Rock. »Ich werde mit meinem Aufsichtsrat sprechen.«

40

Edgar hatte noch nie so viel Freude an seiner Arbeit gehabt wie in der neuen Anstellung bei der Ufa, und das aus doppeltem Grund. Erstens interessierte sich hier niemand dafür, ob ein Mensch gleich welchen Geschlechts Männlein oder Weiblein liebte – nicht umsonst wurde Babelsberg auch Babylon genannt. Selbst wenn jemand seinen Kanarienvogel heiraten wollte, würde niemand Anstoß daran nehmen, weder von der Unternehmensleitung noch von der Technikercrew und erst recht nicht von den Schauspielern, die es ja selbst so kunterbunt trieben, dass man oft nicht wusste, wer zu wem gehörte. Zweitens aber und vor allem konnte Edgar als Requisiteur endlich seine Talente so zur Entfaltung bringen, wie er es sich schon immer erträumt hatte. Im Wertheim war es sein größtes Glück gewesen, wenn die Frühjahrs- oder Herbstkollektion hereingekommen war und er seinen Kunden dabei helfen konnte, sich nach der neuen Mode einzukleiden. Doch was war das im Vergleich zu den Möglichkeiten, die sich ihm als Kostümbildner boten? Der Fundus der Ufa war so groß wie ein ganzes Kaufhaus und ein wahres Paradies. Darin gab es Kostüme vom Anfang der Zeiten bis in die fernste Zukunft, und für jeden Schauspieler, der von ihm ausstaffiert wurde, durfte er eine eigene, buchstäblich auf den jeweiligen Leib und die jeweilige Rolle zugeschnittene Kreation erschaffen.

Heute bereitete er Camilla Horn für ihren Auftritt in Gretchens Schlafkammer vor – die Szene mit der Ballade sollte an diesem Morgen gedreht werden. Die Schauspielerin trug eigentlich einen modernen Kurzhaar-Bubikopf, doch der passte nicht zu der Figur. Zum Glück hatte Edgar eine wunderbare blonde Echthaarperücke gefunden, die Camilla bis zu den Hüften reichte und deren Strähnen er zu zwei dicken Zöpfen geflochten hatte. Dazu hatte er ein schlichtes Leinenhemd ausgesucht, mit einem gestickten Brustbesatz sowie einem Ledergürtel als einzigem Schmuck. Damit schuf er eine dramaturgisch wirkungsvolle Spannung. Schließlich sollte Gretchen ja erst *nach* dieser Szene das Schatzkästlein entdecken, das Mephisto für Faust in ihrer Kammer deponiert hatte, um sie zu verführen.

»Perfekt«, sagte Camilla, als sie sich fertig eingekleidet im Garderobenspiegel betrachtete. »Das hast du wunderbar gemacht.«

Ihr Lob erfüllte Edgar mit Stolz, Camilla war gelernte Schneiderin und konnte seine Arbeit darum besser beurteilen als jede andere Schauspielerin. Gleichzeitig aber hatte er ein schlechtes Gewissen. Rahel hatte ihm die Stelle besorgt, nachdem er im Wertheim rausgeflogen war, und jetzt arbeitete er für ihre Nachfolgerin, die sie aus dem Film verdrängt hatte.

Über dem Garderobenspiegel blinkte ein Licht auf.

»Worauf wartest du?«, fragte Camilla. »Los, spuck mir über die Schulter. Ich bin dran.«

Kaum war er der Aufforderung nachgekommen, verschwand sie in die angrenzende Studiohalle, wo schon alles für die Aufnahme vorbereitet war. Während sie auf ihre Position ging, trat Edgar zwischen die Kulissen, um zuzuschauen.

»Kamera läuft?«, rief Murnau.

»Kamera läuft!«

»Und bitte.«

Als hätte ein Hypnotiseur mit den Fingern geschnippt, verwandelte Camilla Horn sich in Goethes Gretchen.

Es war ein König in Thule …

Ganz ruhig, aber mit viel Gefühl und Hingabe sang sie das Lied, in dem der ganzen Liebe Weh und Ach ertönte. Edgar schloss vor Rührung die Augen, und während sich sein Herz zusammenzog, dachte er an Detlef.

Wer von ihnen beiden war der König? Und wer die Buhle? Und – er traute sich kaum, sich selbst die Frage einzugestehen – hatten sie ihren goldenen Becher womöglich schon ausgetrunken?

Jemand berührte ihn an der Schulter. Als er sich umdrehte, stand Rahel vor ihm.

41

Normalerweise konnte Tino nicht verstehen, was die Leute am Rauchen fanden, doch heute hätte er eine Zigarette gebraucht. Er hatte Stauß zum Hauptsitz der Deutschen Bank in der Burgstraße chauffiert, in unmittelbarer Nachbarschaft der Börse, und während er sich in der Sommersonne vor dem imposanten Gebäude die Beine vertrat, musste er sich beherrschen, um vor Nervosität nicht an den Nägeln zu kauen wie in seiner Kindheit – eine Unart, die seine Mutter ihm durch empfindliche Schläge mit einem Lineal auf seine Kinderfinger ausgetrieben hatte.

Stauß wollte an diesem Morgen versuchen, seinen Aufsichtsrat zur Übernahme der vier Millionen Dollar zu bewegen, damit die Ufa ihren Kredit zurückzahlen und sich aus dem Knebelvertrag mit den Amerikanern befreien konnte. Würde er es schaffen? Als gelernter Bankier wusste Tino, dass es bei Bankgeschäften nicht nur um Substanzwerte ging, sondern immer auch um Zukunftserwartungen. Das könnte sich jetzt von Vorteil erweisen. Wenn die Ufa trotz der Übernahme durch Hugenberg Bankrott anmelden musste, weil das Parufamet-Abkommen dem Unternehmen jede Möglichkeit nahm, wieder richtiges Geld zu verdienen, würde die Deutsche Bank, die ja nach wie vor in der Filmfabrik engagiert war, leer ausgehen und müsste alle bislang getätigten Investitionen abschreiben.

Ein Sportflugzeug brummte am blauen Himmel, mit einem Reklamebanner im Schlepp.

Bleibe jung – Creme Mouson

Tino beschattete mit der Hand seine Augen gegen die Sonne und schaute dem Flugzeug nach, wie es sich am Himmel entfernte. Seit Pommer nach Hollywood verschwunden war, war Rahel kein einziges Mal mehr geflogen, vollkommen nutzlos stand sein Hochzeitsgeschenk am Tempelhofer Feld herum und rostete vor sich hin. Bei dem Gedanken kochte in Tino wieder die Wut auf Pommer hoch. Der war schuld an seinem ganzen Unglück … Doch war er das wirklich? Tino wusste es selbst nicht mehr. Wie oft hatte sein Freund ihm in der Vergangenheit den Kopf gewaschen, wenn er an Rahels Liebe gezweifelt hatte – manchmal hatte er deshalb sogar gedacht, dass Erich seine Frau besser verstand als er selbst. Und wer weiß, vielleicht hatte ja auch er, ohne es zu wollen, selbst zu dem Elend beigetragen? Indem er Pommer den Roman von Thomas Manns Bruder zu lesen gegeben und sich so an die Stelle der Götter und des Schicksals gesetzt hatte, um Rahel und ihre Rolle zusammenzubringen? Das war so gründlich schiefgegangen, wie etwas nur schiefgehen konnte – statt Rahel und ihre Rolle hatte er Pommer und Rahel zusammengebracht. Wenn die beiden nicht miteinander gearbeitet hätten, wären sie sich nie so nahegekommen.

Im Portal der Deutschen Bank erschien Stauß und trat ins Freie. Strahlend über das ganze Volksschullehrergesicht und so verjüngt, als wäre er in einen Topf Creme Mouson gefallen, überquerte er die Straße.

Tino eilte zum Wagen, um ihm die Tür aufzuhalten. Als Stauß sich auf den Beifahrersitz fallen ließ, sagte er nur ein Wort:

»Geschafft!«

42

Rahel hätte keinen schlechteren Zeitpunkt wählen können, um Edgar bei der Arbeit aufzusuchen. Babelsberg war wirklich ein Babylon, und sie musste sich von Pontius bis Pilatus durchfragen, bis ihr jemand sagen konnte, wo er sich aufhielt. Doch als sie ihn endlich fand, hätte sie am liebsten gleich wieder auf dem Absatz kehrtgemacht. In dem Studio wurde gerade die Szene gedreht, an der sie selbst gescheitert war, und Edgar stand in den Kulissen und schaute sichtlich ergriffen zu.

Dort stand der alte Zecher,
Trank letzte Lebensglut,
Und warf den heil'gen Becher
Hinunter in die Flut.

Als hätte jemand sie mit einem Zauberstab berührt, starrte Rahel auf die Szene, die zwei surrende Kameras nur wenige Meter vor ihr einfingen. Camilla Horn spielte das Gretchen wie in Trance, absolut vollkommen und schön. Die Worte strömten aus ihr heraus, als wären es ihre eigenen, Ausfluss ihrer Seele, und die Sehnsucht, die in jeder ihrer Gesten, in jeder Regung ihrer Miene zum Ausdruck kam, dieses reine, unschuldige Verlangen nach Liebe, berührte Rahel ganz tief in ihrem Herzen.

Was für eine begnadete Schauspielerin …

Zum Glück sah Edgar, wie sehr sie litt, und brachte sie in eine Kleiderkammer, wo sie allein waren.

»Was führt dich her?«, fragte er und schloss die Tür.

Rahel war noch wie betäubt von dem, was sie gesehen hatte, und es dauerte einen Moment, bis sie sich gefangen hatte.

»Ich brauche deinen Rat«, sagte sie. »Correll hat mir ein Angebot gemacht. Statt zwei Hauptrollen will er mir sechs Nebenrollen geben.«

»Das ist eine Frechheit! Lass dir das ja nicht gefallen.«

»Er behauptet, es wäre besser für mich, wenn wir Schritt für Schritt vorgehen. Besser nicht nur für meine Karriere, sondern auch für meine künstlerische Entwicklung.«

»Woher will dieser Mensch das wissen? Von Kunst hat der doch nicht die leiseste Ahnung. Für den zählt nur, dass die Kasse klingelt.«

»Aber Murnau ist derselben Meinung.«

»Dann ist Murnau eben auch ein Idiot.«

»Murnau ist ein berühmter Regisseur und weiß, was er tut.«

»Ach was! Er tut, was Correll ihm sagt. Das siehst du doch an dir. Sonst hätten sie dir nie im Leben die Rolle weggenommen. Die Entscheidung war ein Riesenfehler.« Edgar hielt inne und schaute sie an. »Du … du bist doch das viel bessere Gretchen als Camilla Horn. Ich meine, ich habe dich ja gesehen, wie du … als du ganz allein … damals im Probenraum …« Er geriet so sehr ins Stammeln, dass er verstummte.

Rahel wusste nur zu gut, warum. »Ach, Edgar«, sagte sie. »Du bist ein wunderbarer Freund. Aber …«

»Aber was?«

Aufmunternd nickte er ihr zu, aber die Zweifel, die er an seinen eigenen Worten hatte, standen ihm ins Gesicht geschrieben. Wie konnte es auch anders sein? Seit ihrem missglückten Vorspiel hatte Rahel viel nachgedacht. Sie hatte sich für die Szene vorbereitet, wie

Erich es ihr beigebracht hatte, aber sie wusste selbst, es war nicht genug gewesen. Irgendetwas hatte gefehlt, sie wusste nur nicht, was. All die kleinen und großen Dinge, die Camilla Horn mit so traumwandlerischer Sicherheit produzierte, als wären sie ihr von Natur aus gegeben. Erich hätte ihr vielleicht helfen können, zu ähnlicher Vollkommenheit zu gelangen. Aber Erich war nicht mehr da.

»Es hat keinen Sinn, sich was vorzumachen«, sagte sie. »Correll hat die richtige Entscheidung getroffen. Camilla Horn ist eine großartige Schauspielerin. In ihrem Spiel ist so viel Ausdruck, dass man die Worte gar nicht zu hören braucht, um sie zu verstehen. Und trotzdem ist sie ganz und gar bei sich. Das ist *wirkliche* Schauspielkunst, und davon bin ich so weit entfernt wie vom Mond.«

»So ein Quatsch!« Edgar schüttelte den Kopf. »Das sagst du jetzt nur, weil du enttäuscht bist, meine Süße, und das ist ganz normal. Aber für Enttäuschung gibt es keinen Grund. In der Kunst gibt es kein Richtig und Falsch. Man kann die Dinge immer so oder so sehen … Was dem einen gefällt, ist für den anderen schlecht. Also hör auf, dich zu quälen. Ich glaube auf jeden Fall an dich. Ganz, ganz fest.«

Rahel wusste, er meinte es gut, aber mit jedem Wort, das er sagte, machte er es nur noch schlimmer. Damit er ihre Tränen nicht sah, senkte sie den Blick.

»Ich glaube, ich habe das Fliegen verlernt.«

»Was sagst du da?« Er griff nach ihrer Hand. »Nein, das kommt nicht in Frage, so was will ich gar nicht hören. Fliegen kann man auf alle möglichen Weisen, die Schauspielerei ist nicht alles …«

»Für andere vielleicht.« Sie hob den Kopf und schaute ihn an. »Aber für mich? Ich war mir so sicher, auf dem richtigen Weg zu sein. Die Schauspielerei war genau das, wonach ich gesucht hatte. Zumindest bis …«

»Bis was?«

»Ach nichts.«

Wieder senkte sie den Blick, und eine Weile schwiegen sie beide. Aus der angrenzenden Aufnahmehalle ertönte Applaus – Applaus für Camilla Horn nach ihrem Auftritt.

»Ich glaube, ich habe eine Idee«, sagte Edgar. »Und vielleicht ist sie gar nicht mal schlecht.« Er hob mit der Hand ihr Kinn, so dass sie seinen Blick erwidern musste. »Du hattest doch früher schon mal einen Traum, einen ganz anderen. Erinnerst du dich?«

43

Lilly war rechtschaffen müde. Über zwölf Stunden hatte der Drehtag mal wieder gedauert. »Aphrodite und ihre Sklaven« lautete der Titel des Films, den sie heute abgeschlossen hatte, inzwischen ihr siebter oder achter Film für die Gottlieb Meineke Filmproduktion GmbH – ganz genau wusste sie das selbst nicht mehr. Gähnend vor Müdigkeit streifte sie sich ihren BH über. Die viele Aus- und Anzieherei im Laufe eines Drehtags war fast anstrengender als die Arbeit vor der Kamera. Doch jetzt war es geschafft, sie hakte den BH-Verschluss zu, rückte mit beiden Händen die Körbchen zurecht und schlüpfte in ihr Fransenkleid – und schon war die »Asta Nielsen des Aufklärungsfilms« wieder Lilly Seidenschön aus Berlin-Wedding.

Sie richtete sich gerade die Frisur, als Gottlieb in die Garderobe kam, mit einer Flasche Pommery in der Hand und zwei Sektflöten.

»Hast du im Lotto gewonnen?«, fragte sie.

»Viel besser«, erwiderte er.

Verwundert drehte sie sich zu ihm um. »Was kann besser sein als ein Sechser im Lotto?«

»Du!«, sagte er und strahlte mit seiner spiegelblanken Glatze um die Wette. »Das hat mir jedenfalls mein Steuerberater gesagt, wir haben heute die Halbjahresbilanz gemacht.« Noch bevor sie fragen konnte, was er damit meinte, erklärte er es ihr: »›Lob der Schönheit‹ läuft schon im dritten Jahr, der Film ist einfach nicht totzukriegen. Wie alle deine Filme. Und alle zusammen lassen sie so viel Geld in die Kassen sprudeln, dass wir über den Berg sind!«

Lilly blickte wieder in den Spiegel und zog den Lippenstift nach. »Ja, unser Janger ist krisensicher. Da kann uns keener.«

»Es ist nicht nur unser Genre«, erwiderte Gottlieb. »Ich kenne andere Produzenten, denen geht es ganz und gar nicht so gut wie uns.

Nein, du bist es, der wir den Erfolg verdanken. Wenn das noch ein halbes Jahr so weitergeht, ist die Gottlieb Meineke Filmproduktion schuldenfrei.«

Obwohl Lilly so tat, als würde sie das nicht im Geringsten beeindrucken, freute sie sich ein Loch in den Bauch. Offenbar war sie inzwischen ein solcher Star, dass sie eine ganze Filmfabrik aus den roten Zahlen spielen konnte … Jetzt fühlte sie sich tatsächlich wie eine zweite Asta Nielsen.

Sie drehte den Lippenstift zu. »Na, dann lass mal den Korken knallen, Gottlieb.«

»Noch nicht«, sagte er. »Der Champagner ist für später. Weil … weil erst … erst möchte ich …« Mitten im Satz brach er ab. Seine Augen zuckten, fast panisch schob er mit dem Finger die Brille hoch, dann stellte er Flasche und Gläser ab, um mit einem Mal und ganz und gar unverhofft vor ihr auf die Knie zu sinken. »Werde meine Frau, Lilly Seidenschön.«

Mit fliegenden Händen kramte er in seiner Jackentasche und holte daraus ein Kästchen hervor. Noch bevor Lilly wusste, wie ihr geschah, schnappte der Deckel auf, und während sie mit immer größeren Augen auf ihren Chef herabsah, streckte der ihr einen funkelnden Ring entgegen.

»Ja, Lilly, heirate mich – bitte! Ich wäre der glücklichste Mann der Welt!«

44

In der Redaktion der »Vossischen Zeitung« hatte sich in all den Jahren, in denen Rahel nicht mehr hier gewesen war, so gut wie nichts verändert. Im Foyer des Gebäudes empfing sie derselbe Jahrmarktslärm, der auch früher hier geherrscht hatte. Telefone klingelten, Schreibmaschinen klapperten, Stimmen riefen, und aus dem Untergrund dröhnte das Stampfen der Druckerpressen im Kellergeschoss herauf und ließ den Boden beben. Während Scharen von Journalisten an ihren Schreibtischen mit aufgeknöpften Kragen und hochgekrempelten Ärmeln die neuesten Nachrichten in die Tasten hämmerten, eilten Laufburschen in dem Gewusel hin und her, um die fertigen Artikel in die Druckerei zu bringen oder Anweisungen zu übermitteln. Im Minutentakt trafen hier Tatsachen und Gerüchte ein, Stimmungen und Meinungen und wurden zu Schlagzeilen verdichtet, um Stunden später von den Zeitungsjungen auf den Straßen wieder in die Welt hinausgerufen zu werden.

Dies war für Rahel stets der aufregendste Ort von ganz Berlin gewesen, und seit sie ihr Abitur abgelegt hatte, hatte sie davon geträumt, Teil dieser aufregenden Welt zu werden. Wie hatte sie das nur vergessen können? Doch jetzt war alles wieder da. Wie früher spürte sie diese mit nichts vergleichbare elektrisierende, bis in die Haarspitzen dringende Erregung, die sie hier schon immer erfasst hatte.

Ja, Edgar hatte recht, das hier war ihr wahrer Traum – die Schauspielerei war nur eine Verirrung gewesen, der sie anheimgefallen war, weil sie wie ein Kind an Gottesurteile und Zeichen geglaubt hatte.

Entschlossen marschierte sie durch die Reihen der Journalisten zu dem gläsernen Büro, in dem, abgetrennt von den übrigen Redakteuren, der Chef vom Dienst residierte.

Dieser saß wie eh und je hinter Bergen von Manuskripten an seinem Schreibtisch. Er war nur ein wenig in die Jahre gekommen, seine buschigen Augenbrauen und Bartkoteletten waren von vielen silbrigen Fäden durchzogen.

Rahel räusperte sich. »Herr Sumski?«

Als er aufblickte, klappte ihm der Kinnladen runter.

»Fräulein Rosenberg?«

»Bitte Frau Reichenbach.«

»Oh, Sie haben geheiratet? Dann meinen herzlichen Glückwunsch! Was … was kann ich für Sie tun?« Während er sie mit seinen wässrigen Augen ansah, verfinsterte sich plötzlich sein Blick. »O nein! Sie wollen doch wohl nicht wieder …«

»Und ob ich das will! Genau das! Und darüber will ich mit Ihnen reden.« Rahel nahm einen Stuhl und setzte sich. »Doch statt mich anzuschauen, als wäre ich ein Mondkalb, sollten Sie sich lieber freuen! Heute ist nämlich Ihr Glückstag!«

45

Tino räumte den Küchentisch ab und stellte das Geschirr in die Spüle. Nur Rahels Gedeck ließ er stehen. Er hatte lange auf sie gewartet, doch als sie um acht immer noch nicht da gewesen war, hatte er mit Alex allein zu Abend gegessen, bevor er seinen Sohn ins Bett gebracht hatte.

Im Flur schlug die Standuhr an. Alex schlief seit über einer halben Stunde. Wo Rahel nur blieb? Sie war doch schon am Vormittag nach Babelsberg gefahren. Zwar hatte sie nicht verraten, was sie dort wollte, aber er konnte es sich auch so denken.

Er verließ gerade die Küche, als sie zur Wohnungstür hereinkam.

»Na endlich! Ich fing schon an, mir Sorgen zu machen. Aber sag – habt ihr euch geeinigt?«

»Geeinigt?«, wiederholte sie verwundert. »Mit wem?«

»Mit Correll natürlich.«

»Wie kommst du denn darauf?«

»Du warst doch heute in Babelsberg. Und da dachte ich, du hättest dich mit Correll getroffen, um noch mal mit ihm zu verhandeln …« Plötzlich stutzte er. »Oder warst du da etwa gar nicht in Babelsberg?«

»Doch. Aber das … das war eher eine Art Abschied.«

»Abschied? Jetzt verstehe ich gar nichts mehr. Würdest du mir vielleicht verraten, was das alles heißt?«

Rahel nahm ihren Hut ab und legte ihn auf die Garderobe. »Ich werde von jetzt an als Journalistin arbeiten.«

»Bist du verrückt?« Tino war so überrascht, dass er glaubte, nicht richtig zu hören. »Nur weil Correll einen anderen Vertrag will, wirfst du die Flinte ins Korn? Das halte ich für einen Fehler.«

»Ich habe gründlich nachgedacht und bin sicher, dass es die richtige Entscheidung ist. Ich habe doch immer davon geträumt, Journalistin zu werden.«

»Träume sind Schäume … Herrgott, Rahel, abgesehen davon, dass du nicht gleich aufgeben solltest – wie stellst du dir das überhaupt vor? Du weißt doch, wie schwer es für eine Frau in dem Beruf ist, zumindest, wenn du über was anderes als Kochrezepte und Mode schreiben willst. Du hast früher so viele Anläufe genommen, ohne dass es je geklappt hat!«

»Früher nicht«, erwiderte sie. »Jetzt aber schon. Erinnerst du dich noch an Arno Sumski?«

»Von der ›Vossischen Zeitung‹? Und ob! Das war doch der Mistkerl, der dich um dein Pola-Negri-Interview gebracht hat.«

»Der Mistkerl hat mich vor einer Stunde eingestellt, mit Handkuss sogar. Ich soll Filmkritiken für ihn verfassen. Er meint, mit meinen Erfahrungen könnte ich das besser als jeder andere Journalist in seiner Redaktion.«

Tino schüttelte den Kopf: »Bist du wirklich sicher, dass du das auch willst? Um ehrlich zu sein, ich habe erhebliche Zweifel. In meinen Augen ist das eine absolute Kurzschlussreaktion.«

Prüfend schaute er sie an. Doch sie hielt seinem Blick stand.

»Es muss ja nicht für immer sein«, sagte sie. »Aber es ist eine Chance, die Eintrittskarte in meinen alten Traumberuf, wenn du so willst ...«

Das Telefon klingelte. Rahel, die direkt neben dem Apparat stand, hob ab. Tino hörte, wie sich am anderen Ende der Leitung eine weibliche Stimme meldete.

»Wer ist dran?«, fragte er leise.

»Lilly«, antwortete sie. Dann ging plötzlich ein Leuchten durch ihr Gesicht, und mit der Hand auf der Sprechmuschel sagte sie: »Halt dich fest, sie will heiraten. Und ich soll ihre Trauzeugin sein.«

46

Die Anweisungen seines Dienstherrn erwartend, zückte Ludwig Klitzsch Notizblock und Bleistift.

»Haben wir schon Nachricht aus Hollywood?«, fragte Hugenberg.

»Laut Auskunft von Herrn von Stauß hat die Bank of America heute Morgen den Eingang der vier Millionen Dollar bestätigt.«

»Sehr gut. Dann bereiten Sie umgehend den Auflösungsvertrag vor. Wir müssen aus der Parufamet-Geschichte so schnell wie möglich raus, besser heute als morgen. Die Formulierung ›Vor Ablauf des Jahrzehnts‹ ist absolut inakzeptabel.«

»Welche Terminierung schlagen Sie vor?«

»Bringen Sie in Erfahrung, wozu die Amerikaner äußerstenfalls bereit sind. Jeder Tag ist ein Gewinn. Sonst geht uns noch auf den letzten Metern die Puste aus.«

Obwohl es überflüssig war, machte Klitzsch sich eine Notiz. Er wusste ja genauso gut wie Hugenberg, wie es um die Finanzen stand. Während bei der ersten Dividendenausschüttung des neuen Konzerns Minderheitsaktionäre wie die Reichenbach Bank für ihre stimmrechtslosen Vorzugsaktien die garantierte Verzinsung von drei Komma fünf Prozent erhalten hatten, war die Ufa selbst bei der Verteilung des Kuchens leer ausgegangen, weil die Hälfte aller Einnahmen, die durch die in ihren Kinos gezeigten amerikanischen Filme erzielt wurden, ja weiter an die Parufamet-Partner abgeführt werden musste, solange der vermaledeite Vertrag bestand. Und die Überarbeitung von »Metropolis« ließ auch nicht darauf hoffen, dass der sündhaft teure Film seine Kosten je wieder einspielen geschweige denn einen Überschuss abwerfen würde.

»Ich werde mich um alles kümmern.« Klitzsch steckte sein Notizbuch ein und wandte sich zum Gehen.

»Nicht so eilig!«

»Was gibt es noch?«

Hugenberg rückte an seiner Brille. »Die DNVP hat eine Gesetzesvorlage eingebracht mit dem Ziel, die Vorführung sogenannter Aufklärungsfilme in deutschen Lichtspielhäusern zu verbieten. Dieser Schweinekram ist ein öffentliches Ärgernis und jedem anständigen Bürger ein Dorn im Auge. Mit unserem Vorstoß hoffen wir, bei den Wahlen nächsten Mai einen großen Schritt nach vorn zu tun. Und ich dachte, Sie als Vorsitzender der SPIO ...« Bedeutungsvoll hielt er den Satz in der Schwebe.

Klitzsch verstand auch so. »Sie können sich auf mich verlassen«, sagte er. »Ich werde mich für die Durchsetzung der Initiative innerhalb des Verbandes verwenden.«

»Wie schätzen Sie die Chancen ein?«

»Abgesehen von ein paar schwarzen Schafen, die mit Nacktfilmproduktionen ihr Geld machen, ist die Branche durchaus um ihr öffentliches Ansehen bemüht. Ich bin darum ausgesprochen zuversichtlich, das Problem zu lösen.«

Hugenberg quittierte die Erklärung mit einem zufriedenen Schmunzeln. »Im nächsten Leben werde ich Sie heiraten.« Noch während er sprach, ertönte auf dem Boulevard Marschmusik. Verwundert hob er die Brauen. »Schauen Sie mal nach, was da los ist.«

Klitzsch trat ans Fenster und blickte hinaus. Eine Militärkapelle marschierte Unter den Linden vorbei, bejubelt von Fähnchen schwenkenden Menschen.

»Ein Huldigungsdefilee zu Ehren des Präsidenten.«

»Ach ja, Hindenburgs Geburtstag.« Hugenberg schüttelte den Kopf. »Ich fürchte, der Gnadenerlass, den der Held von Tannenberg dem Volk zum Geschenk gemacht hat, wird sich als Danaergeschenk erweisen. Wenn all die politischen Abenteurer, die jetzt noch sicher hinter Schloss und Riegel sitzen, auf freien Fuß gelangen – mein Gott, nicht vorzustellen.«

»Sie meinen Leute wie Graf Arco?«, fragte Klitzsch.

Abermals schüttelte Hugenberg den Kopf. »Nein, der ist passé. Ich denke da an ganz andere Gestalten.«

47

Rahel hatte sich mit Lilly in der »Statistenbörse« verabredet, dem berühmt-berüchtigten Nachtcafé in der unteren Friedrichstraße, wo sich alles traf, was zur Filmwelt gehörte oder dazugehören wollte. Schon in der Drehtür schlug ihr das aufgeregte Stimmengewirr entgegen, zusammen mit dem Zigarettenqualm, an dem man fast erstickte. In dem brechend vollen Lokal bildeten wie immer die sogenannten »Kinogirls« den größten Teil des Publikums, junge und auffallend hübsche Frauen und Mädchen, die sich mit großzügig geschnittenen Dekolletés in Positur setzten und dabei ihre langen, nackten Beine aus kurzen, glitzernden Röckchen hervorstreckten. Zwischen berühmten Schauspielerinnen, die jedermann kannte, und deren Kavalieren im Frack, grell geschminkten Grisetten und heruntergekommenen Lebemännern nippten sie an einem Glas Mineralwasser oder löffelten Eiscreme und warteten mit sehnsuchtsvollen Fieberaugen darauf, von einem Regisseur oder Produzenten entdeckt zu werden.

Nur im allerhintersten Winkel fand Rahel noch einen freien Tisch mit zwei Plätzen. Als Lilly ihr vorgeschlagen hatte, sich mit ihr in ihrem alten Lokal zu treffen, hatte sie sich nicht nur darauf gefreut, ihre Freundin nach langer Zeit wiederzusehen – ebenso sehr freute sie sich jetzt darüber, auf diese Weise einen Abend außer Haus verbringen zu können. Außer Haus und ohne Tino. Wenn sie die Abende mit ihrem Mann verbrachte, hatte sie immer das Gefühl, ihn zu belügen, und sie hatte doch ihr Leben lang Lügen gehasst. Musste sie Tino nicht endlich reinen Wein einschenken? Sie war hin und her gerissen. Obwohl Erich einen ganzen Ozean zwischen sie gebracht hatte, konnte sie nicht aufhören, an ihn zu denken. Doch was, wenn sie sich Tino offenbarte und er mit ihr brach? Nein, ein Leben ohne ihn konnte sie sich nicht mehr vorstellen, er war doch längst ein Stück von ihr …

Ein Raunen ging durch das Lokal. Der Grund dafür war Lilly. Aufgetakelt mit einem riesigen weißen Gainsborough-Hut, einem hauteng anliegenden silbernen Lamékleid sowie bis zu den Ellbogen reichenden schwarzen Handschuhen, durchschritt sie, eine ellenlange Zigarettenspitze zwischen den Fingern haltend, als vollkommene Filmdiva den Saal, begleitet von Sergej, dem russischen Kellner, sowie den bewundernden Blicken der Kinogirls, von denen sie bis vor kurzem noch selbst eins gewesen war.

Rahel schaffte es nur mit Mühe, ein Grinsen zu unterdrücken.

»Ich war unsicher«, eröffnete Lilly das Gespräch, nachdem sie einander begrüßt hatten, »ob ich dir von Gottliebs Antrag überhaupt erzählen sollte. Aber dann dachte ich, ach was – muss ich mich denn schämen? Nein, Gottlieb wird mir das Leben ermöglichen, von dem ich immer geträumt habe.«

»Wenn das so ist, gratuliere ich dir von Herzen.«

»Und wenn ich vor den Altar trete, kannst nur du meine Trauzeugin sein. Also, bitte, sag ja!«

»Aber natürlich sage ich ja«, erwiderte Rahel, froh, dass sie einander endlich wieder so nahe waren. »Versprochen!«

»Das wird ein Fest«, schwärmte Lilly. »Gottliebliebchen hat sich sehr spendabel gezeigt und zweitausend Märker springen lassen. Wir geben eine Riesenparty.«

»Wo wollt ihr feiern?«

»Hier natürlich! Sergej wäre für immer beleidigt, wenn er in der Zeitung lesen müsste, dass ich meine Hochzeit woanders feiere.« Obwohl in der Zigarettenspitze gar keine Zigarette steckte, zog Lilly an dem Mundstück. »Aber jetzt haben wir genug von mir gesprochen. Wie geht es dir? Ich habe gehört, sie haben dir eine Rolle weggenommen, eine Hauptrolle sogar – das Gretchen aus Goethes ›Faust‹. Stimmt das?«

Rahel nickte.

»Und jetzt?«

»Ich werde Filmkritiken schreiben, für die ›Vossische‹.«

»Wie aufregend!« Lilly war begeistert. »Dann kannst du ja gleich was über mich bringen! Mein neuer Film kommt in ein paar Wochen raus. Oder wir machen einfach ein Interview, dann hast du weniger Arbeit. Am besten eine Doppelseite.«

Rahel wunderte sich nicht im Geringsten. Jedes Ding hatte bei Lilly bekanntlich zwei Seiten – eine gute und eine bessere.

»Hm«, machte sie. »Ich weiß nicht, ob ich dir das versprechen kann, ich hab ja noch nicht mal angefangen. Außerdem, die Filme der Gottlieb Meineke Produktion – ich bin nicht sicher, ob das wirklich was für die ›Vossische‹ ist.«

Lilly war sichtlich enttäuscht, aber nur für eine Sekunde. »Macht nichts«, plapperte sie dann frohgemut weiter. »Du hast auch so schon Probleme genug. Und dann auch noch über eine Freundin schreiben? Die gerade ein Star wird? Nein, das war eine Schnapsidee.« Wieder zog sie an ihrer Zigarettenspitze. »Aber erzähl! Wann geht's los? Wann gibt's den ersten Artikel von dir zu lesen? Ich kann es kaum erwarten!«

48

Jedes Mal, wenn Post aus München kam, klopfte Constanzes Herz ein bisschen höher. Doch heute noch ein bisschen höher als sonst.

Hatte Geli ihre Ankündigung wahr gemacht und sich mit ihrem Erwählten dem Führer offenbart?

Voller Ungeduld öffnete sie das Kuvert. Gleich im ersten Absatz fand sie die Antwort auf ihre Frage.

… Emil hat um meine Hand angehalten, wie Sie uns geraten haben. Aber ach, er stieß auf taube Ohren, mein Onkel hat sich mit allem Nachdruck gegen unsere Beziehung ausgesprochen. Jetzt verlangt er von Emil und mir eine Trennung für zwei Jahre. In dieser Zeit dürfen wir einander nur unter seiner Aufsicht sehen. Können Sie sich meine Verzweiflung vorstellen, liebe Freundin?

Constanze ließ den Brief sinken. Das arme Kind … Aber ja, wie sehr konnte sie sich die Verzweiflung vorstellen, die Geli befallen hatte – sie selbst steckte ja auch in einer schier ausweglosen Situation. Alexanders Trennung von seiner Frau war in schier unerreichbare Ferne gerückt, und damit nicht genug, wuchsen auch in ihr immer mehr Zweifel, ob sie an ihrer Scheidungsklage noch festhalten sollte oder wollte oder durfte. Wenn sie den Führer unterstützen wollten, waren sie ja auf Gustavs Geld angewiesen, und das wollten sie beide – unbedingt! Vielleicht war dieser Wille inzwischen sogar das stärkste Band, das sie miteinander verband …

Mit einem Seufzer nahm sie den Brief wieder auf.

Emil wäre in seiner Liebe zu mir sogar bereit, sich über den Willen meines Onkels hinwegzusetzen und mit mir durchzubrennen. Doch so romantisch die Vorstellung ist: Da ich noch nicht volljährig bin, könnte ich ihm ohne Einwilligung meines Vormunds nirgendwo das Jawort geben. Außerdem – was soll dann aus meinem Medizinstudium werden, das ich doch gerade erst aufgenommen habe?

Eine Stimme schreckte Constanze aus ihrer Lektüre auf.

»Es gibt wundervolle Neuigkeiten!«

Als sie aufblickte, stand Alexander vor ihr.

»Göring ist zurück aus Schweden!«

»Was sagst du da?« Freudig überrascht erhob sie sich von ihrer Chaiselongue.

»Ja, Hindenburgs Geburtstag sei Dank! Vier Jahre musste Göring im Exil verbringen, um sich der Verbrecherjustiz zu entziehen. Jetzt ist er endlich frei!«

Constanze schloss kurz die Augen.

Nein, die Opfer, die sie brachte, waren nicht vergebens …

Um sich zu vergewissern, dass ihr eingeflochtenes Haarteil saß, rückte sie an ihrer Frisur. »Ich denke, das ist ein Grund zum Feiern«, sagte sie. »Wir sollten Göring zum Anlass seiner Befreiung zu einem Diner einladen. Was hältst du davon?«

»Du wunderbares Weib!« Alexander gab ihr einen Kuss. »Das ist eine ganz und gar famose Idee!«

49

Als Tino ins Kinderzimmer kam, lag Alex schon im Bett, zusammen mit Old Shatterhand und Winnetou, seinen beiden Teddybären, denen Tante Ottilie inzwischen einen kleinen Filz-Cowboyhut beziehungsweise einen Indianer-Federschmuck angenäht hatte. Rahel war heute Abend im Kino, sie hatte von ihrem Redakteur den ersten Auftrag für eine Kritik bekommen. »Der Tanzstudent« hieß der Film, den sie besprechen sollte, eine Ufa-Produktion. Hoffentlich gefiel ihr der Streifen, ein Verriss könnte ihr womöglich schaden. Tino wollte trotz Rahels Rückkehr zu ihrem alten Berufswunsch Produktionsdirektor Correll bei Laune halten für den Fall, dass sie es sich noch einmal anders überlegte. Damit war schließlich bei Rahel immer zu rechnen. Nicht nur, wenn es um ihre Karriere ging.

»Wann fängst du endlich an, Papa?«, drängte Alex. »Erzähl!«

»Natürlich, deine Knochengeschichte.« Tino nahm einen Stuhl und setzte sich zu ihm ans Bett. »Was hat der große Junge heute erlebt? Ach ja, jetzt weiß ich es wieder. Der große Junge war in der Schule, um tüchtig Lesen und Schreiben und Rechnen zu lernen. Aber in Wirklichkeit hat er mit seinen Freunden immer nur Faxen im Unterricht gemacht …«

Alex' Gesicht war anzusehen, wie wenig begeistert er von der Geschichte war – kein Wunder, wenn Tino nichts Besseres einfiel, als seine Schulerlebnisse aufzuwärmen. Doch er konnte sich einfach nicht konzentrieren. Rahel … Wieder und wieder kehrten seine Gedanken zu ihr zurück. Was war der Grund, weshalb sie die Schauspielerei so holterdiepolter aufgegeben hatte? Sie hatte doch mit ihren ersten zwei Filmen einen so erfolgreichen Start gehabt, und auch wenn man ihr jetzt nicht gleich eine Hauptrolle gab, war das doch kein Grund, nur noch Kritiken zu schreiben, statt in weiteren Filmen mitzuwirken. Er hatte doch erlebt, wie begeistert sie gewesen war – die Schauspielerei war ihr in die Wiege gelegt, das hatte sogar er erkannt. War am Ende vielleicht Pommer der wahre Grund? Weil er nicht mehr da war, um mit ihr zu arbeiten? Oder, er wagte es kaum, sich die Möglichkeit einzugestehen, weil die zwei mehr verband als nur die Arbeit, mehr auch als die eine Nacht am Wannsee? – Der Gedanke war so entsetzlich, dass er vor ihm zurückschreckte. Nein, nein, das konnte nicht sein, das war völlig ausgeschlossen! Sie hatten einander versprochen, Bescheid zu geben, wenn Liebe im Spiel war … Und Rahel hatte ihm nichts gesagt … Und sie würde doch niemals lügen, sie hasste Lügen wie die Pest, und Schweigen wäre ja auch eine Lüge … Oder?

»Und was hat der Lehrer gemacht?«, wollte Alex wissen. »Hat er den großen Jungen in die Ecke gestellt?«

Tino wusste es nicht. »Ich glaube, heute musst du mal ohne Knochengeschichte einschlafen.« Er beugte sich über ihn und gab ihm einen Kuss. »Gute Nacht, mein Junge. Vielleicht erzählt dir ja das Sandmännchen eine Geschichte.«

50

Der Speisesaal des Grand Hotel »Adlon« war schon vorweihnachtlich geschmückt. Doch anders als im »Dresdner Hof«, wo in der Adventszeit bereits im Foyer ein mit Silberkugeln, Lametta und Engelshaar überreich behangener Christbaum den Gast empfing, größer und prachtvoller noch als der in der Frauenkirche, beschränkte sich der Schmuck hier auf ein paar sorgsam dekorierte Tannenzweige und Kerzen auf den Tischen sowie die Klänge einer leisen, dezenten Weihnachtsmusik, die aus dem Lautsprecher eines Grammophons drang, um sich mit den gedämpften Stimmen der Speisegäste und dem Klappern der Bestecke zu vermischen.

Umso eindrucksvoller wirkte der Auftritt von Hermann Göring, den Constanze und Alexander zum Diner geladen hatten. Jeder Zoll ein Kriegsheld, näherte er sich ihrem Tisch, mit jovialem Lächeln die Blicke erwidernd, die er links und rechts auf sich zog. Schon immer hatte Constanze die Erscheinung dieses Mannes in der persönlichen Begegnung als noch stattlicher empfunden als auf jedem Foto, doch dieser Eindruck hatte sich in den vier Jahren, die er seit dem Münchner Putschversuch im Exil verbracht hatte, nochmals verstärkt. Die Ehe mit Carin von Kantzow, einer vier Jahre älteren Schwedin und veritablen Freifrau, die ihm zuliebe ihren reichen Ehemann verlassen hatte, schien ihm bestens zu bekommen. Er hatte die Zeit der Verbannung nicht nur unbeschadet überstanden, sondern sogar noch an Imposanz hinzugewonnen, ohne dass darunter sein legendärer Charme gelitten hätte.

In vollendeter Eleganz beugte er sich über Constanzes ausgestreckte Hand. »Ich bin entzückt, Sie wiederzusehen, gnädige Frau.«

»Willkommen in Ihrer deutschen Heimat«, begrüßte sie ihn. »Ich kann Ihnen gar nicht sagen, wie sehr ich mich über Ihre Rückkehr freue. Sie nährt in mir die Hoffnung, dass bald in unserem Vaterland wieder bessere Zeiten anbrechen.«

»Ja, die Aussichten standen für Deutschland seit dem Krieg noch nie so gut wie jetzt«, erwiderte Göring. »Nicht nur, weil all die alten Kameraden zurückkehren können, um wieder in die Reihen unserer Bewegung zu treten. Sondern vor allem, weil Hitler wieder öffentlich reden darf. Jede seiner Reden ist in unserem Kampf ja mehr wert als ein ganzes Artillerieregiment oder Fliegergeschwader.«

»Und das aus Ihrem Munde«, sagte Alexander voller Bewunderung.

»Ja, ich könnte mir vorstellen, dass womöglich schon die nächsten Wahlen die von uns allen herbeigesehnte Wende bringen. Vielleicht sogar mit einer Regierungsbeteiligung.«

Göring wischte die Bemerkung mit einer Handbewegung fort. »Die NSDAP beteiligt sich an keiner Regierung. Unser Ziel ist es, die Systemparteien aus dem Amt zu jagen. Um selbst die Macht zu ergreifen.«

Constanze sah, wie seine Augen glänzten, und dieser Glanz in seinem Gesicht verlieh seiner ganzen Erscheinung noch mehr Strahlkraft. Doch sie wusste, dass es nicht nur die Flamme der Begeisterung war, die aus ihm sprach. Unter dem Siegel der Verschwiegenheit hatte Alexander ihr verraten, dass Göring Morphium spritzte – eine späte Folge der Schussverletzung, die er beim Marsch auf Berlin erlitten hatte. Anders waren die Schmerzen wohl nicht zu ertragen, obwohl er sich nichts davon anmerken ließ. Was für eine Haltung!

Zwischen Suppe und Hauptgang wechselte Göring das Thema.

»Darf ich fragen, gnädige Frau, warum Sie ins ›Adlon‹ geladen haben statt wie früher in Ihre wunderbare Dresdner Trutzburg?«

Constanze tauschte mit Alexander einen kurzen Blick. Als der ihr zunickte, fasste sie sich ein Herz und nahm seine Hand.

»Es hat sich während Ihrer Abwesenheit einiges verändert …«

Göring stutzte, einen Moment schaute er sie verständnislos an, dann aber ging ihm ein Licht auf. Doch statt, wie Constanze erhofft und auch erwartet hatte, ihnen zu gratulieren, verfinsterte sich seine Miene.

»Schade, sehr schade. Nein, das ist im höchsten Maße bedauerlich.«

Alexander entglitten die Gesichtszüge. »Darf ich fragen, was Sie zu Ihrer negativen Haltung veranlasst?«

»Natürlich dürfen Sie«, erwiderte Göring. »Ich war gekommen, um Ihnen ein Angebot zu machen. Aus Dankbarkeit für 1923 – da haben Sie mir schließlich das Leben gerettet. Aber unter diesen Umständen?« Er blickte auf ihre verschränkten Hände und schüttelte den Kopf. »Ich weiß nicht, ob ich daran noch festhalten kann.«

51

Die Sitzreihen in dem verdunkelten Kinosaal waren nur spärlich besetzt. Während auf der Leinwand bereits ein Liebespaar neckische Blicke tauschte, nahm Rahel ihren Platz ein. Der Film, über den sie schreiben sollte, war nicht der allerneueste, sondern schon ein paar Monate alt, aber der Titel hatte sie neugierig gemacht: »Doña Juana«. Würde hier eine klassische Männerfigur in ihr weibliches Gegenteil verkehrt? In Erwartung einer intelligenten Behandlung des ebenso spannenden wie ungewöhnlichen Themas hatte sie Arno Sumski dazu überredet, ihr trotz des späten Zeitpunkts einen Zweispalter für die Besprechung einzurücken. Doch nachdem sie die erste Hälfte gesehen hatte, war sie ziemlich enttäuscht. Der Film erwies sich als eine belanglose Verkleidungs- und Verwechslungskomödie, an der die Begleitmusik noch das Beste war – ein bisschen Donizetti, ein bisschen Paul Lincke.

Schade um das schöne Thema, man hätte so viel mehr daraus machen können. Was um Himmels willen sollte sie nun darüber schreiben?

Sie zückte den illuminierbaren Stift, den Tino ihr geschenkt hatte, und knipste das Lämpchen an der Spitze an, um sich Notizen zu machen. Seit dem »Tanzstudenten« hatte sie inzwischen schon mehrere Dutzend Filme rezensiert, manchmal zwei oder sogar drei an einem Tag. Doch eines irritierte sie immer mehr: Bei jedem Film, den sie sich anschaute, juckte es ihr förmlich in den Gliedern. Wie würde sie diese Figur anlegen – wie jene Szene interpretieren? Nach ihrem kurzen Intermezzo als Schauspielerin schaffte sie es einfach nicht, wieder in die passive Rolle als bloße Zuschauerin zu finden – wenn sie ehrlich war, würde sie in jedem Film, den sie sah, viel lieber selbst mitmachen, als nur darüber zu schreiben. Sogar bei einem so belanglosen Streifen wie diesem.

War ihr Versuch, zu ihrem alten Traum zurückzukehren, womöglich ein Fehler? Einen Grünkohleintopf konnte man aufwärmen, er schmeckte sogar jedes Mal besser. Aber Träume?

Bei dem Gedanken an den Film, den sie noch vor Weihnachten rezensieren sollte, wurde ihr jetzt schon flau: »Faust, der Tragödie erster Teil«.

Mit Camilla Horn als Gretchen.

52

Das Willkommens-Diner für Hermann Göring war vorbei, und Constanze und Alexander waren zurück in ihrer Suite. Die Rechnung für das Essen hatte siebenhundertsechsundzwanzig Mark und siebzig Pfennige betragen, mit Trinkgeld schlanke achthundert Mark. So hoch der Preis auch war, er war nicht übertrieben – das »Adlon« hatte gezeigt, wozu Küche und Keller des Hauses imstande waren. Es hatte ein Sieben-Gänge-Menü gegeben mit allem, was dazugehörte: *Horsd'œvre froid, Potage, Horsd'œvre chaud, Poisson, Pièce de résistance, Entrée chaude, Entrée froide*. Und auch an den Getränken hatte man nicht gespart. Zum Aperitif war Champagne Ruinart gereicht worden und danach als Menübegleitung ein Rheingau-Riesling aus Großer Lage sowie ein zwanzig Jahre alter Bordeaux 1er Grand Cru Classé, zum Dessert hatte man einen Sauternes Jahrgang 1900 serviert und zum guten Abschluss einen Hennessy Paradis Impérial.

Trotzdem war der Abend alles andere als ein Erfolg gewesen. Constanze hatte ihren ganzen Charme einsetzen müssen, damit Göring überhaupt noch mit der Sprache rausgerückt war: Das Angebot, von dem er geraunt hatte, war eine Karriere Alexanders in der NSDAP. Als ehemaliger Presseattaché des Kriegsministeriums sei er Görings Meinung nach geradezu prädestiniert, in der Partei und in der Bewegung zu hohen und höchsten Ämtern aufzusteigen. Doch der Preis dafür war ungleich höher als der für das Diner, das sie genossen hatten. Göring hatte klipp und klar erklärt, dass sein Angebot nur gelte, wenn Constanze und Alexander bereit seien, die bürgerliche Fassade aufrechtzuerhalten.

»Wie kann er das verlangen?«, fragte Constanze. »Er hat doch selbst auf die bürgerliche Fassade gepfiffen und eine Ehe zerstört.«

»Das waren andere Zeiten«, erwiderte Alexander, »die Zeiten des Straßenkampfs. Damals kam es auf so was nicht an. Aber Hitler hat dem Straßenkampf abgeschworen und beschlossen, durch Wahlen an die Macht zu gelangen. Dafür brauchen wir die Stimmen der Bürgerlichen. Und deshalb dürfen wir uns nichts zuschulden kommen lassen, was dem bürgerlichen Ansehen schadet. Zumindest nicht in exponierter Position.«

Constanze hob die Brauen. »So wie du redest, könnte man fast meinen, dass diese Auffassung der Dinge dir keineswegs missfällt.«

»Um Himmels willen – wie kommst du denn darauf?« Ihren Blick fest erwidernd, schüttelte er den Kopf. »Ich habe nur unser aller Ziel vor Augen, das wahrhaft Große und Ganze. Und darum muss unsere Devise lauten: erst die Partei, dann wir! Die Partei ist alles, der Einzelne nichts. Stimmst du mir darin nicht zu?«

Constanze zögerte. Görings Verdikt hatte sie in einen schier unauflösbaren Zwiespalt gestürzt. Einerseits war sie zutiefst empört, dass man ihr Vorschriften machen wollte. Bildete dieser Mann, auch wenn er noch so hoch stand und ein Vertrauter des Führers war, sich etwa ein, sie sei ein dummes Ding wie Geli Raubal, das man nach Belieben herumschubsen konnte? Nein, wer das glaubte, würde seinen Irrtum zu spüren bekommen. Doch gleichzeitig, in den tiefsten Tiefen ihrer Seele, spürte sie auch so etwas wie Erleichterung. Würde das nicht vielleicht so manches einfacher machen? Auch für sie?

»Und wie soll es deiner Meinung nach mit uns weitergehen?«, fragte sie.

Mit ernster Miene zupfte Alexander an seinem Bärtchen. »Auch wenn es mir das Herz bricht, meine Liebe – es gibt nur eine Lösung.«

»Welche?«

Er lächelte, wie nur ein Mann lächeln konnte. »Weißt du das nicht selbst, du wunderbares Weib?«

53

Es war ein schmutzig-kalter Dezemberabend, an dem man keinen Hund vor die Tür jagte. Trotzdem herrschte vor dem Ufa-Palast am Zoo solches Gedränge, dass kaum ein Durchkommen war. In dem hell erleuchteten Lichtspielhaus fand heute die Premiere des »Faust«-Films statt. Während Rahel bereits aus dem Auto gestiegen war, damit sie in ihren hohen Schuhen nicht durch den Schneematsch laufen musste, suchte Tino einen Parkplatz. In ihrem Abendkleid, über dem sie nur eine Nerzstola trug, fror sie ganz entsetzlich – für die Nacht war zum ersten Mal in diesem Winter Frost angekündigt. Doch es war nicht die Kälte allein, weshalb sie zitterte.

Im Laufschritt eilte Tino herbei. Doch statt ihr den Arm zu reichen, fasste er mit beiden Händen ihre Schultern und schaute sie an.

»Bist du wirklich sicher, dass du dir das antun willst?«

»Davonlaufen nützt ja nichts.«

Sie fasste sich bei ihm unter, und zusammen reihten sie sich in die Schlange der Wartenden ein. Als sie den Vorführsaal betraten, hatte die Prominenz zum Glück schon Platz genommen. Rahel war erleichtert, so brauchte sie Camilla Horn nicht auch noch die Hand zu schütteln. Sie drückte das Kinn auf die Brust, und an Tinos Seite schaffte sie es bis zu ihren reservierten Plätzen in der dritten Reihe.

Noch während sie sich setzten, ging das Licht aus, und die Vorstellung begann.

»Alles in Ordnung?«, flüsterte Tino.

Rahel nickte. Tapfer nahm sie ihren Schreibblock und den illuminierbaren Stift aus ihrer Abendtasche, als auch schon die erste Szene über die Leinwand flimmerte.

Habe nun ach, Philosophie studiert …

Die Kinoorgel setzte ein, zu leisen, düsteren Klängen deklamierte Gösta Ekman den berühmten Eingangsmonolog. Das Publikum hielt den Atem an: Fausts Ringen mit Gott und sich selbst, das größte Drama der Deutschen, in dem das ganze Volk sich erkannte – hier nahm es seinen Lauf. »Dass ich erkenne, was die Welt / Im Innersten zusammenhält …« Rahel machte sich erste Notizen. Während die Orgelbegleitung sich aufhellte wie die Welt beim Erwachen eines neuen Tags, wechselte auf der Leinwand die Szenerie, auf die dunkle Nacht in der Studierstube folgte der helle Ostermorgen vor dem Tore.

»Hier bin ich Mensch / Hier darf ich's sein …« Darein erschien mit einem Satz Mephisto, noch in Pudelgestalt, doch kaum hatte Faust das Zotteltier in sein Haus gelassen, entpuppte es sich als der Teufel in Person, um ihn zu dem schicksalhaften Pakt zu drängen. »Topp, die Wette gilt!« Rahel kam mit ihren Notizen kaum noch nach. Im Höllentempo ging es jetzt weiter, Schlag auf Schlag, von der Hexenküche in Auerbachs Keller, wo Mephisto dem Stubengelehrten seine Zauberkünste vorführte. »Ich muss dich nun vor allen Dingen / In lustige Gesellschaft bringen …« Und plötzlich dann, ganz unverhofft auf offener Straße, die erste Begegnung von Faust und dem Gretchen. »Mein schönes Fräulein, darf ich wagen / Meinen Arm und Geleit ihr anzutragen?«

Rahel schloss die Augen. Wie würde das Publikum reagieren?

Als sie wieder zur Leinwand aufblickte, war Gretchen schon in ihrer Schlafkammer und entkleidete sich zur Nacht.

Es war ein König in Thule
Gar treu bis an das Grab …

Ganz von allein formten sich Rahels Lippen, leise flüsterte sie die ihr allzu vertrauten Verse mit.

Dem sterbend seine Buhle
Einen goldnen Becher gab …

Im Zuschauerraum wurden Seufzer laut. Rahel musste an Erich denken, wie er sie wohl durch die Szene geführt hätte.

Tino drehte sich zu ihr um und schaute sie an. »Ich bin so stolz auf dich. Ich weiß nicht, ob ich das an deiner Stelle schaffen würde.«

Statt zu antworten, nahm sie ihr Schreibzeug, um weiter Notizen zu machen. Während ihre Hand so stark zu zittern begann, dass die Buchstaben immer krakeliger wurden, kam Gretchen zum Schluss der Ballade.

Er sah ihn stürzen, trinken
Und sinken tief ins Meer.
Die Augen täten ihm sinken;
Trank nie einen Tropfen mehr.

Als die Orgel verstummte, war es totenstill im Saal. Rahel biss sich auf die Lippe. Hatte sie sich in ihrem Urteil geirrt, und Camilla Horn war durchgefallen? Doch noch während sie klammheimlich darauf hoffte, brach das Publikum in tosenden Beifall aus – Szenenapplaus für das Gretchen!

Unter den Jubelrufen der Zuschauer erhob sich Camilla Horn von ihrem Platz, keine zwei Meter vor Rahel, und nahm die Huldigungen des ganzen Saals mit einer Art Hofknicks entgegen.

Rahel hielt es nicht länger aus. Sie nahm ihre Sachen, um davonzulaufen.

»Du gehst?«, fragte Tino leise. »Warte, ich komme mit.«

»Nein. Du hast Verpflichtungen. Das Bankett.«

»Aber ich kann dich doch nicht einfach so …«

»Bitte, Tino! Lass mich. Ich muss jetzt allein sein.«

54

Der Feierabend war gemacht. Mit einem Seufzer ließ Gustav sich in seinen Sessel sinken. Robert hatte im Herrenzimmer schon alles zu seiner Behaglichkeit bereitgestellt. Auf dem Beistelltisch warteten eine geöffnete Flasche Pilsener Bier sowie eine ebenfalls schon geöffnete Zigarrenkiste und außerdem die gebügelte »Sächsische Zeitung«. Gustav schenkte sich ein Bier ein, und während der Schaum im Glas sich setzte, tauschte er die harten Lederstiefel gegen weiche Pantoffeln. Dann zündete er sich seine Verdauungszigarre an, trank den ersten Schluck Bier, sein allabendlicher Gottesbeweis, den er stets mit geschlossenen Augen genoss, und griff schließlich zu der Zeitung.

Das Feuilleton machte mit einem halbseitigen Bericht über die Verfilmung von Goethes »Faust« auf – die Ufa-Produktion wurde an diesem Abend im Berliner Zoo-Palast zum ersten Mal der Öffentlichkeit vorgeführt. In dem Artikel wurde außer dem Regisseur und seinen Hauptdarstellern auch Finanzdirektor Konstantin Reichenbach zitiert: »Dieser Film war längst überfällig. Endlich kommt das größte deutsche Drama auf die Leinwand – Goethe für jedermann, nicht mehr nur für die gehobenen Stände wie im Theater …« Die Nennung seines Sohnes erfüllte Gustav mit Stolz, doch zugleich rührte sie in ihm an jene tiefe, stille Trauer, die wie ein grauer Schleier Tag und Nacht seine Seele umfing.

War es ein Fehler gewesen, die Versöhnung mit Tino an eine Bedingung zu knüpfen?

Vor der Zimmertür wurden Schritte laut, dazu eine weibliche Stimme. Gustav horchte auf. War das nicht Constanze?

Er legte die Zeitung beiseite, um nachzuschauen. Tatsächlich, als er in den Flur trat, stand seine Frau vor ihm, mit Robert im Gefolge – der Diener war mit Koffern und Taschen beladen.

»Welche Überraschung, meine Liebe!«, rief er. »Heißt das, du willst wieder …?«

Constanze hob nur die Brauen, und ohne Antwort verschwand sie in ihrem Boudoir. Doch Gustav brauchte keine Antwort mehr, das Gepäck war ihm Antwort genug. Constanze hatte sich besonnen und war zu ihm zurückgekehrt.

Mit einem Seufzer der Erleichterung wandte er sich ab. Nein, er hatte keinen Fehler gemacht. Die Rückkehr seiner Frau war jeden Preis wert.

55

Es war fast Mitternacht, als Tino nach Hause kam. Die Premiere des »Faust« war ein rauschender Erfolg gewesen; als der Vorhang gefallen war, hatte das Publikum sich geschlossen von den Plätzen erhoben und Beifall geklatscht, der Regisseur und seine Hauptdarsteller hatten sich wieder und wieder vor dem Vorhang zeigen müssen, um den Applaus entgegenzunehmen. Bei dem anschließenden Bankett hatten auch die Presseleute ihre Begeisterung bekundet, das Blitzlichtgewitter hatte gar nicht mehr aufhören wollen, und sogar Tino hatte ein Interview nach dem anderen gegeben, was bei einem Finanzdirektor alles andere als gewöhnlich war. Er hatte sich regelrecht losreißen müssen, um nach Hause zu kommen. Jeder hatte versucht, ihn zurückzuhalten, nicht zuletzt der weibliche Star des Abends, Camilla Horn – sie hatte ihm sogar ganz unmissverständlich Avancen gemacht und mit dem Finger gegen seine Nelke geschnippt, ganz und gar nicht nach Gretchen-Art. Aber Tino hatte seine Frau nicht länger warten lassen wollen als unbedingt nötig. Nicht an diesem Abend.

Leise schloss er die Etagentür hinter sich und legte Mantel und Hut ab. Schlief Rahel schon? In der Wohnung war es dunkel, nur aus dem Wohnzimmer schimmerte noch ein schwacher Lichtschein durch den Türspalt.

Plötzlich stutzte er. Ein leises, zartes Lied schwebte in der Dunkelheit. Tino kannte es, ein Schlager, der gerade überall zu hören war.

My Bonnie is over the ocean,
My Bonnie is over the sea …

Kein Zweifel, die Musik kam aus dem Wohnzimmer. Einer bösen Ahnung folgend, trat Tino an die Tür, um durch den Spalt zu blicken.

Als er seine Frau in dem halbdunklen Zimmer sah, stand ihm das Herz still. Im schwachen Schein einer Stehlampe saß Rahel in einem Sessel und lauschte mit geschlossenen Augen der Musik, und während Tränen an ihren Wangen herunterliefen, sprachen ihre Lippen lautlos den Text mit.

Tino verstand jedes einzelne Wort, das ihre Lippen formten, so gut und überdeutlich, dass es ihm das Herz zerriss.

Oh, bring back, oh, bring back my Bonnie,
Oh, bring back my Bonnie to me …

56

Hugenberg nahm die Brille ab und rieb mit den Spitzen von Zeige- und Mittelfinger die schmerzenden Druckstellen. War die Übernahme der Ufa ein Fehler gewesen? Der erste große und wirklich gravierende Fehler in seiner so langen, erfolgreichen Unternehmerkarriere?

Das neue Jahr war angebrochen, das Jahr 1928, und Hugenberg hatte Klitzsch zu sich gerufen, um eine erste Bilanz der Übernahme zu ziehen. Was sein Adlatus zu sagen hatte, war niederschmetternd. Obwohl der Vier-Millionen-Dollar-Kredit längst zurückgezahlt war, wollten Lasky und Mayer die Ufa immer noch nicht aus dem Parufamet-Vertrag entlassen. Dabei beriefen sie sich auf die Formel, die Klitzsch im Verhandlungsprotokoll von eigener Hand paraphiert hatte: »Vor Ablauf des Jahrzehnts« – zu mehr habe man sich nicht verpflichtet. Doch die Zeit drängte, das Abkommen mit Hollywood erwies sich immer mehr als ein Verhängnis für den Konzern. Über ein Drittel der gesamten Parufamet-Einnahmen stammte aus einem einzigen Film: »Ben Hur«, eine MGM-Produktion. Dieser Film allein erlöste an den deutschen Kinokassen mehr als alle Ufa-Filme zusammen, die umgekehrt von MGM und Paramount in den Vereinigten Staaten gezeigt wurden. Gleichzeitig musste die Ufa laut Vertrag Dutzende amerikanischer Produktionen in ihren Kinos abspielen, die kein Mensch in Deutschland sehen wollte, und blockierte damit die eigenen Brot-und-Butter-Filme. Und auch von anderer Seite war keine Besserung in Sicht. Obwohl inzwischen die überarbeitete Fassung von »Metropolis« in den Lichtspielhäusern lief, war und blieb der Monumentalfilm ein noch monumentaleres Desaster, das mit einem Minus von fast zehn Millionen Mark zu Buche schlug, und trotz aller Budgetdisziplin bei der Produktion hatte auch die Verfilmung des »Faust« ein Vermögen gekostet, und die ersten Zahlen nach der Premiere waren trotz glänzender Kritiken in den Zeitungen durchaus gemischt – der Film war zwar kein Dukatengrab wie sein monströser Vorgänger, aber auch nicht der erhoffte große Erfolg, der das Blatt zugunsten der Universum Film AG wenden würde. Offenbar schauten die Deutschen sich ihr größtes Drama im Zweifelsfall doch lieber auf dem Theater als im Kino an.

Während Klitzsch sprach, ging plötzlich die Tür auf, und Konstantin Reichenbach platzte in den Vortrag hinein.

»Was fällt Ihnen ein?«, herrschte Hugenberg ihn an. »Hat man Ihnen nicht beigebracht, erst anzuklopfen, wenn man einen Raum betritt?«

»Bitte verzeihen Sie meine Unhöflichkeit«, erwiderte Reichenbach. »Aber ich habe soeben einen Paragraphen in dem Parufamet-Vertrag entdeckt, der vielleicht die Lösung unseres Problems sein könnte.«

Hugenberg horchte auf. »Um was handelt es sich?«

»Paragraph 7. Er betrifft die Marktfähigkeit der Produktionen im jeweils anderen Markt. Die darin formulierte Klausel ist ein möglicher Rettungsanker. Man kann sie nämlich als Voraussetzung für die Fünfundsiebzig-Prozent-Quote auslegen.«

»Kann oder muss?«

»Kann, um ehrlich zu sein. Aber als Druckmittel reicht sie allemal, um die Auflösung neu zu verhandeln.«

Hugenberg dachte einen Augenblick nach. Seiner Einschätzung nach standen die Chancen fünfzig zu fünfzig. Aber das waren immerhin fünfzig Prozent mehr als noch vor einer Minute.

Auf den Fußballen wippend, drehte er sich zu seinem Adlatus herum.

»Was meinen Sie, Klitzsch – können Sie damit arbeiten?«

»Es ist zumindest einen Versuch wert«, erwiderte der. »Wenn Sie wollen, lasse ich noch heute eine Schiffspassage buchen. Und meine Sekretärin soll gleich in Hollywood anrufen, um einen Termin …«

»Bitte lassen Sie mich das erledigen«, fiel Reichenbach ihm ins Wort. »Ich habe der Ufa die Parufamet-Geschichte eingebrockt, da betrachte ich es als meine Aufgabe, für die Auflösung des Vertrags zu sorgen.«

Hugenberg glaubte zu verstehen. »Sie sind also der Meinung, die Stunde der Bewährung sei gekommen?«

»Das auch«, erwiderte Reichenbach. »Aber nicht nur.«

»Bitte erklären Sie sich.«

Reichenbach zögerte. Dann sagte er: »Darf ich Sie einen Moment unter vier Augen sprechen?«

Hugenberg nickte, und ohne weitere Aufforderung verließ Klitzsch den Raum.

»Worum geht's?«

Reichenbach wartete, bis Klitzsch die Tür hinter sich geschlossen hatte. »Wir haben einen Film in Vorbereitung, der das Zeug hat, uns auf einen Schlag zu sanieren. Allerdings brauchten wir zu seiner Realisierung einen Mann, der zurzeit in Amerika arbeitet. Deshalb würde ich gern die Gelegenheit nutzen, ich meine, wenn ich schon mal in Hollywood bin ...«

»Da bin ich die falsche Adresse«, unterbrach Hugenberg. »Alle neuen wie bestehenden Filmvorhaben sind Sache des Produktionsdirektors. Wenden Sie sich also bitte an Herrn Correll.«

»Ich fürchte, das übersteigt Herrn Corrells Kompetenzen.« Reichenbach zupfte an seiner Nelke. »Hier geht es nicht einfach um einen Film, hier geht es um ein für die Ufa womöglich entscheidendes Geschäft. Ich bin sicher, sobald Sie den Titel hören, werden auch Sie überzeugt sein. Uns winken Millionengewinne. Allerdings setzt die Realisierung die Mitwirkung eines ganz bestimmten Mannes voraus.«

»Schluss mit dem Rätselraten! Nennen Sie einfach den Titel!«

»›Der blaue Engel‹«, erwiderte Reichenbach. »Nun, wie klingt das in Ihren Ohren?«

Hugenberg ließ die drei Worte ein paar Sekunden auf sich wirken, dann strich er sich über das Haar und nickte. »Ich würde sagen, das klingt nach Geld, nach sehr viel Geld sogar, in der Tat. Erzählen Sie weiter, Reichenbach. Ich höre ...«

57

Im Anhalter Bahnhof stand der Zug zur Abfahrt bereit. Zu Rahels Überraschung hatte Tino sich entschlossen, mit dem Zeppelin nach Amerika zu fliegen, statt mit dem Schiff zu fahren – er hoffte, auf diese Weise ein paar Tage Zeit zu gewinnen. Der Zeppelin würde noch heute Abend in Friedrichshafen in die Luft steigen.

Die Lok war bereits unter Dampf. Während die Fahrgäste links und rechts in die Waggons drängten, nahmen Rahel und Tino voneinander Abschied – allein, ohne Alex. Ihren Sohn hatten sie auf dem Weg zum Bahnhof vorher zur Schule gebracht.

»Hast du keine Angst vor dem Flug?«, fragte Rahel.

»Doch«, sagte Tino. »Aber manchmal muss man seine Angst überwinden.«

Dabei schaute er sie so bedeutungsvoll an, dass sie sich auf einmal irgendwie schuldig fühlte.

»Und du?«, fragte er. »Hast du schon neue Aufträge?«

»Du meinst, für Kritiken?«, fragte sie zurück, froh, dass das Gespräch weiterging.

»Ja, damit du was zu tun hast, wenn ich fort bin.«

Sie schüttelte den Kopf. »Nein, ich werde keine Kritiken mehr schreiben. Weder, wenn du fort bist, noch überhaupt.«

»Was sagst du da?« Er war so überrascht, dass es ihm für einen Moment die Sprache verschlug. »Aber … aber warum hast du nicht mit mir darüber …«

»… gesprochen?« Wieder schüttelte sie den Kopf. »Das musste ich für mich entscheiden, allein, und du hättest vielleicht versucht, mich zu irgendwas zu überreden. Und bevor du mich danach fragst: In der Redaktion habe ich schon Bescheid gesagt, dass ich aufhöre. Grünkohl kann man aufwärmen. Träume nicht.«

Tino nickte. Während um sie herum das Gedränge allmählich nachließ und die ersten Waggontüren bereits geschlossen wurden, schwiegen sie eine so lange Weile, dass es Rahel wie eine Ewigkeit vorkam.

Wann endlich pfiff der Schaffner?

Sie warf einen Blick auf die Bahnsteiguhr. Noch zwei Minuten bis zur Abfahrt.

»Und was hast du jetzt vor?«, fragte Tino.

»Keine Ahnung. Vorerst kümmere ich mich um den Haushalt.

Und vor allem um Alex. Der ist in letzter Zeit sowieso ein bisschen zu kurz gekommen.«

»Soll das heißen, du willst jetzt das Heimchen am Herd spielen? Das ist ja wohl nicht dein Ernst!«

»Hast du eine bessere Idee?«

Tino zögerte, und zweimal setzte er an, ohne dass ein Ton über seine Lippen drang. Dann gab er sich einen Ruck und sagte: »Und was wäre, wenn du die Chance hättest, trotz allem wieder als Schauspielerin zu arbeiten?«

»Willst du dich über mich lustig machen?« Rahel versuchte, ironisch zu klingen, obwohl ihr nach Ironie nicht im Geringsten zumute war. Tatsächlich spürte sie einen dicken Kloß im Hals. »Ich habe Corrells Vertrag nicht unterschrieben. Und dreimal darfst du raten, warum.«

Tino senkte den Blick. Rahel musste schlucken, doch der Kloß in ihrem Hals wurde nur noch größer. Wie anders war ihr Abschied vor Tinos erster Amerikareise gewesen, im Hamburger Hafen. Damals war alles so leicht gewesen, so fröhlich und liebevoll hatten sie sich voneinander verabschiedet, zusammen mit Alex – eine kleine, glückliche Familie. Und jetzt? Jetzt erschien Tino ihr fast wie ein Fremder. Plötzlich hatte sie Angst. Angst, dass in Amerika irgendwas passierte, was sich nicht wiedergutmachen ließ. Angst, dass sie einander verlieren könnten. Angst, dass sich alles auflöste, was bis vor kurzem noch ihr ganzes Glück gewesen war.

Am Ende des Bahnsteigs hob der Schaffner die Kelle.

»Musst du diese Reise wirklich machen?«, fragte Rahel. »Kannst du nicht einfach hierbleiben?«

»Ich wollte, ich könnte«, erwiderte er. »Aber das geht nicht. Ich habe den Karren in den Dreck gefahren, jetzt muss ich ihn wieder rausziehen.«

»Ich weiß«, sagte sie. »Aber trotzdem …«

»Trotzdem was?«

Mit seinen hellen blauen Augen schaute er sie an, und das Feuermal auf seiner Stirn zuckte. Unter seinem forschenden Blick verspürte sie auf einmal das drängende Bedürfnis, reinen Tisch zu machen, auf der

Stelle, hier und jetzt, Tino all die Fragen zu stellen, die unausgesprochen zwischen ihnen standen. Ob der Vertrag wirklich das Einzige war, weshalb er nach Amerika fuhr … Ob er Erich auf seiner Reise treffen würde … Und ob er wusste, was in der Nacht der »Metropolis«-Premiere geschehen war, in der Villa am Wannsee …

Doch all ihre Fragen stellte sie nicht.

»Ach, nichts«, sagte sie nur.

Tino versuchte ein Lächeln. »Falls ich Erich sehe, soll ich ihm Grüße von dir ausrichten?«

Die Trillerpfeife des Schaffners ertönte.

»Ja, sicher«, erwiderte Rahel leise, den Blick auf ihre Fußspitzen gerichtet. »Warum nicht? Aber vor allem … grüße Gertrud und das Hänschen von mir.«

58

Grau hatte getan, was hatte getan werden müssen. In äußerster soldatischer Pflichterfüllung hatte er sein privates Glück dem höheren Wohl des Großen und Ganzen untergeordnet und dafür Sorge getragen, dass Constanze unter das Dach des ihr angetrauten Mannes zurückgekehrt war. Es war für alle die beste Lösung. So wurde der Anschein gewahrt, wie man es von ihnen verlangte, ohne dass man deshalb einander völlig entsagen musste – weiterer Umgang und Verkehr waren damit ja nicht ausgeschlossen.

Die Berliner NSDAP-Parteizentrale, in die Göring ihn an diesem Morgen bestellt hatte, war allerdings wenig dazu angetan, auf ihn den erhofften Eindruck zu machen. Sie befand sich in einem unscheinbaren, dreigeschossigen Gebäude mit verrußter Fassade in der Hedemannstraße, im Armeleuteviertel Kreuzberg – ein Kramladen und ein Kolonialwarengeschäft bildeten die Nachbarschaft. Entsprechend war es um die Räumlichkeiten im ersten Stock bestellt. Die Wände waren zwar frisch gestrichen, und auf den Böden lagen neue Linoleumteppiche aus, doch abgesehen von einigen Hakenkreuzbannern und Standarten sowie verschiedenen fotografischen Aufnahmen des Führers fehlte es an jeglichem Schmuck.

Irritiert schaute Grau sich um. Hier sollte seine neue Karriere ihren Anfang nehmen?

»Ich weiß, was Sie denken«, sagte Göring, der ihn in Uniform empfing. »Nicht gerade das Kriegsministerium, stimmt's?«

»Äußerlichkeiten interessieren mich nicht«, erwiderte Grau. »Ich bin ein Mann, der auf das Wesen der Dinge schaut.«

»Das ist die richtige Einstellung«, sagte eine Stimme in seinem Rücken.

Grau drehte sich um. Ein kleiner, schmächtiger, gleichfalls in Uniform gekleideter Mann mit aus der hohen Stirn gekämmtem Haar, stechendem Blick und schmalen Lippen betrat den Raum, wobei er in auffälliger Weise sein rechtes Bein nachzog. Grau erkannte ihn sofort: Joseph Goebbels, der Gauleiter von Berlin.

»Ihre Erlaubnis vorausgesetzt«, erklärte Göring, »habe ich den Gauleiter zu unserem Gespräch gebeten. Die Sache ist schließlich von einigem Belang.«

»Und mir war es ein spontanes Bedürfnis, Sie kennenzulernen, Herr Major«, ergänzte Goebbels. »Parteigenosse Göring hat ja in den höchsten Tönen von Ihnen geschwärmt. Wenn ich richtig verstanden habe, erwägen Sie, sich ganz in den Dienst unserer Bewegung zu stellen? – Aber setzen wir uns doch! Im Stehen redet es sich allzu schlecht.«

Gemeinsam nahm man in einer kunstledernen Couchgarnitur Platz. Von nahem, fand Grau, wirkte Goebbels noch kleiner und schmächtiger als auf den Fotos in der Zeitung. Er sah eigentlich gar nicht wie ein richtiger Politiker aus, eher wie ein Künstler oder Musiker – man konnte ihn sich gut als Dirigenten vorstellen. Irritierend war auch sein rheinischer, ganz und gar unberlinerischer Singsang. Wie passte dieser Mann hierher?

»Wo waren wir stehengeblieben?«, fragte Göring.

»Ob es wahr ist, dass unser verehrter Gast sich ganz in den Dienst der Bewegung stellen möchte«, entgegnete Goebbels.

»Dies ist allerdings meine Absicht«, erklärte Grau. »Seit ich Hitler zum ersten Mal habe reden hören, auf dem Parteitag 23 in München, ist mir klar, dass dieser Mann allein dazu berufen und befähigt ist, Deutschland wieder die Geltung in der Welt zu verschaffen, die unserem Vaterland zusteht.«

Goebbels nickte. »Parteigenosse Göring hat offenbar nicht übertrieben, als er von Ihnen sprach. Er will Sie im Rang eines SA-Obersturmbannführers in unsere Reihen aufnehmen.«

»Sehr richtig«, pflichtete Göring bei. »Das entspricht in der Reichswehr einem Oberstleutnant.«

»Verstehe«, sagte Grau.

Jetzt war er doch beeindruckt. Oberstleutnant war ein Rang höher als der, den er früher bekleidet hatte. Damit hätte er die Majorsecke endlich hinter sich gebracht – und ab da war die Karriereleiter bekanntlich nach oben offen.

Er brauchte deshalb nicht lange zu überlegen.

»Ich fühle mich durch Ihr Angebot geehrt und nehme es freudig an«, erklärte er. »Umso größer ist mein Bedürfnis, mich für diesen Vertrauensvorschuss erkenntlich zu zeigen. Wie kann ich mich für die Bewegung am besten nützlich machen?«

Göring blies die Backen auf, augenscheinlich wollte er Bedeutendes sagen. Doch Goebbels kam ihm zuvor.

»Aufgrund Ihrer früheren Tätigkeit als Pressechef des Kriegsministeriums würde ich es begrüßen, wenn Sie unsere Propagandaarbeit unterstützten. Wäre das in Ihrem Sinn?«

59

Obwohl es noch nicht Mittag war, kehrte Gustav bereits von seinen Geschäften nach Hause zurück, so gut gelaunt wie seit einer Ewigkeit nicht mehr. Keine drei Stunden hatte er an diesem Morgen in der Bank verbracht. Ein wenig fühlte er sich wie zu seligen Pennälerzeiten, wenn er sich bei seinem Klassenordinarius krankgemeldet hatte, um den Unterricht zu schwänzen und, statt lateinische Konjugationen oder binomische Formeln zu pauken, an der Elbe mit seinen Kameraden heimlich Zigaretten zu rauchen. Der Grund für seinen Übermut war die Jahresbilanz der Reichenbach Bank. Die Entscheidung, Privatkredite zu vergeben, hatte sich bereits im ersten Jahr als goldrichtig erwiesen. Kleinvieh machte bekanntlich auch Mist, und dieser Mist wuchs sich sogar zu einem erstaunlichen Haufen aus. Die Zinsen, die all die neu gewonnenen Kunden im Privatgeschäft für ihre Kredite zahlten, addierten sich in der Summe zu Beträgen, die einen substanziellen Beitrag zu den Gesamterlösen der Handels- und Kreditbank leisteten, Monat für Monat. Und was gab es Besseres für eine Bank, als solide und kalkulierbare Einnahmen?

Das wollte er heute feiern – zusammen mit Constanze, seiner Frau. Seit ihrer Rückkehr unter sein Dach hatte er sie so wenig wie möglich bedrängt, aus Rücksicht auf ihren vermutlich noch derangierten Gemütszustand, nicht mal auf die Einhaltung gemeinsamer Mahlzeiten hatte er bestanden, damit sie *peu à peu* wieder in ihr altes, gewohntes Leben finden konnte. Doch heute war ihr Hochzeitstag, und das war ein ihm angemessen erscheinender Anlass, um seine Zurückhaltung aufzugeben. Er hatte bereits einen Tisch in den »Sächsischen Stuben« reserviert, demselben Restaurant, in dem sie einst ihre Hochzeit gefeiert hatten.

Doch als er an der Tür ihres Boudoirs anklopfte, war sie nicht da, und auch im Wintergarten, in dem sie sich früher gern zu dieser Tageszeit aufgehalten hatte, war sie nicht zu finden.

»Die gnädige Frau ist ausgegangen«, erwiderte Robert auf seine Frage.

»Hat sie gesagt, wann sie zurück sein wird?«

»Ich bedaure. Leider nicht.«

60

Wer in Dresden auf sich hielt, der ließ seine Kleider bei Klosinski in der Prager Straße fertigen, seit Generationen *die* Maßschneiderei in der sächsischen Landeshauptstadt. Ob Geschäftsanzug oder Frack, ob Cocktailkleid oder Abendrobe – hier war man an der richtigen Adresse. Bei Klosinski hatten nicht nur Constanzes Vater und Großvater schon arbeiten lassen, sondern auch die Könige von Sachsen, bis zurück ins achtzehnte Jahrhundert, wie in den alten, dickleibigen Auftragsbüchern nachzulesen war, die der jetzige Inhaber und Meister Moritz Klosinski zur Kenntnisnahme durch die geschätzte Kundschaft im Eingangsbereich seines Ateliers in einer Schauvitrine ausgestellt hatte.

Für Constanze war es darum keine Frage gewesen, wo Alexander seine neue Uniform in Auftrag geben würde – nicht mal in Berlin kannte sie einen Schneider, der es mit Klosinski aufnehmen konnte. Heute fand die erste Anprobe statt, und natürlich hatte sie Alexander begleitet, um das Ergebnis in Augenschein zu nehmen. Wie nicht anders zu erwarten, hatte Klosinski beste Arbeit geleistet, Constanze nickte voller Anerkennung, als Alexander aus der Kabine trat und sich ihr in dem Prachtstück präsentierte, das wie eine zweite Haut an seinem ranken Körper saß. Während er sich als frischgebackener SA-Obersturmbannführer im Spiegel betrachtete, rutschte Klosinksi – die Halbbrille auf der Nasenspitze, das Zentimetermaß um den Hals – auf den Knien um ihn herum, um letzte Änderungen vorzunehmen.

»Das Wesen der Propaganda ist Wiederholung, Wiederholung, Wiederholung.« Alexander warf sich im Spiegel einen Fritzenblick zu. »Das ist Goebbels' Maxime. Ein vigilantes Kerlchen, der Gauleiter. Zwar ein Krüppel, aber blitzgescheit.«

»Ach ja?«, warf Constanze, deren Gedanken gerade abgeschweift waren, abwesend ein.

»Akademiker, hochgebildeter Mann«, fuhr Alexander fort. »Meine Aufgabe wird es sein, die nationalkonservativen Kräfte für die Bewegung zu gewinnen. Als ehemaliger Offizier des Kaisers bin ich dazu ja wie kein Zweiter geschaffen. Diese Ansicht vertraten Goebbels und Göring übrigens ganz *unisono*. Ich werde die in mich gesetzten Erwartungen nicht enttäuschen. Habe auch schon einige Überlegungen angestellt, wie ich meinen Auftrag erfüllen werde …«

Constanze hörte nur mit halbem Ohr zu. Sie wurde sich einfach nicht schlüssig, welches der Gefühle, die seit ihrer Rückkehr nach Dresden miteinander in ihr rangen, überwog: Empörung, Enttäuschung oder Erleichterung? Noch immer war sie empört, dass man ihr die Trennung von Alexander aufgezwungen hatte, und die Enttäuschung darüber, wie gleichgültig er diese hinnahm, saß tief. Weder hatte er sich gegen Görings Ansinnen zur Wehr gesetzt, noch war ihm auch nur ein einziges Wort des Bedauerns über die Lippen gekommen. Doch seltsam, als sie nach langer Zeit zum ersten Mal wieder in ihrem Boudoir für sich allein gewesen war und Zwiesprache mit ihrem Fragonard gehalten hatte, hatte sie eine Erleichterung empfunden, die fast einer Erlösung gleichgekommen war.

»Pompfortionös.« Mit sichtlichem Wohlgefallen nickte Alexander seinem Spiegelbild zu. Dann strich er sich den Uniformrock glatt und drehte sich herum. »Dafür hat es sich doch wohl gelohnt, oder?«

Constanze stieß einen Seufzer aus. Vielleicht war es ja einfach so, wie Dr. Wilkes, der Direktor des Mädchenpensionats, das sie in ihrer Jugend besuchte, gesagt hatte: dass nichts auf der Welt einem Menschen dauerhafte Befriedigung verschaffen konnte, außer der Erfüllung einer selbstgewählten Pflicht.

61

Tino hatte es geschafft: In dreieinhalb nicht enden wollenden Tagen und Nächten hatte er den Atlantik überquert. Obwohl der Flug mit dem Zeppelin vollkommen störungsfrei verlaufen war, war die lange Zeit hoch oben in den Lüften ein einziger Albtraum gewesen. Tausende von Kilometern nichts anderes unter ihm als das grenzenlose, von Horizont zu Horizont sich erstreckende Meer – Wasser, immer nur Wasser, wohin das Auge reichte. Vor lauter Angst war er mehrere Tode gestorben. Doch immer wieder war es ihm gelungen, seine Angst zu überwinden. Weil er wusste, wofür er das alles auf sich genommen hatte.

Jetzt hatte er endlich wieder sicheren Boden unter den Füßen! In Lakehurst, wo der Zeppelin an einer eigens zu diesem Zweck errichteten Ankerstation festgemacht hatte, war er in einen Zug gestiegen und hatte nach einer Fahrt durch scheinbar endlose Wüsteneien am frühen Abend Los Angeles erreicht, gerade als die Sonne über den Hollywood Hills untergegangen war. Das war vor drei Stunden gewesen. Inzwischen hatte die Nacht sich über Stadt und Land gesenkt, und elektrische Laternen beleuchteten den Sunset Boulevard, als er sein Hotel verließ, wo er nach seiner Ankunft einen kleinen Imbiss zu sich genommen hatte, um noch ein paar Schritte für die Verdauung zu tun, bevor er sich schlafen legte.

Links und rechts der mit Palmen bestandenen Prachtstraße reihte sich ein Lichtspieltheater an das andere. Beim Anblick der zum Teil palastartigen Häuser kam Tino eine elektrisierende Erkenntnis. Hier in Amerika war der Wettbewerb zwischen Ton- und Stummfilm, der in Deutschland noch nicht mal richtig begonnen hatte, ganz offenbar bereits entschieden: Der Tonfilm hatte gesiegt, das war mit Händen zu greifen. Scharen von Menschen drängten sich vor den hochmodernen Tonfilmkinos, während sich nur noch einige wenige Zuschauer in die alten Stummfilmtheater verirrten. Tino musste an den ersten Tonfilm denken, den er vor Jahren gesehen hatte, in einem kleinen Berliner Hinterhofkino: »Das Leben auf dem Dorfe«. Es war das erste Mal gewesen, dass er und Pommer vollkommen gegensätzlicher Meinung gewesen waren. Seine Begeisterung für den Tonfilm war bei Pommer auf strikte Ablehnung, ja Verachtung gestoßen – Kunst, so hatte er behauptet, sei nur mit den Mitteln des Stummfilms möglich. Umso größer war die Genugtuung, die Tino hier und jetzt in Hollywood empfand, im weltweiten Mekka der Filmkunst. Ganz ohne Zweifel hatte er den besseren Riecher gehabt als der angeblich unfehlbare Erich Pommer.

Reichte die Zeit noch für einen Kinobesuch?

In dem Lichtspielhaus, vor dem sich die meisten Menschen drängten, lief »Steamboat Willie«, ein Zeichentrickfilm von Walt Disney, mit Musik, Geräuscheffekten und gesprochenen Dialogen, wie die Leuchtreklame über dem Eingang versprach. Einen Zeichentrickfilm, noch dazu vertont, hatte Tino noch nie gesehen. Doch nach einem Blick auf die Uhr entschied er, auf den Film zu verzichten. Die Vorstellung begann um halb zehn, also käme er nicht vor zwölf ins Bett.

Trotz seiner Neugier machte er kehrt. Besser, er legte sich rechtzeitig schlafen – morgen musste er schließlich früh raus und erholt sein.

Eine halbe Stunde später war er zurück im Hotel. Um sich zu entspannen, nahm er eine Dusche, dann putzte er sich die Zähne und ging ins Bett. Er hatte zwei Missionen zu erfüllen, eine berufliche und eine private. Mit welcher sollte er beginnen? Er beschloss, als Erstes die berufliche in Angriff zu nehmen, gleich morgen früh: die Auflösung des Vertrags. Das würde die leichtere Aufgabe sein.

Als er das Licht löschte, dauerte es keine Minute, und er hörte in der Stille seiner Einsamkeit wieder den Song, den er seit Wochen nicht mehr aus den Ohren bekam.

My Bonnie is over the ocean,
My Bonnie is over the sea.
Oh, bring back, oh, bring back my Bonnie,
Oh, bring back my Bonnie to me …

Mit einem Ruck warf er sich herum und zog sich die Bettdecke über den Kopf.

Während sein Atem ruhig und gleichmäßig ging, klopfte ihm das Herz bis zum Hals. Nie zuvor in seinem Leben hatte er sich so einsam gefühlt. So einsam und so fern seiner Frau.

62

Seit Tinos Abreise verließ Rahel kaum noch das Haus, nur wenn sie Alex zur Schule brachte und wieder abholte oder Besorgungen machte, die unbedingt erledigt werden mussten, ging sie auf die Straße. Die übrige Zeit verbrachte sie in der Wohnung und belauerte das Telefon, in der Hoffnung auf einen Anruf. Ihr Abschied von Tino am Anhalter Bahnhof lastete noch auf ihrer Seele. Sie brauchte irgendein Zeichen von ihm – ein Zeichen, dass sie sich nicht verloren hatten. Doch das Telefon blieb stumm, hing stumm und nutzlos an der Wand und gab keinen Laut von sich, als wäre es tot. Also blieb ihr nichts anderes übrig, als im Putzen Zuflucht zu suchen, wieder einmal. Putzen half. Solange sie putzte, verging die Zeit, ohne dass sie verrückt wurde.

Nur gut, dass es Lilly gab. Die bevorstehende Heirat mit Gottlieb Meineke war *das* Ereignis in ihrem Leben. Dafür mussten jede Menge

Vorbereitungen getroffen werden. Und da Rahel nicht nur ihre beste Freundin, sondern auch ihre Trauzeugin war, musste sie helfen. Ob sie wollte oder nicht – basta!

Heute war der Tag, an dem Lilly ihr Brautkleid kaufen wollte. Das Wertheim kam für sie nicht in Frage. Bei diesem Billigheimer dürfe sie sich nicht mehr sehen lassen, sagte sie, das sei schädlich für ihren Ruf – immerhin sei sie ein Star. Nachdem sie in ein paar Spezialgeschäften gesucht hatten, ohne fündig zu werden, wollte sie nun im KaDeWe ihr Glück versuchen. Das Brautkleid, das sie zur Hochzeit tragen würde, musste das spektakulärste Brautkleid von ganz Berlin sein – der Hochzeitstag war schließlich der schönste Tag im Leben einer Frau.

Lilly hatte ihr Kommen in dem Kaufhaus telefonisch angekündigt, und die Rayonleiterin der Abteilung für Brautmoden, eine perfekt gekleidete und geschminkte Dame fortgeschrittenen Alters mit strengem Knoten und dunkler Schildpattbrille, hatte alles nach ihren Wünschen vorbereitet und empfing sie beide mit einem Glas Sekt. Zum ersten Mal seit Tagen konnte Rahel sich wieder amüsieren. Lilly gestaltete die Anprobe wie einen Auftritt auf dem roten Teppich. Das Glas Sekt in der Hand nahm sie mit ihrem Gainsborough-Hut in dem ihr angebotenen Sessel Platz, und statt selber die Kleider anzuziehen, ließ sie sich diese wie bei einer Modenschau von einem Mannequin vorführen. Starallüren wie Asta Nielsen … Rahel war nur froh. Im Glück ihrer Freundin konnte sie ihr eigenes Unglück vergessen, wenigstens für ein paar Stunden.

»Wann kommt Tino eigentlich aus Amerika zurück?«, wollte Lilly in einer Umkleidepause wissen. »Ich kann unmöglich heiraten, ohne dass er dabei ist.«

»Warum das denn nicht?«, fragte Rahel.

»Ganz einfach«, erwiderte Lilly. »Ihr zwei seid immer mein Ideal gewesen, *das* Traumpaar von ganz Berlin. So was habe ich mir immer für mich gewünscht. Also brauche ich euch bei meiner Hochzeit, und zwar beide. Wenn einer von euch fehlt, bringt das Unglück.«

»Ach so?«

Rahel nahm ihr leeres Glas und drehte sich zu der Rayonleiterin um. »Kann ich bitte noch einen Schluck Sekt haben?«

63

Nach acht Stunden Schlaf fühlte Tino sich am nächsten Morgen trotz der langen Reise bestens erholt und in Form und genau im richtigen Maß aufgeregt und in Spannung. Fast freute er sich auf die Verhandlungen mit Lasky und Mayer – wie ein gutes Rennpferd sich vor dem Start auf das Rennen freut. Auch hatte er sich bestens vorbereitet. Doch da er wusste, dass die eigene Tüchtigkeit allein nicht ausreichte, um zum Erfolg zu gelangen, sondern immer auch eine Portion Glück hinzukommen musste, verließ er das Hotel bereits eine halbe Stunde früher als nötig, um Zeit für die Besorgung einer Nelke zu haben. Zum Glück entdeckte er unterwegs einen Blumenladen, in dem er ein richtiges Prachtexemplar erstand.

Damit ausgestattet, ließ er sich von Dolly, der ebenso hübschen wie blonden Paramount-Sekretärin, in den Verhandlungsraum führen, wo Mayer und Lasky ihn schon mit ihren Beratersöldlingen erwarteten. Doch die beiden Studiobosse ließen sich von der Blume in seinem Knopfloch nicht im Geringsten beeindrucken – offenbar waren sie an gelben Nelken so wenig interessiert wie an einer vorzeitigen Auflösung des Parufamet-Vertrags.

»Vor Ablauf des Jahrzehnts heißt vor Ablauf des Jahrzehnts«, erklärte Mayer. »Einen konkreten Termin werden wir zu gegebener Zeit vereinbaren. Aber noch ist die Zeit nicht gegeben.«

»Die ist sehr wohl gegeben«, widersprach Tino. »In Paragraph 7 unseres Vertrags haben beide Seiten vereinbart, dass sie für den Markt des jeweiligen Partners kassentaugliche Filme anbieten müssen. Diese Bedingung wurde bislang sträflich vernachlässigt.«

»Davon ist uns nichts bekannt«, erwiderte Lasky.

»Aber mir. Beispiele gefällig?« Tino blätterte in seinen Unterlagen. »Ich nenne nur ein paar Titel: ›Hands up!‹, ›Lord Satanas‹, ›A Sea Dog's Tale‹, ›Mimi‹, ›Old Ironsides‹ – alles Filme, für die weniger als tausend Zuschauer bereit waren, Eintritt zu zahlen. In ganz Deutschland. Ich könnte die Reihe beliebig fortsetzen. ›Dancing Mothers‹, ›Long live the …‹«

»Enough!« Mayer hob die Hand. »Die Filme sind uns bekannt. In den USA waren sie alle sehr erfolgreich.«

»Mag sein. Aber bei uns in Deutschland will sie kein Mensch sehen, alle genannten Produktionen haben sich als Kassengift erwiesen. Trotzdem zwingt uns der Vertrag aufgrund der Fünfundsiebzig-Prozent-Klausel, sie in unseren Kinos zu zeigen – wertvolle Abspielzeit, die uns für die Vermarktung unserer eigenen Produktionen fehlt. Das ist ein unhaltbarer Zustand und ein eklatanter Verstoß gegen den Geist unserer Vereinbarung.«

»Der Geist ist uns egal«, erklärte Lasky. »Wir halten uns an Paragraphen. Offen gestanden fällt es mir ohnehin schwer, Ihre Aufregung zu verstehen. Schließlich haben Sie Filme von uns bekommen, die alle Erwartungen übertroffen haben. Zum Beispiel ›Ben Hur‹.«

Tino hatte damit gerechnet, dass die Amerikaner ihm damit kommen würden, der Monumentalfilm war wirklich ein Kassenschlager, und er hatte kein Argument parat, um den Einwand zu entkräften. Das Kriterium Marktfähigkeit war vertrackterweise ebenso interpretationsbedürftig wie interpretationsfähig und darum kein sicherer Boden, um Lasky und Mayer zur sofortigen Vertragsauflösung zu zwingen – zumal die Ufa-Filme, die in Amerika gezeigt wurden, dort in der Mehrzahl ebenso wenig kassentauglich waren wie die Produktionen von MGM und Paramount in Deutschland.

»Aber um Sie zu beruhigen«, fuhr Mayer fort, »wir haben jede Menge neuer Großfilme in Arbeit, die ähnlich erfolgreich sein werden wie ›Ben Hur‹, das kann ich Ihnen schon jetzt mit Sicherheit versprechen. Und wenn erst die Tonfilme kommen, warten noch viel glänzendere Geschäfte auf Sie.«

»Ganz und gar nicht!«, entgegnete Tino. »Durch den Tonfilm entstehen uns gigantische Kosten! Statt übersetzte Zwischentitel in die Filme einzublenden, müssen diese synchronisiert werden – ein ungeheurer Aufwand. Außerdem sind die meisten deutschen Lichtspielhäuser noch gar nicht für den Tonfilm gerüstet.«

»Das ist nicht unser Problem«, bemerkte Lasky mit einem Schulterzucken. »Was können wir für Ihre Rückständigkeit? Offenbar haben Sie in Deutschland noch nicht erkannt, dass dem Tonfilm die Zukunft gehört.«

Tino sah seine Felle immer mehr davonschwimmen. Was in aller Welt sollte er erwidern? Lasky hatte vollkommen recht, niemand hatte in Deutschland begriffen, was für eine Revolution der Tonfilm war. »Das Leben auf dem Dorfe« war ein kinematografischer Witz gewesen, über den Leute wie Pommer nicht mal die Nase gerümpft hatten – für sie war der Tonfilm gar nicht existent.

Moment – wie war das …?

Gar nicht existent …?

Eilig blätterte Tino in seinen Unterlagen, um nach den entsprechenden Passagen in dem Vertrag zu suchen.

Tatsächlich – der Begriff »Tonfilm« kam in ihrer Vereinbarung nicht vor! In keinem einzigen Paragraphen …

Tino schloss seine Unterlagen, und sich zurücklehnend strich er über seine Nelke. »Ich fürchte, ich muss Sie mit einer unangenehmen Tatsache konfrontieren, meine Herren. Als wir den Vertrag geschlossen haben, waren Sie offensichtlich genauso rückständig wie wir.«

64

Das Brautkleid, für das Lilly sich entschieden hatte, war wirklich das spektakulärste Brautkleid von ganz Berlin: ein verschwenderischer Rausch aus weißem Organza und weißem Tüll und weißer Seide, zu dem eine weiße Stola sowie ein weißer Hut mit weißem Gesichtsschleier gehörten. So viel unschuldiges Weiß, hoffte sie, würde auch sie in eine Jungfrau verwandeln. Doch der eigentliche Clou an dem Kleid war eine zwei Meter lange Schleppe – wie bei einem Königinnen- oder Prinzessinnenkleid! Die würde Alex tragen, wenn es zum Altar ging, das hatte Rahel versprochen.

Als Lilly das Kleid nach der Vorführung anprobiert hatte, hatten alle Verkäuferinnen und Kundinnen im KaDeWe sich nach ihr umgedreht. Die Rayonleiterin hatte die Hände vor der Brust zusammengeschlagen und gesagt, eine so schöne Braut habe sie ihr Lebtag noch nicht gesehen. Und die musste es wissen, sie war schließlich vom Fach und außerdem eine Dame – das sah man ja schon an ihrer Knotenfrisur. Allerdings hatte das Kleid sechshundertachtundsiebzig Mark gekostet, so dass Lilly erst Gottlieb im Büro angerufen hatte, um ihn um Erlaubnis zu fragen. Doch der hatte keine Sekunde gezögert und gesagt, sie solle das Kleid ruhig kaufen, das habe sie sich redlich verdient, und hatte kurzentschlossen das Gesamtbudget für die Hochzeit noch einmal um fünfhundert Mark erhöht.

Jetzt konnte Lilly es gar nicht mehr erwarten, das Kleid zu tragen – am schönsten Tag ihres Lebens. Noch aber hing es wohlverwahrt und, wie es sich gehörte, vom Bräutigam ungesehen in ihrem Schlafzimmerschrank, während sie in ihrem schicken Wohnzimmer über der Sitzordnung für die Hochzeitsfeier saß, zusammen mit Gottlieb. Gemeinsam hatten sie beschlossen, alle Schauspieler, Kameramänner und Beleuchter, die an Lillys bisherigen Filmen mitgewirkt hatten, einzuladen, mit Ausnahme des Nubiers aus »Lob der Schönheit«, mit dem Gottlieb sie nicht ganz zu unrecht im Verdacht gehabt hatte. Über die eine schicke Nacht, die Lilly mit ihm verbracht hatte, war es einmal zu einem so heftigen Streit gekommen, dass um ein Haar ihre Verlobung geplatzt wäre.

»Am Kopfende der Tafel gibt es vier Plätze«, sagte sie. »Auf den beiden in der Mitte sitzen natürlich wir. Und links und rechts von uns kommen Rahel und Tino.«

»Eigentlich würde ja deine Mutter an meine Seite gehören«, sagte Gottlieb. »Zu schade, dass sie nicht dabei sein kann. Willst du sie nicht doch noch mal fragen?«

Durch seine Brille schaute er sie an. Aber Lilly schüttelte den Kopf.

»Wie soll das denn gehen, Gottliebchen – von Brasilien aus?«

Sie hatte ihrem Bräutigam erzählt, dass ihre Mutter nach dem Tod des Vaters nach Blumenau ausgewandert sei, einer deutschen Stadt mitten im brasilianischen Urwald, wo sie mit ihrem zweiten Mann auf einer Kaffeeplantage lebte. Nacktfilme drehen war das eine, aber in der Oranienburger auf den Strich gehen noch mal was ganz anderes. Und sicher war sicher.

»Ich würde es mir so sehr für dich wünschen.« Gottlieb gab ihr einen Kuss. »Doch zum Glück hast du ja Tante Ottilie und Fritz. Die sind ja fast so was wie Eltern. – Aber sag mal«, wechselte er das Thema. »Was für ein Mensch ist eigentlich Konstantin Reichenbach? Ich hoffe nur, kein vornehmer Pinkel.«

»I wo«, erwiderte Lilly. »Ihr werdet euch glänzend verstehen. Und wer weiß, vielleicht kommt ihr bei der Gelegenheit ja sogar ins Geschäft. Wenn Tino erst begreift, welchen Reibach er mit uns machen kann … Stell dir vor, unsere Filme laufen in den Ufa-Kinos. Wir würden dann in ganz Deutschland …«

Das Klingeln des Telefons unterbrach sie. Das konnte nur Rahel sein, Gottlieb hatte ja im Büro gesagt, dass man ihn heute in Ruhe lassen sollte. Hoffentlich sagte Rahel nicht ihre Verabredung ab, sie wollten zusammen ein Restaurant aussuchen und die »Menüfolge« bestimmen – wie das Essen bei vornehmen Leuten hieß.

Doch als Lilly den Hörer abnahm, war nicht ihre Freundin am Apparat, sondern Gottliebs neue Sekretärin. Mit den Augen rollend, gab Lilly den Hörer weiter.

»Aber ich habe doch gesagt, ich will nicht gestört werden«, sagte er in die Sprechmuschel hinein.

Lilly hörte, wie die Sekretärin irgendwas zur Antwort gab. Doch sie hatte noch keine zwei Sätze gesprochen, da fing Gottliebs Auge wie verrückt an zu zucken, und als er nach nur wenigen Sekunden den Hörer wieder auflegte, war er so bleich im Gesicht, dass Lilly zu Tode erschrak.

»Um Himmels willen, Gottliebchen! Was ist passiert?«

65

In Hollywood ruhten die Verhandlungen. Nach Tinos Hinweis, dass in dem Parufamet-Vertrag das Wort »Tonfilm« an keiner einzigen Stelle auftauchte, hatten Lasky und Mayer um eine Auszeit gebeten, um den Sachverhalt prüfen zu lassen.

Zwei Tage hatten ihre Juristen sich beraten und jeden Paragraphen dreimal umgedreht. Als man nun an diesem Nachmittag erneut zusammenkam, um die Verhandlungen fortzusetzen, trug ein junger Mann von nicht mal dreißig Jahren, der mit seiner Goldrandbrille, dem streng gescheitelten Blondhaar und dem länglichen Eierkopf aussah, als würde er jedes Gesetzbuch der Welt auswendig kennen, das Ergebnis vor. Die in dem Vertragswerk fehlende Nennung des Begriffs »Tonfilm«, führte er aus, sei ein Argument, das sich nicht einfach zurückweisen ließe. Problematisch sei nämlich die Tatsache, dass der Tonfilm bei Vertragsabschluss weder im nationalen noch im internationalen Filmgeschäft bereits eine wirtschaftliche Bedeutung gehabt hätte und sein heutiger Siegeszug vom damaligen Standpunkt aus unvorhersehbar gewesen sei. Darum gelte es, aus rechtlicher Sicht zu klären, ob bei der Verwendung von Allgemeinbegriffen wie »Film« beziehungsweise »Filmproduktion« oder »Herstellung von Lichtspielerzeugnissen« im Vertrag die technische Neuheit »Tonfilm« nicht automatisch eingeschlossen sei oder ob alle aus dieser folgenden Auswirkungen auf das wechselseitige Geschäftsverhältnis einer nachträglichen Vereinbarung mittels eines Addendums bedürften. Darüber aber könne man ebenso streiten wie über den juristisch dehnbaren Begriff der Markttauglichkeit, so dass die Auseinandersetzung aller Wahrscheinlichkeit nach auf einen ebenso zeitraubenden wie kostspieligen Rechtsstreit hinauslaufen würde.

»Kann das unser Interesse sein?«, fragte Mr. Lasky und schaute in die Runde.

Obwohl er Tino nicht direkt anblickte, wusste der natürlich, dass mit der Frage vor allem er selbst gemeint war. Er blieb die Antwort nicht schuldig.

»Natürlich nicht«, sagte er. »Die Universum Film AG ist an einer einvernehmlichen Lösung interessiert, und ich sehe meine Aufgabe darin, an der Herbeiführung einer solchen mitzuwirken.«

»Schön, dass wir uns darin schon mal einig sind«, erwiderte Lasky. »Lassen Sie uns also einen Kompromiss finden. Ich denke, nach Prüfung der Sachlage durch unsere Rechtsberater sind jetzt Sie und die

Ufa am Zug. Der Einfachheit halber schlage ich vor, dass Sie Rücksprache mit Berlin aufnehmen und einen Entwurf formulieren. *Allright?*«

Tino nickte. »*Allright.*«

Damit waren die Verhandlungen für heute beendet, noch bevor irgendjemand am Tisch auch nur eine Flasche Coca-Cola geöffnet hatte.

Lasky erhob sich von seinem Platz, um als Hausherr Tino zur Tür zu begleiten.

»Ich bin sicher, dass wir uns gütlich einigen«, sagte er beim Abschied. »Wir werden Ihren Vorschlag auf jeden Fall wohlwollend prüfen.«

Er wandte sich zum Gehen, da fiel Tino noch etwas ein.

»Ach ja, noch eine Kleinigkeit.«

Lasky drehte sich noch einmal um. »Nämlich?«

»Ich brauche eine Telefonnummer.« Tino zupfte an seiner Nelke. »Privat.«

66

Auf dem Gelände der Paramount Pictures gab es ein kleines Kino mit lediglich einem Dutzend Plätzen, das allein für die Endabnahme der fertigen Produktionen eingerichtet worden war. Hier war Erich an diesem Vormittag mit Mauritz Stiller verabredet, dem Regisseur von »Hotel Imperial«. Nachdem der Film geschnitten und montiert war, schauten sie diesen nun zum ersten Mal in der endgültigen Fassung, bevor er ins Kopierwerk ging. Lasky war vom Erfolg so fest überzeugt, dass er in einer ersten Tranche bereits zweihundertfünfzig Abzüge in Auftrag gegeben hatte. Für Erich hingegen waren die anderthalb Stunden Endabnahme eine Tortur. Aus dem Film war aufgrund der absurden dramaturgischen Eingriffe, zu denen man sich mit Blick auf die *love story* entschlossen hatte, eine solche Travestie geworden, dass er das Ganze kaum noch wiedererkannte. Lasky aber war ganz aus dem Häuschen, und obwohl er den fertigen Film noch gar nicht gesehen hatte, hatte er Erich bereits als größtes

Produzenten-Genie aller Zeiten gepriesen. Für Lasky zählte allein die Hauptdarstellerin, nur um sie zu sehen, zahlte angeblich das Publikum Eintritt, und da es Erich gelungen war, Pola Negri unter Vertrag zu nehmen, würden die Kinokassen nur so um die Wette klingeln. Mehr musste ein Jesse L. Lasky nicht wissen, um die Arbeit eines Produzenten zu beurteilen.

Erich empfand es geradezu als Erlösung, als der Film endlich vorbei war und er zum Mittagessen nach Hause fahren konnte. Vor dem Direktionsgebäude wartete wie immer sein Duesenberg auf dem eigens für ihn reservierten Parkplatz. Am Anfang seines Hollywood-Aufenthalts hatte er die Fahrten in dem schönen großen Wagen noch genossen, doch inzwischen hatte er daran die Freude genauso verloren wie an seinem Film. Je länger er hier arbeitete und lebte, desto mehr ging ihm dieses ganze Amerika, in dem alle immer nur *happy* waren, auf die Nerven – nicht zuletzt wegen des ewigen Sonnenwetters. Wenn es wenigstens mal ab und zu regnen würde, aber den letzten Tropfen Regen hatte Erich noch in Berlin abbekommen. Alles hier war so von Grund auf anders als zu Hause, so durch und durch fremd, sogar der Fußball. Auf Gertruds Drängen hatte er eines Sonntags zusammen mit dem Hänschen ein sogenanntes Football-Spiel besucht. Doch dabei hatte sich herausgestellt, dass Football nicht das Geringste mit Fußball zu tun hatte. Es war vielmehr eine Art Rugby, bei dem zwei martialisch ausstaffierte Horden wie Vandalen übereinander herfielen, wobei der Zweck des blödsinnigen Spiels offenbar darin bestand, so viele Gegner wie möglich in Grund und Boden zu rammen.

Ach, wäre Rahel nur bei ihm, vielleicht würde er zusammen mit ihr das Leben hier sogar genießen und *happy* sein wie die Amerikaner. Doch Rahel war nicht da, er bekam nicht mal Post von ihr und hatte keine Ahnung, wie es ihr ging und was sie tat und ob sie überhaupt noch irgendetwas für ihn empfand. Sicher, sie hatten gemeinsam ausgemacht, einander nicht zu schreiben. Doch hätte er gewusst, was das bedeutete, hätte er nie und nimmer in die Abmachung eingewilligt. Ihr Schweigen über den Ozean hinweg, das so endlos und abgrundtief war wie dieser, nahm ihm alle Lebensfreude.

Sollte er sich über ihre Vereinbarung hinwegsetzen und ihr in einem Brief sein Herz ausschütten, um ihr wenigstens in Gedanken ein wenig nahe zu sein?

Als er nach Hause kam, registrierte Gertrud mit einem Blick, dass mit ihm etwas nicht in Ordnung war, das sah er an ihrem Gesicht. Wie sollte es auch anders sein? Gertrud kannte ihn ja besser als er sich selbst. Doch zum Glück stellte sie keine Fragen und tröstete ihn stattdessen mit deutschem Essen: Bratkartoffeln und Mettwurst – sie wusste, die Hamburger und Hot Dogs, die es in der Studiokantine gab, hingen ihm schon lange zum Hals raus, genauso wie der ewige Sonnenschein.

»Ich hoffe, es schmeckt«, sagte sie nur, als sie zusammen mit dem Hänschen am Tisch saßen.

Erich nickte. Stumm aß er seine Bratkartoffeln, voller Dankbarkeit, dass Gertrud sich so rührend um ihn sorgte. Und mit gleichzeitig umso schlechterem Gewissen, weil sie ja nichts von seinem wirklichen Kummer wusste und glaubte, seine Missstimmung rühre nur von der Arbeit.

Im Flur klingelte das Telefon. Erich verließ den Esstisch und ging hinaus, um abzunehmen.

Als er die Stimme erkannte, die sich am anderen Ende der Leitung meldete, fiel ihm fast der Hörer aus der Hand.

»Tino – *du*? Wo … wo bist du? Du klingst so nah. Bist du … etwa – *hier*?«

»Ja«, erwiderte sein Freund. »Wir müssen reden. Wann hast du Zeit?«

67

Rahel schaltete in den vierten Gang, und während sie durch den Tiergarten brauste, blickte sie kurz auf die Uhr. Sie war schon etwas über der Zeit, doch zum Glück waren es von der Samoastraße, wo sie Alex abgegeben hatte, bis zu Lillys Wohnung am Schillerpark nur ein paar Minuten, und Lilly war ja auch nicht die Pünktlichste. Sie wollten heute Abend in die »Statistenbörse« gehen, wo Lilly einen Raum für ihre Hochzeitsfeier gebucht hatte, um mit Sergej die »Menüfolge« zu besprechen, wie Lilly sich ausgedrückt hatte.

Am Ende des Tierparks schaltete Rahel zurück in den dritten Gang. Seit ihrem Tag mit Lilly im KaDeWe musste sie immer wieder an die Worte denken, die ihre Freundin bei der Anprobe gesagt hatte. »Ihr zwei seid immer mein Ideal gewesen, *das* Traumpaar von ganz Berlin. So was habe ich mir immer für mich gewünscht.«

Sollte sie Lilly die Wahrheit sagen?

Sie beschloss, abzuwarten, wie sich der Abend entwickelte. Da Alex bei Tante Ottilie übernachtete, konnte sie ja so lange ausbleiben, wie sie wollte.

Am Schillerpark angekommen, parkte sie ihren Wagen direkt gegenüber von Lillys Adresse. Die Wohnanlage verfügte über einen elektrischen Türöffner, darauf war Lilly ganz besonders stolz, und nachdem Rahel auf die Klingel gedrückt hatte, dauerte es nur ein paar Sekunden, bis die Tür sich mit einem Summen öffnete.

Ob Lilly sich wohl in Schale geschmissen hatte?

Als Rahel sie auf dem Treppenabsatz erblickte, machte sie vor Schreck einen Schritt zurück. Ihre Freundin sah aus, als hätte sie drei Tage nicht geschlafen, und war in Tränen aufgelöst.

»Gottlieb hat Schluss gemacht«, schluchzte sie, bevor Rahel überhaupt fragen konnte. »Aus der Traum, dic Hochzeit ist geplatzt.«

68

Eine Serviererin mit rot geschminkten Lippen und einem Häubchen in den Farben der amerikanischen Nationalfahne auf dem blonden Lockenkopf kam an Erichs und Tinos Tisch, um ihnen ihre Bestellungen zu bringen.

»Zwei Hamburger und zwei Cola – *enjoy your meal!*«

Erich war viel zu nervös, um etwas zu essen. Aber irgendwas hatten sie ja bestellen müssen. Es war Tinos Wunsch gewesen, sich außer Haus zu treffen, damit sie unter vier Augen sprechen konnten. Also hatte Erich den *Diner* am Sunset Boulevard vorgeschlagen, an dem er jeden Tag auf dem Weg zur Arbeit vorüberkam, eines von jenen seltsamen, in Amerika so beliebten Lokalen, die eine Mischung aus Restaurant und Tankstelle waren.

Während Erich sich eine Zigarette anzündete, führte Tino mit beiden Händen seinen Hamburger zum Mund und biss kraftvoll hinein.

»Gar nicht mal so schlecht«, sagte er, mit beiden Backen kauend. »Könnte ich mich direkt dran gewöhnen.«

Erich wurde immer nervöser. Weshalb zum Teufel tat Tino so harmlos? War das ein Ablenkungsmanöver, um den Showdown noch ein bisschen hinauszuzögern? Der Grund, warum er ihn unter vier Augen hatte sprechen wollen, war doch sonnenklar. Er wusste inzwischen Bescheid und wollte ihn zur Rede stellen.

Erich hielt es nicht länger aus. »Du hast am Telefon gesagt, wir müssen reden«, sagte er, um es so schnell wie möglich hinter sich zu bringen. »Warum?«

Wieder biss Tino in seinen Hamburger. »Ich bin gekommen, um dich zurück zur Ufa zu holen. Als Produzent.«

»Was sagst du da? Hast du sie noch alle?«

»Keine Sorge, ich bin bei vollem Verstand. Auftrag von ganz oben.«

Erich hatte mit allem gerechnet, aber nicht damit. »Auftrag von wem? Von Hugenberg? Unmöglich! Wenn ich nicht selbst gekündigt hätte, hätte der mich doch hochkantig rausgeschmissen.«

»Stimmt«, pflichtete Tino ihm schmatzend bei. »Aber es ist mir gelungen, ihn davon zu überzeugen, dass du der einzige Produzent auf der ganzen weiten Welt bist, der für den nächsten dringend erforderlichen Erfolg seiner Filmfabrik sorgen kann. Ich komme also mit offiziellem Mandat.« Dabei kaute er weiter fröhlich seinen Hamburger, so dass ihm der Ketchup nur so aus den Mundwinkeln troff.

Erich konnte und konnte es nicht glauben. Sollte es tatsächlich möglich sein, dass das Angebot ernst gemeint war? Und sie gar nicht wegen Rahel hier saßen? Mit einem Schlag fiel die ganze Anspannung von ihm ab, und wenn sein Puls trotzdem weiter raste, dann nicht mehr vor Angst, sondern aufgrund der ebenso plötzlichen wie unverhofften Aussicht, Hollywood und der Paramount und Mr. Lasky den Rücken zu kehren. Gierig zog er an seiner Zigarette. Was auch immer hinter Tinos Angebot steckte, seine Neugier war geweckt, von Amerika und den Talmi-Niagarafällen hatte er die Nase ja gestrichen voll. Und wenn Tino wirklich so arglos war, wie er tat, vielleicht wäre es dann ja wahrhaftig möglich, dass er wieder zurück nach Berlin …

Bevor er den Gedanken zu Ende gedacht hatte, hörte er sich fragen: »Von welchem Film ist überhaupt die Rede?«

»Eine Romanverfilmung«, erwiderte Tino. »›Der blaue Engel‹.«

»Noch nie gehört.«

»Kein Wunder, der Roman heißt im Original auch anders.«

»Nämlich?«

»›Professor Unrat‹. Ich glaube, du hast ihn schon mal gelesen.«

Erich klappte der Kinnladen runter. »Willst du mich verarschen?«

»Nichts läge mir ferner.« Tino steckte sich den letzten Bissen von seinem Hamburger in den Mund und spülte mit Cola nach. »Die Titeländerung musste sein, um Hugenberg die Sache schmackhaft zu machen. Der ist schließlich nur an einem interessiert, dem wirtschaftlichen Erfolg, und dafür wäre der Romantitel Gift gewesen. Aber ›Der blaue Engel‹? Davon war der alte Geldsack so begeistert, als würde er schon die blanken Taler klimpern hören, und hat umgehend sämtliche Vorbehalte gegen den Produzenten Erich Pommer über den Haufen geworfen.« Tino stellte sein Glas auf den Tisch und wischte sich die Hände an einer Papierserviette ab. »Wenn du bereit bist, den Film zu produzieren, bist du ab sofort wieder an Bord der Ufa. Schlägst du ein?«

Er streckte Erich die Hand entgegen. Erich erwiderte seinen Blick, und es juckte ihn schon, einzuschlagen. Doch plötzlich schoss ihm wieder der Gedanke durch den Kopf, den er eben nicht zu Ende gedacht hatte, und schneller, als er es verhindern konnte, fragte er:

»Und was ist mit Rahel?«

69

Auf dem Couchtisch in Lillys Wohnzimmer standen zwei Flaschen von Oma Leydickes Obstwein. Die eine war bereits leer. Die andere fast.

»Das Leben ist ein Gemischtwarenladen«, sagte Rahel.

»Und Glück gibt's nur in der Kurzwarenabteilung«, ergänzte Lilly mit tränenerstickter Stimme. »Ich muss es ja wissen, ich habe ja lange genug da gearbeitet.«

Die beiden prosteten sich zu. Die Politik, so hatte Lilly erklärt, war schuld am Scheitern ihrer Ehe, noch bevor diese überhaupt begonnen hatte. Die Regierung hatte per Gesetz und mit sofortiger Wirkung die Aufführung von Aufklärungsfilmen in allen öffentlich zugänglichen Lichtspielhäusern des Reiches verboten.

»Damit ist mein Gottliebchen am Ende. Von wegen krisensicher. Er muss Konkurs anmelden. Ohne meine Filme kommt kein Geld in die Kasse, und ohne die Penunze kann er seine Schulden nicht bezahlen. Die Bank hat ihm schon den Kredit gesperrt.«

»Aber könntet ihr zwei es nicht trotzdem versuchen?«, fragte Rahel. »Ich meine, als Paar? Das Geschäftliche ist das eine, die Liebe das andere. Außerdem, Gottlieb ist jung, er kommt wieder auf die Beine. Und vielleicht kann ja auch Tino …«

»Das habe ich auch gedacht«, fiel Lilly ihr ins Wort. »Um Geld zu sparen, habe ich sogar vorgeschlagen, nur standesamtlich zu heiraten – auch ohne Brautkleid, wenn's sein muss, das hätte ich zur Not wieder verkauft. Aber mein Gottliebchen wollte nichts davon wissen. – Ach, er ist ja so ein Gentleman … ›Ich gebe dich frei‹, hat er gesagt. Wie in einem Ufa-Film.«

»Und was hast du geantwortet?«

»Was wohl? Ich habe mich bedankt und ihm einen Kuss gegeben.«

Rahel brauchte einen Moment, um zu kapieren. »Soll das … soll das heißen – du hast den Laufpass angenommen?«

»Natürlich! Ick bin doch nicht blöd!«

Lillys Antwort erfolgte so prompt und unverblümt, dass Rahel trotz allem lachen musste. »Du und dein Selbsterhaltungstrieb …«

»Aber was sollte ich denn anderes tun? Wenn ich Gottliebchen heiraten würde, würde er mich doch mit in den Abgrund ziehen. Und das darf ich nicht zulassen. Das wäre doch Sünde, mein Talent so mit

Füßen zu treten. Meinst du nicht auch? – Jetzt sag schon, und zieh nicht so ein vorwurfsvolles Gesicht!«

Aus Lillys Kulleraugen sprach ein solches Flehen, dass Rahel nicht anders konnte, als ihr den erhofften Segen zu geben. »Natürlich wäre es das«, sagte sie. »Und wenn es nun mal mit euch beiden nicht geht, ist es auf jeden Fall besser, ihr merkt es vor der Hochzeit als danach, wenn alles zu spät ist.«

Schniefend zog Lilly die Nase hoch. »Ich kann dir gar nicht sagen, wie viel mir deine Worte bedeuten.« Mit ihren verweinten Augen schaute sie Rahel an, und obwohl ihr Gesicht noch nass war von Tränen, brachte sie schon wieder ein erstes kleines Lächeln zustande. »Ach ja, jedes Ding hat eben zwei Seiten – eine gute und eine bessere.«

70

Vor ihrem Treffen hatte Tino sich immer wieder gefragt, wie er Erich zur Rede stellen könnte, ohne dass sie in Streit gerieten. Er wollte ja keinen Streit, er wollte eine Lösung. Eine Lösung für das Dilemma, in dem sie steckten. Doch jetzt, da Erich von sich aus das Thema aufs Tapet gebracht hatte, kamen ihm die Worte ganz von allein über die Lippen.

»Was mit Rahel ist?«, wiederholte er. »Vielleicht weißt du das ja besser als ich.«

Pommer zuckte zusammen. »Was willst du damit sagen?«

»Du musst mir nichts vormachen«, sagte Tino. »Ich weiß Bescheid, was passiert ist. Ich habe in der Nacht Rahels Auto vor deinem Haus gesehen.«

»In welcher Nacht?«

»In der Nacht nach der ›Metropolis‹-Premiere.«

»Das ist nicht wahr!«

»Ach, Erich …«

Während Tino einen Schluck von seiner Cola trank, fummelte Pommer eine Zigarette aus seinem Päckchen. Doch seine Hand zitterte so sehr, dass er es nicht schaffte, sie in die Spitze zu stecken, so dass er sie sich schließlich einfach so zwischen die Lippen klemmte.

»Aber … aber wie kannst du dann wollen, dass ich zurück nach Berlin komme?«, stammelte er, kreidebleich im Gesicht.

»Weil ich gesehen habe, wie sehr Rahel leidet. Tag für Tag. Und wenn sie unglücklich ist, bin ich es auch.«

Pommer brauchte drei Versuche, um sich die Zigarette anzuzünden. Als es ihm endlich gelang, zog er so heftig daran, dass die Glut hellrot aufleuchtete.

»Warum polierst du mir nicht einfach die Fresse?«

Tino lachte einmal kurz auf. »Ich kann dir gar nicht sagen, wie gern ich das täte. Und glaub mir, in Gedanken habe ich dich schon ein Dutzend Mal windelweich geprügelt. Aber wem wäre damit geholfen? Wir brauchen eine Entscheidung. Rahels Entscheidung. Und die kann sie nur treffen, wenn du in Berlin bist.«

Pommer nickte, dann rauchte er weiter, stumm und blass, dabei jeden Blickkontakt vermeidend und die Zigarette zwischen den zitternden Fingern unentschlossen in der Schwebe haltend.

»Du kannst jetzt nicht kneifen«, sagte Tino. »Du musst dich der Situation stellen, genauso wie ich. Damit Rahel entscheiden kann, wen von uns beiden sie will.«

Pommer nahm noch einen Zug, dann tat er einen tiefen Seufzer und drückte die Kippe im Aschenbecher aus. »Wir werden uns alle ins Unglück stürzen.«

»Soll das heißen, du bist einverstanden?«, fragte Tino.

Pommer schüttelte den Kopf. »Erst muss ich mit Gertrud sprechen.« Er drehte sich um und schnippte mit den Fingern. »Bitte zahlen!«

Als die Serviererin kam, drückte er ihr ein paar Scheine in die Hand. Tino stand auf, um an der Tür zu warten. Gott sei Dank, sie hatten es geschafft, sie hatten die Lüge, die zwischen ihnen stand, aufgelöst und reinen Tisch gemacht, ohne in Streit zu geraten. Sosehr Tino auch Rahels Entscheidung fürchtete, fühlte er sich dennoch erleichtert. Jede Entscheidung war besser als die fortwährende Unsicherheit. Sicher ging es Pommer genauso.

Doch der hatte eine ganz andere Frage. »Angenommen, ich komme nach Berlin zurück«, sagte er, als sie zusammen das Lokal verließen und ins Freie traten, »soll ich dann wirklich den ›Unrat‹ produzieren – ich meine, den ›Blauen Engel‹? Oder war das nur ein Vorwand, um mich zu ködern?«

Tino war überrascht, wie schnell Pommer das Thema zu wechseln imstande war. Aber nur für einen Moment. Er kannte ihn ja und wusste, wie er tickte.

»Das Angebot steht«, bestätigte er. »Du sollst den Film produzieren. Aber an Corrells Leine. Damit ›Der blaue Engel‹ nicht nur ein künstlerischer, sondern auch ein wirtschaftlicher Erfolg wird.«

»Gut«, sagte Pommer. »Ich werde darüber nachdenken. – Wann fährst du zurück?«

»Schon morgen«, sagte Tino, obwohl die Verhandlungen mit Lasky und Mayer sicher noch ein paar Wochen in Anspruch nehmen würden. Aber er wollte nicht, dass Pommer auf die Idee kam, ihn zu sich nach Hause einzuladen. Die Vorstellung, zusammen mit ihm und Gertrud und dem Hänschen an einem Tisch zu sitzen und so zu tun, als ob nichts wäre, war einfach unerträglich.

»Dann gute Reise!«, sagte Pommer.

»Danke.« Als sie einander die Hände schüttelten, lag es Tino kurz auf der Zunge zu sagen, dass er mit dem Zeppelin fliegen würde. Doch das verkniff er sich, es tat ja nicht wirklich was zur Sache. »Wann gibst du Bescheid?«, fragte er darum nur.

»Kann ich noch nicht sagen. Sobald ich mit Gertrud gesprochen habe.«

71

Constanze drehte sich auf ihrem Stuhl herum, um zu schauen, wie viele Zuschauer im Publikum saßen. In jeder Reihe waren ungefähr zehn Plätze belegt, und links und rechts des Mittelgangs gab es jeweils zwölf Reihen. Nicht schlecht! Obwohl es noch einige Wochen bis zu den Wahlen waren, hatten sich in der Halle des Boxsportvereins Charlottenburg, wohin die NSDAP zu einer Wahlkundgebung geladen hatte, über zweihundert Interessierte eingefunden –

vorsichtig geschätzt. Hermann Göring, der bereits gesprochen hatte, saß an ihrer Seite in der ersten Reihe und schaute wie sie zum Rednerpult hinauf, wo gerade der kleine, vigilante Goebbels den nächsten Redner ankündigte.

»Obersturmbannführer Grau, kriegserprobter Frontoffizier im Majorsrang und ehemals Presseattaché im Stab von General Ludendorff.«

Unter dem Beifall des Publikums trat Goebbels beiseite, um Alexander Platz zu machen. Der schritt mit ernster Miene ans Pult. Constanze hatte ihm beim Entwurf seiner Rede geholfen und diese mit ihm zusammen auch eingeübt. Sie kannte die Wünsche der konservativen Biedermänner, die Alexander für die Bewegung gewinnen sollte, ja aus dem Effeff – schließlich war sie seit vierzig Jahren mit einem von ihnen verheiratet. In seiner neuen Uniform sah Alexander einfach blendend aus, ein Bild von einem Mann. In freier Rede formulierte er das Glaubensbekenntnis der Bewegung, beschwor den Verrat der Heimatfront im Krieg, als die Novemberverbrecher dem Heer den Dolchstoß versetzt hatten, und geißelte mit scharfen Worten den Vertrag von Versailles, der nichts als Schande und Unglück über das Reich gebracht hatte.

»Schluss mit dem Siegerdiktat! Schluss mit der Erniedrigung unseres deutschen Vaterlands! Schluss mit der Überschuldung des Reiches! Deutschland muss wieder die Souveränität über seine Finanzen erlangen!«

Stürmischer Applaus war die Antwort. Constanze registrierte es mit Befriedigung. Natürlich war das Publikum ein durchaus gemischtes, was sollte man in einer nach Schweiß riechenden Turnhalle auch erwarten? Doch außer proletenhaft wirkenden Parteisoldaten waren nicht wenige Vertreter auch ihrer Klasse zugegen – immerhin war man in Charlottenburg.

Beifall klatschend nickte sie Alexander zu. Er dankte es ihr mit einem Fritzenblick.

»Ich werde bei meinem nächsten Besuch in München dem Führer von dem Auftritt zu rühmen wissen«, raunte Göring ihr zu.

»Hitler wird nicht überrascht sein«, erwiderte sie. »Man kennt sich ja, Major Grau und der Führer sind einander schon einige Male begegnet.«

»*Major* Grau?«, wiederholte Göring mit einem Schmunzeln. »*Obersturmbannführer* wollten Sie wohl sagen.«

»Ach ja, natürlich. Bitte entschuldigen Sie, die Begriffe sind einem ja noch nicht so geläufig.«

»Aber das ist doch kein Grund, sich zu entschuldigen, gnädige Frau.« Göring nahm ihre Rechte und deutete einen Handkuss an. »Hatten auch Sie schon das Vergnügen einer persönlichen Begegnung mit Hitler?«

»Aber gewiss«, erwiderte sie. »In der Villa Hanfstaengl, im privaten Kreis. Ich darf mich sogar glücklich schätzen, eine Vertraute seines Mündels zu sein. Ein ganz reizendes Mädchen.«

»Geli Raubal?« Göring schien beeindruckt. »Nun, dann wissen Sie ja sicher, dass sie in Kürze zu Hitler an den Prinzregentenplatz zieht. Damit solche Sachen wie mit dem Chauffeur sich nicht wiederholen.«

»Ach so? Tatsächlich? – Nein, offen gestanden, das ist mir neu.« Obwohl Constanze selbst nicht wusste, warum, gefiel ihr die Vorstellung von Hitler und Geli in einer gemeinsamen Wohnung ganz und gar nicht.

»Stimmt etwas nicht?«, fragte Göring.

»Nein, nein.« Sie rückte an ihrer Frisur. »Ich … ich bin nur in Sorge wegen der Wahl. Bald ist es ja so weit.«

72

Rahel wusste nicht, zum wievielten Mal sie seit Tinos Abreise an diesem Tag Hausputz machte – irgendwann beim zehnten oder zwölften Mal hatte sie aufgehört zu zählen. Nachdem sie den Vormittag dazu genutzt hatte, sämtliche Fußböden in der Wohnung zu schrubben, nahm sie sich nun die Esszimmerfenster vor, während Alex bei ihr im Raum saß und ein Bild malte, wie sie putzte. Dabei war sie in ihre Tätigkeit so vertieft, dass sie nicht einmal hörte, wie die Wohnungstür ging.

»Da kommt der Papa! Der Papa kommt!« Alex sprang auf und lief hinaus in den Flur.

Tatsächlich, als Rahel ihm folgte, kam Tino zur Tür herein.

»Da bist du ja endlich!« An der Erleichterung, die sie bei seinem Anblick verspürte, erkannte sie, wie groß ihre Anspannung die ganze Zeit gewesen war. »Warum hast du nicht Bescheid gegeben? Wir hätten dich doch abgeholt.«

»Ich wusste ja gar nicht, ob ihr überhaupt zu Hause seid«, erwiderte er. »Da habe ich mir einfach ein Taxi genommen, um schneller bei euch zu sein.«

»Ach, Tino.« Sie stellte ihr Putzzeug ab, um ihn zu umarmen.

Doch Alex kam ihr zuvor. »Hast du ein Geschenk mitgebracht?«

»Aber natürlich! Was denkst du denn?« Tino griff in seine Manteltasche und zog eine Handvoll dünner, in Silberpapier verpackter Streifen daraus hervor.

»Was ist das denn?«, fragte Alex.

Tino wickelte einen der Streifen aus dem Papier. »Das ist Kaugummi.«

Voller Skepsis schaute Alex auf das pudrige Etwas in der Hand seines Vaters. »Heißt das so, weil die Cowboys das essen?«

Tino schüttelte lachend den Kopf. »Nein, nicht dass ich wüsste. Doch jetzt, wo du es sagst – vielleicht hast du ja recht. Aber probier mal.«

Alex nahm den Streifen und steckte ihn sich in den Mund. Ganz vorsichtig begann er zu kauen.

»Na, schmeckt's?«, fragte Tino.

Alex kaute immer schneller, und je schneller er kaute, umso größer wurde seine Begeisterung. »Und wie!«

»Aber nicht runterschlucken, sonst verklebt dir der Magen. Einen Kaugummi kaut man so lange, bis kein Geschmack mehr kommt. Dann spuckt man ihn wieder aus. – Pass auf, jetzt zeige ich dir, was man damit machen kann.« Tino steckte sich selbst einen Streifen in den Mund, und nachdem er eine Weile darauf herumgekaut hatte, produzierte er eine Blase.

Alex war völlig aus dem Häuschen. »Das will ich auch!« Ein paarmal probierte er es vergebens, doch dann blähte sich die weiße Masse vor seinem Mündchen, immer größer und größer wurde die Blase, bis sie mit einem Knall platzte und sein halbes Gesicht verklebte.

Lachend half Tino ihm, sich von den Fäden zu befreien. Gerührt schaute Rahel den beiden zu. Vater und Sohn … Doch immer, wenn sie versuchte, Tinos Blick zu fangen, schaute er weg. Dabei hatten sie sich noch gar nicht richtig begrüßt, Alex nahm Tino so in Beschlag, dass sie sich nicht einmal hatten umarmen können, geschweige denn einen Kuss tauschen, und das nach so vielen Wochen. Trotzdem hatte sie irgendwie das Gefühl, dass Tino fast froh darüber war.

»Aber das ist natürlich nicht alles«, sagte er, als Alex' Gesicht wieder sauber war. Aus einer Reisetasche zauberte er zwei Holzgewehre hervor. »Old Shatterhands Henry-Stutzen und Winnetous Silberbüchse. Die braucht Kleiner Krieger Leichtfuß, wenn er auf Kriegspfad geht.«

»Juchhu!«, rief Alex. »Damit schieße ich alle Feinde tot!«

»Und dann noch was.« Wieder griff Tino in seine Tasche. »Ein Indianermesser. Damit haben Winnetou und Old Shatterhand Blutsbrüderschaft geschlossen.«

Er legte die Klinge an den Unterarm, und während er vor Alex' staunenden Augen demonstrierte, wie Winnetou und Old Shatterhand das gemacht hatten, erwiderte er zum ersten Mal Rahels Blick. Plötzlich hatte sie das Gefühl, dass er ihr etwas begreiflich machen wollte, doch ohne zu wissen, was. Sie hoffte nur, dass er ihr nicht ein so anspielungsreiches Geschenk mitgebracht hatte wie beim ersten Mal. Miss Liberty stand immer noch auf ihrer Nachtkonsole und blickte sie jeden Abend vorwurfsvoll an.

Tino gab Alex das Messer. Der strahlte über das ganze Gesicht.

»Kann ich das wirklich behalten?«

»Aber nur, wenn du versprichst, ganz vorsichtig damit zu sein.«

»Großes Indianerehrenwort.«

Während Alex sein Messer bewunderte, drehte Tino sich zu Rahel um. »Für dich habe ich leider nichts«, sagte er. »Ich hatte einfach keine Zeit. Aber wenn wir Glück haben, kommt noch ein Geschenk für dich nach.«

»Soll das heißen, du hast in Amerika etwas bestellt?«

»Kann schon sein. Aber ich bin nicht sicher, ob es klappt. Hoffentlich bist du nicht allzu enttäuscht, wenn ich jetzt mit leeren Händen vor dir stehe.«

»Ach was.« Sie schüttelte den Kopf, obwohl sie insgeheim doch ein bisschen enttäuscht war. Um sich nichts anmerken zu lassen, fügte sie hinzu: »Hauptsache, du bist gesund wieder zurück.« In Wahrheit brannte ihr eine ganz andere Frage auf der Seele. Seit er zur Tür hereingekommen war, wollte sie sie ihm stellen, doch sie traute sich nicht.

Tino schaute auf die Uhr. »Verflucht! Ich muss mich beeilen!«

Überrascht blickte Rahel ihn an. »Hast du heute etwa noch was vor? Du bist doch gerade erst angekommen.«

»Ich weiß. Aber ich muss in den Zollernhof – Hugenberg erwartet meinen Bericht. Und vorher möchte ich noch kurz duschen.« Während er die Krawatte am Hals lockerte, wandte er sich zum Bad.

Rahel konnte ihre Frage nicht länger unterdrücken. »Hast du eigentlich Erich in Amerika gesehen?«

»Aber sicher doch«, antwortete Tino. »Warum fragst du?«

Eine Weile schauten sie einander an, dann senkte Rahel den Blick.

»Ach, nichts. Nur so.«

73

Der Wonnemonat Mai war da, und die Lindenbäume vor den Fenstern des Zollernhofs waren in hoffnungsvollstem Grün erblüht. Doch während draußen die Natur sich überall zu neuem Leben regte, blickte Hugenberg düster in die Zukunft. Deutschland hatte gewählt, und wenn der neue Reichstag zusammentrat, dann würde er das ganz und gar nicht in der Zusammensetzung tun, die Hugenberg sich erhofft hatte. Die SPD war als der große Sieger aus dem Urnengang hervorgegangen, die von ihm gewählte Strategie der DNVP hingegen, durch eine Regierungsbeteiligung gemäßigt konservative Wähler für das völkische Lager zu gewinnen, war fehlgeschlagen. Seine Partei hatte eine krachende Niederlage erlitten und im Vergleich zur Wahl vor vier Jahren sage und schreibe dreißig Reichstagssitze verloren.

»Darf ich fragen, was Sie jetzt zu tun gedenken?«, erkundigte sich Klitzsch, der wie immer fünf Minuten vor der Zeit zur Konferenz erschienen war.

Hugenberg stieß einen Seufzer aus. »Jetzt wird mir wohl nichts anderes übrigbleiben, als selbst den Vorsitz zu übernehmen. Ob ich will oder nicht.«

Noch während er sprach, ertönte der Summer auf seinem Schreibtisch. »Der Herr Direktor ist da.«

Im selben Moment ging die Tür auf, und Reichenbach betrat den Raum, zwar ohne Nelke, doch mit einem Strahlen im Gesicht, das alles Blühen der Natur in den Schatten stellte.

»Die Ufa ist frei!«, verkündete er. »Der Tonfilm war unsere Rettung.«

»Würden Sie bitte die Freundlichkeit haben, sich etwas deutlicher auszudrücken?«

In knappen Worten erklärte Reichenbach, was es mit der Tonfilmfrage auf sich hatte. Und was die vertraglichen Folgen daraus waren.

»Das heißt konkret«, schloss er triumphierend, »dass mit Wirkung vom ersten September an der Parufamet-Vertrag Vergangenheit ist. Von diesem Tag an werden sich alle unsere sich aus dem Abkommen ergebenden Verpflichtungen erledigt haben.«

Das war mehr, als Hugenberg erwartet hatte. »Gratulation, Reichenbach. Der Vertrauensvorschuss, den ich Ihnen eingeräumt hatte, hat sich nicht als fauler Kredit entpuppt. Ich bin sehr zufrieden mit Ihrer Arbeit. Sie haben sich bewährt, in der Tat.« Ein Schmunzeln huschte über sein Gesicht. »Ausgerechnet der Tonfilm …«

»Ja, der Tonfilm«, wiederholte Tino. »Doch apropos: Auf meiner Reise habe ich Gelegenheit gehabt, mir ein Bild von der künftigen Entwicklung des Filmgeschäfts zu machen. Amerika ist uns ja immer einige Jahre voraus. Und Amerika zeigt, dass dem Tonfilm die Zukunft gehört, daran sind keine Zweifel mehr möglich. Darauf muss die Ufa sich einrichten, ab sofort und mit aller Konsequenz.«

»Schreiben Sie auf, Klitzsch«, sagte Hugenberg. Während sein Adlatus der Aufforderung nachkam, wandte er sich wieder an seinen Finanzdirektor. »Und was ist mit Herrn Pommer? Kommt er nun zur Ufa zurück?«

Reichenbach hob die Arme. »Das steht leider noch in den Sternen.«

74

Über den Hollywood Hills ging die Sonne unter. Während der goldrote Ball sich im Wasser des Swimmingpools spiegelte, saßen Erich und Gertrud im parkähnlichen Garten ihres Bungalows und sprachen sich aus. Erich hatte lange gebraucht, doch heute hatte er sich ein Herz gefasst, und nachdem das Hänschen ins Bett gegangen war, hatte er Gertrud von seinem Gespräch mit Tino erzählt und wie es um ihn und Rahel und Tino stand.

»Meinst du, das hätte ich nicht gewusst?« Mit einem Kopfschütteln schaute sie ihn an. »Du hast immer nur geschimpft über Amerika und Hollywood und Paramount und Mr. Lasky, obwohl man dir hier Möglichkeiten bietet, von denen du in Berlin nicht mal träumen konntest.«

»Aber das hatte ja auch seinen Grund«, erwiderte er. »Die Art, wie hier Filme produziert werden ...«

»Mach dir nichts vor«, unterbrach sie ihn. »Und mir bitte auch nicht. Du hast zu Hause unsere Villa nicht verkauft, sondern nur vermietet. Aus gutem Grund. Weil du dir die Rückkehr offenhalten wolltest. Von Anfang an.«

»Ja, natürlich habe ich die Villa nicht verkauft. Aber doch nur, weil niemand wissen konnte, wie das hier alles ausgeht, das Ganze war doch ein Abenteuer. Jetzt zeigt sich, wie klug und richtig es war, nicht voreilig in Berlin die Zelte abzubrechen. Die Ufa bietet mir die Chance, doch noch den ›Unrat‹ zu produzieren, und ich müsste verrückt sein, wenn ich diese Chance nicht ...«

»Ach, Erich ...«, sagte sie nur.

Eine kurze Weile erwiderte er ihren Blick, dann schlug er die Augen nieder. Gertrud hatte ja recht. Das war es ja gar nicht, worum es in Wirklichkeit ging.

»Ich habe alles versucht, damit es nicht dazu kommt«, sagte er leise.

»Ich weiß ...«

Ein Salamander verharrte vor ihm am Boden, reglos hockte die Echse da, dann schnellte sie plötzlich ihre Zunge hervor und verschlang ein Insekt, das vor ihr durch die Luft flog. Während Erich das Tier beobachtete, spürte er weiter Gertruds Blick auf sich, und vor lauter Scham wusste er nicht, wohin er schauen sollte. Wenn sie ihm wenigstens Vorwürfe machen würde. Ihre Nachsicht und ihr Großmut und ihr Verständnis machten alles nur noch schlimmer ...

Der Salamander huschte unter einen Strauch und verschwand. Erich zündete sich eine Zigarette an. Eine Abendbrise strich über die Oberfläche des Swimmingpools und kräuselte das Wasser.

»Und was hast du jetzt vor?«, fragte Gertrud. »Kehrst du nach Berlin zurück?«

»Ich denke schon«, sagte er. »Wir können ja nicht einfach so weitermachen, ohne die Dinge zu klären.«

Gertrud nickte. »Natürlich. Es geht ja um die Zukunft. Nicht nur um eure, auch um meine und die unseres Hänschens.« Sie zögerte einen Moment, dann sagte sie: »Aber eine Frage musst du mir ehrlich beantworten, Erich. Wenn du nach Berlin zurückgehst, was ist der Grund – Rahel oder der Film?«

Wieder spürte er ihren Blick auf sich, und wieder war er unfähig, ihn zu erwidern. »Um ehrlich zu sein, das weiß ich selbst nicht.«

»Das dachte ich mir.«

Verzweifelt drehte er sich zu ihr um. »Dann hilf mir – bitte! Sag, was ich tun soll!«

Gertrud schüttelte den Kopf. »Nein, das musst du selbst herausfinden, das kann dir keiner abnehmen, und selbst wenn es möglich wäre, würde ich es nicht wollen.« Obwohl sie noch blasser und abgehärmter wirkte als sonst, sprach sie mit einer Entschiedenheit, die ihm selbst vollkommen fehlte und die er nur bewundern konnte. »Doch wie immer du dich jetzt entscheidest«, fuhr sie fort, »eins prophezeie ich dir: Am Ende werden dir deine Filme immer wichtiger sein als alles andere, auch als jede Frau.«

»Aber was denn für eine Frau?«, rief Erich. »Rahel wird sich ja sowieso für Tino entscheiden!«

Gertrud zuckte die Schulter. »Mag sein. Aber für mich würde das nichts ändern. Als Trostpreis bin ich mir zu schade.«

Er spürte, wie sein Herz für einen Schlag aussetzte. »Was willst du damit sagen?«

Ruhig und fest erwiderte sie seinen Blick. »Ganz einfach. Solltest du dich wirklich entschließen, nach Berlin zu gehen, bleibe ich hier, zusammen mit dem Hänschen. Und du kannst nur dann je wieder zu uns zurückkommen, wenn du dich selbst für uns entschieden hast, für mich und deinen Sohn. Nicht aus Zwang oder weil dir nichts anderes übrigbleibt, sondern aus freien Stücken.«

75

War Alexander Graus Entscheidung, die Uniform des Wehrmachtsoffiziers abzulegen, um sie gegen die eines SA-Obersturmbannführers zu tauschen, ein Fehler gewesen?

In der Parteizentrale der NSDAP war die Stimmung nach den Reichstagswahlen auf dem Nullpunkt. Die Nationalsozialisten hatten bei dem Urnengang eine noch schwerere Niederlage hinnehmen müssen als die Deutschnationalen. Nur zwei Komma sechs Prozent der Wähler hatten Hitler ihre Stimme gegeben. Damit blieb die NSDAP eine Splitterpartei ohne jeden Einfluss.

»Das Ergebnis ist eine Blamage«, polterte Göring. »Eine Ohrfeige für die ganze Bewegung – und zugleich für jeden einzelnen von uns. Ich jedenfalls fasse es als eine persönliche Beleidigung auf.«

»Die Wahl ist kein Grund, die Flinte ins Korn zu werfen«, erwiderte Goebbels. »Solange wir nicht nachlassen, mit fanatischem Eifer an unsere Bestimmung zu glauben, ist der Sieg uns am Ende gewiss.«

»Ach was! Das deutsche Volk will uns nicht. Weil es dumm ist und feige und uns nicht versteht. Herrgott, manchmal habe ich nicht übel Lust, die Brocken einfach hinzuschmeißen und wieder ins Fluggeschäft einzusteigen.«

»Sie Kleinmütiger! Erinnern wir uns lieber an die Worte des Führers. Auch in Galiläa gab es vor zweitausend Jahren einen Mann, der anfangs nur ein paar wenige Getreue um sich geschart hatte. Und doch ist daraus eine Bewegung geworden, die heute den ganzen Globus umspannt.«

Grau folgte wortlos dem Gespräch, unentschlossen, welcher Sicht der Dinge er sich anschließen sollte. Während er abwechselnd an seinem Bärtchen und seiner Hakenkreuz-Armbinde zupfte, redete Goebbels sich in Rage.

»Wir sind der Stachel im Fleisch dieses verrotteten Systems. Um den Sieg davonzutragen, müssen wir es von Grund auf unterwandern.«

»Und wie stellen Sie sich das vor?«, fragte Göring.

»Durch totale Infiltration der Arbeitswelt. Der deutsche Arbeiter ist das Schwungrad der Bewegung. Wenn wir ihn gewinnen, gewinnen wir das Volk. Dazu werden wir Kampfzellen bilden, in jeder Fabrik, in jeder Werkstatt, in jedem Betrieb, um bis in die letzte Pore der Volksgemeinschaft einzudringen.«

»Ja, Worte machen können Sie. Aber wie stellen Sie sich das in der Praxis vor?«

Statt Göring zu antworten, drehte Goebbels sich zu Grau herum. »Sind Sie nicht im Vorstand der Ufa, Obersturmbannführer?«

76

Rahel räumte den Frühstückstisch ab. Tino und Alex waren längst aus dem Haus, Tino hatte den Jungen auf dem Weg zur Arbeit in die Schule gebracht. Das war vor zwei Stunden gewesen. Seitdem trödelte Rahel herum, erst hatte sie ausführlich Zeitung gelesen, dann noch ausführlicher Toilette gemacht, um irgendwie die Zeit rumzubringen. Bis sie Alex aus der Schule abholen würde, hatte sie den ganzen lieben langen Vormittag nichts zu tun, vom Vortag war noch so viel Essen übrig geblieben, dass sie weder einkaufen noch kochen musste. Und Hausputz konnte sie ja auch nicht schon wieder machen.

Oder vielleicht doch?

Seit Tino aus Amerika zurück war, fiel ihr das Zusammensein mit ihm noch schwerer als zuvor. Es lag etwas Unausgesprochenes zwischen ihnen, wie eine unsichtbare Wand, das jedes Gespräch im Keim erstickte. Rahel war sicher, es musste etwas sein, das in Amerika passiert war, vielleicht die Begegnung mit Erich, wahrscheinlich sogar, doch Tino danach zu fragen, hatte sie sich nicht getraut. Und kein einziges Mal hatten sie in der ganzen Zeit miteinander geschlafen.

Rahel stellte das Geschirr in den Spülstein. Während sie das Wasser einlaufen ließ, wurden im Flur Schritte laut.

Hatte Tino etwas vergessen?

Als sie sich umdrehte, stand er schon in der Tür.

»Dein Geschenk ist angekommen«, sagte er.

»Mein Geschenk?«

»Aus Amerika. Ich hatte doch versucht, dort was für dich zu bestellen. Schon vergessen? Zum Glück hat es geklappt.« Er reichte ihr einen Brief. »Da ist es.«

Der Umschlag war an sie beide adressiert und bereits geöffnet.

Als Rahel die Handschrift erkannte, schrak sie zusammen.

»Von Erich?«

Mit zitternden Händen faltete sie den Brief auseinander und überflog die Zeilen.

... und darum habe ich mich entschlossen, nach Berlin zurückzukommen. Tino hat recht, wir können so nicht weiterleben und die Dinge einfach auf sich beruhen lassen. Wir brauchen eine Entscheidung. Sonst werden wir alle verrückt ...

Rahel spürte, wie der Boden unter ihr schwankte.

»Dann hast du es also gewusst?«, fragte sie.

»Natürlich.« Tino nickte. »Schon die ganze Zeit.«

TEIL NEUN

Wetterleuchten

1929 – 1931

1

Auf dem Küchenherd war die Milch übergelaufen, zischend und spuckend verdampfte sie auf der Herdplatte und verpestete die Luft. Eilig nahm Rahel den Topf vom Feuer und lief ans Fenster, um beide Flügel weit zu öffnen und mit ausgebreiteten Armen, die Griffe links und rechts in den Händen haltend, die frische Morgenluft in ihre Lungen strömen zu lassen.

Draußen herrschte heller Sonnenschein, in den maiengrünen Bäumen zwitscherten Spatzen, und kein einziges Wölkchen stand am blauen Himmel. Eigentlich ein Tag, der wie geschaffen war, um zu fliegen. Eigentlich … Seit Rahel ihre Träume aufgegeben hatte, war sie kein einziges Mal mehr geflogen, sie war inzwischen so sehr aus der Übung, dass sie nicht mal wusste, ob sie überhaupt noch imstande war, ihre Maschine sicher zu starten und zu landen. Insgeheim hatte sie sogar schon daran gedacht, die Junkers zu verkaufen, um eigenes Geld zu haben. Nachdem sie bei der »Vossischen« gekündigt hatte, verdiente sie ja keinen Pfennig mehr, und sie wollte Tino nicht auf der Tasche liegen, dazu hatte sie nicht geheiratet. Aber sie konnte ihr Flugzeug nicht verkaufen, es war ja Tinos Hochzeitsgeschenk, es zu verkaufen, wäre einer Aufkündigung ihrer Liebe gleichgekommen, und sie liebte ihn ja immer noch und wollte weder ihre Liebe verraten noch seine Gefühle verletzen, nicht noch mehr, als sie es ohnehin schon tat. Also verzichtete sie auf das Geld und fügte sich in ihr Schicksal als Heimchen am Herd, das sie tatsächlich geworden war – genau so, wie Tino geunkt hatte.

»Sind meine Butterbrote fertig?«

Alex stand in der Tür, schon mit dem Schultornister auf dem Rücken. Ostern war er in die zweite Klasse gekommen, damit war er groß genug, um allein zur Schule zu gehen, und wenn schönes Wetter war wie heute, fuhr er sogar mit dem Fahrrad, das er zum letzten Geburtstag bekommen hatte.

Rahel nahm die Butterbrotdose vom Tisch und gab sie ihm. »Zweimal Cervelatwurst, wie bestellt. Aber vergiss nicht, auch den Apfel zu essen.«

»Versprochen!«

Alex steckte die Dose ein, und wie ein geölter Blitz verschwand er zur Wohnung hinaus. Als Rahel die Etagentür hinter ihm schloss, hörte sie, wie Tino im Arbeitszimmer seine Sachen packte. Er hatte so viel zu tun, dass er schon vor ihr gefrühstückt hatte. Seit Jahresbeginn hätte der Tag für ihn eigentlich achtundvierzig Stunden haben müssen. Nachdem Hugenberg seinem Rat gefolgt war, alles auf die Karte Tonfilm zu setzen, war es Tinos Aufgabe, die dafür nötigen Voraussetzungen zu schaffen. Unter seiner Regie entstanden gerade in Babelsberg die größten und modernsten Tonfilmstudios ganz Europas, gleichzeitig musste er für die Umrüstung sämtlicher Ufa-Kinos sorgen, so dass er ständig kreuz und quer durch ganz Deutschland reiste. Heute fuhr er in Richtung Süden, ins Schwäbische oder Badische, das wusste Rahel nicht so genau.

Mit einem Koffer in der Hand trat er in den Flur.

»Soll ich dir ein Proviantpaket machen?«, fragte sie.

»Nicht nötig«, sagte er. »Ich kehre unterwegs irgendwo ein. Du weißt ja, ich esse lieber warm. Aber hast du meinen Autoschlüssel gesehen?«

»Meinst du vielleicht den da?« Sie deutete auf das Schlüsselbrett.

»Tatsächlich! Offenbar bin ich ordentlicher, als ich dachte.« Lachend nahm er den Schlüssel und steckte ihn ein. Dann wurde er ernst. »Es ist übrigens soweit.«

Rahel wusste sofort, was er meinte. »Wann?«

»Heute.«

Das eine Wort reichte, und nichts war mehr wie zuvor. Seit Monaten wartete sie auf diesen Tag, doch jetzt, da er gekommen war, brachte die Nachricht sie so durcheinander, dass sie kaum noch denken konnte.

Tino wandte sich zur Tür. Die Klinke schon in der Hand, hielt er noch einmal inne. »Ich denke, nach meiner Rückkehr komme ich besser nicht nach Hause. Ich werde mir ein Hotelzimmer nehmen und warten, bis du dich entschieden hast.«

Er gab ihr einen Kuss auf die Wange, und noch bevor sie etwas sagen konnte, war er fort.

2

Erich hatte in der Nacht kaum ein Auge zugetan. Es war noch dunkel gewesen, als die »MS Deutschland« bei Cuxhaven in die Elbe eingefahren war, um im Morgengrauen im Hamburger Hafen anzulegen. Dort hatte er sich in ein Taxi gesetzt und den erstbesten Zug nach Berlin genommen. Jetzt, vier Stunden später, lief der Zug im Lehrter Bahnhof ein. Noch vom Fenster seines Abteils aus engagierte er einen Dienstmann – all die vielen Koffer und Taschen, mit denen er gereist war, konnte er unmöglich alleine tragen.

Vor dem Haupteingang winkte er eine Autodroschke herbei.

»Wohin?«, fragte der Fahrer, nachdem das Gepäck verstaut war.

»Wannsee, Bergstraße.«

Obwohl Erich todmüde war, war er gleichzeitig überwach. Die Rückkehr löste Gefühle in ihm aus, die er nicht erwartet hatte. Nach anderthalb Jahren Hollywood fühlte er sich in Berlin fast wie ein Fremder. Die Stadt war natürlich immer noch dieselbe, die er verlassen hatte, und trotzdem schien ihm alles irgendwie verändert. Es war, als würde er die Straßen und Plätze, die draußen vor dem Fenster an ihm vorüberzogen, heute zum ersten Mal sehen, so bewusst nahm er alles wahr und wunderte sich dabei, was für eine großartige Stadt Berlin war. Der geschäftige Betrieb überall, die energiegeladene Rastlosigkeit, die Massen von Menschen, die alle auf dem Weg zu irgendetwas Dringendem waren, der brodelnde, lärmende Verkehr der Autos und Omnibusse und Straßenbahnen – wie sehr hatte er das alles vermisst!

War er verrückt gewesen, von hier fortzugehen?

Wenn es nach ihm gegangen wäre, wäre er schon viel früher zurückgekehrt. Doch Lasky war nicht bereit gewesen, ihn so schnell zu entlassen. Als Erich ihn um die Auflösung seines Vertrags gebeten hatte, hatte er ihm als Bedingung dafür die Verpflichtung abgepresst, wenigstens noch einen zweiten Film für die Paramount zu produzieren – »Ungarische Rhapsodie«, so der Titel der Produktion. Doch jetzt hatte er es geschafft, er war wieder da, wo er hingehörte, und vielleicht schon morgen würde er Rahel wiedersehen. Rahel und Tino …

Bei der Vorstellung wurde ihm ganz flau, und er wusste nicht, welches Gefühl in ihm größer war – die Hoffnung oder die Angst.

»Verflucht!«

Der Fahrer trat so heftig auf die Bremse, dass Erich der Hut vom Kopf flog. Vor der Oper tobte eine Straßenschlacht, Tausende von Menschen, die Fahnen schwenkten und irgendwelche Parolen riefen, attackierten mit Steinen eine Hundertschaft von Polizisten, die mit Warnschüssen und Spritzkommandos die revoltierende Menge zurückzudrängen versuchte.

»Wissen Sie, was da los ist?«, fragte Erich.

Der Chauffeur warf einen Blick über die Schulter. »Mal wieder die Roten. Der Polizeipräsident hat verboten, zum ersten Mai zu demonstrieren. Und deshalb demonstrieren sie jetzt erst recht.«

»Und wie kommen wir nun weiter?«

»Wir wenden.« Der Chauffeur legte den Rückwärtsgang ein. »Wir fahren über den Ku'damm. Da war es heute Morgen ruhig.«

3

Tino war schon mehrere Stunden fort, aber immer noch hallten in Rahel seine Worte nach: »Bis du dich entschieden hast …«

Sie ging in die Besenkammer und holte ihr Putzzeug. Eimer, Lappen, Seife. Entscheiden – ach, wie leicht war das gesagt! Wie in aller Welt sollte ihr das in dem Gefühlschaos gelingen? Als sie Tino kennengelernt hatte, war er ein charmanter Hallodri gewesen, und genau deshalb hatte sie sich in ihn verliebt – dank seiner unbekümmerten Leichtigkeit schien sich in seiner Gegenwart alles in ein Spiel zu verwandeln, und auch große Probleme lösten sich wie von allein auf. Doch als es wirklich darauf angekommen war, als kein Spiel der Welt die Verzweiflung mehr hatte auflösen können, in der sie gefangen gewesen war, hatte er bewiesen, dass er viel mehr als ein Hallodri war, er war in einer Weise über sich hinausgewachsen, die sie ihm nie zugetraut hätte. Wie sehr musste er sie lieben, dass er Erich aus Amerika zurückgeholt hatte? Dafür liebte sie ihn jetzt noch mehr, als sie ihn je zuvor geliebt hatte. Und trotzdem hatte sie diese eine Nacht mit Erich verbracht, und so sehr sie sich selbst dafür verurteilte und sich schämte und Vorwürfe machte, war sie doch nicht fähig zu bereuen, was geschehen war.

Zum Wesen der Freiheit gehört die Möglichkeit ihres Missbrauchs …

Sie ging mit dem Putzzeug ins Bad. War es Missbrauch von Freiheit, wenn man nicht nur einen Menschen liebte, sondern zwei? Wäre die Liebesnacht mit Erich ein Rausch gewesen, ein Überfall der Sinne, dem sie beide erlegen waren – die Entscheidung wäre ihr leicht gefallen. Aber es war kein Rausch gewesen, eher eine Art ruhige, stetige Zwangsläufigkeit, die sich wie von allein aus ihrem Zusammensein ergeben hatte, aus ihrer Arbeit, aus ihren Gesprächen, aus ihren Übungen, an deren Ende sie die Frau in sich entdecken sollte, die sie war oder vielleicht eben doch nicht war … Laut Tino war es ausgemachte Sache, dass Erich nach seiner Rückkehr wieder die Arbeit mit ihr an ihrem gemeinsamen Film aufnehmen würde, für den »Blauen Engel« hatte er ihn ja im Namen der neuen Ufa-Führung zurückgeholt. Aber wie sollte sie darin die weibliche Hauptrolle spielen, wenn sie nicht mal wusste, wer sie selber war? Sie war doch nur noch ein Spielball ihrer eigenen, unberechenbar hin und her springenden Gefühle, ohne jede innere Konstanz und Festigkeit … Sie spürte, wie sich in ihr das alte Bedürfnis nach einem Gottesentscheid regte. Doch gleichzeitig wusste sie, dass sie diese Entscheidung nicht dem Schicksal überlassen konnte. Ein Gottesentscheid half ihr so wenig wie Putzen. Was sie stattdessen brauchte, war ein Rat.

Sie warf den Lappen in den Eimer und verließ das Bad. Wozu hatte sie ein Telefon?

Als Erstes rief sie Edgar an. Doch niemand nahm ab. Kein Wunder, Edgar war bestimmt in Babelsberg und Detlef bei einem seiner Kunden, schließlich war heute ein normaler Werktag. Aber vielleicht hatte Lilly ja drehfrei?

Noch einmal griff sie zum Hörer und wählte das Amt. Doch als sie Lillys Nummer verlangte, erklärte das Fräulein, dass es die Nummer nicht mehr gab.

4

»Du hast dein Telefon abgemeldet?«, fragte Edgar. »Warum das denn?«

Lilly schämte sich zu Tode. Es war noch gar nicht lange her, da war sie ein Star gewesen, nach dem sich das halbe KaDeWe umgedreht hatte – und jetzt? Unter Edgars und Detlefs Blicken, die ihr Händchen haltend auf ihrer Wohnzimmercouch gegenübersaßen, begriff sie zum ersten Mal in ihrem Leben, was die Leute meinten, wenn sie von einem »gefallenen Mädchen« sprachen … Aber es half ja alles nichts, es war nun mal so, wie es war. Wenn sie Hilfe wollte, musste sie eingestehen, dass sie Hilfe brauchte. Und Hilfe brauchte sie, deshalb war sie schließlich hergekommen.

»Telefon kann ich mir nicht mehr leisten«, sagte sie. »Genauso wenig wie meine Wohnung. Seit meinem letzten Film habe ich ja keinen Pfennig mehr verdient. Und jetzt bin ich genauso pleite wie mein Gottliebchen.«

Detlef fletschte seine schönen weißen Zähne. »Hättest du es nur wie ich gemacht und Aktien gekauft. Die steigen und steigen. Aber du wolltest ja nicht hören. Lieber das Geld für Klamotten ausgeben und immer Schampus schlürfen und schick ausgehen, statt zwischendurch auch mal was auf die hohe Kante zu legen.«

»Aber ein bisschen Freude braucht der Mensch doch zum Leben«, protestierte sie. »Und was helfen mir jetzt Aktien, die ich nicht habe? Ich weiß ja nicht mal, was Aktien sind. Alles, was ich brauche, ist eine

Wohnung. Eigentlich nur ein Zimmer. Eine winzig kleine Kammer würde mir im Moment schon reichen.«

Sie schaute Edgar an. Der schien zu verstehen, was sie mit »winzig kleine Kammer« meinte – das Kabuff zwischen Badezimmer und Wohnungseingang, in dem früher auch schon Rahel mit Alex untergekommen war. Voller Hoffnung sah sie, wie Edgar Detlef Blicke zuwarf und versuchte, dessen Blick zu fangen. Doch Detlef tat, als würde er nichts merken, und hielt seine Augen weiter auf sie gerichtet.

»Warum probierst du es nicht bei Tante Ottilie?«, fragte er mit Unschuldsmiene. »Die hat doch sicher ein Plätzchen für dich, zumindest, bis du wieder Arbeit hast. Wenn ich nicht irre, hat Fritz mal was von einem Untermieter gesagt, der ihm sowieso nicht passt. Vielleicht ist das ja deine Chance.«

»Davon weiß ich nichts«, erwiderte Lilly. »Ich weiß nur, dass Tante Ottilie und Fritz beide Zimmer vermietet haben. Und deshalb dachte ich eigentlich eher …«

»Und was die Arbeit angeht«, fuhr Detlef ungerührt fort. »Kann denn da nicht ausnahmsweise Rahel mal helfen?«

5

In der Villa war alles dunkel. Während es im Gebälk hin und wieder leise knackte und draußen irgendwo ein Käuzchen schrie, stand Erich am Wohnzimmerfenster und schaute hinaus auf den vom Mond beschienenen See. Obwohl es schon spät am Abend war und er seit einer Ewigkeit kein Auge zugetan hatte, konnte er nicht schlafen. Plötzlich war Rahel wieder so nah … Kein Ozean trennte sie mehr, nur ein paar Kilometer lagen noch zwischen ihnen, ein paar Kilometer und ein paar Stunden. Bei der Vorstellung, sie wiederzusehen, überkam ihn eine so schmerzhafte Sehnsucht, dass er nicht wusste, wie er die wenige noch verbleibende Zeit überstehen sollte. Und gleichzeitig wuchs mit jeder Minute seine Angst. Angst vor der Begegnung mit Rahel. Angst vor der Begegnung mit Tino.

Wie sollte es weitergehen? Er hatte keine Ahnung, es gab ja keinen Plan.

Knurrend meldete sich sein Magen, und er ging in die Küche. Vielleicht fand er im Kühlschrank ja was zu essen. Obwohl die Villa vermietet gewesen war und einige Möbel der Zwischenbewohner noch im Haus zur Abholung standen, sah in der Küche alles noch aus wie früher, als dies Gertruds Reich gewesen war – als wäre sie nie fortgewesen. Plötzlich musste er daran denken, wie Gertrud und er hier bei ihrem Einzug das Hänschen entdeckt hatten, ihr Sohn hatte auf dem Küchenboden gehockt und mit einer Schale Milch ein Igelpaar mit seinen Jungen gefüttert, die gerade aus dem Winterschlaf aufgewacht waren. Was für eine glückliche Familie waren sie gewesen … Beim Abschied in Hollywood hatte das Hänschen herzzerreißend geweint und ihn gar nicht gehen lassen wollen, während Gertrud wie zu Stein erstarrt danebengestanden hatte. Er hatte sich mit Gewalt losreißen müssen und war aus dem Bungalow geflohen wie ein auf frischer Tat ertappter Verbrecher.

Im Kühlschrank herrschte gähnende Leere, nur ein paar verschimmelte Zwiebeln lagen im Gemüsefach. Ob wohl noch irgendwo ein Lokal geöffnet hatte? Morgen musste er auf dem Posten sein. Gleich nach seiner Ankunft in Berlin, so hatte Hugenberg ihm nach Hollywood gekabelt, solle er sich im Haus Vaterland melden und einen Termin mit Generaldirektor Klitzsch ausmachen, um seine Wiedereingliederung in die Ufa zu regeln … Gott sei Dank, dass es den »Blauen Engel« gab. Der Film war der einzige Fixpunkt, an den er sich halten konnte.

Das Telefon klingelte.

Wer konnte das sein? Tino?

Erich atmete einmal tief durch, dann ging er an den Apparat. Als er die Stimme am anderen Ende der Leitung erkannte, weitete sich sein Herz.

»Rahel? Mein Gott, wie ist das schön, dich zu hören.«

6

»Zum Roten Bären« hieß der Gasthof, in dem Tino für diese Nacht Quartier genommen hatte, ein altehrwürdiges, gediegenes Haus mit großzügig geschnittenen Logierzimmern mitten im Herzen der schönen Schwarzwaldstadt Freiburg. Das imposante Fachwerkgebäude erhob sich in unmittelbarer Nähe des Münsters, von dessen Turm es soeben Mitternacht schlug.

Das Anschlagen der Glocken reichte, um Tino einmal mehr aus dem Schlaf zu reißen, schon zum dritten oder vierten Mal, seit er ins Bett gegangen war. Wenn die Glocken ihn nicht weckten, war es die Kuckucksuhr an der Wand. Und jedes Mal schreckte er aus demselben Albtraum auf, der ihn schon so oft gequält hatte, wenn Rahel nicht bei ihm schlief. Er war wieder im Krieg, er lag im Schützengraben, und während links und rechts die Granaten einschlugen, krepierte sein Kamerad Leo Hengstenberg, mit dem er schon zusammen zur Schule gegangen war, in seinen Armen, blutend wie ein abgestochenes Schwein.

Er versuchte erst gar nicht, weiterzuschlafen. Stattdessen machte er Licht und stand auf, um einen Schluck Wein zu trinken, von dem er sicherheitshalber eine Karaffe mit aufs Zimmer genommen hatte. Warum kam er nicht endlich zur Ruhe? Nach den Anstrengungen dieses Tages müsste er eigentlich schlafen wie ein Toter. Auf der Fahrt von Berlin hatte er die Ufa-Kinos in drei Städten besucht, in Stuttgart, Karlsruhe und Baden-Baden, um sich dort von den jeweiligen Fortschritten bei der Umrüstung auf den Tonfilm ein Bild zu machen, bevor er am Abend nach Freiburg weitergefahren war, von wo aus es morgen nach Konstanz weitergehen würde. Er war so spät in Freiburg angekommen, dass die Küche in dem Gasthof bereits geschlossen gewesen war und man ihm als einzige warme Mahlzeit nur noch Flammkuchen hatte anbieten können. Den hatte er in der angeschlossenen Weinstube zu sich genommen, zusammen mit einem ganzen Liter Kaiserstühler Riesling, um zu schlafen. Er wusste ja, sobald die Arbeit vorbei war und es keine Ablenkung mehr gab, würden die Gedanken wieder Hörner bekommen.

Doch der Wein hatte nicht geholfen, er war hellwach.

Ob Rahel und Pommer sich wohl schon gesehen hatten? Oder waren sie vielleicht gerade in diesem Augenblick zusammen?

7 Die Unruhen und Kämpfe in den Straßen der Reichshauptstadt dauerten inzwischen den dritten Tag an und hatten in der Presse bereits einen Namen: »Blutmai«. Mit jedem Tag nahm die Gewalt zu. Vor allem die Kommunisten liefen gegen das Demonstrationsverbot Sturm. Dieses hatte der sozialdemokratische Polizeipräsident Zörgiebel erlassen, nachdem es im Frühjahr zwischen Rotfront-Kämpfern und SA-Leuten zu regelrechten Schlachten gekommen war. Die Kommunisten sahen in dem Verbot jedoch keine Schutzmaßnahme, sondern eine Verschärfung des Klassenkampfs, einen feigen Versuch der Sozialdemokraten, in Diensten des Kapitals die Arbeiterschaft zu unterdrücken, und riefen deshalb zu Protestmärschen auf. Als am ersten Mai trotz des Kundgebungsverbots überall in den Straßen Berlins Demonstranten aufmarschierten, kam es zum Knall, und die auf beiden Seiten aufgestaute Spannung entlud sich mit voller Wucht. Die Polizei machte Jagd auf alles, was sich bewegte, die Beamten gingen mit Schlagstöcken und Wasserschläuchen gegen die Protestierer vor, ohne Rücksicht auf unbeteiligte Straßenpassanten. Die Kommunisten verschanzten sich hinter Barrikaden und riefen zum Generalstreik auf. Als am Tag darauf Zehntausende Arbeiter dem Aufruf folgten und, statt zu arbeiten, randalierend durch die Straßen zogen, ließ Zörgiebel mit Maschinengewehren auf sie schießen. Dutzende Menschen wurden getötet, und die Regierung erklärte den Ausnahmezustand.

Unter den Linden war von alledem nicht viel zu spüren, die meisten Tumulte fanden in den Arbeitervierteln statt, im Wedding und in Neukölln. Trotzdem verfolgte man im Zollernhof die Entwicklung der Dinge mit äußerstem Interesse. Wenn kommunistische Demonstranten gegen einen sozialdemokratischen Polizeidirektor Sturm liefen, bedeutete das die Spaltung der Arbeiterschaft. Der Kampf, der in den Straßen tobte, war ein Bruderkrieg, in dem die Linken sich gegenseitig zerfleischten.

»Das ist Wasser auf unsere Mühlen«, erklärte Hugenberg. »Auch wenn Hitler und die NSDAP davon vermutlich mehr profitieren als meine DNVP.«

»Apropos«, erwiderte Klitzsch. »Severin Gansohr aus der Ufa-Buchhaltung hat eine NSDAP-Betriebszelle gegründet. Soll ich etwas unternehmen?«

Hugenberg schüttelte den Kopf. »Lassen Sie den Mann gewähren, vielleicht werden wir die Nazis noch brauchen.«

»Meinen Sie?«

Hugenberg strich sich über das Haar. »Die Zusammenarbeit mit den Systemparteien hat sich nicht ausgezahlt, das hat unsere Wahlniederlage in aller Deutlichkeit gezeigt. Wir brauchen eine neue Strategie.«

»Soll das heißen«, fragte Klitzsch, »Sie ziehen eine Allianz mit Hitler in Betracht?«

»Man kann sich seine Freunde manchmal so wenig aussuchen wie seine Feinde.«

»Aber fürchten Sie nicht, dass ein solcher Kurswechsel Ihre Wähler verärgert und sie der DNVP den Rücken kehren?«

Hugenberg zuckte die Schulter. »Als Bismarck einmal vorgeworfen wurde, er würde seine Segel nach dem Wind stellen, gab er zur Antwort, dass genau darin die Kunst des Segelns bestehe. – Doch jetzt genug der Politik. Haben Sie schon mit Herrn Pommer gesprochen?«

8

Wie von Klitzschs Sekretärin einbestellt, fand Erich sich am nächsten Morgen um Punkt neun Uhr im Haus Vaterland ein. Er war dem neuen Generaldirektor der Ufa bisher nur wenige Male begegnet, doch wie jeder in der Branche wusste er, dass Klitzsch das vollkommene Vertrauen seines Chefs genoss und dessen Anweisungen so frag- und willenlos ausführte wie ein preußischer Soldat die Befehle seines vorgesetzten Offiziers.

Wie um seinen Ruf zu bestätigen, hielt Klitzsch sich nicht mit Präliminarien auf, um Erich sogleich die ab sofort geltenden Regeln zu erklären.

»Sie arbeiten unter der Leitung unseres Produktionsdirektors Hugo Correll und werden an ihn berichten. Im Zweifelsfall hat Herr Correll also das letzte Wort, vor allem, wenn es um Finanzen geht.«

»Das heißt, ich habe keine Budgethoheit mehr?«

»Nein. Die Regelung hat sich nicht bewährt. Doch keine Sorge, an Ihrem Gehalt wird sich nichts ändern.«

»Und wer entscheidet über die Auswahl meiner Filme?«

»Sie, in Absprache mit Herrn Correll. Aber im Zweifelsfall trifft auch hier Herr Correll die letzte Entscheidung.«

Klitzsch sprach mit solcher Entschiedenheit, dass Erich Fürchterliches ahnte. Vielleicht war »Der blaue Engel« ja doch nur ein Köder gewesen, den man ihm nun, da er zurückgekommen war, wieder vor der Nase wegschnappen würde.

»Was ist mit dem ›Blauen Engel‹?«, fragte er. »Wer wird den Film produzieren?«

»Selbstverständlich Sie, Herr Pommer«, erwiderte Klitzsch, ohne auch nur eine Sekunde zu zögern. »Deshalb haben wir Sie ja zurückgeholt. Geheimrat Hugenberg legt allergrößten Wert darauf, dass Sie für die Produktion verantwortlich zeichnen, damit er zu dem Erfolg wird, den wir dringend brauchen. Der Film muss unsere Lichtspielhäuser in ganz Deutschland füllen, und zwar so lange wie möglich. Es geht um die Zukunft der Ufa.«

Erich atmete auf.

»Noch weitere Fragen?«

»Wenn Sie mich vielleicht über den aktuellen Stand ins Bild setzen könnten?«, sagte Erich. »Steht die technische Crew? Tonmeister, Kamera, Beleuchtung? Und vor allem natürlich – wie weit sind Sie mit der Besetzung?«

»Das ist nicht mein Beritt«, erwiderte Klitzsch. »Am besten, Sie setzen sich direkt mit Produktionsdirektor Correll und Regisseur von Sternberg in Verbindung.« Er griff zum Telefon. »Soll meine Sekretärin gleich einen Termin für Sie ausmachen?«

9

Obwohl es schon auf Mitternacht zuging, stauten sich auf den vier Fahrstreifen des Ku'damms immer noch die Autos in beiden Richtungen zu Blechlawinen, und die Trottoirs quollen über von

Menschen, die, auf der Jagd nach dem letzten bisschen Glück dieses Tages, in die Vergnügungsstätten strömten, die den im flackernden Licht der Neonreklamen erstrahlenden Boulevard links und rechts säumten.

Tino bog in die Fasanenstraße ab. Erst am Nachmittag hatte er sich in Ulm, wo er das letzte Ufa-Lichtspielhaus auf seiner Reise inspiziert hatte, auf den Weg nach Berlin gemacht und war, abgesehen von zwei Tankunterbrechungen, die ganze Strecke in einem Rutsch durchgefahren. Noch von Freiburg aus hatte er Rahel geschrieben, dass er nach seiner Rückkehr im »Savoy« absteigen würde, damit sie im Falle eines Falles wusste, wo er zu erreichen war. In Freiburg hatte er auch sein Mitbringsel für Alex gekauft, eine Schwarzwälder Kuckucksuhr, mit deren Hilfe Kleiner Krieger Leichtfuß hoffentlich morgens besser aus dem Bett kommen würde.

Die Uhr ließ Tino auf dem Beifahrersitz liegen, als er vor dem »Savoy« aus dem Wagen stieg, und nahm nur eine Tasche mit dem Allernötigsten aus dem Kofferraum. Jetzt noch ein schnelles Bier an der Hotelbar – und dann ab ins Bett! Erledigt, wie er war, würde er heute ganz bestimmt schlafen.

An der Rezeption händigte der Portier ihm zusammen mit dem Schlüssel einen Brief aus. Als Tino die Handschrift sah, war er mit einem Schlag wieder glockenwach.

Der Brief bestand nur aus wenigen Zeilen.

Lieber Tino,
ich habe mich entschieden und erwarte Dich kommenden Dienstag um vier in der Wohnung. Vorher werde ich Alex zu Tante Ottilie bringen, damit wir in Ruhe reden können.
Rahel
PS: Das Hotelzimmer kannst Du kündigen. Wenn Du einverstanden bist, wirst Du wieder bei uns wohnen.

10

Gustav hatte die neueste Wochenbilanz der Handels- und Kreditbank Reichenbach an diesem Morgen schon zweimal gelesen, doch da er sich an all den wunderschönen Zahlen mit den vielen Nullen gar nicht sattsehen konnte, las er sie auch noch ein drittes Mal. Ja, es waren wahrhaft goldene Zeiten angebrochen, daran hatte auch der Blutmai nichts geändert. Einer der Gründe für die Konjunktur war, dass die Siegermächte ihre Zurückhaltung gegenüber dem Reich immer mehr aufgaben. Noch während in Paris ein neuer Vertrag zur Rückzahlung der Kriegsschulden verhandelt wurde, pumpte das Ausland wieder Geld in die deutsche Wirtschaft. Offenbar war man zu der Einsicht gelangt, dass Investitionen sich hierzulande wieder lohnten. In allen Branchen stiegen die Aktien, an den Börsen herrschte eine nie zuvor gesehene Hausse. Die Leute rannten den Banken förmlich die Bude ein, auch die Reichenbach Bank verdiente sich dumm und dämlich, nicht zuletzt an Privatkrediten, mit denen inzwischen auch kleine Leute Aktienkäufe finanzierten, um wie Großanleger von dem Aufschwung zu profitieren.

Gustav steckte beide Daumen in die Westentaschen seines Anzugs, und während er sich zurücklehnte, trommelte er mit den Fingern auf die stattliche Rundung seines Bauches. Ach ja, es war doch eine kluge Entscheidung gewesen, dem Drängen seiner Cousins nachzugeben und mit der Zeit zu gehen, zum Vorteil der Bank wie auch zum Vorteil der Kunden …

Das Klingeln des Telefons weckte ihn aus seinen Träumen.

»Geheimrat Hugenberg möchte Sie sprechen«, meldete seine Sekretärin.

»Stellen Sie durch.« Gustav wartete, bis es in der Leitung knackte. »Herr Geheimrat!«, begrüßte er dann den Anrufer. »Was verschafft mir die Ehre?«

»Ich möchte Sie um einen Gefallen bitten«, erwiderte Hugenberg.

»Jederzeit! Nur heraus damit!«

»Könnten Sie Ihre Frau Gemahlin vielleicht dazu bewegen, ihren Salon kommenden Dienstag in Berlin auszurichten?«

Gustav zögerte. »Dürfte ich um ein Wort der Erklärung bitten?«

»Selbstverständlich. Ich möchte den Salon dazu nutzen, einen Mann zu treffen, dem ich nur auf neutralem Boden begegnen kann.«

»Verstehe. Ich werde meiner Frau Ihre Bitte vortragen. Ich denke, die Sache wird sich einrichten lassen. Kann ich sonst noch etwas für Sie tun?«

»Wenn Sie schon so freundlich fragen«, antwortete Hugenberg, »das können Sie in der Tat. Ich würde es sehr begrüßen, wenn Sie zu der Zusammenkunft einige potente Kunden Ihrer Bank einladen, Unternehmer und Finanzleute, die bereit sind, für die nationale Sache ein paar Märker lockerzumachen.«

11

Viertel vor vier. Als Tino an diesem Dienstagnachmittag am Gendarmenmarkt sein Auto verließ, klopfte ihm das Herz bis zum Hals, und seine Hände waren vor Anspannung feucht. War es wirklich möglich, dass Rahel sich für ihn entschieden hatte? Obwohl alle Zeichen dafür sprachen, traute er sich kaum, daran zu glauben. Aber warum sonst hatte sie ihn zu sich in die Wohnung gerufen? Und warum sonst sollte er sein Hotelzimmer aufgeben, um wieder zu ihr und Alex zu ziehen?

Er überquerte die Straße, um die kleine Blumenhandlung an der Ecke des Platzes aufzusuchen, in der er sich schon zahllose Male mit seinem Glücksbringer versehen hatte. Dort hatte er auch die Nelke gekauft, die er bei seiner allerersten Begegnung mit Rahel im Knopfloch getragen hatte. Wenn es also irgendwo auf der Welt einen Ort gab, wo er etwas für die Beförderung seines Glücks tun konnte, dann in diesem kleinen, unscheinbaren Geschäft.

Als er die Ladentür öffnete, schlugen über dem Türrahmen die weißen Porzellanmaiglöckchen an, um mit hellem Klingeln sein Kommen zu melden. Fräulein Anna, die wie damals hinter der Theke damit beschäftigt war, ein paar Fliederzweige zu schneiden, blickte von ihrer Arbeit auf.

»Guten Morgen, Herr Reichenbach«, begrüßte sie ihn mit ihrem

Blumenmädchenlächeln. »Was darf's denn heute sein? Wieder eine gelbe?«

»Nein. Heute müssen es rote sein. Und davon einen ganzen Arm voll.«

»Oh, da haben Sie Glück. Heute Morgen ist eine frische Lieferung vom Großmarkt gekommen.« Sie legte den Flieder beiseite und trat an einen Kübel, der voller roter Nelken stand. Tino fasste es als Zeichen auf.

»Ich nehme alle«, erklärte er kurzentschlossen.

»Aber das sind über fünf Dutzend.«

»Und wenn es hundert wären. Setzen Sie sie auf die Rechnung.«

»Gern, Herr Reichenbach, ganz wie Sie wünschen.«

Während Fräulein Anna die Blumen aus dem Kübel nahm und sie mit den Augen abzählte, blickte Tino auf seine Armbanduhr. Noch fünf Minuten.

»Das Papier können Sie weglassen«, sagte er.

»Recht haben Sie. Warum soll man sein Glück auch verstecken?« Lachend reichte sie ihm den Strauß. »Na, dann kann ja heute wohl nichts mehr schiefgehen.«

»Ihr Wort in Gottes Ohr, Fräulein Anna.«

Mit dem Strauß im Arm verließ Tino den Laden. Doch er war noch keine fünf Schritte weit gekommen, da blieb er wie angewurzelt stehen.

Nur ein paar Meter entfernt hielt ein Taxi, aus dem Erich Pommer ausstieg. Mit einem riesigen Strauß roter Rosen im Arm.

12

Erich traute seinen Augen nicht. Vor ihm stand Tino, mit einem riesigen Strauß roter Nelken im Arm.

»Was … was machst du denn hier?«

»Das frage ich dich!«

»Rahel hat mich für vier hierherbestellt.«

»Ausgeschlossen! *Ich* soll heute um vier bei ihr sein! Und sie kann uns doch unmöglich zusammen eingeladen …«

Während sie einander mit offenen Mündern anstarrten, kam Erich eine böse Ahnung.

»Oder vielleicht doch?«

Die Erkenntnis traf ihn wie ein Faustschlag. Nach Rahels nächtlichem Anruf war er fast sicher gewesen, dass sie sich für ihn entschieden hatte – allein die Tatsache, dass sie ihn nicht sofort hatte wiedersehen wollen, sondern erst nach ein paar Tagen, hatte ihn irritiert. Doch das hatte er sich damit erklärt, dass sie noch etwas Zeit brauchte, um mit Tino all die Dinge zu regeln, die es zu regeln gab, schließlich hatten die zwei ein Kind.

Was für ein gottverdammter Narr war er gewesen …

»Ich wollte, das wäre alles nicht wahr«, sagte Tino.

»Das sagt der Richtige!«, erwiderte Erich. »Warum hast du mich nicht einfach in Ruhe gelassen? Es war doch alles gut, wie es war. Aber nein, stattdessen bist du um die halbe Welt gereist, um mich zurückzuholen. Wozu? Jetzt haben wir den Salat.«

»Wozu, wozu, wozu?«, äffte Tino ihn nach. »Ich habe es dir doch in Hollywood erklärt! Sag lieber, was wir jetzt tun sollen!«

Erich zuckte die Schultern. »Um ehrlich zu sein, ich habe keine Ahnung.«

»Aber ich!« Die Blumen im Arm, machte Tino kehrt und setzte sich in Bewegung. »Los, worauf wartest du? Bringen wir's hinter uns!«

13

Rahel blickte auf die Wohnzimmeruhr. Schon fünf Minuten nach vier.

Wo in aller Welt blieben die zwei?

Seit sie aus dem Wedding zurückgekehrt war, wo sie Alex bei Tante Ottilie untergebracht hatte, lief sie in der Wohnung hin und her wie ein Panther im Käfig, und während die Minuten sich zu Stunden dehnten, bereute sie, dass sie so lange gewartet hatte, Tino und Erich ihre Entscheidung mitzuteilen. Aber sie hatte dem Schicksal noch eine Chance geben wollen, dem Schicksal und den Göttern, und ihnen darum ein paar Tage Zeit gelassen in der Hoffnung auf irgendein Zeichen. Aber die Götter hatten geschwiegen, genauso wie das Schicksal, und der einzige Schluss, den Rahel daraus ziehen konnte, war, dass ihre und Tinos und Erichs Zukunft einzig und allein von ihr selbst abhing. Von ihrer Entscheidung zwischen den zwei Männern, die sie liebte.

Endlich! Im Flur ging die Wohnungstür, und gleich darauf hörte sie Stimmen. Zum Glück kamen die beiden zusammen. Während die Schritte sich näherten, beschloss sie, es kurz zu machen, wie mit einem Pflaster, das man abreißen muss.

Als die Tür aufging, quollen ihr zwei riesige Blumensträuße entgegen. In diesem Moment wurde ihr klar, dass sie die richtige Entscheidung getroffen hatte.

»Ich will euch nicht auf die Folter spannen«, sagte sie. »Als Erstes sollt ihr wissen, dass ich euch beide liebe. Zwar jeden von euch auf eine jeweils andere Art, aber das ändert nichts daran, dass es so ist. Ja, ich liebe euch, und daran wird sich nie etwas ändern. Aber gerade weil es so ist, kann ich mich unmöglich für einen von euch entscheiden. Deshalb habe ich beschlossen, mich von euch beiden zu trennen.«

Gott sei Dank, es war heraus! Während sie sich wunderte, wie leicht ihr die Worte über die Lippen gekommen waren, ließen die beiden ihre Blumensträuße sinken. Eine Weile schauten sie sie völlig entgeistert an, ohne einen Ton zu sagen.

Tino war der Erste, der die Sprache wiederfand. »Das … das kannst du nicht machen.«

»Auf keinen Fall«, pflichtete Erich ihm bei. »Das … das ist doch keine Lösung.«

»Und ob das eine Lösung ist! Sie ist sogar die beste. Würde ich mich für einen von euch entscheiden, würden wir alle drei todunglücklich werden.«

»Aber … aber wie soll das denn gehen?«

»Ja! Wie stellst du dir das vor?«

»Darüber habe ich gründlich nachgedacht. Wenn ich mich von euch trenne, heißt das nicht, dass ich nichts mehr mit euch zu tun haben will. Nein, ich will auch in Zukunft mit euch leben, nur anders als bisher, und bin bereit, alles dafür zu tun, was nötig ist. Deshalb schlage ich vor, dass Tino und ich weiter zusammen für Alex da sein werden, als Eltern, und wir zu dritt hier in der Wohnung bleiben, so dass Alex mit uns als Familie aufwachsen kann.«

»Und was ist mit mir?«, fragte Erich.

»Auch wir können an das anknüpfen, was uns am meisten verbindet«, erwiderte sie. »Nichts hindert uns daran, weiter zusammenzuarbeiten. Es wäre doch eine Schande, wenn wir das aufgeben würden. Vorausgesetzt natürlich, du bist mit einer solchen Regelung einverstanden. Könntest du dir das vorstellen?«

Erich holte tief Luft. »Wenn du mir keine andere Wahl lässt – einverstanden. Was bleibt mir übrig? Sonst ... sonst platzt am Ende auch noch unser Film.«

Rahel nickte. »Und was ist mit dir?«, fragte sie Tino. »Bist du auch einverstanden?«

Wie immer, wenn er angespannt oder nervös oder aufgeregt war, zeichnete sich sein Feuermal noch dunkler auf der Stirn ab, und seinem Gesicht war anzusehen, dass er alles andere als begeistert war.

Es dauerte eine Ewigkeit, bis er antwortete.

»Na schön, versuchen können wir es ja.«

»Gut«, sagte Rahel erleichtert. »Dann nur noch eins. Ihr müsst mir versprechen, weiter Freunde zu bleiben.«

»Hast du sie noch alle?«, rief Tino.

Auch Erich schüttelte den Kopf. »Nein, das ist zu viel verlangt. Das ... das kann ich unmöglich versprechen.«

»Bitte«, sagte sie. »Ohne eure Freundschaft ist das Ganze nichts wert, ohne sie kann es nicht funktionieren, weder zwischen mir und euch noch zwischen euch beiden. Begreift ihr das nicht?« Sie blickte erst Tino, dann Erich an und nickte beiden aufmunternd zu. »Jetzt sagt schon ja!«

Die zwei schauten auf ihre Schuhspitzen. Dann tauschten sie wie auf Kommando einen kurzen Blick, um danach wieder die Augen zu Boden zu richten.

»Bitte ...«

Unsicher hob Erich den Kopf, und eine lange Weile erwiderte er stumm ihren Blick. Dann gab er sich einen Ruck und sagte: »Na gut. Einverstanden.«

Rahel atmete auf.

»Und du, Tino?«

Der zögerte weiter, sichtlich mit sich ringend kaute er auf seiner Lippe. Dann aber nickte auch er. »Wenn es nicht anders geht – versprochen!«

14

Mit einem Gefühl der Beglückung erwiderte Constanze den Blick ihres Vaters, der mit einem feinen Lächeln in seinem schönen, ebenmäßigen Gesicht auf sie herabschaute. Sein Ölgemälde bekrönte den altarmäßigen Schrein, den sie zu seinem Angedenken im Empfangszimmer ihres Berliner Stadtpalais' errichtet hatte. Ja, wäre es ihrem Vater noch beschieden, diesen Tag zu erleben, er würde stolz auf sie sein. Die Gesellschaft, die sich in der Simsonstraße unweit des Reichstags eingefunden hatte, war mehrere hundert Millionen Goldmark schwer, allesamt Kunden und Geschäftsfreunde der Handels- und Kreditbank Reichenbach, die Gustav zu ihrem Salon eingeladen hatte.

Mit angespannter, konzentrierter Aufmerksamkeit wachte sie nun über die eigens für diese Gesellschaft engagierten Lohndiener und schärfte ihnen noch einmal ihre Aufgaben ein. Denn der Mann, den Hugenberg in ihrem Salon auf neutralem Boden treffen wollte, war kein Geringerer als Adolf Hitler, der Führer der Nationalsozialistischen Deutschen Arbeiterpartei. Um Punkt vier war er eingetroffen, um sogleich mit seinem Vortrag zu beginnen. Während Hugenberg bereits in einem Nebenzimmer wartete, wo Hitler auch Constanze ein paar Minuten unter vier Augen versprochen hatte, bat Hitler die anwesenden Unternehmer und Finanzleute um Unterstützung für seine Partei. Constanze hatte gehofft, dass er in Uniform erscheinen würde, darin sah er noch einmal so gut aus wie in Zivil, doch leider trug er nur einen schlichten Straßenanzug. Allerdings wurde ihr im Verlauf seines Vortrags rasch deutlich, warum. Hitler war gekommen, um für die nationalsozialistische Bewegung um Vertrauen zu werben, dieser Absicht entsprach auch der auffallend gemäßigte Duktus seiner Rede, mit der er seine Zuhörer davon zu überzeugen trachtete, dass er kein anderes Ziel verfolgte als sie selbst: die Wiedererlangung der nationalen Souveränität über die Staatsfinanzen.

»Darum Schluss mit dem Siegerdiktat! Schluss mit der Erniedrigung unseres deutschen Vaterlands! Schluss mit der Überschuldung des Reichs!«

Das Publikum dankte mit warmem, wohlwollendem Applaus. Während Hitler in wortloser Entschlossenheit im Nebenzimmer zu Hugenberg verschwand, forderte Constanze ihre Gäste auf, für die Partei des Redners zu spenden.

»Mein Mann wird Ihre Schecks entgegennehmen«, verkündete sie und deutete auf Gustav, der sich mit einem Champagnerkübel bereithielt. »Als Kunden der Reichenbach Bank wissen Sie ja, dass Ihr Geld bei ihm bestens aufgehoben ist.«

15

Zur selben Zeit kam Alexander Grau im Haus Vaterland, keine drei Kilometer vom Stadtpalais der Reichenbachs entfernt, seinen Aufgaben als Leiter der Ufa-Theaterabteilung nach. Mit Rücksicht auf Gustav Reichenbach sowie die bürgerliche Fassade war er nicht zu Constanzes Salon geladen worden. Auch wenn er die Notwendigkeit dieses Ausschlusses durchaus nachvollziehen konnte, schmerzte ihn dieser deshalb nicht minder. Was für eine Demütigung – wieder einmal!

Missgelaunt widmete er sich dem Stapel ungelesener Bücher und Manuskripte auf seinem Schreibtisch, die er mit Blick auf eine mögliche Verfilmung zu prüfen hatte. Ganz obenauf lag ein Opernlibretto mit dem Titel »Mona Lisa«. Lustlos schlug er das schmale Bändchen auf. Schon nach wenigen Seiten hatte er sich ein Urteil gebildet. Wie die meisten Libretti war auch dieses von stupender Blödsinnigkeit!

Dem Text zufolge war Mona Lisa in zwei Männer gleichzeitig verliebt gewesen, und die hatten sich beide aus enttäuschter Liebe umgebracht. Der einzige Vorzug, den das Machwerk besaß, bestand darin, dass die Rechte frei waren – die Lizenz würde also keinen Pfennig kosten.

Grau machte eine Aktennotiz: *Zur Prüfung durch Herrn Correll.*

Dann legte er das Textbuch beiseite und schaute auf die Uhr. In knapp einer Stunde war Feierabend, höchste Zeit für das Pressestudium – als Vorstandsmitglied des Unternehmens musste er schließlich auf dem Laufenden sein.

Den besten Artikel fand er mal wieder im »Völkischen Beobachter«. Das Parteiorgan der NSDAP brachte auf der Titelseite eine ausführliche Nachbetrachtung zu den Ereignissen des Blutmai. Die Opferzahlen an sich waren nichts Neues – die Straßenschlachten im Wedding und in Neukölln hatten exakt dreiunddreißig Tote, hundertachtundneunzig verletzte Demonstranten sowie siebenundvierzig verletzte Polizisten gefordert. Umso aufschlussreicher war die politische Analyse. Die KPD machte den sozialdemokratischen Polizeipräsidenten für das Blutbad verantwortlich, die Sozis hingegen warfen den Kommunisten vor, das Kundgebungsverbot missachtet und so die Krawalle verursacht zu haben. Das parlamentarische Nachspiel wurde mit derselben Heftigkeit geführt wie zuvor der Straßenkampf, in dem die verfeindeten Linken, die sich doch stets ihres friedliebenden Pazifismus' rühmten, wie die Besenbinder aufeinander eingeprügelt hatten … Wäre die Schmierenkomödie ein Theaterstück, Grau hätte keine Sekunde gezögert, die Lizenz zu erwerben. Dazu passte auch die Tatsache, dass der kommunistische Verleger Willi Münzenberg ein öffentliches Untersuchungsgremium einberufen hatte, einen »Ausschuss zur Untersuchung der Berliner Maivorgänge«. In dem Artikel waren die Mitglieder namentlich aufgeführt. Grau kannte sie fast alle: die *Crème de la crème* der linken Mischpoke.

Er wollte schon weiterblättern, da entdeckte er in der Liste einen Namen, mit dem er nicht gerechnet hatte: Heinrich Mann.

Leise pfiff er durch die Zähne. Hatte der nicht »Professor Unrat« geschrieben?

Kurzentschlossen griff er zum Telefon, um Hugenbergs Sekretärin anzurufen. Die Sache war von allerhöchster Wichtigkeit und musste darum allerhöchsten Orts entschieden werden. Umgehend!

Doch Hugenbergs Sekretärin erwies sich als wenig hilfreich. »Leider ist in den nächsten Tagen kein Termin frei«, erklärte sie.

»Was sagen Sie da? Sie wissen wohl nicht, wer ich bin!«

»Natürlich weiß ich, wer Sie sind, Herr Major. Der Leiter der Theaterabteilung.«

Grau musste an sich halten. Herrgott – wie hasste er diesen Titel! Doch wie so oft schluckte er die Kröte. »Überlegen Sie sich, was Sie tun«, sagte er so ruhig und gleichzeitig so scharf wie möglich. »Wenn Sie mir einen Termin verweigern, werden Sie sich dafür verantworten müssen. Ich rate Ihnen also dringend, noch einmal in den Kalender zu schauen. Aber ein bisschen dalli, wenn ich bitten darf!«

Die Sekretärin stieß einen Seufzer aus. »Ich will sehen, was ich tun kann. Aber machen Sie sich bitte keine allzu großen Hoffnungen, kurzfristig ist wirklich nichts möglich. Der Herr Geheimrat hat furchtbar viel zu tun.«

16

Hugenberg stand am Fenster des Nebenzimmers, in dem er auf Hitler wartete, und schaute hinaus auf den im Sonnenschein liegenden Reichstag. Wie ein breitschultriger Herkules erhob sich das symmetrische Gebäude, bekrönt von der gewaltigen Kuppel und der Fahne in den verhassten Farben Schwarz-Rot-Senf.

Wann würde dort endlich wieder die Flagge des wahren Deutschlands wehen?

In seinem Rücken ging die Tür. Als er sich umdrehte, betrat der Führer der NSDAP den Raum.

»Man sagte mir, Sie wünschen mich zu sprechen«, eröffnete Hitler ohne Begrüßung das Gespräch. »Was haben Sie mir mitzuteilen?«

»Ich würde gern mit Ihnen die Möglichkeiten einer Zusammenarbeit erörtern«, erwiderte Hugenberg. »Ich denke, unsere Parteien verfolgen dieselben Ziele. Da sollten wir unsere Kräfte bündeln, zumal die Linke gerade im Begriff ist, sich selbst zu zerstören. Aber wollen wir uns nicht setzen?«

Nur widerwillig nahm Hitler Platz. Hugenberg registrierte es mit Missbehagen. Aus zwei Gründen hatte er dieses Gespräch gesucht. Zum einen versprach er sich von einer Allianz der DNVP mit der NSDAP eine wirkungsvollere Oppositionsrolle für seine Partei, zum anderen erhoffte er sich durch einen solchen Zusammenschluss die Möglichkeit, Hitler im Zaum zu halten, sollten der und seine Anhänger wieder in ihre alte Krawallmentalität zurückfallen.

Laut äußerte er sich nur zu Ersterem. »Meine Partei hat in der Vergangenheit versucht, durch Mitwirkung in der Regierung die Systemparteien auf Kurs zu bringen. Dieser Versuch ist fehlgeschlagen. Die DNVP hat sich deshalb unter meiner Führung entschlossen, radikal auf Angriff umzuschalten. Nur durch bedingungslose Opposition an allen Fronten können wir an die Macht gelangen.«

»Das war schon immer die Strategie meiner Partei«, erwiderte Hitler. »Und es wundert mich, wie lange Sie gebraucht haben, um zu dieser Einsicht zu gelangen. Das ganze System ist verrottet und dem Untergang geweiht.«

Bevor Hugenberg etwas erwidern konnte, hielt Hitler aus dem Stegreif einen Monolog über den Zustand der Republik. Dabei redete er sich von Satz zu Satz mehr in Rage. Obwohl Hugenberg die Art missfiel, wie er das Gespräch an sich riss, ließ er ihn gewähren. Je länger Hitler redete, umso mehr hatte er Gelegenheit, ihn kennenzulernen, und die gründliche Kenntnis des Gegenübers war stets eine Grundvoraussetzung für den eigenen Erfolg. Politiker waren auch nur Menschen, mit denselben menschlichen Stärken und Schwächen wie Hinz und Kunz. Dabei kam es vor allem auf die Schwächen an. Die Schwächen waren an einem Menschen das, was an einem Automobil das Lenkrad war – man konnte ihn damit steuern. Hugenberg hatte es sich darum zur Gewohnheit gemacht, wann immer er sich mit jemandem auseinandersetzen musste, zuvor nach dessen Schwächen zu forschen. Im Falle Hitlers war allerdings so gut wie nichts dabei herausgekommen. Der Führer der NSDAP trank nicht, er hatte keine

Weibergeschichten, noch lebte er über seine Verhältnisse – Schulden hatte er darum so wenig wie außereheliche Kinder. Solche Menschen machten Hugenberg nervös.

Plötzlich hielt Hitler in seinem Monolog inne. »Sie wollen sich also an unsere Seite stellen?«, fragte er. »Gut, dann machen Sie einen Vorschlag. Wo gedenken Sie die Systemparteien anzugreifen?«

»Da, wo es am meisten weh tut«, erwiderte Hugenberg. »Beim Geld.«

»Bitte werden Sie konkret.«

Hugenberg strich sich über sein Haar. »Ich denke, als erstes Ziel bietet sich der Young-Plan an, der gerade in Paris vorgelegt wurde.«

Hitler runzelte die Stirn. »Ihr Vorschlag überrascht mich. Der Young-Plan bietet keine Angriffsfläche, das amerikanisch-jüdische Kapital hat ihn sich ja nur zu dem Zweck ausgedacht, das deutsche Volk zu beschwichtigen. Leider mit dem erhofften Resultat. Überall herrscht der Irrglaube, es gehe wieder aufwärts. Ich weiß nicht, wie Sie dagegen Stimmung machen wollen.«

»Indem wir den Blick auf die Zukunft richten«, erklärte Hugenberg. »Durch die Streckung der Kredite, wie der Young-Plan sie vorsieht, ist die aktuelle Belastung zwar spürbar gesunken, und die Wirtschaft fasst wieder Tritt – das ist der Grund für den derzeitigen Optimismus im Land. Doch die Sache hat eine Kehrseite. Die neuen Zahlungsziele bekommen wir ja nicht umsonst, im Gegenteil, durch den Young-Plan verlängert sich die Laufzeit der Kredite um Jahrzehnte – mit unabsehbaren Folgen. Bei Berücksichtigung von Zins und Zinseszins erhöht sich der Gesamtbetrag der deutschen Verschuldung im Laufe der Zeit auf einhundertfünfzehn Milliarden Reichsmark. Und das bei einem Jahresetat von nicht mal acht Milliarden.«

Hitler brauchte einen Moment, dann war der Groschen gefallen. »Soll das heißen, dass noch unsere Enkel für die Schmach von 1918 bluten werden?«

»Allerdings«, bestätigte Hugenberg. »Und nicht nur die, auch unsere Urenkel – bis ins vierte oder fünfte Glied. Laut Young-Plan wird die deutsche Schuldenlast erst im Jahr 1988 vollständig getilgt sein.«

Hitler ballte die Faust. »Das werden diese Juden noch bitter bereuen!«

Zufrieden lehnte Hugenberg sich zurück. Er hatte Hitlers Schwäche herausgefunden.

Reden konnte der Mann. Aber rechnen offenbar nicht.

17

Gustav war alles andere als glücklich über die ihm von seiner Frau zugewiesene Aufgabe. Nicht genug, dass er sich vorkam wie ein Kellner, während er mit dem Champagnerkübel an den Reihen seiner Gäste entlangdienerte. Noch schlimmer war der Erfolg seiner Bettelei. Fast alle Gäste, die er auf Hugenbergs Wunsch eingeladen hatte, kamen Constanzes Aufforderung in großzügiger Weise nach, und der Champagnerkübel füllte sich zusehends mit Schecks.

Was würde mit dem Geld geschehen?

Egal, wie zahm Hitler sich heute gegeben hatte, Gustav traute ihm nicht über den Weg. Der Kerl war ein Hasardeur, und die Fähigkeit, den Biedermann zu spielen, machte ihn nur noch gefährlicher. Oft genug hatte er schließlich bewiesen, dass er in Wahrheit nur auf Umsturz und Revolution aus war. Nein, Gustav hatte seine Meinung nicht geändert, er lehnte die Nazis nach wie vor ab. Wenn es nach ihm ginge, sollte die NSDAP der kleine, einflusslose Haufen politischer Desperados bleiben, der sie bis jetzt noch war: eine Splitterpartei, die sich im Wesentlichen über die Beiträge ihrer Mitglieder finanzieren musste sowie über Eintrittsgelder, die bei Auftritten ihrer Hauptredner Hitler und Goebbels erhoben wurden – zwischen fünfzig Pfennig und zwei Mark … Hinzu kamen Spenden von kleinen Fabrikbesitzern, Kaufleuten und Handwerkern. Das alte, schwere Geld jedoch hatte den Nazis bislang die Unterstützung verweigert, die einzigen Großindustriellen, die Hitler Spenden zukommen ließen, waren Fritz Thyssen und der Stahlbaron Emil Kirdorf.

Aber was sollte man machen, wenn Hugenberg einen um Unterstützung bat?

»Darf ich bitten?«

Als Gustav sich umdrehte, stand Constanze vor ihm.

»Natürlich, gewiss.«

Mit einem Seufzer gab er ihr den reich gefüllten Kübel, und während Hugenberg in den Salon zurückkehrte, verschwand sie mit dem Geld im Nebenzimmer.

18

In freudiger Erregung streckte Constanze Hitler den Champagnerkübel entgegen.

»Das Ergebnis unserer Spendenaktion.«

Erwartungsvoll schaute sie ihn an. Doch Hitler warf kaum einen Blick auf die Schecks. »Stellen Sie das dahin«, sagte er nur und deutete auf einen Beistelltisch. Dann forderte er sie mit einer knappen Handbewegung auf, Platz zu nehmen, als wäre er der Gastgeber und nicht sie. Constanze musste schlucken. War das ihr Lohn? Hitler nahm das Ergebnis ihrer Mühe wie eine Selbstverständlichkeit entgegen, gerade so, als habe sie nur ihre Pflicht getan. Doch seltsam, trotz ihrer Enttäuschung musste sie sich insgeheim eingestehen, dass gerade diese herrische Art sie ungemein beeindruckte.

»Darf ich Ihnen zu Ihrem Vortrag gratulieren?«, fragte sie. »Mit Ihren klugen und besonnenen Worten haben Sie genau den richtigen Ton für meine Gäste getroffen.«

»Ich bin Ihnen sehr verbunden, gnädige Frau«, erwiderte Hitler. »Aber meine Zeit ist bemessen. Sie hatten um ein Vier-Augen-Gespräch gebeten. Was ist der Grund?«

Constanze hatte sich auf die Frage vorbereitet. Doch als ihr Gast sie nun stellte, fiel ihr die Antwort schwerer, als sie gedacht hatte.

»Es … es geht um Ihr Mündel Geli Raubal und Emil Maurice.«

Kaum hatte sie den Namen genannt, wurde Hitlers Gesicht zu Stein. »Es wird Zeit, dass Geli Vernunft annimmt. Ich habe sie deshalb unter meine Aufsicht gestellt. Dieser Mensch ist nichts für sie.«

»Aber wenn Geli ihn doch liebt?«

»Leeres Gewäsch. Liebe ist nur ein Wort.«

»Wirklich?« In einer Aufwallung beugte Constanze sich vor und ergriff Hitlers Hände. »Waren Sie denn niemals verliebt, mein Führer?«

Eindringlich schaute sie ihn an. Für einen Moment erwiderte er ihren Blick, und während sie glaubte, ganz leicht den Druck seiner Hände zu spüren, verlor sie sich in der mitfühlenden Wärme, die aus seinen blauen Augen strömte.

Doch der Moment währte nur ein paar Sekunden. Dann schüttelte er den Kopf, und auf fast brutale Weise entzog er sich ihr.

»Nein«, sagte er. »Liebe hat in meinem Leben keinen Platz. Meine Braut ist Deutschland.«

Die schroffe Zurückweisung traf sie wie ein Schlag. Doch während sie sich wieder hinter die ihr zugewiesene Schranke zurückzog, löste seine rigorose Haltung eine Bewunderung in ihr aus, die sie noch für keinen anderen Menschen je zuvor empfunden hatte.

Was für ein Mann!

19

Hatte Rahel die richtige Entscheidung getroffen?

Als sich die Wohnungstür hinter Tino und Erich schloss und die Schritte der beiden im Treppenhaus verhallten, fühlte sie sich so einsam, dass sich ihr Herz zusammenzog. Nein, sie wusste nicht, ob sie die richtige Entscheidung getroffen hatte, für solche Entscheidungen gab es kein Richtig oder Falsch. Immerhin war die Zeit der Unaufrichtigkeit vorbei, denn hätte sie sich für einen der beiden entschieden, wäre ihr ganzes weiteres Leben eine Lüge gewesen. Doch wie auch immer sie in Zukunft über ihre Entscheidung urteilen würde – jetzt musste sie mit den Folgen leben, genauso wie Tino und Erich.

Damit ihr erst gar keine Zweifel kamen, ging sie ins Schlafzimmer und raffte dort ihr Bettzeug zusammen, um es in das ehemalige Raucherkabinett zu tragen, das sie mit ein paar Hinterlassenschaften aus dem Haushalt ihrer Eltern für sich eingerichtet hatte. Dort würde sie fortan schlafen. Allein.

Von der Kommode blickte das porzellanene Rehkitz aus der Nippessammlung ihrer Mutter sie mit seinen traurigen braunen Augen an. Ein uralter Vierzeiler fiel ihr ein, irgendein mittelalterlicher Minnesänger hatte ihn verfasst, Gottfried von Straßburg, wenn sie sich richtig entsann. Als junges Mädchen hatte sie die Verse nicht wahrhaben wollen, sie widersprachen ja allem, was ein junges Mädchen sich von der Liebe ersehnte, unbeschwerte Leichtigkeit und immerwährendes Glück. Doch jetzt konnte sie die Wahrheit, die aus ihnen sprach, nicht länger leugnen.

Wem nie durch Liebe Leid geschah,
Dem ward auch Lieb' durch Lieb' nie nah;
Leid kommt wohl ohne Lieb' allein,
Lieb' kann nicht ohne Leiden sein.

Ja, sie hatte geliebt, wahrscheinlich mehr, als ein Mensch verkraften konnte, und wenn der Verzicht auf die Liebe der Preis dafür war, dass sie diese doppelte Liebe hatte erleben dürfen, mehr Liebe, als den allermeisten Menschen in ihrem ganzen Leben vermutlich je zuteilwurde – ja, dann musste sie diesen Preis jetzt zahlen.

Also unterdrückte sie ihre Tränen. Alex wartete bei Tante Ottilie, sie hatte versprochen, ihn noch vor dem Abendbrot abzuholen. Aber vorher wollte sie noch putzen. Putzen würde ihr helfen, sich auf ihr neues Leben vorzubereiten, und sie musste doch vorbereitet sein, schließlich hatte sie nicht nur Verantwortung für sich selbst, sondern auch für ihr Kind. Und es gab auch gar keinen Grund, zu verzweifeln. Auch wenn sie ihr neues Leben ohne einen Mann führen würde, der alles mit ihr teilte, würde es ein gutes Leben sein. Sie hatte ja so viel, wofür es sich zu leben lohnte: einen wunderbaren Sohn, einen Beruf, der ihre Berufung war und den sie endlich wieder ausüben würde – und zwei Freunde, denen sie trotz allem von Herzen verbunden war und die ihr versprochen hatten, immer an ihrer Seite zu sein.

Durfte man mehr vom Leben erwarten?

20

Draußen schien noch die Sonne vom Himmel, als Tino und Pommer mit ihren Blumensträußen ins Freie traten. Auf dem Gendarmenmarkt spielten Kinder, und während auf der Straße der Feierabendverkehr vorüberrauschte, eilten heimkehrende Büroangestellte mit ihren Aktentaschen den Bürgersteig entlang, und Dienstmädchen erledigten die letzten Besorgungen des Tages.

»Ich glaube«, sagte Pommer, »das ist jetzt der perfekte Augenblick, um mir die Fresse zu polieren.«

»Sag das noch mal, und ich tu's!«, erwiderte Tino.

Pommer ließ seine Rosen fallen, dann fasste er sich mit beiden Händen ans Revers und streckte Tino die Hemdbrust entgegen, um sich ihm schutzlos preiszugeben. »Los! Worauf wartest du? Schlag zu!«

Das ließ Tino sich nicht zweimal sagen. Wie oft hatte er Pommer in Gedanken schon verprügelt, windelweich hatte er ihn geschlagen, bis der Scheißkerl sich nicht mehr rühren konnte und winselnd um Gnade flehte.

Er warf seine Nelken fort und trat mit erhobenen Fäusten auf ihn zu.

Doch als er in Pommers Gesicht sah, verließen ihn die Kräfte.

Ein vorübereilender Straßenpassant bückte sich nach seinen Blumen und schnappte sie sich vom Boden. Während er mit dem Strauß das Weite suchte, ließ Tino die Arme sinken.

»Warum schlägst du nicht zu?«, fragte Pommer. »Ich weiß doch, wie gern du es tun würdest. Das ist *die* Gelegenheit!«

Ohnmächtig zuckte Tino die Schulter. »Wozu?«

»Fragst du das im Ernst? Um mir die Abreibung zu verpassen, die ich verdiene.«

»Die hast du allerdings verdient, und es ist gut, dass du das weißt. Aber …«

»Aber was?«

Tino wusste es selber nicht. Sein Bedürfnis, Pommer zu schlagen, war dahin. Dafür hatte er einen riesigen Kloß im Hals.

Um ihn wegzubekommen, räusperte er sich.

»Ich … ich will nach meiner Frau nicht auch noch meinen Freund verlieren.«

Mit großen Augen starrte Pommer ihn an. »Was sagst du da?«

»Du hast richtig gehört«, erwiderte Tino. »Egal, was für ein Arschloch du bist – du bist mein Freund, der einzige, den ich außer Leo Hengstenberg je hatte.«

»Wer zum Teufel ist Leo Hengstenberg?«

»Das spielt jetzt keine Rolle.« Er zögerte, dann fügte er hinzu: »Außerdem haben wir Rahel etwas versprochen. Wir sitzen im selben Boot.«

Es dauerte einen Moment, bis Pommer begriff. »Im selben Scheißboot, meinst du wohl.«

»Von mir aus auch Scheißboot. Aber Boot ist Boot. Und wie es aussieht, muss es noch eine Weile halten. Damit wir nicht alle zusammen untergehen.«

Pommer griff in seine Jackentasche. »Scheiße, scheiße, scheiße.« Er klemmte sich eine Zigarette zwischen die Lippen und zündete sie an. »Hätte Rahel sich nur entschieden.«

»Das hat sie ja«, erwiderte Tino. »Nur nicht, wie wir gedacht hatten.«

»Das kannst du laut sagen.«

»Aber besser so, als wenn sie dich genommen hätte.«

Pommer schüttelte den Kopf. »Das hätte sie nie im Leben.«

Tino spürte, wie ihm die Tränen kamen. »Hast du eine Ahnung …«

Pommer nahm einen Zug von seiner Zigarette, und während er den Rauch zwischen den Lippen ausströmen ließ, schaute er Tino an. »Ich kann dir gar nicht sagen, wie sehr ich dich beneide. Du hast wenigstens noch deine Familie.«

»Meine Familie vielleicht«, erwiderte Tino. »Aber was ist mit meiner Ehe? Die … die ist doch jetzt wie – wie Schampus ohne Kohlensäure.«

Pommer hob überrascht die Brauen. »Kein schlechter Vergleich.«

»Vergleich?«, fragte Tino. »Was für ein Vergleich?«

»Schampus ohne Kohlensäure. Hätte ich dir gar nicht zugetraut.«

»Findest du das etwa witzig?«

Pommer zuckte die Achseln. »Um ehrlich zu sein, ja. Kaffee ohne Zucker würde auch passen. Schmeckt bekanntlich bitter.«

»Blödmann.«

»Oder wie Fleischbrühe ohne Fleisch. Sehr fade.«

»Jetzt lass den Scheiß!«

»Wie Essiggurken ohne Essig. Noch fader.«

»Du sollst den Scheiß lassen, hab ich gesagt!«

Doch Pommer dachte gar nicht daran. »Wie Apfelkuchen ohne Äpfel«, fuhr er fort, als hätte er nicht mehr alle Tassen im Schrank. »Wie Schokoladentorte ohne Schokolade. Wie Dresdner Stollen ohne Dresden.«

Obwohl Tino nicht im Geringsten danach zumute war, musste er grinsen. »Du meinst, wie Schwarzwälder Kirschtorte ohne Schwarzwald?«

»Nein, wie Schwarzwälder Schinken ohne Schinken.«

»Ach so, wie Schinkenwurst ohne Wurst.«

»Genau! Wie Hanswurst ohne Hans.«

Während die Vergleiche wie Pingpongbälle zwischen ihnen hin- und herflogen, steigerten sie sich in die albernsten Albernheiten hinein. Irgendwann musste Tino so sehr lachen, dass ihm die Tränen an den Wangen herunterliefen, und auch Pommers Augen glänzten feucht.

Hatten sie den Verstand verloren?

Scheiß drauf! Lachen war immer noch besser als Weinen!

»Wie Knall ohne Tüte …«

»Wie Dick ohne Doof …«

»Wie Pech ohne Schwefel …«

»Wie Hänsel ohne Gretel …«

»Wie der Fischer ohn sin Fru …«

Wie auf Kommando hielten sie gleichzeitig inne.

Was hatte Pommer gesagt?

Nein, das war nicht lustig.

Ganz und gar nicht.

Tino spürte wieder diesen riesengroßen Kloß im Hals.

»Wie Romeo ohne Julia …«, sagte er leise.

»Wie Tristan ohne Isolde …«

»Wie Adam ohne Eva …«

Sie verstummten, und während die Welt um sie herum stillstand, schauten sie einander an. Auch Pommer liefen die Tränen in Strömen herunter.

Als Tino sie sah, wusste er, dass auch Pommer nicht gelacht hatte.

Sondern geweint.

Die ganze Zeit schon.

Genauso wie er selbst.

»Ach, Erich«, sagte er. »Wie sollen wir das nur schaffen?«

Pommers Zigarettenspitze zeigte nach unten. »Ich weiß es auch nicht. Es tut so wahnsinnig weh.«

21

Bis zum Monatsende hatte Lilly die Miete im Voraus bezahlt und konnte deshalb so lange noch in ihrer schicken Zweizimmerwohnung am Schillerpark bleiben. Aber dann war es mit der Herrlichkeit vorbei. Drei Wochen hatte sie jetzt Zeit, um eine neue Bleibe zu suchen. Aber wie sollte sie die finden, ohne Geld und ohne Arbeit? Nachdem Detlef ihr die Kammer verweigert hatte, blieb ihr nichts anderes übrig, als sich an Tante Ottilie zu wenden, wie er ihr geraten hatte.

»Ach, Kindchen«, seufzte Tante Ottilie, »du weißt doch, dass wir beide Zimmer vermietet haben.«

Fritz, der am Küchentisch den »Vorwärts« las, schaute über den Rand seiner Zeitung. »Dann schmeißen wir eben den Möllemann raus. Der hat den ›Völkischen Beobachter‹ abonniert und stinkt mir schon lange.«

»Das würdest du wirklich tun?«, fragte Lilly.

»Aber natürlich«, erwiderte Fritz. »Bevor du uns noch auf der Straße landest. Außerdem schuldet der Möllemann uns schon zwei Wochenmieten.«

»Ach, du bist ein Schatz!« Lilly gab ihm einen Kuss.

»Wie sieht's denn mit Arbeit aus?«, wollte Tante Ottilie wissen, während Fritz wieder hinter seinem »Vorwärts« verschwand. »Hast du was Neues in Aussicht?«

Lilly zuckte die Schultern. »Detlef meint, ich soll es bei der Ufa versuchen, mit Rahels Hilfe. Aber hab ich das nötig? Nee, da probier ich es lieber auf eigene Faust. Das wäre ja gelacht. Ich bin schließlich wer in der Branche!«

»Kindchen, Kindchen, bist du dir da so sicher?«

»Und ob! Darauf verwette ich meine Jungfernschaft.«

»Na, ich weiß nicht«, brummte Fritz hinter seiner Zeitung. »Ob die Wette wohl jemand annimmt?«

»Hältst du wohl deinen Mund!«, sagte Tante Ottilie.

»Im Ernst«, fuhr Lilly fort. »Ich werde ein Inserat in die Zeitung setzen, am besten im ›Lokal-Anzeiger‹, der hat die größte Auflage. Ich hab mir auch schon einen Text überlegt: ›Blutjunge Filmschauspielerin von außergewöhnlichem Liebreiz, die schon in zahlreichen Hauptrollen ihr Können bewiesen hat, sucht neue Betätigung.‹ – Na, wie hört sich das an?«

Fritz ließ den »Vorwärts« sinken. »Liebreiz is jedenfalls jut.«

»Ja? Findest du?« Lilly gab ihm noch einen Kuss. »Ach, ich bin sicher, die Anzeige wird ein Knüller, da wird es Angebote nur so hageln. Dann muss ich mir nur noch das beste raussuchen, und es geht wieder bergauf.«

22

In Babelsberg wurde gebaut, als solle die Welt neu erschaffen werden. Für die Umstellung der Produktion auf den Tonfilm hatte die Universum Film AG ihr Drehgelände in die größte Baustelle von Berlin und Umgebung verwandelt. Ein gigantischer Gebäudekomplex wuchs aus dem Brandenburger Boden hervor, bestehend aus vier kreuzförmig angeordneten Ateliers von jeweils zweimal vierhundertfünfzig beziehungsweise sechshundert Quadratmetern Fläche, ein bauliches Monstrum, das schon während seiner

Entstehung wegen seines Grundrisses auf den Namen »Tonkreuz« getauft wurde. Dabei gingen die Arbeiten im Expresstempo voran. Im April waren die alten Studiogebäude abgerissen worden, der erste Spatenstich für die Ausschachtungsarbeiten war Anfang Mai erfolgt, und bereits Ende Juni konnte Bauleiter Lübbe die Fertigstellung des Rohbaus melden.

Tino arbeitete buchstäblich rund um die Uhr, und tatsächlich wünschte er sich oft, der Tag hätte achtundvierzig Stunden, um all seine Aufgaben zu bewältigen. Er musste sich ja nicht nur um die riesige Baustelle kümmern, gleichzeitig war er weiterhin für die Umrüstung der Ufa-Kinos verantwortlich wie auch für deren Finanzierung, die allein schon fast zwanzig Millionen Mark verschlang. Außerdem galt es, ganze Scharen von Technikern in einem Beruf zu rekrutieren, den es bisher noch gar nicht gegeben hatte, so viele Tonmeister, wie die Ufa brauchte, konnten in der Eile gar nicht ausgebildet werden, weshalb eine Kooperation mit der Klangfilm erforderlich war, einer in der Produktion von Tonfilmen bereits erfahrenen Filmfabrik, um der Ufa einen Vorsprung vor ihren wichtigsten Konkurrenten zu sichern, der Tobis und der Terra, die gleichfalls im großen Stil auf den Tonfilm setzten. Obwohl Tino vor lauter Arbeit manchmal nicht mehr wusste, wo ihm der Kopf stand, empfand er diese dennoch als Segen. Denn solange er arbeitete, konnte er vergessen.

Es war schon nach sieben an diesem Abend, als er zusammen mit Bauleiter Lübbe den Rohbau der Tonkameraräume besichtigte. Auch zu dieser fortgeschrittenen Tageszeit wurde noch überall gearbeitet, um den Einbau der Kerr-Zellen-Apparaturen vorzubereiten.

Tino schaute zur Stirnseite hinauf, wo unter der Decke eine riesige Lücke klaffte.

»Wann werden die Tonmeisterkabinen installiert?«

»In zehn Tagen«, erwiderte Lübbe.

»Das ist zu spät. In fünf Tagen.«

»Wie sollen wir das schaffen? Meine Männer arbeiten schon bis zum Umfallen.«

»Zahlen Sie ihnen Akkord. Am fünfundzwanzigsten September gehen die Studios in Betrieb. Und laut Zeitplan müssen die Kabinen in fünf Tagen eingebaut sein. Kann ich mich auf Sie verlassen?«

Lübbe verdrehte die Augen, doch dann nickte er. »Na gut, damit Sie beruhigt Feierabend machen können.«

»Feierabend?«

Tino lachte einmal kurz auf. Nein, Feierabend machte er noch lange nicht. Zu groß war seine Angst, nach Hause zurückzukehren.

Zu seiner Frau. Die nicht mehr seine Frau war.

23

Die Umstellung auf den Tonfilm war eine Revolution, die sämtliche Abläufe in der Filmproduktion erfasste, von der ersten Idee im Kopf eines Autors bis zur letzten Vorführung in irgendeinem Kleinstadtkino. Alles war im Umbruch, nicht nur in der Technik, auch in der Organisation und Verwaltung und vor allem im künstlerischen Bereich. So wie mit der Entstehung des Tonfilms völlig neue Berufe entstanden, entstand zugleich eine völlig neue Filmkunst, vorangetrieben von einer neuen Generation junger Regisseure und Autoren und Produzenten, die, wie beflügelt vom Glauben an eine neue Religion, die alte Generation zu verdrängen drohte.

Das bekam auch Erich zu spüren. Als der Tonfilm aufgekommen war, hatte er die Zeichen der Zeit völlig verkannt und sich noch bei seiner Bewerbungsrede als Gründungsvorsitzender der SPIO über die ersten Versuche lustig gemacht. Gackernde Hühner und krähende Hähne, die »Das Leben auf dem Dorfe« dem staunenden Publikum wie im Zirkus vorgeführt hatte, hatten mit Kunst doch nichts zu tun! Aber die Zeit war über ihn und seine Auffassung hinweggefegt, und angesichts der Unsummen, die die Ufa in Babelsberg investierte, war nicht mal mehr daran zu denken, den »Blauen Engel« wie ursprünglich geplant als Stummfilm zu produzieren. Die Zukunft, der Erich nach seiner Abreise aus Hollywood entflohen zu sein geglaubt hatte, hatte ihn in Berlin schon wieder eingeholt, noch ehe er hier die Arbeit aufnehmen konnte.

An diesem Morgen traf er sich mit Produktionsdirektor Correll im

Haus Vaterland, um den Produktionsplan für den »Blauen Engel« zu besprechen. Der Drehbeginn musste mit der Fertigstellung der neuen Tonfilmstudios abgestimmt werden, sobald diese den Betrieb aufnahmen, sollte die erste Klappe fallen. Die Technik bestimmte folglich den Zeitplan, weshalb die Aufstellung der technischen Crew ganz oben auf der Agenda stand – Kamera, Ton, Licht. Zum Glück hatte der Produktionsstab gute Vorarbeit geleistet. Bis auf einen Beleuchter und ein paar Kabelträger waren alle Verträge unter Dach und Fach.

Erich wollte sich schon verabschieden, doch Correll war noch nicht fertig.

»Bei der Besetzung hat es eine Veränderung gegeben«, sagte er und reichte einen Aktendeckel über den Schreibtisch.

Als Erich die Liste der Darsteller sah, setzte sein Herzschlag aus.

»Es ist der Wunsch von Emil Jannings«, erklärte Correll. »Und Herr von Sternberg unterstützt ihn darin.«

Erich gab ihm den Aktendeckel zurück. »Das kann ich nicht akzeptieren.«

»Das werden Sie leider müssen«, erwiderte Correll. »Wenn der Hauptdarsteller und der Regisseur darauf bestehen, sind mir die Hände gebunden. Und wie Sie wissen, liegen alle Letztentscheidungen bei mir.«

Ja, das wusste Erich, Klitzsch hatte es ihm ja unmissverständlich klargemacht. Aber nicht im Traum hätte er gedacht, dass man ihn als Produzenten des Films so schnöde übergehen könnte.

»Wollen Sie es ihr sagen?«, fragte Correll.

Erich schüttelte den Kopf. »Nein, das müssen Sie schon selbst machen.«

24

Als Rahel sich zu Alex ans Bett setzte, um ihm vor dem Einschlafen eine Knochengeschichte zu erzählen, schaute der voller Erwartung auf die geschnitzte Wanduhr, die Tino für ihn aus dem Schwarzwald mitgebracht hatte.

»Jetzt! Jetzt kommt er!«

Tatsächlich, kaum fing die Kette des Uhrwerks an zu rasseln, sprang die Klappe über dem Zifferblatt auf, und der Kuckuck trat aus seinem Häuschen hervor, um neunmal anzuschlagen, für jede volle Stunde einmal.

»Kuckuck! Kuckuck! Kuckuck! Kuckuck! Kuckuck! Kuckuck! Kuckuck! Kuckuck! Kuckuck!«

Alex klatschte bei jedem »Kuckuck!« vor Freude in die Hände. Rahel hingegen war wenig begeistert gewesen, als Tino die Uhr über seinem Bett angebracht hatte, sie hatte befürchtet, Alex könnte nicht schlafen, wenn sie in der Nacht einmal pro Stunde anschlug. Doch ihre Sorge hatte sich als unbegründet erwiesen, sobald der Kuckuck abends aus dem Häuschen trat, wusste Alex, dass seine Schlafenszeit gekommen war, ohne Widerworte legte er sich hin und schlief dann friedlich und fest, bis man ihn morgens weckte. Inzwischen gehörte der Kuckuck zu seiner Kinderzimmerfamilie, wie Winnetou und Old Shatterhand, und zu dritt hüteten sie seinen Schlaf.

»Warum schläfst du eigentlich nicht mehr bei Papa?«, fragte Alex. »Habt ihr euch gezankt?«

Seit ihrer Entscheidung versuchte Rahel sich einzureden, dass ihr Familienleben im Grunde kaum anders war als früher, und auch dieser Abend war bis jetzt ein Abend gewesen wie so viele zuvor. Doch Alex' Frage machte ihr mit einem Schlag bewusst, dass nichts mehr so war wie früher, gar nichts, egal, welchen Anschein es hatte. Es konnte auch nichts mehr wie früher sein, weil sie ja nicht mehr Tinos Frau war, sondern nur noch Alex' Mutter. Die jetzt ihrem Sohn erklären musste, warum Mama und Papa nicht mehr zusammen in ihrem Ehebett schliefen.

Sie versuchte es mit einer Knochengeschichte.

»Du willst wissen, warum die Mama des großen Jungen aus dem Schlafzimmer ausgezogen ist? Oh, das ist eine richtige Schauergeschichte, und die hat was mit der Nase von dem Papa des großen Jungen zu tun. Die Nase hatte schon immer die Angewohnheit, in der Nacht Geräusche zu machen. Manchmal war es nur ein leises Schnaufen, dann ein Zischen und Pfeifen, aber irgendwann, im Laufe der Zeit, wurde ein richtiges Schnarchen daraus. Der Papa von dem großen Jungen merkte selber nichts davon, aber die Mama dafür umso mehr. Während der Papa schlief und schnarchte, lag sie stundenlang wach. Auch die viele Watte, die sie sich in die Ohren stopfte, konnte nicht helfen. Als aber eines Tages der Papa so laut schnarchte, dass sogar die Wände davon wackelten, nahm sie ihr Bettzeug und zog in ihr eigenes Zimmer. Denn morgens musste sie ja ausgeschlafen sein, um für den großen Jungen das Frühstück zu machen.«

Zum Glück tat die Geschichte ihre erhoffte Wirkung. Rahel war kaum am Ende angekommen, da begann Alex mit den Augen zu rollen, und im nächsten Moment klappten seine Lider zu, und er war eingeschlafen.

»Gute Nacht, mein süßer Schatz«, flüsterte sie. »Träum was Schönes.«

Sie blieb noch eine Weile bei ihm am Bett sitzen, und während sie sein Händchen hielt, das unter der Zudecke hervorschaute, wanderten ihre Gedanken zum nächsten Tag. Sie war mit Erich verabredet, er wollte mit ihr besprechen, wie es mit dem »Blauen Engel« weiterging. Sie hatte den Roman inzwischen ein halbes Dutzend Mal gelesen und konnte es gar nicht erwarten, dass die Dreharbeiten begannen.

Ja, trotz allem hatte sie ein Leben, das sich zu leben lohnte.

Im Flur klingelte das Telefon. Auf Zehenspitzen eilte sie hinaus, um abzuheben. Doch als sie in den Flur trat, kam Tino gerade zur Wohnungstür herein und griff vor ihr zum Hörer.

»Wer war am Apparat?«, fragte sie, als er wieder auflegte.

»Erich. Er möchte, dass ich dich morgen begleite. Ist dir das recht?«

»Aber sicher, sehr sogar.« Sie hielt kurz inne, dann fragte sie: »Hast du schon was zu Abend gegessen? Ich habe noch etwas Braten in der Röhre und leiste dir gern Gesellschaft.«

Doch Tino schüttelte den Kopf. »Danke, aber nein, lieber nicht. Ich habe schon eine Kleinigkeit gegessen und möchte gleich ins Bett. Morgen muss ich früh raus, du weißt ja, wie viel ich zu tun habe.«

»Natürlich«, sagte sie. »Gute Nacht.«

Eine Sekunde zögerte sie, unsicher, ob sie ihm einen Gutenachtkuss geben sollte, doch dann kamen die Gefühle mit solcher Macht in ihr hoch, dass sie ohne Kuss kehrtmachte und in ihr Zimmer verschwand.

Gerade noch rechtzeitig, um nicht vor Tino in Tränen auszubrechen.

25

Tino löschte das Licht und legte sich ins Bett. Obwohl er zu Tode erschöpft war, war er kein bisschen müde. Mit offenen Augen starrte er gegen die Zimmerdecke, an die die Scheinwerfer der draußen vorbeifahrenden Autos unruhige Lichter warfen. Ohne Rahel war das Bett so riesig groß, dass er sich ganz verloren darin fühlte, und schon jetzt hatte er Angst, dass ihn im Traum Leo Hengstenberg wieder heimsuchen würde, wie fast jede Nacht. Um nicht in Selbstmitleid zu versinken, tröstete er sich mit dem Gedanken, dass er nicht der einzige Mann auf der Welt war, der ohne seine Frau an der Seite schlafen musste, viele Paare hatten schließlich getrennte Schlafzimmer, ohne dass sie deshalb unglücklich waren.

Ach, wenn er wenigstens schnarchen würde … Das wäre ein Grund, den er akzeptieren könnte. Aber so?

Auf dem Flur wurden Schritte laut. Offenbar hatte Rahel gewartet, bis er mit der Toilette fertig war, bevor sie das Bad aufsuchte. Während sie nebenan das Wasser rauschen ließ, musste er an die Nacht mit ihr vor Jahren im »Dresdner Hof« denken, nach ihrem Antrittsbesuch bei seinen Eltern – da hatten sie auch getrennte Zimmer gehabt, die allerdings durch eine Tür miteinander verbunden gewesen waren. Die halbe Nacht hatten sie sich durch die Tür belauert, ohne dass einer von ihnen sich getraut hätte, die Tür zu öffnen, bis in Rahels Zimmer irgendwann der Sektkübel zu Boden gepoltert war.

Die Erinnerung tat so verflucht weh, dass er es kaum aushielt. Warum war es vorbei? Er hatte doch alles getan, wozu er überhaupt imstande war. Aber es war nicht genug gewesen.

Ob er auf Rahels Bedingung auch eingegangen wäre, wenn es Alex nicht gäbe?

Nein, die Frage durfte er sich nicht einmal stellen. Nicht nur wegen Alex, auch wegen Rahel. Immerhin hatte sie sich nicht für Pommer entschieden, vielleicht hieß das ja, dass sie ihn wirklich noch liebte. Und wer weiß, irgendwann, eines Tages, vielleicht …

Schlafen – er musste endlich schlafen! Ungeduldig warf er sich im Bett herum, um es auf der anderen Seite zu probieren. Damit er nicht mehr denken musste, rief er sich die Aufgaben des kommenden Tags in Erinnerung und ging im Geiste seine Agenda durch. Doch kaum hatte er damit begonnen, kehrten seine Gedanken wieder zu Rahel zurück. Zu Rahel und Pommer. Der hatte ihm am Telefon nicht verraten, weshalb er Rahel zu der Besprechung begleiten sollte. Er hatte nur irgendwie verstört geklungen, als wäre etwas Unvorhergesehenes passiert.

Hatte Pommer vielleicht beschlossen, nach Amerika zurückzukehren?

26

Grau hatte sich lange in Geduld fassen müssen, um einen Termin bei Hugenberg zu bekommen. Heute war es endlich so weit, in aller Herrgottsfrühe hatte die Sekretärin ihn einbestellt, so dass er sich praktisch schon vor dem Aufstehen auf den Weg in den Zollernhof hatte machen müssen. In der Eile hätte er fast vergessen, sein gutes Rasierwasser aufzulegen, doch zum Glück hatte seine Frau ihn beim Frühstück daran erinnert. Ihr war aufgefallen, dass sein neuer Maßanzug, den Constanze für ihn bei Klosinski hatte anfertigen lassen, nicht zu seinem Alltagsrasierwasser passte. Na ja, für irgendwas war jeder gut, selbst Erna.

Eingehüllt in den Moschusduft seines Parfüms, der ihm die nötige innere Festigkeit verlieh, betrat er Hugenbergs Büro, wo dieser ihn zusammen mit Generaldirektor Klitzsch empfing.

»Was gibt es denn so Dringendes, Major? Meine Sekretärin sagte, dass Sie mich unbedingt persönlich sprechen wollten und keine Ruhe gegeben haben. Was in aller Welt ist der Grund für diese Dringlichkeit? Ist irgendwo ein Theater abgebrannt?«

Hugenberg gab sich nicht die geringste Mühe, seinen Missmut zu verbergen – er bot nicht mal einen Platz an. Doch Grau ließ sich von dem unfreundlichen Empfang nicht beirren, er war ein Mann, der schon oft im Feuer gestanden hatte.

»Ich bin gekommen, um einen für die Ufa nicht hinnehmbaren Übelstand aufzudecken«, erklärte er. »Heinrich Mann, der Autor des Romans, der unserer nächsten Großproduktion zugrunde liegt, hat sich als ein politisch höchst gefährliches Individuum entpuppt. Er gehört dem sogenannten ›Untersuchungsausschuss zum Blutmai‹ an, sogar als exponiertes Mitglied.«

»Das ist allerdings starker Tobak«, erwiderte Hugenberg. »Wenn es stimmt, was ich gehört habe, sind das in dem Ausschuss ja alles gottverdammte Kommunisten. Haben Sie Beweise?«

»Selbstverständlich, Herr Geheimrat.« Grau reichte ihm den Zeitungsartikel mit der Namensliste. »Ich habe mir erlaubt, die entsprechende Stelle zu kennzeichnen, so dass Sie …«

Er ließ den Satz bewusst in der Schwebe, damit Hugenberg von allein die nötigen Schlüsse zog. Tatsächlich zeigte der sich wie verwandelt, kaum dass er einen Blick auf den Artikel geworfen hatte, und gab ihm die Zeitung mit einem anerkennenden Kopfnicken zurück.

»Ausgezeichnete Arbeit, Major! Allerbesten Dank!« Auf den Fußballen wippend, drehte er sich zu Klitzsch herum. »Was sind die Schwächen des Herrn Mann?«

Klitzsch antwortete wie aus der Pistole geschossen: »Weiber, Alkohol, permanente Geldnot.«

»Geldnot? Ich dachte, die Gebrüder Mann stammen aus einer wohlhabenden Kaufmannsfamilie. Ich meine mich an eine entsprechende Äußerung des berühmten Bruders zu erinnern.«

»Ihre Erinnerung trifft zu«, bestätigte Klitzsch. »Aber es heißt, Heinrich Mann habe sein Erbe ausgeschlagen.«

»Oh, so weit geht die Verbrüderung mit dem Proletariat?« Hugenberg schüttelte den Kopf. »Wie auch immer, Hauptsache, der Herr ist knapp bei Kasse. Bitte veranlassen Sie das Nötige! Wir müssen uns umgehend distanzieren.«

»Selbstverständlich. Ich werde mich darum kümmern.«

Während Klitzsch sich Notizen machte, wandte Hugenberg sich wieder an Grau.

»Sie sind doch Mitglied der NSDAP, nicht wahr?«

Grau zuckte zusammen. Seit Hugenberg die Ufa übernommen hatte, trug er kein Parteiabzeichen mehr, zumindest nicht bei der Arbeit – schließlich war Hugenberg der Vorsitzende der DNVP. Doch Drumherumreden kam jetzt nicht in Frage, jetzt hieß es Flagge zeigen! Erstens grundsätzlich und zweitens, weil Drumherumreden zwecklos war, Hugenberg wusste ja offenbar Bescheid.

»Darf ich wissen, weshalb Sie fragen, Herr Geheimrat?«, erkundigte er sich. »Stellt meine Mitgliedschaft in einer völkischen Partei für Sie ein Problem dar?«

»Nein, nein, keineswegs«, entgegnete Hugenberg. »Ich würde nur gern wissen, wie Sie zu Herrn Hitler stehen, von Mensch zu Mensch, meine ich. Gibt es da vielleicht eine persönliche Bekanntschaft?«

Grau war erleichtert. »Durchaus, Herr Geheimrat, durchaus. Ich hatte schon mehrere Male die Ehre, in aller Bescheidenheit.«

»Sehr schön, das hatte ich gehofft.« Abermals nickte Hugenberg. »Aber was stehen wir hier herum? Nehmen Sie doch bitte Platz, Herr Major, wir müssen uns unterhalten. Ich habe eine Aufgabe für Sie, die Ihren Qualitäten in ganz besonderer Weise entsprechen dürfte.«

27

Erich saß in der Küche seiner großen, leeren Villa und schmierte sich sein Frühstücksbrot, auf das er nicht den geringsten Appetit hatte.

War es ein Fehler gewesen, nach Berlin zurückzukommen?

Draußen brach ein neuer Tag an. Die weite Fläche des Wannsees funkelte im Schein der Morgensonne, und die Vögel zwitscherten in den Bäumen. Überall ringsumher erwachte die Welt zu neuem Leben. Doch Erich war kein Teil dieser bunten, lebensfrohen Welt, in seiner Seele herrschte ein einziges tristes Grau in Grau.

Er hat alles auf eine Karte gesetzt, und er hatte alles verloren.

Während er mechanisch sein Brot aß, dachte er an sein früheres Leben in der Villa zurück. Jeden Morgen hatte Gertrud das Frühstück gemacht, das sie stets zusammen als Familie eingenommen hatten, Mann und Frau und Kind, und jeden Abend hatte sie ihn nach der Arbeit mit einem warmen Essen empfangen. Nie hatte er die Villa verlassen, ohne sich von Gertrud und dem Hänschen mit einem Kuss zu verabschieden. So wie er abends nie heimgekehrt war, ohne seinen beiden Liebsten gute Nacht zu wünschen.

War er wahnsinnig gewesen, dieses kleine, ruhige Glück aufzugeben? Und eine Frau zu verlassen, die ihn ihr Leben lang geliebt und ihm alles gegeben hatte? Und einen Sohn, der an ihm hing, als wäre er ein Stück seiner selbst?

Mit einem Seufzer schob Erich den Teller von sich. Zu spät – ein Zurück gab es nicht mehr. Gertrud wollte kein Trostpreis sein, daran hatte sie keinen Zweifel gelassen, und dafür war sie auch ihm zu schade.

Ja, es war ein Fehler gewesen, nach Berlin zurückzukommen. Der größte Fehler seines Lebens.

Er spülte den Kaffee hinunter, dann zündete er sich eine Zigarette an und verließ die Küche. Es half ja alles nichts, die Arbeit rief, und in seinem Kalender stand heute ein Termin, den er am liebsten schon hinter sich hätte.

28

Als Rahel zusammen mit Tino im Haus Vaterland eintraf, wurden sie bereits erwartet. Direktionssekretärin Fräulein Jaschek nahm sie in Empfang.

»Wenn Sie mir bitte folgen würden?«

In ihren Bundschuhen ging Fräulein Jaschek voraus. Als sie die Tür eines kleinen Konferenzraums öffnete, stutzte Rahel. Am Tisch saß nicht, wie sie erwartet hatte, Erich allein, vielmehr wurde er flankiert von Produktionsdirektor Hugo Correll sowie Regisseur Josef von Sternberg. Unsicher nahm sie auf dem Stuhl Platz, den Tino für sie heranrückte.

Correll registrierte ihre Irritation. »Offenbar sind Sie überrascht«, eröffnete er das Gespräch, »uns so vollständig versammelt zu sehen, Frau Reichenbach. Der Grund dafür ist, dass wir Ihnen eine wichtige Mitteilung zu machen haben.« Er hielt kurz inne und schaute sie an. »Nach eingehender Beratung haben wir uns entschlossen, die Rosa Fröhlich neu zu besetzen.«

Die Eröffnung traf Rahel wie ein Schlag. »Soll das … soll das heißen, jemand anderes bekommt meine Rolle?«

Correll nickte. »Eine Entscheidung des Regisseurs.«

»Wie zum Teufel kommen Sie dazu?«, rief Tino.

»Das will ich Ihnen gern erklären«, erwiderte Sternberg. »Alle Zeichen wiesen darauf hin, dass Ihre verehrte Frau Gemahlin nie wieder vor eine Kamera treten würde. Und als Herr Jannings dann mit einem Vorschlag an mich herantrat, die Neubesetzung der weiblichen Hauptrolle betreffend …«

»Wir haben den Vorschlag von Herrn Jannings natürlich sofort dankbar aufgegriffen und geprüft«, nahm Correll den Faden auf. »Schließlich konnten wir ja nicht ins Blaue planen, wenn Sie den kleinen Kalauer erlauben.«

»Und es stellte sich zu unserer Freude heraus«, fuhr Sternberg fort, »dass Herr Jannings eine wirkliche Entdeckung gemacht hatte …«

»Marlene Dietrich mit Namen …«

»Eine ganz hervorragende Schauspielerin mit angeborenem Star-Appeal, wie die Amerikaner sagen würden …«

Mit offenem Mund verfolgte Rahel, wie der Produktionsdirektor und der Regisseur einander die Bälle zuspielten. Das Gespräch kam ihr so unwirklich vor, als würde sie träumen.

»Und wer ist diese Frau Dietrich?«, wollte Tino wissen.

Sternberg zückte ein Foto, das eine schlanke, hochgewachsene Blondine zeigte, die, bekleidet mit einem Frack, unter dem endlos lange, schwarz bestrumpfte Beine hervorschauten, auf einem Barhocker zu sehen war.

»Zugegeben«, sagte Tino, »die Beine der Dame sind phantastisch. Aber braucht eine Schauspielerin nicht auch ein Gesicht?«

Sternberg lachte einmal kurz auf. »Sie haben recht, Herr Reichenbach, es gibt sicher hübschere Gesichter. Aber ich habe Frau Dietrich in einer Revue im ›Wintergarten‹ gesehen. Und ich sage Ihnen, sie hat eine Art sich zu bewegen …« Vor Begeisterung schnalzte er mit der Zunge. »Das ewig Weibliche, wie es noch keine andere Schauspielerin je verkörpert hat.«

Rahel drehte sich zu Erich herum, der rauchend dabeisaß und noch kein einziges Wort gesagt hatte. »Hast du das gewusst?«

Erich schaffte es kaum, ihr in die Augen zu blicken. »Ja, seit gestern.«

»Und du hast die Schweinerei nicht verhindert?«, rief Tino.

»Bitte mäßigen Sie sich, Herr Reichenbach«, intervenierte Correll. »Bei allem Verständnis – solche Dinge sind doch gang und gäbe. Sogar der Autor der Romanvorlage, Heinrich Mann, wurde inzwischen aus dem Film verabschiedet. Wegen seiner Mitwirkung an diesem kommunistischen Untersuchungsausschuss war er nicht mehr tragbar.«

»Davon wusste ich ja gar nichts«, sagte Sternberg, sichtlich verwundert. »Und das hat Herr Mann sich gefallen lassen?«

Correll nickte. »Generaldirektor Klitzsch hat ihm heute Morgen fünfundzwanzigtausend Mark als Entschädigung angeboten, plus weitere zehntausend für den Fall, dass wir eine Lizenz nach Amerika verkaufen. Da hat der Herr Autor nicht widerstehen können, es ist ja bekannt, dass er sich permanent in Geldnot befindet. ›Der blaue Engel‹ wird ab sofort keinerlei Verbindung mit dem Namen Heinrich Mann mehr haben.«

»Mir ist es vollkommen egal, wie so ein Schreiberling mit sich umspringen lässt«, schnaubte Tino. »Ich bestehe auf der Erfüllung aller vereinbarten Ansprüche und Rechte! Vertrag ist Vertrag, und es kommt nicht in Frage, dass Sie meine Frau mit Nebenrollen abspeisen, wie Sie es ihr angeboten haben.«

»Dessen bin ich mir bewusst«, entgegnete Correll. »Und ich bin bereit, adäquaten Ersatz anzubieten.« Er holte aus seiner Aktentasche ein schmales Bändchen hervor. »Dies ist das Libretto einer wirklich entzückenden kleinen Oper, es kam über unsere Theaterabteilung herein. Der Stoff ist absolut perfekt für Ihre Frau.« Er blickte Rahel an. »Im ›Walzertraum‹ haben Sie ja gezeigt, wie talentiert Sie für das Genre sind. Dabei war das ein Stummfilm! Wie großartig werden Sie erst mit Ton auf der Leinwand wirken! Können Sie zufällig auch ein wenig singen?«

»Ich weiß nicht ... aber ja, ich ... ich glaube schon ... Warum?« Rahel war so durcheinander, dass sie keinen vernünftigen Satz mehr rausbekam.

Mit einem gutmütigen Lächeln in seinem Bulldoggengesicht drückte Correll ihr das Textbuch in die Hand. »Schauen Sie sich die Sache doch einfach mal an, verehrte gnädige Frau. Und nehmen Sie sich so viel Zeit, wie Sie wollen – wir haben keine Eile. Erst muss ja sowieso ›Der blaue Engel‹ im Kasten sein.«

29

Lillys Prophezeiung war in einer Weise aufgegangen, die sie sich selbst nicht hätte träumen lassen. Ihre Annonce im »Lokal-Anzeiger« hatte sich als solcher Knüller erwiesen, dass auch nach mehreren Wochen noch Dutzende von Rückmeldungen in der Zeitungsredaktion eintrafen, wo sie jeden Abend ihr Chiffre-Fach leerte, um die Angebote für die »blutjunge Filmschauspielerin von außergewöhnlichem Liebreiz« abzuholen und diese zu Hause nach dem Abendessen am Küchentisch zu sichten.

»Wieder nichts dabei?«, fragte Tante Ottilie, die am Spülstein gerade den Abwasch beendete.

Lilly schüttelte den Kopf. »Es ist immer dasselbe.«

»Ach, Kindchen.« Tante Ottilie wischte sich die geschwollenen Hände an ihrer Kittelschürze ab und ging an den Schrank, um Fritz' Schnapsflasche hervorzuholen.

»Sie wollen alle immer nur sogenannte ›Liebhaberaufnahmen‹ mit mir machen«, sagte Lilly. »Und du weißt ja, was das heißt.«

»Du meinst – diese verbotenen Sachen?« Mit der Flasche und zwei Schnapsgläsern setzte Tante Ottilie sich zu ihr an den Tisch und schenkte ein.

»Ja, ich soll mich ausziehen, als wär ich für was anderes nicht gut genug. Kein einziges seriöses Angebot.« Lilly nahm ihr Glas und kippte es in einem Zug. »Was soll ich jetzt machen? Entweder ich drehe heimlich wieder Nacktfilme und muss ständig Angst haben, dass die Polente kommt und mich ins Kittchen steckt, oder …«

»Oder was?«

»Ach, wenn ich das nur selber wüsste. Ich kann doch nichts anderes, als mit meinem Luxushintern zu wackeln. Und ich … ich war doch schon fast ein richtiger Star.«

Tante Ottilie schenkte ihr nach. »Das kann dir niemand mehr nehmen, und vielleicht kriegst du ja irgendwann auch noch ein richtiges Angebot. Aber wie wär's, wenn du es bis dahin wieder als Verkäuferin probieren würdest? Das war doch gar nicht so schlecht im Wertheim.«

Lilly trank auch den zweiten Schnaps. »Ich hab im Wertheim ja schon gefragt, aber die wollen mich nicht mehr. Der schöne Joachim hat allen erzählt, was für Filme mein Gottliebchen produziert hat. Und das hat sich rumgesprochen, bis ins KaDeWe. Da habe ich mich auch beworben, aber die haben nur die Nase gerümpft.« Trotz des Schnapses kamen ihr die Tränen. »Ich bin in der Branche durch. Und ich will doch nicht so enden wie meine Mutter und irgendwann in der Oranienburger landen …«

Tante Ottilie legte ihr die Hand auf den Arm. »Und wenn du es mal in der Fabrik versuchst? Fritz sagt, in der Siemensstadt werden immer wieder neue Stellen frei. Er könnte sich ja mal für dich umhören, er kennt da doch Gott und die Welt …«

»Bist du verrückt?« Lilly schüttelte den Kopf. »Nein, Fabrik kommt nicht in Frage, da würde ich ruck, zuck meine ganze Schönheit ruinieren. Und die ist doch das Einzige, was der liebe Gott mir geschenkt hat außer dem bisschen Leben.«

30

Hugenberg hatte nicht zu viel versprochen: Endlich hatte Grau eine Aufgabe, die seinen Qualitäten entsprach! Dank seiner persönlichen Beziehung zu Hitler hatte er den Auftrag bekommen, die Zusammenarbeit der zwei völkischen Parteien DNVP und NSDAP zu organisieren, um in geschlossenen Reihen die Systemregierung anzugreifen. Constanze hatte Augen gemacht: von wegen Verrat und Verräter! Hugenberg hatte ausdrücklich seine Dienste bei der Informationsbeschaffung in Sachen Ufa gelobt und gesagt, damals habe er die Voraussetzung für das Vertrauen geschaffen, das man nun in ihn setzte.

Grau war entschlossen, dieses Vertrauen nicht zu enttäuschen. Die erste Attacke der Opposition sollte nach Hugenbergs Willen dem Young-Plan gelten, mit dem die Siegermächte Deutschland bis zum Ende des Jahrhunderts in Knechtschaft halten wollten. Dafür strebte er einen Zusammenschluss aller völkischen Kräfte in einem »Reichsausschuss für das deutsche Volksbegehren gegen den Young-Plan« an. Grau war in seinem Element. Wie in der guten alten Zeit der Ufa-Gründung aktivierte er seine Kontakte, um die in Frage kommenden Parteien, Organisationen und Verbände an einem Tisch zu versammeln. Mit durchschlagendem Erfolg. An der Gründungssitzung im Sperlhof nahmen außer Politikern und Wirtschaftsführern aus Industrie, Handwerk und Landwirtschaft auch Vertreter des Stahlhelm und der Vereinigten Vaterländischen Verbände teil sowie, auf Hugenbergs persönlichen Wunsch, auch Adolf Hitler als Vorsitzender der NSDAP.

Wie mit Hugenberg verabredet, hielt Grau die Eröffnungsrede.

»Der Reichsausschuss ist unsere Haubitze, mit der wir das System zerschlagen werden. Unsere Anstrengungen gelten zunächst der Verhinderung des Young-Plans. Doch unser eigentliches Ziel ist der Sturz der sozialdemokratisch verseuchten Regierung. Das Volksbegehren wird der Hebel sein, um Kanzler Müller aus dem Sattel zu heben und Neuwahlen zu erzwingen. Und dann greifen wir nach der Macht!«

Während die Anwesenden mit kraftvollem Beifall reagierten, strich Grau über sein Bärtchen und deutete eine Verbeugung an – zu schade, dass er schon wieder Platz nehmen musste. Dann ging alles im Eiltempo voran. Auf Hitlers Vorschlag wurde die Gründungssatzung per Akklamation angenommen, sogar auf die Verteilung der von der Wirtschaft bereitgestellten Gelder konnten alle Beteiligten sich in nur kurzer Debatte einigen, bevor Grau und Goebbels gemeinsam mit der Koordination der Propagandaschlacht beauftragt wurden, für die Hugenberg sein ganzes Presseimperium zu mobilisieren versprach.

»Gilt dieses Versprechen auch für die NSDAP?«, fragte Goebbels.

»Selbstverständlich!«, erklärte Hugenberg, und an Hitler gewandt, fügte er hinzu: »Bis jetzt hatte Ihr Wort als Politiker nur in Bayern Gewicht. Doch ich werde alles daransetzen, Sie im ganzen Reich bekannt zu machen.«

»Dann bleibt nur noch eine Frage«, schloss Grau. »Wer kümmert sich um die für das Volksbegehren nötige Gesetzesvorlage?«

Hermann Göring meldete sich zu Wort. »Ich habe da einen sehr talentierten Rechtsprofessor an der Hand. Der wird die Sache für uns deichseln.«

31

In Babelsberg fand die erste Probe für den »Blauen Engel« statt. Mit sehr gemischten Gefühlen betrat Erich den Raum, in dem Regisseur von Sternberg alle Darsteller des Films an einem langen Tisch versammelt hatte. Die Arbeit hatte bereits begonnen. Da die erste Probe nur eine Leseprobe war, trugen die Schauspieler noch keine Kostüme, sondern lasen in ihren Alltagskleidern den Text mit verteilten Rollen.

Erich setzte sich etwas abseits in einen Klappstuhl und steckte sich eine Zigarette an. Wie sehr hatte sich die Vorbereitung einer neuen Produktion im Vergleich zu früher gewandelt. Leseproben hatte es bei Stummfilmen nie gegeben, auf das gesprochene Wort war es ja nicht angekommen.

Sternberg ließ gerade eine Szene lesen, in der nur Marlene Dietrich als Lola Lola und Kurt Gerron als Besitzer des »Blauen Engel« Text hatten. Gerrons Idee war es gewesen, den Namen der weiblichen Hauptrolle von Rosa Fröhlich in Lola Lola umzubenennen, um die Verruchtheit der Tingeltangel-Sängerin stärker herauszustellen als im Roman. Die Art, wie Sternberg die Schauspieler führte, war vollkommen neu. Vorbei waren die Zeiten, in denen ein Film nur mit einer Kamera festgehaltenes Theater war. Das wurde sogar schon bei der Leseprobe deutlich. Die Artikulation und die Modulation eines jeden Wortes wurden immer wieder aufs Neue geprobt, bis in die feinsten Nuancen, wobei Sternberg von den Schauspielern verlangte, Mimik und Gestik auf ein expressives Minimum zu reduzieren, damit die Körpersprache nicht die gesprochene Sprache überwucherte.

Erich musste an Rahel denken. Diese neue Art zu spielen war wie geschaffen für sie. Umso schmerzlicher war es nun, mitanzusehen, wie gut Marlene Dietrich ihre Sache machte. Nein, sie hatte nicht nur phantastische Beine, beim Spielen bekam sie auch ein Gesicht. Obwohl sie noch gar nicht ihr Bewegungstalent zum Einsatz brachte, von dem Sternberg und Correll geschwärmt hatten, strahlte sie allein durch ihre Art zu sprechen und zu blicken und dabei die linke Augenbraue ein kleines bisschen in die Höhe zu ziehen eine geradezu teuflische, ganz und gar unwiderstehliche Verführungskraft aus, der jeder Mann der Welt erliegen musste.

Als sie die kleine Szene beendete, zollte Sternberg ihr spontan Applaus, und die ganze Crew erhob sich von den Plätzen. Mit einem Seufzer drückte Erich seine Zigarette aus … Auch er stand auf, und obwohl er wusste, dass es Verrat war, fiel er in den Beifall ein. Mit diesem Film, dem »Blauen Engel«, würde ein neuer Stern am Filmhimmel aufgehen, daran hatte er nicht den geringsten Zweifel, und sein Name war Marlene Dietrich.

32

Rahel schloss leise die Kinderzimmertür hinter sich. Kaum hatte der Kuckuck angeschlagen, war Alex eingeschlafen – seltsamerweise wirkte der kleine weiße Holzvogel manchmal sogar noch besser als eine Knochengeschichte.

In der Küche nahm sie den Becher Tee vom Herd, den sie dort warm gestellt hatte, um sich damit in ihr Zimmer zurückzuziehen. Tino hatte beim Frühstück gesagt, dass er heute nicht vor Mitternacht nach Hause kommen würde, in Babelsberg ging das Tonkreuz mit Riesenschritten seiner Vollendung entgegen, und deswegen musste er umso mehr aufpassen, dass nicht auf den letzten Metern noch irgendwelche Fehler passierten. In ihrem Zimmer wartete das Opern-Libretto auf sie, das Produktionsdirektor Correll ihr in die Hand gedrückt hatte: »Mona Lisa«. Seit Wochen lag es ungelesen auf ihrem Schreibtisch. Der Grund, warum sie es nicht angerührt hatte, war der Untertitel: »Eine Dreiecksgeschichte«.

Konnte es wirklich Zufall sein, dass die Geschichte zu ihr gelangt war? Oder wollte das Schicksal sie auf eine Probe stellen?

Heute Abend, so hatte sie beschlossen, würde sie den Text lesen. Wenn es tatsächlich ein Schicksalsentscheid war, durfte sie sich nicht länger drücken. Also setzte sie sich mit ihrem Tee an den Schreibtisch, und nachdem sie einen Schluck genommen hatte, atmete sie einmal tief durch und schlug die erste Seite auf.

Die Geschichte setzte mit einer in der Gegenwart spielenden Rahmenhandlung ein. Ein frischverheiratetes Ehepaar besuchte auf seiner Hochzeitsreise in Florenz einen Palast, der einst einem Seidenhändler namens Francesco del Giocondo gehört hatte und in dem nun ein Kloster untergebracht war. Ein Laienbruder führte das Paar durch die Anlage. Dabei erklärte er, dass an diesem Ort vor Zeiten Lisa del Giocondo gelebt hatte, die Frau des Seidenhändlers, die später durch Leonardo da Vincis Gemälde als »Mona Lisa« weltberühmt geworden war. Neugierig geworden, bat das Ehepaar den Klosterbruder, ihre Geschichte zu erzählen. Der Mönch aber zögerte, unsicher, ob für zwei Frischvermählte die Geschichte geeignet sei. Denn diese, so warnte er, sei die Geschichte einer Frau, die zwei Männer gleichzeitig liebte …

Ungläubig starrte Rahel auf das Libretto. Nein, das war kein Zufall, das war ein Zeichen, und sie brannte darauf, die Wahrheit dieser Frau zu erfahren. Doch als sie weiterblätterte, um in die Geschichte einzutauchen, klingelte im Flur das Telefon.

Sollte sie die Geschichte vielleicht doch nicht lesen?

Mit dem Libretto in der Hand ging sie hinaus auf den Flur. Als sie den Hörer abhob, meldete sich Lilly am anderen Ende der Leitung.

»Gott sei Dank, dass du da bist …«

Ihre Stimme war tränenerstickt, und sie sprach so undeutlich, dass Rahel sie kaum verstehen konnte.

»Was um Himmels willen ist passiert?«

33

Mitternacht war schon vorbei, als Tino nach Hause kam, mit tropfendem Hut und Mantel – draußen war ein Platzregen niedergegangen, gerade als er aus dem Wagen gestiegen war. Trotz der späten Stunde brannte in der Wohnung noch Licht. Merkwürdig, hatte Rahel auf ihn gewartet? Das tat sie doch seit einer Ewigkeit nicht mehr. Ohne dass sie es in irgendeiner Weise abgesprochen hätten, ging sie abends meistens schon zu Bett, bevor er zurück war, und dafür war er ihr dankbar. Er konnte und konnte sich nicht daran gewöhnen, weiter zusammen mit ihr in einer Wohnung zu leben, ohne länger ihr Mann zu sein, im Gegenteil, ihr Zusammensein war kein Zusammensein mehr, ihrer scheinbaren äußeren Vertrautheit war ja die innere Nähe abhandengekommen, und dieser Widerspruch, den offenbar auch sie empfand, befremdete ihn so sehr, dass er kaum noch wusste, wie er seine Frau begrüßen sollte. Durfte er sie überhaupt noch berühren? Sie umarmen? Sie an sich drücken? Sie küssen? Wenigstens auf die Wange?

Er hängte gerade den Schlüssel ans Brett, als sie aus dem Wohnzimmer kam.

»Lilly braucht unsere Hilfe«, sagte sie ohne jede Begrüßung.

»Unsere Hilfe?«

»Ja. Kannst du ihr vielleicht ein Vorsprechen besorgen?«

Tino legte seinen Hut ab. »Muss das wirklich noch diese Nacht sein? Ich bin todmüde.«

»Ich weiß«, sagte Rahel. »Aber Lilly geht es ganz fürchterlich. Ich kann mich nicht erinnern, sie je so verzweifelt erlebt zu haben. Ich glaube, sie ist komplett pleite.«

»Aber warum hat sie dann nie was gesagt?«

»Aus Stolz. Und wenn sie jetzt um Hilfe bittet, dann nur, weil sie keinen anderen Ausweg mehr weiß. Bitte, Tino, sag ja. Jede noch so kleine Rolle würde ihr helfen.«

Während er sich den nassen Mantel auszog, schaute er Rahel an. »Ich bin nicht sicher, ob gerade der richtige Zeitpunkt ist. Du hast dich noch nicht für oder gegen Corrells Angebot entschieden. Da könnte es irritierend wirken, wenn ich ausgerechnet jetzt für jemand anderen …«

»Correll ist doch im Moment ganz egal«, unterbrach Rahel ihn. »Er hat ja selbst gesagt, dass ich mir so viel Zeit lassen kann, wie ich will. Lilly geht jetzt vor – bitte!« Sie hielt kurz inne, um seinen Blick zu erwidern. »Oder gibt es irgendeinen Grund, warum du so zögerlich bist?«

»Um ehrlich zu sein, ja«, sagte er. »Ich meine, die Filme, die Lilly in der Vergangenheit gedreht hat … die … die sind nicht gerade eine Visitenkarte.«

»Aber Lilly ist meine Freundin, sie war bei unserer Hochzeit sogar meine Trauzeugin!« Rahel schlug die Hand vor den Mund. »Bitte verzeih. Das … das war blöd von mir.« Der Versprecher war ihr so peinlich, dass sie rot anlief.

Tino küsste sie auf die Wange. »Na gut«, sagte er. »Ich werde tun, was ich kann.«

»Wirklich?«

»Versprochen! Aber lass mir ein bisschen Zeit. Ich brauche irgendeine Gelegenheit, um Correll die Bitte vorzutragen.«

34

Seit Alexander Grau vom »Reichsausschuss für das deutsche Volksbegehren gegen den Young-Plan und die Kriegsschuldlüge« beauftragt worden war, zusammen mit Goebbels die Opposition der Völkischen zu organisieren, ging er in der Parteizentrale der NSDAP so selbstverständlich ein und aus wie im Haus Vaterland am Potsdamer Platz. Heute fand dort ein Gespräch auf höchster Ebene statt, um den Gesetzentwurf zu diskutieren, den ein junger Rechtsprofessor namens Carl Schmitt in Görings Auftrag zur Vorlage im Reichstag erarbeitet hatte.

Mit stolzgeschwellter Brust, als wäre er selbst der Verfasser, stellte Göring den Entwurf vor. »Die Eckpunkte sind erstens die Ablehnung des Diktats von Versailles, zweitens die Einstellung der deutschen Reparationszahlungen sowie drittens die Strafandrohung gegen Kanzler Müller und seine Regierung wegen Landesverrats.«

»Hervorragend«, sagte Goebbels. »Aber«, fügte er nach kurzem Zögern hinzu, »wird das Volk das auch begreifen, wenn es zur Wahl kommt? Ich muss sagen, ich habe da so meine Zweifel. Wir brauchen viel einfachere und klarere Botschaften, um die Menschen mitzureißen.«

»Danke für die Belehrung, verehrter Gauleiter«, erwiderte Göring. »Aber das ist selbst einem so schlichten Gemüt wie mir bewusst, und ich habe mir deshalb auch schon was einfallen lassen.«

»Nämlich?«, fragte Grau, als Göring beredsam verstummte.

Der genoss noch ein paar Sekunden die Aufmerksamkeit, bevor er antwortete. »›Unser Gesetz gegen das Unrecht!‹«, verkündete er dann mit markiger Stimme und schaute erst Grau, dann Goebbels Beifall heischend an.

»Nicht schlecht.« Der Gauleiter wiegte seinen kleinen, pomadisierten Kopf. »Aber offen gestanden fehlt mir da noch ein bisschen der Pfeffer.«

Beleidigt zuckte Göring die Schulter. »Wenn Sie eine bessere Idee haben …«

Goebbels zögerte keine Sekunde. »›Bis zur dritten Generation müsst ihr fronen!‹«, schlug er aus dem Stegreif vor. ›Fort mit den Pariser Tributen!‹«

Verblüfft, mit welcher Leichtigkeit der kleine Hinkemann die Parolen aus dem Ärmel schüttelte, hätte Grau am liebsten Beifall geklatscht. Doch da Göring sein Mentor war, hielt er sich zurück. Und Göring war sichtlich verärgert.

»Dann von mir aus eben so«, brummte er. »Das Wortemachen überlasse ich gern Ihnen, Herr Goebbels, Sie sind schließlich der Germanist von uns beiden. Aber was die Sache betrifft, geht es natürlich um Wichtigeres als um Parolen. Entscheidend für das Volksbegehren wird sein, dass wir die richtigen Leute auf unserer Seite haben.«

»Denken Sie dabei an jemand bestimmtes?«, fragte Grau.

»Selbstredend«, erwiderte Göring in staatsmännischem Ton. »Vor allem müssen wir Reichspräsident Hindenburg gewinnen. Wenn der Sieger von Tannenberg sich zu unserer Kampagne bekennt, wird uns das Stimmen bei vielen Unentschlossenen bringen. Außenminister Stresemann, der den Young-Plan mit ausgeheckt hat und entsprechend entschieden vertritt, erfreut sich ja auch in uns sonst wohlgesonnenen Kreisen einer nicht geringen Beliebtheit.«

»Da stimme ich Ihnen zu«, sagte Goebbels. »Hindenburg vor unseren Karren zu spannen, ist eine glänzende Idee.«

»Nicht wahr?« Görings Miene hellte sich auf. »Schön, dass wir uns darin einig sind. Ihr Einverständnis vorausgesetzt, werde ich mir erlauben, bei Hindenburg vorzusprechen. Ich denke, als ehemaliger Jagdflieger und Kriegsheld …«

»Ihre Verdienste in Ehren«, fiel Goebbels ihm ins Wort. »Aber *ich* denke, unser Obersturmbannführer kann uns in diesem Fall noch bessere Dienste leisten.« Er drehte sich zu Grau herum. »Als Pressechef im Kriegsministerium hatten Sie zu Ihrer Zeit doch sicher einen direkten Draht zum Helden von Tannenberg, nicht wahr?«

»In der Tat, durchaus.« Geschmeichelt deutete Grau eine Verbeugung an. »Man kennt sich schließlich aus Kriegszeiten – alte Kameraden, sozusagen.«

35

Tino hatte es geschafft. Wie geplant konnte das Tonkreuz noch im September in Betrieb genommen werden. Der erste deutsche Großbau für Tonfilmaufnahmen war ein Triumph modernster Ingenieurskunst, ein ebenso eindrucksvoller wie monumentaler Beweis, was Physik und Elektrotechnik zu leisten vermochten. Das Herzstück war die in der Mitte des Kreuzes befindliche Tonfilmanlage mit den Tonaufnahmemaschinen. Diese waren so angeordnet, dass jede Apparatur erschütterungsfrei und schallisoliert mit jedem

Atelier verbunden werden konnte. Schon während der Aufnahmen war es deshalb möglich, die Klangqualität durch Abhörgeräte zu überprüfen, so dass der Tonmeister jederzeit die Tonstärke und Tonfarbe nachjustieren konnte, wobei Maschinentelegraphen eine lautlose Verständigung zwischen den Aufnahmestellen und den Tonapparaturen erlaubten. Die Beleuchtung der Ateliers wurde von einer Betriebszentrale gespeist, die eine Stromstärke von bis zu fünfundzwanzigtausend Ampere bereitstellte, und da die früher bei Stummfilmproduktionen üblichen Kohlescheinwerfer nicht ohne Geräuschentwicklung brannten, waren sie durch fünftausend Watt starke Glühlampen ersetzt worden, die bei längerer Betriebsdauer allerdings jedes Atelier in einen Backofen verwandelten.

Die Festrede zur Eröffnung hatte eigentlich Produktionsdirektor Correll halten sollen, doch seltsamerweise scheute dieser Mann, der oft wie eine Dampfwalze auftrat, das Rampenlicht und hatte deshalb Pommer beauftragt, zu den Gästen zu reden, die der Einladung nach Babelsberg gefolgt waren, um das hier in nur einem Dreivierteljahr entstandene Wunderwerk zu bestaunen. Pommer hatte, ohne zu zögern, die Aufgabe übernommen und nutzte jetzt die Gelegenheit, um seine Wandlung, was den Tonfilm anging, vom Saulus zum Paulus in aller Öffentlichkeit zu bekennen.

»Die Filmherstellung fußte immer auf Kollektivismus, auf bunter Vielfalt von Komponenten, die aus entgegengesetzten Richtungen zusammenströmen. Der Tonfilm bedeutet nun die äußerste Zuspitzung dieses Prinzips und hat alle inneren Verhältnisse verschoben, so dass im ersten Ansturm manchem von uns, auch mir, der Boden unter den Füßen wankte. Doch jetzt haben die Aufgaben sich geklärt, und keine dreißig Jahre, nachdem die Bilder laufen lernten, erleben wir die Wiedergeburt der Filmkunst im Zeichen des Tonfilms. Dabei kann und darf dieser so, wie ich ihn vor mir sehe, nicht einfach nur ein Abklatsch der Natur sein, nein, er muss in seiner Gestaltung und Durchbildung ein ganz und gar künstlerisches Eigengewächs werden, damit eine völlig neue Form der Filmerzählung entsteht.«

Amen – sagte Tino im Geiste, während Pommer den Beifall des Publikums entgegennahm, und erinnerte sich grinsend an den Saulus, der sein Freund vor noch nicht langer Zeit gewesen war.

»Das ist Ihr Applaus, Reichenbach«, sagte Correll, der an Tinos Seite saß. »Hätten Sie nicht dafür gesorgt, dass auf der Baustelle alle Räder ineinandergreifen, wäre das Tonkreuz nie und nimmer pünktlich in Betrieb gegangen.«

Überrascht drehte Tino sich herum. Solche Worte aus Corrells Mund? Obwohl er den Produktionsdirektor nicht besonders leiden konnte, fühlte er sich geschmeichelt. »Ich habe nur meine Arbeit getan«, sagte er. »Nicht der Rede wert.«

»Nur keine falsche Bescheidenheit!«, erwiderte Correll. »Im Ernst, Reichenbach, die Ufa schuldet Ihnen was. Also, wenn Sie irgendeinen Wunsch haben …«

Aufmunternd nickte er Tino zu.

Der musste keine Sekunde überlegen. »Wenn Sie tatsächlich so freundlich sein wollen – ja, ich wüsste tatsächlich was.«

36

Am heutigen Tag hatte Alexander Grau es in der Hand, für einen kräftigen Schub in seiner Parteikarriere zu sorgen. Wenn es ihm gelang, Reichspräsident Paul von Hindenburg für die Kampagne der Völkischen zu gewinnen, würde er sowohl in Görings als auch Goebbels' Gunst steigen und konnte sich ihrer beider Förderung künftig sicher sein.

Angetan mit seiner alten Galauniform und sämtlichen Orden, betrat er das Präsidentenpalais in der Wilhelmstraße und meldete sich mit militärischem Gruß am Empfang. Er brauchte nicht lange zu warten, ein ehemaliger Kamerad aus dem Kriegsministerium, Oberst von der Trenck, der jetzt in Hindenburgs Kanzlei tätig war, hatte ihm die Audienz beschafft. Bereits nach wenigen Minuten erschien ein Ordonnanzoffizier und führte ihn in das Büro des Präsidenten. Der empfing ihn, ebenfalls in Uniform, hinter einem mächtigen Schreibtisch und forderte ihn mit einem freundlichen Lächeln auf, Platz zu nehmen.

»Bitte sehen Sie es mir nach, wenn ich sitzen bleibe, Major. Aber Sie wissen ja – das Alter!«

»Einem Soldaten wie Ihnen kann das Alter nichts anhaben, Exzellenz«, erwiderte Grau, erleichtert, dass Hindenburg ihn offenbar wiedererkannte. »Deutschland preist sich glücklich, Sie an seiner Spitze zu haben.«

»Danke, danke.« Wieder lächelte der Präsident, die kleine Schmeichelei schien ihm zu gefallen. »Aber worum geht's? Was führt Sie zu mir?«

Grau straffte sich. »Da Ihre Zeit begrenzt ist, fasse ich mich kurz. Ich bin gekommen, um Sie um Unterstützung für das Volksbegehren gegen den Young-Plan zu bitten.«

Hindenburgs Lächeln verschwand, nachdenklich strich er sich mit seiner altersfleckigen und gichtigen Hand über die Enden seines grauen, zu beiden Seiten aufgezwirbelten Bartes. Während Grau unwillkürlich nach seinem Bärtchen griff, für das er seinen Kaiser-Wilhelm-Bart geopfert hatte, wurde er gewahr, wie verbraucht Hindenburg wirkte. Der einstige Held von Tannenberg war nur noch äußerlich eine imposante Erscheinung, tatsächlich aber ein erschöpfter, gebrechlicher Greis.

»Sie bringen mich mit Ihrem Ansinnen in eine unangenehme Lage«, erklärte Hindenburg. »Wie Sie wissen, bin ich als Präsident laut Verfassung zur Neutralität verpflichtet.«

»Laut Verfassung, gewiss. Aber was ist mit Ihrer Gesinnung?«

»Meine Gesinnung spielt in dem Fall leider keine Rolle. – Ja, wenn nur die Vaterländischen Verbände hinter dem Volksbegehen stünden, sähe die Sache anders aus. Aber mit Hitler als treibender Kraft? Wie können Sie von mir erwarten, dass ich mich vor den Karren eines österreichischen Gefreiten spannen lasse?«

»Verzeihen Sie, wenn ich widerspreche, Exzellenz. Die eigentlich treibende Kraft ist nicht Hitler, sondern Hugenberg.«

Hindenburg machte eine wegwerfende Handbewegung. »Das macht die Sache nicht besser. Hugenberg war schon immer ein unsicherer Kantonist. Solange ich den Mann kenne, hat er nur seine eigenen Interessen im Auge und ist der Regierung schon manches Mal in den Rücken gefallen. Ich erinnere nur an seine höchst unpassenden Bemerkungen über Kanzler Bethmann Hollweg während des Krieges!«

Aber du!, dachte Grau. Erst Erzberger zur Unterzeichnung des Waffenstillstands drängen, um dann die Dolchstoßlegende zu erfinden.

Laut sagte er: »Bitte denken Sie an die Zukunft unseres Vaterlands. Das Volksbegehren ist unsere große Chance, der Systemregierung den Garaus zu machen, und wenn Sie, Exzellenz …«

»Nein!«, unterbrach Hindenburg und schüttelte den greisen Kopf. »Ich habe einen Eid auf die Verfassung geschworen. Ich bin der Präsident aller Deutschen! Und ich kann und ich will nichts anderes sein!«

37

Auf dem Küchentisch stand eine Flasche von Oma Leydickes Erdbeerwein. Doch davon tranken nur Lilly und Tante Ottilie. Fritz hielt sich lieber an seinen Schnaps.

»Manchmal denke ich«, sagte er, »wir sollten unsere paar Groschen auch unter der Matratze hervorholen, um mal richtig Geld zu verdienen.«

»Wir und richtig Geld verdienen?«, fragte Lilly. »Wie das denn?«

»Mit Aktien. Im ›Vorwärts‹ steht, dass die Kapitalisten sich damit gerade dumm und dämlich verdienen.«

»Untersteh dich!«, sagte Tante Ottilie. »Unsere Spargroschen brauchen wir für die Beerdigung. Ich will eines Tages mit Würde unter die Erde kommen, wenigstens das. Wenn man sich sonst schon im Leben nichts gönnt.«

Fritz kippte seinen Schnaps. »Siemens-Aktien sind eine todsichere Sache. Da kann gar nichts schiefgehen. Die sind in einem Jahr um dreißig Prozent gestiegen. Und wenn der ›Vorwärts‹ das schreibt, ist das so wahr, wie wenn das in der Bibel steht.«

»Meinst du wirklich?«, fragte Lilly.

»Und ob! Die ganze Siemensstadt schuftet im Akkord, und trotzdem kommen wir mit den Aufträgen nicht hinterher. Seit Monaten geht das schon so. Warum sollen also nur die ihren Reibach machen, die sowieso schon mehr Geld als genug haben? Nein, jetzt sind wir mal an der Reihe! – Prost!«

Er hob sein Glas, um mit Lilly anzustoßen. Doch deren Glas war leer.

»Aber wie geht denn das überhaupt – Aktien kaufen?«, wollte sie wissen. »Wo kriegt man die eigentlich?«

»Auf der Bank natürlich. Wo denn sonst?«

»Auch bei der Sparkasse?«

Fritz kratzte sich am Kopf. »Nee, bei der Sparkasse wohl eher nicht. Ich glaube, das muss schon irgendwie eine richtige Bank sein. Commerzbank oder so …«

Es klingelte an der Wohnungstür.

»Wer kann das sein?«, fragte Tante Ottilie.

»Ich schau mal nach.«

Lilly stand auf und ging hinaus in den Flur. Als sie die Wohnungstür öffnete, stand Rahel vor ihr.

»Gute Neuigkeiten!«, verkündete sie. »Du kannst bei der Ufa vorspielen!«

»Was sagst du da?«, rief Lilly. »Bei der Ufa persönlich? Ick jloob, ick krieg 'n Herzinfarkt!« Vor Freude auf der Stelle tanzend, nahm sie Rahel in den Arm. »Kannst du mir mal kurz kneifen? Damit ick weeß, das ick nich träume?«

38

Graus Rückkehr in die Parteizentrale der NSDAP war ein Gang nach Canossa. Er hatte den Mund zu voll genommen, sein Versuch, Hindenburg für das Volksbegehren zu gewinnen, war so gründlich schiefgegangen, wie er nur schiefgehen konnte. Doch damit nicht genug, hatte der Präsident nicht nur ihm persönlich einen Korb gegeben, inzwischen hatte er auch noch öffentlich bekundet, dass er jede Verbindung der Kampagne gegen das Volksbegehren mit seiner Person von sich weise und sich jede diesbezügliche Verwendung seines Namens für Propagandazwecke verbitte.

»Von wegen alte Kameraden«, sagte Göring. »Dass ich nicht lache!«

Grau wusste nicht, wohin er blicken sollte. Im Gegensatz zu Göring reagierte Goebbels jedoch sehr gelassen auf die Hiobsbotschaft.

»Vielleicht ist es sogar besser so«, sagte er. »Dann brauchen wir keine Rücksicht auf den alten Tattergreis zu nehmen und können eine viel schärfere Kampagne fahren. ›Wer nicht für mich ist, ist wider mich!‹«

»Sie berufen sich auf unseren Heiland?«, fragte Göring. »Ich bin gerührt!«

»Ich kann mich auch gern auf Ihren Liebling Carl Schmitt berufen«, erwiderte Goebbels. »›Das Wesen des Politischen ist die Unterscheidung zwischen Freund und Feind.‹ Umgemünzt ins Nationale heißt das nichts anderes, als dass …«

»Meinen Carl Schmitt braucht mir niemand zu übersetzen«, warf Göring säuerlich ein.

»… als dass wir mit unserer Kampagne gegen das Volksbegehren zwei Kategorien von Menschen schaffen«, fuhr Goebbels unbeirrt fort. »Die eine, die an eine deutsche Zukunft glaubt, das sind die Deutschen, und die andere, die dagegen ist, das sind die Undeutschen. Jeder muss sich dann an der Wahlurne entscheiden, was er sein will – Deutscher oder Undeutscher, Freund oder Feind. Damit werden wir die Massen hinter uns bringen. Wer will schließlich undeutsch sein?«

Während Goebbels triumphierend in die Runde blickte, konnte Grau nur mit Mühe seine Begeisterung verhehlen. Deutsche und Undeutsche – was für eine geniale Unterscheidung! Noch nie hatte es jemand gewagt, eine solche Front aufzumachen.

Nur Göring verzog das Gesicht, als hätte er in eine Zitrone gebissen. »Erst mal müssen wir mit dem Volksbegehren das Quorum schaffen«, knurrte er, »und dann die Gesetzesvorlage durch den Reichstag bringen. Bis dahin fließt noch eine Menge Wasser die Spree hinunter.«

39

Es war ein wunderschöner Herbstmorgen, die Luft war frisch und klar wie Quellwasser, und während sich ein makellos blauer Himmel über die hier und da schon bunten Wipfel des Grunewalds spannte, schien die Sonne noch einmal so warm auf die Erde herab, dass Rahel mit offenem Verdeck fahren konnte. Lilly saß neben ihr auf dem Beifahrersitz, und während der ganzen Fahrt stand ihr Mund keinen Augenblick still. Heute war ihr großer Tag, heute würde sie bei der Ufa »persönlich« vorspielen! Zum Glück war es Rahel gelungen, ihr den Gainsborough-Hut auszureden, den sie unbedingt hatte aufsetzen wollen. Stattdessen trug sie jetzt zu ihrem roten Hosenkleid einen entzückenden roten Glockenhut, der ebenso perfekt zu ihrem rot geschminkten Mund wie auch zu ihrem blonden Pagenkopf passte, und sah einfach zum Anbeißen aus.

»Ich kann dir gar nicht sagen, wie aufgeregt ich bin«, sagte sie, obwohl sie das schon mindestens ein Dutzend Mal gesagt hatte. »Wenn ich mir vorstelle – ich und Babelsberg? Die kleine Lilly Seidenschön? Das glaubt mir doch kein Mensch! Und dann auch noch mit Produktionsdirektor Correll, dem lieben Gott persönlich! Der soll ja ein ganz schön harter Hund sein, habe ich gehört. Da kann ich nur hoffen, dass ich überhaupt den Mund aufkriege.« Plötzlich hielt sie inne. »Jetzt habe ich die ganze Zeit nur von mir gequasselt, ohne zu fragen, wie es dir geht. Alles in Butter bei dir?«

Rahel musste schlucken. Nein, in Butter war gar nichts bei ihr, im Gegenteil, und zu gern hätte sie ihrer Freundin das Herz ausgeschüttet. Aber nicht heute, Lilly war sowieso schon völlig überdreht, jede weitere Aufregung würde nur dazu führen, dass sie womöglich ihr Vorspielen vermasselte. Also tat Rahel so, als sei tatsächlich alles in Butter, auch wenn sie sich dazu einer Notlüge bedienen musste, schließlich hatte jedes Ding zwei Seiten, und ließ Lilly einfach weiterplappern von sich und ihrer Zukunft und dem ganzen wunderbaren Leben, das vor ihr lag, wenn sie heute den Produktionsdirektor für sich gewann.

»So, da wären wir.« Rahel parkte vor dem Eingang des Studiogeländes und stellte den Motor ab. »Viel Glück!« Sie beugte sich zur Seite und spuckte Lilly über die Schulter.

Die schaute sie mit großen Augen an. »Soll das heißen, du kommst nicht mit?«

»Nein. Den Rest musst du allein schaffen.«

»Bist du verrückt? Ich bin doch nur Gottliebs kleine Klitsche gewohnt, und jetzt soll ick hier janz alleene …« Sie zeigte auf das Drehgelände mit den riesigen Ateliers, zwischen denen es überall von verkleideten Schauspielern wimmelte. »Nein, du darfst mich jetzt nicht im Stich lassen – du bist doch meine Freundin.«

Doch Rahel schüttelte den Kopf. »Glaub mir, es ist besser so. Wenn ich als Frau des Finanzdirektors dich begleite, riecht das nach moralischer Erpressung.«

»Das ist doch nur eine faule Ausrede!«

»Faule Ausrede? Wofür?«

»Tu nicht so unschuldig. Mir kannst du nichts vormachen. In Wirklichkeit willst du nur nicht mitkommen, weil du dich für mich schämst. Und Angst hast, dass der große Herr Correll dich mit mir in einen Topf werfen könnte!«

»So ein Quatsch! Wie kommst du denn darauf? – Nein, im Ernst, wenn ich mitkäme, würde ich dir nur schaden. Das musst du mir einfach glauben.«

»Und aus welchem Grund, wenn ich fragen darf?«

Rahel zögerte. »Correll hat mir die weibliche Hauptrolle in einem neuen Film angeboten«, sagte sie dann, »als Wiedergutmachung für den ›Blauen Engel‹, und würde garantiert fragen, wie ich mich entschieden habe. Wenn ich dann passe, weil ich es selbst noch nicht weiß, wird er alles andere als begeistert sein und lässt dich vielleicht erst gar nicht vorspielen.«

Lilly dachte so angestrengt nach, dass sich ihre glatte Stirn in Falten legte. »Na gut«, sagte sie schließlich. »Wenn es nicht anders geht, dann muss ich wohl alleine ran.« Sie öffnete die Wagentür. »Aber drück mir wenigstens die Daumen! Versprochen?«

»Versprochen! Und keine Sorge – es wird schon schiefgehen!«

40

Man schrieb den 29. September 1929, und die spätsommerliche Wärme, der man sich noch einige Wochen lang hatte erfreuen dürfen, war inzwischen einer unangenehm feuchten Herbstkühle gewichen, als Alfred Hugenberg sich an diesem Morgen in Begleitung von Major Grau zum Reichsinnenministerium im Alsenviertel chauffieren ließ, um dort persönlich den Gesetzesentwurf für das Volksbegehren einzureichen.

»Wie kommt unsere Kampagne voran?«

»Die Propagandamaschine läuft wie geschmiert«, rapportierte Grau. »Sämtliche Zeitungen und Zeitschriften Ihres Hauses trommeln für das Volksbegehren – aber das wissen Sie ja besser als ich.«

»Und die Blätter der Konkurrenz?«, fragte Hugenberg.

»Da scheiden sich die Geister, aber das war auch nicht anders zu erwarten. Auf jeden Fall war die Entscheidung, Hindenburg unter Beschuss zu nehmen, goldrichtig. Als Goebbels kürzlich den Präsidenten in einer Rede als senil bezeichnet und ihm vorgeworfen hat, sich zum willenlosen Werkzeug der Linken zu machen, brauste solcher Applaus auf, dass der ganze Saal bebte.«

Voller Erwartung blickte Grau ihn an. Doch Hugenberg wandte sich ab. Zwar brauchte man Männer wie den Major, aber man musste sie darum noch lange nicht mögen. Und er mochte Grau ganz und gar nicht. Der Mann war ein gottverdammter Ehrgeizling, der als Offizier an der Majorsecke gescheitert war und jetzt seine in der Reichswehr verpasste Karriere in der NSDAP nachholen wollte – sein albernes Hitler-Bärtchen sprach Bände!

»Wir müssen aufpassen, dass wir nicht über das Ziel hinausschießen. Sonst verlieren wir unter den Gemäßigten mehr Wähler, als wir bei den Radikalen gewinnen.«

»Sie meinen die Strafandrohung wegen Landesverrats gegen den Kanzler?«, fragte Grau.

»Gegen den Kanzler und die Regierung.« Hugenberg nickte. »Der Paragraph macht mir in der Tat Bauchschmerzen.«

Hitler hatte auf dem entsprechenden Passus in der Gesetzesvorlage bestanden, aus Rache für seine Verurteilung nach dem Münchner Putschversuch, den er vor Gericht ja als legitimen Widerstand gegen eine Regierung von Volksverrätern und Gesetzesbrechern bezeichnet hatte. Hugenberg war extra nach München gefahren, um den Führer der NSDAP umzustimmen, ihm war der kindische Versuch, den Kanzler auf diese Weise zu stürzen, geradezu peinlich, aber alles Reden war vergeblich gewesen, und um den gemeinsamen Sieg nicht zu gefährden, hatte er schließlich nachgegeben. Hauptsache, man gewann zusammen am Ende die Schlacht!

Inzwischen hatten sie das Alsenviertel erreicht. Der Mercedes bog auf den Königsplatz ab und hielt vor dem Eingang des Innenministeriums, wo Zeitungsjungen auf dem Trottoir die neuesten Schlagzeilen ausriefen.

»Goldgräberstimmung an der Börse!«

»Aktien auf Rekordhoch!«

Hugenberg wartete, bis der Chauffeur den Wagenschlag öffnete, dann nahm er seine Unterlagen und stieg aus.

»Dann wollen wir jetzt den Quatschbudenpolitikern mal Beine machen.«

Grau hatte draußen schon Posten gefasst und salutierte. »Erlaube mir, viel Glück zu wünschen.«

»Auf Glück habe ich mich noch nie verlassen«, erwiderte Hugenberg. »Rufen Sie lieber die Ufa-Betriebszelle zusammen, um Ihre Leute für das Volksbegehren auf Vordermann zu bringen.«

Grau salutierte ein zweites Mal. »Wird erledigt, Herr Geheimrat! Wäre ja noch schöner, dass die eigenen Leute nicht spuren, wenn es um das große Ganze geht.«

41

An der Pforte des Ufa-Geländes stand schon ein Laufbursche bereit, um Lilly zu Produktionsdirektor Correll zu bringen. Während sie ihm durch das Gewusel folgte, kam sie aus dem Staunen nicht mehr heraus. Zwischen den Studios schien sich die ganze Menschheit zu tummeln: Indianer und Chinesen, Wikinger und Römer, Neger und Eskimos – alle auf einem Haufen! Vor lauter Aufregung fing ihr Herz an zu rasen, so dass sie kaum noch Luft bekam. Wie sollte sie in diesem Zustand auch nur einen einzigen Satz über die Lippen bringen?

Plötzlich fand sie sich vor einem Probenraum wieder. Als der Laufbursche die Tür öffnete, stand Correll vor ihr. Unwillkürlich machte sie einen Schritt zurück. Mit seinem massigen Körper, dem quadratischen Schädel und den wulstigen Lippen sah er aus wie ein Schlachterhund.

»Kommen Sie rein, wir beißen nicht«, sagte er, als würde er ihre Gedanken erraten. »Fräulein Seidenschön, nehme ich an?«

»Ja, dit … dit bin icke – persönlich!«

»Mein Kompliment zu Ihrer Kleidung, die passt ja ganz perfekt. Finden Sie nicht auch?« Correll drehte sich zu einem Mittvierziger mit großer, runder Hornbrille herum, der neben einem Tisch mit einer Schreibmaschine stand.

»Allerdings«, sagte der. »Die perfekte Sekretärin. – Wilhelm Thieme, der Regisseur«, stellte er sich vor. Während er sprach, bildete er mit den Daumen und Zeigefingern beider Hände ein Rechteck vor seinem Gesicht, um sie dadurch wie durch ein Objektiv zu betrachten. »Sehr schön, Sie haben ein ausgesprochenes Kameragesicht. Können Sie zufällig Schreibmaschine schreiben?«

»Um … um ehrlich zu sein«, stammelte sie, »dit habe ick noch nie probiert. Aber ick bin sicher, wenn ick et versuche … Wat nich is, kann ja bekanntlich noch werden.«

»Das ist die richtige Einstellung«, lachte Correll. »Wenn Sie Fräulein Seidenschön vielleicht kurz instruieren würden, Herr Thieme?«

Lilly war so durcheinander, dass sie kaum etwas von dem verstand, was der Regisseur ihr erklärte. Der Film, für den sie vorspielen sollte, hieß »Die drei von der Tankstelle« und handelte von drei Freunden, die in dieselbe Frau verliebt waren und dann auf irgendeine Weise plötzlich zu einer eigenen Tankstelle kamen. Dabei musste in einer Szene ein Vertrag unterschrieben werden, und sie war die Sekretärin, die ihn tippte. Auf jeden Fall war sie froh, dass sie Rahels Rat befolgt und auf ihren Lieblingshut verzichtet hatte, der hätte tatsächlich nicht gepasst.

»Wenn Sie sich dann bitte an die Schreibmaschine setzen würden?«, forderte der Regisseur sie auf.

»Wenn Sie dit so wünschen.« Unsicher nahm sie Platz. »Und jetzt?«

»Jetzt sind Sie eine Sekretärin. Und tun einfach, was eine Sekretärin tut.«

»Tun, was eine Sekretärin tut?« Lilly dachte kurz nach. »Ach so – *dit* meinen Sie! Ja, dit kann ich!«

Sie rückte ihren Stuhl zurecht, dann setzte sie sich eine unsichtbare Brille auf, holte aus einem unsichtbaren Kosmetikbeutel eine unsichtbare Nagelfeile hervor, um damit ihre rot lackierten Nägel zu feilen.

»Aber was machen Sie denn da?«, fragte Thieme.

»Maniküre!«, erwiderte Lilly. »Dit is doch, was Sekretärinnen am meisten tun. Auf jeden Fall die im Wertheim, wo ick mal jearbeitet habe.«

Der Regisseur schaute den Produzenten an, der schaute zurück, dann lachten die beiden schallend los.

»Die ist richtig!«, sagte Correll.

»Goldrichtig!«, pflichtete der Regisseur ihm bei. »Genau die Art von Mutterwitz, die wir brauchen!«

Die beiden nickten einander zu, dann sagte Correll: »Herzlichen Dank für Ihren Besuch, Fräulein Seidenschön. Es war uns eine Freude.«

Irritiert blickte Lilly zu ihm auf. »Wie, war dit schon alles?«

»Für heute ja. Alles andere bringen wir Ihnen später bei. Ganz wie Sie sagen – was nicht ist, kann noch werden.«

»Soll das … soll das etwa heißen … dass ich … ich meine, dass Sie …?«

»Ja, genau das soll es heißen«, bestätigte Correll. »Hinterlassen Sie an der Pforte Ihre Adresse. Der Vertrag geht Ihnen in den nächsten Tagen zu.«

Lilly konnte es kaum glauben. Es war, als hätte Correll sie mit einem Zauberstab berührt. War ihr gerade noch zumute gewesen, als würde Blei auf ihr lasten, fühlte sie sich plötzlich so leicht und schwerelos wie auf einer Wolke. Bevor die zwei es sich womöglich anders überlegten, verabschiedete sie sich und stöckelte so schnell sie konnte aus dem Probenraum.

Draußen auf dem Gang machte sie einen Freudensprung. Zwei Bühnenarbeiter drehten sich mit großen Augen nach ihr um.

»Sind Sie nicht die aus ›Lob der Schönheit‹?«, fragte der jüngere bewundernd.

»Ja, dit bin ick!«, erwiderte sie. »Willste vielleicht ein Autogramm, Süßer?« Noch bevor er antworten konnte, zückte sie ihre Fotokarte und einen Stift. »Für wen soll et denn sein?«

Der Junge lief feuerrot an. »Für Kurt, bitte.«

»Aber mit Vergnügen! Dann also für Kurtchen!« Während sie den Namen unter ihr Bild setzte, erschien Correll noch einmal in der Tür des Probenraums, um diese von innen zu schließen. Genau im richtigen Augenblick! So bekam er noch mit, wie sie schwungvoll die Autogrammkarte unterschrieb und diese dem Lehrling mit ihrem strahlendsten Lächeln reichte.

»Bitte sehr!«

Ja, sie war wer in der Branche. Das wäre ja wohl gelacht!

Während sie glücklich zur Pforte eilte, um dort ihre Adresse zu hinterlassen, schloss sich hinter ihr die Tür des Probenraums.

42

Grau hatte die Versammlung der NSDAP-Betriebszelle im Vorführsaal des Kinos einberufen, das die Ufa im Haus Vaterland betrieb, und über zweihundert Männer waren seiner Einladung gefolgt. Ja, in den wenigen Monaten, seit er den Buchhalter Severin Gansohr die Zelle hatte gründen lassen, war unter seiner Führung eine schlagkräftige Truppe zusammengewachsen, die sich schon bei so manchen Straßeneinsätzen bewährt hatte. Doch heute konnten die Männer ihre Knüppel stecken lassen, heute hatte er sie um sich versammelt, um sie auf das bevorstehende Volksbegehren einzuschwören.

»Jetzt muss sich jeder entscheiden! Freund oder Feind? Deutscher oder Undeutscher?«

Stürmischer Beifall unterbrach seine Rede. Mitte Oktober würde das Volksbegehren beginnen. Dann hatten die Wähler zwei Wochen Zeit, zu den Urnen zu gehen. Ein Quorum von zehn Prozent aller Stimmberechtigten musste mit Ja votieren, dann würde das Parlament über die Gesetzesvorlage entscheiden, und war auch diese Hürde genommen, war der Weg frei für den Volksentscheid.

»Bis zur dritten Generation müsst ihr fronen! Fort mit den Pariser Tributen!«

Aus zweihundert Kehlen fielen die Zuhörer ein.

»Fort mit den Pariser Tributen!«

Wie Donnerhall ertönte der Ruf, und er war noch nicht verklungen, da hob Grau den rechten Arm zum Hitlergruß, um das Deutschlandlied anzustimmen. Doch plötzlich flog die Saaltür auf, und eine Horde Kommunisten stürmte herein, Lederjacken mit roten Armbinden, um die Versammlung zu sprengen. Im nächsten Augenblick war eine Schlacht entbrannt. Während die Kommunisten mit Knüppeln und Eisenstangen angriffen, setzten Graus Männer sich mit allem zur Wehr, was in Reichweite war. Flaschen und Stühle flogen durch die Luft, ein Kronleuchter löste sich von der Decke und zerbarst klirrend am Boden.

Grau jedoch bewahrte inmitten des Chaos ruhig Blut. In so manchem Gefecht erprobt, erfasste er die Lage, und während die Menge im Saal tobte, eilte er ans Ende des Bühnenraums, von wo eine Tür in den Hinterhof führte.

Mit zwei, drei Sätzen war er am Ziel. Zum Glück war die Tür nicht abgeschlossen, der Weg zu seiner Rettung war frei – da traf ihn ein harter, schwerer Gegenstand am Kopf, und ohnmächtig sank er zu Boden.

43

Ein Drehorgelmann spielte im Hinterhof, und die Kinder aus den umliegenden Mietskasernen machten sich schon auf den Weg zur Schule, als Lilly an diesem grauen Oktobermorgen nach

Hause kam. Sie hatte in der Nacht kein Auge zugetan. Am Abend hatte sie ein halbes Dutzend Lokale am Ku'damm abgeklappert, ohne einen Kavalier zu finden, der sie einlud, um schließlich in der guten alten »Statistenbörse« in der Friedrichstraße zu landen, wo ein über sechzig Jahre alter Scheingreis und angeblicher Kameramann sie dann doch noch freigehalten hatte, und weil schließlich nichts umsonst war auf dieser Welt, hatte sie sich von ihm überreden lassen, ihn in sein Aufnahmestudio zu begleiten, das sich dann als ein Kreuzberger Kellerloch entpuppt hatte. Doch auf einmal mehr oder weniger Ausziehen kam es auch nicht an.

Nein, Lillys Nächte waren schon lange nicht mehr schick. Seit sie ihre Arbeit verloren hatte, musste sie nehmen, wen sie kriegen konnte, wenn sie sich ein bisschen amüsieren wollte – und ein bisschen amüsieren musste man sich doch im Leben. Auch wenn die Ufa immer noch keinen Vertrag geschickt hatte. Oder gerade weil.

Mit ihrem angeschmutzten Gainsborough-Hut in der Hand trat sie in den Hausflur, in dem es nach altem Kohl und frischem Muckefuck roch, um nach der Morgenpost zu schauen. Doch wieder nichts für sie da, genauso wie gestern und vorgestern und alle Tage zuvor, seit sie in Babelsberg vorgespielt hatte. Wie war das nur möglich? Correll war doch ganz begeistert von ihr gewesen, »Die ist richtig«, hatte er gesagt, und der Regisseur hatte ihren »Mutterwitz« gepriesen! Mit jedem Tag war ihre Hoffnung Stück für Stück geschwunden, während ihre Angst immer größer geworden war. Die Angst, dass Produktionsdirektor Correll wie alle anderen Männer nur ein falscher Fuffziger war und man sie mit einem leeren Versprechen abgespeist hatte. Wie schon so oft in ihrem Leben.

Wenn die Ufa sich nicht bald meldete, blieb ihr nur noch die Oranienburger.

Müde und erschöpft schleppte sie sich das Treppenhaus hinauf. Sie hatte für heute nur noch einen Wunsch: schlafen.

Doch daraus sollte nichts werden. Denn als sie die Etagentür öffnete, kam ihr Tante Ottilie entgegen, strahlend über das ganze gutmütige Gesicht.

»Schau mal, was ich hier habe!«, rief sie und wedelte mit einem Briefumschlag in der Hand. »Für dich!«

44

Rahel machte sich Sorgen. Sorgen wegen Alex, ihrem Sohn. Im ersten Schuljahr hatte er sich mit dem Lernen so leichtgetan, dass er stets zu den Besten in seiner Klasse gehört hatte, obwohl er nicht der Fleißigste war und nur das Nötigste tat – der Stoff war ihm wie von allein zugeflogen. Doch seit seiner Versetzung zu Ostern hatten seine Leistungen rapide nachgelassen. Im Lesen und Schreiben war er von einer Eins auf eine Drei abgerutscht, und in der letzten Rechenarbeit hatte er sogar ein Mangelhaft bekommen. Als Rahel die Lehrerin nach den Gründen gefragt hatte, hatte die gesagt, Alex sei morgens oft unausgeschlafen und könne sich nicht konzentrieren.

Lag es vielleicht daran, dass er anderthalb Jahre jünger war, als in seinem Ausweis stand, und sie ihn zu früh eingeschult hatte?

Auch als sie an diesem Nachmittag mit ihm Rechnen übte, wirkte er die ganze Zeit abgelenkt, und statt sich auf die Aufgaben zu konzentrieren, zappelte er auf seinem Stuhl hin und her, als wäre er in Gedanken ganz woanders.

»Wie viel ist sieben mal acht?«

»Dreiundsechzig.«

»Nein, sechsundfünfzig.«

»Na gut. Dann sechsundfünfzig.«

»Und fünf mal sieben?«

»Zweiundvierzig.«

»Nein! Fünfunddreißig! – Wie viel ist fünf mal sieben?«

»Fünfunddreißig.«

»Na also – es geht doch!«

»Darf ich dann auf den Spielplatz?«

Er wollte aufstehen, doch Rahel hielt ihn zurück.

»Was ist mit dir los?«, fragte sie. »Rechnen hat dir doch früher immer Spaß gemacht und jetzt auf einmal gar nicht mehr. Wie kommt das? Gibt es irgendetwas, das dich bedrückt?«

Den Blick zu Boden gerichtet, schüttelte Alex den Kopf.

»Jetzt sag schon.« Sie hob sein Kinn, damit er sie anschauen musste. »Was hast du? Du kannst es mir doch sagen. Ich bin doch deine Mama.«

Sie sah seinem Gesichtchen an, wie schwer es ihm fiel, ihren Blick zu erwidern, und eine lange Weile brachte er keinen Ton über die Lippen. Erst als sie ihre Aufforderung wiederholte und ihm dabei aufmunternd zunickte, rückte er mit der Sprache heraus.

»Warum schläfst du nicht mehr wie früher bei Papa?«

Sie atmete einmal tief durch. »Aber das habe ich dir doch schon erklärt. Weil der Papa so laut schnarcht.«

»Aber das tut er doch gar nicht. Heute Morgen war ich bei ihm im Schlafzimmer. Und ich habe überhaupt nichts gehört, nicht das kleinste bisschen.«

Dabei schaute er sie so misstrauisch an, dass es ihr einen Stich versetzte. Wie immer, wenn sie Zuflucht zu einer Lüge nahm, kam die Wahrheit heraus – das war noch nie anders gewesen. Doch weil ihr auf die Schnelle keine bessere Erklärung einfiel, blieb ihr nichts anderes übrig, als bei ihrer Lüge zu bleiben.

»Wenn ich gesagt habe, dass der Papa schnarcht, heißt das ja nicht, dass er *immer* schnarcht.«

Sie hatte gehofft, dass Alex sich damit abfinden würde, aber sein Blick wurde nur noch misstrauischer. Spürte er, dass zwischen seinen Eltern etwas nicht stimmte? Tino und sie versuchten beide, sich in seiner Gegenwart nichts anmerken zu lassen, aber man wusste ja nie, was ein Kind alles mitbekam.

Zum Glück klingelte es an der Tür. Als Rahel aufstand, um zu öffnen, klingelte es schon wieder und noch bevor sie im Flur war sogar ein drittes Mal.

Das konnte nur Lilly sein. Bestimmt hatte sie Post von der Ufa.

45

Mit dem Brief in der Hand machte Constanze es sich auf ihrer Chaiselongue bequem. Eigentlich war sie schon auf dem

Weg gewesen, um ihre Stimme für das Volksbegehren abzugeben, aber Geli hatte geschrieben, Geli Raubal aus München. Constanze hatte den Umschlag zuerst gar nicht erkannt, offenbar hatte ihre junge Freundin das Briefpapier gewechselt. Früher hatte Geli immer cremefarbenes Bütten verwendet, doch das Kuvert, das Constanze jetzt öffnete, war aus rosafarbenem Leinenpapier, und ihm entströmte ein zarter, leichter Duft von Rosenwasser.

War der Liebeskummer überwunden?

Es hatte ganz den Anschein. Der Ton, der aus Gelis Zeilen sprach, klang so fröhlich und unbeschwert wie schon lange nicht mehr – seit sie zusammen mit ihrem Onkel in dessen Neunzimmerwohnung am Prinzregentenplatz lebe, schrieb sie, sei das Leben wieder schön.

Er ist ja ein so großherziger Mann. Obwohl ich mein Medizinstudium gegen seinen Willen abgebrochen habe, hat er mir erlaubt, das Fach zu wechseln, um Gesang zu studieren, und sich sogar bereit erklärt, sämtliche Kosten für meine Ausbildung bis zur fertigen Bühnensängerin zu übernehmen. Ja, ich habe der Heilkunst ade gesagt, um mein Leben fortan der edlen Frau Musica zu weihen! Ach, Sie haben es ja immer gewusst, meine liebe mütterliche Freundin, mein Onkel will stets nur das Beste für mich, das erkenne ich täglich aufs Neue, auch und gerade, wenn er manchmal sehr streng zu mir ist. Wie heißt es schon in der Bibel? »Wen Gott straft, den liebt er!« …

Constanze hielt einen Moment inne, voller Freude, dass Geli mit ihrer Hilfe zur Einsicht gelangt war und ihr dafür mit so warmen Worten dankte.

Wann immer es seine Zeit erlaubt, darf ich ihm vorsingen. Ich kann es gar nicht erwarten, eines Tages auf der Bühne zu stehen, um ihn stolz zu machen, diesen wundervollen Mann, dem meine ganze Liebe gilt. Jetzt, da ich täglich Umgang mit ihm habe, habe ich ihn so sehr in mein Herz geschlossen wie noch keinen anderen Menschen je zuvor. Würde man mich fragen, ob ich mein Leben für ihn zu geben bereit sei, ich würde laut und aus vollem Herzen rufen: »Ja, ja, ja!«

Constanze runzelte die Stirn. Sprach so eine Nichte von ihrem Onkel? Seltsam … Und im ganzen Brief kein einziges Wort über Emil Maurice, der vor kurzem noch ihr Ein und Alles gewesen war?

Es klopfte an der Tür.

»Ja, bitte!«

Robert trat in ihr Boudoir, mit der gebügelten Abendzeitung auf dem Tablett.

Als Constanze die Titelseite sah, stockte ihr der Atem.

Alexander blickte ihr entgegen, mit seinem herrlichen Fritzenblick und hochgerecktem Kinn schaute er in eine unbestimmte Ferne wie ein Feldherr. Und wie ein Feldherr in der Schlacht trug er um den Kopf einen blutverschmierten Verband.

46

Als Rahel die Etagentür öffnete, stand tatsächlich Lilly auf dem Treppenabsatz. Aber wie um Himmels willen sah sie aus? Statt ihr vor Glück um den Hals zu fallen, war sie in Tränen aufgelöst.

»Sie … sie haben abgesagt …«

»Wer? Die Ufa?«

»Ja, dein Correll und dieser Regisseur. Angeblich wegen meiner Vergangenheit. Weil ich, weil ich früher …«

Lilly stockte. Der Grund war Alex, der gleichfalls in den Flur gekommen war.

Rahel schickte ihn fort. »Wir sind für heute fertig mit Rechnen. Du darfst jetzt auf den Spielplatz!«

Das ließ Alex sich nicht zweimal sagen, und gleich darauf war er im Treppenhaus verschwunden. Rahel schloss die Tür und nahm Lillys Hand.

»Gehen wir in die Küche. Ich mache uns eine Tasse Kaffee, und dann reden wir über alles.«

Doch Lilly rührte sich nicht vom Fleck. »Ich brauche keinen Kaffee«, sagte sie. »Ich brauche deine Hilfe! Und dass wir beide miteinander reden, nutzt gar nichts. Du musst mit *Correll* reden, er soll seine Entscheidung zurücknehmen.«

Rahel ließ ihre Hand los. »Ich … ich glaube, das hat wenig Sinn«, sagte sie. »Du weißt doch, Herr Correll und ich …«

»Dann sag Tino, dass er mit ihm spricht. Tino ist der Finanzdirektor und hat doch mit Sicherheit mehr zu sagen als so ein Produktionsdirektor.«

»Aber wie stellst du dir das vor?«

Statt einer Antwort gab Lilly ihr den Brief. »Da, lies selbst.«

Im Stehen überflog Rahel die Zeilen. Die Tinte war an einigen Stellen verschmiert, wahrscheinlich von Lillys Tränen, und manche Worte waren kaum zu entziffern. Aber das Wichtigste verstand sie auch so. Offenbar hatte Lilly in Babelsberg den Filmstar markiert und Autogramme gegeben – auf einer Fotokarte der Gottlieb Meineke Filmproduktion. Jetzt hatte Correll Sorge, die Ufa mit einer Schauspielerin wie ihr zu kompromittieren und schloss darum ein Engagement für alle Zeit aus: »zu unserem allergrößten Bedauern – hochachtungsvoll!«

Rahel gab Lilly den Brief zurück.

»Ich fürchte, da lässt sich nichts mehr machen.«

»Man kann immer etwas machen. Jedes Ding hat zwei Seiten!«

»In diesem Fall aber nicht, so leid es mir tut. Correll schreibt klipp und klar, dass die Ufa nicht mit dir in Verbindung gebracht werden will. Und er schreibt auch, warum.« Rahel schüttelte den Kopf. »Herrgott, wie konntest du nur so blöd sein, Autogramme zu geben? Auf einem Nacktfoto! Direkt vor Corrells Nase!«

Mit großen Augen schaute Lilly sie an. »Soll das heißen, das Ganze ist meine Schuld?«

»Deine Schuld vielleicht nicht gerade, aber …«

»Aber was? – Ah, ich begreife! Du willst mich wieder im Stich lassen!«

»Davon kann keine Rede sein! Und von *wieder* erst recht nicht.«

»Und ob! Du hast mich in Babelsberg ja auch im Stich gelassen, als es darauf ankam, und dich einfach aus dem Staub gemacht, statt mich zu begleiten, wie es sich für eine Freundin gehört. Von Anfang an hast du mir deine Hilfe verweigert.«

»Das ist nicht wahr! Ich war es schließlich, die dir den Termin besorgt hat.«

»Das warst nicht du, sondern Tino!«

»Weil *ich* ihn darum gebeten habe!«

»Das hat dich ein Fingerschnippen gekostet! – Nein, meine Süße, du hast nur so getan, als wolltest du mir helfen. Um mir was vorzumachen und dein Gewissen zu beruhigen. In Wirklichkeit hast du dich einen Scheißdreck gekümmert. Sonst wärst du zu der Probe mitgekommen!«

»Aber ich habe dir doch gesagt, warum ich das nicht konnte!«

Lilly lachte einmal kurz auf. »Wer's glaubt, wird selig! Du hast dich für mich geschämt, das hatte ich ja gleich gerochen.«

»Fängst du schon wieder an?«

»Weil es wahr ist! Und vor allem hattest du Angst, dass dein Film auch platzen könnte, wenn Correll dich mit mir in einen Topf wirft.«

»So ein Quatsch!«

»Wenn du es wenigstens zugeben würdest, das könnte ich sogar verstehen, jeder ist sich schließlich selbst der Nächste. Aber dazu bist du zu feige und spielst stattdessen die Heilige. Jaja, die edle, selbstlose Rahel. Aber mir kannst du nichts vormachen, dafür kenne ich dich zu gut. In Wahrheit geht es dir nur um dich und deine Karriere. Wie immer!«

Rahel schnappte nach Luft. »Das wagst du mir ins Gesicht zu sagen? Obwohl ich Kopf und Kragen für dich riskiert habe?«

»Was hast du denn schon riskiert, Frau Finanzdirektor?«

»Genau das, was jetzt passiert ist! Dass Correll erfährt, was für Filme du gemacht hast, und ich dafür die Quittung bekomme.«

»Ach so, dann gibst du es also zu?« Wieder lachte Lilly auf. »Na endlich!«

»Was gebe ich zu?«

»Dass du die ganze Zeit nur Angst um deine eigene Karriere gehabt hast! Christel Reichenbach, der neue Ufa-Star!«

Rahel hätte ihr am liebsten eine Ohrfeige verpasst, und nur mit Mühe gelang es ihr, sich zu beherrschen. »Wie … wie kann man nur so undankbar sein.«

»Undankbar? Ha, das sagt die Richtige!«

»Was willst du damit sagen?«

»Bist du so schwer von Kapee oder tust du nur so?« Lillys Stimme bebte. »Wer war denn damals für dich da, als du allein mit Alex warst und kein Mensch sich sonst um dich gekümmert hat? Ich war das, die kleine, doofe Lilly Seidenschön! Nächtelang hast du dich bei mir ausgeheult und mir meinen ganzen Wein weggetrunken. Und um deinen Kleenen habe ich mich gekümmert, als wäre ich seine Patentante. – Nein«, fuhr sie fort, bevor Rahel etwas entgegnen konnte. »Wenn hier jemand undankbar ist, dann bist du diejenige, welche! Aber bilde dir ja nicht ein, dass ich auf dich angewiesen bin. Ich komme auch ohne dich zurecht.«

Auf dem Absatz machte sie kehrt und wandte sich zur Tür.

»Um Gottes willen!« Rahel griff nach ihrem Arm. »Sag ja nicht, du willst jetzt verschwinden!«

»Und ob ich verschwinde!« Mit einem Ruck riss Lilly sich los. »Hier habe ich nichts mehr verloren!«

47

Die Verbindung war nicht die beste, es rauschte in der Leitung, so dass Grau den Hörer fest ans Ohr pressen musste, um Constanze zu verstehen.

»Gott sei Dank, dass du lebst«, hörte er sie mit überschnappender Stimme sagen. »Ich hatte mir ganz schreckliche Sorgen gemacht. Das muss ja eine regelrechte Schlacht gewesen sein, in die du da geraten bist.«

»Zur Sorge bestand zu keinem Zeitpunkt ein Grund«, erwiderte er, »da habe ich schon ganz andere Schlachten erlebt.«

»Ach, Alexander. Stell dein Licht nicht so unter den Scheffel. Du bist ein Held! Und ich kann dir gar nicht sagen, wie sehr ich deinen Mut bewundere! Ich bin ja so stolz auf dich!«

Zufrieden strich er sich über sein Bärtchen. Abgesehen von ihren Liebesnächten, konnte er sich nicht erinnern, Constanze je so aus dem Häuschen erlebt zu haben. In heller Aufregung hatte sie ihn angerufen, nachdem sie in der Zeitung sein Foto entdeckt hatte, um sich nach seinem Befinden zu erkundigen. Offenbar hatte das Bild gehörigen Eindruck auf sie gemacht, und ja, die Tatsache, dass diese Frau, die sonst die Contenance in Person war, durch ihn in solchen Aufruhr geriet, erinnerte ihn angenehm an seine Zeit als junger Offizier, als er ein hübsches Serviermädchen geschwängert hatte und diese seinetwegen ins Wasser hatte gehen wollen, bevor sie dann doch zu einer Engelmacherin gegangen war … Aber das Bild hatte nicht nur bei Constanze für Furore gesorgt, es war in einem Dutzend Zeitungen erschienen. Es war seine Idee gewesen, nach der Saalschlacht im Haus Vaterland ein Foto von sich mit einem Kopfverband aufnehmen zu lassen und es zusammen mit einer entsprechenden Erklärung an die Presse zu lancieren. Der Versuch der Kommunisten, die Versammlung zu sprengen, war ihnen übel bekommen. In allen Zeitungen außer ein paar linken Schmutzblättern waren sie und gleich dazu alle Gegner des Volksbegehrens als Feinde des Vaterlands von »undeutscher« Gesinnung gebrandmarkt worden. Goebbels persönlich hatte ihn angerufen, um ihm zu gratulieren – »großartige Propaganda, Obersturmbannführer!« Damit war die Scharte, die er sich mit seiner gescheiterten Hindenburg-Aktion eingehandelt hatte, ein für alle Mal ausgewetzt.

»Und du bist sicher«, fragte Constanze, »dass du keine Schäden davongetragen hast?«

»Ich bin doch nicht aus Zucker«, sagte er und nippte an dem Cognac, den er sich zur Feier des Tages genehmigte. »Ich sitze längst wieder am Schreibtisch und arbeite. – Aber sag, hast du schon abgestimmt?«

»Das wollte ich heute, aber dann hast du mir diesen Schreck …«

»Keine Ausreden!«, fiel er ihr ins Wort. »Das Volksbegehren ist die

Schlacht, die jetzt geschlagen werden muss. Dabei kommt es auf jede Stimme an!«

48

Mit vor Aufregung klopfendem Herzen starrte Rahel auf die Tür, die Lilly hinter sich zugeworfen hatte, und noch während die Schritte ihrer Freundin im Treppenhaus verhallten, kamen ihr Zweifel. Musste sie Lilly nicht zurückholen? Schließlich war sie ihre einzige wirkliche Freundin. Und vielleicht war ja auch ein bisschen was dran an dem, was sie gesagt hatte.

Während Rahel noch zögerte, hörte sie, wie unten im Erdgeschoss die Haustür ging. Mit einem Ruck wandte sie sich ab. Nein, Lilly hatte wie ein trotziges Kind reagiert, sie hatte einfach den Hintern herumgeworfen und war mitten im Streit davongerannt. Es war an ihr, zurückzukommen, wenn ihr an ihrer Freundschaft etwas lag.

Rahel ging in die Küche, um einen Schluck Wasser zu trinken, ihr Mund war ganz ausgetrocknet. Ja, der Streit war Lillys Schuld, Tino und sie hatten getan, was sie konnten, um ihr zu helfen. Und wenn Lilly das partout nicht wahrhaben wollte und, statt sich für die Hilfe zu bedanken, nur Vorwürfe machte, dann war ihr eben nicht zu helfen.

Was bildete sie sich überhaupt ein? Dass sie der einzige Mensch auf der Welt war, der Sorgen hatte?

Rahel nahm ein Glas aus dem Küchenschrank und ging an den Spülstein. Mit zitternder Hand drehte sie den Wasserhahn auf. Nein, sie war nicht weniger verzweifelt als Lilly. Von wegen Frau Finanzdirektor … Seit sie beschlossen hatte, mit beiden Männern, die sie liebte, gleichzeitig Schluss zu machen, redete sie sich ein, dass alles gut sei, wie es war. Aber nichts war gut in ihrem Leben, ganz und gar nicht, der doppelte Verzicht schmerzte sie Tag und Nacht. Sie fand kaum noch Schlaf, hatte keinen Appetit, und an nichts konnte sie sich mehr erfreuen. Sogar Alex bekam es ja schon zu spüren.

In großen Schlucken trank sie das Wasser, da klingelte es an der Tür.

Hatte Lilly es sich anders überlegt?

Sie stellte das Glas in die Spüle, und im Laufschritt verließ sie die Küche. Doch als sie aufmachte, stand nur Alex vor ihr.

Irritiert schaute er an ihr vorbei in den Flur. »Ist Tante Lilly nicht mehr da?«

Rahel schüttelte den Kopf. »Nein«, sagte sie. »Tante Lilly ist weggegangen. Und ich glaube, sie kommt auch so bald nicht mehr wieder.«

49

Mit ihrem frisch gereinigten Gainsborough-Hut auf dem Kopf betrat Lilly die Commerzbank-Filiale in der Potsdamer Straße. Sie hatte ihr seriösestes Kleid angezogen, ein Kostüm aus orangefarbener Kunstseide mit fast gar keinem Ausschnitt und nur einem winzigen Schlitz am Rock, und über eine Stunde vor dem Spiegel verbracht, um sich das Aussehen einer Dame zu verleihen. Doch die Mühe hatte sich gelohnt. Alle Kunden in der Schalterhalle drehten sich nach ihr um, und eine Frau stieß ihrem Mann, der sie mit offenem Mund angaffte, in die Hüfte.

Nein, auch wenn sie vollkommen pleite und nach dem Streit mit Rahel ohne Aussicht auf eine Rückkehr ins Filmgeschäft war, ließ sie sich nicht unterkriegen. Jedes Ding hatte bekanntlich zwei Seiten.

Ein junger Bankbeamter mit Goldrandbrille und Mittelscheitel trat auf sie zu. »Womit kann ich Ihnen dienen, gnädige Frau?«

»Ich würde gern Aktien kaufen. Bin ich da bei Ihnen richtig?«

»Goldrichtig sogar. Wenn Sie mir bitte folgen möchten?«

Der Beamte führte sie in einen Besprechungsraum und bat sie, an einem Tisch Platz zu nehmen, auf dem zwei Kannen sowie mehrere Tassen und Untertassen bereitstanden.

»Kaffee oder Tee?«

»Muckefuck haben Sie nicht?«, fragte Lilly.

»Ich sehe, Sie haben Humor.« Lachend schenkte der Beamte ihr Kaffee ein. »Eine ausgezeichnete Entscheidung, sich jetzt mit Aktien einzudecken. Es war noch nie so leicht, Geld zu verdienen, wie heute.

Ich selbst habe mich auch schon bevorratet – man muss ja Vorsorge fürs Alter treffen. An welche Papiere haben Sie gedacht?«

»Papiere?« Lilly tat zwei Löffel Zucker in ihre Tasse und rührte um.

»Ja, von welchem Unternehmen möchten Sie Anteilsscheine erwerben?«

»Ach so, natürlich. Ich … ich hatte an Siemens gedacht.«

»Hervorragendes Unternehmen. Da können Sie nichts falsch machen.«

Vorsichtig nahm Lilly einen Schluck von ihrem dampfenden Kaffee. »Wie viele Aktien würden Sie mir wohl geben?«

»Sehr originell.« Wieder lachte der Beamte, als hätte sie einen Witz gemacht. »Darf ich fragen, ob Sie bereits ein Konto bei uns haben?«

»Leider nein.«

»Dann wollen Sie also in bar bezahlen?«

»Nicht direkt.« Die Tasse zitterte in ihrer Hand so sehr, dass sie sie abstellen musste. »Ich … ich wollte die Aktien mit einem Kredit …« Sie suchte nach dem richtigen Wort, um den Satz zu beenden, doch es fiel ihr nicht ein.

»Finanzieren?«, fragte der Beamte. »Oh, das ist allerdings etwas anderes.« Plötzlich war es mit seiner guten Laune vorbei. »Da Sie keine Kundin bei uns sind«, erklärte er mit ernster Miene, »brauche ich für einen kreditfinanzierten Aktienkauf Sicherheiten. Immobilien, Gold, Wertgegenstände. Käme davon etwas für Sie in Frage?«

»Wenn Sie Häuser damit meinen oder Schmuck …« Lilly schüttelte den Kopf.

Der Beamte wartete einen Moment, aber als sie weiter schwieg, erhob er sich von seinem Stuhl. »Ich fürchte, dann kann ich nichts für Sie tun.«

Lilly jedoch blieb sitzen. Sie hatte nur einen Trumpf. Und den musste sie jetzt ziehen. »Käme das vielleicht in Frage?«

Noch stärker zitternd als zuvor, reichte sie ihre Verträge mit der Gottlieb Meineke Filmproduktions GmbH über den Schreibtisch. Detlef hatte ihr den Rat gegeben, sie für den Fall anzubieten, dass die Bank Sicherheiten verlangte – die darin aufgeführten Garantiehonorare waren ja nicht ohne. Jetzt konnte sie nur hoffen, dass sich Gottliebchens Pleite noch nicht bis zur Commerzbank herumgesprochen hatte.

Der Beamte nahm wieder Platz, dann rückte er seine Brille zurecht und begann zu lesen. Mit angehaltenem Atem schaute Lilly ihm zu.

Es dauerte ein paar Sekunden, da hellte die Miene ihres Gegenübers sich wieder auf. »Oh, Sie sind Filmschauspielerin?« Sichtlich beeindruckt blickte er über den Rand seiner Brille. »Ach ja, ich hatte mir doch gleich so was gedacht, als Sie zur Tür hereingekommen sind. Sie haben einfach dieses gewisse Etwas.« Er blätterte noch ein wenig in den Verträgen, dann reichte er sie ihr zurück. »Es wird uns eine Ehre sein, Ihnen behilflich zu sein, verehrte gnädige Frau. – Aber natürlich nur«, fügte er mit einem charmanten Lächeln hinzu, »wenn Sie mir ein Autogramm geben.«

50

Die Schalterhalle der Reichenbach Bank am Dresdner Altmarkt war bereits geschlossen, doch Gustav saß immer noch am Schreibtisch in seinem Büro. Es war der 29. Oktober 1929, der Tag, an dem die Wahlfrist für das Volksbegehren auslief, und er hatte Anweisung gegeben, ihn sofort in Kenntnis zu setzen, sobald es erste Ergebnisse gab.

Hatte Hugenberg es geschafft?

Gustav hoffte, dass es nicht zu einem Volksentscheid kommen würde, ihm war höchst unwohl bei der Vorstellung, dass der Vorsitzende der DNVP jetzt mit Hitler paktierte. Der Münchner Krawallmacher hatte doch nur Kreide gefressen, auch wenn er sich seit einiger Zeit von den früheren Straßenkämpfen distanzierte – seine Ziele waren nach wie vor dieselben. Außerdem kam die Ablehnung des Young-Plans der Aufkündigung jeder Kooperation mit dem Ausland gleich, und das war Gift für die gerade wiedererstarkende Wirtschaft. Deutschland lebte nicht nur vom Binnenmarkt, sondern auch vom Export seiner Güter, ganz entscheidend sogar – »Made in Germany« war ein Gütezeichen in aller Welt. Am Anfang hatte deshalb auch alles danach ausgesehen, dass das Volksbegehren keine Aussicht auf Erfolg haben würde. Doch nachdem Anfang des Monats Außenminister Stresemann überraschend gestorben war, hatte die Stimmung sich gedreht, allem Anschein nach lief die Sache jetzt auf ein Kopf-an-Kopf-Rennen hinaus. Stresemann war nicht nur der fähigste Politiker gewesen, den die Republik je gehabt hatte, sondern auch ein entschiedener Befürworter des Young-Plans. Mit seinem Tod hatten die Gegner von Hitlers und Hugenbergs Kampagne ihren einflussreichsten Fürsprecher verloren.

Die Tür ging auf, und Cousin Benedikt kam herein, ohne angeklopft zu haben. Irritiert blickte Gustav von seinem Schreibtisch auf. Was waren denn das für Sitten? Dafür konnte es nur einen Grund geben.

»Ist das Ergebnis da?«

Benedikt nickte. »Nach jetzigem Stand wurde das Quorum hauchdünn erreicht. Von 10,02 Prozent ist die Rede.«

Gustav holte tief Luft. »Dann geht die Sache jetzt also ins Parlament?«

»Wenn das Ergebnis so bleibt, wird es nicht zu verhindern sein. Aber das ist nicht der eigentliche Grund meines Kommens.«

»Sondern?«

Benedikt hob ein Telegramm in die Höhe. »Schlechte Nachrichten aus Amerika! Ganz schlechte Nachrichten sogar …«

51

In den noch nach frischer Farbe riechenden Ateliers des vor einem Monat fertiggestellten Tonkreuzes hatten die Dreharbeiten für den »Blauen Engel« begonnen. Diese unterschieden sich nicht nur durch die Tonaufzeichnungen von allen Produktionen, die Erich bislang verantwortet hatte. Tino hatte bei dem Film die Kostenkontrolle übernommen und übte diese mit nie erwarteter Strenge aus. Alle naselang kam er nach Babelsberg, um sich von Erich über den Fortschritt der Arbeit sowie die laufenden Ausgaben berichten zu lassen. Erich hasste diese ebenso pedantischen wie zeitfressenden Prüfungen, er hatte mehr als genug mit der eigentlichen Filmüberwachung zu tun. Nach dem Rauswurf von Heinrich Mann aus der Verfilmung seines Romans hatte sich das Drehbuch immer mehr von der Vorlage entfernt, mit dem Ziel, den Stoff so weit wie möglich zu entpolitisieren, indem man die Zeitkritik zugunsten der Liebesgeschichte auf ein Minimum reduzierte. Angesichts der Eingriffe, die der Regisseur und die Drehbuchautoren immer wieder vornahmen, fühlte Erich sich auf ungute Weise an seine Erfahrungen in Hollywood erinnert, und aus Sorge, dass »Der blaue Engel« womöglich eine ähnliche Entwicklung nehmen könnte wie das »Hotel Impérial«, sowie auch aus Verantwortung gegenüber dem Autor versuchte er mit allen Mitteln zu retten, was von der Romanvorlage zu retten war, auch wenn er sich dabei manchmal wie ein gegen Windmühlen kämpfender Don Quijote vorkam.

Auch heute nahm Tino ihn wieder mehr als eine Stunde in Beschlag. Ob es sich um die Auszahlung der Gagen oder um die Anschaffung eines Bleistifts handelte – für jede noch so kleine Ausgabe ließ Tino sich wie ein Buchhalter den Beleg zeigen. Die Dreharbeiten selbst hingegen hatte er seltsamerweise nur ein einziges Mal besucht. Das war am vierten oder fünften Tag gewesen. Sie hatten an dem Morgen die erste Begegnung zwischen Professor Unrat und Lola Lola aufgezeichnet, und die Dietrich hatte den berühmten Emil Jannings komplett an die Wand gespielt.

War das der Grund, warum Tino die Dreharbeiten mied? Weil es ihn zu sehr schmerzte, wie brillant Rahels Nachfolgerin war?

Jetzt klappte Tino das Ausgabenbuch zu und gab es Erich zurück.

»Für heute bist du erlöst.«

Er stand auf, um zu gehen, doch Erich hatte noch eine Frage.

»Hat Rahel sich inzwischen entschieden?«

Tino zuckte die Schultern. »Keine Ahnung.«

Erich hatte das Opern-Libretto inzwischen gelesen, und er wusste, dass Tino es ebenfalls gelesen hatte. Obwohl sie nicht darüber gesprochen hatten, war er sicher, dass Tino so wenig wie er selbst erpicht darauf war, dass Rahel Corrells Angebot annahm. Die Geschichte war ja geradezu ein Spiegel ihrer eigenen Verhältnisse, und eine solche

Vermischung von Kunst und Wirklichkeit konnte zu keinem guten Ende führen.

»Weshalb fragst du?«, wollte Tino wissen. »Drängt Correll auf eine Entscheidung?«

»Nein, zumindest hat er sich mir gegenüber nicht in dieser Richtung geäußert.«

»Seltsam. Normalerweise verlangt er immer schnelle Entscheidungen.«

Erich dachte einen Moment nach. Dann kam ihm ein Verdacht. »Und wenn Correll in Wirklichkeit gar kein Interesse an dem Film hat?«

»Aber warum hat er Rahel dann die Rolle überhaupt angeboten?«

»Dreimal darfst du raten.«

Tino brauchte einen Moment, doch dann war der Groschen gefallen. »Du meinst, er hat ihr das Angebot nur deshalb gemacht, um den vertraglichen Verpflichtungen der Ufa formal Genüge zu tun?«

Bevor Erich antworten konnte, kam ein Laufbursche zu ihnen geeilt, mit einer Nachricht für Tino.

»Sie möchten bitte in den Zollernhof kommen, Herr Direktor. Geheimrat Hugenberg will Sie sehen. Sofort!«

52

Die schlechten Nachrichten aus Amerika hatten auch den Zollernhof erreicht. Nach einer jahrelangen, scheinbar endlosen Hausse an der New Yorker Börse, in der die Aktienkurse in immer höhere Höhen geklettert waren, hatte es einen Schwarzen Freitag gegeben. Die Kurse waren an diesem Tag so dramatisch gefallen, dass an der Wallstreet eine regelrechte Panik ausgebrochen war, zu Schleuderpreisen hatten die Anleger ihre Unternehmensanteile verkauft, mit der Folge, dass die Kurse von Tag zu Tag immer mehr einbrachen und viele Papiere sich innerhalb nur einer Woche buchstäblich in Luft auflösten, und mit ihnen die zugehörigen Unternehmen.

Als Tino im Zollernhof eintraf, wurde er von Hugenberg und seinem Adlatus Klitzsch empfangen. Die einzige Frage auf der Tagesordnung lautete: Welche Gefahr drohte der Ufa von den Ereignissen in Amerika?

Klitzsch rapportierte: »Der Zusammenbruch an der Wallstreet ist eine Katastrophe für die deutsche Wirtschaft im Allgemeinen und für die Universum Film AG im Besonderen. Auch an unseren Börsen fallen die Kurse ins Bodenlose, zahllose Firmen stehen bereits vor der Zahlungsunfähigkeit. Auch wenn die Ufa bis jetzt noch nicht wackelt, werden wir die Folgen schon bald zu spüren bekommen. Je mehr Betriebe Bankrott machen, umso mehr Menschen landen auf der Straße. Es wird eine so verheerende Massenarbeitslosigkeit geben, dass irgendwann kaum noch jemand in der Lage sein wird, sich eine Kinokarte zu leisten.«

Tino musste an Pommers erste Großproduktion für die Ufa denken, »Dr. Mabuse«. In dem Film hatte der Titelheld mit einem einzigen genialen Täuschungsmanöver einen internationalen Börsensturz herbeigeführt, der in kürzester Zeit die ganze Welt in den Abgrund gerissen hatte. Sollte sich jetzt tatsächlich in der Wirklichkeit wiederholen, was sich Regisseur Fritz Lang und seine Drehbuchautorin Thea von Harbou damals frei und aufs Geratewohl zusammenphantasiert hatten?

»Jetzt bleibt uns nur eins«, sagte Tino. »Die Flucht nach vorn!«

»Was soll das heißen?«, fragte Hugenberg.

»Die Ufa muss eine Großoffensive starten. Wir müssen alle in der Produktion befindlichen Filme so schnell wie möglich auf den Markt bringen und im ganz großen Stil Reklame machen!«

»Sind Sie von Sinnen?«, fragte Klitzsch, noch röter in seinem Feldwebelgesicht als sonst. »In einer solchen Situation hilft nur sparen, sparen, sparen! Ich schlage vor, Bausback zurückzuholen, am besten, ich setze mich gleich mit ihm …«

»Nein«, fiel Tino ihm ins Wort. »Bausback wäre jetzt der falscheste Mann überhaupt. Die Wirtschaftskrise, die Sie heraufbeschwören, ist doch unsere große Chance.«

Klitzsch blies die Backen auf, als wolle er jeden Moment explodieren, doch Hugenberg wies ihn mit einer Handbewegung zurück.

»Bitte erklären Sie sich, Herr Reichenbach.«

Tino überlegte, wie er sein Argument am überzeugendsten vorbringen konnte, und weil ihm auf die Schnelle nichts besseres einfiel, nahm er Zuflucht zu Lillys Lieblingsspruch. »Jedes Ding hat zwei Seiten, eine gute und eine bessere«, sagte er also. »Und die bessere Seite an der Krise wird sein: Je härter sie zuschlägt, umso mehr haben die Menschen das Bedürfnis, ihr zu entkommen. Ablenkung und Zerstreuung sind in solchen Zeiten so unverzichtbare Lebensmittel für die Seele wie Wasser und Brot für den Leib. Die aber bekommen die Leute nirgendwo so zuverlässig und so preiswert wie im Kino, wo sie für ein paar Groschen zwei Stunden lang ihr Unglück vergessen können. Und deshalb sind sie im Notfall bereit, für einen Film ihr letztes Hemd zu opfern.« Er richtete seinen Blick auf Hugenberg und sah ihm fest in die Augen. »Meinen Sie nicht auch, Herr Geheimrat?«

53

Die Ereignisse in Amerika lösten ein weltweites Beben aus. In weniger als einem Monat sollte sich Klitzschs Prophezeiung erfüllen: Auf den »Schwarzen Freitag« an der New Yorker Wallstreet folgte an den deutschen Börsen ein »Schwarzer Dienstag«, und in den Straßen Berlins spielten sich Szenen ab, die die Schreckensvisionen des »Dr. Mabuse« noch übertrafen. Dieselben Menschen, die vor kurzem noch in den Kinos mit wohligem Nervenkitzel verfolgt hatten, wie der von dem Filmbösewicht herbeigeführte Börsensturz eine Scheinwelt in Angst und Schrecken versetzte, erlebten nun am eigenen Leib, was der Zusammenbruch der Weltwirtschaft in ihrem wirklichen Leben anrichtete. Zahllose Unternehmen mussten von heute auf morgen schließen, große Fabriken genauso wie kleine Handwerksbetriebe, Scharen von Arbeitern und Angestellten fanden sich über Nacht auf der Straße wieder, und während sich vor den Arbeitsämtern und Suppenküchen immer längere Schlangen bildeten, stürmten die Leute in panischer Angst um ihre Ersparnisse die Sparkassen und Banken, um ihre Konten zu plündern.

Als Lilly erfuhr, was an den Börsen passierte, und Detlef ihr erklärte, was das für sie bedeutete, erfasste auch sie die Panik, und sie eilte in die Potsdamer Straße, um ihre Aktien zurückzugeben, bevor die Kurse noch weiter fielen. Damit man sich in der Commerzbank an sie erinnerte, hatte sie extra ihren Gainsborough-Hut aufgesetzt, doch der half ihr so wenig wie das seriöse Kostüm aus orangefarbener Kunstseide, das sie gleichfalls wieder angezogen hatte. Vor dem Eingang drängten sich über hundert Menschen, es dauerte eine Ewigkeit, bis sie an die Reihe kam, und als sie schließlich vor dem freundlichen jungen Mann mit der Goldrandbrille stand, der ihr die Aktien verkauft hatte, erinnerte dieser sich zwar sofort an sie, doch nur, um ihr mit ohnmächtig erhobenen Armen zu erklären, dass ihre Aktien nur noch ein Zehntel dessen wert waren, was sie vor nicht mal zwei Wochen dafür bezahlt hatte.

»Ich kann Ihnen nur den dringenden Rat geben, Ihre Papiere zu halten, bis die Kurse sich wieder erholen.«

»Und wann wird das sein?«

»Das weiß der Himmel. Aber seien Sie froh, dass Sie Siemens-Aktien gezeichnet haben. Andere Unternehmen sind längst insolvent, die Anteilsscheine sind keinen Pfennig mehr wert und taugen nur noch zum Feuermachen.«

»Aber wovon soll ich jetzt leben?«

»Das fragen Sie – eine berühmte Filmschauspielerin?« Der Beamte bleckte zwei Reihen gelblicher Zähne. »Wie schön, dass Sie sich trotz allem Ihren Humor bewahrt haben, verehrte gnädige Frau! – Der Nächste bitte!«

Eine Minute später fand Lilly sich auf der Straße wieder. An eine Hauswand wurden Plakate für den neuesten Ufa-Film geklebt – »Hurra, wir leben!« –, und kostümierte Schauspieler verteilten auf dem Trottoir Flugblätter an die Passanten. Vom unteren Ende der Potsdamer Straße näherte sich im Schritttempo ein mit Plakaten beklebtes Reklameauto, vom Dach pries ein Mann mit einem Megaphon die »Melodie des Herzens« an, die erste vollständige Ufa-Tonfilmproduktion. Hinter dem Wagen folgte ein ganzer Pulk von Artisten, allesamt Akteure aus unterschiedlichen Ufa-Filmen, jonglierend und Feuer speiend auf Hochrädern – ein Maharadscha ritt sogar auf einem Elefanten heran, als käme der Zirkus in die Stadt.

Lilly spürte, wie ihr die Tränen in die Augen stiegen, und obwohl ein Filmstar sich in der Öffentlichkeit nie eine Blöße geben durfte, heulte sie Rotz und Wasser. Was sollte jetzt aus ihr werden? Sie besaß doch kaum mehr als das, was sie am Leibe trug! Und Rahel, der einzige Mensch, der ihr hätte helfen können, hatte sie verraten.

54

Gustav stand am Fenster seines Kontors und blickte hinunter auf den Dresdner Altmarkt. Der Platz war voll von wütenden Menschen, die meisten davon Arbeiter, die mit roten Fahnen gegen ihre Entlassung demonstrierten.

Der Anblick erinnerte Gustav an die Straßenschlachten, die er nach dem Krieg in München erlebt hatte, zur Zeit der Räterepublik. Er war damals mit Arnim in die bayerische Landeshauptstadt gereist, um die Niederlassung der Reichenbach Bank in der Maximilianstraße gegen den Aufruhr zu sichern.

Ob man sich bald hier wohl auch verbarrikadieren musste?

Auf dem Platz lieferte sich eine Gruppe von Demonstranten ein Scharmützel mit der Polizei, und Steine flogen in Richtung Rathaus. Als Gustav näher ans Fenster trat, glaubte er am anderen Ende des Platzes, jenseits der randalierenden Horden, ein vertrautes Gesicht zu erkennen, das einem sich seltsam benehmenden Mann gehörte. Täuschte er sich, oder war das nicht Medizinalrat Dr. Malkus? Er eilte zu seinem Schreibtisch, um das Opernglas zu holen, das er dort für seine seltenen Theaterbesuche in einer Schublade aufbewahrte, und kehrte damit ans Fenster zurück. Nein, er hatte sich nicht getäuscht, der Mann war wirklich Dr. Malkus, ein langjähriger Kunde der Bank, Gustav hatte ihm persönlich einen Kredit gewährt, mit dem der Medizinalrat, der die Mäuler einer dreizehnköpfigen Kinderschar stopfen musste, Aktien erworben hatte, um mit den Dividenden sein schmales Beamtengehalt aufzubessern. Vor dem Eingang einer Bäckerei stehend, hatte er den Hut vom Kopf genommen und hielt ihn wie ein Bettler den vorbeikommenden Passanten hin.

Gustav stieß einen Seufzer aus. Warum hatte er nicht auf seinen Bauch gehört, auf seinen Bauch und auf sein Gewissen, und die Geschäfte weiter so betrieben, wie sein Großvater und Vater es getan hatten, in bewährter, redlicher Art, statt sich zu den neumodischen Praktiken verführen zu lassen, die ihm selber nicht geheuer waren? Vermutlich gab es jetzt Hunderte von Kunden der Reichenbach Bank, die sich wie Dr. Malkus verschuldet hatten, ohne zu wissen, wie sie die Raten für ihren Kredit je zurückzahlen konnten.

Wie sollte er mit dieser Schuld leben?

Er wandte sich vom Fenster ab, da krachte draußen ein Schuss. Kreischend stob die Menge auseinander. Vor dem Eingang des Rathauses lag ein blutender Mann auf dem Pflaster, mit einer Pistole in der Hand – offenbar hatte er sich selbst die Kugel gegeben.

Entsetzt schlug Gustav das Kreuzzeichen.

»Mein Herr und mein Gott, sei seiner Seele gnädig.«

55

In der Hedemannstraße herrschte Bombenstimmung, wohin man in der NSDAP-Parteizentrale auch blickte, sah man in lachende Gesichter. Der Grund dafür waren die Kurseinbrüche an den Börsen, die überall im Land ein wahres Erdbeben ausgelöst hatten. Nach fünf goldenen Jahren, in denen die darniederliegende Wirtschaft sich von den Folgen des Krieges und der Inflation stetig erholt hatte, um dem Land ruhige und stabile Verhältnisse zu bescheren, herrschte endlich wieder Chaos auf den Straßen, und die so jäh aus ihrer langen Sorglosigkeit gerissenen Menschen hatten wieder Angst vor der Zukunft.

»Etwas Besseres hätte uns gar nicht passieren können«, erklärte Goebbels. »Jetzt begreift auch der Dümmste, was das internationale Judentum anrichtet, all die Rothschilds und Oppenheimers und wie die Herren sonst noch heißen mögen in ihren goldenen Palästen in Paris und London und New York.«

»Sehr richtig«, pflichtete Göring ihm bei. »Ein Jammer ist nur, dass es nicht jetzt schon zum Volksentscheid kommt. Den würden wir im Handstreich gewinnen.«

Grau hob die Brauen. Selten hatte er die zwei so einig erlebt, und niemand hatte mehr Grund, sich darüber zu freuen, als er selbst. Die Rivalität des Gauleiters von Berlin und des SA-Leiters hatte ihn schon manches Mal in die Bredouille gebracht, und es war für ihn stets eine Wahl zwischen Pest und Cholera, auf wessen Seite er sich schlagen sollte. Wann immer er versuchte, sich das Wohlwollen des einen zu sichern, lief er Gefahr, sich genau dadurch den anderen zum Feind zu machen. Irgendwann, so fürchtete er, würde er sich zwischen Goebbels und Göring entscheiden müssen, und da längst nicht ausgemacht war, wer von beiden mehr Gewicht in der Partei besaß, um seine Karriere zu befördern, konnte er nur hoffen, dass dieser Tag in möglichst weiter Ferne lag.

»Doch leider müssen wir erst noch den Umweg über die Quatschbude nehmen«, sagte Göring. »Und da weiß man bekanntlich nie, wer Freund ist und wer Feind.«

»Wohl wahr!«, sagte Goebbels mit erhobenem Zeigefinger. »Manch einer schwankt da ja wie das Rohr im Winde. Sogar unser wackerer Herr Hugenberg. Der scheut ja auch vor der letzten Konsequenz zurück. Nicht wahr, Obersturmbannführer?«

Grau wusste nicht, was er antworten sollte. Goebbels' Frage zielte auf Hugenbergs Widerstand gegen den Paragraphen in der Gesetzesvorlage, der eine Bestrafung des Kanzlers und der Regierung wegen Landesverrats zum Gegenstand hatte. Was immer er jetzt antwortete, er konnte sich nur in die Nesseln setzen.

Auch Göring drehte sich zu ihm herum. »Ja, das würde mich gleichfalls interessieren, mein Bester. Können wir uns auf die DNVP verlassen?«

56

Die Oranienburger Straße, die den Hackeschen Markt mit der Friedrichstraße verband, bot bei Tage den Anblick großstädtischer Betriebsamkeit. Gutbürgerliche Wohnhäuser wechselten hier ab mit Firmensitzen, kleinen Ladengeschäften und großen Kaufhäusern sowie mancherlei behördlichen Einrichtungen, zwischen denen sich als architektonischer Glanzpunkt prachtvoll die Neue Synagoge der jüdischen Gemeinde mit ihrer Zweiturmfassade und der goldenen Kuppel erhob. Des Abends aber, wenn die Dunkelheit sich auf das Viertel herabsenkte, zog das bürgerliche Leben sich hier mehr und mehr zurück, und zwischen den Häusern begann ein anderes, verbotenes Leben sich zu regen, spärlich bekleidete Frauen und Mädchen mit geschminkten Gesichtern traten aus den Schatten hervor, um im Schein der Gaslaternen einsamen Männern mit hochgeschlagenen Kragen und in die Stirn gezogenen Hüten leise flüsternd ihre Dienste anzubieten.

Seit Jahren hatte Lilly um die Straße stets einen Bogen gemacht, aus Angst, ihrer Mutter zu begegnen, und auch an diesem Abend, da sie nach langer Zeit zum ersten Mal hierher zurückkehrte, hielt sie auf ihrem Weg zum »Goldenen Zapfhahn«, einer Eckkneipe unweit der Synagoge, die Augen fest zu Boden gerichtet, obwohl sie nicht einmal wusste, ob ihre Mutter überhaupt noch lebte. Der »Goldene Zapfhahn« war in ihrer Kindheit so manches Mal ihre Zuflucht gewesen, wann immer ihre Mutter keine Zeit gehabt hatte, sich um sie zu kümmern, oder einfach nur betrunken gewesen war, hatten Oma und Opa Lüders, die die Kneipe betrieben, sie unter ihre Fittiche genommen. Jetzt hatte sie in ihrer Not beschlossen, noch einmal bei den alten Leuten ihr Glück zu versuchen, Oma und Opa Lüders brauchten immer Hilfe in ihrem Lokal, vielleicht konnte sie sich so ja ein paar Märker verdienen.

»Fort mit den Pariser Tributen! Nieder mit dem internationalen Finanzjudentum!«

Vor der Synagoge rührten ein paar uniformierte Nazis die Trommel für den Volksentscheid. Einer von ihnen drückte Lilly einen Zettel in die Hand und wollte sie in ein Gespräch verwickeln. Doch sie ließ den Mann einfach stehen, und ohne den Zettel anzuschauen, steckte sie ihn ein und überquerte die Straße.

Der »Goldene Zapfhahn« lag gleich gegenüber. Als sie die Kneipe betrat, schlug ihr der vertraute Geruch von Tabak, Bier und frisch gebratenen Buletten entgegen. Doch hinter dem Tresen stand nicht Opa Lüders, sondern ein kahlköpfiger Mann mit nur einem halben Gesicht, und statt Oma Lüders bediente eine junge, rothaarige Frau mit gänzlich nacktem Oberkörper die wenigen Gäste, die sich in dem schummrigen Lokal an den Tischen verloren.

»Welcher Glanz in unserer Hütte!«, rief der Mann am Tresen. »Die Domina persönlich!«

Überrascht trat Lilly auf ihn zu. »Meinen Sie mich?«

»Aber sicher doch! Ich habe ›Lob der Schönheit‹ mindestens ein Dutzend Mal gesehen! – Heinrich Schmadtke«, stellte er sich vor. »Aber Sie können ruhig Heini zu mir sagen. Und damit Sie nicht erst fragen müssen – mein Gesicht hab ich in Verdun gelassen, das hat mir der Franzmann weggeschossen. Womit kann ich dienen, schöne Frau?«

»Ich suche Oma und Opa Lüders.«

»Und weshalb, wenn ich fragen darf?«

Lilly zögerte, obwohl sie es nicht wollte, starrte sie Heini Schmadtke wie gebannt an, gefangen vom Anblick seines zerschossenen Gesichts, dessen grotesk schiefer Mund auf der einen Seite beim Sprechen sämtliche Zähne entblößte, bis zum Ohrläppchen hinauf, während auf der anderen Seite die Reste seiner Lippen unter den zwei Löchern, die er von seiner Nase übrig behalten hatte, mit groben Stichen zusammengenäht waren wie auch die Höhle seines linken Auges.

»Ich kenne die beiden von früher«, sagte sie, »und wollte fragen, ob sie Arbeit für mich haben. Sind sie oben in ihrer Wohnung?«

Heini Schmadtke schüttelte den Kopf. »Nee, die zwei gibt's hier nicht mehr. Ich habe ihnen ihr Etablissement abgekauft, schon vor drei Jahren. Aber wenn Sie Arbeit suchen – ich würde Sie auf der Stelle nehmen! Mit Kusshand!«

57

Gustavs alte Gelenke schmerzten ganz fürchterlich, er war es nicht mehr gewohnt, auf harten Holzbänken zu knien, und jetzt kniete er schon eine kleine Ewigkeit in dem verdunkelten Beichtstuhl der Hofkirche, um einem Priester, durch ein Gitter von ihm abgetrennt und seinem Auge unsichtbar, leise flüsternd das Herz auszuschütten. Doch was bedeuteten die Schmerzen seines Körpers im Vergleich zu den Schmerzen seiner Seele? Unermesslich war die Schuld, die auf ihm lastete und ihn so sehr bedrückte, dass er sie nicht mehr allein tragen konnte.

»So viele Menschen sind durch mich in Not geraten. Ich weiß nicht, wie ich damit weiterleben soll. Am liebsten würde ich allem ein Ende machen – ich … ich weiß mir sonst keinen Ausweg mehr.«

Der Priester hüstelte in sein Tuch hinein. »Was du Ausweg nennst, mein Sohn, wäre in Wahrheit dein Verderben. Ich erkenne die Schwere deiner Schuld durchaus, schon im dritten Buch Moses steht geschrieben: ›Du sollst dein Geld nicht auf Zinsen leihen!‹ Aber viel größer noch wäre deine Schuld, wenn du von eigener Hand dein Leben beendest. Das Leben gehört Gott, es ist das größte Geschenk, das er uns gegeben hat, und wer dieses Geschenk zurückweist, dem ist die ewige Verdammnis gewiss.«

»Ich weiß nicht, ob ich an die ewige Verdammnis glaube. Ich weiß nur, dass ich mich selbst verdamme und immer verdammen werde, mein Leben lang.«

»Dann befreie dich! Gott wird dir helfen!«

»Wie wollen Sie das wissen?«

»Erkennst du denn nicht die Zeichen? Hätte Gott dich aufgegeben, hättest du dich doch schon entleibt. Aber das ist nicht geschehen, du hast hierher gefunden, zurück zu deinem Glauben und zum Leben – weil *er* dich geleitet hat. Statt zu versuchen, deiner Schuld zu entfliehen, gehe also deinen Weg weiter bis zum Ende und nimm seinen Auftrag an, mit Reue im Herzen und tätiger Buße.«

Gustav stieß einen Seufzer aus. »Was muss ich tun, ehrwürdiger Vater, um mich von meiner Schuld zu befreien?«

»Tue Gutes«, erwiderte der Priester. »Mache es wie in deinem Geschäft. Trage durch gute Werke bei Gott deine Schuld ab wie ein redlicher Schuldiger seine Schuld bei seinem Gläubiger, Rate für Rate. Bist du dazu bereit?«

Gustav nickte. »Ja. Das bin ich.«

»Und bereust du deine Sünden?«

»Ich bereue sie von Herzen.«

»Dann geschehe sein Wille.« Der Priester hielt einen Moment inne, um dann die liturgische Schlussformel zu sprechen, mit leise erhobener Stimme und in schwebend singendem Ton, wie er sie wohl schon Tausende Male aufgesagt hatte. »Gott, der barmherzige Vater, hat durch den Tod und die Auferstehung seines Sohnes die Welt mit sich versöhnt und den Heiligen Geist gesandt zur Vergebung der Sünden. Durch den Dienst der Kirche schenke er dir Verzeihung und Frieden. – *Ego te absolvo.*« Schattenhaft sah Gustav durch das Gitter, wie der Priester auf der anderen Seite die Hand zum Segen hob. *»In nomine patris et filii et spiritus sancti.«*

Gustav schloss die Augen und bekreuzigte sich.

»Amen.«

58

Der letzte Novembertag war gekommen, und während schwere Regenwolken grau und dräuend über dem Reichstag hingen, wurde unter seinem Dach die Gesetzesvorlage zum Volksentscheid verhandelt, über die nach dem hauchdünn gewonnenen Volksbegehren die Abgeordneten heute abstimmen würden. Nahm das Parlament den Gesetzesentwurf an, würde beim Volksentscheid die einfache Mehrheit reichen; verweigerten die Abgeordneten ihm aber ihre Zustimmung, war eine Mehrheit von über fünfzig Prozent aller Wähler, die zur Wahl berechtigt waren, erforderlich, damit der Entwurf Gesetzeskraft erlangte – gleichgültig, ob die Wähler von ihrem Stimmrecht Gebrauch machten oder nicht.

Als Parteivorsitzender saß Hugenberg in der ersten Reihe der DNVP-Fraktion und hörte mit halb geschlossenen Augen den Reden zu. Die Debatte dauerte nun schon den zweiten Tag, er kannte alle Argumente längst in- und auswendig. Jetzt kam es nur noch auf die Abstimmung an.

Würde es für einen Sieg reichen?

An ihm und seiner Partei würde die Sache nicht scheitern, und auch die Fraktion der NSDAP würde mit einer Stimme votieren, daran bestand ebenso wenig Zweifel. Doch die ganze Kampagne krankte an einem gewaltigen Fehler, der den Sieg aufs Höchste gefährdete, und diesen Fehler hatte Hitler persönlich verschuldet. Das Zünglein an der Waage bildeten die Abgeordneten des Zentrums und der DVP, nur wenn es gelang, aus ihren Reihen eine möglichst große Zahl von Unterstützern zu gewinnen, war ein Erfolg möglich. Aber fast alle Redner der gemäßigten Parteien, das zeigte sich während der Debatte immer wieder, nahmen Anstoß an dem von Hitler mit Zähnen und Klauen verteidigten Paragraphen in der Gesetzesvorlage, demzufolge der Kanzler mitsamt seiner Regierung wegen Landesverrats unter Anklage gestellt werden sollte für den Fall, dass die Vorlage Gesetzeskraft erlangte.

Das hatte einmal mehr die Rede von Außenminister Curtius zum Ausdruck gebracht, dem Nachfolger Stresemanns, der gerade für die DVP gesprochen und das Volksbegehren als einen »Angriff auf die Autorität des Staates« bezeichnet hatte. Jetzt ergriff Gottfried Feder für die NSDAP das Wort. Würde er versuchen, die Wogen zu glätten? Feder war Ingenieur, ein vernünftiger Mann, und musste eigentlich wissen, was auf dem Spiel stand … Aber nein, er dachte gar nicht daran, die Wogen zu glätten. Statt für Beruhigung zu sorgen, goss er nur weiter Öl ins Feuer und bekannte rundheraus, dass es seiner Partei mit der Beteiligung am Volksbegehren um nichts anderes gehe als um die »Beseitigung des Systems auf legalem Wege«.

Hugenberg schüttelte den Kopf. War das Volksbegehren gegen den Young-Plan vielleicht ein Fehler gewesen?

Zwei Herzen schlugen in seiner Brust. Als Politiker war er zutiefst einig mit der Kampagne, Deutschland *musste* sich aus seiner Knechtschaft durch das Diktat von Versailles befreien, sonst war alle Hoffnung auf eine Wiederauferstehung des Reichs zur Großmacht vergebens. Doch als Unternehmer kamen ihm inzwischen immer mehr Bedenken. Klitzsch hatte mit seiner rabenschwarzen Prognose recht behalten. Alle Branchen litten unter den Folgen des Börsenkrachs, immer mehr Fabriken und Handwerksbetriebe gingen in Konkurs, und die Zahl der Arbeitslosen stieg täglich. Deutschland war deshalb auf den Handel mit dem Ausland stärker angewiesen denn je, und wenn Deutschland den Young-Plan ablehnte, würde der Außenhandel zum Erliegen kommen. Es war ein unauflöslicher Widerspruch, und er konnte darum nur von Glück sagen, dass die Ufa in dem ganzen Schlamassel bislang so gut wie unbeschadet geblieben war. Das war vor allem das Verdienst von Finanzdirektor Reichenbach – dessen Strategie, gerade in der Krise zum Großangriff zu blasen, hatte sich als Geniestreich erwiesen. Die Flimmeritis herrschte nicht nur ungebrochen weiter, sondern grassierte stärker denn je, und dank des Reklamefeldzugs, den Reichenbach ins Werk gesetzt hatte, klingelten in den Ufa-Kinos die Kassen, dass es eine Freude war.

Was für ein seltsames, irrationales Wesen war doch der Mensch …

Beifall und Buhrufe weckten Hugenberg aus seinen Gedanken. Während der Abgeordnete der NSDAP das Rednerpult verließ, klopfte Reichstagspräsident Paul Löbe mit seinem Hammer auf den Tisch.

»Ich rufe zur Abstimmung auf. Wer für die Gesetzesvorlage stimmt, hebe die Hand.«

Trotz aller wirtschaftlichen Bedenken zögerte Hugenberg keinen Moment, und wie nicht anders zu erwarten, folgten die Abgeordneten der DNVP seinem Beispiel fast ebenso geschlossen, wie die Fraktion der NSDAP Hitlers Beispiel folgte. Doch in den Reihen der übrigen Parteien regte sich kaum eine Hand.

»Wer stimmt gegen den Antrag?«

Ein ganzer Wald von Armen flog in die Höhe. Hugenberg stöhnte auf.

»Damit ist die Entscheidung gefallen«, verkündete Reichstagspräsident Löbe, nachdem die Stimmen ausgezählt waren. »Die Gesetzesvorlage wurde mit großer Mehrheit abgelehnt und wird zugleich als verfassungswidrig zurückgewiesen!«

Tosender Beifall war die Antwort. Hugenberg und seine Fraktion aber saßen wie erstarrt da, und selbst die Nazis waren verstummt. Das Ergebnis war ein schwerer, vielleicht sogar entscheidender Rückschlag für ihr Bündnis. Zwar war der Kampf noch nicht endgültig verloren, doch der Weg zum Sieg war jetzt noch steiniger und mühsamer als zuvor.

»Ich bitte noch einen Augenblick um Ruhe.« Wieder klopfte Löbe mit seinem Hammer, um eine Ankündigung zu machen. »Auf Beschluss des Präsidiums teile ich Ihnen mit, dass der Volksentscheid am 22. Dezember zur Durchführung gelangt.«

Hugenberg ballte die Faust. Was für eine Niedertracht! Der zweiundzwanzigste war der letzte verkaufsoffene Sonntag vor dem Weihnachtsfest. Kein Mensch würde an dem Tag in ein Wahllokal gehen.

Der Präsident griff ein drittes Mal zu seinem Hammer.

»Damit ist die Sitzung geschlossen.«

59

Wir sagen euch an den lieben Advent.
Sehet, die erste Kerze brennt.
Wir sagen euch an eine heilige Zeit.
Machet dem Herrn die Wege bereit …

Trotz Börsenkrach und Massenarbeitslosigkeit erstrahlte Berlin auch in diesem Winter wieder im vorweihnachtlichen Lichterglanz, und wie alle Kinder fieberte Alex dem Fest entgegen. Sobald es nachmittags dunkel wurde, zündete Rahel im Wohnzimmer den Adventskranz an, dann setzte sie sich mit ihm an den mit Tannenzweigen geschmückten Tisch, um mit Alex zu singen und ihm Weihnachtsgeschichten vorzulesen, während er, die Augen glänzend vor Seligkeit im Kerzenschein, sich an sie kuschelte und von den Süßigkeiten naschte, die der Nikolaus bereits gebracht hatte.

Freut euch, ihr Christen, freuet euch sehr!
Schon ist nahe der Herr.

Sosehr Rahel das tägliche Dämmerstündchen genoss, konnte sie sich jedoch nicht wie Alex auf das Weihnachtsfest freuen – nein, die Vorstellung, allein mit ihm und Tino unter dem Christbaum zu sitzen, erschien ihr wie ein Albtraum. Weihnachten war doch das Fest der Liebe! Wie sollte sie das feiern, nachdem sie sich die Liebe mit Gewalt aus dem Herzen gerissen hatte?

»Ich würde für Heiligabend gern die Familie einladen«, sagte sie, als Tino am Abend nach Hause kam. »Ich fand es als Kind immer ein bisschen traurig, ganz allein mit meinen Eltern Weihnachten zu feiern, während andere Kinder mit Geschwistern und Großeltern feiern durften. Was meinst du?«

»Von mir aus gern«, erwiderte Tino. »Alex würde sich bestimmt freuen, dann bekommt er noch mehr Geschenke. Willst du Lilly auch dabeihaben?«

»Ja.« Rahel nickte. »Weihnachten ist doch auch das Fest der Versöhnung.«

Voller Anteilnahme drückte er ihren Arm. »Ich bin sicher, Lilly wird sich freuen.« Dann zögerte er einen Moment. »Und was … was ist mit Pommer?«

Sie hatte gehofft, dass er ihr die Frage ersparen würde, und sie wusste nicht, was sie antworten sollte. »Das sollst du entscheiden«, sagte sie.

Doch Tino schüttelte den Kopf. »Nein. Das musst du schon selber tun.«

60

Der 22. Dezember war da, der Tag des Volksentscheids. Während halb Berlin sich am letzten verkaufsoffenen Sonntag vor dem Fest in den Kaufhäusern drängte, um noch schnell ein paar Geschenke zu besorgen, hielt die Ufa im Haus Vaterland ihre alljährliche Weihnachtsfeier ab. In der Eingangshalle empfing ein prachtvoll geschmückter Christbaum die Angestellten, und auf den Gängen und

Fluren duftete es nach Glühwein und frisch gebackenen Waffeln. Doch um acht war es mit der Weihnachtsstimmung vorbei, zum Abschluss der Feier hatte Hugenberg die Belegschaft in den großen Konferenzraum rufen lassen, um noch einmal ein politisches Wort an sie zu richten, bevor das Jahr zu Ende ging.

»Mit dem Vertrag von Versailles hat Deutschland sich sein Schwert entwinden lassen. Nicht weil wir besiegt worden waren, sondern weil feige Verräter sich dem Feind unterwarfen. Jetzt brauchen wir ein neues Schwert! Blank und neu muss es herauswachsen aus unseren gereinigten Herzen. Wir wollen nicht länger Sklaven volksfremden Kapitals sein. Freier Mann auf freiem Grund, so will es die deutsche Seele! Auch wenn wir jetzt nicht mit dem Schwert kämpfen können, so doch mit der Härte unserer Herzen und der Stärke und Beständigkeit unseres Willens. Ich hoffe, dass das deutsche Volk dies heute in der Abstimmung unter Beweis gestellt hat.«

Grau hörte die Botschaft wohl – allein ihm fehlte der Glaube. Käme die Rede aus einem anderen Munde, hätte er jedes Wort freudig unterschrieben. Doch Hugenberg sprach mit gespaltener Zunge, und seine Scheinheiligkeit war kaum zu ertragen. Ja, als Politiker stellte er genau die Forderungen, die jeder aufrechte Deutsche stellen musste – aber was tat er als Unternehmer? Da ließ er sich wie ein Jude allein vom Mammon leiten, um Machwerke wie »Der blaue Engel« zu produzieren, nach dem Roman eines gottverdammten Kommunisten! Aber wie hieß es schon in der Bibel? »Nicht nach meinen Worten, nach meinen Taten sollt ihr mich richten!« Unrat war Unrat und würde immer Unrat bleiben, egal, wie man ihn betitelte, und wenn man sich zum Schein zehnmal von dem Urheber distanzierte.

Während Grau sich die Gradheit Adolf Hitlers und der NSDAP lobte, gelangte Hugenberg an das Ende seiner Rede.

»Wie immer aber die Abstimmung heute ausgehen wird, entschlossen rufen wir der Welt entgegen: Wir wollen den Pariser Tributplan nicht! Wir wollen die Lüge der deutschen Kriegsschuld nicht mehr hören! Wir werden kämpfen! Der Gott, der Eisen wachsen ließ, der wollte keine Knechte!«

Auf den Fußballen wippend, nahm Hugenberg den Applaus entgegen. Während sich fast die gesamte Belegschaft erhob, stand auch Grau zähneknirschend auf und fiel in den Beifall ein. Nur ein paar wenige Zuhörer, von denen jedermann wusste, dass sie Sozis oder Kommunisten waren, blieben demonstrativ auf ihren Stühlen sitzen und verschränkten die Arme vor der Brust, allen voran natürlich der Judenlümmel Pommer und dessen Intimus Reichenbach.

Während der an seiner albernen Nelke zupfte, ging plötzlich eine Seitentür auf, und Fräulein Jaschek, die Direktionssekretärin, eilte zum Podium, um Hugenberg etwas ins Ohr zu flüstern. Der hörte mit erhobenen Brauen zu, dann ging ein Zucken durch sein Gesicht, und während Fräulein Jaschek sich wieder entfernte, trat er noch einmal ans Mikrophon und hob die Arme.

»Ich bitte um Ruhe! Gerade wurde mir das Ergebnis des Volksentscheids mitgeteilt. Ersten Berechnungen zufolge haben sich über neunzig Prozent der Wahlbeteiligten für die Annahme unserer Gesetzesvorlage entschieden.«

Wieder brandete Beifall auf, noch lauter als zuvor, und während Pommer sich am Rauch seiner Zigarette verschluckte und Reichenbach wütend seine Nelke zu Boden warf, ertönten »Bravo!«-Rufe.

Abermals hob Hugenberg die Arme. »Ja, vor Gott und der Geschichte haben wir gewonnen, aber das System verwehrt uns den Sieg. Durch ein niederträchtiges Verfahren wurde der Wille des Volkes in sein Gegenteil verkehrt. Da weniger als ein Fünftel der Wahlberechtigten zu den Urnen gegangen sind, gilt das Gesetz trotz überwältigender Mehrheit der Ja-Stimmen als abgelehnt.«

Für einen Moment machte sich ungläubige Stille breit, dann brachen die Linken in Jubel aus, und während Reichenbach und Pommer feixten wie zwei Pennäler über einen gelungenen Streich, verließ Hugenberg mit bleichem Gesicht das Rednerpult.

Grau strich sich über sein Bärtchen. Obwohl das Ergebnis ihn schmerzte wie ein Dolch im Rücken, konnte er nicht umhin, Genugtuung zu empfinden.

Ja, so ging es, wenn man den Mammon über die Gesinnung stellte.

61

Der letzte Tag vor Weihnachten war ein Montag, und die meisten Angestellten der Universum Film AG gingen noch ein letztes Mal zur Arbeit, bevor die heilige Zeit anbrach. Doch Tino hatte für dieses Jahr die Arbeit beendet und sich den Rest der Woche freigenommen. Er hatte Rahel versprochen, heute auf Alex aufzupassen, damit sie Zeit hatte, um ihre »Familie« für Heiligabend einzuladen.

Bei Edgar und Detlef hatte sie angefangen. Jetzt fuhr sie in ihrem kleinen, zugigen Auto von Friedrichswerder in den Wedding. Während der Nacht hatte es geschneit, und sie musste aufpassen, um auf den glatten Straßen nicht ins Rutschen zu geraten. Seit ihrem Streit mit Lilly hatte sie Angst vor einem Wiedersehen gehabt, aber nachdem sie beschlossen hatte, das Weihnachtsfest zur Versöhnung zu nutzen, hatte ihre Angst sich aufgelöst. Jetzt freute sie sich darauf, ihre Freundin wieder in den Arm zu nehmen.

Umso größer war ihre Überraschung, als Tante Ottilie ihr eröffnete, dass Lilly nicht mehr bei ihr wohnte.

»Sie ist ausgezogen?«, fragte sie. »Aber wie kann sie sich ohne Arbeit eine neue Wohnung leisten?«

Tante Ottilie strahlte über das ganze Gesicht. »Lilly braucht nicht mehr zu arbeiten, sie hat das große Los erwischt. Ein reicher Bauer aus Mecklenburg ...«

»Von wegen Bauer«, unterbrach Fritz. »*Agrarökonom*, hat sie gesagt. Und ein Adliger ist er auch. Ralf von Maiboom.«

»Ist doch egal«, fuhr Tante Ottilie fort. »Die beiden haben sich in der Elektrischen kennengelernt, er hat sich auf der Stelle in sie verliebt und ihr noch während der Fahrt einen Antrag gemacht.«

»Und jetzt ist sie nach Mecklenburg gezogen«, ergänzte Fritz, »und lebt auf einem Gutshof.«

Rahel war so verblüfft, dass es ihr für einen Moment die Sprache verschlug.

»Lilly als Landpomeranze? Eine Großstadtpflanze wie sie?«

»Ich kann sie mir auch nur schwer unter Kühen und Schweinen

vorstellen«, sagte Tante Ottilie. »Aber Hauptsache, sie ist aus ihrem Elend raus! Beim Abschied hat sie vor lauter Glück Rotz und Wasser geheult. – Aber wie kommt es eigentlich, dass du nichts davon weißt? Hat Lilly dir denn gar nichts erzählt?«

Rahel schlug die Augen nieder. »Nein«, sagte sie, »wir hatten uns gestritten. Deshalb wollte ich ja Weihnachten nutzen, damit wir uns wieder vertragen.«

»Tja«, sagte Fritz und kippte einen Schnaps. »Dafür ist es jetzt wohl zu spät.«

62

Sämtliche Glocken der katholischen Hofkirche schlugen zum großen Festgeläut an, machtvoll brauste die Orgel auf, und die ganze Gemeinde erhob sich von den Bänken, um den Schlusschoral zu singen.

O du fröhliche, o du selige
Gnadenbringende Weihnachtszeit …

Das Gotteshaus war so überfüllt, dass Gustav nur am äußersten Rand einer Bank Platz gefunden hatte, im Schatten einer Säule. Allein, ohne seine Frau, hatte er die Christmette besucht, um Kraft für seinen Neuanfang zu schöpfen. Hier, in dieser Kirche, hatte er sich seiner Schuld gestellt, und hier, in dieser Kirche hatte er beschlossen, diese seine Schuld vor Gott abzutragen – Rate für Rate, wie ein redlicher Schuldner vor seinem Gläubiger.

Welt ging verloren,
Christ ward geboren …

Jetzt wusste er, welche Werke nötig waren, um Wiedergutmachung zu erlangen – das Ergebnis des Volksentscheids hatte ihm den Weg gewiesen. Und während er mit seinem alten Bierbariton in den Gesang der Gemeinde einfiel, schwor er, gefestigt durch den wiedergefundenen Glauben seiner Väter, unbeirrt den Weg zu gehen, der ihm von nun an bestimmt war.

Freue, freue dich, o Christenheit …

Noch einmal schwoll der Chor an, und während der Domprobst unter Orgelgebraus und Glockengeläut an der Spitze einer im Festornat gekleideten Schar Priester und Diakone und Messdiener den Altarraum verließ, trat Gustav aus seiner Bank.

Noch heute würde er mit der Einlösung seines Schwurs beginnen.

63

Auch Rahel und Tino und Alex hatten die Christmette besucht, im Deutschen Dom am Gendarmenmarkt, zusammen mit der ganzen Familie. Alex hatte es kaum ausgehalten, zu Hause warteten doch die Geschenke, die das Christkind gebracht hatte, und er zappelte während des Gottesdienstes so ungeduldig auf seinem Platz herum, dass Tino ihn mehrmals zur Ordnung rufen musste. Doch bei der Bescherung wurde er für das Warten überreichlich belohnt; wie Tino prophezeit hatte, hatte jeder ein Geschenk für ihn, so dass er mit dem Auspacken und Staunen und Sichfreuen gar nicht mehr fertig geworden war.

Jetzt saßen sie alle in dem von Edgar und Detlef weihnachtlich dekorierten Esszimmer am Tisch und ließen sich den Gänsebraten schmecken, den Rahel mit Tante Ottilies Hilfe zubereitet hatte, und tranken dazu einen zwanzig Jahre alten Châteauneuf-du-Pape, der Fritz fast so gut schmeckte wie sein Doppelwacholder.

Außer Lilly fehlte nur einer am Tisch: Pommer.

Rahel hatte am Ende entschieden, ihn nicht einzuladen. Tino war erleichtert gewesen, die Vorstellung, mit Pommer und Rahel in friedlich verlogener Eintracht Weihnachtslieder zu singen, war ihm ein Graus gewesen. Doch inzwischen hatte er Zweifel, ob es so richtig war. Vielleicht hatte Rahel Pommer ja nur deshalb nicht eingeladen, damit die Harmonie unterm Tannenbaum keinen Schaden nahm. Sie stellte den ganzen Abend schon eine so übertriebene Freude über ihr Zusammensein zur Schau, dass es fast verdächtig wirkte. Und außerdem … Auch wenn Tino seinen alten Freund immer noch auf den Mond schießen könnte, bekam er bei dem Gedanken, dass der jetzt mutterseelenallein in seiner Villa saß und auf den Wannsee starrte, Gewissensbisse. Pommer war doch durch und durch Familienmensch – Weihnachten ohne jemanden, der zu ihm gehörte, musste für ihn die Hölle sein.

Ob man ihn vielleicht doch noch einladen sollte?

64

In weißen, flauschigen Flocken schwebte draußen der Schnee vom nächtlichen Himmel herab, und aus der Ferne hallte Glockengeläut, während Constanze und Gustav an den entgegengesetzten Enden des riesigen Esstisches den Weihnachtskarpfen vertilgten, den Constanze zum Andenken an ihren Vater jedes Jahr an Heiligabend auftragen ließ. Die Kerzen an dem schwer mit Lametta und Engelshaar behangenen Christbaum tauchten den Raum in warmes gelbes Licht, der Kamin verströmte den anheimelnden Duft verbrannter Tannenzweige, und aus dem Grammophon ertönten leise die Klänge von Bachs »Weihnachtsoratorium«. Doch Constanze war ganz und gar nicht weihnachtlich zumute. Der Grund dafür war ihr Mann. Er hatte ihr gerade eröffnet, dass er sich zu drakonischen Sparmaßnahmen gezwungen sehe und darum ab sofort alle finanziellen Zuwendungen, die über die für die Haushaltsführung unverzichtbaren Gelder hinausgingen, gestrichen seien.

Die Nachricht hatte sie wie aus heiterem Himmel getroffen. Natürlich wusste sie, was in den Zeitungen stand, aber sie hätte sich nicht träumen lassen, dass all diese Dinge, die in der Welt passierten, auch sie betreffen könnten. Zumindest nicht in solchen Maßen.

»Steht es denn so schlimm um die Bank?«

»Allerdings«, erwiderte Gustav, während er seinen Karpfen filetierte. »Die Krise hat uns schwer zugesetzt, viele unserer Kunden sind nicht mehr zahlungsfähig, so dass wir auf sechs- und zum Teil sogar siebenstelligen Unternehmenskrediten sitzenbleiben werden. Von den vielen kleinen Privatdarlehen ganz zu schweigen.«

»Soll das heißen, die Reichenbach Bank könnte in Konkurs gehen?«

»Die Gefahr besteht durchaus, meine Liebe. Aber ich werde alles tun, um das zu vermeiden, und ich bin zuversichtlich, dass es auch gelingen wird. In manchen Bereichen erzielen wir Gott sei Dank immer noch Gewinne, vor allem mit der Ufa-Beteiligung. Das Quartalsende verspricht wieder eine sehr ansehnliche Dividende.«

Constanze atmete auf. »Was veranlasst dich dann, mich so zu erschrecken?«

Gustav hob den Blick von seinem Teller und schaute ihr fest in die Augen. »Die Erkenntnis, dass ich die unheilige Allianz, die unser Land auf das Äußerste bedroht, nicht länger mit dem Geld der Reichenbach Bank finanzieren werde.«

»Bitte verzeih, wenn ich gerade nicht verstehe«, sagte sie. »Aber von welcher Allianz sprichst du?«

Den Blick weiter auf sie gerichtet, führte er sich ein Stück Karpfen zum Mund. »Von Hitler und Hugenberg natürlich, von wem denn sonst?«

»Das ist ja wohl die Höhe!« Mit einem Schlag wurde ihr klar, worum es in Wirklichkeit ging. Um Fassung ringend, griff sie nach ihrer Perlenkette. »Hast du … hast du nicht gerade noch gesagt hat, dass wir es der Ufa verdanken, wenn die Bank nicht in Konkurs geht?«

»Das habe ich durchaus«, bestätigte er seelenruhig kauend. »Aber beides hat nichts miteinander zu tun. Hugenberg ist ein hervorragender Unternehmer, er hat die Ufa in beeindruckender Weise saniert und wieder profitabel gemacht.«

»Wie … wie kannst du es dann wagen, so über ihn zu reden?«

»Das will ich dir gern sagen, meine Liebe.« Er tupfte sich mit seiner Serviette den Schnauzbart ab, in dem ein Stückchen Fisch hing, und spülte mit einem Schluck Sancerre nach. »Hugenberg ist leider nicht nur Unternehmer, sondern auch Politiker, und als Politiker ist er ein Unglück für unser Land! Er paktiert mit Hitler, und wenn er diesem Wahnsinnigen in den Sattel hilft und der durch Hugenbergs Hilfe eines Tages an die Macht gelangt, wird unser Vaterland in Flammen aufgehen.«

Constanze konnte nur noch mit Mühe an sich halten. »Ich habe schon immer gewusst, du bist ein politischer Ignorant. Aber diese … diese unglaubliche Verkennung der Lage, die schlägt dem Fass nun wirklich …«

»Wie auch immer«, schnitt er ihr das Wort ab. »Ich werde diese Entwicklung nicht länger unterstützen, vielmehr werde ich ab sofort im Rahmen meiner bescheidenen Möglichkeiten alles daransetzen, sie aufzuhalten. Darum keine weiteren Gelder mehr für solche Halunken, wie sehr du mich auch darum bittest. Punkt! Aus! Basta!«

Constanze warf ihr Besteck auf den Teller. »Einen solchen Undank habe ich noch nicht erlebt. Du willst mir Gelder verweigern, die mir zustehen? Ohne mich wärst du doch nie auf die Idee gekommen, dich in der Ufa zu engagieren. Genau genommen war ich es doch, die die Reichenbach Bank vor dem Ruin gerettet hat.«

Gustav zerlegte weiter unbeirrbar seinen Fisch, mit der Ruhe eines Menschen, der mit sich im Reinen ist. »Wenn du die Dinge so betrachten möchtest, meine Liebe – bitte sehr, es sei dir unbenommen.«

»Aber ich habe Anspruch auf das Geld!«, rief sie, außer sich vor Zorn. »Wir haben eine Vereinbarung getroffen!«

»Die hiermit gekündigt ist«, erklärte Gustav, ohne sich in seiner Tätigkeit auch nur eine Sekunde unterbrechen zu lassen. »Doch für den Fall, dass dir das unerträglich sein sollte, stelle ich dir selbstverständlich frei, mich und mein Haus zu verlassen. Dann allerdings solltest du dich darauf einrichten, dass du keinen Pfennig mehr von mir erhältst. Und du wieder da landest, wo du warst, als ich dich geheiratet habe.« Er häufte ein Stück Karpfen auf seine Gabel und blickte sie mit seinen Seehundsaugen an. »Der Fisch schmeckt übrigens ausgezeichnet – mein Kompliment an die Köchin.«

65

Mit einem Brief seines Sohnes in der Hand stand Erich am Fenster seiner Villa und schaute hinaus auf den zugefrorenen See, so einsam und allein wie Adam vor Evas Erschaffung. Das Hänschen hatte ihm zu Weihnachten geschrieben, und während der Lichterglanz, der überall in der Nachbarschaft aus den Fenstern der festlich erleuchteten Weihnachtszimmer in die Dunkelheit strahlte, Zeugnis davon gab, dass in dieser Nacht auf der ganzen Welt die Menschen zusammenkamen, um die Ankunft des Herrn zu feiern, hatte er den Abend damit verbracht, wieder und wieder die in ungelenker Kinderschrift gekrakelten Zeilen zu lesen, mit denen das Hänschen ihm von seinem Leben in Amerika berichtete. Offenbar lebte sein Sohn sich immer mehr in seiner neuen Welt ein. Zwar hatte er den Brief auf Deutsch geschrieben, aber fast in jeden Satz hatte sich ein englisches Wort eingeschlichen, und in der Anrede hatte es nicht »Lieber Papa«, sondern »Dear Daddy« geheißen. Nein, es würde nicht mehr lange dauern, und das Hänschen würde kein Deutscher mehr sein, sondern ein waschechter Amerikaner.

Mit wem sein Sohn wohl heute den Heiligen Abend verbrachte, außer mit seiner Mutter? Vielleicht gab es ja schon jemanden, der sich um die zwei kümmerte?

Mit einem Seufzer wandte Erich sich vom Fenster ab und ging an den Schreibtisch, um seinem Sohn zu antworten. Schwarz und schweigend stand das Telefon vor ihm. Auch wenn er es sich selbst nicht eingestanden hatte, hatte er insgeheim gehofft, Rahel und Tino würden anrufen, um ihn einzuladen. Aber das Telefon hatte den ganzen Abend beharrlich geschwiegen.

Er nahm sein Briefpapier und schraubte den Füllfederhalter auf.

Mein liebes Hänschen,
heute Morgen fand ich Deinen Weihnachtsbrief in der Post. Ich kann Dir gar nicht sagen, wie sehr ich mich darüber gefreut habe. Pünktlicher konnte das Christkind gar nicht sein! Aber sag, ist es wirklich wahr, dass Du den ›Lederstrumpf‹ auf Englisch gelesen hast? Ich kann mich noch genau erinnern, wie ich in Deinem Alter zum ersten Mal …

Das Telefon klingelte.

In derselben Sekunde griff Erich zum Hörer. Doch dann zögerte er, mit der Hand schon am Apparat. Was sollte er sagen, wenn die Einladung jetzt doch noch kam?

Als er schließlich abhob, meldete sich jedoch weder Tino noch Rahel am anderen Ende der Leitung, sondern Marlene Dietrich. Aufgeregt fiel sie mit einem wahren Redeschwall über ihn her, dem er entnahm, dass es am letzten Drehtag Probleme bei einer Großaufnahme gegeben hatte. Angeblich hatte der Kameramann gesagt, sie habe eine Entennase und ihr Gesicht könne unmöglich im Profil gezeigt werden.

»Entennase?«, fragte Erich.

»Ja«, sagte die Dietrich. »Und das Schlimme ist, er hat recht. Ich habe die Muster gesehen. Was soll ich jetzt tun? Meine Karriere steht auf dem Spiel!«

Erich hatte keine Ahnung, was er an dem Gesicht der Schauspielerin ändern konnte. Sie waren sich ja von Anfang an alle einig gewesen, dass es schönere Gesichter als ihres gab. Trotzdem war er froh, dass die Dietrich angerufen hatte. Probleme hysterischer Schauspielerinnen zu lösen, gehörte zu seinem Metier, damit kannte er sich aus – die beste Ablenkung von seinem Kummer.

»Ich werde mich darum kümmern«, sagte er.

»Wann?«, wollte die Dietrich wissen.

»Sobald wir wieder drehen. Gleich am ersten Tag.«

66

Am Gendarmenmarkt neigte der Weihnachtsabend sich dem Ende zu, die Christbaumkerzen waren bis auf die Stümpfe heruntergebrannt, und Alex war nach dem langen und aufregenden Tag mit seinen Spielsachen selig am Boden eingeschlafen, als Rahel und Tante Ottilie, die zusammen den Tisch abgeräumt hatten, aus der Küche ins Esszimmer zurückkehrten. Obwohl alle Gäste sich während der Mahlzeit mehrmals genommen hatten, besonders Fritz, der trotz seines geringen Wuchses für drei essen konnte, war sowohl von dem

Gänsebraten als auch von den Klößen und dem Rotkohl noch so viel übrig geblieben, dass Rahel jedem eine Portion für zu Hause hatte einpacken können.

»Jetzt brauche ich einen Schnaps«, sagte Fritz. »Sonst platze ich.« Obwohl der Châteauneuf-du-Pape angeblich keine Wirkung tat, sprach er inzwischen mit so schwerer Zunge, als hätte er ein halbes Dutzend Doppelwacholder intus.

»Sei froh, dass du dir noch mal den Magen hast vollschlagen können«, sagte Tante Ottilie, während Tino Fritz' Aufforderung nachkam. »Wer weiß, ob wir nächstes Jahr Weihnachten wieder so satt zu essen bekommen wie heute.«

Rahel glaubte zu verstehen, was sie meinte. »Hast du Angst, Fritz könnte seine Arbeit verlieren?«

»Bei Siemens?«, fragte Detlef, bevor Tante Ottilie antworten konnte. »Eure Sorgen möchte ich haben!«

Auch er sprach nicht mehr mit ganz sicherer Zunge. Schon beim Essen war Rahel aufgefallen, dass er fast so viel getrunken hatte wie Fritz, und wie dieser ließ er sich jetzt von Tino einen Schnaps einschenken, obwohl er sonst kaum Alkohol trank.

»Wir haben eigentlich gar nicht darüber reden wollen«, erklärte Edgar. »Aber die Wittenberger Assekuranz, die Detlef vertritt, hat Konkurs angemeldet.«

»Und was bedeutet das?«

»Was wohl?«, schnaubte Detlef. »Wenn kein Wunder passiert, muss ich meine Agentur schließen. Und meine ganzen Ersparnisse hatte ich in Aktien angelegt.« Er nahm seinen Schnaps und kippte ihn in einem Zug. »Wovon soll ich dann leben?«

Edgar nahm seine Hand. »Wir schaffen das schon, zum Glück habe ich ja eine gute und sichere Anstellung. Bei der Ufa kann mir noch weniger passieren als Fritz bei Siemens.«

Mit Detlefs Hand in der seinen drehte er sich zu Rahel herum und schaute sie voller Dankbarkeit an. Peinlich berührt wich sie seinem Blick aus. Edgar hatte sie zwar helfen können, es hatte sie auch nicht viel gekostet, doch bei jemand anderem hatte sie kläglich versagt.

»Was Lilly wohl gerade macht?«, fragte sie leise.

»Die ist die Einzige, um die wir uns nicht sorgen müssen«, sagte Fritz. »Die lebt auf dem Lande wie die Made im Speck. Als hochwohlgeborene Gutsherrin.«

»Ach ja«, seufzte Tante Ottilie. »Jedes Ding hat zwei Seiten. Genau, wie sie immer gesagt hat ...«

67

Im »Goldenen Zapfhahn« war an diesem Heiligabend der Teufel los. All die Schönheiten der Nacht, die an den übrigen dreihundertvierundsechzig Tagen des Jahres in der Oranienburger Straße mit Einbruch der Dämmerung aus den Schatten traten, hatten sich mit ihren Beschützern in Heini Schmadtkes Eckkneipe eingefunden, um miteinander Weihnachten zu feiern. Kundschaft gab es heute keine, also ließen sie wie jedes Jahr an diesem Tag selbst die Puppen tanzen. Es hatte bereits die traditionelle Cancan-Aufführung der »Junghühner« gegeben, derjenigen Liebesdienerinnen, die erst seit diesem Jahr dem Gunstgewerbe nachgingen; dann hatte Mona Mona, die ungekrönte Königin des Viertels, einen Enthüllungstanz dargeboten, bei dem selbst den Luden die Spucke weggeblieben war; und jetzt zogen sie alle miteinander in einer Polonaise durch das Lokal, bei der es kreischend über Tische und Stühle ging.

Während Heini hinter dem Tresen mit den Bestellungen seiner Gäste um die Wette zapfte, kam Lilly mit dem Bedienen kaum noch nach. Nur mit einem kurzen Röckchen bekleidet, jonglierte sie ihr Tablett durch das Gewühl, barbusig, wie alle Kellnerinnen, die im »Goldenen Zapfhahn« arbeiteten – das hatte Heini zur Bedingung gemacht. Lilly hatte zuerst gezögert, doch als Heini ihr versprochen hatte, dass sie alle Trinkgelder würde behalten dürfen, und ihr darüber hinaus auch noch freie Kost und Logis in der alten Wohnung von Oma und Opa Lüders angeboten hatte, hatte sie eingewilligt. Erstens konnte sie sich eine eigene Wohnung sonst nirgendwo leisten, und zweitens wusste sie von ihrer früheren Arbeit, dass, wenn sie sich nackig machte, ihr schließlich niemand was weggucken würde.

War es ein Fehler gewesen, Tante Ottilie und Fritz anzulügen?

Des Nachts, wenn Heini das Licht in der Kneipe löschte und sie müde und erschöpft von der Arbeit hinauf in ihre Kammer stieg, trauerte sie den Zeiten nach, da sie mit Tante Ottilie und Fritz in der Wohnküche zusammengesessen hatte, und es tat ihr in der Seele weh, die zwei so hinters Licht geführt zu haben. Aber was hätte sie sonst machen sollen, wenn sie nicht im Gefängnis landen wollte? Sie hatte sich die Geschichte von ihrem Agrarökonomen ja nicht zum Spaß ausgedacht, es war ihr doch gar nichts anderes übriggeblieben, als unterzutauchen, auf Kreditbetrug stand Zuchthaus, und da sie im Vertrag Tante Ottilies Wohnung als Adresse angegeben hatte, würde die Polizei sie dort sofort finden, wenn der nette junge Bankbeamte mit der Goldrandbrille je auf die Idee kam, das Geld für ihren Kredit zurückzuverlangen. Ihr ganzes Geld steckte ja in den Aktien, und die hatten sich in Luft aufgelöst.

»Nicht einschlafen!«, rief Heini. »Die Gäste haben Durst!«

Die Polonaise war vorbei, und während alle wieder an die Tische zurückkehrten, eilte Lilly zum Tresen, wo Heini mit einer Batterie frisch gezapfter Gläser schon auf sie wartete. Mit einer gemurmelten Entschuldigung schnappte sie sich das Tablett, und obwohl sie in Windeseile bediente, vergaß sie nicht, dabei immer mit ihrem Luxushintern zu wackeln. Heini hatte behauptet, dass die Luden viel spendabler sein würden als ihre sonstigen Gäste, die am Trinkgeld knausern mussten, um sich ihr eigenes bisschen Vergnügen leisten zu können.

Es war schon fünf Uhr am Morgen, als die letzten Gäste endlich das Lokal verließen und Heini den Zapfhahn umlegen konnte. Lilly streifte sich ihre Bluse über, dann nahm sie ihren Geldbeutel, um Kassensturz zu machen. Nein, ihr Luxushintern hatte sie nicht im Stich gelassen, und die Luden waren wirklich so spendabel, wie Heini prophezeit hatte – sie hatte in dieser einen Nacht über hundert Mark Trinkgeld kassiert.

Heini schenkte am Tresen zwei Gläser Curaçao ein und kam damit zu ihr an den Tisch. »Frohe Weihnachten!«

Lilly nahm ihr Glas und prostete ihm zu. »Dir auch frohe Weihnachten!«

Sie stießen an und tranken. Während Lilly spürte, wie der Alkohol sich wohltuend in ihrem geschundenen Körper ausbreitete, deutete Heini mit seinem einen Auge auf ihr Geld, das sie nach Münzen geordnet in verschieden hohen Türmchen vor sich aufgereiht hatte.

»Ein ganz schöner Batzen.«

»Ja«, sagte sie. »Aber leider trotzdem nur ein Tropfen auf den heißen Stein.«

Heini verstand. »Hast du Schulden?«

Sie blickte in ihr Glas mit dem blauen Likör und nickte.

»Das könntest du ändern«, sagte er. »Ein Wort, und ich sorge dafür, dass du ...«

Unwillig schüttelte sie den Kopf. »Wie oft soll ich dir noch sagen, dass ich das nicht will?«

»Aber warum denn nicht, Mädchen? Sei nicht dumm! Du müsstest nur halb so viel arbeiten und würdest doppelt so viel verdienen. Junghühner werden immer gebraucht.«

»Nein, kommt nicht in Frage. Außerdem mache ich das hier nur vorübergehend. Ich meine, bis ich ...«

»Bis du was?«, fragte Heini.

»Bis ich was Besseres gefunden habe.«

Trotzig hob sie den Blick. Doch Heini verzog sein zerschossenes Gesicht nur zu einem zähnefletschenden Grinsen.

»Jaja, das sagen alle. Aber du wirst es auch noch begreifen. Wetten?«

68

Der erste Drehtag im neuen Jahr war da, und Erich hatte ein Problem. Die Dietrich war völlig aufgelöst. Er hatte die beste Visagistin der Ufa engagiert, und die mühte sich seit dem frühen Morgen, die Entennase seiner Hauptdarstellerin zu korrigieren. Doch was immer sie probierte, die Entennase blieb eine Entennase, wie die Kamera mit jeder Nahaufnahme aufs Neue bewies, und da die Dietrich sich kategorisch weigerte, die Szene mit dieser Nase zu spielen, drohte das Problem sich zur Katastrophe auszuweiten. Die Szene war eine Schlüsselszene des »Blauen Engel«, und die Premiere rückte unerbittlich näher. Die Dreharbeiten waren nur knapp im Produktionsplan, sie konnten sich keinen Tag Verzug leisten. Wenn die Dietrich nicht endlich zur Vernunft kam und sich mit ihrer verfluchten Nase abfand, dann …

Pommer war der Verzweiflung nah, und der Kameramann wollte schon das Handtuch werfen, als Rahels Schützling, der Requisiteur Edgar Weißpfennig, mit einem Kostüm für die Dietrich in die Garderobe kam. Als er nach dem Grund für die Aufregung fragte und Erich diesen nannte, hatte er eine Idee.

»Haben Sie es schon mit Abschattieren probiert?«

Die Visagistin blickte ihn an, als hätte er Chinesisch gesprochen. Statt zu erklären, was er meinte, nahm er kurzerhand eine Puderquaste und einen Kajalstift, um damit die Nasenflügel der Dietrich zu bearbeiten.

»Fertig!«

Erich konnte es kaum glauben, als er durch die Kamera schaute. Die Nase seiner Hauptdarstellerin war plötzlich so vollkommen wie gemalt! Dankbar drückte er Edgar die Hand.

»Sie hat der Himmel geschickt. Genial! Verraten Sie mir, woher Sie das wussten?«

Die Frage versetzte Edgar sichtlich in Verlegenheit. »Nun ja, in meinen Kreisen, da … da weiß man so etwas eben …«

Erich musste lachen. »Stimmt, das hatte ich ganz vergessen!« Um zu zeigen, dass sein Lachen nicht böse gemeint war, fügte er hinzu: »Darf ich mich erkundigen, wie es Herrn Scheunemann geht? Sein Name war doch Scheunemann, nicht wahr? Ich hatte bei Herrn und Frau Reichenbachs Hochzeit kurz das Vergnügen.«

Er hatte gehofft, Edgar würde sich über die Frage nach dem Wohlergehen seines Freundes freuen, doch das Gegenteil war der Fall.

»Um ehrlich zu sein – es könne ihm kaum schlechter gehen …«

69

Die Fürstensuite im »Dresdner Hof« kostete einhundertfünfundvierzig Mark die Nacht, hinzu kamen in der Regel weitere hundert Mark für Speisen und Getränke. Folglich beliefen sich die Aufwendungen für ein Rendezvous zusammen auf rund zweihundertfünfzig Mark, ein Betrag, an den Constanze in normalen Zeiten nicht einen Gedanken verschwendet hätte. Aber was war in diesen Zeiten noch normal? Da sie über keinerlei Mittel mehr zur privaten Verwendung verfügte, nachdem Gustav sie so drastisch ihrer Mittel beraubt hatte, überstieg selbst eine so lächerliche Summe ihre Möglichkeiten, so dass sie sich das erforderliche Geld buchstäblich vom Munde hatte absparen müssen.

Umso größer war nun ihre Enttäuschung, als sie Alexander an diesem Abend empfing. All die kleinen und großen Dinge in der Suite, die ihr früher zur Lust gereicht hatten: der Eiskübel mit dem Champagner, die silberne Austern-Etagere, die schwellenden Polster im Schlafgemach – das alles erschien ihr auf einmal so falsch und verkehrt und von Grund auf fehl am Platz, als hätte ein böser Gott ihr Leben wie in einer Glaskugel durcheinandergewirbelt und auf den Kopf gestellt.

»Es ist mir unmöglich, länger mit diesem Mann unter einem Dach zu leben!«, erklärte sie.

Alexander verdrehte die Augen. »Aber das haben wir doch schon hundertmal diskutiert. Es wird dir nichts anderes übrigbleiben.«

»Nicht unter diesen Voraussetzungen. Diese sind doch jetzt vollkommen andere. Und da ist es eine Frage der Würde und des Stolzes …«

»Bitte verzeih, wenn ich widerspreche. Aber die elementaren Dinge sind unverändert dieselben. Wir können ohne das Geld deines Mannes nicht leben. Dagegen richten Würde und Stolz leider nicht das Geringste aus. – Und bevor du wieder das Thema Scheidung aufs Tapet bringst«, fuhr er mit erhobener Stimme fort, »du kennst meine Meinung dazu. Und die lautet nein, nein und nochmals nein! Aus den sattsam bekannten Gründen!«

»Soll das … soll das heißen, du willst alles beim Alten belassen?«, fragte sie, um Atem ringend. »Du lässt mich im Kerker meiner Ehe zurück, um weiter dein Leben zu führen, als wäre nichts passiert, und mich hier hin und wieder zu benutzen wie … wie eine – *Dirne*?« In ihrer Erregung hatte sie das letzte Wort regelrecht aus sich herausgeschleudert.

Doch Alexander blieb ungerührt. »Bei aller Liebe«, erwiderte er kalt, »aber ich fürchte, anders wird es nicht möglich sein. Es sei denn, du willst mit mir brechen.« Er trat auf sie zu und fixierte sie mit seinem Blick. »Oder ist es das, was du wünschst?«

Mit aufgerissenen Augen starrte sie ihn an. Plötzlich hatte sie das Gefühl, als würde der Boden unter ihr wanken, und während sie nach einer Stuhllehne griff, kamen all die Erinnerungen in ihr hoch, die sie zeit ihres Lebens zu überwinden suchte. Der Anblick ihres Vaters, wie er tot am Boden lag, das Gewehr noch in der Hand … der verzweifelte Abschied von ihrer goldenen Jugend an seinem Grab … die Erklärung des Testamentsvollstreckers, dass sie ohne jedes Vermögen war …

»Nein«, flüsterte sie. »Nein, das will ich nicht. Ich … ich bin doch dein. Ganz und gar …«

Ein Lächeln huschte über sein Gesicht. »Na, siehst du?« Er trat noch einen Schritt auf sie zu und nahm ihre Hand. »Ich wusste doch, dass du ein kluges Frauchen bist. Wir dürfen uns keinen Skandal erlauben, gerade jetzt nicht, da meine Parteikarriere endlich Fahrt aufnimmt. Ich würde sonst riskieren, mir sowohl Görings als auch Goebbels' Gunst zu verscherzen – an den Führer gar nicht erst zu denken.« Er führte ihre Hand an seine Lippen, und die Augen zu ihr aufschlagend, hauchte er einen Kuss auf ihre Fingerspitzen. »Ich glaube, der Führer wäre maßlos enttäuscht. Vor allem von dir.«

Ein Schauer lief ihr über den Rücken.

»Alexander …«

»Constanze …«

Noch einmal küsste er ihre Hand, und ohne die Augen von ihr zu lassen, knöpfte er ihre Bluse auf. »Apropos: Willst du deiner Freundin Geli nicht mal wieder schreiben?«, fragte er, während sie, gefangen von seinem Blick, seinen Moschusduft atmete. »Wäre doch zu schade, wenn dieser schöne Kontakt verloren ginge …«

70

Edgar wusste nicht mehr ein noch aus. Nein, er hatte nicht übertrieben, als Pommer sich nach dem Befinden seines Freundes erkundigt hatte – schlechter konnte es Detlef kaum gehen. Nach dem Bankrott der Wittenberger Assekuranz hatte er sich lange Zeit bemüht, eine andere Versicherungsgesellschaft zu finden, die er vertreten könnte, doch vergeblich. Die Gesellschaften, die noch nicht in Konkurs gegangen waren, brauchten keine zusätzlichen Agenten, in diesen Zeiten hatte ja kaum noch ein Kunde Geld, um sich die Prämien für eine Versicherung zu leisten, so dass sich Detlefs schlimmste Befürchtungen bewahrheitet hatten und ihm nichts anderes übriggeblieben war, als tatsächlich seine Agentur zu schließen.

Mit jeder enttäuschten Hoffnung war er verbitterter geworden, und in seiner Verbitterung kapselte er sich immer mehr ab. Die meisten Tage verbrachte er inzwischen fast vollständig in seinem Billardzimmer, das außer ihm niemand betreten durfte. Wann immer Edgar in den Flur kam, hörte er das Klackern der Kugeln. Klack … klack … klack … Dabei versuchte er alles, um Detlef zu helfen. Jeden Morgen beim Frühstück schlug er als Erstes die Seite mit den Stellenangeboten auf, und wenn es tatsächlich eine Stelle gab, die für Detlef in Frage kam, beschwor er ihn, sich zu bewerben – er war doch so talentiert und für alles Mögliche zu gebrauchen! Aber was immer es war, Detlef wollte nichts davon wissen, und nachdem er einmal böse erwidert hatte, dass Edgar es wohl satthabe, ihn durchzufüttern, hatte er damit aufgehört. Er wusste, wie schwer es war, sich aushalten zu lassen, es war ja noch nicht lange her, als es umgekehrt gewesen war und er keine Arbeit gehabt und Detlef auf der Tasche gelegen hatte. Aber warum lehnte er jeden noch so gut gemeinten Vorschlag ab? Nicht mal amüsieren wollte er sich. Wenn Edgar abends mit ihm ins Kino gehen wollte oder in eine Bar oder in irgendeine Veranstaltung, ein Konzert oder eine Revue, zeigte Detlef ihm die kalte Schulter, manchmal so schroff, dass Edgar mit den Tränen kämpfen musste, um gleichzeitig immer öfter allein auszugehen, doch ohne zu sagen, wohin. Dann kam er erst spät in der Nacht wieder nach Hause, nach Alkohol und Zigaretten riechend und manchmal auch nach fremdem Männerparfüm. Und die ganze Zeit hatten sie kein einziges Mal mehr miteinander geschlafen.

Hatte Detlef jemand anderen kennengelernt?

Auch an diesem Abend hörte Edgar wieder das Klackern der Billardkugeln im Flur, als er von der Arbeit nach Hause kam. Doch heute war er entschlossen, sich nicht abwimmeln zu lassen, und er hatte Grund zu der Hoffnung, dass es ihm diesmal gelang. Denn zum Dank für seine Verdienste um Marlene Dietrichs Nase hatte Erich Pommer ihm zwei Ehrenkarten für die Welturaufführung des »Blauen Engel« zukommen lassen.

»Sämtliche Schauspieler werden da sein, allen voran natürlich Emil Jannings! Und stell dir vor, unsere Plätze sind in der zweiten Reihe, gleich hinter den Schauspielern und dem Regisseur. Und die Dietrich, das kannst du mir glauben, die ist eine Sensation. Die könnte in jeder Travestieshow auftreten – du wirst begeistert sein! Also schmeißen wir uns in Schale und machen uns einen schönen Abend.«

Doch Detlef schüttelte nur den Kopf. »So ein Spektakel ist das Letzte, was ich brauche«, sagte er mit Grabesstimme, und ohne ein weiteres Wort ließ er Edgar stehen und verschwand zur Wohnungstür hinaus.

71

Genau fünf Monate war es her, dass an der New Yorker Börse die Kurse abgestürzt waren, doch das Beben, das der Schwarze Freitag im Oktober ausgelöst hatte, war auch im Frühling noch nicht verebbt, im Gegenteil, immer höher türmten sich die Wogen rund um den Globus auf, als wollten sie die ganze Welt in den Abgrund reißen. Mehr als alle anderen Länder aber war Deutschland von den Folgen der internationalen Finanzkrise betroffen, denn fast alle ausländischen Banken und Investoren hatten ihr Geld von den deutschen Börsen abgezogen, buchstäblich über Nacht, und eigenes Kapital war immer noch rar. Es war, als hätte jemand die Leitung gekappt, die die Wirtschaft des Reiches mit dem zu ihrem Betrieb erforderlichen Strom versorgte, und das Firmensterben grassierte im Land wie einst die Spanische Grippe. Die Zahl der Arbeitslosen war Ende März auf über dreieinhalb Millionen gestiegen, und während unzählige Familienväter nicht mehr wussten, wie sie ihre Frauen und Kinder ernähren sollten, fanden die Rechtsparteien immer mehr Zulauf – allein die NSDAP zählte inzwischen hundertdreißigtausend Mitglieder –, und der Druck, den sie auf die Regierung ausübten, nahm so sehr zu, dass der sozialdemokratische Kanzler Hermann Müller mitsamt seinem Kabinett zurücktreten musste.

Doch unbeirrt von alledem feierte die Ufa am ersten April im »Gloria-Palast« am Kurfürstendamm die glanzvolle Premiere ihres neuesten Films »Der blaue Engel«, und wie bei jeder Uraufführung einer solchen Großproduktion drängten sich vor dem strahlend hell erleuchteten Portal des Lichtspieltheaters Hunderte von Schaulustigen, um das Defilee der Stars zu bestaunen. Als Finanzdirektor durfte Tino bei dem Ereignis natürlich nicht fehlen, und trotz allem, was zwischen Pommer und ihm vorgefallen war, hatten sie beschlossen, zusammen die Premiere zu besuchen – schließlich hatten sie sich ja versprochen, Freunde zu bleiben, und wenn ihnen das an diesem Abend nicht gelang, wann dann? Rahel hingegen war zu Hause geblieben, und Tino hatte erst gar nicht versucht, sie umzustimmen. Er verstand ja nur zu gut, dass sie nicht mitansehen wollte, wie eine andere Schauspielerin in der Rolle glänzte, die eigentlich sie hatte spielen sollen.

Da Tinos Auto in der Werkstatt war, hatte Erich ihn mit dem Taxi abgeholt. Als sie vor dem »Gloria« aus dem Wagen stiegen, schritt gerade Thomas Manns Bruder, der Autor der Romanvorlage, über den roten Teppich, Seite an Seite mit seiner Freundin, der Schauspielerin Trude Hesterberg – mit hochgerecktem Kinn und trotzigem Blick führte er sie durch das Blitzlichtgewitter der Fotografen. Wie

Tino von Pommer wusste, hatte der Autor versucht, seine Freundin für die Rolle der Lola Lola durchzusetzen, doch Emil Jannings hatte ein Machtwort gesprochen.

»Wie kommt es, dass er überhaupt hier ist? Ich dachte, der wäre *Persona non grata.*«

»Keine Ahnung«, erwiderte Pommer. »Wahrscheinlich hat er sich selbst eingeladen.«

»Du meinst, der kreuzt einfach so hier auf? Auf eigene Faust? – Respekt!«

»Je nachdem, wie man's nimmt. Pass auf, gleich kommt's zum Knall.«

Tatsächlich, Thomas Manns Bruder steuerte mit seiner Begleiterin geradewegs auf Alfred Hugenberg zu, den obersten Chef der Universum Film AG, der am Eingang die Honneurs machte. Doch als der den Autor zusammen mit der Hesterberg sah, machte er auf dem Absatz kehrt und suchte das Weite.

»Eins zu null für Thomas Manns Bruder«, sagte Tino.

»Abwarten«, erwiderte Pommer. »Ein Film dauert neunzig Minuten.«

72

Rahel hatte lange gezögert, ob sie vielleicht doch mit Tino und Erich zu der Premiere gehen sollte. Irgendwie fand sie es feige, zu Hause zu schmollen, statt sich zu zeigen – feige und auch ziemlich unwürdig. Doch dann hatte sie sich an die Uraufführung des »Faust« erinnert. Da hatte sie schon einmal erlebt, wie eine andere den Applaus eingeheimst hatte, der ihr selbst hätte gelten können, und das hatte ihr gereicht. Ein für alle Mal.

Nein, sie hatte sich richtig entschieden. Auch wenn es vielleicht feige war, es war besser, von vornherein zu Hause zu bleiben, als hinterher im Kino davonzurennen. Und schmollen brauchte sie deshalb ja nicht, schließlich hatte sie eine Aufgabe. Alex war schon im Bad gewesen und hatte sich gewaschen und die Zähne geputzt. Jetzt wartete er in seinem Zimmer darauf, dass sie ihm noch eine Knochengeschichte erzählte, und sie wusste auch schon, welche. Er hatte heute mit ein paar Freunden auf einem Bolzplatz Fußball gespielt, da würde er sicher gern noch einmal hören, wie der große Junge als Stürmer ein ganzes Dutzend Tore geschossen hatte.

Doch als sie in sein Zimmer kam und sich zu ihm ans Bett setzte, kehrte er ihr den Rücken zu.

»Keine Geschichte. Ich will schlafen.«

»Nanu, wie kommt das denn?«

»Bin schon soooo müde.«

Rahel hob verwundert die Brauen. Es war noch nie vorgekommen, dass Alex freiwillig auf seine Knochengeschichte verzichtete. Was konnte der Grund sein? Wirklich nur die Müdigkeit? Sicher, er war den ganzen Nachmittag an der frischen Luft gewesen und hatte drei Stunden lang Fußball gespielt, aber das war ja nicht das erste Mal gewesen. Doch da ihr keine andere Erklärung einfiel, ließ sie die Sache auf sich beruhen.

»Na gut«, sagte sie, »dann suche ich noch deine Teddys, damit sie in der Nacht auf dich aufpassen. Wo hast du sie versteckt?«

Als sie die Decke aufschlug, hatte Alex zu ihrer Überraschung die zwei Bären schon im Arm. Aber wie sahen sie aus? An ihren Köpfen fehlte der Cowboyhut beziehungsweise der Federschmuck, die Tante Ottilie angenäht hatte. Die Fäden hingen noch im Fell, offenbar hatte sie jemand abgerissen.

Als sie Alex' schuldbewusstes Gesicht sah, wusste sie auch, wer.

»Warum hast du das gemacht? Jetzt sind Winnetou und Old Shatterhand bestimmt ganz traurig.«

»Das sind nicht Winnetou und Old Shatterhand«, sagte er. »Das sind Papa und du.«

»Was sagst du da?«

Statt einer Antwort legte er die Teddybären wie ein Liebespaar in seinem Bett zusammen, dann schlang er die Arme um die zwei Stofftiere und kehrte ihr wieder den Rücken zu.

»Gute Nacht, Mama. Mach bitte das Licht aus.«

73 Obwohl Erich den Film schon dreimal gesehen hatte, schmerzte es ihn immer noch, wie weit »Der blaue Engel« sich im Verlauf der Produktion von der Vorlage entfernt hatte. Keine Spur mehr von der Zeitkritik, die den Roman befeuert hatte. Wie sehr musste Heinrich Mann unter der Verstümmelung leiden … Er war ja bekennender Sozialist und sein Roman ein politisches Pamphlet. Zu erleben, dass davon kaum noch was übrig war, musste eine Qual für ihn sein. Warum setzte er sich ihr aus?

Plötzlich kam Erich ein Gedanke. War Heinrich Mann womöglich gekommen, um einen Skandal zu machen? So entschlossen, wie er auf Hugenberg zumarschiert war, war ihm das zuzutrauen.

Beunruhigt drehte er sich um. Ein Premierenskandal war das Letzte, was sie brauchten. Doch als er Heinrich Mann im Publikum entdeckte, traute er seinen Augen nicht. Der Romanautor litt nicht im Geringsten, und einen Skandal führte er ganz sicher nicht im Schilde. Stattdessen stierte er, ohne Rücksicht auf seine Begleiterin, mit Stielaugen auf die Leinwand, wo die Dietrich gerade halb nackt das Lied der Lola Lola sang.

Ich bin von Kopf bis Fuß
Auf Liebe eingestellt,
Denn das ist meine Welt.
Und sonst gar nichts …

Erich musste grinsen. War Professor Unrat vielleicht gar keine Erfindung? War Professor Unrat vielleicht der Autor selbst? Schließlich sah Heinrich Mann mit seinem Spitzbart sogar äußerlich ein wenig so aus wie sein Alter Ego im Film. Amüsiert beobachtete er, wie Heinrich Mann sich jetzt sogar eine Brille aufsetzte, um besser zu sehen. Dieser alte Schmeggelegg … Offenbar stimmte tatsächlich, was manche Leute behaupteten – dass der Autor des »Professor Unrat« nicht nur ein überzeugter Sozialist war, sondern vor allem ein hoffnungsloser Erotomane.

Auch Tino hatte Heinrich Mann inzwischen entdeckt und grinste. Erich zuckte die Schulter. Wenn dem tatsächlich so war, wie er glaubte, konnte es ihnen allen nur recht sein. Besser, Heinrich Mann ergötzte sich an den Beinen der Dietrich, als dass er vor Publikum und Presse Krawall schlug.

Beruhigt drehte Erich sich wieder um, um weiter den Film zu verfolgen.

Das ist, was soll ich machen,
Meine Natur,
Ich kann halt lieben nur
Und sonst gar nichts …

Er wusste, jetzt kam der Höhepunkt der Szene. Das schien auch das Publikum zu spüren, genauso gespannt wie das Tingeltangel-Publikum im Film, verfolgte es jede Bewegung der Dietrich. Und *wie* sie sich bewegte … Während sie sang, ließ sie lasziv ihr endlos langes Bein von dem Barhocker schwingen, auf dem sie mit nur einer Pohälfte saß, und während sie sich den Zylinder mit einem Kavaliersstöckchen in die Stirn rückte, schlug sie die Augen so verführerisch auf, dass aus dem Tingeltangel-Publikum Professor Unrat zu ihr auf die Bühne sprang, um schmachtend vor ihr auf die Knie zu sinken. Ein Raunen ging durch den Kinosaal. Unwillkürlich musste Erich daran denken, wie er mit Rahel die Szene geprobt hatte. Er war wirklich beeindruckt gewesen, wie gut sie ihre Sache gemacht hatte. Doch die Dietrich war nicht gut – sie war sensationell! Sogar die Idee, das Lied in Frack und Zylinder zu singen und dazu diese schwindelerregend hohen Schuhe und Netzstrümpfe zu tragen, die ihre phantastischen Beine noch mehr zur Geltung brachten, war ihre Idee gewesen. Regisseur von Sternberg hatte nur noch seinen Segen dazu geben müssen, den Rest hatte sie ganz allein gemacht.

Männer umschwirr'n mich,
Wie Motten um das Licht.

Und wenn sie verbrennen,
Ja dafür kann ich nicht.

Ja, sie war die ideale Verkörperung der Lola Lola, und es war richtig gewesen, die Rolle mit ihr umzubesetzen, auch wenn dies auf Rahels Kosten geschehen war. Die Dietrich spielte nicht die Lola, sie *war* die Lola – eine Frau, der jeder Mann verfiel.

Das ist, was soll ich machen,
Meine Natur,
Ich kann halt lieben nur
Und sonst gar nichts …

Und Rahel? Erich stöhnte leise auf. Nein, Rahel war keine *Femme fatale*, und niemand würde ihr verfallen.

Rahel war eine Frau, in die ein Mann sich verliebte.

Um sie ein Leben lang zu lieben.

So wie Tino und er.

74

An manchen Abenden wäre Rahel dankbar gewesen, wenn Alex freiwillig auf seine Knochengeschichte verzichtet hätte. Wie oft bekam er kein Ende und bettelte stundenlang, damit sie weiter und weiter erzählte, auch wenn ihr selbst schon die Augen zufielen. Doch heute war es genau umgekehrt, heute wäre sie froh gewesen, wenn sie hätte bei ihm bleiben müssen, um sich eine Geschichte nach der anderen für ihn auszudenken, am liebsten den ganzen Abend, bis Tino wieder nach Hause kam. Denn solange sie beschäftigt war, musste sie nicht grübeln.

Jetzt aber kehrten ihre Gedanken wieder zu der Premiere des »Blauen Engel« zurück, die an diesem Abend im »Gloria« gefeiert wurde – ohne sie. Sollte sie vielleicht ihr Zimmer putzen? Die Fenster könnten es durchaus mal wieder vertragen. Da sie keine bessere Idee hatte, ging sie in die Besenkammer und holte ihr Putzzeug. Doch als sie damit in ihr Zimmer kam, fiel ihr das Libretto ins Auge, das Hugo Correll ihr vor einer Ewigkeit in die Hand gedrückt hatte, »Mona Lisa« – es sprang ihr förmlich vom Schreibtisch entgegen. Obwohl es schon seit Monaten dort lag, hatte sie es nie zu Ende gelesen.

War heute vielleicht der richtige Tag, um die Lektüre nachzuholen?

Wie ein stummer Vorwurf blickte das Büchlein sie an. Kurzentschlossen setzte sie sich an den Schreibtisch und überblätterte die ersten Seiten. Die in der Gegenwart spielende Rahmenhandlung mit dem frisch verheirateten Ehepaar, das in Florenz das Kloster besuchte, in dem einst die von Leonardo da Vinci verewigte Mona Lisa gelebt hatte, kannte sie ja schon – jetzt wollte sie die eigentliche Geschichte kennenlernen. Vielleicht war es ja kein Zufall, dass sie ausgerechnet heute wieder darauf gestoßen war, vielleicht war der Stoff ja doch etwas für sie.

Aber so unverhofft, wie der kleine Funke Hoffnung aufgeflackert war, so rasch erlosch er auch schon wieder. Kaum hatte sie zu lesen begonnen, stellte sich heraus, dass die Geschichte der Titelheldin, die zwei Männer gleichzeitig liebte, genauso zum Scheitern verurteilt war wie ihre eigene, und je weiter sie mit der Lektüre kam, desto düsterer und auswegloser wurde sie. Am Ende waren beide Männer tot, und die Titelheldin war noch unglücklicher als Rahel.

Nachdem sie die letzte Seite gelesen hatte, stand ihr Entschluss fest. Nein, sie würde Corrells Angebot nicht annehmen. Auch wenn es vielleicht Aberglaube war: Wenn sie und Erich und Tino aus diesem Stoff einen Film machten, liefen sie Gefahr, dasselbe Ende zu nehmen wie Mona Lisa und ihre zwei Männer.

Sie klappte das Libretto zu. Am besten, sie schickte den Text gleich morgen mit der entsprechenden Absage zurück, bevor sie noch in Versuchung kam.

75

Als im »Gloria-Palast« der Vorhang fiel, war rauschender Beifall die Antwort des Publikums, und sämtliche Zuschauer erhoben sich von ihren Plätzen, um ihre Begeisterung für den Film zu bekunden. Auch Tino und Erich standen auf, und während sie sich die Hände wund klatschten, tauschten sie immer wieder erleichterte Blicke. Keine Frage, »Der blaue Engel« würde der große Erfolg werden, den sie sich alle erhofft hatten und der für das Überleben der Ufa so entscheidend war.

Im Zentrum des Jubels stand als strahlende Königin des Abends Marlene Dietrich. Immer wieder musste sie sich dem Publikum zeigen, zusammen mit Emil Jannings, dem Darsteller der ursprünglichen Titelfigur, der an ihrer Seite fast wie eine Zweitbesetzung wirkte, obwohl doch er der eigentliche Star des Abends hätte sein müssen. Immerhin betrug seine Gage zweihunderttausend Reichsmark, wie niemand besser wusste als Tino, eine der höchsten Gagen, die ein deutscher Schauspieler je kassiert hatte, wogegen die Gage der Dietrich sich auf vergleichsweise bescheidene fünfundzwanzigtausend Mark belief.

Es dauerte über ein Dutzend Vorhänge, bis das Publikum die Dietrich entließ. In einem wahren Triumphzug verließ sie den Saal. Auch Tino schloss sich der Prozession an, zusammen mit Pommer.

Im Foyer trat ein zwei Meter großer Hüne mit strohblondem Haar und leuchtend blauen Augen auf die Dietrich zu. *»A star is born!«*, rief er so laut, dass jedermann es hören musste, und küsste ehrerbietig ihre Hand.

Als sie ihn fragte, mit wem sie das Vergnügen habe, entpuppte der Hüne sich als amerikanischer Filmagent, der die Rechte am »Blauen Engel« erwerben wollte, um den Film in den Vereinigten Staaten zu zeigen. Was für eine großartige Nachricht! Während Tino sich den Dollarregen vorstellte, der auf die Ufa niedergehen würde, fiel ihm Thomas Manns Bruder ein. Für den Autor bedeutete die frohe Botschaft ein zusätzliches Honorar von zehntausend Mark – ein Vermögen für einen Mann, der an permanenter Geldnot litt.

Als Tino den Autor in der Menge fand, wurde der jedoch gerade von Emil Jannings in Beschlag genommen. Lob heischend erkundigte der Schauspieler sich bei ihm nach einer Beurteilung des Films im Allgemeinen sowie seiner Leistung im Besonderen.

Als Tino die Antwort hörte, musste er sich beherrschen, um nicht laut loszulachen.

»Den Erfolg dieses Films«, erklärte Thomas Manns Bruder, »werden in erster Linie die nackten Oberschenkel der Frau Dietrich ausmachen.«

Wie zur Bestätigung trat genau in diesem Moment die Dietrich an ein Mikrophon, um noch einmal ihr Lied zu singen.

Ich bin von Kopf bis Fuß …

Kaum ertönte die erste Zeile, machte Emil Jannings auf dem Absatz kehrt und floh wie von tausend Teufeln gejagt aus dem Foyer.

76

Es war schon fast Mitternacht, doch Rahel saß immer noch am Schreibtisch. Sie hatte sich nach der Lektüre des Librettos gleich hingesetzt, um ihre Absage an Correll zu schreiben; solche Dinge brachte man am besten sofort hinter sich, wenn man sich einmal entschieden hatte. Mit einem Löschpapierroller trocknete sie nun die Tinte, dann faltete sie den Bogen zusammen und steckte ihn in ein Kuvert.

Als sie das Libretto nahm, um es ihrem Brief beizufügen, kam ihr ein seltsamer Gedanke. Mona Lisa war doch berühmt für ihr Lächeln – die ganze Welt vergötterte sie dafür. Aber wie konnte diese Frau lächeln, wenn sie eine so traurige Geschichte hatte? Irgendetwas stimmte da doch nicht. Aber was? … Rahel fielen nur zwei Möglichkeiten ein. Entweder war das Lächeln der Mona Lisa nur ein falsches, aufgesetztes Lächeln, mit dem Leonardo sie für die Nachwelt verewigt hatte, oder der Autor des Librettos hatte ihre Geschichte verfälscht.

Statt das Textbuch in den Umschlag zu stecken, schlug sie noch einmal die letzten Seiten der Rahmenhandlung auf, die sie nach ihrer Enttäuschung über Mona Lisas Schicksal nur noch überflogen hatte. Erst jetzt entdeckte sie, dass es am Schluss eine Pointe gab, die die ganze Geschichte in einem völlig neuen Licht erscheinen ließ. Als das

Brautpaar sich am Klosterausgang von dem Mönch verabschiedete, gab die Frau ihm zum Dank für die Führung eine Börse in die Hand, verbunden mit der Bitte, eine Messe für Mona Lisas Seelenheil lesen zu lassen. Der Mönch bedankte sich und versprach, ihren Wunsch zu erfüllen. Doch dann geschah etwas, das Rahel beim ersten Mal überlesen hatte. Als die Frau sich mit ihrem Mann zum Ausgang des Klosters wandte, ließ sie wie zufällig einen Strauß Iris fallen. Eilig hob der Mönch die Blumen auf, um sie ihr zu bringen, doch als sie weiterging, ohne sich nach ihrem Strauß umzuschauen, zögerte er, unsicher, wie er den Vorfall deuten sollte, um schließlich einen heimlichen Kuss auf die Blüten zu hauchen und der Fremden, während diese sich immer weiter entfernte, eine leise gestammelte Frage nachzusenden.

»Wer bist du? – Eva? – Magdalena? – Mona Lisa?«

Als Rahel die Worte las, war ihr, als würde der Mönch die Frage an sie selber richten. Und obwohl die Antwort im Dunkeln lag, dämmerte ihr eine Ahnung.

77

Die Premierenfeier hatte bis weit nach Mitternacht gedauert, viel länger, als Tino erwartet hatte. Dank der begeisterten Reaktion des Publikums hatte niemand mehr den geringsten Zweifel am Erfolg des »Blauen Engel«, und nachdem auch die ersten Rezensionen in den Nachtausgaben der Berliner Zeitungen, die Pommer noch während der Feier hatte besorgen lassen, sich vor Begeisterung überschlagen hatten, um Marlene Dietrich als neue Königin der Leinwand zu feiern, war der Champagner nur so in Strömen geflossen – sogar der sonst furznüchterne Aufsichtsratsvorsitzende Stauß hatte einen Schwips gehabt, als man sich voneinander verabschiedet hatte.

Vom Französischen Dom schlug es darum schon zwei, als Tino am Gendarmenmarkt aus seinem Wagen stieg, müde von dem langen Tag. Doch was war das? Hinter dem Fenster von Rahels Zimmer brannte noch Licht. Seltsam, normalerweise schlief sie längst, wenn er so spät nach Hause kam. Oder tat zumindest so.

Hatte sie etwa auf ihn gewartet? Und wollte ihm ein Zeichen senden?

Plötzlich wieder hellwach, schloss er die Haustür auf. Während er die Treppe hinauflief, überlegte er, wie er ihr möglichst schonend den Triumph der Dietrich beibringen konnte – es hatte ja keinen Sinn, ihr den Erfolg zu verheimlichen, morgen würden ja sämtliche Zeitungen voll davon sein. Zum Glück hatte er eine Idee. Egal, was für eine außergewöhnliche Schauspielerin die Dietrich sein mochte, worauf es ankam, war das wirkliche Leben. Und da gab es keine Frau, die Rahel das Wasser reichen konnte, egal, was die Zeitungen schrieben. Das würde er ihr sagen.

Doch als er vor ihrer Zimmertür stand, kamen ihm Zweifel. Was, wenn sie einfach nur nicht hatte schlafen können? Dann würde er sie mit seinem Premierenbericht nur unnötig aufwühlen, und sie würde womöglich die ganze Nacht kein Auge mehr zutun. Und überhaupt: Warum sollte das ein Zeichen sein, wenn in ihrem Zimmer noch Licht brannte? Sie waren doch kein Liebespaar, das sich irgendwelche Zeichen schickte. Sie waren nur noch Alex' Eltern, und wenn er mitten in der Nacht an ihre Tür klopfte, musste sie glauben, er wolle sie bedrängen.

Also ließ er seine Hand wieder sinken. »Gute Nacht, Rahel«, flüsterte er nur leise. Und noch leiser fügte er hinzu: »Ich liebe dich.«

Er wandte sich ab und ging ins Bad, um sich für eine weitere Nacht in seinem viel zu großen Bett fertig zu machen.

Leo Hengstenberg wartete sicher schon auf ihn.

78

Hugenberg hatte im Zollernhof den innersten Kreis des Reichsausschusses um sich geschart, um nach dem Etappensieg mit dem erzwungenen Rücktritt von SPD-Kanzler Müller über das weitere Vorgehen zu beraten, und Grau war dabei – als Hugenbergs Verbindungsmann zur NSDAP. Wie gut, dass er sich von Constanze nicht hatte kirre machen lassen. Er gehörte jetzt dazu, die Einladung in das Büro seines Chefs, das er selbst als Vorstandsmitglied der Ufa nur dann von innen zu sehen bekam, wenn Ostern und Weihnachten auf einen Tag fielen, war der Beweis. Wenn er jetzt weiterhin keine

Fehler machte, war sein Weg frei für die große, ja vielleicht sogar ganz große Karriere – nicht nur in der Partei, auch in der Universum Film AG.

Doch heute bestimmte allein die Politik die Tagesordnung. Inzwischen hatte die Reichswehrführung um Wehrminister Groener und General von Schleicher mit Hindenburgs Unterstützung Heinrich Brüning als Müllers Nachfolger im Kanzleramt auf den Schild gehoben, mit dem Auftrag, ohne Rücksicht auf Koalitionsbindungen ein antimarxistisches und antiparlamentarisches Präsidialkabinett zu bilden, und Brüning hatte angekündigt, mit harter Hand die deutsche Wirtschaft zu sanieren und alles zu tun, was nötig war, um trotz der hohen Reparationslasten die Stabilität der Reichsmark zu garantieren. Doch konnte man dem Braten trauen? Brüning war ein Zentrumsmann, also Mitglied und Parteigänger des Systems, egal, wie radikal er sich im Augenblick gerierte.

»Alter Wein in neuen Schläuchen«, spottete Goebbels darum nur. »Brüning kann nur eine Zwischenlösung sein. – Was meinen Sie, Obersturmbannführer?«

So unverhofft gefragt, zuckte Grau zusammen. Goebbels' Haltung war klar, aber wie dachte Hugenberg?

»Immerhin hat Brüning auch einen DNVP-Mann ins Kabinett geholt«, sagte er ausweichend.

»Sie meinen Ernährungsminister Schiele?« Hugenberg winkte ab. »Eine Alibiberufung, wenn Sie mich fragen. Außerdem ist Schiele ein unsicherer Kantonist.«

»Ganz Ihrer Meinung, Herr Geheimrat«, pflichtete Goebbels ihm bei. »Mit solchen Sperenzchen lassen wir uns nicht ins Bockshorn jagen, und ihre Ministerpöstchen sollen die Herren getrost unter sich verteilen. Unser Ziel ist die Macht.«

»Die ganze, ungeteilte Macht«, unterstützte Göring seinen Rivalen in seltener Eintracht. »Und um die zu erlangen, brauchen wir Neuwahlen – wenn es sein muss, mit der Brechstange! Lange wird Brüning sich sowieso nicht halten. Er hat ja keine Mehrheit im Parlament und muss bei jeder Abstimmung neue Bündnisse eingehen.«

»Sollte es zu Neuwahlen kommen«, sagte Grau, »bin ich zuversichtlich, dass die Ufa einen wesentlichen Beitrag leisten wird.« Und nachdem er sich mit einem Blick auf Hugenberg vergewissert hatte, dass er offen sprechen durfte, fügte er hinzu: »Ganz unter uns, meine Herren: Wir arbeiten mit Hochdruck daran, eine tönende Wochenschau in die Kinos zu bringen.«

»Eine tönende Wochenschau?« Goebbels' Augen blitzten auf. »Das ist ja ganz fabelhaft! Tönendes Wort zum bewegten Bild! Da eröffnen sich einem ja die allerschönsten Propagandamöglichkeiten.«

»Ich sehe die Massen schon marschieren«, erklärte Göring mit entschlossener Miene, um sich dann an Hugenberg zu wenden. »Darf man fragen, wann es so weit sein wird, Herr Geheimrat?«

Hugenberg strich über sein aufgewichstes Stehhaar. »Noch in diesem Sommer«, erwiderte er. »Unser Freund Grau wird Sie auf dem Laufenden halten.«

79

Obwohl der Frühling dieses Jahr noch auf sich warten ließ, herrschte im Haus Vaterland eitel Freude und Sonnenschein. Nein, man hatte sich nicht zu früh gefreut – »Der blaue Engel« hatte die Hoffnungen nicht nur erfüllt, sondern sogar noch übertroffen. Endlich gab es wieder Luft, um über die Zukunft nachzudenken.

Zu diesem Zweck war man an diesem Morgen im Büro von Generaldirektor Klitzsch zusammengekommen. Erich hatte um den Termin gebeten, er wollte die Gunst der Stunde nutzen, um für die Wiederbelebung seiner Strategie zu werben. Da er nicht mehr wie früher nach eigenem Gutdünken schalten und walten konnte, war er bei seinen Produktionen ja auf den Segen des Generaldirektors sowie seines unmittelbaren Vorgesetzten Correll angewiesen.

»Ich denke, der ›Blaue Engel‹ hat bewiesen, was der deutsche Qualitätsfilm zu leisten vermag. Kunst und kommerzieller Erfolg sind auch im Tonfilm kein Widerspruch. Darauf sollten wir bei unseren weiteren Tonfilmproduktionen bauen.«

»Ich bin nicht sicher, ob ich Ihnen zustimmen kann«, erwiderte

Correll. »Ja, ›Der blaue Engel‹ ist nicht nur ein künstlerischer, sondern auch ein kommerzieller Erfolg. Aber wir wollen darüber nicht vergessen, dass der Film in die Luxusabteilung unseres Warenhauses gehört, und so wichtig solche Luxusproduktionen für unser Renommee sind – entscheidend für die wirtschaftliche Existenz ist und bleibt das Brot-und-Butter-Geschäft.«

»Aber bitte keine Abenteuer- und Detektivgeschichten mehr«, stöhnte Erich.

»Keine Sorge«, lachte Correll, »aus diesen Kinderschuhen sind wir raus. – Was jedoch nicht heißt«, fügte er eilig hinzu, »dass der Qualitätsfilm die Lösung unserer Probleme ist. Wir müssen den veränderten Umständen Rechnung tragen. Die großen, schweren Themen, mit denen der Qualitätsfilm Furore machte, sind passé. Daran ändert auch ›Der blaue Engel‹ nichts, der Film ist ein weißer Rabe, die berühmte Ausnahme von der Regel, die wir vor allem den schönen Beinen der Frau Dietrich verdanken.«

»Bitte vergessen wir nicht Emil Jannings großartige Leistung …«

»Die im umgekehrten Verhältnis zu seiner Gage steht«, ergänzte Correll. »Nein, Herr Pommer, heute sind leichte Themen gefragt, ganz wie Ihr Freund Reichenbach predigt – die Menschen haben in ihrem Alltag Sorgen genug. Wenn sie ins Kino gehen, wollen sie sich nicht den Kopf zerbrechen, sondern sich amüsieren, und dafür bietet der Tonfilm ganz außergewöhnliche Möglichkeiten. Vor allem wegen der Musik. Denken Sie nur an die ›Melodie der Herzen‹, unsere erste vollständige Tonfilmproduktion.«

»Ein echter Kassenschlager!«, sagte Klitzsch, der bisher geschwiegen hatte. »Und hat nicht mal halb so viel gekostet wie der ›Blaue Engel‹.«

»Nur ein Drittel, um genau zu sein«, korrigierte Correll. »Dem Musikfilm gehört die Zukunft, darauf gehe ich jede Wette ein. Je trostloser das Leben, desto leichter und beschwingter muss ein Film sein, um die Menschen ins Kino zu locken.«

Das wollte Erich so nicht gelten lassen. »Sie unterschätzen das Publikum«, sagte er. »Die Zuschauer wollen nicht nur leichte Kost, sie wollen auch Kunst. ›Dr. Caligari‹ ist der Beweis. Der Film hat sich am Anfang zwar schwergetan, aber dann, mit der neuen Musikbegleitung …«

»Nichts gegen Ihren ›Caligari‹«, fiel Correll ihm ins Wort. »Der ist natürlich große Kunst, unbestritten. Aber jeder Film zu seiner Zeit. Oder glauben Sie im Ernst, Lieschen Müller würde auch heute noch ihren letzten Groschen für eine so düstere Geschichte ausgeben, wenn sie gerade um ihre Stelle als Verkäuferin bangen muss? Ihr Kollege Carl Laemmle kann ein Lied davon singen. ›Im Westen nichts Neues‹ ist das großartigste Kriegsdrama aller Zeiten und trotzdem ein finanzieller Reinfall. Kein Mensch will so was mehr sehen. Nein, mit Musik geht alles besser. Ein bisschen Tralala, und die Welt ist wieder in Ordnung. Wenigstens für zwei Stunden.«

Erich biss sich auf die Lippen. So simpel Corrells Argumentation war, so schwer war es, sie zu entkräften. Seit es den Tonfilm gab, war alles im Wandel, und alles hing irgendwie mit allem zusammen. Das fing mit der Auswahl der Stoffe an und hörte mit der Besetzung der Rollen auf, wobei sich kaum ausmachen ließ, was Ursache und was Wirkung war. Hatte der Tonfilm die Vorlieben der Zuschauer verändert? Oder hatten diese den Tonfilm überhaupt erst hervorgebracht, weil er die Antwort auf ihre veränderten Bedürfnisse war? Was war das Huhn, was das Ei?

»Das zeigt sich doch schon daran, welche Schauspieler die Zuschauer auf der Leinwand sehen wollen«, fuhr Correll fort. »Im Stummfilm mit seinen großen Menschheitsthemen waren unnahbare Theatertragöden wie Emil Jannings die Stars, göttergleiche Wesen, die mit dramatischen Gesten das Weltgeschehen deuteten und die man voller Andacht aus der Ferne bewunderte. Beim Tonfilm sind ganz andere Schauspielertypen gefragt, besonders beim Musikfilm. Wenn wir auf der Leinwand Menschen zeigen, die sprechen und singen und lachen und tanzen wie jedermann, wollen die Zuschauer sich in ihnen wiedererkennen, nur in einer besseren Version. Kumpeltypen mit möglichst unbekümmerter Was-kostet-die-Welt-Ausstrahlung sind die neuen Zugpferde, Schauspieler wie Willy Fritsch oder Heinz Rühmann.«

»Nichts gegen die jungen Schauspieler«, erwiderte Erich. »Und auch nichts gegen den Musikfilm als solchen. Worum ich mich sorge, ist die Qualität. Das meiste von diesem Tralala, wie Sie sagen, hat mit Filmkunst doch nichts zu tun. Das meiste ist doch einfach nur dummes Zeug.«

»Ja und?«, antwortete Klitzsch an Corrells Stelle. »Das dümmste Zeug verkauft sich bekanntlich am besten! – Nein, die Sache ist entschieden«, erklärte er in einem Ton, der keinen Widerspruch duldete. »Wir marschieren in die Richtung, die Produktionsdirektor Correll vorgegeben hat! Wozu haben wir so viele Millionen in das Tonkreuz investiert? Der Musikfilm ist der sicherste Garant dafür, dass unsere Investitionen sich möglichst bald rentieren.«

Entgeistert blickte Erich ihn an, dieser geballten Kaufmannslogik hatte er nichts entgegenzusetzen.

Correll sah seine Not. »Was die Qualität betrifft, hochgeschätzter Kollege Pommer, mache ich mir nicht die geringste Sorge. Solange Sie die Filme produzieren, kommt die Kunst nicht zu kurz. Wir wissen doch, was wir an Ihnen haben. – Aber apropos«, wechselte er plötzlich das Thema, »hat Frau Reichenbach sich inzwischen entschieden? Der Stoff ist doch ein Singspiel und wie geschaffen für unsere neue Strategie. Man müsste aus der Oper nur eine Operette machen. Aber das versteht sich ja von selbst.«

Klitzsch runzelte die Stirn. »Würden die Herren mir bitte erklären, worum es geht?«

»Die Idee für einen Musikfilm«, sagte Erich. »Eine Dreiecksgeschichte, eine Frau zwischen zwei Männern. Herr Correll hat Frau Reichenbach die Hauptrolle angeboten.«

»Ausgezeichnet!« Klitzsch strahlte über sein ganzes rosiges Gesicht. »Eine Dreiecksgeschichte geht immer, erst recht mit Musik.« Und mit wieder ernster Miene fügte er hinzu: »Richten Sie Frau Reichenbach aus, dass wir auf ihre Entscheidung warten. Da unsere Strategie nun beschlossene Sache ist, wollen wir aus allen Kanonen schießen, und mit Rücksicht auf ihren Mann wäre es doch sehr unangenehm, wenn wir bei der Besetzung umdisponieren müssten.«

80

Tino ging die Arbeit nicht aus. Nach der Fertigstellung des Tonkreuzes hatte er gehofft, kürzertreten zu können, doch dann hatte Konzernchef Hugenberg verfügt, dass die tönende Wochenschau spätestens im Juli an den Start gehen musste, aus welchen Gründen auch immer, und Generaldirektor Klitzsch hatte Tino die Verantwortung für die Lancierung übertragen, so dass er wie vor einem Jahr fast nur noch zum Schlafen nach Hause kam.

Zum Glück war die Wochenschau-Redaktion eine eingespielte Mannschaft, und im Prinzip sollte die Nachrichtensendung auch in Zukunft das bleiben, was sie von Anfang an gewesen war und wofür die Zuschauer sie liebten: eine Illustrierte in bewegten Bildern, ein bunter Strauß Meldungen aus allen Lebensbereichen, von der Politik über Wirtschaft, Mode und Kultur bis hin zum Sport. Trotzdem erforderte die Hinzufügung der Tonspur eine Weiterentwicklung des Konzepts. Das fing schon damit an, dass man zur Wiedererkennung eine Titelmusik brauchte, um das Ufa-Markenzeichen mit den drei geschweiften Buchstaben, sobald es auf der Leinwand erschien, akustisch zu ergänzen, damit die Zuschauer selbst mit geschlossenen Augen wussten, dass die Wochenschau begann. Tino hatte einen blutjungen Tonkünstler damit beauftragt, und der hatte eine Fanfare komponiert, die die Kinobesucher von den Sitzen reißen würde – mit Pauken und Trompeten. Doch auch die Auswahl, Zusammenstellung und Präsentation der gezeigten Nachrichten bedurften einer Überprüfung. Mussten die Themen nicht anders gemischt werden, wenn der Ton hinzukam? Sollte man die Bilder weiter für sich sprechen lassen, oder sollte ein Sprecher sie kommentieren? Welche Möglichkeiten versprach der Einsatz von Musik über die Titelfanfare hinaus?

Heute hatte Tino die Redaktion zusammengerufen, um für eine Probeausgabe der Wochenschau neue Mischungen auszuprobieren. Dabei hatten sie buchstäblich die Qual der Wahl, die Nachrichtenablage quoll über von Meldungen. Die Regierung Brüning hatte einen Notopferplan erlassen, um die maroden Staatsfinanzen zu sanieren, mit Steuererhöhungen auf Bier und Zigaretten, was im ganzen Land für einen Aufschrei der Empörung sorgte. Auch im Kabinett war darüber ein Streit entbrannt, weshalb der Finanzminister zurückgetreten war … War das nicht ein Thema? Oder vielleicht besser ein bisschen Außenpolitik? Der französische Außenminister Briand hatte eine Schrift über einen europäischen Staatenbund vorgelegt. Würde es irgendwann die Vereinigten Staaten von Europa geben, nach dem Vorbild der Vereinigten Staaten von Amerika? … Auch der Sport hatte eine Sensation zu bieten. Max Schmeling war nach einem Sieg über den Amerikaner Jack Starkey erster deutscher Boxweltmeister im Schwergewicht geworden … Und die Lufthansa bot seit neuestem den Passagieren an Bord einen Imbiss an, serviert von sogenannten »Stewardessen« – das war doch was für die Vermischten Nachrichten!

Die Redaktionssitzung war in vollem Gange, als plötzlich die Tür aufging und Pommer hereinplatzte. Ohne zu grüßen, bat er Tino hinaus auf den Flur, um ein Wort unter vier Augen mit ihm zu sprechen.

»Correll und Klitzsch drängen auf Rahels Entscheidung«, erklärte er. »Sie haben es auf einmal entsetzlich eilig, und ich fürchte, wenn sie nicht bald Farbe bekennt, werden sie sich eine andere Mona Lisa suchen. Das wäre nach dem ›Faust‹ und dem ›Blauen Engel‹ schon das dritte Mal, dass sie aus einer Produktion fliegt, und ich brauche wohl nicht zu sagen, was das bedeuten würde.«

Tino holte tief Luft. »Nein, das brauchst du nicht.«

Pommer nickte. »Also sag schon, hat sie sich inzwischen geäußert?«

81

Schreiben sei wie Leben, hatte Rahel irgendwo einmal gelesen. Sie hatte vergessen, von wem der Satz stammte, auch hatte sie nie begriffen, was er eigentlich bedeutete. Doch jetzt, da sie, wann immer die Zeit es ihr erlaubte, in ihrem Zimmer am Schreibtisch saß und schrieb, stieg in ihr allmählich eine Ahnung davon auf, mit jedem Wort, mit jedem Satz, mit jedem Kapitel ein bisschen mehr. Sowohl im Leben wie beim Schreiben musste man sich entscheiden, ja, Schreiben und Leben waren beide eigentlich nichts anderes als eine einzige Abfolge von Entscheidungen, im Kleinen wie im Großen, und immer wieder stellte sich aufs Neue die ebenso einfache wie letztlich kaum beantwortbare Frage: Welcher Weg, der linke oder rechte, führt ans Ziel? Dabei bedeutete jede positive Entscheidung für eine der Möglichkeiten, die man an einer Weggabelung traf, den Ausschluss unzähliger anderer Möglichkeiten, weil ja hinter jeder Weggabelung immer wieder neue Weggabelungen folgten, mit jeweils wiederum unzählig vielen anderen Möglichkeiten, und wenn man sich an der ersten Gabelung für die linke Seite des Gabelbaums entschieden hatte, hatte man sich damit zugleich gegen all die anderen Möglichkeiten entschieden, die sich auf der rechten Seite in endloser Abfolge verloren, in einer nie erfahrenen Wirklichkeit.

Das machte beides so unsagbar schwer, das Schreiben nicht anders als das Leben. Doch einen Unterschied gab es. Während das Leben nur vorwärts gelebt werden konnte, konnte man beim Schreiben zu jeder bereits hinter sich gelassenen Weggabelung noch einmal zurückkehren, wenn man glaubte, auf die falsche Seite abgebogen zu sein, um eine bereits getroffene Entscheidung zu korrigieren. Aber machte das die Sache leichter? Nein, die Freiheit, beim Schreiben von seiner Freiheit immer wieder neuen Gebrauch machen zu können, überstieg jedes menschliche Maß und war noch fataler als im wirklichen Leben die Beschränkung der Freiheit durch jede getroffene Entscheidung, die ja die unüberschaubare Vielzahl an Möglichkeiten reduzierte und so jede weitere Entscheidung vereinfachte. Es war wie mit dem Reiskorn auf dem Schachbrett: Wenn man nur ein Korn auf das erste Feld setzte, um es sodann mit einem zweiten Korn auf dem zweiten Feld zu verdoppeln, und man diese Verdoppelung mit jedem Feld fortsetzte, kamen bis zum letzten Feld des Bretts so viele Körner zusammen, dass man damit die ganze Erdoberfläche bedecken konnte.

Musste es einem da nicht schwindlig werden?

Von alledem aber sagte Rahel nichts, weder zu Tino noch zu Erich. Die Geschichte, die sie schrieb, konnte nur sie allein schreiben, auch wusste sie nicht, ob es in dieser Geschichte überhaupt eine Wegfolge gab, die je an ihr Ziel führen würde. Deshalb ließ sie sich auch nicht drängen, weder von Tino noch von Erich, schon jetzt die Entscheidung zu treffen, die Klitzsch und Correll von ihr verlangten, auch nicht aus Sorge, dass es vielleicht mit ihrer Karriere als Schauspielerin vorbei sein könnte, wenn sie sich nicht für die Rolle der Mona Lisa entschied. Denn diese Entscheidung konnte sie erst treffen, wenn sie mit ihrer Geschichte fertig war.

Also schrieb sie unbeirrt weiter, korrigierte und verbesserte, was sie geschrieben hatte, erprobte an jeder Weggabelung immer wieder neue Möglichkeiten, um sie wieder und wieder zu verwerfen und wieder und wieder aufs Neue andere sich bietende Wege zu versuchen, unablässig angetrieben von einer Frage, die über ihr ganzes weiteres Leben entscheiden würde.

War es möglich, Mona Lisa ihr Lächeln zurückzugeben?

82

Bei der Zusammenkunft der Reichsausschussführung im Zollernhof hatte Hugenberg versprochen, dass die Lancierung der tönenden Wochenschau im Juli erfolgen würde, und er hatte Wort gehalten. Am 18. Juli erblickte im Filmpalast am Zoo vor einem zweitausendköpfigen Premierenpublikum die neue Ufa-Wochenschau das Licht der Welt.

Grau hatte lange gezögert, welche Uniform er zu dem Anlass tragen sollte: seine alte Galauniform als Major der kaiserlichen Armee? Oder seine neue Uniform als Obersturmbannführer der SA? Am Ende hatte er sich für die Galauniform entschieden – die Premiere war ja eher ein gesellschaftliches Ereignis, und da putzte die alte Uniform doch ungemein.

In der Tat, als er sich mit ordensbehängter Brust auf dem roten Teppich präsentierte, ging ein wahres Blitzlichtgewitter auf ihn nieder. Doch die Freude war nur von kurzer Dauer – kaum betrat er das Foyer, bereute er seine Entscheidung. Zwischen all den Fracks und Smokings wimmelte es nur so von SA und SS, auch Göring und Goebbels waren in Parteiuniform erschienen, um das neue Propagandainstrument zu feiern. Am liebsten hätte er deshalb auf dem Absatz wieder kehrtgemacht, um sich noch mal umzuziehen. Doch dafür war es zu spät, die Theaterglocke ertönte bereits, um die Zuschauer in den Vorführsaal zu rufen.

Bevor sich der Vorhang hob, trat Hugenberg auf die Bühne, um eine Ansprache zu halten. Auf den Fußballen wippend, dankte er allen Verantwortlichen für die pünktliche Ausführung seines Auftrags – namentlich Finanzdirektor Reichenbach.

»Er hat sich wie kein Zweiter um die tönende Wochenschau verdient gemacht, nur seinem unermüdlichen Einsatz verdanken wir, dass wir heute diese Premiere feiern können.«

Er hob die Hände in Reichenbachs Richtung, um ihm Beifall zu zollen, die Zuschauer fielen ein, und während Reichenbach sich mit eitlem Grinsen bedankte, klatschte notgedrungen auch Grau in die Hände.

»Aaaaahhhh!«

Zum Glück ging der Vorhang auf, so dass der Applaus für den eitlen Fatzke ein Ende hatte. Während die Lichter im Saal erloschen, blickten die Zuschauer voller Erwartung zur Leinwand. Dort erschien das bekannte Wochenschau-Signet mit der sich im Zeichen des Ufa-Schriftzugs drehenden Weltkugel, und im selben Moment erscholl aus allen Kinolautsprechern die martialisch schmetternde Fanfare, die Grau durch Mark und Pfennig ging. Donnerwetter! Da juckte es einem alten Soldaten wie ihm doch wieder in den morschen Knochen!

Als die Fanfare verstummte, ertönten dramatisch abgehackte Morsezeichen, um den ersten Beitrag anzukündigen. Das Reichstagsgebäude erschien auf der Leinwand, gefolgt von Bildern aus dem Parlament, wo Abgeordnete einander mit Fäusten bedrohten, und während in Großaufnahme das ernste Gesicht Paul von Hindenburgs sichtbar wurde, erklärte ein unsichtbarer Sprecher, dass der Reichspräsident kraft einer Notverordnung den Reichstag aufgelöst habe.

»Damit ist das Volk aufgerufen, ein neues Parlament zu wählen. Der Termin für die Neuwahlen wird zu einem späteren Zeitpunkt bekannt gegeben.«

Im ganzen Saal brandete Jubel auf. Goebbels und Göring erhoben sich von ihren Plätzen, und ein ganzes Heer von SA- und SS-Leuten folgte ihrem Beispiel. Wie ein Mann hoben sie die Arme zum Hitlergruß.

»Sieg Heil!«

Grau wollte es ihnen gleichtun. Doch durfte er das? Vorsichtig äugte er zu Hugenberg hinüber. Der klatschte zwar Beifall, war aber sitzen geblieben.

Plötzlich trafen sich ihre Blicke, ein kurzer Moment der Ungewissheit – dann nickte Hugenberg ihm zu.

Jetzt hielt auch Grau nichts mehr auf seinem Platz, und seine alte Uniform vergessend, sprang er auf und reckte seinen rechten Arm in die Höhe.

»Sieg Heil!«

83

»Noch eine Geschichte«, bettelte Alex. »Bitte, Papa! Nur noch eine!«

»Nein«, erwiderte Tino. »Der Knochen ist für heute abgenagt. Jetzt wird geschlafen.«

Alex wollte protestieren, doch als er sah, dass sein Vater sich nicht erweichen ließ, stieß er einen Seufzer aus.

»Na gut – wenn's unbedingt sein muss. Aber nicht ohne meine Teddys.«

Er stieg aus dem Bett, um sie zu suchen. Als Tino ihn in voller Größe sah, staunte er einmal mehr, wie viel sein Sohn schon wieder gewachsen war. Sein Schlafanzug war ihm zu klein, die Hosenbeine reichten nur noch knapp über die Waden, und auch die Ärmel waren zu kurz. Wo war nur der kleine Hosenmatz geblieben, der er gestern noch gewesen war? Alex war jetzt ein richtiger Lausejunge, der nach der Schule auf den Bolzplatz ging, um mit Freunden Fußball zu spielen, und fast jeden Abend mit irgendeiner Schramme oder aufgeschürften Knien nach Hause kam. Da war es fast rührend, dass er nachts immer noch die zwei abgewetzten Teddys bei sich haben wollte, weil er ohne sie nicht schlafen konnte.

Von der Straße waren Männerstimmen zu hören, die irgendwelche Nazi-Parolen riefen. Tino musste an die Wochenschau-Premiere denken – wie ein Mann waren die Braunhemden in ihren Müllmänner-Uniformen aufgestanden, um die Auflösung des Reichstags zu bejubeln. Waren die Neuwahlen etwa der Grund, warum Hugenberg so auf die Tube gedrückt hatte?

»Warum bin ich eigentlich nicht getauft?«, fragte Alex, als er seine Teddys endlich gefunden hatte und sich wieder ins Bett legte. »Alle anderen Kinder in meiner Klasse sind entweder katholisch oder evangelisch. Bin ich gar nichts?«

Die Frage kam so unverhofft, dass Tino nicht wusste, was er antworten sollte. »Wie kommst du denn darauf?« Weder Rahel noch er hatten je daran gedacht, ihren Sohn taufen zu lassen.

Während er noch nach einer Antwort suchte, drehte Alex sich zur Wand.

»Ach, ist auch egal …«

Er nahm seine Teddys und drückte sie an sich. Tino musste schlucken. Taugten Rahel und er nicht mal mehr als Eltern?

Einen Moment zögerte er. Sollte er doch noch eine Knochengeschichte erzählen? Aber Alex hatte die Augen bereits geschlossen. Also knipste er die Lampe aus und verließ den Raum.

Im Flur sah er, dass in Rahels Zimmer Licht brannte. Wie jeden Abend in letzter Zeit. Einmal hatte er sie gefragt, womit sie dort Abend für Abend die Stunden verbrachte, aber sie hatte nur vage zur Antwort gegeben, sie würde sich mit dem Libretto beschäftigen.

Was um Himmels willen sollte das heißen?

84

Während draußen die Abendsonne die Dächer der Stadt in ihr goldenes Licht tauchte, um einen wunderbaren Septembertag zu beenden, ließ Alexander in der Suite des »Dresdner Hofs« mit lautem Knall den Korken aus der Flasche entweichen, und in freudiger Erregung hielt Constanze ihm ihr Glas hin, um den schäumenden Champagner aufzufangen. Fast war es wie früher: der Eiskübel auf der Anrichte, die silberne Austern-Etagere, die schwellenden Polster im Schlafgemach – alles war einfach perfekt.

Constanzes Hochstimmung kam nicht von ungefähr. Das Volk hatte gewählt, und was für ein Triumph war das Ergebnis! Die Neuwahlen zum Reichstag hatten der NSDAP Gewinne beschert, die niemand sich hätte erträumen lassen – die Partei stellte jetzt über hundert Abgeordnete und bildete nach der SPD die zweitstärkste Fraktion im Parlament. Die DNVP dagegen hatte eine böse Niederlage erlitten und im Vergleich zur Wahl vor zwei Jahren mehr als sieben Prozent verloren.

»So was kommt von so was her«, sagte Alexander. »Den Denkzettel hat Hugenberg sich redlich verdient.«

»Allerdings«, pflichtete Constanze ihm bei. »Er hat sich immer gescheut, Farbe zu bekennen. Weil ihm im Zweifelsfall der Mammon wichtiger ist als die Zukunft unseres Volkes, nicht anders als meinem Mann. Doch jetzt hat das Volk sein Schicksal selbst in die Hand genommen!«

»Der alte Geldsack wird sich noch umsehen. Goebbels hat befohlen, dass unsere Abgeordneten zur Parlamentseröffnung in Uniform einmarschieren – hundertundsieben Mann stark. Das wird ein Aufmarsch, wie ihn der Reichstag noch nicht erlebt hat.«

»Auf dein Wohl!« Constanze hob ihr Glas, um anzustoßen. »Was für ein Glück, dass du von Anfang an auf Hitler gesetzt hast.«

»Das Kompliment kann ich nur zurückgeben, du wunderbares Weib«, sagte Alexander. »Du hast mich immer bestärkt, und wenn du nicht dieses exzellente Verhältnis zum Mündel des Führers hättest – wer weiß, wie alles gekommen wäre.«

Übermannt von Liebe, stellte Constanze ihr Glas ab »Du weißt nicht, wie viel deine Worte mir bedeuten«, hauchte sie ihm ins Ohr und führte dabei zärtlich ihre Hand an seinen Schritt. »Allerdings wirst du noch eine Wahl treffen müssen«, fügte sie, an seinem Ohrläppchen knabbernd, hinzu.

»Welche Wahl?«, fragte er mit vor Erregung rauer Stimme.

»Goebbels oder Göring«, flüsterte sie. »Warte also nicht zu lange. –

Aber jetzt nimm mich endlich, du wunderbarer Mann. Damit ich dein bin, ganz und gar.«

85

Ein grauer, böiger Herbstregen ging auf das Babelsberger Tonkreuz nieder, doch in Atelier Nr. 2, wo seit ein paar Wochen der neueste Ufa-Musikfilm, »Die drei von der Tankstelle«, gedreht wurde, schien dank der fünftausend Watt starken Glühlampen immerfort die Sonne, gleichgültig, wie das Wetter draußen war. Vergnügt wie der helle Sonnenschein sangen und tanzten die Titelhelden durch ihre Geschichte, obwohl ihre Tankstelle gerade mit Karacho in die Pleite schlidderte. Der Film war ein einziger Klamauk. Drei Tankwarte liebten ein und dieselbe Frau, die ihrerseits jedoch nur einen von ihnen liebte, aber da sie dank glücklicher Fügung des Drehbuchs mit reichlich Geldmitteln gesegnet war, war sie diesem einen zuliebe entschlossen, die Tankstelle vor dem Ruin zu retten. Eigentlich war die Geschichte ein so hanebüchener Quatsch, dass Erich sich dafür hätte schämen müssen. Doch zusammen mit Regisseur Thiele war es ihm gelungen, sie in eine Art poetischen Wachtraum von einem besseren Leben zu verwandeln, wie ihn jeder Mensch in diesen Zeiten träumte, so dass inzwischen auch er selbst seine Freude an dem Film hatte. Ja, manchmal erwischte er sich sogar dabei, dass er während der Dreharbeiten die Lieder leise mitsummte. »Die drei von der Tankstelle« würde ein Kassenschlager, das war gar keine Frage, vor allem der junge Heinz Rühmann versprühte vor der Kamera einen derart unwiderstehlichen Charme, dass ihm die Herzen der Menschen nur so zufliegen würden, obwohl er, nach klassischen Maßstäben, viel zu klein und unscheinbar für einen Filmstar war. Aber er hatte genau diese Was-kostet-die-Welt-Ausstrahlung, von der Correll gesprochen hatte, und wenn er vor lauter guter Laune fröhlich pfeifend eine Windschutzscheibe putzte, bekam man allein vom Zuschauen auch selbst gute Laune, ob man wollte oder nicht.

Plötzlich hörte Erich in seinem Rücken eine Stimme.

»Sehen Sie inzwischen ein, dass wir auf dem richtigen Weg sind?«

Als er sich umdrehte, stand Correll vor ihm. Es kam nur selten vor, dass der Produktionsdirektor bei Dreharbeiten erschien, er hatte zu Erich blindes Vertrauen, aber wenn er es tat, gab es einen Grund. So auch heute.

»Ich wollte mich nach Frau Reichenbachs Entscheidung erkundigen«, sagte er. »Bei aller Rücksicht auf ihren Mann – es wird allmählich Zeit, dass sie sich äußert.«

»Ich … ich möchte nicht unhöflich sein«, erwiderte Erich. »Aber hatten Sie ihr nicht so viel Zeit eingeräumt, wie sie wollte?«

»Ich weiß, ich weiß«, bestätigte Correll. »Aber wir müssen das Eisen schmieden, solange es heiß ist. Und heißer, als es gerade ist, wird es nicht mehr.«

Dessen war sich allerdings auch Erich bewusst, das Publikum war ganz verrückt nach Musikfilmen, die letzte Ufa-Produktion, »Dolly macht Karriere«, hatte es einmal mehr gezeigt. Über zehn Millionen Menschen hatten an den Kinokassen Eintritt gezahlt, um die Geschichte einer kleinen Hutmacherin mitzuerleben, die sich als Tänzerin versucht und auf der Bühne dann den Aufstieg zum gefeierten Revuestar schafft. Ja, Correll hatte den richtigen Riecher gehabt, das waren genau die Filme, die die Menschen in diesen Zeiten sehen wollten, herzerwärmende Märchen, die Mut machten. Und genau so einen Film versprach Correll sich offenbar auch von »Mona Lisa«.

»Ist es wirklich so eilig?«, fragte Erich, um Zeit für Rahel zu schinden. »Wir bereiten doch schon zwei weitere Musikfilme vor, ›Der Kongress tanzt‹ und ›Zwei Herzen und ein Schlag‹. Und auch ›Ein blonder Traum‹, das Drehbuch, das Herr Wilder gerade schreibt, ist wie geschaffen für eine musikalische Komödie.«

»Das ist mir alles bekannt«, erklärte Correll. »Nur die Zeit drängt, Erfolg kennt keine Geduld. Aber damit Sie sehen, dass ich kein Unmensch bin, räume ich Frau Reichenbach noch eine Frist bis zum Jahreswechsel ein. – Dann aber bestehe ich auf einer Entscheidung«, schloss er. »Mein letztes Wort!«

86

Edgars Arbeitstag begann in der Regel schon in aller Herrgottsfrühe; mindestens drei Stunden, bevor die erste Klappe fiel, musste er in Babelsberg sein, um die Schauspielerinnen und Schauspieler für ihren Auftritt vorzubereiten. Doch sobald die Kameras liefen, war seine Arbeit erst einmal getan, und er konnte in Ruhe Pause machen. Heute fand er allerdings keine Ruhe. Detlef hatte am Abend die Wohnung mit der Ankündigung verlassen, er wolle nur kurz auf ein Glas Bier fort, um auf andere Gedanken zu kommen, doch als Edgar aufgewacht war, war das Bett an seiner Seite immer noch leer gewesen.

Hatte Detlef bei einem anderen Mann übernachtet?

Erich Pommer hatte ihm den Schlüssel zu seinem Büro gegeben, damit er zu Hause anrufen konnte. Nachdem das Fräulein vom Amt ihn verbunden hatte, hörte Edgar, wie es am anderen Ende der Leitung läutete.

Tuuuuut … tuuuuut … tuuuuut …

»Hier Scheunemann.«

Als Detlef sich meldete, fiel Edgar ein Stein vom Herzen.

»Gott sei Dank, da bist du ja!«

»Wo sollte ich sonst sein?«, fragte Detlef verschlafen. »Warum rufst du zu dieser unchristlichen Zeit überhaupt an?«

Bevor Edgar antworten konnte, flog die Tür auf, und Regisseur Thiele platzte in das Büro, außer Atem und sichtlich aufgelöst.

»Ich brauche Ihre Hilfe«, keuchte er. »Herrn Rühmann gefällt die Mütze nicht, die Sie für ihn ausgesucht haben. Er will unbedingt eine Schlägerkappe, die er im Schaufenster des Wertheim gesehen hat. Fahren Sie also in drei Herrgotts Namen hin und besorgen Sie das verdammte Ding. Und zwar jetzt gleich – auf der Stelle!«

»Aber ich muss erst noch mein Gespräch …«

»Auf der Stelle, habe ich gesagt!« Der Regisseur drückte auf die Hörergabel, um das Telefonat zu beenden. »Quatschen können Sie später.«

Edgar wusste, Widerspruch war zwecklos – wenn Heinz Rühmann einen Wunsch hatte, war das ein Befehl. Vor der Kamera war Rühmann der charmanteste Schauspieler, den man sich nur wünschen konnte, aber hinter den Kulissen war er ein unerträglicher Stinkfisch. Wenn er seinen Willen nicht bekam, weigerte er sich, weiterzuspielen. Das hatten sie schon mehrere Male erlebt.

Wohl oder übel machte Edgar sich also auf den Weg. Doch kaum saß er in der Straßenbahn, kehrten seine Gedanken zu Detlef zurück. Wie sollte es mit ihnen weitergehen? Seit Detlef seine Agentur hatte schließen müssen, war er nicht mehr derselbe. Kein Wunder – er war so stolz darauf gewesen, sein eigener Herr zu sein, und entsprechend groß war jetzt seine Verzweiflung. Als er noch selbständig gewesen war, hatte er oft erklärt, wer keine Arbeit habe, der sei selbst schuld und verdiene weder Mitleid noch Unterstützung. Und jetzt war er selber arbeitslos und in seinen eigenen Augen nichts wert. Darum trieb er sich nachts herum.

Wann würde er jemandem begegnen, in dessen Armen er den Trost fand, den er zu Hause offenbar vergeblich suchte?

»Leipziger Straße!«

Edgar war so tief in Gedanken gewesen, dass er ohne den Ruf des Schaffners die Haltestelle verpasst hätte. Im Laufschritt überquerte er die Straße. Das dritte Schaufenster rechts vom Eingang, hatte der Regisseur gesagt – eine rot-weiß gestreifte Kappe mit weißem Schirm.

Tatsächlich – da lag sie!

Erleichtert wandte Edgar sich zum Eingang. Aber er hatte noch keinen Schritt getan, da flog plötzlich ein Stein an seinem Kopf vorbei, so nah, dass er den Luftzug zu spüren glaubte, und landete klirrend in der Auslage.

Zu Tode erschrocken fuhr er herum.

In geschlossener Reihe, wie Soldaten im Krieg, rückte eine Horde Nazis auf ihn zu.

87

Normalerweise verließ Hugenberg nie den Zollernhof, um eine Verhandlung zu führen, vielmehr zitierte er jedermann zu sich in sein Kontor. Doch heute verzichtete er auf sein Hausrecht, die Umstände zwangen ihn dazu, und er ließ sich zur NSDAP-Parteizentrale nach Kreuzberg fahren, um bei Gauleiter Goebbels gegen die Krawalle in der Leipziger Straße zu protestieren, wo Nazihorden vor dem Wertheim aufmarschiert waren, um die jüdischen Eigentümer mit Hetzparolen zu überziehen und Schaufenster einzuschlagen – ausgerechnet am Tag der Reichstagseröffnung!

»Das ist ein Rückfall in den Straßenkampf«, erklärte er. »Und nicht im Sinne unserer Allianz.«

»Ich stimme vollkommen mit Ihnen überein, lieber Herr Geheimrat«, erwiderte Goebbels. »Und ich darf versichern, dass das ohne Zustimmung der Parteileitung geschah. Das waren Auswüchse von wildgewordenen Unterführern, die auf eigene Faust vorgeprescht sind. Die SA ist leider noch ein etwas obergäriger Haufen.«

»Wie auch immer – sorgen Sie dafür, dass sich solche Dinge nicht wiederholen. Antisemitisches Randalieren ist denkbar ungeeignet, um bürgerliche Wähler zu gewinnen. Schließlich sitzen in den Vorständen und Aufsichtsräten unserer Unternehmen und Banken überall Juden.«

»Sie können sich auf mich verlassen, Herr Hugenberg. Wie Sie betrachte ich es als unsere Aufgabe, Deutschland wieder groß zu machen, auch bin ich mit Ihnen eines Sinnes, dass uns das nur mit Unterstützung der von Ihnen zitierten Kreise gelingen kann. Dafür werde ich nicht müde, innerhalb meiner Partei zu werben, und rate meinen Kameraden dringendst davon ab, die antisemitische Karte zu spielen.«

»Sehr schön.« Hugenberg nickte. »Dann habe ich also Ihr Wort?«

»Das haben Sie«, versicherte Goebbels. »Und dass es nicht nur bei Worten bleibt, dafür hat der Führer bereits gesorgt. Er hat einen Kampfgefährten der ersten Stunde aus dem Exil zurückgerufen, um die SA neu zu organisieren. Ein gelernter Offizier. Er wird Ordnung in den Haufen bringen, damit sich solche Krawalle nicht wiederholen.«

88

Je weiter der Oktober voranschritt, umso mehr buntes Laub bedeckte den kleinen Park am Hausvogteiplatz, um Rasen und Beete vor der kommenden Kälte zu schützen, und als im November der erste Frost einsetzte, verloren die Bäume ihre letzten Blätter, so dass im Dezember sich die Äste kahl und schwarz in den grauen Winterhimmel reckten. Der Weihnachtsmarkt, der hier alljährlich abgehalten wurde, war zwar noch nicht eröffnet, doch die ersten Buden wurden bereits aufgeschlagen, und ein Drehorgelmann spielte vor der schmiedeeisernen Umzäunung des Parks, als Edgar an diesem Abend von der Arbeit nach Hause kam. Er hatte bei einem italienischen Straßenhändler eine Tüte Maronen gekauft, die aß Detlef für sein Leben gern, und er hoffte, seinem Freund damit eine Freude zu machen.

Doch als er die Wohnung betrat, schrak er zusammen. Im Flur stand Detlef vor dem Spiegel – in einer senfbraunen SA-Uniform.

»Bist du verrückt geworden?«, fragte Edgar. »Oder gehst du auf einen Kostümball?«

»Weder noch«, erwiderte Detlef, und seine makellosen weißen Zähne strahlten in seinem schönen Gesicht wie schon lange nicht mehr. »Ich habe einen Mann kennengelernt, der mein Leben verändert hat.«

Edgar wurde blass. »Welchen Mann?«

»Nein, nicht was du denkst.« Detlef tätschelte seine Wange. »Der Mann heißt Ernst Röhm. Er war bis vor kurzem in Bolivien im Exil und ist auf Hitlers Befehl der neue Führer der SA.«

»Und was hast du damit zu tun?«

»Röhm hat mir eine bezahlte Stelle in der NSDAP verschafft. Als stellvertretender Schatzmeister der SA.«

»Und dafür lässt du dich in eine Nazi-Uniform stecken?«

»Ja, begreifst du denn nicht? Das ist eine Riesenchance!«

Edgar war entsetzt. »Das kann nicht dein Ernst sein. Hast du vergessen, wie die Nazis vor dem Wertheim gewütet haben?«

»Das ging doch nur gegen die Juden.« Achselzuckend wandte Detlef sich wieder seinem Spiegelbild zu – in der Uniform sah er wirklich großartig aus.

»Von wegen nur gegen die Juden«, erwiderte Edgar. »Die Nazis hassen uns doch genauso!«

Mit einem breiten Grinsen drehte Detlef sich zu ihm herum. »Das glaube ich kaum. Ich habe Röhm im ›Sündenbabel‹ kennengelernt.«

Edgar verstand überhaupt nichts mehr. »Soll das heißen, der Führer der SA ist – *schwul*?«

Detlefs Grinsen wurde noch breiter. »Schwul ist gar kein Ausdruck, Röhm glüht wie eine Neonröhre. – Aber sag mal«, unterbrach er sich mit einem Blick auf die Maronen in Edgars Hand, »sind die etwa für mich?« Er nahm die Tüte und gab ihm einen Kuss. »Wie lieb von dir. Ach, du bist ja ein solcher Schatz.«

89

Heiligabend war da, und alles schien so zu sein, wie es sein sollte an diesem besonderen Tag. Überall in der Stadt schlugen Kirchenglocken an, und während der Schnee vom nächtlichen Himmel fiel, folgten im Schein der Laternen vermummte Menschen dem Geläut, um wie jedes Jahr in den Gotteshäusern Christi Geburt zu feiern.

Doch der Schein trog, dieser Heilige Abend war anders als in früheren Jahren. In vielen Familien gab es weder Geschenke unter dem Tannenbaum noch einen Festtagsbraten auf dem Tisch. Zu Recht war in den Zeitungen die Rede von einer »Hungerweihnacht« – die Verarmung der Bevölkerung schritt in Siebenmeilenstiefeln voran, fünf Millionen Menschen im Land waren ohne Arbeit und Brot, und nicht mal die Hälfte bekam Unterstützung von der Arbeitslosenversicherung. Das Stempelgeld wurde ja nur ein halbes Jahr lang ausgezahlt, danach war jeder auf sich und den lieben Gott gestellt, gleichgültig, wie viele Mäuler er stopfen musste.

Auch vom Französischen Dom läuteten die Glocken, als Erich am Gendarmenmarkt aus dem Auto stieg. Die Weihnachtsmarktbuden auf dem Platz waren bereits verriegelt, doch auf der Straße wurde noch demonstriert – Arbeitslose, die gegen ihre Not protestierten. Aber so laut sie ihre Wut und Verzweiflung auch hinausschrien, niemand achtete auf sie. Weihnachten war schließlich Weihnachten, da wollte man von solchen Dingen nichts wissen.

Erich wartete, bis die Demonstranten vorübergezogen waren, dann überquerte er die Straße. Vor dem Haus Nummer sechsunddreißig blickte er auf die Uhr. Drei Minuten vor acht. Rahel hatte erst vor zwei Tagen angerufen, um ihn einzuladen. Er hatte gefragt, ob auch die restliche »Familie« komme. Aber das hatte Rahel verneint – nur er und Tino und sie und natürlich Alex würden zusammen feiern. Am Ende des Telefonats hatte sie eine Überraschung versprochen, ein gemeinsames Geschenk für Tino und ihn.

Was konnte das sein?

Eine Minute vor acht. Erich drückte auf die Klingel.

90

Aus der Küche wehte der Duft von Gänsebraten durch die Wohnung, alles war für das Festmahl bereit, und von draußen drang das Geläut des Französischen Doms herein, während Alex in seinem dunkelblauen Samtanzug, den Rahel extra zu Weihnachten für ihn genäht hatte, mit vor Aufregung rotem Kopf an der Wohnzimmertür lauschte, die Hand schon an der Klinke.

»Nein, noch nicht!«, rief Tino. »Erst wenn das Christkindchen klingelt. Wie oft soll ich dir das noch sagen?«

Alex hielt es kaum noch aus. Während seine Mutter im Wohnzimmer die Bescherung vorbereitete, lauerte er im Flur darauf, dass das Christkind sein Glöckchen läuten ließ. Eigentlich glaubte er gar nicht mehr ans Christkind, im Sommer hatte ein Klassenkamerad ihn aufgeklärt, dass es das in Wirklichkeit gar nicht gebe und es nur eine Erfindung der Erwachsenen sei, aber die Vorstellung, dass ein Engelchen gerade auf der anderen Seite der Tür mit goldenen Flügeln herumflatterte, um Geschenke für ihn unter den Baum zu legen, war so schön, dass er es an diesem Abend trotzdem tat, und alle zehn Sekunden wollte er wissen, wann es endlich so weit sei. Tino wusste kaum noch, wie er ihn bändigen sollte. Dabei war er selbst nicht weniger gespannt. Rahel hatte angekündigt, dass sie sich inzwischen eine Meinung zu dem Libretto gebildet habe. Darum habe sie diesmal auch nur Pommer eingeladen, ohne den Rest der Familie, so wie sonst, um ihnen beiden zusammen ihre Entscheidung mitzuteilen.

»Wann ist es so weit?«, fragte Alex einmal mehr.

Tino blickte auf die Uhr. Punkt acht.

Im selben Moment klingelte es an der Haustür.

Gott sei Dank! Pommer war mal wieder pünktlich wie ein Maurer.

91

O Tannenbaum, o Tannenbaum,
Wie grün sind deine Blätter.
Du grünst nicht nur zur Sommerzeit,
Nein, auch im Winter, wenn es schneit.
O Tannenbaum, o Tannenbaum,
Wie grün sind deine Blätter …

Kaum hatten sie die letzte Zeile gesungen, riss Alex sich von Rahels Hand los, um sich auf die Geschenke zu stürzen. Doch sie hielt ihn zurück.

»In diesem Jahr sind erst die Erwachsenen dran.« Während Alex widerwillig gehorchte, trat sie an den Baum und hob zwei gleich verpackte Geschenke vom Boden, um sie Tino und Erich zu reichen. »Für euch.«

»Für uns?«, echoten die beiden wie aus einem Munde.

Amüsiert schaute Rahel zu, wie sie die Päckchen auspackten, aufgeregt wie zwei Schuljungen. Tino, der in solchen Dingen das Ungeschick in Person war, wollte das Papier nicht zerreißen, doch bei dem Versuch, die Schleife des Zierbands zu lösen, verhedderte er sich, so dass Erich vor ihm entdeckte, was sie bekommen hatten.

Ungläubig blickte er Rahel an. »Ein Drehbuch?«

»Das Libretto«, sagte sie. »Ich habe die Geschichte umgeschrieben.«

»Wozu?«

»In dieser Fassung würde ich die Rolle spielen.«

»Das ist ja großartig!«, rief Tino. »Wartet, ich hole Champagner!«

»Noch nicht«, sagte Rahel. »Erst müsst ihr die Geschichte lesen. Und euren Segen dazu geben – beide. Dafür habe ich die Abschriften gemacht.«

»Wann sollen wir anfangen?«, fragte Erich.

»Am besten jetzt gleich!«, schlug Tino vor.

Lachend schüttelte Rahel den Kopf. »Ihr seid wirklich wie zwei Kinder! Aber jetzt wird nicht gelesen, dafür habt ihr bis Silvester Zeit. Jetzt ist erst mal Bescherung für Alex!«

»Na endlich!«, rief der.

Und schon war er unterm Weihnachtsbaum verschwunden.

92

Zu Graus Verwunderung war die Parteizentrale der NSDAP weihnachtlich geschmückt, als man dort zwischen den Jahren zu einem Empfang zusammenkam – eigentlich hatte Hitler es doch gar nicht so sehr mit dem Christentum, und wenn Grau richtig orientiert war, gab es mit dem Julfest wohl auch einen urdeutschen Ersatz für das Weihnachtsbrimborium. Aber wahrscheinlich gehörte das nun mal zur Wahrung der bürgerlichen Fassade dazu, und diese Strategie hatte sich ja durchaus bewährt.

Ja, man konnte in der Hedemannstraße auf ein äußerst erfolgreiches Jahr anstoßen. Die NSDAP hatte bei den Reichstagswahlen nicht nur den Durchbruch von einer Splitterpartei zur zweitgrößten Fraktion im Parlament geschafft, auch die Mitgliederzahlen der Partei kletterten weiter unaufhaltsam in die Höhe – die kürzlich von der Regierung verfügte allgemeine Lohnsenkung hatte die Wut im Volk noch mehr geschürt und war Wasser auf die Mühlen der Bewegung.

Gauleiter Goebbels begrüßte in seiner Eigenschaft als Hausherr die Gäste und stellte in seiner kurzen Ansprache auch den neuen Leiter der SA vor, Ernst Röhm. Grau kannte den Mann, Röhm war beim Marsch auf Berlin ebenso wie er dabei gewesen – ein erprobter Hauptmann der Reichswehr, der während des Krieges an vorderster

Front gekämpft und dabei mehr als einmal seine Bereitschaft bewiesen hatte, für sein Vaterland sein Leben hinzugeben. Davon zeugten nicht nur seine Orden, sondern mehr noch die schweren Verwundungen, die er im Kampf davongetragen hatte, vor allem die Verunstaltung seines Gesichts – ein Granatsplitter hatte ihm das Nasenbein abgerissen, das durch eine Plastik nur notdürftig ersetzt worden war.

Mit Begeisterung wurde seine Ernennung im Kreis der Kameraden aufgenommen, zum sichtlichen Unwillen Hermann Görings, der sich übergangen fühlte und nun die beleidigte Leberwurst spielte. Doch das hatte er sich selbst zuzuschreiben. Es war sein eigener Fehler gewesen, statt auf die SA aufs Parlament zu setzen, um die Karriereleiter weiter hinaufzusteigen. Jetzt war es mit seiner SA-Herrlichkeit vorbei und er selbst nur ein einfacher Reichstagsabgeordneter unter über hundert anderen, der ansonsten zusammen mit seiner schwedischen Freifrau den Partylöwen spielen durfte, um bei der Hautevolee Spenden für die Partei einzusammeln.

Grau empfand nicht das geringste Mitleid – selbst schuld, jeder war seines Glückes Schmied. Als Göring, der allein mit seinem Glas ein wenig abseits im Raum stand, ihm mit einem jovialen Lächeln zuprostete, tat er, als hätte er die Geste gar nicht bemerkt, und statt zurückzuprosten, trat er auf Goebbels zu, um ihm zu seiner Rede zu gratulieren.

Ja, er hatte sich entschieden, wie Constanze ihm geraten hatte.

»Es ist mir eine Ehre, Ihnen dienen zu dürfen, Gauleiter!«

»Und mir eine Freude, Sie dabeizuhaben, mein lieber Grau. Aber apropos: Wie kommen Sie mit unserer Ufa-Betriebszelle voran?«

Die Frage war Grau ganz und gar nicht angenehm. »Leider nicht so, wie es sein sollte«, sagte er. »Aber kein Wunder, die Ufa ist ja komplett verjudet.«

»Umso mehr müssen wir uns ins Zeug legen, Obersturmbannführer«, erklärte Goebbels. »Ich verlasse mich darauf, dass Sie Ordnung in den Sauladen bringen. Die Propaganda in Bild und Ton wird für die Zukunft unserer Bewegung von ganz entscheidender Bedeutung sein. Da können wir uns keinen Schlendrian leisten. – Aber da fällt mir gerade ein«, wechselte er das Thema, »dass ich Ihnen Grüße vom Führer ausrichten soll. Ihre Verdienste im Wahlkampf sind ihm nicht verborgen geblieben.«

»Verbindlichsten Dank, Gauleiter!« Grau schlug die Hacken zusammen. »Freut mich außerordentlich – zumal …« Unsicher, ob er aussprechen sollte, was ihm auf der Zunge lag, zögerte er.

»Zumal was?«

Als Goebbels ihm aufmunternd zunickte, fasste Grau sich ein Herz.

»Zumal eine mir sehr nahestehende Person in mütterlich-freundschaftlicher Verbindung zu Hitlers Mündel steht.«

Jetzt war es heraus. Doch Goebbels schien weder überrascht noch beeindruckt.

»Ich nehme an, Sie sprechen von Frau Geheimrat Reichenbach?«, erwiderte er, als wäre das die selbstverständlichste Sache der Welt.

»Oh – Sie sind im Bilde?«, fragte Grau.

Goebbels quittierte die Frage mit einem Schmunzeln. »Aber selbstverständlich, Obersturmbannführer, für was für eine Schlafmütze halten Sie mich? – Eine ganz ausgezeichnete Wahl übrigens, mein Kompliment! Ein Rasseweib.« Verschwörerisch zwinkerte er ihm zu. »Aber glauben Sie ja nicht, dass Sie der Einzige sind, welcher …« Mit vielsagender Miene ließ er den Satz in der Schwebe.

»Pardon, wenn ich gerade auf der Leitung stehe. Aber ich verstehe nicht ganz.«

»Jetzt tun Sie mal nicht so unschuldig, Sie Schwerenöter. Wenn die Ihnen nahestehende Person wirklich so eng mit Geli Raubal ist, wie Sie sagen, wissen Sie doch längst aus erster Quelle, was andere sich hinter vorgehaltener Hand über den Führer und sein Mündel erzählen …«

93

Es gab nur einen Menschen auf der Welt, dem Alfred Hugenberg vorbehaltlos traute, und das war Ludwig Klitzsch. Er hatte ihn in seiner Zeit als Direktor der Friedrich Krupp AG im Verein deutscher Stahl- und Eisenhersteller entdeckt, wo Klitzsch die Bildung einer zentralen Propagandaorganisation angeregt hatte. Hugenberg hatte den jungen Mann mit dem semmelblonden Haar und rosigen Gesicht vom Fleck weg engagiert und zum Generaldirektor seines kurz zuvor erst gegründeten Scherl-Verlags gemacht. Zwei Jahrzehnte war das jetzt her, und trotz der langen Zeit hatte er diese Entscheidung nie bereut. Wie ein treuer Soldat seinem General war Klitzsch ihm in jede Schlacht gefolgt und hatte sich für ihn ins Feuer geworfen, ohne auch nur einmal zu zögern oder zu zaudern.

Darum war es seit Jahren Tradition, dass sie am Morgen des Silvestertags im Zollernhof zu zweit zusammenkamen, um Rückblick und Ausblick zu halten. Die diesjährige Bilanz fiel trotz Weltwirtschaftskrise und Massenarbeitslosigkeit so überraschend positiv aus, dass sie voller Zuversicht ins neue Jahr schauen konnten. Die Rettung der maroden Filmfabrik vor dem Bankrott sowie ihre Sanierung waren in einem beispiellosen Kraftakt gelungen, wobei sie den Erfolg vor allem der konsequenten Umstellung der Produktion auf den Tonfilm zu verdanken hatten. Drei Viertel aller im vergangenen Jahr gedrehten Filme waren mit einer Tonspur versehen, die Umrüstung der Ufa-Kinos war vollständig abgeschlossen, und die tönende Wochenschau hatte sich vom Start weg so prächtig entwickelt, dass sie jetzt schon einen erheblichen Beitrag zum Gesamtergebnis leistete.

»Warum ziehen Sie dann so ein Gesicht, Sie Miesepeter?«, fragte Hugenberg, als Klitzsch mit seinem Bericht fertig war. »Wir haben allen Grund, zufrieden zu sein.«

»Wirtschaftlich ja«, erwiderte sein Adjutant. »Aber politisch?«

Hugenberg runzelte die Stirn. »Was wollen Sie damit andeuten?«

Statt einer Antwort reichte Klitzsch ihm den »Völkischen Beobachter«.

»Der Aufmacher auf Seite drei.«

Hugenberg rückte seine Brille zurecht. Doch kaum begann er zu lesen, spürte er, wie ihm das Blut aus den Adern wich. In dem Artikel attackierte kein Geringerer als Josef Goebbels, der Berliner Gauleiter der NSDAP, die Ufa aufs Schärfste mit der Behauptung, das Unternehmen sei mindestens so jüdisch unterwandert wie die Bank von Amerika …

»Verstehen Sie jetzt?«, fragte Klitzsch.

Hugenberg ließ die Zeitung sinken. »Ein Vertrauensbruch ohnegleichen.« Geschockt von diesem Angriff aus dem Nichts, versuchte er, dessen Tragweite zu begreifen. Einen solchen Affront konnte nicht mal Goebbels ohne Rückendeckung von Hitler riskieren, der »Völkische Beobachter« war schließlich das offizielle Parteiorgan der NSDAP.

Klitzsch sprach aus, was Hugenberg dachte. »Wollen die Nazis die Allianz mit uns aufkündigen?«

94

Die ersten Feuerwerksraketen schossen in den schon nachtdunklen Himmel auf und zerbarsten in bunten Lichtergarben, als Constanze an diesem Silvesterabend von einem allzu kurzen Rendezvous im »Dresdner Hof« nach Hause zurückkehrte und ihr Taxi vor der Freitreppe der Villa hielt. Alexander hatte nur zwei Stunden Zeit gehabt, um mit ihr auf das neue Jahr anzustoßen – in Berlin warteten Frau und Kinder auf ihn, und da er nicht auf die Zuwendungen seines Schwiegervaters verzichten konnte, durfte er sich keinen Fauxpas leisten. Doch nicht darum war Constanze außer sich, derlei war sie inzwischen gewohnt. Vielmehr hatte Alexander ihr beim Abschied etwas gesagt, das nun wie Gift in ihren Eingeweiden wütete.

Als sie in die Halle trat, wartete Gustav dort auf sie.

»Wollen wir das Abendessen nicht zusammen einnehmen, meine Liebe? Robert hat ein Fondue vorbereitet. Wie früher zu Silvester.«

Die Frage war so absurd, dass es Constanze die Sprache verschlug. Ohne ihren Mann eines Blickes, geschweige denn einer Antwort zu würdigen, ließ sie ihn stehen und eilte die Treppe hinauf in ihr Boudoir.

Kaum hatte sie die Tür hinter sich geschlossen, warf sie Hut und Mantel von sich. Alexander hatte ihr von Gerüchten erzählt, die über Hitler und sein Mündel in der Partei kursierten – angeblich lebten die zwei am Münchner Prinzregentenplatz wie Mann und Frau zusammen. Voller Empörung hatte sie die Gerüchte zurückgewiesen, nein, das konnte, das durfte nicht sein – jeder, der so etwas behauptete, gehörte vor Gericht gestellt! Doch Alexander hatte ihr keinen Zweifel gelassen. Seine Informationen, hatte er versichert, stammten aus allersicherster Quelle – von Gauleiter Goebbels persönlich! Wolle sie den etwa vor den Kadi zerren?

Allein mit sich und ihrem Fragonard, versuchte sie zu fassen, was nicht zu fassen war. Daher also Gelis wundersame Heilung von ihrem Liebeskummer … daher keine Träne mehr für Emil Maurice … daher das Hohelied auf ihren Vormund, der doch nur das Beste für sie wolle … Verzweifelt hob Constanze den Blick, um Zuflucht bei ihrem Lieblingsbild zu suchen. Doch statt Zuflucht fand sie Entsetzen. Durch den Schleier ihrer Tränen war es, als würden die Figuren auf dem Bild sich plötzlich beleben. Im selben Moment fiel es ihr wie Schuppen von den Augen. Die vor Glück jauchzende junge Frau auf der Schaukel war gar nicht sie selbst, wie sie ein Leben lang geglaubt hatte – das war Geli Raubal! Und der Mann, der unter ihr im Gras lag und in lüsterner Geilheit ihr unter die Röcke schaute – das war …

Nein, die Vorstellung war zu grausam.

Um nicht zu ersticken, riss sie die Knöpfe ihrer Bluse auf, und am ganzen Leib zitternd vor Erregung durchmaß sie den Raum. Dieses kleine, ehrlose Luder, diese Ausgeburt an Verdorbenheit, dieses widerliche, verlogene Miststück, das sie so schändlich hintergangen und in die Irre geführt hatte …

Da fiel ihr Blick auf das Obstmesser, das auf einem Beistelltisch lag, zusammen mit einem Apfel. Und ohne zu wissen, was sie tat, packte sie das Messer und stach damit auf Geli Raubal ein, wieder und wieder, rasend vor Wut und Eifersucht und Hass, bis das Bild von der Wand fiel.

95

Im »Romanischen Café« war die Silvesterparty bereits in vollem Gange, so dass Rahel der ohrenbetäubende Lärm einer Zwölf-Mann-Kapelle entgegenschlug, als sie das mit Luftschlangen und Papiergirlanden geschmückte Lokal betrat. Dicht an dicht drängten sich an den Tischen lauter Menschen in Feierstimmung, und die Tanzfläche quoll über von den im Rhythmus der Jazzmusik zuckenden und zappelnden Paaren. In dem Gewühl hatte sie Mühe, dem Kellner in das »Bassin für Schwimmer« zu folgen, in dem sie telefonisch einen Dreiertisch reserviert hatte und wo es zum Glück ruhiger zuging als im Eingangsbereich.

Sie hatte mit ihrem Auto einen Umweg über den Wedding gemacht, um Alex für die Nacht zu Tante Ottilie und Fritz zu bringen, und deshalb erwartet, dass Tino und Erich schon vor ihr da wären, doch alle drei Stühle an dem Tisch waren frei. Brauchten die zwei vielleicht noch Zeit, um sich abzusprechen? Inzwischen hatten sie beide das Drehbuch gelesen, doch keiner hatte bisher verraten, was er davon hielt, auch Tino nicht.

Auf den Nachbartischen standen überall Champagnerkübel bereit – in der Silvesternacht musste es Champagner sein! Doch Rahel hatte nur eine Flasche Selters bestellt, noch hatte sie ja nicht die geringste Ahnung, ob es an diesem Abend etwas zu feiern geben würde. Während aus der Eingangshalle gedämpft die Tanzmusik zu ihr drang, musste sie an ihre erste Silvesterparty mit Tino und Erich im »Café Größenwahn« denken, keine zwei Monate nach Kriegsende war das gewesen und auf den Tag genau elf Jahre her. Damals hatten sie sich alle drei gerade erst frisch kennengelernt. Mit Tino hatte sie an dem Abend den ersten Kuss getauscht, und mit Erich hatte sie Brüderschaft getrunken.

Würden sie nach dem heutigen Abend noch zusammen sein?

In ein paar Minuten würde es sich entscheiden. Rahel hatte befürchtet, sie würde entsetzlich aufgeregt sein, wenn es so weit war, doch seltsamerweise war sie jetzt ganz ruhig und gefasst. Egal, wie die Sache ausgehen würde, jede Entscheidung, ob so oder so, würde besser sein als der unerträgliche Schwebezustand, in dem sie zwei Jahre zu dritt verbracht hatten.

Doch plötzlich war der Augenblick da. Sie warf gerade einen Blick auf die Uhr, da traten Tino und Erich wie aus dem Nichts zu ihr an den Tisch, und noch während die beiden Platz nahmen, stellte sie ihnen ohne irgendwelche Verzierungen die Frage, deren Antwort sie seit Heiligabend entgegenfieberte.

»Was sagt ihr zu meinem Text?«

Erich verzog das Gesicht, als hätte er Zahnschmerzen. »Also, um ehrlich zu sein – *gut* finde ich ihn nicht.«

»Ich auch nicht«, pflichtete Tino mit ähnlicher Leidensmiene bei. »Weil …« Während er zögerte, zuckte es um seine Augen, und seine zusammengepressten Lippen bebten.

»Weil was …?«, fragte Rahel.

»Weil dein Text einfach großartig ist!«, platzte er heraus, plötzlich strahlend, als hätte jemand eine Lampe in seinem Gesicht angeknipst.

»Nein, nicht großartig!«, rief Erich. »Einfach phantastisch!«

»Man könnte auch sagen – *sensationell*!«

»Eine wirklich wunderbare Geschichte!«

»Und sie passt sogar perfekt in die neue Ufa-Strategie!«

Während die zwei sie mit Komplimenten überschütteten, spürte Rahel, wie etwas sich in ihr löste. Von wegen ruhig und gefasst! Sie hatte nur nicht wahrhaben wollen, wie angespannt sie in Wirklichkeit gewesen war.

»Dann … dann habe ich also euren Segen?«

»Im Namen sämtlicher verfügbaren Götter!«, erklärte Tino.

»Gott sei Dank!«, sagte sie so laut, dass trotz des Lärms im Lokal sich ein paar Köpfe nach ihr umdrehten. »Ach, ich kann euch gar nicht sagen, wie sehr ich mich freue.« Ohne sich um die anderen Gäste zu kümmern, nahm sie beide in den Arm und gab ihnen einen Kuss.

»Wir haben nur eine Frage«, sagte Erich. »Soll es wirklich bei dem Titel bleiben? Wir finden, ›Mona Lisa‹ klingt zu schwer für so einen herrlich leichten Text. Der moussiert doch wie Champagner.«

»Keine Sorge«, erwiderte sie. »Darüber habe ich selbst schon nachgedacht.«

»Und?«

»Hast du eine Alternative?«

»Allerdings.« Sie machte eine Kunstpause, dann sagte sie: »›Ménage-à-trois‹.«

Kaum hatte sie den Titel genannt, verstummten die zwei. Unsicher schauten sie erst Rahel, dann einander und dann wieder sie an.

Offenbar hatten sie begriffen.

»Hast du … hast du keine Angst«, fragte Tino schließlich, »was passiert, wenn wir es wirklich versuchen?«

»Doch«, sagte sie. »Aber um herauszufinden, ob es richtig oder falsch ist, gibt es keinen anderen Weg.«

TEIL ZEHN

Ménage-à-trois

1932 – 1933

1

Ein neues Jahr war angebrochen, das Jahr 1932, und wie jedes Jahr hofften die Menschen darauf, dass mit dem Neuanfang im großen Zeitenlauf auch für sie eine neue Zeit anbrechen würde, in der sie die alten Sorgen und Nöte hinter sich lassen konnten. Doch nicht anders als in den beiden vergangenen Jahren sahen sie sich in ihrer Hoffnung getäuscht. Obwohl der Schwarze Freitag, der den wenigen goldenen Jahren des abgelaufenen Jahrzehnts ein so jähes Ende bereitet hatte, inzwischen über zweimal zwölf Monate zurücklag, wuchsen überall im Reich die Schlangen vor den Arbeitsämtern und Küchensuppen weiter unaufhaltsam an, und während die Arbeitslosigkeit täglich neue Opfer forderte, scheiterte alle Regierungskunst daran, das Monster zu bändigen, gleichgültig, ob der Kanzler Heinrich Brüning oder Franz von Papen hieß, die im Auftrag des greisen Präsidenten Hindenburg mit wechselnden Kabinetten, doch ohne eigene Mehrheit im Parlament versuchten, das Staatsschiff durch das immer größer werdende Chaos zu steuern.

Wieder einmal wurde darum das Volk zu den Urnen gerufen, um zu entscheiden, von wem es regiert werden wollte. Am 31. Juli sollten die Wahlen stattfinden. Doch kaum war das Datum verkündet, entbrannte ein Wahlkampf, wie ihn die junge Republik noch nicht erlebt hatte. Bei den Saal- und Straßenschlachten, die sich die verfeindeten Parteien lieferten, kamen im Laufe des Sommers fast hundert Menschen zu Tode, und es gab über tausend Verletzte. Aber als im September das neue Parlament zu seiner ersten Sitzung zusammentrat, zeugte die Sitzverteilung keineswegs von einem klaren Wählerauftrag, vielmehr spiegelte diese nur die innere Zerrissenheit des Landes wider. Zwar konnte die NSDAP die Zahl ihrer Abgeordneten auf zweihundertdreißig mehr als verdoppeln und stellte die mit Abstand stärkste Fraktion im Reichstag, doch da die bürgerlichen Parteien nicht bereit waren, mit Hitler zu koalieren, gab es nur eine negative antiparlamentarische Mehrheit von NSDAP und KPD, die zusammen jedoch jede andere Regierung zu Fall bringen konnten.

Und Hugenberg?

Obwohl niemand besser als er mit Zahlen jonglieren konnte, hatte er sich verkalkuliert. Nachdem Goebbels im »Völkischen Beobachter« die Ufa als verjudetes Unternehmen angegriffen hatte, war er auf Distanz zur NSDAP gegangen. Doch nicht nur persönliche Gründe hatten ihn dazu bewogen, sondern auch Rücksicht auf die gemäßigten Wähler seiner Partei, die sich von den Krawallen der Nazis während des Wahlkampfs abgestoßen fühlten. Auch waren diese lokale Bündnisse mit den Kommunisten eingegangen, um im Proletariat um Stimmen zu buhlen, indem sie zusammen mit den Roten Arbeiterstreiks gegen die Regierung organisierten. Doch die Wähler hatten Hugenbergs Strategie der Mäßigung nicht belohnt. Seine DNVP hatte abermals Federn gelassen, und er führte im Reichstag nur noch ein Häuflein von siebenunddreißig Abgeordneten an, die sich in dem über sechshundert Mitglieder großen Parlament verloren wie eine Handvoll Sandkörner in der Wüste.

Jetzt galt Hugenbergs ganze Hoffnung dem ehemaligen Zentrumsmann Franz von Papen, den Hindenburg mit der Regierung beauftragt hatte. Doch hatte der inzwischen parteilose Kanzler angesichts der braunen und roten Übermacht im Parlament überhaupt noch die Chance, seinen Auftrag zu erfüllen?

Die Abgeordneten der NSDAP waren allesamt in Parteiuniform in den Reichstag einmarschiert, um über ein Drittel der Sitze in Beschlag zu nehmen. Mit zum Hitlergruß erhobenen Armen begrüßten sie nun den ebenfalls uniformierten Hermann Göring, der als Vertreter der stärksten Fraktion das Amt des Reichstagspräsidenten versah und sichtlich durchdrungen von seiner neuen Würde die Sitzung eröffnete. Mit gönnerhafter Miene forderte er Franz von Papen auf, seine Regierungserklärung zu verlesen. Aber noch während der ans Rednerpult trat, stellte die KPD einen Misstrauensantrag gegen den Kanzler und seine Regierung.

Beifall und Buhrufe wurden laut, im Nu verwandelte der Reichstag sich in einen Hexenkessel. Alles schrie durcheinander, mit Fäusten fielen die Abgeordneten übereinander her, und während Hermann Göring vergeblich versuchte, die Ruhe im Plenarsaal herzustellen, blickte Hugenberg voller Anspannung auf seine Nachbarfraktion.

Jetzt kam alles auf die NSDAP an. Würde sie den Antrag der Kommunisten unterstützen, um den Kanzler zu stürzen? Wenn ja, war die Regierung Papen beendet, bevor sie überhaupt begonnen hatte.

Offenbar waren die Nazis sich selber uneins, denn nach einer kurzen, erregten Auseinandersetzung beantragten sie eine Unterbrechung der Sitzung, um sich zu beraten. Da keine andere Partei dagegen Einspruch erhob, gab Reichstagspräsident Göring dem Begehren statt.

»Die Sitzung wird für eine halbe Stunde vertagt!«

Er hatte noch nicht ausgesprochen, da verließ Papen im Laufschritt den Saal. Was hatte er vor? Hugenberg wollte dem Kanzler folgen, doch dann besann er sich und suchte stattdessen Gregor Strasser auf, den Fraktionsführer der NSDAP.

»Wir müssen Papen unterstützen«, erklärte er. »Wenn die Kommunisten mit ihrem Antrag durchkommen, versinkt das Land im Chaos.«

»Und warum sollten ausgerechnet wir das verhindern?«, erwiderte Strasser, ein Koloss von einem Mann mit fast kahl rasiertem Schädel und buschigen Brauen. »Vielleicht ist das ja unsere Chance.«

Hugenberg zog scharf die Luft ein. Er wusste, wie gelegen den Nazis jedes Chaos kam, ihre ganze Strategie gründete ja darauf, Chaos zu schüren, um die dadurch verängstigten Menschen mit ihrem Versprechen von Arbeit und Brot für sich zu gewinnen. Und diese Strategie war bei den Wahlen ja wunderbar aufgegangen. Gerade die kleinen Leute, die seit Beginn der Weltwirtschaftskrise um ihre nackte Existenz bangten, waren den Nazis scharenweise ins Netz gegangen.

Doch ein Argument gab es, das Strasser nicht zurückweisen konnte.

»Hitler hat erst kürzlich in aller Öffentlichkeit erklärt, vorerst nicht nach der Macht zu greifen. Wollen Sie etwa dem Willen Ihres Führers zuwiderhandeln?«

Auf den Fußballen wippend, blickte Hugenberg zu Strasser auf. Doch der schaute nur voller Verachtung von der Höhe seiner fast zwei Meter auf ihn herab.

»Was der Wille des Führers ist, werden wir gleich wissen. Wir haben Hitler von der Lage unterrichtet. Ich erwarte jede Minute seine Anweisung aus München.«

2

Alex war empört. Heute wurde der Film, in dem seine Mama die Hauptrolle spielte und die sie, wie der Papa sagte, weltberühmt machen würde, zum allerersten Mal gezeigt, und er sollte mit Tante Ottilie zu Hause bleiben, wenn seine Eltern am Abend ins Kino gingen, um die Premiere zu feiern. Was für eine Gemeinheit! Er war doch kein Baby mehr, zu Ostern war er von der Mohrenschule aufs Gymnasium gewechselt und lernte sogar schon Latein. Außerdem wusste er, wie wichtig diese Premiere war, für Mama und Papa und auch für Onkel Erich, seit Wochen redeten die Erwachsenen von nichts anderem mehr. Trotzdem hatten die Eltern gesagt, er sei noch zu klein, und statt ihm zu erlauben, sich wie sie fein anzuziehen, hatte die Mama ihn zusammen mit dem Papa, der in seinem Frack aussah wie ein Pinguin, aus dem Schlafzimmer zu Tante Ottilie geschickt, die heute Abend auf ihn aufpassen würde und in der Küche für sie beide den Abendbrottisch gedeckt hatte.

»Moment!«, sagte sie, als er sich auf das Essen stürzen wollte. »Erst wird gebetet.«

Mit knurrendem Magen wartete er, dass sie das Tischgebet sprach. Er hatte den ganzen Nachmittag Fußball gespielt und einen Bärenhunger. Zum Glück hatte sie sein Cervelatwurstbrot schon fertig geschmiert, und kaum sagte sie »Amen«, nahm er die zusammengeklappten Scheiben mit beiden Händen und biss hinein.

»Warum darf ich nicht mit ins Kino?«, fragte er kauend.

»Mit vollem Mund spricht man nicht«, sagte Tante Ottilie. »Wie oft soll ich dir das noch sagen?«

»Ich hab doch gar nichts im Mund!« Eilig würgte er seinen Bissen hinunter und riss zum Beweis den Mund so weit auf, wie er konnte.

»Meinst du, darauf falle ich rein, du Schlawiner?« Tante Ottilie gab ihm einen Klaps. »Genau deshalb darfst du nicht mit zu den Erwachsenen. Weil du dich immer noch nicht benehmen kannst.«

»Aber du könntest doch mit ins Kino kommen und da auf mich aufpassen!«

»Nein, das kann ich nicht. Ich habe dem großen Jungen nämlich versprochen, heute Abend mit ihm Cowboy und Indianer zu spielen, bis seine Eltern zurück sind. Und so lange darf ich die Wohnung nicht verlassen.«

»Juchhuu!«, rief Alex. »Dann kommst du an den Marterpfahl, und Winnetou und Old Shatterhand müssen dich befreien!«

Tante Ottilie nickte ihm lächelnd zu. »Na, ist das nicht viel besser als so eine langweilige Erwachsenenfeier?«

Alex wollte sie in den Arm nehmen, doch da klingelte es an der Tür.

»Ich mache auf!«

Ohne um Erlaubnis zu fragen, sprang er vom Tisch und lief in den Flur.

Als er die Wohnungstür öffnete, stand ein zweiter Pinguin vor ihm.

»Onkel Erich!«

3

Reichstagspräsident Göring schaute auf die Uhr. Die halbe Stunde Vertagung, die er zur Unterbrechung der Plenarsitzung angeordnet hatte, war beinahe verstrichen, und Gregor Strasser, der Fraktionsvorsitzende der NSDAP, war immer noch ohne Nachricht aus München; mit versteinerter Miene und sichtlich nervös trommelte er mit den Fingern auf seinem Pult. Hugenberg sah es mit Freuden – ohne Hitlers Segen würde Strasser es nicht wagen, bei der Abstimmung mit seiner Fraktion die Kommunisten zu unterstützen, so dass deren Antrag scheitern würde. Tatsächlich machte Göring schon Anstalten, die Sitzung wieder zu eröffnen, doch da kam ein SA-Mann in den Plenarsaal geeilt, und während Göring seinen schon erhobenen Hammer wieder sinken ließ, trat er zu Strasser und flüsterte ihm etwas ins Ohr.

Hugenberg hatte keinen Zweifel, das musste Hitlers Anweisung sein. Aber wie zum Teufel lautete sie?

Strasser quittierte die Nachricht mit einem Nicken, doch seine Miene ließ keine Rückschlüsse auf deren Inhalt zu. Hugenberg zögerte. Sollte er Strasser fragen, wie die NSDAP abstimmen würde? Er wollte schon aufstehen, da ging ein Raunen durch den Saal – Kanzler Franz von Papen kehrte zurück! Zwei Stufen auf einmal nehmend, lief er die Treppe zum Rednerpult hinauf, in der Hand eine rote Mappe haltend, mit der er für jedermann sichtbar dem Plenum zuwinkte. Wütende Buhrufe und Pfiffe waren die Antwort. Hugenberg wusste, warum – die rote Farbe der Mappe bedeutete, dass Papen sich mit einer Order des Präsidenten versorgt hatte, um den Reichstag nach Paragraph 25 aufzulösen, bevor es zur Abstimmung kam.

Was für ein kluger Schachzug!

Während Hugenberg sich zurücklehnte, klopfte Göring mit seinem Hammer auf den Tisch, um mit der Sitzung fortzufahren.

»Wir schreiten jetzt zur Abstimmung über den Antrag der Kommunistischen Partei!«

Hugenberg glaubte, nicht richtig zu hören. War Göring verrückt geworden? Er wollte abstimmen lassen, bevor der Kanzler seine Erklärung abgeben konnte?

Papen hatte inzwischen das Rednerpult erreicht, und wieder mit seiner roten Mappe wedelnd, verlangte er das Wort.

»Laut Geschäftsordnung hat der Kanzler das Recht, vor der Abstimmung im Plenum eine Erklärung …«

Seine Worte gingen im Geschrei der Abgeordneten unter. Zornesrot im Gesicht, drehte Papen sich zu dem Reichstagspräsidenten herum, die Mappe weiter in die Höhe gereckt, doch Göring tat, als wäre der Kanzler gar nicht da. Demonstrativ wandte er den Kopf zur

Seite und schaute an Papen vorbei, um nur ja nicht die Mappe in dessen Hand zu sehen.

»Ich verlange zu reden!«, rief Papen mit überschnappender Stimme.

Doch Göring guckte unbeirrt weiter Löcher in die Luft. Voller Wut knallte der Kanzler seine Mappe auf den Tisch des Sitzungspräsidenten.

»Das lasse ich mir nicht bieten!«

Papen warf den Kopf in den Nacken und blickte mit funkelnden Augen zu Göring hinauf. Doch als der einfach über ihn hinweg ins Nichts sah, ohne die rote Mappe anzurühren, verließ er mit stampfenden Schritten das Rednerpult und marschierte, gefolgt von seinen Ministern, zur Saaltür hinaus.

Göring wartete, bis diese sich hinter Papen geschlossen hatte, dann ließ er, als wäre nichts geschehen, das Plenum ohne den Kanzler abstimmen.

»Wer für den Antrag der KPD ist, der hebe die Hand.«

Ein ganzer Wald von Armen flog in die Höhe, mit der überwältigenden Mehrheit von fünfhundertdreizehn zu siebenundvierzig Stimmen sprach das Parlament dem Kanzler sein Misstrauen aus. Nur die DNVP und die DVP hatten Papen unterstützt. Die Nazis aber hatten wie ein Mann für den Antrag der Kommunisten gestimmt.

Hugenberg stöhnte leise auf, wohl wissend, was die Stunde geschlagen hatte. Hitler hatte die Maske endgültig fallen lassen, allen Versprechungen zum Trotz griff er nun offen nach der Macht.

4 Premiere im Zoo-Palast!

Während die Kameraleute und Reporter vor dem festlich erleuchteten Lichtspielhaus in Position gingen, wartete auf beiden Seiten des roten Teppichs eine vielhundertköpfige Schar Schaulustiger auf die Ankunft der Schauspielerinnen und Schauspieler. Seit Tagen waren die Zeitungen voll von Berichten über die neueste Ufa-Produktion. Ein Skandal lag in der Luft. Angeblich rührte der Film an nie in Frage gestellte Tabus, um die Liebe noch einmal ganz und gar neu zu erfinden!

Da flammten die ersten Magnesiumblitze auf, eine schwarze Mercedes-Limousine rollte im Schritttempo heran. Im Fond des schweren Wagens saß Rahel, begleitet von Tino und Erich. Ungläubig spähte sie zum Fenster hinaus.

»Sind all die vielen Menschen wirklich nur wegen uns da?«

»Nein«, erwiderte Erich. »Nicht wegen uns – wegen *dir*!«

Während die Menge ehrfürchtig beiseitetrat, kam der Mercedes zum Stehen. Ein livrierter Türsteher eilte herbei, um den Wagenschlag zu öffnen.

Rahel holte tief Luft. »Auf in den Kampf ...«

»Toi, toi, toi!«, sagte Tino und spuckte ihr über die Schulter.

Die Kameraleute stürzten herbei, und während ein Blitzlichtgewitter die Nacht erhellte, berichtete ein Radioreporter mit aufgeregter Stimme den Hörern im ganzen Reich von dem gerade hier stattfindenden Ereignis.

»Christel Reichenbach steigt als Erste aus dem Wagen, gefolgt von ihrem Ehemann, Ufa-Finanzdirektor Konstantin Reichenbach, sowie dem Produzenten des Films, Erich Pommer. Ein strahlendes Trio, das Publikum ist aus dem Häuschen ...«

Rahel raffte ihr bis zum Boden reichendes Lamékleid, und flankiert von Tino und Erich schritt sie über den roten Teppich auf den Eingang zu. War das wirklich sie selbst, die das alles gerade erlebte? Tatsächlich, die Menschen jubelten ihr zu, riefen ihren Schauspielernamen – Christel Reichenbach! Nach links und rechts winkend, bedankte sie sich für den Beifall. Hoffentlich würden die Menschen auch noch jubeln, nachdem sie den Film gesehen hatten.

Im Foyer warteten Stauß und Klitzsch und Correll, alle drei wie Tino und Erich im Frack, um sie durch die Menge hindurch in den Saal zu eskortieren. Auf dem Weg dorthin überhäuften sie sie mit Komplimenten. Doch Rahel war viel zu aufgeregt, um darauf einzugehen. Nur wie aus weiter Ferne hörte sie Stauß' Erklärung, dass Geheimrat Hugenberg sich entschuldigen ließ – er sei im Parlament festgehalten worden.

Was kümmerte sie heute die Politik? Heute würde sich ihre Zukunft entscheiden – ihre Zukunft und ihr Glück!

Der riesige Saal war bereits bis auf den letzten Platz gefüllt, nur die erste Reihe war noch frei, reserviert für die Hauptakteure dieses Abends. Zu dritt nahmen sie Platz, Rahel in der Mitte, links und rechts von ihr Erich und Tino. Die Lichter im Saal erloschen, und während das Kino-Orchester verstummte, ging der rote Samtvorhang auf, und der Vorspann flackerte über die Leinwand.

DIE UNIVERSUM FILM AG ZEIGT:

MÉNAGE-À-TROIS

EIN MUSIKFILM IN DREI AKTEN

Rahel klopfte das Herz bis zum Hals, der Titel des Films bedeutete buchstäblich ihr Leben. Während sie gleichzeitig nach Tinos und Erichs Händen griff, folgte die Aufblende zur ersten Szene: In Großaufnahme erschien ihr Gesicht, dazu ertönte aus allen Lautsprechern im Saal ihr Gesang.

Ich weiß nicht, zu wem ich gehöre,
Ich bin doch zu schade für einen allein.
Wenn ich jetzt grad hier Treue schwöre,
Wird wieder ein anderer ganz unglücklich sein.

Während sie auf der Leinwand das Couplet von Friedrich Hollaender sang, mit dem der Film begann, formte sie mit den Lippen noch einmal stumm die Worte nach.

Ja, soll denn etwas so Schönes nur einem gefallen?
Die Sonne, die Sterne gehören doch auch allen.
Ich weiß nicht, zu wem ich gehöre,
Ich glaub, ich gehöre nur mir ganz allein.

Mit breitem Grinsen drehte Tino sich zu ihr herum, und auch Erich zwinkerte ihr verschwörerisch zu. In einer Aufwallung erwiderte Rahel den Druck ihrer Hände, dann beugte sie sich einmal nach links, danach einmal nach rechts, um beiden mit einem Wangenkuss zu danken.

5

Nur ein leeres Rechteck auf der Tapete erinnerte in Constanzes Boudoir noch an den Fragonard, der dort so viele Jahre gehangen hatte. Sie hatte Robert angewiesen, das zerstochene Bild auf den Dachboden zu bringen, und obwohl sie den vertrauten Anblick in ihrem Refugium täglich vermisste, glaubte sie nicht, dass sie es je restaurieren lassen würde.

Wie sollte man auch etwas restaurieren, was es nie gegeben hatte?

Seit dem Abendessen wartete sie auf einen Anruf von Alexander, in der Hoffnung auf ein Rendezvous. Da Gustav ihr Konto gesperrt hatte, konnte sie sich die Suite im »Dresdner Hof« nur noch zweimal im Monat leisten, mehr gab ihr Haushaltsgeld nicht her, ohne dass es auffiel. Wenn sie wenigstens ein eigenes Telefon hätte, um ungestört mit Alexander zu reden. Doch als sie Gustav um einen Anschluss in ihrem Boudoir gebeten hatte, hatte er ihr selbst diesen bescheidenen Wunsch verweigert.

Mit jeder Minute, die sie wartete, stieg ihre Unruhe. Alexander hatte versprochen, sich heute zu melden. Warum tat er es nicht? Sie konnte nur hoffen, dass er anrief, bevor ihr Mann nach Hause kam. Gustav hatte von seiner Sekretärin ausrichten lassen, dass er nach den Geschäften in der Bank noch einen Termin in der Stadt wahrnehmen müsse und darum auf das Nachtmahl verzichte.

Sie setzte die Brille auf, um den Leitartikel zu lesen, der von der problematischen Sitzverteilung im Reichstag handelte. Doch ihre Konzentration reichte für keine zwei Sätze. War Alexanders Liebe erloschen? Immer wieder nahm sie Anlauf, um den Inhalt dessen, was sie las, in sich aufzunehmen, aber es gelang ihr nicht. Vielleicht sollte sie lieber Radio hören? Angeblich wollte Kanzler Franz von Papen heute Abend im Rundfunk seine Regierungserklärung verlesen, nachdem man ihm im Parlament das Wort verweigert hatte.

Sie legte die Zeitung beiseite, um den Apparat einzuschalten. Doch kaum hatte sie sich aus ihrem Vis-à-vis erhoben, klingelte auf dem Flur das Telefon, und gleich darauf klopfte Robert an ihre Tür.

»Ein Anruf für Sie, gnädige Frau!«

Constanze atmete auf. Gott sei Dank – Alexander hatte sie nicht vergessen!

6

Ja, Gustav hatte heute Abend noch einen Termin in der Stadt, einen überaus wichtigen Termin sogar. Nachdem er seine Geschäfte in der Bank erledigt hatte, hatte er sich von seinem Fahrer in die Brühlstraße bringen lassen, wo Dr. Eberhard Brettschneider unweit des Pulverturms seine mit viel Mahagoni und noch mehr Kübelpflanzen eingerichtete Kanzlei betrieb, um mit Hilfe des Anwalts eine notarielle Verfügung aufzusetzen.

Als er das Büro betrat, lauschte Dr. Brettschneider gerade am Radio der Regierungserklärung des Kanzlers. Angesichts der außerordentlichen Aufgaben, die es zu bewältigen gelte, um Deutschland vor dem Chaos zu retten, plädierte Papen für eine unparteiische nationale Staatsführung, bei der sich die Macht der Wähler im Wesentlichen auf die Wahl des Reichspräsidenten beschränkte, damit der Kanzler frei von allen parlamentarischen Zwängen und Turbulenzen nach Maßgabe der politischen und wirtschaftlichen Erfordernisse uneingeschränkt regieren könne.

»Da ist höchste Gefahr in Verzug«, erklärte Gustav. »Wenn Papen alle Macht im Staat in einer Hand bündelt, rollt er nur den roten Teppich für Hitler aus.«

Dr. Brettschneider hob überrascht die Brauen. »Rührt daher Ihr Engagement für die Eiserne Front?«, fragte er. »Ich muss sagen, außer Ihnen ist mir kein anderer Bankier oder Unternehmer bekannt, der dieses Bündnis unterstützt.«

»Mag sein«, erwiderte Gustav. »Aber ich halte die Bedenken, die meinesgleichen im Allgemeinen gegen die Eiserne Front hegt, für ganz und gar unbegründet. In der Allianz geben schließlich Reichsbannerleute den Ton an, überaus ehrenwerte Männer und durch die Bank Kriegsteilnehmer, die in ihrer politischen Gesinnung meist dem Zentrum und der Deutschen Demokratischen Partei nahestehen.«

»Aber nicht nur«, wandte Dr. Brettschneider ein. »In den Reihen der Eisernen Front finden sich auch jede Menge Sozialdemokraten und Gewerkschaftler. Haben Sie keine Sorge, dass ein Bündnis mit diesen Leuten …?« Statt die Frage auszusprechen, schaute er Gustav eindringlich an.

Der hob die Arme. »Wenn Sozialdemokraten und Arbeitervertreter die Einzigen sind, die sich gegen die braune Flut stemmen – was bleibt mir dann übrig? Ich habe vor Gott und meinem Gewissen einen Schwur geleistet, und ich bin festen Willens, ihn zu erfüllen. Wenn es sein muss, auch über den Tod hinaus.«

»Ich wollte Ihnen nicht zu nahetreten, Herr Kommerzienrat.« Dr. Brettschneider schaltete den Radioapparat aus. »Auch liegt es mir fern, Ihre Willensbekundungen in Frage zu stellen, als Ihr Anwalt habe ich diese nur in eine juristisch wirksame Form zu bringen. – Doch apropos …« Er nahm einen Ordner und schlug ihn auf. »Ich habe mir erlaubt, einen Schriftsatz in der Sache vorzubereiten. Allerdings haben wir noch nicht über Ihren Herrn Sohn gesprochen. Was genau soll seine Rolle im Falle Ihres Ablebens sein?«

7

Den Telefonhörer in der Hand, wartete Constanze, bis Robert die Treppe hinunter verschwunden war. Dann nahm sie den Hörer ans Ohr.

»Wann werden wir uns sehen?«, fragte sie leise, mit der Hand ihren Mund und die Sprechmuschel beschirmend.

»Sosehr es mich schmerzt, dir einen Korb zu geben«, erwiderte Alexander am anderen Ende der Leitung. »Aber für private Extratouren ist im Moment keine Zeit. Ich muss nach München, Lagebesprechung mit Hitler nach unserem heutigen Coup im Parlament. Für den sechsten November sind Neuwahlen angesetzt. Das ist unsere Chance, da dürfen wir keinen Tag verlieren.«

Constanze ließ die Hand sinken. Nur zweimal im Monat konnten sie einander sehen. Und trotzdem sagte er ab. In ihrer Enttäuschung wollte sie schon auflegen, doch dann überlegte sie. Wenn es nun einmal so war, wie es war, musste sie das Beste daraus machen. Das hatte ihr Vater sie gelehrt.

»Ich werde dich nach München begleiten«, erklärte sie.

»Wozu?«, fragte Alexander. »Das Treffen findet im kleinsten Kreis statt. Ich fürchte, die Teilnahme von Damen ist nicht vorgesehen.«

»Keine Sorge, ich werde dich nicht kompromittieren. Ich habe anderes in München zu tun.«

»In München? Du? Etwas anderes? Was denn?«

»Etwas Persönliches.«

Alexander brauchte einen Moment, um zu begreifen. »Du … du willst ihr Grab besuchen, nicht wahr?«

»Ja«, bestätigte sie. »Es ist mir ein großes Bedürfnis.«

»Nun gut«, sagte er, »wenn das dein Wunsch ist, habe ich nichts dagegen. Aber für die Kosten musst du selbst aufkommen. Du weißt ja, mein erbärmliches Gehalt …«

»Natürlich, gewiss«, erwiderte sie, obwohl seine Taktlosigkeit sie zutiefst verletzte. Doch laut sagte sie nur: »Da wir ja sonst keine Gelegenheit haben, einander zu sehen, bleibt mir genügend Geld für die Zugfahrt. Und für das Hotel wird es mit knapper Not auch noch reichen.«

»Dann solltest du allerdings schnell den Koffer packen«, sagte Alexander. »Ich nehme noch heute den Nachtzug nach München. Du könntest in Erfurt zusteigen.«

8

Rahel konnte kaum noch unterscheiden, was Film, was Wirklichkeit war. Aber vielleicht war das auch gar nicht mehr nötig, vielleicht gab es ja gar keinen Unterschied mehr, vielleicht war ihr Leben ja ab diesem Abend ein und dasselbe?

Was immer das Leben, was immer die Wirklichkeit war: »Ménage-à-trois« war ein einziger, wunderbarer Traum. Als der Vorhang nach der Premiere gefallen war, waren über zweitausend Zuschauer von ihren Plätzen aufgesprungen, um den Film mit stehenden Ovationen zu feiern, und Rahel hatte sich über ein Dutzend Mal dem Publikum zeigen müssen, bevor man sie entlassen hatte. Das war jetzt über zwei Stunden her, doch noch immer wurde sie im Foyer von Fotografen und Reportern belagert, während Tino und Erich sie abwechselnd mit Champagner versorgten, der von einer riesigen Kaskade in Hunderte von Gläsern strömte.

Sie schloss kurz die Augen, um zu begreifen, was an diesem Abend geschehen war. Ja, sie hatte es geschafft, Mona Lisa konnte wieder lächeln. Weil sie den Mut aufgebracht hatte, sich zu trauen, was sie sich niemals zugetraut hätte.

Auch die Ufa-Granden wurden nicht müde, ihr zu gratulieren, vor allem, nachdem die ersten Pressekritiken heraus waren – Erich hatte vom Potsdamer Bahnhof bereits die druckfrischen Nachtausgaben der Zeitungen holen lassen. Die Kritiker überschlugen sich förmlich vor Begeisterung, doch keine Besprechung berührte Rahel so sehr wie die in der »Vossischen«. Arno Sumski, ihr früherer Chef, hatte sie verfasst: »Nicht weniger als die Neuerfindung der Liebe war uns vor der Premiere verheißen worden, und ich gebe zu, ich bin mit großen Zweifeln zur Uraufführung gegangen. Doch ich wurde eines Besseren belehrt, ›Ménage-à-trois‹ hat das Unmögliche möglich gemacht. So leicht und unbeschwert kann Liebe sein, so vollkommen frei und beglückend. Das Paradies im Boudoir – hier ist es Wirklichkeit geworden, für selige neunzig Minuten. Dank einer wunderbaren Frau und Schauspielerin: Christel Reichenbach, dem neuen Ufa-Star!«

Herr von Stauß persönlich las die Kritik vor. »Das ist Ihr Durchbruch, Frau Reichenbach«, sagte er, strahlend über sein ganzes Volksschullehrergesicht, und mit einem Augenzwinkern in Tinos Richtung versuchte er sich zur Feier des Tages sogar an einem Witz. »Jaja, hinter jeder erfolgreichen Frau steht bekanntlich ein starker Mann.«

»In meinem Fall sogar zwei«, erwiderte Rahel und nahm Tino und Erich links und rechts an die Hand.

»Natürlich«, pflichtete Stauß ihr bei. »Selbst ein Zahlenmensch wie ich wird über den Finanzdirektor nicht den Produzenten dieses wunderbaren Films vergessen. Zu dritt sind Sie ein unschlagbares Trio, ein Garant für den künftigen Erfolg der Ufa.«

»Weshalb wir Ihnen schon heute einen neuen Vertrag anbieten möchten, verehrte gnädige Frau«, fügte Produktionsdirektor Correll hinzu. »Zu Konditionen, an denen Sie Ihre Freude haben werden.«

»Eigentlich wollten wir ja noch ein paar Wochen warten, wie die Resonanz auf den ersten Film mit Ihnen in der Hauptrolle ausfällt«, ergänzte Generaldirektor Klitzsch, der in seinem zu engen Frack aussah wie eine Wurst in der Pelle. »Aber angesichts des rauschenden Erfolgs, den wir heute Abend erlebt haben, hat sich die Frage erledigt, so dass einem sofortigen Abschluss nichts im Wege steht.«

»Bis auf eine Klausel«, meldete Tino sich zu Wort.

Klitzsch begegnete dem Einwand mit dem charmantesten Lächeln, zu dem er fähig war. »Da werden wir uns gewiss einigen«, sagte er, dann drehte er sich zu seinem Produktionsdirektor um. »Nicht wahr, Herr Correll?«

Rahel war sich da nicht so sicher. Sie wusste, die Klausel, die Tino meinte, betraf das Flugverbot, das Correll grundsätzlich zur Bedingung für den Abschluss eines Vertrags mit Hauptdarstellergarantie gemacht hatte. So lange Zeit hatte ihre Junkers nutzlos im Hangar am Tempelhofer Feld gestanden, weil es ihr unmöglich gewesen war, zu fliegen – und jetzt, da sie endlich wieder fliegen konnte, wollte man ihr das Fliegen verbieten? Nein! Fliegen war ihr Schicksal, und über das Schicksal sollten nicht Filmproduzenten und Generaldirektoren entscheiden, sondern die Götter.

Um Corrells Antwort zuvorzukommen, sagte sie: »Ich denke, darüber sollten wir noch mal in Ruhe reden.«

Klitzsch schlug die Hacken zusammen. »Natürlich, gewiss, gnädige Frau.«

Darauf stieß man ein letztes Mal an, und eine halbe Stunde später verabschiedete man sich. Herrlich beschwipst vom Champagner, hakte Rahel sich bei Tino und Erich gleichzeitig unter, und zu dritt verließen sie das Lichtspielhaus.

Obwohl die Nacht noch immer sommerlich warm war, fröstelte Rahel, als sie ins Freie traten. Mit wem sollte sie den Rest des Abends verbringen? Mit Tino oder mit Erich?

Unsicher schaute sie ihre zwei Männer an. Sie liebte sie beide. Doch nur einen von ihnen konnte sie nun nach Hause begleiten.

Zum Glück nahm Tino ihr die Entscheidung ab. »Geht nur, ihr zwei.« Sanft, aber bestimmt, löste er sich von ihrem Arm. »Heute ist euer Tag.« Er nahm ihr Gesicht zwischen die Hände und gab ihr einen zärtlichen Kuss. Dann drehte er sich zu Erich herum, um sich auch von ihm zu verabschieden. »Bis morgen!«

9

Eine kaum spürbare Brise strich über den nächtlichen See, silbrig kräuselte sich die mondbeschienene schwarze Fläche unter der zarten Berührung, und das Plätschern des Wassers vermischte sich mit den geflüsterten Worten, die Erich und Rahel tauschten, während sie im Garten der Villa zusammen den Abend nachklingen ließen. Die Nacht war einfach zu schön, um sie im Haus zu verbringen, und obwohl Rahel, die sich quer auf die Bank gelegt und ihren Kopf in Erichs Schoß gebettet hatte, schon kurz eingenickt war, dachten sie beide nicht daran, hineinzugehen.

»Ich bin so glücklich, dass du den Mut hattest, das Libretto umzuschreiben«, sagte er. »Ich weiß nicht, was sonst aus uns geworden wäre.«

»Schreiben ist wie leben«, erwiderte sie mit geschlossenen Augen. »Man muss sich nur entscheiden.«

»Das sagt sich so leicht, aber man muss es auch tun. Damit hast du alles verändert. Genau, wie Oscar Wilde es gesagt hat.«

Sie brauchte einen Moment, um die Anspielung zu verstehen. »Du meinst – ›Life imitates art‹?«

»Ja«, sagte er. »Ich habe früher immer gedacht, dass das nur eine von Wildes geistreichen, aber letztlich unsinnigen Paradoxien sei. Wie soll das denn auch gehen, dass das Leben die Kunst imitiert? Jetzt weiß ich es, du hast es uns gezeigt.«

»Nein, nicht ich. Das konnten wir nur zu dritt.«

»In der Wirklichkeit, ja, das stimmt, das ging nur zu dritt. Aber du warst es, die das Drehbuch dafür geschrieben hat. Du ganz allein, in deiner Phantasie.«

Über Rahels Gesicht huschte ein Lächeln. »Dabei hatte ich am Anfang nicht die geringste Ahnung, wie die Geschichte ausgehen könnte. Wenn du wüsstest, wie oft ich von neuem angefangen hatte, bis mir allmählich dämmerte, welchen Weg sie nehmen musste.«

Erich strich ihr über das Haar. »Gott sei Dank hast du nicht aufgegeben. Wenn wir jetzt alle drei glücklich sind, haben wir das nur dir zu verdanken.«

Sie schlug die Augen zu ihm auf und schaute ihn an. »Bist du denn glücklich, Erich?«

Bei der Frage zuckte er zusammen. »Aber natürlich! Wie kannst du nur zweifeln?«

»Weil ich dich kenne, mein geliebter Hasenfuß.«

Zärtlich tätschelte sie seine Wange. Dann schmiegte sie den Kopf an seinen Schoß, wie um zu schlafen. Obwohl sie die Augen wieder geschlossen hatte, spürte er immer noch ihren Blick. Ja, sie kannte ihn, vielleicht besser als er sich selbst, und wenn er ganz ehrlich war, kam ihre Frage nicht von ungefähr. Natürlich war er glücklich, so glücklich wie vielleicht noch nie in seinem Leben – zumindest hatte er noch nie zuvor so intensiv das Gefühl gehabt, zu leben, wie in diesen letzten Wochen, nachdem Rahel und Tino und er sich entschlossen hatten, zusammen diesen Weg zu gehen. Doch andererseits … Manchmal kam er sich vor wie ein Seiltänzer, der, solange er nur in den Himmel hinaufschaut, mit traumwandlerischer Sicherheit über dem Abgrund balanciert – aber wehe, er blickt hinunter in die Tiefe … Ja, »Ménage-à-trois« war eine wunderbare Geschichte, aber ganz tief in seinem Innern sagte ihm eine Stimme, dass sie vielleicht besser auf der Leinwand aufgehoben war als in seinem Leben.

»Ich habe übrigens eine neue Rolle für dich«, sagte er. »Die Idee ist zwar von Correll, aber ich bin sicher, du wirst begeistert sein. Die Geschichte ist wie für dich geschaffen. Möchtest du sie hören?«

»Psssst«, machte sie. »Jetzt keine Arbeit. Die Nacht ist einfach zu schön.«

»Ja, das ist sie, und ich … ich wollte ja auch nur …«

Während er nach den richtigen Worten suchte, richtete sie sich auf und schlang die Arme um ihn, um seinen Mund mit einem Kuss zu verschließen.

»Ist es nicht das, was du in Wirklichkeit wolltest?«

10

Im Filmpalast am Zoologischen Garten waren alle Lichter erloschen, als Tino das Gebäude verließ. Nachdem er Rahel und Pommer verabschiedet hatte, war er noch einmal zu der bereits in Auflösung befindlichen Premierenfeier zurückgekehrt, um die Aufräumarbeiten zu überwachen. Morgen musste schließlich alles wieder tipptopp sein, und die erste Matineevorführung begann schon um neun.

Er hatte seinen Wagen ein paar hundert Meter weiter am Ku'damm geparkt. Trotz des langen Tags war er noch kein bisschen müde, aber das konnte auch gar nicht anders sein. In den Nächten, in denen Rahel mit Pommer zusammen war, hatte er immer Mühe, in den Schlaf zu finden.

Sollte er vielleicht noch in die Friedrichstraße fahren?

In der »Statistenbörse« ging der Abend ja um diese Zeit erst richtig los, und er hatte schließlich alle Freiheit der Welt. Das hatten sie so vereinbart, ja, Rahel hatte ihn regelrecht dazu ermuntert, von seiner Freiheit Gebrauch zu machen. »Unsere Liebe soll uns nicht binden«, hatte sie gesagt. »Vielmehr soll sie jeden von uns so sein lassen, wie er ist. Und du liebst nun mal die Frauen. Also liebe sie, wenn es sein muss. Nur liebe sie nicht so wie mich. Das ist meine einzige Bedingung …« Sie selbst hatte sich verpflichtet, sich außerhalb ihrer Ménage-à-trois auf keinen anderen Mann einzulassen – freiwillig.

Von der Gedächtniskirche schlug es halb eins.

Tino stieg in sein Auto und startete den Motor. Nein, statt noch irgendein Lokal anzusteuern, wollte er nach Hause fahren. Wozu sollte er sich die Nacht um die Ohren schlagen? Nur damit er nicht zu kurz kam? Er kam ja nicht zu kurz, er war ihr so nah, wie ein Mann seiner Frau nur sein konnte, und Rahel war die einzige Frau, die er liebte, nur sie allein, an anderen Frauen war er nicht im Geringsten interessiert. Nicht mehr … Er, der früher geglaubt hatte, nicht an die Liebe zu glauben, und sich deshalb von einer Liebschaft in die nächste gestürzt hatte, nur um nicht allein sein zu müssen, liebte jetzt so sehr, dass er dafür sogar hinnahm, dass die Frau, die er liebte, nicht nur ihn, sondern auch noch einen anderen Mann liebte.

Warum soll eine Frau kein Verhältnis haben?
Ist sie hübsch, wird man sagen:
Na, die muss doch eins haben …

Den neuesten Schlager leise vor sich hin summend, erreichte er den Gendarmenmarkt. Als er aus dem Wagen stieg, sah er zu seiner Verwunderung, dass in der Wohnung Licht brannte.

Nanu, war Rahel etwa schon zurück?

Ach nein, sie hatten Alex ja erlaubt, heute so lange aufzubleiben, wie er wollte.

Tatsächlich, als Tino die Wohnung betrat, empfing ihn dort lautes Indianergeheul. Alex hatte Tante Ottilie im Flur an die Standuhr gebunden, und mit seinem Federschmuck auf dem Kopf tanzte er hüpfend um sie herum wie ein Indianer um den Marterpfahl.

»Endlich!«, rief Tante Ottilie, als sie Tino erblickte. »Da kommt Old Shatterhand, um mich zu befreien!«

»Nein«, protestierte Alex. »Erst muss ich dich skalpieren!«

»Um Gottes willen! Was soll Onkel Fritz dann sagen, wenn ich nach Hause komme?«

11

Wie ausgestorben lag die Oranienburger Straße zu dieser späten Stunde in der Dunkelheit, es war ja ein gewöhnlicher Werktag, da herrschte hier nach Mitternacht kaum noch Betrieb. Trotzdem warteten in den Schatten zwischen den Häusern immer noch ein paar geschminkte Mädchen auf Kundschaft. In diesen Zeiten konnten sie es sich nicht leisten, Feierabend zu machen, solange noch Aussicht auf einen Freier bestand, und in der Geschäftsstelle der SPD unweit der Synagoge brannte noch Licht. Die Sozis standen zwar nicht im Ruf, besonders spendabel zu sein, auch waren die meisten von ihnen brave Ehemänner, die außer ihrer Arbeit und der Politik nur ihre Familien im Kopf hatten und viel zu anständig waren, um das bisschen Geld, das sie hatten, für ihr Vergnügen auszugeben, aber vielleicht packte ja doch einen von ihnen ausnahmsweise die Leidenschaft, und ein Heiermann war besser als nichts. Immerhin kam man damit durch bis zum nächsten Abend.

Lillys Platz befand sich nur einen Steinwurf vom »Goldenen Zapfhahn« entfernt. Nach den vielen Stunden, die sie sich an diesem Abend schon die Beine in den Bauch gestanden hatte, hielt sie es in ihren hohen Schuhen kaum noch aus, und der Rücken schmerzte ihr inzwischen genauso wie ihre Füße und Beine. Doch da sie heute erst zwei Kunden gehabt hatte, wollte auch sie noch auf das Ende der SPD-Versammlung warten. Einen Kunden brauchte sie mindestens noch, Heini würde sie sonst grün und blau prügeln … Nein, es hatte nicht lange gedauert, bis sie seinem Drängen nachgegeben hatte. Er hatte es ja von Anfang an gewusst, alle Mädchen, die in der Oranienburger landeten, würden sich früher oder später ein paar Märker hinzuverdienen, und nachdem er herausgefunden hatte, dass sie bei der Commerzbank in der Kreide stand und sich vor der Polizei verstecken musste, hatte er sie erpresst. Entweder ging sie für ihn anschaffen, oder er zeigte sie an.

Stiefelschritte wurden laut, aus der Richtung der Synagoge näherte sich ein Trupp SA-Männer. Doch bei denen machte Lilly sich keine großen Hoffnungen. Die Nazis hatten wahrscheinlich nur mal wieder versucht, die Juden vom Beten abzuhalten – wann immer es einen jüdischen Feiertag gab, patrouillierten sie vor der Synagoge. An Mädchen waren die nicht interessiert, höchstens dass sie ein paar blöde Bemerkungen machten. Lilly konnte sie deshalb nicht ausstehen.

Gähnend streckte sie sich, um die Schmerzen in ihrem geschundenen Körper zu lindern. Sie stand an derselben Stelle, wo früher schon ihre Mutter gestanden hatte. Nach ihrer Rückkehr in die Oranienburger hatte sie ihre Mutter tatsächlich noch mal wiedergesehen, eines Abends war sie plötzlich im »Goldenen Zapfhahn« aufgetaucht, um in der Kneipe die Gäste anzubetteln. Lilly hatte sie zuerst nicht wiedererkannt, eine zahnlose Greisin in abgerissenen und vollkommen verdreckten Lumpen. Zwei Tage später war sie gestorben, mit nicht mal fünfzig Jahren, und auf dem Armenfriedhof am Alten Dom beigesetzt worden. Lilly war die Einzige gewesen, die an ihrem Grab gestanden hatte. Das war alles andere als schick gewesen.

Ob sie selbst es wohl überhaupt schaffen würde, fünfzig zu werden?

»›Ménage-à-trois‹ – ab heute im Zoopalast!« Ein Zeitungsjunge hatte sich in die fast menschenleere Straße verirrt und rief die Schlagzeilen aus. »Christel Reichenbach – der neue Ufa-Star!«

Die Meldung traf Lilly wie eine Ohrfeige. Doch zum Glück hatte sie keine Zeit, darüber nachzudenken. In der SPD-Geschäftsstelle ging gerade die Tür auf, und ein paar Dutzend Arbeiter strömten auf die Straße. Eilig knöpfte sie ihre Bluse noch ein bisschen weiter auf und stöckelte den Männern entgegen. Doch sie war noch keine fünf Schritt weit gekommen, da stürzten sich die SA-Männer, die wie aus dem Nichts plötzlich wieder da waren, auf ihre Kundschaft, und im nächsten Moment entbrannte eine regelrechte Straßenschlacht.

Auf dem Absatz machte sie kehrt, um zu verschwinden. Eine Schlägerei war das Letzte, was sie brauchte – Prügel bekam sie von Heini genug.

Aber zu spät. Jemand packte sie am Arm und hielt sie fest.

»Lilly – du?«

Als sie sich umdrehte, erstarrte sie. Vor ihr stand Fritz, Tante Ottilies Mann.

12

In der Nacht war die Luft herbstlich abgekühlt, doch am Morgen schien die Sonne schon wieder so warm herab, dass Rahel und Erich mit offenem Verdeck nach Babelsberg fahren konnten. In herrlich wolkenlosem Blau spannte der Altweibersommerhimmel sich von Horizont zu Horizont, und die Sonne tauchte den See und die Wälder mit ihrem hier und da schon bunten Laub in goldenes Licht.

Mit Vollgas beschleunigte Rahel den Wagen.

»Heute werde ich endlich wieder fliegen!«

Überrascht drehte Erich sich zu ihr um. »Hast du denn dafür Zeit? Ich dachte, ihr macht heute die Fotos. Die Presseabteilung braucht unbedingt neue Bilder von dir.«

»Keine Sorge, der Fotograf hat gesagt, das dauert höchstens zwei Stunden. Sobald ich fertig bin, fahre ich nach Tempelhof. Ach, ich kann dir gar nicht sagen, wie sehr ich mich darauf freue, wieder hinter dem Steuerknüppel zu sitzen und mir die Welt von oben anzuschauen!«

Der Wind wehte ihr um die Nase, als wäre sie bereits in den Lüften. Mit einem Jauchzer schaltete sie in den vierten Gang. Konnte eine Frau glücklicher sein als sie? Ja, Tino hatte recht, das Leben war wirklich eine großartige Erfindung. Wenn man sich nur traute, es wirklich zu leben.

Die Fahrt dauerte keine Viertelstunde, dann hatten sie die Ufa-Stadt erreicht. Als sie das Eingangstor passierten, traute Rahel ihren Augen nicht. Vor dem Verwaltungsgebäude prangte ein Schild mit ihrem Namen: ein eigens für sie reservierter Parkplatz, in einer Reihe mit den Parkplätzen für Lilian Harvey und Willy Fritsch!

»Na, ist die Überraschung gelungen?«, fragte Erich mit einem Grinsen.

»Und ob!« Sie beugte sich zu ihm und gab ihm einen Kuss, dann stieg sie aus dem Auto. »Hast du Lust, heute Nachmittag mitzukommen?«

»Nach Tempelhof? Nein, das werde ich nicht schaffen. Ich muss den ganzen Tag Verhandlungen führen. Auch wegen der offenen Klausel in deinem Vertrag.«

»Dann mach den Herren bitte klar, dass ich auf das Fliegen nie im Leben verzichten werde.«

»Ich werde tun, was ich kann.«

Mit einem Seufzer stieg auch er aus dem Wagen. Während er im Verwaltungsgebäude verschwand, eilte Rahel zur Garderobe von Halle zwei, wo sie mit Edgar verabredet war. Sicher hatte er schon alles für den Fototermin vorbereitet und wartete auf sie.

Doch als sie die Garderobe betrat, war gar nichts vorbereitet. Und Edgar sah aus, als wäre ihm ein Gespenst erschienen.

»Um Gottes willen – ist was passiert?«

»Tante Ottilie hat eben von ihrem Fleischer aus angerufen. Lilly lebt gar nicht in Mecklenburg. Und verheiratet ist sie auch nicht. Sie ist Fritz letzte Nacht in die Arme gelaufen – in der Oranienburger Straße!«

13

Zur selben Zeit traf in München der Nachtzug ein, den Grau am Vorabend in Berlin genommen hatte. Wie vereinbart war Constanze in Erfurt zugestiegen. In der sicheren Erwartung, dass sie zu ihrer Bequemlichkeit ein Schlafwagencoupé gemietet hätte, hatte er nur eine Fahrkarte zweiter Klasse von Berlin bis Erfurt gelöst, doch da sie zu seiner ebenso großen Überraschung wie Enttäuschung mit einem gewöhnlichen Abteil, wenn auch erster Klasse, vorliebgenommen hatte, hatte er einen happigen Aufschlag berappen müssen. Achtundvierzig Mark und sechsundzwanzig Pfennige hatte der Schaffner ihm abgeknöpft, damit sie zusammen die Reise fortsetzen konnten! Ein teures Vergnügen, wenn man dafür nicht mal eine Mütze Schlaf bekam – von anderen Annehmlichkeiten ganz zu schweigen.

Constanze hatte seelenruhig zugesehen, wie er gezahlt hatte. Was war der Grund für ihren plötzlichen Geiz? Wirklich nur die Geldknappheit, unter der sie neuerdings litt? Oder ließ auch ihre Leidenschaft allmählich nach?

Mit kreischenden Bremsen kam der Zug zum Stehen. Constanze griff zu ihrer Reisetasche.

»Aber nicht doch, mein Schatz«, sagte er. »Ich kümmere mich.«

»Wie lieb von dir. Dann mache ich mich noch rasch ein wenig frisch.«

Während er das Gepäck einem Dienstmann hinaus auf den Bahnsteig reichte, puderte sie sich mit Hilfe eines Handspiegels das Gesicht. Es war das erste Mal, dass Grau erlebte, wie sie sich zurechtmachte. Mein Gott, wie alt und verbraucht sie doch aussah – die eine Nacht ohne Schlaf hatte gereicht, um die Wahrheit ans Licht zu bringen. Ihre Schönheit war nur noch Fassade, ein Blendwerk aus Puder und Schminke und künstlichen Haarteilen. Nur mit Mühe gelang es ihm, seinen Widerwillen zu verbergen. Wäre er noch der ungestüme Fähnrich, der er einst gewesen war, hätte er auf der Stelle Schluss gemacht. Doch für eine Trennung war es noch zu früh, noch würde er sie brauchen.

»Bist du so weit, meine Liebe?«, fragte er.

»Aber ja doch.« Sie steckte ihre Puderdose ein und hakte sich bei ihm unter. »Danke, dass du gewartet hast.«

Zusammen verließen sie den Waggon und folgten dem Dienstmann hinaus auf den Bahnhofsplatz. Dort rief Grau ein Taxi herbei.

»Bringen Sie die gnädige Frau bitte zum Südfriedhof«, wies er den Fahrer an, während er Constanze beim Einsteigen half. Mit einem Handkuss verabschiedete er sich von ihr, und er wollte den Wagenschlag schon schließen, da fiel ihm noch etwas ein. »Ach ja, kannst du dich bitte um unsere Unterkunft kümmern? Ich werde es wohl nicht schaffen. Du weißt ja, der Führer wartet nicht gern.«

14

Lilly war so glücklich, wieder bei Tante Ottilie und Fritz zu sein, dass sie schon Angst hatte, sich nur einzubilden, in deren Wohnküche zu sitzen. Hier war alles noch genauso wie früher: der Spülstein mit der verrosteten Pumpe, der gusseiserne Herd, der Vorratsschrank mit der gesprungenen Glastür, die gehäkelten Deckchen an der Wand, das Regal mit dem Tongeschirr, der zerschlissene Vorhang, der die Küche von der dahinter liegenden Schlafkammer trennte, dazu der Geruch von altem Kohl und frischem Muckefuck – all das gab ihr ein Gefühl von Geborgenheit, wie sie es seit einer Ewigkeit nicht mehr empfunden hatte.

War der Albtraum vorbei?

Selbst wenn ihr Glück nur diesen einen Tag andauern sollte, dankte sie dafür dem lieben Gott. Denn sie wusste ja, Glück gab es nur in der Kurzwarenabteilung, und während sie Tante Ottilie und Fritz ihre Geschichte beichtete, liefen ihr die Tränen an den Wangen herunter, und sie schämte sich vor den beiden so sehr, dass sie ihnen kaum ins Gesicht schauen konnte. Nein, den reichen Agrarökonomen aus Mecklenburg hatte es nie gegeben, den hatte sie nur erfunden, um ihr plötzliches Verschwinden zu erklären, als sie aus Angst vor der Polizei hatte untertauchen müssen und statt auf einem mecklenburgischen Gutshof in der Oranienburger Straße gelandet war, wo Fritz sie in der letzten Nacht aufgegabelt hatte. Nachdem er sich vom ersten Schreck erholt hatte, hatte er sie am Arm gepackt, um mit ihr aus dem Getümmel zu fliehen, doch sie waren noch nicht bei der Synagoge angekommen, da war Heini Schmadtke mit einem Schlagstock über Fritz hergefallen und hatte ihn so übel zugerichtet, dass er jetzt mit einem blutigen Kopfverband auf dem Küchensofa lag.

Zur Belohnung hatte Tante Ottilie ihm trotz der frühen Stunde einen Schnaps spendiert.

»Zum Glück haben die Genossen uns rausgehauen«, sagte er. »Allein hätte ich das nie geschafft. Der Kerl war ja doppelt so groß wie ich. Und wie der aussah! Ein Gesicht wie aus dem Gruselkabinett!« Er nahm sein Glas und prostete den anderen zu. »Hoch lebe die Solidarität der Arbeiterschaft!«

Tante Ottilie legte ihre Hand auf Lillys Arm. »Hast du schon eine Idee, wie es jetzt weitergeht?«

»Keine Ahnung«, sagte Lilly, gegen ihre Tränen ankämpfend. »Ich … ich bin ja nichts … Und ich kann auch nichts … Und wissen tu ich erst recht nichts …«

»Ach, Kindchen.« Tante Ottilie tätschelte ihre Hand. »Jetzt lass den Kopf mal nicht so hängen und sieh nicht so schwarz. Jedes Ding hat zwei Seiten, eine gute und eine bessere. Das hast du doch selbst immer gesagt.«

»Ich weiß. Aber das … das ist doch gar nicht wahr, das habe ich mir doch nur die ganze Zeit eingeredet.« Schniefend zog sie die Nase hoch. »Ja, jedes Ding hat zwei Seiten, aber nur eine schlechte und eine noch schlechtere. Wenn Heini rauskriegt, wo ich bin, schlägt er mich tot!«

»Wie soll er das denn rauskriegen?«, fragte Tante Ottilie. »Übrigens, was ist eigentlich mit deinen Siemens-Aktien? Hast du die noch? Vielleicht sind die inzwischen ja wieder was wert und du kannst damit …«

Sie hatte noch nicht ausgesprochen, da klingelte es an der Wohnungstür, und gleich darauf hämmerte jemand gegen die Füllung.

Lilly schrak zusammen. Um Gottes willen – war er das?

Sie traute sich kaum zu atmen. Auch Tante Ottilie war blass vor Angst.

Fritz stellte sein Glas ab und stand auf.

»Ich schaue nach.«

Lillys Puls raste. Wenn Heini das war, musste sie sich verstecken! So schnell wie möglich! Mit klopfendem Herzen schlich sie zu dem Vorhang. Aber noch bevor sie dahinter verschwinden konnte, kehrte Fritz schon wieder in die Küche zurück.

Als sie sah, wer bei ihm war, zweifelte sie an ihren Sinnen.

»Rahel – du?«

Nein, nicht Heini hatte an der Tür randaliert, sondern ihre alte Freundin. Vor Erleichterung wurde Lilly schwindlig. Während sie sich auf eine Stuhllehne stützte, blickte Rahel sie voller Entsetzen an.

»Mein Gott – wie siehst du aus?«

Lilly spürte einen Kloß im Hals. »Stell jetzt bitte keine Fragen. Ich … ich weiß, wie ich aussehe.«

»Nein, keine Fragen.« Rahel schüttelte den Kopf. »Hauptsache, du bist wieder da.«

Einen Moment standen sie einander schweigend gegenüber, unsicher, was sie sagen oder tun sollten. Waren sie überhaupt noch

Freundinnen? Doch der Moment dauerte nur ein paar Sekunden, dann war plötzlich alles wie früher. Ohne ein Wort traten sie aufeinander zu, und während Lilly sich noch die Tränen abwischte, nahm Rahel sie in den Arm und drückte sie an sich, als könnte es gar nicht anders sein.

»Bitte verzeih mir. Ich … ich werde alles tun, um es wiedergutzumachen.«

15

Der Münchner Südfriedhof gehörte zur St.-Stephan-Pfarrei und befand sich an der Kapuzinerstraße unweit der Wittelsbacher Brücke. Ein Messner hatte Constanze auf dem Gottesacker den Weg gewiesen, doch auch ohne seine Hilfe hätte sie das Grab gefunden, es war ja unmöglich zu übersehen – ein beinahe haushohes Mausoleum aus schwarzem Marmor, das Hitler für sein Mündel hier errichtet hatte.

In bronzenen Lettern stand der Name der Toten darauf geschrieben.

ANGELA MARIA RAUBAL
* 4. Jänner 1908 in Linz
† 18. September 1931 in München

Ja, Constanze hatte Geli den Tod gewünscht, und ohne dass sie wusste, wie es geschehen war, hatte ihr Fluch sich erfüllt, auf geradezu schaurige Weise. Nachdem sie in der Zeitung von Gelis Ableben erfahren hatte, hatte sie Hitler einen Brief geschrieben, um ihm ihr Beileid zu bekunden, doch auf ihre Frage, wie es zu dem Unglück gekommen sei, hatte er geschwiegen, so dass sie auf die spärlichen Nachrichten in den Zeitungen, vor allem aber auf Gerüchte angewiesen war. Öffentlich bekannt war nur, dass Geli sich am 18. September 1931 in der Wohnung ihres Onkels am Prinzregentenplatz erschossen hatte. Die Justiz hatte auf Selbsttötung entschieden, laut Totenschein war Geli an einem Lungenschuss gestorben. Die Gründe dafür aber lagen im Dunkeln, ein Abschiedsbrief war nie gefunden worden. Die

Hausangestellten hatten ausgesagt, dass es am Morgen des Todestages einen Streit zwischen Geli und ihrem Vormund gegeben habe. Dazu befragt, hatte Hitler erklärt, seine Nichte habe als Sängerin auftreten wollen, habe aber wohl dem Druck nicht standgehalten und vielleicht darum ihrem Leben ein Ende gesetzt. Ihr Bruder Leo, der noch eine Woche zuvor mit ihr in den Bergen gewandert war, hatte dem jedoch widersprochen und behauptet, dass er dafür keinerlei Anzeichen bemerkt habe. Ihr ehemaliger Geliebter Emil Maurice hatte schließlich zu Protokoll gegeben, sie habe sehr darunter gelitten, in der großen Wohnung wie in einem »goldenen Käfig« eingesperrt gewesen zu sein, und darum an allgemeinem Lebensüberdruss gelitten.

»Warum hast du es getan?«, flüsterte Constanze. »Warum? Wegen *ihm*?«

Sie konnte Geli noch immer nicht verzeihen, auch nicht nach einem Jahr, auch nicht an ihrem Grab – zu sehr schmerzte der Verrat, der an ihr begangen worden war. Wie Mann und Frau, hatte Alexander gesagt, habe Geli mit ihrem Onkel gelebt … Zugleich aber erfüllte die Vorstellung, dass ihre einstige Freundin sich mit eigener Hand gerichtet hatte, sie mit solchem Entsetzen, dass sie bittere Tränen weinte. Sie wusste ja, wie verzweifelt ein Mensch sein musste, um so etwas zu tun – ihr eigener Vater hatte es sie gelehrt. Außerdem hatte sie Geli ja wirklich gemocht, nein, mehr – sie hatte sie *geliebt*! Für eine kurze, allzu kurze Zeit, war sie ihr die Tochter gewesen, die sie nie gehabt hatte, so voller Zuversicht und Lebenslust, als wäre das junge, unbekümmerte Ding, das sie selbst einmal gewesen war, in Geli wieder auferstanden.

Constanze bückte sich, um den Strauß weißer Rosen auf die Grabplatte zu legen, den sie in der Friedhofsgärtnerei hatte binden lassen. Hitler hatte gesagt, für Liebe sei kein Platz in seinem Leben, allein Deutschland sei seine Braut. Wie sehr hatte diese Auskunft sie geschmerzt … Und wie sehr hatte sie ihn gerade darum bewundert …

Doch konnte sie ihm glauben? Oder hatte er sie angelogen, um die Wahrheit über sich und Geli zu vertuschen?

Nie zuvor in ihrem Leben war Constanze so durcheinander gewesen. Ja, in ihrer Verwirrung wusste sie nicht einmal mehr, ob sie Hitler überhaupt noch wiedersehen wollte. Doch gleichzeitig wusste sie auch, dass es keinen Menschen auf der Welt gab, nach dessen Gegenwart es sie sehnlicher drängte.

Ach, sollte sie es nicht einfach Geli gleichtun? Geli und ihrem Vater?

16

Die Verhandlungen wegen der noch offenen Klausel in Rahels Vertrag erwiesen sich als weitaus schwieriger, als Erich nach dem rauschenden Premierenerfolg von »Ménage-à-trois« erwartet hatte.

»Das Flugverbot muss bleiben«, erklärte Correll kategorisch. »Bei einem so hoch dotierten Vertrag ist das wirtschaftliche Risiko sonst einfach zu groß. Das wäre kaufmännisch nicht zu verantworten.«

»Die kaufmännische Sicht allein reicht leider nicht aus, wenn es um Kunst geht«, erwiderte Erich. »Schöpferische Kreativität hängt von Stimmungen ab, die lässt sich nicht herbeikommandieren. Es ist deshalb unabdingbar, auf die Besonderheit eines jeden Künstlers Rücksicht zu nehmen, wenn er wirklich Großes leisten soll. Denken Sie nur an Herrn Rühmann und seine ständigen Extrawünsche. Wenn man sie ihm nicht erfüllt, ist er unfähig, zu spielen.«

Correll zuckte die Achseln. »Solange sich die Extrawünsche darin erschöpfen, dass jemand eine andere Kopfbedeckung verlangt, habe ich alles Verständnis. Aber im Fall von Frau Reichenbach …«

»… ist es umso wichtiger, dass sie alle Freiheiten bekommt, die sie braucht, um ihr Können zur Entfaltung zu bringen«, führte Erich den Satz zu Ende. »Bitte lassen Sie sie fliegen, ich flehe Sie an, sie wird es Ihnen tausendfach zurückbezahlen.«

»Ich muss gestehen«, unterbrach Klitzsch, »dass mich diese Schauspielerallüren doch einigermaßen befremden. Wenn ich das mit anderen Branchen vergleiche …«

Erichs Zigarettenspitze zeigte nach unten. »Tut mir leid, wenn ich widerspreche, Herr Generaldirektor. Aber die Filmbranche ist keine Branche wie jede andere. In diesem Geschäft gelten ganz eigene Regeln.«

»Keine Branche wie jede andere?« Klitzsch lachte verächtlich auf. »Die Leier kenne ich zur Genüge. Ob früher im Geschäft mit Kohle und Stahl, dann mit Zeitungen und Zeitschriften oder jetzt mit Filmen – jeder will mir weismachen, dass in seiner Branche ganz besondere, ganz andere Regeln gelten. Aber das ist Unsinn! Jedes Geschäft folgt einem einfachen Prinzip, nämlich dem von Angebot und Nachfrage, von Leistung und Bezahlung – egal in welcher Branche!«

»Aber mit dem Flugverbot würden wir ein Eigentor schießen«, protestierte Erich. »Nicht nur weil Frau Reichenbach das Fliegen zur Entfaltung ihrer schöpferischen Leistung braucht, sondern auch und insbesondere mit Hinblick auf einen ganz wunderbaren Stoff, den ich für sie bereits im Auge habe …«

»Nämlich?«, fragten Klitzsch und Correll wie aus einem Mund.

Bevor Erich antworten konnte, ging die Tür auf, und Rahel kam herein. Ohne ihn anzuschauen, marschierte sie schnurstracks auf die beiden Direktoren zu.

»Ich bin bereit, das Flugverbot zu akzeptieren«, verkündete sie.

Während Erich nach Luft schnappte, drehte Klitzsch sich mit einem breiten Grinsen zu ihm um. »Habe ich es nicht gesagt?« Dann wandte er sich an Rahel. »Da ich nicht annehme, dass Sie Ihre Position gratis aufgeben – was ist der Preis für Ihren Sinneswandel, gnädige Frau?«

17

Die eine Hand in die Hüfte gestemmt, die andere zur Faust geballt, stand Hitler in seiner schlichten Parteiuniform vor dem schwarz glänzenden Bechstein-Flügel in der mit prachtvollen Möbeln und Bildern ausgestatteten Bibliothek der Villa Hanfstaengl und formulierte in freier Rede seine Pläne.

»Unsere Stunde ist gekommen! Es geht um Deutschland, um die Zukunft unseres Vaterlandes! Wir greifen nach der Macht!«

Grau war fasziniert – nicht nur von der unmissverständlichen Klarheit, mit welcher der Führer das große Ziel benannte, sondern mehr noch von dem fanatischen Glauben, der aus jedem seiner Worte sprach. Umso größer allerdings war sein Befremden über die Versammlung, die sich hier eingefunden hatte. Er hatte erwartet, dass Hitler den engsten Führungskreis der NSDAP nach München geladen hätte, um über die neue Lage zu beraten, die durch die abermalige Auflösung des Parlaments und die Ansetzung von Neuwahlen im November entstanden war. Doch von den zwei Dutzend anwesenden Herren, die ausnahmslos Zivil trugen, kannte er außer Hitler und Ernst Hanfstaengl nicht einen. Die Geladenen waren bei der Begrüßung durch den Hausherrn allesamt als Vertreter der Wirtschaft vorgestellt worden, Finanzleute und Unternehmer, von denen die meisten offenbar nicht mal Parteimitglieder waren, nur wenige trugen das Abzeichen am Revers.

Was zum Teufel hatte er hier verloren?

»Noch nie waren die Voraussetzungen besser für unseren Sieg! Wenn wir die Reihen schließen, kann uns niemand mehr die Macht entreißen!«

Ohne dass Hitler erklärte, von welchen Voraussetzungen er sprach, wusste jedermann, was gemeint war. Deutschland sank immer weiter in die Katastrophe. Das Volkseinkommen hatte sich seit der Währungsreform inzwischen halbiert, die Industrie war nur noch zu einem Viertel ihrer Kapazitäten ausgelastet, so dass die Zahl der Arbeitslosen auf siebeneinhalb Millionen gestiegen war, und da in jeder Familie auf einen Arbeitslosen bis zu zehn oder noch mehr Angehörige kamen, bangte somit die halbe Bevölkerung um ihre nackte Existenz.

»Die NSDAP ist als einzige Partei gewillt und imstande, dem Elend ein Ende zu bereiten! Wir bringen die Menschen wieder in Arbeit und Brot! Damit das Volk das begreift und uns durch die Wahl ermächtigt, unsere Mission zu erfüllen, werden wir einen Wahlkampf führen, wie die Welt ihn noch nie gesehen hat. Propagandaleiter Goebbels hat dazu bereits die nötigen Pläne vorgelegt. Aber um sie zu verwirklichen, brauchen wir Geld, sehr viel Geld sogar! Und deshalb, meine Herren, möchte ich Sie bitten, Ihren Beitrag zu leisten!«

Hitler verstummte, und während er die Hände wie zum Gebet

vor dem Unterleib verschränkte, senkte er sein schwarz gescheiteltes Haupt. Es entstand ein kurzes Schweigen, und während man einander unsicher anschaute, ob man nun klatschen sollte oder nicht, erhob der Hausherr sich von seinem Platz.

»Ich bitte um Erlaubnis, Ihnen eine Spende von fünfzigtausend Reichsmark anzutragen, mein Führer!«

»Ich danke Ihnen, Kamerad Hanfstaengl. Im Namen der Partei und der Bewegung.«

Damit war der Bann gebrochen. Der Reihe nach standen die Anwesenden auf, um dem Beispiel des Gastgebers zu folgen. Grau sah es mit wachsendem Schrecken. Jetzt war ihm klar, warum man ihn hierher geladen hatte, und am liebsten wäre er im Erdboden versunken. In der aberwitzigen Hoffnung, dass der Kelch an ihm vorüberging, schickte er ein Stoßgebet zum Himmel.

Doch seine Hoffnung war vergebens, sein Stoßgebet blieb unerhört. Schwarz und stechend richtete Hitler seinen Blick auf ihn.

»Was ist mit dieser Dame aus Dresden, Obersturmbannführer? Frau Kommerzienrat Reichenbach – so war doch ihr Name, nicht wahr?«

Grau wusste nicht, wohin er schauen sollte, und während er die Augen abwechselnd zur Decke und zu Boden richtete, kamen die Worte ihm so zögerlich über die Lippen wie abgeklemmte Fürze.

»Zu … zu meinem großen, ja übergroßen Bedauern steht zu befürchten, dass … Frau Reichenbach, wie soll ich sagen – diesmal nicht mit von der Partie sein kann. Die politische Gesinnung ihres Gatten … ich meine, leider hat diese sich in eine Richtung entwickelt …«

»Ihre Ausflüchte können Sie sich sparen«, fiel Hitler ihm ins Wort. »Zauderer brauche ich nicht. Ich brauche Männer, die Lösungen finden. Also finden Sie eine!«

18

In Tante Ottilies Küche klangen die Gläser, und Oma Leydickes Obstwein floss in Strömen. Der Grund dafür war der Vertrag, den Rahel aus Babelsberg mitgebracht hatte. Darin sicherte Produktionsdirektor Correll persönlich Fräulein Lilly Seidenschön mit seiner Unterschrift die Mitwirkung an drei Produktionen der Universum Film AG innerhalb der nächsten sechs Monate zu, verbunden mit einer Option auf Verlängerung.

»Wie hast du das nur hingekriegt?«, fragte Lilly mit Tränen in den Augen.

»Betriebsgeheimnis«, erwiderte Rahel. »Ich hatte dir doch versprochen, mich zu kümmern.«

»Du Süße. Ich weiß gar nicht, wie ich dir danken soll.«

»Am besten, indem du mir versprichst, mir nie eine Rolle wegzuschnappen.«

Jetzt konnte Lilly durch ihre Tränen sogar schon wieder lächeln. »Ich bin nicht sicher, ob ich dir das wirklich versprechen soll. Weil wenn Herr Correll erst mal sieht, wie ich mit meinem Luxushintern wackeln kann …« Sie stellte ihr Glas ab und nahm Rahel in den Arm. »Danke. Das werde ich dir nie vergessen.«

Tante Ottilie zückte ihr Taschentuch. »Das ist ja schöner als im Kino.«

Während sie sich schnäuzte, zeigte Fritz auf den Vertrag. »Wie steht's denn mit der Löhnung? Was springt pro Film dabei heraus?«

»Genug für eine eigene Wohnung«, antwortete Rahel.

Beeindruckt pfiff er durch die Zähne. »Dann steht dem schicken Leben ja nichts mehr im Wege.«

Doch Lilly schüttelte den Kopf. »Um ehrlich zu sein, ich will gar keine eigene Wohnung. Wenigstens nicht gleich. Lieber würde ich noch eine Weile hier bei euch bleiben – wegen Heini. Darf ich?«

»Wie kannst du nur fragen, Kindchen?«, sagte Tante Ottilie. »Natürlich kannst du hier wohnen bleiben, solange du willst.«

»Aber nur, wenn sie Miete zahlt«, erklärte Fritz.

Seine Frau warf ihm einen bösen Blick zu. »Herrgott, musstest du das jetzt sagen?«

»Warum nicht? Ich bin in Kurzarbeit, und Lilly kann es sich ja offenbar leisten! Und ihre Siemens-Aktien werden sich auch irgendwann wieder bekrabbeln.«

»Mit denen muss sie doch ihren Kredit abstottern, du Dämlack! Sonst kommt sie ins Kittchen!« Tante Ottilie kehrte ihm den Rücken zu. »Wann geht's denn los mit der Filmerei?«

Rahel blickte Lilly an. »Was meinst du, wie lange wirst du brauchen, um wieder auf die Beine zu kommen?«

Lilly zeigte auf ihr blaues Auge. »Sobald Heinis Andenken verschwunden ist. Du weißt doch, ich bin ein Stehaufmännchen, schon immer gewesen. – Hast du schon eine Ahnung, in welchem Film ich mitspielen soll?«

»Noch nicht«, erwiderte Rahel. »Aber ich sage Herrn Correll Bescheid, dass du sofort anfangen kannst. Bestimmt hat er schon eine passende Rolle für dich.«

19

Mit sichtlichem Missmut biss Alexander in sein Lachshäppchen. Constanze hatte ihre letzten Pfennige zusammengekratzt, damit sie im »Vier Jahreszeiten« logieren konnten, doch für eine Suite hatte es nicht gereicht. Jetzt hockten sie an einem winzigen Tischchen in einem Doppelzimmer ohne Salon, und statt Champagner und Austern gab es Henkell trocken und ein paar Canapés.

»Der Führer hat kategorisch unsere finanzielle Unterstützung verlangt«, sagte er. »Du musst also dafür sorgen, dass dein Mann wieder sein Portemonnaie öffnet.«

»Aber wie stellst du dir das vor? Ich habe doch alles versucht.« Sie machte eine kurze Pause, dann fügte sie hinzu: »Mehr, als du dir vielleicht vorstellen kannst.«

Den letzten Satz in einer Weise betont, die keinen Zweifel daran ließ, wie weit sie in ihren Bemühungen gegangen war. Doch Alexander kaute ungerührt weiter.

»Hast du nicht irgendwelche Vollmachten?«, fragte er nur. »Überschreibungen, Treuhandbesitz?«

»Nein. Nichts dergleichen.«

»Was ist mit dem Ehevertrag? Darin müssen doch gewisse Rechte und Garantien für dich festgeschrieben sein.«

»Ich muss dich abermals enttäuschen, mein Lieber. Es gibt keinen Ehevertrag. Nach dem Tod meines Vaters sah ich mich ja gezwungen, mich Gustav Reichenbach auf Gedeih und Verderb auszuliefern. Er war meine einzige Rettung.«

»Dann soll er eine Abschlagszahlung auf dein Erbe leisten. Schließlich bist du seine Universalerbin, und das letzte Hemd hat keine Taschen.«

»Nie und nimmer wird er sich dazu bereitfinden!« Constanze rückte an ihrer Frisur. »Er hält mich ja gerade deshalb so knapp, damit ich Hitler nicht mehr unterstützen kann. Er würde den Braten sofort riechen.«

»Soll das heißen, du bist ausschließlich und allein auf dein Haushaltsgeld angewiesen?«, fragte Alexander ungläubig.

»Ja, und selbst das kontrolliert dieser verjudete Mensch. Ich muss neuerdings sogar ein Haushaltsbuch führen! – Ach, du hast ja keine Ahnung, wie verzweifelt ich bin.«

Das war sie in der Tat – wenngleich auch noch aus ganz anderen Gründen. Hitlers Forderung wäre eine so wundervolle Möglichkeit, zu beweisen, was sie für ihn empfand. Dann würde sich zeigen, ob sein Herz, das so kraftvoll und mächtig für Deutschland schlug, nicht auch für eine Frau schlagen konnte. Nie hatte sie vergessen, wie er sie einmal angesehen hatte – es war in der Villa Hanfstaengl gewesen, bei ihrer ersten Opfergabe … In diesem einen Augenblick hatte er sie in sein Herz blicken lassen, und was sie dort geschaut hatte, war sein vielleicht geheimster Traum. Dieser Mann war aller Liebe fähig, zu der ein Mann fähig war, wenn er nur die Richtige fand: die Frau, die ihm bei seiner Mission zur Seite stehen würde, unverbrüchlich …

Ja, sie wollte, sie *musste* ihn wiedersehen, trotz Gelis Verrat, trotz aller Zweifel, die an ihr genagt hatten – ja, ja, ja! Denn alles in ihr, was stark und groß und wertvoll war, drängte voller Sehnsucht hin zu diesem einzigartigen Mann, um ihm die eine Frau zu sein, derer er zur Erfüllung seiner Mission bedurfte.

Doch, ach, alles Sehnen und Drängen war vergebens. Denn ohne

Gustavs Geld gab es keine Hoffnung, die wundervolle Möglichkeit, die sich ihr so unverhofft eröffnet hatte, zu ergreifen.

Ein Seufzer entrang sich ihrer Brust, aus tiefsten Tiefen schaffte sich ihr Busen Luft.

»Wäre er doch nur schon tot …«

Alexander hörte auf zu kauen, mit offenem Mund starrte er sie an.

»Was sagst du da – *tot*? Wen … wen meinst du?«

20

Lilly hatte einen Termin im Haus Vaterland – beim lieben Gott persönlich. Schon in drei Tagen sollte sie Produktionsdirektor Correll in seinem Büro aufsuchen. Tino hatte die frohe Botschaft telefonisch ausgerichtet, und Rahel war gleich nach dem Anruf in den Wedding gefahren und hatte ihre Freundin bei Tante Ottilie abgeholt, um zusammen mit ihr bei sich zu Hause ein passendes Kleid für sie auszusuchen.

Damit waren sie inzwischen schon seit über einer Stunde beschäftigt, und auf Rahels Bett lagen ganze Berge von Kleidern, aber noch immer hatten sie keine Entscheidung getroffen. Das lag nicht nur an den vielen Schätzen, die ihre Schränke bargen, sondern auch an Alex. Er war so glücklich, Tante Lilly wiederzusehen, dass er ihr kaum von der Pelle gerückt war. Ihn wunderte nur, dass sie in der Wohnung eine Sonnenbrille trug. Er konnte ja nicht wissen, dass sie damit Heini Schmadtkes Andenken verbarg. Ansonsten aber war Lilly aufgeblüht wie eine Calla, die nach Tagen in einer leeren Vase endlich wieder Wasser bekommen hatte.

Rahel war so froh über die wiedergefundene Freundin, dass sie ihr einen Vorschlag machte.

»Was meinst du – willst du nicht lieber bei uns statt bei Tante Ottilie wohnen?«

»Ist das dein Ernst? Du lädst mich ein, hier einzuziehen?« Lilly, die gerade ein grünes Chiffonkleid vor dem Spiegel anprobierte, strahlte. Doch nur für einen Moment, dann schüttelte sie den Kopf. »Nein, lieber nicht.«

»Aber warum nicht? Wir haben doch mehr Platz als genug!«

»Das ist wirklich lieb von dir. Aber ich … ich glaube, ich würde mich nicht wohlfühlen. Ich käme mir bei euch vor wie eine arme Verwandte, und ich hab doch auch meinen Stolz. – Und außerdem …«

»Außerdem was?«

Lilly zögerte. »Ich … ich weiß ja nicht mal, wie es gerade zwischen euch steht. Ich meine, zwischen Tino und dir.«

»Einen Moment.«

Rahel ging zur Tür, um zu prüfen, ob sie geschlossen war. Damit Alex sie nicht bei der Anprobe störte, hatte sie ihn zum Spielen hinausgeschickt, und bei dem Thema wollte sie nicht, dass er sie womöglich belauschte.

Nachdem sie sich vergewissert hatte, dass er nichts hören konnte, kehrte sie zu Lilly zurück und erzählte. Wie unglücklich sie gewesen war, zwei Männer zu lieben, ohne sie wirklich lieben zu können … Wie sehr auch Tino und Erich darunter gelitten hatten … Wie ihr durch Zufall das Libretto in die Hände gekommen war … Wie sie sich selbst in der Geschichte wiedererkannt hatte … Wie ihr plötzlich aufgegangen war, was sie tun musste, um wieder lächeln zu können … Wie sie in unzählig vielen Anläufen versucht hatte, die Geschichte umzuschreiben … Und wie aus dem Drehbuch schließlich ihr neues Leben hervorgegangen war …

»Im Ernst?«, fragte Lilly, als sie zu Ende erzählt hatte. »Tino *und* Erich? Und beide wissen vom andern Bescheid?« Sie war so verblüfft, dass sie den Mund kaum noch zubekam. »Nee, dit jlob ick nich, du willst mir doch bloß veräppeln. So was hab selbst ick mir ja nich jetraut, nich mal in meinen schicksten Zeiten!«

»Psst – nicht so laut!« Rahel blickte zur Tür. »Was blieb mir übrig? Anders ging es einfach nicht mehr, du weißt doch, wie ich Lügen hasse. Und die Wahrheit war, dass ich sie beide liebte, und sie mich. Und dass wir alle nur immer verzweifelter wurden, weil wir uns nicht trauten, uns dazu zu bekennen.«

Lilly schaute sie über den Rand ihrer Sonnenbrille an. »Was für eine originelle Ausrede!« Verschwörerisch zwinkerte sie ihr zu. »Aber eins musst du mir verraten. Machst du … machst du es etwa zusammen mit ihnen, ich meine – *gleichzeitig*?«

»Du meinst – im Bett?« Rahel schüttelte den Kopf. »Ich gebe zu, ich habe mal daran gedacht, weil es vielleicht das Allerehrlichste wäre. Aber dann wurde mir klar, dass ich das nicht könnte. Wenn ich mit einem von ihnen zusammen bin, ist es, als würde es den anderen gar nicht geben. Und umgekehrt genauso.«

Lilly stieß einen Seufzer aus. »Ehrlich gestanden, das ist mir zu hoch. Aber du musst es ja wissen, du bist ja die Klügere von uns beiden, schon immer gewesen.« Wie um das Thema zu beenden, trat sie wieder vor den Spiegel. Aber dann wollte sie doch noch etwas wissen. »Und was sagt Alex dazu?«

»Der stellt zum Glück keine Fragen«, erwiderte Rahel. »Tino ist sein Papa und Erich sein Lieblingsonkel. Und er hat sie beide lieb. – Aber hast du dich inzwischen entschieden? Alex sollte nämlich so langsam ins Bett.«

Lilly zupfte an ihrem Kleid. »Ich glaube, ich nehme das hier. Das betont sehr vorteilhaft meine Figur.« Sie drehte sich vor dem Spiegel herum und ließ den Tellerrock einmal fliegen. »Ach, ich kann dir gar nicht sagen, wie nervös ich bin. Drück mir die Daumen, dass es diesmal klappt!«

21

Vom Turm der Marienkirche schlug es schon zwei, doch Constanze war immer noch so aufgewühlt, dass sie nicht in den Schlaf finden konnte. Während Alexander ruhig und gleichmäßig neben ihr schnarchte, kreiste wieder und wieder ein und dieselbe Frage in ihrem Kopf.

War sie zu einer solchen Kühnheit bereit?

Auf dem Tischchen zwischen Bett und Schrank schimmerte im Schein des Mondlichts der Sektkübel. Darum herum waren am Boden ihre Sachen verstreut, die Alexander ihr vom Leib gerissen hatte, und in der Silberschale lag, zusammen mit einem übrig gebliebenen Canapé, seine Pistole.

Der Führer brauche keine Zauderer, hatte Alexander gesagt, der Führer brauche Männer, die Lösungen finden …

Mit einem heftigen Schnarchlaut warf er sich im Bett herum. Hatte sie ihn geweckt? Nein, er zuckte nur ein paarmal, dann ging sein Atem wieder gleichmäßig und ruhig wie zuvor. Sie konnte nicht umhin, seine Kaltblütigkeit zu bewundern. Mit stummer, harter Leidenschaft hatte er sie genommen, ohne Rücksicht auf sie. Seine Entschlossenheit hatte sie erregt, fast so sehr wie zu Beginn ihrer Liebe. Der Plan war so einfach – eine einzige kühne Tat, und der Weg war frei, der Weg zur Erfüllung all ihrer Hoffnungen … Auf dem Höhepunkt hatte sie vor Lust so laut geschrien, dass er ihr den Mund zugehalten hatte.

Hatte er gespürt, dass gar nicht er es war, dem sie sich hingegeben hatte? Sondern dem anderen, dem einen Mann, der Antwort war auf all ihr Begehren?

Im Dunkel ihrer Seele spürte sie noch einmal der genossenen Lust nach.

Ja, sie war bereit …

Leise schlug sie die Decke zurück und verließ das Bett. Obwohl die Heizung brannte, war es empfindlich kühl im Zimmer. Sie streifte ihren Morgenmantel über, dann setzte sie sich an den kleinen Sekretär, auf dessen Schreibunterlage das Briefpapier mit dem Hotelwappen bereitlag. Zum Glück schien der Mond so hell, dass sie die Leselampe nicht brauchte.

Sie nahm einen Bogen, öffnete den Füllfederhalter und begann zu schreiben.

Mein geliebter Führer Adolf Hitler …

22

Als Lilly an diesem Morgen im Haus Vaterland erschien, trug sie entgegen ihrer ursprünglichen Absicht doch nicht das schwingende grüne Chiffonkleid, das ihre Figur so vorteilhaft betonte. Rahel war der Ansicht gewesen, dass das Kleid eher etwas für den Abend sei.

Also hatte sie sich noch einmal umentschieden und trug stattdessen nun ein strenges dunkelblaues Kostüm. Correll sei durch und durch Geschäftsmann, hatte Rahel gesagt, kein Künstler, und die musste es ja wissen. Auch wenn ihrer Meinung Correll vor allem das war, was jeder Mann war: ein Mann – genauso wie der Portier, der bei ihrer Anmeldung einmal durch die Zähne pfiff, bevor er ihr den Weg in den ersten Stock wies.

Als sie die Treppe hinaufstieg, wurden ihre Beine mit jeder Stufe schwerer. Die imposante Umgebung machte ihr Angst, überall nur Messing und Marmor und edles Holz – wie in einer Kathedrale! Was hatte man mit ihr vor? Sie war doch nur Gottliebchens kleines, schäbiges Büro gewöhnt.

Was, wenn der Produktionsdirektor auf ihre frühere Begegnung zurückkommen würde?

Zum Glück sollte ihre Sorge sich als unbegründet erweisen. Correll empfing sie, als würde er sie gar nicht kennen, mit unpersönlicher, geschäftsmäßiger Höflichkeit bat er sie, gegenüber von seinem Schreibtisch Platz zu nehmen. Erleichtert kam sie der Aufforderung nach. Wie gut, dass sie auf Rahel gehört hatte! Aber vielleicht hatte Correll auch nur einfach vergessen, wer sie war.

»Ich denke, wir haben eine sehr geeignete Rolle für Sie, Fräulein Seidenschön. Der Film, in dem Sie mitwirken werden, heißt ›Morgenrot‹, und die Hauptrollen spielen Rudolf Forster und Adele Sandrock …«

Die Nennung der zwei berühmten Namen reichte, und Lillys Angst war wieder da. Rudolf Forster und Adele Sandrock waren solche Stars, dass jedes Kind im Land sie kannte. Was hatte Lilly Seidenschön in einem solchen Film verloren? Sie war doch gar keine richtige Schauspielerin – das Einzige, was sie vor der Kamera konnte, war, sich auszuziehen und mit ihrem Luxushintern zu wackeln …

»Trauen Sie mir das wirklich zu, Herr Direktor? Ich meine – icke und Rudi und Adele?« Vor lauter Aufregung hatte sie die Nachnamen weggelassen.

Gott sei Dank sah Correll darüber hinweg. »Frau Reichenbach hat mir versichert, dass Sie eine sehr talentierte Schauspielerin sind«, sagte er, »und ich habe keinen Grund, an ihrem Urteil zu zweifeln.« Der Anflug eines Lächelns huschte über sein massiges Gesicht, und aufmunternd fügte er hinzu: »Und was nicht ist, kann ja bekanntlich noch werden.«

Als Lilly sein Lächeln sah, wurde ihr ganz flau. Nein, er hatte nicht vergessen, wer sie war – und trotzdem engagierte er sie! Am liebsten wäre sie ihm um den Hals gefallen. Doch da das nicht zu ihrem strengen Kostüm gepasst hätte, begnügte sie sich damit, sich über seinen Schreibtisch zu beugen und mit beiden Händen seine Rechte zu drücken.

»Aber nicht doch, ich bitte Sie«, wehrte er ab. »Danken Sie nicht mir, sondern Ihrer Fürsprecherin, Frau Reichenbach. Und nehmen Sie bitte wieder Platz. Ich habe Ihnen ja noch gar nicht erklärt, worum es in dem Film geht …«

23

Alexander Grau hatte nie Grund gehabt, an seinen strategischen Fähigkeiten zu zweifeln, schließlich hatte selbst ein General Ludendorff sich diese oft genug zunutze gemacht. Doch die einfache Genialität seines Plans, wie er mit einem Schlag alle Hindernisse beiseiteräumen konnte, die seinen Zielen im Wege standen, ohne dass es dazu eines größeren operativen Aufwands bedurfte, beeindruckte sogar ihn. Nur noch kurze Zeit, dann hatte sich das Thema Geld für ihn erledigt, ein für alle Mal!

Als erfahrenem Strategen war ihm allerdings bewusst, dass auch der genialste Plan zum Scheitern verurteilt war, wenn es an der Ausführung haperte. Da er selbst in der Partei noch keine eigenen Leute unter sich hatte, auf die er sich verlassen konnte, hatte er um einen Termin bei seinem obersten Dienstherrn Ernst Röhm ersucht, um die für seine Operation nötigen Männer zu rekrutieren. Als Leiter der SA konnte dieser ja aus dem Vollen schöpfen.

Röhms Büro befand sich im zweiten Stock der Parteizentrale. Grau hatte dienstlich schon einige Male Umgang mit ihm gehabt, doch dies war das erste Mal, dass sie einander unter vier Augen begegneten.

Als Röhm ihm nach der Begrüßung mit dem Hitlergruß die Hand reichen wollte, kostete es ihn einige Überwindung, einzuschlagen. Es war ja ein offenes Geheimnis, dass Röhm sehr zweifelhaften Neigungen frönte, und die Vorstellung, wie dieser dicke, plumpe Mann mit seinem verhauenen Gesicht …

Sei's drum, Röhm war nun Mal der Mann mit den richtigen Kontakten.

»Ich brauche zweierlei«, erklärte Grau, als Röhm ihn aufforderte, den Grund seines Kommens zu nennen. »Erstens einen vertrauenswürdigen Arzt, der befähigt ist, ein gerichtsfestes Attest auszustellen.«

»Darf ich fragen, zu welchem Zweck?«

»Geheime Kommandosache. Es geht um die Beschaffung von Geldern in beträchtlicher Höhe, die dem Wahlkampf des Führers zugutekommen sollen.«

Röhm nickte. »Sehr schön. Mehr brauche ich nicht zu wissen. Und zweitens?«

»Zwei Männer, auf die ich mich blind verlassen kann.«

»Verlassen in welchem Sinn?«

»In dem Sinn, wie man sich auf die Marineoffiziere Schulz und Tillessen im August 21 hat verlassen können.«

Röhm hob die Brauen. »Die Kameraden, die den Novemberverräter Erzberger hingerichtet haben?«

»Ebendiese«, bestätigte Grau. »Ich habe die Operation damals geleitet. Und ich würde auch jetzt wieder auf Schulz und Tillessen zurückgreifen, aber leider sind die Kameraden noch im Exil.«

»Verstehe.« Röhm rückte die Brille auf seiner verunstalteten Nase zurecht. »Ich werde für geeigneten Ersatz sorgen.«

Grau schlug die Hacken zusammen. »Besten Dank, Obergruppenführer. Wenn ich dann vielleicht noch einen Wunsch äußern dürfte …«

»Nur frisch weg von der Leber!«

»Es wäre von größter Wichtigkeit, dass die Männer etwas von Automobilen verstehen.«

»Kein Problem«, erklärte Röhm. »Es wimmelt in unseren Reihen ja nur so von begeisterten Automobilisten. – Aber zurück zu dem Attest. Wäre Ihnen mit einem Oberarzt der Charité gedient?«

24

Constanze rückte noch einmal an ihrer Frisur, dann straffte sie sich und betrat die Eingangshalle der Bellheim Privatbank. Diese stand im Ruf ganz besonderer, selbst im Geldgewerbe außergewöhnlicher Diskretion – Gustav hatte in der Vergangenheit einige Male geargwöhnt, dass es bei den Geschäften, die über dieses Institut abgewickelt wurden, womöglich nicht immer mit rechten Dingen zugehe. Doch genau aus diesem Grund hatte Constanze sich für die Bellheim Bank entschieden, obwohl sie dafür eigens nach Leipzig hatte reisen müssen, wo das Geldhaus seine einzige Niederlassung betrieb. Nachdem sie Hitler geschrieben hatte, ihn im kommenden Wahlkampf mit einer Summe von fünfzigtausend Reichsmark zu unterstützen, hatte der Führer ihr mit einem so warmherzigen Handschreiben gedankt, dass es sie wie ein Liebesbrief berührt hatte. Heute wollte sie dafür sorgen, dass sie ihr Versprechen auch halten konnte. Und zudem über ausreichend Mittel verfügte für den Fall, dass Hitler weitere Wünsche äußern sollte.

Kurt Bellheim persönlich, der Chef des Hauses, empfing sie in seinem Kontor.

»Sie möchten also einen Kredit beantragen«, fasste er ihr Anliegen zusammen. »Darf ich fragen, in welcher Höhe?«

»Einhunderttausend Reichsmark.«

»Eine hübsche, runde Summe. An welche Laufzeit haben Sie gedacht?«

»Maximal ein halbes Jahr.«

»Oh, dann handelt es sich also um einen kurzfristigen Liquiditätsengpass?«

Der Bankier zögerte. Constanze ahnte den Grund. Gleich würde er fragen, ob sie den Antrag mit Wissen und Billigung ihres Mannes stellte.

Doch zu ihrer Erleichterung tat er das nicht. Stattdessen sagte er nur: »Als Gattin eines Bankiers brauche ich Sie nicht darauf hinzuweisen, dass ich mich bei einem solchen Betrag genötigt sehe, Sie um die Beibringung gewisser Sicherheiten zu ersuchen.«

»Selbstverständlich!« Darauf war sie vorbereitet. Ihre Tasche schon in der Hand, zog sie daraus das Attest hervor, das ein Medizinalrat namens Dr. Telschow, seines Zeichens Oberarzt der Charité, ausgestellt und mit seiner Unterschrift beglaubigt hatte.

Als Bellheim das Schriftstück las, legte sich seine Stirn in kummervolle Falten. »Oh, das tut mir aber sehr, sehr leid. Steht es so schlecht um Ihren Herrn Gemahl?«

»Leider«, seufzte Constanze. »Krebs, im Endstadium. Laut Auskunft des Arztes bleibt ihm nur noch eine Lebenszeit von höchstens drei Monaten.«

»Ach ja, am Ende sind wir alle nur in Gottes Hand.« Der Bankier legte das Attest zu den Akten. »Ich gehe davon aus, dass Sie die Universalerbin Ihres Gatten sind?«

25

Unterdessen saß Grau wie auf glühenden Kohlen in Goebbels' Büro. Der Propagandaleiter hatte ihn zu sich gerufen, um an diesem Morgen mit ihm die Wahlkampfplanung durchzugehen – der perfekte Anlass, um mit Constanzes Spende aufzuwarten. Damit sie ihm Bescheid geben konnte, hatte er ihr die Telefonnummer der Parteizentrale gegeben. Warum zum Teufel rief sie nicht an? Es war schon fast Mittag, sie musste in Leipzig doch längst fertig sein!

Während er immer wieder nervös auf seine Taschenuhr blickte, erläuterte Goebbels seine Ideen für Hitlers Wahlkampf.

»Wir werden ein eigenes Flugzeug für den Führer chartern. Damit wird er kreuz und quer durch Deutschland fliegen, um an möglichst vielen Orten vor möglichst vielen Menschen sprechen zu können. Stellen Sie sich das mal vor, Obersturmbannführer: München, Frankfurt, Köln, Berlin, Hamburg – alle Städte an einem einzigen Tag! Der Führer wird allgegenwärtig sein wie Gott!«

»Eine ganz famose Idee!« Grau war beeindruckt. »Auch mit Blick auf die Möglichkeiten, die sich für die Filmpropaganda bieten. Ich sehe die Wochenschau-Bilder schon vor mir.«

»Meinen Sie, dass die Ufa da mitspielt? Vielleicht hat Hugenberg ja Bedenken. Mit seiner DNVP ist er ja unser direkter Konkurrent.«

»Da erwarte ich keine Probleme«, erwiderte Grau. »Hugenberg ist jüdischer, als er weiß, im Zweifelsfall denkt er immer zuerst ans Geld! – Allerdings ...« Er zögerte.

»Ja?«

»Ich ... ich weiß nicht, wie ich es sagen soll. Aber ist es nicht so, dass Hitler ... dass der Führer ... dass er das Fliegen *hasst*? Ich meine mich zu erinnern, derlei gehört zu haben.«

»Sie wollen sagen, der Führer hat Flugangst?« Goebbels lachte. »Ja, sprechen Sie es nur getrost aus! Für Angst muss sich niemand schämen, Angst ist ja Ausdruck von Intelligenz, und wahrer Mut besteht darin, sie zu überwinden. Und da kenne ich keinen Menschen, der mutiger wäre als unser Führer Adolf Hitler.« Nachdenklich wiegte er den Kopf. »Nein, um das Fliegen mache ich mir keine Sorgen. Viel schwerer liegt mir etwas anderes im Magen. Die Deutsche Luft Hansa verlangt für eine Chartermaschine tausendfünfhundert Mark am Tag, und unsere Kassen sind leer.«

Auf dem Schreibtisch klingelte das Telefon.

Goebbels nahm ab. Nach nur wenigen Sekunden reichte er den Hörer weiter. »Für Sie, Obersturmbannführer. Frau Kommerzienrat Reichenbach.«

Grau riss ihm den Hörer fast aus der Hand.

»Constanze?«

Die Verbindung war so schlecht, dass er sie kaum verstand. Zweimal musste er sie auffordern, ihre Worte zu wiederholen. Dann endlich wusste er Bescheid.

Erleichtert legte er auf. Constanze hatte es geschafft!

»Gute Neuigkeiten, Obersturmbannführer?«

»In der Tat.« Grau nahm Haltung an. »Es ist mir eine Ehre, melden zu dürfen, dass soeben fünfzigtausend Reichsmark an die Kasse der NSDAP überwiesen wurden.«

»Was sagen Sie da?« Goebbels war sichtlich verblüfft. »Sie sind ja ein wahrer Teufelskerl! Wie haben Sie das geschafft?«

Grau riskierte ein Lächeln. »Mal von Mann zu Mann, Gauleiter. Muss ich das wirklich erklären?«

Goebbels brauchte nur eine Sekunde, dann zwinkerte er ihm verschwörerisch zu. »Hervorragende Arbeit, Sie Romeo. Ich werde dem Führer noch heute berichten.«

26

Es war längst Mittag geworden, die Sonne stand hoch am Himmel und durchflutete mit ihrem herbstlich milden Schein die Villa am See. Aber Rahel und Erich lagen immer noch nackt im Bett, an- und ineinandergeschmiegt.

»Was hast du eigentlich gesagt, wo du den ganzen Tag steckst?«, fragte sie.

»Ich habe gesagt, dass ich heute zu Hause arbeite. Und das tue ich ja auch.«

»WAS? Das nennst du Arbeit? – Du Schuft!«

Sie wollte ihn zur Strafe beißen, doch als sie sein zärtliches Lächeln sah, musste sie ihn schon wieder küssen. Den ganzen Vormittag waren sie nicht aus dem Bett gekommen. Seit sie am Morgen aufgewacht waren, hatten sie sich geliebt und geredet, geredet und sich geliebt, stundenlang, ohne zu wissen, wo das Reden aufhörte und das Sichlieben begann.

»Damit du siehst, wie ernst ich es mit der Arbeit meine«, sagte Erich und fingerte nach seinem Zigarettenpäckchen am Boden. »Hast du dir schon Gedanken gemacht, wie es mit deiner Karriere weitergehen soll?«

Er steckte sich eine Zigarette in den Mund, doch sie schnippte sie mit dem Finger fort, um ihn wieder zu küssen. »Um ehrlich zu sein, bin ich mit meiner Rolle gerade ganz zufrieden. Am liebsten würde ich gar nicht damit aufhören.«

Während sie an seinen Lippen knabberte, spürte sie an ihrem Schenkel, wie auch er immer mehr Gefallen an seiner Rolle fand.

»Zu schade, dass du dem Flugverbot zugestimmt hast«, flüsterte er und drang sanft in sie ein.

»Es … es ging nicht anders.« Leise stöhnte sie auf. »Es … es war ja die einzige Möglichkeit, Lilly zu helfen.«

»Trotzdem …« Auch sein Atem ging schneller. »Ich … ich hatte eine so schöne Idee für dich. Weißt du … wer Mellie Beese ist?«

»Klar weiß ich das. Die … die erste Frau in Deutschland, die den Pilotenschein gemacht hat.«

»Correll … er will, dass ich einen Film über sie mache. Da habe ich … natürlich an dich gedacht.«

Rahel hielt in der Bewegung inne. »Warum hast du mir nie was davon gesagt?«

»Das hatte ich ja versucht, in der Nacht nach der Premiere, draußen im Garten. Doch da hast du nichts von Arbeit wissen wollen.«

»Aber das wäre doch gar keine Arbeit gewesen.«

»Du meinst, so wie jetzt?« Mit der Spitze seiner Zunge fuhr er zwischen ihre Lippen.

»Kannst du nicht einmal beim Thema bleiben?« Trotz ihrer Erregung verweigerte sie den Kuss. »Was meinst du, hätte es wohl Sinn, Correll zu fragen, ob er für diesen einen Film eine Ausnahme macht?«

»Dafür ist es leider zu spät. Er hat die Rolle inzwischen schon besetzt. Aber er hat dich für einen anderen Film vorgeschlagen – ›Wie sag ich's meinem Mann?‹.«

»Wieder eine Dreiecksgeschichte?« Rahels Erregung war dahin. »Soll ich jetzt mein Leben lang nichts anderes mehr spielen als eine Frau zwischen zwei Männern?«

»Keine Sorge«, sagte Erich. »Ich habe was viel Besseres für dich. ›Liliom‹ von Ferenc Molnár.«

»Nie gehört.«

»Die Geschichte handelt von einem Rummelplatzausrufer, einem hoffnungslosen Nichtsnutz und Schürzenjäger, der alle, die mit ihm zu tun haben, belügt und betrügt, aber am Ende im Himmel durch die Liebe erlöst wird. Du wärst die perfekte Besetzung für die weibliche Hauptrolle.«

»Das klingt allerdings schon viel besser. Erzähl weiter.«

»Pssst«, machte er. »Jetzt keine Arbeit. Es ist gerade so schön …« Mit ihrer Zunge spielend, fing er wieder an, sich in ihr zu bewegen. »Hab ein bisschen Vertrauen. Ich bin doch dein Produzent und weiß, was das Richtige für dich ist.«

»Weißt du nicht, du Angeber …«

»Weiß ich doch …«

»Weißt du …« Wieder stöhnte sie auf. »Nicht …«

»Weiß ich doch …«

»Weißt du …« Ein Schauer lief ihr über den Rücken. »Oh, was machst du denn da?«

27

Was für ein Tag! Obwohl es bedrohlich nach Regen aussah, säumten Hunderte Menschen das Tempelhofer Feld und blickten in den wolkenverhangenen Himmel hinauf wie in Erwartung einer Erscheinung. Adolf Hitler sollte heute Abend auf einer Großveranstaltung zu seinen Berliner Anhängern sprechen, doch von dem Flugzeug, das ihn aus Hamburg in die Reichshauptstadt bringen sollte, war noch nichts zu sehen. Nein, Propagandaleiter Joseph Goebbels hatte nicht zu viel versprochen: Hitler führte in diesem Herbst des Jahres 1932 einen Wahlkampf, wie die Welt noch keinen gesehen hatte. Als wäre er allgegenwärtig, sprach er täglich in mehreren Städten des Reiches zu Tausenden von Menschen. Möglich machte dies eine dreimotorige Rohrbach Ro VIII, die Goebbels von der Deutschen Luft Hansa gechartert hatte. Erhard Milch, Technischer Direktor im Vorstand des Flugunternehmens und Mitglied der NSDAP, hatte seiner Partei die Maschine zum Vorzugspreis von eintausendfünfhundert Mark pro Tag einschließlich Pilot und Besatzung zur Verfügung gestellt.

»Da! Da! Da!«

Ein halbwüchsiger Pennäler mit Schülermütze entdeckte sie als Erster. Constanze blickte hinauf in die Richtung, in die der Junge aufgeregt zeigte, und gleich darauf sah auch sie, wie das silbern schimmernde Flugzeug durch die Wolkendecke stieß und zur Erde herabschwebte, während die Kameramänner der Wochenschau wie auf Kommando anfingen zu kurbeln, um die Bilder von der Landung und dem jubelnden Volk entlang des Rollfelds einzufangen, mitsamt den SA- und SS-Männern in ihren Uniformen und den Fähnchen schwenkenden Kindern.

»Ahhhhhhh!«

So sicher wie von einer Schnur gezogen, setzte das Flugzeug auf und rollte auf der Landebahn aus. Eine Tür ging auf, eine kleine Treppe wurde heruntergeklappt, und Hitler entstieg der Maschine wie ein Abgesandter des Himmels, der auf die Welt herabgekommen ist. Zwei Lotsen rollten einen roten Teppich aus, und während Hitler der begeisterten Menge zuwinkte, stellte das Empfangskomitee sich am Ende des Teppichs auf. Constanze klopfte vor Aufregung das Herz bis zum Hals, nicht anders als vor Jahr und Tag, als sie als Debütantin auf dem Dresdner Opernball dem König von Sachsen vorgestellt worden war. Dass sie, Seite an Seite mit Goebbels, zu den Auserwählten gehörte, die den Führer in der Reichshauptstadt empfangen durften, war die Belohnung für die Spende, mit der sie seinen Wahlkampf unterstützt hatte.

Da trafen sich ihre Blicke!

Als wäre Constanze eine alte, vertraute Freundin, trat Hitler mit einem Lächeln auf sie zu, ohne Goebbels auch nur eines Blickes zu würdigen. Für einen Moment war sie versucht, wie damals vor dem König niederzusinken. Aber der Führer kam ihr zuvor. Mit einer Verbeugung nahm er ihre Hand, um sie mit einem formvollendeten Handkuss zu begrüßen.

»Verehrte gnädige Frau! Man hat mir von Ihrer außerordentlichen Großzügigkeit berichtet. Meine Dankbarkeit könnte nicht größer sein, und es ist mir ein Herzensanliegen, Sie dies wissen zu lassen!«

Dabei schaute er sie in einer Weise an, die allen Zweifel zunichtemachte.

Ja, das Herz dieses Mannes, das so kraftvoll und mächtig für Deutschland schlug – es vermochte auch für eine Frau zu schlagen.

28

Der Regen war ausgeblieben, gegen Nachmittag hatte sich der Himmel sogar noch einmal so weit aufgehellt, dass am Abend die Herbstsonne wieder ihre goldenen Strahlen über den See warf. Einige Bäume an der Uferpromenade hatten ihre Blätter schon verloren, und das trockene Laub raschelte am Boden unter den Füßen, während Rahel und Erich Hand in Hand am Wasser entlanggingen.

»Ich habe Angst«, sagte Erich.

»Ich weiß, mein geliebter Hasenfuß«, erwiderte Rahel mit einem Lächeln. »Du hast ja immer Angst. Aber das brauchst du nicht. Wir sind doch alle glücklich, so wie es ist. Auch Tino. Oder hattest du etwa Streit mit ihm?«

Erich schüttelte den Kopf. »Nein. Mit Tino ist alles in Ordnung.«

Sie blieb stehen und schaute ihn an. »Was ist es dann?«

Er kramte nach seinen Zigaretten und steckte sich eine zwischen die Lippen. »Das, was gerade in der Ufa passiert. Politisch.«

»Du meinst diese Nazi-Betriebszelle?«, fragte sie. »Von der habe ich auch schon gehört. Und dass sie wohl immer mehr Zulauf bekommt.«

»Zulauf ist gar kein Ausdruck«, sagte er und nahm einen tiefen Zug von seiner Zigarette. »Das ist inzwischen eine regelrechte Unterwanderung, in sämtlichen Abteilungen, von der Buchhaltung bis zu den Hausmeistern. Und die Drecksbande begnügt sich nicht damit, überall ihre widerliche Propaganda zu verbreiten. Die fangen an, Kollegen, die anderer Meinung sind als sie, ganz offen zu schikanieren. Vor allem natürlich die Juden. Manchen machen sie das Leben regelrecht zur Hölle.«

»Dir auch?«

»Nein, das trauen die Feiglinge sich nicht. Zumindest nicht mit offenem Visier. Aber …«

»Aber was?«

Als er ihr Gesicht sah, schüttelte er den Kopf. »Keine Sorge, nichts Schlimmes. Nur – als ich vor ein paar Tagen auf der Toilette war, hatte dort jemand ganz frisch drei auf mich gemünzte Worte an die

Wand geschmiert: ›Erich Pommer Judensau‹. Auf der Direktionsetage!«

»Mein Liebster.« Sie gab ihm einen Kuss.

Aber Erich war nicht nach Küssen zumute. »Als ich mich bei Klitzsch beschwert habe, hat der mir vorgeschlagen, ich solle doch in die DNVP eintreten, dann wäre alles in Butter.«

»Das ist ja wohl ein Witz.«

Sie sah ihn an, aber er wich ihrem Blick aus.

»Nein, keineswegs«, sagte er leise.

»Was soll das heißen? Willst du … willst du dem Rat etwa folgen?«

Seine Zigarette zeigte nach unten, und einen Augenblick lang zögerte er. Dann hob er den Kopf und schaute sie an. »Ich gebe zu, ich habe es kurz in Betracht gezogen, aus Angst, und stolz bin ich darauf nicht. Aber als ich mich nach den Aufnahmebedingungen erkundigt habe, wurde mir mitgeteilt, dass laut Parteisatzung nur Angehörige der christlichen Konfessionen der DNVP beitreten können. Da ist mir der Kragen geplatzt, und ich habe einen Brief an Klitzsch geschrieben, in dem ich versucht habe, ihm die Absurdität meiner Lage zu schildern. Soll ich vorlesen?«

»Ja, natürlich.«

Erich schnippte die Zigarette fort und griff in seinen Anzug. »Die Eingangsfloskeln überspringe ich«, sagte er, während er den Brief auseinanderfaltete. Dann begann er zu lesen. »›Halten Sie es wirklich mit der Würde eines ehrlichen, aufrichtigen Mannes vereinbar, dass er durch Parteiorgane zu einem Deutschen zweiten Grades gestempelt wird, weil er es sein Leben lang abgelehnt hat, einen ›Geburtsfehler‹ mit wenigen Tropfen Weihwasser zu korrigieren? Und halten Sie es, sehr geehrter Herr Klitzsch, schließlich auch für mit der Würde Ihrer Partei vereinbar, dass ein solcher, von derselben Partei zur ›Zweitklassigkeit‹ verurteilter Mann Filme herstellt, die als Spitzenprodukte der Ufa, die nun einmal doch von dieser Partei nicht zu trennen ist, in das Deutsche Reich und darüber hinaus in die ganze Welt hinausgehen?‹« Er ließ den Brief sinken und schaute sie an.

Rahel holte tief Luft. »Willst du das wirklich abschicken?«

»Ich denke, dass ich das sollte.«

»Aber was, wenn sie den Brief als Kündigung auffassen?«

Er zuckte die Achseln. »Das muss ich riskieren, sonst kann ich nicht mehr in den Spiegel blicken.«

»Ach, Erich.« Plötzlich hatte sie ein Gefühl, als hätte etwas in ihr einen Riss bekommen.

Er schien zu spüren, was in ihr vorging. »Willst du mir nicht verraten, was du gerade denkst?«

»Ich … ich weiß nicht, wie ich es sagen soll.« Sie dachte einen Moment nach. »Ich meine«, fuhr sie dann fort, »da setzen wir Himmel und Hölle in Bewegung, du und Tino und ich, um unser kompliziertes Leben zu regeln, und irgendwie kriegen wir es sogar hin, dass wir so leben und uns lieben können, wie wir es tun, obwohl das alles andere als selbstverständlich ist, und sind heilfroh, dass wir das geschafft haben, und machen wie alle anderen Menschen wieder Pläne für die Zukunft, weil wir glauben, die läge allein in unserer Hand, als wäre unser Leben ein Film, für den wir nur das richtige Drehbuch schreiben müssen. Aber in Wirklichkeit …« Sie schüttelte den Kopf. »Ich meine, in der *wirklichen* Wirklichkeit – was kommt da auf uns zu?«

Erich nickte. »Du hast recht, leider. Es sind ja bei Gott nicht nur irgendwelche Schmierereien auf dem Ufa-Klo. Viel schlimmer ist, was die Nazis im Wahlkampf anrichten, bei ihren Saal- und Straßenschlachten.«

»Und in den Köpfen der Menschen. Das ist vielleicht sogar das Allerschlimmste. Diese fürchterliche Wut, dieser gnadenlose Hass, den sie entfachen und mit dem sie alles niederprügeln, was sich ihnen in den Weg stellt. Wenn ich mir vorstelle, dass die es bei den Wahlen am Ende womöglich schaffen …« Sie verstummte.

Er nahm ihr Kinn in die Hand, so dass sie ihn anschauen musste. »Kopf hoch, Rahel. Ein Film ist erst dann zu Ende, wenn das Licht im Saal wieder angeht.«

»Was willst du damit sagen?«

»Dass unsere Angst vielleicht übertrieben ist.« Er versuchte zu lächeln. »Vielleicht ist das, was gerade passiert, ja in Wirklichkeit gar nicht so schlimm, wie wir glauben, und es wird alles gut. Vielleicht hat das deutsche Volk ja doch noch nicht ganz den Verstand verloren und wählt im November die richtigen Parteien.«

»Hältst du das noch für möglich?«, fragte sie.

»Keine Ahnung«, erwiderte er. »Aber Hoffen ist ja nicht verboten, und manchmal hilft es sogar. Denk nur an uns, wir hätten es ja auch nicht für möglich gehalten, dass wir das hinkriegen.« Er gab ihr einen Kuss. »Aber egal, was immer kommen mag, wir haben uns und unseren Beruf, und selbst wenn die Welt untergeht, machen wir weiter, wie wir es uns vorgenommen haben, und drehen den ›Liliom‹, du und Tino und ich.«

»Ja, das werden wir«, sagte sie, froh, dass er wieder Mut gefasst hatte.

»Und ob wir das tun!«, rief er. »Das ist eine so wunderbare Geschichte, ein bisschen versponnen zwar, aber von einer wundervollen, poetischen Kraft. Die Welt als ein einziger Rummelplatz – besser lässt sie sich doch gar nicht beschreiben!« Er hielt inne, offenbar war ihm gerade etwas eingefallen, und so plötzlich, wie im April das Wetter umschlägt, hellte sich seine Miene auf, und er grinste über das ganze Gesicht. »Ist dir eigentlich schon mal aufgefallen, dass Tino und Liliom ziemlich viel miteinander gemeinsam haben?«

29

Lilly hatte ein Kribbeln im Bauch, als hätte sie ein Türchen Juckpulver geschluckt. Heute war ihr erster Drehtag – ihr erster Drehtag als Ufa-Schauspielerin!

Vor lauter Aufregung hatte sie die ganze Nacht nicht geschlafen, aber das war nicht schlimm, sie hatte in den letzten Jahren ganz andere Nächte hinter sich gebracht. Edgar, der sie in der Garderobe für ihren Auftritt vorbereitete, hatte die Ringe unter ihren Augen natürlich bemerkt, aber mit ein bisschen Puder hatte er sie schwuppdiwupp zum Verschwinden gebracht, so dass ihr Gesicht ihr nun schon wieder in alter Frische und Schönheit aus dem Spiegel entgegenstrahlte, als hätte sie nicht bereits die dreißig überschritten, sondern wäre auch in Wirklichkeit immer noch die Zwanzigjährige, die sie in ihrem Herzen ja nach wie vor war.

Während Edgar mit einem Zentimetermaß um den Hals und ein paar Stecknadeln zwischen den Lippen vor ihr kniete, um den Saum ihres Rockes zu kürzen, plapperte sie in einem fort von dem Film, in dem sie heute mitwirken würde.

»Die Geschichte ist so spannend, dass ich das Drehbuch förmlich verschlungen habe. Du kannst dir nicht vorstellen, was da alles passiert! Schon dieser wunderbare Titel – ›Morgenrot‹.«

»Klingt vielversprechend«, sagte Edgar. »Eine Liebesgeschichte?«

»Von wegen! Die Geschichte spielt im Krieg, und alles, was passiert, ist wirklich geschehen, ein Marineoffizier, der dabei war, hat es aufgeschrieben. Die Handlung findet vor allem in einem U-Boot statt – das versenkt ganze Schlachtschiffe! Aber irgendwann kriegt es auch einen Treffer ab, und als es sinkt, opfern der Erste Offizier und ein Matrose sich zusammen auf, damit ihre Kameraden überleben.«

»Grundgütiger! Und was hast du dabei verloren?«

»Herrgott, Edgar – hast du überhaupt keine Phantasie? Das U-Boot muss natürlich auch mal in den Hafen, und die Matrosen gehen an Land, um sich zu amüsieren. Und dann komme ich.«

»Oh, du spielst ein Matrosenliebchen? Dann kann ich mir die Arbeit ja eigentlich sparen. Bestimmt musst du dich ja gleich wieder ausziehen, oder?«

»I wo!« Lilly warf den Kopf in den Nacken. »Die Zeiten sind vorbei. Lilly Seidenschön ist jetzt eine seriöse Schauspielerin! Der Ufa sei Dank!«

Edgar strich ihren Rock glatt und stand auf. »Dann ist ja gut, dass die Familie zusammengehalten hat. Ich hab ja immer gesagt, auf Rahel ist Verlass.«

»Ja, wenn Rahel nicht gewesen wäre …« Lilly betrachtete sich im Spiegel, dann drehte sie sich wieder zu Edgar herum. »Und du? Alles in Ordnung zu Hause bei dir und Detlef?«

30

Alfred Hugenberg schwante nichts Gutes. Je näher der Wahltag kam, desto düsterer wurden die Aussichten für seine DNVP. Der Grund dafür war Hitlers Wahlkampf. Mit seinen täglichen Auftritten an allen Ecken und Enden des Reiches mobilisierte der Führer der NSDAP die Massen in einer Weise, die in der deutschen Geschichte einmalig war. Und die ganze Nation schaute gebannt zu, wie er immer wieder aus seinem Flugzeug stieg und sich von seinen Jüngern feiern ließ, als wäre er der Heilsbringer in Person.

»Soll ich Anweisung geben, keine Berichte mehr in der Wochenschau zu zeigen?«, fragte Klitzsch bei der morgendlichen Lagebesprechung im Zollernhof. »Schließlich ist das jedes Mal unbezahlte Reklame für den Herrn.«

»Die aber eine Menge Geld in unsere Kassen spült«, erwiderte Hugenberg. »Sie selbst wissen besser als ich, dass sich die Werbeeinnahmen der Wochenschau seit Beginn des Wahlkampfs fast verdoppelt haben. – Also nein, keine Beendigung der Berichte. Erst kommt das Geschäft, dann die Politik, das war und ist mein Prinzip. Daran wird auch ein Herr Hitler nichts ändern. – Sonst noch was?«

»Leider ja.« Klitzsch zückte einen Brief. »Herr Pommer hat eine schriftliche Eingabe gemacht, seine Situation in der Ufa betreffend. Wenn ich zitieren darf?«

Hugenberg nickte.

Klitzsch öffnete den Brief, dann räusperte er sich. »›Halten Sie es wirklich mit der Würde eines ehrlichen, aufrichtigen Mannes vereinbar, dass er durch Parteiorgane zu einem Deutschen zweiten Grades gestempelt wird, weil er es sein Leben lang abgelehnt hat, einen ›Geburtsfehler‹ mit wenigen Tropfen Weihwasser zu korrigieren? Und halten Sie es, sehr geehrter Herr Klitzsch, schließlich auch mit der Würde Ihrer Partei für vereinbar, dass ein solcher, von derselben Partei zur ›Zweitklassigkeit‹ verurteilter Mann Filme herstellt, die als Spitzenprodukte der Ufa, die nun einmal doch von dieser Partei nicht zu trennen ist, in das Deutsche Reich und darüber hinaus in die ganze Welt hinausgehen?‹«

Hugenberg hob die Brauen. »Das ist starker Tobak.«

»Soll ich ein Kündigungsschreiben aufsetzen?«, fragte Klitzsch.

Hugenberg dachte einen Augenblick nach, aber dann schüttelte er den Kopf. »Dafür ist es noch zu früh. Pommer leistet hervorragende Arbeit, seine Filme spielen gutes Geld ein – davon sollten wir profitieren, solange es geht. Noch kann die Ufa es sich nicht leisten, auf ihren besten Produzenten zu verzichten.«

»Und was soll ich Pommer antworten?«

»Sichern Sie ihm zu, dass sich derartige Dinge nicht wiederholen. Dann wird er sich beruhigen.«

»Jawohl.« Klitzsch steckte den Brief wieder ein. »Allerdings – sind wir überhaupt imstande, eine solche Zusicherung zu geben? Ich meine, die NSDAP-Betriebszelle unterliegt nicht unserem unmittelbaren ...«

»Zum Kuckuck noch mal!«, fuhr Hugenberg auf. »Jetzt lassen Sie mich doch mal mit den verdammten Nazis in Ruhe! Noch bin ich der Herr in meinem Haus!«

31

Nein, nichts war in Ordnung bei Edgar und Detlef, gar nichts, und Schuld daran war die Politik.

Fast täglich kam es zwischen ihnen zum Streit. War ihre Wohnung früher das Refugium ihrer Liebe gewesen, war sie nun zu einem Minenfeld geworden – bereits der kleinste Fehltritt löste eine Explosion aus. Detlef war inzwischen Nazi mit Leib und Seele. Wenn Hitler erst an der Macht sei, so seine Überzeugung, würden sich alle Tore für ihn öffnen, und er würde endlich das Leben führen, für das er geschaffen war. Edgar hingegen widerten die Nazis an. In seinen Augen verkörperten sie alles, was falsch und feindlich war. Zahllose Male hatte er deshalb versucht, Detlef zu bekehren. Doch vergeblich. Es hatte immer nur noch größeren Streit gegeben.

Manchmal fragte er sich, ob Detlef überhaupt noch der Mensch war, in den er sich einmal verliebt hatte. Zwar war sein Freund auch in Uniform immer noch der blendend aussehende Mann, der er schon immer gewesen war, ja, die Uniform verlieh ihm sogar eine zusätzliche, ganz neue, ganz eigene Art von Männlichkeit, die eine nicht zu leugnende erotische Wirkung hatte. Doch seine Seele hatte sich auf gespenstische Weise verdunkelt, als hätte jemand darin das Licht ausgeknipst. Und sein strahlendes Lächeln, mit dem er Edgar früher bezaubert hatte, erinnerte jetzt stattdessen immer öfter an das bedrohliche Zähnefletschen eines Raubtiers.

Auch an diesem Morgen hatte er wieder seine Uniform angezogen. Der Wahlkampf ging dem Ende entgegen, da galt es, die letzten Wähler zu mobilisieren. Goebbels hielt deshalb heute eine Rede, da würde es wieder Krawall geben. Edgar stand jedes Mal Todesängste aus, wenn Detlef in die Schlacht zog. Detlef half regelmäßig beim Ordnungsdienst aus, und dessen Aufgabe war es, die Redner gegen Angriffe ihrer politischen Feinde zu verteidigen, gegen die Sozis und Kommunisten. Edgar konnte nur hoffen, dass nichts passierte. Es wäre nicht das erste Mal, dass Detlef nach einer solchen Veranstaltung am Abend blutüberströmt heimkehrte.

Jetzt nahm er den Schlagstock vom Haken und wandte sich zum Gehen.

»Pass auf dich auf«, sagte Edgar.

»Keine Sorge. Uns kann keiner was.« Wie zum Beweis schlug Detlef sich mit dem Gummiknüppel in die offene Hand und bleckte die Zähne.

In einer Aufwallung schlang Edgar die Arme um ihn.

»Komm wieder heil nach Hause – *bitte*! Ich … ich liebe dich doch!«

32

Heute würde sich die Schlacht entscheiden! Die Schlacht um die Zukunft des Deutschen Reichs!

Man schrieb den 6. November 1932. Seit den frühen Morgenstunden waren die Wahllokale geöffnet, und alle Bürgerinnen und Bürger des Landes waren aufgerufen, ihre Stimme für die Bildung einer neuen Regierung abzugeben. Das Volk war sich der Bedeutung seiner Entscheidung bewusst, überall vor den Wahllokalen bildeten sich

Schlangen, und während Stunden vergingen, fieberte man mit immer größerer Spannung dem Ergebnis des Urnengangs entgegen, den die Kommunisten und Nationalsozialisten im September gemeinsam im Parlament erzwungen hatten.

Grau hatte erst kurz vor Wahlschluss seine Stimme abgegeben. Danach war er in die Hedemannstraße gefahren, wo sich bereits sowohl die Parteiführer einschließlich Hitler als auch ein ganzes Heer von Parteisoldaten versammelt hatten. Grau hatte das Bündnis des Führers mit den Kommunisten vor zwei Monaten zutiefst irritiert, doch im Nachhinein und strategisch betrachtet konnte er diesen Schachzug nur als Geniestreich bewundern. Die Macht war jetzt zum Greifen nah, nach dem phänomenalen Wahlkampf musste es ja mit dem Teufel zugehen, wenn der künftige Kanzler nicht Adolf Hitler hieß!

Auf einem Podium in der Mitte des Saals stand stumm und einsam ein riesiger Radioapparat. Noch gab es keine Meldungen, aber die Stimmung in der übervollen Parteizentrale war prächtig. Während man angeregt über die Höhe des zu erwartenden Wahlsiegs spekulierte, versuchte Grau, sich in dem Gewühl Hitler zu nähern. Er wollte dem Führer zu seinem strategischen Coup gratulieren, in der Hoffnung, dass Goebbels sein Versprechen gehalten und Hitler über seine Verdienste bei der Geldbeschaffung in Kenntnis gesetzt hatte. Doch immer wieder drängte sich jemand dazwischen.

Plötzlich ging die Tür auf, und Constanze betrat den Raum. Grau traute seinen Augen nicht. Was hatte sie hier verloren? Warum war sie nicht in Dresden? Er wollte zu ihr eilen, doch Hitler kam ihm zuvor. Mit ausgebreiteten Armen trat er auf sie zu – fast konnte man meinen, er habe sie erwartet. Jetzt nahmen die zwei sogar zusammen Platz, nur sie allein, in einer separaten Sitzecke, um *tête-à-tête* miteinander zu plaudern.

Grau zögerte. Durfte er das Gespräch stören? Unauffällig drängte er sich durch die Menge in ihre Nähe, um zu hören, was sie miteinander sprachen.

»Wenn wir heute die Wahl gewonnen haben«, sagte Hitler, »wird das auch Ihr Verdienst sein, verehrte gnädige Frau.«

»Sie Charmeur«, erwiderte Constanze. »Ich habe doch nur getan, was meine Pflicht war, und nichts beglückt mich mehr als der Gedanke, auf diese Weise einen kleinen Beitrag zur Wiederauferstehung unseres Vaterlands geleistet zu haben. Umso mehr hoffe ich, Ihnen in Bälde weitere Mittel zukommen lassen zu können, in weitaus größerem Umfang als bisher.«

»Sie wunderbare Frau.« Hitler umfasste mit beiden Händen ihre Rechte. »Ich weiß gar nicht, wie ich mich erkenntlich zeigen kann.«

»Wirklich nicht, mein Führer?« Constanze lächelte ihr Lächeln. »Ein Mann wie Sie?«

Ein hünenhafter Sturmführer verstellte Grau den Blick und redete so laut auf einen Zivilisten ein, dass nicht mehr zu verstehen war, was Hitler und Constanze sprachen. Doch was Grau gehört hatte, reichte, dass ihm die Galle hochkam. So eine Granatensauerei! Das Geld hatte nicht Constanze, sondern er beschafft, das alles war doch einzig und allein sein Plan gewesen! Und jetzt bedankte Hitler sich dafür bei *ihr*? Noch dazu, indem er sie in aller Öffentlichkeit poussierte?

Grau war entschlossen, dazwischenzufunken. Doch da ertönte aus dem Radio mit scheppernder Lautstärke eine Fanfare.

Als er sich umdrehte, betrat Goebbels das Podium.

»Parteigenossen – ich bitte um Ruhe! Der erste Wahlbezirk wurde ausgezählt!«

33 Gott sei Lob und Dank!

Als Gustav am nächsten Morgen in der »Sächsischen Staatszeitung« das Ergebnis der Reichstagswahl las, fielen ihm wahre Felsbrocken von der Seele. Trotz seines spektakulären Wahlkampfs, der zwei Monate lang ganz Deutschland in Atem gehalten hatte, trotz Flugzeug und täglicher Allgegenwart im ganzen Reich hatte Hitler es nicht geschafft, das Volk für sich zu gewinnen. Im Gegenteil – im Vergleich zur Juli-Wahl hatte die NSDAP empfindliche Verluste erlitten, sage und schreibe zwei Millionen Wähler hatte sie eingebüßt, und die Zahl ihrer Abgeordneten war von zweihundertdreißig auf einhundertsechsundneunzig gesunken, während die DNVP entgegen aller Erwartungen kräftig hinzugewonnen hatte.

Wie war dieses Ergebnis möglich? Die Gründe dafür waren Gustav ein Rätsel. Doch darauf kam es nicht an. Entscheidend war jetzt eine ganz andere Frage.

War das Unheil abgewendet? Würden die vernünftigen Kräfte sich endlich einigen, um dem braunen Spuk ein Ende zu machen?

»Hitler hat seine Chance verpasst«, schloss der Kommentar der »Sächsischen«. »Der gewaltige nationalistische Angriff auf den Staat ist abgeschlagen, die härteste Notzeit Deutschlands scheint überwunden und der Weg aufwärts nunmehr frei.«

Gustav ließ die Zeitung sinken. Er wollte Gott mit einem Vaterunser danken. Doch er hatte noch keine zwei Verse gesprochen, da ging die Tür auf, und Constanze kam herein. Mit vor Wut Funken sprühenden Augen trat sie auf ihn zu.

»Freu dich nur ja nicht zu früh, du Jude! Der Führer wird trotz allem siegen! Diesen Mann hält nichts und niemand auf! Niemals!«

34

Der November ging zur Neige, ohne dass es gelang, eine neue Regierung zu bilden, so dass der gestürzte Kanzler Franz von Papen weiter kommissarisch die Amtsgeschäfte führte. Doch er hatte nicht nur bei den Wählern und im Parlament jeden Rückhalt verloren, sondern auch in seinem eigenen Kabinett, und als seine Minister ihm zu Beginn der Adventszeit geschlossen die Gefolgschaft verweigerten, beauftragte Präsident Hindenburg den parteilosen Reichswehrminister Kurt von Schleicher, in rechten Kreisen als »roter General« verspottet, mit der Regierungsbildung. Seinem Ruf entsprechend, kündigte Schleicher in seiner Regierungserklärung an, die Interessen der Arbeiter ebenso zu berücksichtigen wie die der Unternehmer, um beide Parteien miteinander zu versöhnen. Doch damit machte er sich nur beide Parteien gleichermaßen zum Feind, und bereits zu Weihnachten war klar, dass er sich nicht an der Macht halten würde, so dass am Silvesterabend des Jahres 1932 das deutsche Volk, trotz zweier

Reichstagswahlen innerhalb von nur vier Monaten, immer noch nicht wusste, von wem es im neuen Jahr 1933 regiert werden würde.

Dunkel war der Himmel über Berlin, und während die ersten Silvesterraketen bunt aufleuchtend in die Finsternis hinaufschossen, hatte sich am Gendarmenmarkt die ganze Familie versammelt, um die letzte Nacht im alten Jahr miteinander zu verbringen: Rahel und Tino und Erich, Lilly, Tante Ottilie und ihr Mann und natürlich Alex, der inzwischen nur noch einen halben Kopf kleiner war als Fritz, der allerdings seiner Frau nur bis zur Schulter reichte. Nur Edgar und Detlef fehlten noch an dem bereits gedeckten Tisch, als Rahel aus der Küche das vorbereitete Fleisch und die Salate ins Esszimmer brachte, wo Erich gerade das Stövchen für das Fondue anzündete und Tino die Weingläser füllte.

»Wo bleiben nur die zwei?«, fragte Tante Ottilie. »Hoffentlich haben sie sich nicht wieder gestritten.«

»Das würde mich nicht im Geringsten wundern«, knurrte Fritz. »Ich begreife sowieso nicht, wie Edgar es mit dem Nazi aushält.«

»Aber wenn er ihn doch liebt?«, sagte Lilly. »Dafür kann ein Mensch doch nichts, und Edgar ist ja auch nur ein Mensch.«

»Tatsächlich?«, fragte Fritz. »Was sollte er denn sonst deiner Meinung nach sein?«

»Vorschlag zur Güte«, sagte Tino. »Solange uns Hitler erspart bleibt, nehmen wir Detlef gern in Kauf. Wollen wir darauf anstoßen?«

»Anstoßen immer!« Fritz hob sein Glas. »Aber ich schätze, Hitler sind wir noch lange nicht los.« Er drehte sich zu Erich herum. »Was sagen Sie eigentlich zu dem Schlamassel, Herr Pommer? Ich meine – Sie als Jude?«

Rahel sah, wie Erich zusammenzuckte. Sie konnte sich denken, warum. Wenn er jetzt erzählte, was in der Ufa los war, war es mit der Silvesterstimmung vorbei.

Zum Glück fing er ihren Blick auf, und statt Fritz eine Antwort zu geben, sagte er nur: »Wie oft muss ich dich noch daran erinnern, dass wir uns duzen, Fritz?«

»Stimmt, Erich – wo du recht hast, hast du recht! Ich bin es nur nicht gewohnt, so feine Pinkel zu duzen.«

»Dann hältst du mich also für einen feinen Pinkel? Bin ich das in deinen Augen?«

Fritz schüttelte den Kopf. »Nein, biste nicht, du bist in Ordnung. Und darauf hoch die Tassen – prost!«

Die beiden stießen an. Dabei lächelte Erich allerdings so gequält, dass Rahel schlucken musste. Generaldirektor Klitzsch hatte ihm zwar zugesichert, dass sich solche Dinge wie die Schmiererei auf der Direktionstoilette nicht wiederholten. Doch tatsächlich war es nur noch schlimmer geworden. Inzwischen kam es in der Ufa zu tätlichen Angriffen auf jüdische Angestellte. In der Buchhaltung hatte man einem über sechzig Jahre alten Mann, der schon im Haus Vaterland gearbeitet hatte, als es noch Piccadilly Haus hieß, eine verweste Ratte in der Schreibtischschublade versteckt, bei deren Entdeckung der Mann in Ohnmacht gefallen war; einer Putzfrau hatte man Säure ins Wischwasser gemischt, so dass sie sich beide Arme bis zu den Ellbogen verätzt hatte; und ein jüdischer Kabelträger, der es gewagt hatte, gegen die Schikanen eines Kameramanns zu protestieren, war nach Feierabend von Unbekannten so schwer verprügelt worden, dass man ihn ins Krankenhaus hatte bringen müssen. Gleichzeitig hatte die NSDAP-Betriebszelle in einem Schreiben an die Geschäftsleitung den Antrag gestellt, die Löhne und Gehälter aller Juden um dreißig Prozent zu kürzen, um mit den dadurch eingesparten Geldern einen Hilfsfonds zur Unterstützung arbeitsloser »arischer« Filmkünstler einzurichten – angeblich hatte der Leiter der Theaterabteilung, Major Grau, das Schreiben aufgesetzt. Erich selbst war zwar nach seiner Beschwerde nichts mehr widerfahren, und er war auch fest entschlossen, die Stellung zu halten, aber für den Fall der Fälle hatte er dennoch Kontakt mit der Fox in Amerika aufgenommen. Rahel wollte sich gar nicht vorstellen, dass er womöglich nach Hollywood zurückkehren würde. Was sollte dann aus ihnen werden? Er hatte ihr zwar versprochen, auf jeden Fall den »Liliom« mit ihr zu produzieren. Aber war das überhaupt noch seine Entscheidung?

Fritz hatte inzwischen drei Gläser Wein auf ex getrunken und fing an zu singen.

»›Völker, hört die Signale, auf zum letzten Gefecht! Die Internationale ...‹«

Lilly hielt sich die Ohren zu. »Heute keine Politik! Wir wollen doch ins neue Jahr feiern. Und ich sage euch, das wird ein ganz wunderbares Jahr! Dit hab ick im Urin!«

Tante Ottilie schüttelte den Kopf. »Unsere Lilly, wie sie leibt und lebt.«

»Warum nicht? Jedes Ding hat schließlich zwei Seiten«, sagte Lilly, um voller Begeisterung von den Dreharbeiten zu ihrem neuen Film zu erzählen. »Ich freue mich jetzt schon auf die Premiere. Und ihr müsst mir alle versprechen zu kommen!«

»Wann essen wir endlich?«, fragte Alex, der bis jetzt geduldig am Tisch gesessen und den Erwachsenen zugehört hatte. »Ich habe Hunger!«

Rahel schaute auf die Uhr. Schon zehn nach neun. »Du hast recht«, sagte sie. »Fangen wir an. Reicht ihr mir bitte eure Teller?«

Sie nahm die Fleischschüssel, um die ersten Filetstücke für das Fondue zu verteilen, da klingelte das Telefon. »Na endlich!« Sie stellte die Schüssel zurück auf den Tisch und lief in den Flur, um abzuheben.

»Wo bleibt ihr denn?«, rief sie in den Hörer hinein, ohne zu fragen, wer dran war. »Wir warten schon über eine Stunde auf euch!«

Tatsächlich war Edgar in der Leitung. Doch statt einer Antwort hörte sie nur ein Schluchzen.

»Um Himmels willen – was ist passiert?«

35

Auch im Grand Hotel »Adlon« am Brandenburger Tor feierte man an diesem Abend in das neue Jahr hinein. Doch Hugenberg war ganz und gar nicht nach Feiern zumute, als er die mit Konfetti und Luftschlangen und Luftballons verunstaltete Eingangshalle betrat. Während er dem Empfangschef zu dem Nebenraum folgte, in dem er erwartet wurde, musste er daran denken, wie er vor Jahren schon einmal einen Silvesterabend im »Adlon« verbracht hatte. 1918 war das gewesen, der erste Silvesterabend nach dem verlorenen Krieg. Damals hatten er und Stauß sich hier in Begleitung ihrer Frauen zu einem Sieben-Gänge-Menü getroffen, um Frieden im Streit um die Ufa zu schließen. Am Ende hatten sie ihren Pakt mit einem 96er Courvoisier begossen, Stauß hatte ein ziemliches Gewese darum gemacht. Das heutige Treffen hingegen fand ohne Damenbegleitung statt, das Essen spielte auch keine Rolle, und Anlass, am Ende des Abends mit französischem Cognac anzustoßen, würde es schwerlich geben. Denn heute ging es um mehr als nur um die Gründung einer Filmfabrik. Heute ging es um Deutschland.

Der Mann, der ihn hierher geladen hatte, war Franz von Papen. In der Einladung hatte der ehemalige Kanzler geschrieben, er arbeite mit Vertretern mehrerer Parteien an einem Ausweg aus der Krise, brauche dazu aber die Unterstützung der DNVP. Hugenberg war skeptisch. Ausgerechnet Franz von Papen! Lange hatte er diesem Mann die Stange gehalten in der Hoffnung, auf diese Weise Hitler zu verhindern und die Regierung ohne Unterstützung der Nazis auf nationalen Kurs zu bringen. Doch Papen hatte ihn zutiefst enttäuscht. Nichts, rein gar nichts hatte der Mann bewirkt, Deutschland war ein hoffnungslos zerrissenes Land, heute mehr denn je. Die verfeindeten Lager begegneten einander inzwischen mit solchem Hass, dass ein Bürgerkrieg drohte, und die Regierung besaß nicht mal mehr die Mittel, im Falle eines Falles die Ordnung im Staat wiederherzustellen. Die Kampfverbände von SA und KPD waren der Reichswehr ja bereits zahlenmäßig überlegen, daran konnte auch General von Schleicher nichts ändern. Schleicher war nicht mehr als ein Notnagel, ein letzter verzweifelter Versuch, zu retten, was nicht mehr zu retten war. Seine Idee einer parteiunabhängigen Querfrontregierung, die den Gegensatz von Sozialismus und Nationalismus überwinden sollte, war im Grunde ja gar nicht so verkehrt. Aber Schleicher hatte keine Basis im Parlament, und sobald es den Nazis und Kommunisten einfallen würde, sich abermals gegen die Regierung zu verbünden, war er erledigt.

Wie sollte es aus dieser Krise einen Ausweg geben? Hugenbergs Phantasie reichte nicht aus, um sich eine Lösung vorzustellen.

Umso mehr überraschte ihn die Erklärung, mit der Papen ihn empfing.

»Wir müssen Hitler zum Kanzler machen. Das ist unsere einzige Chance.«

»Sind Sie verrückt geworden?«, entfuhr es Hugenberg.

»Keineswegs«, erwiderte Papen. »Sehen wir den Tatsachen ins Auge: Wir können Hitler nicht länger von der Macht fernhalten, das ist schlechterdings unmöglich. Die NSDAP hat achthunderttausend Mitglieder. Keine andere Partei hat einen auch nur annähernd vergleichbaren Rückhalt im Volk.«

»Ja und? Hitler hat die Wahl verloren, die anderen Fraktionen im Parlament werden einen Teufel tun, ihn zu unterstützen.«

»Vielleicht doch. Vorausgesetzt, man überzeugt sie, dass dies der einzige Ausweg ist. Sie und ich im Verein könnten das schaffen, und zwar, indem wir mit gutem Beispiel vorangehen. Ich habe das Zentrum und die DVP hinter mir, Sie Ihre wiedererstarkte DNVP. Wenn wir an einem Strang ziehen ...«

»Aber weshalb, zum Kuckuck, sollte ich das tun?« Hugenberg war außer sich. »Hitler ist unberechenbar, ein Mann bar jeder Vernunft. Ein Wahnsinniger!«

»Aber ein Wahnsinniger, der die Massen hinter sich hat«, erwiderte Papen. »Und deshalb ist es unsere Aufgabe, ihn unter Kontrolle zu bringen. Doch unter Kontrolle bringen wir ihn nur, indem wir ihm die Regierungsverantwortung übertragen.«

Hugenberg stutzte. Einen so originellen Gedanken hätte er Papen gar nicht zugetraut.

»Sie glauben also, als Kanzler käme Hitler zur Raison?«

Papen nickte. »Das ist meine feste Überzeugung. Als Kanzler wird er auf uns angewiesen sein, bei jeder Abstimmung, sonst fällt er im Parlament durch. Damit haben wir ihn an der Leine.«

»Hm, ich weiß nicht, Hitler hat schon mal sein Wort gebrochen, und wenn ich mir eine persönliche Bemerkung erlauben darf – die

Angriffe auf die Ufa im ›Völkischen Beobachter‹, mit denen mein Unternehmen als ein verjudeter Sauhaufen diffamiert wurde, waren auch nicht gerade dazu angetan, mein Vertrauen in die Redlichkeit dieser Herrschaften zu stärken.«

»Ich weiß, ich weiß«, pflichtete Papen ihm bei. »Aber das sind doch nur typische Auswüchse einer jungen, obergärigen Partei. Als Kanzler von unseren Gnaden wird Hitler dafür sorgen, dass solche Eskapaden in Zukunft unterbleiben. Was anderes bleibt ihm ja gar nicht übrig. – Und vergessen wir eines nicht«, fuhr er fort, als Hugenberg immer noch zögerte, »was wäre die Alternative?« Er hielt einen Moment inne, bevor er weitersprach. »Bei der jetzigen Konstellation im Parlament wäre auch eine Linksregierung möglich. Wenn die Sozis sich mit den Kommunisten zusammentun, und die Bestrebungen dazu sind ja im vollen Gange, wäre die linke Brut stärker als die NSDAP. Sagen Sie selbst – können Sie das wirklich wollen?«

In Hugenbergs Kopf, in dem es sonst so geordnet zuging wie auf einem preußischen Exerzierplatz, überschlugen sich die Gedanken. Sein Leben lang hatte er stets die Zügel in der Hand gehabt, aus dem Nichts hatte er ein Firmenimperium aufgebaut, in dem Tausende von Menschen seinen Anweisungen folgten, noch bevor er sie überhaupt aussprach – und jetzt sollte er einem österreichischen Gefreiten den Steigbügel halten?

Plötzlich erfasste ihn ein Gefühl von Ohnmacht, wie er es noch nie zuvor empfunden hatte.

»Nein«, sagte er. »Das will ich nicht. Kein vernünftiger Mensch kann das wollen.«

»Sehr schön«, erwiderte Papen. »Ich wusste, dass ich auf Sie bauen kann. Dann unterstützen Sie also meinen Plan?«

Hugenberg tat einen tiefen Seufzer. »In drei Herrgotts Namen, meinen Segen haben Sie. Machen wir Adolf Hitler zum Kanzler.«

Während er sprach, fingen draußen die Glocken des Französischen Doms an zu läuten. Raketen wurden gezündet, Böller krachten, und hoch in den Himmel aufschießende Lichtergarben erhellten die Nacht.

Franz von Papen hob sein Glas. »Prosit Neujahr! Auf 1933!«

36

Der nächtliche Himmel schien vom Feuerwerk förmlich in Flammen zu stehen, als Rahel ihren Wagen vor dem Haupteingang der Charité parkte. Obwohl Edgar am Telefon gesagt hatte, es habe keinen Sinn, dass sie käme, die Ärzte und Schwestern würden sich um alles kümmern, außerdem könne er nicht mal sagen, wo sie ihn und Detlef in dem riesigen Krankenhaus finde, gerade seien sie in der Notaufnahme, ohne zu wissen, wie es weitergehe, hatte sie sich, als er sich nicht wie versprochen später noch mal gemeldet hatte, schließlich doch auf den Weg gemacht, um selbst nachzusehen, was eigentlich los war, zusammen mit Lilly, während Tino und Alex mit den anderen in der Wohnung geblieben waren. Bei seinem Anruf war Edgar so durcheinander gewesen, dass sie kaum zwei Sätze verstanden hatte. Aber das wenige reichte, dass sie ohne neue Nachricht einfach keine Ruhe hatte, um ins Bett zu gehen. Offenbar waren Edgar und Detlef auf dem Weg zum Gendarmenmarkt von irgendwelchen Horden überfallen und zusammengeschlagen worden, und Detlef hatte so schwere Verletzungen davongetragen, dass er vielleicht sogar operiert werden musste.

Wie eine Festung erhob sich das wuchtige Backsteingebäude des einstigen Militärhospitals mit seinen Türmen in der Nacht. Hinter kaum einem der vielen Fenster brannte noch Licht, der Eingang jedoch war hell erleuchtet. Während Rahel den Wagen abschloss, eilte Lilly voraus in die menschenleere Halle, wo nur ein einsamer Pförtner in seinem Glaskasten wachte.

»Ich möchte zu Herrn Scheunemann, Detlef«, sagte sie. »Er wurde heute Abend eingeliefert.«

Verwundert blickte der Pförtner zu ihr auf. »Kenn ich Sie nicht irgendwoher, Frolleinchen?«

»Beantworten Sie bitte die Frage der Dame!«, erwiderte Rahel, die Lilly inzwischen gefolgt war. »Und zwar ein bisschen dalli, wenn's geht!«

»Schon gut, schon gut … Wie war noch mal der Name?«

»Detlef Scheunemann.«

»Einen Moment.« Grummelnd schlug der Pförtner das Patientenverzeichnis auf und fuhr mit dem Finger an den Einträgen entlang. »Da müssen Sie in die Chirurgie, Privatstation – das Königreich vom Chef.«

»Chef?«

»Professor Sauerbruch. Herr Scheunemann hat Zimmer 348, dritter Stock.«

Rahel fiel ein Stein vom Herzen. »Oh, dann wurde er also gar nicht operiert?«

»Sieht ganz so aus, wenn er schon auf Station ist.« Der Pförtner klappte sein Verzeichnis zu. »Oder er ist schon fertig verarztet.«

Im Gegensatz zum Hauptgebäude herrschte in der Chirurgie reger Betrieb. Kein Wunder, schließlich war Silvester. Vor der Notambulanz wartete ein Dutzend Männer mit Brandverletzungen darauf, versorgt zu werden, und ein halbwüchsiger Junge mit notdürftig verbundenem Oberkörper voller Verbrennungen wurde von zwei Sanitätern im Laufschritt auf einer Bahre in Richtung Operationssaal gebracht.

»Nur gut, dass Detlef privat versichert ist«, sagte Rahel, als sie den Aufzug erreichten. »Dann war seine Agentur ja wenigstens zu etwas nütze.«

»Das kannst du laut sagen.« Lilly drückte auf den Fahrstuhlknopf. »Mit 'nem Kassenschein kannst du warten, bis du schwarz wirst, bevor du drankommst.«

»Detlef hat wirklich Glück gehabt. Und wenn der berühmte Sauerbruch ihn operiert hat, kann er das noch seinen Enkeln erzählen. Das ist ja was für die Ewigkeit.«

»Enkeln?«, grinste Lilly. »Welchen Enkeln? Da müssten Detlef und Edgar ja wohl erst mal selber Kinder kriegen! Oder glaubst du an den Klapperstorch?«

Lachend stiegen sie in den Aufzug und fuhren in den dritten Stock. Zimmer 348 lag am unteren Ende des Ganges.

Ohne anzuklopfen, traten sie ein.

Als Erstes sah Rahel einen blutbefleckten weißen Smoking, auf einem Bügel hing er an der Wand. Erst dann sah sie Edgar. Auch er trug einen weißen Smoking, und auch sein Smoking war voller Blut. Mit dem Rücken zur Tür saß er an dem einzigen Bett im Raum und hielt eine Hand, die leblos von der Bettkante herabhing. Detlefs Hand. Der lag wie erstarrt auf dem Rücken, bekleidet nur mit einem blutverschmierten Operationshemd, unter dem die ebenfalls blutverschmierten nackten, schneeweißen Beine und Füße hervorschauten. Sein Hals war seltsam verdreht, und von seinem Gesicht war vor lauter Verbandszeug nicht mehr zu erkennen als seine aufgerissenen, starren Augen, mit denen er in eine unbestimmte Ferne blickte.

Und dann sah Rahel, auf der anderen Seite des Bettes, den Pastor.

»Um Gottes willen …«

Edgar drehte sich um, das grün und blau geschlagene Gesicht tränennass.

»Sag ja nicht, er ist tot!«, rief Lilly. »Sag dit ja nich!«

Edgars Mund stand weit offen, so offen wie Detlefs Augen, doch kein Laut drang über seine aufgeplatzten Lippen, als wolle er nie wieder etwas sagen. Dann aber brach es aus ihm heraus, und laut schluchzend warf er sich über den Toten.

Der Pastor hob die Arme zum Segen – da wurde er plötzlich gewahr, dass Edgar Detlefs Gesicht mit Küssen bedeckte.

Als wäre ihm der Leibhaftige erschienen, verharrte er in der Bewegung.

»Pfui Teufel! Das … das ist ja widerlich!«

Und ohne den Segen zu spenden, machte der Pastor kehrt und eilte mit wehendem Rock an Rahel und Lilly vorbei zur Tür hinaus.

37

Erich begann das neue Jahr, wie er das alte beendet hatte: mit Arbeit. Was immer das neue Jahr bringen mochte, er würde mit Rahel den »Liliom« drehen, das hatte er ihr versprochen, komme, was da wolle, und um dieses Versprechen einzulösen, musste er seine Arbeit machen und einen Produktionsplan erstellen. Tino wollte heute das Budget mit ihm besprechen und hatte der besseren Übersicht halber um Schautafeln mit den wichtigsten Eckdaten gebeten. Gleich nach Detlef Scheunemanns Beerdigung, die an diesem Morgen auf dem Friedhof der Friedrichswerder'schen Kirche stattfand, wollte er zu ihm ins Büro kommen.

Auch Erich hätte gern an der Beerdigung teilgenommen, doch er hatte nur einen Kranz geschickt und sich mit einem unaufschiebbaren Termin bei Edgar entschuldigt. Tatsächlich aber war keineswegs die Arbeit der Grund, warum er der Trauerfeier ferngeblieben war, der Grund war vielmehr ein Erlebnis in seiner Kindheit. Zwei seiner Brüder, Felix und Emil, waren bereits im Kindesalter gestorben, und auch er selbst war noch ein Kind gewesen, als er sie zusammen mit seinen Eltern und Geschwistern zu Grabe hatte tragen müssen. Beide Male war er während der Beisetzung zusammengebrochen, beide Male hatte er, als die Särge in die Gräber hinabgelassen wurden, die Gegenwart des Todes physisch zu spüren geglaubt, und schreiend vor Angst war er davongelaufen. Seitdem war es ihm unmöglich, einen Friedhof zu betreten.

Nur – wie konnte er dann in Deutschland bleiben?

Als er an diesem Morgen in sein Büro gekommen war, hatte er dort auf seinem Schreibtisch eine maschinengeschriebene Nachricht vorgefunden:

Erich Pommer, Judensau –
Denk an Walther Rathenau!

Das war eine offene Morddrohung, anders war die Botschaft nicht zu verstehen. »Schlagt tot den Walther Rathenau, / Die gottverdammte Judensau!« Mit dem Spruch hatte vor zehn Jahren die Organisation Consul gegen den damaligen Außenminister gehetzt, bevor zwei ihrer Mitglieder den Politiker im Grunewald aus einem fahrenden Auto heraus erschossen hatten. Erich hatte keinen Zweifel, wer hinter der Botschaft steckte: die Nazi-Betriebszelle, wahrscheinlich deren Leiter, Buchhalter Gansohr, vielleicht sogar Major Grau, der mit Hugenbergs Wissen und Billigung die Zelle gegründet hatte und schon seit geraumer Zeit nur noch in seiner SA-Uniform zur Arbeit erschien.

Ja, Rahel hatte recht. Was in der Ufa, was in Deutschland geschah, war kein Film, keine Schauergeschichte, die nach neunzig Minuten vorbei war und sich in einem Happy End auflöste – nein, das war die wahre und wahrhaftige Wirklichkeit, und ein Ende war nicht abzusehen, zumindest kein gutes.

Obwohl er sich nicht viel davon versprach, beschloss er, Klitzsch von der Drohbotschaft in Kenntnis zu setzen. Doch als er zum Telefonhörer griff, um den Generaldirektor anzurufen, klingelte der Apparat, noch bevor er abgehoben hatte.

»Ein Anruf aus den USA«, sagte das Fräulein aus der Telefonzentrale. »Ich stelle durch.«

Erich stutzte. Er hatte die Herren von der Fox doch ausdrücklich gebeten, ihn nicht im Büro zu kontaktieren, sondern nur privat, um keinen Verdacht bei der Geschäftsleitung zu erregen – schließlich führte er ja nur erste Sondierungsgespräche.

Konnte es vielleicht sein, dass die Amerikaner ihm schon ein Angebot machen wollten?

Es knackte in der Leitung, dann meldete sich eine weibliche Stimme. Doch diese sprach nicht Englisch, sondern Deutsch. Und sie war ihm so vertraut wie seine eigene.

»Gertrud?«

Einen Moment lang war er sprachlos – seit ihrer Trennung hatten sie kein einziges Mal miteinander telefoniert. Wenn sie jetzt anrief, konnte es dafür nur einen Grund geben … Wie ein Stromschlag fuhr der Schreck in ihn ein.

»Um Gottes willen, ist dem Hänschen was passiert?«

»Nein, nein«, erwiderte Gertrud. »Dem Hänschen geht es gut. Aber wir machen uns Sorgen – um dich. Die Nachrichten, die uns aus Deutschland erreichen, sind ja schrecklich. Ich hoffe, dass sie dich nicht betreffen.«

Vor ihm auf dem Schreibtisch lag der Zettel mit der Drohbotschaft. *Erich Pommer, Judensau* … Für einen Moment wollte er sagen, was geschehen war – aber nein, damit würde er Gertrud nur ängstigen, und helfen würde es nichts.

»Das … das ist sehr lieb von dir.« Er war von ihrem Anruf so gerührt, dass er kaum sprechen konnte. »Das habe ich gar nicht verdient …«

Auch Gertrud schien befangen, eine lange Weile war nur ihr Schweigen in der Leitung zu hören. Dann räusperte sie sich und sagte: »Auf jeden Fall bin ich erleichtert, dass alles in Ordnung ist bei dir. Möchtest … möchtest du vielleicht mit deinem Sohn sprechen? Um ihm ein gutes neues Jahr zu wünschen?«

38

»Vater unser, der du bist im Himmel, geheiligt werde dein Name …«

Obwohl Rahel einen Pelzmantel trug, fröstelte sie. Ein kalter, feuchter Wind, der einen feinen Sprühregen mit sich führte, strich über den Friedhof, während die kleine Trauergemeinde zusammen mit dem Pastor an Detlefs Grab das Vaterunser sprach. Nur Edgars Lippen blieben stumm. Lilly und sie hatten ihn zwischen sich genommen. Seit Detlefs Tod hatten sie sich abwechselnd um ihn gekümmert, auch in den Nächten, so dass er nie allein in der Wohnung sein musste. Am Morgen hatten sie ihm eine starke Dosis von dem Beruhigungsmittel gegeben, das der Arzt ihm verschrieben hatte, damit er die Zeremonie überstand.

»… denn dein ist das Reich und die Kraft und die Herrlichkeit in Ewigkeit. Amen.«

Der Pastor schickte sich an, ein Lied anzustimmen, doch eine Abordnung SA-Männer, Kameraden von Detlef, die außer der Familie sowie ein paar Freunden und Bekannten an der Trauerfeier teilnahmen, kam ihm zuvor.

Ich hatt' einen Kameraden,
Einen bessern find'st du nicht …

Rahel war empört, nur mit Mühe schaffte sie es, die Fassung zu wahren. Was für eine Ungeheuerlichkeit! Es waren ja SA-Leute gewesen, die Edgar und Detlef überfallen hatten. Wie sollte Edgar das ertragen? Aus den Augenwinkeln beobachtete sie ihn, der widerliche Auftritt musste doch ganz und gar unerträglich für ihn sein! Doch zum Glück schien er die Drecksbande gar nicht wahrzunehmen. Mit leeren Augen blickte er ins Nichts, ohne jede Regung im Gesicht.

Eine Kugel kam geflogen,
Gilt sie mir oder gilt sie dir?
Sie hat ihn weggerissen,
Er liegt vor meinen Füßen,
Als wär's ein Stück von mir.

Nachdem die SA-Männer die letzte Strophe gesungen hatten, zeigten sie den Hitlergruß, dann rückten sie geschlossen ab. Rahel atmete auf. Wenigstens konnte der Priester jetzt ungestört den Segen spenden. Tino hatte dafür gesorgt, dass das Begräbnis überhaupt mit geistlichem Beistand stattfinden konnte.

Behutsam drückte sie Edgars Arm. »Wollen … wollen wir uns jetzt vielleicht verabschieden?«

Edgar rührte sich nicht. Rahel tauschte einen Blick mit Lilly, dann fassten sie Edgar unter und traten mit ihm ans Grab. Während er reglos dastand, warf Rahel eine Handvoll Erde auf den Sarg. Mit hohlem Klang trafen die Krumen auf den Deckel. In diesem Erdloch würde Detlef nun für immer liegen, die Zeit würde ihre Arbeit tun, und es würde nicht lange dauern, dann würden von seinem hübschen Gesicht nur noch die zwei Reihen seiner strahlend weißen Zähne übrig sein.

»Wie soll ich nur leben ohne dich?«, flüsterte Edgar.

Rahel und Lilly warteten noch einen Moment, dann nickten sie einander ein zweites Mal zu und führten ihn fort.

»Ich … ich möchte nicht nach Hause«, sagte Edgar.

»Hab keine Angst«, sagte Lilly. »Wir lassen dich nicht allein.«

39

In der Todesanzeige, die Tino für Edgar aufgesetzt hatte, waren die Teilnehmer der Trauerfeier nach der Beisetzung noch zu einem Beisammensein in einer Konditorei unweit des Friedhofs in der Französischen Straße eingeladen, doch angesichts der Verfassung, in der Edgar sich befand, hatte man beschlossen, auf den Beerdigungskaffee zu verzichten. Während Rahel und Lilly sich um Edgar kümmerten, fuhr Tino von Friedrichswerder direkt zum Potsdamer Platz, um mit Pommer die Kostenaufstellung für den »Liliom« durchzugehen. Um keine Zeit zu verlieren, machte er nicht mal für einen Kleiderwechsel am Gendarmenmarkt halt, so dass er noch seinen schwarzen Anzug trug, als er im Haus Vaterland ankam.

Bei seiner Ankunft zeigte die Sekretärin mal wieder auf die Uhr.

»Ich weiß«, sagte er, »ich bin spät dran.«

Hoffentlich hatte Pommer die Schautafeln vorbereitet. Tino hatte die Erfahrung gemacht, dass die Aufstellung solcher Tafeln bei allen Beteiligten einer Produktion das Kostenbewusstsein erhöhte, vor allem aber bei dem Produzenten Erich Pommer selbst. Doch als er das Büro betrat, war von Schautafeln nichts zu sehen. Stattdessen stand Pommer am Fenster und rauchte, und auf seinem Schreibtisch stand eine angebrochene Flasche Cognac – morgens um halb zwölf!

»Gibt's irgendwas zu feiern?«, fragte Tino.

Pommer schüttelte den Kopf. »Ich habe gerade mit dem Hänschen gesprochen«, erwiderte er mit Grabesstimme.

Tino konnte sich denken, was das bedeutete, Stimme und Blick seines Freundes sprachen ja Bände.

»Bereust du deine Entscheidung?«

»Wenn ich das nur selber wüsste«, sagte Pommer, die Zigarettenspitze waagerecht in der Schwebe haltend.

Tino kannte ihn lange genug, um zu wissen, dass er nicht darüber sprechen wollte. Also versuchte er erst gar nicht, weiter in ihn zu dringen.

»Wie kommt es eigentlich, dass ihr telefoniert habt?«, fragte er darum nur. »Ich dachte, Gertrud und du …«

»Sie hat sich Sorgen gemacht und wollte wissen, ob es mir gut geht.«

»Und – was hast du gesagt?«

Pommer zuckte die Achseln. »Ich habe sie natürlich beruhigt – was sollte ich sonst tun? Aber jetzt weiß ich nicht, ob das richtig war.«

»Natürlich war das richtig«, erwiderte Tino. »Im Moment spielen alle ein bisschen verrückt, aber ewig kann das doch so nicht weitergehen. Hindenburg wird nicht zulassen, dass Hitler und seine Nazibande wirklich an die Macht kommen.«

»Bist du dir da so sicher?«

»Ganz sicher! Hindenburg ist vielleicht ein Greis, vielleicht ist er sogar senil – aber glaubst du im Ernst, der ehemalige Oberbefehlshaber des kaiserlichen Heeres ernennt einen Gefreiten zum Kanzler? – Nein«, fuhr Tino fort, als Pommer etwas einwenden wollte, »du darfst uns hier nicht von der Fahne gehen. Wir brauchen dich! Und das«, fügte er hinzu, »sage ich nicht nur als Finanzdirektor der Ufa, sondern auch als dein Freund – als dein Freund und ...«

Er sprach den Satz nicht zu Ende. Es war ja auch so klar, was er meinte.

Pommer hob den Kopf. »Du hast leicht reden. Du bist ja kein Jude.«

»Nein, das bin ich nicht«, erwiderte Tino ernst. »Aber das heißt nicht, dass ich nicht auch betroffen wäre.«

»Du meinst – Rahel?«, fragte Pommer.

»Natürlich meine ich Rahel, wen sonst?« Obwohl Tino absolut nicht danach zumute war, lachte er. »Jetzt zieh nicht so ein Gesicht, als wäre deine Großmutter gestorben. Sonst steckst du mich auch noch an, und am Ende werde ich genauso ein Schwarzseher wie du. Dann fehlt nur noch, dass ich mir das Rauchen angewöhne.«

40

Lilly hatte Edgar nach der Beerdigung nach Hause begleitet, nicht nur, um sich den restlichen Tag und die Nacht um ihn zu kümmern, sondern auch, um vorerst ganz bei ihm zu wohnen. Fritz hatte die Idee gehabt, es sei doch »Quatsch«, wenn Lilly weiter ihr Zimmer behalten würde, Edgar habe in seiner Wohnung doch mehr Platz als genug und brauche sowieso Gesellschaft – außerdem könnten Tante Ottilie und er, wenn Lilly bei ihnen auszöge, von einem Nachmieter viel mehr Miete verlangen. Damit war die Sache abgemacht.

Jetzt saß Lilly mit Edgar im Wohnzimmer, wo nicht nur ein gerahmtes Foto an Detlef erinnerte, sondern auch jedes Bild, jedes Möbelstück, jeder Blumentopf und jeder Nippesgegenstand seine Gegenwart atmete – Detlef und Edgar hatten ja immer alles zusammen ausgesucht, um die Wohnung einzurichten.

»Manchmal glaube ich noch das Klacken seiner Billardkugeln zu hören«, sagte Edgar. »Und dann warte ich, dass die Tür aufgeht und er …« Ihm versagte die Stimme. »Diese Unmenschen … diese Verbrecher! Diese … diese … Ich weiß gar nicht, wie ich sie nennen soll!«

Lilly nahm ihn in den Arm. »Aufgehängt gehören die, alle miteinander!«

»Ach, das macht ihn auch nicht wieder lebendig.«

»Nein, das nicht, aber es wäre gerecht, wenigstens das. Mein Gott, wie kann man so was nur tun? Liebe ist doch kein Verbrechen!«

Eine Weile starrte Edgar schweigend vor sich hin.

»Ich bin schuld, dass sie uns angegriffen haben«, sagte er irgendwann.

»Bist du verrückt?«, rief Lilly.

Mit tränennassen Augen erwiderte Edgar ihren Blick. »Detlef wollte an dem Abend in Uniform zu der Party kommen. Aber ich wollte das nicht und habe ihn angefleht, sie ausnahmsweise nicht zu tragen, nicht in der Familie, nicht an Silvester, sondern den Smoking anzuziehen. Hätte ich das nur nicht getan. Hätte er die Uniform getragen, hätten sie uns in Ruhe gelassen. Aber so, in Zivil, mit unseren Smokings und den Lackschuhen …«

Lilly sah, wie er litt, und drückte ihn an sich. »Die Politik macht die Liebe immer kaputt. Politik ist das Schlimmste, was es überhaupt gibt auf der Welt.«

Edgar schüttelte den Kopf. »Nein, nicht die Politik. Die Liebe. Die ist noch schlimmer.«

»Was sagst du da?« Mit beiden Händen fasste sie ihn an den Schultern. »Du darfst nicht aufgeben, Edgar – hörst du? Du musst jetzt stark sein und weitermachen, trotz allem. Wenn nicht für dich selbst, dann wenigstens für mich. Ich brauche dich doch! Wer … wer geht denn sonst mit mir zur Premiere von meinem neuen Film?«

Ein trauriges Lächeln huschte über sein Gesicht.

»Und glaub mir, die andern brauchen dich auch. Das Leben geht doch weiter, irgendwie – es muss doch weitergehen! Anders kann es doch gar nicht sein!«

Draußen auf der Straße wurden im Gleichschritt marschierende Stiefelschritte laut, und irgendwo in der Nacht brüllte eine Stimme Befehle.

41

Man schrieb den 30. Januar des Jahres 1933. Der Himmel über Berlin war leicht bewölkt, und hier und da tanzten ein paar Schneeflocken in der Luft, als Hugenberg vor der Reichskanzlei in der Wilhelmstraße eintraf, wo an diesem Montagmorgen Präsident Paul von Hindenburg den Führer der NSDAP Adolf Hitler zum neuen Reichskanzler ernennen würde. Hitler war nicht nur bereits der sechste Kanzler, den der greise Präsident in seiner Amtszeit ernannte, sondern mit nur dreiundvierzig Jahren auch der jüngste Kanzler überhaupt, der je das Deutsche Reich regiert hatte.

Die Vereidigung erfolgte in einem schlichten Konferenzraum. Erleichtert stellte Hugenberg fest, dass Hitler auf seine Parteiuniform verzichtet hatte und in Zivil erschienen war. Nicht anders als seine letzten vier Vorgänger verfügte der Führer der NSDAP über keine eigene Mehrheit im Parlament. Außer ihm gehörten seiner Partei darum nur zwei weitere Kabinettsmitglieder an, die anderen Minister waren Mitglieder der DNVP oder aber nationalkonservative und völkische Politiker ohne Parteibindung aus den Reihen des Stahlhelm und der Rechtskatholiken. Hugenberg selbst fungierte als Reichsminister für Wirtschaft, Landwirtschaft und Ernährung, während Franz von Papen, der zusammen mit ihm hinter dem Rücken Schleichers, aber mit Wissen des Präsidenten das neue Bündnis geschmiedet hatte, das Amt von Hitlers Stellvertreter ausüben würde.

Um Punkt elf Uhr forderte Hindenburg die Anwesenden auf, näher zu treten. »Dann wollen wir mal, meine Herren.« Aufrecht stehend, doch mit nicht mehr ganz fester Stimme las er die Eidesformel vor.

»›Ich werde meine Kraft für das Wohl des deutschen Volkes einsetzen, die Verfassung und die Gesetze des Reichs wahren, die mir obliegenden Pflichten gewissenhaft erfüllen und meine Geschäfte unparteiisch und gerecht gegen jedermann führen.‹« Der Präsident hob den Kopf und blickte mit seinen müden alten Augen den neuen Kanzler an. »Sind Sie dazu bereit?«

Adolf Hitler hob die Rechte zum Eid. »Ich schwöre, so wahr mir Gott helfe!«

Der Präsident überreichte ihm die Ernennungsurkunde. »Für Ihre schwere Aufgabe wünsche ich Ihnen viel Glück. Möge Gott Sie und Ihr Tun segnen.«

Mit einer Verbeugung nahm Hitler die Urkunde entgegen, dann gaben die beiden wichtigsten Männer im Land einander die Hand.

Hugenberg und Papen aber tauschten einen zufriedenen Blick.

Ihr Plan war aufgegangen, die Bestie war gebändigt.

42

Überwältigt vom Glück der Ereignisse, stand Constanze am Abend dieses Tages am Fenster des Reichenbach'schen Stadtpalais' und schaute hinaus auf einen vieltausendköpfigen Fackelzug, der, bestehend aus Verbänden von SA und SS und des Stahlhelm, vom Brandenburger Tor kommend mit klingendem Spiel und begleitet vom Jubel des Volkes durch die nächtliche Straße zum Reichstag zog, um dem neu ernannten Kanzler zu huldigen.

Constanze lief ein Schauer über den Rücken. Von demselben Fenster aus hatte sie im November 1918 mitansehen müssen, wie der sozialdemokratische Verräter Philipp Scheidemann die Republik ausgerufen hatte. Fast anderthalb Jahrzehnte der Demütigung und der Schmach waren die Folge gewesen – und jetzt dieser Triumph! Ja, das große Werk, es war vollbracht, Adolf Hitler, der Führer der Nationalsozialistischen Deutschen Arbeiterpartei, hielt die Macht in den Händen. Von diesem Tag an würde Deutschland nicht länger das erniedrigte und geknechtete Land sein, zu dem die Siegermächte im Verein mit den Erfüllungspolitikern der Systemparteien es herabgewürdigt hatten, nein, wie ein Phönix aus der Asche würde es sich erheben, um sich aufzuschwingen über alle Völker Europas und der Welt.

Auf dem Balkon des Reichstags glaubte Constanze die Silhouette des Mannes zu erkennen, der diese Wiederauferstehung ins Werk setzen würde. Mit seiner zum Gruß erhobenen Rechten stand er da, um die ihm dargebrachten Huldigungen entgegenzunehmen.

»Ich kann gar nicht so viel fressen, wie ich kotzen muss!«

Constanze drehte sich um. Gustav war an ihre Seite getreten, um gleichfalls auf das nächtliche Schauspiel zu blicken. Reichsbankpräsident Luther hatte für den morgigen Tag die Bankvorstände Deutschlands in die Hauptstadt geladen, um über die geldpolitischen Konsequenzen der gerade stattfindenden Umwälzungen zu beraten. Doch Gustav zog ein Gesicht, als fürchte er den Weltuntergang.

Diese triefenden Augen, dieses Seehundsgesicht … Constanze musste an sich halten, um nicht zu speien, so sehr widerte sein Anblick sie an.

Doch sie beherrschte sich. Nur noch ein Tag, dann würde es vorbei sein.

Nur Gustav wusste das noch nicht.

43

Die Reichsbank in der Jägerstraße war ein monumentaler, von Zinnen bekrönter Kasten aus Marmor und Stein, der aussah wie ein überdimensionierter Geldschrank. Hier tagten an diesem Vormittag unter Vorsitz von Reichsbankpräsident Luther die Vertreter der wichtigsten Banken ganz Deutschlands.

Ein wenig abseits, doch mit freier Sicht auf den Haupteingang wartete Alexander Grau am Steuer seines Mercedes-Tourenwagens auf den Beginn der Konferenz. Constanze hatte gesagt, dass diese für sechzehn Uhr angesetzt worden sei, doch Bankiers waren pünktliche Menschen, so dass er schon vor einer geraumen Weile hier Posten bezogen hatte, um sofort aktiv werden zu können, wenn es so weit war, zusammen mit den beiden Männern, die Obergruppenführer Röhm für ihn rekrutiert hatte, Brodbeck und Koppensteiner mit Namen, und die nun mit ihm im Auto saßen. Röhm hatte versichert, dass die zwei ebenso zuverlässig seien wie die Marineoffiziere Schulz und Tillessen, die sich vor Zeiten bei dem Rathenau-Einsatz so hervorragend bewährt hatten. Und beide verstanden etwas von Autos.

Zwanzig vor vier – die ersten Teilnehmer der Konferenz trafen ein. Während sie aus ihren Limousinen stiegen und mit ernsten Gesichtern auf das Portal zustrebten, spürte Grau, wie sich das vertraute Kribbeln in ihm regte, das ihn schon während des Krieges vor jedem Kampfeinsatz befallen hatte. Mit leiser Stimme gab er seinen Männern letzte Instruktionen, wie sie die Operation durchzuführen hatten. Brodbeck sollte den Chauffeur von dem Wagen fortlocken, den Rest würde Koppensteiner erledigen.

Ein schwarzer Maybach rollte heran und kam vor dem Eingang zum Stehen.

»Das ist er!«

Der Chauffeur stieg aus, um für den im Fond sitzenden Fahrgast den Schlag zu öffnen.

»Alles so, wie geplant?«, fragte Koppensteiner und fasste an den Türgriff.

»So und nicht anders!«, bestätigte Grau. »Abmarsch!«

44

Reichsbankpräsident Hans Luther, ein rundlicher Mann von rund fünfzig Jahren mit kreisrunder Brille und ebensolchem Glatzkopf, auf dem ein Halbrund schneeweißer Stoppelhaare spross, sprach mit so leiser Stimme, dass Gustav eine Hand ans Ohr halten musste, um ihn zu verstehen. Verstohlen warf er einen Blick auf die Uhr an der Stirnwand des Saals. Seit anderthalb Stunden redete Luther inzwischen schon, um die an einem wuchtigen Konferenztisch aus buntem Wurzelholz versammelten Bankiers zu Neutralität und Besonnenheit zu mahnen.

»Seien Sie sich dessen bei all Ihren Geschäften eingedenk«, kam er endlich zum Schluss. »Gerade in diesen turbulenten Zeiten ist Stabilität das oberste Gebot.«

Die meisten Teilnehmer bezeugten mit lautem Klopfen ihre Zustimmung. Auch Gustav schloss sich dem Beifall an, er war schon immer der Überzeugung gewesen, dass staatliche Eingriffe Gift für alle Geldgeschäfte waren, das gute alte Prinzip von Angebot und Nachfrage regelte die Dinge viel besser, als die Politik es vermochte, und das ganz von allein. Aber nicht jeder am Tisch schien diese Auffassung zu teilen, vor allem Luthers Vorgänger im Amt, Hjalmar Schacht, ein vom Ehrgeiz zerfressener Mitfünfziger mit Mittelscheitel und kleinem Oberlippenbart, tat seinen Unmut offen kund. Mit scharfer Stimme ergriff er das Wort.

»Mit Stabilität allein ist es nicht getan. Damit Deutschland wieder erstarkt, muss die Reichsbank eine aktive Finanzpolitik betreiben. Ohne Ausstattung mit den gehörigen Finanzmitteln kann die neue Regierung ihr gestecktes Ziel nicht erreichen. Und dieses Ziel heißt, die volle Souveränität unseres Vaterlands wiederherzustellen.«

»Aber woher wollen Sie die Finanzmittel nehmen, ohne noch mehr Schulden zu machen?«, fragte Luther. »Der Staatshaushalt ist zerrüttet, und das Steueraufkommen reicht gerade aus, um den Bankrott zu vermeiden – für Extratouren fehlt das Geld. Und die aktuellen Prognosen lassen leider befürchten, dass die Wirtschaft sich vorerst nicht erholt.«

»Eben darum ist nicht Passivität, sondern Handeln das Gebot der Stunde. Solange wir die Hände in den Schoß legen und abwarten, wird sich nichts an den desolaten Zuständen ändern. Keine Investitionen, keine Arbeit, keine Steuereinnahmen. Keine Steuereinnahmen, keine Arbeit, keine Investitionen. Ein Teufelskreis! Wir müssen uns endlich ein Herz fassen und den gordischen Knoten durchschlagen, damit die Konjunktur Fahrt aufnimmt.«

»Bitte werden Sie konkret!«

»Sehr gern!« Als hätte er nur auf die Aufforderung gewartet, nahm Schacht einen Aktendeckel zur Hand. »Es gibt eine Möglichkeit, den Haushalt zu sanieren und dem Staat frisches Geld zur Verfügung zu stellen, ohne dabei auf weitere Bankkredite zurückzugreifen.«

»Und wie wollen Sie dieses Wunder bewerkstelligen?«, fragte Luther.

»Durch die Ausgabe von Mefo-Wechseln«, erwiderte Schacht wie aus der Pistole geschossen. Am Tisch erhob sich ein verwundertes Raunen. »Ich weiß, ich weiß«, fuhr er mit einem überlegenen Lächeln fort. »Der Begriff sagt Ihnen nichts, wie sollte er auch, ich habe in diesem Moment ja erstmals von ihm Gebrauch gemacht. ›Mefo‹ ist die Abkürzung für ›Metallurgische Forschungsgesellschaft‹, ein noch zu gründendes Unternehmen, für dessen Bonität sich idealerweise mehrere renommierte deutsche Firmen wie Krupp, Thyssen oder Siemens verbürgen. Wenn wir Wechsel auf ein solches Unternehmen an die Börse geben, werden die Investoren sie uns nur so aus den Händen reißen.«

Gustav runzelte die Stirn. Der Vorschlag erinnerte ihn verdächtig an die Ausgabe von Kriegsanleihen vor Ende des Krieges, als die Regierung des Kaisers versucht hatte, auf fast schon betrügerische Weise zu retten, was nicht mehr zu retten gewesen war, weil Deutschland den Krieg damals gar nicht mehr gewinnen konnte. Schachts Vorschlag war ein ähnlich fauler Zauber. Die Firma, die er gründen wollte, war in Wahrheit eine Scheinfirma, deren einziger Zweck darin bestand, mit dem guten Namen von Unternehmen, die eigentlich nichts mit dem Ganzen zu tun hatten, mögliche Kapitalgeber zur Zeichnung ungesicherter Wechsel zu bewegen … Gustav konnte sich denken, was Schacht zu diesem Vorschlag trieb. Mit seinem Taschenspielertrick würde er Hitler jede Menge Kapital verschaffen – damit wollte er sich als Nachfolger seines Nachfolgers empfehlen.

Doch zu Gustavs Erleichterung lehnte Luther den Vorschlag ab.

Er war ein viel zu erfahrener Politiker, der Mitte der zwanziger Jahre gleich zweimal als Reichskanzler die Regierungsgeschäfte geführt hatte, um Schachts Pläne nicht zu durchschauen.

»Die Aufgabe des Staates ist es, für das Wohl seiner Bürger zu sorgen«, erklärte er kühl. »Nicht, ihnen auf unredliche Weise das Geld aus der Tasche zu ziehen.«

Damit war die Sitzung beendet.

Zufrieden räumte Gustav seine Sachen zusammen und verließ den Raum.

In der Halle trat Kurt Bellheim, der Chef der Bellheim Privatbank, auf ihn zu.

»Kommerzienrat Reichenbach – was bin ich froh, Sie bei so guter Gesundheit zu sehen. Offenbar haben Sie sich ja prächtig von Ihrer Krankheit erholt.«

»Krankheit?« Irritiert erwiderte Gustav seinen Blick. »Ich weiß nicht, wovon Sie reden, Herr Collega. Abgesehen von einem Schnupfen bin ich seit Jahren nicht krank gewesen.«

45

Lillys großer Tag war da. Heute fand die Premiere ihres ersten Ufa-Films statt, an diesem Abend wurde »Morgenrot« zum allerersten Mal vor Publikum gezeigt, und sie, Lilly Seidenschön, die vor einem Jahr noch in der Oranienburger gestanden hatte wie einst ihre Mutter, würde im Zoo-Palast am Ku'damm, dem größten Kino der Stadt, über den roten Teppich schreiten, im Blitzlichtgewitter der versammelten Hauptstadtpresse und vor den Kameras der Wochenschau!

Den ganzen Nachmittag hatte sie damit verbracht, die Kleider anzuprobieren, die Rahel ihr zur Auswahl mitgegeben hatte. Sie hatte sich schließlich für einen schlichten weißen Hosenanzug entschieden, zu dem sie als Schmuck nur eine Federboa, eine lange Zigarettenspitze und ihren Gainsborough-Hut tragen würde – ungeachtet der Gefahr, dass im Kino die Zuschauer hinter ihr womöglich den Film verpassten.

Fertig frisiert und geschminkt, trat sie in den Flur und warf dort einen letzten Blick in den Garderobenspiegel. Tipptopp – würde Tino sagen … Jetzt brauchten Edgar und sie nur noch ein Taxi rufen, um sich auf den Weg zu machen.

Doch als Edgar in den Flur kam, trug er seinen Alltagsanzug mit der schwarzen Armbinde.

»Hast du dich immer noch nicht umgezogen? Dann wird es aber höchste Zeit!«

»Du musst allein gehen«, sagte er. »Ich komme nicht mit.«

»Kommt gar nicht in die Tüte! Das darfst du mir nicht antun! Ich kann unmöglich allein über den roten Teppich stolzieren. Was sollen denn die Leute denken? Dass ich keinen abbekommen habe? So was gehört sich nicht für eine Filmschauspielerin!«

Edgar schüttelte den Kopf. »Sei mir nicht böse, aber ich bin noch nicht bereit für so ein Spektakel. Es ist doch noch keine zwei Monate her, dass Detlef …« Er stockte. »Da … da bekomme ich doch nur das heulende Elend.«

»Bitte, Edgar, du musst!«

»Was verlangst du von mir? Dass ich dir zuliebe …«

»Nein, nicht nur mir zuliebe – auch für dich selbst! Du darfst dich nicht in deinem Kummer vergraben, du musst wieder unter Menschen! Sonst gehst du vor die Hunde.« Sie zog ihn ins Schlafzimmer und nahm seinen frisch gereinigten Smoking aus dem Kleiderschrank. »Wenn du den heute nicht anziehst, wirst du ihn nie wieder tragen.« Aufmunternd nickte sie ihm zu. »Denk an Detlef! Glaubst du, das würde er wollen?«

46

Noch irritiert von der Begegnung mit Kurt Bellheim, verließ Gustav das Reichsbankgebäude. Wie kam der Mann nur auf die Idee, dass er nicht gesund sei? Dessen Worten nach konnte man ja glauben, er sei dem Tod gerade noch mal von der Schippe gesprungen. Gustav hatte keine Ahnung, was Bellheim geritten hatte, wahrscheinlich hatte er irgendwo ein Gerücht aufgeschnappt, und unseriös, wie er war, plapperte er einfach weiter, was ihm zu Ohren gekommen war. Sei's drum: Wozu sich den Kopf über Fragen zerbrechen, auf die es keine Antwort gab? Totgesagte lebten ohnehin bekanntlich länger!

Draußen war es längst dunkel, als Gustav ins Freie trat. Auf der Treppe blieb er stehen, um sich in dem Feierabendverkehr nach seinem Wagen umzusehen. Gleich darauf hatte er ihn entdeckt. Der Maybach parkte nur einen Steinwurf weiter auf der anderen Straßenseite unter einer Laterne.

Doch wo war Franz, sein Chauffeur? Hinter dem Steuer konnte Gustav ihn nicht erkennen, zumindest nicht im Dunkeln. Er wollte gerade die Straße überqueren, um nachzuschauen, da eilte Franz mit hängender Zunge herbei.

»Bitte entschuldigen Sie, Herr Kommerzienrat. Ein Kollege hatte mich auf eine Tasse Kaffee eingeladen, und ich habe gar nicht gemerkt, wie die Zeit verging.«

»Kein Grund, sich zu entschuldigen«, erwiderte Gustav. »Jeder Mensch braucht mal eine Pause. Hauptsache, Sie bringen mich rechtzeitig nach Hause. Ich möchte meine Frau nicht mit dem Abendbrot warten lassen.«

Eine Minute später saß er im Fond seines Wagens. Ermüdet von der Sitzung, gähnte er, die Luft in dem Konferenzraum war vor lauter Zigarrenqualm zum Schneiden gewesen. Er lockerte den Hemdkragen und lehnte sich zurück. Vielleicht würde die Fahrt für ein Nickerchen reichen – man war ja nicht mehr der Jüngste. Doch kaum schloss er die Augen, kehrten seine Gedanken zurück zu Hjalmar Schacht und dessen Idee zur Sanierung der Staatsfinanzen. Mefo-Wechsel, allein schon dieser Name … Je mehr Gustav über die Sache nachdachte, umso mehr wuchs seine Sorge. Was würde passieren, wenn Schacht bei Hitler für seine Pläne warb und der neue Kanzler Luther durch ihn ersetzte? Falls es Schacht tatsächlich gelänge, das Amt des Reichsbankpräsidenten zurückzuerobern, würde er keine Sekunde zögern, seine Pläne zu verwirklichen. Und dann? Die Finanzinvestoren würden in Scharen die Wechsel auf seine Scheinfirma zeichnen, und die Regierung würde sich in einer Weise verschulden, dass ihr am Ende nichts anderes übrigbliebe, als wieder Unmengen von wertlosem Papiergeld zu drucken, genauso wie nach dem Krieg, als der Staat nicht imstande gewesen war, die durch die Kriegsanleihen entstandenen Schulden zu bedienen. Dann aber drohte abermals eine Inflation mit unabsehbaren Folgen, und weil nach so kurzer Zeit kein zweiter Währungsschnitt möglich war, ohne dass Deutschland zum Gläubiger der ganzen Welt wurde, würde es irgendwann nur noch einen Ausweg geben, um den Staatsbankrott zu vermeiden: indem man sich von anderen gewaltsam zu nehmen versuchte, woran es einem selber fehlte, doch worauf man für das eigene Wirtschaften unverzichtbar angewiesen war. Und das bedeutete Krieg …

»Verdammte Scheiße!«

Franz hatte so laut geflucht, dass Gustav aus seinen Gedanken schrak. Als er die Augen aufschlug, stockte ihm das Blut in den Adern. Im Licht der Scheinwerfer sah er, wie sie in voller Fahrt auf einen Baum zurasten, während Franz verzweifelt versuchte zu bremsen, ohne dass der Wagen reagierte.

47

Eines musste der Neid Lilly lassen: Als sie mit ihrem Gainsborough-Hut an Edgars Arm den roten Teppich entlangschritt – die Federboa nonchalant über die Schulter geworfen, die Zigarettenspitze in der Hand –, machte sie eine so perfekte Figur, als hätte sie ihr Lebtag nichts anderes getan, als über rote Teppiche zu laufen. Selbst ihr Alter Ego Asta Nielsen hätte sich noch eine Scheibe von ihr abschneiden können. Rahel, die zusammen mit Tino in einigem Abstand folgte, beobachtete es mit Freuden. Gott sei Dank – Lilly war wieder die Alte!

Jetzt blieb sie stehen, um sich mit ihrem strahlendsten Lächeln den Fotografen zu präsentieren, und als sie dabei einmal kurz mit ihrem Luxushintern wackelte, ging ein wahres Blitzlichtgewitter auf sie nieder.

»Dit is der scheenste Tag in meinem Leben«, sagte sie, als sie zu viert die hell erleuchtete Halle betraten, wo das Kino-Orchester leise

Marschmusik spielte. »Ick hoffe nur, die Fotos sind was geworden. Wenn ich mir vorstelle, icke morgen in der Zeitung ... Da wird sich mein Gottliebchen beim Frühstück glatt verschlucken.«

Im Vorführsaal drängte sich bereits das Premierenpublikum. Zum Glück hatte Tino vier Plätze reservieren können, sogar ganz weit vorne, in der dritten Reihe. Aufgeregt schaute Lilly sich um, ob sie auch ausreichend gesehen wurde, bevor sie sich setzte.

»Vergiss nicht, den Hut abzunehmen!«, rief jemand.

»Von wegen! Der Hut bleibt, wo er hingehört – auf meenem Koppe!«

Während ein paar Zuschauer lachten, nahmen sie Platz.

»Ausverkauftes Haus«, sagte Tino zufrieden. »Der Finanzdirektor freut sich.«

In der Tat waren die Zuschauerreihen restlos besetzt. Nur die allerbesten Plätze in der Mitte des ersten Rangs waren seltsamerweise noch frei, eine Lücke von einem halben Dutzend Sesseln, zwischen dem Regisseur und seinen Hauptdarstellern, die bereits Platz genommen hatten. Offenbar wurden noch Ehrengäste erwartet.

»Weißt du, für wen die freien Plätze sind?«, fragte Rahel leise.

Noch bevor Tino antworten konnte, entstand Unruhe im Saal. Rahel drehte sich um. Als sie die Ehrengäste sah, holte sie tief Luft. Flankiert von Hugenberg und Klitzsch, betrat Adolf Hitler den Saal, der frisch ernannte Reichskanzler. In Uniform und Stiefeln marschierte er den Gang entlang, gefolgt von seiner Entourage, darunter der NSDAP-Propagandaleiter Joseph Goebbels, der ebenfalls Uniform trug.

In der ersten Reihe angekommen, hob Hitler die rechte Hand, um mit ernster Miene das Publikum zu begrüßen, dann nahm er Platz.

Rahel warf einen Blick auf Edgar. Der war so weiß im Gesicht wie sein Smoking und starrte Hitler an wie ein Gespenst.

Marschmusik ertönte aus den Lautsprechern, dieselbe, die das Kino-Orchester im Foyer gespielt hatte, auf der Leinwand flackerten die ersten Bilder auf, und während die Unruhe im Saal sich legte, gingen die Lichter aus.

48

Mit vor Aufregung feuchten Händen umspannte Lilly die Armlehnen ihres Sitzes und schaute hinauf auf die Leinwand, wo zu den Klängen der Titelmusik die erste Szene aufgeblendet wurde. So weit wie die Unendlichkeit tat sich vor den Zuschauern der Ozean auf, eine öde graue Wasserwüste, durch deren sturmgepeitschte Wellen sich einsam und verloren ein U-Boot pflügte.

»Was zum Teufel hat Hitler hier zu suchen?«, fragte Edgar leise. »Wusstest du, dass er hier sein würde?«

»I wo«, erwiderte Lilly. »Nicht die Bohne. – Aber warte, gleich komme ich schon!«

Auf der Leinwand wechselte die Szenerie. Das trostlose Meerespanorama ging über in das bunte Getümmel einer Hafenkneipe, in der sich Matrosen mit ihren Mädchen amüsierten.

»Da! Da bin ich!«

Aufgeregt zeigte sie auf die Leinwand, wo sie gerade lachend die Arme um einen Matrosen schlang. Sofort erwiderte der die Umarmung und küsste sie voller Leidenschaft. Vor lauter Glück musste Lilly seufzen. Stundenlang hätte sie sich beim Küssen zuschauen können, aber leider dauerte die Szene nur ein paar Sekunden – viel zu wenig für ihre Kunst.

»Na, wie war ich?«, fragte sie so laut, dass jeder im Umkreis sie hören konnte.

Verwundert blickte Edgar sie an. »War das schon alles?«

»Natürlich nicht! Ich komme noch zwei Mal, einmal sogar mit Text! Aber nicht schlecht für den Anfang, oder?«

»Ruhe!«, zischte jemand hinter ihr.

»Selber Ruhe!«, zischte sie zurück.

In der Hafenbar hatte inzwischen die Stimmung gewechselt. Die Matrosen, die gerade noch ausgelassen gefeiert hatten, lauschten nun mit ernsten Mienen den Worten ihres Ersten Offiziers, der vom Untergang eines Geleitschiffs berichtete.

»Die Kameraden sind für Deutschland in den Tod gegangen und als Helden gestorben. Lasst uns ihrer gedenken.«

Ein Matrose holte eine Mundharmonika hervor und stimmte ein Lied an. Wie auf Kommando ließen die Männer ihre Mädchen stehen und erhoben sich von ihren Plätzen, um mit rauen Stimmen mitzusingen.

Ich hatt' einen Kameraden,
Einen bessern find'st du nicht …

Kaum ertönte der Gesang aus dem Kinolautsprecher, schluchzte Edgar auf, und bevor Lilly begriff, was geschah, drängte er sich an ihr vorbei und stürzte hinaus auf den Gang.

49

Zwei Stunden später fiel der Vorhang, die Uraufführung von »Morgenrot« war vorbei. Eine Weile herrschte beklommenes Schweigen im Saal, dann explodierte der Applaus. Als die Zuschauer sich erhoben, stand auch Hitler auf, um dem Film stehend Beifall zu zollen, bevor er mit seiner Entourage den Saal verließ. Fast ehrfürchtig traten die Menschen beiseite und warteten, bis er im Eingang verschwunden war, dann verließen auch sie die Sitzreihen und folgten ihm hinaus ins Foyer, noch ergriffen von dem gerade auf der Leinwand gesehenen Drama. Als am Ende des Films der Erste Offizier und ein Matrose sich erschossen hatten, weil es zu wenige Atemgeräte an Bord des U-Boots gab, so dass sie nur durch den eigenen Tod das Leben ihrer Kameraden hatten retten können, hatte das halbe Kino geweint.

Erich wartete draußen in der Halle. Er war gespannt, wie der Film auf die anderen gewirkt hatte. Er hatte das Machwerk bereits bei einer hausinternen Vorführung über sich ergehen lassen müssen und sich darum eine zweite Vorführung erspart. Hitler und seinen Schranzen aber, die jetzt aus dem Saal marschiert kamen, schien der Film außerordentlich gut gefallen zu haben. Kein Wunder – das kitschige Pathos entsprach ja ganz und gar dem schlechten Geschmack der Nazis. Während Hitler sich von Hugenberg und Klitzsch direkt zu seiner bereits vor dem Eingang wartenden Limousine begleiten ließ, ohne sich unter das Premierenpublikum zu mischen, sah Erich, wie Goebbels wohlgelaunt auf Produktionsdirektor Hugo Correll sowie den verantwortlichen Produzenten Günther Stapenhorst zuging, um ihnen zu gratulieren.

Unauffällig trat er näher.

»Zu leben verstehen wir Deutschen vielleicht nicht«, hörte er Goebbels sagen, »aber sterben, das können wir ganz fabelhaft, darin macht uns kein anderes Volk etwas vor. Das hat dieser wunderbare Film in hervorragender Weise gezeigt.«

Erich musste an sich halten, um nicht zu kotzen. Der Produktionsdirektor jedoch wie auch der verantwortliche Produzent strahlten geschmeichelt miteinander um die Wette.

»Ich denke, darauf sollten wir anstoßen!«, erklärte Correll.

Er schnippte mit den Fingern, und im nächsten Moment schwebte ein Kellner mit einem Tablett bereits gefüllter Champagnergläser herbei. Während die drei einander lachend zuprosteten, kamen auch Tino und Rahel aus dem Saal.

»Na endlich!«, sagte Erich. »Noch eine Minute, und ich wäre zu allem fähig gewesen.« Dann schaute er sich verwundert um. »Aber wo sind die anderen?«

»Lilly wurde von einem Verehrer aufgehalten«, erwiderte Rahel. »Ich glaube, der wollte tatsächlich ein Autogramm von ihr. Und Edgar hat den Film nicht ausgehalten und ist gleich am Anfang schon davongerannt.«

»Das verstehe ich bestens. Der Film ist einfach nur widerlich.«

»Kein Wunder, dass Hitler begeistert war«, sagte Tino. »Das Ganze ist ja eine einzige Hymne auf Führerkult und Opferbereitschaft. Als gäbe es nichts Schöneres für einen Menschen, als im Krieg den Heldentod zu sterben.«

»Wenn ihr mich fragt«, sagte Erich mit gedämpfter Stimme, »ist dieser Film Hugenbergs Morgengabe an Hitler.«

Zu seiner Überraschung schüttelte Tino den Kopf. »Schön wär's, aber ich fürchte, es ist noch schlimmer. Die Politik hat bei der Entscheidung für den Film keine Rolle gespielt. ›Morgenrot‹ wurde aus rein kommerziellen Erwägungen produziert.«

»Meinst du das im Ernst?«, fragte Rahel.

»Allerdings«, erwiderte Tino. »Ich war dabei, wie die Entscheidung getroffen wurde. Als Correll und Stapenhorst anfingen, mit vaterländischen Parolen für die Produktion zu werben, wollte Hugenberg davon gar nichts wissen, ihn interessierten nur die finanziellen Erfolgsaussichten – wie bei allen anderen Produktionen auch. Zum Beispiel beim ›Blauen Engel‹. Da hat die Politik ja auch keine Rolle gespielt. Sonst hätte er den Film sicher nicht produzieren lassen.«

»Das stimmt so nicht ganz«, sagte Erich. »Immerhin wurde der Autor aus der Produktion geworfen, weil Hugenberg Heinrich Manns Gesinnung nicht passte. Und die Gesellschaftskritik des Romans ging im Film ja auch völlig unter.«

»Aber nur, weil Kommunismus und Gesellschaftskritik schlecht fürs Geschäft sind«, wandte Tino ein. »›Im Westen nichts Neues‹ war ein gigantischer Misserfolg, das war für Hugenberg Warnung genug. Er hat bei der Sitzung etwas gesagt, was auf erschreckende Weise zutrifft. Nirgendwo, so seine Worte, sind die Menschen ehrlicher als an der Kinokasse. Weil sie da für ihre Meinung ihr sauer verdientes Geld bezahlen müssen.«

Erich wollte widersprechen, doch dann fiel ihm ein Satz ein, den er selbst einmal gesagt hatte, bei der Premiere seines »Caligari«, als dieser beim Publikum so gnadenlos durchgefallen war. Leise murmelte er ihn noch einmal vor sich hin.

»Kann sein, dass jeder einzelne Zuschauer im Publikum ein Affe ist. Zusammen aber ist das Publikum ein Genie.«

»So ist es.« Tino nickte. »Und deshalb kommt im Geschäft alles auf den richtigen Riecher an. Den hat Hugenberg in der Vergangenheit ja schon ziemlich oft bewiesen. Und auch jetzt sieht es ganz danach aus, dass seine Spekulation aufgeht und ›Morgenrot‹ ein Verkaufsschlager wird. So wie die Zuschauer heute Abend reagiert haben – zweitausend Menschen, die Rotz und Wasser in ihre Taschentücher heulen, um anschließend stehend zu applaudieren …«

Er verstummte. Doch Erich wusste auch so, was er meinte. Bei der Vorstellung lief es ihm kalt den Rücken runter. Wenn die Menschen tatsächlich bereit sein würden, für ein vor Kitsch und Pathos triefendes Kriegs- und Heldendrama wie ›Morgenrot‹ ihr Geld herzugeben, bedeutete das für die Zukunft vielleicht Schlimmeres als alles, was er bisher für möglich gehalten hatte.

50

Lilly hatte bei der Premiere tatsächlich ein Autogramm geben müssen – und nicht nur eins! Noch im Vorführsaal hatte ein junger Mann, der sie aus einem ihrer früheren Filme wiedererkannt hatte, um das erste gebeten, und dann hatte sie im Foyer noch ein weiterer Autogrammjäger angesprochen, obwohl der gar nicht wusste, dass sie die Domina aus »Lob der Schönheit« war – er war einfach nur begeistert von ihrer schauspielerischen Leistung in »Morgenrot« gewesen. Der Kuss, den sie dem Matrosen gegeben hatte, hatte ihn so entflammt, dass er unbedingt auch einen von ihr haben wollte.

Trotzdem hatte sie die Premierenfeier nach nur einer Viertelstunde verlassen, um so schnell wie möglich zu Hause zu sein. Dafür hatte sie sogar Produktionsdirektor Correll einen Korb gegeben, der sie gefragt hatte, ob sie später am Abend noch etwas vorhabe. Nach Edgars panischer Flucht aus dem Kinosaal wollte sie ihn nicht allein lassen.

Seit einer Stunde saß sie inzwischen zusammen mit ihm in der Küche und versuchte, ihn mit guten Worten und Oma Leydickes Erdbeerwein zu trösten. Sie trugen beide noch dieselbe Kleidung, in der sie am Abend ausgegangen waren: sie Rahels Hosenanzug mit der Federboa, er seinen weißen Smoking, in dem er noch verzweifelter wirkte, als er sowieso schon war.

»Wenn ich das nur geahnt hätte«, sagte sie. »Nie und nimmer hätte ich dich gedrängt, mich zu begleiten.«

»Aber du hast doch in der Szene, in der die Matrosen das verdammte Lied singen, selber mitgespielt.« Mit seinen verweinten Augen schaute er sie an.

»Ach, dieses blöde Lied. Da habe ich mir nichts Schlimmes bei gedacht, das kennt doch jedes Kind. Ich hab ja nur ein Matrosenliebchen gespielt.«

»Das Lied haben diese Verbrecher an Detlefs Grab gesungen!«

Schluchzend barg er das Gesicht in den Händen. Der Anblick zerriss ihr das Herz. Seine Frisur hatte sich aufgelöst, das sonst so sorgfältig über den Schädel gekämmte Haar hing ihm in schütteren Strähnen herab, so dass die rosafarbene Glatze durchschimmerte, und seine rote Fliege war so sehr verrutscht, dass sie ihm quer am Hals saß.

Sie nahm ihn in den Arm. »Ach, Edgar, deine Lilly ist eine dumme Gans. Wie kann ich meinen Fehler nur wiedergutmachen?«

Eine Weile lang hielt sie ihn einfach nur fest, ohne ein Wort zu sagen, und ließ ihn weinen. Während er sich an sie schmiegte, spürte sie, wie sein Schluchzen allmählich nachließ, sein Atem beruhigte sich, und irgendwann hob er wieder den Kopf.

»Kann ich noch ein Glas von deinem ekelhaften Erdbeerwein haben?«, fragte er mit dem Versuch eines Lächelns.

»Aber natürlich!« Sie griff zu der Flasche, da klingelte im Flur das Telefon. »Warte, ich bin gleich wieder da.«

Behutsam löste sie sich aus der Umarmung und ging hinaus, um abzuheben. Als sie die Stimme in der Leitung hörte, traute sie ihren Ohren nicht.

»Herr Correll?«

»Ja. Warum sind Sie so plötzlich verschwunden? Ich wollte Ihnen doch zu Ihrer großartigen Leistung gratulieren. Und Ihnen von Ihrer nächsten Rolle erzählen!«

Bei den Worten sprang Lillys Herz an wie der Motor eines Autos. »Meine nächste Rolle?«, wiederholte sie. »Darf ich vielleicht fragen …«

»Nein, nein, nicht am Telefon«, erwiderte Correll. »Das besprechen wir doch lieber unter vier Augen, nur wir zwei Hübschen, an einem netten, passenden Ort. Haben Sie was zum Schreiben?«

51

Hitler hatte für den Fall, dass das Volk ihn zum Kanzler wählte, versprochen, Deutschland von Grund auf umzukrempeln –

unter seiner Regierung würde kein Stein auf dem anderen bleiben. Kaum im Amt, zögerte er nicht, den Worten Taten folgen zu lassen. Dabei begnügte er sich nicht damit, Staat und Politik nach seinen Vorstellungen umzugestalten, sondern drängte mit seiner Bewegung zugleich in alle Organisationen und Institutionen des öffentlichen Lebens hinein, um die ganze Gesellschaft im Geiste des Nationalsozialismus zu durchdringen. Das bekam nicht zuletzt die Filmwirtschaft zu spüren. Im Zuge einer großangelegten Säuberungsaktion, derer die neue Regierung die Akademie der Künste unterzog, um alles vermeintlich undeutsche Gedankengut aus der deutschen Kultur auszumerzen, sollte auch die SPIO, der Dachverband, in dem sich die Filmproduzenten und Filmkünstler des Landes zur Vertretung ihrer Interessen zusammengeschlossen hatten, schrittweise aufgelöst und in eine sogenannte Reichsfilmkammer unter der Aufsicht von Reichspropagandaminister Joseph Goebbels überführt werden.

Tino saß gerade an seinem Schreibtisch im Haus Vaterland, als Pommer mit der Hiobsbotschaft zu ihm ins Büro kam, das Gesicht so weiß wie eine Wand.

»Damit ist es mit unserer Freiheit vorbei. Ab jetzt können wir nur noch Filme wie ›Morgenrot‹ drehen.«

»Jetzt beruhige dich und mach erst mal die Tür zu«, erwiderte Tino. »Ganz so schwarz sehe ich nicht«, fuhr er fort, als Pommer Platz genommen hatte. »Natürlich ist das ein Riesenmist, aber Hugenberg wird einen Teufel tun, den Nazis zuliebe auf sein Geschäft zu verzichten. Dafür ist er viel zu sehr Kaufmann.«

Pommer zündete sich eine Zigarette an. »Mag sein, dass auch Hugenberg das nicht in den Kram passt. Aber selbst wenn – glaubst du im Ernst, dass er sich Hitler jetzt noch widersetzen kann?« Seine Zigarettenspitze ging nach unten. »Hitler hat jetzt das Sagen, er ist der Kanzler, und Hugenberg ist sein Minister. Also muss Hugenberg nach seiner Pfeife tanzen. Das Beste wird sein, wir fangen schon mal an, die Koffer zu packen.«

»Und was ist mit unseren Plänen?«, fragte Tino. »Zum Beispiel ›Liliom‹? Du hast Rahel die weibliche Hauptrolle versprochen, sie freut sich jetzt schon wie verrückt auf den Film. Und da willst du einfach ›April, April!‹ sagen und dich vom Acker machen?«

Pommer hob die Arme. »Was soll ich denn tun? Die Nazis drücken mit solcher Gewalt aufs Tempo, dass mir angst und bange wird. Und Klitzsch hat mir offen ins Gesicht gesagt, dass er als Vorsitzender der SPIO deren Selbstauflösung nicht im Wege stehen wird, sondern bei der Überführung in die Reichsfilmkammer mit der Regierung zusammenarbeiten will. Das tut er nie und nimmer ohne Hugenbergs Zustimmung. Und außerdem …« Er zögerte.

»Außerdem was?«, wollte Tino wissen.

Pommer zuckte die Schultern. »Irgendwer hat mir gestern an meinem Wagen die Reifen aufgestochen und diese Nachricht hinter den Scheibenwischer geklemmt.« Er holte einen Zettel aus seinem Jackett und reichte ihn über den Schreibtisch.

Als Tino die auf einer Schreibmaschine getippten Zeilen las, musste er schlucken.

Mit schönem Gruß von Rathenau,
Du gottverdammte Judensau!

»Jetzt verstehe ich, was du meinst.«

Er wollte Pommer den Zettel zurückgeben, da kam Rahel zur Tür herein, mit einer Zeitung in der Hand.

»Hast du die Todesanzeige gesehen?«

Tino blickte sie verständnislos an. »Was für eine Todesanzeige?«

»Dein Vater«, erwiderte sie. »Er … er ist tot.«

Tino sprang auf. »Um Gottes willen – wie kann das sein?«

»Ein Verkehrsunfall«, sagte Rahel. »So steht es jedenfalls in der Anzeige. Es … es muss schon eine Weile her sein. Die Beisetzung hat in aller Stille stattgefunden. Stellvertretend für die Hinterbliebenen führt die Anzeige nur den Namen deiner Mutter auf.«

52

Der nette und passende Ort, den Produktionsdirektor Hugo Correll vorgeschlagen hatte, um mit Lilly unter vier Augen zu sprechen, war die Präsidentensuite im Hotel »Kaiserhof« gleich gegenüber der Reichskanzlei am Wilhelmplatz. Die Besprechung hatte sich innerhalb nur weniger Minuten vom Salon in das angrenzende Schlafgemach verlagert, und jetzt lag Lilly nackt unter dem rot-samtenen Baldachinhimmel eines herrlich weichen Doppelbettes, und während sie hörte, wie Correll im Bad nebenan mit kräftigem Strahl in die Klosettschüssel urinierte, dachte sie über die Rolle nach, die er ihr angeboten hatte.

»Hitlerjunge Quex« hieß der Film, die Geschichte eines Halbwüchsigen, der unter seinem trunksüchtigen Kommunistenvater litt, weil dieser ihn mit allen Mitteln an der Erfüllung seines größten Wunsches hindern wollte, nämlich sich dem Hitlervolk anzuschließen … Sie sollte in dem Film eine BDM-Führerin spielen.

Durfte sie die Rolle annehmen?

Edgar würde entsetzt sein, der Film war reine Nazi-Propaganda, das begriff sogar sie, und vielleicht würde Edgar nie wieder mit ihr sprechen, und Rahel wahrscheinlich auch nicht, und das wollte sie auf gar keinen Fall, die beiden waren doch ihre Familie! Aber die Vorstellung, dass sie deshalb das Angebot ausschlagen sollte, machte sie gleichzeitig wütend. Warum war es ihr nie vergönnt, einfach das Leben zu genießen, wenn dieses es ausnahmsweise gut mit ihr meinte? Früher hatte man sie schief angeschaut, weil sie sich in den Filmen der Gottlieb Meineke GmbH nackig gemacht hatte, und jetzt würde man sie noch mehr verachten, ja, man würde auf sie spucken und sie hassen. Aber was zum Teufel war eigentlich so schlimm daran, für Hitler Propaganda zu machen? Hitler hatte schließlich versprochen, alle Menschen wieder in Arbeit und Brot zu bringen, das war doch nicht verkehrt, im Gegenteil! Sollte sie darum die größte Chance ihres Lebens sausen lassen? Correll hatte gesagt, dass »Hitlerjunge Quex« eine Herzensangelegenheit von Joseph Goebbels sei, dem Propagandaleiter der NSDAP, und wenn eine Schauspielerin bei dem einen Stein im Brett habe, dann stünden ihr künftig alle Türen offen.

Ach, warum nur war keiner da, der ihr seinen Segen gab, die Rolle anzunehmen? Am besten Edgar, oder wenigstens Rahel. Aber sie wusste, den Gefallen würden die beiden ihr nie und nimmer tun.

Im Bad rauschte die Klosettspülung, und gleich darauf kehrte Correll zurück, splitternackt in seiner massigen, drei Zentner schweren, rosig-feisten Leibhaftigkeit.

»Und?«, fragte er, sein Gemächte in der Hand. »Hast du dich entschieden?«

53

Alexander schüttelte die Flasche, mit lautem Knall entwich der Korken, und rauchend schäumte der Champagner in die zwei Gläser, die Constanze bereithielt. Ja, sie hatten allen Grund zu feiern, denn heute, zwei Wochen nach Gustavs Beisetzung, die, wie in der Todesanzeige stand, im allerengsten Kreis stattgefunden hatte, war von Dr. Brettschneider, dem Anwalt und Notar des Verblichenen, die langersehnte Einladung zur Testamentseröffnung in der Villa Reichenbach eingetroffen, wo Alexander inzwischen mit der Selbstverständlichkeit eines Hausherrn ein und aus ging. Die Einladung kam keinen Tag zu früh, Kurt Bellheim hatte Constanze schon zweimal angerufen, um die Rückzahlung des an sie verliehenen Geldes zu fordern, und sie hatte ihren ganzen Charme und ihre ganze Überzeugungskraft aufwenden müssen, um ihn dazu zu bewegen, den Kredit zu prolongieren.

Jetzt hoben sie die Gläser, um auf ihr neues Glück anzustoßen.

»Alexander …«

»Constanze …«

Sie tranken die Gläser in einem Zug leer.

»Wenn alles gut geht«, sagte sie, »kann ich noch diesen Monat meine Schulden bezahlen. Dann ist unser Weg in die Zukunft frei.«

»Und diese Zukunft wird eine großartige sein«, erklärte Alexander. »Das verspreche ich dir, du wundervolles Weib. – Ach ja, ich habe immer gesagt, es ist nur von Vorteil, wenn man den bürgerlichen Schein wahrt. Wie gut, dass wir uns daran gehalten haben. Jetzt wird niemand auch nur den leisesten Verdacht hegen. – Aber was meinst du?«, fragte er mit plötzlich raunender Stimme. »Wollen wir diesen Tag wirklich nur mit Champagner feiern? Oder wäre es der Bedeutung des Ereignisses nicht angemessen, wenn wir ...«

Er stellte sein Glas ab und trat mit einem entschlossenen Blick auf sie zu. Erregt durch seine Worte, erregt durch seinen Blick, erregt auch durch den Moschusduft, den er verströmte, stellte sie gleichfalls ihr Glas ab. Mit seinen starken Armen umfing er sie, ein Seufzer entwand sich ihrer Brust, doch als er sich begierig züngelnd über sie beugte, sah sie plötzlich den Speicheltropfen auf seiner Zungenspitze und dann das kleine Bärtchen darüber, wie es sich zitternd vor Verlangen ihren Lippen näherte – das kleine, viereckige Bärtchen, das doch gar nicht sein Bärtchen war, sondern das Bärtchen des anderen.

Mit einer jähen Bewegung entwand sie sich ihm.

»Was ist?«, fragte er irritiert. »So kenne ich dich ja gar nicht. Bist du noch mal unpässlich geworden auf deine alten Tage?«

»Ich ... ich glaube, ich sollte Kurt Bellheim anrufen.«

»Jetzt gleich? Hat das nicht ein paar Minuten Zeit?«

»Nein.« Energisch schüttelte sie den Kopf, dann trat sie einen Schritt zurück und rückte mit der Hand an ihrer Frisur. »Sicher ist sicher«, fügte sie, schon wieder Herrin ihrer selbst, mit einem Lächeln hinzu. »Bevor Bellheim es sich im letzten Augenblick noch einfallen lässt, Anzeige zu erstatten.«

54

Der Festsaal des »Kaiserhof« erstrahlte im prachtvollen Glanz seiner Kronleuchter, als Tino am Abend des achtundzwanzigsten März zusammen mit Pommer dort eintraf. Obwohl die Veranstaltung erst in einer halben Stunde beginnen würde, war der Saal bereits hoffnungslos überfüllt, und die Stuhlreihen vor dem Podium waren so dicht besetzt, dass sie Mühe hatten, noch zwei nebeneinanderliegende Plätze zu finden. Reichspropagandaminister Dr. Joseph

Goebbels hatte in das Luxushotel geladen, um in einer Grundsatzrede vor der deutschen Filmwirtschaft die Position der neuen Regierung in Sachen Filmkunst darzulegen, und jeder, der in der Branche einen Namen hatte, war der Einladung gefolgt, darunter auch die erste Riege der deutschen Schauspieler, von Emil Jannings über Willy Fritsch bis zu Hans Albers. Allerdings ging deren Prominenz unter in einem Meer von SA- und SS-Uniformen.

Obwohl Pommer der unsoldatischste Mensch war, den Tino außer sich selbst kannte, trug er für jedermann sichtbar am Revers seines Anzugs das bunt gestreifte Ordensbändchen des EK1, das er im Krieg als Radmelder nach einem Himmelfahrtskommando in Würdigung besonderer Tapferkeit vor dem Feind bekommen hatte. Bei jeder anderen Gelegenheit hätte Tino ihn für das Tragen des Abzeichens ausgelacht. Doch nicht an diesem Tag. Pommer wollte angesichts der massiven Nazi-Prominenz Flagge zeigen – hier bin ich, ein deutscher Jude, der für sein Vaterland sein Leben riskiert hat! Das konnte in Tinos Augen nur eines bedeuten: dass Pommer doch noch nicht auf gepackten Koffern saß.

Im Saal herrschte eine angespannte Atmosphäre. Die Rede war für acht Uhr angesetzt, doch auch zehn Minuten nach der Zeit war von Goebbels noch keine Spur. Tino erwartete nichts Gutes von Hitlers Propagandaminister. Am Vormittag hatten Hugenberg und Klitzsch ihren Antrittsbesuch bei Goebbels gemacht. Angeblich hatte der dabei mit großem Nachdruck an Hugenberg appelliert, dass die Ufa endlich ihren Auftrag erfüllen solle, um dessen willen sie 1917 gegründet worden sei: Propaganda zu machen für die Regierung – jetzt sei die Zeit dafür endlich reif! Das war sie in der Tat. Die Nazis hatten nur einen Monat, nachdem Hitler zum Kanzler ernannt worden war, noch einmal das Volk zur Wahl aufgerufen, um sich seiner Unterstützung zu vergewissern, und dank des Reichstagsbrands in der Nacht vom 27. auf den 28. Februar, für den sie in allen Wahlkampfveranstaltungen lauthals die Kommunisten verantwortlich gemacht hatten, hatten sie diese zweite Abstimmung innerhalb eines Vierteljahrs so hoch gewonnen, dass Hitler im Reichstag mit Hilfe der bürgerlichen

Parteien ein Ermächtigungsgesetz hatte durchbringen können, das ihm eine geradezu diktatorische Machtfülle sicherte.

Umso überraschter war Tino, als Goebbels wenig später in Begleitung von Prinz Wilhelm August von Preußen sowie des SA-Führers Graf Wolf-Heinrich von Helldorff erschien und ans Rednerpult trat. Statt seine Muskeln spielen zu lassen, entschuldigte er sich mit launigen Worten für seine Verspätung. Er habe in der Reichskanzlei, die dem »Kaiserhof« nur einen Steinwurf entfernt gegenüberlag, mit Hitler einen Film geschaut, der so wunderbar gewesen sei, dass er unmöglich habe aufbrechen können, ohne das Ende gesehen zu haben – »Der Walzerkrieg«, so der Titel, fügte er mit einer Verbeugung in Richtung von Günther Stapenhorst hinzu, der den Film produziert hatte und nun zusammen mit Produktionsdirektor Correll in der ersten Reihe saß. Ja, so bekannte er, er sei ein geradezu fanatischer Cineast, nicht anders als der Führer, und darum sei es ihm Freude und Ehre zugleich, wenn er sich nun als »Schirmherr des deutschen Films« in den Dienst der jungen Filmkunst stellen dürfe, die er nicht zögere, die bedeutendste Kunstform des zwanzigsten Jahrhunderts überhaupt zu nennen.

Tatsächlich erwies er sich, je länger er sprach, als erstaunlich sachkundiger Filmliebhaber; er lobte Fritz Langs »Nibelungen« ebenso wie »Anna Karenina« mit Greta Garbo, und von Eisensteins »Panzerkreuzer Potemkin« behauptete er sogar, der Film sei »so gut gedreht, dass ein Mensch, der weltanschaulich nicht auf festem Boden steht, Bolschewist werden könnte«. Als er feierlich versprach, die nationalsozialistische Regierung werde keine Kosten und Mühen scheuen, um den deutschen Film einer glorreichen Zukunft entgegenzuführen, auf dass sie sich, frei von materiellen Sorgen, zu ihrer wahren Größe entfalten könne, brandete tosender Beifall auf, in den sogar Pommer einfiel.

Tino lehnte sich zurück, er hatte es ja schon immer gewusst, nichts wird so heiß gegessen wie gekocht, und während Goebbels in seinem rheinischen Singsang die glorreiche Zukunft des deutschen Films heraufbeschwor, schweiften seine Gedanken ab. Er hatte eine Einladung zur Testamentseröffnung seines Vaters erhalten. Was konnte der Grund dafür sein? Er war doch seit Jahren enterbt! Am liebsten hätte er den Termin einfach ignoriert, die Vorstellung, seiner Mutter zu begegnen, war ihm ein Gräuel. Doch vielleicht würde er bei der Gelegenheit ja etwas Genaueres über die Umstände des Unfalls erfahren, bei dem sein Vater zu Tode gekommen war, und das war er dessen Andenken schuldig, trotz allem. Er wusste ja, weshalb sein Vater ihn verstoßen hatte.

Plötzlich wurde Goebbels' Stimme lauter. »Ja, die Kunst ist frei, und sie soll frei bleiben!«, rief er. »Glauben Sie nicht, dass wir uns berufen fühlen, Ihnen das Leben sauer zu machen. Die jungen Männer, die jetzt in der Regierung sitzen, sind den deutschen Filmkünstlern von Herzen zugetan. Aber die Kunst muss sich an bestimmte Normen gewöhnen, ohne die ein nationales Zusammenleben unmöglich ist. Man mache sich also von dem Glauben frei, dass die gegenwärtige Filmkrise eine materielle ist. Sie ist vielmehr eine geistige, und sie wird bestehen, solange wir nicht den Mut haben, den deutschen Film von der Wurzel aus zu reformieren.« Der rheinische Singsang verschwand, um einem scharfen, aggressiven Ton zu weichen. »Ja, der deutsche Film hat Großes geleistet, doch seine tiefste Aufgabe hat er bisher nicht erfüllt, nämlich Vorkämpfer deutscher Kultur zu sein. Stattdessen hat er unter einem verrotteten System volksfremden Konjunkturrittern Schuhputzerdienste geleistet und ist allen Erscheinungen nachgehinkt.« Mit erhobener Stimme und erhobener Faust kam Goebbels zum Schluss. »Das wird von nun an anders werden, meine Herrschaften, das verspreche ich Ihnen! Der Führer der nationalsozialistischen Arbeiterpartei Deutschlands und ich sind entschlossen, den deutschen Film radikal von seiner Schlacke zu befreien! Deutsche Filme *für* Deutsche! Deutsche Filme *ausschließlich* für Deutsche! Deutsche Filme allein *durch* Deutsche!«

Tino drehte sich zu Pommer herum, der erwiderte voller Entsetzen seinen Blick.

Was um Himmels willen hatte das zu bedeuten?

55

Es war ein wunderbarer Frühlingsabend. Rahel und Erich saßen im Garten von Erichs Villa, und während sie sich von der samtenen Luft umschmeicheln ließen, schauten sie hinaus auf den See. Das Leben konnte so schön sein. Die Sonne lachte vom blitzblanken Himmel herab, so dass die Seeoberfläche ein einziges Glitzern und Funkeln war, an den Bäumen spross das Laub, und überall grünte und blühte es, dass es nur so eine Freude war.

Doch der Schein trog. Das Leben war nicht schön. Ganz und gar nicht.

»Die Nazis machen Ernst«, sagte Erich.

»Meinst du wirklich?«, fragte Rahel, wenn auch ohne große Hoffnung. »Vielleicht war es ja nur eine Rede.«

»Von wegen nur eine Rede! Die Ufa übt sich schon in vorauseilendem Gehorsam. Heute Morgen, also buchstäblich über Nacht, hat Klitzsch einen Vorstandsbeschluss zur sogenannten ›Regelung der Judenfrage‹ verkündet, mit dem er Goebbels' Forderungen erfüllt, kaum dass der sie überhaupt ausgesprochen hat.«

»Und was ist das für ein Beschluss?«

»Das Programm für ein Großreinemachen. Er enthält eine Liste aller jüdischen Mitarbeiter, von denen die Ufa sich nach Ansicht ihres Generaldirektors trennen sollte – ein *Who's who* der deutschen Filmwirtschaft mit lauter berühmten Branchengrößen, darunter die Regisseure Erich Engel und Erik Charell …«

»Der gerade ›Der Kongress tanzt‹ gedreht hat?«

»Genau der. Außerdem die Dramaturgen Robert Liebmann und Hans Müller sowie Rudi Feld, mein langjähriger Pressechef, von den Lichtmeistern und Kameraleuten und sonstigen Technikern gar nicht erst zu reden. Und dreimal darfst du raten, wessen Name auf der Liste ganz oben steht.«

Rahel konnte es sich denken. Doch alles in ihr sträubte sich, den Namen auszusprechen.

»Erich … Pommer?«

Er zog an seiner Zigarette. »Nur gut, dass die Fox bereitsteht.«

Rahel musste schlucken. Ein einziger, winzig kleiner Satz, gerade ein halbes Dutzend Worte – und doch bedeutete er, dass ihr Leben nie wieder so sein würde, wie es war.

»Dann … dann stimmt es also, was Tino sagt? Du willst Deutschland verlassen?«

Als er ihren Blick erwiderte, sah sie, dass in seinen Augen Tränen schimmerten.

»Was soll ich denn tun?«, fragte er. »Warten, bis sie anfangen, uns umzubringen?« Er sprach so leise, dass sie ihn kaum verstand. »Du weißt doch, dass ich Friedhöfe hasse.«

Sie spürte, wie auch ihr die Tränen kamen, und schlug die Augen nieder. »Nein«, sagte sie. »Du sollst nicht warten, natürlich sollst du das nicht. Und du darfst es auch nicht. Es … es wäre unverantwortlich.«

56

Trotz seines Unbehagens hatte Tino sich entschlossen, zur Testamentseröffnung nach Dresden zu fahren. Dr. Brettschneider, der Anwalt und Notar seines Vaters, hatte den Termin für den ersten April um sechzehn Uhr angesetzt. Tino hatte sich, noch ganz erfüllt von der wunderbaren Nacht, die er mit Rahel verbracht hatte, schon am Vormittag in Berlin auf den Weg gemacht, und obwohl er auf halber Strecke die Autobahn verlassen hatte, um in einem Gasthaus zu Mittag zu essen, war es noch keine drei Uhr, als er in Dresden ankam, so dass noch Zeit blieb, um sich ein wenig die Beine zu vertreten.

Es war seit Jahren das erste Mal, dass er in seine Heimatstadt zurückkehrte. Während er durch die Straßen und Gassen schlenderte, kam er sich fast wie ein Tourist vor. Die Frauenkirche, die Oper, das Elbufer mit den Brühl'schen Terrassen – das alles war ihm seit frühester Kindheit vertraut, doch jetzt löste der Anblick ein seltsames Gefühl der Befremdung in ihm aus. Lag es daran, dass er inzwischen ganz und gar Berliner geworden war? Über der stuckverzierten Fassade des »Dresdner Hofs«, die früher mit den Fahnen aller europäischen Länder so bunt beflaggt gewesen war, wehte jetzt nur noch die Hakenkreuzfahne im Wind, diese aber dafür gleich im Dutzend. Angewidert wandte er sich ab, um in Richtung Pulverturm zu laufen, in dessen Nähe Dr. Brettschneider seine Kanzlei betrieb. Er überlegte, ob er einen Umweg über den Altmarkt machen sollte, entschied sich dann aber dagegen. Der Ort war mit zu vielen, zu widersprüchlichen Erinnerungen belastet, er hatte dort jahrelang in der familieneigenen Bank gearbeitet, Seite an Seite mit seinem Vater – und Seite an Seite mit Arnim, seinem jüngeren Bruder, der nun schon über zehn Jahre tot war, gestorben als Wegbereiter für die Verbrecher, die jetzt in Deutschland das Kommando übernommen hatten, um alle Menschen zu vertreiben, die nicht auf ihr Kommando hören wollten. Rahel hatte ihm von ihrem Gespräch mit Pommer erzählt. Bei der Vorstellung, wegen Hitler womöglich seinen einzigen wirklichen Freund zu verlieren, zog sich ihm das Herz zusammen. Und zugleich verspürte er eine klammheimliche, doch nicht zu unterdrückende Freude. Wenn Pommer Deutschland verließ, würde Rahel ihm wieder ganz und gar allein gehören.

Ein lautes Geschepper riss ihn aus seinen Gedanken. Als er sich umdrehte, sah er, wie ein SA-Mann lachend mit seinem Schlagstock auf die Barbierschale über dem Eingang eines Friseurgeschäfts eindrosch, als wolle er die ganze Nachbarschaft in Alarm versetzen, während zwei andere Braunhemden mit weißer Dekorationsfarbe und breiten Pinseln die Schaufensterscheibe des Ladens beschmierten.

DEUTSCHE, kauft nicht bei Juden!

In seinem Friseurkittel stürzte der Ladenbesitzer auf die Straße, um sie an der Schmiererei zu hindern, doch zwei weitere Nazis packten ihn unter den Armen und nahmen ihn zwischen sich, so dass sein ganzer Protest sich darin entlud, wie ein Kind mit den Beinen in der Luft zu strampeln. Tino wollte einschreiten, damit die Kerle ihn losließen – doch da schlug es vom Turm der Frauenkirche vier.

Einen Moment zögerte er, dann machte er kehrt und eilte davon. Bei dem heutigen Termin wollte er ausnahmsweise mal pünktlich sein.

57

Die Einrichtung der Kanzlei, die Dr. Brettschneider in der Brühlgasse betrieb, war immer noch dieselbe, wie Constanze sie von früher in Erinnerung hatte – viel Mahagoni und noch mehr Kübelpflanzen. Das Aussehen des Anwalts hingegen, der inzwischen auch schon die fünfzig überschritten hatte, hatte sich stark verändert, sein früher so glattes Gesicht hatte scharfe Falten bekommen, und das einst feuerrote Bürstenhaar war sichtlich verblasst.

Geblieben war jedoch seine ernste, geschäftsmäßig distanzierte Höflichkeit, mit der er sie auch jetzt empfing. »Schön, dass Sie es einrichten konnten, Frau Kommerzienrat, zumal der Anlass ja ein durchaus schmerzlicher ist. Erlauben Sie mir, Ihnen mein aufrichtiges Beileid auszusprechen. Aber bitte nehmen Sie doch Platz.«

Während er, am Schreibtisch sitzend, seine Unterlagen ordnete, musste sie daran denken, wie sie vor Jahren mit Gustav hier gewesen war, zur Beurkundung seines neu verfassten Testaments, mit dem er Tino enterbt und sie an dessen Stelle als Universalerbin eingesetzt hatte. Heute würde sie endlich bekommen, was ihr zustand – die Entschädigung für das jahrzehntelange Martyrium ihrer Ehe. Zum Glück hatte Bellheim bis jetzt stillgehalten. Doch um das Schicksal nicht herauszufordern, hatte sie beschlossen, gleich im Anschluss an die Testamentsverkündigung mit Dr. Brettschneider die nötigen Schritte für die Rückzahlung ihres Kredits einzuleiten. Vor ihrem inneren Auge sah sie bereits die herrlichsten Bilder: Wie sie Hitler mit einem neuerlichen Spendenscheck überraschte … Wie er sich beglückt bei ihr bedankte … Wie er zu ihr von seiner Mission sprach … Wie er ihr beim *Tête-à-tête* in die Augen schaute … Wie er ihre Hand an seine Lippen führte … Wie er ihr Komplimente machte … Wie er sie begehrte … Wie sich sein Verlangen auf sie übertrug … Wie sie der Magie seiner Gegenwart erlag … Und dann, rauschhafter Höhepunkt, wie sie an seiner Seite ein Flugzeug bestieg, als erste Frau des Reiches, um zusammen mit ihm in die Lüfte zu entschwinden, in derselben silbern glitzernden Maschine, der er auf dem Tempelhofer Feld wie ein Abgesandter des Himmels entstiegen war …

»Warum fangen wir nicht an?«, fragte sie.

Dr. Brettschneider blickte von seinen Unterlagen auf. »Leider muss ich Sie noch um etwas Geduld bitten, gnädige Frau. Wir warten noch auf jemanden.«

»Wie bitte?«, erwiderte Constanze. »Ich wüsste nicht, wer außer mir …«

Noch während sie sprach, ging die Tür auf, und ihr Sohn Tino trat herein.

58

Rahel putzte, seit drei Tagen putzte sie schon.

Sie putzte das Bad. Sie putzte die Küche. Sie putzte das Kinderzimmer. Sie putzte das Schlafzimmer. Sie putzte die Bibliothek. Sie putzte das Wohnzimmer. Sie putzte das Esszimmer. Sie putzte Tinos Arbeitszimmer. Sie putzte das ehemalige Raucherkabinett, das jetzt ihr Zimmer war. Sie putzte den Flur. Sie putzte den Vorratskeller. Sie putzte die Speisekammer. Sie putzte den Dachboden. Sie putzte das Treppenhaus. Sie putzte die Fenster. Sie putzte die Stühle. Sie putzte die Tische. Sie putzte die Schränke. Sie putzte die Vitrinen. Sie putzte die Lampen. Sie putzte die Regale. Sie putzte die Nippesfiguren ihrer Mutter. Sie putzte die Blätter der Topfpflanzen. Sie putzte das Tafelsilber. Sie putzte den Herd und den Ofen. Sie putzte sämtliche Töpfe und Tiegel und Pfannen. Sie putzte das Waschbecken und die Wanne im Bad und die Klosettschüsseln der Toiletten. Und sie putzte die Schuhe, alle Schuhe, Tinos Schuhe, ihre Schuhe, Alex' Schuhe.

Sie putzte und putzte und putzte, von morgens bis abends, Tag für Tag, Stunde für Stunde, Minute für Minute putzte und putzte und putzte sie, dass ihr die Haut von den Händen fiel. Doch alles Putzen half nicht. Erich würde Deutschland verlassen. Erich würde Berlin verlassen. Erich würde sie verlassen. Wenn nicht gleich, dann in ein paar Wochen. Und wenn nicht in ein paar Wochen, dann in ein paar Monaten. Weil er hier nicht länger leben wollte. Weil er hier nicht länger leben konnte. Weil er hier nicht länger seines Lebens sicher war.

Die Angst, ihn zu verlieren, tat sich wie ein Abgrund vor ihr auf. So lange hatten sie gekämpft für das Leben, das sie lebten – Erich, Tino und sie, alle Hindernisse hatten sie überwunden, die ihnen im Weg gestanden hatten, alle Tabus und Konventionen und gesellschaftliche Schranken wie auch ihre eigenen inneren Hemmnisse und Ängste und Gewissensnöte, in denen sie vielleicht noch stärker gefangen gewesen waren als in allen Äußerlichkeiten. Das alles hatten sie hinter sich gelassen. Und trotzdem standen sie jetzt vor dem Aus.

War ihre Ménage-à-trois nur ein schöner Traum gewesen? Zu schön, um wahr zu sein? Nur weil in Deutschland jetzt ein Mann regierte, der, ohne von ihrem Leben und Lieben überhaupt etwas zu wissen, dennoch ihr Schicksal war?

59

»Dann wollen wir mal.«

Dr. Brettschneider rückte an seinem Stehkragen, dann räusperte er sich und begann mit der Verlesung des Testaments.

Ich, Gustav Reichenbach, geboren am 24. Juli 1862, wohnhaft in Dresden-Loschwitz, erkläre hiermit im Vollbesitz meiner geistigen Kräfte meinen letzten Willen …

Tino hörte kaum hin. Er war viel zu sehr damit beschäftigt, seinen Blick auf die Zimmerpalme zwischen der Tür und dem Wandregal zu fixieren, damit er nicht zu seiner Mutter schaute, doch immer wieder wanderten seine Augen ganz von allein zu ihr hin. Obwohl Jahre vergangen waren, seit sie einander zum letzten Mal gesehen hatten, war sie vollkommen unverändert. Immer noch dieselbe überlegen-hochmütige Miene, dasselbe makellos schöne, elfenbeinerne Gesicht, dieselbe aufrechte Haltung, dieselbe babylonische Hochfrisur, deren Sitz sie hin und wieder mit dem Handteller prüfte …

Bei ihrem Anblick kam ihm ein seltsamer Gedanke: War sie überhaupt ein menschliches Wesen? Oder war sie in Wahrheit nicht vielmehr eine Statue, ausgestattet mit einer geheimen, kunstvollen Mechanik, die ihr den bloßen Anschein wirklichen Lebens verlieh?

Plötzlich zuckte sie zusammen.

… und verfüge, dass ich im Falle meines Ablebens meinen erstgeborenen Sohn, Konstantin Reichenbach, geboren zu Dresden, nunmehr wohnhaft in Berlin, zu meinem Universalerben einsetze. Gleichzeitig ernenne ich ihn zum Generalbevollmächtigten der Reichenbach Bank, verbunden mit der Auflage, alle überschüssigen Gewinne nach Abzug der Kosten für die Unterstützung der Eisernen Front einzusetzen, zur Erhaltung und Erfüllung der Verfassung sowie der Abwehr republikfeindlicher Bestrebungen, insbesondere der Nationalsozialisten …

Tino verstand kein einziges Wort. Hatte er richtig gehört – *was* hatte der Anwalt gesagt? Sein Vater setzte ihn zum Universalerben und Generalbevollmächtigten der Bank ein? Unmöglich, das war doch ganz und gar ausgeschlossen – sein Vater hatte ihn doch vor Jahr und Tag enterbt!

Unwillkürlich kehrte sein Blick zu seiner Mutter zurück.

Es war, als wäre sie plötzlich eine andere Frau. Die Statue war zerfallen, ihre Miene ein zerschlagener Scherbenhaufen. Mit aufgerissenen Augen starrte sie den Anwalt an, während dieser mit monotoner Stimme weiter das Testament verlas.

… Damit widerrufe ich ausdrücklich alle in früheren Testamenten verfügten Anordnungen, insbesondere diejenigen, die meine Ehefrau Constanze Leonore Charlotte Reichenbach geborene Löwenthal betreffen.
Cum deo!
Dresden, den 12. September 1932
Gustav Leopold Reichenbach

60

Wie unter Schock hatte Constanze die Anwaltskanzlei verlassen, und während der ganzen Rückfahrt war sie außerstande gewesen, einen einzigen klaren Gedanken zu fassen. Und auch jetzt, da sie wieder zu Hause war und Alexander von der Katastrophe berichtete, sträubte sich immer noch alles in ihr dagegen, deren Ausmaß zu begreifen.

Denn je klarer sie die Dinge sah, umso größer wurde ihre Angst.

»Ich werde das Testament anfechten«, sagte sie.

Alexander hob die Brauen. »Mit welcher Begründung?«

»Es enthält eine staatsgefährdende Auflage! Die Eiserne Front ist eine Verbrecherorganisation. Jedes deutsche Gericht wird mir recht geben.«

»Damit wirst du keinen Erfolg haben, meine Teuerste. Die Eiserne Front steht schon vor dem Aus, es ist nur eine Frage von Tagen, dass sie verboten wird. So schnell kannst du gar nicht prozessieren.«

»Aber … aber ich kann doch nicht tatenlos zusehen, wie man mich meines Vermögens beraubt! Das Testament muss für nichtig erklärt werden. Muss, muss, muss! Sonst kann ich den Kredit nicht bedienen! Und dann?«

»Jetzt beruhige dich«, sagte Alexander. »Es wird uns schon was einfallen, wie du dein Erbe bekommst. Aber nicht jetzt. Jetzt müssen wir Ruhe bewahren – *absolute* Ruhe! Mit einem Prozess würdest du nur Staub aufwirbeln. Und das ist das Letzte, was wir brauchen. Überleg doch, was passiert, wenn jemand auf die Idee kommt, Nachforschungen anzustellen …«

Statt den Satz zu Ende zu sprechen, sah er sie nur bedeutungsvoll an.

Fassungslos erwiderte sie seinen Blick. »Soll das heißen, du lässt mich im Stich?«

»Um Gottes willen, nein! Bei meiner Ehre als Offizier – ich stehe immer an deiner Seite, das weißt du doch! Aber es hat keinen Sinn, jetzt den Verstand zu verlieren. Wenn du zum Gericht rennst, löst du eine Lawine aus, und wir geraten in Teufels …«

Während er sprach, brach sie in Tränen aus. »Das ist … das …

Ende … Ich … ich bin …« Verzweifelt schlug sie die Hände vors Gesicht, und eine Weile hörte sie nur ihr eigenes Schluchzen, und ausgesetzt auf einem Meer der Angst, fühlte sie sich so verloren und einsam wie nach dem Tod ihres Vaters.

»Ist ja gut, ist ja schon gut«, hörte sie Alexander sagen. »Alles wird gut.«

Sie wusste, er wollte sie trösten, doch seine Hilflosigkeit ließ sie nur noch mehr spüren, wie verloren sie war. »Nichts ist gut, gar nichts!«, schluchzte sie. »Ich … ich komme ins Zuchthaus, wenn Bellheim sein Geld nicht …« Wieder erstickten die Worte in ihren Tränen.

»Aber was redest du denn da? Niemand wird dich ins Zuchthaus stecken. Gott sei Dank haben wir eine neue Zeit – da wird man dir eines Tages Ehrensäulen errichten für deinen Bekennermut.«

»Aber … aber was nützt mir das jetzt? – O Gott, ich bin verloren …«

»Nein, Constanze – das bist du nicht. Die Bewegung marschiert, mit Riesenschritten. Erinnerst du dich an Tillessen und Schulz, die Marineoffiziere, die Erzberger hingerichtet haben?«

Constanze nahm die Hände vom Gesicht. »Ja, natürlich erinnere ich mich an die. Aber … aber was haben die mit mir zu tun?«

Alexander nickte ihr lächelnd zu. »Sie wurden begnadigt und kehren aus dem Exil zurück. Schon in diesen Tagen.«

»Ist das wirklich wahr?«, fragte sie, ein kleines bisschen Hoffnung schöpfend.

»Ja«, sagte er. »Ich habe es von Goebbels erfahren. Du wirst sehen, es geht alles aus wie das Hornberger Schießen. Der Führer ist der dankbarste Mensch der Welt, er vergisst nie, wenn ihm jemand geholfen hat. Deine Panik ist also völlig überflüssig. Wir müssen nur etwas Gras über die Sache wachsen lassen. Und verhungern wirst du schon nicht, einen Pflichtteil bekommst du ja auf jeden Fall. Wenn alle Stricke reißen, kannst du damit auch den Kredit ablösen, dafür wird es mit Sicherheit reichen. Aber das wird nicht mal nötig sein. Weil – wenn die Zeit gekommen ist, holen wir uns dein ganzes Erbe zurück, das wäre ja wohl …«

Ein Klopfen an der Tür unterbrach ihn, und gleich darauf trat Robert ein.

»Was zum Teufel gibt es so Dringendes?«, herrschte Alexander ihn an.

»Post für die gnädige Frau«, erwiderte der Diener. »Ein Einschreiben, es wurde soeben abgegeben. Wenn die gnädige Frau den Empfang bitte quittieren würde?«

61

Um kurz nach neun war Tino aus Dresden zurückgekehrt, gerade noch rechtzeitig, um Alex vor dem Einschlafen gute Nacht zu sagen. Auf dem Rückweg hatte er es so eilig gehabt, dass er ohne Pause durchgefahren war, außerdem war ihm die Testamentseröffnung so auf den Magen geschlagen, dass er ohnehin keinen Bissen herunterbekommen hätte. Und auch jetzt verspürte er keinen Appetit, obwohl es inzwischen auf Mitternacht zuging und er seit zwölf Stunden nichts mehr gegessen hatte. Er machte lediglich eine Flasche Bordeaux auf, zur Beruhigung seiner Nerven.

»Du meinst also wirklich, ich soll das Erbe antreten?«, fragte er.

»Du *musst* es sogar antreten«, sagte Rahel. »Mit dem Testament reicht dein Vater dir die Hand. Um nachzuholen, was er zeit seines Lebens nicht geschafft hat. Willst du ihm da die Versöhnung verweigern?«

»Nein, natürlich nicht.«

Tino sah seinen Vater vor sich, das alte, gutmütige Seehundsgesicht mit den triefenden Augen und herabhängenden Bartenden. Was für einen traurigen Abschied hatten sie bei ihrer letzten Begegnung voneinander genommen … Sein Vater hatte ihm bei Hugenberg den Kopf gerettet, trotz allem, was geschehen war, und Tino hatte ihn aufgesucht, um ihm für die Hilfe zu danken. Sie hatten beide das Bedürfnis gehabt, sich zu umarmen, und fast hätten sie es sogar getan. Aber nur fast. Weil der Vater eine Bedingung an die Versöhnung geknüpft hatte. Dass Tino sich bei seiner Mutter entschuldigte. Für Rahel, seine Frau.

»Nur – wie soll ich das Testament überhaupt erfüllen?«, fragte er. »Selbst wenn ich wollte, ich könnte es ja gar nicht.«

»Du meinst, weil du dann in der Ufa aufhören müsstest?«

»Das Problem ließe sich lösen, mit Hilfe der Cousins. Sie führen die Bank ja sowieso schon im Hauptgeschäft, so dass ich bei der Ufa weitermachen könnte. Nein, es geht um die Auflage, die mein Vater an meine Ernennung zum Generalbevollmächtigten geknüpft hat, die Verwendung der Gewinne. Wenn ich mein Erbe antrete, wird es die Eiserne Front gar nicht mehr geben. Die Nazis sind ja jetzt schon dabei, jede Form von Opposition zu zerschlagen.«

»Ja und?« Verwundert blickte Rahel ihn an. »Willst du deshalb deinem Vater die Hand verweigern? Du kannst die Gewinne doch horten, bis sich eine andere Verwendung findet.«

Tino dachte nach. »Ja, vielleicht wäre das eine Möglichkeit«, sagte er schließlich. »Auch wenn es eine Weile dauern kann. Pommer überlegt ja nicht umsonst, die Koffer zu packen.« Als er Rahels Gesicht sah, hätte er sich am liebsten die Zunge abgebissen. »Keine Angst«, sagte er eilig, um den Fehler wiedergutzumachen. »Erich hat versprochen, sich erst zu entscheiden, wenn der ›Liliom‹ abgedreht ist. Vielleicht wendet sich bis dahin ja doch noch alles zum Guten.«

62

In dieser Nacht tat Constanze kein Auge zu. Das Einschreiben stammte von ihrer Bank, unterschrieben von deren geschäftsführendem Inhaber Kurt Bellheim persönlich. Darin wurde sie aufgefordert, binnen einer Woche den an sie ausgereichten Privatkredit über einhunderttausend Reichsmark zurückzuzahlen, verbunden mit der Ankündigung, andernfalls die Begleichung der Schuldenlast auf dem Rechtsweg zu erzwingen – mit Zins und Zinseszins!

Kaum hatte sie das Schreiben gelesen, hatte sie versucht, sich mit Dr. Brettschneider in Verbindung zu setzen. Doch am Abend hatte sie den Anwalt in seiner Kanzlei nicht mehr erreicht, und auch als sie am Morgen versuchte, ihn anzurufen, musste sie sich eine Stunde lang gedulden, bis eine Sekretärin den Hörer abnahm und sie verband.

»Auf welche Summe beläuft sich mein Pflichterbe?«, fragte sie ohne jede Begrüßung.

»Erst mal einen schönen guten Morgen, Frau Kommerzienrat«, erwiderte der Anwalt. »Die Höhe Ihres Pflichterbes? Hmm, das kann ich nicht so ohne weiteres sagen. Es handelt sich ja um ein sehr beträchtliches Gesamtvermögen, bei dem es auch noch die privaten von den geschäftlichen Anteilen zu trennen gilt. Da bedarf es einer gründlichen Prüfung der Bücher. Aber weshalb fragen Sie?«

»Ich brauche einhunderttausend Mark, und zwar sofort.«

Dr. Brettschneider lachte kurz auf.

»Was gibt es da zu lachen?«

»Ich bitte um Entschuldigung, verehrte gnädige Frau. Aber die Auszahlung eines so hohen Betrags ist schlechterdings unmöglich. Die Abwicklung des Erbes wird Monate in Anspruch nehmen. Deshalb muss ich Sie leider um etwas Geduld bitten. Damit alles seinen korrekten Gang nehmen kann.«

»Dafür ist keine Zeit. Wovon soll ich mein Leben bestreiten? Mein Mann hat mir ja nicht mal ein eigenes Konto eingerichtet!«

»Ich verstehe. Das … das ist natürlich etwas anderes, und ich muss sagen, dass es mir außerordentlich leid tut, Sie in einer solchen Situation zu wissen …«

»Davon kann ich mir nichts kaufen! Ich brauche keine guten Worte, sondern Geld! Oder habe ich mich unklar ausgedrückt?«

»Nein, natürlich nicht. Sehr wohl, gnädige Frau.«

Constanze hielt inne. Ihre Hand zitterte, ihr Puls raste – so sehr, dass sie nicht unterscheiden konnte, ob es in ihren Ohren oder in der Telefonleitung rauschte, während Dr. Brettschneider schwieg.

Offenbar dachte er nach. Immerhin.

Es dauerte eine kleine Ewigkeit, bis er sich wieder meldete. »Wie wäre es mit einem monatlichen Abschlag von, sagen wir, fünftausend Mark bis zum Tag der Auszahlung Ihres Erbes?«, fragte er schließlich. »Das könnte ich zur Not verantworten. Wäre Ihnen damit geholfen?«

»Fünftausend?«, wiederholte Constanze. »Sind Sie von Sinnen?«

»Darf ich Sie bitten, sich zu mäßigen!«

»Werden Sie nicht unverschämt, Sie Flegel!«

»Noch einmal – bitte, verehrte gnädige Frau …«

»Die verehrte gnädige Frau können Sie sich an den Hut stecken! Und halten Sie gefälligst den Mund, wenn ich mit Ihnen spreche. Mit fünftausend Mark ist mir nicht gedient. Ich brauche die volle Summe! Einhunderttausend! Noch diese Woche!«

»So leid es mir tut«, erwiderte Dr. Brettschneider. »Mir sind die Hände gebunden, und ich kann mich deshalb nur wiederholen. Die Auszahlung eines so hohen Betrags ist unmöglich. Ich würde mich strafbar machen.«

»Dann … dann lassen Sie sich verdammt nochmal was einfallen, Sie. Sie …« Ihre Stimme schnappte über, aber das war ihr jetzt gleich. »Hunderttausend Mark sind doch kein Betrag! Wenn es mit rechten Dingen zugehen würde, stünden mir Millionen zu! Das wissen Sie so gut wie ich. Also strengen Sie sich mal an für Ihr Honorar! – Nein!«, rief sie, als er schon wieder einen Einwand machen wollte. »Sie sollen den Mund halten, solange ich rede! Wie oft muss ich Ihnen das noch sagen? Und ich sage Ihnen: Wenn Sie nicht *sofort* einen brauchbaren Vorschlag machen, Sie … Sie unbrauchbarer Mensch … dann … dann … dann …« Sie war so erregt, dass ihr die Worte ausgingen.

Wieder hörte sie nur das Rauschen, eine noch längere Weile als zuvor.

»Dr. Brettschneider!« Sie ratterte an der Gabel. »Hallo! Sind Sie noch da?«

Entgeistert ließ sie den Hörer sinken.

»Was ist?«, fragte Alexander, der hinter ihr stand. »Was hat er gesagt?«

»Nichts … Er … er hat aufgelegt. Dieser Kretin! Er … er hat es tatsächlich gewagt – einfach aufzulegen, mitten im Gespräch …«

63

Zur selben Zeit traf Erich in Babelsberg ein. Ja, er hatte versprochen, auf jeden Fall erst den »Liliom« fertigzustellen, bevor er über seinen Verbleib in Deutschland entschied – das war er nicht nur Tino, sondern vor allem Rahel schuldig. Er hatte darum alle Hebel in Bewegung gesetzt, um die Produktion so schnell wie möglich auf den Weg zu bringen, bei dem Tempo, mit dem die Nazis ihre Ankündigungen in die Tat umsetzten, war jeder eingesparte Tag ein Gewinn.

Zum Glück hatte er eine Crew, auf die er sich verlassen konnte. Der Hauptautor Robert Liebmann hatte schon die erste Drehbuchfassung erstellt, und Co-Autor Bernhard Zimmer feilte bereits an den Dialogen. Mit beiden würde Erich am Nachmittag sprechen, zusammen mit Fritz Lang – trotz des »Metropolis«-Desasters war es ihm gelungen, Lang bei Produktionsdirektor Correll durchzusetzen, weil er einfach der beste Regisseur für diesen Film war. Aber vorher war er noch mit Ferdinand Erle verabredet, einem jungen Grafiker, der das Bühnenbild gestalten sollte. Er würde heute die ersten Entwürfe für die Rummelplatzszenen präsentieren. Darauf war Erich noch gespannter als auf die Drehbuchbesprechung, ein Film war ja eine in Bildern erzählte Geschichte, jedes Bild zählte darum mehr als jeder Dialog.

Wie es seine Gewohnheit war, kam Erich fünf Minuten zu früh in sein Büro. Der Grafiker war noch nicht da. Dafür wartete ein Laufbursche auf ihn. Mit einem Brief.

»Von Generaldirektor Klitzsch! Nur persönlich abzugeben!«

»Na, dann gib mal her.«

»Und der Herr Generaldirektor lässt Sie bitten, den Empfang zu quittieren.«

Erich unterschrieb einen Zettel und gab dem Laufburschen ein Trinkgeld. Während der sich pfeifend auf den Weg machte, öffnete er den Umschlag.

Der Brief enthielt nur eine einzige Zeile. Als Erich sie las, brach ihm der kalte Schweiß aus.

64

Der Weg in die Parteizentrale war für Grau normalerweise ein Vergnügen, und wann immer er dort zu tun hatte, kehrte er wie von einem Jungbrunnen erquickt zurück. Doch heute war es anders. Heute war der Weg in die Hedemannstraße eine Tortur. Nachdem der Kretin von Anwalt Constanze seine Hilfe verweigert hatte, hatte sie in ihrer Angst, vor den Kadi gezerrt zu werden, Grau auf Knien angefleht, die Dankesschuld der Partei einzufordern – sie habe doch alles nur für Hitler getan, jetzt müsse die Partei ihr helfen, Bellheim war Jude, die Partei habe deshalb nicht nur die nötige Macht, sondern auch ein ureigenes Interesse, ihn zur Raison zu bringen. Grau schmeckte das ganz und gar nicht. Was für eine unwürdige Demarche, Jude hin oder her, das alles verstieß gegen jeden Comment! Eine Dankesschuld war Ehrensache, kein einklagbarer Kredit. Aber was wusste eine Frau, die ihr Leben lang an der Seite eines Geldsacks zugebracht hatte, von Ehre? Doch leider hatte er ihr sein Wort gegeben, als Offizier, also musste er nun für sie in die Bresche springen.

Goebbels empfing ihn zum Glück allein.

»Ich darf Ihnen die vorzüglichsten Grüße von Frau Kommerzienrat Reichenbach ausrichten«, eröffnete Grau das Gespräch.

Bei dem Namen leuchteten die Augen des Propagandaministers auf. »Eine außergewöhnliche Frau. Und eine sehr großzügige dazu.«

»Das ist sie in der Tat«, griff Grau den Faden auf, froh, dass ihm der Übergang so leicht gemacht wurde. »Zumal die Geldbeschaffung nicht ganz einfach war. Sie wissen ja, Kommerzienrat Reichenbach hatte vor einiger Zeit die Fronten gewechselt, so dass sie ungewöhnliche Wege beschreiten musste, um auch ohne die Zustimmung des Gatten … Ich denke, Sie verstehen, was ich meine?«

Goebbels schüttelte den Kopf. »Ich verstehe keineswegs, Obersturmbannführer. Was sind das für krause Reden? So kenne ich Sie ja gar nicht! Sie sind doch Soldat!«

»Nun, es ist mir auch sehr peinlich«, erwiderte Alexander. »Und ich will Sie nicht mit Einzelheiten aufhalten. Darum in soldatischer Kürze: Es könnte sein, dass eine juristische Aufarbeitung der leidigen Angelegenheit eingeleitet wird, wenn … «

»Ein Prozess?«, fiel Goebbels ihm ins Wort. »Ist es das, was Sie sagen wollen?«

»Ich fürchte, anders lässt die Sache sich nicht benennen. Und da die Person, die Schwierigkeiten macht, ein ganz und gar widerwärtiger Mosesjünger ist, dachte ich, ob der Führer vielleicht …«

Obwohl Alexander den Satz nicht aussprach, verfinsterte sich die Miene des Gauleiters schlagartig. »Der Führer ist heilig, er steht über allem. Mit zweifelhaften Machenschaften darf er nicht in Verbindung gebracht werden.«

»Natürlich nicht«, beeilte Grau sich zu versichern. »Aber Frau Reichenbach droht eine Haftstrafe. Und der Führer hatte ihr gegenüber geäußert, dass er zum Dank für ihre großherzige Unterstützung …«

»Kein weiteres Wort!«, unterbrach Goebbels ihn abermals. »Finden Sie selbst eine Lösung, wenn Sie ein Mann sind! Und als Obersturmbannführer muss ich Ihnen ja wohl nicht sagen, dass durch die Geschehnisse, die Sie hier andeuten, die Partei keinen Schaden nehmen darf! Auf gar keinen Fall! Das ist in allem, was wir tun, die oberste Maxime unseres Handelns.«

»Natürlich, Herr Minister. Keinen Schaden für die Partei, auf gar keinen Fall! Zuerst die Partei, anders geht es ja auch gar nicht. Und ich entschuldige mich, dass ich überhaupt …« Als Grau das Gesicht seines Gegenübers sah, nahm er Haltung an. »Heil Hitler!«

Goebbels hob die Hand. »Heil Hitler!«

Damit war Grau entlassen. Wie ein geprügelter Hund verließ er die Parteizentrale. Hatte er bei Goebbels verschissen? Zu allem Überfluss hatte es auch noch zu regnen begonnen, und er hatte keinen Schirm dabei. Fluchend schlug er sich den Mantelkragen hoch.

Wie würde Constanze reagieren? Wenn der Jude Bellheim tatsächlich Klage erhob, war sie womöglich imstande, sich etwas …

Ach was – das ging ihn nichts an! Vor Gericht und auf hoher See war jeder in Gottes Hand.

65

»Und jetzt?«, fragte Rahel.

»Ich fürchte, die Frage hat sich erledigt«, erwiderte Erich. »Ich packe meine Koffer. Was anderes bleibt mir nicht mehr übrig.«

Rahel spürte, wie ihr die Tränen kamen. »Aber … aber das kann doch nicht die einzige Lösung sein. Irgendeinen Weg muss es doch geben! Wir leben immer noch in Deutschland, nicht in einer Diktatur!«

»Glaubt du das im Ernst?« Mit seinen schwarzen Augen erwiderte er ihren Blick. »Vor ein paar Tagen hatte ich Angst, dass sie uns womöglich umbringen. Erinnerst du dich? Aber jetzt begreife ich, dass sie es viel geschickter anstellen. Statt uns umzubringen, setzen sie uns einfach vor die Tür und lassen uns verhungern. Ganz ohne sich die Hände schmutzig zu machen.«

Er sagte das in einem so resignierten Ton, dass es ihr den Hals zuschnürte. Tino und sie hatten gerade Alex ins Bett geschickt, als Erich geklingelt hatte, um ihnen die Hiobsbotschaft zu verkünden, die ihn ereilt hatte. Fristlose Kündigung!

Verzweifelt suchte sie Tinos Blick. »Kann man denn überhaupt nichts machen?«

Tino schaute Erich an. »Rahel hat recht, Deutschland ist keine Diktatur, noch haben wir einen Rechtsstaat, mit einer unabhängigen Gerichtsbarkeit. Du kannst, nein, du *musst* die Kündigung anfechten! Eine fristlose Entlassung darf nur aus schwerem Grund ausgesprochen werden. Und davon kann keine Rede sein!«

Doch Erich schüttelte den Kopf. »Eure Zuversicht in Ehren, aber nein. Für einen Juden war es schon immer schwieriger, vor Gericht Recht zu bekommen. Die meisten Richter und Staatsanwälte teilen ja die Ansichten der Völkischen oder sind sogar Mitglieder von deren Organisationen, das ist ja kein Geheimnis. Jetzt können sie die Masken fallen lassen und brauchen keine Hemmungen mehr zu haben, statt nach dem Gesetz nach ihrer Gesinnung zu urteilen.«

Rahel wollte protestieren, Erich durfte so etwas nicht sagen, das bedeutete doch nur eins: Abschied für immer! Aber, ach, sie wusste ja, dass er recht hatte, es hatte keinen Sinn, sich noch was vorzumachen, auch wenn sie noch so sehr hoffte, dass alles nur ein Spuk war, der vorübergehen würde – eine Klage gegen die Ufa war nach allem, was geschehen war, aussichtslos.

»Hast du schon mit Gertrud gesprochen?«, fragte sie leise.

Erich schlug die Augen nieder. »Nein. Ich … ich wollte sie nicht erpressen.«

Rahel schluckte, sie wusste, was er damit sagen wollte. Ohne dass sie es länger verhindern konnte, quollen ihr die Tränen aus den Augen. Damit Erich und Tino sie nicht sahen, trat sie ans Fenster.

In friedlicher Nachtruhe lag der Gendarmenmarkt da. Ab und zu fuhr ein Auto vorbei, ein Spaziergänger führte seinen Hund aus, und unter einer Laterne küsste sich ein Liebespaar.

War dies das Ende? Aus und vorbei?

»Vielleicht habe ich eine Idee«, hörte sie plötzlich Tino sagen.

Sie drehte sich um. »Nämlich?«

»Goebbels will eine Filmkreditbank gründen, zur Förderung der deutschen Filmwirtschaft. Zu der Gründungssitzung hat er auch mich eingeladen. Eigentlich wollte ich da gar nicht hin. Aber wenn ich die Einladung annehme, habe ich vielleicht Gelegenheit, mit ihm unter vier Augen zu sprechen. Und da er für seinen Plan die Unterstützung auch der Privatbanken braucht, habe ich was in der Hand, um Druck auf ihn auszuüben.«

»Glaubst du, das hat noch Sinn?«, fragte Erich, die Zigarettenspitze unentschieden in der Schwebe haltend.

»Und ob!« Mit einem Grinsen strich Tino über die Nelke im Knopfloch seines Anzugs. »Wie hat schon unser aller Goethe gesagt? ›Nach Golde drängt, am Golde hängt doch alles – ach, wir Armen!‹«

66

Das Unfassbare, das ganz und gar Unvorstellbare, ja, das schlechterdings *Unmögliche* – es war passiert! Frau Kommerzienrat Constanze Leonore Charlotte Reichenbach geborene Löwenthal, Tochter des angesehensten Tuchfabrikanten, den die Stadt Dresden je hervorgebracht hatte, und Witwe des geschäftsführenden Hauptgesellschafters eines in ganz Deutschland tätigen Bankhauses, stand vor Gericht, um sich wegen betrügerischer Erschleichung eines Kredits über einhunderttausend Reichsmark zu verantworten.

Nur einen Tag, nachdem die gestellte Frist verstrichen war, hatte Kurt Bellheim seine Drohung wahr gemacht und Klage erhoben, um die Begleichung ihrer Schuld auf dem Rechtsweg zu erzwingen, mit Zins und Zinseszins. Der Gerichtsstand war Leipzig, wo die Bellheim Privatbank domiziliert war, und am heutigen Maienmorgen, anderthalb Monate nach der Klageerhebung, war die Zweite Kammer des Amtsgerichts in der Elisenstraße zusammengetreten, um den Prozess zu eröffnen.

Von Gott und der Welt verlassen, trat Constanze vor die Schranken des Gerichts. Niemand war ihr zur Seite gesprungen, weder die Partei noch der Führer. Nur Alexander war bei ihr, wenigstens er, er hatte ihr seinen Beistand versprochen, und er hatte Wort gehalten und sie nach Leipzig begleitet. Sein Beistand war jetzt ihr einziger Halt, immer wieder schaute sie zu ihm hinüber, um sich seiner zu vergewissern.

Der Richter blickte von seinen Unterlagen auf. »Ich bitte die Angeklagte, sich zu erheben.«

Wie in Trance kam Constanze der Aufforderung nach, wie in Trance beantwortete sie die Fragen zu ihrer Person. Ihre Lippen bewegten sich, ihre Stimme produzierte Töne, ohne dass sie wusste, was sie sagte. Doch offenbar war der Richter mit ihren Antworten zufrieden, schon durfte sie sich wieder setzen.

Sie hatte noch nicht Platz genommen, da erhob sich der Staatsanwalt, ein kleiner, drahtiger Mann, der wie ein Turnlehrer aussah, und verlas die Klageschrift. Constanze war nicht fähig, seiner Rede zu folgen, diese war ein wie von Ferne an ihr vorbeirauschender Wortstrom, der zwar ihr Ohr erreichte, nicht aber ihren Verstand. Während der Staatsanwalt sprach, versuchte sie immer wieder, Alexanders Blick zu fangen, doch dessen Augen waren unverwandt auf den Redner gerichtet, um keines seiner Worte zu verpassen.

Plötzlich fiel ihr auf, dass er einen einfachen Straßenanzug trug statt der gewohnten Parteiuniform. Warum? Ausgerechnet heute? Wo die Uniform doch Eindruck auf den Richter gemacht hätte?

Auf einmal sah sie, wie Alexander das Gesicht verzog, als verspürte er einen scharfen Schmerz. Gleichzeitig wurde die Stimme des Staatsanwalts lauter.

»… und dann diese merkwürdige Koinzidenz, die man wohl kaum einen Zufall nennen kann, zieht man in Betracht, dass die Angeklagte ohne Wissen ihres Gatten den Kredit beantragt hat – und, damit nicht genug, dessen baldiges Ableben als vermeintliche ›Sicherheit‹ in Gestalt eines ärztlichen Attests hinterlegt hat …«

Es war, als hätte man einen Kübel Eiswasser über sie geschüttet, sie war aus ihrer Trance erwacht. Plötzlich verstand sie alles, was der Staatsanwalt sagte, Wort für Wort, Satz für Satz. Und mit jedem Wort, mit jedem Satz wuchs ihre Angst, und nachdem dieser kleine, drahtige Mann, der aussah wie ein Turnlehrer, zu Ende gesprochen hatte, sackte sie in sich zusammen.

67

Dr. Joseph Goebbels, nunmehr Reichsminister für Volksaufklärung und Propaganda, hatte zur Gründungssitzung der Filmkreditbank in sein Ministerium im Prinz-Karl-Palais geladen – deutliches Zeichen, welche Bedeutung er dem Vorhaben beimaß. Als Tino den Konferenzraum betrat, musste er an die Gründungssitzung der Ufa im Kriegsministerium vor über anderthalb Jahrzehnten denken. Damals war es ihm vor allem darum gegangen, durch seine Mitwirkung vom Kriegsdienst freigestellt zu werden. Heute hingegen hoffte er, durch die Unterstützung der Filmkreditbank seinem Freund Erich Pommer den Kopf zu retten, damit dieser weiter für die Ufa arbeiten und im Land bleiben konnte.

Doch hoffte er das wirklich?

Zum Glück blieb ihm keine Zeit zur Gewissenserforschung. Kaum hatten die Anwesenden Platz genommen, eröffnete Goebbels die Sitzung. Nicht anders als General Ludendorff bei der Ufa-Gründung, trug auch er Uniform, allerdings nicht die der Armee, sondern der NSDAP, um sich als deren Parteisoldat zu erkennen zu geben. Die anderen Teilnehmer waren in Zivil erschienen, sowohl die Bankiers als auch die Vertreter der Filmwirtschaft, diese mit Ludwig Klitzsch an der Spitze, der als Vorsitzender der Verbandsorganisation SPIO sowie Generaldirektor der größten deutschen Filmfabrik in gleich zweifacher Funktion zugegen war.

Nach der Begrüßung skizzierte Goebbels in knappen Worten Zielsetzung und Kapitalstruktur der zu gründenden Bank. Ausgestattet mit einem Stammkapital von zweihunderttausend Reichsmark, sollte das Bündnis von Filmindustrie, Banken und Staat die Position des deutschen Films auf dem Weltmarkt stärken. Dabei bildete die Zusammensetzung des Stammkapitals spiegelbildlich die Interessenlage der Beteiligten ab: Deutsche Bank, Dresdner und Commerzbank steuerten zusammen sechzigtausend Mark bei, zwanzigtausend die staatliche Reichskreditgesellschaft – den Löwenanteil von hundertzwanzigtausend Mark aber brachte Ludwig Klitzsch in seiner Doppelfunktion in das Bündnis ein. Auf dieser Basis sollte die Filmkreditbank befähigt werden, bei einer Vielzahl von Filmen bis zu siebzig Prozent der Herstellungskosten bereitzustellen, um die Produktionen gegen finanzielle Verluste abzusichern. Zur Abdeckung der Kredite verpflichteten sich die begünstigten Produktionsfirmen im Gegenzug, die Einnahmen aus Verleih und Vertrieb der geförderten Filme bis zur vollen Höhe des Darlehens zurückzuzahlen.

»Im ersten Jahr«, schloss Goebbels, »wird die Filmkreditbank Kredite in Höhe von siebeneinhalb Millionen Mark vergeben, zur Förderung von etwa fünfzig Filmen. Doch damit werden wir uns nicht begnügen, sondern unsere Mittel Jahr für Jahr aufstocken. Auf diese Weise werden wir dem deutschen Filmschaffen zur absoluten Weltgeltung verhelfen!«

Kräftiger Beifall belohnte seine Rede. Tino musste zugeben, dass die Konstruktion unter kaufmännischen Gesichtspunkten ein durchaus schlüssiges Finanzierungssystem zur Ankurbelung der deutschen Filmproduktion darstellte. Doch war dies das einzige oder gar eigentliche Motiv der Veranstaltung? Das glaubte er nicht. Es stand ja nicht zu erwarten, dass jeder Film fortan gefördert würde, der zur Förderung eingereicht wurde, vielmehr würden, wie bei jeder Kreditvergabe, die gestellten Anträge vor der Billigung zunächst auf ihre

Förderungswürdigkeit geprüft. Und das würde *de facto* auf nichts anderes hinauslaufen als auf eine Selbstzensur der deutschen Filmwirtschaft – eine Selbstentmündigung, die in fataler Weise an die Selbstentmündigung des Parlaments durch die Zustimmung der bürgerlichen Parteien zum Reichsermächtigungsgesetz erinnerte, durch die Hitler seine nahezu diktatorische Machtfülle erlangt hatte.

»Für dieses große Ziel, meine Herren, möchte ich Sie nun um Unterstützung bitten!«

Die Vertreter der Banken ließen sich nicht lumpen und überboten sich gegenseitig mit Zustiftungen zum Stammkapital. Der Reihe nach wurden Beträge in Höhe von fünfzig- bis hunderttausend Mark aufgerufen, mit denen die Geldinstitute das Unternehmen zu fördern bereit waren.

Goebbels richtete seinen Blick auf Tino. »Welchen Betrag werden Sie zeichnen, Herr Reichenbach?«

Tino zögerte. Er hatte gehofft, sich die Unterstützung des Ministers zu Pommers Gunsten erkaufen zu können, indem er diese unter vier Augen zur Bedingung eines finanziellen Engagements bei der Filmkreditbank machte. Doch indem Goebbels ihn *coram publico* zwang, schon jetzt sein Portemonnaie zu öffnen, bevor sie miteinander gesprochen hatten, hatte er keine andere Wahl, als ohne Sicherheiten in Vorleistung zu treten, wenn er seinem Freund helfen wollte.

Also gab er sich einen Ruck. Jetzt galt es, nicht zu kleckern, sondern zu klotzen!

»Meine Bank«, erklärte er, »beteiligt sich mit einer Zustiftung von einhundertfünfzigtausend Reichsmark.«

Ein Raunen ging durch den Saal. Auch Goebbels war sichtlich beeindruckt.

»Donnerwetter – Respekt! Ich danke Ihnen im Namen des deutschen Films.«

Er deutete eine Verbeugung in Tinos Richtung an, dann wandte er sich wieder an das Plenum, um zu erläutern, nach welchen Kriterien die Filmkreditbank ihre Darlehen vergeben würde. Förderanträge konnten ausschließlich von solchen Produktions- und Verleihfirmen gestellt werden, die der Spitzenorganisation der Filmwirtschaft angehörten und zusammen mit dieser unter das Dach der Reichsfilmkammer eintreten würden. Bis dahin würde ein Arbeitsausschuss der Bank die Kreditwürdigkeit der Drehbücher prüfen, um sicherzustellen, dass jede Förderung dem nationalen Interesse diente. Danach aber sollte diese »Qualitätssicherung«, wie Goebbels sich ausdrückte, durch die Einrichtung eines zentralen dramaturgischen Büros unter Leitung eines noch zu benennenden Reichsfilmdramaturgen gewährleistet werden.

Damit war die Sitzung beendet.

Tino sah, wie Klitzsch zufrieden seine Sachen packte. Kein Wunder, Hugenbergs Laufbursche würde zu Hause nur Gutes zu berichten haben. Tino hingegen fühlte sich gar nicht wohl in seiner Haut, Goebbels hatte seinen Verdacht gerade vollauf bestätigt! Ja, schlimmer noch: Mit Hilfe der Filmkreditbank würde die gesamte deutsche Filmwirtschaft genau zu dem Instrument werden, das die Ufa als erste deutsche Filmfabrik nach dem Willen der Militärs bei ihrer Gründung hatte werden sollen – eine Propagandamaschine für den Staat, nur mit dem Unterschied, dass diese Maschine nicht mehr im Dienst des Kaiserreichs stehen würde, sondern im Dienst der Nazi-Regierung. Bei der Vorstellung, dieses Vorhaben mit dem Geld seiner Bank zu unterstützen, drehte sich Tino der Magen um. Aber das war der Preis, den er für seine Freundschaft mit Pommer zahlen musste. Und für seine Liebe zu Rahel.

Ja, zum Wesen der Freiheit gehörte immer auch die Möglichkeit ihres Missbrauchs. Nicht nur in der Liebe …

Bevor er den Konferenzraum verließ, trat er auf Goebbels zu.

»Dürfte ich Sie einen Moment unter vier Augen sprechen, Herr Minister?«

»Aber gewiss doch, mein lieber Reichenbach. Wie könnte ich einem so großzügigen Förderer unserer Sache einen Wunsch abschlagen?«

Tino versicherte sich mit einem Blick, dass Klitzsch den Raum bereits verlassen hatte, dann sagte er mit gesenkter Stimme: »Ich möchte

Sie um Hilfe in einer Angelegenheit bitten, die mir sehr am Herzen liegt. Es geht um eine Personalie in der Ufa, die vielleicht durch Ihr Eingreifen …«

»Meinen Sie die Personalie Pommer?« Schlagartig veränderte sich Goebbels' Miene, das joviale Lächeln verschwand aus seinem Gesicht, um einem strikt abweisenden Ausdruck Platz zu machen. »Nein, nein, mein Freund, solche Entscheidungen sind allein Sache der Unternehmen, die sie zu treffen haben, das sind privatwirtschaftliche Dinge, und in die hat sich der Staat nicht einzumischen.«

Tino musste schlucken. Mit einer so barschen Ablehnung hatte er nicht gerechnet. Aber er war nicht bereit, klein beizugeben, sondern beschloss, mit offenem Visier zu kämpfen. »Bei allem Respekt, Herr Minister, aber denken Sie nicht, dass das Engagement meiner Bank ein wenig mehr Entgegenkommen verdient? Einhundertfünfzigtausend Reichsmark sind kein Pappenstiel, da sollte es wohl möglich sein, dass …«

»Tut mir leid«, schnitt Goebbels ihm das Wort ab. »Ich habe keine Zeit, mit Ihnen zu diskutieren. Ich muss zum Führer. – Heil Hitler!«

Ohne ein weiteres Wort machte er kehrt und marschierte aus dem Saal.

Ohnmächtig sah Tino ihn zur Tür hinaus verschwinden.

»Heil Hitler …«

68

Als ehemaliger Frontsoldat hatte Grau schon oft im Feuer gestanden, doch selbst unter Dauerbeschuss, wenn ihm die Kugeln nur so um die Ohren geflogen waren, hatte er stets kühlen Kopf bewahrt. Dieser Kaltblütigkeit hatte er seine Karriere verdankt. Doch heute, am zweiten Verhandlungstag im Prozess gegen Constanze, lagen seine Nerven blank. Gerade hatte der Anklagevertreter das ärztliche Gutachten zum Gesundheitszustand und vermeintlich baldigen, krankheitsbedingten Ableben Gustav Reichenbachs vorgelegt, zusammen mit einem zweiten, pathologischen Gutachten, angefertigt von einem Gerichtsmediziner, demzufolge der Verblichene keineswegs an einer Krebserkrankung gelitten hatte, wie in dem ersten Attest bescheinigt worden war. Grau konnte es nicht fassen. Der Terrier von Staatsanwalt hatte die Exhumierung der Leiche sowie deren Obduktion offenbar schon vor der Prozesseröffnung für seine Beweisführung beantragt, und der Richter hatte dem Antrag ebenso offenbar stattgegeben.

Medizinalrat Dr. Telschow, Facharzt für Innere Medizin und Oberarzt der Charité, wurde in den Zeugenstand gerufen, ein schmächtiger, gebückter Mann von über sechzig Jahren, mit schütterem blondem Haar und teigigem Gesicht. Während er die Fragen des Richters zur Feststellung seiner Person beantwortete, schaute er mit unstetem Blick über den Rand seiner Halbbrille und sprach dabei mit so leiser Stimme, dass er kaum zu verstehen war.

Keine Frage, der Mann hatte die Hosen voll!

Jetzt wurde er vom Staatsanwalt ins Kreuzverhör genommen.

»Was hat Sie veranlasst, ein offenkundig falsches Attest auszustellen?«

»Ich … ich kann mich zu einem Attest nicht äußern«, erwiderte der Medizinalrat. »Grundsätzlich nicht. Ich unterstehe der ärztlichen Schweigepflicht.«

»Davon sind Sie hier entbunden. Darum noch einmal: Was hat Sie zu diesem Gutachten veranlasst?«

Dr. Telschow blickte den Richter an. »Muss ich diese Frage beantworten?«

»Ja, als Hauptbelastungszeuge der Anklage sind Sie zur Aussage verpflichtet. Andernfalls sehe ich mich genötigt, Maßnahmen zu ihrer Erzwingung zu ergreifen.«

Grau sah, wie das Gesicht des Medizinalrats noch blasser wurde. »Ich … ich weiß nicht, wie ich es sagen soll …«

»Dann empfehle ich, es einfach mit der Wahrheit zu versuchen!«, donnerte der Staatsanwalt. »Machen Sie endlich den Mund auf!«

Der Arzt wagte kaum noch, über den Rand seiner Brille zu schauen. »Um ehrlich zu sein, es … es geschah nicht aus freien Stücken. Vielmehr wurde ich … ich wurde – *genötigt.*«

»Genötigt? Wie das?«

»Zuerst erzählte man mir etwas von einer unglücklichen, lieblosen Ehe, in der der Mann seine Frau geschlagen habe, angeblich. Darum ... darum sollte ich, sozusagen im Interesse der Frau, das Zeugnis ausstellen, damit die Dame eine gewisse, wie soll ich sagen, Handlungsfreiheit bekomme, irgendwelche Gelddinge betreffend, die ich nicht recht verstanden habe – als Arzt geht mich so etwas ja auch nichts an! Aber als ich das abgelehnt habe, ich habe schließlich den hippokratischen Eid geschworen, da ... da hat man mich eingeschüchtert ... eingeschüchtert und bedroht ... *massiv* bedroht sogar ... ja, durchaus massiv, anders kann man es nicht nennen ...« Dem Arzt versagte die Stimme. Schweigend stand er da, das schüttere Blondhaar zerzaust, mit vorgebeugtem Rücken, die Augen zu Boden gerichtet.

»Bedroht?«, wiederholte der Staatsanwalt. »Wer hat Sie bedroht? Und womit?«

Dr. Telschow rührte sich nicht. Grau spürte, wie ihm der Mund austrocknete. Er hatte keinen Zweifel, wer den Mann eingeschüchtert hatte. Doch so groß die Angst auch sein mochte, die der Medizinalrat jetzt hatte, die Wahrheit zu sagen – wenn er seinen Kopf und Titel retten wollte, würde ihm nichts anderes übrigbleiben, als Ross und Reiter zu nennen.

Grau schloss die Augen. Wie hatte Goebbels gesagt? Die Partei darf keinen Schaden nehmen! Das ist die oberste Maxime unseres Handelns!

Als er den Kopf hob, sah er Constanzes flehende Augen auf sich gerichtet. Ihr Anblick versetzte ihm einen Stich. Mein Gott, was war aus diesem einst so stolzen, so wunderbaren Weib geworden?

Ohne länger zu zögern, hob er die Hand. »Ich muss eine Aussage machen«, erklärte er. »Mein Gewissen zwingt mich dazu!«

69

In der Tat kehrte Ludwig Klitzsch sehr zufrieden von der Gründungssitzung der Filmkreditbank in den Zollernhof zurück, er hatte seinem Dienstherrn wirklich nur Gutes zu berichten. Dank der nun klaren Rahmenbedingungen konnte man die Zukunft weitaus gezielter planen, als dies bislang möglich gewesen war, das leidige politische Gerangel zwischen den Regisseuren und Produzenten um noch mögliche oder nicht mehr mögliche Inhalte würde sich erübrigen, auch große Filmproduktionen würden gegen finanzielle Risiken weitestgehend abgesichert sein, und die Ufa war aus diesem radikalen Reinigungsprozess nicht nur unbeschadet hervorgegangen, vielmehr würde auf Jahre hinaus keiner ihrer Konkurrenten imstande sein, ihr die Vorrangstellung im Markt streitig zu machen.

Ja, vor der Ufa-Filmfabrik tat sich die beste aller Welten auf.

Doch zu Klitzschs Überraschung zeigte Hugenberg sich keineswegs begeistert.

»Um ehrlich zu sein«, sagte er, »die ganze Entwicklung macht mir Sorgen. Große, sehr große Sorgen sogar.«

»Darf ich ergebenst nach dem Grund Ihrer Befürchtungen fragen, Herr Geheimrat?«, erwiderte Klitzsch, irritiert von dem ungewohnten Ton.

Hugenberg stieß einen Seufzer aus. »Papen und ich, wir haben versucht, Hitler zu bändigen. Aber angesichts der Radikalität, mit der dieser Mann jetzt das ganze Land umgestaltet, muss ich gestehen, dass wir gescheitert sind. Hitler räumt jeden aus dem Weg, der sich ihm nicht unterwirft, um alle Macht an sich zu reißen und möglichen Widerstand unmöglich zu machen. Das war so nicht vorhersehbar.«

Täuschte Klitzsch sich, oder schimmerten hinter den Brillengläsern seines Chefs tatsächlich Tränen? Bevor er es erkennen konnte, wandte Hugenberg sich ab und trat ans Fenster, um auf den Boulevard hinauszuschauen. Sein Schweigen dröhnte förmlich in Klitzschs Ohren. Er konnte sich nicht entsinnen, Alfred Hugenberg je in einem solchen Zustand erlebt zu haben.

»Sehen Sie die Dinge nicht vielleicht ein bisschen allzu pessimistisch?«, fragte er. »Ich meine, rein wirtschaftlich betrachtet …«

Hugenberg schüttelte den Kopf. »Die Gründung der Filmkreditbank ist ja nur ein kleiner Baustein in Hitlers großem Machtplan. Die

KPD ist schon verboten, das Verbot der SPD nur noch eine Frage der Zeit, die Linken werden scharenweise verhaftet. Das würde ich nicht im Geringsten bedauern, im Gegenteil, die vaterlandslosen Halunken haben nichts anderes verdient. Aber Hitler macht auch vor unsereinem nicht halt. Meine DNVP hat keinerlei Einfluss mehr, so wenig wie die DVP und das Zentrum, die schon dabei sind, sich aufzulösen. Gleichzeitig ist ein Gesetz in Vorbereitung, das die Bildung neuer Parteien verbietet. Damit ist Hitlers NSDAP die einzige politische Kraft in Deutschland, und wir können uns nur noch entscheiden, ob wir seine Vasallen sein wollen oder nicht. Und wenn nicht – dann gute Nacht!«

Klitzsch wusste nichts darauf zu erwidern. Seit er in Hugenbergs Diensten stand, hatte er immer bewundert, mit welcher Weitsicht und Entschiedenheit sein Chef in jeder noch so schweren Krise handelte. Und jetzt, da endlich mit dem ganzen linken Gesindel aufgeräumt wurde, diese Resignation, diese Verzagtheit, dieser tiefschwarze Pessimismus? Wie passte das zu diesem Mann?

In seiner Not zückte Klitzsch sein Notizbuch. »Was sind Ihre Anweisungen?«

Hugenberg schaute weiter zum Fenster hinaus. Während eine Weile nur sein Schweigen zu hören war, registrierte Klitzsch, dass draußen die Laubkronen der Lindenbäume wieder volles, frisches Laub trugen. Seltsam, das war ihm bislang noch gar nicht aufgefallen.

Hugenberg räusperte sich, dann trat er vom Fenster zurück. »Bereiten Sie eine Pressemitteilung vor. Einziger Inhalt: Geheimrat Alfred Hugenberg tritt mit sofortiger Wirkung von allen Regierungs- und Parteiämtern zurück, um sich fortan wieder ausschließlich um die Belange seines Konzerns zu kümmern.«

Klitzsch brauchte einen Moment, bis er begriff, dann atmete er auf. Er hatte sich auf das Schlimmste gefasst gemacht und bereits gefürchtet, Hugenberg könnte die Segel streichen. Doch jetzt erkannte er seinen Chef wieder.

Erst das Geschäft, dann die Politik!

70

Als Alexander sich erhob, um in den Zeugenstand zu treten, stand Constanzes Herz still, mit zum Zerreißen angespannten Nerven schaute sie auf ihren Geliebten, der ihre ganze Hoffnung war. Würde jetzt alles, alles wieder gut? Er hatte es ihr ja versprochen, ja, ja, ja, also würde er auch dafür sorgen! Er war doch ein Ehrenmann, der einzige Mensch, der an ihrer Seite geblieben war, in Treue fest und unverbrüchlich! Fast glaubte sie, seinen Moschusduft zu atmen.

Während sie ihre Hände verschränkte, um ihr Zittern zu bändigen, nahm Alexander Haltung an, dann warf er ihr seinen Fritzenblick zu, und indem er mit dem Finger auf sie zeigte, sagte er mit klarer, fester Stimme: »Ich bezichtige diese Frau des Mordes an ihrem Ehemann Kommerzienrat Gustav Reichenbach!«

»Nein!«

Laut gellte ihr Schrei durch den Saal, ganz von allein hatte er sich aus ihrer Brust gelöst. Während um sie herum ein aufgeregtes Raunen anhob, starrte sie Alexander an. Was hatte er gesagt? Nein, unmöglich! Sie musste sich verhört haben! Anders konnte es nicht sein!

Auch der Richter schien überrascht. »Was veranlasst Sie zu dieser Behauptung?«, wandte er sich an Alexander.

Der erwiderte den Blick des Richters, ohne mit der Wimper zu zucken. »Frau Reichenbach hat mich gefragt hat, ob ich jemanden kenne, der das Auto ihres Mannes manipulieren könne.«

»In welcher Weise manipulieren?«

»Durch Außerkraftsetzung der Bremsen. Ich habe das als Aufforderung zur Beihilfe an einer Straftat verstanden und eine solche Zumutung selbstverständlich voller Empörung von mir gewiesen. Allerdings hätte ich nicht geglaubt, dass Frau Reichenbach ihren Worten je Taten folgen lassen könnte, und mache mir deshalb nun schlimmste Vorwürfe, nicht schon damals Anzeige erstattet zu haben. Das werde ich mir mein Leben lang nicht verzeihen.«

Der Richter schaute seinen Zeugen eindringlich an. »Ihre Aussage bedeutet eine schwere Belastung der Angeklagten. Können Sie Ihre Behauptung in irgendeiner Weise belegen?«

»Nicht nötig«, rief der Staatsanwalt. »Ein Polizist wurde nach der Ursache des Autounfalls befragt. Der Beamte hat ausgesagt, dass die Bremsleitungen am Wagen des Opfers beschädigt waren, vermutlich, um die Bremsflüssigkeit abzuleiten.«

Wieder ging ein Raunen durch den Saal. Der Richter machte sich eine Notiz. Dann wandte er sich erneut an den Zeugen.

»Ich werde Sie nun vereidigen. Sind Sie dazu bereit?«

Alexander nickte. Constanze sah es, sah es mit eigenen Augen, und konnte es doch nicht fassen. Was geschah hier mit ihr? Welcher Dämon gaukelte ihr diesen entsetzlichen Albtraum vor?

Ohnmächtig sah sie mit an, wie der Saaldiener eine Bibel brachte. Der Richter forderte Alexander auf, zu ihm an den Tisch zu treten.

»Schwören Sie, die Wahrheit zu sagen und nichts als die Wahrheit?«

»Alexander!«, rief Constanze.

Wie oft hatte sie diesen Namen gesagt, und stets hatte er ihr mit der Nennung ihres Namens wie im Echo geantwortet. Doch diesmal blieb das Echo aus. Ohne sie eines Blickes zu würdigen, trat er an den Richtertisch und legte die Hand auf die Bibel. Jetzt blieb ihr nur noch eine Hoffnung – die Hoffnung, dass ihre Sinne sie täuschten, ihr Verstand sie verlassen hatte und sie verrückt geworden war …

Doch, ach, sie war nicht verrückt, ihr Verstand war intakt, und ihre Sinne vermittelten ihr nur, was hier und jetzt geschah.

Alexander hob seine rechte Hand, und mit der Linken auf der Bibel sagte er mit lauter, fester Stimme: »Ich schwöre, so wahr mir Gott helfe!«

71

Alea iacta est – die Würfel waren gefallen. Erich Pommer packte seine Koffer.

Nach Tinos Scheitern bei Goebbels gab es keinen anderen Ausweg mehr. Das wusste nicht nur Pommer, das wusste auch Tino. Was Goebbels' Rede im »Kaiserhof« bereits hatte ahnen lassen, bestätigte das unmittelbar im Anschluss an die Gründung der Filmkreditbank erlassene Filmgesetz unmissverständlich: Deutsche Filme durften ab sofort nur noch von Deutschen »reinen Blutes« produziert werden, mit nur wenigen, von Propagandaminister Goebbels handverlesenen Ausnahmen. Zu Tinos Überraschung zählte dazu auch Erich Pommer – ausgerechnet! Der »Schirmherr des deutschen Films« hatte es zwar abgelehnt, sich in die vermeintlich firmeninterne Personalie bei der Ufa einzumischen, um sich für Pommers Verbleib dort zu verwenden, doch da er durchaus etwas vom Film verstand und dabei die Spreu vom Weizen zu unterscheiden wusste, hatte er versucht, trotz allem den besten deutschen Produzenten im Land zu halten. Nachdem er erfahren hatte, dass Pommer mit den amerikanischen Fox Studios in Kontakt stand und diese ihm die Leitung ihrer Europazentrale in Paris angeboten hatten, hatte er vorgeschlagen, das Europabüro der Amerikaner kurzerhand in die Reichshauptstadt Berlin zu verlegen, damit Pommer auch ohne Anstellung in der Ufa weiter am deutschen Filmschaffen mitwirken könne, um diesem zur Weltgeltung zu verhelfen. Obwohl der Minister seinen Vorschlag sogar mit der Garantie verbunden hatte, persönlich für Pommers Sicherheit in Deutschland zu bürgen, hatte dieser das Angebot ausgeschlagen, ohne auch nur eine Sekunde darüber nachzudenken.

Nein, in Deutschland gab es für Pommer keine Zukunft mehr. Hätte er Goebbels' Angebot angenommen, hätte er sich der Willkür der Nazis auf Gedeih und Verderb ausgeliefert, ohne sich deshalb seines Lebens sicher sein zu können. Tino hatte darum keinen Versuch mehr unternommen, seinen Freund umzustimmen. Und auch Rahel hatte sich in ihr Schicksal gefügt. Zusammen waren sie übereingekommen, dass Rahel bis zu Pommers Abreise zu ihm in die Villa zog, um ihm beim Packen zu helfen. Obwohl es Tino mehr als schwergefallen war, hatte er selbst den Vorschlag gemacht, damit die beiden ungestört Abschied voneinander nehmen konnten.

Das alles war innerhalb nur weniger Tagen geschehen, und die Ereignisse hatten sich so überschlagen, dass Tino manchmal kaum noch wusste, was er bei alledem empfand. Als Pommer zum ersten Mal davon gesprochen hatte, Deutschland zu verlassen, hatte es trotz aller Bestürzung Momente gegeben, in denen er sich klammheimlich gefreut hatte – gefreut darüber, Rahel fortan ganz für sich allein zu besitzen. Doch diese schäbige Freude zählte nichts im Vergleich zu seinem Schmerz über den Verlust des Freundes. Das war ihm schlagartig klargeworden, als Goebbels die Unterstützung der Reichenbach Bank für seine Pläne gefordert und er diese in der Hoffnung zugesagt hatte, dadurch Pommers Kopf zu retten. Außerdem hatte er Rahel nie besitzen wollen. Rahel war keine Frau, die man besitzen konnte. Rahel war ein Geschenk, das wunderbarste Geschenk seines Lebens. Auch wenn er sich dieses Geschenk hatte teilen müssen.

An diesem Juniabend fuhr Tino hinaus an den Wannsee, um Pommer seine Sachen aus den beiden Büros im Haus Vaterland und in Babelsberg zu bringen. Darunter waren wichtige Unterlagen, die Pommer auch in Paris brauchen würde, vor allem das mit zahllosen Anmerkungen versehene Drehbuch sowie der fertig ausgearbeitete Produktionsplan für den »Liliom«-Film, den er jetzt für die Fox herstellen würde. Ein ganzer Wäschekorb war nötig gewesen, um all die Ordner zu verstauen.

Als Tino damit in der Villa ankam, saßen Rahel und Pommer gerade beim Abendbrot. Ihr Anblick inmitten der gepackten Kisten versetzte ihm einen Stich. Die zwei sahen aus wie ein frisch verheiratetes Ehepaar, das gerade dabei war, in sein neues Heim einzuziehen.

Plötzlich kam ihm eine Idee.

»Warum wandern wir eigentlich nicht zu dritt aus?«

Die Idee war wie eine Eingebung über ihn gekommen, und er hatte erwartet, dass die beiden genauso überrascht wären wie er. Doch das waren sie offenbar nicht.

»Darüber haben Erich und ich auch schon gesprochen«, erwiderte Rahel. »Aber nein, das geht nicht.«

»Warum soll das nicht gehen?« Tino stellte seinen Wäschekorb ab und setzte sich auf eine Kiste. »Ehrlich gesagt wundere ich mich, dass ich nicht schon früher darauf gekommen bin. Das ist doch die Lösung! Paris ist die Stadt der Liebe, wie geschaffen für uns! Da können wir frei und ungehindert weiterleben wie früher, kein Mensch wird daran Anstoß nehmen, und die verfluchten Nazis können uns kreuzweise! Und was die Arbeit betrifft«, fuhr er fort, als Rahel etwas einwenden wollte. »Pommer bringt mich bei der Fox unter, die brauchen in ihrer Europazentrale schließlich auch einen Finanzdirektor. Ich spreche fließend Englisch, und mein Französisch reicht allemal fürs Geschäft.«

»Und was ist mit deinem Erbe?«, fragte Rahel.

Tino biss sich auf die Lippen. »Du hast recht, daran habe ich nicht gedacht. Wenn ich Deutschland verlasse, werden die Nazis versuchen, sich die Bank unter den Nagel zu reißen. Die machen ja vor nichts halt.« Er hielt einen Moment inne und schaute die beiden an. »Aber egal, dann sollen sie mich doch enteignen! Verhungern werden wir schon nicht. Außerdem kann ich meine Anteile an der Bank ja auf meine Cousins übertragen, und die schicken uns weiter so viel Geld, wie wir wollen. Also auf nach Paris!«

Er hatte sich so in Rage geredet, dass er alles schon vor sich sah. Eine Siebenzimmerwohnung für Rahel und Alex und ihn an den Champs-Élysées, für Pommer ein Apartment im Quartier Latin, und Alex würde, solange er noch nicht genug Französisch konnte, eine deutschsprachige Schule besuchen, die es in der französischen Hauptstadt mit Sicherheit gab. Sie würden in Paris ein herrliches Leben führen! Sogar den »Liliom« konnten sie dort zusammen produzieren!

Doch Pommers Zigarettenspitze zeigte nach unten. »Ich glaube, Rahel meinte mit ›Erbe‹ gar nicht die Bank.«

»Nicht die Bank?«, fragte Tino. »Was denn sonst?«

»Das Testament deines Vaters«, erwiderte Rahel.

Er verstummte. Jetzt wusste er, was sie meinte.

»Dein Vater hat begriffen, was für eine Gefahr Hitler bedeutet«, sagte sie. »Und er hat mit seinem Geld diejenigen unterstützt, die versucht haben, diesen Barbaren und seine Bande aufzuhalten.«

Tino zuckte die Schultern. »Ja, nachdem er mit seinem Geld jahrelang alle möglichen reaktionären Arschlöcher unterstützt hat, damit nur ja nicht die Linken an die Macht kommen. Mein Vater und seinesgleichen haben Hitler doch den Steigbügel gehalten, ob sie wollten oder nicht. Und als ihnen aufging, was sie angerichtet haben, war es zu spät.«

»Und deshalb meinst du, dass man sich jetzt am besten aus dem Staub macht?«

»Warum nicht? Pommer tut das ja auch. Und er ist nicht der Einzige. Ich habe gehört, Peter Lorre und Billy Wilder und Kurt Gerron wollen ebenfalls emigrieren.«

»Natürlich! Weil sie wie Erich Juden sind. Da bleibt ihnen nichts anderes übrig. Sie würden ihr Leben riskieren, wenn sie hierblieben.«

»Und was ist mit den Kommunisten?«, fragte Tino. »Und den Sozialdemokraten? Oder den Homosexuellen wie deinem Freund Edgar? Die sind doch hier auch nicht mehr ihres Lebens sicher, Detlef haben sie ja schon totgeschlagen, sie alle werden also über kurz oder lang das Weite suchen. Deutschland wird einen wahren Exodus erleben. Warum soll dann ausgerechnet ich hierbleiben?«

»Das kann ich dir sagen«, erwiderte Pommer. »Wenn alle Anständigen Deutschland verlassen, gehört den Nazis bald das ganze Land allein.«

»Richtig«, pflichtete Rahel ihm bei. »Und genau das wollte dein Vater verhindern. Darum hat er dir die Bank vererbt! Und du hast das Erbe angenommen. Also musst du bleiben, zusammen mit allen, die kein Nazi-Deutschland wollen. Auch wenn die Mistkerle jetzt gerade die Macht haben. Damit sie nicht an der Macht bleiben! Das muss man versuchen, solange es irgendwie geht. Und wenn nicht du, wer dann? Mit deinem Geld kannst du dir mehr erlauben als die meisten anderen Menschen. Das bist du nicht nur deinem Vater schuldig, sondern auch deinem Sohn.«

Tino ging nicht darauf ein. »Und was ist mit dir?«, fragte er stattdessen. »Vergiss nicht, dein Vater war auch Jude. Da musst du doch ebenso Angst haben, höllische Angst sogar, dass die Nazis eines Tages auf die Idee kommen, vielleicht auch dich …« Plötzlich, mitten im Satz, fiel es ihm wie Schuppen von den Augen. Voller Entsetzen schaute er Rahel an. »Jetzt begreife ich! Darum sagst du die ganze Zeit ›du‹ statt ›wir‹. Weil du … weil du …« Der Gedanke war so entsetzlich, dass er ihm kaum über die Lippen wollte. »Weil du mit nach Paris willst, stimmt's? Ohne mich!«

»Bist du verrückt geworden?«, rief sie. »Glaubst du, ich lasse dich und Alex hier im Stich? Das traust du mir zu?«

Ihre Augen sprühten Funken vor Zorn. Tino hätte am liebsten alles wieder zurückgenommen. So hatte sie ihn nur ein einziges Mal in ihrem Leben angeblickt – nach Alex' Geburt im Krankenhaus. Als er an seiner Vaterschaft gezweifelt hatte.

»Nein, nein, um Gottes willen«, stammelte er. »So … so meinte ich das nicht. Natürlich nicht! Aber …«

»Aber was? Ich … ich kann nicht fassen, dass du so von mir denkst!« Sie schnappte nach Luft. »Wie lange sind wir zusammen, Konstantin Reichenbach? Sechzehn Jahre? Und dann wagst du es, mir das ins Gesicht zu sagen? – Du … du kannst nur froh sein, dass ich dich so liebe. Weil sonst … sonst …« Ihre Stimme versagte, ihre Lippen zitterten, und in ihren Augen standen Tränen.

»Bitte verzeih«, flüsterte er. »Ich … ich bin ein Idiot. Ich weiß doch, dass du das niemals tun würdest. Ich kenne dich doch!«

In seiner Ohnmacht griff er nach ihrer Hand. Doch sie ließ es nicht zu und nahm stattdessen das Taschentuch, das Pommer ihr reichte.

»Das will ich dir auch geraten haben!«, sagte sie, während sie sich die Tränen abwischte. »Und was meinen jüdischen Vater angeht – um mich muss sich keiner Sorgen machen. Schließlich bist du mein Mann – ein gottverdammter reinrassiger, durch und durch arischer Deutscher. Das genügt, die Ehe ist den Nazis ja heilig. Also *kann* mir gar nichts passieren, du Idiot! Mir nicht!«

72

Hinter dem leeren Richtertisch ging eine Tür auf, und der Gerichtsdiener rief:

»Bitte erheben Sie sich.«

Während die Prozesszuschauer der Aufforderung folgten, betraten der Richter und seine Beisitzer den Saal. Auch Constanze wollte aufstehen, aber es fehlte ihr die Kraft, die Glieder versagten ihr den Dienst, so dass sie es nur unter Aufbietung ihres ganzen Willens und beide Hände zu Hilfe nehmend schaffte, sich von ihrer Bank zu erheben.

Drei Tage hatte die Verhandlung in Anspruch genommen, drei Tage, die ein einziger Albtraum gewesen waren. Und der Albtraum hatte kein Ende. Fast einen Monat hatte sie auf die Urteilsverkündung warten müssen, bevor sich heute ihre Zukunft entschied. Aber hatte sie überhaupt noch eine Zukunft? Da sie nicht imstande gewesen war, eine Kaution in der verlangten Höhe zu hinterlegen, hatte sie die Zeit des Wartens im Gefängnis verbracht.

Alexander hatte sie nicht besucht, in all den Tagen und Wochen kein einziges Mal. Jetzt aber saß er unter den Zuschauern, sogar in der ersten Reihe, um ihrer Vernichtung beizuwohnen, angetan mit seiner Uniform als Obersturmbannführer, derselben Uniform, die zu tragen er ihr verwehrt hatte, als er ihr damit hätte helfen können. Als man sie in den Saal geführt hatte, hatte er, in aufrechter Haltung, das Kinn in die Höhe gereckt, mit seinem Fritzenblick an ihr vorbeigeschaut.

Der Richter nahm seine Unterlagen zur Hand. Constanze schloss die Augen. Was immer jetzt folgen würde – sie war entschlossen, sich nicht vernichten zu lassen.

»Das Gericht ist zu folgendem Urteil gelangt«, verkündete der Richter. »Die Angeklagte Constanze Leonore Charlotte Reichenbach geborene Löwenthal wird des arglistigen Kreditbetrugs für schuldig befunden und zur Verbüßung ihrer Schuld zu einer Haftstrafe von einem Jahr und acht Monaten verurteilt.« Er hielt kurz inne, um sich zu räuspern. »Da es sich um eine Ersttat handelt und die Angeklagte sich in ihrem Vorleben keiner anderen Straftat je schuldig gemacht hat, wird die Strafe auf drei Jahre zur Bewährung ausgesetzt.«

Constanze rauschten die Ohren, wie durch einen Schleier schaute sie den Richter an, unfähig, das Urteil zu begreifen. Sollte das heißen, sie war frei und durfte den Gerichtssaal verlassen? Das konnte doch gar nicht sein! Das war doch unmöglich, nach all dem Leid und Unrecht, das ihr widerfahren war!

Der Richter räusperte sich ein zweites Mal. »Außerdem«, fuhr er fort, »wird gegen die Angeklagte wegen des dringenden Verdachts auf Anstiftung zur Ermordung ihres Ehemanns Gustav Reichenbach ein gesondertes Strafverfahren eingeleitet. Aufgrund erhöhter Fluchtgefahr ist die Angeklagte unverzüglich in Haft zu nehmen. Die ausführliche Urteilsbegründung geht den Prozessbeteiligten in den nächsten Tagen schriftlich zu.«

Das Rauschen in Constanzes Ohren verstummte, der Schleier zerriss, die Täuschung, der sie für einen Moment erlegen war, fiel von ihr ab, und die Wirklichkeit trat ihr mit einer Klarheit und Schärfe vor Augen, wie keine Fotografie sie zu produzieren vermochte. Mit einem Ruck straffte sie sich, und während zwei Vollzugsbeamte auf sie zutraten, um sie abzuführen, rückte sie an ihrer Frisur. Niemand sollte es wagen, sie anzurühren! Die Beamten sahen ihre Entschlossenheit und unterließen es, sie in die Mitte zu nehmen, sie forderten sie nur auf, mit ihnen zu kommen. Erhobenen Hauptes schritt sie voraus zu der Tür, durch die sie den Gerichtssaal betreten hatte und die zu ihrer Zelle führte.

Plötzlich wehte ein Hauch von Moschus sie an, und Alexander stand vor ihr. Sie blieb stehen und maß ihn mit ihrem Blick.

»Ich weiß, warum du das getan hast«, sagte sie voller Verachtung. »Weil ich dich nicht liebe. Weil mein Herz dem einen Mann gehört, der es als Einziger verdient.«

Mit kalten Augen erwiderte er ihren Blick. »Ich weiß nicht, wovon Sie reden«, sagte er. »Ich bin nur meinem Gewissen gefolgt und habe getan, was meine Pflicht war, im Dienst der Partei und des Führers. Sieg Heil!«

Die Hand zum Hitlergruß erhoben, wandte er sich ab, und bevor sie etwas entgegnen konnte, marschierte er davon. Ohnmächtig schaute sie ihm nach, wie er zur Tür hinaus verschwand, den herben, sich verflüchtigenden Moschusduft hinter sich lassend, den sie so sehr geliebt hatte.

In diesem Augenblick brach ihr Wille, hilflos sank sie zusammen, so dass die beiden Vollzugsbeamten sie unterfassen mussten, damit sie nicht zu Boden stürzte.

73

Es war ein drückend heißer Julitag, und obwohl Tino einen Sommeranzug aus extraleichtem Baumwollstoff trug, schwitzte er hinter dem Steuer seines Wagens so sehr, dass er bedauerte, seine Limousine statt Rahels Cabriolet genommen zu haben, um Pommer zum Bahnhof zu bringen. Doch der kleine Audi hätte nicht genügend Platz für all die Koffer und Taschen gehabt, die Pommer mit auf die Reise nahm, und selbst der große Daimler bot kaum genügend Platz, so dass sich jetzt ein paar Gepäckstücke, die nicht mehr in den Kofferraum gepasst hatten, neben ihm auf dem Beifahrersitz türmten und ihm die halbe Sicht versperrten, als er von der Königstraße auf die Potsdamer Allee einbog, die von Wannsee nach Berlin führte.

Pommer und Rahel saßen im Fond des Wagens, doch keiner von ihnen sprach ein Wort. Tino war am frühen Morgen hinaus an den See gefahren, kaum dass Alex aus dem Haus war, um die beiden abzuholen, und zu dritt hatten sie noch einmal in der Villa zusammen gefrühstückt. In einer halben Stunde würden sie Abschied nehmen. Pommer besaß zwar einen gültigen Reisepass, sogar mit dem Sichtvermerk des Propagandaministeriums und der ausdrücklichen Erlaubnis, jederzeit nach Deutschland zurückzukehren, aber weil er Goebbels nicht traute, wollte er Berlin so unauffällig wie möglich verlassen. Wäre er in einen Zug nach Paris gestiegen, hätte er Verdacht erregt, also hatte er beschlossen, nur bis Hannover mit der Bahn zu reisen. Dort stand ein Auto für ihn bereit, mit dem er weiter nach Paris fahren würde. Die französische Hauptstadt hatte er für sein Exil gewählt, weil er seine Frau nicht mit seiner Notsituation hatte erpressen wollen. Außerdem war Paris nicht so weit von Berlin entfernt wie Hollywood, und hoffen durfte man ja immer.

Sie hatten inzwischen die Avus erreicht. Obwohl er es nicht wollte, blickte er immer wieder in den Rückspiegel, ganz von allein wanderten seine Augen alle paar Sekunden dorthin. Pommer und Rahel hielten sich stumm an den Händen. Ohne Küsse oder Zärtlichkeiten zu tauschen, schauten sie schweigend zum Fenster hinaus auf die vorüberziehende Landschaft, jeder nach seiner Seite, als hätten sie innerlich schon Abschied genommen.

Tino musste schlucken. So schwierig ihre Ménage-à-trois manches Mal gewesen war, für Rahel genauso wie für Pommer und ihn, waren sie doch glücklich gewesen, glücklich auf ihre besondere Weise. Und auf diese Weise hätten sie weiter glücklich sein können. Aber die Wirklichkeit hatte sich als mächtiger erwiesen als ihr Traum.

Sie erreichten den Bahnhof eine knappe Viertelstunde, bevor der Zug nach Hannover abfuhr. Tino parkte den Daimler vor dem Hauptportal, dann stieg er aus und rief einen Dienstmann herbei. Während der das Gepäck aus dem Kofferraum holte und auf seinen Karren lud, nahm Tino Pommer zum Abschied in den Arm.

»Ich kann dir gar nicht sagen, wie sehr ich dich jetzt schon vermisse.«

Obwohl auch Pommers Augen verräterisch glänzten, schaffte er es zu grinsen. »Jetzt nur kein rührseliges Happy End. Kitsch ist strengstens verboten. Du weißt doch, meine Regel Nummer eins.«

»Dann hau endlich ab, du Mistkerl. Bevor ich dir doch noch die Fresse poliere.«

Gleichfalls grinsend boxte Tino Pommer gegen die Brust, und bevor ihm die Tränen kamen, stieg er zurück in sein Auto, während Pommer und Rahel, gefolgt von dem Dienstmann, im Eingang des Bahnhofs verschwanden.

74

Als sie den Bahnsteig erreichten, stand Erichs Zug schon unter Dampf. Es war Rahels Wunsch gewesen, nicht zu früh am Bahnhof zu sein, sie wollte eine lange Abschiedsszene vermeiden – »so kurz und schmerzlos wie möglich«, hatte sie gesagt. Erich wusste, warum, und war ihr dafür dankbar. Aus demselben Grund hatten sie auch nicht mehr miteinander geschlafen, seitdem entschieden war, dass er Deutschland verlassen würde. Das Bewusstsein des letzten Mals hätte ihnen beiden das Herz zerrissen, ihm genauso wie ihr. So hatten sie Abschied von ihrer Liebe nehmen können, indem sie diese noch einmal in vollen Zügen genossen hatten, ohne den Schmerz und die Bitternis und die Trauer um das Ende.

»Wartet Gertrud in Amerika auf dich?«, fragte Rahel.

»Nein. Sie weiß nur, dass ich Deutschland heute verlasse und nach Paris ziehe. Und mehr weiß ich selbst ja offen gestanden auch noch nicht.«

»Ich bin sicher, sie würde dich wieder bei sich aufnehmen, sonst hätte sie dich nicht angerufen. Sie ist der großherzigste Mensch, den ich kenne. Außerdem habt ihr ja auch euer Hänschen.«

»Jetzt erst mal Paris«, sagte Erich.

Rahel nickte. »Ja, erst mal Paris.«

Meinte sie dasselbe wie er? Er sah, wie sie mit den Tränen kämpfte, und wunderte sich, dass nicht auch er weinen musste. Beim Abschied von Tino waren ihm die Tränen gekommen. Warum nicht jetzt? Der Abschied von Rahel war doch noch viel schlimmer als der von seinem Freund. Fast schämte er sich.

Um den Kloß in seinem Hals loszuwerden, räusperte er sich. »Das, was wir hatten, kann uns niemand nehmen«, sagte er. »Und es war so viel.«

»Unendlich viel.« Wieder nickte Rahel. »Mehr als den meisten Menschen je in ihrem Leben zuteilwird.«

Erich nahm ihre Hand. »Was für ein Glück, dass wir den Film gemacht haben. Ohne den Film …« Er sprach den Gedanken nicht aus.

Mit einem wehen Lächeln erwiderte Rahel seinen Blick. »Der Film bedeutet dir alles, nicht wahr?«

»Ja«, sagte er und drückte ihre Hand. »Er ist unser Leben.«

»Ist er das wirklich?«, fragte sie und entzog ihm die Hand.

Er verstand nicht, was sie sagen wollte. Wo war der Unterschied? Der Film beinhaltete ja nicht nur ihr Leben, er hatte ihr wirkliches Leben ja sogar erst möglich gemacht. Doch als er begriff, worin der Unterschied lag, wusste er nicht, was er antworten sollte. Zu tief fühlte er sich durchschaut.

Sie schien zu ahnen, was in ihm vorging. »Du brauchst dich nicht zu schämen«, sagte sie. »Obwohl du immer behauptest, du wärest kein Künstler, war dir die Kunst immer wichtiger als das Leben.«

Er wollte widersprechen, doch sie legte einen Finger auf seine Lippen.

»Keine Lügen zum Abschied. Bitte. Genau deshalb habe ich dich ja geliebt. Und liebe ich dich noch.«

Der Pfiff des Schaffners gellte über den Bahnsteig.

»Achtung an Gleis drei! Bitte einsteigen und Türen schließen!«

Schweigend sahen sie einander noch einmal eine lange Weile an, in wortloser Innigkeit, und noch einmal versank Erich in Rahels Blick.

Mein Gott, wie sehr liebte er diese Frau!

Und obwohl er wusste, dass er es damit nur noch schlimmer machte, nahm er ihr Gesicht zwischen die Hände, um sie ein allerletztes Mal zu küssen.

75

Noch einmal ließ Rahel sich in den Kuss fallen, noch einmal war sie mit Erich eins. Dann öffnete sie die Augen und löste sich aus der Umarmung.

Die meisten Waggontüren des Zuges waren schon geschlossen.

»Ich glaube, ich muss jetzt los«, sagte Erich.

»Natürlich.« Rahel drückte seine Hand. »Nur tu mir bitte einen Gefallen – dreh dich nicht um.«

Statt einer Antwort wollte er sie noch einmal küssen, aber sie schüttelte den Kopf. »Leb wohl, Erich.«

Nur zögernd ließ er ihre Hand los. »Leb wohl, Rahel.«

Auf dem Absatz machte sie kehrt. Während sie den Bahnsteig entlangeilte, hörte sie, wie hinter ihr die letzten Waggontüren zugeschlagen wurden. Fauchend und stampfend setzte sich der Zug in Bewegung.

Es war vorbei …

Vorbei …

Vorbei …

Obwohl es so weh tat, dass sie es kaum aushielt, verbot sie sich zu weinen. Schreiben war wie Leben, ja ... Aber das war nur die halbe Wahrheit, die Umkehrung galt genauso. Leben war wie Schreiben – an jeder Weggabelung musste man sich entscheiden ... Warum – warum nur hatte sie sich entschieden, mit Tino in diesem verfluchten Land zu bleiben? Es gab doch andere Wege, mit unendlich vielen anderen Möglichkeiten, Wege, die viel leichter zu gehen gewesen wären. Tino und sie hätten ja denselben Weg wie Erich nehmen können, indem sie ihm folgten und sie zu dritt in Paris weiterlebten wie in ihren glücklichen Zeiten in Berlin. Erich und sie hatten darüber gesprochen, und auch Tino hatte diesen Weg vorgeschlagen. Warum hatte sie ihn nicht gehen wollen? Weil es Gustav Reichenbachs letzter Wille gewesen war, dass sein Sohn sich Hitler und den Nazis widersetzte, wie sie Tino vorgehalten hatte? War das die wirkliche und wahrhaftige Wahrheit?

Nein, tief in ihrem Innern wusste sie, dass dies nicht der wirkliche und wahrhaftige Grund war. Zwar hatte das Testament sie genötigt zu bleiben. Doch nicht wegen der Politik, sondern weil es ein Gottesurteil war, ein Fingerzeig des Schicksals, dass ihre Liebe zu dritt, ihre Ménage-à-trois, dass ihr früheres Leben, in dem sie keine andere Aufgabe gehabt hatte, als zu leben und zu lieben und glücklich zu sein, dass dieses wunderbare, unwirkliche Leben an ein Ende gelangt war und ein neues Leben begann, ein ganz anderes Leben, ein forderndes, wirkliches Leben, in dem es nach dem Willen des Schicksals ihre Aufgabe sein würde, dieses selbst in die Hand zu nehmen, ohne Hilfe und Beistand der Götter.

Sie hatte Erich gebeten, sich nicht umzudrehen. Doch am Ende des Bahnsteigs hielt sie es nicht mehr aus, und obwohl sie wusste, dass es falsch war, blieb sie stehen und drehte sich um, um noch einmal sein Gesicht zu sehen, dieses so schöne, intelligente, spöttische, manchmal auch hochmütige, doch immer so aufmerksam schauende, unendlich kluge Gesicht. Wo war es geblieben? Während aus den Fenstern des abfahrenden Zuges überall Fahrgäste ihren zurückbleibenden Lieben zuwinkten, war von Erich nirgendwo eine Spur zu sehen. Er hatte sich an ihre Bitte gehalten und war in dem Zug verschwunden, verschwunden aus ihrem Leben.

In welchem Film hatte sie die Szene schon mal gesehen?

Ja, die Kunst war für ihn immer wichtiger gewesen als das Leben.

Während der Zug mehr und mehr Fahrt aufnahm und sie bald nur noch sein Ende sah, wie es sich aus dem Bahnhof schlängelte und sich dann in der Ferne verlor, fiel ihr ein Satz von Novalis ein.

»Alle Erinnerung ist Gegenwart …«

Würde sie es je wieder schaffen, ihren Film anzuschauen?

76

Tino blickte auf die Normaluhr über dem Bahnhofsportal. Gerade sprang der Minutenzeiger auf sieben nach elf. Wenn der Zug pünktlich abgefahren war, musste er den Bahnhof bereits verlassen haben.

Wie würde Rahel den Abschied verkraften? Wenn kein Wunder geschah, würden sie Pommer lange Zeit nicht wiedersehen, vielleicht sogar überhaupt nicht mehr. Vielleicht war Paris ja nur eine Zwischenstation, vielleicht würde er von dort aus irgendwann weiter nach Amerika ziehen, um nach Hollywood zurückzukehren, zu seiner Frau und dem Hänschen.

Nur zwei Minuten später trat Rahel aus dem Bahnhofsportal ins Freie. Ihrem Gesicht nach schien sie gefasst zu sein, und als sie in den Wagen stieg, hatte Tino nicht den Eindruck, dass sie geweint hatte.

»Wenn du willst, kann ich mir den Tag heute freinehmen«, sagte er. »Oder möchtest du lieber putzen?«

Mit einem Lächeln schüttelte sie den Kopf. »Nein, ich glaube, die Wohnung ist sauber genug.« Sie legte ihre Hand auf seinen Arm und schaute ihn an. »Aber wie wäre es, wenn wir Alex von der Schule abholen und zusammen zu Mittag in einer netten Gartenwirtschaft im Grunewald eine Kleinigkeit essen gehen? Das Wetter ist heute noch schön, und für das Wochenende sind Gewitter und Regen angesagt.«

»Gute Idee«, sagte Tino. »Dann fahren wir also jetzt zuerst nach Hause?«

Rahel nickte. »Ja, nach Hause.«

Tino startete den Motor, dann setzte er den Winker und fädelte sich in den Verkehr ein. Wie schon auf der Fahrt zum Bahnhof sprachen sie auch jetzt kein Wort. Sie wussten ja beide, woran der andere dachte. Die Reise mit Erich Pommer war zu Ende. Auch wenn Rahel nicht weinte, spürte Tino, wie sehr sie unter dem Verlust litt. Er selbst vermisste Pommer ja ebenfalls, schon jetzt, er hatte nicht übertrieben, als er das beim Abschied gesagt hatte, sie waren ja nicht nur beste Freunde, sie hatten auch mehr als anderthalb Jahrzehnte lang zusammengearbeitet, Seite an Seite, waren immer füreinander da gewesen, verbunden durch einen gemeinsamen Traum, und wenn einer von ihnen in Schwierigkeiten geraten war, hatten sie sich immer wieder gegenseitig aus der Patsche geholfen und einander zurück auf den gemeinsamen Weg gebracht, seit Gründung der Ufa schon, von allem Anfang an.

»Glaubst du, wir schaffen es, auch so glücklich zu sein? Nur du und ich?«

Als hätte sie die Frage nicht gehört, blickte Rahel schweigend hinaus auf die Straße, auf das vor ihnen im Sonnenschein pulsierende Wogen Berlins, das Gewusel der hin und her eilenden Menschen, der Automobile und Fuhrwerke und Lastwagen und Fahrräder und Omnibusse und Straßenbahnen, ohne dass eine Regung in ihrem Gesicht verriet, was sie dachte.

Hatte sie seine Frage wirklich nicht gehört?

Doch dann, ganz plötzlich und unverhofft, zupfte ein Lächeln an ihren Lippen, und statt ihm zu antworten, drehte sie sich zu ihm herum und schaute ihn so zärtlich an, dass ihm ganz warm im Herzen wurde, und ohne Rücksicht darauf zu nehmen, dass er doch den Wagen durch den Verkehr steuern musste, beugte sie sich zu ihm und gab ihm einen Kuss.

77

Zwei mal drei Meter maß die Zelle, die man Constanze in der Strafanstalt Plötzensee zugewiesen hatte, zwei mal drei Meter, auf die ihr einst so weltläufiges Leben zusammengeschrumpft war, zwei mal drei Meter, in denen gefangen sie auf die Eröffnung ihres Strafprozesses wartete. Anstiftung zur Ermordung ihres Ehemanns, so lautete die Anklage, für die man sie zur Rechenschaft ziehen wollte.

Zwei mal drei Meter. Das Außenlicht drang nur durch ein kleines Gitterfenster ein, in Streifen schien die Sommersonne auf den Holztisch, auf dem das Blechgeschirr mit dem Frühstück stand: zwei mit Margarine bestrichene Scheiben Graubrot, dazu eine Tasse Ersatzkaffee. Constanze hatte nichts davon angerührt. Stattdessen erledigte sie vor dem kleinen Waschtisch wie jeden Morgen ihre Toilette. Sie putzte sich die Zähne, wusch sich und schminkte ihr Gesicht mit derselben Sorgfalt wie in ihrem früheren Leben, kämmte sich das Haar und flocht mit tausendfach geübten Handgriffen die künstlichen Flechten in den ihr noch verbliebenen natürlichen Kopfbewuchs ein, um das Ganze schließlich kunstvoll zu jener Hochfrisur aufzutürmen, die sie seit ihrem Debütantinnenball in der Dresdner Oper vor einem halben Jahrhundert trug. Haltung bewahren, was immer das Leben für einen bereithielt – das hatte ihr Vater sie gelehrt.

Zwei mal drei Meter. Ihr Anwalt hatte gesagt, dass sie im Fall einer Verurteilung die Zelle mit einer Mitgefangenen würde teilen müssen. Die Vorstellung war schlimmer als die Vorstellung lebenslanger Haft. In dem Zuchthaus war der weibliche Abschaum der Menschheit versammelt, Straßendirnen und Engelmacherinnen, Kindsmörderinnen und Kommunistinnen, diese in solchen Scharen, dass sie auf dem Gefängnishof bereits das Sagen hatten. Mit einer von ihnen würde sie dann auf zwei mal drei Metern zusammenhausen. Sie würden nicht nur die Zelle miteinander teilen, sondern auch dasselbe Waschgeschirr benutzen – ja, sogar denselben Abort, um ihre Notdurft zu verrichten, eine jede in Gegenwart und vor den Augen der anderen. Sollte dieser Fall wirklich eintreten, so hatte sie beschlossen, würde sie dem Beispiel ihres Vaters folgen und ihrem Leben von eigener Hand ein Ende bereiten, auch wenn das nicht einfach sein würde. Bei ihrer Inhaftierung hatte man sie aller Mittel beraubt, die einer Selbsttötung dienlich sein könnten, man hatte die Gürtel aus ihren Kleidern ebenso entfernt wie die Schnürriemen aus ihren Schuhen, die Zelle wurde regelmäßig auf spitze und scharfe Gegenstände abgesucht, und ihr Essen nahm sie statt mit Messer und Gabel mit einem Holzlöffel ein – ja, sogar der Spiegel über dem Waschtisch war so fest an der Wand fixiert, dass sich keine Scherbe abbrechen ließ. Trotzdem würde sie, wenn nötig, eine Lösung finden, so wie sie immer in ihrem Leben eine Lösung gefunden hatte.

Noch allerdings war es nicht so weit, noch gab es einen Menschen, an den sie sich wenden konnte und der ihr seine Hilfe nicht verweigern würde. Ihm würde sie heute schreiben.

Auf dem Zellengang näherten sich Schritte, und kurz darauf rasselte ein Schlüsselbund. Holte man sie zum Verhör? Der Untersuchungsrichter stellte ihr immer wieder dieselben Fragen, nur, um von ihr immer wieder dieselben Antworten zu bekommen: Nein, sie hatte nichts getan, was sie sich vorzuwerfen hatte, alles, was sie getan hatte, hatte sie ja für den Führer getan ... Während sie auf die Schritte draußen lauschte, fiel ihr Blick auf die Pritsche, auf der sie ihre schlaflosen Nächte verbrachte. Mit einer Mischung aus Wehmut und Wut musste sie daran denken, wie sie Alexander in Landsberg besucht hatte, während seiner Festungshaft, zehn Jahre war das her, zwei Monate nach Hitlers Putschversuch in München, dem Alexander sich angeschlossen hatte. Sie hatte ihm damals einen Obstkorb mit ins Gefängnis gebracht, der Anstaltsdirektor hatte ihnen sogar gestattet, mehrere Stunden ungestört miteinander zu verbringen, und obwohl die Pritsche, auf der sie sich geliebt hatten, genauso schmal und hart gewesen war wie die in ihrer Zelle, hatte sie sich im Paradies gewähnt.

Wie hatte Alexander sie nur so schändlich verraten können?

Draußen auf dem Gang verhallten die Schritte, ohne dass jemand ihre Zellentür öffnete. Gott sei Dank, heute blieb ihr ein Verhör erspart. Erleichtert trat sie wieder an den Spiegel, überprüfte noch einmal den Sitz ihrer Frisur, und nachdem sie mit dem Handteller behutsam rückend eine letzte Korrektur vorgenommen hatte, wandte sie sich von ihrem Spiegelbild ab, um das Blechgeschirr mit dem Frühstück von dem Holztisch zu räumen und auf den Boden zu stellen. Dann setzte sie sich an den Tisch, nahm ihr Schreibzeug aus der Schublade und begann ihren Brief.

Mein geliebter Führer Adolf Hitler …

78

Alexander Grau frohlockte. Der Reichsminister für Volksaufklärung und Propaganda, Dr. Joseph Goebbels, hatte ihn zu sich ins Ministerium gerufen, allein zu dem Zweck, ihm im Namen der Partei für die erfolgreiche Erfüllung seiner Mission zu danken. In Uniform an einem riesigen Schreibtisch thronend, saß Goebbels, schmächtig von Gestalt, doch umso eindrücklicher in seiner Präsenz, unter einem großformatigen Ölbild von Bismarck und einem ebenso großen Hitler-Porträt vor der mit Hunderten von Büchern bestückten Stirnwand seines Büros, das so groß war wie ein Tanzsaal und dessen Wände von seiner Lobrede widerhallten.

»Gratulation, Obersturmbannführer! Sie haben Ihre Feuertaufe mit Bravour bestanden! Sogar der Führer zeigte sich beeindruckt, wie Sie das Kind geschaukelt haben. Wirklich fabelhaft.«

Grau konnte sich gar nicht satthören. Mit leicht nach vorn geneigtem Oberkörper, ein Bein vor-, das andere zurückgestellt, hatte er auf der Vorderkante eines Lehnstuhls Platz genommen, wie er es als junger Offizier unzählige Male vor dem Spiegel einstudiert hatte, und übte sich in Bescheidenheit.

»Das war doch nicht der Rede wert, Herr Minister. Ich habe nur meine Pflicht als Parteisoldat getan.«

»Quatsch mit Soße, mein Lieber! Sie haben allergrößten Schaden von der Partei abgewendet. Ich kann Ihnen gar nicht sagen, wie wichtig das in dieser Zeit des Umbruchs ist. Dafür wollen wir uns erkenntlich zeigen. Ich werde persönlich dafür sorgen, dass Sie bei den hohen Herren in der Ufa künftig den Respekt genießen, den ein Mann wie Sie verdient.«

»Ich werde alles daransetzen, Ihr Vertrauen nicht zu enttäuschen.«

»Davon bin ich überzeugt! Doch apropos: Wie geht es mit dem

›Quex‹ voran? Ich verspreche mir einiges von dem Film zur Mobilisierung der deutschen Jugend.«

Auf diese Frage hatte Grau nur gewartet. »Die Dreharbeiten laufen wie am Schnürchen. Regisseur Steinhoff ist nicht nur ein hervorragender Spielleiter, sondern auch ein bewährter Parteigenosse, der weiß, was auf dem Spiel steht, und er duldet keinerlei Schlendrian. Die Premiere ist für den 22. September angesetzt.«

»Das freut mich zu hören«, erklärte Goebbels. »Allerdings hoffe ich sehr, dass auch Finanzdirektor Reichenbach uns bei der Uraufführung die Ehre erweist. Vor allem aber seine überaus reizende Gattin, Christel Reichenbach. Eine ganz hervorragende Schauspielerin. Ich habe mir kürzlich ›Ménage-à-trois‹ angeschaut und war begeistert von ihrer Darstellung – auch wenn der Film, unter uns gesagt, seinem Inhalt nach für das große Publikum eher wenig geeignet erscheint. Die Handlung ist ja«, fügte er mit einem verschwörerischen Augenzwinkern hinzu, »durchaus ein wenig – *delikat*!«

Grau zog einmal scharf die Luft ein. Sosehr das Lob auf die vermeintliche Schauspielkunst von Rahel Reichenbach ihn verdross – war dies die Chance, Goebbels ein Licht aufzustecken?

»Was den Inhalt des Films betrifft«, sagte er, »kann ich Ihnen nur beipflichten. ›Ménage-à-trois‹ ist ja geradezu ein Aufruf zur Sittenlosigkeit und seinem inneren Geiste nach ein durch und durch jüdisches Machwerk. Kein Wunder, der Jude Pommer hat es ja produziert. Auch wurde das dem Drehbuch zugrunde liegende Libretto, eigentlich Zeugnis einer heroischen, auf Entsagung angelegten Weltsicht, von Frau Reichenbach so stark bearbeitet, dass sich die Aussage des Textes geradezu in ihr Gegenteil verkehrte. Na ja, die Dame ist ja bekanntlich eine geborene Rosenberg. Sie wissen, was ich damit sagen will?«

»Aber gewiss doch«, erwiderte Goebbels. »Dass die Dame nicht nur schauspielerische, sondern auch schriftstellerische Talente hat. *Chapeau!*«

Grau musste schlucken. »Um ehrlich zu sein – das meinte ich nicht ganz. Vielmehr wollte ich auf die enge Verbindung hinweisen, die zwischen dem Juden Pommer und Frau Reichenbach besteht. Frau Reichenbach stand mit dem Juden Pommer, nicht anders als ihr Mann, ja auf ganz besonders vertrautem, intimem Fuße, und nun, da der Jude Pommer außer Landes ist – da … da frage ich mich, ob wir wirklich gut daran tun, uns auf die Loyalität dieser Herrschaften zu verlassen.«

»Das lassen Sie mal meine Sorgen sein.« Goebbels' Miene wurde ernst. »Sollten Sie tatsächlich mit Ihren Bedenken recht haben, gilt es umso mehr, Herrn und Frau Reichenbach an uns zu binden. Um das Werk des Führers zu vollenden, brauchen wir die Besten der Besten an unserer Seite. – Da fällt mir übrigens etwas ein, was mir kürzlich zu Ohren kam. Demnach ist Frau Reichenbach wohl eine leidenschaftliche Sportfliegerin, angeblich eine wahre Amazone der Lüfte. Doch offenbar hat man ihr vertraglich untersagt, ihren Sport auszuüben. Bin ich da recht unterrichtet?«

»Durchaus«, bestätigte Grau. »Eine allgemein übliche Vorsichtsmaßnahme zur Risikosenkung, die auf Veranlassung von Produktionsdirektor Correll erfolgte. Um möglichen Schaden von der Firma …«

»Ach was!«, fiel Goebbels, schon wieder lachend, ihm ins Wort. »Im Deutschen Reich hält niemand eine Amazone auf. Und was etwaige jüdische Flausen der Dame angeht, die werden wir ihr schon austreiben. Vorerst genügt es, sie stellt ihre Kunst in den Dienst der Bewegung!«

79

Eltern konnten manchmal ziemlich gemein sein. Schon wieder machten sie sich für eine Premiere fein, und wieder wollten sie allein ausgehen, und Alex sollte zu Hause bleiben. Dabei handelte der Film von einem Jungen, der kaum älter war als er selbst.

»Warum darf ich nicht mit?«

»Weil das kein Film für Kinder ist«, antwortete die Mutter, die schon ihr Abendkleid trug und jetzt im Flurschrank nach ihren Handschuhen suchte.

»Gar nicht wahr«, erwiderte Alex. »Dr. Schönborn hat gesagt, wir sollen uns alle den Film anschauen, sobald er in die Kinos kommt.«

»Dann hat dein Lehrer ausnahmsweise unrecht. Glaub mir, der Film ist nichts für dich. Papa hat ihn schon gesehen und weiß es darum besser. Das ist ein wirklich blöder Film. Außerdem schreibst du morgen eine Lateinarbeit. Da musst du ausgeschlafen sein.«

»Und warum geht ihr euch dann den Film anschauen, wenn er so blöd ist?«

»Weil wir müssen. Das gehört zu unserem Beruf ...«

Während sie sprach, ging die Schlafzimmertür auf, und der Vater streckte seinen Kopf in den Flur. Er hatte wieder seinen Frack an, in dem er aussah wie ein Pinguin. Allerdings wie ein Pinguin auf Strümpfen.

»Wissen Sie, wo meine schwarzen Schuhe sind?«, fragte er.

»Ich habe sie schon vor den Schrank gestellt. Also passen Sie auf, dass Sie nicht darüber stolpern.«

Der Vater drehte sich um. »Ach ja, da sind sie ja«, sagte er und verschwand wieder im Schlafzimmer.

Alex schaute die Mutter an. »Warum sagt ihr eigentlich auf einmal Sie zueinander? Ihr seid doch verheiratet. Und alle anderen verheirateten Leute sagen du.«

»Genau deshalb sagen wir Sie.« Die Mutter lachte. »Weil dein Papa und ich ein klitzekleines bisschen anders sind als andere Leute.«

Alex schüttelte den Kopf, egal, ob seine Eltern anders waren oder nicht, er fand es einfach nur komisch, dass sie sich plötzlich siezten. Aber bevor er das sagen konnte, klingelte es an der Wohnungstür.

»Ist das Onkel Erich?«, wollte er wissen.

»Nein«, sagte die Mutter, »Onkel Erich ist in Paris, das weißt du doch. Das wird Tante Ottilie sein. Also los – worauf wartest du? Mach auf! Sonst verschwindet sie noch, und wir müssen dich heute Abend allein lassen.«

80

Wie seit Wochen angekündigt, wurde am 22. September 1933 im Filmpalast am Zoo, dem größten Lichtspieltheater der Universum Film AG, mit allem Pomp und Gloria die Welturaufführung von »Hitlerjunge Quex« gefeiert, der neuesten Ufa-Produktion, von der sich die Nazi-Regierung die Mobilisierung der deutschen Jugend versprach, und Tinos Aufgabe war es, den Ehrengast dieser Premiere zu betreuen, Dr. Joseph Goebbels, und zwar auf dessen ausdrücklichen Wunsch. Tino konnte sich nur einen Grund vorstellen, warum der Propagandaminister seine Begleitung an dem Abend wünschte. Der selbsternannte »Schirmherr des deutschen Films« wollte nach Pommers Flucht ins Exil mit ihm an der Seite vor aller Welt zeigen, wer nun endgültig der Herr im Hause war. Was für ein widerliches Spiel! Tino hatte Klitzsch darum gebeten, jemand anderen mit der Aufgabe zu betrauen. Doch Hugenberg persönlich hatte ihn dazu vergattert, Goebbels den Gefallen zu tun, und zwar zusammen mit seiner Frau – der Minister habe verlauten lassen, er wolle die Schauspielerin Christel Reichenbach unbedingt kennenlernen. Also hatten Rahel und er sich zähneknirschend gefügt.

Obwohl sie fast eine Stunde vor Beginn der Vorführung eintrafen, quoll das Foyer des Zoopalasts bereits von Menschen über. Anders als sonst bei einer Premiere, dominierten im Publikum jedoch nicht die prachtvollen Roben der Damen und festlichen Anzüge der Herren das Bild, sondern die braunen und schwarzen Uniformen von SA und SS, deren Abordnungen mehr als die Hälfte der zweitausend Zuschauer ausmachten, die sich nun bei Musik und Champagner die Wartezeit verkürzten.

Goebbels war noch nicht erschienen. Dafür war Lilly schon da – Rahel hatte sie gleich in der Menge entdeckt und Tino gezeigt. Aber wie sah sie aus? Ihr Bubikopf war passé, sie hatte ihr Haar wachsen lassen und zu zwei Ohrenschnecken frisiert, und statt eines Abendkleides trug sie die Tracht der BDM-Führerin, die sie im Film spielte – weiße Bluse, schwarzer Schlips und schwarzer, bis zu den Waden reichender Faltenrock, darunter weiße Söckchen und schwarze Wanderschuhe. Als sie Tino und Rahel sah, nickte sie ihnen mit einem unsicheren Lächeln aus der Ferne zu, doch ohne sich auf sie zuzubewegen.

»Soll ich sie zu uns holen?«, fragte Tino.

»Ich weiß nicht«, erwiderte Rahel, die ein weit geschnittenes Taftkleid mit tiefem Rückenausschnitt trug, das Tino für sie ausgesucht hatte und das ihr wunderbar stand. »Ehrlich gesagt habe ich keine große Lust, ihr zu dem Film auch noch zu gratulieren.«

»Jetzt seien Sie nicht so streng, nach allem, was Lilly durchgemacht hat. Von irgendwas muss sie schließlich leben. Außerdem haben Sie sie selbst an Correll vermittelt.«

Tino wollte zu ihr gehen, doch da kehrte Lilly ihm so demonstrativ den Rücken zu, um mit zwei SS-Männern zu plaudern, dass er es sein ließ.

»Sehen Sie?«, sagte Rahel. »Sie hat offenbar auch kein Interesse.«

Plötzliches ging ein Raunen durch den Saal. Goebbels kam in das Foyer marschiert, umgeben von einem Dutzend Uniformierter. Im Gegensatz zu seiner Entourage trug er zu Tinos Überraschung allerdings Frack – ganz *comme il faut*.

War er vielleicht doch nicht in politischer Mission hier?

Mit beiden Händen straffte Tino seine Frackbrust. »Dann muss ich wohl mal.«

Er ließ Rahel stehen, um den Minister zu empfangen. Doch der hinkte mit einem »Erst die Damen« an ihm vorbei und steuerte direkt auf Rahel zu, um sie mit einem Handkuss zu begrüßen.

»Ich bin entzückt, Ihre Bekanntschaft machen zu dürfen, verehrte gnädige Frau – Goebbels mein Name«, stellte er sich vor, als wäre eine Vorstellung nötig. »Einer Ihrer glühendsten Bewunderer. So viel Schönheit und Talent in einer einzigen Person vereint – ja, der liebe Gott hat es wahrlich gut mit Ihnen gemeint.«

»Danke für das Kompliment«, erwiderte Rahel. »Aber wie war gleich Ihr Name?«

Für einen Moment verzog Goebbels das Gesicht. Doch dann lachte er laut auf. »Und Humor haben Sie auch noch! Köstlich!« Er drehte sich zu Tino herum. »Man kann Sie um Ihre Frau nur beneiden, Direktor Reichenbach.«

Tino deutete eine Verbeugung an. »Es ist uns eine Ehre, Sie im Namen der Universum Film AG begrüßen zu dürfen, Herr Minister.«

»Den Minister wollen wir heute Abend mal weglassen«, sagte Goebbels gönnerhaft. »Heute soll es nur um die Kunst gehen. Doch apropos: Ich kann Ihnen gar nicht sagen, wie sehr ich bedaure, dass Ihr Freund Pommer uns von der Fahne gegangen ist. Was für ein Verlust für das deutsche Filmschaffen! Ich habe alles getan, um ihn im Land zu halten, der Mann ist ja ein Genie, aber es zog ihn wohl unwiderstehlich nach Paris.«

Tino wusste nicht, was er auf diese Unverfrorenheit erwidern sollte. Zum Glück kam Lilly ihm zu Hilfe, die urplötzlich herbeigeeilt war, um Rahel mit einer überschwänglichen Umarmung zu begrüßen.

»Oh, die Damen kennen sich?«, fragte Goebbels überrascht.

»Kennen ist gar kein Ausdruck!«, erwiderte Lilly. »Rahel Reichenbach und ich sind seit Jahren beste Freundinnen!«

»Rahel?«, wiederholte Goebbels. »Sie meinen wohl *Christel* Reichenbach!«

»Aber natürlich!« rief Lilly so laut, dass sich ein paar Köpfe nach ihr umdrehten. »*Christel*, wollte ich sagen, Christel Reichenbach. Natürlich!« Wie um ihren Fehler wiedergutzumachen, streckte sie ihm die Hand entgegen, deren Nägel, wie Tino auffiel, nicht wie sonst lackiert waren und außerdem ganz kurz geschnitten. »Elisabeth Seidenschön, Filmschauspielerin. Ich spiele in ›Hitlerjunge Quex‹ eine BDM-Führerin.«

Goebbels musterte sie mit einem spöttischen Lächeln. »Donnerwetter, was Sie nicht sagen.« Er schüttelte kurz ihre Hand, dann wandte er sich wieder an Tino. »Zurück zu unserem Thema. So bedauerlich Pommers Fahnenflucht ist, Hauptsache, *Sie* bleiben uns erhalten, mein lieber Reichenbach. Produzenten sind Gott sei Dank ja ersetzbar, aber ohne euch Finanzleute wären wir alle aufgeschmissen. – Nein«, sagte er, als Tino etwas entgegnen wollte, »ich habe Ihr Engagement bei der Gründung der Filmkreditbank nicht vergessen.

Und ich habe mir auch schon etwas einfallen lassen, um Ihnen und Ihrer Frau Gemahlin meine ganz besondere Wertschätzung zu beweisen.« Er warf einen Blick auf Rahel, die noch von Lilly in Beschlag genommen wurde. »Aber vielleicht warten wir, bis Ihre Frau uns wieder ihre geschätzte Aufmerksamkeit schenkt. Es betrifft ja vor allem sie.«

81

Im Vorführsaal erloschen die Lichter, und während der riesige Samtvorhang lautlos in die Höhe schwebte, nahm Rahel in der Mitte der ersten Reihe Platz – mit Tino zu ihrer Rechten und Goebbels zu ihrer Linken.

Auf der Leinwand flackerte die erste Seite des Vorspanns auf.

HITLERJUNGE QUEX

EIN FILM VOM OPFERGEIST
DER DEUTSCHEN JUGEND

Rahel hätte lieber weiter hinten gesessen, wie Lilly, die man in der vierten oder fünften Reihe platziert hatte. Von Tino wusste sie ja, was für ein Streifen sie in den nächsten anderthalb Stunden erwartete, und wollte so wenig wie möglich davon mitbekommen. Doch Goebbels hatte darauf bestanden, dass sie neben ihm saß, in derselben Reihe, in der auch Regisseur Hans Steinhoff sowie die Hauptdarsteller Heinrich George und Berta Drews und der halbwüchsige Jürgen Ohlsen saßen, der die Titelfigur in dem Film spielte.

Während der Vorspann abspulte, ertönten aus den Lautsprechern die Stimmen eines Jugendchors.

Uns're Fahne flattert uns voran.
In die Zukunft zieh'n wir, Mann für Mann …

Rahel musste ein Niesen unterdrücken. Goebbels' Rasierwasser stach ihr so penetrant in der Nase, dass es einen Juckreiz auslöste. Offenbar enthielt es einen Duftstoff, auf den sie allergisch reagierte. Jedenfalls war ihr schon ganz übel. Oder war das die Aufregung über die Nachricht, die sie soeben bekommen hatte? Goebbels hatte ihr eröffnet, dass auf seine Anweisung hin die Flugverbotsklausel aus ihrem Vertrag gestrichen worden war. Sie durfte wieder fliegen! Klitzsch und Correll hatten schon ihren Segen dazu gegeben.

Wir marschieren für Hitler
Durch Nacht und durch Not
Mit der Fahne der Jugend
Für Freiheit und Brot …

Der Film war noch schlimmer, als Rahel befürchtet hatte. Ein Druckerlehrling namens Heini Völker, kaum älter als Alex, wurde von seinem trunksüchtigen Vater gezwungen, an einem kommunistischen Zeltlager teilzunehmen, wo schwindsüchtige Gestalten Unzucht miteinander trieben. Dabei brannte sein Herz für die Hitlerjugend, wo Ordnung und Disziplin herrschten und Scharen blonder deutscher Jungen sich voller Begeisterung in Kriegsspielen ertüchtigten und dem Führer Treue bis in den Tod schworen. Alle zwei Minuten beugte Goebbels sich zu Rahel, um ihr die Genialität des Films zu erklären. Ihren Niesreiz unterdrückend, wusste sie kaum noch, welche Gesichter sie zu den Kommentaren ziehen sollte, während Tino ihr heimlich die Hand drückte.

»Ah, da ist ja Ihre Freundin …«

Tatsächlich, Lilly war auf der Leinwand zu sehen, sogar in Großaufnahme. Sie führte eine Riege barfüßiger, nur mit Turnhosen und Leibchen bekleideter Mädchen an, die auf offenem Feld jauchzend Bälle in den Himmel emporwarfen … Rahel musste an den Piloten denken, der vor vielen Jahren in ihren Armen gestorben war. Nie hatte sie ihn vergessen können, und oft hatte sein Beispiel ihr in Zeiten der Mutlosigkeit Mut gemacht. Jetzt war sie unsicher, ob sein Beispiel sie nicht in die Irre geführt hatte. Wozu fliegen, wenn man doch immer wieder auf die Erde zurückmusste? Nur um einmal dem

Himmel nah gewesen zu sein? Doch dann hörte sie im Geiste wieder die letzten Worte der Piloten; auf dem Sterbebett hatte er sie geflüstert, so leise, dass sie sich über ihn hatte beugen müssen, um sie zu verstehen. »Nichts kann schöner sein«, hatte er gesagt, bevor er sein Leben ausgehaucht hatte, mit einem so glückseligen Lächeln im Gesicht, dass jeder Zweifel daran zunichte wurde.

Ja, morgen würde sie zum Tempelhof fahren, um wieder mit ihrer Maschine in die Lüfte aufzusteigen, zusammen mit Tino und Alex!

»Aufgepasst«, sagte Goebbels. »Jetzt kommt der Höhepunkt.«

Rahel schaute wieder zur Leinwand. Heini Völker hatte es geschafft – er war Hitlerjunge geworden und auf den Namen Quex getauft, weil er alle Befehle seines Jungvolkführers so schnell wie Quecksilber ausführte. Doch dann, er verteilte gerade auf einer Kirmes Flugblätter für die Partei, tauchte eine Horde Kommunisten auf, rohe, ungeschlachte Kerle, aus allen Gassen kamen sie herbei ... Heini erkannte die Gefahr, in Todesangst ließ er die Flugblätter fallen und rannte über den Jahrmarkt davon, rannte um sein Leben! Aber nein, sie waren zu viele – ein Aufschrei, und er sank zu Boden ... Leblos lag er da, gestorben für den Führer und die Partei. Doch als seine Kameraden ihn fanden, liegend im Staub, regten sich noch einmal seine Lebensgeister, ein allerletztes Mal, und während er mit schon leeren Augen in den Himmel hinaufsah, ertönte wieder das Lied, das sein Herz so oft in seinem jungen Leben hatte hoch und höher schlagen lassen und das sein ganzes Glück gewesen war.

Uns're Fahne flattert uns voran,
Uns're Fahne ist die neue Zeit.
Und die Fahne führt uns in die Ewigkeit!
Ja, die Fahne ist mehr als der Tod!

Heinis Augen brachen, und während ein seliges Lächeln sein Gesicht verklärte, schwoll der Chor lauter und lauter an, Heinis lächelndes Gesicht löste sich in marschierendem Jungvolk auf, das nach und nach die ganze Leinwand füllte, Hunderte, Tausende Jungen und

Mädchen, die sich hinter die Fahne scharten, vereint im Zeichen des Hakenkreuzes.

Dann erstarb der Ton, und die Leinwand wurde schwarz.

Als der Vorhang fiel, explodierte der Saal. Die Zuschauer sprangen von ihren Sitzen, zuerst die Uniformierten, dann auch die Zivilisten, und wie ein Sturmgebraus ging der Applaus auf den Regisseur und die Hauptdarsteller nieder, die sich gleichfalls erhoben hatten, um sich dem Publikum zu zeigen.

Goebbels strahlte – strahlte über das ganze Gesicht, und seine Augen sprühten Funken vor Begeisterung.

»Hier und heute haben wir gesehen, wozu der deutsche Film fähig ist!« Mit einem betörenden Lächeln nahm er Rahels Hand und führte sie an seine Lippen. »Meine verehrte Christel Reichenbach – jetzt kommt Ihre Karriere erst richtig in Fahrt. Das verspreche ich Ihnen! – Sieg Heil!«

EPILOG

Erkauftes Leben

1938

1

»GIPFELGLÜCK. Szene siebzehn, die zwölfte!«

Die Schneebrille im Gesicht, die Skistöcke startbereit in den Fäusten, wartete Rahel zusammen mit der Crew darauf, dass der Wind die Wolken über der Zugspitze vertrieb. »Gipfelglück«, der Film, den sie in diesem Februar des Jahres 1938 in den bayerischen Alpen drehte, erzählte die Geschichte von Christl Cranz, die bei den Olympischen Winterspielen 1936 in Garmisch-Partenkirchen die Goldmedaille in der Alpinen Kombination gewonnen hatte und deren dramatischer Abfahrtslauf heute mit Rahel in der Rolle der berühmten Skirennfahrerin gedreht werden sollte, auf der Kandahar-Piste, derselben Strecke aus tausendfünfhundert Metern Höhe den Tröglhang hinab ins Tal, auf der die echte Christl Cranz ihren Triumph errungen hatte. Fast ein Dutzend Mal hatte Regisseur Luis Trenker die Szene abbrechen müssen, weil sich immer wieder neue Wolken vor die Sonne geschoben hatten, doch jetzt brach die Wolkendecke auf, und die Sonne strahlte leuchtend hell vom blauen Winterhimmel auf die von Millionen Schneekristallen glitzernde Piste und das wie ein Spielzeugdorf im Tal liegende Garmisch.

»Frau Reichenbach bitte auf Position!«

Rahel rückte auf ihren Skiern zu der markierten Stelle vor, von der aus sie den Steilhang hinunterstürzen sollte. Fast senkrecht fiel der Schussanger vor ihr in die Tiefe, bevor es mit einem gewaltigen Sprung in das »Himmelreich« und die daran anschließende Traverse ging. Laut Drehbuch beschränkte sich ihr Einsatz vor der Kamera allerdings auf die Großeinstellung beim Start, bei der eigentlichen

Abfahrt würde sie von der echten Christl Cranz gedoubelt. Doch wegen des Windes hatte bis jetzt die Sonne immer nur für die Großaufnahme gereicht, um sofort wieder hinter einer Wolke zu verschwinden, bevor die echte Christl Cranz starten konnte.

Sollte Rahel vielleicht auf das Double verzichten und selber den Hang hinunterfahren, damit sie die Szene endlich in den Kasten bekamen? Bis ins Tal schaffte sie es allemal, zur Vorbereitung auf den Film hatte sie zusammen mit Christl Cranz so intensiv trainiert, dass sie die Strecke schon mehrmals bewältigt hatte, die fast vier Kilometer vom Start bis zum Ziel, wenn auch natürlich nicht so elegant und rasant wie die Olympiasiegerin.

Der Regisseur hob das Megaphon an die Lippen.

»Kamera läuft?«

»Kamera läuft!«

Am Himmel näherte sich wieder eine Wolkenwand. Rahel musste sich entscheiden. Sollte sie, oder sollte sie nicht? Sie blickte hinüber zu Alex, der ihr zusammen mit der übrigen Crew beim Start zuschaute, wie immer in der Nähe der hübschen jungen Maskenbildnerin, mit der er sich schon seit Tagen beäugte. Sie beschloss, es darauf ankommen zu lassen. Wenn Alex das Mädchen ansprach, würde sie fahren. Wenn nicht, dann nicht …

»Und bitte!«

Noch einmal blickte sie in den Himmel, wo die Wolkenwand bedrohlich näher kam. Im selben Moment sprach das Mädchen Alex an.

Rahel stieß einen Jauchzer aus. Mit beiden Stöcken drückte sie sich ab und stürzte sich in die Tiefe.

2

Hilde hieß die hübsche junge Maskenbildnerin, mit der Alex sich seit Tagen beäugte. Sie hatte blondes Haar, wunderschöne braune Augen und noch mehr Sommersprossen als er selbst.

»Wie ist das eigentlich, der Sohn einer so berühmten Mutter zu sein?«, wollte sie wissen und schaute Alex dabei so unverwandt an, dass ihr Blick wie ein Stromstoß in ihn hineinfuhr.

Schon am ersten Drehtag hatte er sich in sie verliebt, in der Garderobe seiner Mutter – sie hatte ihm einmal kurz im Spiegel zugelächelt, während sie seine Mutter frisierte. Seitdem dachte er über nichts anderes mehr nach als darüber, wie er sie ansprechen könnte, und obwohl er sich tausendundeine Möglichkeit überlegt hatte, war ihm keine einzige eingefallen, die ihm auch nur annähernd witzig und geistreich genug für so ein wunderhübsches Mädchen erschien. Doch jetzt, da das größte Wunder geschah, das ihm in den fast siebzehn Jahren seines Lebens widerfahren war, das Wunder, dass dieses wunderhübsche Mädchen ihn völlig unverhofft von sich aus ansprach und dabei die Sommersprossen auf ihrer Nase zappelten, als wollten sie ein Tänzchen extra für ihn aufführen, war er so perplex, dass er nicht wusste, was er antworten sollte. Erstens weil ihm jetzt erst recht nichts Witziges oder Geistreiches einfiel und zweitens weil seine berühmte Mutter so ziemlich das Letzte war, worüber er mit diesem himmlischen Wesen reden wollte. Zu allem Überfluss spürte er jetzt auch noch, wie er vor lauter Verlegenheit rot anlief, so dass er die dümmste aller Antworten gab, die es auf ihre Frage überhaupt gab.

»Meine Mama, ich meine, meine Mutter – sie ... sie hat mir das Engagement hier verschafft.«

»Du meinst, als Assistent des Tonmeisters?«

»Woher weißt du das denn?«, fragte er verblüfft.

»Ich habe mich danach erkundigt«, erwiderte sie, als sei das das Selbstverständlichste der Welt, und lächelte ihn dabei auch noch in einer Weise an, dass er einen zweiten Stromschlag bekam.

Jetzt war er völlig konfus. »Weil ... weil, du musst wissen, ich interessiere mich nämlich für alles, was mit Physik zu tun hat. Das will ich später ja auch studieren – wenn ich erst das Abitur habe. Aber ich glaube, meine Mutter wollte vor allem, dass ich nicht mit ins Zeltlager gehe, wie die anderen Jungs in meiner Klasse, abgesehen von den zwei Juden natürlich, die ... die durften ja nicht mit. Außerdem meinte meine Mutter, ich sollte endlich Skifahren lernen.«

Wieder lächelte sie ihn an. »Deine Mutter ist eine sehr begeisterte Skiläuferin, nicht wahr?«

»Das … das kannst du laut sagen. Beim Frühstück hat sie gesagt, sie würde die Abfahrt heute am liebsten selber machen.«

»Was heißt – *würde*? Sie tut es doch gerade.«

»WAS sagst du da?«

Tatsächlich, als Alex sich umdrehte, sah er, wie seine Mutter den Steilhang hinunterraste. Gerade ging sie in die Hocke und setzte zum Sprung ins »Himmelreich« an. Mit einem gewaltigen Satz hob sie ab, um zu fliegen – so hoch und weit hinaus, als wolle sie nie wieder landen.

3

Zur selben Zeit saß Tino an seinem Schreibtisch, demselben Schreibtisch, an dem schon sein Vater wie auch sein Großvater gesessen hatten, im Chefkontor der Handels- und Kreditbank Reichenbach am Dresdner Altmarkt. Nach der Gleichschaltung der Universum Film AG und deren Eingliederung in Goebbels' Propagandaapparat hatte er in der Filmfabrik seinen Abschied genommen, um sich fortan – so die offizielle Begründung – ganz auf die Leitung des familieneigenen Geldinstituts zu konzentrieren, dem er in der Nachfolge seines Vaters nunmehr als geschäftsführender Hauptgesellschafter vorstand. Doch statt Bilanzen und Geschäftsberichte zu prüfen, sichtete er an diesem Vormittag den Nachlass seiner Mutter, der ihm von der Verwaltung der Strafanstalt Plötzensee zugegangen war.

Ja, Constanze Leonore Charlotte Reichenbach, geborene Löwenthal, war aus dem Leben geschieden, aus eigenem Entschluss und von eigener Hand.

Abgesehen von den Kleidern, die sie bei ihrer Inhaftierung am Leibe getragen hatte, sowie ein paar persönlichen Gegenständen bestand ihre letzte Habe zum größten Teil aus von ihr selbst verfassten Briefen, die von den Adressaten ungeöffnet an sie zurückgeschickt worden waren. Fünf Jahre lang hatte sie nach ihrer Verurteilung aus dem Zuchthaus heraus Eingaben gemacht, um ihre Begnadigung zu erwirken, bei Hitler, bei Goebbels und bei Göring, doch ohne Erfolg.

Am Morgen des 30. Januar, dem Tag, an dem Deutschland zum fünften Mal die Wiederkehr der sogenannten Machtergreifung feierte, hatte ein Gefängniswärter sie tot in ihrer Zelle aufgefunden. Aus den künstlichen Flechten, von denen sie wegen des fortschreitenden Verlusts ihrer natürlichen Haarfülle immer mehr zur Erhaltung ihrer kunstvollen Hochfrisur hatte Gebrauch machen müssen, hatte sie, so stand es in einem dem Nachlass beigefügten Schreiben, im Laufe der Zeit offenbar einen Strick geknüpft und sich damit an einem Gitterstab des Zellenfensters erhängt, als ihre Zellennachbarin gerade beim Hofgang gewesen war.

Trotz allem, was geschehen war, erfüllte dieses Ende seiner Mutter Tino mit Schmerz. Sobald er die Augen schloss, glaubte er sie vor sich zu sehen, wie sie sich die künstlichen Flechten ins Gefängnis hatte kommen lassen, wie sie die Lieferungen ihres Coiffeurs ausgepackt und aus den Strähnen einen Strick gedreht hatte, Monat für Monat, Jahr für Jahr, um sich irgendwann schließlich die Schlinge um den Hals zu legen wie früher ihre Perlenkette, das Gesicht ruhig und beherrscht, unversehrt in seiner makellosen Schönheit, die eine Braue ein wenig in die Höhe gezogen, um die Lippen ein verächtliches Lächeln. Doch Tränen hatte er für sie nicht. Obwohl er als ihr Erstgeborener sogar nach ihr benannt worden war, hatten sie beide nichts miteinander gemeinsam gehabt. Ganz anders als sein Bruder Arnim, mit dem die Mutter ein Herz und eine Seele gewesen war.

Hatte sie wirklich allein für den Tod ihres Mannes gesorgt, wie das Gericht entschieden hatte?

Auf dem Schreibtisch klingelte das Telefon. Als Tino abhob, meldete sich sein Sohn.

»Alex! Wie schön, dass du anrufst. Wie geht es euch? Habt ihr eine gute Zeit?«

Einen Moment lang hörte Tino nur das Rauschen in der Leitung. Dann sagte Alex: »Es … es ist etwas Fürchterliches passiert. Mama ist verunglückt. Du musst sofort nach Garmisch kommen.«

4

Über sechs Stunden dauerte die Operation inzwischen schon an, doch Alex wartete noch immer auf dem Flur des Garmischer Krankenhauses auf eine Nachricht, keiner der Ärzte und Schwestern und Krankenwärter, die ständig hin und her eilten, wollte ihm sagen, wie es um seine Mutter stand. Er wusste nur, dass sie nach ihrem nicht enden wollenden Sprung ins »Himmelreich« bei der Landung so schwer gestürzt war, dass sie schon ohne Bewusstsein gewesen war, als die Bergretter sie geborgen hatten. Auf einem Wannenschlitten hatten sie sie die Piste hinunter ins Tal transportiert, wo man sie in einen Krankenwagen verfrachtet hatte, um sie ins Hospital zu bringen. Der berühmte Professor Sauerbruch führte die Operation durch – man hatte ihn mit einem Hubschrauber extra aus München herbeigeflogen, wo er an einem Chirurgenkongress teilgenommen hatte. Angeblich hatte Propagandaminister Goebbels persönlich dafür gesorgt, Christel Reichenbach war ja, wie er so oft in der Öffentlichkeit erklärt hatte, eine seiner Lieblingsschauspielerinnen.

Warum war sie nur selber die Abfahrt hinuntergefahren, statt sich doubeln zu lassen? So war es doch geplant gewesen, so hatte es doch im Drehbuch gestanden!

Vom langen Warten auf der harten Bank war Alex ein Bein eingeschlafen. Er stand auf, um sich ein paar Schritte zu bewegen. Gegen Abend, es hatte schon zu dunkeln begonnen, hatte eine Schwester ihm etwas zu essen gebracht, ein Schinkenbrot und dazu eine Tasse Hagebuttentee, aber es war ihm unmöglich, auch nur einen Bissen runterzubekommen. Seit einer Stunde stand das Tablett schon auf der Bank, und der Tee war längst kalt geworden.

War es seine Schuld, dass seine Mutter verunglückt war? Wenn er aufgepasst hätte, statt mit Hilde zu reden, hätte er gesehen, was sie vorhatte, und sie womöglich aufhalten können. Aber er war nur mit Hildes wunderschönen braunen Augen und ihren tanzenden Sommersprossen und ihrem Lächeln beschäftigt gewesen.

Plötzlich hörte er, wie jemand seinen Namen rief. Als er sich umdrehte, kam sein Vater vom Ende des Ganges auf ihn zugeeilt.

Im selben Moment spürte er, wie ihm die Tränen in die Augen schossen.

»Papa! Endlich! Gott sei Dank!«

5

Die Uhr über der Flügeltür zum OP-Bereich zeigte auf zehn nach neun.

»Du darfst dir keine Vorwürfe machen«, sagte Tino. »Auch wenn du nicht mit dem Mädchen gesprochen hättest, du hättest Mama unmöglich aufhalten können.«

Er war mit Rahels Junkers, der Maschine, die er ihr zur Hochzeit geschenkt hatte, nach Garmisch gekommen – ihr Fluglehrer Harry Bartels hatte ihn geflogen. Obwohl auch er den ganzen Tag nichts gegessen hatte, verspürte er so wenig Appetit wie sein Sohn, so dass das Schinkenbrot unangerührt auf dem Tablett verkümmerte.

»Warum dauert das nur so lange?«, fragte Alex. »Irgendwann müssen sie doch fertig werden.«

Aus seinen Augen sprach solche Angst, dass Tino ihn an sich drückte.

»Das ist bestimmt ein gutes Zeichen. Sie wollen nur alles so perfekt wie möglich machen, damit Mama wieder ganz heil wird. Professor Sauerbruch ist der beste Chirurg, den es in Deutschland gibt. Der kriegt jeden wieder hin.«

»Glaubst du wirklich, Papa?«

»Ganz sicher, Alex. Hab keine Angst, alles wird wieder gut.«

Die Flügeltür ging auf, und zwei Krankenwärter schoben eine Trage auf den Flur. Wie auf Kommando standen Tino und Alex auf. Rahel lag auf der Trage, ihr Gesicht war ganz bleich, fast wächsern sah es aus, und ihre Augen waren geschlossen.

Aber sie atmete – sie atmete und lebte!

»Wo bringen Sie sie hin?«

»Auf die Intensivstation.«

»Wir kommen mit!«

»Nein, nur einer.« Der Wärter schaute Tino an. »Sind Sie der Ehemann?«

»Ja, warum?«

»Folgen Sie uns. Der Professor will Sie sprechen.«

War das ein gutes oder schlechtes Zeichen? Tino wusste es nicht.

»Warte hier auf mich«, sagte er im Fortgehen zu Alex. »Ich bin gleich wieder da.«

Während er neben der Trage herlief, nahm er Rahels Hand. Wie vertraut fühlte sie sich an. Während er sie an die Lippen führte, lag Rahel reglos da, kaum merklich hob und senkte sich ihre Brust. Plötzlich musste er daran denken, wie er mit der Spanischen Grippe bei ihr im Lazarett gelegen hatte. Ihr lächelndes Gesicht war das Erste gewesen, was er gesehen hatte, als er aus dem Koma aufgewacht war. Für einen Moment hatte er geglaubt, sie wäre ein Engel und er wäre schon im Himmel …

Würde auch sie irgendwann wieder die Augen aufschlagen und ihn wie damals anlächeln? Oder würde er ihre Augen, ihr Lächeln niemals wiedersehen?

Professor Sauerbruch wartete auf der Intensivstation schon auf ihn, sein Operationsmantel war voller Blut, auch die funkelnden Gläser seiner Nickelbrille hatten ein paar Spritzer abbekommen. Während die Wärter Rahel von der Bahre hoben, um sie auf das Bett zu legen, sprach er Tino ohne Begrüßung an.

»Glaubst du an Gott?«

Tino wusste zuerst nicht, ob er überhaupt gemeint war, doch dann fiel ihm ein, dass Professor Sauerbruch ja dafür bekannt war, jedermann zu duzen.

»Ja, nein«, stammelte er. »Nein, eigentlich nicht. Eigentlich glaube ich nicht an Gott, um ehrlich zu sein.«

»Das solltest du aber«, erwiderte der Chirurg. »Wenigstens heute. Wir haben getan, was wir konnten, aber ich bin nicht sicher, ob das reicht. Wenn du möchtest, dass deine Frau noch ein bisschen lebt, solltest du den lieben Gott um seine Mithilfe bitten. Weil sonst …« Er nahm seine Brille ab, um sie am Ärmel seines Operationsmantels zu reinigen.

Tino spürte, wie sich ihm die Kehle zuschnürte. »Sonst *was*?«

Ohne die funkelnden Gläser sahen die Augen des Professors plötzlich todtraurig aus, todtraurig und erschöpft. »Geh beten, mein Junge«, sagte er. »Vielleicht hat der liebe Gott heute ja seinen großzügigen Tag.« Mit einem Ruck setzte er sich die Brille wieder auf. »Und jetzt raus hier, damit wir arbeiten können. Ohne sein Bodenpersonal ist nämlich auch der liebe Gott aufgeschmissen.«

6

Erichs Zigarettenspitze zeigte in die Höhe, als er in Covent Garden aus der Londoner U-Bahn stieg, um in seinem Produktionsbüro nach der Post zu schauen, bevor er für heute Feierabend machte und zur Nacht in sein Hotel ging. Wenn ihn nicht alles täuschte, hatte er an diesem Tag den idealen Regisseur für seinen nächsten Film gefunden, »Jamaica Inn«, eine Abenteuergeschichte nach einem Roman von Daphne du Maurier mit Charles Laughton und Maureen O'Hara in den Hauptrollen. Alfred Hitchcock hieß er, einer von einem halben Dutzend Kandidaten, die Erich auf seiner Liste hatte, und zum ersten Kennenlernen hatte er eigentlich nur für ein, zwei Stunden mit ihm im »Simpson's in the Strand« zu Mittag essen wollen, doch das Gespräch hatte sich so lebhaft entwickelt, dass sie bis zum Abend geredet und geredet hatten, ohne zu merken, wie die Zeit verging. Hitchcock sah mit seinen teigigen Hängebacken und der rundlichen Figur so langweilig aus wie ein englischer Landpfarrer, doch noch nie hatte Erich einen Menschen erlebt, der so viel von Spannung und davon, wie man sie erzeugt, verstand wie dieser junge Regisseur. Hitchcock hatte nur so gesprudelt vor Ideen, wie er »Jamaica Inn« inszenieren würde, so dass Erich schon jetzt den fertigen Film vor sich sah.

Aber es gab noch einen anderen, viel wichtigeren Grund, warum seine Zigarettenspitze in die Höhe zeigte. London war nur eine Zwischenstation, die er schon bald wieder verlassen würde, um dorthin zurückzukehren, wo er hingehörte. Nachdem er in Paris erkannt hatte, dass die Leitung einer kontinentalen Vertriebszentrale nichts für ihn war, hatte er ein Angebot der britischen Mayflower Productions angenommen, um wieder ausschließlich das zu machen, was er als Einziges konnte und wollte: Filme produzieren. Doch kaum war er in London angekommen, hatte ihn ein Anruf aus Amerika erreicht, und sobald »Jamaica Inn« abgedreht war, würde er nach Hollywood zurückkehren, zu Gertrud und seinem Hänschen, der inzwischen ein fast erwachsener Hans geworden war und auch schon als Regieassistent beim Film arbeitete.

Ja, Rahel hatte recht gehabt, Gertrud hatte ihm verziehen und war bereit, ihn bei sich aufzunehmen, damit er und sie und das Hänschen wieder als Familie zusammenleben konnten. In den fünf Jahren, seit Hitler an die Macht gekommen war, waren immer mehr Deutsche vor den Nazis nach Hollywood geflohen, nach Josef von Sternberg und Billy Wilder auch Fritz Lang und zuletzt Detlef Sierk; ihre Berichte hatten Gertrud bewogen, ihn in London anzurufen. Als sie am Telefon gesagt hatte, dass sie ihn noch immer liebe, hatte er seit Jahren zum ersten Mal wieder außerhalb eines Kinosaals geweint.

Die Sekretärin hatte schon Feierabend gemacht, als er in sein Büro kam. Doch wie immer hatte sie seine Post auf dem Schreibtisch bereitgelegt, zusammen mit der neuesten Ausgabe von »Variety«, dem Branchenblatt der Filmindustrie.

Als Erich die Titelseite sah, schrak er zusammen.

Ufa-Star Christel Reichenbach nach Unfall
bei Dreharbeiten im Koma

7

Mit dem Telefonhörer am Ohr stand Tino am Fenster seines Arbeitszimmers und schaute hinaus auf den Gendarmenmarkt, den eine Rotte Hitlerjungen mit Hakenkreuzfahnen beflaggte. Der Anschluss Österreichs an das Deutsche Reich war vollzogen – das sollte mit einer großen Parade gefeiert werden.

»Ja, natürlich gebe ich Bescheid, wenn sich etwas ändert«, sagte er. »Allerdings sieht es zurzeit nicht danach aus.«

»Trotzdem«, erwiderte Pommer am anderen Ende der Leitung, »du darfst die Hoffnung nicht aufgeben. Rahel schafft das. Wenn jemand das schafft, dann sie.«

»Du hast recht. Nur fällt es manchmal schwer, daran zu glauben.«

»Umso wichtiger, dass du den Kopf oben behältst.« Pommer hielt inne, offenbar fiel ihm nichts mehr ein, was er noch sagen konnte, sie hatten dieses Telefonat ja schon so oft geführt. »Ich … ich glaube, ich muss jetzt Schluss machen. Wir haben nur noch zwei Drehtage, du kennst das ja, und fünf Szenen sind noch nicht im Kasten. Am Sonntag rufe ich wieder an.«

»Das ist hochanständig von dir. Aber das musst du nicht.«

»Unsinn! Das ist doch selbstverständlich. Also bis Sonntag.«

»Ja, bis Sonntag. Und viel Erfolg bei den Schlussszenen.«

Tino legte auf. Obwohl er immer wieder dasselbe berichtete, weil es nichts anderes zu berichten gab, rief Pommer mehrmals in der Woche an, um sich nach Rahels Zustand zu erkundigen. Sie war inzwischen nach Berlin überführt worden, Professor Sauerbruch, der den Transport angeordnet hatte, war der Meinung, dass eine Rückkehr in eine möglichst gewohnte Umgebung helfen könne – auch Komapatienten, hatte er gesagt, hätten durchaus noch Sinneseindrücke, über die sie die Welt wahrnehmen würden, und seien es auch nur Gerüche, und nicht selten würde so etwas darüber entscheiden, ob der Lebenswille sich noch einmal regte oder nicht. Sie hatten Rahel deshalb in ihre alte Berliner Wohnung gebracht, wo sie ihre glücklichsten Jahre verbracht hatten, statt nach Dresden, wo die Familie seit Tinos Abschied von der Ufa lebte und wo auch Alex zur Schule ging.

Aber gab es wirklich noch Hoffnung? Oder war das nur noch ein Strohhalm, an den sie sich alle klammerten, um nicht zu verzweifeln? Rahel lag inzwischen schon über einen Monat lang im Koma. Ihre Versorgung hätte selbst in der Charité nicht besser sein können, Tino hatte für die Pflege drei Rotkreuzschwestern engagiert, die sich rund um die Uhr um sie kümmerten, und Tante Ottilie kam jeden Morgen mit der Elektrischen aus dem Wedding, um zu helfen. Doch mit jedem Tag, der verging, schwand die Hoffnung ein bisschen mehr. Sogar Professor Sauerbruch, der alle zwei Tage nach ihr sah, schien trotz seines schnoddrig zur Schau gestellten Optimismus die Zuversicht zu verlieren, auch ihm gingen allmählich die Trostworte aus. Und selbst wenn er recht behalten sollte und Rahels Lebensgeister sich noch einmal regten und sie es wider alle Erwartung und Wahrscheinlichkeit tatsächlich schaffte – würde sie dann noch dieselbe sein? Und würde sie je wieder …?

Nein, die Vorstellung war so bedrückend, dass Tino den Gedanken nicht zu Ende dachte.

Er schaute auf die Uhr: zwanzig nach neun. Um zehn stand eine Konferenz in der Reichsbank an. Die Mefo-Wechsel wurden fällig, Reichsbankpräsident Hjalmar Schacht würde also wieder um neue Kredite bitten, um die Wohltaten Hitlers an das Volk zu finanzieren. Allein der Autobahnbau, der die Vollbeschäftigung künstlich am Leben hielt, verschlang Jahr für Jahr Unsummen, von Extravaganzen wie den Olympischen Spielen zum Lobpreis des Führers und des vermeintlich friedliebenden Deutschen Reichs zu schweigen. Der Staatshaushalt kam allmählich einer Bankrotterklärung gleich, jedes Wirtschaftsunternehmen hätte bei einer solchen Bilanz Insolvenz anmelden müssen, auch wenn das natürlich niemand zu sagen wagte.

Nein, das würde kein erfreulicher Tag heute werden.

Bevor Tino sich auf den Weg machte, wollte er noch einmal nach Rahel sehen und sich verabschieden. Das tat er immer, wenn er das Haus verließ, auch wenn es nur für die wenigen Minuten war, die er für die Besorgung seiner Nelke brauchte, auf die er jetzt noch weniger als sonst verzichten wollte – bei dem Zustand, in dem Rahel sich befand, musste man ja immer mit dem Schlimmsten rechnen.

Als er das Krankenzimmer betrat, verließ die Schwester mit einem stummen Kopfnicken den Raum, um ihn mit seiner Frau allein zu lassen. Er wartete, bis sie die Tür hinter sich geschlossen hatte, dann nahm er einen Stuhl und setzte sich an Rahels Bett. Vollkommen reglos lag sie da, als wäre sie schon nicht mehr von dieser Welt. Wie jeden Morgen hatte die Schwester sie nicht nur gewaschen, sondern auch frisiert. Der Schwung der braunen Locken stand in einem grotesken Kontrast zu dem erstarrten, leblosen Gesicht, selbst die Sommersprossen auf der wächsernen Haut schienen inzwischen verblasst.

Wie sollte es nur weitergehen?

Tino wusste es nicht. Bis jetzt hatte Goebbels seine schützende Hand über Rahel gehalten, er hatte zum Glück einen solchen Narren an ihr gefressen, dass sie sich nicht mal an den Propagandamachwerken hatte beteiligen müssen, die die Ufa in zunehmendem Maße produzierte, Goebbels war vollkommen zufrieden damit gewesen, wenn sie mit ihren Auftritten in harmlosen Unterhaltungsfilmen zur »seelischen Erquickung der deutschen Volksgemeinschaft« beigetragen hatte, wie er sich ausdrückte. Doch als sie einmal hatte anklingen lassen, sie wolle vielleicht mit der Schauspielerei aufhören, weil die Unterhaltungsfilme gar nicht so harmlos waren, wie sie den Anschein hatten, sondern auch sie der Propaganda dienten, nur im Gewand der leichten Muse, hatte Goebbels unmissverständlich erklärt, dass er dann – »leider, leider« – nichts mehr für sie tun könne.

Was würde passieren, wenn Rahel nicht mehr imstande war, als Schauspielerin vor die Kamera zu treten? Würde Goebbels ihr dann nicht unweigerlich seinen Schutz entziehen? Tino machte sich keine Illusionen, genau so und nicht anders würde es kommen, und seit Wochen zerbrach er sich den Kopf, was in dem Fall zu tun wäre. Wahrscheinlich würde ihnen nichts anderes übrigbleiben, als Pommers Beispiel zu folgen und Deutschland zu verlassen. Nachdem die Nazis die Rassengesetze »zum Schutz des deutschen Blutes und der deutschen Ehre« erlassen hatten, waren Juden ja nunmehr ganz offiziell Menschen zweiter Klasse, deren Rechte auch durch die Ehe mit einem Arier nicht mehr wirklich sicher waren.

Die Liebe, so hieß es, sei stärker als der Tod. Rahel hatte immer daran geglaubt, und auch Tino hatte sich mit dieser Vorstellung getröstet, als er sich ihre Liebe mit Pommer hatte teilen müssen. Und ja, ihre Liebe war wirklich groß und stark genug gewesen, um allen Konventionen zu trotzen, auch hatte sie ihnen allen drei geholfen, die Eifersucht zu verwinden und all die anderen Verletzungen, die sie einander in ihrer Ménage-à-trois zugefügt hatten. Doch am Ende hatten auch sie kapituliert, trotz aller Liebe, kapituliert vor der Übermacht des Faktischen, das mit den Stiefelschritten der Nazis in ihre Welt einmarschiert war.

Mit einem Seufzer nahm Tino Rahels Hand. Vollkommen willenlos ließ sie es geschehen, offenbar löste die Berührung nichts in ihr aus – zu weit war sie schon fort. War sie vielleicht schon bei ihren Eltern? Er spürte, wie die Hoffnungslosigkeit ihn übermannte, ihn wie mit kalter Hand im Nacken packte und herunterdrückte.

»Umso wichtiger, dass du den Kopf oben behältst«, hatte Pommer gesagt …

Tino atmete durch und räusperte sich. »Ich soll dich von Erich grüßen, mein Liebling. Er wünscht dir gute Besserung.«

Wieder zeigte ihre Miene keine Reaktion, stumm und schweigend lag sie da, nur ihr Brustkorb hob und senkte sich. Fast wünschte Tino sich, dass es zu Ende ging.

»Ich muss dich jetzt ein paar Stunden allein lassen, Liebste.« Er beugte sich über sie und küsste sie auf die Stirn. »Eine Sitzung in der Reichsbank. Aber zum Abendessen bin ich wieder da.«

Er stand auf und wandte sich zur Tür – da stutzte er. Täuschte er sich, oder hatte Rahel sich bewegt?

Ungläubig schaute er in ihr Gesicht.

Tatsächlich, ihre Augenlider zuckten, und irgendetwas, das aussah wie ein Lächeln, zupfte an ihren Lippen.

8

In dumpfer, bleierner Reglosigkeit lag sie da. Um sie herum war alles schwarz, nur in weiter, weiter Ferne, an einem unsichtbaren, von der Dunkelheit verschluckten Horizont, blinkten winzig kleine Irrlichter auf, Glühwürmchen gleich. Eine starke, unheimliche, beängstigende Macht drängte sie in die Richtung der Lichter, ein unwiderstehliches Sehnen, das sie mit einer qualvoll schmerzlichen Lust erfüllte, sich der Verlockung hinzugeben und den Lichtern zu folgen, hinein in eine grelle, bunte, lärmende Ungewissheit. Doch eine andere Macht hielt sie zurück, eine gute, vertraute, freundliche Macht, mit liebevoll mahnenden Worten flüsterte sie ihr zu, innezuhalten und umzukehren, zurück in die Dunkelheit, die doch ihre Heimstatt war, Ursprung und Ziel zugleich, Alpha und Omega. Die Dunkelheit war Stille, war Schutz, war Geborgenheit, darin waren nur Ruhe und süßer Friede, kein Laut würde dort zu ihr dringen, nichts mehr sie erreichen.

Es war, als stünde sie an einer Wegkreuzung, allein in einer Wüstenei, ohne zu wissen, welchen Weg sie gehen sollte. Sie wusste nur, der Weg, den sie gekommen war, war eine breite, ebene Straße, die immer breiter und ebener wurde, je weiter sie sie zurückgehen würde, heim in den süßen Frieden, dem sie entstammte. Der andere Weg aber, der Weg zu den Lichtern, würde ein schmaler, steiniger Pfad voller Anstrengung und Mühsal sein, ein Weg in die Fremde, in das Unbekannte, der vielleicht nie an ein Ende gelangte.

»Rahel?«

Wie ein Blitz fuhr die Stimme in die Dunkelheit hinein. Rahel – das war sie, auch glaubte sie, die Stimme zu kennen. Aber die Stimme hatte kein Gesicht.

»Rahel? Rahel!«

Wem gehörte die Stimme? Warum rief sie ihren Namen? Was wollte sie von ihr? Seltsam, obwohl die Stimme so laut rief, tat sie nicht weh. Sie war kein Lärm, sie war ihr vertraut, fast so vertraut wie die gute, die freundliche Macht.

»Kannst du mich hören?«

Die Dunkelheit riss auf. Plötzlich fand sie sich an einem Schreibtisch wieder, vor ihr lag ein Heft, die aufgeschlagenen Seiten waren weiß wie frisch gefallener Schnee. Sie hatte einen Füllfederhalter in der Hand, sie sollte die leeren Seiten füllen, sie füllen mit Worten, mit Sätzen, mit Leben … Doch es gelang ihr nicht. Sobald sie versuchte, ein Wort niederzuschreiben, lösten die Buchstaben sich vor ihren Augen in der weißen Leere der Seite auf, noch bevor sie an das Ende des Wortes gelangte, versickerte das Blau der Tinte im Papier, ohne eine Spur zu hinterlassen, wie eine Geheimschrift.

»Bitte, Rahel. Komm zurück!«

Leise stöhnte sie auf. Sollte sie der Stimme folgen? Schreiben ist wie Leben … Leben ist wie Schreiben … Man muss sich entscheiden … immer entscheiden … Doch woher sollte sie die Kraft nehmen? Sie war so unendlich müde. So lang und so mühsam war der Weg gewesen, den sie schon hinter sich gebracht hatte.

»Ich zähle jetzt bis einundzwanzig. Bis *einundzwanzig* – hörst du?«

Einundzwanzig … einundzwanzig … Woher kannte sie die Zahl?

»Eins … zwei … drei …«

Die Stimme begann zu zählen, ganz langsam und ruhig, als würde sie den Weg wissen. Den Weg und die Worte … die Worte und die Sätze … die Sätze und das Leben …

»… dreizehn … vierzehn … fünfzehn …«

Einundzwanzig … Plötzlich erinnerte sie sich. Sie hatte die Zahl selbst genannt, vor langer, langer Zeit, und die Stimme war der Zahl gefolgt – beim allerersten Mal. Doch dann hatte die Stimme die Zahl vergessen. Und erst zu spät, viel zu spät, war sie ihr wieder eingefallen … Einundzwanzig … ja, natürlich … einundzwanzig … einundzwanzig!

»… achtzehn … neunzehn … zwanzig …«

Mit Gewalt öffnete sie die Augen. Das Licht war so grell, dass sie blinzeln musste.

»… einundzwanzig.«

Zuerst sah sie nur etwas Gelbes. Etwas Gelbes mit vielen Blättern.

Eine Nelke.

Erst dann sah sie das Gesicht.

»Tino …?«

9

»Rahel! Rahel! Da bist du ja! Endlich! Gott sei Dank!«

Nein, Tino hatte sich nicht geirrt, sie hatte sich bewegt – sie *lebte*! Noch schaute sie ihn wie aus weiter Ferne an, ihr Blick voller Befremden, als lägen Welten zwischen ihnen, als habe sie Mühe, sich zu erinnern, als nehme sie noch nicht wirklich wahr, was sie sah, als müsse sie sich erst wieder alles vor ihr inneres Auge rufen, um zu begreifen, wer und wo sie war. Aber sie war bei Bewusstsein, sie hatte ihn erkannt. Und je länger sie die Augen auf ihn gerichtet hielt, umso mehr belebte sich ihr Gesicht, und während ihre Brust sich hob und senkte, wurde die seelenlose fleischliche Hülle, die sie im Koma gewesen war, wieder zu Rahel, seiner Frau.

Noch einmal formten ihre Lippen seinen Namen.

»Tino …«

Ihr Flüstern war noch nicht verhallt, da vollendete sich das Wunder. Ein Lächeln spielte um ihren Mund, winzig klein war es und kaum zu sehen, doch es war ein Lächeln, ein wirkliches und wahrhaftiges Lächeln. Als Tino es sah, brachen alle Dämme in ihm, die Panzer, mit denen er sich gewappnet hatte, um nicht verrückt zu werden in all den verzweifelten Tagen und Nächten, in denen er sie schon so viele Male für immer entschwunden geglaubt hatte – sie lösten sich von seiner Seele, fielen von ihm ab.

»Liebste … mein Leben … mein Engel …«

Die Tränen schossen ihm mit solcher Macht in die Augen, dass sie wie Sturzbäche an seinen Wangen herunterliefen. Er ergriff ihre Hände, und während er das Salz seiner Tränen schmeckte, bedeckte er ihre Finger mit seinen Küssen.

Plötzlich hörte er ihre Stimme. »Du … hast es … gewusst. Gott sei Dank.«

Er hielt inne und schaute sie an. »Was habe ich gewusst?«

»Ein… einundzwanzig.« Jetzt lächelte sie so deutlich, dass es keinen Zweifel mehr gab. »Diesmal hast du dich erinnert.«

»Natürlich habe ich das, natürlich, mein Engel.« Er war so glücklich, dass er am liebsten auch ihr Gesicht mit seinen Küssen bedeckt hätte. Aber das durfte er nicht, sie war ja noch so schwach.

»Psssst«, machte er darum nur. »Du musst dich ausruhen. Damit du wieder zu Kräften kommst. Schlaf noch ein bisschen, Liebste, mein Leben – schlaf! Ich kümmere mich.«

10

Als Rahel aufwachte, war Tino fort. Der Stuhl, auf dem er gesessen hatte, stand leer und verwaist neben ihrem Bett.

Hatte sie nur geträumt?

Ihr Kopf war ganz taub und dumpf, der Rücken schmerzte vom Liegen, und sie hatte entsetzlichen Durst. Sie wollte sich umdrehen, vielleicht gab es ja irgendwo Wasser, aber es gelang ihr nicht, sich auch nur einen Zentimeter zu rühren. Als hätte sie die Verbindung zu ihren Gliedern verloren, versagten diese ihr den Dienst.

Plötzlich erinnerte sie sich. »Gipfelglück« … Wie sie auf ihren Skiern zusammen mit der Crew darauf gewartet hatte, dass sich die Wolken verzogen und sie die Szene weiterdrehen konnten … Wie endlich die Sonne hervorgebrochen war und der Regisseur das Zeichen zum Start gegeben hatte … Wie sie sich mit einem Jauchzer in die Tiefe gestürzt hatte und plötzlich geflogen war, immer weiter und höher hinaus, als würde sie nie wieder landen …

Es klingelte an der Wohnungstür. Gleich darauf hörte sie Schritte im Flur, dann Stimmen, und einen Moment später ging die Tür auf, und Tino kam herein, zusammen mit einem Mann, dessen Gesicht sie von Zeitungsfotos kannte: hohe Stirnglatze, Nickelbrille und ein viereckiges Oberlippenbärtchen.

Sie versuchte ein Lächeln.

»Professor Sauerbruch?«

»Oh, du erkennst den Feldscher, der dich zusammengeflickt hat? Das ist ja großartig!« Er setzte sich zu ihr aufs Bett und nahm ihren Unterarm. »Dann wollen wir mal sehen, wie viel Leben wieder in dir ist.« Er schloss kurz die Augen, um sich auf ihren Puls zu konzentrieren.

»Und?«, fragte Tino.

»Alles sehr erfreulich«, erklärte Sauerbruch. »Das Blut wallt, wie es sich für ein so junges und hübsches Geschöpf gehört.« Dann drehte er sich zu Rahel herum. »Um ehrlich zu sein, es grenzt an ein Wunder, dass wir dich wieder hingekriegt haben. Ich hatte schon befürchtet, ich müsste mich mal wieder in meinen Beerdigungsanzug schmeißen.

Aber der kann, was dich betrifft, wohl noch ein Weilchen im Schrank hängen bleiben.«

Rahel sah an seinem Gesicht, wie ernst er trotz der zur Schau gestellten Schnoddrigkeit seine Worte meinte.

»Ich … ich weiß gar nicht, wie ich Ihnen danken soll, Herr Professor.«

»Ach was!« Unwillig schüttelte Sauerbruch den Kopf. »Bedank dich bei deinem Mann. Der scheint einen guten Draht zum lieben Gott zu haben. Denn ohne dessen Hilfe hätten wir es nicht geschafft, dass du noch ein bisschen auf dieser schönen Welt lustwandeln darfst. – Und ganz«, fügte er hinzu, »haben wir dich ja auch nicht wieder so hingekriegt, wie du vorher warst. Mit der Skifahrerei ist es jedenfalls vorbei. Und mit so manchem anderen wohl auch, leider.«

Der Ton, in dem er das sagte, war plötzlich ein so vollkommen anderer, dass Rahel Angst bekam.

»Was … was wollen Sie damit sagen?«

»Dafür ist jetzt nicht der richtige Zeitpunkt«, sagte Tino. »Hauptsache, du lebst! Alles andere ist egal!«

Aber Sauerbruch schüttelte den Kopf. »Deine Frau hat das Recht, dass wir ihr reinen Wein einschenken.« Er nahm ihre Hand und blickte ihr fest in die Augen. »Du musst jetzt sehr tapfer sein, mein Mädchen. Die Sache ist nämlich die: Bei deinem Sturz ist etwas zu Bruch gegangen, was sich nicht mehr reparieren lässt, und wenn der liebe Gott es noch so gut mit dir meint.« Er hielt für einen Moment inne und drückte ihre Hand. »Du weißt, was es bedeutet, wenn einem Menschen das Rückgrat bricht?«

Obwohl er ihr die Frage vollkommen unvermittelt gestellt hatte, wusste sie sofort, was er meinte. *Darum* hatte sie sich nicht umdrehen können … *Darum* hatten ihre Glieder ihr den Dienst versagt …

Sauerbruch nickte. »Du wirst den Rest deines Lebens im Rollstuhl verbringen, mein Mädchen, da beißt die Maus keinen Faden ab. Aber glaub mir, so wie ihr zwei Menschenkinder euch liebt, dein Mann und du, werdet ihr noch viele schöne Tage zusammen haben, trotz allem, darauf verwette ich meine sämtlichen Doktorhüte. Deshalb darfst du guten Mutes sein. Auch wenn dir jetzt erst mal zum Heulen ist, das kann ja gar nicht anders sein.«

Noch einmal drückte er ihre Hand, dann stand er auf.

»Ich lasse euch zwei Turteltauben jetzt mal allein. Ich denke, ihr habt eine Menge zu besprechen.«

Er nickte ihnen beiden zu und wandte sich zur Tür.

Im Flur klingelte das Telefon.

11

Vor dem Haus Vaterland war kein Parkplatz mehr frei, so dass Tino seinen Wagen hundert Meter weiter Richtung Bahnhof abstellen musste. Warum hatte Generaldirektor Klitzsch ihn zu sich gerufen? Am Telefon hatte er den Grund nicht nennen wollen – »die Sache«, wie er sich ausgedrückt hatte, sei »zu delikat« für ein fernmündliches Gespräch. Solches Drumherumgerede passte ganz und gar nicht zu Klitzschs Feldwebelart. Kein gutes Zeichen.

Mit entsprechend düsteren Vorahnungen betrat Tino das Gebäude, das sich mit seinen Säulengängen und dem imposanten Kuppelgewölbe wie eine Kathedrale am Potsdamer Platz erhob. Obwohl er seit nunmehr fünf Jahren nicht mehr im Haus Vaterland gewesen war, schien ihm alles so vertraut, als habe er noch gestern hier gearbeitet. Wie verlogen die Wirklichkeit doch sein konnte, verlogener als jeder Film! In Wahrheit war hier nichts mehr so wie früher, die Architektur war nur äußerer Schein, in Wahrheit war die Traumfabrik, die zu Pommers Zeiten ein cineastisches Meisterwerk nach dem anderen hervorgebracht hatte, zu einer elenden Lügenfabrik verkommen, und das Einzige, was von der alten Ufa übriggeblieben war, war ihr missbrauchter Markenname, dessen Signet mit den drei geschweiften Buchstaben nach wie vor über dem Haupteingang prangte, als könnte die Zeit ihm nichts anhaben.

Das Gesicht, mit dem Klitzsch ihn empfing, bestätigte Tinos Befürchtungen.

»Leider muss ich Ihnen mitteilen, dass die Verträge, die wir mit Ihrer Frau geschlossen haben, ab sofort null und nichtig sind. Reichsminister Goebbels hat persönlich angeordnet, dass Christel Reichenbach nie wieder in einem Film der Universum Film AG mitwirken darf.«

»Die Anordnung hätte der Minister sich sparen können«, erwiderte Tino. »Meiner Frau wird es ohnehin nicht mehr möglich sein, vor eine Kamera zu treten.«

»Das hatte ich befürchtet, und ich bin sicher, Herr Goebbels ist ebenfalls im Bilde. Er selbst hat ja dafür gesorgt, dass Professor Sauerbruch Ihre Frau operierte. Doch jetzt, da der medizinische Befund leider so ist, wie er ist …« Klitzsch verstummte.

»Sie meinen, er will damit ein Zeichen setzen?«, fragte Tino.

Klitzsch nickte. »Daran kann kein Zweifel bestehen. In der Anordnung nimmt der Minister ja ausdrücklich Bezug auf das Reichsbürgergesetz, nach dem Ihre Frau als jüdischer Mischling ersten Grades zu betrachten sei und folglich nur mit einer Sondergenehmigung als Schauspielerin arbeiten dürfe. Und wenn er ihr diese in derselben Anordnung entzieht, kommt das einer öffentlichen Brandmarkung gleich, die für die Zukunft das Allerschlimmste befürchten lässt.«

Tino holte tief Luft. Seit Rahels Unfall hatte er sich innerlich darauf vorbereitet, dass Goebbels ihr seinen Schutz entziehen würde. Trotzdem traf ihn die Nachricht jetzt wie ein Schlag. Nie und nimmer hätte er geglaubt, dass es so schnell und radikal gehen würde. Es war, als hätten Rahel und er die letzten fünf Jahre in einer Filmkulisse gelebt, dann aber hatte sich eine Tapetentür geöffnet, und ohne jede Vorwarnung hatte man sie aus ihrer Scheinwelt in die Realität katapultiert. Fünf Jahre hatten sie die Augen vor der Wirklichkeit verschlossen, fünf selig verlogene Jahre lang hatten sie einfach ignoriert, dass die Gesetze, die die Nazis »zum Schutz des deutschen Blutes und der deutschen Ehre« erlassen hatten, auch Rahel betrafen – im Glanz ihres Ruhms hatten sie sich für immer sicher gewähnt. Doch damit war es vorbei. Jetzt erfuhren auch sie, was es in Hitler-Deutschland hieß, nicht »reinen« Blutes zu sein.

»Ich kann mir denken, wie Ihnen zumute ist, Reichenbach.«

Obwohl Tino die Stimme, die plötzlich in seinem Rücken ertönte, von vielen Gesprächen her kannte, schrak er zusammen.

»Herr Geheimrat?«

Tatsächlich, als er sich umdrehte, sah er sich Alfred Hugenberg gegenüber; halb verborgen hinter dem Blattwerk eines bis zur Decke reichenden Gummibaums hockte der einstige Herrscher der Universum Film AG und scheinbar allmächtige Pressezar in einem riesigen Ohrensessel, in sich zusammengesunken wie ein Greis. Zehn Jahre hatte Hugenbergs Ufa-Herrschaft gedauert, bis er vor einem Jahr dem Druck der Nazis nachgegeben und seine Aktienanteile an die Regierung verkauft hatte, die nun die Ufa in einen nationalsozialistischen Musterbetrieb verwandelte. Zusammen mit dem ehemaligen Inhaber waren alle Vertreter des Scherl-Konzerns aus dem Aufsichtsrat ausgeschieden, nur Ludwig Klitzsch war aus der alten Führungsriege in der Firmenleitung verblieben – mit seiner soldatischen Berufsauffassung, jeder Anordnung blindlings zu folgen, erachteten offenbar auch die neuen Inhaber des Unternehmens ihn als unverzichtbar.

»Ich würde Ihnen dringend raten, das Land zu verlassen«, sagte Hugenberg.

»Darüber habe ich bereits nachgedacht«, erwiderte Tino. »Aber im Moment ist das keine Option. In dem Zustand, in dem meine Frau sich befindet, wäre eine solche Strapaze lebensgefährlich.«

»Dann machen Sie es wie unser Publikumsliebling Heinz Rühmann. Der lässt sich gerade von seiner jüdischen Frau scheiden, damit er weiter in der Reichsfilmkammer bleiben und ohne Sondergenehmigung als Schauspieler arbeiten kann. Ihre Frau braucht dann nur wie Frau Rühmann zum Schein eine Ehe mit einem in Deutschland ansässigen Ausländer einzugehen, um weiter hier leben und vielleicht sogar ihren Beruf ausüben zu können.«

»Das kommt für mich nicht in Frage. Ich liebe nämlich meine Frau. Und deshalb werde ich zu ihr stehen.«

»Begreife.« Hugenberg zog an seiner Zigarre. »Ich fürchte, dann gibt es nur noch eine Möglichkeit – Geld.«

»Geld?«, wiederholte Tino. »Ich glaube nicht, dass das hier helfen kann. Die Nazis sind Fanatiker, und Fanatiker sind nicht käuflich.«

Hugenberg schüttelte den Kopf. »Jeder Mensch ist käuflich, auch ein Herr Hitler oder Goebbels, es kommt nur auf die Höhe des Preises an.« Nachdenklich paffte er ein paar blaue Ringe in die Luft. »Die Regierung hat große Pläne, ist aber notorisch knapp bei Kasse. Das bekommt auch der Propagandaminister zu spüren, allein die Übernahme der Ufa hat ein Loch von einundzwanzig Millionen Mark in seinen Etat gerissen – Geld, das ihm jetzt fehlt, um sein neuestes Lieblingskind, die Filmakademie Babelsberg, zu finanzieren. In ein paar Wochen findet die Eröffnung statt.« Aufmunternd nickte er Tino zu. »Das ist Ihre Chance, Reichenbach! Gehen Sie da hin! Bieten Sie Ihre Hilfe an! Ich bin sicher, man wird Sie mit offenen Armen empfangen.«

12

Noch nie hatte Rahel so viel Wert auf ihr Äußeres gelegt wie in diesen Tagen und Wochen ihrer Genesung. Der Grund dafür war, dass sie sich entschieden hatte – entschieden für das Leben. Obwohl sie bei der Vorstellung, nie wieder laufen, nie wieder fliegen, nie wieder vor eine Kamera treten zu können, oft stundenlang weinte, wenn sie nachts schlaflos an Tinos Seite lag und die Gedanken Hörner bekamen, würde es auch wieder schöne Tage geben, wie Professor Sauerbruch gesagt hatte, daran glaubte sie ganz fest, trotz allem, irgendwann würden ihre Wunden heilen, ihr Schmerz und ihre Verzweiflung, ihre Trauer und ihre Wut, und sie würde wieder imstande sein, das Leben, das ihr geblieben war, zu genießen, irgendwie. Schließlich gab es so vieles, wofür es sich weiter zu leben lohnte. Sie hatte ihren Kopf und ihren Verstand behalten; sie hatte Erinnerungen an ein wunderbares Leben, die ihr niemand nehmen konnte, und sie hatte eine Zukunft mit noch vielen, vielen Jahren vor sich; sie würde nie materielle Not leiden, im Gegenteil, sie hatte eine Wohnung in Berlin und ein Haus in Dresden und konnte sich jeden Wunsch erfüllen, der sich mit Geld erfüllen ließ. Vor allem aber hatte sie Menschen an ihrer Seite, die für sie da waren. Sie hatte Freunde, und sie hatte einen Sohn. Und sie hatte Tino, ihren Mann, der sie genauso liebte wie sie ihn. Und der sie immer lieben würde, bis an ihr Lebensende – auch wenn sie jetzt ein Krüppel war.

Jeden Morgen kam Tante Ottilie in aller Frühe in die Wohnung, um ihr, wenn Tino schon zur Arbeit war, beim Aufstehen zu helfen. Inzwischen konnte sie das Bett verlassen und den Rollstuhl gebrauchen, den Professor Sauerbruch ihr verordnet hatte, damit sie sich in der Wohnung selbständig bewegen und auch ihre Toilette allein verrichten konnte. Vor dem Frühstück verbrachte sie mindestens eine Stunde im Bad. Dort wusch und frisierte und schminkte sie sich mit einer Sorgfalt, die sie früher nie auf diese Dinge verwandt hatte – früher hatte ihre Toilette sich oft darin erschöpft, dass sie sich die Zähne geputzt und ein paar Tropfen Wasser ins Gesicht geworfen hatte. Jetzt aber war es ihr zum Bedürfnis geworden, sich jeden Morgen so schön wie möglich zu machen – Tino machte sich schon lustig über sie, täglich staffiere sie sich aus, als wolle sie zu einer Premiere. Und ein bisschen war es tatsächlich so. Seit sie aus dem Koma aufgewacht war, empfand sie jeden Tag wie eine Premiere. Und dafür war sie dankbar.

Wie hatte ihre Großmutter gesagt? Man weiß nie, wofür etwas gut ist …

Auch für die Auswahl ihrer Kleider nahm sie sich jetzt viel mehr Zeit als früher. Dabei war sie allerdings auf Tante Ottilies Hilfe angewiesen, allein schaffte sie es gerade mal, in eine Bluse oder Jacke zu schlüpfen. Doch dank Tante Ottilies Art war es ihr nicht peinlich, wenn man ihr wie einem Kind die Strümpfe überstreifen und die Schuhe zubinden musste. Außerdem erzählte Tante Ottilie beim Anziehen stets die neuesten Familiengeschichten.

»Letzte Nacht hätten sie Fritz fast geschnappt, mit einer Tasche voller Flugblätter. Nicht auszudenken, was passiert wäre! Aber er hat die Tasche gerade noch rechtzeitig in die Spree geworfen. Ja, so klein wie er ist, so fix ist er auch.«

»Hast du keine Angst, dass sie ihn eines Tages doch noch erwischen?«

»Ach was, die Nazis sind zu dumm für meinen Fritz.« Tante Ottilie schüttelte den Kopf. »Dass unsere Lilly jetzt auch zu denen gehört … Manchmal denke ich, es wäre besser, sie würde noch in der Oranienburger anschaffen. – Ist doch wahr«, fuhr sie mit erhobener Stimme fort, als Rahel widersprechen wollte. »Vorgestern war schon wieder ein Bild von ihr in der Zeitung. ›Am seidenen Faden‹ heißt ihr neuester Film. Darin spielt sie die Tochter eines jüdischen Finanzschiebers. Da weiß man doch gleich, was für ein Film das ist. Man kann sich nur noch für sie schämen.«

»Eines Tages wird auch bei ihr der Groschen fallen«, erwiderte Rahel. »Ganz bestimmt.« Sie zögerte, unsicher, ob sie die Frage, die ihr auf der Zunge lag, stellen sollte. »Hat Lilly … hat sie sich eigentlich mal nach mir erkundigt? Ich meine, sie muss doch mitbekommen haben, was passiert ist.«

»Allerdings«, sagte Tante Ottilie. »Von deinem Skiunfall haben ja alle Zeitungen berichtet, genauso wie das Radio, sogar in der Wochenschau hat es einen Film dazu gegeben. – Aber nein, Lilly hat sich nicht gemeldet. In letzter Zeit hören wir ja sowieso kaum noch was von ihr. Oder eigentlich gar nichts, um ehrlich zu sein.«

Obwohl Rahel mit der Auskunft gerechnet hatte, war sie enttäuscht, enttäuscht und verletzt. Lilly war schließlich einmal ihre beste Freundin gewesen, so viele Jahre lang hatten sie alle Freuden und Sorgen miteinander geteilt, und obwohl sie sich oft gestritten hatten – wenn es darauf angekommen war, waren sie immer füreinander da gewesen. Und jetzt? … Schweigend sah Rahel zu, wie Tante Ottilie ihr die schwarzen Schnürstiefeletten über die Füße streifte, ohne dass sie etwas davon spürte. Von der Hüfte abwärts war bei ihr alles taub.

»Ach ja, bevor ich's vergesse«, sagte Tante Ottilie. »Edgar hat aus Paris geschrieben.«

»Und das sagst du erst jetzt?«, erwiderte Rahel, froh über den Themenwechsel. »Wie geht es ihm? Los, erzähl!«

»Es geht ihm gut, er arbeitet immer noch als Verkäufer in diesem Warenhaus. La … La …«

»Lafayette. *Le paradis des dames* … Das ist noch größer und prächtiger als das Wertheim und das KaDeWe zusammen. Edgar kann von Glück sagen, dass er da untergekommen ist.«

»Trotzdem hat er wohl neue Pläne. Er hat sich bei einer französischen Filmfirma beworben, er möchte wieder als Kostümbildner arbeiten, so wie früher bei der Ufa, und rechnet sich gute Chancen aus.

Erich hat ihm aus England ein Empfehlungsschreiben geschickt. Das hat angeblich großen Eindruck gemacht.«

»Kein Wunder, bei Erichs Ruf. – Und was schreibt Edgar sonst noch? Hat er endlich wieder einen Freund gefunden?«

»Was du nicht alles wissen willst …«, sagte Tante Ottilie mit einem Schmunzeln.

»Jetzt spann mich nicht auf die Folter! Hat er? Oder hat er nicht?«

Ihr Schmunzeln wurde so breit, dass sich die Runzeln ihres alten, gutmütigen Gesichts in lauter Lachfältchen verwandelten. »Ja, er hat. Robert heißt er.«

»Wie schön«, sagte Rahel. »Das ist die allerbeste Nachricht überhaupt. Edgar ist ja gar nicht fähig, allein zu leben, und er war so lange allein. Ich werde ihm gleich schreiben, wie sehr ich mich für ihn freue.« Sie hielt inne, denn gerade kam ihr eine Idee. »Weißt du was? Wie wäre es, wenn wir nach Paris fahren und ihn besuchen?«

Tante Ottilie blickte sie an, als hätte sie Französisch gesprochen. »Wen meinst du mit ›wir‹?«

»Uns alle – die ganz Familie! Dann bummeln wir über die Champs-Élysées, du und Fritz und Alex und Tino und ich zusammen mit Edgar und seinem Robert, trinken Champagner im ›Café Georges V‹ und steigen den Eiffelturm rauf, bis hinauf auf die zweite Plattform – über siebenhundert Stufen sind das, habe ich mal gelesen. – Aber was ziehst du für ein Gesicht?«, unterbrach sie sich. »Hast du Angst, dass du das nicht mehr schaffst?«

»Ich schon«, erwiderte Tante Ottilie. »Ich bin ja noch ganz gut zu Fuß. Aber ich weiß nicht, wie du …«

Sie verstummte. Im selben Moment spürte Rahel, wie ihr die Tränen in die Augen schossen. Was war sie nur für eine Idiotin! Eher würde sie den Oscar gewinnen, als über die Champs-Élysées zu bummeln oder den Eiffelturm zu besteigen. Am liebsten wäre sie in die Besenkammer gerannt, um ihr Putzzeug zu holen. Aber putzen konnte sie ja genauso wenig mehr wie laufen oder klettern.

Würden Tino und sie je wieder miteinander schlafen?

Bei dem Gedanken, der der schlimmste Gedanke von allen war,

die sie in ihren Nächten quälten, brachen die Tränen nur so aus ihr hervor, und am ganzen Leib schluchzend, barg sie ihr Gesicht in den Händen.

»Ach, Kindchen.« Tante Ottilie drückte sie an sich. »Nicht weinen. Bitte. Nicht weinen.«

Aber Rahel konnte nicht mehr aufhören. Die Verzweiflung überrollte sie wie eine schwarze Welle, die stärker war als sie und ihr Glaube und ihre Hoffnung und ihre Liebe.

»Ich ... ich möchte ja nur, dass es irgendwie weitergeht. Aber manchmal .... manchmal weiß ich einfach nicht, wie ... wie ich es schaffen soll ...«

»Gib nicht auf«, sagte Tante Ottilie. »Gib nicht auf.« Obwohl sie Rahel immer noch im Arm hielt, klang ihre Stimme so weit fort, als wäre sie ganz woanders. »Denk daran, was der Professor gesagt hat – alles wird wieder gut, irgendwann. Tino wird dafür sorgen, das hat er dir versprochen. Und Tino hält, was er verspricht.«

13

Die Eröffnung der Filmakademie Babelsberg war eine Veranstaltung von nationaler Bedeutung. Seit Wochen schon stimmte der »Völkische Beobachter« seine Leser auf das Ereignis ein, zu dem an diesem herrlichen Frühlingstag Scharen von Prominenten aus Partei und Politik, Wirtschaft und Kultur nach Babelsberg strömten, um in die Wochenschau-Kameras zu grüßen. Obwohl Tino die Teilnahme an dem Spektakel zuwider war, hatte er sich überwunden – Rahel zuliebe. Hugenberg hatte recht, hier konnte er mehr zu ihrem Schutz ausrichten als irgendwo sonst auf der Welt, und nachdem er bereits in schriftlicher Korrespondenz mit dem Propagandaministerium die ersten Schritte erfolgreich hinter sich gebracht hatte, um zu einer verbindlichen Vereinbarung zu gelangen, war er zuversichtlich, heute von Goebbels persönlich die Zusage zu bekommen, dass Rahel auch nach dem Ende ihrer Karriere als Filmschauspielerin weiter ohne Gefahr im Deutschen Reich leben konnte, ohne Rücksicht auf ihre Herkunft.

Eine Schar Hitlerjugend stand vor dem Eingang der Akademie Spalier, und irgendwo spielte eine Militärkapelle Filmmelodien, als Tino aus seinem Wagen stieg und sich in die Gästeschlange auf dem roten Teppich einreihte. Das neu errichtete Gebäude unweit des Ufa-Geländes war mit Dutzenden Hakenkreuzfahnen beflaggt, die leuchtend rot in der Abendsonne wehten, und auch die Empfangshalle war mit Hakenkreuzfahnen geschmückt, ebenso wie der Festsaal, wo sich alle Filmschaffenden Deutschlands von Rang, die nicht ins Exil geflohen waren, versammelt hatten und sich nun dicht an dicht mit den übrigen Gästen vor dem Podium drängten, um dem Hauptredner Dr. Joseph Goebbels zu lauschen, dessen Reichsministerium für Volksaufklärung und Propaganda die Akademie unterstand.

»Die Unkenrufe, die nach unserer Machtergreifung überall im In- und Ausland zu hören waren, die deutsche Kultur könne ohne die Juden nicht überleben, weil diese einfach zu viele seien – diese Unkenrufe wurden inzwischen auf das Glänzendste widerlegt. Wir haben eine deutsche Literatur, wir haben eine deutsche Musik, wir haben eine deutsche Malkunst. Und wir haben einen deutschen Film!«

Tino musste sich Gewalt antun, um die Rede anzuhören. Die Akademie war Teil einer »Filmstadt«, zu der nach dem Willen der Nazi-Regierung ganz Babelsberg umgestaltet werden sollte, und ihre Aufgabe würde es sein, Regisseure, Schauspieler und Produzenten heranzuziehen, die es mit der Konkurrenz aus Hollywood und Paris, aus London und Rom aufnehmen könnten. Denn entgegen Goebbels' Behauptung war die deutsche Filmwirtschaft in Wahrheit durch den massenhaften Exodus jüdischer Filmkünstler in eine schwere, existenzielle Krise geraten und noch nie so weit von der reklamierten Weltgeltung entfernt gewesen wie jetzt. Doch davon wollten die geladenen Festgäste nichts wissen, gläubig hingen sie an den Lippen des Propagandaministers, und je näher Goebbels dem Ende seiner Rede kam, desto größer wurde die Begeisterung des Publikums, so dass seine letzten Sätze fast im Jubel untergingen.

»Darum ist das Gegenteil von alledem wahr, was die jüdische Propaganda uns weismachen will. Wo wir Deutschen sind, da ist Kultur! Wo wir Nationalsozialisten sind, da ist Kultur! Wo unser Führer Adolf Hitler ist, da ist Kultur! – Sieg Heil!«

»Sieg Heil!«, brüllte der ganze Saal. »Sieg Heil! Sieg Heil! Sieg Heil!«

Mit zum Hitlergruß erhobenem Arm nahm Goebbels die Ovationen entgegen, und es dauerte mehrere Minuten, bis der Beifall verebbte und die Festgesellschaft in die Empfangshalle hinüberwechselte, wo inzwischen ein Buffet aufgebaut worden war. Tino spürte, wie seine Nervosität stieg, mit zittrigen Fingern tastete er nach seinen Zigaretten. In der Korrespondenz mit dem Ministerium hatte er Goebbels ein an die Lebenszeit seiner Frau gebundenes Angebot unterbreitet. Darin verpflichtete sich die Reichenbach Bank, die Betriebskosten der Filmakademie vollumfänglich zu übernehmen – als Beitrag zur Förderung der deutschen Filmkunst. Das Testament seines Vaters machte es möglich. Durch eine solche Regelung würden die Überschüsse der Bank zwar nicht dem Buchstaben nach die Verwendung finden, die Gustav Reichenbach vorgesehen hatte, doch Tino hatte keinen Zweifel, dass sein Vater einverstanden gewesen wäre, auf diese Weise seine Schwiegertochter vor den Nazis in Sicherheit zu bringen.

Die große Frage war nur: Würde Goebbels sich auf den Handel einlassen?

Tino klopfte sich gerade eine Zigarette aus der Packung, als der Minister, begleitet von Ufa-Produktionschef Hugo Correll sowie dem Leiter der Ufa-Theaterabteilung und nunmehrigen Standartenführer Alexander Grau, das Foyer betrat. Tino eilte in seine Richtung, doch bevor er ihn ansprechen konnte, wandte Goebbels sich ab und trat auf eine Gruppe Schauspieler zu, die sich um Lilly Seidenschön scharte, darunter Paul Hörbiger, Viktor de Kowa und Heinrich George.

Tino verstand. Offenbar wollte Goebbels ihn schmoren lassen. Sich in Geduld fassend, zündete er sich eine Zigarette an. Früher hatte er Pommer oft wegen seines Lasters verspottet, doch inzwischen rauchte er selbst wie ein Schlot. Aus der Ferne beobachtete er, wie Goebbels Lilly mit einem Handkuss begrüßte, was diese sichtlich genoss. Jetzt lachten die beiden, ohne die anderen in ihr Gespräch einzubeziehen, und auf ein Fingerschnippen des Ministers schwebte ein Kellner mit einem Tablett gefüllter Champagnergläser herbei. Beim Anstoßen sah Goebbels Lilly so tief in die Augen, dass sich jeder Zweifel an seinen Absichten erübrigte. Wie die Idioten standen die drei berühmten Schauspieler daneben und ertrugen mit schiefem Grinsen ihre Demütigung.

Es dauerte mehrere Zigarettenlängen, bis Goebbels sich endlich von Lilly löste, um Tino zu begrüßen.

»Mein lieber Reichenbach, ich bin ja noch gar nicht dazu gekommen, Ihnen für Ihr großzügiges Angebot zu danken.«

»Es war der ausdrückliche Wunsch meiner Frau Christel Reichenbach.«

»Sie meinen *Rahel* Reichenbach?«, erwiderte Goebbels. »Schade, wirklich schade, dass sie uns nicht mehr mit ihrer Kunst beglücken kann. Welch vergeudetes Talent.«

Tino hätte ihm am liebsten ins Gesicht gespuckt, aber er beherrschte sich. »Meine Frau lässt Ihnen ihre herzlichsten Glückwünsche zu der Akademie ausrichten. Sie freut sich, dass hier nun junge Nachwuchskünstler ähnliche Förderung finden werden wie einst sie selbst. Daher auch ihr sehnlicher Wunsch, der Volksgemeinschaft ein wenig von dem zurückzugeben, was ihr zuteilwurde.«

»Respekt«, sagte Goebbels. »Bitte richten Sie Ihrer Frau aus, dass ich das sehr zu schätzen weiß. Allerdings – sollte es wirklich ihr Wunsch sein, ihrer Dankbarkeit für all die Wohltaten Ausdruck zu verleihen, die wir ihr trotz schwerster Bedenken so lange Zeit und überreichlich haben angedeihen lassen, hätte ich eine noch weitaus bessere Idee, wie sie sich erkenntlich zeigen könnte.«

Tino deutete eine Verbeugung an. »Meine Frau und ich richten uns ganz nach Ihren Wünschen, Herr Minister.«

Goebbels lächelte sein charmantestes Lächeln. »Das freut mich zu hören, mein lieber Reichenbach. Offenbar haben Sie begriffen, was die Stunde geschlagen hat.« Plötzlich wichen alles Lächeln, aller Charme aus seinem Gesicht, sein Blick verhärtete sich, und in einem so kalten Ton, dass Tino fröstelte, sagte er: »Es gibt Einrichtungen in unserem Staat, die Ihre Unterstützung noch mehr verdienen als die Filmakademie, Einrichtungen, die die Volksgemeinschaft vor zersetzenden Elementen schützen.« Er schaute Tino tief in die Augen. »Wenn Sie verstehen, was ich meine ...«

14

Die Wohnung am Gendarmenmarkt war so leer und verlassen wie das Grab Jesu am Ostermorgen. Alle sieben Zimmer waren ausgeräumt, nur ein paar wenige Umzugskisten standen noch herum, als Rahel in ihrem Rollstuhl den Flur entlangfuhr, um den Möbelpackern Anweisungen für den Transport einiger besonders wertvoller Gegenstände zu geben, während Alex in seiner Hitlerjungen-Uniform, die er auf Geheiß seines Vaters inzwischen täglich trug, die Sicherungen aus dem Sicherungskasten schraubte und Tino an der Etagentür einem Boten die Schlüssel übergab. Ein Prokurist der Borsigwerke hatte die Wohnung gekauft, um hier künftig mit seiner Frau und einem halben Dutzend Kinder zu leben, so dass die vielen Zimmer endlich eine angemessene Nutzung erfahren würden. Für den Erlös, so hatten Rahel und Tino beschlossen, würden sie eine dieser schönen Bädervillen auf Rügen oder Usedom kaufen – schwimmen konnte Rahel ja weiterhin, hatte Professor Sauerbruch gesagt. Tino wollte deshalb bei Harry Bartels Flugstunden nehmen; wenn er den Pilotenschein hatte, konnten sie mit Rahels Junkers, wann immer sie wollten, an die Ostsee fliegen.

»In einer halben Stunde fährt der Möbelwagen los«, sagte Tino. »Wir sollten uns dann auch auf den Weg machen.«

»Ich bin bereit«, erwiderte Rahel. »Allerdings frage ich mich, wo Tante Ottilie bleibt. Sie wollte doch kommen, um sich zu verabschieden. Ob sie das vergessen hat?«

Tino schüttelte den Kopf. »Das kann ich mir nicht vorstellen. Aber wir sind ja noch eine Weile hier. Alex und ich müssen noch eine letzte Inspektion machen. Damit alles tipptopp für die Übergabe ist. Können wir dich solange allein lassen?«

»Ja, natürlich, geht nur. Ich warte hier auf Tante Ottilie.«

Während die zwei in der Küche verschwanden, wo Alex den Elektroherd und die Waschmaschine überprüfen wollte, die laut Vertrag zum in der Wohnung verbleibenden Inventar gehörten, rollte Rahel weiter in Richtung Etagentür. Auch wenn ihr der Abschied schwerfiel, war sie froh, dass der Preis nicht höher ausgefallen war. Goebbels hatte Tino in die Hand versichert, dass sie weiter in Deutschland leben könne, ohne irgendwelcher Gefahren gewärtig sein zu müssen – vorausgesetzt, sie zog sich für immer aus der Öffentlichkeit zurück. Also hatten sie beschlossen, ihre Berliner Wohnung aufzulösen, um fortan ausschließlich in Dresden zu leben. Wenn schon ein Neuanfang, dann richtig! Zum Glück hatte Erich erst gar nicht versucht, sie zur Auswanderung nach Amerika zu überreden. Es hätte keinen Sinn gehabt, das wusste er offenbar genauso gut wie sie. Jeder Versuch, es noch einmal zusammen zu probieren, hätte ihnen allen nur Unordnung und spätes Leid beschert.

Nein, was sie gehabt hatten, hatten sie gehabt. Und vorbei war vorbei.

Ein Möbelpacker kam aus dem ehemaligen Raucherkabinett, mit dem Porzellanreh von Rahels Mutter in der Hand.

»Soll das auch mit?«

»Ja. Schlagen Sie es bitte in Zeitungspapier ein und geben es zum Geschirr.«

Während der Mann die Nippesfigur versorgte, fuhr Rahel an den offen stehenden Türen entlang und schaute in den Zimmern nach, ob sonst noch irgendwo etwas liegen geblieben war. Auch hatte sie das Bedürfnis, von jedem einzelnen Raum Abschied zu nehmen. Sie wusste noch auf den Tag genau, wann sie zum ersten Mal die Wohnung betreten hatte: am 21. Januar 1919 – an das Datum erinnerte sie sich, weil Tino und sie nach der Silvesterparty im »Café Größenwahn« ein Abzählspiel gespielt hatten, um zu ermitteln, am wievielten Tag im neuen Jahr sie sich wiedersehen würden, und Tino bei einundzwanzig »Stopp« gesagt hatte. Fast zwei Jahrzehnte waren seitdem vergangen … Nach dem Tod ihrer Eltern hatte sie lange gezögert, hier einzuziehen, sie wollte ja nicht von Tino abhängig sein, doch dann hatte sie es ohne jede Vorankündigung getan, einfach aus dem Gefühl heraus, dass es so richtig war … Es war eine gute Entscheidung gewesen, eine der besten ihres Lebens überhaupt. Alex war in dieser Wohnung aufgewachsen, hier war er vom Kleinkind zum Schulkind und später zum jungen Mann geworden, hier hatten Tino und sie ihrem Sohn unzählige Knochengeschichten erzählt – was für eine glückliche Zeit war das gewesen … In Alex' Zimmer war auf der Tapete immer noch der Fleck zu sehen, wo die Kuckucksuhr gehangen hatte.

Vor dem Schlafzimmer hielt sie inne, der Anblick des leeren Raums versetzte ihr einen Stich. Wie viele Male hatten Tino und sie hier einander geliebt? »Ich möchte übrigens auch mit Ihnen schlafen, Konstantin Reichenbach«, hatte sie bei ihrem ersten Besuch in seiner Wohnung gesagt. »Aber es muss der richtige Augenblick sein. Ist das akzeptabel für Sie?« Nach ihrem Unfall hatte sie kein einziges Mal mehr versucht, mit ihm zu schlafen, aus Angst, dass es in einem Fiasko enden würde. Offenbar hatte Tino dieselbe Angst wie sie, obwohl Professor Sauerbruch gesagt hatte, dass sie vielleicht sogar etwas empfinden könnte – eine seiner Patientinnen, die ebenfalls vom Bauchnabel abwärts gelähmt gewesen war, habe die Umarmungen ihres Mannes durchaus genossen. Aber wie sollte das möglich sein? Ihr fühlloser Unterleib war doch nur noch ein Fremdkörper für sie, so weit entfernt von ihrer Seele wie der Mond. Nein, sie wollte eine solche Enttäuschung nicht erleben, die schlimmer sein würde als jeder physische Schmerz, und war darum dankbar, dass auch Tino es erst gar nicht versuchte. Zum Glück gab es ja noch so viel anderes, so viel Wichtigeres, was sie nach wie vor miteinander verband, als das bisschen körperliche Liebe, und vielleicht verspürte Tino auch gar kein Bedürfnis mehr danach, sie würde das verstehen, sie war ja nun mal ein Krüppel – egal, er würde den Pilotenschein machen, und dann würden sie fliegen, wohin sie wollten, nicht nur an die Ostsee, auch an andere, unbekannte Küsten im Ausland, im Süden, am Mittelmeer, wo es immerfort warm war und paradiesisch schön, an der Riviera, an der Côte d'Azur, da würde sie schwimmen, ganz ohne Hilfe, immer weiter hinaus ins offene Meer, und Paris wartete ja auch noch auf sie, im Eiffelturm gab es einen Fahrstuhl, der führte noch höher hinauf als die Treppen, bis zum Restaurant in der Turmspitze, da würden sie Champagner trinken und auf Paris bei Nacht herunterschauen, und die Semperoper in Dresden galt als eine der besten Opern in ganz Europa, in der hatte schon Tinos Großvater eine Loge gehabt, die konnten sie sich doch auch leisten, sie hatten ja Geld genug …

»Wir werden noch viele schöne Jahre haben, Liebste. Das verspreche ich dir.«

War das wirklich Tinos Stimme? Oder bildete sie sich das nur ein?

Nein, als sie sich im Rollstuhl umdrehte, stand er vor ihr, ihr Mann, und er lächelte sie an, wie nur er sie anlächeln konnte.

»Pssst«, machte sie, als hätte er sie bei etwas Verbotenem erwischt, und legte ihm den Finger auf die Lippen. »Du weißt doch, über das Schicksal entscheiden nicht wir, sondern die Götter …«

15

Die zarte Berührung löste in Tino eine Erregung aus, die er für immer verloren geglaubt hatte. Doch war es nur die Berührung? Nein, es waren auch Rahels Worte, die ihn mit einem Mal so heftig spüren ließen, wie sehr er sie liebte. Ihr Leben lang hatte sie an das Schicksal geglaubt und ihre Entscheidungen von den lächerlichsten Zufällen abhängig gemacht, obwohl die Entscheidung, solchen Gottesurteilen zu folgen, doch immer ihre eigene Entscheidung gewesen war. Bei der Erkenntnis, in was für einem Widerspruch sie lebte, schon immer gelebt hatte und offenbar auch jetzt noch weiterlebte, musste er schlucken. Diese Widersprüchlichkeit war Teil ihres Wesens, Teil der Frau, die er so sehr liebte, sie gehörte zu ihr wie ihre kastanienbraunen Locken oder ihre blaugrünen Augen oder ihre Sommersprossen, und er liebte sie wegen dieser Widersprüchlichkeit genauso wie wegen ihres vollen, großen Mundes oder ihrer Stupsnase – der süßesten Stupsnase der Welt, wie er bereits bei ihrer allerersten Begegnung festgestellt hatte.

»Mein Gott, wie wunderschön du bist. Ich werde mich niemals an dir sattsehen.«

In einer Aufwallung beugte er sich zu ihr, um sie zu küssen. Doch seine Lippen hatten noch nicht ihren Mund berührt, da klingelte das Telefon.

»Willst du nicht rangehen?«, fragte sie. »Bestimmt ist das Tante Ottilie.«

Tino zögerte. Warum musste ausgerechnet jetzt jemand anrufen? Aber als Rahel ihm auffordernd zunickte, fügte er sich in sein Schicksal und ging an den Apparat.

Als er abhob, war wirklich Tante Ottilie in der Leitung.

»Fritz wurde verhaftet. Die Gestapo war heute Morgen da und hat ihn abgeholt.«

»Um Gottes willen! Das ist ja fürchterlich! Weißt du, wohin sie ihn gebracht haben?«

»In irgendeines von diesen Lagern. Damit er lernt, sich zu konzentrieren, haben sie gesagt. Weißt du, was sie damit meinen?«

Tino spürte, wie ihm das Blut aus den Adern wich. »Ich ... ich fürchte, ja.«

In seinem Innern glaubte er Goebbels' Stimme zu hören: »Einrichtungen, die die Volksgemeinschaft vor zersetzenden Elementen schützen. Wenn Sie verstehen, was ich meine ...« Ja, er hatte verstanden und sich deshalb geweigert, den Preis zu zahlen – lieber wanderte er mit seiner Familie aus, als zum Verbrecher zu werden. Aber Goebbels hatte ihn durchschaut, noch bevor er überhaupt etwas gesagt hatte, und ihm gedroht, seinen und Rahels Reisepass einziehen zu lassen, innerhalb der nächsten vierundzwanzig Stunden, wenn er nicht bereit sei, mitzuspielen, so dass ihm nichts anderes übriggeblieben war, als nachzugeben. Und jetzt hatten sie Fritz in eines dieser Lager gesteckt, die er mit dem Geld der Reichenbach Bank mitfinanzierte ...

Er wusste nicht, ob das Rauschen in seinem Kopf aus seinen Ohren oder aus der Leitung kam. Was immer man in diesen Zeiten tat, es war irgendwie falsch ...

»Was ist passiert?«, fragte Rahel.

Als er ihren ängstlichen Blick sah, hatte er plötzlich das Gefühl, ihr die Wahrheit sagen zu müssen. Doch seine Verunsicherung dauerte nur eine Sekunde. Nein, Rahel hatte genug gelitten, sie hatte ein Recht auf Nichtwissen. Und wenn die Götter ihr teuflisches Spiel mit ihnen spielten, um sich an ihrem Unglück zu ergötzen, war es seine gottverdammte Pflicht, sie vor den Folgen zu schützen.

Kurzentschlossen legte er den Hörer auf die Gabel.

»Kein Grund zur Sorge«, sagte er. »Fritz hat nur einen schlimmen Husten. Darum kann Tante Ottilie leider nicht kommen – du weißt ja, wie sie ist.«

»Na, Gott sei Dank«, erwiderte Rahel. »Ich hatte schon das Schlimmste befürchtet. Hat sie sonst noch etwas gesagt?«

»Ja. Vielleicht kommen sie und Fritz uns bald in Dresden besuchen.«

»Das wäre schön. Ich vermisse die beiden schon jetzt.«

»Das brauchst du nicht. Wenn ich den Pilotenschein habe, können wir jederzeit nach Berlin fliegen. Ist das eine Idee?«

Rahel nickte. »Eine sehr gute sogar. Danke!«

Tino sah an ihrem Gesicht, dass sie das nicht nur sagte, sondern auch meinte. Umso schlechter fühlte er sich. Würde das jetzt immer so sein, dass er seine Frau belügen musste, damit sie glücklich war?

Gott sei Dank erschien gerade der Fahrer des Möbelwagens an der Wohnungstür.

»Ich will ja nicht stören, aber wir sind dann so weit.«

16

Rahel rollte zur Wohnungstür hinaus, ohne sich noch einmal umzudrehen. Die Götter hatten entschieden, ein Zurück gab es nicht mehr. Auf dem Treppenabsatz wartete sie, dass Tino und Alex sie aus ihrem Stuhl hoben, um sie die Treppe hinunter ins Freie zu tragen. Vor dem Haus stand die Familienlimousine zur Abfahrt bereit, zusammen mit dem Möbelwagen. Ein paar Passanten drehten sich neugierig um, als sie von ihrem Mann und ihrem Sohn auf den Beifahrersitz verfrachtet wurde.

»Wir sollten zu Hause einen Treppenlift haben«, sagte Alex. »Dann könntest du ohne Hilfe von einem Stockwerk ins andere fahren.«

»Das wäre ein Segen«, sagte Rahel. »Aber gibt es denn so etwas überhaupt?«

»Ganz bestimmt. Und wenn nicht, kann ich ja einen für dich konstruieren. Das dürfte nicht besonders schwer sein.«

»Mein großer Junge. Ich bin so stolz auf dich.«

Sie wusste, Alex mochte es gar nicht, wenn sie so etwas sagte, vor allem nicht in der Öffentlichkeit. Und tatsächlich lief er im ganzen Gesicht rot an, obwohl niemand außer Tino in Hörweite war.

Für einen Moment sah er trotz seiner Uniform wieder wie der kleine Junge aus, der er vor ein paar Jahren noch gewesen war.

»Ach, wo ist die Zeit nur geblieben …«

»Hast du etwas gesagt?«, fragte Tino, der gerade auf der Fahrerseite in den Wagen stieg.

»Nein, nein. Ich … ich habe nur laut gedacht.«

Er setzte sich hinter das Steuer und schloss die Tür. »Alles in Ordnung?«

Sie nickte. »Ja. Alles in Ordnung.«

Sie wusste, dass er wusste, dass sie nicht die Wahrheit sagte, und wahrscheinlich wusste er auch, dass sie es wusste – sie kannten sich viel zu gut, um einander etwas vorzumachen. Aber zum Glück tat er, als würde er ihr glauben. Während er in der Hosentasche nach dem Zündschlüssel kramte, wünschte sie nur, dass es endlich losging, damit sie sich nicht doch noch im letzten Moment umdrehte. Während sie sich mit Gewalt zwang, nach vorn zu schauen, sah sie durch die Windschutzscheibe, wie ihr Sohn den Rollstuhl auf den Möbelwagen lud und dann auf die Ladefläche kletterte, wo zwei Möbelpacker es sich bereits für die Fahrt bequem gemacht hatten.

»Fährt Alex etwa nicht mit uns?«

»Nein«, sagte Tino. »Er wollte unbedingt auf dem Lastwagen mitfahren. Keine Ahnung, warum. Vielleicht ja aus Rücksicht auf uns. Damit wir ein bisschen allein sein können.«

Rahel drehte sich zu ihm herum. »Möchtest du das denn? Allein mit mir sein?«

Mit einem zärtlichen Lächeln erwiderte er ihren Blick. »Wie kannst du nur fragen? Jeder Augenblick, den ich dich für mich allein habe, ist ein Geschenk.«

Rahel spürte, wie ihr ganz warm ums Herz wurde. »Ach, Tino. Du warst schon immer ein charmanter Lügner. Aber übertreib es bitte nicht. Sonst tut es weh.«

»Aber ich übertreibe kein bisschen! Und ich sage dir auch den Grund.« Ganz ernst schaute er sie an, dann zuckte es um seine Augen, und plötzlich grinste er über das ganze Gesicht. »›Gewöhnlich‹ haben wir beide nie gewollt. Erinnerst du dich? Und gemessen daran, haben wir es doch ziemlich gut hingekriegt.«

»Du süßer Spinner!«

»Außerdem habe ich dir jetzt endlich was voraus, wovon ich früher nicht mal zu träumen gewagt hätte.«

»Du und mir was voraus?«

»Allerdings! Ich bin jetzt der bessere Tänzer von uns beiden.«

Sie musste so plötzlich lachen, dass ihr die Tränen kamen.

Mit gespielt vorwurfsvoller Miene schüttelte er den Kopf. »Also bitte, Frau Reichenbach, entweder lachen oder weinen. Da müssen Sie sich schon entscheiden.«

»Wenn das nur so leicht wäre«, erwiderte sie. »Du weißt doch: Das Leben ist ein Gemischtwarenladen …«

»… und Glück gibt es nur in der Kurzwarenabteilung – jaja, ich weiß. Aber das ist Quatsch.« Plötzlich verschwand das Grinsen aus seinem Gesicht, und er wurde ganz ernst. »Nein, Rahel. Das Leben ist kein Gemischtwarenladen. Es ist und bleibt die großartigste Erfindung, die es je gab.«

Ungläubig erwiderte sie seinen Blick. »Das sagst du immer noch? Trotz allem?«

»Ja, trotz allem. Und wenn ich was anderes sagen würde, hätte ich Schläge verdient. Weil …« Er hielt einen Moment inne, dann sagte er: »Du lebst, Rahel! Du *lebst*! Und ich darf bei dir sein und dich lieben, bis an mein Lebensende.« Sein Oberlippenbärtchen zitterte, und das Feuermal auf seiner Stirn zuckte noch mehr als seine Lider. »Ich liebe dich, Rahel. Ja, ich liebe dich.«

Seine Worte berührten sie wie ein zärtliches Streicheln, und auf einmal wurde ihr ganz anders, so, wie ihr schon seit einer Ewigkeit nicht mehr gewesen war.

»Du elender, widerlicher, ekelhafter Schuft. Glaubst du, so kriegst du mich rum?«

»Das hoffe ich sehr«, flüsterte er. Die Augen so unverwandt auf sie gerichtet, als wolle er sie nie wieder aus seinem Blick entlassen, nahm er ihr Gesicht zwischen die Hände und suchte mit seinen Lippen nach ihrem Mund. »Ich würde nämlich auch gern mit Ihnen schlafen, Rahel Rosenberg. Aber es muss der richtige Augenblick sein. Ist das akzeptabel für Sie?«

Rahel wusste nicht, ob sie das gerade wirklich erlebte oder ob sie nur träumte. Ein Schauer lief ihr über den Rücken, erfasste ihren ganzen Leib, um sie so tief zu durchfluten, dass sie auch dort etwas zu spüren glaubte, wo sie doch gar nichts mehr spüren konnte.

Eine Autohupe weckte sie. Als sie aufschaute, stand vor ihnen der Möbelwagen, beladen mit ihrem alten Leben. Jetzt setzte der Fahrer den Winker, und während er ausscherte, um sich in den Verkehr einzufädeln, steckte Alex seinen Kopf durch die Wagenplane und winkte ihnen lachend zu.

Tino hatte seinen Zündschlüssel inzwischen gefunden.

»Los! Worauf wartest du?«, sagte Rahel. »Fahr endlich, bevor wir noch sentimental werden.«

»Um Gottes willen! Nur das nicht!« In übertriebener Eile steckte Tino den Schlüssel ins Zündschloss und startete den Motor. Dann legte er den ersten Gang ein, und nachdem er sich überzeugt hatte, dass die Straße frei war, gab er Gas.

Ohne zurückzuschauen, legte Rahel ihre Hand auf seinen Oberschenkel. Alles war gut. In drei Stunden würden sie in Dresden sein, und dann begann ihr neues Leben.

DICHTUNG UND WAHRHEIT

Es mag verwunderlich klingen, aber ich habe mich nie besonders für Geschichte interessiert. Was gehen mich die ollen Kamellen an? Geschichte wurde für mich immer nur dann interessant, wenn ich in ihr die Wurzeln unseres heutigen Denkens, Empfindens und Handelns zu erkennen glaubte: wie wir wurden, was wir sind – in der vielleicht naiven Hoffnung, dass sich so aus der Geschichte etwas für unser weiteres Leben und Zusammenleben lernen ließe.

Am Anfang dieses Romans stand darum eine ganz einfache Frage: Wie war es möglich, dass eine Kulturnation wie Deutschland, mit Menschen, die Goethe und Schiller, Kant und Hegel in ihrem geistigen Gepäck mit sich führten, einem Barbaren wie Hitler und seiner jeder Kultur Hohn speienden Politik anheimfallen konnte? Oder, persönlicher: Wie konnte es dazu kommen, dass 1933 unsere Groß- und Urgroßeltern die eigene, erst unlängst errungene Freiheit preisgaben, um sich einem totalitären Regime wie dem des Nationalsozialismus zu unterwerfen?

Diese Frage beschäftigt mich seit meiner Jugend, doch beim Schreiben meines Romans »Eine Familie in Deutschland«, in dem ich versucht habe, die deutsche Jahrhunderttragödie des 20. Jahrhunderts vom ersten bis zum letzten Tag der Nazi-Herrschaft am Beispiel einer Familie nachzuzeichnen, wurde sie so zwingend, dass mir nichts anderes übrigblieb, als auch dieser Frage einen Roman zu widmen – meine ganz persönliche Methode, Antworten auf Fragen zu finden, die ganz einfach klingen, in Wahrheit aber so komplex sind, dass es keine sicheren und eindeutigen Antworten darauf gibt.

So geriet ich in die zwanziger Jahre, entsprechend einem Diktum Erich Kästners, wonach Hitler sich 1933 nicht mehr verhindern ließ, vielmehr hätte ein solcher Versuch nur in der Zeit der Weimarer Republik Aussicht auf Erfolg haben können. Dabei reifte in mir immer mehr der Verdacht, dass die Heraufkunft des Totalitarismus viel mit unserem ambivalenten Verhältnis zur Freiheit zu tun hat. Freiheit betrachten wir einerseits als ein Ideal, dem wir uns mit Haut und Haar verschrieben glauben. Zugleich jedoch erscheint uns Freiheit immer wieder als etwas, das uns in Angst und Schrecken versetzt.

Dieser Verdacht kam nicht von ungefähr. Nach dem Untergang des Kaiserreichs erhob sich 1918 im Zeichen der Freiheit eine ganze Nation aus der Asche des verlorenen Kriegs: Freiheit galt als das Programm der Zukunft schlechthin – in der Politik, in der Gesellschaft, in der Kunst, in der Liebe. Deutschland war erstmals ein demokratisch verfasster Staat, in dem das Volk sich selbst regierte, mit allgemeinem und gleichem Wahlrecht auch für Frauen; mit der Abdankung des Kaisers hatte der Adel seine Vorrechte eingebüßt, Standesunterschiede waren geschwunden, alles war auf Anfang gestellt; Expressionismus, Surrealismus, Dadaismus erprobten die Grenzen der Kunst – in der Malerei, im Theater, in der Literatur; und während überall Vergnügungstempel wie Pilze aus dem Boden schossen, in denen man sich zu amerikanischer Jazzmusik die Seele aus dem Leib tanzte, feierte man die freie Liebe jenseits aller Bindungen und Konventionen …

Und fünfzehn Jahre später? Im Gebrauch der Freiheit wenig geübt, drohten die Menschen sich in ihr zu verlieren. Nach einer Hyperinflation, die außer dem Geld zahllose Existenzen vernichtet hatte, und angesichts einer weltweiten Wirtschaftskrise war der große Traum ausgeträumt, zerplatzt wie eine schillernde Seifenblase, und auf den Rausch der Freiheit folgte der große Kater. Und je größer die Angst der Menschen vor Untergang und Chaos wurde, den bedrohlichen, zerstörerischen Auswüchsen der Freiheit, umso mehr sehnten sie sich nach alten Autoritäten zurück, um sich am Ende, 1933, kollektiv selbst zu entmündigen, durch freie Wahlen, und so Hitler zu jener Macht zu verhelfen, die »ergriffen« zu haben er sich später rühmte.

Vom Freiheitsrausch zur Selbstentmündigung – das ist, in einem Satz, die paradoxe Entwicklung, die ich in der Epoche zu erkennen glaubte. Damit hatte ich eine Idee, immerhin, aber noch lange keinen Roman. Denn alles Entscheidende, was einen Roman ausmacht, fehlte: Mit welchen Figuren, an welchen Orten, mit welchen Handlungssträngen könnte ich meiner Idee nachspüren, um diese auf ihre Lebenswirklichkeit zu überprüfen? Um ehrlich zu sein, ich tappte vollkommen im Dunkeln, und ich wandte mich bereits einem anderen Thema zu, als mir mein allererster Roman zu Hilfe kam.

»Das Bernstein-Amulett« beginnt mit einer Hochzeit, und bei dieser Hochzeit ist auch das Elternpaar des Bräutigams zugegen: Rahel, eine ehemalige Ufa-Schauspielerin, sowie an ihrer Seite ihr Ehemann Tino, ein ehemaliger Bankier und Lebemann. Beide sind im Herbst 1944, in dem die Handlung von »Das Bernstein-Amulett« einsetzt, nur noch ein Schatten ihrer selbst. Sie sitzt im Rollstuhl, und er ist ein Zigaretten rauchendes Nervenwrack, dessen Nelke im Knopfloch so falsch ist wie das Gebiss in seinem Mund.

So hatte ich vor einem Vierteljahrhundert Tino und Rahel in wenigen Sätzen als Nebenfiguren meines ersten Romans skizziert, einfach ins Blaue hinein, ohne mir viel dabei zu denken. Doch jetzt fiel es mir wie Schuppen von den Augen: Die beiden waren das Paar, mit dem ich die zwanziger Jahre zum Leben erwecken konnte, um mit ihnen die ganze Epoche zu durchreisen. Ich musste mir nur genauer anschauen, was für Menschen sie waren. Wo kamen sie her, und wo wollten sie hin? Wann und wo kreuzten sich ihre Wege? Wie haben sie sich ineinander verliebt? Welche Höhen und Tiefen haben sie miteinander durchlebt und durchlitten? Wie haben sie ihre Zeitläufte erfahren? Wie wurden sie durch diese geprägt? Und wie weit konnten sie sich trotz aller äußeren Umstände, Bedingtheiten und Schicksalsschläge ihr ganz eigenes, ganz besonderes Lebensglück schmieden – oder auch nicht?

Dass ich auf diese Weise auf die Geschichte der Ufa stieß, erwies sich als ein unverhoffter Glücksfall. Denn die Geschichte der deutschen Traumfabrik birgt so viel Spannung in sich, dass sie es mit jeder Ufa-Produktion aufnehmen kann. In ihr spiegeln sich das ganze Drama, die ganze Widersprüchlichkeit der Weimarer Republik.

Heute nahezu vergessen, wurde die Ufa gegen Ende des Ersten Weltkriegs von General Ludendorff aus der Taufe gehoben, um im Auftrag des Militärs Propagandafilme zu produzieren mit dem Ziel, die erlahmende Kriegsbegeisterung der Bevölkerung neu zu entfachen. Mit dem verlorenen Krieg und dem Ende des Kaiserreichs erledigte sich jedoch dieser Gründungszweck nach nur wenigen Monaten, und die Ufa musste sich noch einmal neu erfinden. Mit Propaganda ließ sich kein Geld verdienen, wohl aber mit Kunst und Unterhaltung. Mit überragendem Erfolg. In einer kreativen Explosion entstanden Filme, die Geschichte machten und bis heute Kultstatus genießen, – von »Dr. Caligari« über »Metropolis‹ bis zum »Blauen Engel«.

Doch ausgerechnet der Erfolg wurde der Ufa zum Verhängnis. Mit dem größenwahnsinnigen Ziel, Hollywood zu übertrumpfen, produzierte man immer spektakulärere, immer teurere Filme – bis zur Zahlungsunfähigkeit. Auf diesen Moment aber hatte ein Mann gelauert, der bei der Gründung der Ufa ausgebootet worden war: Alfred Hugenberg, der Medienmogul der Weimarer Republik, der zugleich einer der einflussreichsten Protagonisten der extremen politischen Rechten war. Noch vor Ausbruch der Weltwirtschaftskrise verleibte er die Ufa seinem Presseimperium ein – um 1933 in freiwilliger Gleichschaltung die deutsche Traumfabrik den Nazi-Machthabern als nunmehr wirklich massentaugliche Propagandamaschine anzudienen.

Das ist die Geschichte, die Rahel und Tino im »Traumpalast« miterleben und mitgestalten – sie als Journalistin, die durch Zufall Schauspielerin wird, um in der Ausübung dieses Berufs ihre Berufung zu finden, er als Finanzdirektor der Ufa-Filmfabrik. Zusammen mit ihnen erfahren wir zugleich, wie das Gift der Nazi-Ideologie sich immer tiefer in die Herzen und Seelen der Menschen frisst, um sogar die junge Filmkunst bei deren Aufstieg zur alles dominierenden Kunstform des 20. Jahrhunderts zu infizieren und sich diese zu eigen zu machen, bis Geist und Kultur vor der Barbarei kapitulieren.

Um diese verhängnisvolle Entwicklung nachzuzeichnen, ist Faktentreue in der Darstellung der politischen und gesellschaftlichen Gegebenheiten ein selbstverständliches Gebot. Tino und Rahel sind zwar fiktive Figuren, doch sind sie eingebunden in eine konkrete, sich immer wieder verändernde Wirklichkeit, der gegenüber sie sich in Ausübung ihrer Freiheit ebenso verhalten müssen wie im Rahmen der gegebenen Umstände – bis an die Grenzen ihrer Möglichkeiten. Dramaturgisch motivierte Abweichungen von historischen Fakten habe ich mir darum nur in Äußerlichkeiten erlaubt, die weder Einfluss auf die Zeitläufte noch auf das Verhalten meiner Protagonisten hatten. Wenn etwa Hitler nach seiner Festungshaft in Landsberg den Strategiewechsel vollzog, nicht länger mit den Mitteln des Straßenkampfs, sondern durch Wahlen und Mitwirkung in den Parlamenten zur Macht zu gelangen, hatte das massive Folgen sowohl in politischer wie auch gesellschaftlicher Hinsicht. Ob jedoch »Metropolis« ein halbes Jahr früher oder später Premiere hatte, hat die Zeitläufte so wenig verändert wie die Frage, ob Hitlers Mündel Geli Raubal nach ihrem Freitod in Wien oder in München ihre letzte Ruhestätte fand. In dieser Abwägung zwischen Dichtung und Wahrheit weiß ich mich eines Sinnes mit Professor Dr. Johannes Hürter, der meinen Roman vom ersten Konzeptansatz bis zum satzfertigen Manuskript wissenschaftlich begleitet hat.

Und was hat das Ganze mit uns zu tun? Die Geschichte von Tino und Rahel, die Geschichte der Ufa, die Geschichte der angeblich goldenen zwanziger Jahre – sind das nicht nur olle Kamellen, die uns Heutige so wenig tangieren wie der berühmte Sack Reis, der in Peking vermutlich niemals umgefallen ist?

Blicken wir auf die zwanziger Jahre dieses Jahrhunderts, sprich: unsere eigene Gegenwart, müssen wir die Frage wohl verneinen. Wie vor hundert Jahren sehen wir wieder populistische Rattenfänger am Werke, die, oft unterstützt durch machtvolle Medienunternehmen, tief in uns allen sitzende Ängste schüren, um die freiheitliche Gesellschaft, in der wir seit dem Ende des Zweiten Weltkriegs leben, zu spalten und von Grund auf zu verändern.

Wenn die Geschichte, die ich im »Traumpalast« versucht habe zu erzählen, dazu beitragen kann, und sei es auch nur in homöopathischen Dosen, uns gegen die Verführungskünste der neuen Demagogen zu sensibilisieren, hätte die Plackerei sich gelohnt.

Tübingen, im Jahr drei nach Corona
Peter Prange

DANKE

Wenn ein Buch erscheint, steht meist nur ein Name auf dem Titel. Tatsächlich aber sind an seiner Entstehung weitaus mehr Menschen als nur der Autor oder die Autorin beteiligt. Es ist mir darum ein Bedürfnis, an dieser Stelle denen zu danken, die an der Entstehung meines Romans mitgewirkt haben. Dies sind insbesondere und namentlich:

Prof. Dr. Johannes Hürter: Er hat einmal mehr in bewährter Weise dafür gesorgt, dass alles seine historische Richtigkeit hat. Seine Beratung zeichnet sich nicht nur durch wissenschaftliche Kompetenz und Gründlichkeit aus, sondern auch durch hohes Verständnis für die Besonderheiten eines fiktionalen Textes.

Dr. Cordelia Borchardt: An ihr ist eine Hebamme verloren gegangen. Während der langen Inkubationszeit, in der ein Buch entsteht, geht es ihr weder um sich noch um den Autor, sondern immer nur um das im Nirgendwo der Imagination heranwachsende, oft störrische Wesen, das es zur Welt zu bringen gilt. Mit einer einzigen ihrer oft ins Blaue zielenden, aber fast immer ins Schwarze treffenden Fragen hat sie dafür gesorgt, dass Major Grau im Romangeschehen die Größe und Bedeutung erlangt hat, die ihm gebührt.

Cornelia Nelles: Angeblich hat sie als junges Mädchen »Vom Winde verweht« an nur einem Tag gelesen. Umso erstaunlicher, wie ihre Lektüre nachwirkt. Leider verbieten die Gepflogenheiten der Buchherstellung es mir, im Roman die Stellen zu kennzeichnen, die sich ihrer Mitwirkung verdanken. Es wäre mir eine Freude gewesen.

Sabrina Rabow: Natürlich kenne ich nicht alle PR-Berater und -Beraterinnen in diesem Land. Trotzdem zögere ich nicht zu behaupten, dass sie die beste von allen ist. Das sage ich allerdings nur ganz leise. Aus Angst, dass sie sonst zu viele Angebote von anderen Autorinnen und Autoren bekommt.

Michael Klich und Mirjam Woggon: Zusammen haben sie den Trailer zu meinem Roman gedreht und es dabei geschafft, sogar mich ins rechte Bild zu setzen.

Christiane von Wahlert: Als langjährige Vorsitzende des Dachverbands der deutschen Filmwirtschaft SPIO ist sie in direkter Linie Amtsnachfolgerin von dessen Gründungsvorsitzenden, dem legendären Ufa-Produzenten Erich Pommer. Sie hat mir nicht nur wichtige Lektürehinweise gegeben, sondern auch zahlreiche Anregungen im persönlichen Gespräch.

Stefan Paul: Filmemacher, Art House-Kinobetreiber und Filmverleiher in einem ist er Mensch gewordenes Lichtspiel. Trotz ständig schlechter Laune – man nennt ihn nicht umsonst den »Tübinger Sonnenschein« –, hat er bereitwillig Brücken zwischen Verlags- und Kinowelt geschlagen.

Roman Hocke: Er ist nicht nur als Agent, sondern auch als Freund immer wieder mit mir durch dick und dünn gegangen, inzwischen ein halbes Menschenleben lang. Ohne ihn wäre ich nicht der Autor geworden, der ich heute bin. Reklamationen sind darum an seine Adresse zu richten.

Serpil Prange: Leider hat sie nicht das geringste Talent zur Bewunderung – fast könnte man meinen, sie sei Schwäbin (»Nicht geschimpft ist genug gelobt«). Damit hat sie mich oft zur Weißglut gebracht. Und zugleich weiter, als ich ohne sie je gekommen wäre. Außerdem hat sie für unsere Tochter Coco die Erzählgattung »Knochengeschichte« erfunden.

Mein letzter Dank gilt den Mitarbeiterinnen und Mitarbeitern des FISCHER Scherz Verlags, die gemeinsam aus meiner Geschichte ein Buch gemacht haben. Dr. Siv Bublitz (Geschäftsführerin Fischer Verlagsgruppe) und Dr. Julia Schade (Leiterin Scherz Verlag): Sie haben auf mich auch in Zeiten gesetzt, in denen das keine Selbstverständlichkeit war. Thomas Reisch (Marketingleitung Fischer Verlagsgruppe), Verena Wälscher (Marketing Scherz), Melanie Michelbrink (Vertrieb), Mirjam Schenk (Presse) und Paula Hauch (Veranstaltungen): Sie sorgen immer wieder dafür, dass meine Bücher den Weg zum Publikum finden. Annette Scheerer (Herstellung): Obwohl ich ihre Belastbarkeit gehörig auf die Probe gestellt habe, hat sie einmal mehr das pünktliche Erscheinen meines Romans sichergestellt.

LISTE DER HANDELNDEN PERSONEN

Rahel Reichenbach: Schauspielerin bei der Universum Film AG, geborene Rosenberg
Konstantin (Tino) Reichenbach: Finanzdirektor der Universum Film AG
Alex Reichenbach: Sohn von Rahel und Tino
Gustav Reichenbach: Direktor der Reichenbach Bank, Tinos Vater
Constanze Reichenbach: Ehefrau von Gustav, Mutter von Tino und dem 1919 verstorbenen Arnim

WEITERE PERSONEN
**Ferdinand Bausback:* Bankier und Revisor bei der Universum Film AG
Eberhard Brettschneider: Anwalt der Familie Reichenbach
Kurt Bellheim: Inhaber und Direktor der Bellheim Bank
**Hugo Correll:* Produktionsdirektor der Ufa
**Marlene Dietrich:* Filmschauspielerin, Lola Lola in »Der blaue Engel«
**Joseph Goebbels:* NSDAP-Gauleiter von Berlin
**Hermann Göring:* Jagdfliegerlegende und SA-Führer
**Major Alexander Grau:* stellvertretender Vorstandsvorsitzender der Universum Film AG, für den Theaterbereich zuständig
**Paul von Hindenburg:* Reichspräsident
**Adolf Hitler:* Führer der NSDAP

Alfred Hugenberg: Stahlmagnat und Chef des größten deutschen Medienkonzerns, Mitgründer und zeitweiliger Vorsitzender der DNVP
Ludwig Klitzsch: Hugenbergs Adlatus, Generaldirektor der Ufa
Fritz Lang: Filmregisseur, Schöpfer von »Dr. Mabuse« und »Metropolis«
Ottilie Lehmkuhl (Tante Ottilie): Rahels Vermieterin, verheiratet mit Fritz Lehmkuhl
General Erich Ludendorff: Mitglied der Obersten Heeresleitung im Ersten Weltkrieg und Politiker
Hans Luther: Reichsbankpräsident
Gottlieb Meineke: Filmproduzent in Berlin
Franz von Papen: kurzzeitiger Reichskanzler
Erich Pommer: Filmproduzent und Freund von Tino
Gertrud Pommer: Erichs Ehefrau, Mutter des gemeinsamen Sohnes *Hans
Geli Raubal: Hitlers Mündel und Nichte
Dr. Recknagel: Arzt und Freund der Familie Rosenberg
Detlef Scheunemann: Versicherungsagent, mit Edgar befreundet
Heinrich Schmadtke: Kneipenbesitzer in Berlin
Lilly Seidenschön: Rahels Freundin und Schauspielerin
Georg Emil von Stauß: Vorstandsvorsitzender der Universum Film AG
Josef von Sternberg: Regisseur, u. a. von »Der blaue Engel«
Dr. Telschow: Facharzt für Innere Medizin und Oberarzt der Charité
Edgar Weißpfennig: Requisiteur bei der Universum Film AG

Mit * gekennzeichnete Personen sind historisch.

Liebe Leserin, lieber Leser,

wenn Sie darüber informiert werden wollen,
wenn es Neuigkeiten zu meinen Romanen
oder deren Verfilmungen gibt,
besuchen Sie meine Facebook-Seite »Peter Prange«
oder senden Sie eine E-Mail
mit Ihrem Namen an:

peter.prange@fischerverlage.de

Sie werden dann entsprechend benachrichtigt.

Peter Prange
Der Traumpalast
Im Bann der Bilder
Roman

Berlin, Anfang der zwanziger Jahre: Ein neues Lebensgefühl bricht sich Bahn - Freiheit! Es ist die Vision von glanzvollen Stars, spektakulären Großfilmen und glitzernden Kinopalästen, die Tino, Bankier und Lebemann, an der gerade gegründeten Ufa begeistert. Er riskiert alles, um mit der deutschen Traumfabrik Hollywood Paroli zu bieten. Rahel will als Journalistin Wege gehen, die Frauen bisher verschlossen waren. Als die zwei einander begegnen, ahnen sie nicht, welche Wende ihr Leben dadurch nimmt. Denn bald stellt sich ihnen die alles entscheidende Frage: Wie weit darf Freiheit gehen? In der Politik, in der Filmkunst – und in der Liebe.

832 Seiten, Klappenbroschur

Weitere Informationen finden Sie auf
www.fischerverlage.de

AZ 596-70407/1

UFA PALA
Wilhelms-Hallen